Sergej Luk'janenko

I Guardiani della Notte

La trilogia

MONDADORI

www.ragazzi.mondadori.it

Titolo dell'opera originale *Nočnoj dozor (Night Watch)*
Prima edizione nella collana "I Grandi" maggio 2005

Titolo dell'opera originale *Dnevnoj dozer (Day Watch)*
Prima edizione nella collana "I Grandi" marzo 2006
Edizione italiana a cura di Sandrone Dazieri

Titolo dell'opera originale *Sumere Nij Dozor (Dusk Watch)*
Prima edizione nella collana "I Grandi" marzo 2007
Edizione italiana a cura di Sandrone Dazieri

Prima edizione in raccolta maggio 2010
Stampato presso Mondadori Printing S.p.A.
Stabilimento N.S.M., Cles (TN)
Printed in Italy
ISBN 978-88-04-60041-1
Anno 2010 - Ristampa 1 2 3 4 5 6 7

Sergej Luk'janenko

I GUARDIANI DELLA NOTTE

Traduzione di Nadia Cicognini e Cristina Moroni

Nadia Cicognini e Cristina Moroni ringraziano
Sergio Baratto per i suoi preziosi consigli.

Si autorizza la diffusione del presente testo
a sostegno della causa della Luce.
La Guardia della Notte

Si autorizza la diffusione del presente testo
a sostegno della causa delle Tenebre.
La Guardia del Giorno

Prima Storia

UN DESTINO SPECIALE

Prologo

La scala mobile saliva lenta, a fatica. Era proprio una vecchia stazione, niente di che. Il vento correva all'impazzata nel tubo di cemento e gli scompigliava i capelli, gli strappava il cappuccio, s'insinuava sotto la sciarpa, trascinandolo verso il basso.

Il vento non voleva che Egor salisse.

Lo supplicava di tornare indietro.

Era incredibile, ma nessuno intorno pareva prestare attenzione al vento. La gente era poca: verso mezzanotte la stazione si svuotava. Anche sulla scala accanto a Egor non c'era praticamente nessuno: una o due persone dietro di lui. Tutto qui.

Solo il vento.

Egor s'infilò le mani in tasca e si voltò. Già da un paio di minuti, da quando era sceso dal treno, aveva sentito uno sguardo estraneo su di sé. Per quanto fosse inquietante, non gli faceva paura e anzi lo attraeva, pungente come un ago.

Proprio in cima alla scala mobile c'era un uomo con una divisa. Non da poliziotto, da militare. Più in là una donna con un bambino assonnato, aggrappato al suo braccio. Poi un altro uomo, giovane, con una vistosa giacca arancione e un walkman. Pareva dormire mentre camminava.

Niente di sospetto, anche per un ragazzino che rincasava troppo tardi. Egor alzò di nuovo lo sguardo. Il militare, appoggiato al lucido corrimano, cercava di adocchiare tra i rari passeggeri una preda facile.

Non c'era niente che facesse paura.

Il vento sospinse Egor un'ultima volta e poi si placò, rassegnato all'idea che fosse vano lottare. Il ragazzino si girò ancora una volta e corse su per i gradini. Doveva affrettarsi, non era chiaro il perché, ma doveva. Di nuovo avvertì senza ragione delle fitte d'ansia e fu percorso da un brivido.

Forse era il vento.

Egor schizzò fuori dalle porte socchiuse e fu travolto da una nuova ondata di gelo penetrante. I capelli, ancora bagnati dopo la piscina – il phon era rotto – gli si ghiacciarono subito. Si calcò di più il cappuccio in testa, passò senza fermarsi davanti ai chioschi e si inabissò nel sottopassaggio. In superficie c'era molta più gente, ma l'ansia non lo lasciava. Si voltò, senza rallentare il passo: nessuno lo seguiva. La donna col bambino stava raggiungendo la fermata del tram, l'uomo con il walkman si era fermato davanti al chiosco ed esaminava le bottiglie, il militare non era nemmeno uscito dal metrò.

Il ragazzo attraversava il sottopassaggio, accelerando sempre più il passo. La musica, appena percettibile, ma straordinariamente gradevole. La melodia sottile di un flauto, gli accordi di una chitarra, il suono ritmato di uno xilofono. La musica lo chiamava, impaziente. Egor scansò una combriccola che veniva di corsa verso di lui, superò un tizio ubriaco che si trascinava a stento. Era come se gli fossero fuggiti via tutti i pensieri dalla mente. Si mise a correre.

La musica lo chiamava.

Ai suoni s'intrecciavano parole ancora inafferrabili, quasi impercettibili, eppure irresistibili. Egor uscì dal sottopassaggio, si fermò per un istante, inspirando l'aria gelida. Neanche a farlo apposta il filobus stava arrivando. Una fermata ed era quasi a casa…

Con le gambe che sembravano intorpidite il ragazzino si avviò lentamente verso il filobus, che aspettò per qualche secondo con le portiere aperte, poi le richiuse e si allontanò. Egor lo fissò con uno sguardo vuoto. La musica era ancora più forte, riempiva tutto il mondo circostante, dal grattacielo semicircolare dell'albergo fino a un "casermone con le zampe" che s'intravedeva a poca distanza: la sua casa. La musica lo sollecitava ad andare a piedi. Lungo il viale ben illuminato, dove passava poca gente. Mancavano solo cinque minuti per arrivare a casa.

E per arrivare alla musica ancora meno...

Egor percorse un centinaio di metri, ma poi l'albergo smise di proteggerlo dal vento. Una corrente d'aria ghiacciata gli trafisse il viso e quasi soffocò l'invitante melodia. Il ragazzino cominciò a barcollare e si fermò. L'incanto era svanito, in compenso la sensazione di essere spiato da uno sguardo estraneo l'aggredì di nuovo, insieme alla paura. Si voltò: un altro filobus si avvicinava alla fermata. E alla luce dei fanali balenò ancora una volta la giacca di un vistoso colore arancione. L'uomo della scala mobile l'aveva seguito. Con gli occhi sempre socchiusi, ma insospettabilmente veloce e risoluto.

Egor ricominciò a correre.

La musica risuonò con una nuova intensità, lacerando la cortina di vento. Lui poteva già distinguere le parole... poteva, ma non voleva.

La cosa più giusta da fare era proseguire per il viale, accanto ai negozi chiusi ma vivacemente illuminati, e ai passanti ritardatari, così da essere visibile agli automobilisti in transito.

Invece Egor svoltò in un portone. La musica lo attirava lì dentro.

Era buio pesto. Davanti al muro ondeggiavano due ombre. Egor le vide attraverso una nebbia, filtrate da una luce azzurrina e spettrale. Un giovane e una ragazza vestiti con abiti molto leggeri, come se nel cortile non ci fossero venti gradi sotto zero.

La musica echeggiò per l'ultima volta, suadente e trionfante. Poi tacque. Il ragazzino sentì il suo corpo afflosciarsi. Era fradicio di sudore, le gambe non lo reggevano più, aveva voglia di sedersi sul fango gelato del marciapiede.

— Carino... — disse sottovoce la ragazza. Pallida, con un viso magro e le guance scavate. Solo gli occhi sembravano vivi: neri, enormi, magnetici.

— Lasciamene... almeno un pochino... — disse il giovane. E sorrise. Sembravano fratello e sorella, non per i tratti del viso, ma per un non so che di inafferrabile, di comune a entrambi, che li avvolgeva come un velo polveroso e traslucido.

— A te? — La ragazza distolse per un istante lo sguardo da Egor. Il torpore si attenuò, ma in compenso Egor fu assalito dal terrore. Fece per aprire la bocca, ma incontrò lo sguardo del giovane e non riuscì a gridare. Come fosse avvolto in un freddo strato di pellicola trasparente.

— Su, prendi!

La ragazza rise sarcastica. Spostò lo sguardo su Egor e protese le labbra come per un bacio celestiale. Pronunciò piano le ben note parole che già danzavano nella musica irresistibile.

— Vieni qui... Vieni da me...

Egor restò immobile. Non aveva la forza di fuggire, malgrado il terrore, malgrado il grido trattenuto in gola.

Davanti al portone passò una donna con due grossi cani da pastore al guinzaglio. Piano, rallentando, come se si muovesse sott'acqua, in un incubo. Egor vide con la coda dell'occhio i due cani che tiravano verso il portone e sentì balenargli nel cuore una folle speranza. I cani da pastore ulularono, un po' incerti, con un misto di odio e timore. La donna si fermò per un istante, fissando sospettosa il portone. Egor afferrò il suo sguardo indifferente, come attraversasse il vuoto.

— Su, andiamo! — La donna strattonò il guinzaglio e i cani arretrarono verso le sue gambe.

Il giovane scoppiò a ridere sommessamente.

La donna affrettò il passo e sparì dal suo orizzonte.

— Non viene! — esclamò capricciosa la ragazza. — Ma guardalo, non viene!

— Chiamalo più forte! — tagliò corto il giovane. E si adombrò. — Impara.

— Vieni! Vieni da me! — ripeté con insistenza la ragazza. Egor era lì a due metri, ma per lei era importante che fosse lui a superare la distanza.

Ed Egor capì che non aveva più la forza di lottare. Lo sguardo della ragazza gli stava puntato addosso, aderiva all'invisibile pellicola di plastica, le parole lo sollecitavano e lui si rendeva conto di non poter fare nulla. Sapeva di non dover andare e tuttavia fece un passo. La ragazza sorrise, scoprendo i denti bianchi, regolari.

— Togliti la sciarpa.

Non poteva più lottare. Con le dita tremanti si levò il cappuccio e allentò la sciarpa, senza sfilarla. Si mosse verso i suoi magnetici occhi neri.

Il viso della ragazza era mutato. La mascella inferiore pendeva, le labbra si contrassero. Brillarono i lunghi canini, non umani.

Egor fece un altro passo.

Capitolo 1

La notte era cominciata male.

Mi svegliai che faceva quasi buio. Rimasi coricato a osservare tra gli spiragli delle persiane gli ultimi raggi di luce e a riflettere. Era ormai la quinta notte di caccia senza nessun risultato. E anche oggi era poco probabile che andasse bene.

Nell'appartamento faceva freddo, i termosifoni erano appena tiepidi. Solo una cosa mi fa amare l'inverno: fa buio presto e per le strade la gente è poca. Ma tant'è… da un pezzo avrei mollato tutto e me ne sarei andato via da Mosca, a Jalta o a Socˇi. Proprio sul Mar Nero, e non in qualche lontana isola del Pacifico: mi piace sentire intorno a me la lingua di casa…

Sciocche fantasticherie, certo.

È ancora presto per starmene in pace, in qualche paese caldo.

Non ho ancora terminato il servizio.

Il telefono, quasi attendesse il mio risveglio, si mise a trillare perentorio e ripugnante. Trovai a tentoni il ricevitore e me lo attaccai all'orecchio, in silenzio, senza dire una parola.

— Anton, rispondi.

Tacevo. Larisa aveva un tono efficiente, adeguatamente concentrato, ma già stanco. Non doveva aver dormito per tutto il giorno.

— Anton, ti metto in comunicazione col Capo?

— Non ce n'è bisogno — bofonchiai.

— Non ti sarai appena svegliato…

— Già.

— Hai il solito turno oggi.

— È successo niente di nuovo?

— No, niente di nuovo.

— Hai qualcosa per far colazione?

— Lo troverò.

— D'accordo. Buona fortuna.

L'augurio era espresso in tono fiacco, annoiato. Larisa non mi credeva. E di sicuro neanche il Capo.

— Grazie — replicai all'ininterrotto segnale del telefono. Mi alzai, feci una visita in gabinetto e in bagno. Misi il dentifricio sullo spazzolino, ma mi resi conto che era tardi e lo deposi sul bordo del lavandino.

In cucina era buio, ma non accesi la luce. Aprii lo sportello del frigorifero: la lampadina svitata congelava tra gli alimenti. Guardai dentro il tegame, coperto da uno scolabrodo nel quale galleggiava un pezzo di carne semispappolato. Tolsi lo scolabrodo, portai il tegame alle labbra e bevvi un sorso.

Se qualcuno ritiene che il sangue di maiale sia buono, sbaglia.

Rimisi il tegame coi resti del sangue rappreso al suo posto e tornai nel bagno. La lampadina azzurra e fioca scacciava appena il buio. Mi strofinai a lungo i denti, con accanimento, poi non resistetti e feci un altro giro in cucina e tracannai un sorso di vodka gelata. Ora lo stomaco non solo si era scaldato, ma bruciava. Un delizioso miscuglio di sensazioni: freddo sui denti e caldo nello stomaco.

— Che ti venga... — attaccai a dire all'indirizzo del Capo, ma poi mi ricredetti in tempo. Stavo per imprecare in modo poco ortodosso. Mi spostai nella camera e mi misi a raccattare i capi del mio guardaroba disseminati dovunque. I pantaloni erano finiti sotto il letto, i calzini sul davanzale, la camicia chissà perché era appesa alla maschera coreana. L'antico imperatore mi fissava con disapprovazione.

— Fa' la guardia, piuttosto — borbottai. Il telefono squillò di nuovo. Attraversando con un balzo la stanza, trovai il ricevitore.

— Anton, volevi dirmi qualcosa? — s'informò l'invisibile interlocutore.

— No, nulla — dissi cupo.

— Be', potresti anche aggiungere un: "Lieto di servirla, Eccellenza."

— Non sono lieto. Non può farci niente... Eccellenza.

Il Capo tacque: — Anton, ti prego comunque di prendere più sul serio l'attuale situazione. D'accordo? Ti aspetto domattina per il rapporto. E... buona fortuna.

Non mi ero sentito in imbarazzo. Però la mia irritazione s'era placata. Dopo aver nascosto il cellulare nella tasca della giacca, aprii l'armadio in anticamera. Per un po' riflettei su come completare l'equipaggiamento. Avevo dei dispositivi nuovi che mi erano stati regalati dagli amici nell'ultima settimana. Eppure mi limitai a prendere la solita attrezzatura, universale e sufficientemente compatta.

Presi il walkman. Non avevo bisogno di ascoltare e poi... la seccatura era che il nemico era implacabile.

Prima di uscire osservai a lungo la scala dallo spioncino.

Nessuno.

Così era cominciata l'ennesima notte.

Viaggiai in metrò per circa sei ore, girando a casaccio da una linea all'altra e a tratti sonnecchiando, consentendo così alla mia coscienza di riposare e ai canali emozionali di sbloccarsi. Tutto chiuso. No, qualcosa d'interessante l'avevo visto, ma si trattava di casi ordinari, per principianti. Solo verso le undici, quando il metrò s'era in parte svuotato, la situazione cambiò.

Me ne stavo seduto con gli occhi chiusi ad ascoltare già per la terza volta durante quella serata la Quinta Sinfonia di Manfredini. Il walkman era assolutamente folle: una mia compilation personale dove compositori italiani barocchi si alternavano a Bach e gli Alisa a Ritchie Blackmore e ai Piknik.

Mi sentivo bloccato: ero tutto un crampo, dalle caviglie alla gola. Emisi persino un sibilo, aprendo gli occhi e scrutando l'intero vagone.

La ragazza la notai subito. Molto giovane, carina. Con una pelliccetta elegante, una borsetta e un minuscolo libro in mano.

E con un vortice nero talmente smisurato sopra la testa come non ne vedevo da anni.

Dovevo avere uno sguardo folle. La ragazza lo percepì, mi fissò e subito si voltò.

Faresti meglio a guardare in su!

Ma, certo, lei non aveva il potere di vedere il vortice. Il massimo che poteva percepire era una leggera inquietudine. E con l'angolo dell'occhio un baluginio sbiadito sopra la testa... come di mosche in volo o un alito di vento che increspa l'asfalto in una giornata torrida...

Non poteva vedere nulla. Nulla. E avrebbe vissuto ancora un giorno o due finché non avesse messo il piede in fallo sul ghiaccio e poi battuto con un colpo mortale la testa. Oppure fosse finita sotto un'auto. O dentro un portone si fosse imbattuta nel coltello di un teppista ignaro del perché stava uccidendo quella ragazza. E tutti avrebbero detto: "Una ragazza così giovane, con tutta la vita ancora davanti, le volevano tutti bene..."

Sì, certo, ci credo: ha un viso buono e grazioso, solo un po' stanco, ma senza cattiveria... Accanto a una ragazza così ti senti diverso. Cerchi di essere migliore, ma la cosa ti pesa. Con una come lei si preferisce fare amicizia, flirtare un po', dividere le proprie scoperte. Di una come lei di rado ci si innamora... Però tutti l'amano.

Tranne un esperto mago nero prezzolato.

Il vortice malefico in effetti è un'apparizione piuttosto banale. Dopo aver guardato attentamente, riuscivo a distinguerne cinque o sei sospesi sui passeggeri. Erano tutti vischiosi, sbiaditi, turbinavano appena. Risultato del più comune e dilettantesco dei malefici. Come quando, per esempio, uno dice all'indirizzo di un altro: "Che tu possa crepare, canaglia!" O con una formula più essenziale e delicata: "Che ti venga un accidente!"

E fuoriesce dalle Tenebre un piccolo vortice d'aria che annulla la fortuna e risucchia le forze.

Solo che una comune maledizione, da dilettanti, improvvisata, non dura che un'ora o due, o al massimo ventiquattro. E le sue conseguenze sono sgradevoli, ma non letali. Invece il vortice nero sopra la ragazza era ben fatto, stabile, opera di un mago esperto. Anche se non lo sapeva, la ragazza era già morta.

Macchinalmente allungai la mano verso la tasca, cercando di capire dove fossi e mi inalberai. Ma perché i cellulari non funzionano nel metrò? Come se chi li possiede non viaggiasse sotto terra…

Ora ero combattuto tra l'incarico principale che dovevo eseguire, anche senza speranza di successo, e la ragazza condannata a morire. Non sapevo se fosse possibile aiutarla, ma ero costretto a seguire l'artefice del vortice…

E in quell'istante ricevetti un altro colpo. Del tutto diverso. Né crampi, né dolore, solo mi si seccò la gola, le gengive s'intorpidirono, il sangue mi pulsò alle tempie e la punta delle dita cominciò a prudermi.

Ci siamo!

Ma perché proprio nel momento peggiore?

Mi alzai. Il treno aveva già rallentato in prossimità della stazione. La ragazza mi passò accanto e percepii il suo sguardo. Mi seguiva. Aveva paura. Evidentemente il vortice malefico la rendeva inquieta, anche se lei non lo avvertiva, costringendola a scrutare chi le stava intorno.

Forse per questo era ancora viva?

Cercando di non guardare nella sua direzione, affondai la mano nella tasca. Tastai l'amuleto: una fredda sbarra cesellata di onice. Rallentai ancora un secondo, cercando di escogitare altre azioni.

No, non c'era via d'uscita.

Strinsi la sbarra nel pugno. La strofinai con le dita e la pietra si riscaldò, emanando l'energia accumulata. La sensazione non era illusoria, ma questo era un calore che non si misurava col termometro. Era come se stringessi un carbone ardente… un carbone coperto di fredda cenere, ma incandescente all'interno.

Dopo aver *caricato* l'amuleto, gettai uno sguardo alla ragazza. Il vortice ondeggiava, piegandosi verso di me. Era tanto potente da intaccare l'intelletto.

Colpii. Non solo nel vagone, ma in tutto il treno, anche un solo Altro avrebbe visto lo scoppio accecante trapassare con uguale leggerezza il metallo e il cemento…

Non avevo mai colpito prima un vortice malefico di una struttura così complicata. E non avevo mai dotato prima l'amuleto di una carica così potente.

L'effetto fu del tutto inatteso. Le deboli maledizioni scagliate sulle altre persone furono subito spazzate via. Una donna anziana che si passava stancamente la mano sulla fronte si guardò stupita il palmo: la sua crudele emicrania cessò di colpo. Un giovane, che fissava ottusamente il vetro, sussultò, il suo viso si rilassò e dai suoi occhi sparì una cupa angoscia.

Il vortice nero sopra la ragazza si ridusse di circa cinque metri, una buona metà schizzò fuori dal vagone. Ma non perse la sua struttura e rifluì zigzagando verso di lei.

Che potenza!

Che struttura mirata!

Si dice, ma in verità io non l'ho mai constatato, che se il vortice si è ridotto di due o tre metri perda l'orientamento, colpendo la persona più prossima. Anche questo è negativo, ma la maledizione di un altro ha un effetto assai più debole e la nuova vittima ha maggiori possibilità di salvarsi.

Questo vortice balzò indietro, come un cane fedele che torna dal padrone in pericolo!

Il treno si stava arrestando. Gettai un ultimo sguardo al vortice: era di nuovo sospeso sopra la ragazza e turbinava più veloce... E io non potevo fare nulla, proprio nulla. Lì accanto, nella stazione, c'era l'obiettivo di tutte le mie peregrinazioni di settimane per Mosca. Non potevo andare oltre, per seguire la ragazza. Il Capo mi avrebbe mangiato vivo... e con tutta probabilità non solo in senso figurato...

Quando le porte si aprirono stridendo, rivolsi alla ragazza un ultimo sguardo, affrettandomi a memorizzare la sua aura. Le possibilità di ritrovarla nella città immensa erano poche. Eppure dovevo provarci.

Ma non ora.

Mi precipitai fuori dal vagone e mi guardai intorno. L'esperienza sul campo non bastava, in questo il Capo aveva assolutamente ragione. Ma il metodo d'insegnamento da lui usato non mi piaceva affatto.

Come facevo, dannazione, a trovare l'obiettivo?

Osservavo con la vista normale le persone, ma nessuna di loro mi insospettiva. Finora c'era stata una gran ressa di passeggeri: in fondo mi trovavo in centro, nella Kurskaja, sulla linea circolare, c'erano persone in arrivo dalla stazione e venditori che si disperdevano, e ancora quelli che si affrettavano a prendere le coincidenze per i loro quartieri dormitorio... Socchiudendo gli occhi potevo osservare uno spettacolo più attraente: quello delle aure che sbiadivano, come sempre verso sera. Tra esse un'aura maligna ardeva come una macchia di un rosso brillante e l'aura di una coppietta, che evidentemente aveva fretta di raggiungere casa, riluceva di un arancione penetrante. Simili a strisce di un grigio-marrone slavato erano invece le aure evanescenti degli ubriachi.

Ma non c'era alcun indizio.

Solo secchezza alla gola, torpore alle gengive e il martellare folle del cuore.

Il sapore del sangue sulle labbra.

Un'eccitazione crescente.

Tutti segni marginali e tuttavia persino troppo evidenti per mancarli.

Ma chi erano? Chi?

Il treno si mosse alle mie spalle. La sensazione che l'obiettivo fosse vicino non si era ancora attenuata; voleva dire che non c'eravamo ancora. Avanzò un convoglio. E sentii che l'obiettivo sussultava, muovendosi incontro a quello.

Avanti!

Attraversai la banchina, e destreggiandomi verso i segnali tra i passeggeri che mi fulminavano, raggiunsi la coda del treno. La sensazione cominciò ad attenuarsi. Corsi fino al vagone di testa... c'era... si faceva più vicina...

La gente entrava nei vagoni. Corsi lungo tutto il convoglio, mentre una densa saliva mi riempiva la bocca, i denti cominciavano a dolermi e le dita erano in preda ai crampi... Nella cuffia ronzava la musica:

In the shadow of the moon,
She danced in the starlight
Whispering a haunting tune
To the night...

Oh, un motivo appropriato. Incredibilmente appropriato.

E non di buon augurio.

Saltai tra le porte che si chiudevano, mi bloccai, concentrandomi su me stesso. Avevo indovinato? Con la vista non riuscivo neppure adesso a mettere a fuoco l'obiettivo…

Avevo indovinato.

Il treno sfrecciò lungo l'anello e i miei sensi in tumulto gridavano: "È qui! È qui vicino!"

Avevo indovinato anche il vagone?

Dopo aver guardato di sottecchi i miei compagni di viaggio, rinunciai alla speranza. Qui non c'era nessuno degno di attenzione.

Pazienza, bisognava aspettare…

Feel no sorrow, jeef no pain,
Feel no hurt, ther's nothing gamed…
Only love will then remain,
She would say.

Al Prospekt Mira sentii che l'obiettivo si allontanava. Balzai fuori dal vagone e mi incamminai verso la coincidenza. Era lì vicino, da qualche parte, vicino…

Alla stazione radiale la percezione dell'obiettivo si fece quasi tormentosa. Avevo già esaminato alcuni possibili candidati: due ragazze, un giovane, un ragazzino. Erano tutti dei potenziali candidati, ma chi era di loro?

I quattro salirono nello stesso vagone. Era già una fortuna. Li seguii e mi misi ad aspettare.

Una delle ragazze scese alla fermata Riz˘skaja.

La percezione dell'obiettivo non si era indebolita.

Il giovane scese alla Alekseevskaja.

Magnifico.

La ragazza o il ragazzino? Chi dei due?

Osai guardare entrambi di sottecchi. La ragazza era grassottella, rosea, immersa nella lettura di "Moskovskij Komsomolec". Non sembrava per nulla turbata. Il ragazzino, al contrario, esile e fragile, stava davanti alla porta e passava un dito sul vetro.

Al mio sguardo la ragazza era molto, ma molto… più appetibile. Due a uno che si trattava di lei.

Ma forse qui c'entrava solo il sesso.

Sentivo già il Richiamo. Che era ancora senza parole. Solo una lenta, tenera melodia. Subito smisi di ascoltare il suono che usciva dalla cuffia: il Richiamo aveva sommerso la musica.

Né la ragazza né il ragazzino parevano agitarsi troppo. O possedevano una soglia di tolleranza molto elevata oppure, al contrario, erano stati subito sopraffatti.

Il treno giunse alla stazione VDNCh. Il ragazzino uscì sulla banchina e si incamminò in fretta verso la vecchia uscita. La ragazza rimase.

La maledizione!

Entrambi erano ancora vicinissimi e io non potevo capire chi sentivo dei due!

La melodia ci avvolgeva inebriante e in essa cominciarono a insinuarsi delle parole.

Una voce di donna!

Mi precipitai fuori dalle porte che si chiudevano e mi affrettai sulle tracce del ragazzino.

Magnifico. La caccia era alla fine.

Va bene, ma come potevo farcela con l'amuleto scarico? Non ne avevo idea…

Scese pochissima gente, sulla scala mobile salimmo in quattro. Il ragazzino per primo, dietro di lui una donna con un bambino, poi io, e subito dopo uno sgualcito e attempato colonnello. L'aura del colonnello era bella, luminosa, di una tonalità tra il grigio acciaio e l'azzurro. Pensai persino con ironia, per la stanchezza, di chiedere il suo aiuto. Gente come lui crede ancora nell'"onore degli ufficiali".

Solo che l'aiuto di un vecchio colonnello sarebbe servito meno di quello di un acchiappamosche per scacciare un elefante.

Dopo aver smesso d'imbottirmi la testa di fesserie, fissai di nuovo il ragazzino. Con gli occhi chiusi, scansionai l'aura.

Il risultato fu scoraggiante.

Era circonfusa da un chiarore cangiante, traslucido e a tratti si colorava di rosso, a tratti di verde cupo con bagliori blu scuro.

Un caso raro. Un destino ancora indeterminato. Un potenziale ancora insondato. Il ragazzino poteva diventare un gran delinquente o un uomo retto e buono, o anche una nullità come la maggioranza degli esseri umani al mondo. Era ancora tutto in divenire, come si dice. Simili aure possono averle i bambini di due o tre anni, ma in quelli più grandi s'incontrano molto di rado.

Ora era chiaro perché il Richiamo fosse indirizzato proprio a lui. Era una vera *délicatesse*, per così dire.

Sentii che la bocca mi si riempiva di saliva.

Stava andando avanti da troppo tempo, da troppo tempo… Fissai il ragazzino, il suo collo sottile sotto la sciarpa e maledissi il Capo, le consuetudini, i rituali, tutto ciò di cui era fatto il mio lavoro. Le gengive s'intorpidirono, la gola si seccò.

Il sangue aveva un gusto salato e amaro, ma solo col sangue potevo placare quella sete.

La maledizione!

Il ragazzino balzò fuori dalla scala mobile, corse nel vestibolo, scomparve dietro le porte a vetro. Per un attimo mi sentii meglio. Rallentai il passo e lo pedinai, mettendo a fuoco le sue mosse con la coda dell'occhio: il ragazzino s'inabissò nel sottopassaggio. Ormai correva, il Richiamo lo trascinava, attirandolo verso di sé.

Più in fretta!

Dopo aver raggiunto il chiosco, gettai al venditore due monetine e dissi, avendo cura di non mostrare i denti: — Da sei, con l'anello.

Il ragazzo brufoloso con gesti lenti – a quanto pare anche lui aveva provveduto a scaldarsi lì al lavoro – allungò la bottiglietta. E avvertì per onestà: — La vodka non è un gran che. Non è roba avvelenata, è una Dorochovskaja, ma…

— La salute è preziosa — tagliai corto.

La vodka era chiaramente un surrogato, ma era proprio quello che mi andava bene. Con una mano strappai la capsula sotto l'anellino di filo di ferro attorcigliato, con l'altra presi il cellulare e tirai fuori l'antenna. Il venditore sgranò gli occhi. Tracannai un sorso – la vodka puzzava di cherosene e il sapore era ancora più schifoso, era di sicuro contraffatta – e corsi verso il sottopassaggio.

— Pronto.

Non era Larisa. La notte di solito era Pavel di turno.

— Anton. Nei pressi dell'Hotel Kosmos, dove ci sono i cortili. Seguo una traccia.

— Devo mandare una squadra? — Dalla voce trapelava un certo interesse.

— Sì. Ho già scaricato l'amuleto.

— Che è successo?

Un barbone, che schiacciava un sonnellino in mezzo al sottopassaggio, allungò la mano nella speranza che gli cedessi la bottiglietta. Lo superai di corsa.

— Ce n'è un altro… Sbrigati, Pavel.

— I ragazzi sono già partiti.

A un tratto mi parve che mi trafiggessero le tempie con degli aghi incandescenti. Ah, farabutto…

— Pascia, non rispondo di me — mi affrettai a dire, interrompendo la comunicazione. E mi fermai davanti all'uniforme di un poliziotto.

E ti pareva!

Perché i tutori umani dell'ordine devono sempre comparire nel momento meno opportuno?

— Sergente Kaminskij — si precipitò a dire come uno scioglilingua il poliziotto più giovane. — I documenti…

Interessante, di che vogliono accusarmi? Di ubriachezza molesta in luogo pubblico? Probabile.

Infilando la mano in tasca, sfiorai l'amuleto. Era appena tiepido, ma bastava.

— Non li ho — dissi.

Due paia d'occhi mi frugarono, pregustando già una preda, ma ben presto non furono che vuote pupille, senza più un barlume di intelligenza.

— Da qui non è mai passato — ripeterono i due uomini in coro.

Non c'era tempo di programmarli. Dissi la prima cosa che mi venne in mente: — Comprate della vodka e riposatevi. Fate con calma. Su, marsc!

L'ordine aveva centrato l'obiettivo. Prendendosi per mano, come ragazzini a zonzo, i poliziotti si precipitarono fuori dal sottopassaggio verso i chioschi. Mi sentii un po' a disagio pensando alle conseguenze di quell'ordine, ma non c'era il tempo di aggiustare la faccenda.

Uscii dal sottopassaggio persuaso che fosse già tardi. Invece no. Stranamente il ragazzino non era andato lontano. Stava lì in piedi, a un centinaio di metri, dondolandosi appena. Quella sì che era resistenza! Il Richiamo era tanto intenso che stupiva che i rari passanti non si gettassero nelle danze, che i filobus non sterzassero dal viale per irrompere nell'androne incontro a un irresistibile destino...

Il ragazzo si guardò intorno. Sembrava fissarmi. E proseguì in fretta.

Fine, era crollato.

Lo seguii, in preda all'ansia sul da farsi. Era meglio aspettare la squadra: sarebbe arrivata in una decina di minuti, non di più.

Ma le cose avevano preso una brutta piega per il ragazzo.

La compassione è un sentimento pericoloso. Oggi le avevo già ceduto due volte. Prima in metrò, esaurendo la forza dell'amuleto nel tentativo infruttuoso di annientare il vortice malefico. E ora di nuovo, seguendo le tracce del ragazzo.

Molti anni fa avevo udito una frase che non mi sentivo affatto di condividere. Non la condivido neppure oggi, anche se innumerevoli volte mi sono reso conto della sua verità: «Il bene comune e il bene concreto raramente vanno insieme...»

Già, ora lo capivo.

Ma, forse, esiste una verità che è peggio della menzogna.

Correvo incontro al Richiamo. Di sicuro lo percepivo in modo diverso da come lo sentiva il ragazzo. Per lui l'invito era una seducente, irresistibile melodia che lo privava della volontà e della forza. Per me, al contrario, era una sfrenata eccitazione del sangue.

Un'eccitazione del sangue...

Il mio corpo, di cui mi ero preso gioco per una settimana, si rivoltava. Avevo voglia di bere, ma non acqua (potevo soddisfare la sete, senza alcun danno per me stesso, anche con la neve sporca di città), non alcol (tenevo una bottiglietta di pessima vodka non raffinata sotto il braccio e anche questa non mi avrebbe arrecato nessun danno). No, volevo sangue.

E non di maiale o di bue, ma proprio umano. Maledetta caccia...

«Devi superare questo stadio» mi aveva detto il Capo. «Cinque anni nella sezione analitica non sono mica pochi, non trovi?» Non so, forse non erano pochi, ma a me piaceva. Del resto, anche il Capo da più di un secolo non svolgeva il lavoro operativo.

Sfrecciai davanti alle vetrine sfavillanti, che esponevano ceramiche Gzˇel' taroccate ed erano zeppe di cibi di plastica. Accanto, lungo il viale, le auto correvano, e i passanti erano rari. Anche questa era una finzione, un'illusione, solo una delle facce del mondo, l'unica accessibile agli esseri umani. Per fortuna non ero un essere umano.

Senza rallentare la corsa, creai il Crepuscolo.

Il mondo sussultò, scostandosi. Fui colpito da dietro le spalle come dal riflettore di un aeroporto, e una lunga ombra sottile s'infittì e acquisì volume, si allungò su se stessa nello spazio dove non c'erano altre ombre. Si staccò dal sudicio asfalto, si levò, ondeggiando come una densa colonna di fumo. Si muoveva veloce dinanzi a me...

Accelerando la corsa, raggiunsi la grigia silhouette ed entrai nel Crepuscolo. I colori del mondo sbiadirono, mentre le auto sul viale parvero rallentare e finire in panne.

Mi approssimavo al luogo.

Penetrando nell'androne già mi preparavo ad assistere alla fine della storia. Il corpo del ragazzo immobile, senza vita, esangue, e i vampiri pronti a scomparire.

Ma ero arrivato in tempo.

Il ragazzino stava dinanzi alla ragazza vampiro, che aveva già allungato i canini, e si scioglieva lentamente la sciarpa. Era poco probabile che in quel momento avesse paura. Il Richiamo ottundeva del tutto la sua coscienza. Stava piuttosto sognando quei canini aguzzi che si avvicinavano.

Accanto c'era il giovane vampiro. Sentii subito che, dei due, lui era il più importante: era stato lui a iniziare la ragazza, lui ad addestrarla al sangue. E, cosa più infame, aveva una licenza registrata a Mosca. Il bastardo!

In compenso le mie probabilità di farcela aumentavano...

I vampiri si voltarono verso di me, straniti, senza comprendere che cosa stesse accadendo. Il ragazzo si trovava ancora nel Crepuscolo e io non avrei potuto, dovuto vederlo... e neppure loro.

Poi il viso del giovane a poco a poco si distese, sorrise persino, amichevole, sereno: — Salve...

Mi aveva scambiato per uno di loro. E non era il caso di biasimarlo per l'errore: adesso io ero davvero uno di loro. O quasi. La settimana di preparazione non era stata inutile: avevo cominciato a sentirli... e avevo quasi attraversato il Crepuscolo...

— Guardiano della Notte — dissi. Allungai la mano con l'amuleto. Era scarico, ma non era così facile accorgersene a distanza. — Uscite dal Crepuscolo!

Il giovane avrebbe forse anche ubbidito. Confidando che non sapessi nulla della scia di sangue che si erano lasciati dietro e che la faccenda potesse essere classificata come "tentativo di non autorizzata interazione con un essere umano". Ma la ragazza non aveva la stessa capacità di autocontrollo e non era in grado di ragionare.

— A-ahhh!!! — Con un intenso ululato si avventò contro di me. E meno male che non aveva conficcato i denti nel ragazzino: in quel momento era incapace di intendere e di volere, come un tossico in crisi di astinenza.

Per un essere umano sarebbe stato un colpo troppo violento, nessuno avrebbe potuto pararlo.

Ma io mi trovavo nel medesimo stadio di realtà della vampira. Alzai la mano e le spruzzai la vodka dalla bottiglietta sul viso stravolto dalla trasformazione.

Perché i vampiri tollerano così poco l'alcol?

Il minaccioso ululato divenne un debole sibilo. La vampira ruotò su se stessa, colpendosi con le mani il volto da cui cadevano strati di pelle e di carne grigiastra. E il ragazzo girò sui tacchi e si diede alla fuga.

Tutto si era risolto anche troppo semplicemente. Il vampiro che aveva ottenuto la licenza non era un ospite di passaggio con cui doversi battere alla pari. Scagliai la bottiglia contro la vampira, allungai la mano e afferrai il filo che si dipanava dal marchio di registrazione. Il vampiro prese a rantolare, afferrandosi la gola.

— Uscite dal Crepuscolo!

Sembrava aver capito che le cose si stavano mettendo molto male per lui. Si chinò su di me, cercando di attenuare la pressione del filo, allungando nel movimento i canini e trasformandosi.

Se l'amuleto fosse stato carico, l'avrei tranquillamente tramortito.

Ma così dovetti ucciderlo.

Il marchio – il cui sigillo mandava bagliori azzurri sul petto del vampiro – scricchiolò quando lanciai il mio ordine muto. L'energia convogliata da qualcuno con una forza assai superiore alla mia si riversò nel suo corpo morto. Il vampiro correva ancora. Era sazio, energetico e le vite altrui ancora alimentavano la sua carne morta. Ma resistere a un colpo di tale violenza era impossibile: la pelle si prosciugò, avvolgendo le ossa come pergamena, dalle orbite fuoriuscì del liquido vischioso. Poi la colonna vertebrale si spezzò e i resti sussultanti rotolarono ai miei piedi.

Mi voltai: la vampira poteva ancora riprendersi. Ma non c'era nessun pericolo. Attraversò il cortile correndo a scatti. Dal Crepuscolo non era comunque uscita e solo io potevo vedere questo sconvolgente spettacolo. Be', anche i cani, certo. In qualche angolo una cagnetta minuscola non la smetteva di abbaiare istericamente, paralizzata dall'odio e anche dalla paura, sentimenti che la razza canina prova verso i morti viventi da che mondo è mondo.

Per inseguire la vampira non mi bastavano le forze. Dopo essermi sgranchito, presi l'impronta dell'aura: smunta, grigia, putrida. L'avremmo ritrovata. Ora non poteva più nascondersi da nessuna parte.

Ma dov'era finito il ragazzino?

Dopo essere uscito dal Crepuscolo creato dai vampiri, poteva essere caduto in uno stato di incoscienza o di torpore. Nell'androne non c'era più. Non avrebbe mai potuto sfrecciare davanti a me senza che lo scorgessi... Dall'androne mi precipitai dentro il cortile e così lo vidi. Era sfrecciato via quasi più velocemente della vampira. Bravo! Fantastico! Non aveva bisogno d'aiuto. Il rischio era che si ricordasse di quanto era avvenuto, anche se... chi avrebbe creduto a un ragazzino? E poi al mattino il ricordo sarebbe sbiadito nella sua memoria, e si sarebbe dissolto trasformandosi in un incubo irreale.

O era meglio raggiungere il ragazzino?

— Anton!

Dal viale arrivavano di corsa Igor' e Garik, la nostra inseparabile coppia di operativi.

— La ragazza se n'è andata!

Garik correndo tirò un calcio al cadavere prosciugato del vampiro, sollevando nell'aria gelida una nuvola di polvere. Gridò: — L'impronta!

Gli rimandai l'immagine della vampira in fuga. Garik corrugò il viso e aumentò la velocità. Gli operativi si lanciarono nella caccia. Igor' mi gridò: — Occupati tu dei rifiuti!

Annuendo, come se attendesse una risposta, uscii dal Crepuscolo. Il mondo s'illuminò. Le sagome degli operativi si dissolsero, persino la neve che attecchiva nella realtà ordinaria smise di essere calpestata da piedi invisibili.

Con un sospiro mi avviai verso la Volvo grigia parcheggiata sul ciglio della strada. Sul sedile posteriore si trovava una banale attrezzatura: un robusto sacco di plastica, una paletta e una scopa. In cinque minuti spazzai i resti quasi inconsistenti del vampiro e occultai il sacco nel bagagliaio. Da un monticello di neve, lasciato da un portinaio negligente, raccolsi un po' di neve sporca, la disseminai nell'androne, la calpestai, mescolando i resti putrefatti col fango. Non avrai una sepoltura da essere umano, tu non sei un uomo...

E così era tutto.

Tornai alla macchina, sedetti al volante, mi misi la cintura. Era andato tutto bene. Anzi, benissimo. Il vecchio vampiro era morto, i ragazzi avrebbero catturato la sua amica e il bambino era vivo.

Già, m'immaginavo come sarebbe stato contento il Capo.

Capitolo 2

— Un lavoro fatto coi piedi!

Cercai di obiettare, ma la replica successiva, sferzante come uno schiaffo, mi chiuse la bocca.

— Un'azione scadente!

— Ma...

— Almeno sei consapevole dei tuoi errori?

Risposi prudente: — Sì, in qualche misura...

Mi piace stare in questo ufficio. Sopite sensazioni infantili si risvegliano nel mio cuore nel vedere tutti quei gingilli divertenti, conservati sugli scaffali di vetro molato, disseminati lungo i muri e sulla scrivania insieme coi dischetti del computer e i documenti d'ufficio.

Dietro ogni oggetto, dall'antico ventaglio giapponese al pezzo di metallo arrugginito con sopra inciso un cervo simbolo di una casa automobilistica, c'è sempre una storia.

Quando il Capo è in vena si ascoltano da lui racconti molto, molto interessanti.

Il problema è che raramente è in vena.

— Va bene. — Il Capo smise di andare su e giù per l'ufficio, sedette nella poltrona di pelle e si accese una sigaretta. — Riferisci, allora.

Il suo tono era professionale, come esigeva il ruolo. Agli occhi di un essere umano poteva apparire come un manager medio sui quarant'anni, uno di quelli su cui il governo ama riporre le proprie speranze.

— Di che cosa dovrei riferire? — chiesi io, rischiando di incocciare in un altro giudizio non proprio lusinghiero del Capo.

— Degli errori. Dei tuoi errori.

Allora era così... D'accordo.

— Il mio primo errore, Boris Ignatevic — esordii nel tono più innocente — sta nel non aver compreso correttamente il mio incarico.

— Ma va'! — esclamò lui.

— Be', io ritenevo che il mio obiettivo fosse quello di rintracciare un vampiro che si era dato alla caccia attiva sul territorio di Mosca. Di rintracciarlo e... renderlo inoffensivo.

— Già, già — approvò il Capo.

— Ma in realtà lo scopo essenziale dell'incarico era quello di verificare la mia idoneità al lavoro operativo e all'azione sul campo. Partendo da un'errata valutazione dell'incarico, o meglio seguendo il principio del "dividi e difendi"...

Il Capo sospirò, annuendo. Qualcuno che non lo conosceva avrebbe potuto pensare che fosse stato smascherato.

— E tu hai violato in qualche misura questo principio?

— No. E per questo ho fallito l'incarico.

— Come mai hai fallito?

— All'inizio... — Guardai di sottecchi la bianca civetta delle nevi impagliata, custodita sotto vetro sullo scaffale. Aveva mosso o no la testa? — All'inizio ho esaurito la carica dell'amuleto nel vano tentativo di neutralizzare il vortice malefico...

Boris Ignatevic si adombrò. Si lisciò i capelli.

— Va bene, partiamo da qui, allora. Ho studiato l'immagine e se tu non l'hai abbellita...

Scrollai la testa indignato.

— Ti credo. Annullare un vortice simile con l'amuleto è impossibile. Te la ricordi la classificazione?

Al diavolo! Ma perché non avevo dato un'occhiata ai miei vecchi appunti?

— Sono sicuro che non te la ricordi. Non importa, questo è un vortice non classificabile. Non saresti mai riuscito a cavartela... — Il Capo oltrepassò la scrivania e in un misterioso sussurro disse: — E devi sapere che...

Mi misi in ascolto.

— ... Che neppure io ci sarei riuscito, Anton.

Era una confessione inattesa e non riuscii a replicare nulla. La certezza che il Capo potesse assolutamente tutto, mai espressa da nessuno a parole, era però radicata in tutti i dipendenti dell'ufficio.

— Anton, un vortice di questa forza… può annullarlo solo il suo creatore.

— Bisogna trovarlo… — dissi io incerto. — Mi dispiace per la ragazza…

— Non è lei il problema. Almeno non solo lei.

— Perché? — Avevo fatto una gaffe e subito mi ripresi: — Bisogna fermare il mago delle Tenebre?

Il Capo sospirò.

— Forse ha la licenza. Forse aveva il diritto di lanciare la maledizione… Il problema non è neppure il mago. Un vortice malefico di quella forza… ricordi quando in inverno è caduto l'aereo?

Sussultai. Non era stato il risultato di un lavoro lasciato a metà, quanto piuttosto l'esito di una serie di lacune nelle nostre leggi: il pilota su cui avevano lanciato la maledizione non era riuscito a cavarsela coi comandi e l'aereo di linea si era abbattuto sui quartieri della città. Centinaia di persone innocenti avevano perduto la vita…

— Vortici di quella portata non siamo in grado di sistemarli a campione. La ragazza è condannata, ma non perché su di lei potrebbe cadere il solito mattone dal tetto. È più probabile che salti in aria una casa o che si scateni un'epidemia, o che su Mosca cada per caso la bomba atomica. Ecco qual è il guaio, Anton.

Il Capo si voltò di colpo, incenerì con lo sguardo la civetta. Lei ricompose in fretta le ali, e il lampo negli occhi di vetro si spense.

— Boris Ignatevic… — dissi, in preda al terrore. — È colpa mia…

— È chiaro che è colpa tua. Solo una cosa ti salva, Anton. — Il Capo si schiarì la voce. — Cedendo alla compassione, hai agito in modo corretto. L'amuleto non poteva annullare del tutto il vortice malefico, ma ha allontanato temporaneamente il rischio di una catastrofe infernale. Ora abbiamo un vantaggio di ventiquattro… forse di quarantotto ore. Ho sempre ritenuto che azioni non premeditate ma positive producano un esito migliore di quelle premeditate ma crudeli. Se non avessi usato l'amuleto, ora tutta Mosca sarebbe sotto le macerie.

— Che possiamo fare?

— Cerchiamo la ragazza. Proteggiamola… compatibilmente con le nostre forze. Ce la faremo un'altra volta a destabilizzare il vortice malefico. E nel frattempo riusciremo a trovare il mago che ha scagliato la maledizione e a costringerlo ad annullare il vortice.

Annuii.

— Lo cercheranno tutti — disse il Capo in tono distratto. — Richiamerò i ragazzi dalle ferie, entro domattina arriveranno Ilja e Semen dallo Sri Lanka ed entro l'ora di pranzo tutti gli altri.

— Entro domattina? — Guardai l'orologio. — Mancano ancora ventiquattr'ore.

— Ma no, entro stamattina — rispose il Capo, ignorando il sole di mezzogiorno dietro il vetro. — Lo cercherai anche tu. Forse avrai di nuovo fortuna… Continuiamo la disamina dei tuoi errori?

— Vale la pena perdere tempo? — chiesi io timidamente.

— Non temere, non stiamo perdendo tempo. — Il Capo si alzò, si avvicinò allo scaffale, tolse la civetta impagliata, la mise sulla scrivania. Da vicino era chiaro che si trattava proprio di una civetta impagliata, in lei non c'era più vita che in un collo di pelliccia… — Torniamo ai vampiri e alla loro vittima.

— Io ho lasciato andare la vampira. E i ragazzi non l'hanno presa — confermai in tono rammaricato.

— Non recriminare, ti sei battuto con onore lo stesso. La domanda riguardava la vittima.

— Sì, il ragazzo ha conservato la memoria. Ma se l'è data letteralmente a gambe…

— Anton, torna in te! Il ragazzo l'hanno agganciato col Richiamo a parecchi chilometri di distanza! Doveva entrare nell'androne come un automa! E quando il Crepuscolo fosse scomparso perdere i sensi! Anton, e se dopo tutto ciò che è avvenuto ha conservato la facoltà di muoversi, vuol dire che ha un magnifico potenziale magico! — Il Capo tacque.

— Sono uno scemo.

— No. Forse sei stato troppo tempo relegato in laboratorio. Anton, quel ragazzo potenzialmente è più forte di me!

— Questa poi…

— Su, lascia perdere la piaggeria…

Il telefono prese a squillare sulla scrivania. Doveva essere qualcosa di urgente: erano in pochi a conoscere il numero diretto del Capo. Io, per esempio, non lo conoscevo.

— Zitto! — intimò lui all'apparecchio che non aveva colpe. E l'apparecchio tacque. — Anton, dobbiamo ritrovare il ragazzino. La vampira che è fuggita di per sé non è pericolosa. Saranno i ragazzi a raggiungerla, oppure la catturerà una pattuglia ordinaria. Ma se succhierà il sangue del ragazzino o, peggio ancora, lo inizierà… Tu non sai cos'è un autentico vampiro. I nostri vampiri attuali sono come zanzare paragonate a Nosferatu. E lui non era neanche uno dei migliori, si dava pure delle arie… Insomma, il ragazzo dev'essere ritrovato e, se possibile, assunto nella Guardia. Non abbiamo diritto di lasciarlo alle Tenebre: l'equilibrio a Mosca crollerebbe definitivamente.

— È forse un ordine?

— Una licenza — precisò tetro il Capo. — Io, come ben sai, ho diritto di dare ordini del genere.

— Lo so — mormorai. — Da chi si comincia? Da lui, presumo.

— Fa' come ti pare. Forse, però, è meglio dalla ragazza. E cerca anche di ritrovare il ragazzino.

— Posso andare?

— Almeno dormi.

— Ho dormito benissimo, Boris Ignatevic…

— Non credo. Ti consiglio di dormire almeno un'oretta.

Non ci capivo più niente. Mi ero alzato alle undici, mi ero precipitato subito in ufficio e mi sentivo in forma e pieno di energie.

— Eccoti un aiutante. — Il Capo toccò con il dito la civetta impagliata. L'uccello dispiegò le ali e prese a stridere.

Dopo aver deglutito, mi decisi a domandare: — Ma chi è? Che cos'è?

— E perché vuoi saperlo? — chiese il Capo, fissando gli occhi della civetta.

— Per decidere se voglio lavorare con lui!

La civetta mi guardò e cominciò a sibilare come un gatto infuriato.

— La domanda è posta male. — Il Capo scosse la testa. — Se acconsentirà *lei* a lavorare con te, ecco qual è la domanda.

La civetta ricominciò a stridere.

— Sì — disse il Capo, rivolgendosi all'uccello. — Per molti versi hai ragione, ma chi è stato a chiedere un nuovo appello?

L'uccello si placò.

— Prometto che intercederò. E questa volta ci sono delle possibilità.

— Boris Ignatevic, la mia opinione è che… — attaccai.

— Scusami, Anton, ma la tua opinione non mi interessa… — Il Capo tese la mano, la civetta spostò maldestramente le zampe piumate e si sistemò sul palmo. — Tu non comprendi la tua fortuna.

Tacqui. Il Capo si avvicinò alla finestra, la spalancò e tese la mano. La civetta frullò le ali e volò giù in basso. E bravo l'uccello imbalsamato!

— Ma… dove…?

— Da te. Lavorerete in coppia… — Il Capo si grattò la radice del naso. — Già! Ricordati che si chiama Olga.

— La civetta?

— Sì, la civetta. Le darai da mangiare, l'accudirai e tutto andrà bene. Ma ora… dormi ancora un po' e poi alzati. Dall'ufficio puoi anche non passare, aspetta Olga e mettiti al lavoro. Controlla la linea circolare del metrò, per esempio…

— Come faccio a dormire… — cominciai. Ma il mondo tutt'intorno si offuscò, sbiadì e si dissolse. L'angolo del guanciale mi si era conficcato dolorosamente nella guancia.

Ero sdraiato nel mio letto.

Mi sentivo la testa pesante e gli occhi come fossero pieni di sabbia. La gola era secca e doleva.

— Ah… — mandai un gemito rauco, girandomi sulla schiena. I tendoni pesanti mi impedivano di capire se fosse ancora notte o giorno fatto. Guardai di sbieco l'orologio: le lancette luminose indicavano le otto.

Era la prima volta che avevo ottenuto udienza dal Capo in sogno.

Si trattava di un fatto sgradevole, in primo luogo per il Capo, cui era toccato irrompere nella mia coscienza.

Doveva proprio mancargli il tempo, se era stato costretto a continuare il mio addestramento nel mondo dei sogni. Ma era andata così... Che realtà! Non me l'aspettavo. La scelta dell'incarico, questa civetta idiota...

Sussultai: dall'esterno bussavano al vetro. In modo impercettibile ma insistente, con un rumore come di unghie. Giungevano delle strida soffocate.

Cosa aspettavo ancora?

Balzai in piedi, mi sistemai alla bell'e meglio le mutande e corsi alla finestra.

Uno scatto. Scostai le tende. Alzai le persiane.

La civetta era posata sul davanzale. Strizzava un poco gli occhi: dopotutto era l'alba e per lei c'era troppa luce. Dalla strada era difficile capire cosa fosse quell'uccello che si era posato sul davanzale del decimo piano. Ma se solo i vicini avessero dato un'occhiata fuori, sarebbero rimasti sbalorditi. Una civetta delle nevi nel centro di Mosca!

— Ma che diavolo è... — dissi piano.

Avrei voluto esprimermi in modo più colorito, ma mi avevano disabituato fin dall'inizio del mio impiego nella Guardia. O meglio: ero stato io a disabituarmi. Quando cominci a vedere una o due volte un vortice malefico sopra una persona contro cui hai imprecato, subito ti abitui a tenere a freno la lingua.

La civetta mi fissava. Attendeva.

E intorno strepitavano altri uccelli. Uno stormo di passeri, che si era posato su un albero poco distante, si abbandonava ad assordanti cinguettii. Le cornacchie erano più ardite: si erano posate sul balcone dei vicini, sugli alberi più prossimi. E gracchiavano, senza sosta, saltando di tanto in tanto giù dai rami e mulinando davanti alla finestra.

L'istinto le avvertiva delle disgrazie che incombevano da quel vicino inatteso.

Ma la civetta non reagiva.

Avrebbe sputato sia sui passeri sia sulle cornacchie. Se solo avesse potuto, s'intende.

— Ma tu chi sei allora? — borbottai, aprendo la finestra e staccando le cornici incollate. Aveva reso un bel servizio il Capo al suo socio… alla sua socia…

Con un solo battito di ali la civetta entrò nella stanza, si posò sull'armadio guardaroba e socchiuse gli occhi. Era come se vivesse là da un secolo. Si era forse congelata lungo il tragitto? Ma no, era una civetta delle nevi…

Richiusi la finestra, riflettendo sul da farsi. Come sarei riuscito a comunicare con lei, a nutrirla, e come poteva, di grazia, questo pennuto essermi d'aiuto?

— Ti chiami Olga? — chiesi, dopo aver concluso con la finestra. Dalle fessure filtrava aria, ma di questo ci saremmo occupati poi. — Ehi, uccello!

La civetta aprì un occhio. Mi ignorava, quasi quanto gli indaffarati passerotti.

A ogni istante mi sentivo sempre più a disagio. In primo luogo si trattava di un socio con cui era impossibile comunicare. E poi anche di una femmina!

Sia pure una civetta.

E se mi fossi infilato i pantaloni? Stavo lì con addosso solo le mutande sgualcite, con la barba lunga, insonnolito…

Sentendomi l'ultimo degli idioti, afferrai dei vestiti e uscii dalla stanza. La frase da me lanciata alla civetta mentre me ne andavo: «Mi scusi, torno tra un minuto» suonava come degno completamento di tutto l'insieme.

Se quest'uccellino era davvero ciò che pensavo, non dovevo avergli fatto la migliore delle impressioni.

Ciò che desideravo di più era farmi una doccia, ma non potevo permettermi di perdere così tanto tempo. Mi limitai a radermi e a infilare la testa che mi ronzava sotto il rubinetto dell'acqua fredda. Sulla mensola, tra lo shampoo e il deodorante, c'era anche dell'acqua di Colonia che di solito non usavo.

— Olga? — chiamai, guardando nel corridoio.

La civetta era in cucina, sul frigorifero. Sembrava morta, era come un uccello imbalsamato, sistemato lì per divertimento.

Quasi come sullo scaffale del Capo.

— Sei viva? — le chiesi.

Un occhio giallo ambra mi fissò tetro.

— D'accordo. — Allargai le braccia. — Ricominciamo dall'inizio, vuoi? So di non averti fatto la migliore delle impressioni. E ti dico francamente che per me è un fatto cronico.

La civetta ascoltava.

— Non so chi tu sia. — Dopo essermi accomodato sullo sgabello, mi sistemai davanti al frigorifero. — E non puoi neppure raccontarmelo... ma posso immaginarlo. Mi chiamo Anton. Cinque anni fa si scoprì che ero un Altro.

Il suono che mandò la civetta era simile a una risatina soffocata.

— Già — confermai. — Proprio cinque anni fa. È andata così. La mia barriera di separazione era molto elevata. Non volevo vedere il mondo del Crepuscolo. E non lo vedevo. Finché non fu il Capo a imbattersi in me.

Sembrava che per la civetta la cosa si facesse interessante.

— Lui si occupava dell'addestramento pratico. Addestrava gli operativi a scoprire i potenziali Altri occulti. E si imbatté in me... — Sogghignai, ripensandoci. — E naturalmente infranse la mia barriera. Poi tutto fu semplice... Frequentai il corso di adattamento e cominciai a lavorare nella sezione analitica... Così, senza troppi cambiamenti nella mia vita, diventai un Altro, quasi senza accorgermene. Il Capo non era contento, ma taceva. Il lavoro lo facevo bene... e lui non ha il diritto di immischiarsi nel resto. Ma una settimana fa è comparso un vampiro-maniaco. E io ho avuto l'incarico di neutralizzarlo. Forse perché tutti gli operativi erano occupati. In effetti perché scoprissi cos'è la guerra, e forse questo è giusto. E poi in una settimana sono morte tre persone. Un professionista avrebbe catturato quella coppietta nell'arco di ventiquattr'ore...

Mi sarebbe piaciuto davvero sapere che cosa pensava Olga. Ma la civetta non emetteva alcun suono.

— Qual è la cosa più importante per mantenere l'equilibrio? — chiesi tuttavia. — Una promozione nella mia qualifica operativa o la vita di tre persone del tutto innocenti?

La civetta taceva.

— Non ho intercettato i vampiri coi soliti metodi previsti — proseguii comunque. — Sono dovuto entrare in contatto. Non mi sono messo a bere sangue umano. Me la sono cavata con quello di maiale. E tutti questi preparati... già, tu naturalmente li conosci...

Dopo aver accennato ai preparati mi alzai, aprii l'armadietto sopra la cucina a gas, presi un barattolo di vetro. Era rimasta un po' di polverina grumosa e marroncina sul fondo; consegnarla in amministrazione non aveva senso. Versai la polverina nel lavandino e feci scorrere l'acqua: nella cucina si diffuse un inebriante e obnubilante profumo. Risciacquai il barattolo e lo gettai nel secchio della spazzatura.

— Per poco non ho perso il controllo — osservai. — Nel più banale dei modi. Ieri mattina tornavo dalla caccia... e mi sono imbattuto nella mia vicina di casa, una ragazza... Non ho neppure osato salutarla, mi erano già spuntati i canini. E stanotte quando ho sentito il Richiamo diretto contro il ragazzino... per poco non mi sono unito ai vampiri.

La civetta mi fissò negli occhi.

— Pensi che sia per questo che il Capo mi ha incaricato? — Un uccello imbalsamato. Un pugno di piume, imbottito di ovatta. — Perché ti guardassi negli occhi?

Suonò il campanello. Trasalii, allargando le braccia: non c'era niente da fare, era colpa sua, qualunque interlocutore sarebbe stato meglio di questo noioso uccello. Accesi la luce, raggiunsi la porta e aprii.

Sulla soglia c'era un vampiro.

— Entra — gli dissi. — Entra, Kostja.

Indugiò sulla soglia e alla fine entrò. Si lisciò i capelli. Notai che aveva le mani sudate e lo sguardo sfuggente.

Kostja aveva solo diciassette anni. Era un vampiro dalla nascita, un comune, normale vampiro urbano. Una condizione molto sgradevole: i suoi genitori erano vampiri, e un bambino in quelle condizioni non aveva quasi nessuna possibilità di crescere come un essere umano.

— Ho riportato i CD — bofonchiò Kostja. — Eccoli.

Presi la pila di CD, senza neppure stupirmi che fossero così tanti. Di solito occorreva fare lunghe pressioni sul ragazzo per farglieli restituire: era maledettamente distratto.

— Li hai ascoltati tutti? — chiesi. — Li hai registrati?

— Hmm... be', io vado...

— Aspetta. — Lo afferrai per la spalla e lo spinsi dentro la stanza. — Che significa?

Taceva.

— Lo sai già? — gli chiesi, intuendo.

— Noi siamo in pochissimi, Anton. — Kostja mi guardò negli occhi. — Quando qualcuno finisce nel Crepuscolo, lo percepiamo subito.

— Già. Togliti le scarpe, andiamo in cucina e parliamone seriamente.

Kostja non obiettò. Immaginavo eccitato il da farsi. Cinque anni addietro, quando ero diventato un Altro e il mondo mi aveva rivelato il suo lato oscuro, mi attendeva una quantità di scoperte stupefacenti. Ma che proprio sopra di me abitasse una famiglia di vampiri fu una delle più scioccanti.

Lo rammento come fosse ieri. Tornavo dalle lezioni, quelle che mi ricordavano mio malgrado l'istituto che avevo da poco finito di frequentare. Tre lezioni di due ore l'una, un lettore, il caldo soffocante a causa del quale i camici bianchi si attaccavano al corpo; affittavamo un'aula dell'istituto di medicina. Tornando a casa mi trastullavo per strada, finendo ogni tanto nel Crepuscolo per un attimo (non ero ancora così esperto), oppure cominciavo a sondare i passanti. E sulla scala mi imbattei nei vicini.

Persone davvero carine. Volevo chiedere loro in prestito un trapano e il padre di Kostja, Gennadij, muratore di professione, venne da me e mi aiutò a cavarmela con le pareti di cemento, dimostrandomi concretamente come un intellettuale non possa sopravvivere senza l'aiuto di un proletario...

E di colpo capii che loro non erano esseri umani.

Fu terribile. La loro aura grigio-marrone, il senso di oppressione... Rimasi annichilito e li guardai con terrore. Polina, la madre di Kostja, aveva mutato leggermente espressione del viso, il ragazzino era rimasto immobile e si era voltato. E il capofamiglia mi si era avvicinato, scomparendo a ogni passo nel Crepuscolo, con quell'andatura aggraziata tipica dei vampiri che sono a un tempo vivi e morti. Il Crepuscolo è il loro habitat consueto.

— Salve, Anton — mi disse.

Il mondo intorno era grigio e morto. Io stesso non mi accorgevo di come, seguendolo, stessi affondando nel Crepuscolo.

— L'ho sempre saputo che una volta o l'altra avresti oltrepassato la barriera — continuò. — Va tutto bene.

Feci un passo indietro e Gennadij sussultò.

— Tutto in regola — disse. Si aprì la camicia e mostrò il timbro della licenza, un marchio azzurro sulla pelle grigia. — Siamo tutti in regola. Polina! Kostja!

Anche sua moglie aveva attraversato il Crepuscolo e si era sbottonata la camicetta. Il ragazzo non si muoveva, aspettava un cenno dal padre per mostrare anche lui il marchio.

— Devo controllare — mormorai. I miei passi erano incerti, per due volte incespicai e ricominciai da capo. Gennadij aspettava paziente. Il timbro mi diede la risposta che volevo. Si trattava di una registrazione senza scadenza, non c'era nessuna violazione della procedura…

— Tutto in regola? — chiese Gennadij. — Possiamo andare?

— Io…

— Va bene così. Lo sapevamo che prima o poi saresti diventato un Altro.

— Andate — dissi. Non era previsto dal regolamento, ma ora non avevo tempo di pensare alle regole.

— Sì… — Prima di uscire dal Crepuscolo, Gennadij indugiò. — Io sono stato ospite a casa tua… Anton, ti rinnovo l'invito a entrare…

Era tutto in regola.

Quando se ne furono andati mi sedetti su una panchina, accanto a una vecchia che si riscaldava al sole. Mi accesi una sigaretta, cercando di mettere ordine nei miei pensieri. La vecchia mi fissò e disse: — Brava gente, vero, Arkassenka?

Ogni volta confondeva il mio nome. Le restavano ancora sì e no due o tre mesi di vita, lo vedevo con chiarezza.

— Non proprio... — risposi. Fumai tre sigarette e poi me la filai a casa. Mi trattenni un po' sulla soglia a osservare come svanivano le grigie tracce "da vampiro" rimaste. Mi avevano insegnato proprio quel giorno a vederle...

Fino a sera bighellonai. Sfogliai gli appunti che spiegavano quand'era il caso di passare nel Crepuscolo. Nel mondo ordinario questi quaderni sembravano completamente vuoti. Avrei voluto telefonare al coordinatore del mio gruppo oppure al Capo, alla cui tutela ero affidato. Ma sentivo di dover decidere da solo.

Quando arrivò il buio non mi trattenni più. Salii al piano di sopra e suonai. Venne ad aprirmi Kostja. Trasalii. Nella realtà, come anche la sua famiglia, sembrava perfettamente normale...

— Chiama i tuoi vecchi — gli dissi.

— Perché? — borbottò lui.

— Voglio invitarvi a bere un tè.

Gennadij si materializzò dietro le spalle del figlio, all'improvviso: era di gran lunga più dotato di me, che ero un neofita delle Forze della Luce.

— Sei sicuro, Anton? — chiese dubbioso. — Questo non è assolutamente previsto. È tutto in regola.

— Ne sono certo.

Tacque. Si strinse nelle spalle: — Verremo da te domani, se ti va bene. Non amareggiarti.

A mezzanotte ero fuori di me dalla gioia per il loro rifiuto. Verso le tre di notte cercai di addormentarmi, rassicurato dal fatto che non avrebbero mai trovato la strada di casa mia.

Verso mattina stavo in piedi davanti alla finestra, senza aver chiuso occhio, a contemplare la città.

Di vampiri ce n'erano pochi.

Pochissimi.

Nel raggio di due, tre chilometri non ce n'era nessun altro.

Che significava essere rifiutati? Rifiutati non per aver commesso un delitto, ma per l'eventualità potenziale di commetterlo? E che vita poteva mai essere la loro... – anche se vita non era un'espressione del tutto appropriata – sempre sotto sorveglianza?

Tornando dalle lezioni, comprai un dolce per il tè.

Ed ecco qui Kostja, un ragazzo buono, intelligente, studente della facoltà di fisica, che aveva avuto la sfortuna di essere un morto vivente, seduto accanto a me, che faceva girare il cucchiaino nella zuccheriera. Da dove gli veniva tanta timidezza?

Da principio faceva un salto da me quasi ogni giorno. Io ero esattamente il suo opposto, combattevo dalla parte della Luce. Ma l'avevo ammesso a casa mia e con me non doveva nascondersi. Poteva chiacchierare, affondare nel Crepuscolo e vantarsi dei poteri che gli si erano rivelati. "Anton, lo sai?, sono riuscito a trasformarmi." "I miei canini hanno cominciato ad allungarsi, grrrr!"

E la cosa strana è che tutto ciò appariva normale. Io ridacchiavo osservando i tentativi del giovane vampiro di trasformarsi in pipistrello. Questo era un incarico che spettava a un vampiro di livello superiore quale lui non era, e se fosse dipeso dalla Luce non sarebbe mai diventato.

— Kostja, io mi sono limitato a eseguire il mio incarico.

— E hai fatto male.

— Avevano violato la legge. Capisci? Non è nostra procedura farli sparire. Non solo le Forze della Luce l'avevano accolto, ma anche tutti gli Altri. Questo ragazzo...

— Lo conoscevo — disse inaspettatamente Kostja. — Era uno allegro.

Che diavolo...

— Ha sofferto?

— No — scossi la testa. — Il marchio uccide lentamente.

Kostja trasalì, per un istante chinò gli occhi sul petto. Se attraversi il Crepuscolo, il marchio lo distingui anche attraverso i vestiti, altrimenti non riesci proprio a individuarlo. Voleva dire che non l'aveva attraversato. Ma come facevo io a sapere che cosa provano i vampiri?

— Che potevo fare? — chiesi. — Li uccideva. Uccideva persone che non avevano nessuna colpa. Completamente indifese dinanzi a lui. Aveva iniziato una ragazza... con brutalità, con violenza, una che non doveva affatto diventare una vampira. Ieri per poco non hanno finito un ragazzino. Così per gioco. Non per fame.

— Tu sai che significa per noi avere fame? — chiese Kostja, dopo una pausa di silenzio.

Eh, sta crescendo... Proprio sotto i nostri occhi...

— Sì... Ieri... per poco non diventavo un vampiro.

Calò per un attimo il silenzio.

— Lo so. L'avevo sentito... sperato.

Diavolo dell'inferno! Avevo intrapreso la mia caccia. E loro avevano cacciato me. O meglio, mi avevano teso un'imboscata, aspettando che il cacciatore si trasformasse in preda.

— No — dissi io. — Scusami tanto.

— Già, lui era colpevole — Kostja continuò. — Ma perché bisognava ucciderlo? Lo si doveva giudicare. Tribunali, avvocati, capi d'accusa, tutto secondo le regole...

— Non è previsto che gli umani vengano immischiati nelle nostre questioni! — ruggii io. E per la prima volta Kostja non reagì.

— Tu non sei stato umano per troppo tempo!

— E non me ne rammarico affatto!

— Perché l'hai ucciso?

— Perché altrimenti lui avrebbe ucciso me!

— Io l'avevo iniziato!

— Questo è anche peggio!

Kostja tacque. Allontanò il tè e si alzò. Il solito ragazzino impudente e moralista fanatico.

Solo che era un vampiro.

— Vado...

— Aspetta un momento. — Mi mossi verso il frigorifero. — Prendilo. Mi hanno rifornito, ma non mi serve.

Tolsi delle ampolle da duecento grammi di sangue donato tra le bottiglie di acqua minerale Borzomi.

— Non occorre.

— Kostja, lo so che è un vostro eterno problema. A me non serve. Prendilo.

— Vuoi comprarmi?

Cominciai a stizzirmi.

— Ma perché dovrei comprarti? Buttarlo via è stupido, tutto qui! È sangue. Donato da esseri umani per aiutare gli altri!

E allora Kostja sogghignò sinistramente. Allungò la mano, prese una delle ampolle, la stappò, togliendo con facilità e destrezza la capsula di latta. Si portò la boccetta alle labbra. Sogghignò di nuovo, tracannando un sorso.

Non avevo mai visto come si nutrivano. E non ci tenevo neppure.

— Smettila di fare il buffone — dissi.

Kostja aveva le labbra insanguinate. Un rivolo sottile di sangue gli scorreva lungo la guancia. Non solo scorreva, ma era come se venisse assorbito.

— Ti disgusta il modo in cui ci nutriamo?

— Sì.

— Allora anch'io ti disgusto? E tutti noi...?

Scossi la testa. Non sfioravamo mai questo argomento. Così era più facile.

— Kostja... per vivere tu hai bisogno di sangue. E di tanto in tanto anche di sangue umano.

— Noi in genere non viviamo.

— Dico così genericamente. Per muoverti, pensare, parlare, sognare...

— Che ne sai tu dei sogni dei vampiri?

— Ragazzo, al mondo c'è una quantità di persone che ha bisogno continuamente di versare del sangue. E non sono meno di voi. E poi ci sono casi estremi. Per questo esiste la donazione, per questo è un'opera meritoria e in continua espansione... Non sorridere. Conosco i vostri interventi meritori a favore del progresso della medicina e della diffusione della donazione. Kostja, se qualcuno per vivere... per esistere necessita di sangue, non è un male. E che vada a finire nelle vene o nello stomaco, anche questo è irrilevante. Il problema è come tu te lo procacci.

— Tutte parole. — Kostja ridacchiò. Mi sembrò che per un istante avesse attraversato il Crepuscolo per emergerne subito dopo. Sta crescendo, il ragazzo, sta crescendo. E in lui si sta manifestando una vera forza. — Ieri tu hai dimostrato qual è il tuo vero atteggiamento verso di noi.

— Ti sbagli...

— Ma smettila... — Allontanò la bottiglietta e poi, cambiando idea, la reclinò sul lavandino. — Non abbiamo bisogno delle tue…

Alle mie spalle si udì un verso. Mi voltai: la civetta, di cui mi ero del tutto dimenticato, girò la testa verso Kostja e dispiegò le ali.

Non avevo mai visto un'espressione simile sul viso del ragazzo.

— Ah… — fece. — Ah…

La civetta ripiegò le ali e chiuse gli occhi.

— Olga, stiamo parlando! — ruggii. — Dacci un minuto…

L'uccello non reagì. Ma Kostja continuava a posare lo sguardo ora su di me ora sulla civetta. Poi sedette, con le mani intrecciate sui ginocchi.

— Che hai? — chiesi.

— Posso andare?

Non era solo stupito o spaventato, era scioccato.

— Va'. Ma prima prendi tutto…

Si affrettò a raccogliere le ampolle e a ficcarsele in tasca.

— Prendi un sacchetto, testa di legno! Non si sa mai, potrebbe esserci qualcuno sulle scale…

Il vampiro sistemò ubbidiente le ampolle nel sacchetto con la scritta: FACCIAMO RISORGERE LA CULTURA RUSSA! Sfiorando la civetta, uscì nel corridoio e s'infilò in tutta fretta le scarpe.

— Torna pure — gli dissi. — Io non sono tuo nemico. Finché non supererai il limite, non sarò tuo nemico.

Annuì e uscì come un razzo dall'appartamento.

Stringendomi nelle spalle, richiusi la porta. Tornai in cucina e fissai la civetta: — E allora? Che cosa è successo?

Dal suo sguardo giallo ambrato non trapelava nulla.

Allargai le braccia: — Come faremo a lavorare insieme? Come faremo a collaborare? Sei dotata di qualche strumento per comunicare? Mi sto confidando con te, mi senti? Ti sto parlando con franchezza!

Non avevo ancora attraversato completamente il Crepuscolo, mi ero proiettato solo col pensiero. Non si deve mai avere troppa fiducia negli sconosciuti, ma era poco probabile che il Capo mi avesse assegnato un'aiutante non affidabile.

Non vi fu risposta. Se anche poteva comunicare per via telepatica, Olga certo non aveva intenzione di farlo.

— Che misure adottiamo? Bisogna cercare quella ragazzina. Ricevi l'immagine?

Non vi fu risposta. Dopo aver sospirato, lanciai a caso all'uccello un frammento della mia memoria.

La civetta dispiegò le ali e svolazzando venne a posarsi sulla mia spalla.

— Allora senti, eh? Ma non ti abbassi a dare una risposta. Va bene, se vuoi così. Che cosa devo fare?

Continuava il solito gioco del silenzio.

Del resto, sapevo che cosa fare. Che non avessi nessuna speranza era un altro discorso.

— E come farò ad andarmene in giro per strada con te sulla spalla?

Uno sguardo beffardo, davvero beffardo. E l'uccello sulla spalla volò via nel Crepuscolo.

Allora le cose stavano così: era un osservatore invisibile. Non soltanto un osservatore: la reazione di Kostja alla civetta era stata più che emblematica. A quanto pare le Forze delle Tenebre conoscevano l'aiutante che mi era stata assegnata assai meglio di un qualunque agente della Luce.

— D'accordo — le dissi compiacente. — Mangia qualcosa, va bene?

Presi uno yogurt e mi versai un bicchiere di succo d'arancia. Il mio nutrimento dell'ultima settimana, ossia bistecche semicrude e succo di carne, quasi per niente distinguibile dal sangue vero e proprio, mi dava ormai la nausea.

— A te va del succo di carne, vero?

La civetta si voltò.

— Be', come vuoi — le dissi. — Sono sicuro che non appena ti verrà fame troverai il modo di comunicare con me.

Capitolo 3

Mi piace camminare per la città al tramonto. Ma senza diventare invisibile, altrimenti rischi di essere investito a ogni istante. Così la gente si limita a trapassarti con lo sguardo senza notarti. Ma ora mi toccava lavorare allo scoperto.

Il giorno non fa per noi. Per quanto buffo, gli alleati della Luce lavorano di notte quando si attivano le Forze delle Tenebre. Non si può mai dire di che siano capaci le Forze delle Tenebre. I vampiri, i mutantropi. I maghi neri di giorno sono tenuti a vivere come comuni esseri umani.

Per la maggior parte, s'intende.

Ora camminavo avanti e indietro intorno alla stazione Tul'skaja. Come mi aveva consigliato il Capo, avevo perlustrato tutte le stazioni della linea circolare in cui avrebbe potuto scendere la ragazza con l'infernale vortice nero. Avrebbe dovuto lasciare una traccia, seppure debole, almeno distinguibile. Avevo deciso di setacciare i rami radiali.

Una stazione idiota, un quartiere idiota. Due uscite, dislocate a una discreta distanza l'una dall'altra. Il mercato, il pomposo grattacielo della polizia tributaria, l'immenso caseggiato. C'erano tante di quelle emanazioni oscure che individuare la traccia del vortice malefico era problematico.

Soprattutto se qui lei non si era fatta viva.

Perlustrai tutto, cercando di scovare l'aura della ragazza, spiando talora attraverso il Crepuscolo l'invisibile uccello, che aveva nidificato sulla mia spalla. La civetta sonnecchiava. Anche lei non percepiva nulla, e dire che ero persuaso che i suoi poteri fossero migliori dei miei nella ricerca.

Una volta i poliziotti mi controllarono i documenti. Per due volte venni importunato da alcuni giovani sciroccati che volevano darmi quasi gratis, per soli cinquanta dollari, un phon cinese, un giocattolino e un minuscolo telefonino coreano.

E qui persi il controllo. Scacciai il molesto venditore ed effettuai una rimoralizzazione. Lieve, nei limiti del consentito. Forse il ragazzo si sarebbe cercato un altro lavoro. O forse no...

In quell'istante fui afferrato per i gomiti. Fino a un momento prima non c'era nessuno e ora dietro di me c'era una coppietta. Una ragazza robusta, dai capelli rossi e un ragazzo dal viso cupo.

— Tranquillo — disse la ragazza. Nella coppia era lei il capo, lo intuii all'istante. — Guardiano del Giorno.

Luce e Tenebre!

Mi strinsi nelle spalle e li fissai.

— Identificati! — intimò la ragazza.

Non aveva senso mentire, la mia aura era stata filmata già da un pezzo e individuare la mia identità era solo questione di tempo.

— Anton Gorodeckij.

Erano in attesa.

— Altro — ammisi. — Agente della Guardia della Notte.

Allontanarono le mani dai miei gomiti. E addirittura arretrarono di un passo. Non sembravano affatto amareggiati.

— Andiamo nel Crepuscolo! — intimò il giovane.

Non dovevano essere vampiri. Anche questo era un bene. Si poteva confidare su una certa obiettività. Sospirai e passai da una realtà all'altra.

La prima sorpresa consisteva nella giovane età della coppia. La ragazza strega aveva all'incirca venticinque anni e lo stregone trenta, più o meno come me. Avevo pensato che all'occorrenza avrei potuto persino rammentarmi i loro nomi: alla fine degli anni Settanta di streghe e di stregoni ne erano nati pochi.

La seconda sorpresa fu l'assenza della civetta sulla mia spalla. O meglio, c'era: potevo sentirne gli artigli, potevo vederla, ma soltanto in un momento di particolare tensione. Era possibile che l'uccello avesse cambiato realtà insieme con me e si trovasse a un livello più profondo del Crepuscolo.

La faccenda era sempre più interessante.

— Guardiano del Giorno — ripeté la ragazza. — Alisa Donnikova, Altra.

— Pet'ka Nesterov, Altro — borbottò il ragazzo.

— Ci sono problemi?

La ragazza mi trapassava col suo sguardo "firmato" strega. A ogni secondo diventava sempre più simpatica e seducente. Certo io ero protetto da un intervento diretto, era impossibile farmi un incantesimo, ma la cosa era piuttosto d'effetto.

— Non siamo noi ad avere problemi. Anton Gorodeckij, lei ha avuto un contatto non regolare con un essere umano.

— Sì? E quale?

— Un'interferenza di settimo grado — ammise malvolentieri la strega. — Ma un fatto è un fatto. Inoltre l'ha spinto verso la Luce.

— Dobbiamo fare rapporto? — A un tratto trovai la situazione esilarante. Del settimo grado. Una sciocchezza. Era un'azione al limite tra la magia e la banale conversazione.

— Lo faremo.

— E che cosa scriviamo? Che un agente della Guardia della Notte ha stimolato leggermente nell'uomo la repulsione per la truffa?

— Violando così l'equilibrio stabilito — disse lo stregone, scandendo le parole.

— Ma no! E quale danno ne ricavano le Tenebre? Se il ragazzo smetterà di vivere di piccoli espedienti, la sua vita peggiorerà. Sarà più morale, ma più infelice. Secondo il testo del Patto sull'equilibrio delle forze questa non è da ritenersi una violazione dell'equilibrio.

— Un sofisma — buttò lì la ragazza. — Lei è un agente della Guardia. Ciò che si può perdonare a un comune Altro, nel suo caso è un atto illegale.

Aveva ragione, si trattava di una piccola violazione, eppure...

— Mi infastidiva. Quando effettuo una perlustrazione ho il diritto di ricorrere a un'interferenza magica.

— Era in servizio, Anton?

— E come mai di giorno?

— Ho un incarico speciale. Potete chiedere informazioni ai vostri superiori. O meglio, avete il diritto di chiedere informazioni ai vostri superiori.

La strega e lo stregone si scambiarono un'occhiata. Per quanto opposti fossero i nostri scopi e la nostra morale, i nostri uffici erano tenuti a collaborare.

E, per dirla tutta, nessuno ama immischiare i propri superiori.

— Ammettiamo, Anton — convenne malvolentieri la strega — che possa cavarsela con un'ammonizione verbale.

Mi guardai intorno. Nella nebbia grigia la gente camminava lentamente. Gente comune, incapace di uscire dal proprio piccolo mondo. Noi, invece, eravamo Altri, non importava che io fossi un alleato della Luce e loro, i miei interlocutori, alleati delle Tenebre. Con loro avevo molte più cose in comune che non con qualunque altro normale essere umano.

— A quale condizione?

Non si può giocare a rimpiattino con le Tenebre.

Le regole sono fatte per essere infrante. Non si può scendere a compromessi. E, cosa assai più rischiosa, accettare doni. Ma le regole sono fatte per essere violate.

— Nessuna.

Guardai Alisa, cercando di individuare l'insidia nelle sue parole. Pet'ka era visibilmente contrariato dal comportamento della socia, si era adirato, voleva smascherare l'adepto della Luce con le prove del suo crimine. Significava che si poteva anche non prenderlo in considerazione.

In che cosa consisteva la trappola?

— Per me è inaccettabile — dissi, scoprendo con sollievo l'insidia. — La ringrazio, Alisa, per l'offerta di accomodamento reciproco. Posso acconsentire, ma prometto in un'analoga situazione di perdonare anche a voi una leggera interferenza magica, inclusa una di settimo grado.

— Va bene, Altro — acconsentì subito Alisa. Tese la mano e io la strinsi. — L'accordo individuale è concluso.

La civetta sulla mia spalla frullò le ali. Le sue strida infuriate mi colpirono l'orecchio. E di lì a un istante l'uccello si materializzò nel Crepuscolo.

Alisa arretrò, le sue pupille divennero di colpo due fessure verticali. Il ragazzo stregone perse subito la sua sbarra di difesa.

— Accordo concluso! — ripeté minacciosa la strega.

Che era successo?

Avevo capito in ritardo che non si doveva trattare in presenza di Olga. Anche se… Che c'era poi di così terribile in quel che era accaduto? Come se altri agenti della Guardia non avessero mai concluso alleanze simili anche in mia presenza, o non fossero mai scesi a compromessi, non avessero collaborato con le Forze delle Tenebre, compreso il Capo! Non è auspicabile, certo! Ma bisogna!

Il nostro scopo non è annientare le Forze delle Tenebre. Il nostro scopo è mantenere l'equilibrio. Le Tenebre scompariranno soltanto quando gli umani vinceranno dentro di sé il Male. E noi spariremo soltanto se gli umani preferiranno le Tenebre alla Luce.

— L'accordo è concluso — dissi alla civetta in tono maligno. — Accettalo. Si tratta di una sciocchezza. Una banale collaborazione.

Alisa sorrise, mi salutò con la mano. Prese lo stregone per il gomito e insieme si ritirarono. Ancora un istante e, uscendo dal Crepuscolo, avrebbero camminato lungo il marciapiede. Come una coppia qualunque.

— Perché ti agiti? — chiesi io. — Nel lavoro non si può fare a meno di compromessi!

— Hai commesso un errore.

La voce di Olga era strana, non adeguata al suo aspetto esteriore. Morbida, vellutata, melodiosa. Così parlano i mutanti gatti, non gli uccelli.

— Bene, bene. Allora sai parlare…

— Sì.

— E come mai prima tacevi?

— Prima andava tutto bene.

— Esco dal Crepuscolo, d'accordo? E così tu intanto puoi spiegarmi in che cosa ho sbagliato. I piccoli compromessi con gli agenti delle Tenebre sono una parte inevitabile del nostro lavoro.

— Tu non hai una qualifica che ti consenta di fare dei compromessi.

Il mondo intorno ridiventò a colori. Questo accade di solito quando con la videocamera si vira dal seppia tipico del vecchio cinema alla normale pellicola. L'analogia era molto felice. Il Crepuscolo è un po' come il vecchio cinema. Vecchio, arcaico, rimosso dall'umanità perché la vita risulti più facile.

M'inabissai nel metrò, apostrofando la mia invisibile interlocutrice: — Che c'entra qui la qualifica?

— Un Guardiano di livello alto è in grado di prevedere le conseguenze di un compromesso e di sapere se si tratta di una concessione che si neutralizza reciprocamente o invece di una trappola da cui si ricaverà più perdita che guadagno.

— Non credo che un'interferenza di settimo grado ci arrecherà un danno!

Un uomo che mi passava accanto mi fissò stupito. Stavo già per indirizzargli una frase del tipo: "Sono uno psicopatico, ma sono innocuo." Una di quelle frasi che riescono sempre a placare la curiosità eccessiva. Ma l'uomo aveva già affrettato il passo, giungendo forse da solo alla stessa conclusione.

— Anton, tu non sei in grado di prevedere le conseguenze. Hai reagito a una situazione leggermente fastidiosa in modo inadeguato. Il tuo piccolo sortilegio ha provocato un'intromissione da parte degli agenti delle Forze delle Tenebre. Sei sceso a compromessi con loro. Ma la cosa più triste è che non c'era nessun bisogno di quella interferenza magica.

— Sì, sì, lo ammetto. E ora che cosa facciamo?

La voce dell'uccello si ravvivò, si colorì di intonazioni. Forse era rimasto troppo a lungo senza parlare.

— Ora non fare nulla. Speriamo bene per il futuro.

— Riferirai al Capo dell'accaduto?

— No. Per il momento no. Siamo soci, non è così?

Mi sentii riscaldare il cuore. Gli errori sono errori, ma per quel repentino miglioramento nei rapporti con la mia partner ne era valsa la pena.

— Grazie. Che cosa consigli?

— Fai tutto quello che si deve. Segui la traccia.

Avrei preferito ricevere un consiglio più originale...

— Andiamo.

Verso le due, oltre alla linea circolare avevo già perlustrato anche tutta la linea grigia. Forse sarò un pessimo operativo, ma non poteva sfuggirmi la traccia che avevo già individuato il giorno prima. La ragazza col vortice infernale sopra la testa non doveva essere uscita di lì. Evidentemente occorreva ricominciare dal luogo in cui ci eravamo incontrati.

Alla stazione Kurskaja uscii dal metrò, comprai a un distributore una confezione di insalata e un bicchiere di caffè. Un'occhiata agli hamburger e ai würstel mi fece venire la nausea, malgrado la quantità puramente simbolica di carne che contenevano.

— Vuoi qualcosa? — chiesi alla mia invisibile compagna di viaggio.

— No, grazie.

In piedi sotto il nevischio raspavo con la forchetta nell'insalata Olivier, sorseggiando caffè bollente. Un barbone, che evidentemente contava sul fatto che prendessi una birra e gli lasciassi la bottiglia vuota, mi scansò e se ne andò a scaldarsi nella metropolitana. La giovane venditrice serviva i passanti affamati, una folla di persone senza volto fluiva di stazione in stazione. Alla bancarella dei libri il rivenditore aveva rifilato con aria mesta un libro all'acquirente. Che si lagnava.

— Forse sono di cattivo umore... — borbottai.

— Perché?

— Vedo tutto in una luce cupa. La gente è una massa di idioti o bastardi, l'insalata è congelata, le scarpe umide.

L'uccello sulla mia spalla stridette beffardo.

— No, Anton. Non è un problema d'umore. Senti approssimarsi qualcosa d'infernale.

— Non mi sono mai distinto per la mia capacità di percezione.

— Ma guarda un po'!

Diedi un'occhiata alla stazione. Cercai di scrutare i volti. Qualcuno sembrava percepire qualcosa. Chi non era né del tutto essere umano, né del tutto Altro provava un senso di ansia, di oppressione, ma non potendo comprenderne le cause manteneva in apparenza un'aria serena e florida.

— Le Tenebre e la Luce... Che può succedere, Olga?

— Di tutto. Tu hai allontanato la catastrofe, ma le conseguenze saranno semplicemente devastanti. È l'effetto del contenimento.

— Il Capo non me ne aveva parlato.

— Perché mai? Tu hai agito bene. Adesso almeno hai una chance.

— Olga, quanti anni hai? — chiesi. Tra gli umani questa domanda avrebbe potuto apparire offensiva. Per noi l'età aveva un'importanza relativa.

— Tanti, Anton. Mi rammento, per esempio, dell'Insurrezione.

— Della Rivoluzione?

— Dell'Insurrezione sulla piazza del Senato. — La civetta fece un risolino. Io tacqui. Facile che Olga fosse anche più vecchia del mio Capo.

— Che rango hai, socia?

— Nessuno. Sono stata privata di tutti i diritti.

— Scusa.

— Non fa nulla. Mi sono rassegnata da un pezzo.

Il suo tono restava energico, persino beffardo. Ma qualcosa mi diceva che Olga non si era rassegnata affatto.

— Se non sono troppo importuno, perché ti hanno ficcato in questo corpo?

— Non c'era scelta. Sopravvivere nel corpo di un lupo è di gran lunga più complicato.

— Aspetta... — Gettai l'insalata avanzata nel cestino. Fissai la spalla, senza vedere, naturalmente, la civetta. Per questo occorreva andare nel Crepuscolo. — Chi sei tu? Se sei un mutantropo, perché stai con noi? E se invece sei un mago, perché hai ricevuto un castigo così strano?

— Questo esula del tutto dalla nostra questione, Anton. — Per un istante la sua voce fu percorsa da una pungente nota metallica. — Tutto cominciò dal fatto che scesi a compromessi con le Tenebre. Che feci con loro un piccolo accordo. Mi sembrava di aver valutato le conseguenze e invece mi sbagliavo.

Ah, era così...

— Per questo dunque ti sei messa a parlare? Avevi deciso di mettermi in guardia, però sei arrivata tardi...

Silenzio.

Era come se Olga fosse pentita della propria sincerità.

— Continuiamo a lavorare — dissi. E in quel momento nella mia tasca trillò il telefono.

Era Larisa. Ma come, faceva due turni di seguito?

— Anton, attento... Hanno trovato le tracce della tua ragazza. Stazione Perovo.

— Cazzo! — mi limitai a dire. Lavorare nei quartieri dormitorio era un tormento.

— Già — concordò Larisa. Non aveva nessuna stoffa come operativo... perciò forse stava al centralino. Ma era una intelligente. — Anton, fiondati a Perovo. I nostri si sono concentrati tutti lì, seguono le tracce. E c'è dell'altro. Laggiù hanno rilevato un Guardiano del Giorno.

Non ci capivo più niente: possibile che le Forze delle Tenebre fossero già al corrente di tutto? E non vedessero l'ora che si scatenasse l'inferno? Non era un caso che mi avessero fermato...

Sciocchezze. Una catastrofe a Mosca non era nell'interesse delle Forze delle Tenebre. Per la verità, nemmeno si sarebbero presi la briga di fermare il vortice: era contro la loro natura.

Così evitai d'infilarmi nella metropolitana. Presi un'auto, il che avrebbe dovuto darmi un certo margine di vantaggio, anche se piccolo. Sedetti accanto al conducente, un intellettuale dal viso smunto e dal naso con la gobba, sui quaranta. La macchina era nuovissima e il conducente dava l'impressione di uno più che benestante. Era persino strano che arrotondasse dando passaggi.

... Perovo. Un quartiere sterminato. Folle di persone. La Luce e le Tenebre, tutto s'intrecciava in un unico groviglio. Una fila di locali che proiettavano aloni luminosi e oscuri da tutti i lati. Lavorare quaggiù era come cercare un granello di sabbia sul pavimento di una discoteca sovraffollata, sotto le luci stroboscopiche...

Vantaggi pochi per me, o meglio nessuno. Ma avevano ordinato di andare e bisognava andare. Forse mi avrebbero chiesto di eseguire un'identificazione.

— Chissà perché ero convinto che avremmo avuto fortuna — mormorai, guardando la strada lastricata. Superammo Losinyj ostrov, l'"Isola degli alci", anche questo un luogo poco gradevole, dove avvenivano i sabba delle Forze delle Tenebre. E non sempre nell'osservanza dei diritti degli umani. Per cinque notti l'anno eravamo tenuti a tollerare tutto.

— Anch'io lo credevo... — bisbigliò Olga.

— Come faccio a competere con gli operativi? — Scossi la testa.

Il conducente mi guardò di sottecchi. Il tragitto doveva essergli andato a genio. Non dovetti trattare sul prezzo. Ma un essere umano che parla da solo fa sempre pensare a qualcosa di insano.

— Ho cannato una cosa... — comunicai con un sospiro al conducente. — O meglio: l'ho eseguita male. Credevo di concludere oggi il mio incarico e invece si sono arrangiati senza di me.

— E perché ha tanta fretta? — s'incuriosì lui. Non sembrava un tipo particolarmente loquace, ma le mie parole l'avevano interessato.

— Mi hanno ordinato di andare — spiegai.

Interessante: chissà per chi mi aveva preso...

— E di che si occupa?

— Sono un programmatore. — Era una risposta onesta, dopotutto.

— Strepitoso — osservò il conducente. Chissà che ci trovava di strepitoso... — E le basta per vivere?

La domanda era retorica, e lo dimostrava il fatto che non avevo preso il metrò. Ma comunque risposi: — Perfettamente.

— Non glielo chiedo tanto per dire — fece il conducente. — Il mio gestore del server sta per lasciare il lavoro...

«Il mio...» Però!

— Personalmente lo vedo come un segno del destino. Do un passaggio a uno che si rivela essere un programmatore. Mi pare che lei sia predestinato. — Scoppiò a ridere, come per attenuare quelle affermazioni troppo perentorie. — Lavora con le reti locali?

— Sì.

— Ho una rete a cui sono collegate una cinquantina di macchine. Bisogna tenerla in ordine. Paghiamo bene.

Senza volere accennai un sorriso. Un bell'affare. Una rete locale. Uno stipendio niente male. E nessuno che pretenda che tu dia la caccia di notte ai vampiri, che beva il sangue e fiuti le tracce nelle strade gelate...

— Le lascio il mio biglietto da visita? — L'uomo infilò la mano nella tasca della giacca. — Pensi un po'...

— No, grazie. Purtroppo non sono io a decidere se posso lasciare il mio lavoro.

— È forse del KGB? — chiese il conducente, adombrandosi.

— No, di un'organizzazione più seria — risposi io. — Di gran lunga più seria. Ma simile.

— Hmm, già... — L'uomo tacque. — Peccato. Avevo già pensato che fosse un segno del cielo. Tu credi nel destino?

Al "tu" era passato con leggerezza e disinvoltura. Questo mi piacque.

— No.

— Perché? — si stupì sinceramente il conducente, come se avesse sempre avuto a che fare con fatalisti.

— Il destino non esiste. È dimostrato.

— Da chi?

— Da noi al lavoro.

Scoppiò a ridere.

— Grande! Allora vuol dire che non era destino! Dove devo lasciarti?

Eravamo già sullo Zelënyj Prospekt.

Mi misi a scrutare tutt'intorno, passando dallo stadio della realtà ordinaria a quello del Crepuscolo. Non riuscivo a distinguere nulla, i miei poteri erano insufficienti. Ma percepii. Attraverso una nebbiolina grigia baluginò un mucchio di lucine fioche. Come se tutto l'ufficio si fosse radunato lì...

— Eccoli...

Ora, trovandomi nella realtà ordinaria, non potevo scorgere i colleghi. Calpestavo la grigia neve di città in direzione del giardino tra i caseggiati e il viale sommerso da montagne di neve. Rari alberelli gelati, sequenze di orme che parevano quelle di ragazzini che avessero ruzzolato sulla neve o di ubriachi in cerca di una scorciatoia.

— Fa' un segno con la mano, ti hanno visto — mi suggerì Olga.

Riflettei un po' e seguii il suo consiglio. Pensassero pure che sapevo benissimo passare con la vista da uno stadio di realtà a un altro.

Dopo essermi guardato intorno soprattutto per rispettare la procedura, creai il Crepuscolo e vi entrai.

C'era l'intero ufficio al completo. Tutta la sezione di Mosca.

Al centro stava Boris Ignatevic. Vestito leggero, con un berrettino di pelo, ma chissà perché con la sciarpa. Lo vidi scendere dalla sua BMW, marcato stretto dalle guardie del corpo.

Accanto a lui c'erano gli operativi. Igor' e Garik: due perfetti guerrieri. Musi di pietra, spalle squadrate, facce ottuse e impenetrabili. Si capiva subito: avevano alle spalle otto classi, l'istituto e le squadre speciali di polizia. Nel caso di Igor' era vero alla lettera. Garik aveva invece due lauree. Malgrado la somiglianza esteriore e il comportamento pressoché identico nella sostanza, differivano decisamente. Ilja sembrava un intellettuale raffinato, ma era difficile che qualcuno si lasciasse ingannare dagli occhiali dalla montatura sottile, dalla fronte alta e dallo sguardo innocente. Semen era un tipo esaltato: basso, tarchiato, con lo sguardo scaltro, indossava una logora giacca di nylon. Un provinciale giunto nella capitale. Per di più negli anni Sessanta, da uno dei tanti colcos[1] modello. Erano agli antipodi. In compenso ciò che li accomunava era una splendida abbronzatura e un'espressione mesta del viso. Erano stati strappati dallo Sri Lanka nel bel mezzo delle ferie e non sembravano affatto godersela nella Mosca invernale. Ignat, Danila e Farid non c'erano, anche se potevo ancora sentire le loro tracce fresche. In compenso dietro le spalle del Capo stavano, senza mimetizzarsi affatto, ma quasi indistinguibili a una prima occhiata, i mutantropi Orso e Tigrotto. Quando li notai, mi sentii a disagio. Non erano dei semplici guerrieri. Erano dei grandissimi guerrieri. Non li convocavano per cose da poco.

E di specialisti l'ufficio ne aveva parecchi.

Nella sezione analitica ce n'erano cinque. Nel gruppo scienti-

1 I colcos sono aziende agricole collettive. (N.d.T.)

fico erano tutti specialisti, salvo Julja che però aveva solo tredici anni. Nell'archivio non ce n'erano e non se ne sentiva il bisogno.

— Salve! — dissi.

Uno accennò un saluto, qualcun altro sorrise. Ma ora erano altre le mie preoccupazioni. Boris Ignatevic mi ordinò con un gesto di avvicinarmi, dopodiché proseguì il discorso che aveva evidentemente interrotto: — ... non è nel loro interesse. E questo ci rallegra. Non ci daranno nessun aiuto... e va bene, è magnifico...

Era chiaro. Parlavano dei Guardiani del Giorno.

— Possiamo rintracciare la ragazza senza essere ostacolati e Danila e Farid ce l'hanno quasi fatta. Credo che sia questione di cinque-sei minuti... Eppure ci è stato inviato un ultimatum.

Afferrai lo sguardo di Tigrotto. Oh, il suo sorriso non faceva sperare nulla di buono... Era di sesso femminile. Tigrotto era in realtà una ragazza, ma il soprannome "Tigre" era decisamente inadatto a lei.

I nostri operativi non amavano quella parola, "ultimatum"!

— Il mago nero non è dei nostri. — Il Capo avvolse tutti nel suo sguardo annoiato. — Chiaro? Dobbiamo trovarlo per neutralizzare il vortice malefico. Dopodiché lo consegneremo alle Forze delle Tenebre.

— Lo consegneremo? — sottolineò incuriosito Ilja.

Il Capo rifletté per un istante.

— Già, è giusto sottolinearlo. Noi non lo elimineremo e non gli impediremo di mettersi in contatto con le Forze delle Tenebre. Da quanto ho capito, neppure loro sanno chi è.

I volti degli operativi s'inacidirono. Qualunque mago nero nel territorio controllato era per noi una bella seccatura. Fosse pure registrato e rispettasse il Patto. Un mago di tale forza poi...

— Avrei preferito un'altra evoluzione degli eventi — disse Tigrotto in tono soave. — Boris Ignatevic, durante lo svolgimento del nostro incarico potrebbero verificarsi delle situazioni indipendenti dalla nostra volontà...

— Temo che non si possano consentire situazioni simili — tagliò corto il Capo, che così, d'istinto, senza intenzione alcuna, simpatizzava per Tigrotto. Ma la ragazza subito tacque.

Anch'io avrei taciuto.

— Direi che è tutto... — Il Capo mi fissò. — È bene che tu sia venuto, Anton. Intendevo proprio parlarne in tua presenza...

Senza volere, mi irrigidii.

— Ieri ti sei comportato in modo corretto. Già, per la verità ti avevo incaricato di cercare i vampiri al solo scopo di sorvegliarli. Non è soltanto per le tue doti operative, Anton... è che ormai da un pezzo la tua situazione si è fatta complicata. Per te uccidere un vampiro è molto più difficile che per chiunque di noi.

— Sbaglia a pensarla così, Capo — dissi.

— Sono felice di sbagliarmi. Accetta la riconoscenza di tutti i Guardiani della Notte. Hai ucciso un vampiro e hai eliminato la traccia della vampira. E una traccia molto marcata. La tua esperienza nel lavoro d'indagine resta inadeguata. Persino con questa ragazza. La situazione era fuori norma, ma tu hai fatto una scelta umana... e così hai perso tempo. E l'impronta dell'aura era straordinaria. Ho capito fin dal primo istante dove cercarla.

Ero sconvolto. Nessuno che sorridesse, sogghignasse o mi fissasse con un sorrisetto maligno. Eppure mi sentivo umiliato. La civetta bianca, che nessuno vedeva, sussultò sulla mia spalla. Inspirai l'aria del Crepuscolo, fresca, inodore, un'aria che non era aria. Chiesi: — Boris Ignatevic, per quale motivo mi ha dirottato sulla linea circolare, se già sapeva qual era il quartiere giusto?

— Potevo sempre sbagliarmi — replicò lui con una nota di stupore. — E poi te lo ripeto... quando si esegue un lavoro d'indagine è meglio non fidarsi dell'opinione del superiore più alto in grado. In guerra si è sempre soli.

— Ma io non ero solo — dissi piano. — E per la mia partner questo incarico è estremamente importante, lei lo sa meglio di me. Mandandoci a controllare dei quartieri che già si sapeva che erano vuoti... lei l'ha privata della sua occasione di riabilitarsi.

Il volto del Capo era di pietra: non trapelava nulla se lui non lo voleva.

— Il vostro incarico non è ancora concluso — replicò. — Anton, Olga... resta ancora la vampira che deve essere neutralizzata. Qui nessuno ha il diritto di turbare il vostro lavoro: lei ha violato l'accordo. E poi c'è il ragazzo che ha mostrato una straordinaria resistenza alla magia. Occorre ritrovarlo e convogliare la sua forza a favore della Luce. Al lavoro!

— E la ragazza?

— È già stata localizzata. Gli specialisti cercheranno di neutralizzare il vortice. Se non si riuscirà, e certamente sarà così, allora scopriremo chi ha lanciato la maledizione. Ignat, è compito tuo!

Mi voltai: Ignat era già accanto a lui. Alto, prestante, un bel giovane biondo, con la figura di un Apollo e il viso da star del cinema. Si muoveva senza farsi notare anche se questo nella realtà ordinaria non lo salvava dall'attenzione pressante che gli tributava il gentil sesso. Del tutto eccessiva.

— Non rientra nella mia qualifica — disse cupo Ignat. — Non è che sia il mio orientamento preferito!

— Con chi dormire lo sceglierai quando non sei in servizio — tagliò corto il Capo. — Ma in servizio decido io per te su tutto. Persino su quando andare al gabinetto.

Ignat si strinse nelle spalle. Mi guardò, come in cerca di solidarietà, e bofonchiò: — È una discriminazione...

— Qui non sei negli Stati Uniti — ripeté il Capo, e la sua voce si fece insidiosamente gentile. — Sì, certo si tratta di una discriminazione, è sfruttamento di un dipendente nella violazione delle sue esigenze personali.

— E non potrei averlo io questo incarico? — chiese timidamente Garik.

L'atmosfera si surriscaldò. Che Garik nelle questioni amorose fosse un fiasco totale non era un segreto per nessuno. Qualcuno scoppiò a ridere.

— Igor', Garik, voi continuerete a cercare la vampira — disse il Capo, quasi avesse preso sul serio la proposta. — Lei ha bisogno di sangue. L'hanno fermata proprio all'ultimo momento, ora sta impazzendo per la fame e per l'eccitazione. Aspettatevi una vittima da un momento all'altro! Anton, tu e Olga cercate il ragazzino.

Tutto chiaro.

Di nuovo l'incarico più insignificante e più inutile.

In città si preparava una catastrofe infernale, in città c'era una giovane, selvaggia, affamata vampira! E io dovevo cercare un ragazzino dotato di notevoli poteri magici...

— Abbiamo la sua autorizzazione?

— Sì, certo. — Il Capo aveva ignorato la mia timida mossa.

Ruotai su me stesso e, in segno di protesta, uscii dal Crepuscolo. Il mondo sussultò, riempiendosi di colori e di suoni. Spuntai come un pezzo di idiota in mezzo a un giardinetto. A un osservatore esterno sarebbe apparso oltremodo strano. Le tracce erano sparite... e io me ne stavo in piedi su un monticello di neve, con intorno una distesa intatta.

È così che nascono i miti. Dalla nostra imprudenza, dai nostri nervi spezzati, da scherzi malriusciti e gesti esemplari.

— Niente di che — dissi, e avanzai con noncuranza verso il viale.

— Grazie... — mormorò una voce sommessa e tenera al mio orecchio.

— Di che, Olga?

— Di esserti ricordato di me.

— Per te è davvero così importante eseguire l'incarico?

— Molto importante — rispose l'uccello dopo una breve pausa.

— Allora dovremo darci parecchio da fare.

Saltando sui monticelli di neve e sulle pietre – doveva esserci stato un ghiacciaio lì, oppure qualcuno aveva giocato a tirare le pietre in giardino – mi diressi verso il viale.

— Hai del cognac? — chiese Olga.

— Del cognac? Sì, ce l'ho.

— Buono?

— Cattivo non può essere, se è vero cognac.

La civetta ridacchiò. — Inviteresti allora una signora a bere del caffè e del cognac?

Già m'immaginavo una civetta che beve dal piattino il cognac e per poco non mi sbellicai dal ridere.

— Con piacere. Andiamo in taxi?

— Lei vuole scherzare, ragazzo! — replicò all'istante Olga.

Già. Ma quando era stata intrappolata in quel corpo d'uccello? E questo non le impediva di leggere i libri?

— Esiste una cosa che si chiama televisore — bisbigliò l'uccello.

Tenebre e Luce! Ero certo che i miei pensieri fossero al sicuro!

— La telepatia più dozzinale può sostituire perfettamente un'esperienza di vita… anche una profonda esperienza di vita — proseguì maliziosa Olga. — Anton, i tuoi pensieri sono imperscrutabili per me. E dopotutto sei il mio partner.

— Ma io sono così in generale… — Feci un gesto con la mano. Era sciocco negare l'evidenza. — E che facciamo col ragazzino? Ce ne infischiamo dell'incarico? Non è affatto serio…

— È serissimo! — replicò Olga contrariata. — Anton, il Capo ha ammesso di essersi comportato in modo scorretto. Ed è stato indulgente con noi, conviene approfittarne. La vampira ha puntato il ragazzo, capisci? Per lei è come un panino che non ha finito di addentare, che le è stato tolto di bocca. Lui è appeso a un filo. Lei ora ha il potere di attirarlo in qualunque tana in qualunque angolo della città. Ma questo è un vantaggio anche per noi. Non c'è bisogno di cercare una tigre nella giungla quando si può legare un capretto in un campo.

— A Mosca questi capretti…

— Questo ragazzo è appeso a un filo. La vampira non ha esperienza. Stabilire un contatto con una nuova vittima è più difficile che non attirarne una vecchia. Credimi.

Sussultai, scacciando un sospetto idiota. Sollevai la mano per fermare un'auto e dissi cupo: — Ti credo. Ti credo ora e per sempre.

Capitolo 4

La civetta uscì dal Crepuscolo subito dopo di me. Spiccò il volo – per un istante percepii la lieve puntura dei suoi artigli – e si diresse verso il frigorifero.

— Devo sistemarti un trespolo? — chiesi, chiudendo a chiave la porta.

Vidi Olga parlare per la prima volta. Il becco sussultava, mentre lei tirava fuori con uno sforzo evidente le parole. A dire il vero non capisco come un uccello possa essere in grado di parlare. Tanto più con voce umana.

— Non è il caso, altrimenti comincerò a deporre le uova.

Era chiaro che tentava di scherzare.

— Se ti ho offesa, perdonami — le dissi per ogni eventualità. — Sto cercando anch'io di vincere l'imbarazzo.

— Capisco. È naturale.

Ficcai la testa nel frigorifero e scovai qualcosa per uno spuntino. Formaggio, salame, cetriolini e funghi sotto sale… Chissà se si accompagnava bene il cetriolino sotto sale a un cognac invecchiato di quarant'anni. Forse avrebbero avvertito un reciproco senso di disagio. Lo stesso che avvertivo io con Olga.

Presi il formaggio e il salame. — Scusa, ma non ci sono limoni. — Comprendevo tutta l'assurdità di quella preparazione, eppure… — Però il cognac è buono.

La civetta taceva.

Dal cassetto scostato sotto il bar presi una bottiglia di Kutuzov.

— L'hai mai provato?

— È la nostra risposta al Napoleon? — La civetta fece una risatina. — No, non l'ho mai provato.

L'assurdità di quella situazione aumentava. Sciacquai due bicchieri da cognac e li posai sul tavolo. Fissai dubbioso quel pugno di penne bianche. E il becco corto, ricurvo.

— Non puoi bere dal bicchiere. Vuoi che ti porti un piattino?

— Voltati.

Ubbidii. Udii alle mie spalle un fruscio di penne. Poi un sibilo leggero, sgradevole, che rammentava il frusciare di una serpe o una fuoriuscita di gas da una bombola.

— Olga, scusa, ma... — Mi voltai.

La civetta era sparita.

Già, mi aspettavo qualcosa del genere. Avevo sperato che potesse assumere sembianze femminili almeno di tanto in tanto. E mi ero figurato mentalmente un ritratto di Olga, la donna prigioniera nel corpo di uccello che ancora rammentava l'insurrezione decabrista[1]. Chissà perché me l'immaginavo come la principessina Lopuchina in fuga dal ballo. Solo un po' più vecchia, più seria, con lo sguardo pieno di saggezza e un po' emaciata...

Sullo sgabello sedeva una donna giovane, giovanissima. Che non dimostrava più di venticinque anni. Con i capelli tagliati cortissimi, da maschio, le guance nere di fumo, come fosse scampata a un incendio. Bella, i tratti del viso fini, aristocratici. Ma quella pelle che sembrava bruciata, quella pettinatura rozza, mostruosa...

I suoi abiti mi scioccarono del tutto. Sudici pantaloni militari degli anni Quaranta, giacca di ovatta imbottita aperta e, sotto, una maglietta grigia da ginnastica. Piedi nudi.

— Sono bella? — chiese la donna.

— Ebbene sì — risposi io. — La Luce e le Tenebre... Perché hai quest'aspetto?

— L'ultima volta che ho assunto sembianze umane risale a cinquantacinque anni fa.

Annuii.

— Capisco, ti hanno utilizzata quando c'era la guerra?

1 L'insurrezione decabrista, contro lo zar Nicola I, avvenne nel dicembre (in russo dekabr') del 1825. Fu organizzata da seguaci di varie sette segrete con aspirazioni costituzionali e di riforme sociali. Fallì per la scarsa coesione dei cospiratori e per l'impreparazione politica del popolo, che non si unì ai congiurati. (N.d.R.)

— Mi utilizzano con tutte le guerre. — Olga sorrise gentilmente. — Quando le guerre sono gravi. Altrimenti mi è proibito assumere sembianze umane.

— Ma ora non c'è nessuna guerra.

— Vorrà dire che ci sarà.

Questa volta non sorrise. Cercai di allontanare quella maledizione con un segno.

— Vuoi fare una doccia?

— Volentieri.

— Non ho abiti femminili. Un paio di jeans e una camicia ti vanno bene?

Annuì. Si alzò goffamente, tenendo in modo buffo le braccia e si fissò stupita i piedi nudi. Se ne andò nel bagno, come se non fosse la prima volta che faceva una doccia da me.

Mi fiondai nella camera da letto. Non doveva avere molto tempo.

I jeans erano vecchi, ma erano di una misura in meno rispetto a quelli che portavo adesso. Le sarebbero andati comunque grandi… E la camicia? No, meglio un maglioncino leggero. La biancheria… Eh, sì… come no, come no.

— Anton!

Feci una pila dei vestiti, agguantai un asciugamano pulito e tornai a razzo. La porta del bagno era aperta.

— Che rubinetti che hai…

— Sono d'importazione… Sto arrivando.

Entrai. Olga stava nella vasca da bagno, con la schiena voltata verso di me e girava assorta la maniglia del rubinetto ora a destra ora a sinistra.

— Verso l'alto — le dissi. — Alzala, a sinistra scende acqua fredda, a destra calda.

— Chiaro, grazie.

Non provava il minimo imbarazzo per la mia presenza. Era comprensibile, se si pensava alla sua età e al suo rango… insomma, al rango che aveva avuto.

Ma io mi sentivo confuso. E per questo diventai cinico.

— Eccoti i vestiti. Forse troverai qualcosa che fa al caso tuo. Sempre se ne hai bisogno, naturalmente.

— Grazie, Anton... — Olga mi fissò. — Non farci caso. Sono stata per ottant'anni dentro un corpo d'uccello. E ho trascorso la maggior parte del tempo in letargo, ma ora ne ho abbastanza.

Aveva occhi profondi, magnetici. Pericolosi.

— Ormai non mi sento più né un essere umano, né un Altro, né una donna. E neppure una civetta. Solo... una vecchia, abominevole idiota asessuata che qualche volta è in grado di parlare.

L'acqua della doccia la colpì. Olga sollevò lentamente le braccia, si rigirò con piacere sotto i getti scroscianti.

— Togliermi questa fuliggine di dosso per me è molto più importante che... turbare un simpatico giovane.

Dopo aver incassato il "giovane", senza ulteriori polemiche, uscii dal bagno. Scossi la testa, presi il cognac e stappai la bottiglia.

Almeno una cosa era chiara: lei non era un mutantropo. Un mutantropo non avrebbe tenuto sul corpo dei vestiti. Olga era una maga. Una maga, una donna di circa duecento anni, che ottant'anni fa era stata punita con la privazione del corpo. Era una specialista in scambi magnetici, l'ultima volta che era stata reclutata per una missione risaliva a cinquant'anni prima...

C'erano dati sufficienti per una ricerca nei computer della base. Non avevo accesso a tutti i file, non avevo il grado. Ma, per fortuna, i superiori non potevano neppure immaginare quante informazioni si ottenevano da una ricerca incrociata.

Naturalmente, se avessi davvero voluto scoprire l'identità di Olga.

Versato il cognac nei bicchieri, mi misi in attesa. Olga uscì dal bagno cinque minuti dopo, asciugandosi i capelli con la salvietta. Indossava i miei jeans e il mio maglione.

Non si può dire che si fosse trasformata del tutto... però era diventata più gradevole.

— Grazie, Anton. Non puoi neppure immaginare con quanto piacere...

— Lo immagino.

— Immaginare non basta. L'odore, Anton... l'odore di bruciato. Io mi sono quasi abituata dopo mezzo secolo. — Olga sedette goffamente sullo sgabello. Sospirò. — È brutto, ma sono felice dell'attuale crisi. Non importa che sia perdonata, purché abbia la possibilità di lavarmi...

— Puoi rimanere con queste sembianze? Esco a comprarti degli abiti adatti.

— Non è il caso. Ho solo mezz'ora al giorno.

Appallottolato l'asciugamano, Olga lo gettò sul davanzale. Sospirò: — Potrei anche non riuscire a lavarmi la prossima volta. E neppure a bere il cognac... Alla tua salute, Anton!

— Alla tua!

Il cognac era buono, lo sorseggiai con piacere, malgrado la totale confusione nella mia testa. Olga lo bevve d'un fiato, corrugò la fronte, ma commentò con cortesia: — Non è male.

— Perché il Capo non ti permette di assumere sembianze normali?

— Non è in suo potere.

Era chiaro. La punizione non arrivava dall'ufficio distrettuale, ma dai vertici superiori.

— Ti auguro buona fortuna, Olga. Qualunque azione tu abbia commesso, di certo la tua colpa è già stata espiata da un pezzo.

La donna si strinse nelle spalle.

— Vorrei crederlo. Capisco che posso suscitare compassione, ma il castigo era giusto. Del resto... parliamone seriamente.

— Parliamone.

Olga si allungò attraverso il tavolo verso di me. Disse con un misterioso sussurro: — Te lo dico con franchezza: mi sono stufata. Ho nervi saldi, ma così non si può vivere. La mia unica chance è quella di compiere una missione talmente importante che ai capi non resti altra via d'uscita che perdonarmi.

— E dove la troviamo una missione simile?

— L'abbiamo già. E consiste di tre tappe: proteggiamo il ragazzino e lo facciamo diventare un alleato delle Forze della Luce. La vampira la eliminiamo.

Olga aveva un tono sicuro di sé e a un tratto le credetti. Proteggeremo lui ed elimineremo lei. Senza problemi.

— Solo che si tratta di inezie, Anton. A te un'azione simile consentirà di salire di grado, ma io non verrò salvata. L'importante è la ragazza col vortice malefico.

— Di lei si stanno già occupando, Olga. Io... noi siamo stati esclusi dall'incarico.

— Non importa. Non se la caveranno da soli.

— Davvero? — chiesi con ironia.

— Non se la caveranno. Boris Ignatevic è un mago potente. Ma in altri campi. — Olga socchiuse gli occhi beffardamente. — E io è tutta la vita che mi occupo di catastrofi infernali.

— Ecco che cosa c'entrava la guerra! — esclamai.

— Naturalmente. Simili esplosioni d'odio in tempo di pace non avvengono. Quel bastardo di Adolf... ne aveva di seguaci, eppure l'avrebbero fatto fuori già nel primo anno di guerra. Insieme a tutta la Germania. Quella di Stalin era una situazione diversa: era circondato da un'adorazione abnorme... uno scudo potente. Anton, io sono una semplice donna russa... — un fugace sorriso sottolineò ciò che Olga intendeva con la parola "semplice" — e ho trascorso tutta l'ultima guerra a proteggere i nemici del mio paese dalle maledizioni. Anche solo per questo mi meriterei il perdono, non credi?

— Sì, lo credo. — Avevo la sensazione che si fosse sbronzata.

— Un lavoro fetente... a tutti noi capita di dover andare contro la natura umana, ma giungere fino a tal punto... È così, Anton. Loro... non se la caveranno. Io... posso provarci. Anche se non ne ho la completa certezza.

— Olga, se è una cosa così seria, devi fare rapporto...

La donna scosse la testa, aggiustandosi i capelli bagnati: — Non posso. Mi è proibito comunicare con chiunque, eccetto che con Boris Ignatevic e il mio partner nell'incarico. A lui ho già detto tutto. Ora posso solo aspettare. E sperare di riuscire a cavarmela all'ultimo minuto.

— E il Capo non lo capisce questo?

— Al contrario, penso che lo capisca.

— E allora... — mormorai.

— Siamo stati amanti. Per molto tempo. E per di più siamo anche amici, il che succede assai di rado... E quindi, Anton, oggi risolviamo la questione del ragazzino e della vampira psicopatica. E domani aspetteremo. Aspetteremo finché non ci sarà una catastrofe infernale. Sei d'accordo?

— Devo riflettere, Olga.

— Perfetto, pensaci. È ora, voltati.

Non feci in tempo. Forse non era stata colpa di Olga. Non aveva calcolato bene il tempo che le era concesso.

Fu uno spettacolo disgustoso. Olga prese a tremare, s'inarcò. Il corpo fu scosso da un'onda sussultoria: le ossa si piegarono, come fossero di gomma. La pelle cadde, mettendo a nudo i muscoli irrorati di sangue. Di lì a un istante la donna si trasformò in un ammasso di carne sgualcita, in una sfera informe. E la sfera si rattrappiva sempre di più, coprendosi di morbide piume bianche.

La civetta delle nevi spiccò il volo dallo sgabello con un grido un po' uccellesco e un po' umano. Si fiondò verso il suo posto prediletto sul frigorifero.

— Diavolo! — gridai, dimenticando ogni regola e insegnamento. — Olga!

— Bello, eh? — La voce della donna era ansimante, ancora provata dal dolore.

— Perché, perché deve succedere proprio così?

— Fa parte del castigo, Anton.

Allungai la mano e sfiorai l'ala dispiegata e tremante.

— Olga, sono d'accordo con te: risolviamo la questione del ragazzino e della vampira.

— Allora al lavoro, Anton!

Annuendo, uscii nel corridoio. Spalancai l'armadio con l'equipaggiamento, entrai nel Crepuscolo perché altrimenti non avrei visto nulla se non abiti e vecchia paccottiglia.

Un corpicino leggero si posò sulla mia spalla: — Che cos'hai?

— Ho esaurito l'amuleto di onice. Puoi ricaricarlo?

— No, mi hanno privato di quasi tutti i poteri. Mi è rimasto solo quello che serve per neutralizzare l'inferno. E anche la memoria, Anton... mi rimane ancora la memoria. Come pensi di uccidere la vampira?

— Non è registrata — dissi io. — Ho solo dei rimedi popolari.

La civetta ridacchiò.

— Il paletto di frassino si usa ancora?

— Io non ce l'ho.

— Capisco. È per via dei tuoi amici, vero?

— Sì. Non voglio che si spaventino, varcando la soglia.

— E allora che cosa usiamo?

Da un nascondiglio scavato tra i mattoni presi una pistola. Mi piegai sulla civetta. Olga studiò attentamente l'arma.

— L'argento? Per i vampiri è molto nocivo, ma non letale.

— Dentro ci sono proiettili deflagranti. — Estrassi il caricatore dalla Desert Eagle. — Proiettili d'argento deflagranti. Calibro 044. Bastano tre colpi e si riempie di buchi, e il vampiro non è più in grado di reagire.

— E poi?

— Rimedi popolari.

— Non credo nella tecnica — mi fece eco Olga. — Ho visto un lupo mannaro riprendersi dopo che era stato fatto a pezzi da una carica.

— E si è ripreso in fretta?

— Dopo tre giorni.

— E io che sto dicendo?

— D'accordo, Anton. Se non ti fidi dei miei poteri...

Era contrariata, lo capivo. Ma io non sono un operativo. Io sono un dipendente del quartier generale.

— Andrà tutto bene — la rassicurai. — Credimi. Su, concentriamoci sulla ricerca dell'esca.

— Andiamo.

— Ecco, è accaduto tutto qui — riferii a Olga. Stavamo nell'androne. Naturalmente nel Crepuscolo.

Di tanto in tanto passava qualcuno, che cercava comicamente di scansarmi, sebbene fossi invisibile.

— Qui tu hai ucciso il vampiro. — Il tono di Olga era molto professionale. — Già... Capisco, amico mio. Hai eliminato nel modo sbagliato i rifiuti... Ma non fa nulla...

Ai miei occhi non restava più alcuna traccia del vampiro defunto. Ma non stetti a discutere.

— Qui c'era una vampira... e tu l'hai colpita... no, hai fatto schizzare della vodka... — Olga scoppiò a ridere piano. — Lei se n'è andata... I nostri operativi stanno perdendo smalto. La traccia è evidente anche adesso!

— Si è trasformata — dissi cupo.

— In un pipistrello?

— Sì, Garik ha detto che c'è riuscita all'ultimo momento.

— Male. La vampira è più forte di quanto sperassi.

— Ma non è selvatica. Beveva sangue vivo e uccideva. Non ha esperienza, ma di forza ne ha a bizzeffe...

— La elimineremo — disse in tono perentorio Olga.

Continuavo a tacere.

— Ah, ecco qui la traccia del ragazzino. — La voce di Olga si addolcì. — Però... ha un ottimo potenziale. Andiamo a vedere dove vive.

Uscimmo dall'androne, ci incamminammo lungo il marciapiede. Il cortile era grande, circondato da case da tutti i lati. Percepivo anch'io l'aura del ragazzino, anche se debole e confusa: doveva passare di qui regolarmente.

— Avanti — ordinò Olga. — Gira a sinistra. Diritto. A destra. Alt...

Mi arrestai davanti a una via lungo la quale avanzava lento un tram. Dal Crepuscolo non ero ancora uscito.

— In questa casa — comunicò Olga. — Avanti. Lui si trova là.

Era un casermone mostruoso. Piatto, altissimo. Sembrava poggiare su delle zampe e a una prima occhiata ricordava un gigantesco monumento a una scatola di fiammiferi. Alla seconda, un'esibizione patologica di megalomania.

— In una casa così si può uccidere — dissi — o impazzire.

— Occupiamoci di tutte e due le questioni — propose Olga. — Sai, ho una grande esperienza in queste cose.

Egor non voleva uscire di casa. Quando i genitori erano andati al lavoro e la porta si era richiusa di colpo, lui subito si era sentito in preda alla paura. E sapeva che oltre i confini del suo appartamento vuoto quella paura si sarebbe trasformata in autentico terrore.

Non aveva scampo. In nessun luogo e in nessun modo. Ma la casa creava almeno un'illusione di sicurezza.

Il mondo si era spezzato, il mondo era crollato la notte prima. Egor aveva sempre ammesso onestamente, sebbene non davanti a tutti ma solo con se stesso, di non essere coraggioso. Del resto non era neppure un vigliacco. Vi erano cose delle quali si poteva e si doveva avere paura: teppisti, maniaci, terroristi, catastrofi, incendi, guerre, malattie incurabili. Ma si poteva fare di tutta un'erba un fascio e soprattutto erano pericoli lontani.

Esistevano, erano reali, ma fuori della vita di tutti i giorni. Bastava rispettare le regole essenziali: non girare di notte, non introdursi in quartieri che non si conoscevano, lavarsi le mani prima di mangiare, non saltare sui binari.

Certo, si poteva aver timore che succedessero delle disgrazie, ma si capiva anche che le possibilità di rimanere inguaiati erano scarse.

Ora tutto era cambiato.

C'erano fenomeni ai quali era impossibile sfuggire. Fenomeni che non esistono e non possono esistere al mondo.

Esistevano i vampiri.

Rammentava distintamente – il terrore non l'aveva privato della memoria – ciò su cui aveva confidato ieri mentre correva a casa e, contro le sue abitudini, aveva attraversato la strada senza guardarsi intorno. E nutriva la timida speranza che al mattino ciò che aveva veduto in sogno non si avverasse.

Era la verità. Una verità impossibile. Ma...

Era accaduto ieri. Era accaduto a lui.

Era rincasato tardi, d'accordo, ma gli succedeva di tornare anche più tardi. Persino i suoi genitori, che secondo la ferma convinzione di Egor ancora non accettavano che lui avesse quasi tredici anni, erano tranquilli su questo punto.

Quando era uscito dalla piscina insieme agli altri ragazzi... erano già le dieci. Tutti insieme si erano infrattati da McDonald's e si erano fermati là una ventina di minuti. Di solito dopo l'allenamento chi poteva permetterselo andava da Mac. Poi... poi avevano raggiunto tutti insieme il metrò. Non era lontano. La strada illuminata. In sette o otto.

Allora era ancora tutto normale.

Nel metrò chissà perché aveva cominciato a sentirsi inquieto. Aveva guardato l'orologio e scrutato la gente intorno. Non c'era niente di sospetto.

Ma Egor aveva udito quella musica.

E aveva avuto inizio quel qualcosa che non sarebbe dovuto esistere.

Aveva svoltato chissà perché nell'androne buio e maleodorante. Gli erano venuti incontro una ragazza e un ragazzo che erano lì ad aspettarlo. Che l'avevano stregato. E lui stesso aveva porto il collo alle labbra sottili, taglienti, non umane della ragazza.

Persino ora che era a casa, da solo, Egor avvertiva un brivido gelido, dolce, seducente corrergli lungo la pelle e solleticarlo. Ne provava desiderio! Aveva paura, ma desiderava accostarsi a quei canini risplendenti, a quel dolore momentaneo, dopo il quale, dopo il quale... dopo il quale qualcosa sarebbe probabilmente avvenuto...

E nessuno in tutto il mondo poteva aiutarlo. Egor non aveva dimenticato lo sguardo di quella donna che portava a passeggio il cane. Quello sguardo che l'aveva trapassato, sospettoso ma nient'affatto indifferente. Non si era spaventata, solo non aveva visto ciò che stava avvenendo... A salvare Egor era stata solo l'apparizione del terzo vampiro. Quel ragazzo pallido col walkman che non l'aveva mollato fin dal metrò. Si erano buttati su di lui come lupi affamati su un cervo catturato ma non ancora ucciso.

E a quel punto tutto si confondeva: era accaduto troppo in fretta. Le urla su una certa Guardia e su un certo Crepuscolo. Un lampo di luce blu e un vampiro aveva cominciato a dissolversi sotto i suoi occhi, come al cinema. Il combattimento della vampira cui avevano schizzato qualcosa sul volto.

E la corsa in preda al panico...

La comprensione graduale, terribile, sempre più terribile di ciò che era accaduto: non poteva raccontare nulla a nessuno. Nessuno l'avrebbe creduto. Capito.

I vampiri non esistono! Non si possono attraversare con lo sguardo le persone senza vederle!

Nessuno brucia nel vortice di un fuoco blu, trasformandosi in mummia, in scheletro, in un pugno di cenere!

"Non è vero" pensò Egor. — Sì che si può. Succede!

Quasi non riusciva a credere a se stesso...

Non era andato a scuola, ma in compenso aveva rassettato l'appartamento. Aveva voglia di fare qualcosa. Parecchie volte si era avvicinato alla finestra e aveva scrutato nel cortile.

Nulla di sospetto.

Ma sarebbe stato in grado di vederli?

Sarebbero venuti. Egor non ne aveva dubitato neppure un secondo. Lo sapevano che lui non li aveva dimenticati. L'avrebbero ucciso come testimone.

E non si sarebbero limitati a ucciderlo! Avrebbero bevuto il suo sangue e l'avrebbero trasformato in un vampiro.

Il ragazzo si avvicinò alla libreria dove metà dei ripiani era occupata dalle videocassette. Forse poteva trovare consiglio. *Dracula, morto e contento*... No, è una commedia. *Amore all'ultimo morso.* Tutte sciocchezze... *La notte dei morti viventi.* Egor trasalì. Questo film se lo ricordava. E ormai non rischiava più nulla a rivederlo. Com'è che dicevano nel film? «La croce ti aiuta se hai fede...»

Ma come poteva aiutarlo la croce se lui non era neppure battezzato? E se non credeva neppure in Dio? Non ci aveva mai creduto.

Ora, forse, avrebbe dovuto...

Se esistono i vampiri, allora vuol dire che esiste anche il diavolo; se esiste il diavolo, allora esiste anche Dio?

Se esistono i vampiri, allora esiste anche Dio?

Se esiste il Male, allora esiste anche il Bene?

— Non esiste nulla — disse Egor. Ficcò le mani nelle tasche dei jeans e andò in corridoio. Si guardò allo specchio. Forse aveva l'aria un po' troppo cupa, ma era esattamente un ragazzo come tanti altri. Voleva dire che per ora era tutto normale. Non avevano fatto in tempo a morderlo.

A ogni modo girò su se stesso, cercando di esaminarsi la nuca. No, non c'era nulla. Nessuna traccia. Il collo era magrissimo e non proprio pulito...

L'idea gli era venuta all'improvviso. Egor si fiondò in cucina, spaventando il gatto che si era acciambellato sulla lavatrice. Prese a rovistare tra i sacchetti con le patate, le cipolle e le carote.

Eccolo. L'aglio.

Dopo averne pulito in fretta una testa, Egor si mise a masticarla. L'aglio era cattivo, e lui aveva la bocca in fiamme. Si versò un bicchiere di tè. Non lo aiutò più di tanto: la lingua bruciava, le gengive gli pizzicavano. Eppure avrebbe dovuto aiutarlo, no?

Il gatto lanciò un'occhiata in cucina. Fissò perplesso il ragazzo, miagolò deluso e si allontanò. Non capiva come si potesse mangiare una simile porcheria. Egor sputò nel palmo della mano e prese a spalmarsi la saliva sul collo. Anche a lui sembrava ridicolo, ma ormai non poteva più fermarsi.

Anche il collo cominciava a pizzicargli. Ottimo aglio. Qualunque vampiro sarebbe crepato al solo sentirne l'odore.

Il gatto si mise a strillare nell'anticamera. Egor si allarmò e sbirciò fuori dalla cucina. Niente. La porta era chiusa a tre mandate e con la catenella.

— Non urlare, Gresik! — intimò al gatto. — Altrimenti do l'aglio pure a te.

Valutata la minaccia, il gatto fuggì nella stanza da letto dei genitori.

Che cosa poteva fare ancora? L'argento, a quanto pare, aiutava. Spaventando una seconda volta il gatto, Egor entrò nella camera da letto e aprì l'armadio guardaroba. Sotto le lenzuola e gli asciugamani trovò una scatolina dove la mamma teneva i gioielli. Tolse una catenina d'argento e se la mise al collo. Avrebbe puzzato d'aglio e in ogni caso se la sarebbe dovuto togliere prima di sera. Era il caso che svuotasse il salvadanaio e si comprasse una catenina con la croce? E la portasse senza mai toglierla? Poteva dire che credeva in Dio. Succede: uno prima non credeva e poi all'improvviso crede!

Passò nel salotto e sedette sul divano allungando le gambe, gettando uno sguardo pensieroso tutt'attorno. Ce l'avevano in casa un ramo di frassino? In teoria no. E come era fatto un ramo di frassino? E se fosse andato all'orto botanico e si fosse ricavato un pugnale da un ramo?

Sarebbe andato benissimo, naturalmente. Ma l'avrebbe aiutato? E se di nuovo fosse risuonata quella musica… quella musica sommessa, irresistibile...? Si sarebbe strappato la catenina, avrebbe spezzato il pugnale e si sarebbe lavato il collo spalmato d'aglio?

Una musica sommessa, una musica sommessa... Nemici invisibili. Forse erano già lì accanto. Solo che lui non li vedeva. Non era in grado di vederli. E il vampiro sedeva lì e sogghignava, fissando quell'ingenuo ragazzo pronto a difendersi. E non gli faceva paura il ramo di frassino, né lo spaventava l'aglio. Come combattere un nemico invisibile?

— Gresik! — chiamò Egor. Il gatto non rispose, aveva un carattere difficile. — Vieni qui, Gresik!

Il gatto stava sulla soglia della camera da letto. Il pelo era ritto, gli occhi fiammeggianti. Fissava un punto oltre Egor, in direzione della poltrona dove stava il tavolino delle riviste. La poltrona era vuota...

Il ragazzo sentì corrergli lungo il corpo il solito brivido gelido. Fece un tale scatto che dal divano finì sul pavimento. L'appartamento era vuoto e chiuso a chiave. Intorno si era fatto buio, come se dietro la finestra il sole si fosse oscurato...

Lì accanto c'era qualcuno.

— No! — gridò Egor, strisciando via. — Lo so, lo so che ci siete!

Il gatto mandò un grido rauco e si precipitò sotto il letto.

— Ti vedo! — gridò Egor. — Non toccarmi!

Il portone anche così era tetro e parecchio sudicio. Ma, a guardarlo dal Crepuscolo, pareva una vera catacomba. Le pareti di cemento, che nella realtà ordinaria erano soltanto sporche, nel Crepuscolo sembravano coperte da un muschio grigio. Uno schifo. Si vedeva che qui non c'era un Altro a ripulire la casa... Passai il palmo della mano su un grumo particolarmente spesso, e il muschio si mosse allontanandosi dal calore.

— Brucia! — intimai.

Non amavo i parassiti. Anche quando non erano nocivi e si limitavano a succhiare le emozioni altrui. La teoria secondo cui ingenti colonie di muschio blu possono scuotere la psiche umana provocando stati depressivi o euforici non è stata ancora dimostrata. Ma io ho sempre preferito cautelarmi.

— Brucia! — ripetei, convogliando sul palmo della mano un po' di forza.

La fiamma, diafana e ardente, avvolse l'arruffata lanugine blu. Di lì a un istante bruciava tutto il portone. Indietreggiai verso l'ascensore, pigiai il pulsante ed entrai nella cabina. Era più pulita.

— Ottavo piano — suggerì Olga. — Perché sprechi le forze?

— Piccolezze...

— Potresti avere bisogno di tutte quelle che possiedi. Lascia che cresca.

Tacqui. L'ascensore continuava a salire lentamente. Era l'ascensore del Crepuscolo, una copia identica a quello che stava a pianterreno.

— Come ben sai — dichiarò Olga — la giovinezza... l'incapacità di scendere a compromessi...

Le porte si spalancarono. All'ottavo piano il fuoco era già spento, il muschio blu era cenere. Faceva caldo, più caldo di quanto facesse di solito nel Crepuscolo. C'era un leggero sentore di bruciato.

— La porta è questa... — disse Olga.

— Lo vedo.

In effetti avevo percepito l'aura del ragazzo davanti alla porta. Non aveva neppure osato uscire di casa quel giorno.

Magnifico. Stava lì legato alla fune come un capretto in attesa della tigre.

— Penso che entrerò — decisi. E spinsi la porta.

Non si aprì.

Impossibile!

Nella realtà le porte possono essere chiuse con i chiavistelli. Il Crepuscolo invece ha le sue leggi. Solo i vampiri hanno bisogno di essere invitati per entrare in casa d'altri, è il loro pedaggio per le energie in eccesso e per il loro approccio gastronomico agli esseri umani.

Per chiudere a chiave una porta nel Crepuscolo, si deve quanto meno essere in grado di entrarvi.

— La paura — disse Olga. — Ieri il ragazzino era terrorizzato. È appena stato nel mondo del Crepuscolo. Ha chiuso dietro di sé la porta... e, senza rendersene conto, l'ha fatto in tutti e due i mondi.

— E che cosa facciamo?

— Entra più in profondità. Seguimi.

Mi guardai la spalla. Non c'era nessuno. Creare il Crepuscolo, quando ci si trova nel Crepuscolo, non è un gioco da ragazzi. Sollevai la mia ombra da terra parecchie volte prima che acquisisse volume e cominciasse a ondeggiare al contrario.

— Su, su che ce la fai — mormorò Olga.

Entrai nell'ombra e il Crepuscolo si infittì. Lo spazio si riempì di una nebbia fitta. I colori si dissolsero. L'unico suono rimasto era il battito del mio cuore, greve e lento, rimbombante come quello di un tamburo percosso dal fondo di un burrone. Il vento sibilava, l'aria s'insinuava nei polmoni, spianando lentamente i bronchi. Sulla mia spalla apparve la civetta bianca.

— Non resisterò a lungo qui — mormorai, aprendo la porta.

Sotto i miei piedi sfrecciò un gatto grigio scuro. Per i gatti non esistono il mondo ordinario e quello del Crepuscolo, essi vivono contemporaneamente in tutti i mondi. Che bello che non siano dotati di ragione!

— Micio, micio! — bisbigliai. — Non aver paura, micino...

Più che altro per sperimentare le mie forze, chiusi a chiave la porta dietro di me. Ecco qua, ragazzo, ora sei molto più al sicuro. Ma ti servirà quando sentirai il Richiamo?

— Esci — disse Olga. — Stai perdendo molto in fretta le forze. A questo livello di Crepuscolo fa fatica anche un mago esperto. Uscirò anch'io più su.

Con sollievo toccai la superficie. Già, io non sono un operativo, in grado di vagabondare per le tre fasce del Crepuscolo. E poi non ho neppure bisogno di farlo.

Il mondo si fece un po' più luminoso. Mi guardai intorno: l'appartamento era accogliente e non particolarmente profanato dalle emanazioni del mondo del Crepuscolo. Qualche strato di muschio blu davanti alla porta...

Non era terribile, sarebbe crepato da solo, dato che la colonia principale era stata annientata. Si udirono anche dei rumori dalla cucina. Diedi un'occhiata.

Il ragazzino stava accanto al tavolo e mangiava aglio, bevendo tè bollente.

— Luce e Tenebre… — mormorai.

Ora il ragazzino sembrava ancora più piccolo e più indifeso di ieri. Goffo, magro, anche se non si poteva dire gracile: si vedeva che faceva sport. Portava jeans azzurri scoloriti e maglietta blu.

— Povero — dissi.

— Molto commovente — concordò Olga. — Diffondere quelle voci sulle proprietà magiche dell'aglio è stata una bella mossa per i vampiri. Dicono che sia stato Bram Stoker a inventarle…

— L'aglio è utile — dissi.

— Sì, e protegge dai virus dell'influenza — aggiunse Olga. — Come muore in fretta la verità, come è tenace invece la menzogna… Ma il ragazzo è davvero forte. Un nuovo operativo non guasterebbe alla Guardia del Giorno.

— Ma lui è dei nostri?

— Per il momento non è di nessuno. Il suo destino non è ancora formato, lo vedi anche tu.

— E quali sono le sue inclinazioni?

— Non si capisce. Per ora non si capisce. È troppo spaventato. Ora è pronto a fare qualunque cosa pur di salvarsi dai vampiri. È pronto a diventare un agente delle Tenebre o anche un agente della Luce.

— Non posso giudicarlo per questo.

— Certo. Andiamo.

La civetta spiccò il volo verso il corridoio. Io seguii le tracce. Ora andavamo tre volte più veloce degli esseri umani: uno dei tratti distintivi del Crepuscolo era il mutamento del corso del tempo.

— Aspetteremo qui — ordinò Olga, comparendo in salotto. — Ci sono luce, calore, comfort.

Io sedetti in una soffice poltrona accanto al tavolino. Gettai un'occhiata al giornale, abbandonato lì sopra. Non c'è nulla di più allegro che leggere la stampa attraverso il Crepuscolo.

CROLLANO I PROFITTI DEI CREDITI recitava il titolo a caratteri cubitali.

Nella realtà la frase appariva del tutto diversa: "Nel Caucaso cresce la tensione".

Adesso si poteva prendere il giornale e leggere la verità. Quella autentica. Leggere ciò che pensava davvero il giornalista che aveva abborracciato l'articolo sul tema commissionatogli. Quelle briciole d'informazione che aveva avuto da fonti non ufficiali. La verità sulla vita e la verità sulla morte.

Ma perché?

Da un pezzo ormai avevo imparato a infischiarmene del mondo degli esseri umani. Quel mondo era stato il nostro fondamento. La nostra culla. Ma noi eravamo Altri. Passavamo attraverso porte chiuse e tutelavamo l'equilibrio tra Bene e Male. Noi eravamo pochi e non eravamo in grado di moltiplicarci...

La figlia di un mago non diventava necessariamente una maga, il figlio di un lupo mannaro non imparava necessariamente a trasformarsi nelle notti di luna piena.

Noi non siamo tenuti ad amare il mondo ordinario.

Noi lo tuteliamo solo perché viviamo grazie a esso come parassiti.

Detesto i parassiti!

— A cosa stai pensando? — chiese Olga. In salotto comparve il ragazzino. Si precipitò in camera da letto, rendendosi conto di essere nel mondo ordinario. Prese a rovistare nell'armadio.

— Mah, niente. Sono triste.

— Succede. I primi anni succede a tutti. — La voce di Olga era del tutto umana. — Poi ci farai l'abitudine.

— Per questo mi rattristo.

— Dovresti rallegrarti che siamo ancora vivi. All'inizio del secolo il popolo degli Altri raggiunse il suo minimo storico. Sai che si discusse allora dell'unificazione tra le Forze delle Tenebre e le Forze della Luce? Che si elaborarono dei programmi eugenetici?

— Sì, lo so.

— Per poco la scienza non ci uccise. Non credevano in noi, non volevano credere in noi. Fintanto che si è ritenuto che la scienza potesse migliorare il mondo.

Il ragazzo tornò in salotto. Sedette sul divano, si aggiustò sul collo la catenina d'argento.

— Che c'è di meglio? — chiesi io. — Siamo stati originati dagli uomini. Abbiamo imparato a muoverci nel Crepuscolo, a mutare la nostra natura di cose e persone. Che cosa è cambiato, Olga?

— Che i vampiri almeno non vanno a caccia senza licenza.

— Dillo a un essere umano a cui hanno succhiato il sangue...

Sulla soglia comparve il gatto. Ci fissò, cacciò un urlo, guardando adirato la civetta.

— È una reazione a te — dissi. — Olga, penetra più profondamente nel Crepuscolo.

— Ormai è tardi — rispose lei. — Scusa... avevo smesso di vigilare...

Il ragazzo balzò su dal divano. Nel modo più rapido possibile consentito nel mondo degli umani. Goffamente – ancora non capiva che cosa gli stesse accadendo – entrò nella sua ombra e cadde sul tappeto, fissandomi. Ormai nel Crepuscolo.

— Me ne vado... — bisbigliò la civetta, svanendo. Mi conficcò dolorosamente gli artigli nella spalla.

— No! — si mise a gridare il ragazzo. — Lo so, lo so che ci siete!

Mi alzai, allargando le braccia.

— Ti vedo! Non toccarmi!

Era nel Crepuscolo. Tutto qui. Era accaduto. Senza aiuto, senza corsi né attività stimolatrici, senza la guida di un mago tutor, il ragazzino aveva varcato la barriera tra il mondo ordinario e il mondo crepuscolare.

Ciò che vedi, ciò che senti la prima volta che entri nel Crepuscolo dipende per la gran parte da ciò che diventerai.

Agente delle Tenebre o agente della Luce.

"Non abbiamo il diritto di assegnarlo alle Forze delle Tenebre, l'equilibrio di Mosca s'infrangerebbe definitivamente."

Ragazzo, sei proprio al limite estremo.

E questo fa più paura di una vampira inesperta.

Boris Ignatevic ha il diritto di deciderne l'eliminazione.

— Non temere — dissi io, senza muovermi dal mio posto. — Non temere. Sono un amico, non ti farò del male.

Il ragazzino strisciò in un angolo e si zittì. Non distoglieva lo sguardo da me ed era evidente che non aveva capito di trovarsi nel Crepuscolo. Per lui nella stanza si era fatto semplicemente buio, era calato il silenzio e dal nulla ero apparso io...

— Non temere — ripetei. — Mi chiamo Anton. E tu come ti chiami?

Taceva. A tratti deglutiva. Poi strinse la mano al collo, tastò la catenina e parve calmarsi un poco.

— Non sono un vampiro — gli dissi.

— Chi è lei? — Il ragazzino gridava. Meno male che nella realtà ordinaria questo grido penetrante non si poteva udire.

— Anton. Agente della Guardia della Notte.

Sbarrò gli occhi, come per il dolore.

— Il mio compito consiste nel proteggere gli esseri umani dai vampiri e da altre forze impure.

— Non è vero...

— Perché?

Si strinse nelle spalle. Era un bene. Cercava di valutare le sue azioni, di argomentare la sua opinione. Significava che la paura non l'aveva del tutto privato della capacità di ragionare.

— Come ti chiami? — ripetei. Si poteva intervenire sul ragazzino per togliergli la paura. Ma sarebbe stata un'interferenza magica e quindi proibita.

— Egor...

— Un bel nome. E io mi chiamo Anton. Capisci? Sono Anton Sergeevic Gorodeckij. Agente della Guardia della Notte. Ieri ho ucciso il vampiro che aveva cercato di aggredirti.

— Solo lui?

Magnifico. Si cominciava a dialogare.

— Sì, la vampira se n'è andata. Ora la stanno cercando. Non temere, sono qui per proteggerti... per annientare la vampira.

— Perché tutt'intorno è grigio? — chiese a un tratto il ragazzo.

Bravo! Davvero bravo!

— Te lo spiegherò. Solo, voglio precisare, io non sono tuo nemico. Va bene?

— Vedremo.

Si aggrappava alla sua assurda catenina come se avesse potuto salvarlo. Ragazzo, ragazzo, se fosse tutto così facile a questo mondo! Non ti salveranno né l'argento, né il ramo di frassino, né la croce benedetta. La vita si contrappone alla morte, l'amore all'odio... e la forza si contrappone alla forza, perché la forza non ha categorie morali. È tutto molto semplice. Ci ho messo due o tre anni a capirlo.

— Egor — mi avvicinai lentamente a lui. — Ascolta quello che ho da dirti...

— Fermo! — m'intimò, come se avesse avuto in mano un'arma. Sospirai e mi fermai.

— Va bene. Allora ascolta. Oltre al mondo ordinario degli esseri umani, visibile, ne esiste un altro oscuro, quello del Crepuscolo.

Era assorto. Malgrado la sua paura e aveva una paura nera – ero investito da ondate di angoscioso terrore – il ragazzino cercava di capire. Ci sono persone che restano paralizzate dalla paura. E altre a cui la paura dà forza.

Speravo ardentemente che lui fosse tra questi ultimi.

— Un mondo parallelo?

Ecco qua. Eravamo al fantasy. E sia, certe parole erano solo innocui suoni.

— Sì, e in questo possono entrare solo coloro che sono dotati di superpoteri.

— I vampiri?

— Non solo. Anche i lupi mannari, le streghe, i maghi neri... I maghi bianchi, i guaritori, i profeti...

— Ma esiste davvero?

Era bagnato fradicio. I capelli erano appiccicaticci, la maglietta gli si era incollata al corpo, lungo le guance scorrevano rivoli di sudore. E tuttavia il ragazzo non distoglieva lo sguardo da me ed era pronto a fronteggiarmi. Come se ne avesse avuto la forza.

— Sì, Egor. Qualche volta tra gli esseri umani ve ne sono alcuni capaci di accedere al mondo del Crepuscolo. Essi passano dalla parte del Bene o del Male. Della Luce o delle Tenebre. Costoro si definiscono Altri. E così ci chiamiamo tra noi: Altri.

— Lei è un Altro?

— Sì, e anche tu.

— Perché?

— Tu ti trovi nel mondo del Crepuscolo, piccolo. Guardati intorno, ascolta. I colori si sono dissolti. I suoni si sono spenti. La lancetta dei secondi striscia appena sull'orologio. Sei entrato nel mondo del Crepuscolo… tu hai voluto vedere il pericolo e hai varcato il confine tra i mondi. Qui il tempo procede più lento, tutto è diverso. È il mondo degli Altri.

— Non ci credo. — Egor si voltò di scatto e mi fissò di nuovo. — E perché Gresik è qui?

— Il gatto? — Sorrisi. — Gli animali hanno le loro leggi, Egor. I gatti vivono in tutte le dimensioni spaziali simultaneamente, per loro non fa differenza.

— Non ci credo. — La voce gli tremava. — È soltanto un sogno, lo so. La luce si sta affievolendo… Sto dormendo. Mi è già successo.

— Hai forse sognato che accendevi la luce e la lampadina non si illuminava? — Conoscevo la risposta e oltretutto la lessi negli occhi del ragazzino. — O si illuminava debolmente come una candela? E tu camminavi e intorno fluttuavano le tenebre, e quando tendevi la mano non riuscivi a distinguere le dita?

Taceva.

— Succede a tutti noi, Egor. Gli Altri fanno sogni di questo tipo. È il mondo del Crepuscolo che s'insinua in noi, ci chiama, ci ricorda della sua esistenza. Tu sei un Altro. Anche se sei ancora piccolo, sei un Altro. E dipende solo da te…

Non capii subito che aveva gli occhi chiusi e la testa reclinata di lato.

— Idiota — mi bisbigliò Olga dalla spalla. — È la prima volta che entra da solo nel Crepuscolo! Non ha la forza per farlo! Trascinalo fuori immediatamente o resterà qui per sempre!

Il coma crepuscolare è una tipica malattia dei neofiti. Me ne ero quasi scordato, non mi era mai capitato di lavorare con Altri così giovani.

— Egor! — Feci un balzo verso di lui, lo scrollai, lo afferrai per le ascelle. Era leggero, leggerissimo: nel mondo crepuscolare non cambiava solo il corso del tempo. — Svegliati!

Non reagiva. Così il ragazzo era riuscito in un'impresa che ad altri costa mesi di allenamento: entrare da solo nel Crepuscolo.

— Trascinalo! — Olga prese il comando della situazione. — Trascinalo, presto! Non si sveglierà da solo!

Era la cosa più difficile. Avevo seguito delle lezioni di pronto soccorso, ma non mi era mai capitato di trascinar fuori qualcuno dal Crepuscolo.

— Egor, torna in te! — Lo schiaffeggiai sulle guance. Prima piano, poi assestandogli sonori ceffoni. — E allora, ragazzo? Stai uscendo dal Crepuscolo! Svegliati!

Diventava sempre più leggero, svaniva tra le mie braccia. Il Crepuscolo gli aveva prosciugato la vita, tolto le ultime deboli forze, stava modificando il suo corpo e lo trasformava in uno dei suoi abitanti. Che cosa avevo combinato?

— Mettiti al riparo! — La voce di Olga era fredda, severa. — Mettiti al riparo con lui... Guardiano!

Di solito impiegavo più di un minuto a creare la sfera. Ora me la cavai in cinque secondi. Un'esplosione di dolore, come se nella testa mi fosse scoppiata una minuscola carica. La sfera di protezione fuoriuscì dal mio corpo, avvolgendomi in una bolla iridata, che cresceva, si gonfiava, inglobando suo malgrado dentro di sé anche me e il ragazzino.

— Adesso trattienila! Io non posso aiutarti in nessun modo, Anton! Trattieni la sfera!

Olga aveva torto. Coi suoi suggerimenti mi era già stata di aiuto. Con tutta probabilità sarebbe venuto in mente anche a me di creare la sfera, ma avrei perso altri secondi preziosi.

A un tratto tornò la luce. Il Crepuscolo continuava a prosciugare le nostre forze, da me stentatamente, dal ragazzino copiosamente, però ora aveva a disposizione solo qualche metro cubo di spazio. Qui le normali leggi fisiche non esistevano, ma ce n'erano di analoghe. Ora nella sfera si stava stabilendo un equilibrio tra i nostri corpi vivi e il Crepuscolo.

O il Crepuscolo si dissolveva liberando la sua preda, o il ragazzino si sarebbe trasformato in un abitante del mondo crepuscolare. Per sempre. È ciò che succede ai maghi che si concedono incondizionatamente, per imprudenza o per necessità. E capita anche ai neofiti privi delle cognizioni adeguate per difendersi dal Crepuscolo e che gli si sono concessi più del dovuto.

Guardai Egor: il suo viso ingrigiva. Si stava allontanando nelle infinite distese del mondo delle ombre.

Spostando il ragazzino sul braccio destro, col sinistro tolsi dalla tasca il temperino. Estrassi la lama con i denti.

— È pericoloso — mi avvertì Olga.

Non risposi. Mi colpii sui polsi.

Il Crepuscolo sfrigolò, come una padella arroventata, quando sprizzò il sangue. La vista mi si offuscò. Il problema non era tanto la perdita di sangue, quanto la vita che defluiva insieme a esso. Avevo violato il mio sistema di autodifesa nel Crepuscolo.

In compenso il Crepuscolo aveva ricevuto una dose di energie che non sarebbe stato più in grado di assimilare.

Il mondo s'illuminò, la mia ombra crollò sul pavimento e io l'attraversai. L'iridata membrana della sfera di protezione cadde, espellendoci nel mondo ordinario.

Capitolo 5

Un rivolo sottile di sangue era schizzato sulla moquette. Il ragazzo, che mi si era accasciato tra le braccia, era ancora privo di sensi, ma il suo viso cominciava a riprendere colore. Il gatto strillò dall'altra stanza, come se lo stessero scannando.

Deposi Egor sul divano. Gli sedetti accanto. E dissi: — Olga, una benda…

La civetta spiccò il volo dalla mia spalla e sfrecciò in cucina. Evidentemente durante il tragitto doveva essere entrata nel Crepuscolo, perché dopo qualche secondo era già di ritorno con la benda nel becco.

Neanche a farlo apposta Egor aprì gli occhi proprio mentre mi fasciavo la mano. Chiese: — Chi è?

— Una civetta. Non lo vedi?

— Che cosa mi è successo?

La voce non gli tremava quasi più.

— Sei svenuto.

— Perché? — Il suo sguardo percorreva spaventato le tracce di sangue sul pavimento e sui miei vestiti. Egor aveva trovato il modo di non sporcarsi.

— Il sangue è mio — gli spiegai. — Mi sono inavvertitamente tagliato. Egor, nel Crepuscolo si deve entrare con cautela. È una dimensione diversa, anche per noi, che siamo Altri. Quando siamo nel mondo crepuscolare dobbiamo perdere continuamente le forze per alimentarlo con la nostra energia viva. Gradualmente. Ma se non si controlla questo processo, il Crepuscolo ti prosciuga tutta l'energia vitale. Non ci puoi fare niente, è il prezzo da pagare.

— Io ho pagato più di quello che avrei dovuto?

— Più di ciò che possedevi. E hai rischiato di rimanere nel mondo crepuscolare per sempre. Non è come la morte, forse è peggio.

— Aspetti, l'aiuto... — Il ragazzino si mise a sedere e per un istante corrugò la fronte: evidentemente gli girava la testa. Allungai la mano e lui cominciò a bendarmi il polso, con movimenti goffi, ma con impegno. L'aura del ragazzino non era cambiata, era cangiante e neutra come prima. Lui era già stato nel Crepuscolo, ma il Crepuscolo non aveva fatto ancora in tempo a lasciargli il suo marchio.

— Lo credi che ti sono amico? — gli chiesi.

— Non so. Certo non mi è nemico. O forse non può farmi nulla!

Allungai la mano e sfiorai il collo del ragazzino: lui subito si irrigidì. Sganciai la catenina e gliela tolsi.

— Hai capito?

— Significa che non è un vampiro — mormorò.

— Sì. Ma non perché ho potuto accostarmi all'aglio e all'argento. Egor, questi non sono impedimenti per un vampiro.

— Ma in tutti i film...

— In tutti i film i ragazzi buoni vincono i cattivi. Ragazzo, le superstizioni sono pericolose, inducono a coltivare false speranze.

— Ma esistono speranze autentiche?

— No, non è nella loro natura. — Mi alzai, toccai la fasciatura. Niente male, era avvolta strettamente e piuttosto spessa. Tra una mezz'ora avrei potuto fare un incantesimo sulla ferita, ora le forze non mi bastavano.

Il ragazzo mi fissava dal divano. Si era un po' tranquillizzato. Ma non si fidava ancora di me. Era curioso che non rivolgesse la minima attenzione alla civetta bianca che sonnecchiava con aria innocente sul televisore. Pareva che Olga tutto sommato fosse stata assimilata dalla sua coscienza. E ciò era positivo: spiegare chi era quella civetta bianca parlante sarebbe stato a dir poco arduo.

— Hai del cibo? — gli chiesi.

— Che cosa?

— Qualunque cosa. Del tè con lo zucchero. Un pezzo di pane. Ho perso anch'io molte energie.

— Qualcosa troveremo. E come ha fatto a ferirsi?

Non diedi spiegazioni dettagliate, ma neppure gli mentii.

— L'ho fatto apposta. Bisognava fare così per trascinarti fuori dal Crepuscolo.

— Se questa è la verità, grazie.

Certo la sfacciataggine non gli mancava, ma mi piacque.

— Non c'è di che. Se tu ti fossi dileguato nel Crepuscolo, i miei capi mi avrebbero tagliato la testa.

— Hmm... — bofonchiò il ragazzo, e si alzò. Cercava in ogni caso di tenersi a distanza. — E come sono i suoi capi?

— Severi. Be', non mi versi il tè?

— Per una brava persona si fa questo e altro. — Già, continuava a resistere. E dissimulava la paura con una leggera e disinvolta strafottenza.

— Tengo a precisare che non sono una persona. Sono un Altro. E anche tu sei un Altro.

— E qual è la differenza? — Egor gettò su di me un'occhiata a mo' di esemplificazione. — A guardarla non si direbbe!

— Finché non mi darai il tè, starò zitto. Non ti hanno insegnato come trattare gli ospiti?

— Gli ospiti non invitati? Come ha fatto a entrare?

— Dalla porta. Più tardi ti farò vedere.

— Andiamo. — Alla fine, dunque, si era deciso a offrirmi il tè.

Seguii il ragazzo, facendo involontariamente una smorfia. Non mi trattenni oltre e gli dissi: — Egor... lavati prima il collo.

Senza voltarsi, lui scrollò il capo.

— È quanto meno sciocco proteggersi solo il collo. Nel corpo umano sono cinque i punti che un vampiro può mordere.

— Sì, e allora?

— Già, è così, e mi riferisco al corpo maschile.

Persino la sua nuca avvampò.

Misi nel bicchiere cinque cucchiai colmi di zucchero. Dissi ammiccando a Egor: — Mi piace amaro...

— E io quanto devo metterne?

Calcolai a occhio il suo peso.

— Mettine quattro. Farai aumentare la glicemia.

Il collo comunque l'aveva lavato, anche se non si era liberato del tutto dall'odore di aglio. Tracannando avidamente il suo tè, chiese: — Me lo spieghi!

Non era così che avevo pianificato tutto. Non era affatto così: dovevo seguire il ragazzo finché non l'avesse raggiunto il Richiamo, uccidere o catturare la vampira e portare il ragazzo riconoscente dal Capo: che fosse lui a spiegargli bene ogni cosa.

— Nei tempi antichi... — Il tè mi era andato di traverso. — Sembra una fiaba, vero? Solo che non lo è.

— La ascolto.

— Bene, comincerò in un altro modo. Esiste il mondo degli uomini. — Indicai la finestra e il minuscolo cortile e le auto che correvano lungo la strada. — Eccolo, tutt'intorno a noi. E la maggioranza degli uomini non può varcare questi confini. È sempre stato così. Ma di tanto in tanto noi facciamo la nostra apparizione. Noi, gli Altri.

— E i vampiri?

— Anche i vampiri sono Altri. A dire il vero, sono diversi: i loro poteri sono già predeterminati.

— Non capisco. — Egor scosse la testa.

Eh, già, io non sono un tutor. Non sono bravo a spiegare le verità rivelate, non mi piace...

— Due sciamani, che si erano rimpinzati di funghi velenosi, percuotevano i loro tamburelli — dissi. — Accadeva tanto tempo fa, in un'epoca arcaica. Uno degli sciamani non faceva che rompere le scatole ai cacciatori e alla guida. Un altro osservò la sua ombra ondeggiare sul pavimento della grotta alla luce del falò, crescere di volume e sollevarsi in tutta la statura. Fece un passo ed entrò nella sua ombra. Entrò nel Crepuscolo. E da lì ebbe inizio la parte più interessante. Capisci?

Egor taceva.

— Il Crepuscolo aveva mutato colui che vi era penetrato. Era un mondo Altro e fece di lui un Altro. Ed ecco chi potrai diventare. Dipende solo da te. Il Crepuscolo è come un fiume in piena, che corre simultaneamente da tutti i lati. Decidi che cosa vuoi diventare nel mondo crepuscolare. Ma decidilo subito, non hai tanto tempo.

Ora aveva capito. Il ragazzino strinse gli occhi e la sua pelle impallidì appena. Un'interessante reazione da stress: sarebbe stato perfetto come operativo...

— Che cosa potrei diventare?

— Tu... ciò che vuoi. Non ti sei ancora definito. E sai che cosa c'è alla base della scelta? Il Bene e il Male. La Luce e le Tenebre.

— E lei... è buono?

— Prima di tutto sono un Altro. La differenza tra il Bene e il Male risiede nel nostro approccio con gli esseri umani. Se scegli la Luce, non adopererai i tuoi poteri per vantaggi personali. Se scegli le Tenebre, questo diventerà per te naturale. Ma persino un mago nero può curare gli infermi e trovare gli scomparsi. E un mago bianco può rifiutare il suo aiuto agli esseri umani.

— Allora proprio non capisco qual è la differenza.

— La capirai. La capirai quando sceglierai tra l'una e l'altra parte.

— Io non sceglierò nessuna parte!

— È troppo tardi, Egor. Sei stato nel Crepuscolo e stai già cambiando. Tra un giorno o due la tua scelta si sarà compiuta.

— Ma se ha scelto la Luce... — Egor si alzò, si versò altro tè. Notai che per la prima volta mi aveva voltato le spalle senza timore. — Chi è lei, allora? Un mago?

— L'allievo di un mago. Lavoro nell'ufficio della Guardia della Notte. Anche questo è utile.

— E che cosa può fare? Me lo mostri, voglio controllare!

Eh, già. Tutto come da manuale. Era stato nel Crepuscolo, ma questo non l'aveva convinto. Dei banali giochi di prestigio erano molto più suggestivi.

— Guarda.

Allungai la mano verso di lui. Egor restò immobile, cercando di capire che cosa stava accadendo. Poi fissò la tazza.

Dal tè non si levava più fumo. La bevanda si era cristallizzata, trasformandosi in un piccolo cilindro di ghiaccio di un torbido marrone.

— Ahi — disse il ragazzo.

La termodinamica è il livello più semplice di controllo della materia. Io avevo consentito il moto browniano e il ghiaccio era entrato in ebollizione. Egor lanciò un grido, rovesciando la tazza.

— Scusami. — Balzai in piedi e afferrai uno straccio dal lavandino. Mi sedetti, asciugando la pozza d'acqua dal linoleum.

— Dalla magia arrivano solo guai — disse il ragazzo. — Mi dispiace per la tazza.

— Aspetta.

L'ombra mi venne incontro con un balzo e io entrai nel Crepuscolo ed esaminai i frammenti. Erano integri e la tazza non era destinata a rompersi così in fretta.

Trattenendomi nel Crepuscolo, afferrai una manciata di frammenti. Alcuni dei più piccoli, che erano volati sotto la cucina a gas, rotolarono più vicino.

Uscii dal Crepuscolo e posai la tazza bianca sul tavolo.

— Versa solo dell'altro tè.

— Figo! — A quanto pareva, questa magia aveva prodotto sul ragazzo una forte impressione. — E può farlo con tutti gli oggetti?

— Con quasi tutti.

— Anton... e se è qualcosa che si è rotto una settimana fa?

Sorrisi mio malgrado.

— No, è già troppo tardi. Il Crepuscolo ti dà una possibilità, che però va usata rapidamente, molto rapidamente.

Egor si adombrò. Chissà che cosa aveva rotto la settimana prima...

— Ora mi credi?

— Era una magia?

— Sì. Una delle più elementari. Non c'è bisogno di molta preparazione per farla.

Forse avevo fatto male a dirlo. Negli occhi del ragazzo balenò una scintilla. Stava già assaporando le sue prospettive future. I vantaggi.

Luce e Tenebre...

— E un mago esperto può fare anche altre cose?

— Persino io posso.

— Può guidare la volontà degli uomini?

Vantaggi.

Luce e Tenebre...

— Sì — dissi io. — Possiamo.

— E voi lo fate? E perché i terroristi prendono gli ostaggi? Si potrebbe sgattaiolare nel Crepuscolo senza farsi vedere, e ucciderli. Oppure costringerli a uccidersi. E perché gli uomini muoiono per le malattie? I maghi potrebbero curarli, non l'ha detto anche lei?

— Questo sarebbe fare il Bene — dissi io.

— Certo! Ma voi siete i maghi della Luce!

— Se noi compissimo una qualunque azione indiscutibilmente buona, i maghi delle Tenebre avrebbero il diritto di compierne una cattiva.

Egor mi guardò stupito. Le esperienze delle ultime ventiquattro ore erano state troppe. Ancora non riusciva a elaborarle.

— Purtroppo, Egor, il Male è più forte di natura. Il Male è distruttivo. È in grado molto più facilmente di distruggere di quanto il Bene non sia in grado di creare.

— E allora che cosa fate? Con la vostra Guardia della Notte... combattete contro i maghi delle Tenebre?

Non mi era consentito rispondergli. L'avevo compreso con la stessa ineluttabile chiarezza con cui sapevo che non conviene parlare apertamente a un ragazzo. Bisogna incantarlo. Andare nel Crepuscolo. E mai dare spiegazioni!

Non avrei potuto dimostrare nulla!

— Combattete contro di loro?

— Non è proprio così — dissi io. La verità era peggio della menzogna, ma non avevo il diritto di raccontare una menzogna. — Ci sorvegliamo a vicenda.

— Vi preparate a combattere?

Guardavo Egor e pensavo che era un ragazzo nient'affatto stupido. Ma era solo un ragazzo. E se gli avessi detto che si avvicinava l'ora della grande battaglia tra il Bene e il Male e che sarebbe potuto diventare il nuovo Jedi del mondo crepuscolare, sarebbe stato dei nostri.

A dire il vero, non per molto.

— No, Egor. Siamo in pochissimi.

— Le Forze della Luce sono meno delle Forze delle Tenebre?

Ecco, ora sarebbe stato pronto ad abbandonare la sua casa, la madre e il padre, a indossare una corazza sfavillante e ad andare a morire per la causa del Bene…

— Gli Altri, in generale. Egor… la lotta tra il Bene e il Male va avanti da migliaia di anni con fortune alterne. A volte è la Luce a vincere, ma se tu sapessi quanti esseri umani, che neppure sospettavano l'esistenza del mondo crepuscolare, sono morti! Gli Altri sono pochi, ma ogni Altro è in grado di guidare migliaia di persone normali. Egor… se ora cominciasse una battaglia tra il Bene e il Male, perirebbe la metà del genere umano. Ed è per questo che quasi mezzo secolo fa fu sottoscritto un trattato. Il Grande Patto tra il Bene e il Male, la Luce e le Tenebre.

Egor sgranò gli occhi.

Io sospirai e proseguii: — Si tratta di un testo breve. Ora te lo leggerò. Ormai hai il diritto di sapere.

Socchiusi gli occhi e fissai l'oscurità. Il Crepuscolo resuscitò, prese a turbinare sotto le palpebre. Il rotolo grigio, istoriato di lettere rosse fiammeggianti si svolse.

Non era consentito recitare a memoria il Patto, si poteva solo leggerlo:

Noi siamo Altri,
noi serviamo forze diverse,
ma nel Crepuscolo non vi è differenza
tra assenza di tenebre e assenza di luce.
La nostra lotta può annientare il mondo.
Noi stipuliamo il Grande Patto di tregua.
Ogni parte vivrà secondo le proprie leggi,
ogni parte avrà i propri diritti.
Noi limitiamo i nostri diritti e le nostre leggi.
Noi siamo Altri.
Noi costituiamo la Guardia della Notte
affinché le Forze della Luce
controllino le Forze delle Tenebre.
Noi siamo Altri.
Noi costituiamo la Guardia del Giorno

affinché le Forze delle Tenebre
controllino le Forze della Luce.
Il tempo sarà arbitro.

Egor aveva gli occhi sgranati.

— La Luce e le Tenebre vivono nel mondo?

— Sì.

— Ma… e i vampiri… — Si ritornava di nuovo sempre allo stesso tema. — Sono agenti delle Tenebre?

— Sì. Sono umani che hanno subito una trasmutazione nel mondo crepuscolare. Hanno ricevuto poteri enormi, ma hanno perso la vita. E possono mantenere la propria esistenza solo attraverso l'energia altrui. Il sangue è la forma più pratica di trasfusione.

— E uccidono gli esseri umani!

— Possono sostentarsi anche col sangue delle donazioni. È un po' come un surrogato, ragazzo; non è gustoso, ma è un alimento. Se i vampiri si autorizzassero da soli a cacciare…

— Però mi hanno aggredito!

Ora pensava solo a se stesso… Male.

— Alcuni vampiri violano le leggi. Per questo c'è bisogno della Guardia della Notte, per controllare che il Patto sia rispettato.

— E allora i vampiri non vanno a caccia di esseri umani?

La mia guancia fu investita da un soffio di ali invisibili. Degli artigli mi si conficcarono nella spalla.

— E adesso che cosa rispondi, Guardiano? — bisbigliò Olga dalle profondità del Crepuscolo. — Ti arrischi a dire la verità?

— No, a caccia ci vanno — dissi io. E ripetei le stesse parole che cinque anni or sono avevano sconvolto anche me. — Con la licenza. Qualche volta… qualche volta hanno bisogno di sangue vivo.

Non lo domandò subito.

Avevo letto negli occhi del ragazzo tutto ciò che lui pensava e che avrebbe voluto domandare.

E sapevo che avrei dovuto rispondere.

— E voi?

— Noi preveniamo il bracconaggio.

— E così potevano aggredirmi... secondo il vostro Patto? Se avevano la licenza?

— Sì — risposi.

— E bere il mio sangue? E voi sareste passati oltre e avreste guardato da un'altra parte?

La Luce e le Tenebre...

Chiusi gli occhi. Il Patto scintillava nella nebbia grigia. Le righe incise sopra celavano millenni di battaglie e milioni di vite.

— Sì.

— Se ne vada...

Il ragazzino ora era teso come una molla. Al limite dell'isteria, della follia.

— Sono venuto a proteggerti.

— Non occorre!

— La vampira è libera. Cerca di aggredire...

— Se ne vada!

Olga sospirò: — Soddisfatto, Guardiano?

Mi alzai. Egor trasalì, arretrando.

— Devi capire — dissi. — Non abbiamo scelta...

Non credevo neppure io alle mie parole. E discutere adesso sarebbe stato inutile. Imbruniva, e tra poco sarebbe cominciato il tempo della caccia...

Il ragazzo mi seguì, forse per convincersi che lasciavo davvero l'appartamento e che non mi stavo nascondendo dentro l'armadio. Non dissi più una parola. Uscii sul pianerottolo. La porta sbatté alle mie spalle.

Salii una rampa di scale e mi accoccolai davanti alla finestra. Olga taceva e tacevo anch'io.

Non bisognava rivelargli tutta la verità così duramente. Per un essere umano non è facile accettare la realtà stessa della sua esistenza. E rassegnarsi al Patto, poi...

— Non potevamo fare niente — osservò Olga. — Non avevamo valutato fino in fondo il ragazzino, i suoi poteri e la sua paura. Eravamo stati scoperti. Dovevamo rispondere alle domande e rispondere con onestà.

— Farai rapporto? — le chiesi.

— Se sapessi quanti rapporti del genere ho scritto...

Si sentiva puzza di marcio e di spazzatura. Dietro la finestra si udiva il brusio del viale, lentamente calava l'oscurità. Cominciavano a illuminarsi i fanali. Sedevo, rigirando tra le mani il telefonino e consideravo se fosse il caso di chiamare il Capo o di aspettare la sua telefonata. Di sicuro Boris Ignatevic mi stava controllando.

Di sicuro.

— Non sopravvalutare le possibilità dei capi — disse Olga. — Ora gli è piombato addosso il problema del vortice malefico.

Il telefono nelle mie mani trillò.

— Indovina chi sono! — dissi, sollevando il ricevitore.

— Woody Woodpecker o Whoopi Goldberg.

Non ero in vena di scherzi.

— Sì?

— Dove ti trovi, Anton?

La voce del Capo era stanca, provata. Era irriconoscibile.

— Sul ballatoio di un casermone a molti piani. Vicino alle condotte della spazzatura. Qui fa piuttosto caldo. È quasi confortevole.

— Hai trovato il ragazzino? — chiese il Capo senza interesse.

— Sì, l'ho trovato...

— Va bene. Ti mando Tigrotto e Orso. Qui non hanno nulla da fare. Tu vieni a Perovo. Immediatamente.

Mi ficcai la mano in tasca e il Capo aggiunse senza indugio: — Se non hai soldi... be', anche se li hai... Ferma un'auto della polizia e arriverai in un lampo.

— Dice sul serio? — riuscii solo a chiedere.

— Assolutamente. Puoi partire subito.

Fissai il buio dietro la finestra.

— Boris Ignatevic, non è il caso di lasciare da solo il ragazzino. Ha davvero un potenziale molto forte...

— Lo so, d'accordo. I ragazzi stanno già partendo. Con loro il ragazzino sarà al sicuro. Aspettali e poi vieni subito qui.

Si udirono solo dei segnali ininterrotti. Deposi il ricevitore e fissai la spalla: — Che cosa ne dici, Olga?

— Strano.

— Perché? Sei stata tu a dire che non se la sarebbero cavata.

— Strano che abbia chiamato te e non me… — Olga si fece pensosa. — Forse… ma no, non lo so.

Scrutai attraverso il Crepuscolo e proprio all'orizzonte individuai due macchioline. Gli operativi si muovevano con una tale rapidità che sarebbero stati sul posto al massimo in quindici minuti.

— Non ha chiesto neppure l'indirizzo — osservai cupo.

— Non voleva sprecare tempo. Ma tu non hai percepito se prendeva le coordinate?

— No.

— Devi allenarti di più, Anton.

— Ma io non lavoro sul campo!

— Ora stai lavorando. Andiamo giù. Sentiremo il Richiamo.

Dopo essermi alzato – quell'angolino sulla scala mi era sembrato davvero accogliente e familiare – mi precipitai giù.

— Ho una paura terribile — disse Egor senza tante cerimonie.

— Va tutto bene. Ti proteggiamo noi.

Si mordicchiò il labbro. Fissava ora me, ora l'oscurità sulla scala. Non aveva voglia di farmi entrare in casa, ma ormai non aveva più la forza di restare da solo.

— Ho l'impressione di essere spiato — disse alla fine. — Siete voi che lo fate?

— No, sarà la vampira.

Il ragazzino non trasalì. Non gli avevo detto niente di nuovo.

— E quando mi aggredirà?

— Non può entrare senza invito. È una particolarità dei vampiri, le fiabe su questo non mentono. Ti verrà il desiderio di uscire. Del resto hai già voglia di uscire.

— Non uscirò.

— Quando adopererà il Richiamo, capirai che cosa sta per succedere, ma uscirai lo stesso.

— Lei… non può darmi qualche consiglio? Qualunque consiglio?

Egor si era arreso. Voleva aiuto, qualunque tipo di aiuto.

— Sì, posso. Devi fidarti di noi.

Esitò ancora per un secondo.

— Entri. — Indietreggiò sulla soglia. — Solo che… adesso la mamma sta per tornare dal lavoro.

— E allora?

— Si nasconderà? Che cosa devo dirle?

— Sciocchezze — feci un gesto con la mano. — Io…

Si aprì la porta dell'appartamento vicino. Spuntò il viso tutto raggrinzito di una vecchietta.

Sfiorai la sua coscienza leggermente, per un istante, con la maggior cautela possibile per non nuocere alla sua mente già precaria…

— Ah, sei tu… — La vecchia si abbandonò a un sorriso. — Tu, tu…

— Anton — le suggerii.

— Ah, pensavo ci fosse un estraneo — dichiarò la nonnina, togliendo la catenella e uscendo sul ballatoio. — Che tempi, è il caos totale, fanno quello che vogliono…

— Non è niente — dissi io. — Andrà tutto bene. Perché non va a guardare la televisione? Adesso danno un nuovo serial…

La vecchia annuì, e lanciandomi ancora uno sguardo amichevole, si rintanò nel suo appartamento.

— Quale serial? — chiese Egor.

Alzai le spalle: — E io che ne so? Uno qualsiasi. Le soap opera non mancano…

— Com'è che conosce la nostra vicina?

— Io? No, non la conosco affatto.

Il ragazzo taceva.

— Il fatto è — spiegai — che noi siamo Altri. Non posso entrare, devo andar via subito.

— Come?

— Ci saranno degli altri agenti a proteggerti, Egor. Non preoccuparti: sono professionisti più in gamba di me.

Scrutai attraverso il Crepuscolo: due luminose macchie arancione avanzavano verso la casa.

— Non voglio… — Il ragazzino fu subito preso dal panico. — Lei è meglio di loro!

— Non posso, ho un'altra missione.

Di sotto il portone sbatté e risuonarono dei passi. I guerrieri snobbarono l'ascensore.

— Ma io non voglio! — Egor si aggrappò alla porta, come se avesse deciso di chiuderla. — Non mi fido di loro!

— O ti fidi della Guardia della Notte al completo o non ti fidi di nessuno — tagliai corto. — Non siamo dei Superman coi mantelli rosso-azzurri. Siamo dei lavoratori salariati. La polizia del mondo crepuscolare. Le mie parole sono quelle della Guardia della Notte.

— Ma loro chi sono? — Il ragazzo si stava arrendendo. — Sono dei maghi?

— Solo iperspecializzati.

Sulla rampa di scale apparve Tigrotto.

— Salve, ragazzi! — esclamò radiosa la ragazza, superando con un balzo i gradini.

Il balzo era inumano. Egor si rattrappì e indietreggiò, fissandola. Io scossi la testa: la ragazza si stabilizzava in vista della trasformazione. Questo le piaceva e ora inoltre aveva i suoi buoni motivi per divertirsi a ruzzolare.

— Come vanno le cose? — le chiesi.

— Oh... allegramente. Sono tutti nel panico. Va', ti stanno aspettando, Anton... Tu sei il mio patrocinato, vero?

Il ragazzino taceva, esaminandola. A dire il vero il Capo aveva fatto una magnifica scelta, mandando come guardia del corpo proprio Tigrotto. Lei suscitava la simpatia di tutti, dei bambini come dei vecchi. Si diceva che le Forze delle Tenebre l'avessero corrotta qualche volta. Ma non era vero...

— Io non sono un patrocinato — rispose alla fine il ragazzo. — Mi chiamo Egor.

— E io Tigrotto. — Era già entrata nell'appartamento e stringeva affettuosamente le spalle del ragazzino. — Su, dai, mostrami la testa di ponte! Prepariamo la difesa!

Io scesi di sotto, scuotendo il capo. Tra cinque minuti Tigrotto avrebbe dimostrato al ragazzo come mai le era stato assegnato proprio quel nome.

— Salve — bofonchiò Orso, venendomi incontro. — Salve. — Ci scambiammo una breve stretta di mano. Tra tutti gli agenti della Guardia, Orso era quello che suscitava in me le emozioni più strane e contrastanti.

Era poco più alto della media, robusto e con un volto assolutamente impenetrabile. Non amava parlare troppo. Dove trascorresse il suo tempo libero, dove vivesse non lo sapeva nessuno eccetto, forse, Tigrotto. Si diceva che non fosse nemmeno un mago, bensì un mutantropo. E che all'inizio avesse operato nella Guardia del Giorno per poi, durante una missione, passare dalla nostra parte. Tutto ciò era una totale assurdità: le Forze della Luce non diventavano Forze delle Tenebre e le Forze delle Tenebre non si trasformavano in Forze della Luce. Ma c'era qualcosa in Orso che sconcertava.

— La macchina ti aspetta — disse l'operativo, senza incepparsi. — Il conducente è un asso. Arriverai in un lampo.

Orso tartagliava un po' e per questo costruiva frasi molto brevi. Non aveva fretta, Tigrotto era già al suo posto di guardia. Ma a me non conveniva indugiare.

— Com'è la situazione là, difficile? — chiesi, affrettando il passo.

Da sopra giunse un: — Tutto tranquillo.

Saltando gli scalini, mi precipitai fuori dal portone. La macchina mi stava proprio aspettando, per un attimo sostai a contemplarla. Era un'elegante BMW bordeaux, ultimo modello, con un lampeggiatore attaccato con noncuranza sul tetto. Entrambi gli sportelli dal lato dell'edificio erano aperti e il conducente, che fumava accanitamente e portava una giacca sotto le cui falde s'indovinava una fondina, era mezzo fuori della macchina. Davanti allo sportello posteriore stava un uomo attempato dalla figura monumentale col cappotto sbottonato, che indossava un abito molto costoso, sul risvolto del quale brillava un distintivo da deputato.

— Ma chi crede di essere? Verrò quando mi è possibile! E chi sono, cazzo, quelle puttanelle? Si è bevuto il cervello? Non potete nemmeno fare un passo da soli?

Dopo avermi lanciato un'occhiata, il deputato, senza accomiatarsi, troncò la conversazione al telefono e salì in macchina.

Il conducente aspirò profondamente, gettò la sigaretta e si

sistemò al volante. Il motore rombò piano. Non feci in tempo ad accomodarmi sul sedile anteriore che l'auto si mosse. Dallo sportello penetrarono con uno scricchiolio dei rami coperti di ghiaccio.

— Sei diventato cieco? — ruggì il deputato contro l'autista, anche se la colpa dell'accaduto era soltanto mia. Poi il proprietario dell'auto si voltò verso di me e il suo tono cambiò: — Devi andare a Perovo?

Era la prima volta che un rappresentante del potere mi dava un passaggio. E non un ufficiale di polizia o un boss criminale. Capivo che in caso di necessità non faceva differenza per un Guardiano, ma non l'avevo mai sperimentato prima di allora.

— Sì, nello stesso luogo da dove sono venuti i ragazzi. E prima che si può…

— Hai sentito, Volod'ka? — disse il deputato rivolto all'autista. — Accelera!

Volod'ka accelerò tanto che cominciai a non sentirmi bene. Osservavo il tramonto e pensavo: "Chissà se arriveremo davvero…"

Stavamo per arrivare, non solo per l'abilità del conducente e per il nostro coefficiente di fortuna, che nel caso di un Guardiano come me era artificialmente elevato. Sembrava che qualcuno avesse voluto sistemare il campo delle probabilità, eliminando tutti i guasti, gli ingorghi e i vigili troppo zelanti.

Nella nostra sezione cose simili poteva farle soltanto il Capo in persona. Ma perché, mi chiedevo…

— Anch'io non mi sentivo troppo bene… — bisbigliò dalla mia spalla l'invisibile uccello — quando con il conte…

Si zittì, autocensurandosi.

La macchina passò con il rosso a un incrocio, evitando, con una sterzata incredibile, autovetture e furgoni. Qualcuno ci fece un gestaccio con la mano.

— Vuoi un sorso? — chiese amichevolmente il deputato. Mi allungò una bottiglietta di Remy Martin e un piccolo bicchiere di plastica. Era così buffo che io, senza esitare, mi versai una buona dose di cognac. Persino su una strada così dissestata e a quella velocità la macchina rullava dolcemente e non si rovesciava una goccia di liquore.

Restituii la bottiglia, annuii, tolsi dalla tasca le cuffiette del walkman, le sistemai sulle orecchie e accesi. Risuonò una vecchissima canzone, *Resurrezioni*, la mia preferita.

La cittadina era piccola, come un giocattolino
da tempi immemorabili non conosceva
malattie, né invasioni.
Sulla torre della fortezza arrugginiva
in silenzio il cannone,
lontano da ogni itinerario.
Così di anno in anno
tutta la città dormiva
senza giorni feriali, né di festa.
Sognò egli distese di città
deserte e di sterili rocce...

Entrammo in autostrada. La velocità della macchina non faceva che aumentare, non avevo mai girato per Mosca a una velocità simile. E non solo per Mosca... Avevo fifa.

Tra le fredde rocce la musica risuonava
mentre la città dormiva...
Dove ci portava?
Chi cercava?
Nessuno lo sapeva...

Ricordai Romanov, un Altro. Non iniziato. L'avevano individuato troppo tardi... La richiesta era stata fatta, ma lui aveva rifiutato.

Anche questa è una scelta.

Chissà quante volte aveva ascoltato la notte questa musica...

Chi nell'afa notturna la finestra non chiudeva
è svanito.
Sono andati a cercare un paese dove la vita fosse
piena di vita,
sulle tracce delle canzoni...

— Ne vuoi ancora? — Il deputato era la benevolenza personificata. Sarebbe stato interessante capire che cosa gli avevano infuso Orso e Tigrotto. Chi ero io per lui, il suo migliore amico? E lui per me, chi era mai? Il mio eterno debitore? Chi ero dunque io, il figlio illegittimo ma prediletto del Presidente?

Che assurdità! Esistono centinaia di modi di suscitare fiducia negli esseri umani, simpatia e desiderio di aiutare il prossimo. La Luce ha i suoi metodi, peccato che anche le Tenebre non ne abbiano di meno. Che assurdità.

La domanda era un'altra: perché il Capo aveva bisogno di me?

Capitolo 6

Sulla strada mi aspettava Ilja. Stava lì, con le mani ficcate in tasca e fissava con disgusto il cielo da cui cadeva un lieve nevischio.

— Quanto ci hai messo — si limitò a dire, mentre io, stringendo la mano al deputato per congedarmi, scendevo dall'auto. — Il Capo si è stancato d'aspettare.

— Che cosa sta succedendo?

Ilja ridacchiò. Ma non c'era l'abituale gioia di vivere nel suo sorriso.

— Ora vedrai… Andiamo.

Percorremmo una stradina, scansando le donne che si trascinavano con le borse del supermercato. Per quanto fosse strano, da noi erano comparsi veri supermercati. L'andatura delle persone però era rimasta quella di sempre, come se avessero appena abbandonato una coda di ore in cambio di violacei cadaveri di pollo…

— È lontano? — chiesi.

— Se fosse lontano, avremmo preso un'auto.

— Ma che cosa ha combinato il nostro campione del sesso? Non ce l'ha fatta?

— Ignat ce l'ha messa tutta — si limitò a rispondere Ilja. Provai per un momento una sorta di piacere vendicativo, come se il fiasco di Ignat fosse nel mio interesse. Di solito, quando la missione lo richiedeva, tempo due, tre ore si ritrovava nel letto di qualcuna.

— Il Capo si è dichiarato pronto all'evacuazione — disse all'improvviso Ilja.

— Cosa?

— Del tutto pronto. Se il vortice non si stabilizza, allora gli Altri lasceranno Mosca.

Camminava dinanzi a me e così non potevo guardarlo negli occhi. Ma perché poi Ilja avrebbe dovuto mentire?

— E il vortice è ancora come prima… — esordii. Ma poi tacqui. L'avevo visto.

Davanti a noi, sopra un desolante casermone di otto piani, sullo sfondo del buio cielo nevoso, mulinava nera e lenta una tromba d'aria.

Non si poteva definire un vortice o un turbine. Proprio una tromba d'aria. Non si allungava da questo palazzo, ma da quello seguente, ancora nascosto. E a giudicare dall'angolatura del cono nero, doveva essersi generata dalla terra stessa.

— Diavolo… — bisbigliai.

— Non fare il menagramo…

— È di una trentina di metri…

— Trentadue. E continua a crescere.

Guardai affannosamente la spalla e scorsi Olga. Era uscita dal Crepuscolo.

Vi è mai capitato di vedere un uccello spaventato? Spaventato proprio come una persona?

La civetta era tutta scompigliata. Possibile che delle penne potessero rizzarsi così? Gli occhi sfavillavano di una luce giallo ambrata.

La spalla della mia povera giacca si era ormai sfilacciata, e gli artigli continuavano a graffiare, come se intendessero raggiungere il corpo.

— Olga!

Ilja si voltò e annuì: — Guarda guarda… Il Capo dice che a Hiroshima il vortice era più basso.

La civetta sbatté le ali e si librò nell'aria silenziosamente, dolcemente. Alle mie spalle una donna lanciò un grido. Mi voltai e scorsi il suo viso sconvolto, lo sguardo stralunato che seguiva l'uccello.

— La cornacchia vola — disse sottovoce Ilja, guardando di sottecchi la donna. La sua reazione fu assai più tempestiva della mia. Un istante dopo la fortuita testimone ci superò, borbottando scontenta qualcosa contro le stradine troppo anguste e coloro che amavano ostruirle.

— Cresce rapidamente? — chiesi, indicando la tromba d'aria.

— A sbalzi, ma ora si sta stabilizzando. Il Capo ha avvertito Ignat per tempo.

La civetta, disegnando un ampio cerchio intorno alla tromba d'aria, si abbassò e volò sopra di noi. Olga aveva conservato una certa padronanza di sé, ma dopo la sua imprudente uscita dal Crepuscolo appariva turbata.

— E lui che cosa ha fatto?

— Ma niente... tranne che mostrarsi esageratamente soddisfatto di sé. Si è presentato ed è riuscito a scoprire la dimensione del vortice...

— Non capisco — dissi confuso. — Per raggiungere una simile dimensione dev'essere stato alimentato solo da un mago che voleva scatenare l'inferno...

— È questo che intendevo dire. Qualcuno ha cancellato le tracce di Ignat e l'ha alimentato. Qui...

Entrammo nel portone del palazzo che ci ostruiva la vista del turbine. La civetta all'ultimo momento ci seguì in volo. Guardai perplesso Ilja, ma non dissi niente. Del resto era divenuto subito chiaro perché ci trovavamo qui.

In uno degli appartamenti al piano terra si era stabilito il nostro quartier generale operativo. La possente porta d'acciaio, sigillata nel mondo degli umani, nel Crepuscolo appariva spalancata. Ilja, senza fermarsi, s'immerse nel Crepuscolo e lo attraversò, mentre io restai per qualche secondo occupato a sollevare la mia ombra. Poi lo seguii.

Un grande appartamento di quattro stanze, tutte assai confortevoli. Eppure rumoroso, caldo, pieno di fumo.

Qui si trovavano più di venti Altri, tra operativi e noi, topi d'ufficio. Al mio arrivo non badarono nemmeno, si limitarono a dare un'occhiata a Olga. Capii che i vecchi collaboratori della Guardia la conoscevano, ma nessuno accennò a salutare la civetta bianca o a sorriderle.

Ma che cosa aveva combinato?

— In camera da letto, il Capo è là — disse al mio indirizzo Ilja, mentre si infilava svelto in cucina dove tintinnavano i bicchieri. Forse stavano bevendo del tè, o forse qualcosa di più forte. Dopo aver guardato di sfuggita, mi convinsi che avevo ragione. A Ignat versavano del cognac. Il nostro terrorista del sesso aveva l'aria completamente distrutta, a pezzi, non gli capitava da parecchio di fare un fiasco simile.

Passai oltre, bussai alla prima porta e sbirciai dentro.

Era la camera dei bambini. Su un lettino dormiva un bimbo di circa cinque anni e accanto, sul tappeto, i suoi genitori adolescenti. Era tutto chiaro. Avevano immerso i padroni dell'appartamento in un sonno pesante e dolce per non averli tra i piedi. Si sarebbe potuto mettere a soqquadro l'intero quartier generale nello spazio crepuscolare, ma a che sarebbe servito sprecare le energie?

Mi batterono una mano sulla spalla. Mi voltai: era Semen.

— Il Capo è di là — disse. — Dai, coraggio…

Pareva che tutti sapessero e mi stessero aspettando.

Non c'era nulla di più assurdo di un quartier generale operativo ubicato in un appartamento.

Sopra il tavolino del bagno, ingombro di cosmetici e sommerso di bigiotteria, stava appesa una sfera magica di dimensioni medie che trasmetteva l'immagine dall'alto del vortice. Accanto, su un puf sedeva Lena, il nostro operatore migliore, silenziosa e concentrata. Aveva gli occhi chiusi, ma alla mia comparsa alzò una mano in segno di saluto.

Va bene, era la solita storia. L'operatore della sfera vedeva lo spazio nel suo complesso, era impossibile sfuggirgli.

Sul letto stava semidisteso il Capo. Portava una vestaglia variopinta, morbide pantofole orientali e la *tjubetejka,* il tipico berretto usbeco. Il dolce fumo di un narghilè riempiva il locale. La civetta bianca si era posata davanti a lui. A giudicare da ciò che si vedeva, erano assorti in una conversazione muta.

Anche questo rientrava nella normalità.

Nei momenti di particolare tensione il Capo tornava alle abitudini acquisite in Asia centrale. Aveva operato laggiù a cavallo tra il XIX e il XX secolo, dapprima sotto la falsa identità di Mufti, poi di capo dei guerriglieri antibolscevichi, quindi di commissario rosso e infine per dieci anni come segretario del comitato provinciale.

Davanti alla porta c'erano Danila e Farid. Erano sufficienti anche i miei poteri a individuare il purpureo scintillio dei bastoni magici nascosti nelle loro maniche.

Una procedura del tutto ordinaria. In simili momenti non si lasciava mai il quartier generale senza sorveglianza. Danila e Farid non erano tra i guerrieri più forti, ma erano esperti, e questo spesso contava assai di più della forza bruta.

Ma chi era l'Altro dalla fisionomia sconosciuta che si trovava nella stanza?

Sedeva in un angolo, accoccolato, modesto e insignificante. Magro come un chiodo, le guance incavate, i capelli neri tagliati corti come quelli di un militare, gli occhi grandi, tristi. Di età assolutamente indefinibile, di trenta come di trecento anni. Vestiti scuri. L'abito morbido e la camicia grigia erano in perfetta sintonia col suo aspetto. Un umano forse avrebbe scambiato lo sconosciuto per il membro di una setta di minoranza. E in questo avrebbe avuto ragione.

Era un mago nero. E per di più un mago di altissimo livello. Quando mi trapassò con lo sguardo, mi sentii come un guscio che s'incrina e comincia a piegarsi.

Senza volere feci un passo indietro. Ma il mago aveva già abbassato lo sguardo a dimostrazione che mi aveva sondato in modo incidentale, fuggevole.

— Boris Ignatevic. — Sentii che la mia voce era quasi rauca.

Il Capo annuì seccamente, poi si voltò verso il mago nero. Questi subito fissò lo sguardo su di lui.

— Tira fuori l'amuleto — gli intimò il Capo.

La voce dell'agente delle Tenebre si fece sommessa e triste, come quella di un essere umano su cui si siano abbattute di colpo tutte le disgrazie del mondo. — Non faccio nulla che non sia consentito dal Patto...

— Neppure io. I miei collaboratori devono essere immuni dagli osservatori.

Ecco di che si trattava! Nel nostro quartier generale c'era un osservatore della parte delle Tenebre. Voleva dire che lì accanto era dislocato il quartier generale della Guardia del Giorno e che c'era anche laggiù qualcuno dei nostri.

Il mago nero infilò la mano nella tasca della giacca e tolse una medaglietta di osso appesa a una catenina di rame. Me la tese.

— Lancia — dissi.

Il mago sorrise impercettibilmente e con la stessa aria malinconica e compassionevole fece un gesto con la mano. Afferrai la medaglietta. Il Capo sorrise con approvazione.

— Il tuo nome? — chiesi io.

— Zavulon.

Non avevo mai sentito quel nome. O non era troppo famoso e doveva esistere già agli albori della Guardia del Giorno.

— Zavulon... — ripetei, osservando l'amuleto. — Tu non hai più potere su di me.

La medaglietta si era scaldata a contatto col palmo. L'indossai sopra la camicia, feci un cenno al mago e mi avvicinai al Capo.

— Così vanno le cose, Anton — disse quello quasi farfugliando, senza allontanare le labbra dal bocchino del narghilè. — Così vanno le cose. Vedi?

Guardando fuori della finestra, annuii.

Il vortice nero continuava a spuntare dal palazzo di otto piani e dal nostro. Il vertice sottile e flessibile del turbine finiva in un punto a livello del pianterreno e se mi sporgevo, attraverso il Crepuscolo, potevo localizzare esattamente l'appartamento.

— Com'è potuto accadere? — chiesi. — Boris Ignatevic, qui non si tratta del classico mattone sulla testa o di una fuga di gas in una abitazione...

— Facciamo tutto il possibile — disse il Capo, quasi si sentisse in dovere di giustificarsi. — Tutte le basi missilistiche sono sotto stretto controllo, anche in America e in Francia; in Cina stiamo ultimando il lavoro. Con le armi nucleari strategiche la questione diventa sempre più difficile. Non possiamo ancora individuare tutti i satelliti laser funzionanti. Di immondizia batteriologica la città è piena... un'ora fa per poco non si è prodotta una fuga di virus dal Centro di Ricerca Nazionale.

— Non puoi fare assolutamente niente contro il destino — dissi io con prudenza.

— Proprio così. Noi tappiamo le falle sul fondo della nave. E la nave sta già colando a picco.

A un tratto notai che tutti – il mago delle Tenebre, Olga, Lena e i guerrieri – mi fissavano. Mi sentii a disagio.

— Boris Ignatevic?

— Tu sei legato a lei.

— Cosa?

Il Capo sospirò, depose la pipa, e il freddo, sottile fumo dell'oppio fluì verso il pavimento.

— Tu, Anton Gorodeckij, programmatore, scapolo, con poteri medi, sei legato alla ragazza su cui aleggia questa schifezza malefica.

Il mago delle Tenebre nell'angolo sospirò quasi impercettibilmente. Non trovai nient'altro di meglio che chiedere: — Perché?

— Non lo so. Abbiamo mandato da lei Ignat. Lui ha lavorato bene. Tu sai che può sedurre chiunque voglia.

— E con lei non c'è riuscito?

— C'è riuscito. Solo che il vortice ha cominciato a crescere. Sono stati insieme una mezz'ora e il vortice da cinquanta centimetri è cresciuto fino a venticinque metri. Abbiamo dovuto richiamarlo... in tutta fretta.

Lanciai un'occhiata al mago delle Tenebre. Zavulon, che pareva concentrato sul pavimento, subito alzò il capo. Questa volta la difesa non reagì: l'amuleto mi aveva coperto.

— A noi non serve — disse sottovoce. — Solo un selvaggio ammazzerebbe un elefante per poter avere della carne a colazione.

Il paragone mi disgustò. Ma sembrava non mentire.

— Un disastro di simili proporzioni non è che ci serva tanto di frequente — aggiunse il mago delle Tenebre. — Al momento non abbiamo nessun progetto che richieda un investimento di energie di tale portata.

— Lo spero vivamente... — disse il Capo con una voce stridula, irriconoscibile. — Zavulon, devi capire che se ci sarà una catastrofe, noi pure ne ricaveremo il massimo.

Sul volto del mago apparve l'ombra di un sorriso.

— Una quantità di uomini resterà inorridita dall'accaduto, piangerà a calde lacrime e commisererà il dolore. Sarà sublime.

Ma molti di più saranno coloro che si attaccheranno avidamente al teleschermo e che godranno della disgrazia altrui, e si rallegreranno che abbia risparmiato le loro città, ironizzando sulla Terza Roma che ha ottenuto il castigo... il castigo dall'alto dei cieli. Tu lo sai bene, nemico mio.

Non esternava una gioia maligna, le Forze delle Tenebre di rango superiore hanno di queste reazioni così elementari. Si limitava a informare.

— Tuttavia noi siamo pronti — disse Boris Ignatevic. — Lo sai bene.

— Lo sai bene... Noi siamo in una situazione più vantaggiosa. Sempre che tu non nasconda un paio di assi nella manica, Boris.

Il Capo si voltò verso di me, quasi avesse perso ogni interesse per il mago delle Tenebre.

— Anton, non è la Guardia del Giorno ad alimentare il vortice. È il risultato dell'azione di un solo autore. Un mago delle Tenebre di potenza sconvolgente. Ha percepito Ignat e ha cominciato a forzare gli eventi. Ora tutte le speranze sono riposte in te.

— Perché?

— Te l'ho già detto: siete legati.

Il Capo alzò la mano e nell'aria si materializzò la superficie bianca di uno specchio. Zavulon aggrottò la fronte. Forse quel dispendio di energie l'aveva leggermente irritato.

— La prima linea di sviluppo degli avvenimenti — disse il Capo. Sul telone bianco, che stava appeso senza sostegni, passò una striscia nera. Si diffuse una macchia informe che straripava dai bordi dello schermo.

— Lo scenario più probabile. Il vortice raggiunge la portata massima e scoppia con una deflagrazione infernale. Milioni di vittime. Un cataclisma di portata universale: nucleare, biologico, con caduta di asteroidi, terremoti di dodicesimo grado. Tutto il possibile.

— E una catastrofe infernale? — chiesi con cautela. Guardai di sottecchi il mago delle Tenebre: il suo viso era rimasto impassibile, indifferente.

— No. È assai improbabile. La soglia è ancora lontana. — Il Capo scosse la testa. — Altrimenti, credo che i Guardiani del

Giorno e i Guardiani della Notte si sarebbero già annientati a vicenda. Il secondo decorso...

Una sottile linea, in fuga dalla striscia nera. Una linea spezzata.

— Secondo scenario: si annulla lo scopo. Il turbine si riduce, se lo scopo fallisce... autonomamente.

Zavulon si mosse. E disse in tono cortese: — Sono pronto ad aiutarvi in questa piccola azione. La Guardia della Notte non può sopravvivere autonomamente, non è così? Siamo al vostro servizio.

Calò il silenzio. Poi il Capo scoppiò a ridere.

— Come volete. — Zavulon si strinse nelle spalle. — Ripeto, per il momento vi offriamo i nostri servigi. A noi non serve una catastrofe universale che può uccidere a ogni istante milioni di esseri umani. Per ora non ci serve.

— Il terzo scenario — disse il Capo, fissandomi. — Guardala attentamente.

Un'altra linea si sviluppava dalla radice comune. E si assottigliava per annullarsi.

— Questo se entri in gioco tu, Anton.

— Che cosa devo fare? — domandai.

— Non saprei. Un pronostico attendibile non ha mai fornito indicazioni precise. Solo una cosa è certa: tu puoi eliminare il vortice.

Nella mia testa passò l'assurdo pensiero che ero ancora sotto controllo. Una prova sul campo... Avevo ucciso il vampiro e ora... Ma no, non poteva essere. Non con una simile posta!

— Non ho mai debellato vortici malefici. — La mia voce sembrava irriconoscibile: non era tanto spaventata quanto stupita. Il mago delle Tenebre Zavulon fece una risatina disgustosa, da donnetta.

Il Capo annuì: — Lo so, Anton.

Si alzò, si aggiustò la vestaglia e si avvicinò. Appariva assurdo, in un appartamento moscovita, quel suo travestimento asiatico, sembrava una parodia malriuscita.

— Nessuno finora è mai stato in grado di eliminare vortici come questo. Tu saresti il primo a provarci.

Tacevo.

— E cerca di ricordare, Anton, che se farai un danno… anche minimo, sarai il primo a rimetterci. Non riuscirai nemmeno ad allontanarti nel Crepuscolo. Sai che succede agli agenti della Luce quando finiscono in una catastrofe infernale?

Mi sentivo la gola prosciugata. Annuii.

— Mi perdoni, nemico caro — disse Zavulon in tono beffardo. — Ma lei non dà ai suoi collaboratori il diritto di scegliere? Persino in guerra in casi come questo veniva scelto… chi lo desiderava.

— Chiamavano dei volontari — disse il Capo, senza voltarsi. — Siamo tutti volontari, da tempi immemorabili. E non abbiamo alcun diritto di scegliere.

— Noi invece l'abbiamo. Sempre. — Il mago delle Tenebre fece un'altra risatina.

— Dal momento in cui attribuiamo il diritto di scelta agli esseri umani, lo aboliamo per noi stessi. Zavulon — Boris Ignatevic lanciò un'occhiata al mago delle Tenebre — non ti stai esibendo davanti al tuo pubblico. Non disturbare.

— Taccio. — Zavulon reclinò il capo e piegò le spalle.

— Cerca di cavartela da solo, Anton — disse il Capo. — Non posso darti consigli. Cerca di farcela, ti prego. E… scorda tutto quello che ti è stato insegnato. Non credere a ciò che ti ho detto io, non credere a ciò che hai scritto nei tuoi appunti, non credere ai tuoi occhi, non credere alle parole altrui.

— A cosa devo credere allora, Boris Ignatevic?

— Se lo sapessi, Anton, allora lascerei il quartier generale… ed entrerei io stesso in quell'edificio.

Guardammo simultaneamente dalla finestra. Il turbine nero mulinava, ondeggiando ora qua ora là. Un passante, che camminava sul marciapiede, a un tratto svoltò nella neve e prese ad aggirare il vertice del turbine con un giro largo. Notai che sul ciglio avevano già aperto un varco: gli umani non potevano vedere il Male che infuriava sulla terra, ma ne avvertivano la vicinanza.

— Ti proteggerò, Anton — disse a un tratto Olga. — Ti proteggerò e manterrò i contatti.

— Da fuori — disse il Capo, approvando. — Solo da fuori…

Va'. Cercheremo di proteggerti al massimo da qualunque sorveglianza.

La civetta bianca volò via dal letto e venne a posarsi sulla mia spalla.

Lanciai un'occhiata agli amici e al mago delle Tenebre, che sembrava caduto in letargo, e uscii dalla stanza.

Mi accompagnarono in silenzio, senza parole superflue, né consigli o incoraggiamenti. Del resto non è che facessi niente di speciale. Andavo solo a morire.

Regnava il silenzio.

Un silenzio sospetto anche in un quartiere dormitorio come quello, a quell'ora della sera. Come se si fossero rintanati tutti in casa, avessero spento la luce e ficcato la testa sotto le coperte e tacessero. Tacessero senza nemmeno dormire. Solo ombre purpuree e azzurrine balenavano sulle finestre: dovunque erano accesi i televisori. Era ormai un'abitudine inveterata, terribile e penosa, accendere il televisore e guardare tutto quel che capitava, dalle televendite alle notizie. Gli uomini non vedevano il mondo del Crepuscolo, ma erano in grado di avvertire la sua presenza.

— Olga, che ne pensi di questo vortice? — chiesi.

— È invincibile — disse.

Stavo lì a guardare il vertice flessibile del turbine simile alla proboscide di un elefante.

— Quanto... a che altezza potresti intervenire per estinguerlo?

Olga ci pensò su: — Circa cinque metri. C'è ancora una possibilità. A tre metri di sicuro.

— E in questo modo la ragazza si salverebbe?

— È probabile.

C'era qualcosa che mi inquietava. In questo silenzio anormale, ora che persino le auto cercavano di aggirare il quartiere condannato, si udivano comunque dei suoni...

Poi capii. Erano i cani che guaivano. In tutti gli appartamenti delle case circostanti dei poveri cani indifesi si lamentavano penosamente con i loro padroni. Vedevano approssimarsi l'inferno.

— Olga. Forniscimi tutti i dati sulla ragazza.

— Svetlana Nazarova. Venticinque anni. Medico, lavora al Policlinico 17. Fuori del controllo della Guardia della Notte. Fuori del controllo della Guardia del Giorno. Non ha rivelato poteri magici. I genitori e il fratello minore vivono a Brateevo; con loro ha contatti sporadici, soprattutto telefonici. Quattro amici sorvegliano che sia tutto "pulito". Rapporti con le persone sereni, non è stato rilevato nessun forte conflitto.

— Fa il medico — dissi io, assorto. — Forse questo è un indizio, Olga. Magari un vecchio o una vecchia... insoddisfatti della cura. Negli ultimi anni di vita a volte possono verificarsi esplosioni di poteri magici latenti...

— Occorre controllare... — replicò Olga. — Per ora non abbiamo dati in tal senso.

Eh, già. Era sciocco buttarsi a indovinare. Per mezza giornata sulla ragazza avevano operato persone decisamente più intelligenti di me.

— Cosa abbiamo ancora?

— Gruppo sanguigno: 0. Non risultano patologie gravi, sporadici e lievi dolori cardiaci. Il suo primo rapporto sessuale l'ha avuto a diciassette anni con un coetaneo, per curiosità. È stata sposata per quattro mesi ed è divorziata da due anni, con l'ex marito è in rapporti amichevoli. Niente figli.

— Poteri del marito?

— Zero. Ha una nuova moglie, anche lei zero poteri. Immediatamente eseguiti i controlli.

— Nemici?

— Due colleghe maligne al lavoro. Due spasimanti respinti, sempre sul luogo di lavoro. Un compagno di scuola che sei mesi fa ha cercato di ottenere un certificato ospedaliero falso.

— E...

— Lei si è rifiutata.

— Però! E come sono messi a poteri magici?

— Praticamente zero. Il livello di malvagità è quello ordinario. Tutti quanti hanno poteri magici deboli. Non sarebbero mai capaci di scatenare un turbine come questo.

— Si sono verificate morti di pazienti negli ultimi tempi?

— No.

— E allora da dove viene la maledizione? — dissi, facendo una domanda retorica. Ora era chiaro come mai i Guardiani si fossero arenati. Svetlana era proprio una brava bambina. Cinque nemici in venticinque anni, c'era da esserne fieri.

Olga tacque.

— Dobbiamo andare — dissi. Mi voltai verso la finestra dove si scorgevano i profili dei ragazzi. Uno della sorveglianza mi fece un cenno di saluto. — Olga, come ha lavorato Ignat?

— Mediamente bene. Incontro per strada, secondo la variante "intellettuale imbranato". Un caffè al bar. Conversazione. Il livello di attrazione nell'oggetto si è subito accresciuto, Ignat ha optato per un atteggiamento di maggiore intimità. Ha comprato una bottiglia di spumante e una di liquore e sono venuti qui.

— E poi?

— Il turbine ha cominciato ad aumentare.

— Motivo?

— Nessuno. Ignat le era piaciuto, anzi, lei cominciava a sentire una forte infatuazione per lui. Ma in quel momento la dimensione del vortice è aumentata in modo catastroficamente rapido. Ignat ha sperimentato tre stili di comportamento, giungendo persino all'inequivocabile richiesta di fermarsi la notte e il vortice è arrivato a uno stadio esplosivo. È stato richiamato e il vortice si è stabilizzato.

— E come hanno fatto a richiamarlo?

Ero già congelato e avvertivo uno sgradevole senso di bagnato negli scarponi. Non ero ancora pronto a intervenire.

— «La mamma sta male.» Telefonata al cellulare, la conversazione, le scuse, la promessa di richiamare l'indomani. Tutto "pulito", l'oggetto era al di sopra di ogni sospetto.

— E il vortice si è stabilizzato?

Olga tacque. Evidentemente doveva essersi messa in contatto con gli analisti.

Eppure c'era qualcosa che non andava. Solo che non potevo formulare in nessun modo i miei vaghi sospetti.

— Dov'è il suo ambulatorio, Olga?

— Qui, da queste parti. Nella casa. Da lei vanno abbastanza spesso dei pazienti... Dicono che si è persino ridotto di tre centimetri. Ma potrebbe essere un normale assestamento dopo l'aumento di dimensioni.

— Magnifico. Allora andrò da lei in veste di paziente.

— Hai bisogno di essere dotato di una finta memoria?

— Me la caverò.

— Il Capo approva — rispose Olga dopo una pausa. — Agisci. Il tuo travestimento è quello di Anton Gorodeckij, programmatore, scapolo, in cura da tre anni per ulcera gastrica, vive nello stesso stabile; in caso di necessità forniremo servizi logistici.

— Tre anni sono troppi — dichiarai io. — Facciamo uno. Massimo uno.

— Va bene.

Fissai Olga e lei fissò me, col suo sguardo immobile da uccello da cui però ancora s'intuiva una traccia della donna aristocratica e coperta di sudiciume che aveva bevuto il cognac in cucina da me.

— Buona fortuna! — mi augurò. — Cerca di ridurre il vortice. Almeno di una decina di metri... poi sarò io a rischiare.

L'uccello volò via e sparì nel Crepuscolo, chissà dove, nei suoi strati più profondi.

Sospirando, raggiunsi l'edificio. La proboscide del turbine ondeggiava, cercando di sfiorarmi. Io tesi le palme, incrociandole, in segno di allontanamento.

Il turbine sussultò e rotolò via. Senza timore, piuttosto accettando le regole del gioco. Con simili dimensioni e pronto a esplodere in modo infernale, doveva comportarsi con raziocinio e non diventare un missile telecomandato, ma un feroce ed esperto kamikaze. Suonava buffo: "un esperto kamikaze", anche se, riferita alle Tenebre, questa definizione era appropriata. Irrompendo nel mondo degli uomini, il turbine infernale era destinato a perire, ma non era molto di più che la morte di una vespa in un immenso sciame.

— La tua ora non è ancora venuta — dissi. Il turbine infernale non poteva rispondere, ma io avevo comunque voglia di dirlo.

Passai accanto al vertice che sembrava fatto di vetro nero che avesse acquisito l'elasticità della gomma. La sua superficie esterna era quasi immobile, ma in profondità, dove il blu scuro era buio insondabile, s'intuiva un mulinare furioso.

Forse avevo torto. O forse l'ora era venuta...

Nella casa non c'era neppure un codice per entrare. C'era una serratura, ma era stata rotta, scardinata. Era normale. Un piccolo benvenuto dalle Forze delle Tenebre. Mi ero già disabituato a prestare attenzione ai loro impercettibili aloni, alle scritte e alle tracce delle loro suole sudicie sui muri, alle lampadine fulminate e agli ascensori fuori uso. Ma ora ero su di giri.

Non mi occorreva nemmeno conoscere il suo indirizzo. Sentivo la ragazza – non era il caso di non chiamarla ragazza solo per via del matrimonio, era più che altro la categoria dell'età a contare – sapevo dove andare, avevo già visto il suo appartamento, o meglio, non è che l'avessi visto, l'avevo percepito nella sua interezza.

L'unica cosa che non capivo era come togliere di mezzo quel maledetto vortice...

Mi fermai davanti alla porta, una porta normale, non blindata, il che era assai strano a pianterreno, per di più con la serratura del portone rotta. Sospirai profondamente e suonai. Erano le undici. Un po' tardi, certo.

Si udirono dei passi. Nessuna sensazione di isolamento acustico...

Capitolo 7

Aprì subito la porta.

Senza fare una domanda, senza guardare dallo spioncino, senza mettere la catenella. Eppure abitava a Mosca! Era notte! Si trovava da sola nell'appartamento! Il turbine aveva fagocitato anche gli ultimi residui di prudenza, la stessa che consente a una ragazza di resistere anche per parecchi giorni. Ecco com'è che muoiono di solito le persone sulle quali è caduta una maledizione...

Ma esteriormente Svetlana per il momento restava normale. Eccezion fatta per le borse sotto gli occhi... ma chi poteva mai dire come aveva trascorso la notte? Ed era vestita... aveva una gonna, una blusa elegante e le scarpe ai piedi, come se aspettasse qualcuno o si preparasse a uscire.

— Buonasera, Svetlana — dissi, già vedendo dal suo sguardo che dava segno di riconoscermi. Certo doveva conservare un assai vago ricordo di me dal giorno prima. E quell'istante in cui lei aveva capito che ci conoscevamo, senza ricordare come, andava sfruttato.

Mi allungai attraverso il Crepuscolo. Con cautela, perché il turbine era quasi incollato sopra la testa di lei e poteva scatenarsi una reazione in qualsiasi istante. Con cautela, perché non avevo voglia di ingannarla.

Anzi, desideravo solo il suo bene.

Può essere interessante e divertente solo la prima volta. Ma se continui a trovarlo interessante anche dopo, non c'è posto per te nella Guardia della Notte. Un conto è modificare le categorie morali, e sempre dalla parte del Bene. Un altro è interferire nella memoria. È inevitabile, bisogna farlo, è previsto dal Patto e il processo di entrata e uscita dal Crepuscolo provoca in chi sta intorno un'amnesia momentanea.

Ma se anche solo una volta provi piacere a giocare con la memoria altrui, è venuta per te l'ora di andartene.

— Buonasera, Anton. — La sua voce diventò fluida quando la costrinsi a ricordare ciò che non era mai avvenuto. — Le è successo qualcosa?

Sorrisi con malignità, battendomi lo stomaco. Nella memoria di Svetlana era in corso un uragano. Non ero così in gamba da poterla dotare di una memoria prefabbricata e falsa. Per fortuna bastava darle due o tre input e poi si sarebbe ingannata da sola. Aveva assemblato la mia immagine da quella di un suo remoto conoscente che mi somigliava fisicamente e da un altro ancora più remoto e fortuito, ma che le era simpatico, da una ventina di pazienti della mia stessa età e da qualche vicino di casa. Io avevo appena interferito nel processo, stimolando Svetlana a elaborare l'intera immagine. Una brava persona... un nevrotico... per questo è spesso malato... flirta un po', ma solo un po'... è molto insicuro... vive nella scala accanto.

— Ha dolore? — disse, concentrandosi. Era davvero un bravo medico. Un medico per vocazione.

— Un po'. Ieri sera ho bevuto. — Tutto il mio aspetto esprimeva pentimento.

— Anton, l'avevo avvertita... Entri...

Entrai e chiusi la porta, lei non si preoccupò nemmeno di questo. Mi guardai intorno nel mondo ordinario e in quello del Crepuscolo.

Una tappezzeria a buon mercato, un tappetino logoro sotto i piedi, vecchi stivali, il lampadario che pende dal soffitto con una semplice lampadina di vetro, il radiotelefono sul muro, con un pessimo ricevitore cinese. Un ambiente povero, pulito, dozzinale. E non solo perché fare il medico d'ambulatorio non rende molto. Piuttosto è lei a non avere ambizioni di benessere e comfort. Male... molto male.

Nel mondo crepuscolare l'appartamento faceva un'impressione quasi migliore. Nessun vegetale ripugnante, nessuna traccia delle Forze delle Tenebre. Se si esclude il vortice malefico, certo. Che imperava... Lo vedevo tutto intero, dal vertice che si avvitava sopra la testa della ragazza fino all'infiorescenza che si dilatava per un'altezza di trenta metri.

Seguendo Svetlana, entrai nell'unica stanza. Qui era più accogliente. Il divano brillava di un caldo color arancione e nell'angolo c'era una vecchia lampada a stelo. Due pareti erano coperte da scaffali stipati di libri: sette, posti l'uno sopra l'altro in altezza... Era tutto chiaro.

Cominciavo a capirla. Non come oggetto di lavoro, né come ipotetica vittima di un mago delle Tenebre che aveva agito di sua iniziativa, e nemmeno come causa involontaria di disastro, ma come persona.

Una ragazzina che viveva solo di libri, introversa e piena di complessi, con in testa un mucchio di ridicoli ideali e il sogno infantile del principe azzurro che era in cerca di lei e che un giorno l'avrebbe senz'altro trovata. La professione di medico, qualche amica, qualche amico e molta, moltissima solitudine. Lavoro coscienzioso, come nel codice del costruttore del comunismo, rare uscite al caffè e rari innamoramenti. E le sere, tutte identiche l'una all'altra, sul divano con un libro, il telefono accanto e il ronzio rassicurante e narcotizzante del televisore in sottofondo.

Non è possibile.

Ogni azione del Bene è accettazione dell'esistenza dell'attività del Male. Il Patto! La Guardia! L'equilibrio del mondo!

Sopporta o impazzisci, viola la legge o vai tra la folla, distribuisci alla gente regali non richiesti, contravvenendo al destino e aspettandoti a ogni svolta di imbatterti in ex amici o eterni amici pronti a spedirti nel Crepuscolo. Per sempre...

— Anton, come sta sua madre?

Ah, già. Io, il paziente Anton Gorodeckij, ho una vecchia madre che soffre di osteoporosi e di tutte le malattie tipiche degli anziani. Anche lei è una paziente di Svetlana.

— Bene, bene. Sono io che...

— Si sdrai.

Mi tolsi il maglione e la camicia, e mi sdraiai sul divano. Svetlana mi sedette accanto. Passava le sue calde dita sul mio stomaco, palpando per qualche ragione il fegato.

— Le fa male?

— No... ora no.

— Quanto ha bevuto?

Rispondevo alle domande, scovando le risposte nella memoria della ragazza. Non conveniva affatto far la parte di quello che stava per morire. Sì... dolori sordi, non forti... Dopo mangiato... Ecco, adesso si fa un pochino sentire...

— Per ora è solo una gastrite, Anton... — Svetlana aveva finito di visitarmi. — Non c'è da essere contenti, lo capisce anche lei. Adesso le scrivo la ricetta...

Si alzò, andò verso la porta, tolse dall'attaccapanni la borsetta. Per tutto il tempo io avevo controllato il vortice: non era accaduto niente, il mio arrivo non aveva provocato nessuna intensificazione infernale, ma non ero riuscito neppure a indebolirlo...

— *Anton...* — Dal Crepuscolo trapelò una voce, e io riconobbi Olga. — *Anton, il vortice si è ridotto di tre centimetri. Forse hai fatto la mossa giusta. Pensaci, Anton.*

La mossa giusta? Quando? Eppure non avevo fatto nulla, avevo solo trovato il pretesto per la visita!

— Anton, ha ancora del Maalox in casa? — Svetlana mi guardò. Mi aggiustai la camicia e risposi: — Sì, ne ho ancora qualche compressa.

— Quando arriva a casa, ne prenda una. E domani ne comprerà dell'altro. Lo prenda per due settimane, la sera prima di andare a dormire.

Svetlana era evidentemente uno di quei dottori che credevano nelle medicine. Non mi turbava, anch'io ci credevo. Noi, gli Altri, proviamo di solito un entusiasmo irrazionale per la medicina, e persino nei casi in cui sono sufficienti degli elementari rimedi magici propendiamo per la Tachipirina e gli antibiotici.

— Svetlana... mi perdoni se glielo chiedo — dissi, distogliendo lo sguardo in modo colpevole. — Ma ha qualche problema?

— Come le viene in mente, Anton? — Non smise di scrivere e neppure alzò gli occhi. Ma s'irrigidì.

— Mi era sembrato. L'ho offesa in qualche modo?

La ragazza depose la penna e mi guardò con curiosità e una certa simpatia.

— Ma no, Anton, cosa dice? Forse è solo l'inverno. L'inverno troppo lungo.

Sorrise tesa e il vortice infernale ondeggiò sopra di lei, muovendo rapacemente il vertice...

— Il cielo è tutto grigio, il mondo è tutto grigio. E non si ha voglia di far niente. Sono stanca, Anton. Verrà la primavera e passerà.

— Lei è depressa, Svetlana — azzardai, prima di rendermi conto di aver ricavato questa diagnosi proprio dalla sua memoria. Ma la ragazza non vi fece caso.

— Sì, forse. Non fa niente, adesso comparirà il sole... Grazie per la sua premura, Anton.

Questa volta il sorriso era più sincero, anche se forzato.

Dal Crepuscolo giunse il sussurro di Olga: — *Anton, dieci centimetri in meno! Il vortice si affloscia. Gli analisti sono al lavoro, Anton, continua a dialogare!*

Che cosa sto facendo di giusto?

Questa domanda era anche più terribile di "che cosa sto facendo di sbagliato?" Se sbagli, puoi cambiare abbastanza bruscamente la tua linea di condotta. Ma se hai centrato lo scopo, senza nemmeno saperlo, allora ti conviene gridare aiuto. È faticoso essere un pessimo arciere che ha colpito per sbaglio una mela e che si sforza di ricostruire il movimento delle braccia e la direzione dello sguardo, la tensione del dito che ha tirato... senza rendersi conto che ha colpito il bersaglio per merito di una folata impetuosa di vento.

Io ero conscio del fatto che me ne stavo lì a guardare Svetlana. E che lei a sua volta mi fissava, seria, in silenzio.

— Mi perdoni — le dissi. — Svetlana, mi perdoni, per amor del cielo. Sono piombato qui di sera e m'immischio in affari che non mi riguardano...

— Non fa niente. Anzi, mi fa piacere, Anton. Lo vuole un tè?

— *Venti centimetri in meno, Anton! Accetta!*

Persino questi centimetri di riduzione del vortice che s'era scatenato come l'inferno erano un dono del destino. Erano vite umane. Decine o addirittura centinaia di vite umane strappate a una catastrofe ineluttabile. Non sapevo come mai accadesse, ma aumentavo le difese di Svetlana contro l'inferno. E il vortice cominciava a dissolversi.

— Grazie, Svetlana, volentieri.

La ragazza si alzò e andò in cucina. E io la seguii. Ma che cosa accadeva?

— *Anton, l'esame preliminare è pronto...*

Mi sembrò che alla finestra, tra i tendoni scostati, balenasse la bianca figura di un uccello e che sfrecciasse lungo la parete, sulle tracce di Svetlana.

— *Ignat ha agito secondo la procedura: complimenti, curiosità, seduzione, innamoramento. A lei piaceva, ma questo ha provocato l'estendersi del vortice. Anton, tu segui un altro percorso, quello della partecipazione. E per di più della partecipazione disinteressata, passiva.*

Di raccomandazioni non ne erano arrivate, significava che non erano giunti ancora a nessuna conclusione analitica. Ma almeno sapevo come mi sarei dovuto comportare. Guardare con tristezza, sorridere con partecipazione, bere il tè e dire: "Hai gli occhi stanchi, Sveta..."

Perché di certo saremmo passati al "tu". Era inevitabile. Non avevo dubbi.

— Anton?

L'avevo fissata troppo a lungo. Svetlana era rimasta immobile davanti alla cucina a gas con la pesante teiera resa opaca dal vapore. Non è che si fosse spaventata, questo sentimento ormai le era inaccessibile, completamente assorbito dal vortice malefico. Più che altro sembrava contrariata.

— Qualcosa non va?

— Sì, mi sento in imbarazzo, Svetlana. Sono arrivato nel cuore della notte, mi sono lamentato dei miei problemi e ora mi sono anche fermato per un tè...

— Anton, la prego di restare. Sa, oggi ho avuto una giornata tanto strana che rimanere qui da sola... Facciamo così, questo sarà il mio onorario per la visita... Lei si siederà qui e converserà un po' con me — si affrettò ad aggiungere.

Annuii. Qualunque parola rischiava di essere sbagliata.

— *Il vortice è diminuito ancora di quindici centimetri. Anton, hai scelto la tattica giusta!*

Io non avevo scelto proprio nulla! Come facevano a non capirlo, analisti dei miei stivali? Avevo adoperato i miei poteri di Altro per entrare nella casa di un'estranea, penetrare nella sua memoria e prolungare così la mia permanenza là... e ora seguivo semplicemente la corrente.

E speravo che il fiume mi avrebbe condotto dove bisognava.

— Vuole marmellata?

— Sì...

Che follia questo tè! Altro che Carroll! I tè più folli non sono quelli nella tana del coniglio, al tavolo del cappellaio matto, della lepre marzolina e del ghiro! Una minuscola cucina di un minuscolo appartamento, l'infuso di tè del mattino a cui è stata aggiunta dell'acqua bollente, la marmellata di lamponi dal barattolo da tre litri, ecco dove attori incompresi recitavano la vera, folle scena del tè. Qui, e solo qui, avrebbero detto parole che mai avrebbero pronunciato altrimenti nella vita. Qui con un gesto da prestigiatore avrebbero estratto dal buio i loro piccoli ripugnanti segreti, dall'armadio i loro scheletri di famiglia, e rinvenuto nella zuccheriera cianuro di potassio. E nessuno avrebbe trovato un pretesto per alzarsi e andarsene perché nel frattempo avrebbero servito il tè, offerto la marmellata e avvicinato la zuccheriera aperta...

— Anton, è ormai da un anno che la conosco...

Un'ombra, una fuggevole ombra di smarrimento nello sguardo della ragazza. La memoria riempie diligentemente le lacune, suggerisce spiegazioni del perché io, un ragazzo così buono e simpatico, devo restare per lei solo un paziente.

— Di solito parliamo solo di lavoro, ma adesso... per qualche motivo, ho voglia di parlare con lei come a un vicino di casa. Come a un amico. Va bene?

— Certo, Sveta.

Un sorriso di gratitudine. Al mio nome è difficile trovare un diminutivo appropriato. Antoska suona un po' azzardato, troppo confidenziale.

— Grazie, Anton. Sai... davvero non sono più la stessa, ormai da tre giorni.

Certo. È difficile restare se stessi quando su di te pende la spada di Nemesi. Della cieca, furiosa Nemesi, scaturita dal regno dei morti...

— Be', ecco, oggi... mah, lasciamo perdere...

Voleva raccontarmi di Ignat. Non capiva che cosa le fosse accaduto, perché con quel conoscente occasionale per poco non era finita a letto. Le sembrava di essere sul punto di impazzire. A tutti gli esseri umani che sono entrati in contatto con gli Altri viene un pensiero del genere.

— Svetlana... hai litigato forse con qualcuno?

Era una mossa rozza. Ma avevo fretta, senza sapere neppure io il perché. Il vortice era stabile, anzi, tendeva a diminuire, eppure avevo fretta.

— Come mai ti è venuto in mente?

Svetlana non era stupita e non considerava questa una domanda troppo personale. Mi strinsi nelle spalle e cercai di spiegare:
— A me succede spesso.

— No, Anton. Non ho litigato con nessuno. Per nessun motivo, con nessuno. È dentro di me che...

Hai torto, ragazza. Tu non l'immagini nemmeno quanto hai torto. Sopra di te c'è un vortice malefico di dimensioni tali che solo una volta ogni cent'anni ne compare uno simile. E ciò significa che qualcuno ti sta odiando con una forza raramente consentita a un essere umano... o a un Altro.

— Forse bisognerebbe prendersi una vacanza — proposi. — Andarsene da qualche parte, lontano...

Lo dissi, e all'improvviso pensai che una soluzione del problema c'era. Fosse pure non definitiva e rischiosa per la vita di Svetlana. Lontano. Nella taiga, nella tundra, al Polo Nord. E lì ci sarebbe stata l'eruzione di un vulcano, o sarebbe caduto un asteroide o un missile con testate nucleari. Si sarebbe scatenato l'inferno, ma ne avrebbe sofferto solo Svetlana.

Che fortuna che simili decisioni siano impossibili per noi quanto l'assassinio richiesto da un mago delle Tenebre.

— A cosa pensi, Anton?

— Sveta, che ti è successo?

— *Anton, troppo brutale! Continua a conversare, Anton!*

— Possibile che si noti tanto?

— Sì.

Svetlana abbassò gli occhi. Mi aspettavo di sentir gridare Olga che il vortice malefico aveva cominciato a estendersi catastroficamente, ineluttabilmente, che avevo rovinato, distrutto tutto e che d'ora in poi avrei avuto sulla mia coscienza migliaia di vite umane... Olga taceva.

— Ho tradito...

— Cosa?

— Ho tradito mia madre.

Mi fissava seria, senza l'odiosa posa di chi ha compiuto una bassezza e gigioneggia per questo.

— Non capisco, Sveta.

— Mia madre è malata, Anton. Ai reni. Ha bisogno di emodialisi... che però è solo un palliativo. Insomma... mi hanno proposto... un trapianto.

— Perché a te? — Ancora non capivo.

— Mi hanno proposto di donare un rene. A mia madre. È quasi certo che vivrebbe e ho superato anche tutti i test... Poi ho rifiutato. Ho... ho paura.

Tacevo. Ormai era tutto chiaro. Qualcosa aveva funzionato, qualcosa aveva agito in me, inducendo Svetlana a confidarsi apertamente. Sua madre.

Sua madre!

— *Anton, sei in gamba! I ragazzi sono partiti.* — La voce di Olga era esultante. E così avevamo trovato il mago delle Tenebre! — *Però... e dire che al primo contatto nessuno l'aveva percepito, solo una bolla di sapone... Bravo! Rassicurala, Anton, parlale, consolala...*

Nel Crepuscolo non devi turarti le orecchie. Devi ascoltare quel che ti dicono.

— Svetlana, nessuno ha il diritto di pretendere questo...

— Sì, io l'ho detto alla mamma... e lei mi ha risposto di scordarmene. Ha detto che l'avrebbe fatta finita, se avessi preso questa decisione. Tanto, che importava... doveva morire comunque. A me non costava restare menomata. Era fuori discussione. Dovevo donare il rene. Magari l'avrebbe saputo dopo l'operazione! Si può persino partorire con un rene solo... ci sono dei precedenti.

I reni. Che sciocchezza. Che inezia. Un'ora di lavoro per un mago bianco. Ma a noi non è consentito guarire, ogni vera guarigione è la concessione a un mago delle Tenebre di una nuova maledizione, di una nuova iettatura. E così una madre... una madre naturale, senza che se ne renda conto lei stessa, in un accesso momentaneo di emozioni, pur dicendo a parole una cosa e proibendo alla figlia anche di pensare all'operazione, la maledice.

E scoppia quel mostruoso vortice nero.

— Ora non so cosa fare, Anton. Mi comporto da sciocca. Oggi per poco non saltavo nel letto di uno sconosciuto. — Svetlana alla fine si era decisa a dirlo, anche se non richiedeva meno coraggio del racconto su sua madre.

— Sveta, si può trovare una soluzione — presi a dire. — Capisci, l'essenziale è non arrendersi, non colpevolizzarsi per niente...

— Ma io gliel'ho detto apposta, Anton! Lo sapevo che avrebbe risposto così! Io volevo che me lo proibisse! Avrebbe dovuto maledirmi, idiota che non sono altro!

Svetlana, tu non sai quanto hai ragione... Nessuno sa quali meccanismi agiscano, che cosa succeda nel Crepuscolo e quale differenza esista tra la maledizione di uno sconosciuto e la maledizione di un essere amato, la maledizione di un figlio o di una madre. Solo che la maledizione di una madre è la più terribile di tutte.

— *Anton, calma.*

La voce di Olga mi fece rinsavire all'istante.

— *È troppo semplice, Anton. Hai mai avuto a che fare con maledizioni materne?*

— No — dissi io. Lo dissi a voce alta, rispondendo a Svetlana e a Olga insieme.

— Sono colpevole — disse Svetlana, scuotendo il capo. — Grazie, Anton, ma sono davvero colpevole.

— *Io ci ho avuto a che fare* — intervenne una voce dal Crepuscolo. — *Anton, caro, non appare così! L'ira materna assume la for-*

ma di un lampo nero luminoso e di un grande vortice. Ma si dissolve in un istante. Quasi sempre.

Forse. Non intendevo discutere. Olga era una specialista di maledizioni. Ne aveva viste di ogni genere. Sì, certo, al proprio figlio non si augura il male... o meglio, non lo si augura troppo e a lungo. Ma esistono delle eccezioni.

— *Le eccezioni sono possibili* — concordò Olga. — *Ora sua madre verrà subito sottoposta a tutti i controlli. Ma non confiderei in un successo troppo rapido.*

— Svetlana, non esiste un'altra via d'uscita? Non c'è un altro modo per aiutare tua madre? Oltre al trapianto, voglio dire?

— No, io sono medico, lo so. La medicina non è onnipotente.

— E se ci fosse, al di fuori della medicina?

Svetlana indugiò. — Di cosa stai parlando, Anton?

— Della medicina non ufficiale — dissi. — Di quella popolare.

— Anton...

— Lo capisco, Svetlana, è difficile crederci — mi affrettai a dire. — C'è una quantità di ciarlatani, affaristi, psicopatici. Ma non saranno solo menzogne...

— Anton, mostrami uno che abbia davvero guarito una grave malattia. — Svetlana mi guardò con ironia. — Non raccontarmelo, mostramelo. Mostrami questa persona e i suoi pazienti, preferibilmente prima e dopo la cura. E allora ci crederò, crederò a tutto. Ai sensitivi, ai chiropratici, ai maestri di magia bianca e nera...

Senza volere si ripiegò su se stessa. Su quella ragazza incombeva la più esorbitante prova dell'esistenza della magia nera, una prova da manuale.

— Posso dimostrarlo — dissi. E mi rammentai di quando avevano portato Danila in ufficio. Si trattava di un normale scontro... non proprio il più banale, ma neppure così grave. Semplicemente gli era andata male. Avevano preso una famiglia di mutantropi per qualche lieve violazione del Patto. I mutantropi avrebbero potuto arrendersi e tutto si sarebbe concluso con una breve indagine tra i Guardiani.

Ma i mutantropi preferirono resistere. Forse avevano lasciato una traccia... una traccia di sangue di cui i Guardiani della Notte non erano al corrente e di cui non avrebbero scoperto mai niente. Danila avanzò per primo e lo massacrarono ben bene. Il polmone sinistro, il cuore, una profonda ferita al fegato e un rene strappato di netto.

A sistemare Danila fu il Capo, assistito da quasi tutto il personale della Guardia, da coloro che in quel momento avevano i poteri. Io stavo nel terzo cerchio: il nostro compito non era tanto quello di alimentare l'energia del Capo, quanto quello di riflettere l'influenza esterna. Tuttavia di tanto in tanto osservavo Danila. Affondava nel Crepuscolo, ora da solo ora con il Capo. A ogni suo ritorno nella realtà le ferite diminuivano. Più che essere complicato, risultava suggestivo, tanto più che tutte le ferite erano fresche e non predeterminate dal destino. Non avevo dubbi che il Capo fosse in grado di guarire anche la madre di Svetlana. Se anche il suo destino fosse precipitato nell'immediato futuro, se anche fosse destinata alla morte, era possibile guarirla. La morte sarebbe sopravvenuta per altre ragioni...

— Anton, non hai paura di affrontare simili argomenti?

Mi strinsi nelle spalle. Svetlana sospirò: — Regalare una speranza è una bella responsabilità. Anton, io non credo nei miracoli. Ma ora sono pronta a farlo. Tu non hai paura?

La guardai negli occhi.

— No, Svetlana. Ho paura di tante cose. Ma diverse.

— *Anton, il vortice si è ridotto di venti centimetri. Anton, il Capo mi ha pregato di riferirti che sei in gamba.*

Qualcosa non mi piacque nel suo tono. Il dialogo attraverso il Crepuscolo non è come un dialogo qualunque, e tuttavia le emozioni si avvertono.

— *Che è successo?* — chiesi attraverso la grigia, morta pellicola.

— *Lavora, Anton.*

— *Che è successo?*

— Potessi avere io una tale sicurezza — fece Svetlana. Guardò dalla finestra: — Non hai sentito un fruscio?

— È il vento — congetturai io. — Oppure è passato qualcuno.

— *Olga, parla!*

— *Anton, col vortice va tutto bene. Si riduce lentamente. In qualche modo riesci a elevare le sue difese interiori. In base ai nostri cal-*

coli, verso mattina il vortice dovrebbe ridursi a una dimensione di accettabile pericolosità.

— *Allora che problemi ci sono? Olga, ci sono dei problemi, lo sento!*

Olga taceva.

— *Olga, non siamo soci?*

Questo avrebbe dovuto funzionare. Non potevo vedere la civetta bianca, ma sapevo che le brillavano gli occhi e che aveva guardato per un istante la finestra del quartier generale operativo. E il volto del Capo e dell'osservatore delle Tenebre.

— *Anton, ci sono dei problemi con il ragazzo.*

— *Con Egor?*

— Anton, a cosa stai pensando? — chiese Svetlana. Era faticoso comunicare simultaneamente con la realtà ordinaria e col mondo del Crepuscolo.

— Che sarebbe bello potersi sdoppiare.

— *Anton, tu hai una missione di gran lunga più importante.*

— *Olga, parla.*

— Non ti capisco, Anton. — Era di nuovo Svetlana.

— Sai, ho capito che un mio conoscente ha dei problemi. Problemi seri. — La guardai negli occhi.

— *La vampira ha preso il ragazzino.*

Non provai niente... né commozione, né pena, né ira o tristezza. Solo una sensazione di freddo e di vuoto dentro di me.

Forse era proprio perché me l'aspettavo. Non so perché, ma me l'aspettavo.

— *Ma ci sono Orso e Tigrotto con lui!*

— *È andata così.*

— *Che gli è successo?*

Che almeno non fosse stato iniziato! Meglio la morte, una semplice morte. La morte eterna è terribile.

— *È vivo. Lei l'ha preso in ostaggio.*

— *Cosa?*

Non poteva essere. Non era mai accaduto prima. Quello di prendere ostaggi è un divertimento da esseri umani.

— *La vampira chiede di trattare. Vuole andare in giudizio... spera di cavarsela.*

Diedi mentalmente alla vampira un dieci e lode per il suo

acume. Non aveva alcuna possibilità di farla franca. Ma poteva sempre attribuire tutta la responsabilità al compagno ucciso che l'aveva iniziata... Non so niente, non ho visto niente. Sono stata morsa. E sono diventata così come mi vedete. Non conoscevo le regole. Non ho mai letto il Patto. Sarò una vampira normale, rispettosa delle leggi...

Poteva anche andarle bene! Soprattutto se i Guardiani della Notte avessero accettato di scendere a un compromesso. E saremmo scesi... non c'era via d'uscita per noi: ogni vita umana deve essere difesa.

Mi sentii sollevato. Dopotutto, chi era questo ragazzino per me? Se gli fosse toccato in sorte, avrebbe dovuto trasformarsi in una preda legale di vampiri e mutantropi. Così è la vita. E io sarei passato oltre. E se anche non gli fosse toccato, quante volte i Guardiani della Notte non avevano fatto in tempo, quanti esseri umani erano periti a causa delle Tenebre... Ma era strano: io per lui avevo già affrontato uno scontro, ero entrato nel Crepuscolo, avevo versato sangue. Non mi era proprio indifferente...

I tempi della comunicazione nel Crepuscolo sono assai più rapidi di quelli di una conversazione nel mondo degli uomini. E tuttavia ero costretto a dividermi tra Olga e Svetlana.

— Anton, non arrovellarti sui miei problemi.

Malgrado tutto, avevo voglia di scoppiare in una risata. Sui suoi problemi si stavano arrovellando centinaia di teste, e Svetlana neppure ci pensava o se ne accorgeva. Ma era valsa la pena ricordare che esistevano anche i problemi altrui, inezie se paragonati al vortice infernale, poiché la ragazza li aveva fatti per un momento propri.

— Sai, esiste una legge — esordii. — La legge della dualità. È vero, tu hai delle difficoltà, ma anche un'altra persona può avere seri problemi. Sono solo suoi problemi personali, ma ciò non lo fa certo sentire meglio.

Aveva compreso, e ciò che mi piacque fu che non si adombrò. Si limitò a precisare: — Anche i miei sono problemi personali.

— Non del tutto — replicai. — Così almeno mi pare.

— E quella persona tu puoi aiutarla?

— L'aiuteranno senza di me — dissi.

— Ne sei sicuro? Grazie per avermi ascoltato, ma adesso così su due piedi non è possibile aiutarmi. È il destino che è davvero idiota.

— *Mi sta mandando via?* — chiesi attraverso il Crepuscolo. Non avrei voluto toccare la sua coscienza ora.

— *No* — replicò Olga. — *No... Anton, lei sente.*

Possibile che avesse dei poteri come gli Altri? O si trattava di un flash provocato dalla catastrofe infernale che incombeva?

— *Che cosa sente?*

— *Che là hanno bisogno di te.*

— *Perché di me?*

— *Quella carogna succhiasangue... chiede di trattare solo con te. Con te che gli hai ucciso il partner.*

E a questo punto mi sentii davvero male. Da noi esisteva un corso facoltativo sulle misure antiterrorismo, per non dover ricorrere ai poteri magici se si restava invischiati in qualche regolamento di conti tra umani, più che per reali esigenze operative. Avevamo studiato la psicologia del terrorista e la vampira aveva agito in modo del tutto conseguente a quella logica. Io ero stato il primo agente della Guardia a finire sulla sua pista. Avevo ucciso il suo maestro e ferito anche lei. Avevo tutte le caratteristiche di un avversario.

— *È da molto che lo chiede?*

— *Da una decina di minuti.*

Guardai gli occhi di Svetlana, asciutti, calmi, senza neppure una lacrima. È più difficile quando dietro un volto tranquillo si cela il dolore.

— Sveta, e se ora me ne andassi?

Lei si strinse nelle spalle.

— È tutto così stupido... — le dissi. — Ho l'impressione che ora tu abbia bisogno di aiuto. O almeno di qualcuno che sappia ascoltarti. Che accetti di sedersi qui e beva il tè ormai freddo.

Un debole sorriso e un sì appena accennato del capo.

— Ma hai ragione... C'è un'altra persona che ha bisogno del mio aiuto.

— Anton, sei strano.

Scossi la testa. — Non sono strano. Sono molto strano.

— Ho la sensazione di conoscerti da un pezzo, ma mi sembra di vederti per la prima volta. E poi è come se tu parlassi con me e contemporaneamente con qualcun altro.

— Sì — le dissi. — È così.

— Sto forse impazzendo?

— No.

— Anton... tu non sei venuto da me per caso.

Non risposi. Olga mormorò qualcosa e poi tacque. Sulla testa di Svetlana turbinava lentamente un gigantesco vortice.

— No, non per caso — le dissi. — Per aiutarti.

Il mago delle Tenebre, che aveva lanciato la maledizione, poteva sempre controllarci. Esisteva l'eventualità che non si trattasse di una incidentale "maledizione materna", ma del colpo messo a segno da un professionista...

Bastava instillare anche solo una goccia di odio in quella nube delle Tenebre, indebolire appena la volontà di vivere di Svetlana e sarebbe scoppiata la catastrofe. Nel centro di Mosca si sarebbe risvegliato un vulcano, il cervello elettronico di un missile nucleare sarebbe impazzito, un virus influenzale mutante...

Ci guardammo in silenzio.

Forse ero sul punto di capire ciò che stava avvenendo. La soluzione era lì a portata di mano, e tutte le nostre interpretazioni non erano che fesserie inutili, sciocchezze, rispetto di vecchie regole e di procedure che il Capo aveva chiesto di abbandonare. Ma per questo occorreva riflettere, astrarsi almeno per un secondo dagli avvenimenti, fissare una parete nuda o un teleschermo vuoto e non dilaniarsi tra il desiderio di aiutare un piccolo essere umano piuttosto che centinaia di migliaia di uomini.

— Sveta, devo andare — dissi.

— *Anton*! — Non era Olga, ma il Capo. — *Anton*...

S'impappinò: non poteva ordinarmi nulla, la situazione era, sul piano etico, in un vicolo cieco. Evidentemente la vampira insisteva sulle proprie decisioni e non intendeva trattare con nessun altro. Ordinandomi di restare, il Capo uccideva il ragazzino ostaggio... e perciò non poteva ordinarmelo. E neppure chiedermelo.

— *Stiamo organizzando il tuo allontanamento…*

— *Farebbe meglio a comunicare alla vampira che sto arrivando.*

Svetlana tese la mano, sfiorando il mio palmo. — Te ne vai per sempre?

— Fino al mattino — risposi.

— Non voglio — disse semplicemente lei.

— Lo so.

— Chi sei tu?

Iniziazione immediata ai segreti dell'universo?

— Te lo dirò domattina. Va bene?

— *Sei impazzito* — risuonò la voce del Capo.

— Davvero devi andar via?

— *Almeno non questo, non dirle questo!* — gridò Olga. Aveva percepito i miei pensieri.

Ma io dissi: — Sveta, quando hai chiesto di restare menomata pur di prolungare la vita di tua madre e poi ti sei rifiutata… Era giusto e sensato, non credi? Ma ora stai male. Così male che sarebbe stato meglio agire in modo insensato.

— Se ora tu non te ne vai, starai male?

— Sì.

— Allora vai. Ma ritorna, Anton.

Mi alzai da tavola, lasciando il tè che si era raffreddato. Il vortice infernale ondeggiava sopra di noi.

— Tornerò senz'altro — le promisi. — E… credimi, non è ancora tutto perduto.

Non dicemmo più una parola. Uscii e cominciai a scendere gli scalini. Svetlana chiuse la porta. Che silenzio… che silenzio di morte, persino i cani si erano stancati di guaire quella notte.

Era irragionevole. Mi stavo comportando in modo insensato. "Quando non esiste una soluzione legittima sul piano etico, comportati in modo insensato." Chi me l'aveva detto? Era una frase dei miei vecchi appunti o di qualche lezione? O stavo cercando delle giustificazioni?

— *Il vortice…* — bisbigliò Olga. La sua voce era quasi irriconoscibile, spenta. Veniva voglia di nascondere la testa tra le spalle.

Spinsi il portone d'ingresso e mi fiondai sul marciapiede gelato. La civetta bianca vorticava sopra la mia testa.

Il turbine infernale si era ridotto, sgonfiato. Non in misura eccessiva in rapporto all'altezza, ma già lo si notava a occhio nudo, un metro e mezzo o due.

— *Tu sai che cosa succederà?* — chiese il Capo.

Scuotendo la testa, gettai un'occhiata al turbine. Ma perché mai?

Perché alla comparsa di Ignat, uno specialista nel suscitare sensazioni piacevoli negli esseri umani, il vortice infernale aveva reagito con violenza e perché invece i miei confusi discorsi e il mio improvviso allontanamento l'avevano ridotto?

— *È venuto il momento di cacciare il gruppo di analisti* — disse Boris Ignatevic. Capii che quelle parole non erano riferite solo a me. — *Quando potremo avere una versione di ciò che è avvenuto*?

Un'auto sbucò dal Zelënyj Prospekt, sgommò, m'investì con la luce dei fari, svoltò maldestramente tra le buche dell'asfalto dissestato e si arrestò davanti alla casa. La bassa cabriolet con il suo caldo colore arancio strideva tra quei desolanti casermoni dove il mezzo di trasporto più agevole continuava a restare la jeep.

Semen si sporse dal posto di guida e accennò un saluto. — Sali. Abbiamo l'ordine di portarti via a tutta velocità.

Mi voltai nella direzione di Olga e lei sentì il mio sguardo.

— Il mio lavoro è qui. Parti.

Feci il giro della macchina e mi sistemai sul sedile anteriore. Dietro apparve all'improvviso Ilja. Evidentemente il Capo aveva ritenuto necessario inviare dei rinforzi alla coppia Tigrotto-Orso.

— *Anton* — mi giunse dal Crepuscolo la voce di Olga. — *Ricorda... oggi hai contratto un debito. Cerca di rammentarlo, in ogni istante...*

Non compresi subito a cosa alludeva. Una giovane strega della Guardia del Giorno? Ma lei che c'entrava?

La macchina partì a razzo, sfiorando con le sospensioni gli sbarramenti anticarro gelati. Semen imprecava in modo colorito, girando il volante, e con un ruggito scontento del guidatore la macchina si mosse verso il viale.

— Da quale ragazzetta avete avuto questo trabiccolo? — chiesi. — Con un tempo simile una macchina così...

Ilja ridacchiò: — Tsss! Boris Ignatevic ti ha prestato la sua automobile.

— Davvero? — mi limitai a chiedere, voltandomi. Al lavoro il Capo veniva con la BMW di servizio. Non avevo mai notato in lui una propensione al lusso senza praticità…

— Davvero, Anton, come hai fatto a sistemarlo? — Il'ja indicò il turbine che incombeva sulle case. — Non avevo notato che avessi certi poteri!

— Non l'ho toccato. Mi sono limitato a parlare con la ragazza.

— A parlare? E scopare no? Non l'hai scopata?

Quello era il modo di fare di Ilja quand'era teso per qualche motivo. E ora le ragioni per essere preoccupati non mancavano. Forse colsi una certa intenzionalità nelle sue parole… o forse mi urtò semplicemente.

— No, Ilja, lascia stare.

— Scusa — mi disse. — Allora, che cosa hai fatto?

— Mi sono limitato a parlare.

La macchina finalmente sbucò nel viale.

— Tenetevi forte — ordinò Semen. Sprofondai nel sedile. Dietro di me Ilja trafficava, trovò una sigaretta e l'accese.

Dopo venti secondi capii che il viaggio precedente non era stato che un'allegra e tranquilla scampagnata.

— Semen, la possibilità di un incidente la escludi a priori? — gridai. La macchina sfrecciava nella notte, come se volesse superare la luce dei suoi stessi fari.

— Sono settant'anni che sto al volante — disse Semen sprezzante. — A Leningrado durante l'assedio guidavo i camion sulla "strada della vita"!

Non c'era motivo di dubitare delle sue parole, eppure io pensai che quei viaggi dovevano essere meno pericolosi. La velocità era diversa e prevedere la caduta di una bomba per un Altro è una cosa da niente. Ora, anche se di rado, s'incrociavano delle automobili, la strada era, a dirla con un eufemismo, pessima, e la nostra auto sportiva non era assolutamente adeguata a quelle condizioni…

— Ilja, che è successo laggiù? — chiesi, cercando di distogliere lo sguardo da un camion che ci aveva evitato. — Sei al corrente?

— Intendi con la vampira e il ragazzino?

— Sì.

— Tutta colpa della nostra idiozia. — Ilja imprecò. — Anche se è un'idiozia relativa. Tutto è stato fatto secondo la procedura. Andava tutto bene. Mangiate, bevute, assaggi di specialità... del supermercato vicino...

Rammentai la borsa pesante di Orso.

— Insomma, si stavano divertendo. — Nella voce di Ilja non c'era odio, ma piuttosto la benevolenza del collega. — Luce, calore, le mosche che non ti mordono... Il ragazzino stava un po' con loro e un po' nella sua stanza... Chi poteva saperlo che era già capace di entrare nel Crepuscolo?

Rabbrividii.

Sì, davvero: come si poteva sapere?

Io non l'avevo detto. Né a loro, né al Capo. A nessuno. Ero tutto compiaciuto di aver trascinato fuori il ragazzino dal Crepuscolo, a prezzo di qualche goccia del mio sangue. Un eroe. Solo sul campo di battaglia.

Ilja proseguì, senza sospettare nulla: — La vampira l'ha agganciato col suo Richiamo. Perfettamente mirato – i nostri ragazzi non avevano sentito nulla – e forte... Il ragazzino non ha neppure aperto bocca. È entrato nel Crepuscolo e si è diretto sul tetto.

— Come?

— Dai balconi al tetto ci sono solo tre piani. La vampira era già là ad aspettarlo. Per di più sapeva che il ragazzo stava in casa con la scorta, l'aveva subodorato e subito scoperto. Ora i genitori dormono pesantemente, la vampira sta abbracciata al ragazzino. Tigrotto e Orso sono lì accanto e impazziscono.

Tacevo. Non c'era niente da dire.

— È colpa della nostra idiozia — concluse Ilja. — E del tragico evolversi delle circostanze. Il ragazzino non era neppure stato iniziato... Chi poteva sapere che sarebbe entrato nel Crepuscolo?

— Io lo sapevo.

Forse per i ricordi. Forse per la paura dopo la folle corsa in automobile sull'autostrada. Ma io guardai nel Crepuscolo.

Come sono fortunati gli umani che non possono vederlo! Come starebbero male… Non devono vederlo!

Un cupo cielo grigio dove non ci sono, né ci saranno mai, le stelle, un cielo vischioso come gelatina, illuminato da una luce fioca, sepolcrale. Tutti i profili si attenuano, dissolvendosi, e le case, i muri sono invasi da un muschio di colore blu. E poi gli alberi, i cui rami stormiscono, ma non per il vento; i fanali delle vie, sopra cui vorticano uccelli notturni, muovendo appena le corte ali. Le auto ci vengono incontro piano, piano, gli umani passano, battendo appena i piedi. Come attraverso un filtro grigio. E i suoni sono ovattati. Come il cinema in bianco e nero, l'effetto voluto da un annoiato regista. Il mondo da cui noi attingiamo la nostra forza. Il mondo che prosciuga la nostra vita. Il Crepuscolo. Come entri, così esci. Una grigia nebbia dissolve quella membrana che si è sviluppata su di te nel corso di una vita, strappa quel nucleo che gli uomini chiamano "anima" per testarlo. E quando ti sentirai frusciare tra le fauci del Crepuscolo e avvertirai un vento gelido pungente, velenoso come la saliva di un serpente… allora diventerai un Altro.

E sceglierai da che parte stare.

— Il ragazzo è ancora nel Crepuscolo?

— Sono tutti nel Crepuscolo… Anton, ma perché non l'hai detto? — mi chiese Ilja.

— Non ci ho pensato. Non gli attribuivo nessun significato. Io non sono un operativo, Ilja.

Lui scosse la testa. Non riusciamo, proprio non riusciamo a biasimarci l'un l'altro. Soprattutto quando qualcuno ha davvero delle colpe. Non ce n'è bisogno, il nostro castigo è sempre intorno a noi. Il Crepuscolo ci dà una forza, inaccessibile agli umani, ci dà una vita, secondo la concezione degli uomini, quasi eterna. Ma poi ci toglie tutto, quando giunge l'ora.

In un certo senso siamo tutti indipendenti gli uni dagli altri. Non soltanto i vampiri e i mutantropi, che siamo costretti a uccidere per continuare la nostra strana esistenza. Le Forze delle Tenebre non possono permettersi il Bene. Noi, il contrario.

— Se non dovessi cavarmela… — Non terminai la frase. Anche così era tutto chiaro.

Capitolo 8

Attraverso il Crepuscolo sembrava addirittura bello. Sul tetto, il tetto piatto di quell'assurdo "casermone con le zampe", guizzavano luci variopinte. L'unica cosa a possedere qui un colore erano le nostre emozioni. Ora più che in eccesso.

A scintillare maggiormente era una colonna fiammeggiante e purpurea che perforava il cielo: la paura e la rabbia della vampira.

— È forte — disse Semen, guardando il tetto e chiudendo con un calcio lo sportello dell'auto. Sospirò e cominciò a spogliarsi.

— Cosa fai? — gli chiesi.

— Mi arrampico sul muro... lungo i balconi. E ti consiglio, Ilja, di entrare solo tu nel Crepuscolo. È meglio.

— Tu, invece, che cosa intendi fare?

— Quello che faccio di solito. Ci sono meno probabilità di essere notati. Non preoccupatevi... pratico l'alpinismo da sessant'anni. Sono stato io a togliere la bandiera nazista sull'Elbrus.

Semen si spogliò e restò in camicia, gettando i vestiti sulla capote. Fece un veloce sortilegio protettivo, che colpì sia i vestiti sia il trabiccolo da esibizionista.

— Sei sicuro? — m'informai.

Semen sogghignò, fece qualche flessione, roteò le braccia come un atleta durante gli esercizi di riscaldamento. E saltellando corse verso l'edificio. Un nevischio sottile gli cadeva sulle spalle.

— Ce la farà ad arrampicarsi? — chiesi a Ilja. Sapevo come ci si arrampica sul muro di un edificio nel Crepuscolo. Almeno in teoria. Ma un'ascensione nel mondo ordinario, per di più senza alcun equipaggiamento...

— Deve — affermò Ilja senza troppa convinzione. — Quando ha nuotato sott'acqua per dieci minuti nel fiume Jauza… pensavo anch'io che non ce l'avrebbe fatta.

— Trent'anni di lezioni di nuoto subacqueo — dissi io tetro.

— Quaranta… Io vado, Anton. Prendi l'ascensore?

— Sì.

— Allora, forza. Non indugiare.

Attraversò il Crepuscolo, inseguendo di corsa Semen. Probabilmente si sarebbero arrampicati lungo pareti diverse, ma non volevo sapere quali. Avevo anch'io la mia missione da compiere e non doveva essere delle più facili.

— Perché il Capo mi sarà venuto incontro? — bisbigliai, correndo verso l'edificio. La neve scricchiolava sotto i miei piedi e il sangue mi pulsava nelle orecchie. Mentre correvo presi dalla fondina la pistola e tolsi la sicura. C'erano otto proiettili d'argento deflagranti. Sarebbero dovuti bastare. Se solo fossi riuscito a colpirla! Se solo avessi trovato il momento giusto per mirare alla vampira senza ferire il ragazzo!

— *Prima o poi ti avremmo incontrato, Anton. Se non noi, i Guardiani del Giorno. E anche loro avevano tutte le probabilità di beccarti.*

Non mi stupii che mi stesse seguendo. Innanzi tutto la questione era seria. E secondariamente lui era stato il mio maestro.

— *Boris Ignatevic, a proposito…* — Mi sbottonai la giacca e mi ficcai la pistola dietro la schiena, infilando la canna nella cintura. — *… Di Svetlana…*

— *Sulla madre sono stati effettuati tutti i controlli, Anton. Niente. Non è in grado di scagliare una maledizione. Non ha nessun potere.*

— *No, mi riferivo ad altro. Boris Ignatevic… ecco che cosa ho pensato. Io non ho avuto compassione di lei.*

— *Che cosa vuoi dire con questo?*

— *Non lo so. Ma non ho avuto compassione di lei. Non le ho fatto complimenti. Non l'ho giustificata.*

— *Ho capito.*

— *E ora… sparisca, per favore. È la mia missione.*

— *Va bene. Perdonami se ti ho mandato sul campo. Buona fortuna, Anton!*

Da quel che ricordavo, il Capo non s'era mai scusato con nessuno. Ma non era il momento di stupirsi... l'ascensore era arrivato.

Pigiai il pulsante dell'ultimo piano e meccanicamente afferrai la cuffia. Era strano che suonasse. Quando avevo acceso il walkman?

E cosa mi riserva il caso?
Tutto si deciderà poi, per qualcuno lui è nessuno.
Per me è il signore,
me ne starò nel buio, per qualcuno io sono un'ombra
per altri sono invisibile.

Adoro i Piknik. Curioso: avevano mai controllato se Skljarskij non fosse per caso un Altro? Sarebbe valsa la pena... O forse no. Era meglio che continuasse a fare il cantante.

Ballo fuori tempo, ogni cosa faccio fuori tempo,
e non me ne preoccupo.
Oggi sono come la pioggia che non cessa mai,
come un fiore che non sboccia mai,
io, io, io sono invisibile.
Io, io, io sono invisibile.
I nostri volti sono come fumo, fumo
e nessuno sa come vinceremo...

Poteva essere di buon auspicio quest'ultima frase?

L'ascensore si fermò.

Sbucai sul pianerottolo dell'ultimo piano, guardai la botola nel soffitto. La serratura era stata scardinata, proprio scardinata, la stanghetta divelta. Alla vampira questo non serviva, con ogni probabilità lei era volata sul tetto. Il ragazzino si era arrampicato lungo i balconi.

Allora Tigrotto e Orso. Più facilmente Orso. Tigrotto avrebbe sfondato la botola.

Mi tolsi la giacca e la gettai per terra insieme alle mie cuffie ronzanti. Toccai la pistola dietro la schiena: era messa bene.

I dispositivi tecnici sono tutti quanti una cavolata? Vedremo, Olga, vedremo.

Lanciai la mia ombra in alto, proiettandola nell'aria. Sollevai le braccia e vi entrai di slancio. Dopo essere penetrato nel Crepuscolo, salii sulla scaletta. Il muschio blu, saldamente attaccato alle sbarre di metallo, balzava via come una molla da sotto le dita.

— Anton!

Sbucai sul tetto e quasi il vento mi piegò tanta era la sua forza. Raffiche violente, gelide. Forse un riflesso del vento del mondo ordinario, o forse una bizzarria del Crepuscolo. Per ora a proteggermi era la scatola di cemento del pozzo dell'ascensore che finiva sopra il tetto, ma bastava muoversi di un passo e il vento ti penetrava fin nelle ossa.

— Anton, siamo qui!

Tigrotto era a una decina di metri. La guardai, invidiandola per un attimo: lei non doveva proprio sentirlo il freddo!

Non so da dove i mutantropi e i maghi prendano la loro massa corporea per trasformarsi. Probabilmente non dal Crepuscolo, ma neppure dal mondo degli uomini. Nel suo sembiante umano, la ragazza poteva pesare cinquanta chili o poco più. E ora, sul tetto coperto di ghiaccio, nella sua forma attuale di giovane tigre in posizione da combattimento, pesava un quintale e mezzo. La sua aura era di uno sfavillante arancione, il pelo mandava piccole intense scintille. La coda si muoveva ritmicamente, a destra e a sinistra, e una zampa anteriore graffiava il bitume. In quel punto il tetto era dissestato, qualche appartamento con l'arrivo della primavera sarebbe rimasto allagato...

— Vieni più vicino, Anton — ruggì la tigre, senza voltarsi.
— Eccola!

Orso si teneva più vicino alla vampira che non Tigrotto. E sembrava anche più minaccioso. Questa volta per trasformarsi aveva scelto il sembiante di un orso bianco, e per di più, a differenza degli abitanti dell'Antartide, appariva candido come la neve nelle illustrazioni dei libri per bambini. No, forse tutto sommato doveva essere un mago e non un mutantropo rieducato. I mutantropi si limitano a uno, massimo due sembianti, mentre io l'avevo visto trasformarsi in un goffo orso bruno al carnevale che avevamo organizzato per la delegazione americana della Guardia e anche in un grizzly durante le lezioni dimostrative sulla reincarnazione.

La vampira stava proprio sul bordo del tetto.

Si era visibilmente indebolita dopo il nostro incontro. Il suo viso era più scavato e le guance si erano afflosciate. Nella fase iniziale di ritrasformazione dell'organismo i vampiri hanno bisogno di sangue fresco. Comunque non bisognava lasciarsi ingannare dall'aspetto: la consunzione era solo esteriore, le cagionava sofferenza, ma non le toglieva le forze. L'ustione sul suo viso era quasi scomparsa, ne rimaneva solo una debole traccia.

— Tu! — La voce della vampira era esultante. Sorprendentemente esultante, come se non mi avesse chiamato a una trattativa, ma al macello.

— Io.

Egor stava davanti alla vampira che si faceva scudo di lui per proteggersi dagli operativi. Il ragazzo era nel Crepuscolo prodotto dalla vampira e perciò non aveva perso conoscenza. Stava in silenzio, immobile, e fissava ora me ora Tigrotto. Era evidente che riponeva la sua fiducia soprattutto in noi due. La vampira teneva una mano di traverso sul petto del ragazzino e con l'altra lo stringeva alla gola con i suoi artigli. La situazione non era difficile da valutare. Un'impasse. E per di più reciproca.

Se Tigrotto e Orso avessero cercato di aggredirla, lei avrebbe staccato di netto la testa al ragazzo. E di questo non si guarisce... neppure con i nostri mezzi. D'altro canto se avesse ritenuto conveniente uccidere il ragazzo, nulla ci avrebbe fermato.

Non si possono evitare i nemici. Soprattutto se vai in giro a uccidere.

— Volevi che venissi. Sono venuto. — Alzai le mani per dimostrare che non avevo nulla. Avanzai.

Quando fui tra Tigrotto e Orso, la vampira digrignò i canini: — Fermo!

— Non ho né paletti, né amuleti da combattimento. Non sono un mago. E non posso farti niente.

— L'amuleto. Sul tuo collo c'è un amuleto!

Ecco cos'era…

— Non c'entra con te. Serve contro chi è incommensurabilmente più forte di te.

— Toglilo!

Ahi, ahi, andava proprio male… Sganciai la catenina, tolsi l'amuleto e lo gettai a terra. Ora, se l'avesse desiderato, Zavulon avrebbe potuto agire contro di me.

— L'ho tolto. Parla. Che cosa vuoi?

La vampira ruotò la testa, il suo collo compì senza fatica una rotazione di 360 gradi. Però! Non avevo mai sentito parlare di niente del genere… e forse neanche i nostri guerrieri. Tigrotto cominciò a ruggire.

— Qualcuno cerca di intrufolarsi! — La voce della vampira restava umana, era la voce stridula e isterica di una ragazzetta che aveva acquisito casualmente forza e potere. — Chi? Chi?

Conficcò la mano sinistra, da cui aveva sguainato gli artigli, nel collo del ragazzo. Io trasalii, pensando a quel che sarebbe accaduto se fosse sgorgata anche una sola goccia di sangue. Ma la vampira stava perdendo il controllo. Con l'altra mano, con un gesto goffo che ricordava quello del Lenin raffigurato sull'autoblindo, indicò il bordo del tetto.

— Che esca!

Io, sospirando, gridai: — Ilja, esci…

Delle dita si agganciarono al bordo del tetto. Dopo un istante Ilja scavalcò la bassa recinzione e si mise accanto a Tigrotto. Dove si era nascosto? Sulla tettoia del balcone? O era rimasto appeso, aggrappandosi all'infiorescenza di muschi blu?

— Lo sapevo! — disse esultante la vampira. — Un imbroglio!

La presenza di Semen non doveva averla percepita. Forse il nostro flemmatico amico da un centinaio d'anni praticava anche il Ninjutsu, l'antica arte dei Ninja…

— Proprio tu parli di imbrogli.

— Sì, proprio io! — Per un istante negli occhi della vampira balenò un'espressione umana. — Io so come imbrogliare! Voi no!

"Bene, bene. Tu lo sai e noi no. Credilo pure, speralo. Se ritieni che il motto «la menzogna per la salvezza» si adatti solo ai predicatori, credilo pure. Se ritieni che il verso «il bene deve mostrare i pugni» sia solo quello superato di un poeta alla berlina, speralo pure."

— Cosa vuoi?

Lei tacque per un istante, come se finora non ci avesse mai pensato.

— Vivere!

— Per questo è tardi. Sei già morta.

La vampira digrignò i denti.

— Davvero? E i morti possono staccare le teste?

— Sì, possono fare solo questo.

Ci guardammo. Era tutto così strano, così eccessivo e teatrale, e il nostro dialogo tanto assurdo che non c'era possibilità d'intesa. Lei era morta. La sua vita dipendeva dalla morte di altri. Io ero vivo. Ma dal suo punto di vista era esattamente l'opposto.

— Non è colpa mia. — La sua voce si fece più calma, più morbida. E allentò un poco la mano sul collo di Egor. — Voi, voi che vi definite Guardiani della Notte... siete coloro che la notte non dormono, coloro che hanno deciso di arrogarsi il diritto di proteggere il mondo dalle Tenebre... Dov'eravate voi quando hanno succhiato il mio sangue?

Orso fece solo un passetto avanti. Un minuscolo passo, come se non avesse spostato le sue possenti zampe, ma fosse stato mosso dalla furia del vento. Pensai che avrebbe potuto muoversi così ancora per decine di minuti, forse per un'ora intera, finché fosse continuato il diverbio. Finché non avesse ritenuto di avere sufficienti possibilità. Allora avrebbe fatto un balzo e... Se gli fosse andata bene avrebbe strappato dalle mani della vampira il ragazzino, che se la sarebbe cavata con un paio di costole rotte.

— Non possiamo tenere d'occhio tutti — dissi io. — Non ce la facciamo.

Era strano, ma cominciavo ad avere compassione di lei. Non del ragazzino, incappato per caso nel gioco tra le Tenebre e la Luce, non di Svetlana, la ragazza su cui incombeva una maledizione, né della città che non aveva colpe e che sarebbe stata distrutta da quella maledizione... Avevo compassione della vampira. Perché, davvero, dov'eravamo noi? Noi che ci definivamo i Guardiani della Notte...

— A ogni modo tu avevi una scelta — dissi. — E non dire che non è così. L'iniziazione avviene solo se c'è un consenso reciproco. Tu potevi morire. Morire onestamente. Come un essere umano.

— Onestamente? — La vampira scosse la testa, spargendo i capelli sulle spalle. Ma dov'era Semen… possibile che fosse tanto difficile arrampicarsi sul tetto di un palazzo di diciannove piani? — Avrei voluto… morire onestamente. Ma chi ha firmato la licenza… colui che mi ha predestinato come preda ha agito forse onestamente?

Le Tenebre e la Luce…

Lei non era solo la vittima di un vampiro indemoniato. Era anche la preda designata, prescelta da un cieco destino. E non le era stata assegnata altra sorte che concedere la propria vita per prolungare la morte altrui. Solo che quel ragazzo che era stramazzato ai miei piedi come cenere, arso dal marchio, lui l'amava. L'amava davvero… e non aveva succhiato solo la vita di un'altra, di un'estranea, ma aveva trasformato la ragazza in una sua pari.

I morti non solo possono staccare le teste, ma anche amare. Il guaio è che persino il loro amore esige sangue.

Era stato costretto a nasconderla e quindi aveva trasformato la ragazza in una vampira clandestina. Doveva nutrirla e occorreva sangue vivo, non provette offerte da ingenui donatori.

E così era cominciato il bracconaggio per le vie di Mosca e noi, custodi della Luce, noi della valorosa Guardia della Notte, che davamo in pasto le persone alle Tenebre, avevamo sussultato.

La cosa più terribile in guerra è comprendere il nemico. Comprendere significa perdonare. E noi non ne abbiamo il diritto… non lo abbiamo da dopo la creazione del mondo.

— Eppure avevi una scelta — dissi. — L'avevi. Il tradimento altrui non giustifica il nostro.

Scoppiò a ridere piano.

— Già, già… Un bravo servitore della Luce… Certo. Hai ragione. E puoi anche ripetere migliaia di volte che sono morta. Che la mia anima è bruciata, che si è dissolta nel Crepuscolo. Spiegami qual è la differenza tra noi, cioè chi è più malvagio e più vile. In ogni caso, fai in modo di essere particolarmente persuasivo.

La vampira chinò la testa e guardò in viso Egor. Gli disse in tono confidenziale, quasi amichevole: — E tu... ragazzo... tu mi capisci? Rispondi. Rispondi onestamente, non badare agli artigli... Non mi offenderò.

Orso scivolò di un altro passo avanti. Ancora un poco. E io sentii come si tendevano i suoi muscoli, com'era a pronto a scattare.

E alle spalle della vampira, senza far rumore, leggero e rapido – come riusciva a muoversi così precipitosamente nel mondo degli uomini? – comparve Semen.

— Piccolo, sveglia! — disse allegra la vampira. — Rispondi! Però onestamente! Se pensi che lui ha ragione, allora sono io ad avere torto... se lo credi davvero... ti lascerò andare.

Intercettai lo sguardo di Egor.

Capii che cosa avrebbe risposto.

— Anche tu... hai ragione.

Un senso di gelo. Di vuoto. Neppure la forza di provare emozioni. Che spariscano, che brucino invisibili agli uomini.

— Cosa vuoi? — le chiesi. — Esistere? Va bene... Arrenditi. Ci sarà un processo, un processo congiunto delle due Guardie...

La vampira mi guardò e scosse la testa. — No, non credo nel vostro Tribunale. Nel Tribunale dei Guardiani della Notte... né in quello dei Guardiani del Giorno.

— E allora perché mi hai convocato? — chiesi. Semen avanzava verso la vampira, era sempre più vicino...

— Per vendicarmi — rispose semplicemente. — Tu hai ucciso il mio amico. Io ucciderò il tuo... sotto i tuoi occhi. Poi... cercherò... di uccidere anche te. Ma anche se non dovessi riuscire... — sorrise — ti basterà la consapevolezza di non aver potuto salvare il ragazzo. Non è vero? Voi firmate le licenze senza guardare in faccia le persone. Ma varrebbe la pena guardarle... è così che salta fuori tutta la vostra morale... tutta la vostra finta, dozzinale, vile morale...

Semen scattò. E, insieme a lui, anche Orso.

Fu più bello e più rapido di qualunque proiettile, di qualunque maledizione, perché alla fin fine si trattava pur sempre di corpi che menavano colpi e di sapienza acquisita in venti, quaranta, cent'anni...

E tuttavia sfilai da dietro la schiena la pistola e feci scattare il grilletto, sapendo che il proiettile sarebbe partito lento e pigro, come in un vecchio film d'azione, lasciando alla vampira la possibilità di schivarlo e di uccidere.

Semen si appiattì nell'aria, come se avesse cozzato contro una parete di vetro, scivolò lungo una barriera invisibile ed entrò nel Crepuscolo. Scalzò Orso che era di gran lunga più massiccio. Il proiettile, con la grazia di una libellula, guizzò verso la vampira e, divampando con una lingua di fiamma, sparì.

Se non fosse stato per gli occhi, che si dilatavano sconcertati, avrei pensato che fosse stata lei a scagliare il cappello di difesa a cono... Anche se questo resta privilegio solo dei maghi di rango superiore...

— Sono sotto la mia protezione... — risuonò una voce alle mie spalle.

Mi voltai e incontrai lo sguardo di Zavulon.

Era sorprendente che la vampira non fosse caduta in preda al panico. E che non avesse ucciso Egor. L'attacco fallimentare e l'apparizione del mago delle Tenebre furono una sorpresa stupefacente più per lei che per noi, dato che io me l'aspettavo. Mi aspettavo... qualcosa del genere, dopo essermi tolto l'amuleto.

Non mi stupiva che fosse arrivato così in fretta. Le Forze delle Tenebre hanno le loro strade. Ma perché Zavulon aveva preferito questo insignificante regolamento di conti alla sua permanenza nel nostro quartier generale? Aveva perso ogni interesse per Svetlana e per il vortice che incombeva sopra di lei? Sebbene talvolta capiamo qualcosa, quante sono le cose che restano per noi imperscrutabili per sempre!

La solita maledetta abitudine di fare previsioni! Gli operativi ne sono privi per la natura stessa del loro lavoro. Il loro elemento è la reazione immediata al pericolo: combattimento, vittoria o sconfitta.

Ilja aveva già estratto il bastone magico. Era troppo fosforescente per un mago di terzo grado, e la sua luce troppo diffusa per credere a un'improvvisa esplosione di forze. Era assai probabile che fosse stato il Capo a caricare il bastone.

Significava forse che l'aveva previsto?

Significava forse che si aspettava l'apparizione di qualcuno di forza pari alla sua?

Né Tigrotto né Orso cambiarono aspetto. La loro magia non necessitava di dispositivi particolari, né tanto meno di trasformazioni in corpi umani. Orso continuava a fissare la vampira, ignorando del tutto Zavulon. Tigrotto era accanto a me. Semen si strofinò le reni e fece un lento giro dimostrativo intorno alla vampira.

— Loro? — ruggì Tigrotto.

Non capii subito che cosa era stato a contrariarla.

— Sono sotto la mia protezione — ripeté Zavulon. Si avviluppò nell'informe cappotto nero e si coprì la testa con un nero berretto di pelliccia. Il mago nascose le mani in tasca, ma io ero certo che non avesse nulla, né amuleti, né pistole.

— Tu chi sei? — gridò la vampira. — Chi sei?

— Il tuo difensore e protettore. — Zavulon mi guardò, ma incidentalmente, di sfuggita. — Il tuo padrone.

Era forse impazzito? La vampira non capiva nulla della composizione delle forze. Era come ubriaca. Era pronta a morire... a porre fine alla propria esistenza. E ora era comparsa la possibilità di sopravvivere, ma quel tono...

— Io non ho padroni! — La ragazza, la cui vita provocava la morte altrui, scoppiò in una risata. — Chiunque tu sia, della Luce o delle Tenebre, rammentalo! Io non ho e non avrò mai padroni!

Cominciò ad arretrare verso il bordo del tetto, trascinando con sé Egor. Con una mano continuava a tenerlo, con l'altra a stringergli la gola. Un ostaggio... una bella mossa contro le Forze della Luce.

O forse anche contro le Forze delle Tenebre?

— Zavulon, siamo d'accordo — dissi. Abbassai la mano sulla schiena tesa di Tigrotto. — Lei è tua. Portala via fino al processo. Noi rispettiamo il Patto.

— Li porto via... — Zavulon guardò il vuoto dinanzi a sé. Il vento gli sferzava il volto, ma gli occhi immobili del mago erano dilatati, quasi vitrei. — La donna e il ragazzo sono nostri.

— No, solo la vampira.

Finalmente mi degnò di uno sguardo. — Adepto della Luce, io prendo solo ciò che è mio. Nel rispetto del Grande Patto. La donna e il ragazzo sono nostri.

— Tu sei più forte di ognuno di noi — replicai — ma sei solo, Zavulon.

Il mago delle Tenebre scrollò il capo e sorrise con tristezza e compassione.

— No, Anton Gorodeckij.

Dal pozzo dell'ascensore uscirono un giovane e una ragazza. Che conoscevo. Che, ahimè, conoscevo bene.

Alisa e Pet'ka. Una strega e uno stregone della Guardia del Giorno.

— Egor! — chiamò piano Zavulon. — Tu hai capito la differenza tra noi? Qual è la parte che ti sembra preferibile?

Il ragazzo taceva. Ma, forse, solo perché gli artigli della vampira gli stringevano la gola.

— Abbiamo un problema? — chiese Tigrotto, facendo le fusa.

— Già — confermai.

— La vostra decisione? — domandò Zavulon. I suoi Guardiani per il momento tacevano, senza interferire in ciò che stava accadendo.

— Non mi piace — disse Tigrotto, sporgendosi verso Zavulon, e la sua coda mi frustò senza pietà il ginocchio. — Non mi piace affatto il punto di vista dei Guardiani del Giorno… sull'attuale situazione…

Era evidente che si trattava di un'opinione condivisa anche da Orso: quando lavoravano in coppia a esprimersi era sempre solo uno di loro.

Guardai Ilja: faceva roteare il bastone e sorrideva in modo poco raccomandabile, trasognato. Come un bambino che, anziché portare con sé un mitra di plastica, si fosse portato un UZI carico. Per Semen era lo stesso. Lui se ne fregava di quelle inezie. Correva sui tetti da settant'anni.

— Zavulon, tu parli a nome dei Guardiani del Giorno? — gli chiesi.

Un lampo di esitazione balenò negli occhi del mago delle Tenebre.

Stava succedendo qualcosa... Perché Zavulon aveva abbandonato il nostro quartier generale, rinunciando alla possibilità di rintracciare un mago sconosciuto dalla forza mostruosa e di farlo aderire alla Guardia del Giorno? A una simile possibilità non si rinuncia nemmeno per una vampira e un ragazzino potenzialmente molto dotato. Perché Zavulon voleva il conflitto?

E perché, perché lui non voleva – era evidente, non c'era dubbio! – agire a nome dei Guardiani del Giorno?

— Parlo a titolo personale — disse Zavulon.

— Allora tra noi c'è una piccola discordanza di opinioni — replicai.

Non voleva coinvolgere le Guardie. Ora eravamo semplicemente Altri, anche se in servizio e impegnati in una missione. Ma Zavulon preferiva non portare il conflitto a uno scontro ufficiale. Perché? Aveva una così grande fiducia nelle sue forze o aveva una così grande paura del Capo?

Non ci capivo nulla.

E, soprattutto, perché aveva abbandonato il quartier generale e la caccia? Per il mago che aveva scagliato la maledizione contro Svetlana? Le Forze delle Tenebre si erano battute perché il mago fosse consegnato a loro. E adesso rinunciavano così facilmente?

Che cosa sapeva Zavulon che noi non sapevamo?

— I vostri penosi... — cominciò il mago delle Tenebre. Non riuscì a concludere: la vittima aveva fatto la sua mossa.

Udii il ruggito di Tigrotto, un ruggito perplesso, sbigottito. Mi voltai.

Egor, che già da mezz'ora rivestiva il ruolo di ostaggio abbracciato alla vampira, era svaporato, svanito.

Il ragazzino era finito nelle profondità del Crepuscolo.

La vampira non stringeva più le braccia per trattenerlo o per ucciderlo. Agitava convulsamente le zampe artigliate, ma ormai non afferrava più nessuna carne viva. Menava colpi a se stessa, a sinistra sul petto, sul cuore.

Che peccato che fosse un morto vivente!

Orso scattò. Come una montagna appena risvegliatasi, sfrecciò nel vuoto dove prima stava Egor e si avventò contro la vampira. Il corpo che si dibatteva fu sommerso dalla sua mole. Spuntava solo una mano con gli artigli che martellava di pugni il fianco irsuto.

In quello stesso istante Ilja sfilò il bastone. La luce violetta si affievolì appena prima che il bastone esplodesse in una colonna bianca fiammeggiante. Pareva che tra le mani dell'operativo vi fosse il raggio accecante e quasi palpabile di un faro. Con un evidente sforzo Ilja mosse le mani, abbagliando il cielo grigio con un raggio quale non si era più visto a Mosca dai tempi della guerra, e scagliò il gigantesco bastone su Zavulon.

Il mago delle Tenebre gridò.

Il bastone luminoso si abbatté su di lui, lo schiacciò contro il tetto, ma poi balzò via dalle mani di Ilja e acquisì autonomia di movimento. Ora non era più un raggio di luce, né una colonna fiammeggiante, bensì un serpente bianco, che si avvitava su se stesso e si ricopriva di scaglie argentee. L'estremità del suo corpo gigantesco si appiattì, trasformandosi in un cappuccio da cui spuntò un muso con occhi immobili della dimensione di una ruota di camion. La lingua guizzò, sottile, biforcuta, fiammeggiante.

Feci un balzo indietro, per poco non mi sfiorava con la coda. Il cobra di fuoco si acciambellò, avventandosi contro Zavulon, infilando a scatti la testa tra le spire del corpo. E tra anelli fiammeggianti tre ombre si percuotevano l'un l'altra, cosparse di torbide strisce. Il balzo di Tigrotto contro la strega e lo stregone della Guardia del Giorno mi era semplicemente sfuggito.

Ilja scoppiò a ridere piano, sfilando da sotto la cintura un altro bastone. Questa volta meno luminoso e forse caricato da lui.

E così aveva con sé armi specifiche contro Zavulon... Possibile che il Capo già sapesse con chi gli sarebbe toccato battersi?

Esaminai il tetto. A una prima occhiata sembrava tutto sotto controllo. Orso, che soffocava la vampira, si accaniva a pestarla con le zampe e di tanto in tanto da sotto la sua mole giungevano suoni indistinti. Tigrotto si occupava delle guardie e pareva non aver bisogno d'aiuto. Il cobra bianco soffocava Zavulon.

Non avevamo più niente da fare lì. Ilja, imbracciando il bastone, osservava quei corpo a corpo, incerto in quale gettarsi a capofitto. Semen, che aveva perduto ogni interesse per la vampira e aveva conservato un atteggiamento indifferente nei confronti di Zavulon e delle guardie, vagava lungo il bordo del tetto, fissando verso il basso. Che temesse nuovi rinforzi da parte delle Tenebre?

E io invece stavo lì come un idiota, con un'inutile pistola tra le mani...

L'ombra giaceva ancora ai miei piedi. Vi entrai, sentendomi trafiggere dal gelo. Non dal gelo noto agli uomini, né da quello che conoscono bene gli Altri, ma dal gelo delle profondità del Crepuscolo. Qui non c'era più vento, il ghiaccio e la neve si erano dissolti. Era sparito anche il muschio blu. Tutto era coperto da una nebbia fitta, vischiosa, grumosa. Amici e nemici si erano trasformati in confuse ombre fruscianti. Solo il cobra fiammeggiante, che lottava con Zavulon, restava allo stesso modo impetuoso e sfavillante. Questo combattimento penetrava in ogni strato del Crepuscolo. Cercai di immaginare quante energie fossero concentrate in quel bastone magico e mi sentii mancare.

Perché le Tenebre, perché la Luce? Né una vampira, né un ragazzino-Altro valevano sforzi simili!

— Egor! — gridai.

Cominciavo già a congelare. Nel secondo livello del Crepuscolo ero entrato solo due volte: la prima durante le lezioni, assistito dall'istruttore, e la seconda la sera precedente per penetrare attraverso la porta chiusa. Qui non avevo difese e perdevo a ogni istante le forze.

— Egor! — Attraversai il Crepuscolo. Alle mie spalle echeggiavano colpi sordi: il serpente sbatteva qualcuno contro il tetto, stringendone il corpo tra le fauci... Sapevo a chi apparteneva quel corpo...

Il tempo qui scorreva più lento e c'era una piccolissima probabilità che il ragazzino non avesse perso conoscenza. Mi avvicinai al punto dove s'era immerso, nel secondo strato del Crepuscolo, cercando di distinguere qualcosa e non notai nessun corpo a terra. Inciampai, caddi, mi risollevai, mi accoccolai e mi ritrovai faccia a faccia con Egor.

— Tutto a posto? — gli chiesi assurdamente. Assurdamente, perché aveva gli occhi aperti e mi fissava.

— Sì.

Le nostre voci echeggiavano sorde e rimbombavano. Due ombre ondeggiavano proprio accanto a noi: Orso continuava a strapazzare la vampira. Quanto resisteva!

E quanto resisteva anche il ragazzo!

— Andiamo — dissi, allungando una mano e sfiorandogli la spalla. — Qui... è opprimente. Rischiamo di rimanerci per sempre.

— E sia.

— Non capisci, Egor! È una sofferenza! Una sofferenza eterna dissolversi nel Crepuscolo. Non puoi neanche immaginarlo, Egor! Andiamocene!

— Perché?

— Per vivere.

— Perché?

Le dita mi si erano curvate. La pistola era diventata pesante, sembrava fusa nel ghiaccio. Avrei resistito ancora un minuto o due...

Guardai Egor negli occhi. — Ognuno deve decidere per sé. Io me ne vado. Ho ancora una ragione per vivere.

— Perché vuoi salvarmi? — chiese il ragazzo con curiosità. — La vostra Guardia ha bisogno di me?

— Non credo che entrerai mai nella nostra Guardia... — dissi, sorprendendomi di me stesso.

Sorrise. Un'ombra passò tra di noi: Semen. Aveva notato qualcosa? C'erano problemi?

Me ne stavo lì a perdere le mie ultime forze, cercando di distogliere da un raffinato tentativo di suicidio un piccolo Altro comunque condannato.

— Me ne vado — dissi. — Perdonami.

L'ombra si era attaccata a me, mi si era congelata sulle dita e si era saldata al mio viso. Mi strappai da lei a strattoni. Il Crepuscolo sibilò, deluso da una simile condotta.

— Aiutami! — disse Egor. Sentivo appena la sua voce, ero quasi uscito. Lo disse all'ultimo secondo.

Tesi la mano, afferrando la sua. Ormai l'ombra cadeva, mi si staccava di dosso, la nebbia intorno si diradava. E tutto il mio aiuto al ragazzo non poteva essere che simbolico: doveva farcela da solo.

Ce la fece.

Precipitammo nello strato superiore del Crepuscolo. Il vento freddo mi sferzò il viso, ma ora era persino piacevole. Le deboli scosse erano ormai scontri violenti. I torbidi grigi diventarono brillanti.

Qualcosa era cambiato in quei secondi in cui avevamo parlato. La vampira seguitava a dibattersi sotto l'Orso... Ma c'era dell'altro. Il ragazzo stregone era riverso sul tetto forse morto, forse privo di conoscenza. Accanto a lui si azzuffavano ancora Tigrotto e la strega... Ma c'era dell'altro.

Il serpente!

Il serpente bianco si gonfiava, s'ingrossava, aveva già occupato un quarto del tetto. Come se l'aria lo facesse ondeggiare sollevandolo in alto, o come se fosse decollato da solo. Semen stava dinanzi alle spire avvitate del suo corpo infuocato, dopo essersi accovacciato in una delle vecchie posizioni da combattimento e le sue palme percuotevano quel groviglio bianco fiammeggiante. Non mirava al cobra, ma a qualcuno che stava sotto di lui e che avrebbe dovuto essere morto da un pezzo, e che invece continuava ancora a lottare...

Un'esplosione!

Un turbine di Luce, brandelli di Tenebre. Qualcosa mi urtò la schiena e cadendo precipitai su Egor, travolgendolo, ma in compenso riuscii ad afferrargli la mano. Tigrotto e la strega, avvinte nella lotta, volarono verso il bordo del tetto e si arrestarono sulla recinzione. Orso si strappò dalla vampira, distrutto, coperto di ferite, ma ancora vivo. Semen barcollò, ma rimase in piedi: era protetto da una torbida lente riflettente di difesa. L'unico a precipitare giù fu lo stregone che aveva perso conoscenza: nella caduta sfondò le sbarre arrugginite di un cancello e si accasciò come un sacco vuoto.

Solo Ilja era rimasto lì impalato. Non avevo notato nessuna protezione intorno a lui, che continuava a contemplare come prima quanto stava avvenendo, stringendo il suo bastone.

E i resti del cobra infuocato si librarono nell'aria, si dispersero in guizzanti nuvolette, in scintille, mandando piccoli bagliori. Da sotto questi fuochi d'artificio si levò lentamente Zavulon, allargando le braccia in un gesto magico. Nel combattimento aveva perso i vestiti e ora era completamente nudo. Il suo corpo si era modificato e aveva assunto i tipici connotati demoniaci: fosche squame avevano preso il posto della pelle, il cranio aveva una forma irregolare, peli arruffati gli erano cresciuti al posto dei capelli, gli occhi erano sottili con le pupille verticali. Dal coccige pendeva una corta coda biforcuta.

— Via! — gridò Zavulon. — Via!

Chissà che accadeva ora nel mondo degli uomini... Esplosioni di letale nostalgia e di cieca, ingiustificata gioia, attacchi di cuore, azioni assurde, litigi tra amici cari, tradimenti di amanti fedeli... Gli uomini non vedevano ciò che era in corso, ma la loro anima ne era sfiorata.

Perché?

Perché tutto questo per i Guardiani del Giorno?

In quel momento fui invaso da un senso di serenità. Una fredda, razionale, quasi dimenticata serenità.

Una strategia dalle molte mosse. Si potrebbe ipotizzare che tutti gli eventi si siano determinati secondo un preciso piano della Guardia del Giorno. Partiamo da qui. E poi unifichiamo tutte le casualità, a cominciare dalla mia caccia nella metropolitana, no, a cominciare dall'istante in cui a un ragazzo vampiro fu destinata in pasto una ragazza di cui non poté fare a meno di innamorarsi.

I pensieri fluivano impetuosi, come se avessi indotto una tempesta cerebrale e mi fossi messo in contatto con la coscienza di altri uomini, come fanno talvolta i nostri analisti. No, questo naturalmente non era accaduto... Semplicemente le tessere del puzzle, prima sparpagliate sul tavolo, si erano animate e si combinavano sotto i miei occhi.

I Guardiani del Giorno se ne infischiavano della vampira...

I Guardiani del Giorno non avrebbero scatenato un conflitto per un ragazzino potenzialmente molto dotato.

I Guardiani del Giorno avevano un'unica ragione per combinare tutto questo.

Un mago delle Tenebre dal potenziale mostruoso.

Un mago delle Tenebre in grado di rafforzare le loro posizioni… non solo a Mosca, ma in tutto il continente…

E così avrebbero raggiunto il loro scopo. Noi avevamo promesso di consegnare il mago…

Era un mago sconosciuto, l'unica X, l'unica incognita della missione. Si poteva assegnare una Y anche a Egor: le sue capacità erano troppo grandi anche per un Altro alle prime armi. E tuttavia quello del ragazzo era un potenziale già noto, anche se con un fattore sconosciuto…

Era stato inserito ad arte nella missione. Per complicarla.

— Zavulon! — gridai. Oltre le mie spalle Egor ruzzolava, tentando di rimettersi in piedi, ma continuando a scivolare sul ghiaccio. Semen si era allontanato dal mago ed era sulla difensiva. Ilja contemplava indifferente ciò che stava avvenendo. Orso si era avventato contro la vampira che si dibatteva, cercando di rialzarsi. Tigrotto e la strega Alisa si stavano avvicinando di nuovo. — Zavulon!

Il demone mi guardò.

— Lo so per chi lottate!

No, non lo sapevo ancora. Cominciavo solo ora a comprenderlo perché il puzzle si era ricomposto, mostrando un volto ben noto…

Il demone aprì la bocca: le mascelle si erano scisse in destra e sinistra come se fosse un coleottero. Somigliava sempre più a un gigantesco insetto, le squame si erano compattate in un'unica corazza, i genitali e la coda si erano ritratti, dai fianchi erano spuntati nuovi arti.

— Allora tu… sei un cadavere.

La voce era rimasta immutata, acquisendo persino un tono riflessivo e intellettuale. Zavulon mi tese una mano, che si allungava a scatti, con sempre nuove falangi.

— Vieni da me… — bisbigliò.

Tutti annichilirono. Tranne io, che mi mossi verso il mago delle Tenebre. Le tecniche di difesa mentale che avevo coltivato per molti anni non avevano lasciato traccia. Non potevo, non potevo in alcun modo opporre un rifiuto a Zavulon.

— Fermo! — ruggì Tigrotto, distogliendosi dalla strega malconcia, che ancora digrignava i denti. — Fermo!

Mi sarebbe piaciuto esaudire la sua richiesta, ma non potevo.

— Anton... — una voce risuonò alle mie spalle. — Voltati...

Ecco, questo potevo esaudirlo. Voltai la testa, distogliendo lo sguardo dagli occhi color ambra dalle pupille verticali.

Egor stava accoccolato, non aveva la forza di alzarsi. Era stupefacente che fosse ancora cosciente... La riserva delle sue energie doveva essere finita da un pezzo. La stessa riserva che aveva suscitato l'interesse del Capo, fin dall'inizio. Il fattore Y. Introdotto per complicare la situazione. Dal palmo di Egor pendeva un piccolo amuleto d'osso su una catenina di rame.

— Prendilo! — gridò il ragazzino.

— Non toccarlo! — intimò Zavulon. Ma era troppo tardi, mi ero già chinato per prendere l'amuleto, volato ai miei piedi. Al tatto la medaglietta bruciava, come se fosse carbone ardente.

Guardai il demone e scossi la testa. — Zavulon... tu non hai più alcun potere su di me.

Il demone ululò, avventandosi contro di me. Non aveva più potere, ma di forze ne aveva ancora in eccesso.

— Ma... ma... — disse Ilja in tono edificante.

Una fiammeggiante parete bianca tagliò lo spazio tra noi due. Zavulon ululò e scostò la parete di luce bianca. Sussultò in modo ridicolo per le zampe ustionate, non più temibile, piuttosto assurdo.

Sul tetto tutto tacque. Tigrotto e la strega Alisa erano vicini, senza aggredirsi. Semen guardava ora me ora Ilja e non era chiaro chi dei due lo stupisse di più. La vampira piangeva sommessamente, cercando di rialzarsi. Lei stava peggio di tutti: aveva investito tutte le forze nel combattimento con Orso per sopravvivere e ora cercava a fatica di rigenerarle. Con uno sforzo incommensurabile si precipitò fuori dal Crepuscolo e si trasformò in una smunta silhouette.

Persino il vento sembrava essere cessato...

— Come si fa a trasformare una persona da sempre retta in un mago delle Tenebre? — chiesi. — Come si fa a far passare dalla parte delle Tenebre una persona incapace di odiare? La si può colpire con disgrazie di ogni genere... un po' per volta, piano piano, sperando che si esasperi, ma non servirà se è una persona retta, anzi se... è una ragazza retta.

Ilja scoppiò a ridere piano, approvando.

— L'unica che potrà odiare — guardai Zavulon negli occhi nel punto in cui ora era rimasto solo livore impotente — sarà se stessa. Ed ecco una mossa insospettata. Insolita. Facciamole ammalare la madre. Lasciamo che la ragazza si roda l'anima, si disprezzi per la propria impotenza e la propria incapacità di aiutarla. Releghiamola in un angolo dove potrà solo odiare, sia pure se stessa, ma soltanto odiare. Ci sarebbe, a dire il vero, una piccola chance: un agente della Guardia della Notte; lui solo, attraverso il suo lavoro operativo, potrebbe spiegare...

Le gambe mi cedevano: non ero abituato a stare così a lungo nel Crepuscolo. Rischiavo di cadere in ginocchio davanti a Zavulon, cosa che non volevo assolutamente.

Semen strisciò attraverso il Crepuscolo e mi resse per le spalle. Forse lo faceva da centocinquant'anni.

— Uno sconosciuto con una missione sul campo... — ripetei. — Uno sconosciuto che venga meno alla procedura. Che non provi compassione per la ragazza, che non cerchi di consolarla, perché la compassione le sarebbe fatale. In questo caso bisogna distoglierlo. Creare un diversivo che lo tenga occupato. Dirottarlo su un incarico secondario, che lo faccia sentire personalmente responsabile e che gli risulti simpatico, dirottarlo su qualcosa che è già a portata di mano. A questo scopo anche una vampira come tante può essere sacrificata. Non è così?

Zavulon ricominciò a trasformarsi. Riprese in tutta fretta le sue sembianze da intellettuale afflitto.

Era ridicolo. Perché mai? Io l'avevo veduto com'era nel Crepuscolo, com'era stato una volta e come sarebbe sempre stato.

— Una strategia dalle molte mosse — continuai. — Vi garantisco che la madre di Svetlana non deve necessariamente morire di un male incurabile. Da parte vostra c'è stata un'interferenza magica, nei limiti della legalità… Ma anche noi allora abbiamo dei diritti.

— Lei è nostra! — disse Zavulon.

— No. — Scrollai il capo. — Non ci sarà nessuna catastrofe infernale. Sua madre guarirà. Ora io vado da Svetlana… a dirle tutto. La ragazza verrà dai Guardiani della Notte. Zavulon, lei ha perso. Ha perso comunque.

I brandelli di vestiti disseminati sul tetto scivolarono fino al mago delle Tenebre, si ricongiunsero e lo ricoprirono del suo sembiante triste, affascinante, partecipe della tristezza di tutto il mondo.

— Nessuno di noi lascerà questo luogo — disse Zavulon. Alle sue spalle prese a turbinare la Tenebra, con due immense ali nere dispiegate.

Ilja scoppiò di nuovo a ridere.

— Io sono più forte di tutti voi. — Zavulon guardò in tralice Ilja. — Le tue forze non sono illimitate. Voi resterete qui per sempre, nel Crepuscolo, nei suoi strati più profondi in cui avevate avuto timore di guardare…

Semen sbuffò e disse: — Anton, sembra che non l'abbia ancora capita.

Mi voltai e chiesi: — Boris Ignatevic, ma c'è ancora bisogno di questa mascherata?

Il giovane operativo un po' impudente si strinse nelle spalle: — Certo, Anton. Mi capita così di rado di poter osservare il capo dei Guardiani del Giorno in azione… perdona questo vecchio. Spero che sia stato altrettanto interessante per Ilja prendere il mio posto…

Boris Ignatevic riprese il suo aspetto di sempre. Di colpo, senza metamorfosi teatrali ed effetti di luci. Era in vestaglia e con in testa la *tjubetejka,* il berretto usbeco, solo che ai piedi aveva dei morbidi *icˇigi,* e sopra questi stivali un paio di calosce.

Era piacevole guardare il volto di Zavulon.

Le oscure ali non erano scomparse, ma avevano cessato di crescere. Ora battevano incerte come se il mago avesse intenzione di volare via, ma esitasse.

— Chiudi l'operazione, Zavulon — disse il Capo. — Se ve ne andate all'istante da qui e dalla casa di Svetlana, non invieremo formale protesta.

Il mago delle Tenebre non esitò. — Ce ne andiamo.

Il Capo annuì, come se non si aspettasse nessun'altra risposta. Ma non abbandonò il bastone, e la barriera tra me e Zavulon svanì.

— Mi rammenterò del ruolo che hai avuto... — bisbigliò senza indugio il mago delle Tenebre. — Per sempre.

— Rammentalo — concordai io. — È utile.

Zavulon allargò le braccia, le possenti ali batterono all'unisono e lui scomparve. Ma prima lanciò un'occhiata alla strega e lei sputò.

Come fu spiacevole! Uno sputo non è un segno fatale, ma pur sempre sgradevole.

Con una lieve e pretenziosa andatura, che non si addiceva assolutamente al volto insanguinato e ammaccato e con la mano sinistra che penzolava, Alisa si avvicinò a me.

— Anche tu devi andartene — disse il Capo.

— Certo, con sommo piacere! — replicò la strega. — Ma prima avrei un piccolo... piccolissimo diritto. Non è vero, Anton?

— Sì — mormorai io. — Un intervento di settimo grado.

Contro chi era diretto il colpo? Contro il Capo? Ridicolo. Contro Tigrotto, Orso, Semen...? Sciocchezze. Contro Egor? Ma che cosa si poteva suscitare in lui a un livello così basso d'interferenza?

— Confidati — disse la strega. — Confidati con me, Anton. Si tratta di un'interferenza del settimo grado. Il Capo dei Guardiani della Notte è testimone: non oltrepasserò i limiti.

Semen gemette, stringendomi la spalla fino a farmi male.

— Ne ha diritto — dissi. — Boris Ignatevic...

— Agisci come devi — rispose piano il Capo. — Io starò a guardare.

Sospirai, rivelandomi davanti alla strega. "Ma non potrà fare nulla! Nulla! Un'interferenza del settimo grado! Non riuscirà a dirottarmi dalle Tenebre! È semplicemente ridicolo!"

— Anton — disse la strega in tono soave. — Di' al Capo ciò

che volevi dire. Di' la verità. Agisci in modo onesto e retto. Così come devi agire.

— Un intervento minimo... — confermò il Capo. Se nella sua voce c'era dolore, doveva essere così nel profondo che a me non era dato coglierlo.

— Una strategia dalle molte mosse — dissi io, guardando Boris Ignatevic. — L'ambigua Guardia del Giorno sacrifica le sue pedine. La Guardia della Notte le proprie. Per un grande obiettivo. Per attirare dalla propria parte una straordinaria inaudita forza magica. Può anche perire un giovane vampiro che ha tanta voglia di amare. Può perire, svanendo nel Crepuscolo, anche un ragazzino dotato dei deboli poteri di Altro. Possono soffrire allo stesso modo i suoi collaboratori. Ma il fine giustifica i mezzi. Due grandi maghi, che si combattono da centinaia d'anni, tramano l'ennesimo piccolo scontro. Per il mago della Luce è più difficile... punta tutto su una carta sola. E la sconfitta per lui non sarebbe solo amara, equivarrebbe a un passo nel Crepuscolo, un passo definitivo. Eppure mette in gioco tutti su questa carta. I suoi e gli altri. Non è così, Boris Ignatevic?

— Sì, è così — rispose il Capo.

Alisa rise piano e si diresse verso la botola. Adesso non se la sentiva proprio di volare. Tigrotto l'aveva strapazzata per bene. Eppure la strega continuava a essere di buon umore.

Fissai Semen. Lui distolse lo sguardo. Tigrotto si stava ritrasformando lentamente in una ragazza... ma anche lei evitava di guardarmi in faccia. Orso mandò un ruggito e, senza cambiare aspetto, pestò le zampe contro la botola. Per lui era più difficile che per tutti gli altri. Era troppo poco agile. Orso era uno splendido guerriero, nemico di ogni compromesso...

— Siete tutti vigliacchi — disse Egor. Si alzava a scatti, non solo per la stanchezza. Ora il Capo lo alimentava con la propria energia, scorgevo un filo sottile di forza fluire nell'aria... All'inizio è sempre difficile liberarsi dalla propria ombra.

Uscii dopo di lui.

Non fu difficile: nell'ultimo quarto d'ora nel Crepuscolo si era concentrata una tale quantità di energie che l'ombra aveva perso la consueta aggressiva vischiosità.

Quasi immediatamente udii un soffice disgustoso tonfo: lo stregone, precipitato dal tetto, aveva raggiunto l'asfalto.

Uno dopo l'altro cominciarono ad apparire tutti gli altri. La simpatica ragazza dai capelli neri con un'ecchimosi sotto l'occhio sinistro e lo zigomo rotto, l'imperturbabile giovanotto tarchiato, l'autorevole businessman in vestaglia orientale... Orso era già andato via. Sapevo che cosa avrebbe fatto nel suo appartamento, nella sua "tana". Avrebbe bevuto alcol etilico e letto poesie. Forse a voce alta. Guardando il televisore che ronzava allegramente.

Anche la vampira si trovava lì. Stava malissimo, borbottava qualcosa, scuotendo la testa, e si leccava la mano penzolante, che cercava stancamente di saldarsi. Era tutta schizzata del sangue della sua ultima vittima...

— Vattene — le dissi, sollevando la pesante pistola. La mano mi tradì e tremò.

Il proiettile deflagrò, trapassando la carne morta, e nel fianco della ragazza comparve una ferita. La vampira gemette, si premette sulla ferita la mano sana. L'altra penzolava sui legamenti dei tendini.

— Non farlo — disse Semen con dolcezza. — Non farlo, Anton...

Io però mi avventai sulla sua testa. In quell'istante scese in picchiata dal cielo un'enorme ombra nera, un pipistrello delle dimensioni di un condor. Dispiegò le ali per proteggere la vampira, torcendosi nello spasmo della trasformazione.

— Lei ha diritto di essere giudicata!

Non potevo sparare a Kostja. Rimasi lì a guardare il vampiro, il mio vicino di casa. Lui non distoglieva gli occhi, risoluti e inflessibili. "Da quanto tempo mi pedinavi, amico mio, mio avversario? E perché vuoi salvare la tua consimile e compiere un passo che mi trasformerebbe in un tuo irriducibile nemico?"

Mi strinsi nelle spalle e infilai la pistola dietro la cintura. "Avevi ragione, Olga. La tecnica è solo una sciocchezza."

— Sì, ne ha il diritto — confermò il Capo. — Semen, Tigrotto, Orso, scortateli.

— Va bene — disse Tigrotto. Mi fissò, non solo con uno sguardo pieno di solidarietà, ma di comprensione. Con passo flessuoso si diresse verso i vampiri.

— Comunque sarà sottoposta a una procedura speciale — mormorò Semen, e li seguì.

E così abbandonarono il tetto. Kostja portava tra le braccia la vampira dolorante, semincosciente. Semen e Tigrotto li seguivano in silenzio.

Restammo in tre.

— Ragazzo, tu hai davvero dei poteri — disse dolcemente il Capo. — Non grandi, ma la maggior parte della gente ne è priva. Sarei felice che tu accettassi di essere mio allievo...

— Ma vada un po'... — attaccò a dire Egor. L'ultima parte della frase era totalmente priva di intonazioni cortesi. Il ragazzo piangeva in silenzio. Faceva delle smorfie per trattenere le lacrime, ma non ci riusciva.

Un piccolo intervento di settimo grado e si sarebbe sentito meglio. Avrebbe capito che la Luce non poteva combattere contro le Tenebre senza servirsi di qualunque arma a sua disposizione...

Alzai la testa verso il cielo del Crepuscolo, aprii la bocca, afferrando i freddi fiocchi di nevi. Congelare. Congelare in eterno. Ma non qui, nel Crepuscolo. Diventare ghiaccio e non nebbia, neve o fanghiglia; diventare di pietra, ma senza sperdersi...

— Egor, andiamo, ti accompagno — proposi.

— Non... vado lontano... — disse il ragazzino.

Rimasi ancora lì a lungo a inghiottire neve mischiata a vento e non notai che se n'era andato. Sentii la voce del Capo dire: — Egor, sei capace di svegliare da solo i tuoi genitori? — ma non udii la risposta.

— Anton, se questo può consolarti... l'aura del ragazzo è rimasta la stessa — disse Boris Ignatevic. — Nessuna... — Mi cinse le spalle, piccolo e triste. Non era più l'accurato imprenditore o il mago di primo grado. Solo un vecchio dall'aspetto giovanile che aveva vinto l'ennesima partita in una guerra senza fine.

— Ottimo.

L'avrei voluto anch'io. Nessuna aura. Nessun destino speciale.

— Anton, abbiamo ancora da fare.

— Lo so, Boris Ignatevic...

— Puoi spiegare tutto a Svetlana?

— Sì, credo di sì... Ora posso.

— Perdonami, ma ho adoperato ciò che avevo a disposizione... quelli che avevo a disposizione. Voi siete legati. Un semplice legame mistico, inspiegabile. Non ho nessuno con cui sostituirti.

— Capisco.

La neve si attaccava al mio viso, ghiacciando sulle ciglia e sciogliendosi in rivoli sulle guance. Avevo la sensazione di aver quasi imparato a congelare, ma non ne avevo il diritto.

— Rammenti ciò che ti avevo detto? Appartenere alle Forze della Luce è molto più impegnativo che appartenere alle Forze delle Tenebre...

— Lo rammento...

— E ora sarà anche più gravoso, Anton. Tu ti innamorerai di lei. Vivrai con lei... per un po'. Poi Svetlana se ne andrà. E tu la vedrai allontanarsi da te, e intanto la cerchia si allargherà. Soffrirai. Ma non potrai farci nulla. Questo sarà il tuo ruolo all'inizio. È ciò che succede a ogni Grande Mago e a ogni Grande Maga. Devono passare sul corpo degli amici e degli esseri amati. Non può essere altrimenti.

— Già capisco... capisco tutto.

— Andiamo, Anton?

Tacevo.

— Andiamo?

— Non siamo in ritardo?

— Per ora no. Sveta ha i suoi percorsi. Ti guiderò per la via più breve e in seguito sarai tu a scegliere la tua strada.

— Allora resterò ancora un po' — dissi. Chiusi gli occhi per sentire i fiocchi che si attaccavano alle mie palpebre, teneramente, dolcemente.

— Se sapessi quante volte sono rimasto anch'io così — mi disse il Capo — a guardare il cielo e a domandare... una benedizione o una maledizione.

Non risposi, sapevo di non dover aspettare.

— Anton, mi sono congelato — disse il Capo. — Ho freddo. Ho freddo, come un essere umano. Voglio bere un po' di vodka e mettermi a letto sotto le coperte. E starmene lì disteso finché non avrai aiutato Svetlana... e Olga avrà sistemato il vortice. E poi prendermi delle ferie. Lasciare al mio posto Ilja... dopotutto è già entrato nella mia pelle... e andarmene a Samarcanda. Sei mai stato a Samarcanda?

— No.

— Niente di bello, a dire il vero. Soprattutto ora. Non c'è niente di bello laggiù se non i ricordi... ma riguardano soltanto me... Tu come stai?

— Andiamo, Boris Ignatevic.

Mi sfregai via la neve dal viso.

Mi stavano aspettando.

Era l'unico motivo che ci impediva di congelare.

Seconda Storia

STRANIERO TRA I SUOI

Prologo

Si chiamava Maksim.

Un nome non proprio raro, ma nemmeno banale. Dal suono decisamente armonioso.

Un bel nome russo, anche se probabilmente le sue radici si perdevano tra i Greci, i Variaghi e gli Sciti.

Era contento del suo aspetto. Non aveva la bellezza melensa degli attori dei serial televisivi, ma nemmeno una faccia qualsiasi, di quelle che si dimenticano subito. Un bell'uomo, tra la gente lo si notava: ben costruito, ma senza esagerazioni, senza vene gonfie e il fanatismo dell'allenamento quotidiano in palestra.

E anche per quanto riguardava la professione – consulente per una grossa ditta straniera – e le entrate, poteva permettersi diversi capricci, ma non tanto da temere di suscitare l'interesse del racket.

Era proprio come il suo angelo custode aveva deciso: «Sarai un po' meglio degli altri.» Un po', ma meglio. E la cosa più importante era che a Maksim andava benissimo così. Arrampicarsi un po' più in alto, rovinandosi la vita per una macchina più accessoriata, un invito a una serata importante o un appartamento con una camera in più… perché? La vita è bella per se stessa, e non per i beni che puoi riuscire ad afferrare. In questo senso è l'esatto opposto dei soldi, che in se stessi non sono nulla.

Naturalmente Maksim non aveva mai formulato questi pensieri in modo così esplicito. Una delle caratteristiche delle persone che nella vita riescono a occupare esattamente il loro posto è quella di prendere le cose come vengono. Tutto va così come deve andare. E se qualcuno non è riuscito ad avere quello che si aspettava... è soltanto colpa sua. Colpa della sua pigrizia, o della sua stupidità. O del fatto che aveva un livello di aspettative troppo elevato.

A Maksim quella frase piaceva molto: "un livello di aspettative troppo elevato". Rimetteva tutto al suo posto. Spiegava, per esempio, come mai la sua bella e intelligente sorella vegetasse a Tambov con un marito alcolista. Cercava qualcosa di meglio e di più promettente... be', l'aveva trovato. O il suo vecchio compagno di scuola, da due mesi in traumatologia. Voleva sviluppare il business? E l'aveva sviluppato. Poteva dirsi fortunato a essere ancora vivo. I suoi concorrenti sul mercato dei metalli non ferrosi si erano dimostrati persone civili...

In un unico caso Maksim applicava l'espressione "un livello di aspettative troppo elevato" a se stesso. Ma era una questione così strana e complessa che non aveva neppure voglia di ripensarci troppo. Era più semplice non pensarci, e rassegnarsi a quella cosa strana che gli capitava talvolta in primavera, qualche volta in autunno e raramente, ma proprio rarissimamente, nel pieno dell'estate, quando la calura esplodeva in modo così insopportabile da spazzargli via dal cervello tutto il buon senso e la prudenza, e anche qualche leggero dubbio sulla sua perfetta integrità psichica...

Non che Maksim si fosse mai considerato schizofrenico. Aveva letto diversi libri e consultato qualche medico importante, naturalmente senza entrare troppo nei dettagli.

No, era normale. Evidentemente però esisteva davvero ciò davanti a cui la mente si ritira, e le normali regole dell'esistenza dell'uomo non sono più valide. Aspettative troppo elevate... non era piacevole. Ma lo erano davvero, troppo elevate...

Maksim era seduto in macchina con il motore spento, nella sua Toyota ben tenuta, non il modello più caro e lussuoso, ma sempre molto meglio della maggioranza delle macchine che percorrevano le strade di Mosca.

Nella semioscurità del mattino la sagoma dell'uomo al volante non si distingueva neppure a pochi passi dalla macchina. Aveva trascorso così tutta la notte, ascoltando i leggeri fruscii del motore che si raffreddava, morendo di freddo, ma senza permettersi di accendere il riscaldamento. Non aveva voglia di dormire, come succede di solito in questi casi. E nemmeno di fumare. Non aveva voglia di niente, anche così era bello starsene seduti lì, senza muoversi, niente più che un'ombra nella macchina posteggiata sul ciglio della strada, in attesa. L'unico problema era che sua moglie avrebbe di nuovo pensato che aveva trascorso la notte con qualche amante. E come convincerla che non aveva un'amante, per lo meno fissa, e che tutti i suoi peccati si riducevano ai soliti amorazzi estivi, a qualche storiella sul lavoro e raramente a una professionista durante le trasferte... e comunque non pagata con soldi sottratti al bilancio familiare, ma gentilmente offerta dal cliente? Non si poteva rifiutare, si sarebbero offesi. O avrebbero pensato che era omosessuale e la volta dopo gli avrebbero proposto un ragazzo...

Con un baluginio verde le cifre dell'orologio passarono a indicare le cinque. Ecco che si mettevano al lavoro i primi portinai: era un quartiere prestigioso nella parte più antica di Mosca, alla pulizia ci tenevano moltissimo. Per fortuna non pioveva e la neve non c'era più: l'inverno era finito, finalmente, e aveva fatto posto alla primavera, con tutti i suoi problemi e le sue aspettative troppo elevate...

Si sentì sbattere la porta di un ingresso. Sul marciapiede apparve una ragazza, che si fermò ad aggiustarsi la borsa sulla spalla, a una decina di metri da lui. Erano stupide quelle case, tutte senza cortile, non era comodo lavorarci e nemmeno viverci, probabilmente: che senso aveva tutta quell'aria di prestigio se poi appena marciva un tubo i muri spessi si coprivano di muffa e probabilmente appariva anche qualche spettro?

Maksim sorrideva leggermente uscendo dalla macchina. Il suo corpo gli ubbidiva facilmente, i muscoli non sembravano provati dall'immobilità notturna, anzi si sentiva come attraversato da una nuova forza. E quello era un segnale sicuro.

No, gli interessava comunque: ma gli spettri esistono?

— Galja! — gridò. La ragazza si girò. Anche quello era un altro segnale, altrimenti si sarebbe subito messa a correre. In fondo c'è qualcosa di sospetto e di pericoloso in un uomo che ti aspetta sotto casa alle cinque del mattino...

— Io non la conosco — disse la ragazza. Tranquillamente, con una sfumatura di curiosità.

— Vero — convenne Maksim. — Io però la conosco.

— Chi è lei?

— Io sono Colui che giudica.

Gli piaceva proprio quella forma, arcaica, enfatica, solenne. Colui che giudica! Colui che ha il diritto di giudicare.

— E chi ha intenzione di giudicare?

— Lei, Galja. — Maksim era concentrato e sbrigativo. Lo sguardo cominciava a offuscarsi, e anche quello era un segno.

— Davvero? — Lei gli lanciò un'occhiata rapida e Maksim colse nelle sue pupille un lampo giallo. — E ci riuscirà?

— Ci riuscirò — rispose Maksim, alzando un braccio. Il pugnale l'aveva già nascosto nel palmo della mano, un pugnale di legno stretto, sottile, un tempo chiaro, ma che nel corso degli ultimi tre anni, impregnandosi, si era scurito…

La ragazza non emise suono quando la lama di legno le penetrò nel petto, appena sotto il cuore.

Come sempre Maksim provò un momento di terrore, una breve e bruciante vampata di orrore… E se, nonostante tutto, avesse commesso un errore? Se…?

Con la mano sinistra toccò la crocetta, la semplice crocetta di legno, che portava sempre al collo. E rimase così, con il pugnale di legno in una mano e la crocetta stretta nell'altra, in piedi, finché la ragazza non cominciò a trasformarsi…

Avvenne molto rapidamente. Avveniva sempre rapidamente: la trasformazione in animale e poi di nuovo in essere umano. Per alcuni istanti sul marciapiede ci fu una belva, una pantera nera con gli occhi vitrei, i denti digrignati: un trofeo di caccia, elegante nel suo abbigliamento severo, completo di calze e scarpe… Poi il processo si rimise in moto nel senso inverso, come se il pendolo oscillasse un'ultima volta.

Maksim si stupì non tanto di quella breve e come sempre tardiva trasformazione, quanto del fatto che sul corpo della ragazza non fosse rimasta nessuna ferita. Il breve istante della trasformazione l'aveva guarita, rendendola di nuovo integra. Rimaneva solo il taglio sulla giacca e sulla camicetta.

— Gloria a Te, Signore — mormorò Maksim, guardando il cadavere del mutantropo. — Gloria a Te, Signore.

Non aveva nulla contro il ruolo che gli era stato assegnato in questa vita.

Solo che era un po' troppo impegnativo per uno come lui, che non aveva mai avuto un livello di aspettative troppo elevato.

Capitolo 1

Quella mattina capii che la primavera era davvero arrivata.

Ancora la sera prima il cielo era diverso. Nuvole grigie fluttuavano sulla città, e c'era odore di vento umido e freddo e di neve imminente. Si aveva voglia soltanto di ficcarsi in poltrona il più comodamente possibile, infilare nel videoregistratore la cassetta di un film demenziale e vivace (cioè americano), bere un sorso di cognac e addormentarsi così.

Quella mattina invece il gesto magico di un prestigiatore aveva lanciato sulla città un fazzoletto azzurro, e l'aveva passato su strade e piazze, ripulendole dagli ultimi rimasugli di inverno. E gli ultimi mucchietti di neve sudicia rimasti in qualche avvallamento o in qualche angolo in ombra sembravano, più che una svista della primavera ormai arrivata, un indispensabile elemento decorativo. Un ricordo...

Mentre camminavo per raggiungere la metropolitana, sorridevo.

Certe volte è molto bello essere uomini. Adesso, per esempio, era già una settimana che conducevo questa vita: quando arrivavo al lavoro, non salivo mai oltre il primo piano, trafficavo un po' col server che di colpo aveva preso tutta una serie di brutte abitudini, installavo alle ragazze dell'ufficio contabilità i nuovi programmi Office, la cui utilità non era chiara né a me né a loro. La sera andavo a teatro, allo stadio, in certi baretti e ristorantini da niente. Dovunque ci fosse gente, e rumore. Essere un uomo della folla era ancora più interessante che essere semplicemente un uomo.

Naturalmente nell'ufficio della Guardia della Notte, un vecchio edificio di tre piani che ci aveva affittato la nostra filiale, di uomini non c'era neppure l'ombra. Perfino le tre vecchiette che facevano le pulizie erano Altre. Perfino gli insolenti ragazzotti addetti alla sicurezza, il cui compito era stare all'ingresso e spaventare piccoli delinquenti e commessi viaggiatori, avevano un certo potenziale magico. Perfino il tecnico dell'impianto igienico, il classico tecnico degli impianti igienici moscovita, alcolista incallito, era un mago... e un mago niente male, che sapeva cosa fare dello spirito che ingurgitava.

Comunque i primi due piani avevano sempre avuto un'aria assolutamente normale. Qui si permetteva di entrare anche agli agenti della finanza, ai partner in affari appartenenti alla razza umana, ai banditi del nostro clan... Che il clan lo controllasse pure personalmente il Capo, ma perché farlo sapere ai quattro venti?

E anche i discorsi che si facevano erano dei più banali. Si parlava di politica, di tasse, di acquisti, del tempo, dei flirt degli altri e delle proprie avventure amorose. Le fanciulle tagliavano i panni addosso ai maschietti, e anche noi facevamo la nostra parte. Si intrecciavano amori, si tessevano trame ai danni dei diretti superiori, si valutavano le possibilità di ricevere qualche incentivo.

Mezz'ora dopo arrivai a Sokol e risalii in superficie. C'era molto rumore e l'aria sapeva di gas di scarico. Comunque la primavera era arrivata.

La via dove si trova il nostro ufficio non è nel peggiore dei quartieri moscoviti. Tutt'altro, anzi, se lo si confronta con la sede della Guardia del Giorno. Ma il Cremlino in ogni caso non fa per noi: il passato ha lasciato tracce troppo profonde sulla Piazza Rossa e sulle antiche mura di mattoni. Forse un giorno svaniranno. Per ora però sono ancora molto forti... anche troppo, ahimè.

Dalla fermata del metrò proseguii a piedi: era molto vicino. Le facce intorno a me erano buone, riscaldate dal sole. Per questo amo la primavera: attenua la sensazione di penosa impotenza. E diminuisce le occasioni di intervento...

Uno dei ragazzotti della sicurezza fumava davanti all'ingresso. Mi fece un cenno amichevole, i suoi compiti non prevedevano un controllo particolarmente accurato. E inoltre dipendeva direttamente da me la possibilità di trovare sul computer della loro stanza l'accesso a Internet e un paio di giochini nuovi, o soltanto le informazioni di servizio e i dossier dei collaboratori.

— Sei in ritardo, Anton — buttò là.

Guardai l'orologio stupito.

— Il Capo ha radunato tutti nella sala conferenze, sono già venuti a cercarti.

Ecco una cosa strana: di solito non mi convocavano alle riunioni mattutine. C'era stato qualche problema con il sistema informatico? Era improbabile. In quel caso non avrebbero esitato a tirarmi giù dal letto, magari nel bel mezzo della notte. Era già successo...

Annuii e allungai il passo.

L'ascensore nel palazzo c'è, ma è ultravecchio, e preferii salire fino al terzo piano di corsa. Sul pianerottolo del secondo piano c'era un altro posto di guardia, già più serio. Quella mattina era di turno Garik. Mentre mi avvicinavo socchiuse gli occhi, guardò attraverso la tenebra, scannerizzando l'aura e tutti i segni distintivi che noi agenti della Guardia abbiamo addosso. Solo dopo mi sorrise gentilmente.

— Forza, sbrigati.

La porta della sala conferenze era socchiusa. Prima di entrare, sbirciai da quella fessura: c'erano una trentina di persone, soprattutto operativi e analisti. Il Capo camminava su e giù davanti a una cartina di Mosca, mentre Vitalij Markovic, il suo vice per la parte commerciale, molto debole come mago ma in compenso un businessman nato, diceva: — E in questo modo abbiamo completamente bloccato le spese correnti, e non abbiamo nessuna necessità di ricorrere a... ehm... modalità particolari di finanziamento. Se l'assemblea sosterrà le mie proposte, possiamo aumentare un po' la soddisfazione dei nostri collaboratori, in primo luogo i lavoratori operativi, naturalmente. Le indennità di temporanea inabilità al lavoro e le pensioni alle famiglie dei caduti necessitano anch'esse di... ehm... qualche aumento. E possiamo permettercelo...

È ridicolo che maghi capaci di tramutare il piombo in oro, il carbone in diamanti e ritagli di carta in fruscianti banconote si dedichino al commercio. Ma in effetti questo è comodo per due motivi. In primo luogo fornisce un'occupazione a quelli, tra gli Altri, le cui doti sono troppo modeste per garantire entrate costanti, e in secondo luogo diminuisce il rischio di spezzare l'equilibrio.

Quando entrai nella sala, Boris Ignatevic fece un cenno e disse: — Grazie, Vitalij. Penso che la situazione sia chiara, non dobbiamo fare nessun appunto alla sua attività. Votiamo? Grazie. Adesso che tutti sono presenti...

Sotto lo sguardo attento del Capo mi feci strada fino a una poltrona libera e mi sedetti.

— ... possiamo passare alla questione principale.

Semen, che notai seduto di fianco a me, piegò la testa e mi sussurrò: — La questione principale è il versamento delle quote associative del mese di marzo...

Non riuscii a trattenere un sorriso. A tratti in Boris Ignatevic si risvegliava molto chiaramente il vecchio funzionario di partito.

— La questione principale è la nota di protesta della Guardia del Giorno, che ho ricevuto due ore fa — disse il Capo.

Non ci arrivai subito. La Guardia del Giorno e la Guardia della Notte si tagliano continuamente la strada a vicenda. Le proteste sono un evento quotidiano, talvolta vengono liquidate a livello di dipartimento regionale, talvolta si ricorre al Tribunale di Berna...

Poi mi resi conto che la protesta per cui era stata convocata l'assemblea allargata della Guardia non poteva essere un avviso di routine.

— Il punto essenziale della protesta... — il Capo si sfregò la radice del naso — ... il punto essenziale della protesta è questo... Stamattina nella zona dello Stoles˘nikov è stata uccisa un'agente delle Tenebre. Ecco una rapida descrizione dei fatti.

Sulle mie ginocchia frusciarono due paginette uscite da una stampante. Tutti gli altri ricevettero lo stesso omaggio. Scorsi velocemente il testo: "Galina Rogova, ventiquattro anni... Iniziata all'età di sette anni. La famiglia non appartiene agli Altri.

Educata sotto il patronato delle Tenebre... istruttrice Anna Cernogorova, mago di quarto livello... A otto anni Galina Rogova è stata inquadrata come mutantropo-pantera. Poteri medi..."

Continuai a leggere, corrugando un po' la fronte. Anche se apparentemente non ce n'era motivo. La Rogova faceva parte delle Forze delle Tenebre, ma non lavorava nella Guardia del Giorno. E rispettava le disposizioni. Non attaccava gli umani. Mai, assolutamente. Perfino i due permessi che aveva a disposizione, per la maggiore età e per il matrimonio, non li aveva usati. Con l'aiuto della magia aveva raggiunto un'ottima posizione all'interno dell'azienda immobiliare Dolce Casa, e aveva sposato il vicedirettore. Un figlio, un maschietto... Non erano stati rivelati poteri particolari. Raramente aveva usato i suoi poteri di Altra per autodifesa, una volta aveva ucciso un aggressore. Ma neppure allora si era lasciata andare ad atti di cannibalismo...

— Ce ne vorrebbero di più di mutanti così, vero? — mi chiese Semen. Girò un foglio e sobbalzò leggermente. Sorpreso, andai velocemente anch'io alla fine del documento.

Sì. L'ispezione di protocollo. Un taglio sulla camicetta e uno sulla giacca... verosimilmente provocati da un sottile pugnale. Magico, naturalmente: con un metallo qualsiasi non uccidi un mutantropo...

Cosa aveva notato Semen di tanto strano?

Ecco che cosa!

Sul corpo non erano state rilevate tracce evidenti di lesioni. Di nessun tipo. La causa della morte era stata la perdita completa dell'energia vitale.

— Brutta cosa — disse Semen. — Mi ricordo che ai tempi della guerra civile mi spedirono a catturare un mutantropo-tigre. E quella canaglia lavorava nella Ceka, e non era nemmeno l'unico...

— Avete letto tutti i dati? — chiese il Capo.

— Posso fare una domanda? — Dal fondo della sala si alzò una mano esile. Quasi tutti sorrisero.

— Prego, Julja — rispose il Capo.

La più giovane collaboratrice della Guardia si alzò, ravviandosi i capelli con aria incerta. Era una ragazza carina, anche se effettivamente un po' infantile. Ma non era stata assunta nella sezione analitica senza motivi.

— Boris Ignatevic, se capisco bene è stata adottata un'azione magica di secondo grado. O di primo?

— Sì, è possibile che si sia trattato anche di un secondo grado — confermò il Capo.

— Vuol dire che può averlo fatto solo lei... — Julja tacque per un istante, confusa. — O Semen... o Ilja... o Garik. Giusto?

— Garik no — disse il Capo. — Ilja e Semen sì.

Semen borbottò qualcosa, come se l'osservazione non gli fosse piaciuta.

— È anche possibile che l'omicidio sia stato compiuto da qualcuno dei nostri che era a Mosca solo di passaggio — rifletté ad alta voce Julja. — Ma un mago di questa potenza non arriva in città senza che nessuno se ne accorga, sono tutti schedati dalla Guardia del Giorno. In conclusione dobbiamo controllare tre persone. E se tutte e tre hanno un alibi, non possono più pretendere niente da noi...

— Julja — il Capo scosse la testa — nessuno pensa di pretendere qualcosa da noi. Il fatto è che a Mosca è presente un mago della Luce non registrato e non riconosciuto nel Patto.

E questa è una faccenda seria...

— Allora... accidenti — disse Julja. — Mi scusi, Boris Ignatevic.

— Va tutto bene. — Il Capo annuì. — Così siamo arrivati al cuore della questione. Ragazzi, ci siamo lasciati sfuggire qualcosa di importante. Sembra proprio che non ci siamo accorti di niente. A Mosca si aggira un mago di grande potenza. Non capisce niente e ogni tanto ammazza qualcuno delle Forze delle Tenebre.

— Ogni tanto ne ammazza qualcuno? — chiese una voce.

— Sì. Ho consultato l'archivio. Episodi simili sono avvenuti tre anni fa – uno in primavera e uno in autunno – e due anni fa, in autunno. Tutte le volte mancava qualsiasi traccia di lesione fisica, ma c'erano delle lacerazioni sui vestiti. I Guardiani del Giorno hanno fatto indagini, ma non sono riusciti a scoprire niente. A quanto pare hanno attribuito quelle morti a fattori accidentali... Adesso qualcuno dovrà pagare.

— Qualcuno anche delle Forze della Luce?

— Anche.

Semen tossicchiò e disse a mezza voce: — È un po' strana la periodicità, Boris...

— Suppongo che ci siano altre circostanze di cui non siamo al corrente, ragazzi. Chiunque sia questo mago, ha sempre ucciso Altri di livello non molto elevato... che evidentemente avevano commesso qualche errore nel mascheramento. È molto probabile che accanto alle vittime ci fossero degli Altri non iniziati o sconosciuti alle Forze delle Tenebre. Per questo propongo...

Il Capo percorse con lo sguardo tutta la sala: — Sezione analitica... raccolta delle informazioni criminali, ricerca di casi analoghi. Tenete presente che possono anche essere catalogati non come omicidi, ma come morti in circostanze non chiarite. Controllate i risultati dell'autopsia, interrogate gli addetti dell'obitorio... pensate voi dove reperire altre informazioni. Gruppo scientifico... mandate due o tre dei vostri alla Guardia del Giorno, esaminate il cadavere. Dovete capire in che modo uccide le Forze delle Tenebre. Be', a proposito, chiamiamolo il Selvaggio. Gruppo operativo... pattugliamento rinforzato delle strade. Trovatelo, ragazzi.

— Ma noi siamo continuamente alla ricerca di qualcuno — borbottò Igor' insoddisfatto. — Boris Ignatevic, non avremmo potuto non notare un mago di questa forza! Assolutamente!

— Magari è un non iniziato — lo interruppe il Capo. — Le sue doti si manifestano solo periodicamente...

— In primavera e in autunno, come succede a tutti gli psicotici...

— Sì, Igor', hai perfettamente ragione. In primavera e in autunno. E adesso, subito dopo avere compiuto l'omicidio, deve avere ancora addosso qualche traccia di magia. Abbiamo una chance, piccola, ma ce l'abbiamo. Al lavoro.

— Boris, qual è lo scopo? — chiese Semen incuriosito.

Qualcuno aveva già cominciato ad alzarsi, ma adesso si fermarono tutti.

— Lo scopo è trovare il Selvaggio prima delle Forze delle Tenebre. Proteggerlo, istruirlo, portarlo dalla nostra parte. Come sempre.

— Capito. — Semen si alzò.

— Anton e Olga, vi chiedo di fermarvi — disse il Capo inaspettatamente, e si avvicinò alla finestra.

Gli altri, che già si avviavano all'uscita, mi guardarono con curiosità. Anche con una certa invidia. Una missione particolare è sempre qualcosa di interessante. Percorsi la sala con lo sguardo, vidi Olga, le sorrisi solo con le labbra. Lei ricambiò il sorriso.

Adesso non aveva più nulla della fanciulla nuda e sporca che nel cuore dell'inverno avevo rifocillato con una bottiglia di cognac nella mia cucina. L'eleganza della pettinatura, il colorito sano della pelle, la sicurezza dello sguardo... Quella veramente c'era anche prima. Adesso però c'era una sfumatura in più, di frivolezza, e di orgoglio.

Le avevano tolto la punizione, anche se solo parzialmente.

— Anton, non mi piace quello che sta succedendo — disse il Capo senza girarsi.

Olga si strinse nelle spalle e mi fece cenno un po' ironicamente di rispondere.

— Come, Boris Ignatevic?

— Non mi piace la protesta che ci hanno indirizzato i Guardiani del Giorno.

— Nemmeno a me.

— Non hai capito. Ho paura che anche gli altri... Olga, tu intuisci almeno qual è il problema?

— È molto strano che i Guardiani del Giorno nel corso di questi anni non siano stati in grado di rintracciare l'assassino.

— Sì. Ti ricordi Krakov?

— Purtroppo. Pensi che vogliano incastrarci?

— Non lo escluderei... — Boris Ignatevic si allontanò dalla finestra. — Anton, ti sembra ammissibile questa interpretazione dei fatti?

— Veramente mi sfugge qualcosa — mormorai io.

— Anton, supponiamo pure che in città si aggiri davvero questo Selvaggio, un assassino solitario. È un non iniziato. Periodicamente viene sopraffatto da un'esplosione di poteri... scopre qualcuno delle Tenebre e lo distrugge. Sono in grado di scoprirlo, i Guardiani del Giorno? Ahimè, sì, credetemi. A questo punto sorge la domanda: perché non l'hanno scoperto e identificato? In fondo ammazza gli agenti delle Tenebre!

— Solo figure di scarsa importanza — tentai io.

— Giusto. Sacrificare le pedine è una tradizione... — Il Capo si interruppe incrociando il mio sguardo. — Una tradizione della Guardia del Giorno.

— Di entrambe le Guardie — specificai vendicativo.

— Di entrambe le Guardie — ripeté il Capo in tono stanco. — Me l'hai ricordato... Proviamo a pensare a che cosa può portare questa combinazione. Una generica accusa di trascuratezza contro di noi? Sciocchezze. Dobbiamo controllare il comportamento degli agenti delle Tenebre e il rispetto del Patto da parte di tutte le Forze della Luce, e non cercare misteriosi maniaci... Qui c'è di mezzo la Guardia del Giorno...

— Vuoi dire che la vittima della macchinazione è un individuo in particolare?

— Bravo, Anton. Ti ricordi cosa ha detto Julja? Tra di noi sono pochi coloro che possono compiere azioni di questo tipo. È dimostrato. Poniamo che i Guardiani del Giorno vogliano accusare qualcuno di avere infranto il Patto. Cioè vogliano accusare un agente, perfettamente al corrente del Patto, di farsi da solo giudice e giustiziere.

— Ma è facile smentirli. Basta trovare il Selvaggio...

— E se le Forze delle Tenebre lo trovano prima? Non credo che daranno molta pubblicità alla cosa...

— Gli alibi?

— E se gli omicidi fossero avvenuti in momenti in cui i nostri sono privi di alibi?

— Finirebbero in Tribunale, con tanto di interrogatorio completo — dissi cupo. Naturalmente non c'è niente di bello nel rovesciamento della coscienza...

— Un mago potente, perché siamo certi che questi omicidi li ha commessi un mago potente, può nascondersi anche dal Tribunale. Non ingannarlo, ma nascondersi. Senza contare, Anton, che se si tratta di un tribunale di cui fanno parte le Forze delle Tenebre, nascondersi sarà necessario. Altrimenti i nostri nemici entreranno in possesso di troppe informazioni. Ma se un mago si sottrae all'istruttoria, automaticamente si riconosce colpevole. Con tutte le conseguenze del caso, sia per lui sia per la Guardia.

— Un brutto quadro, Boris Ignatevic — ammisi. — Molto brutto. Quasi come quello che mi ha descritto quest'inverno, in sogno. Un ragazzino-Altro di forza straordinaria, una voragine infernale che riempie di polvere tutta la città…

— Capisco. Ma non ti sto mentendo, Anton.

— Che cosa dovrei fare io? — gli chiesi direttamente. — Non è il mio profilo. Aiutare gli analisti? Faremo comunque tutto quello che può essere di qualche utilità.

— Anton, voglio che tu scopra chi dei nostri è il loro obiettivo. Chi ha un alibi per i casi di cui siamo a conoscenza e chi non lo ha.

Il Capo ficcò una mano in tasca e ne estrasse un DVD: — Tieni… è un dossier completo sugli ultimi tre anni. Su tutti e quattro, me compreso.

Inghiottii a vuoto, prendendo il dischetto.

— Ho tolto la password. Ma capisci da solo che nessuno lo deve vedere. Non sei autorizzato a copiare le informazioni. I calcoli e gli schemi cifrati…

— Mi servirebbe un aiutante — chiesi, non troppo sicuro. Gettai un'occhiata a Olga. Del resto non sarebbe stata un grande aiutante: la sua conoscenza del computer si limitava alle battaglie di Heretic, Hexen eccetera.

— I dati che riguardano me controllali personalmente — disse il Capo dopo un attimo di riflessione. — Per gli altri puoi farti aiutare da Tolja. Va bene?

— E allora io cosa devo fare? — chiese Olga.

— Tu farai la stessa cosa, ma attraverso domande personali. Interrogatori, se vogliamo essere proprio onesti. E comincerai da me. Poi passerai agli altri tre.

— Va bene, Boris.

— Mettiti al lavoro, Anton. — Il Capo mi fece un cenno di

incoraggiamento. — Comincia subito. Per tutte le altre cose, lascia fare alle tue ragazze. Se la caveranno.

— Possiamo intervenire sui dati? — chiesi. — Per esempio, se qualcuno non ha un alibi, trovarglielo?

Il Capo scosse la testa: — No. Non hai capito. Non voglio organizzare dei falsi. Voglio essere sicuro che nessuno dei nostri sia implicato in questi omicidi.

— Possibile?

— Sì. Perché a questo mondo non c'è nulla di impossibile. Anton, il bello del nostro lavoro sta proprio nel fatto che posso darti un ordine di questo tipo. E tu lo eseguirai. Senza guardare in faccia nessuno.

C'era qualcosa che mi turbava, ma annuii e mi avviai verso la porta, stringendo il prezioso dischetto. Soltanto all'ultimo momento la domanda si chiarì nella mia testa e, girandomi, chiesi: — Boris Ignatevic…

Il Capo e Olga si separarono istantaneamente.

— Boris Ignatevic, qui ci sono i dati di quattro persone?

— Sì.

— I suoi, quelli di Ilja, quelli di Semen…

— E i tuoi, Anton.

— Perché? — chiesi scioccamente.

— Durante la contrapposizione sul tetto sei passato nel secondo strato del Crepuscolo per tre minuti. Anton… si tratta del terzo livello di forza.

— Non è possibile — fu l'unica cosa che riuscii a dire.

— È quello che è successo.

— Boris Ignatevic, ma lei ha sempre detto che sono un mago di livello medio!

— Supponiamo che mi sia molto più utile un ottimo programmatore che un bravo operativo.

In un altro momento mi sarei sentito orgoglioso. Anche un po' offeso, ma tutto sommato orgoglioso. Avevo sempre pensato che il quarto livello di magia fosse il massimo a cui potevo aspirare e che non l'avrei comunque raggiunto tanto presto. Adesso però tutto era inghiottito da una sensazione di terrore, una sgradevole, tenace, disgustosa sensazione di terrore. Cinque anni di lavoro da impiegato, in una postazione tranquilla all'interno del quartier generale, mi avevano disabituato ad avere paura di tutto: delle autorità, dei banditi, delle malattie...

— È stata un'interferenza di secondo livello...

— In questo caso il confine è troppo sottile, Anton. È possibile che tu sia capace anche di cose più grandi.

— Ma di maghi di terzo livello tra noi ce ne sono almeno una decina. Perché io sono tra i sospettati?

— Perché tu personalmente hai ferito Zavulon. Hai schiacciato la coda al capo dei Guardiani del Giorno della città di Mosca. E lui è assolutamente capace di organizzare una trappola speciale per Anton Gorodeckij. O meglio, di adattargli una vecchia trappola che tenevano di riserva.

Inghiottii e uscii senza chiedere altro.

Anche il nostro laboratorio è al terzo piano, ma in un'ala diversa. Percorsi in fretta il corridoio, salutando i conoscenti con un cenno, senza fermarmi.

Il Capo aveva detto la verità?

Poteva essere un colpo destinato a me?

Probabilmente aveva detto la verità. Avevo posto una domanda diretta e avevo ricevuto una risposta diretta. Naturalmente con il passare del tempo anche i maghi della Luce sviluppano una certa dose di cinismo e imparano a usare vari equilibrismi verbali. Ma le conseguenze di una menzogna diretta sarebbero state troppo pesanti anche per Boris Ignatevic.

L'antiporta con il sistema di controllo elettronico. Sapevo che tutti i maghi considerano la tecnica con una certa ironia, e Semen una volta mi aveva dimostrato quanto era facile ingannare l'analizzatore vocale e lo scanner della retina. Però ero riuscito ugualmente a ottenere l'acquisto di quei costosi giocattolini. Forse non sarebbero riusciti a difenderci da un Altro. Ma io sono assolutamente convinto che prima o poi i ragazzi dei servizi o quelli della mafia si decideranno a farci una visita.

— Uno, due, tre, quattro, cinque... — borbottai nel microfono, fissando l'obiettivo della telecamera. Per qualche secondo l'elettronica mi valutò, poi sopra la porta si accese la lucina verde di via libera.

Nella prima stanza non trovai nessuno. Ronzavano i ventilatori del server, sbuffavano i condizionatori inseriti a muro, ma faceva lo stesso molto caldo. E la primavera era appena cominciata…

Non andai nel laboratorio dei sistemisti, ma raggiunsi subito il mio ufficio. Be', non solo mio. Anche Tolja, il mio vice, risiedeva là. E nel senso più letterale della parola, visto che spesso si fermava a dormire sul vecchio divano di pelle.

Era seduto al tavolo ed esaminava con aria meditabonda una vecchia scheda madre.

— Ciao — dissi, sedendomi sul divano. Il dischetto mi bruciava tra le dita.

— È morta — disse Tolja cupo.

— E buttala, allora.

— Adesso, provo solo… — Tolja si distingueva per l'estrema parsimoniosità, sviluppata in lunghi anni di lavoro negli istituti finanziari. Noi non avevamo problemi di finanziamenti, ma lui conservava accuratamente tutti i vecchi aggeggi ormai inutili. — Senti, ci sono stato mezz'ora, e lo stesso non ne vuole sapere…

— Ma è vecchia, perché continui a insistere? In ragioneria hanno macchine più nuove.

— La potevo dare a qualcuno. Magari ci ricavavo qualcosa…

— Tolja, abbiamo un lavoro urgente — gli dissi.

— Sì?

— Sì. Eccolo… — sollevai il dischetto. — Qui c'è un dossier… un dossier completo su quattro membri della Guardia. Compreso il Capo.

Tolja aprì il cassetto del suo tavolo, ci buttò la scheda madre e guardò il disco.

— Esatto. Io ne controllerò tre. E tu il quarto… che sono io.

— E che cosa bisogna controllare?

— Ecco. — Presi i fogli che ci avevano consegnato alla riunione. — È possibile che qualcuno dei sospettati abbia ucciso alcuni maghi delle Tenebre. Senza essere stato punito. Qui sono indicati tutti i casi di cui siamo al corrente. Dobbiamo escludere questa possibilità, o…

— Li uccidi davvero? — mi interruppe Tolja. — Scusa la malignità…

— No. Però tu non credermi. Mettiamoci al lavoro.

Le informazioni che mi riguardavano non provai nemmeno a guardarle. Trasferii tutti gli ottocento megabyte sul computer di Tolja e presi il disco.

— Se mi capita sotto gli occhi qualcosa di interessante te lo devo raccontare? — mi chiese Tolja.

Gli lanciai un'occhiata di sbieco, mentre lui dava una prima scorsa ai file di testo, tormentandosi l'orecchio sinistro e cliccando ritmicamente con il mouse.

— Come vuoi.

— D'accordo.

Cominciai dal dossier con il materiale sul Capo. All'inizio c'era un cappello di informazioni generali. A mano a mano che leggevo mi immergevo sempre più profondamente in un bagno di sudore.

Il vero nome e l'origine del Capo, naturalmente, non erano indicati nemmeno in quel fascicolo: per Altri di quel livello in genere non si documentano queste informazioni. Ma facevo lo stesso una scoperta a ogni secondo. A cominciare dal fatto che il Capo era più vecchio di quanto supponessi. Come minimo di centocinquant'anni. E questo significava che aveva preso parte personalmente alla stesura del Patto tra la Luce e le Tenebre. Era una cosa un po' strana, perché tutti i maghi superstiti di quell'epoca adesso occupavano cariche importanti alla direzione centrale, e non si stancavano in posti noiosi e pesanti come quello di direttore regionale.

Inoltre scoprii alcuni dei nomi con cui il Capo aveva partecipato alle varie fasi della storia delle Guardie, e dove era nato. Di questo qualche volta avevamo discusso, arrivando anche alle scommesse, e ciascuno di noi aveva trovato prove "inconfutabili". Ma chissà perché nessuno aveva mai immaginato che Boris Ignatevic venisse dal Tibet.

Immaginare poi di chi era stato istruttore sarebbe stata un'impresa superiore alle nostre più audaci fantasie!

Il Capo lavorava in Europa già dal XV secolo. Da segnali indiretti capii che la causa di quel brusco cambio di residenza era stata una donna. E intuii anche quale.

Mentre chiudevo la finestra delle informazioni generali, diedi un'occhiata a Tolja. Guardava un video-frammento, la mia biografia, che ovviamente non doveva risultare avvincente come quella del Capo. Osservai più attentamente la scenetta… e arrossii.

— Per il primo episodio hai un alibi di ferro — disse Tolja senza voltarsi.

— Senti un po'…

— Va bene. Non importa. Adesso lo faccio passare più veloce, così lo controllo tutto questa notte…

Mi immaginai come doveva risultare il film a velocità doppia, e mi girai. No, certo, avevo idea che la direzione controllasse i suoi collaboratori, soprattutto i più giovani, ma non così cinicamente!

— Non ce l'ho l'alibi di ferro — dissi. — Adesso mi vesto e me ne vado.

— Vedo — confermò Tolja.

— E non ci sono più per quasi mezz'ora. Quella volta… cercavo dello champagne… e intanto, all'aria aperta, mi sono un po' ripreso. E mi sono chiesto se valesse la pena tornare.

— Non ci pensare più — disse Tolja. — Meglio che ti dedichi alla vita intima del Capo.

Dopo una mezz'ora di lavoro mi resi conto che Tolja aveva ragione. Forse avevo davvero qualche motivo per offendermi per l'invadenza dei miei controllori. Ma certamente Boris Ignatevic non era stato trattato meglio di me.

— Il Capo ha un alibi — dissi. — Inattaccabile. Per due casi ci sono quattro testimoni. E per l'altro praticamente tutta la Guardia.

— La volta della caccia all'agente delle Tenebre impazzito?

— Sì.

— Tu non hai un alibi nemmeno per quella volta. Ti hanno chiamato solo verso mattina, e il cronometraggio è molto approssimativo. C'è una foto di quando entri in ufficio e basta.

— Perciò…

— Teoricamente potevi ammazzare chiunque. Senza problemi. E per di più, scusami, Anton, ma ogni omicidio coincide con un aumento del tuo livello di eccitazione. Come se non ti controllassi perfettamente.

— Non sono stato io.

— Ci credo. Cosa devo fare con questo file?

— Eliminalo.

Tolja ci pensò su per un po'.

— Non ho niente di prezioso qui. Farò una formattazione veloce. È da un bel po' che devo ripulire l'hard disk.

— Grazie. — Chiusi il dossier sul Capo. — Basta, con gli altri me la vedo da solo.

— Capito. — Tolja superò la comprensibile indignazione del computer, e quello cominciò ad autodigerirsi.

— Vai a dare un'occhiata alle bambine — gli suggerii. — Fai la faccia severa. Avranno già tirato fuori le carte, ci scommetto.

— Tanto per cambiare — convenne subito Tolja. — Quando ti liberi?

— Tra due ore.

— Allora passo.

Se ne andò a controllare le nostre "bambine", due giovani programmatrici che in generale seguivano l'attività ufficiale di base dei Guardiani. Io continuai il mio lavoro. Adesso era il turno di Semen.

Due ore e mezzo dopo mi allontanai dal computer, massaggiandomi la nuca con le mani aperte – mi si intorpidisce sempre, quando me ne sto lì inchiodato allo schermo – e accesi la macchina del caffè.

Né il Capo, né Ilja o Semen potevano occupare il ruolo del killer degli agenti delle Tenebre. Avevano tutti un alibi, e spesso assolutamente inattaccabile. Semen, per esempio, aveva avuto la buona idea di trascorrere tutta la notte di uno degli omicidi in trattative con la direzione della Guardia del Giorno. Ilja era in missione a Sachalin: da quelle parti era scoppiato un tale casino da richiedere un intervento della direzione centrale...

Ero io l'unico sospettabile.

Non che non mi fidassi di Tolja. Ma controllai lo stesso una seconda volta i dati che mi riguardavano. Tutto giusto: non avevo alibi.

Il caffè era cattivo, acido, evidentemente non cambiavano il filtro da un bel po'. Inghiottii quella brodaglia bollente controllando lo schermo, poi presi il cellulare e feci il numero del Capo.

— Dimmi, Anton.

Sapeva sempre chi lo chiamava.

— Boris Ignatevic, soltanto uno è senza alibi.

— E chi precisamente?

La sua voce era secca, ufficiale. Ma avevo lo stesso l'impressione che fosse seduto seminudo sul suo divano, con una coppa di champagne in una mano e la mano di Olga nell'altra, e che tenesse la cornetta con la spalla, o che magari il telefono levitasse a mezz'aria…

— Ehi, ehi… — mi richiamò all'ordine lui. — Veggente o guardone? Chi è il sospettato?

— Io.

— Chiaro.

— Lei lo sapeva già — dissi.

— Perché lo pensi?

— Non c'era nessun bisogno di coinvolgermi nel lavoro sui dossier. Se la sarebbe potuta benissimo cavare da solo. Voleva che mi rendessi conto del pericolo personalmente.

— Ammettiamolo pure. — Il Capo sospirò. — Che cosa farai, Anton?

— È meglio essere pronti alla guerra…

— Vieni nel mio ufficio. Tra… ehm… tra dieci minuti.

— Va bene. — Chiusi la telefonata.

Prima passai dalle bambine. Tolja era lì e lavoravano tutti con impegno.

In effetti la Guardia non aveva nessun bisogno di due programmatrici poco dotate. Il loro livello di accesso ai materiali segreti era basso, e dovevamo fare quasi tutto noi. Ma dove avremmo potuto sistemare due maghe molto molto deboli? Almeno avessero accettato di passare alla vita normale… No, a, volevano lavorare per la Guardia… E così erano finite da noi.

Di solito ammazzavano il tempo navigando e giocando; anche i solitari di tutti i tipi erano tornati di gran moda.

A una delle macchine libere c'era Tolja. Sulle sue ginocchia c'era Julja, che muoveva il mouse sul tappetino con grande concentrazione.

— È questa la famosa alfabetizzazione informatica? — chiesi, osservando i mostri che attraversavano fulminei lo schermo.

— Non c'è niente che sviluppi la capacità di utilizzare il mouse come i giochini elettronici — si giustificò Tolja.

— Be'... — Lasciai perdere, non trovando al momento una risposta adeguata.

Io i giochini li avevo abbandonati da tantissimo tempo. Come la maggioranza degli agenti della Guardia della Notte. Eliminare le forze del male dalla realtà virtuale è divertente finché non le incontri davvero. A meno di sopravvivere ancora per un altro secolo e farsi una bella scorta di cinismo, come Olga...

— Tolja, probabilmente oggi non rientro — dissi.

— Aha. — Annuì senza nessuna meraviglia. Non abbiamo grandi capacità di prevedere il futuro, ma questi particolari li avvertiamo subito.

— Galja, Lena, ciao — salutai le bambine.

Galja mormorò qualcosa di gentile, esibendo contemporaneamente una gran concentrazione nel lavoro. Lena mi chiese: — Posso uscire prima?

— Certo.

Non ci mentiamo tra noi. Se Lena chiede un permesso è perché ha davvero bisogno di uscire prima. Non mentiamo. Solo, qualche volta, facciamo i furbi e non raccontiamo proprio tutto...

Sul tavolo del Capo regnava un tremendo disordine. C'erano penne, matite, fogli di carta, bollettini stampati, cristalli magici offuscati ormai esauriti.

Il colmo della sconcezza, però, era un fornello a spirito acceso su cui, in un crogiolo, si scaldava una polverina bianca. Il Capo la mescolava con espressione assorta con la punta di una preziosa Parker, evidentemente in attesa di qualche effetto. La polverina però ignorava sia il calore sia il rimescolamento.

— Ecco. — Depositai il dischetto davanti al Capo.

— Che cosa facciamo? — mi chiese senza sollevare gli occhi. Non aveva la giacca, la camicia era spiegazzata e la cravatta di traverso.

Lanciai di nascosto un'occhiata al divano. Olga non c'era, ma sul pavimento c'erano una bottiglia vuota di champagne e due coppe.

— Non so. Non ho ucciso io gli agenti delle Tenebre... quegli agenti delle Tenebre. Lo sa anche lei.

— Lo so.

— Ma non posso dimostrarlo.

— Secondo i miei calcoli, abbiamo due-tre giorni — disse il Capo. — Poi la Guardia del Giorno presenterà un atto d'accusa contro di te.

— Organizzarmi un falso alibi non è difficile.

— E tu acconsentiresti? — mi chiese Boris Ignatevic incuriosito.

— No, naturalmente. Posso farle una domanda?

— Prego.

— Da dove vengono tutti questi dati? Le fotografie e le videoregistrazioni?

Il Capo rimase un istante in silenzio. — Me lo immaginavo. Eppure tu hai visto anche il mio dossier, Anton. Ti è sembrato meno disinvolto?

— No, è vero. È anche per questo che lo chiedo. Perché permette che si raccolga questo genere di informazioni?

— Io non posso vietarlo. Il controllo è gestito dall'Inquisizione.

La stupida domanda: "Ma esiste davvero l'Inquisizione?" riuscii a non formularla esplicitamente. Probabilmente, però, la mia faccia era abbastanza espressiva.

Il Capo mi guardò ancora per un attimo, forse aspettandosi altre domande, poi proseguì: — Allora, Anton. Da questo momento non devi più rimanere solo. Diciamo che puoi andare da solo in bagno, ma in tutti gli altri casi devi sempre avere accanto due o tre testimoni. Possiamo sperare che si verifichi un altro omicidio.

— Se davvero vogliono incastrarmi, non ci saranno più omicidi finché non resterò senza alibi.

— E prima o poi capiterà. — Il Capo sogghignò. — Non prendermi per un vecchio scemo.

Annuii un po' incerto, senza capire del tutto. — Olga...

Quasi subito una porta a metà parete, che mi era sempre sembrata quella di un armadio, si aprì ed entrò Olga, sorridente, aggiustandosi i capelli. I jeans e la camicia le stavano estremamente aderenti, come capita soltanto dopo una doccia calda. Dietro di lei riuscii a intravedere un bagno enorme, con una vasca idromassaggio e una immensa finestra panoramica probabilmente trasparente solo dall'interno.

— Olga, ce la farai? — le chiese il Capo. Si riferiva a qualcosa di cui avevano già parlato.

— Da sola? No.

— Intendevo quell'altra cosa.

— Certo che ce la farò.

— Mettetevi schiena contro schiena — ordinò il Capo.

Non avevo voglia di discutere. Anche se avevo avuto un tuffo al cuore: capivo che stava per accadere qualcosa di molto serio.

— E lasciatevi andare tutti e due — continuò Boris Ignatevic.

Chiusi gli occhi, mi rilassai. La schiena di Olga era calda e umida anche attraverso la camicia. Che strana sensazione: toccare una donna che ha appena fatto l'amore... ma non con te.

No, non ero innamorato di lei. Forse perché mi ricordavo il suo aspetto non umano, forse perché eravamo subito passati al tipo di rapporti che ci sono tra compagni di lavoro. Forse anche per tutti gli anni che separavano le nostre date di nascita: che cosa significa un corpo giovane, quando negli occhi dell'altro vedi la polvere dei secoli? Eravamo rimasti amici, niente di più.

Ma stare così vicino a una donna il cui corpo ricorda ancora le carezze di un altro uomo è comunque una strana sensazione...

— Cominciamo... — disse il Capo, forse un po' troppo bruscamente. Poi pronunciò qualche parola di cui non riuscii a capire il significato, in una lingua che era risuonata sul nostro mondo molti millenni prima.

Mi sommerse un'ondata di gioia così pura e folle, e assolutamente ingiustificata, che il mondo circostante si offuscò. Sarei caduto, ma la forza che fluiva dalle mani alzate del Capo sorreggeva Olga e me con fili invisibili, ci costringeva a piegarci, a stringerci l'uno all'altra.

Poi i fili si ingarbugliarono.

— Mi devi scusare, Anton — disse Boris Ignatevic. — Ma non c'era tempo per incertezze e spiegazioni.

Io rimasi in silenzio. Un silenzio sordo, ottuso mentre, seduto sul pavimento, guardavo le mie mani con le dita sottili ornate da due anelli d'argento, le mie gambe, lunghe ed eleganti, ancora umide per il bagno recente e fasciate da un paio di jeans decisamente aderenti, e le scarpe da corsa bianche e blu, sui piedi aggraziati.

— È solo per poco — disse il Capo.

— Che... — Volevo imprecare. Mi riscossi, cercai di rimettermi in piedi, ma mi zittii immediatamente dopo aver sentito il suono della mia voce. Una tenera voce femminile, un po' di petto.

— Anton, stai tranquillo. — Il giovane uomo al mio fianco mi tese la mano e mi aiutò ad alzarmi.

E per fortuna, perché altrimenti sarei sicuramente caduto. Il baricentro era completamente diverso. Era diventato anche più basso, e vedevo il mondo da un'angolatura completamente differente...

— Olga? — domandai, fissando la mia vecchia faccia. La mia compagna, e adesso anche inquilina del mio corpo, annuì. Guardando confuso il suo... il mio viso, notai che quella mattina non mi ero rasato molto bene. E che sulla fronte mi stava maturando un piccolo brufolo rosso, degno di un adolescente in piena età dello sviluppo.

— Anton, stai tranquillo, anch'io cambio sesso per la prima volta.

Non so perché, ma le credetti. Nonostante la sua età, era abbastanza probabile che Olga non si fosse mai trovata in una situazione così spinosa.

— Ti sei ambientato? — mi chiese il Capo.

Mi guardai ancora una volta, un po' osservandomi le mani, un po' studiando il mio riflesso nei vetri degli scaffali.

— Andiamo. — Olga mi prese per mano. — Boris, un attimo… — I suoi movimenti erano incerti quanto i miei, forse addirittura di più. — Luce e Tenebre, ma come camminate voi maschietti? — esclamò improvvisamente.

Allora mi misi a ridere. Io, l'obiettivo della provocazione della Guardia del Giorno, ero stato messo al riparo nel corpo di una donna! E per l'esattezza nel corpo dell'amante del Capo, vecchio quanto la cattedrale di Notre Dame di Parigi!

Olga mi spinse letteralmente nel bagno – notai con un piacere istintivo la mia forza – e mi fece chinare sulla vasca. Poi mi indirizzò in faccia il getto dell'acqua fredda della doccia, già premurosamente preparata per quell'evenienza.

Sbuffando mi divincolai dalla sua stretta. Riuscii a malapena a soffocare l'impulso di assestarle un bello schiaffo… o l'avrei assestato a me stesso? A quanto pare i processi motori di quel corpo non mio cominciavano a rimettersi in moto.

— Non è una crisi isterica — dissi irritato. — È che è tutto così ridicolo.

— Davvero? — Olga mi guardava, aggrottando la fronte. Possibile che quello fosse il mio sguardo, quando volevo assumere un'espressione di benevolenza mista a dubbio?

— Assolutamente.

— Allora datti un'occhiata.

Mi avvicinai allo specchio, grande e sontuoso come tutte le suppellettili di quella stanza da bagno segreta, e fissai la mia immagine.

Il risultato fu strano. Osservando il mio nuovo aspetto, mi calmai completamente. Probabilmente se mi fossi ritrovato in un corpo altrui maschile, lo shock sarebbe stato maggiore. Ma così… niente di speciale, a parte la sensazione di essere mascherato.

— Non state agendo su di me? — le chiesi. — Tu o il Capo?

— No.

— Vuol dire che ho nervi molto saldi.

— E hai anche il rossetto sbavato — notò Olga ridacchiando. — Sei capace di truccarti le labbra?

— Ma sei impazzita? No di certo!

— Ti insegnerò io. Non ci vuole molto. Sei stato fortunato, Anton.

— Perché?

— Se tutto questo fosse successo tra qualche giorno, avresti dovuto imparare anche a usare gli assorbenti.

— Come tutti gli uomini che guardano la televisione, so perfettamente come si usano.

Capitolo 2

Uscii dall'ufficio di Boris Ignatevic e mi fermai per un attimo, lottando contro la tentazione di tornare indietro.

Potevo rifiutare in qualsiasi momento il piano organizzato dal Capo. Bastava che mi girassi, pronunciassi qualche parola, e Olga e io ci saremmo ritrovati nei nostri veri corpi. Ma nell'ultima mezz'ora di colloquio il Capo mi aveva dato motivi sufficienti per ritenere che lo scambio dei corpi fosse l'unica risposta efficace alla provocazione degli agenti delle Tenebre.

In fondo non è ragionevole rifiutare una cura risolutiva solo perché le punture fanno male.

In borsetta avevo le chiavi dell'appartamento di Olga. Insieme a soldi e carta di credito – in un borsellino – trucchi, un fazzoletto, un assorbente (perché, poi, se non mi doveva servire?), una confezione già aperta di mentine, un pettine, qualche moneta, uno specchietto, un minuscolo cellulare...

Le tasche vuote dei jeans, invece, mi trasmettevano un'inconscia sensazione di perdita. Le esplorai per un secondo, sperando di trovarci almeno una monetina dimenticata, ma finii con il convincermi che, come la maggioranza delle donne, Olga teneva tutto nella borsetta.

Non che le tasche vuote fossero il mio problema principale, quel giorno. Ma era comunque un particolare irritante. Trasferii qualche banconota dalla borsetta alla tasca e mi sentii più sicuro.

Peccato soltanto che Olga non usasse il walkman...

— Ciao. — Era arrivato Garik. — È libero il Capo?

— È... con Anton... — risposi.

— Va tutto bene, Olga? — Garik mi guardò attentamente.

Non so che cosa avesse notato: un'intonazione diversa, i movimenti incerti, una nuova aura. Ma se perfino un operativo, con cui né io né Olga avevamo particolari rapporti, avvertiva il cambiamento... non valevo un fico secco.

Nel frattempo Garik mi aveva rivolto un sorriso timido, incerto, che mi colse di sorpresa: non mi ero mai accorto che cercasse di flirtare con le ragazze della Guardia della Notte. Faceva fatica perfino a fare conoscenza con le ragazze del genere umano, e nel complesso negli affari di cuore era decisamente sfortunato.

— Niente di grave. Abbiamo avuto una piccola discussione. — Mi voltai e, senza salutarlo, mi avviai verso le scale.

Era la versione per la Guardia del Giorno nel caso poco verosimile che tra di noi ci fosse un loro agente. A quanto ne sapevo, di casi simili ce n'erano stati uno o due in tutta la storia dei Guardiani, ma non si sa mai... meglio che tutti credessero che Boris Ignatevic aveva litigato con la sua vecchia amica.

In effetti c'era anche il pretesto, e tutt'altro che insignificante. La reclusione secolare nell'ufficio del Capo, l'impossibilità di assumere sembianze umane, poi la riabilitazione parziale ma con la perdita della maggioranza dei poteri magici. Motivi più che sufficienti per giustificare una bella arrabbiatura... Così almeno mi ero liberato dalla necessità di impersonare la ragazza del Capo, che sarebbe stato decisamente eccessivo.

Immerso in questi pensieri, raggiunsi il secondo piano. Bisognava riconoscere che Olga aveva cercato in tutti i modi di facilitarmi la vita. Quel giorno si era messa i jeans, e non il solito tailleur, o un vestito, e in più aveva scelto un paio di scarpe per correre, e non quelle con il tacco alto. Perfino il leggero profumo che mi aleggiava intorno non era troppo stordente.

Viva la moda unisex... e pensare che non l'avevo mai apprezzata...

Sapevo cosa dovevo fare adesso, come dovevo comportarmi. Ma era lo stesso molto difficile. Non dovevo avviarmi verso l'uscita, ma imboccare un corridoio laterale, seminascosto e tranquillo.

E poi sprofondare nel passato.

Dicono che gli ospedali abbiano un loro inconfondibile odore. Certamente. E non è strano, sarebbe più strano se non esistesse un odore speciale per quel miscuglio di disinfettanti e di ferite, di autoclavi e di dolore, di biancheria statale e di cibo insipido. Ma da dove proviene, ditemelo, vi prego, da dove proviene l'odore caratteristico delle scuole e dei licei?

Nella sede della Guardia si studiano solo alcune materie. Ci sono argomenti che è più comodo insegnare all'obitorio, di notte: abbiamo i nostri uomini sul posto. Altri che si imparano sul territorio. Altri ancora che vengono presentati all'estero, nel corso di viaggi turistici finanziati dalla Guardia. Quando sono stato istruito io, mi hanno portato a Haiti, in Angola, negli USA e a Cuba.

Ciò nonostante, certi argomenti si possono trattare solo sul territorio della Guardia, un edificio coperto di magia e di incantesimi protettivi dalle fondamenta fino all'ultima tegola del tetto. Trent'anni prima, quando la Guardia si era trasferita in quella sede, avevano organizzato tre aule, della capienza di una quindicina di persone ciascuna. Non ho ancora capito cosa ci fosse alla base di tanta grandiosità, se un eccesso di ottimismo o una sovrabbondanza di spazi. Perfino ai miei tempi, ed era un anno molto fortunato, utilizzavamo una sola aula, e anche quella rimaneva mezzo vuota.

Adesso la Guardia istruiva quattro Altri. E solo riguardo a Svetlana avevamo la sicurezza che sarebbe entrata nelle nostre fila e non avrebbe scelto la normale vita degli umani.

Qui era tutto vuoto, vuoto e silenzioso.

Camminavo lentamente per il corridoio, ammirando le aule deserte, che perfino la più ricca e attrezzata delle università avrebbe guardato con invidia. In ogni aula c'era un enorme proiettore, su ogni tavolo un notebook, e gli scaffali traboccavano di libri...

E se quei libri li avesse visti uno storico, un vero storico, e non uno che ci speculava sopra...

Ma non li avrebbe mai visti.

In alcuni di essi c'era troppa verità. In altri troppo poca menzogna. Non era il caso che gli uomini li leggessero, soprattutto per la loro stessa tranquillità. Meglio che continuassero a vivere con la storia a cui erano abituati.

In fondo al corridoio era appeso un grande specchio, che occupava tutta la parete. Mi diedi un'occhiata di sbieco: lungo il corridoio avanzava ancheggiando una donna giovane e bella.

Inciampai, rischiando di finire lungo e disteso sul pavimento: anche se aveva fatto tutto il possibile per semplificarmi le cose, Olga non aveva potuto cambiare il centro di gravità del suo corpo. Finché riuscivo a dimenticarmi del mio nuovo aspetto, tutto procedeva più o meno normalmente, perché funzionavano gli automatismi motori. Ma bastava che mi vedessi per un istante dall'esterno che cominciavano i guai. Perfino il respiro era diverso, come se l'aria penetrasse nei polmoni in un altro modo.

Mi avvicinai alla porta a vetri dell'ultima aula e cautamente sbirciai all'interno.

La lezione si stava concludendo proprio in quel momento.

Quel giorno avevano studiato la magia quotidiana, lo capivo scorgendo, allo stand di dimostrazione, Polina Vasil'evna. Era uno dei membri più vecchi della Guardia, dal punto di vista esteriore, dico, non come età reale. Era stata scoperta e iniziata quando aveva già sessantatré anni. Chi avrebbe potuto immaginare che quella vecchietta, che nei difficili anni del dopoguerra sbarcava il lunario leggendo le carte, avesse davvero dei poteri? E per di più tutt'altro che trascurabili, anche se male utilizzati.

— E adesso, se dovrete rimettere a posto i vestiti in tutta fretta — diceva Polina Vasil'evna in tono edificante — potrete farlo in pochi minuti. Ma non dimenticatevi di controllare prima quanta forza vi resta, altrimenti vi ritroverete in una confusione ancora peggiore.

— E quando l'orologio batterà la mezzanotte, la carrozza si trasformerà in una zucca — aggiunse a voce alta un giovanotto seduto accanto a Svetlana.

Non lo conoscevo, era il secondo o il terzo giorno che frequentava la scuola, ma non mi piaceva.

— Esattamente! — concluse entusiasta Polina, abituata a trovare più o meno in ogni gruppo uno spiritosone del genere. —

Le fiabe non mentono meno della statistica! Però ogni tanto ci si può trovare anche una goccia di verità.

Prese dal tavolo uno smoking perfettamente stirato, molto elegante, anche se un po' fuori moda. Del tipo di quello con cui ha fatto il suo ingresso nel mondo James Bond.

— Quando si trasformerà di nuovo in uno straccio? — chiese Svetlana in tono pratico.

— Tra due ore — le rispose Polina altrettanto spiccia. Appese lo smoking a una gruccia e tornò allo stand. — Non mi sono sforzata troppo.

— E per quanto tempo può farlo restare in perfetta forma, al massimo?

— All'incirca per ventiquattr'ore.

Svetlana annuì e improvvisamente guardò dalla mia parte. Mi aveva sentito. Sorridendo mi salutò con la mano. A quel punto mi notarono tutti.

— Prego, signora. — Polina chinò la testa. — È un grande onore per noi.

Sì, sapeva di Olga qualcosa che io ignoravo. Tutti conoscevamo di lei solo una parte; soltanto il Capo, probabilmente, sapeva tutto.

Entrai, cercando disperatamente di attenuare l'eleganza della camminata. Inutilmente. Il giovanotto che sedeva accanto a Svetlana, un altro ragazzino sui quindici anni che già da sei mesi scaldava il banco del primo corso di magia, un coreano alto e robusto che poteva avere trenta come quarant'anni, tutti si girarono a guardarmi.

Con identico interesse. L'atmosfera di mistero che avvolgeva Olga, le voci e i bisbigli, e il fatto che fosse dalla notte dei tempi l'amante del Capo provocavano nella parte maschile della Guardia un effetto particolare.

— Buongiorno — dissi. — Non sono importuna?

Concentrato com'ero sull'uso giusto del genere, non avevo controllato il tono. Il risultato era che quella banalissima domanda aveva assunto un suono tra il languido e l'enigmatico, e sembrava rivolta personalmente a ciascuno dei presenti. Il ragazzino brufoloso mi trafisse con lo sguardo, il giovanotto inghiottì, soltanto il coreano mantenne una parvenza di sangue freddo.

— Olga, vuole annunciare qualcosa agli studenti? — mi chiese Polina.

— Devo parlare con Sveta.

— Potete andare — dichiarò la vecchia maga. — Olga, qualche volta passerà a trovarci durante le lezioni? I miei insegnamenti non possono certo sostituire la sua esperienza.

— Sicuramente — promisi. — Tra tre giorni.

Certo, Olga avrebbe dovuto rispondere delle mie promesse. D'altra parte io stavo pagando le conseguenze del suo sex-appeal!

Mi avviai all'uscita insieme a Svetlana. Tre paia di occhi mi seguirono, incollati avidamente alla mia schiena, o meglio... non proprio alla schiena.

Sapevo che tra Olga e Svetlana i rapporti erano molto amichevoli. Da quella notte in cui io e Olga le avevamo spiegato la verità sul mondo, sugli Altri, sulle Forze della Luce e le Forze delle Tenebre, sui Guardiani, sul Crepuscolo; da quell'alba in cui, tenendo le nostre mani, aveva oltrepassato la porta chiusa della sede del quartier generale operativo della Guardia della Notte. Da allora tra me e Svetlana c'era il legame di un filo mistico, i nostri destini erano intrecciati. Ma sapevo, e lo sapevo fin troppo bene, che non sarebbe durato a lungo. Svetlana sarebbe andata molto più lontano di quanto avrei mai potuto fare io, fossi anche diventato mago di primo livello. Era il destino a unirci, e a unirci strettamente. Ma era un legame a tempo determinato. Invece Olga e Svetlana erano semplicemente amiche, per quanto mi sia sempre dichiarato scettico sulla possibilità dell'amicizia femminile. Non era stato il fato ad avvicinarle. Loro erano libere.

— Olga, io devo aspettare Anton. — Svetlana mi aveva preso per mano. Non era il gesto di una sorella minore che si stringe alla maggiore in cerca di sostegno e di autoaffermazione. Era il gesto che può esserci tra due persone alla pari. E se Olga permetteva a Svetlana di comportarsi alla pari, voleva dire che quella ragazza aveva davvero un grande futuro davanti.

— Non è il caso — dissi. — Sveta, non è il caso.

Di nuovo avvertii qualcosa di strano nella costruzione della frase o forse nel tono con cui l'avevo pronunciata. Adesso Svetlana mi fissava sconcertata, e il suo sguardo era assolutamente identico a quello di Garik.

— Ti spiegherò tutto — le dissi. — Ma non adesso e non qui. A casa tua.

Il suo appartamento era stato protetto come si deve, la Guardia aveva decisamente fatto le cose in grande per la nuova collaboratrice. Il Capo non si era nemmeno messo a discutere se fosse o meno il caso che parlassi con Svetlana, aveva insistito solo su un punto: che la conversazione avvenisse a casa sua.

— Va bene. — Lo stupore, però, non scomparve dagli occhi della ragazza. — Sei sicura che non sia il caso di aspettarlo?

— Assolutamente — dissi, senza nemmeno un'ombra di menzogna. — Prendiamo una macchina?

— Sei venuta a piedi oggi?

Idiota!

Mi ero completamente dimenticato che Olga preferiva a qualsiasi altro mezzo di trasporto la macchina sportiva che le aveva regalato il Capo.

— No, appunto, ti dicevo... andiamo alla macchina? — mi corressi, consapevole che stavo facendo la figura dello stupido. Anzi, della stupida.

Svetlana annuì. Lo sconcerto nei suoi occhi cresceva sempre più.

Per fortuna sapevo guidare. Non ero mai stato attratto dal discutibile piacere di possedere una macchina in una megalopoli dotata di strade così terribili.

Il nostro corso di studi era molto vario. Alcune materie ce le insegnavano nel modo normale, altre ce le fissavano nella coscienza con la magia. A guidare la macchina avevo imparato come imparano gli uomini, ma se il caso mi avesse scaraventato nella cabina di un elicottero o di un aereo, sarebbero entrati in azione automatismi di cui, in condizioni normali, non ero consapevole. Per lo meno, in teoria sarebbero dovuti entrare in azione.

Trovai le chiavi della macchina in borsetta. L'auto, di un

bell'arancione fiammante, ci aspettava nel parcheggio davanti alla nostra sede, sotto l'occhio vigile della sorveglianza. Le portiere erano chiuse, il che era abbastanza ridicolo considerando che la macchina era scoperta.

— Guidi tu? — mi chiese Svetlana.

Assentii in silenzio. Mi sedetti al volante e avviai il motore. Olga, a quanto mi ricordavo, partiva a razzo, ma io non ero in grado di imitarla.

— Olga, hai qualcosa di strano oggi. — Alla fine Svetlana si era decisa a dar voce ai suoi pensieri. Annuii, imboccando il Leningradskij Prospekt.

— Sveta, parleremo di tutto quando arriviamo a casa tua.

Non aprì più bocca.

Non sono un grande pilota. Viaggiammo a lungo, molto più a lungo di quanto sarebbe stato necessario. Svetlana però non mi chiese più nulla, sedeva abbandonata, guardando diritto davanti a sé. Probabilmente meditava, o cercava di vedere attraverso la penombra. Negli ingorghi capitò più di una volta che qualcuno, dalle macchine vicine, cercasse di attaccare discorso. Era sempre qualcuno a bordo di un'auto molto costosa, come se il nostro aspetto, e la nostra macchina, creassero una barriera invisibile che non tutti si azzardavano a superare. Abbassavano il finestrino, sporgevano la testa sempre dai capelli molto corti... qualche volta spuntava anche una mano con il telefonino, immancabile attributo. All'inizio li trovavo semplicemente fastidiosi. Poi ridicoli. Alla fine smisi di reagire a qualsiasi provocazione, esattamente come faceva Svetlana.

Mi sarebbe piaciuto sapere se Olga trovava divertenti quei tentativi di abbordaggio.

Probabilmente sì. Dopo aver trascorso interi decenni in un corpo non umano ed essere stata reclusa in una vetrina!

— Olga, perché mi hai portato via? Perché non hai voluto aspettare Anton?

Mi strinsi nelle spalle. La tentazione di dirle: "Perché è qui, di fianco a te" era grande. Le possibilità che qualcuno ci stesse seguendo erano piuttosto scarse. Anche la macchina era coperta da incantesimi protettivi, che in parte percepivo e in parte superavano le mie possibilità.

Ma mi trattenni.

Svetlana non aveva ancora frequentato il corso di sicurezza delle informazioni, che cominciava solo dopo i primi tre mesi di addestramento. Secondo me varrebbe la pena di introdurlo prima, ma per ognuno degli Altri viene elaborato un programma personalizzato, e questo richiede un certo tempo.

Una volta superato l'addestramento, Svetlana avrebbe imparato sia a parlare sia a stare zitta. Quello era contemporaneamente il corso più facile e il più duro. Durante quel periodo cominciano semplicemente a darti delle informazioni, meticolosamente dosate e con una ben precisa consequenzialità. Una parte di queste informazioni è vera, una parte è falsa.

Qualcosa ti viene comunicato apertamente, con grande disinvoltura, qualcosa con la clausola del più assoluto segreto, qualcos'altro ancora lo scopri "per caso", lo senti di sfuggita, lo sbirci di nascosto.

E tutto, tutto ciò che vieni a sapere fermenta dentro di te, evocando dolore e paura, e lotta per venire alla superficie, lacerandoti il cuore, ed esige una reazione, rapida e immediata. A lezione ti racconteranno ogni genere di sciocchezze, in generale del tutto inutili per la vita di un Altro. Perché la prova fondamentale, l'addestramento decisivo, avviene nella tua anima.

In realtà sono pochi quelli che non ce la fanno. Anche perché si tratta di un addestramento, e non di un esame. E a ciascuno viene proposto solo il grado di difficoltà che può affrontare, impegnando al massimo tutte le sue forze e lasciando brandelli di pelle e schizzi di sangue sull'ostacolo da superare, sempre coperto di filo spinato.

Ma quando questo corso lo frequentano quelli che ti sono davvero cari, o anche solo che ti stanno simpatici, inizi a tormentarti e a lacerarti nei dubbi. Magari cogli uno sguardo strano del tuo amico, e cominci a chiederti che cosa ha scoperto, quali verità o quali menzogne gli stanno somministrando. E che cosa sta scoprendo su di sé, sul mondo che lo circonda, sui suoi genitori, sui suoi amici. E ti prende un desiderio strano, doloroso.

Il desiderio di aiutarlo. Di spiegare, di accennare, di suggerire.

Anche se nessuno che abbia frequentato quel corso penserà mai di realizzare quel desiderio. Perché lì si impara proprio che cosa e quando si può e si deve dire, superando quel dolore.

In generale si può e si deve dire tutto. Bisogna solo scegliere bene il momento, perché altrimenti la verità può essere peggio di una bugia.

— Olga?

— Capirai — dissi. — Devi solo aspettare.

Scrutando nella penombra lanciai la macchina avanti, insinuandomi tra un goffo fuoristrada e un ingombrante autocarro militare. Lo specchietto si piegò con un forte schiocco urtando la fiancata dell'autocarro. Superai il primo incrocio, e curvando con uno stridio di pneumatici, imboccai a tutta velocità il viale Entuziasty.

— Mi ama? — mi chiese all'improvviso Svetlana. — Sì o no? Tu probabilmente lo sai...

Sussultai, la macchina scartò di lato, ma Svetlana non ci fece caso. Non era la prima volta che rivolgeva a Olga quella domanda, lo sentivo. Doveva esserci già stato un discorso tra loro due a questo proposito, un discorso pesante e ancora aperto.

— O ama te?

Basta. Adesso non potevo continuare a stare zitto.

— Anton ha un ottimo rapporto con Olga. — Parlavo in terza persona sia di me sia della proprietaria del mio attuale corpo! Lo facevo apposta, ma suonava come l'espressione di una cortesia fredda e distaccata. — Ma è un'amicizia tra compagni di battaglia. Niente di più.

Se adesso avesse chiesto a Olga cosa pensava lei di me, sarebbe stato molto più difficile cavarsela senza mentire.

Ma Svetlana rimase in silenzio. E dopo un minuto mi sfiorò brevemente la mano, come se volesse chiedermi scusa.

Allora fui io a non riuscire a trattenermi: — Perché me lo hai domandato?

Svetlana rispose subito, senza esitazioni. — Non capisco. Anton si comporta in modo molto strano. Talvolta sembra pazzo di me. E subito dopo mi tratta come tratterebbe uno qualsiasi dei tanti Altri che conosce. Un compagno di battaglie, e basta.

— Un nodo del destino — le spiegai asciutto.

— Cosa?

— Non ci siete ancora arrivati, Sveta.

— E allora spiegamelo!

— Cerca di capire. — Guidavo sempre più veloce. Evidentemente si erano inseriti i riflessi motori del corpo di Olga. — Cerca di capire, la prima volta che è venuto a casa tua…

— So che ero stata suggestionata. Me l'ha detto — mi interruppe Svetlana.

— Non si tratta di questo. La suggestione era stata eliminata quando ti hanno raccontato la verità. Ma quando imparerai a vedere il destino, e tu imparerai sicuramente, e anche molto meglio di me, allora capirai.

— Ci hanno detto che il destino è mutevole.

— Il destino prevede molte varianti. Venendo da te, Anton sapeva che, in caso di successo, si sarebbe innamorato di te.

Svetlana non rispose. Mi sembrava che le si fossero un po' arrossate le guance, ma forse era per il vento che entrava dal tettuccio abbassato.

— E con questo?

— Sai che cosa significa? Essere condannati ad amare?

— Ma non è forse sempre così? — Svetlana adesso tremava addirittura per l'indignazione. — Quando le persone si amano, quando si trovano tra mille, tra milioni di altri individui, non è sempre il destino?

In quel momento tornai a percepire in lei la ragazza infinitamente ingenua che già cominciava a svanire, la ragazza che era capace di provare perfino l'odio soltanto per se stessa.

— No. Sveta, non hai mai sentito la metafora "l'amore è come un fiore"?

— Sì.

— Un fiore si può coltivare, Sveta. O lo si può comperare. Oppure magari te lo regalano.

— E Anton l'ha comperato?

— No — dissi, forse un po' troppo bruscamente. — L'ha ricevuto in dono, dal destino.

— E allora? Se è comunque amore?

— Sveta, i fiori recisi sono bellissimi. Ma non vivono a lungo. Muoiono in fretta, anzi, anche se li metti con la massima cura in un vaso di cristallo pieno di acqua fresca.

— Ha paura di amarmi — disse Svetlana pensierosa. — È così? Io non avevo paura perché non sapevo questa cosa.

Mi avvicinai alla casa, procedendo con cautela tra le macchine parcheggiate. Soprattutto Ziguli e Moskvic. Non era un quartiere molto prestigioso.

— Perché ti ho detto queste cose? — mi chiese Svetlana. — Perché ho cercato di strapparti una risposta? E come fai tu a sapere le risposte, Olga? È solo perché hai quattrocentoquarantatré anni?

Sentendo quella cifra sussultai. Un'esperienza di vita decisamente ricca. Ricchissima.

Tra un anno Olga avrebbe festeggiato un compleanno molto originale.

Speravo che il mio corpo potesse giungere in una forma così strepitosa almeno a un quarto di quell'età.

— Andiamo.

Lasciai la macchina senza sorveglianza. Nessun essere umano avrebbe comunque neppure pensato di rubarla; gli incantesimi protettivi erano più sicuri di qualsiasi antifurto. Salimmo le scale ed entrammo nell'appartamento in silenzio, rapidamente.

Lì adesso c'era qualcosa di diverso. Dal lavoro Svetlana si era licenziata, ma il suo stipendio attuale, unito all'indennità che viene conferita al momento dell'iniziazione, erano ben più alti delle modeste entrate di un medico. Il televisore era nuovo, anche se non capivo quando trovava il tempo di guardarlo. Un televisore lussuoso, con uno schermo grandissimo, quasi troppo grande per il suo appartamento. Era divertente notare la passione per la bella vita che si risvegliava all'improvviso; all'inizio capitava a tutti, probabilmente per una reazione di difesa. Quando il mondo intorno a te crolla, quando le paure e i timori che ti hanno sempre accompagnato svaniscono e al loro posto ne compaiono altri, ancora più incomprensibili e confusi, cominci a realizzare i sogni della tua vita precedente che solo pochi giorni prima ti sembravano impossibili. C'è chi si tuffa nei ristoranti più cari, chi compra auto di lusso, chi comincia a vestirsi solo griffato. È una fase abbastanza breve, non tanto perché nella Guardia non si diventa miliardari, quanto perché quei desideri che ancora ieri accarezzavi con tanta passione cominciano a impallidire, a svanire nel passato. Per sempre.

— Olga? — Svetlana mi guardava negli occhi.

Feci un respiro profondo per raccogliere le forze. — Non sono Olga.

Silenzio.

— Non ero autorizzato a dirtelo prima. Solo qui. Il tuo appartamento è protetto dalle intrusioni delle Forze delle Tenebre.

— Autorizzato? — Aveva afferrato subito il punto.

— Non ero autorizzato — ripetei. — Questo è solo il corpo di Olga.

— Anton?

Annuii.

Come mi sentivo assurdo in quel momento!

Per fortuna Svetlana era già abituata alle assurdità.

Mi credette subito.

— Mascalzone!

Lo disse con un'intonazione che sembrava più pertinente all'aristocratica Olga. E anche lo schiaffo che mi arrivò immediatamente dopo aveva lo stesso stile.

Non mi fece male, però mi sentii offeso.

— Perché? — le chiesi.

— Perché hai ascoltato i discorsi altrui! — sparò Svetlana furibonda.

La formulazione era affrettata, però la capii. Nel frattempo aveva sollevato l'altra mano, ma io, contro l'insegnamento cristiano, avevo deciso di non porgere l'altra guancia.

— Sveta, ho promesso di custodirlo, questo corpo!

— Ma io no!

Svetlana respirava profondamente, si mordeva le labbra, gli occhi le scintillavano. Non l'avevo mai vista in uno stato simile e non sospettavo neppure che potesse raggiungere un simile grado di furore. Ma cos'era ad averla fatta tanto infuriare?

— Allora hai paura di amare i fiori recisi? — Cominciò a camminare lentamente verso di me. — È così, sì?

Adesso lo avevo capito. Anche se un po' in ritardo.

— Vattene! Vattene subito!

A furia di indietreggiare mi ritrovai con la schiena contro la porta. Ma a quel punto potevo fermarmi, visto che anche Svetlana si era fermata. Scrollò la testa e gridò: — Rimani pure in quel corpo! È quello giusto per te. Tu non sei un uomo, sei uno straccio!

Io non risposi. Tacevo perché vedevo già come sarebbe stato il futuro. Vedevo come si sarebbero dipanate davanti a noi le linee delle probabilità, come un destino beffardo avrebbe intrecciato le strade.

E quando Svetlana, sbollendo all'improvviso tutta la sua furia, cominciò a piangere, coprendosi il viso con le mani, quando le circondai le spalle con un braccio e lei subito si sciolse in singhiozzi contro il mio petto, dentro di me rimase solo una sensazione di vuoto e di freddo. Un freddo penetrante, come se fossi di nuovo sul tetto pieno di neve sotto la sferza del vento dell'inverno.

Svetlana era ancora un essere umano. In lei c'era ancora troppo poco degli Altri, non capiva, non vedeva come andava lontano la strada che dovevamo percorrere. E soprattutto non vedeva come quella strada si divideva per prendere due direzioni diverse.

L'amore è felicità, ma solo quando puoi credere che sia per sempre. E anche se ogni volta questa promessa di eternità si rivela una menzogna, è l'unica in grado di dare forza e gioia all'amore.

Svetlana singhiozzava sulla mia spalla.

Molto sapere... molto dolore. Come avrei voluto ignorare l'inevitabile futuro! Ignorarlo... e amare, senza calcoli, come un semplice essere mortale.

E che peccato trovarmi in quel momento in un corpo altrui!

Dall'esterno potevamo sembrare due carissime amiche che avessero deciso di trascorrere una tranquilla serata con tanto di film alla televisione, tè con la marmellata, bottiglia di vino e chiacchiere su tre eterni temi: gli uomini che mascalzoni, non ho niente da mettermi e, soprattutto, come fare per dimagrire.

— Ma ti piacciono le tartine? — mi chiese Svetlana stupita.

— Sì. Con il burro e la marmellata — riconobbi in tono tetro.

— Mi sembrava che qualcuno avesse promesso di custodire quel corpo.

— E che cosa gli faccio di male? Ti assicuro che questo organismo è entusiasta.

— Ma... ma... — replicò Svetlana poco convinta. — Poi chiedi a Olga come fa a conservare questa figura.

Ebbi un attimo di esitazione, però alla fine tagliai a metà l'ennesima tartina e la spalmai abbondantemente di marmellata.

— Ma a chi è venuta in mente la geniale idea di nasconderti in un corpo di donna?

— Al Capo, credo.

— Ne ero certa.

— Olga è stata d'accordo.

— Che scoperta: Boris Ignatevic per lei è un dio in terra.

Su questo avevo qualche dubbio, ma preferii tacere. Svetlana si alzò, andò al guardaroba. Lo aprì e rimase soprappensiero a esaminare l'attaccapanni.

— Ti vuoi mettere una vestaglietta?

— Che cosa? — Mi andò di traverso la tartina.

— Vuoi stare in casa vestito in quel modo? Quei jeans sembrano sul punto di scoppiare. Starai scomodo...

— Ma ci sarà qualche abito sportivo? — chiesi in tono lamentoso.

Svetlana prima mi guardò ironicamente, poi si impietosì: — Certo che c'è.

A dire la verità un vestito del genere mi sarebbe piaciuto di più vederlo su qualcun altro. Su Svetlana, per esempio. Pantaloncini corti bianchi e camicetta. Per giocare a tennis o per fare jogging.

— Cambiati.

— Sveta, non credo che passeremo tutta la sera qui a casa tua.

— Non importa. Prima o poi ti serviranno, perciò è meglio

verificare se sono della taglia giusta. Mettiteli, io vado a scaldare il tè.

Svetlana uscì, e io mi tolsi in fretta i jeans. Iniziai a sbottonarmi la camicetta, anche se le mie dita si imbrogliavano tra quei bottoni sconosciuti, troppo duri, e poi mi guardai allo specchio con odio.

Una ragazza simpatica, non c'erano dubbi. Giusta per una foto su una rivista erotica soft.

Mi cambiai in fretta e andai a sedermi sul divano. Alla televisione c'era una soap opera: mi stupii che Svetlana avesse scelto quel canale. Del resto probabilmente anche su tutti gli altri c'era qualcosa del genere.

— Stai benissimo.

— Sveta, per favore, non potresti evitare? — le chiesi. — Sto già male anche senza i tuoi commenti.

— Va bene, scusami — convenne subito lei, venendo a sedersi accanto a me. — Allora, cosa dobbiamo fare?

— Dobbiamo? — ripetei, sottolineando leggermente quel plurale.

— Sì, Anton. Non sei mica venuto qui per niente.

— Dovevo raccontarti in che guaio ero finito.

— D'accordo, ma se il Capo — la parola "Capo" Svetlana era riuscita a pronunciarla in modo straordinariamente gustoso, con rispetto e insieme con una certa ironia — ti ha permesso di raccontarmi tutto, significa che ti devo aiutare. Se non altro, per volere del destino — non si trattenne dal concludere.

Mi arresi.

— Non posso rimanere solo. Nemmeno per un minuto. Tutto il piano si basa sul fatto che le Forze delle Tenebre sacrificano volontariamente le loro pedine, eliminandole essi stessi o lasciando che vengano uccise.

— Come questa volta?

— Sì. Esatto. E se questa provocazione è diretta contro di me, allora adesso avverrà un altro omicidio. Nel momento in cui, almeno secondo loro, naturalmente, rimarrò senza alibi.

Svetlana mi guardava con il mento appoggiato sulle palme delle mani. Scosse lentamente la testa: — E allora, Anton, salterai fuori da questo corpo come un pupazzetto dalla sua scatola. Sarà evidente che non hai avuto la possibilità di compiere quegli omicidi. E il nemico sarà sbaragliato.

— Ah-ah.

— Devi scusarmi. È solo da poco che faccio parte della Guardia, forse c'è ancora qualcosa che non capisco.

Istintivamente mi misi sulla difensiva. E Svetlana, dopo un attimo di esitazione, proseguì: — Ecco, quando è successo a me... Come sono andate le cose? Hanno tentato di iniziarmi le Forze delle Tenebre. Sapevano che i Guardiani della Notte l'avrebbero notato, e anche che tu saresti potuto intervenire in mio aiuto.

— Sì.

— Per questo hanno inscenato una montatura sacrificando alcune figure secondarie e creando dei centri di forza fittizi. E all'inizio la Guardia della Notte si è fatta portare al guinzaglio. Se il Capo non avesse escogitato le sue contromosse, e tu non ti fossi spinto avanti, senza preoccuparti di niente...

— Adesso tu saresti un mio nemico — dissi. — E frequenteresti la scuola dei Guardiani del Giorno.

— Non lo dicevo in questo senso, Anton. Ti sono molto grata, sono grata a tutta la Guardia, ma a te soprattutto. Però adesso non volevo parlare di questo. Cerca di capirmi: la storia che mi hai raccontato è verosimile quanto quella. Come si è creato tutto, passo dopo passo? Una coppia di vampiri senza licenza. Un ragazzo con elevate potenzialità di Altro. Una ragazza colpita da una terribile maledizione. Una minaccia globale che incombe sulla città...

Non sapevo che cosa risponderle. Ma mentre la guardavo, sentivo il rossore salirmi alle guance. Una ragazza che aveva frequentato soltanto un terzo dei nostri corsi, una novellina nel nostro mondo mi aveva illustrato la situazione proprio come avrei dovuto io illustrarla a lei.

— Che cosa sta accadendo adesso? — Svetlana non aveva notato i miei tormenti. — C'è un serial killer che elimina le Forze delle Tenebre. E tu sei nella lista dei sospettati. Il Capo escogita rapidamente una mossa astuta: tu e Olga vi scambiate i corpi. D'accordo, ma fino a che punto è davvero astuta questa mossa? A quanto capisco la pratica dello scambio dei corpi è largamente diffusa. Boris Ignatevic l'aveva appena adottata per un altro caso, no? E ha mai usato lo stesso procedimento per due volte di seguito? Contro lo stesso avversario?

— Non so, Sveta, non mi comunicano i dettagli di tutte le operazioni.

— Allora prova a pensarci. E ancora. Possibile che Zavulon sia così isterico, meschino e vendicativo? In fondo ha centinaia di anni, e guida i Guardiani del Giorno da tempi molto antichi... Se questo maniaco...

— Il Selvaggio.

— Se davvero da qualche anno permettono al Selvaggio di divertirsi per le strade di Mosca, per prepararci una provocazione, secondo te il comandante della Guardia del Giorno la sprecherebbe per una simile sciocchezza? Scusami, Anton, ma tu non sei un obiettivo così importante.

— Capisco. Ufficialmente sono un mago di quinto livello. Però il Capo ha detto che in realtà posso rivendicare il terzo.

— Ma anche così...

Ci guardammo negli occhi, e io allargai le braccia: — Mi arrendo. Svetlana, probabilmente hai ragione. Ma io ti ho raccontato tutto quello che so. E non vedo nessun altro possibile scenario.

— Allora hai intenzione di sottometterti agli ordini? Andare in giro con la gonna e non rimanere da solo nemmeno per un minuto?

— Quando sono entrato nella Guardia, sapevo di rinunciare a una parte della mia libertà.

— Una parte. — Svetlana fece un risolino. — Hai detto bene. Basta, tu sai più cose di me. Allora, questa notte la passiamo insieme?

Annuii: — Sì. Ma non qui. È meglio che stia sempre in mezzo alla gente.

— E per dormire?

— Stare qualche giorno senza dormire non è niente di speciale. — Mi strinsi nelle spalle. — Penso che il corpo di Olga non sia meno allenato del mio. Negli ultimi mesi si è sempre dedicata alla vita del bel mondo.

— Anton, io non ho ancora imparato questi trucchi. Quando potrò dormire?

— Di giorno. A scuola.

Sveta fece una smorfia. Sapevo che avrebbe acconsentito, era inevitabile. Il suo carattere non le avrebbe semplicemente permesso di rifiutare il suo aiuto neppure a un conoscente casuale, e io comunque non ero casuale.

— Andiamo al Maharaja? — proposi.

— Che cos'è?

— Un ristorante indiano niente male.

— E rimane aperto tutta la notte?

— No, purtroppo. Ma penseremo a dove andare dopo.

Svetlana mi guardò così a lungo che tutta la mia innata faccia tosta non bastò a difendermi. Che cosa avevo adesso che non andava?

— Anton, ti ringrazio — mi disse. — Ti ringrazio di cuore. Mi hai invitata al ristorante. Erano due mesi che aspettavo questo invito.

Poi si alzò, andò all'armadio, lo aprì, soppesò con aria critica i vestiti appesi.

— Della tua misura non c'è niente di adatto — concluse. — Dovrai rimetterti i jeans. Ti lasceranno entrare al ristorante?

— Per forza — risposi senza troppa sicurezza. Alla fine avrei sempre potuto esercitare una leggera pressione sul personale.

— Se sarà il caso, mi allenerò un po' nell'ipnosi — disse Svetlana, come se mi avesse letto nel pensiero. — E li costringerò a lasciarti entrare. Sarebbe una buona azione, no?

— Certo.

— Sai, Anton — Svetlana tolse dalla gruccia un vestito, se lo appoggiò davanti e scosse la testa. Poi passò a un tailleur beige — mi stupisce sempre la capacità che hanno i membri della Guardia di giustificare qualsiasi pressione sulla realtà con gli interessi del Bene e della Luce.

— Non qualsiasi! — protestai.

— Assolutamente qualsiasi. Se fosse necessario, considereresti un'opera buona anche il furto, o l'omicidio.

— No.

— Ne sei proprio sicuro? Quante volte ti sei dovuto insinuare nella coscienza della gente? Ecco, perfino il nostro incontro: in fondo mi hai costretta a credere che fossimo vecchi amici. Usi spesso i tuoi poteri di Altro nella vita?

— Sì, ma...

— Immaginati di essere per la strada. Vedi davanti a te un adulto che picchia un bambino. Cosa fai?

— Se avessi una possibilità di interferenza — mi strinsi nelle spalle — procederei a una rimoralizzazione. È ovvio.

— E saresti proprio sicuro di avere agito per il meglio? Senza riflettere, senza provare a capire? E se il bambino si fosse meritato quella punizione? Se quella punizione potesse salvarlo da grossi rischi futuri, impedendogli di diventare un bandito o un assassino? E tu parli di rimoralizzazione!

— Sveta, ti stai sbagliando.

— In che cosa?

— Anche se non avessi limiti nelle azioni di influenza parapsicologica, non esagererei lo stesso.

Svetlana sbuffò leggermente: — Sei così certo della tua giustizia? Qual è il confine?

— Il confine ciascuno lo stabilisce da sé. È necessario.

— Anton, tutti i novellini fanno queste domande, vero?

— Vero. — Sorrisi.

— E tu sei abituato a dare le risposte giuste, conosci tutto il corredo di frasi fatte, di sofismi, di esempi storici e di analogie.

— No, Sveta. Non è così. Le Forze delle Tenebre queste domande non le fanno, per esempio.

— Come fai a saperlo?

— Un mago delle Tenebre può anche risanare, un mago della Luce anche uccidere — dissi. — È la verità. Sai qual è la differenza tra la Luce e le Tenebre?

— No. Non ce la insegnano. Forse è difficile da formulare?

— Non è affatto difficile. Se pensi soprattutto a te, ai tuoi interessi, la tua strada ti porta verso le Tenebre. Se pensi agli altri, sei in cammino verso la Luce.

— Ed è lungo questo cammino verso la Luce?

— Dura tutta la vita.

— Queste sono solo parole, Anton. Giochi di parole. Che cosa dice un vecchio mago delle Tenebre a un novellino? Probabilmente parole altrettanto belle e giuste...

— Sì. Sulla libertà. Gli dice che ciascuno, nella vita, occupa il posto che si è meritato. Che l'abbandonarsi alla pietà umilia, che il vero amore è cieco, che la bontà autentica è inerme, che la libertà reale è libertà da tutto e da tutti.

— E non è vero.

— No. È una parte della verità. Sveta, noi non possiamo scegliere una verità assoluta. La verità ha sempre due volti. Tutto quello che abbiamo è il diritto di rifiutare la menzogna che ci ripugna di più. Sai che è la prima volta che parlo a un novellino del Crepuscolo? Noi vi entriamo per ricevere nuova forza. E il prezzo da pagare per l'ingresso è il rifiuto di quella parte della verità che non vogliamo accettare. Per gli uomini è più semplice. Un milione di volte più semplice, pur con tutti i loro guai, problemi, pensieri, che per gli Altri non esistono. Gli uomini non si trovano davanti a questa scelta: possono essere sia buoni che cattivi, dipende dal momento, dall'ambiente, dal libro che hanno letto la sera prima, da quello che hanno mangiato a pranzo. Ecco perché è così facile controllarli. Anche il mascalzone più scatenato può essere facilmente ricondotto verso la Luce, così come l'uomo più buono e nobile può essere sospinto verso le Tenebre. Noi invece abbiamo fatto la nostra scelta.

— Anch'io l'ho fatta, Anton. Sono già entrata nel Crepuscolo.

— Sì.

— Perché allora non capisco dov'è il confine, qual è la differenza tra me e una qualunque strega che partecipa alle messe nere? Perché faccio ancora certe domande?

— Le farai sempre. All'inizio a voce alta. Poi dentro di te. È un tormento che non passa mai. Se avessi voluto liberarti dalle domande scomode, non avresti scelto questa parte.

— Ho scelto ciò che volevo.

— Lo so. E perciò sopporta!

— Per tutta la vita?

— Sì. Sarà lunga, ma non ti abituerai mai lo stesso. Non ti libererai mai dalla domanda di quanto sia giusto ogni passo che fai.

Capitolo 3

Maksim non amava particolarmente i ristoranti. Anche questo per il suo carattere. Si sentiva molto più a suo agio, molto più allegro in qualche bar, o in un club, magari anche più costoso di un ristorante, ma decisamente più alla mano. Naturalmente c'è chi, anche nel ristorante più lussuoso, si comporta come un commissario rosso alle prese con una delegazione di borghesi: niente raffinatezza, né il minimo desiderio di acquisirla. Ma perché prendere a modello i "nuovi russi" delle barzellette?

Tuttavia la sera prima esigeva una qualche riparazione. Sua moglie aveva creduto all'«importante incontro di lavoro» o per lo meno aveva fatto finta di crederci. Ma lo stesso gli era rimasto qualche rimorso di coscienza. Se avesse saputo! Se avesse anche soltanto immaginato chi era lui in realtà e di che cosa si occupava!

Maksim non poteva dire nulla. E non gli era rimasto che rimediare a quella strana assenza notturna con il metodo usato da tutti gli uomini del mondo dopo una scappatella. Regali, attenzioni, inviti. Per esempio, in un ristorante prestigioso dalla ricercata cucina esotica, con camerieri stranieri, arredamento elegante e lista dei vini chilometrica.

Gli sarebbe piaciuto sapere se davvero Elena pensava che la sera prima l'avesse tradita... Diciamo che la domanda lo interessava, ma non fino al punto da formularla a voce alta. Bisogna sempre lasciare qualcosa di non detto. Magari prima o poi sua moglie avrebbe saputo la verità. E allora sarebbe stata orgogliosa di lui.

Speranze vane, probabilmente. Lo capiva benissimo. In un

mondo pieno di creature del Male e delle Tenebre, lui era l'unico cavaliere della Luce, infinitamente solo, impossibilitato a condividere con chiunque altro le verità che andava scoprendo. All'inizio Maksim aveva sperato di incontrare qualcuno come lui: un vedente in un paese di ciechi, un cane da guardia capace di fiutare, in mezzo al gregge inconsapevole, i lupi travestiti da agnelli.

No. Non c'era nessun altro, non esisteva nessuno che potesse combattere al suo fianco.

E tuttavia non aveva abbandonato l'impresa.

— Cosa dici, prendo questo?

Maksim abbassò gli occhi sul menu. Non aveva la minima idea di cosa potesse essere quel Malai Kofta. Ma questo non gli impediva di lavorare di immaginazione. Tanto più che tutti gli ingredienti erano indicati.

— Prendilo. È carne in salsa di panna.

— Carne bovina?

Non capì subito che Elena stava scherzando. Poi rispose al suo sorriso.

— Ovviamente.

— E se ordinassi un piatto di carne bovina?

— Respingerebbero gentilmente la tua richiesta, suppongo — replicò Maksim. L'incombenza di distrarre la moglie in realtà non era affatto pesante. Al contrario, si rivelava decisamente piacevole. Anche se in quel momento sarebbe stato molto felice di poter osservare più attentamente la sala. C'era qualcosa di strano. Qualcosa emergeva dalla penombra, un brivido freddo lungo la schiena, e la necessità di socchiudere gli occhi e guardare, guardare, guardare...

Possibile?

Di solito tra una missione e l'altra trascorreva qualche mese, anche mezzo anno... Che capitasse addirittura due giorni di seguito...

Ma i sintomi erano quelli, inequivocabili.

Maksim controllò la tasca interna della giacca, come se volesse verificare la presenza del portafogli. In realtà cercava un'altra cosa: un piccolo pugnale di legno, intagliato con cura, ma senza nessuna pretesa artistica. Aveva conservato quell'arma dall'infanzia, senza sapere bene perché, ma presentendo che non era solo un giocattolo.

Il pugnale era come in attesa.

Ma di chi?

— Maks? — La voce di Elena aveva un'increspatura di rimprovero. — Dove stanno veleggiando i tuoi pensieri?

Brindarono. Porta male, dicono, brindare tra moglie e marito, in famiglia non ci saranno soldi... ma Maks non era superstizioso.

Chi era?

All'inizio sospettò di due ragazze. Tutt'e due simpatiche, belle anche, ma ciascuna a suo modo. La più bassa era bruna, forte, aveva gesti angolosi, un pochino maschili, di un'energia strabordante. Sembrava letteralmente emanare fluidi sessuali. L'altra, bionda, era più alta, più tranquilla e posata. E la sua bellezza era completamente diversa, pacificante.

Maksim scorse uno sguardo attento della moglie e smise di osservarle.

— Lesbiche — disse Elena con un certo disprezzo.

— Come?

— Ma guardale! Quella bruna, con i jeans, sembra decisamente un uomo!

Era vero. Maksim annuì.

Non erano loro. Gli era parso, ma si era sbagliato. Ma chi era, allora?

In un angolo della sala un cellulare cominciò a suonare e subito almeno una decina dei presenti controllò automaticamente il telefonino. Maksim seguì quel suono e di colpo gli si mozzò il fiato.

L'uomo che adesso parlava piano, brevemente, al telefono non era semplicemente un malvagio. Era addirittura tutto avvolto da un velo nero, invisibile per gli altri, ma ben percepibile da Maksim.

Emanava segnali di pericolo, e per di più di un pericolo prossimo e terribile.

Il petto gli doleva. — Sai, Lena, mi piacerebbe vivere su un'isola deserta — disse Maksim, sorprendendo innanzitutto se stesso.

— Da solo?

— Con te e i bambini. Ma che non ci fosse nessun altro. Nessuno.

Vuotò il calice in un sorso solo, e subito il cameriere gli versò altro vino.

— A me non piacerebbe.

— Lo so.

Il pugnale, nella tasca… lo sentiva bruciare e pesare sempre più. E si sentiva anche invadere da un'eccitazione sempre più forte, quasi sessuale. Che esigeva soddisfazione.

— Ti ricordi Edgar Allan Poe? — chiese Svetlana.

Ci avevano fatto entrare senza nessuna difficoltà, mi ero addirittura stupito. O le regole erano diventate più democratiche di un tempo, o i clienti erano diminuiti.

— No. È morto da troppo tempo. Anche se Semen mi ha raccontato…

— Ma non intendevo Poe come persona. Volevo dire i suoi racconti.

— *L'uomo della folla*? — Cominciavo a capire.

Svetlana fece una risatina: — Sì. Tu adesso sei nella sua situazione. Sei condannato a muoverti sempre nei luoghi più affollati.

— Finché non mi avranno definitivamente disgustato.

Avevamo preso tutt'e due un bicchierino di Baileys e avevamo ordinato qualcosa da mangiare. Probabilmente così facendo avevamo indotto il cameriere a un'interpretazione ben precisa della nostra visita: due prostitute inesperte in cerca di lavoro. Però la cosa mi lasciava del tutto indifferente.

— Ma lui era un Altro?

— Poe? Probabilmente, ma non iniziato.

Svetlana mormorò:

Ci sono qualità… incorporee essenze,
cui è data come una duplice vita, che è poi
emblema della doppia identità che sempre scocca
da materia e luce, in solida forma e in ombra…

La guardai stupito.

— La conosci?

— Come dirtelo? — Sollevai lo sguardo e recitai in tono solenne:

È quello il silenzio corporeo: non devi paventarlo!
Non ha potere in se stesso di nuocere.
Ma se mai un incalzante fato (intempestiva
sorte!) ti portasse a incontrare la sua ombra,
(un elfo è, senza nome e frequenta solinghe plaghe,
mai calpestate dal piede di un uomo),
oh, allora, raccomandati a Dio!

Ci guardammo in faccia per un secondo e poi scoppiammo a ridere contemporaneamente.

— Un piccolo duello letterario — disse maliziosamente Svetlana. — Risultato: uno a uno. Peccato che non ci fossero spettatori. E perché Poe è rimasto non iniziato?

— In genere, tra i poeti, i potenziali Altri sono numerosi. Ma alcuni di questi candidati è meglio che continuino a vivere da uomini. Poe, per esempio, aveva una psiche troppo instabile. Dare capacità particolari a una persona così sarebbe come dare a un piromane un fusto di napalm. Non mi arrischio neppure a cercare di immaginare da quale parte si sarebbe schierato. Probabilmente sarebbe sparito per sempre nel Crepuscolo, e molto presto anche.

— E come vivono là? Quelli che scelgono il Crepuscolo, voglio dire?

— Non lo so, Svetlana. Non lo sa nessuno. Qualche volta può capitare di incontrarli, nel loro mondo, ma una vera e propria comunicazione non si stabilisce.

— Vorrei saperlo. — Svetlana esaminò la sala con espressione assorta. — E qui hai notato qualche Altro?

— Il vecchio dietro di me, che parla al cellulare.

— In che senso, vecchio?

— In senso profondo. Non sto guardandolo con gli occhi.

Svetlana si morse le labbra, corrugando la fronte. Cominciava a conoscere il gusto delle prime ambizioni.

— Non ci riesco ancora — ammise. — Non capisco neppure se appartiene alle Forze della Luce o a quelle delle Tenebre.

— Alle Tenebre. Non è un agente della Guardia del Giorno, ma appartiene alle Forze delle Tenebre. Un mago di media potenza. Anche lui, comunque, ci ha notate.

— Che cosa facciamo?

— Noi? Niente.

— Ma è un mago delle Tenebre!

— Sì, e noi siamo maghi della Luce. E allora? Come membri effettivi della Guardia abbiamo il diritto di chiedergli i documenti. Ma probabilmente sono in ordine.

— E quando avremmo il diritto di intervenire?

— Be', se adesso si alzasse, agitasse le braccia, si trasformasse in un demone e cominciasse a sbranare la testa ai presenti…

— Anton!

— Sono serissimo. Non abbiamo nessun diritto di disturbare un onesto mago delle Tenebre in un momento di riposo.

Il cameriere ci portò i nostri piatti, per cui ci zittimmo. Svetlana cominciò a mangiare senza appetito. Poi sbottò con aria offesa, come i bambini quando fanno i capricci: — E la Guardia dovrà strisciare così ancora per molto tempo?

— Davanti alle Forze delle Tenebre?

— Sì.

— Finché non avremo conquistato una superiorità decisiva. Finché gli uomini che diventano Altri non avranno nemmeno il più fuggevole dubbio al momento della scelta tra la Luce e le Tenebre. Finché gli agenti delle Tenebre non saranno tutti morti di vecchiaia. Finché non saranno più in grado di sospingere gli uomini verso il Male con la facilità di adesso.

— Ma questa è una capitolazione, Anton!

— È uno stato di neutralità. Entrambe le parti hanno bisogno di tempo, perché nasconderlo?

— Sai che il Selvaggio che da solo sparge il terrore tra le Forze delle Tenebre mi è molto più simpatico? Anche se infrange il Patto, anche se involontariamente ci mette in difficoltà! Ma almeno lui combatte contro le Tenebre. Capisci? Combatte! Uno contro tutti!

— E non ti sei mai chiesta perché uccide i maghi delle Tenebre, ma non entra in contatto con noi?

— No.

— Non ci vede, Svetlana. Non ci vuole vedere.

— Be', è un autodidatta.

— Sì. Un autodidatta di grande talento. Un Altro con capacità che si manifestano in modo caotico. Capace di vedere il Male. Incapace di distinguere il Bene. Non ti spaventa questa cosa?

— No — rispose Svetlana cupa. — Scusami, ma non capisco dove tu voglia arrivare, Ol… cioè, Anton. Scusa, ma ti sei messo a parlare proprio come lei.

— Non fa niente.

— Il mago delle Tenebre se n'è andato — disse Svetlana, guardando oltre la mia spalla. — A succhiare le forze altrui, a compiere riti malvagi. E noi non interveniamo.

Mi voltai appena. Lo vidi. Esternamente in effetti non dimostrava più di una trentina d'anni. Vestito con gusto, affascinante. Al suo tavolo erano rimasti una giovane donna e due bambini, un maschietto sui sette anni e una bambina un pochino più piccola.

— È andato a fare pipì, Sveta. E la sua famiglia, tra l'altro, è assolutamente normale. Nessun potere. Vorresti liquidare anche loro?

— Sono frutti di quell'albero…

— Prova a dirlo a Garik. Suo padre è un mago delle Tenebre. Ed è ancora vivo.

— Ci sono sempre eccezioni.

— Tutta la vita è fatta di eccezioni.

Svetlana non rispose.

— Conosco la tua smania, Sveta. Fare il Bene, perseguitare il Male. Una volta per tutte. Anch'io sono così. Ma se non capisci che è un vicolo cieco, finisci nel Crepuscolo. E qualcuno di noi sarà costretto a interrompere la tua esistenza terrena.

— Però intanto avrei fatto qualcosa di buono…

— Sai come sarebbero interpretate le tue azioni, dall'esterno?

Come quelle di uno psicopatico che uccide brave persone a destra e a sinistra. Descrizioni agghiaccianti sui giornali. Soprannomi pittoreschi: il Borgia di Mosca, magari. Inoculeresti nel cuore degli uomini tanto di quel Male, che nemmeno un'intera brigata di maghi delle Tenebre potrebbe rivaleggiare con te.

— Perché avete sempre una risposta pronta a qualsiasi domanda? — chiese Svetlana con amarezza.

— Perché abbiamo passato l'apprendistato. E siamo sopravvissuti. Per lo meno, siamo sopravvissuti quasi tutti!

Chiamai il cameriere e gli chiesi il menu. Poi proposi: — Prendiamo un cocktail e poi ce ne andiamo? Scegli!

Svetlana annuì e cominciò a esaminare la carta dei vini. Il cameriere, un ragazzo alto e bruno di pelle, non russo, rimase in attesa. Era abituato a vedere di tutto e lo spettacolo di due ragazze sole, una delle quali si comportava come un uomo, non lo turbava affatto.

— Un Alter Ego — disse Svetlana.

Scossi la testa perplesso: era uno dei cocktail più forti. Ma non volli cominciare un'altra discussione.

— Due Alter Ego e il conto.

Mentre il barman ci preparava i cocktail e il cameriere si occupava del conto, rimanemmo in un silenzio penoso. Alla fine Svetlana mi chiese: — Va bene, per quanto riguarda i poeti la situazione è chiara. Sono potenziali Altri. E i malfattori? Caligola, Hitler, i serial killer?

— Esseri umani.

— Tutti?

— Di solito sì. Noi abbiamo i nostri malfattori. I loro nomi non dicono niente agli uomini, ma voi presto inizierete il corso di storia.

L'Alter Ego risultò all'altezza del suo nome. Nel calice oscillavano senza mescolarsi due strati pesanti, uno bianco e uno nero, costituiti l'uno da un liquore dolce e pannoso e l'altro da una birra scura amara.

Pagai in contanti – non mi piace lasciare tracce elettroniche – e alzai il calice.

— Alla Guardia.

— Alla Guardia — ripeté Svetlana. — E che tu possa uscire al più presto da questa storia.

Avrei tanto voluto chiederle di toccare legno, così, per sicurezza, ma preferii tacere. Bevvi il cocktail in due sorsi: prima una dolcezza morbida, poi una leggera sensazione di amaro.

— Buono — disse Sveta. — Sai che mi piace questo posto? Possiamo fermarci ancora un po'?

— A Mosca ci sono molti posti simpatici. Meglio trovarne uno senza maghi neri in libera uscita.

Sveta annuì. — A proposito, non si vede più.

Guardai l'orologio. Decisamente quella sosta in bagno stava diventando troppo lunga.

E la cosa più spiacevole era vedere la famiglia del mago ancora seduta al tavolo: la moglie aveva già l'aria molto agitata.

— Sveta, torno subito.

— Non dimenticarti chi sei! — mi sussurrò lei mentre mi alzavo.

Sì. Effettivamente entrare in una toilette al seguito di un mago delle Tenebre sarebbe stato un po' strano, per me.

In ogni caso attraversai la sala, dando nel frattempo un'occhiata al Crepuscolo. Sarebbe stato logico vedere l'aura del mago, ma tutto intorno c'era solo un vuoto grigio, colorato dalle solite aure: soddisfatte, preoccupate, libidinose, alcoliche, felici.

Eppure non si era certo dileguato attraverso le tubature!

Soltanto oltre i muri del ristorante, dalle parti del consolato della Bielorussia, baluginava una luce incerta: l'aura di un Altro. Ma non era quella di un mago delle Tenebre, era molto più debole, e di una coloritura diversa.

Dove si era ficcato?

Il corridoio stretto aveva due porte in fondo ed era assolutamente vuoto. Per un attimo rimasi ancora indeciso: magari non l'avevamo semplicemente notato mentre rientrava, magari se n'era andato attraverso il Crepuscolo, magari aveva una tale potenza da essere capace di teletrasportarsi. Poi aprii la porta della toilette degli uomini.

Era un ambiente molto pulito, chiaro, un po' angusto e decisamente pervaso dal profumo di un deodorante floreale.

Il mago delle Tenebre era in terra, con le braccia spalancate che non permettevano alla porta di aprirsi completamente. Il suo viso aveva un'espressione sconcertata, confusa, e sul palmo aperto di una mano notai il luccichio di un sottile tubetto di cristallo. Aveva cercato di afferrare un'arma, ma troppo tardi.

Sangue non ce n'era. Anzi, non c'era proprio niente, e quando guardai di nuovo attraverso il Crepuscolo, non scorsi nello spazio il minimo segno di magia.

Sembrava che il mago delle Tenebre fosse morto per un banale attacco di cuore o per un colpo apoplettico, il che non era possibile.

E c'era un altro piccolo particolare che confutava decisamente questa versione: un piccolo taglio sul colletto della camicia. Sottile, come lasciato da un rasoio. Come se la gola fosse stata trafitta da una lama che aveva trapassato anche il tessuto della camicia. Solo che sulla pelle non c'era il minimo segno.

— Vigliacchi — mormorai, non sapendo a chi di preciso indirizzare il mio insulto. — Vigliacchi!

Difficilmente avrei potuto immaginare una situazione peggiore di quella in cui ero finito. Cambiare corpo, andare "alla presenza di testimoni" in un ristorante affollato, per poi ritrovarmi assolutamente solo davanti al cadavere di un mago delle Tenebre, ucciso dal Selvaggio.

— Forza, Pavlik — sentii alle mie spalle.

Mi girai: la donna che prima era seduta al tavolo con il mago delle Tenebre era lì nel corridoio, e teneva per mano suo figlio.

— Non voglio, mamma! — piagnucolava il bambino.

— Entra e vai a dire a papà che ci siamo stufati — disse la donna in tono paziente. Un attimo dopo alzò la testa e mi vide.

— Chiami qualcuno! — gridai disperatamente. — Chiami qualcuno! C'è una persona che sta male, qui! Porti via il bambino e chiami qualcuno!

In sala di certo mi avevano sentito: Olga aveva la voce forte. Subito tutti si zittirono, si sentiva solo il motivo monotono della musica etnica che continuava a suonare, ma il sottofondo di voci era cessato del tutto.

La donna non mi ascoltò. Si scaraventò nella toilette, spingendomi bruscamente da una parte, e si gettò sul corpo del marito, lamentandosi ad alta voce, già perfettamente consapevole di quello che era accaduto, e tuttavia affannandosi a fare qualcosa, come allargare il colletto della camicia o scrollare il corpo immobile. Poi cominciò a schiaffeggiare il mago sulle guance, come se sperasse che fosse tutta una finzione, o uno svenimento momentaneo.

— Mamma, perché picchi papà? — gridò Pavlik con una vocina sottile sottile. Non era spaventato, soltanto stupito. Evidentemente non aveva mai assistito a scenate. Doveva essere una famiglia molto unita.

Presi il bambino per una spalla e con delicatezza cercai di allontanarlo. Il corridoio però stava già cominciando a riempirsi di gente. Vidi Sveta. I suoi occhi erano spalancati: aveva già capito tutto.

— Porti via il bambino — dissi al cameriere. — Credo che quest'uomo sia morto.

— Chi ha trovato il corpo? — chiese lui senza nessuna intonazione particolare, come se stesse prendendo un'ordinazione.

— Io.

Il cameriere annuì, passando abilmente il bambino – che adesso aveva cominciato a piangere, essendosi reso conto che nel suo piccolo mondo sicuro era successo qualcosa di sbagliato – a un'inserviente del ristorante.

— E che cosa faceva nella toilette degli uomini?

— La porta era aperta, ho visto che era disteso in terra — mentii senza nemmeno pensarci.

Il cameriere annuì, ammettendo la possibilità di un simile evento. Contemporaneamente, però, mi afferrò per un gomito.

— Dovrà aspettare l'arrivo della polizia, signorina.

Svetlana si era già spinta fino a noi e sentendo le ultime parole assunse un'aria accigliata.

Ecco, ci mancava solo che le venisse l'idea di cancellare la memoria a tutti i presenti!

— Certo, certo. — Feci un passo e il cameriere dovette mollare la presa e seguirmi. — Sveta, che cosa orribile, c'è un cadavere!

— Olga… — Sveta reagì nel modo giusto. Mi passò un braccio attorno alle spalle, lanciò un'occhiata di fuoco al cameriere e mi trascinò nella sala del ristorante.

In quel momento in mezzo a noi si insinuò il bambino, che stava risalendo la piccola folla avida e curiosa. Con un grido si lanciò sulla madre, che proprio in quel momento stavano cercando di sollevare dal cadavere. Approfittando di quell'intromissione, la donna si gettò di nuovo sul corpo del marito e cominciò a scuoterlo: — Alzati! Gena, alzati! Alzati!

Sentii come tremava Svetlana osservando quella scena. Mormorai: — Allora? Mettiamo a ferro e fuoco tutte le Forze delle Tenebre?

— Perché l'hai fatto? L'avrei capito lo stesso! — mi sibilò Svetlana furibonda.

— Che cosa?!

Ci guardammo negli occhi.

— Non sei stato tu? — mi chiese lei in tono incerto. — Scusami, ti credo.

Fu allora che capii di essere definitivamente incastrato.

L'inquirente non mi giudicò particolarmente interessante. Dai suoi occhi traspariva già la lettura dell'accaduto che aveva scelto: decesso dovuto a cause naturali. Problemi di cuore, abuso di stupefacenti, o qualsiasi altro motivo. Non provava, e nemmeno avrebbe potuto provare, la minima compassione per un uomo che frequentava ristoranti di quel livello.

— Il cadavere era in questa posizione?

— In questa posizione — confermai in tono stanco. — È stato orribile.

L'inquirente si strinse nelle spalle. In quel cadavere non ci trovava niente di particolarmente orribile, tanto più che non era neppure insanguinato. Ma con magnanimità volle darmi lo stesso ragione: — Sì, uno spettacolo penoso. C'era qualcuno nelle vicinanze?

— Nessuno. Poi però è arrivata una donna, la moglie del morto, con un bambino.

Un sorriso storto fu la ricompensa che ricevetti per quella risposta deliberatamente incoerente.

— Grazie, Olga. Non è escluso che ci sia necessario metterci ancora in contatto con lei. Non avete intenzione di lasciare la città?

Scossi energicamente il capo. La polizia non mi preoccupava per nulla.

Mentre mi preoccupava moltissimo il Capo, che scorsi in quel momento, tranquillamente seduto a un tavolino nell'angolo.

Concluso il mio interrogatorio, l'inquirente si allontanò per andare a cercare la "moglie della vittima". Boris Ignatevic, invece, si diresse subito al nostro tavolo. Doveva essere coperto da una leggera magia di distrazione, perché nessuno pareva notarlo.

— Avete finito di giocare? — si limitò a chiederci.

— Noi? — precisai per ogni evenienza.

— Sì. Voi. Tu, per essere più precisi.

— Ho eseguito tutte le istruzioni che mi sono state date — sussurrai, cominciando a scaldarmi. — E quel mago non l'ho nemmeno sfiorato!

Il Capo sospirò.

— Non lo metto in dubbio. Ma cosa ti è passato per la testa? Tu, un agente della Guardia, al corrente di tutta la situazione, metterti da solo alle calcagna di un mago delle Tenebre?

— Ma chi poteva prevederlo? — mi difesi. — Chi?

— Tu. Visto che eravamo arrivati ad adottare queste misure, questo mascheramento senza precedenti. Quali erano le istruzioni? Non restare solo neppure per un minuto! Neppure per un minuto! Mangiare, dormire… insieme a Svetlana. Fare anche la doccia insieme a lei! In modo da essere in ogni istante, in ogni istante… — Il Capo sospirò e tacque.

— Boris Ignatevic — intervenne Svetlana inaspettatamente. — Ora questo non ha più importanza. Pensiamo a che cosa fare adesso.

Il Capo la guardò con un certo stupore. Poi annuì. — La bambina ha ragione. Pensiamoci. Cominciamo dal fatto che la situazione è peggiorata in modo catastrofico. Se prima Anton era uno dei sospettati, adesso praticamente l'hanno in pugno. Non dire di no! Ti hanno visto sopra il cadavere ancora caldo. Il cadavere di un mago delle Tenebre, ucciso nello stesso modo di tutte le vittime precedenti. Difenderti dall'incriminazione non è più in nostro potere. I Guardiani del Giorno si rivolgeranno al Tribunale e richiederanno la lettura della tua memoria.

— È una cosa così pericolosa? — chiese Svetlana. — Sì? Perché comunque si chiarirebbe che Anton è innocente?

— Certamente, ma intanto le Forze delle Tenebre verrebbero a conoscenza di tutte le informazioni in suo possesso. Svetlana, ti immagini quante cose sa il responsabile del sistema informatico della Guardia? Anche ammettendo che egli stesso non sia a conoscenza di ogni particolare, che certi dati li abbia solo scorsi rapidamente, elaborati e poi dimenticati, le Forze delle Tenebre schiereranno i loro specialisti. E quando Anton, assolto, lascerà la sala del Tribunale – ammesso che abbia sopportato il rovesciamento della coscienza – i Guardiani del Giorno saranno al corrente di tutte le nostre operazioni. Ti rendi conto di quello che accadrà? I nostri metodi di addestramento e di ricerca di nuovi Altri, l'analisi delle operazioni di guerra, la rete degli informatori, le statistiche sulle perdite, i dati di archivio relativi ai nostri membri, la situazione finanziaria...

Quei due parlavano di me, mentre io me ne stavo lì seduto come se la cosa non mi riguardasse. E non si trattava tanto di cinica franchezza, quanto di un fatto preciso: il Capo chiedeva consiglio a Svetlana, mago alle prime armi, e non a me, mago potenzialmente di terzo livello.

A tradurre i nostri rapporti nel linguaggio degli scacchi, la situazione era anche troppo chiara.

Io ero un alfiere, uno dei tanti bravi alfieri della Guardia. E Svetlana era un pedone. Ma un pedone che si preparava a trasformarsi in regina.

E tutti i guai che potevano capitarmi per il Capo erano passati in secondo piano davanti alla possibilità di impartire a Svetlana una piccola lezione pratica.

— Boris Ignatevic, sa benissimo che non permetterò che leggano la mia memoria — dissi.

— Allora sarai condannato.

— Lo so. Posso comunque giurare di non avere nessun rapporto con la morte di questi maghi delle Tenebre. Però non ho nessuna prova.

— Boris Ignatevic, e se proponessimo di verificare pure la memoria di Anton, ma solo per la giornata di oggi? — esclamò Svetlana contenta. — Dovrebbe bastare per convincerli...

— La memoria non si può tagliare a fette, Sveta. Si riepiloga per intero. Partendo dal primo istante di vita. Dal profumo del latte materno, dal gusto del liquido amniotico. — Adesso il Capo parlava con fredda perentorietà. — Ecco il problema. Anche se Anton non conoscesse nessun segreto, immagina cosa può essere ricordare e rivivere di nuovo tutto! La sospensione nel liquido oscuro, vischioso, le pareti che si contraggono, il barlume della luce davanti, il dolore, il soffocamento, la necessità di rivivere la propria nascita. E poi il resto, minuto per minuto. Hai mai sentito dire che negli attimi prima di morire si rivede tutta la propria vita? Il rovesciamento della memoria è qualcosa del genere. Inoltre da qualche parte, negli strati più profondi della coscienza, rimane il ricordo anche di questo evento. Capisci? È molto difficile non impazzire, dopo...

— Parla come se... — Svetlana si interruppe, incerta.

— Io l'ho provato. Non in un interrogatorio. Più di un secolo fa, quando la Guardia aveva solo cominciato a studiare gli effetti del rovesciamento della memoria, c'era bisogno di un volontario. Poi c'è voluto circa un anno perché mi rimettessero in sesto.

— E come hanno fatto? — chiese Svetlana incuriosita.

— Con nuove impressioni. Esperienze che non avevo mai vissuto prima. Paesi sconosciuti, piatti nuovi, incontri imprevedibili, problemi insoliti. E ciò nonostante... — il Capo fece un sorriso forzato — ogni tanto mi scopro a chiedermi se quello che mi circonda è la realtà o solo il suo ricordo, se sto vivendo o sono sdraiato su una lastra di cristallo nella sede della Guardia del Giorno mentre stanno srotolando la mia memoria come una matassa di lana...

Tacque.

Intorno a noi c'era gente seduta ai tavoli, e camerieri che correvano avanti e indietro. I poliziotti se n'erano andati, portandosi via il corpo del mago delle Tenebre, mentre un uomo, forse un parente, era venuto a prendere la vedova e i bambini. Più nessuno sembrava preoccuparsi di quello che era appena accaduto. Sembrava, anzi, che i clienti adesso avessero più appetito, e più sete di vita. Nessuno faceva caso a noi: il rapido incantesimo di cui si era servito il Capo costringeva tutti a distogliere lo sguardo.

E se tutto questo fosse già accaduto?

Se fossi io, Anton Gorodeckij, responsabile di sistema della ditta commerciale Niks e contemporaneamente mago della Guardia della Notte, a essere disteso su una lastra di cristallo coperta di antiche rune? E qualcuno – non importa chi, se i maghi delle Tenebre o il Tribunale a composizione mista – stesse dipanando, esaminando, rielaborando la mia memoria?

No!

Non poteva essere. Non provavo le sensazioni di cui aveva parlato il Capo. Non avevo nessun tipo di dejà-vu. Non mi ero mai trovato prima in un corpo femminile, non avevo mai scoperto cadaveri nella toilette di qualche luogo pubblico prima di oggi.

— Vi ho spaventati — disse il Capo. Prese dalla tasca un sigaro lungo e sottile. — La situazione è chiara. Che possiamo fare?

— Io sono pronto a compiere il mio dovere — dichiarai.

— Aspetta, Anton. Non c'è bisogno di fare gli eroi.

— Non sto facendo l'eroe. E il punto non è neppure se sono pronto a difendere i segreti della Guardia. È semplicemente che non sopporterei un interrogatorio di quel tipo. Preferisco morire.

— Ma noi non moriamo come muoiono gli uomini.

— Lo so, per noi è peggio. Ma sono pronto.

Il Capo sospirò. — Scusate, bambine. Anton, proviamo a pensare non alle conseguenze, ma ai presupposti dell'accaduto. Qualche volta è utile guardare al passato.

— Proviamoci — dissi senza grandi speranze.

— Il Selvaggio caccia di frodo in città già da qualche anno. Dagli ultimi dati della sezione analisi, questi strani omicidi sono iniziati tre anni e mezzo fa. Una parte delle vittime è costituita da agenti delle Tenebre chiaramente identificabili in quanto tali. Un'altra parte probabilmente da agenti delle Tenebre potenziali.

Nessuno degli uccisi era di un livello superiore al quarto. Nessuno lavorava nella Guardia del Giorno. La cosa più divertente è che quasi tutte le vittime erano Forze delle Tenebre di tendenza moderata, se questa definizione ha un senso. Diciamo che uccidevano e influenzavano gli uomini, ma molto meno di quanto avrebbero potuto.

— Li hanno sacrificati — disse Svetlana. — Giusto?

— È probabile. La Guardia del Giorno non ha toccato questo psicopatico e gli ha anche offerto qualcuno dei suoi, qualcuno di cui non le importava molto. Perché? Questa è la domanda fondamentale: perché?

— Per accusarci di negligenza — tentai io.

— Il fine non giustifica i mezzi.

— Per incastrare qualcuno dei nostri.

— Anton, di tutti i membri della Guardia l'unico a non avere un alibi per i momenti degli assassini sei tu. Perché la Guardia del Giorno dovrebbe darti la caccia?

Mi strinsi nelle spalle. — Una vendetta di Zavulon.

Il Capo scosse la testa dubbioso. — No. È da poco che ti sei scontrato con lui. Mentre il primo attacco è stato sferrato tre anni e mezzo fa. La domanda rimane aperta: perché?

— Forse Anton potenzialmente è un mago molto forte... — azzardò timidamente Sveta. — E le Tenebre l'hanno capito. Siccome era troppo tardi per attirarlo dalla loro parte, hanno deciso di eliminarlo.

— Anton è più forte di quanto crede — rispose il Capo in tono sbrigativo. — Ma non supererà mai il secondo livello.

— E se i nostri nemici vedessero delle possibili evoluzioni della realtà che noi non riusciamo a vedere? — Guardai il Capo negli occhi.

— E cioè?

— Io posso essere un mago debole, posso essere medio, o forte. Ma se mi bastasse solo fare una certa cosa per cambiare l'attuale equilibrio di forze? Magari qualche cosa di semplice, non legato alla magia? Boris Ignatevic, in fondo le Forze delle Tenebre hanno cercato di allontanarmi da Svetlana. Evidentemente avevano previsto quella variante della realtà in cui l'avrei potuta aiutare! E se avessero visto qualcos'altro? Un avvenimento futuro? E l'avessero visto già da molto tempo, e da molto tempo si fossero preparati a neutralizzarmi? E se, a paragone con quella che mi aspetta, la lotta per Sveta fosse stata una sciocchezza?

All'inizio il Capo mi ascoltò attentamente. Poi corrugò la fronte e scosse la testa. — Anton, hai manie di grandezza. Scusami. Io esamino le linee di tutti i lavoratori della Guardia, da quelli più importanti fino allo zio Sura, il tecnico dell'impianto igienico. E tu non hai, scusami Anton, ma non hai nel tuo futuro nessuna impresa particolare. Su nessuna delle tue linee della realtà.

— Boris Ignatevic, è assolutamente certo di non sbagliarsi?

Comunque mi aveva fatto infuriare.

— No. Io non sono assolutamente certo di nulla. Neppure di me stesso. Ma ci sono poche, pochissime possibilità che tu abbia ragione. Credimi.

Gli credetti.

Rispetto a quelle del Capo le mie capacità erano pari a zero.

— Dunque non sappiamo la cosa principale: il motivo.

— Sì. L'attacco è indirizzato a te, ormai non ci sono più dubbi. Questo Selvaggio lo governano con grande finezza ed eleganza. Gli lasciano credere che sta combattendo contro il Male, mentre da molto tempo è solo una marionetta nelle loro mani. Oggi l'hanno portato nello stesso ristorante dove c'eri tu. Gli hanno presentato la vittima. E ti hanno incastrato.

— Allora... cosa possiamo fare?

— Cercare il Selvaggio. È l'ultima possibilità, Anton.

— Ma praticamente lo uccidiamo.

— Non noi. Noi lo troviamo soltanto.

— Non importa! Per quanto sia cattivo, per quanto si comporti in modo sbagliato, è sempre dei nostri! Combatte contro il Male nell'unico modo che conosce! Bisogna solo spiegargli le cose.

— È tardi, Anton. È tardi. Ci siamo lasciati scappare il momento della sua comparsa. Adesso ha alle spalle una tale storia... Ricordi come è morta quella vampira?

Annuii. — Riposi in pace.

— Eppure aveva commesso molti meno delitti, dal punto di vista delle Tenebre. E anche lei senza capire quello che stava succedendo. Ma la Guardia del Giorno ha riconosciuto la sua colpa.

— L'ha riconosciuta in modo occasionale o ha creato un precedente? — chiese Svetlana.

— Chi lo sa? Anton, devi trovare il Selvaggio.

Alzai gli occhi.

— Trovarlo e consegnarlo alle Forze delle Tenebre — disse il Capo perentoriamente.

— Perché io?

— Perché soltanto nel tuo caso è moralmente accettabile. Sei tu a essere minacciato. Tu ti limiteresti a difenderti. Per chiunque di noi consegnare un mago della Luce, sia pure il più selvaggio, il più grezzo, il più traviato, sarebbe uno shock troppo grande. Tu lo puoi sopportare.

— Non ne sono sicuro.

— Lo puoi sopportare. E tieni presente, Anton, che hai solo questa notte. I Guardiani del Giorno non hanno più motivo di aspettare, domani mattina presenteranno un'imputazione ufficiale contro di te.

— Boris Ignatevic!

— Cerca di ricordare! Cerca di ricordare chi c'era qui. Chi è entrato nella toilette dopo il mago delle Tenebre?

— Nessuno. Sono sicura perché ho continuato a guardare per vedere se usciva — intervenne Svetlana.

— Vuol dire che il Selvaggio era già nella toilette, in attesa del mago. Ma in ogni caso deve esserne uscito. Non vi ricordate niente? Sveta, Anton?

Non rispondemmo. Io non ricordavo niente. Avevo cercato di non guardare dalla parte del mago delle Tenebre.

— È uscito un uomo dalla toilette — disse Svetlana. — Un tipo, be'…

Pensò per qualche istante.

— Normale, assolutamente normale. Un uomo medio, come se avessero mescolato milioni di facce e ne avessero creata una media. L'ho visto di sfuggita e l'ho subito dimenticato.

— Ricordatelo adesso — ordinò il Capo.

— Non ci riesco, Boris Ignatevic. Un essere umano come tanti. Un uomo. Di età media. Non ho neppure capito che era un Altro.

— È un Altro allo stato naturale. Non entra nemmeno nel Crepuscolo, ma sta in equilibrio proprio sul confine. Sveta, ricorda! La faccia, o qualche segno particolare.

Svetlana si passò una mano sulla fronte. — Dopo essere uscito è tornato al suo tavolo, dove c'era una donna. Una bella donna, bionda. Si stava truccando. Ho notato anche la marca del fard che stava usando, Ljumene. Lo uso anch'io qualche volta: sono cosmetici che costano poco, non molto buoni.

Nonostante tutto, non riuscii a trattenere un sorriso.

— Ed era scontenta — aggiunse Svetlana. — Sorrideva, ma forzatamente. Come se volesse restare ancora un po', mentre lui la portava via.

Si interruppe di nuovo per riflettere.

— L'aura della donna! — gridò il Capo. — Te la ricordi! Trasmettimi la composizione!

Aveva alzato la voce e cambiato tono. Naturalmente nessuno nel ristorante l'aveva sentito. Ma sul volto dei presenti passò una breve smorfia convulsa, e un cameriere che portava un vassoio inciampò e fece cadere una bottiglia di vino e due coppe di cristallo.

Svetlana scosse la testa: il Capo l'aveva fatta andare in trance senza sforzo, come se fosse stata un normale essere umano. Vidi le sue pupille dilatarsi e una lieve striscia arcobaleno che si stendeva tra il suo volto e quello del Capo.

— Grazie, Sveta — disse Boris Ignatevic.

— Ci sono riuscita? — chiese Sveta stupita.

— Sì. Ti puoi considerare mago di settimo grado. Comunicherò che hai superato l'esame individualmente. Anton!

Adesso toccava a me guardare il Capo negli occhi.

Una scossa.

Flussi di un'energia sconosciuta agli uomini.

E una forma.

No, non vedevo il volto dell'amica del Selvaggio. Vedevo la sua aura, che è molto di più. Strati verdi e azzurri mescolati, come gelato in una coppa, una piccola macchia marrone, una fascia bianca. Un'aura abbastanza complessa, ma facile da ricordare e tutto sommato simpatica. Cominciai a sentirmi a disagio.

E inoltre lo amava.

Lo amava e si sentiva offesa da qualcosa. Pensava che lui avesse smesso di amarla, ma sopportava ed era disposta a sopportare a lungo.

Sulle tracce di questa donna avrei trovato il Selvaggio. E lo avrei consegnato al Tribunale, a morte sicura.

— N-no — dissi.

Il Capo mi guardò poco convinto.

— Lei non ha nessuna colpa! E lo ama, si vede chiaramente!

Una musica malinconica ci avvolgeva tutti, e nessuno dei presenti sembrò udire il mio grido. Potevi metterti a strisciare per terra, e magari intrufolarti sotto il loro tavolo... quelli al massimo avrebbero spostato le gambe e poi avrebbero continuato a degustare le specialità della cucina indiana.

Svetlana ci guardava. Si era ricordata l'aura, ma non era in grado di decifrarla: per quello ci voleva il sesto grado.

— Allora morirai tu — disse il Capo.

— Io so perché.

— E non pensi a coloro che ti amano, Anton?

— Io non ho questo diritto.

Boris Ignatevic sorrise a denti stretti. — Che eroe! Ah, che eroi siamo tutti! Abbiamo mani pure, cuori d'oro zecchino, piedi che non hanno mai calpestato la merda. E la donna che hanno accompagnato fuori da poco, te la ricordi? I bambini in lacrime, te li ricordi? Loro non sono agenti delle Tenebre. Sono persone normali, quelle che noi abbiamo promesso di difendere. Quanto valuteremo ognuna delle nostre operazioni? Perché i nostri analisti, anche se li maledico cento volte al giorno, hanno già i capelli bianchi a cinquant'anni?

E come poco prima io avevo redarguito Svetlana, con la stessa sicura autorevolezza adesso il Capo mi schiaffeggiò sulle guance.

— Tu servi alla Guardia, Anton! Sveta serve alla Guardia! Mentre uno psicopatico, ammettiamo anche che sia buono, non ci serve! Afferrare un pugnale e far fuori qualche agente delle Tenebre sul portone di casa o in una toilette non è difficile. Senza pensare alle conseguenze, senza valutare la colpa. Dov'è il nostro fronte, Anton?

— Tra gli uomini. — Abbassai gli occhi.

— Chi difendiamo?

— Gli uomini.

— Non esiste un Male astratto, è questo che devi capire! Le radici sono qui, attorno a noi, in questa mandria che mastica e brinda un'ora dopo un assassinio! Ecco per che cosa devi lottare. Per gli uomini. Le Tenebre sono come l'idra, e più teste tagli, più ne ricresceranno! Si può sterminare solo con la fame, ti ricordi? Uccidi cento agenti delle Tenebre, e al loro posto ne sorgeranno mille. Ecco perché il Selvaggio è colpevole! Ecco perché tu, proprio tu, Anton, lo troverai. E lo obbligherai a presentarsi in tribunale. Spontaneamente o con la forza.

Il Capo si zittì all'improvviso. Si alzò bruscamente. — Andiamocene, bambine.

Ormai non mi colpiva più quell'appellativo. Balzai in piedi afferrando la borsa… un movimento inconscio, involontario.

Il Capo non aveva intenzione di perdere tempo. — Veloci!

Di colpo mi resi conto che avrei avuto bisogno di fare una sosta nel luogo in cui il mago delle Tenebre aveva incontrato la morte. Ma non mi arrischiai nemmeno ad accennare alla faccenda. Ci dirigemmo verso l'uscita a una tale velocità che gli uomini della sorveglianza sicuramente ci avrebbero fermato, se avessero potuto vederci.

— Troppo tardi — disse piano il Capo proprio sulla porta. — Abbiamo chiacchierato troppo.

Nel ristorante stavano entrando, o meglio, si stavano insinuando tre Altri. Due ragazzi robusti e una ragazza.

La ragazza la conoscevo. Alisa Donnikova. Una streghetta della Guardia del Giorno. Quando vide il Capo spalancò gli occhi.

Dietro di lei c'erano due sagome invisibili e inafferrabili che avanzavano in mezzo al Crepuscolo.

— Vi chiedo di fermarvi — disse Alisa con voce strozzata, come se le si fosse improvvisamente seccata la gola.

— Via. — Il Capo mosse appena una mano e gli agenti delle Tenebre finirono addossati alle pareti che ci circondavano.

Alisa si inclinò, tentando di puntarsi contro il muro, ma le forze in gioco erano evidentemente impari.

— Zavulon, io ti chiamo! — strillò.

O-oh. La streghetta doveva essere una delle amanti del capo della Guardia del Giorno, per avere il diritto di chiamata!

Gli altri due agenti delle Tenebre uscirono dalla penombra. A occhio li individuai come maghi combattenti di terzo o quarto grado. Naturalmente per Boris Ignatevic non costituivano alcun pericolo, e anch'io sarei stato in grado di aiutarlo, ma potevano farci perdere tempo.

Anche il Capo se ne rese conto. — Che cosa volete? — chiese in tono imperioso. — È l'ora dei Guardiani della Notte.

— È stato compiuto un delitto. — Gli occhi di Alisa mandavano fiamme. — Qui, e da poco. È stato ucciso un nostro fratello, ucciso da qualcuno di... — Il suo sguardo trapanava ora il Capo, ora me.

— Di...? — chiese il Capo speranzoso. La strega non cadde nella provocazione. Se si fosse arrischiata a lanciare contro Boris Ignatevic un'accusa del genere – dato il suo status e l'ora non legittima – il Capo l'avrebbe senz'altro spalmata sul muro. E senza nemmeno un secondo di esitazione.

— Da qualcuno della Luce!

— I Guardiani della Notte non hanno notizia di un criminale.

— Chiediamo ufficialmente assistenza.

Ecco. Adesso non avevamo più via di scampo. Rifiutare assistenza all'altra Guardia era quasi una dichiarazione di guerra.

— Zavulon, io ti chiamo! — gridò di nuovo la strega. Sentii nascere dentro di me una timida speranza che il capo delle Tenebre non la sentisse o fosse impegnato in qualche faccenda più importante.

— Siamo pronti all'assistenza — disse il Capo. La sua voce era di ghiaccio.

Detti una rapida occhiata alla sala, al di sopra delle robuste spalle dei maghi. Gli agenti delle Tenebre ci avevano già circondato, evidentemente con l'intenzione di tenerci sulla porta. Nel ristorante stava accadendo qualcosa di straordinario.

La gente mangiava.

Il rumore di mascelle era tale che sembrava che ai tavoli sedessero dei maiali. Sguardi ottusi, vitrei. In mano avevano le posate, ma afferravano il cibo con le dita, si soffocavano, grugnivano, sputacchiavano. Un uomo anziano, dall'aspetto dignitoso, che cenava tranquillo circondato da tre guardie del corpo e da una fanciulla, a un tratto cominciò a bere vino direttamente dalla bottiglia. Un simpatico giovanotto, di certo appartenente alla brillante schiera degli yuppy, e la sua attraente compagna si strappavano il piatto di mano, macchiandosi di salsa arancione. I camerieri correvano da un tavolo all'altro e lanciavano ai mangiatori piatti, tazze, fornellini, vasetti…

Le Tenebre avevano i loro metodi per distrarre i presenti.

— Qualcuno di voi era nel ristorante al momento dell'omicidio? — chiese solennemente la strega.

Il Capo rispose solo dopo qualche istante. — Sì.

— Chi?

— Le mie compagne.

— Olga. Svetlana. — La strega ci scrutò brevemente. — Non era presente l'Altro, membro della Guardia della Notte, il cui nome di umano è Anton Gorodeckij?

— Oltre a noi, qui non c'erano membri della Guardia! — disse in fretta Svetlana. Bene, ma troppo in fretta. Alisa si rabbuiò, rendendosi conto di avere formulato la domanda in modo troppo vago.

— Una notte tranquilla, non è vero? — si sentì dalla porta.

Zavulon aveva risposto alla chiamata.

Lo guardavo, comprendendo irrimediabilmente che un mago di quel livello non si sarebbe lasciato ingannare dal mio mascheramento. Non aveva riconosciuto il Capo in Ilja, ma con lo stesso trucco non si può prendere due volte una vecchia volpe.

— Non troppo tranquilla, Zavulon — disse il Capo semplicemente. — Manda via il tuo bestiame, o lo farò io in vece tua.

Il mago delle Tenebre era vestito come se il tempo si fosse fermato, e al gelido inverno non fosse subentrata una tiepida primavera. Giacca, cravatta, camicia grigia, scarpe strette ormai fuori moda. Guance vizze, sguardo offuscato, capelli corti.

— Sapevo che ci saremmo incontrati — disse.

Guardava me. Soltanto me.

— Che sciocchezza. — Zavulon scosse la testa. — Ma che bisogno hai di fare ancora certe cose, eh?

Fece un passo avanti, Alisa si scostò rapidamente.

— Un buon lavoro, una discreta agiatezza, l'amor proprio soddisfatto, tutte le gioie del mondo a tua disposizione, basta che pensi in tempo a quale sarà il Bene questa volta. E tu non vedi l'ora di buttarti in qualche stupida avventura. Io non ti capisco, Anton.

— E io non capisco te, Zavulon. — Il Capo gli sbarrò la strada.

Il mago delle Tenebre fu costretto a guardarlo.

— Vuol dire che stai invecchiando. Nel corpo della tua amante — Zavulon ridacchiò — c'è Anton Gorodeckij. Colui che noi sospettiamo per la serie di omicidi delle Forze delle Tenebre. È da tanto che sta nascosto lì, Boris? E tu non ti sei accorto di niente? — Ridacchiò di nuovo.

Lanciai un'occhiata agli agenti della Guardia del Giorno. Non avevano capito. Avevano ancora bisogno di un secondo, o forse meno.

Poi vidi che Svetlana sollevava le mani e che sulle sue palme pulsava il fuoco giallo della magia.

L'esame per il settimo grado di forza l'aveva dato, solo che probabilmente in quello scontro avremmo perso. Noi eravamo tre. Loro sei. Se Svetlana li avesse colpiti – salvando non sé, ma me, già sprofondato nella merda fino al collo – sarebbe cominciato il combattimento.

Balzai in avanti. Che bella cosa che Olga avesse un corpo così forte e allenato. Che bella cosa che tutti noi – sia le Forze della Luce che quelle delle Tenebre – ci fossimo disabituati a contare sull'energia di gambe e braccia per una semplice e schietta rissa. Che fortuna che Olga, privata della maggior parte della sua magia, non avesse trascurato quest'arte.

Zavulon si piegò emettendo un suono rauco quando il mio pugno – il pugno di Olga – gli arrivò nella pancia. Con un calcio lo misi in ginocchio e mi precipitai fuori.

— Fermati! — gridò Alisa. Con entusiasmo, con odio e con amore insieme.

"Prendilo, prendilo!"

Mi misi a correre per la Pokrovka, dalla parte del Zemljanoj Val, con la borsetta che mi picchiava sulla schiena. Per fortuna non avevo i tacchi. Sganciarsi, mischiarsi alla folla... il corso di sopravvivenza in città mi era sempre piaciuto, peccato solo che fosse stato breve, brevissimo. Chi avrebbe potuto pensare che un agente della Guardia dovesse fuggire e nascondersi, e non soltanto catturare chi fuggiva e si nascondeva?

Da dietro mi giunse una specie di ululato.

Balzai di lato istintivamente, senza neppure immaginare cosa stava accadendo. Un torrente infuocato, purpureo, snodandosi come un serpente, invase rapidamente la strada, cercò di fermarsi e di ritornare indietro, ma la forza d'inerzia era troppo grande: la carica investì la parete dell'edificio, portando in un istante le pietre all'incandescenza.

Ragazzi, che roba!

Inciampai, caddi, guardai indietro. Zavulon puntò di nuovo il suo bastone da guerra, ma adesso questo si muoveva molto lentamente, come se qualcosa lo impacciasse, rallentandolo.

Stava battendo in ritirata!

Credo che di me non sarebbe restato neppure un mucchietto di cenere, se solo la Frusta di Saab mi avesse raggiunto!

Questo significava che il Capo aveva torto. I Guardiani del Giorno non erano interessati a quello che c'era nella mia testa. Volevano semplicemente eliminarmi.

Gli agenti delle Tenebre stavano arrivando. Zavulon puntava la sua arma, il Capo abbracciava Svetlana che si divincolava. Balzai in piedi e mi lanciai di nuovo a correre, ma già comprendevo che non sarei riuscito a sfuggire. L'unico aspetto positivo era che in strada non c'era nessuno: una paura istintiva, inconsapevole aveva allontanato tutti i passanti appena era iniziata la nostra lotta. Non ci sarebbero state vittime innocenti.

Sentii uno stridio di freni. Mi girai e vidi che gli agenti delle Guardie si facevano da parte per lasciar passare una macchina lanciata a velocità folle. Il guidatore doveva aver deciso di trovarsi in mezzo a un regolamento di conti tra bande rivali e, dopo un attimo di sosta, era ripartito alla massima velocità.

Fermarlo? No, non era nemmeno pensabile.

Mi gettai sul marciapiede e mi sedetti, per nascondermi da Zavulon, dietro una vecchia Volga parcheggiata, in modo da lasciarmi superare da quella macchina che passava per caso. Ma la Toyota color argento di colpo, con lo stesso penetrante stridio di freni surriscaldati, si fermò.

Lo sportello del guidatore si spalancò e qualcuno mi fece segno con la mano.

Sono cose che non succedono! Capita solo nei film d'azione più scontati che l'eroe in fuga sia salvato da una macchina di passaggio!

Mentre finivo di formulare questo pensiero, avevo già aperto la portiera posteriore e mi stavo infilando nell'abitacolo.

— Più in fretta, più in fretta! — gridò la donna accanto alla quale mi stavo sistemando. In realtà il guidatore non aveva bisogno di incitamenti, perché avevamo già ripreso la corsa. Alle nostre spalle crepitò una nuova vampa, e partì un'altra carica della Frusta: l'auto però sterzò bruscamente, e il torrente di fuoco ci passò di fianco senza toccarci. La donna cominciò a strillare.

Chissà sotto quale forma vedevano la nostra lotta. Un fuoco di mitragliatrici? Un attacco missilistico? Un colpo di lanciafiamme?

— Perché, perché sei tornato indietro? — La donna cercò di slanciarsi in avanti, con la chiara intenzione di dare un pugno sulla schiena al guidatore. Io ero già pronto ad afferrarle la mano, ma uno scarto della macchina la rigettò indietro.

— Non deve fare così — le dissi gentilmente, rimediando uno sguardo indignato.

E del resto... Quale donna avrebbe accolto con gioia l'arrivo, nella sua macchina, di una sconosciuta simpatica, ma squinternata, inseguita da una folla di banditi armati a causa della quale suo marito si ritrovava all'improvviso sotto tiro?

Fortunatamente il momento più pericoloso ormai l'avevamo superato. Avevamo raggiunto il Zemljanoj Val e adesso viaggiavamo all'interno di un flusso continuo di macchine. Sia gli amici che i nemici ce li eravamo lasciati alle spalle.

— Grazie — dissi alla nuca rasata del guidatore.

— È ferita? — mi chiese senza voltarsi.

— No. Mille grazie. Perché si è fermato?

— Perché è uno stupido! — strillò la donna. Si era tutta rannicchiata dall'altra parte del sedile per evitare di sfiorarmi, come se fossi un'appestata.

— Perché non sono uno stronzo — rispose l'uomo tranquillamente. — Perché la inseguivano? È vero che non sono fatti miei…

— Volevano violentarmi — sparai a casaccio. Proprio una bella spiegazione. Direttamente al ristorante, in mezzo ai tavoli, neanche fossimo, invece che a Mosca, pur con tutte le sue storie di banditi, in un saloon del Far West.

— Dove la devo lasciare?

— Qui. — Guardai la lettera illuminata che segnalava l'entrata della metropolitana. — Da qui sono comoda.

— Possiamo accompagnarla a casa.

— Non c'è bisogno. Avete fatto anche troppo.

— Va bene.

L'uomo non si mise a discutere o a cercare di convincermi. La macchina frenò, e io scesi. Guardando la donna dissi: — La ringrazio moltissimo.

Lei sbuffò, poi, di scatto, chiuse la portiera.

Ecco fatto.

Casi come quello dimostrano comunque che il nostro lavoro ha un senso.

Istintivamente mi ravviai i capelli, mi lisciai i jeans. I passanti mi guardavano con una certa diffidenza, ma non cambiavano strada, il che mi faceva pensare di avere un aspetto più o meno accettabile.

Quanto tempo avevo? Cinque minuti, dieci, prima che gli inseguitori ritrovassero le mie tracce? O il Capo era riuscito a trattenerli?

Sarebbe stato bello. Perché cominciavo a capire quello che stava succedendo.

E avevo una chance. Magari piccolissima, ma ce l'avevo.

Mentre mi avviavo al metrò, presi il cellulare dalla borsa di Olga. Stavo per digitare il suo numero, poi, imprecando contro la mia stupidità, feci quello di casa mia.

Cinque squilli, sei, sette.

Chiusi la telefonata e feci il numero del mio cellulare. Questa volta Olga rispose subito.

— Pronto? — disse bruscamente una voce sconosciuta, maschile, un po' roca. La mia.

— Sono io, Anton — gridai. Un ragazzo che proprio in quel momento stava passando accanto a me, mi lanciò un'occhiata stupita.

— Testa di cazzo! — Da Olga non mi aspettavo un saluto diverso.

— Dove sei, Anton?

— Sto per infilarmi sotto terra.

— Per quello c'è sempre tempo. Come ti posso aiutare?

— Sei già al corrente degli ultimi avvenimenti?

— Sì. Con Boris siamo in comunicazione parallela.

— Ho bisogno del mio corpo.

— Dove ci incontriamo?

Mi presi un secondo per riflettere.

— Quando ho cercato di disperdere il vortice nero sulla testa di Svetlana, poi sono sceso a una stazione.

— Ho capito. Boris me l'ha spiegato. Facciamo così: alla terza stazione della linea circolare, in alto sulla sinistra. — Evidentemente aveva davanti lo schema.

— D'accordo.

— Al centro della sala. Sarò lì tra venti minuti.

— Va bene.

— Ti devo portare qualcosa?

— Porta me. Per il resto vedi tu.

Chiusi il telefono, mi guardai attorno ed entrai velocemente nella stazione.

Capitolo 4

Ero in attesa, al centro del salone della stazione Novoslobodskaja. Una scena piuttosto usuale, a quell'ora ancora non troppo tarda: una ragazza che aspetta forse un ragazzo, forse un'amica.

Nel mio caso... tutti e due.

Sotto terra trovarmi era più difficile che in superficie. Perfino i migliori tra i maghi delle Tenebre non sarebbero riusciti a individuare la mia aura, attraverso strati di terreno, attraverso le antiche tombe su cui è costruita Mosca, in mezzo alla folla. Naturalmente anche rastrellare le stazioni non era difficile: bastava mandare in ognuna un Altro con la mia immagine, ed era fatta.

Ma speravo di avere ancora mezz'ora o un'ora prima di questa mossa della Guardia del Giorno.

Com'era tutto semplice, alla fine. Con che eleganza si ricomponeva il puzzle. Scossi la testa, sorrisi e subito colsi su di me lo sguardo interrogativo di un giovane punk. "No, amico, ti stai sbagliando. Questo corpo così sexy sta sorridendo solo ai suoi pensieri."

In effetti si poteva immaginarlo subito, appena le fila dell'intrigo avevano cominciato a convergere verso di me. Il Capo aveva ragione, naturalmente. Io non rappresentavo un obiettivo così importante da meritarmi un piano tanto lungo, complicato e devastante. Si trattava di una faccenda diversa, completamente diversa.

Cercano di prenderci sfruttando le nostre debolezze. Sfruttando la bontà e l'amore.

E ce la fanno, o comunque ci vanno molto vicino.

All'improvviso mi venne voglia di fumare, una voglia intensissima, tanto che la bocca mi si riempì di saliva. Strano, non ero abituato al tabacco, doveva essere una reazione dell'organismo di Olga. Me la immaginai come doveva essere cento anni fa: una dama di grande eleganza con una sigaretta sottile infilata nel bocchino che fa la sua comparsa in qualche salotto letterario in compagnia di due poeti come Blok e Gumilëv. E che discetta sorridendo di massoneria, di populismo, della ricerca della perfezione spirituale.

Be', forse era meglio passare ai fatti!

— Non avrebbe per caso una sigaretta? — chiesi a un giovanotto che mi veniva incontro, vestito abbastanza bene da non fumare le Zolotaja Java.

Lo sguardo era stupito, ma mi porse un pacchetto di Parlamenta.

Presi la sigaretta, lo ringraziai con un sorriso e mi coprii con un leggero incantesimo. Lo sguardo della gente scivolava via senza vedermi.

Che meraviglia.

Concentrandomi, alzai la temperatura dell'estremità della sigaretta finché non raggiunse i duecento gradi e aspirai. Aspetteremo. Infrangeremo qualche piccola implacabile regoletta.

La gente continuava a passarmi accanto, evitandomi senza vedermi. Annusavano sconcertati, non capendo da dove arrivasse quell'odore di tabacco. Io continuavo a fumare, scuotendo la cenere in terra, osservando il poliziotto cinque passi più in là, e cercando di calcolare le mie possibilità.

Mi resi conto che non erano poi così poche, anzi. E questo mi turbava.

Se erano tre anni che lavoravano a quel piano, dovevano per forza anche avere previsto la possibilità della mia intuizione. E avere perciò pronta una contromossa. Ma quale?

Quello sguardo stupito non lo colsi subito. Ma quando realizzai di chi era, ebbi un sussulto.

Egor.

Un ragazzino, un Altro di piccola forza, che sei mesi prima era finito in mezzo alla grande lotta che si era scatenata tra le

Guardie. Scoperto da entrambe le parti. Una carta che non era ancora stata distribuita a nessuno dei giocatori. Del resto, non era una carta da suscitare appetiti particolari.

I suoi poteri erano sufficienti a superare il mio leggero occultamento. L'incontro in sé, comunque, non mi stupì. Nel mondo esistono molti casi fortuiti, senza contare che esiste anche la predestinazione.

— Ciao, Egor — dissi, senza pensarci. E ampliai l'incantesimo, attirando anche lui nel cerchio di non visibilità.

Il ragazzino sussultò e si guardò attorno. Fissò gli occhi su di me. Naturalmente non aveva mai visto Olga nel suo aspetto umano, ma solo in forma di civetta bianca.

— Chi è lei, e come fa a conoscermi?

Sì, era maturato. Non esternamente, interiormente. Non capivo come fosse riuscito a non determinarsi fino in fondo, a non schierarsi né dalla parte della Luce, né dalla parte delle Tenebre. Perché era già entrato nel Crepuscolo, e per di più in condizioni tali da poter diventare chiunque avesse desiderato. Ma la sua aura era come prima: pulita, neutrale.

Un destino speciale. Che bellezza avere un destino speciale.

— Sono Anton Gorodeckij, agente della Guardia della Notte — dissi semplicemente. — Ti ricordi di me?

Certo che si ricordava di me.

— Ma...

— Non farci caso. È un mascheramento, possiamo scambiarci i corpi.

Pensai se fosse il caso di ricordarmi le prime lezioni del corso di illusione e di riassumere temporaneamente il mio solito aspetto. Ma non ce ne fu bisogno: Egor mi credette. Forse si era ricordato le trasformazioni del Capo.

— Che cosa vuole da me?

— Niente. Sto aspettando una collega, la proprietaria di questo corpo. Il nostro incontro è assolutamente casuale.

— Odio le vostre Guardie! — gridò Egor.

— Come preferisci. Io davvero non ti stavo cercando. Se vuoi, vai via.

Credermi a questo proposito gli riusciva molto più difficile che credere allo scambio di corpi. Il ragazzino si guardò intorno con aria sospettosa, aggrottando la fronte.

Di sicuro non gli era facile andarsene. Aveva percepito il mistero, aveva sentito le forze che stanno oltre il mondo degli umani. E aveva rifiutato queste forze, sia pure temporaneamente.

Ma potevo immaginare che volesse imparare almeno qualche piccola cosa, che so, qualche trucchetto con la pirocinesi e la telecinesi, l'ipnosi, la guarigione, la maledizione. Non so esattamente da cosa, ma probabilmente era attratto da questi giochetti. Non solo dal conoscerli, ma dal saperli usare.

— Davvero non mi stava cercando? — chiese alla fine.

— Non ti stavo cercando. Non ne abbiamo il diritto.

— E come faccio a esserne sicuro? Magari anche questa è una bugia — borbottò, distogliendo lo sguardo. Era logico.

— Non puoi — convenni. — Se vuoi, credimi.

— Io vorrei — disse lui, sempre fissando il pavimento. — Ma mi ricordo quello che è successo sul tetto. Di notte me lo sogno.

— Non devi più avere paura di quella vampira — gli dissi. — È defunta. Per decreto del Tribunale.

— Lo so.

— Come hai fatto a saperlo? — gli chiesi stupito.

— Mi ha chiamato il vostro comandante. Quello che cambia anche lui corpo.

— Non lo sapevo.

— Una volta mi ha chiamato, quando a casa non c'era nessuno. Mi ha detto che avevano condannato la vampira. Ha detto anche che, in quanto potenziale Altro, anche se ancora non determinato, sono stato cancellato dall'elenco degli umani. E che non sarei mai più stato sorteggiato, e non dovevo più avere nessuna paura.

— Sì, certo — confermai.

— Gli ho chiesto se i miei genitori erano ancora nell'elenco.

E qui rimasi decisamente senza parole. Capivo quale doveva essere stata la risposta del Capo.

— Va bene, vado. — Egor fece un passo indietro. — La sua sigaretta è finita.

Gettai il mozzicone e gli chiesi: — Da dove vieni? È già tardi.

— Dagli allenamenti, faccio nuoto. No, mi dica, è davvero lei?

— Ti ricordi il gioco con la tazza rotta?

Egor sorrise debolmente. I trucchi più facili sono sempre quelli che impressionano di più il pubblico.

— Sì. Ma... — Tacque, guardando dietro di me.

Mi voltai.

È strano vedersi dall'esterno. Un ragazzo con la mia faccia, che camminava con la mia andatura e aveva addosso i miei jeans e la mia maglia, con il walkman e in mano una piccola borsa. Anche il sorriso, appena accennato, era il mio. Perfino gli occhi, un finto specchio, erano i miei.

— Ciao, Anton — disse Olga. — Buonasera, Egor.

La presenza del ragazzino evidentemente non l'aveva stupita. In generale sembrava molto tranquilla.

— Buonasera. — Egor guardava un po' lei e un po' me. — Anton adesso è nel suo corpo?

— Esattamente.

— Lei è simpatica. Ma come fa a conoscermi?

— Ti ho visto mentre mi trovavo in un corpo meno simpatico. Ma adesso scusaci, Anton ha dei grossi problemi, e dobbiamo risolverli.

— Devo andarmene? — Egor sembrava aver dimenticato che solo qualche istante prima stava appunto per farlo.

— Sì. E non ti arrabbiare, qui adesso farà caldo, molto caldo.

Il ragazzino guardò me.

— I Guardiani del Giorno mi danno la caccia — gli spiegai. — Tutti gli agenti delle Tenebre di Mosca.

— Perché?

— È una storia lunga. Perciò adesso vai diritto a casa.

Quelle parole suonarono brusche ed Egor, un po' corrucciato, annuì. Detti un'occhiata alla piattaforma: proprio in quel momento arrivava un treno.

— Ma c'è qualcuno che vi difende, vero? — Faceva comunque un po' di fatica a capire a quale corpo rivolgersi per parlare con me. — La vostra Guardia?

— Ci prova — rispose dolcemente Olga. — Adesso vai, per favore. Abbiamo poco tempo, e diventa sempre meno.

— Arrivederci. — Egor si girò e corse verso il treno. Al terzo passo uscì dal confine della zona di occultamento e per poco non lo gettarono a terra.

— Se il ragazzino fosse rimasto, sono sicura che sarebbe venuto dalla nostra parte — disse Olga, seguendolo con lo sguardo. — Bisognerebbe vedere le probabilità per capire perché vi siete incrociati nel metrò.

— Un caso.

— Il caso non esiste. Ah, Anton, un tempo leggevo le linee della realtà con la massima facilità, come un libro aperto.

— Una buona previsione non mi dispiacerebbe.

— Una vera previsione non si può fare su commissione. Va bene, mettiamoci al lavoro. Vuoi riprendere il tuo corpo?

— Sì, proprio qui.

— Come vuoi. — Olga tese le braccia – le mie braccia – e mi prese per le spalle. Era una sensazione assurda, duplice. Anche lei, evidentemente, sentiva qualcosa di analogo, perché ridacchiò: — Come mai poi ti sei fatto incastrare tanto in fretta, Anton? Avevo dei progetti così originali per la serata!

— Non vorrei dover ringraziare il Selvaggio per averli mandati a monte…

Olga si concentrò, smise di sorridere. — Va bene. Lavoriamo.

Ci mettemmo schiena contro schiena e aprimmo le braccia a croce. Strinsi le dita di Olga, le mie dita.

— Restituiscimi ciò che è mio — disse Olga.

— Restituiscimi ciò che è mio — ripetei io.

— Geser, ti restituiamo il tuo dono.

Sussultai rendendomi conto che aveva pronunciato il vero nome del Capo. E che nome!

— Geser, ti restituiamo il tuo dono! — ripeté Olga bruscamente.

— Geser, ti restituiamo il tuo dono!

Olga passò a una lingua molto antica, le cui parole erano dolci e armoniose, e da come le pronunciava pensai che dovesse essere la sua lingua madre. Ma percepii con dolore quanta fatica le costasse quella magia, tutt'altro che difficile, al livello di un mago di secondo grado.

Lo scambio di corpi è come lo scatto di una molla. Le nostre coscienze restavano in un corpo altrui solo grazie all'energia esercitata da Boris Ignatevic Geser. Bastava rifiutare la forza con cui lui ci investiva e saremmo ritornati nel nostro vecchio corpo. Se uno di noi fosse stato un mago di primo livello non ci sarebbe stato neppure bisogno del contatto fisico, tutto sarebbe potuto avvenire anche a distanza.

La voce di Olga si alzò: era arrivata alla formula conclusiva del rifiuto.

Per un attimo non successe nulla. Poi fui colto da convulsioni, tutto cominciò a fluttuarmi davanti agli occhi e a diventare grigio, come se stessi sprofondando nella penombra. Per un istante vidi tutta la stazione, da cima a fondo, le polverose vetrate colorate, il pavimento sporco, la gente che avanzava lenta, l'arcobaleno delle aure e due corpi che sussultavano, come inchiodati l'uno all'altro.

Poi mi sentii spingere, schiacciare, comprimere in un involucro corporeo.

— A-a-ah — mormorai, cadendo a terra e riuscendo solo all'ultimo momento a ripararmi con le mani. Avevo i muscoli irrigiditi, le orecchie mi fischiavano. Il viaggio di ritorno risultò molto meno confortevole dell'andata, forse perché non era stato il Capo a guidarlo.

— Tutto a posto? — mi chiese Olga con voce debole. — Ohi, che carogna che sei, però!

— Come? — La guardai.

Olga, con una smorfia, si stava alzando: — Potevi, pardon, fare una capatina alla toilette?

— Solo con il permesso di Zavulon.

— Va bene, non parliamone più. Anton, abbiamo ancora un quarto d'ora. Raccontami.

— Che cosa?

— Quello che hai capito. Forza. Non volevi semplicemente tornare nel tuo corpo. Hai elaborato un piano, no?

Annuii, mi raddrizzai, mi sfregai le palme impolverate. Poi le battei sulle ginocchia per sistemare un po' i jeans. Sotto l'ascella la cinghia della fondina mi stringeva troppo, dovevo allargarla un po'. Di gente nella metropolitana non ce n'era più molta, il grosso del fiume di viaggiatori era già defluito. Quelli che si erano attardati, però, ormai liberi dalla preoccupazione di farsi largo tra la folla, adesso avevano il tempo di pensare: si accendevano gli arcobaleni delle aure, e mi giungevano echi di emozioni altrui.

Quanto erano stati limitati i poteri di Olga! Nel suo corpo avevo dovuto sforzarmi al massimo per vedere il mondo segreto dei sentimenti degli umani. E nello stesso tempo era così semplice, davvero semplicissimo. Non ci si poteva nemmeno inorgoglire per averlo capito.

— Io non interesso alla Guardia del Giorno, Olga. Per niente. Sono un normale mago di medio livello.

Lei annuì.

— Eppure la caccia era diretta contro di me. Su questo non ci sono dubbi. Dunque non sono la preda, ma l'esca. Come Egor è stato l'esca quando la preda era Sveta.

— L'hai capito soltanto adesso? — Olga scosse la testa. — Certo. Tu sei l'esca.

— Per Svetlana?

Lei annuì.

— L'ho capito soltanto oggi — ammisi. — Un'ora fa, quando Sveta si è opposta ai Guardiani del Giorno, ha raggiunto il quinto livello di forza. Di colpo. Se ci fosse stato uno scontro l'avrebbero uccisa. Perché anche noi siamo facili da controllare, Olga. Gli umani si possono spingere in direzioni diverse, verso il Bene o verso il Male, le Forze delle Tenebre si possono prendere puntando proprio sulle loro meschinità, sul loro egoismo, sulla loro avidità di potere e di gloria. E noi possiamo essere incastrati sfruttando l'amore. Su questo punto siamo vulnerabili come bambini.

— Sì.

— Il Capo lo sa? — chiesi. — Olga?

— Sì.

Emetteva le parole a fatica, come se avesse un nodo alla gola. Non ci potevo credere! Non provano vergogna i maghi della Luce che hanno vissuto interi millenni! Hanno salvato il mondo tante di quelle volte che conoscono a memoria tutte le giustificazioni etiche. Non provano vergogna le Grandi Maghe, anche quelle ormai ex. Sono state tradite anche loro troppe volte.

Scoppiai in una risata. — Olga, ma voi l'avevate capito subito? Appena è arrivata la protesta dalle Tenebre? Che davano la caccia a me, ma che lo scopo reale era costringere Svetlana a perdere il controllo?

— Sì.

— Sì, sì, sì! E avete deciso di non avvertire né lei né me?

— Svetlana deve maturare. Magari saltando anche qualche gradino. — Negli occhi di Olga si accese una luce speciale. — Anton, tu sei mio amico. E ti parlerò con la massima onestà. Cerca di capirmi, non abbiamo il tempo adesso di allevare una Grande Maga. Ma ci serve, ci serve più di quanto tu possa immaginare. E lei ha abbastanza forza. Si temprerà, imparerà a raccogliere e ad applicare la sua forza, e soprattutto imparerà a controllarla.

— E la mia eliminazione non farebbe altro che accrescere la forza del suo odio per le Tenebre, giusto?

— Sì. Ma tu non sarai eliminato, ne sono sicura. I Guardiani cercano il Selvaggio, sono tutti all'erta. Lo presenteremo alle Forze delle Tenebre e la tua incriminazione cadrà automaticamente.

— Però sarà eliminato un mago della Luce non iniziato al momento giusto. Infelice, solitario, braccato, convinto di combattere da solo contro le Tenebre.

— Sì.

— Oggi sei sempre d'accordo con me. — Parlavo senza nessuna rabbia. — Olga, e se quello che fate fosse una vigliaccata?

— No. — Nella sua voce non c'era ombra di dubbio. La posta in gioco doveva essere davvero alta.

— Quanto tempo devo resistere, Luminosa?

Olga sussultò.

Un tempo molto, molto lontano, quello era l'appellativo che si usava nella Guardia. Luminoso, Luminosa... perché queste parole avevano perso il loro significato, e adesso suonavano insensate come l'espressione "gentlemen" rivolta a un gruppo di straccioni in coda davanti a un chiosco di birra?

— Almeno fino al mattino.

— La notte non è più un tempo nostro. Oggi tutte le Forze delle Tenebre batteranno le strade di Mosca. E a pieno diritto.

— Finché non troviamo il Selvaggio. Resisti.

— Olga... — Feci un passo verso di lei e le sfiorai la guancia con le dita, dimenticandomi per un attimo della nostra differenza d'età – che cos'è un millennio di fronte a questa notte infinita? – e della nostra differenza di forze e di conoscenza. — Olga, tu ci credi che arriverò fino al mattino?

La maga non rispose.

Annuii. Non c'era più niente da dire.

Non hai mai provato, amico,
a perderti in un'alba cristallina,
a bussare a un portone smarrito,
a restare più solo di prima?

Schiacciai un pulsante e passai ad ascoltare il walkman in modalità casuale. Non perché la canzone non si accordasse con il mio stato d'animo, anzi.

Mi piace la metropolitana di notte. Non so nemmeno io perché. Nulla da guardare, se non vecchie pubblicità e le aure stanche, tutte uguali, degli umani. Il rumore del motore, correnti d'aria dai finestrini lasciati aperti, sussulti del vagone sugli scambi. Ottusa attesa della propria stazione. Eppure mi piace.

È così facile prenderci sfruttando i nostri amori!

Sussultai, mi alzai, mi avvicinai alle porte. Anche se prima avevo pensato di andare fino alle fine della linea.

— Rizˇskaja, prossima stazione: Alekseevskaja.

E cantano con voci silenziose
sempre la stessa canzone,
oggi il club dei lebbrosi
inaugura la nuova stagione.

Mentre ero già sulla scala mobile, sentii alle mie spalle un leggero soffio di forza. Percorsi con lo sguardo la scala che veniva nella direzione opposta e quasi subito vidi un mago delle Tenebre.

No, non era un agente regolare della Guardia del Giorno, non ne aveva i vezzi. Era un mago piccolo, di quarto-quinto livello, più probabilmente quinto: doveva concentrarsi al massimo per analizzare i passanti. Ancora molto giovane, poco più di vent'anni, con lunghi capelli chiari, un giubbino stazzonato aperto, una faccia simpatica, anche se un po' tesa.

"Come mai hai finito per scegliere le Tenebre? Che cosa è accaduto prima che entrassi per la prima volta nel Crepuscolo? Avevi litigato con la tua amica? O con i tuoi genitori? Ti avevano cacciato da un esame, o avevi preso un brutto voto a scuola? Ti avevano pestato un piede sull'autobus? Ma la cosa più tremenda è che esternamente non sei cambiato. Forse sei addirittura migliorato. I tuoi amici hanno notato con un certo stupore come si stia sempre bene e allegri in tua compagnia, e come vadano bene le imprese che avviano insieme a te. La tua ragazza ha scoperto in te tutta una serie di doti che non aveva mai sospettato. I tuoi genitori non si stancano di rallegrarsi perché sei diventato più serio e più intelligente. Gli insegnanti sono entusiasti del talento che stai dimostrando. E nessuno sa che compensi riscuoti da chi ti circonda. Che ripercussioni hanno la tua bontà, i tuoi scherzi, la tua disponibilità."

Chiusi gli occhi e mi appoggiai al corrimano. Ero stanco, leggermente ubriaco, non guardavo nulla, ascoltavo la mia musica.

Lo sguardo del mago delle Tenebre scivolò su di me, passò oltre, poi ebbe come un fremito e si fermò.

Un contatto freddo, penetrante, come una folata di vento. Il ragazzo mi stava confrontando con l'immagine campione distribuita, probabilmente, a tutte le Forze delle Tenebre di Mosca. Si comportava in modo molto goffo, dimenticando di difendersi e senza notare che la mia coscienza si insinuava per un sentiero che, attraversando il Crepuscolo, arrivava ai suoi pensieri.

Gioia. Entusiasmo. Esultanza. L'ho trovato. La preda. Mi daranno una parte della forza della preda. Mi apprezzeranno. Mi daranno un grado più alto. Gloria. Regolare i conti. Non mi hanno apprezzato. Capiranno. Pagheranno.

Continuavo ad aspettare che almeno in un angolino della sua coscienza si risvegliassero anche altri pensieri. Il fatto che ero un nemico, che combattevo le Tenebre. Che avevo ucciso i suoi compagni.

No. Niente. Pensava soltanto a se stesso.

Prima che il giovane mago mettesse goffamente in azione i suoi tentacoli, utilizzai i miei. Ecco.

Non aveva grandi poteri, e non sarebbe riuscito a collegarsi con la Guardia del Giorno dalla metropolitana. E non ci avrebbe nemmeno provato. Per lui ero una bestia braccata, e nemmeno una bestia pericolosa: un coniglio, e non un lupo.

Coraggio, amico.

Uscii dal metrò. Scivolai di lato rispetto alla porta e cercai la mia ombra. Una sagoma incerta oscillava sul terreno e io vi entrai.

Crepuscolo.

I passanti si tramutarono in una nebbiolina spettrale, le macchine cominciarono a muoversi lente come tartarughe, la luce dei lampioni si oscurò e divenne soffocante, pesante. Silenzio. I rumori si erano trasformati in brusio sordo, appena percettibile.

Io però cercavo di muovermi in fretta, finché il mago non mi avesse raggiunto in superficie… Ma sentivo una forza che mi riempiva fino all'ultima fibra. Probabilmente era opera di Olga. Sotto il mio aspetto aveva riacquistato gli antichi poteri e aveva riempito il mio corpo di energia che poi non aveva utilizzato. Era un pensiero che non doveva esserle nemmeno balenato nella mente, nonostante tutte le sue arti.

«Lo capirai da sola dov'è il confine» avevo detto a Svetlana. Olga quel confine lo conosceva da millenni, e molto meglio di me.

Avanzai lungo il muro, poi provai a controllare attraverso il cemento l'interno della stazione, e il nastro della scala mobile. La macchia nera saliva. E abbastanza velocemente: il mago aveva fretta, correva su per i gradini, ma non si era ancora deciso a uscire dal mondo degli uomini.

Risparmiava le forze.

Su, su, muoviti.

Poi mi bloccai.

Scivolando un poco al di sopra del terreno veniva verso di

me una piccola nuvola turbinante, un grumo di nebbia, che andava assumendo le fattezze di un essere umano.

Un Altro. Un ex Altro.

Forse era dei nostri. O forse no. Anche le Forze delle Tenebre, dopo la morte, raggiungono come noi un altro luogo. Adesso comunque era solo una piccola nuvola nebbiosa e sfumata, eterna pellegrina del Crepuscolo.

— Pace a te, caduto — dissi. — Chiunque tu sia stato.

La sagoma vacillante mi si fermò proprio davanti. Ne uscì una lingua di nebbia che si protese verso di me.

Che cosa voleva? I casi in cui gli abitanti del Crepuscolo avevano cercato di entrare in comunicazione con i vivi erano assai rari!

La mano – se si poteva considerare una mano – tremava. I filamenti di nebbia biancastra si spezzavano, dissolvendosi nell'oscurità o perdendosi nel terreno.

— Ho pochissimo tempo — dissi. — Caduto, chiunque tu sia stato nella vita, Tenebre o Luce, pace a te. Che cosa vuoi da me?

Poi fu come se una folata di vento dissipasse quella massa di nebbia bianca. Lo spettro si voltò, la mano tesa – ora non avevo più dubbi: si trattava davvero di una mano – indicò, attraverso l'oscurità, un punto a nord-ovest. Guardai in quella direzione: indicava una sagoma sottile e appuntita che baluginava contro il cielo.

— Sì, ho capito, la torre! Ma che cosa significa?

La nebbia cominciò a dissolversi. Ancora un istante e l'oscurità attorno a me ritornò assolutamente vuota.

Mi sentii attraversare da un tremito. Il morto aveva cercato di comunicarmi qualcosa. Era un amico o un nemico? Mi voleva dare un consiglio o voleva mettermi in guardia?

Non era più possibile capirlo.

Guardai attraverso le pareti della stazione, poi attraverso la terra. Il mio nemico era quasi arrivato in cima, ma era ancora sulla scala mobile.

Dunque, proviamo a capire che cosa voleva lo spettro... Non prendevo in considerazione la possibilità di raggiungere la torre, avevo in mente un altro percorso, rischioso, ma del tutto imprevedibile. Perciò non aveva senso che volesse distogliermi dalla torre di Ostankino.

Un'indicazione? Ma da parte di chi? Amico o nemico? Ecco la questione fondamentale. Non è il caso di sperare che oltre il confine della vita le differenze siano cancellate, i nostri morti non ci lasciano nella battaglia.

Dovevo decidere io. E l'avrei fatto, ma non proprio in quel momento. Corsi verso l'uscita della metropolitana, afferrando nel frattempo la pistola che tenevo nella fondina sotto l'ascella.

Appena in tempo: il mago delle Tenebre apparve alle porte e subito scivolò nel Crepuscolo. Subito mi accorsi che cosa gli aveva dato quella possibilità. Tempeste nelle aure dei passanti, scintille oscure che volavano in tutte le direzioni.

Se mi fossi trovato nel mondo degli umani, avrei visto come si deformavano le loro facce: per un'improvvisa fitta al cuore, o per un infarto, che è molto peggio.

Il mago delle Tenebre si guardò intorno, cercando la mia traccia. Era capace di assorbire l'energia altrui, ma dal punto di vista della tecnica era decisamente scarso.

— Zitto — dissi, premendogli la pistola contro la colonna vertebrale. — Zitto. Mi hai già trovato. Bisogna vedere se ti fa poi così piacere…

Gli stringevo il polso, per impedirgli di muovere le mani. Tutti questi giovani maghi sfacciatelli, infatti, usano un assortimento standard di incantesimi, di solito i più semplici e potenti, che però richiedono il lavoro coordinato di tutte e due le mani.

Il suo palmo era bagnato.

— Andiamo — dissi. — Dobbiamo parlare un po'.

— Tu, tu… — Non riusciva assolutamente a credere a quello che stava accadendo. — Tu sei Anton! Sei un fuorilegge!

— Ammettiamolo anche. Ma adesso pensi che ti servirà?

Voltò la testa dalla mia parte: nel Crepuscolo il suo viso si era alterato, e aveva perso quella patina di bonaria simpatia. No, non aveva ancora assunto il suo definito volto crepuscolare, a differenza di Zavulon. E tuttavia non era già più umano. Aveva la mascella troppo tirata, la bocca larga come quella di una rana, gli occhi piccoli e torbidi.

— Sei proprio un mostro, amico. — Gli spinsi un'altra volta la pistola contro la schiena. — Questa è una pistola. È caricata con pallottole d'argento, anche se non sempre è necessario. Nel Crepuscolo funziona bene come nel mondo umano; forse è un po' più lenta, ma non meno micidiale. Anzi, sentirai meglio come la pallottola lacera la pelle, scivola tra le fibre dei muscoli, frantuma le ossa, strappa i nervi.

— Non farai una cosa simile!

— Perché?

— Da questo non potresti ripulirti mai più!

— Davvero? Vuoi dire che ho ancora qualche possibilità? Sai, ho sempre più voglia di premere il grilletto. Andiamo, vigliacco.

Aiutandolo a muoversi con qualche spintone, lo condussi in uno stretto passaggio tra due bancarelle. Il muschio azzurrastro cresciuto in abbondanza sulle loro pareti cominciò a vibrare. Nella Zona Oscura la flora desidera ardentemente provare le nostre emozioni: la mia rabbia, la sua paura. E nello stesso tempo, anche se priva di cervello, è comunque sufficientemente dotata di istinto di conservazione.

Qualità che non mancava neppure al mago delle Tenebre, anzi.

— Senti, ma che cosa vuoi da me? — cominciò a gridare. — Ci hanno dato le tue caratteristiche e ci hanno ordinato di trovarti! Non ho fatto altro che eseguire un ordine! Io rispetto il Patto, agente della Guardia!

— Non sono più un agente della Guardia. — Con uno strattone lo trascinai contro una parete, nel morbido abbraccio del muschio. Che si liberasse pure di un po' di paura, così sarebbe stato più facile parlare. — Chi guida la caccia?

— La Guardia del Giorno.

— E concretamente, chi?

— Il loro capo, non so come si chiama.

Probabilmente era la verità. Del resto, io lo sapevo come si chiamava.

— Ti hanno indirizzato proprio verso questa stazione della metropolitana?

Il mago delle Tenebre esitò.

— Parla. — Gli affondai la pistola nella pancia.

— Sì.

— Da solo?

— Sì.

— Menti. Del resto non ha importanza. Che cosa ti hanno ordinato di fare, dopo che mi avessi trovato?

— Tenerti d'occhio.

— Menti. E questa volta ha importanza. Pensaci e poi dammi la risposta giusta.

Il mago taceva: evidentemente il muschio aveva agito anche troppo.

Tirai il grilletto, e la pallottola superò la breve distanza che ci divideva fischiando allegramente. Il mago ebbe perfino il tempo di vederla: gli occhi gli si dilatarono, ritrovando una forma più umana, e lui scattò di lato, ma ormai troppo tardi.

— Per ora sei solo ferito — dissi. — E neanche mortalmente.

Era caduto a terra e si contorceva premendosi la ferita sul ventre. Nell'oscurità il suo sangue sembrava quasi trasparente. Poteva essere un'illusione, o forse anche una caratteristica particolare di quel mago.

— Rispondi alla domanda!

Agitando una mano, incendiai il muschio attorno a noi. Basta, adesso giocheremo sulla paura, sul dolore, sulla disperazione. Basta pietà, basta comprensione, basta discorsi.

Solo le Tenebre.

— Mi hanno ordinato di comunicarlo e se possibile di eliminarti.

— Non di trattenermi? Proprio di eliminarmi?

— Sì.

— Risposta accettata. Mezzo di comunicazione?

— Il telefono, solo il telefono.

— Dammelo.

— In tasca.

— Lanciamelo.

Con una mano raggiunse goffamente la tasca. La ferita non era mortale, e la sua riserva di resistenza ancora alta, ma il dolore era atroce.

Come giustamente si meritava.

— Il numero? — chiesi, afferrando il telefonino.

— È il tasto delle chiamate urgenti.

Guardai il display.

Già dalle prime cifre capii che quel numero poteva essere ovunque: era quello di un altro cellulare.

— È il quartier generale? Dove si trova?

— Non… — Si interruppe e fissò la pistola.

— Ricordatelo — lo incoraggiai.

— Mi hanno detto che sarebbero arrivati nel giro di cinque minuti.

Benissimo!

Guardai dietro di me il grande ago infuocato che si stagliava contro il cielo. Corrispondeva perfettamente, proprio perfettamente.

Il mago si mosse.

No, non era stata una provocazione quel momento di assenza. Ma quando prese dalla tasca una bacchetta – rozza, corta, chiaramente non costruita da lui, ma comprata a poco prezzo – provai un senso di sollievo.

— Allora? — gli chiesi, vedendolo bloccato, ancora non deciso ad alzare la sua arma. — Forza!

Il ragazzo taceva, immobile.

Se avesse provato ad attaccarmi, gli avrei scaricato addosso tutto il caricatore. Sarebbe stato inevitabile. Ma probabilmente gli avevano insegnato come comportarsi in caso di conflitto con le Forze della Luce. E aveva capito che mi sarebbe stato difficile uccidere un nemico disarmato e indifeso.

— Resisti — lo incitai. — Lotta! Figlio d'un cane, non hai avuto paura di distruggere la vita degli altri, quando attaccavi chi non si poteva difendere! Allora? Forza!

Il mago si umettò le labbra: aveva la lingua lunga, leggermente biforcuta. Improvvisamente capii quale sarebbe stato prima o poi il suo aspetto nel Crepuscolo e fui invaso da un senso di ripugnanza.

— Mi consegno alla tua pietà, Guardiano. Chiedo indulgenza e il giudizio.

— Basterebbe che mi allontanassi di un passo — dissi — o che tu riuscissi a prendere un po' di forza da qualcuno, e ti precipiteresti a telefonare. Prova a negarlo... lo sappiamo tutti e due.

Il mago delle Tenebre sorrise e ripeté: — Chiedo indulgenza e il giudizio, Guardiano!

Mi dondolavo la pistola tra le dita, mentre guardavo il suo volto sogghignante. Sono sempre pronti a chiedere. Mai a dare.

— Mi è sempre stato così difficile capire la nostra doppia morale — dissi. — È così penoso e sgradevole. Si impara solo col tempo, e adesso di tempo ne ho così poco! Quando bisogna inventarsi delle giustificazioni. Quando non si possono difendere tutti. Quando sai che in un certo reparto ogni giorno si firmano delle licenze per persone da consegnare alle Tenebre. È brutto, no?

Adesso non sorrideva più. Ripeté, come uno scongiuro: — Chiedo indulgenza e il giudizio, Guardiano!

— Non sono più un Guardiano — risposi.

La pistola con un sussulto cominciò a sparare, l'otturatore si mosse pigramente, sputando i bossoli. Le pallottole volavano nell'aria come un piccolo nugolo di vespe malefiche.

Il mago gridò solo una volta, poi due pallottole gli ridussero in frammenti il cranio. Quando la pistola si zittì con uno scatto, cominciai a ricaricarla lentamente, senza pensare a nulla.

Il corpo lacerato, distrutto, giaceva davanti a me. Aveva già cominciato a uscire dal Crepuscolo, e il ghigno delle Tenebre abbandonava a poco a poco la sua faccia da ragazzo.

Percorsi l'aria con la mano, nel tentativo di catturare qualcosa di inafferrabile che stava attraversando lo spazio. Lo strato più superficiale. Il calco del volto del mago delle Tenebre.

L'indomani l'avrebbero ritrovato. Un giovanotto buono, sano, amato da tutti. Ucciso bestialmente. Quanto Male avevo introdotto nel mondo con quel delitto? Quante lacrime, quanta durezza, quanto odio cieco? Che conseguenze avrebbe avuto nel futuro?

Ma quanto Male avevo eliminato? Quanti uomini sarebbero vissuti più a lungo e più felicemente? Quante lacrime risparmiate, quanta cattiveria, quanto odio eliminati prima ancora di nascere?

Forse in quel momento avevo superato la barriera che non si può superare.

Forse adesso capivo il confine successivo, che è necessario oltrepassare.

Rimisi la pistola nella fondina e uscii dal Crepuscolo.

La torre di Ostankino trapanava il cielo con la sua punta.

— Allora giochiamo senza regole — dissi. — Ma proprio senza.

Riuscii a fermare una macchina subito, senza nemmeno bisogno di suscitare nel guidatore un attacco di altruismo. Forse perché adesso indossavo la maschera del mago delle Tenebre morto, una maschera molto affascinante…

— Alla torre della televisione — dissi, ficcandomi in un'utilitaria dall'aria malconcia. — E il più in fretta possibile, prima che chiudano l'ingresso.

— Andiamo a divertirci? — chiese sorridendo l'uomo al volante, un tipo magro, con gli occhiali, dall'aria simpatica.

— Non puoi sapere quanto — risposi. — Non puoi sapere quanto.

Capitolo 5

Nella torre l'ingresso era ancora aperto. Comprai il biglietto, compreso l'accesso al ristorante, e attraversai il prato verde che circondava la torre. Per gli ultimi cinquanta metri la stradina era protetta da una sottile tettoia. Mi sarebbe piaciuto sapere a che scopo era stata allestita… Forse dalla vecchia costruzione si staccavano frammenti di cemento?

La tettoia terminava davanti alla garitta del punto di controllo. Presentai il passaporto, passai attraverso il metal detector, peraltro fuori servizio. Fine delle formalità, e di tutte le difese dell'importante obiettivo strategico.

Adesso cominciavano ad assalirmi i dubbi. A ben vedere l'idea di raggiungere quel luogo era decisamente strana. Non sentivo nelle vicinanze nessuna particolare concentrazione di Forze delle Tenebre. Se erano davvero lì, dovevano essersi nascosti molto bene, il che significava che mi sarei trovato alle prese con maghi di secondo-terzo livello. Una missione suicida, in pratica.

Il quartier generale. Il quartier generale operativo della Guardia del Giorno, schierato al gran completo per il coordinamento delle operazioni della caccia all'obiettivo numero uno. Cioè a me. Quale altro luogo sarebbe stato più appropriato per comunicare l'avvenuta eliminazione di un inesperto mago delle Tenebre?

Ma intrufolarmi nello stato maggiore, dove sedevano almeno una decina di maghi delle Tenebre, e tra i più esperti, non mi pareva una buona idea. Andare a infilare la testa nel cappio da solo… era una sciocchezza, e non una prova di eroismo, se avevo ancora qualche possibilità di cavarmela. E speravo moltissimo di avercela.

Dal basso, da sotto i petali di cemento dei piloni, la torre della televisione risultava molto più impressionante che da lontano. Anche se probabilmente la maggior parte dei moscoviti non era mai salita neppure una volta fino alla piattaforma panoramica, considerando la torre un'imprescindibile caratteristica dell'orizzonte moscovita, utile e simbolica, ma non un luogo di ricreazione. Qui, come in un tubo aerodinamico di bizzarra costruzione, soffiava il vento, e con l'ultima propaggine dell'udito si riusciva a cogliere un suono appena percepibile: la voce della torre.

Rimasi fermo lì sotto, guardando in alto, le griglie e i varchi, il cemento traforato, e la silhouette della torre, flessibile e incredibilmente aggraziata. Perché la torre è davvero flessibile: dischi di cemento appoggiati a cavi in tensione. Tutta la forza è nella flessibilità. Solo nella flessibilità.

Poi varcai le porte a vetri.

Che strano: ero convinto che di gente desiderosa di contemplare il panorama di Mosca di notte dall'altezza di trecentotrenta metri ce ne fosse un sacco. E invece no. Il viaggio in ascensore lo feci da solo, o meglio, da solo con l'addetta di turno.

— Pensavo che ci fosse molta gente qui — osservai con un sorriso cordiale. — È sempre così la sera?

— No, di solito c'è una bella confusione. — La donna aveva parlato senza manifestare stupore, ma nella sua voce riuscii a cogliere una nota di sconcerto. Poi schiacciò un pulsante e le doppie porte cominciarono a richiudersi. All'istante mi si tapparono le orecchie e mi sentii schiacciare contro il pavimento: la cabina si era lanciata verso l'alto, dolcemente, ma anche molto velocemente. — Saranno un paio d'ore che il flusso si è bloccato.

Un paio d'ore.

Subito dopo la mia fuga dal ristorante.

Se in quel momento in cima alla torre era davvero riunito il quartier generale, niente di strano che centinaia di persone, che in quella bella serata primaverile, limpida e calda, avevano pensato di raggiungere il ristorante sopra le nuvole, avessero improvvisamente cambiato idea. Certo, gli umani non erano in grado di vedere certe cose, ma le percepivano lo stesso.

E, per quanto non coinvolti negli avvenimenti in corso, avevano comunque abbastanza buon senso per non avvicinarsi troppo alle Forze delle Tenebre.

Naturalmente avevo assunto l'aspetto del mago delle Tenebre. La questione fondamentale, adesso, era capire se quel mascheramento fosse sufficiente. Gli incaricati della sicurezza avrebbero confrontato le mie caratteristiche con l'elenco che avevano in memoria, avrebbero trovato il riscontro previsto, e avrebbero percepito la presenza della forza.

E se avessero provato a scavare un po' più in profondità? Se avessero provato a verificare il profilo della forza, a chiarire se si trattava di Luce o di Tenebre, e di quale grado?

Avevo più o meno cinquanta possibilità su cento. Da una parte quella era la procedura prevista. Dall'altra sempre e dovunque gli addetti trascurano i controlli del genere. Magari chi era in servizio quella sera li trovava terribilmente noiosi, o al contrario era stato appena assunto ed era ancora pieno di zelo.

Alla fine il cinquanta per cento di possibilità era una percentuale molto favorevole rispetto a quella che avevo di non farmi trovare dai Guardiani del Giorno per le strade della città.

L'ascensore si fermò. Non riuscii neppure a fermare il flusso dei miei pensieri: in tutto la salita non era durata più di venti secondi. Ci fossero stati ascensori così nei nostri palazzoni!

— Eccoci arrivati — annunciò la donna in tono quasi allegro. Un po' come se fossi stato l'ultimo visitatore della torre di Ostankino, per quella sera.

Uscii sulla piattaforma panoramica.

Di solito lì c'era un sacco di gente. Ed era facile distinguere subito chi era appena arrivato da chi invece c'era già da un po': per l'incertezza dei movimenti, la comica cautela nell'avvicinarsi alla finestra circolare, e per quel gironzolare attorno agli oblò di vetro blindato, saggiando timorosamente con la punta del piede la loro effettiva robustezza.

A occhio e croce i visitatori dovevano essere una ventina. Non c'erano bambini, mentre io chissà perché mi ero già chiaramente immaginato le loro scene isteriche appena saliti sulla torre, e il nervosismo e il disorientamento dei genitori. I bambini infatti sono più sensibili alla presenza delle Tenebre.

Anche gli adulti che erano sulla piattaforma, comunque, avevano l'aria distratta e oppressa. Non li rallegrava neppure lo spettacolo della città spalancata sotto di loro, colorata di luci, brillante, festosa come sempre. Adesso nessuno sembrava apprezzarlo. Il respiro delle Tenebre riempiva l'aria, invisibile ma presente, soffocante come un gas velenoso anche se insapore, inodore e incolore.

Guardai ai miei piedi, trovai la mia ombra e vi entrai. Uno degli addetti alla sorveglianza era a due passi da me, su uno degli oblò di vetro che costellavano il pavimento. Mi fissava con aria amichevole, ma anche un po' stupita. Nel Crepuscolo si muoveva con una certa difficoltà, e capii che il quartier generale non aveva selezionato per la sorveglianza i suoi elementi migliori. Quel ragazzo robusto, giovane, con un severo vestito grigio e una cravatta discreta sulla camicia bianca, aveva più l'aria di un impiegato di banca che di un agente delle Tenebre.

— Ciao, Anton — mi salutò gentilmente.

Per un istante il sangue mi si gelò nelle vene.

Possibile che fossi così stupido? Così mostruosamente, intollerabilmente ingenuo?

E che mi avessero aspettato, e allettato, gettando sul piatto della bilancia l'ennesima pedina, e coinvolgendo addirittura – chissà come – anche lo spettro che mi era venuto incontro all'uscita della metropolitana?

— Come mai sei qui?

Il sangue d'un tratto riprese a scorrere. C'era una spiegazione più semplice, molto più semplice.

Il mago delle Tenebre che avevo eliminato era un mio omonimo.

— Ho notato qualcosa. Devo consultarmi.

Il sorvegliante si accigliò. Forse non gli avevo parlato nel modo giusto. Però non aveva ancora capito.

— Anton, identificati. O non ti lascio passare, lo sai anche tu.

— Devi lasciarmi passare, invece — abbaiai, sperando di azzeccarla. Nella nostra Guardia chiunque sia a conoscenza della dislocazione del quartier generale può accedervi direttamente.

— E perché mai? — Sorrideva, ma la sua mano destra aveva già cominciato ad abbassarsi.

La bacchetta magica che aveva alla cintura era carica al massimo. Una bacchetta di osso, ricavata con un lavoro molto attento da una tibia, con un piccolo cristallo scintillante in cima. Anche se l'avessi evitata e mi fossi nascosto, una simile manifestazione della forza avrebbe messo in allarme tutti gli Altri nelle vicinanze.

Sollevai la mia ombra dal pavimento ed entrai nel secondo strato del Crepuscolo.

Freddo.

Mulinelli di nebbia, o più probabilmente nuvole. Nuvole umide, pesanti, in volo sopra la terra. La torre di Ostankino lì non c'era più, era scomparsa anche l'ultima parvenza del mondo umano. Feci un passo avanti, sulla bambagia di nuvola, sulle gocce turgide, lungo un sentiero invisibile. Il tempo rallentò la sua corsa: in effetti stavo cadendo, ma così lentamente che per il momento non me ne preoccupai. In alto nel cielo, visibili come macchie incerte attraverso la cortina di nubi, splendevano tre lune, una bianca, una gialla e una purpureo-sanguigna. Davanti a loro nacque, si gonfiò e si armò di cariche appuntite un fulmine, che poi scivolò attraverso le nuvole, disegnando un fiammeggiante canale ramificato.

Mi avvicinai all'ombra dai contorni vaghi che con esasperante lentezza stava portando la mano alla cintura per prendere la bacchetta. Afferrai la mano: era pesante, inerte, fredda come ghiaccio. Non sarei riuscito a trattenerla. Dovevo tornare indietro, nel primo strato del Crepuscolo, e accettare lo scontro. Con scarse probabilità di vittoria.

"Luce e Tenebre, io non sono un operativo! Non ho mai cercato di lasciare la mia postazione di retroguardia! Lasciatemi al lavoro che amo e che so fare!"

Ma sia la Luce che le Tenebre rimasero in silenzio, come fanno sempre quando provi a chiamarle. E solo quella vocina un po' ironica che risuona talvolta in fondo all'anima sussurrò: "Nessuno ti ha mai promesso un lavoro pulito."

Mi guardai i piedi. Ero già una decina di centimetri più in basso del mago delle Tenebre. Cadevo, privo ormai di qualsiasi appiglio in questa realtà, dove non esisteva più la torre della televisione, e neppure nulla che le somigliasse, perché non c'erano né rocce così sottili né alberi così alti.

Come avrei voluto avere le mani pulite, il cuore ardente e la mente fredda. Ma chissà perché questi tre fattori non possono mai trovarsi tutti insieme. Mai. Come il lupo, la capra e il cavolo... dov'è il traghettatore folle disposto a trasportarli sulla stessa barca?

E dov'è il lupo che, dopo essersi mangiato la capra, non vorrà assaggiare il barcaiolo?

— Dio lo sa — dissi. La mia voce si perse tra le nuvole. Abbassai una mano, afferrando l'ombra del mago delle Tenebre: uno straccio floscio, steso nello spazio. Trascinai l'ombra in alto, mi gettai sul corpo e lo spinsi nel secondo livello del Crepuscolo.

Il mago gridò, quando il mondo che lo circondava perse qualsiasi contorno di certezza. Probabilmente non gli era mai capitato di immergersi oltre il primo strato. L'energia per quell'escursione la stavo spendendo io, ma anche lui provava quelle sensazioni per la prima volta.

Appoggiandomi sulle sue spalle, lo spinsi ancora più giù. Io invece cominciai a risalire, puntando i piedi sulla sua schiena.

I grandi maghi si alzano sempre sulle spalle altrui.

— Bastar... do! Anton, bastardo!

Il mago delle Tenebre non aveva ancora capito chi ero. E non lo capì fino a quando non si girò, dalla posizione supina in cui era finito servendomi da appoggio, e vide la mia faccia. Qui, nel secondo strato del Crepuscolo, il mio sommario mascheramento non funzionava più. I suoi occhi si dilatarono, e lui fece prima un breve verso rauco, e poi lanciò un grido, aggrappandosi al mio piede.

Però non aveva ancora capito che cosa stessi facendo e perché lo facessi.

Lo colpii diverse volte di seguito, picchiandolo con i tacchi sulle mani e sulla faccia. Non sono colpi molto gravi per un Altro, ma non intendevo fargli fisicamente del male. "Più giù, più giù, cadi, muoviti, attraverso tutti gli strati della realtà, attraverso il mondo degli umani e il Crepuscolo, attraverso il mobile tessuto degli spazi. Non avevo il tempo e nemmeno i poteri per sfidarti in un vero e proprio duello, nel rispetto di tutte le leggi delle Guardie, secondo le regole pensate per i giovani maghi della Luce, con la loro fede nel Bene e nel Male, nell'infallibilità dei dogmi, nell'inesorabilità della ricompensa."

E quando mi parve di avere spinto il mago delle Tenebre abbastanza giù, mi sollevai con un'ultima spinta dal suo corpo, con un balzo superai lo strato di freddo umido e di nebbia, e abbandonai il Crepuscolo.

Subito nel mondo degli umani. Subito sulla piattaforma panoramica.

Mi ritrovai accoccolato su uno degli oblò, ansimante, scosso da una tosse improvvisa, bagnato dalla testa ai piedi. La pioggia del mondo degli Altri sapeva di ammoniaca e di bruciato.

Tutto intorno si levò un leggero respiro, i più vicini fecero un passo indietro, nel tentativo di allontanarsi un po'.

— Va tutto bene! — li rassicurai con voce rauca. — Mi sentite?

I loro occhi non sembravano affatto convinti. L'uomo in uniforme in piedi contro il muro, un agente addetto alla sicurezza della torre, con espressione impietrita sfilò la pistola dalla fondina.

— È per il vostro bene — continuai, inciampando in un nuovo accesso di tosse. — Mi avete capito?

Lasciai che la forza si liberasse ed entrasse in contatto con le loro menti. Le facce tutto intorno a me cominciarono a distendersi, a rasserenarsi. I presenti lentamente si voltarono e ripresero a osservare dalle finestre. L'agente rimase immobile, con la mano appoggiata sulla fondina.

Solo allora mi permisi di guardare sotto di me. E rimasi paralizzato.

Il mago delle Tenebre era lì. Gridava, con gli occhi trasformati in medaglioni neri, colmi di dolore e di paura. Era attaccato sotto l'oblò, penzolava nel vuoto, appeso alla punta delle dita aggrappate al vetro, e dondolava come un pendolo a ogni folata di vento, con le maniche della camicia inzuppate di sangue. La bacchetta magica era ancora al suo posto: doveva essersela dimenticata. Adesso per lui esistevo solo io, dall'altra parte del vetro superblindato, nel guscio asciutto, caldo e luminoso della piattaforma panoramica, dall'altra parte del Bene e del Male. Io, il mago della Luce seduto sopra di lui, che adesso fissavo i suoi occhi folli di dolore e di paura.

— Cosa pensavi, che combattessimo sempre onestamente? — gli chiesi. Non so perché, ma ebbi l'impressione che mi sentisse, anche attraverso il vetro e l'urlo del vento. Mi alzai e cominciai a battere coi tacchi sul vetro. Una volta, un'altra, un'altra ancora... non mi importava se il colpo non arrivava alle dita aggrappate al vetro.

Il mago delle Tenebre ebbe un sussulto, e spostò di scatto la mano per sottrarla al tacco che la minacciava: un gesto involontario, dettato dall'istinto più che dalla razionalità.

Per un istante il sangue coprì tutto l'oblò, ma subito una folata di vento lo spazzò via. Rimase solo la silhouette del mago delle Tenebre che si faceva sempre più piccola mentre roteava nel flusso di una corrente d'aria che lo trascinava verso I Tre Porcellini, un bar alla moda proprio sotto la torre.

L'orologio invisibile che ticchettava nella mia coscienza ebbe uno scatto e di colpo ridusse della metà il tempo a mia disposizione.

Mi spostai dall'oblò e lentamente feci il giro della piattaforma, guardando non la gente, che comunque si faceva da parte, ma il Crepuscolo. No, non si vedevano altri maghi di guardia. Dovevo solo decidere dove poteva essere il quartier generale. In cima, dove c'erano i locali di servizio della torre, in mezzo ai macchinari? Non mi sembrava molto probabile. Dovevano avere scelto una sede molto più confortevole.

All'imbocco della scala che portava giù, verso il ristorante, c'era un altro agente. Mi bastò uno sguardo per capire che era già stato suggestionato, e decisamente da poco. Per fortuna l'azione era stata molto superficiale.

E per fortuna, soprattutto, che avevano ritenuto necessario

quell'intervento. Perché si trattava di un'arma a doppio taglio.

L'agente spalancò la bocca, preparandosi a gridare.

— Silenzio! Andare! — ordinai seccamente.

E lui mi seguì ubbidiente senza dire una parola.

Entrammo nella toilette, un'ulteriore piccola gratuita attrazione della torre, i servizi igienici più alti di Mosca, per chi vuole lasciare una sua traccia tra le nuvole. Mossi una mano nell'aria: da una cabina venne fuori, allacciandosi i pantaloni, un adolescente brufoloso; un uomo all'orinatoio grugnì, ma subito si allontanò e uscì dalla toilette con occhi spenti.

— Spogliati — ordinai all'agente e cominciai a sfilarmi la maglia bagnata.

La fondina non si chiudeva bene: quest'arma era molto più grossa della mia vecchia Makarov. Ma la cosa non mi preoccupava affatto. L'importante era che l'uniforme mi stesse quasi a pennello.

— Se senti degli spari — dissi all'agente — scendi da basso e fai il tuo dovere. Hai capito?

Lui annuì.

Recitai la formula di arruolamento. — Ti rivolgo alla Luce... Rinnega le Tenebre, difendi la Luce. Ti darò uno sguardo capace di distinguere il Bene dal Male. Ti darò la fede per seguire la Luce. Ti darò il coraggio per combattere le Tenebre.

Un tempo credevo che non sarei mai riuscito a utilizzare il diritto di arruolare volontari. Che libertà di scelta può esserci nel mezzo delle Tenebre? Come possiamo coinvolgere una persona nei nostri giochi, quando le stesse Guardie sono nate in contrapposizione a questa pratica?

Adesso avevo agito senza esitazioni. Avevo sfruttato la scappatoia che mi avevano lasciato le Forze delle Tenebre, che avevano ordinato all'agente di sorvegliare il loro quartier generale, così, per sicurezza, come si tiene talvolta in casa un cagnolino incapace di morsicare, ma in grado comunque di abbaiare. La loro azione mi dava il diritto di rivolgere l'agente nella direzione opposta, e di trascinarlo dalla mia parte. Perché lui non era né buono né cattivo, era un uomo comune, con una moglie che amava moderatamente, genitori anziani che si ricordava di aiutare, una figlia piccola e un figlio ormai quasi adulto nato da un primo matrimonio, una flebile fede in Dio, un certo numero di principi morali un po' pasticciati e qualche sogno standard... insomma, uno come tanti.

Un pezzo di carne da cannone tra l'esercito della Luce e quello delle Tenebre.

— La Luce sia con te — dissi. E il piccolo uomo insignificante assentì, con il volto splendente. Negli occhi gli brillava il fuoco dell'adorazione. Esattamente allo stesso modo qualche ora prima aveva guardato il mago delle Tenebre che gli aveva dato un ordine frettoloso e gli aveva mostrato la mia fotografia.

Un minuto dopo l'agente, con addosso i miei abiti bagnati e puzzolenti, era di guardia alla scala. Mentre io scendevo, cercando di capire che cosa avrei potuto fare se nel quartier generale avessi trovato Zavulon, o un altro mago del suo livello.

In quel caso i miei poteri non sarebbero bastati neppure con il nuovo mascheramento.

La Sala di Bronzo. Vi entrai e diedi una rapida occhiata a quell'assurdo "vagone-ristorante" circolare. Il grande anello su cui erano fissati i tavolini ruotava lentamente.

Non so perché pensavo che le Tenebre avessero scelto per il loro quartier generale la Sala d'Oro o quella d'Argento. E fui perfino un po' stupito dallo spettacolo che mi accolse.

I camerieri fluttuavano tra i tavoli come pesci intorpiditi, distribuendo bevande alcoliche che in quella sede sarebbero state proibite. Proprio di fronte a me, su due tavolini, erano disposti i terminali del computer, collegati a due telefoni cellulari. Non erano stati a cablare tutte le innumerevoli comunicazioni della torre, il che significava che la riunione del quartier generale non doveva durare a lungo. Tre ragazzi con i capelli lunghi lavoravano con grande concentrazione, le dita danzavano sulle tastiere, sugli schermi scorrevano le immagini, nei portacenere fumavano le sigarette. Non avevo mai visto i programmatori delle Tenebre, ma questi naturalmente erano semplici operatori, e non i responsabili del sistema. Ed erano assolutamente identici a un qualsiasi mago dei nostri, al lavoro nella nostra sede davanti al suo notebook collegato in rete. Forse avevano addirittura un'aria più rispettabile dei nostri, o almeno di qualcuno di loro.

— Sokol'niki è completamente coperta — disse uno dei ragazzi. Non aveva gridato, ma la sua voce era risuonata in tutta la sala e i camerieri avevano avuto un sussulto, incespicando leggermente.

— La linea Tagansko-Krasnopresnenskaja è sotto controllo — replicò un altro. I due si scambiarono un'occhiata e scoppiarono a ridere. Probabilmente stavano facendo una specie di gara: chi riepilogava più velocemente la situazione dei suoi distretti.

"Provate un po' a prendermi, allora!"

Avanzai un poco nella sala, dirigendomi verso il bar. "Non fate troppo caso a me. Sono un insignificante agente, uno di quelli che avete sbrigativamente destinato al ruolo di cane da guardia. Ecco, adesso l'agente ha voglia di farsi una birra: un caso di totale evaporazione del senso di responsabilità? O forse ha deciso di verificare personalmente la sicurezza dei suoi nuovi padroni? Il più zelante servitore agli ordini del re. Taram-pam-pam, tara-rara-rara-ra..."

Al banco della birra una donna di mezza età lavava i boccali con gesti meccanici. Quando mi fermai davanti a lei, cominciò a versarmi una birra in silenzio. I suoi occhi erano vuoti e opachi, si era trasformata in una marionetta, e fu con molta fatica che riuscii a reprimere un breve, ma accecante scoppio di rabbia. Non si poteva. Non avevo diritto alle emozioni. Ero anch'io un automa. E gli automi non hanno sentimenti.

E poi vidi la ragazza seduta su un alto sgabello girevole di fronte al bar, e di nuovo mi sentii mancare.

Come avevo fatto a non pensarci?

Tutti i quartier generali operativi devono essere dichiarati alla Guardia avversaria. E in tutti viene inviato un osservatore. Fa parte del Patto, è una di quelle regole del gioco vantaggiose – almeno apparentemente – per entrambe le parti. Anche nel nostro quartier generale, quando viene convocato, è presente un rappresentante delle Tenebre.

Qui per noi c'era Tigrotto.

All'inizio lo sguardo della ragazza mi scivolò addosso senza curiosità, e stavo già per rallegrarmi per lo scampato pericolo, quando i suoi occhi si bloccarono improvvisamente.

Aveva già visto l'agente di guardia di cui avevo preso le sembianze. E qualcosa evidentemente non corrispondeva alle caratteristiche registrate dalla sua memoria. Un segnale di allarme. Un attimo… e mi stava già esaminando attraverso il Crepuscolo.

Rimasi lì fermo, senza cercare di nascondermi.

La ragazza distolse lo sguardo, e fissò il mago seduto di fronte a lei. Un mago tutt'altro che debole: valutai la sua età all'incirca sul secolo, e come livello di forza doveva essere almeno al terzo. Tutt'altro che debole, ma molto soddisfatto di sé.

— Comunque le vostre iniziative si configurano come una provocazione — disse la ragazza con voce piatta. — I Guardiani del Giorno sono sicuri che il Selvaggio non sia Anton.

— E chi è allora?

— Un mago della Luce non iniziato e a noi sconosciuto. Controllato dalle Forze delle Tenebre.

— E perché, bambina? — Il mago appariva sinceramente meravigliato. — Spiegamelo, te ne prego. Perché mai dovremmo fare fuori i nostri, ammettendo anche che si tratti dei meno preziosi?

— «I meno preziosi» è l'espressione chiave — osservò malinconicamente Tigrotto.

— Se però avessimo avuto la possibilità di eliminare il capo delle Forze della Luce di Mosca. Ma lui, come al solito, è fuori discussione. E sacrificare una ventina dei nostri per un unico mago della Luce di media forza non mi sembra un discorso da prendere in considerazione. O ci consideri tutti degli stupidi?

— Io vi considero molto intelligenti. Decisamente più intelligenti di me. — Tigrotto sorrise senza nessuna cordialità. — Ma io sono solo un elemento operativo. Le conclusioni le tireranno gli altri, e loro sapranno farlo, non ne dubiti…

— Ma se noi non pretendiamo neppure l'immediata esecuzione! — Il mago delle Tenebre sorrise. — Perfino adesso non escludiamo la possibilità di un nostro errore. Il Tribunale, un'indagine qualificata e imparziale, un giudizio equo, ecco quello che vogliamo!

— Non le pare anche un po' strano che il suo capo, utilizzando la Frusta di Saab, non sia riuscito a catturare Anton? — La ragazza picchiettò col dito sul boccale di birra semivuoto. — Io direi che è molto strano. È la sua arma preferita, e la maneggia alla perfezione da qualche secolo. Sembra quasi che alla Guardia del Giorno il puro fatto della cattura di Anton non interessi poi tanto.

— Bambina cara — il mago delle Tenebre si curvò al di sopra del tavolino che li separava — sei decisamente incoerente! Non puoi accusarci prima perché perseguitiamo un mago della Luce innocente e rispettoso delle leggi, e poi perché non facciamo di tutto per catturarlo!

— E perché?

— È un piccolo caso di sadismo. — Il mago ridacchiò. — La nostra conversazione mi procura un sincero piacere: possibile che ci consideriate una banda di psicopatici assetati di sangue?

— No, vi consideriamo una banda di astuti mascalzoni.

— Proviamo a paragonare i nostri metodi! — Ebbi l'impressione che il mago delle Tenebre stesse per montare sul suo cavallo preferito. — Facciamo un confronto dei danni che le azioni delle Guardie arrecano agli umani, la nostra base alimentare.

— Ecco cosa sono per voi gli umani: mangime.

— E per voi? O adesso le Forze della Luce provengono dalla Luce e non vengono scelte tra la folla?

— Per noi gli umani sono radici. Le nostre radici.

— E chiamiamoli pure radici. Perché litigare per una semplice parola? Ma allora, bambina, sono anche le nostre. E ci mandano sempre nuova linfa, non te lo nascondo, non è un segreto.

— Anche noi non diminuiamo. E neppure questo è un segreto.

— Naturalmente. Tempi difficili, stress, superlavoro, gli umani vivono al limite, e dal limite è facile cadere. Almeno su questo punto siamo arrivati alla stessa conclusione! — Il mago ridacchiò di nuovo.

— Lo ammetto — convenne Tigrotto. Non guardò più dalla mia parte, e la conversazione passò ad altri temi, quelli delle eterne, irrisolvibili controversie che hanno impegnato per secoli i filosofi di entrambe le parti, certo troppo in alto per due maghi un po' annoiati, uno della Luce e uno delle Tenebre. Capii che Tigrotto mi aveva già comunicato tutto quello che dovevo sapere.

O forse tutto quello che riteneva possibile dire.

Presi il boccale di birra che la donna mi aveva messo davanti. Lo bevvi a sorsi misurati, ma profondi. Avevo davvero sete.

La caccia era una finta?

Sì. Anche questo lo avevo già capito da un po'. L'importante era scoprire se anche i nostri lo avevano capito.

Il Selvaggio non era ancora stato preso?

Naturalmente. Altrimenti si sarebbero già messi in contatto con me. Per telefono o mentalmente, per il Capo non era certo un problema. L'assassino sarebbe stato consegnato al Tribunale, Svetlana non si sarebbe lacerata tra il desiderio di aiutarmi e la necessità di non immischiarsi nella lotta, e io avrei potuto ridere in faccia a Zavulon.

Ma come, come si fa a trovare in un'immensa città un umano i cui poteri si manifestano spontaneamente? Divampano e poi si spengono. Da un omicidio all'altro, da un'inutile vittoria sul Male all'altra. Se davvero le Tenebre lo avevano identificato era un segreto riservato al livello più alto della gerarchia.

E non certo alla portata dei maghi che mi circondavano, impegnati in un gioco molto futile.

Mi guardai intorno con un senso di disgusto.

Non c'era niente di serio!

L'agente che avevo eliminato con tanta facilità. Il mago di terzo grado che punzecchiava divertito la nostra osservatrice senza mai guardarsi intorno. Quei ragazzotti ai terminali che gridavano con entusiasmo: — Cvetnoj Boulevard... verificato!

— Polezˇaevskaja... sotto controllo!

Sì, era un quartier generale. Ma assurdo e sgangherato come i maghi inesperti che avevano cercato di catturarmi prima, in città. Certo, la rete era stata lanciata, ma nessuno si era preoccupato della quantità di buchi che aveva. Più mi agitavo per sfuggirle, più mi dibattevo, meglio era per le Tenebre. In linea generale, naturalmente. Svetlana non avrebbe resistito. Avrebbe perso il controllo. E avrebbe cercato di aiutarmi, sentendo nascere in sé la forza autentica. Nessuno dei nostri sarebbe riuscito ad arginarla. E avrebbero eliminato anche lei.

— Volgogradskij Prospekt.

Ma se avrei potuto sgozzarli tutti, o spararagli, anche adesso! Tutti, fino all'ultimo! Erano gli scarti delle Tenebre, i falliti, quelli che non avevano più futuro, o che avevano troppi difetti. Per le Tenebre non erano solo un peso morto, ma molto peggio, perché disturbavano le loro attività ed erano sempre in mezzo ai piedi. La Guardia del Giorno non è un ospizio, a differenza della Guardia della Notte, che certe volte lo ricorda un po'. La Guardia del Giorno si libera degli elementi superflui, e per di più generalmente per il nostro intervento. Guadagnandosi così una posizione di vantaggio, grazie al conseguente diritto a iniziative volte a ristabilire l'equilibrio.

Anche quella figura spettrale che mi aveva indicato la torre di Ostankino era una creatura delle Tenebre. Una cautela quasi eccessiva, nel caso non avessi capito dove dovevo recarmi.

Mentre le vere azioni vengono coordinate dal solo e unico Altro.

Zavulon.

Che non nutre nessun risentimento nei miei confronti, naturalmente. Che senso avrebbero emozioni così complesse e pericolose in un esercito serio? Lui i maghi come me li mangia a colazione, li prende dalla scacchiera e li sostituisce con le sue pedine.

Quando deciderà che la partita è finita, che si può allestire il gran finale?

— Non avrebbe da accendere? — chiesi, posando il boccale e afferrando un pacchetto di sigarette abbandonato sul banco. Evidentemente l'aveva dimenticato lì qualcuno, forse un cliente del ristorante fuggito in stato di incoscienza, o forse un mago delle Tenebre.

Gli occhi di Tigrotto avevano un luccichio forzato, evidentemente era tesa. Capii che stava per assumere l'aspetto da combattimento. Probabilmente anche lei aveva valutato le forze dell'avversario e aveva capito di avere buone probabilità di vittoria.

Ma non ce ne fu bisogno.

Il mago delle Tenebre, il vecchio mago di terzo livello, mi tese distrattamente un accendino. Il Ronson scattò melodiosamente, liberando la sua lingua fiammeggiante e il mago continuò: — Tutte le accuse che continuamente muovete alle Tenebre – di fare il doppio gioco, di essere perfidi, di essere dei provocatori – hanno un unico scopo: mascherare la vostra mancanza di forza vitale. La vostra incapacità di capire il mondo e le sue leggi. Di capire gli uomini, alla fin fine! Dovreste almeno riconoscere che la prognosi formulata dalle Tenebre è molto più precisa, e che il rispetto delle inclinazioni naturali dell'animo umano lo conducono dalla nostra parte. Ma a questo punto cosa resterebbe della vostra morale? Della vostra filosofia dell'esistenza? Eh?

Io accesi, lo ringraziai con un cenno e mi avviai verso la scala. Tigrotto mi seguì con gli occhi, con aria smarrita. Be', cerca un po' di capire da sola perché me ne vado.

Tutto quello che potevo scoprire in quel luogo, l'avevo già scoperto.

O meglio, quasi tutto.

Mi chinai su un occhialuto dai capelli corti, immerso nel suo notebook, e gli chiesi in tono sbrigativo: — Quali sono le zone che chiudiamo per ultime?

— L'Orto Botanico e l'Esposizione Permanente — mi rispose senza sollevare gli occhi.

Il cursore scivolava sullo schermo. Il mago delle Tenebre impartiva ordini e muoveva sulla carta di Mosca i puntini scarlatti, inebriandosi del suo piccolo potere. Distoglierlo da quel processo sembrava più arduo che non allontanarlo dalla fanciulla amata.

Perché anche loro sono capaci di amore.

— Grazie — gli dissi, e lasciai cadere la sigaretta ancora accesa in un portacenere stracolmo. — Mi sei stato di grande aiuto.

— Cavolate. — L'operatore agitò una mano senza distogliere lo sguardo dallo schermo. Spingendo in fuori la punta della lingua, fissò sulla carta l'ennesimo punto rosso: un altro agente delle Tenebre chiamato a eseguire il rastrellamento. "Ma di cosa ti vanti, stupidotto, quelli che contano davvero sulla tua carta non compariranno mai. Faresti meglio a giocare a soldatini, il gusto del potere lo assapori anche con quelli."

Scivolai giù per la scala a chiocciola. La furia che mi aveva condotto lì – pronto a uccidere e anche a essere ucciso – era svanita. Probabilmente è la stessa cosa che accade ai soldati, quando, nel bel mezzo della battaglia, provano un senso di calma assoluta. O al chirurgo, a cui le mani smettono di tremare quando il malato sotto i ferri comincia a morire.

Che varianti hai previsto, Zavulon?

Che cominci a dibattermi nella rete del tuo rastrellamento e che ai miei disperati tentativi accorrano tutti, Forze della Luce e Forze delle Tenebre, e soprattutto Svetlana?

Evitato.

Che mi arrenda o sia catturato, e cominci un processo lento, lungo, estenuante, coronato da uno scatto folle di Svetlana nell'aula del Tribunale?

Evitato.

Che cominci una lotta con tutto il quartier generale operativo dei maghi falliti e li sconfigga, ma mi ritrovi in trappola a trecento metri di altezza, e Svetlana corra alla torre per salvarmi?

Evitato.

Che passi per il quartier generale, capisca che qui del Selvaggio nessuno sa niente e cerchi di prendere tempo?

Possibile.

L'anello si sta stringendo, lo so. Si è già chiuso sulla linea di confine, intorno alla periferia di Mosca, poi è venuta la divisione della città in zone, e l'isolamento delle grandi arterie. Adesso ci sarebbe ancora il tempo di fuggire nelle immediate vicinanze, non ancora prese di mira, trovare un rifugio e provare a nascondersi; quello era stato in effetti l'unico consiglio che mi aveva dato il Capo: resistere, prendere tempo, finché i Guardiani della Notte non avessero trovato il Selvaggio.

Non è un caso se mi stai incastrando proprio nel quartiere in cui si è svolto il nostro piccolo tafferuglio quest'inverno. Giusto? Non posso non ripensarci, significa che in un modo o nell'altro agirò sotto l'influsso dei ricordi.

La piattaforma panoramica era già vuota. Completamente. Gli ultimi visitatori erano fuggiti e di personale non ce n'era. Solo la guardia che avevo arruolato io era in piedi alla fine della scala, con la pistola in pugno e gli occhi infuocati che controllavano la rampa.

— Scambiamoci di nuovo i vestiti — gli ordinai. — Accetta la gratitudine della Luce. Poi dimenticherai tutto quello di cui abbiamo parlato. Andrai a casa. Ti ricorderai solo che è stata una giornata normale, come ieri. Nessun avvenimento particolare.

— Nessun avvenimento particolare! — ripeté pronto l'agente mentre usciva dai miei vestiti. È così facile rivolgere gli umani alla Luce o alle Tenebre, ma loro sono felici soprattutto quando gli si permette di essere se stessi.

Capitolo 6

Uscendo dalla torre, mi fermai con le mani affondate nelle tasche.

Rimasi lì a guardare i fasci di luce dei proiettori che parevano sciabolate nel cielo scuro, e la garitta illuminata del punto di controllo.

C'erano solo due cose che non capivo del gioco che stavano conducendo le Guardie, o meglio i vertici delle Guardie.

L'apparizione proveniente dal Crepuscolo: chi era, da che parte stava? Mi voleva mettere in guardia o soltanto spaventare?

E il piccolo Egor: era stato davvero casuale il nostro incontro? E se non lo era stato, che significato aveva? Un segno del nostro fatale legame, o una mossa di Zavulon?

Degli abitanti del Crepuscolo non sapevo quasi nulla. Forse non ne sapeva molto neppure Geser.

A Egor invece potevo pensare.

Era una carta ancora non assegnata. Forse anche un sei, ma di briscola, come tutti noi. E le briscole sono sempre necessarie, anche le più piccole. Egor era già stato nel Crepuscolo, una prima volta nel tentativo di vedermi, e una seconda per sfuggire alla vampira. Una combinazione tutt'altro che felice, per la verità. Tutt'e due le volte era stato guidato dal terrore, e, non c'è che dire, il suo futuro era quasi predeterminato. Poteva resistere ancora per qualche anno al confine tra gli umani e gli Altri, ma la sua strada lo portava alle Tenebre.

Era meglio guardare negli occhi la verità.

Probabilmente sarebbe diventato un mago delle Tenebre. E non aveva nessuna importanza se per il momento era un bravo ragazzino simile a tanti altri. Se fossi sopravvissuto, in caso di un nostro incontro avrei dovuto chiedergli i documenti o presentargli i miei.

Probabilmente Zavulon era in grado di influenzarlo. Di dirigerlo nel punto in cui mi trovavo io. Questo implicava che fosse perfettamente al corrente anche della mia posizione. Ma questo me l'aspettavo.

Soltanto, aveva un senso quel nostro incontro "casuale"?

Considerando la dichiarazione dell'operatore informatico, e cioè il fatto che la zona dell'Esposizione Permanente non fosse ancora stata controllata, avrei detto di sì. Avrei potuto farmi venire la bella idea di servirmi del ragazzino, nascondendomi a casa sua o mandandolo a cercare aiuto. Avrei potuto dirigermi a casa sua. Giusto?

Troppo complicato. Esagerato. Prendermi sarebbe stato comunque facile. C'era qualcosa che mi sfuggiva, ed era la cosa più importante.

Mi incamminai lungo la strada, senza più voltarmi a guardare la torre, sede per quel giorno di una pacchiana imitazione del quartier generale delle Tenebre, senza pensare al corpo sfigurato del mago-agente finito da qualche parte ai suoi piedi. Che cosa volevano da me? Che cosa? Proviamo a ricominciare da qui.

Usarmi come esca. Catturarmi. Ma catturarmi in modo tale che non ci fosse il minimo dubbio sulla mia colpevolezza: obiettivo, quest'ultimo, che di fatto erano riusciti a realizzare.

E poi... Svetlana non avrebbe resistito. Potevamo difendere lei e i suoi parenti. Ma non avevamo il potere di intervenire nelle sue decisioni. E se avesse tentato di salvarmi, di strapparmi dai sotterranei della Guardia del Giorno, o di rapirmi dall'aula del Tribunale, l'avrebbero eliminata, in fretta e senza esitazioni. Tutto il gioco era basato su una sua probabile mossa falsa. Ed era stato architettato da tanto tempo, da quando il mago delle Tenebre Zavulon aveva visto la futura comparsa della Grande Maga e il ruolo che sarebbe toccato a me.

Allora erano state preparate le trappole.

La prima non aveva funzionato. La seconda aveva già spalancato le sue fauci avide. Ed era possibile che ce ne fosse anche una terza.

Ma cosa c'entrava il ragazzino, per ora ancora incapace di manifestare i suoi poteri magici?

Mi fermai.

Anche lui apparteneva alle Tenebre, no?

E chi erano gli agenti delle Tenebre che venivano uccisi? I più deboli e incapaci, quelli che non avevano la volontà di sviluppare i loro poteri.

Dunque poteva essere un altro cadavere da segnare sulla mia lista... ma che senso aveva?

Non lo sapevo. Però del fatto che il ragazzino era condannato e che il nostro incontro nel metrò non era stato casuale ero assolutamente certo. Forse ero stato visitato da un'altra premonizione, o forse era semplicemente un altro elemento di quel gigantesco puzzle che andava al suo posto.

Egor sarebbe perito.

Ricordai come mi aveva guardato dalla banchina della metropolitana, con la fronte aggrottata, desiderando nello stesso tempo chiedermi qualcosa e insultarmi, gridandomi ancora una volta quelle verità sulle Guardie che aveva scoperto troppo presto. E come poi si era voltato ed era corso verso il treno.

«Ma c'è qualcuno che vi difende, vero? La vostra Guardia?»

«Ci prova.»

Certo che ci provava. Avrebbe cercato il Selvaggio fino all'ultimo.

Ma ecco la risposta!

Mi bloccai, stringendomi la testa tra le mani. Luce e Tenebre, come ero stupido! Come ero irrimediabilmente ingenuo!

Finché il Selvaggio era vivo, non avrebbero fatto scattare la tagliola. Non bastava spacciarmi per uno psicopatico, per un assassino dei maghi della Luce. Volevano anche annientare il vero Selvaggio.

Le Forze delle Tenebre, o per lo meno Zavulon, sapevano chi era. Non solo, erano addirittura in grado di controllarlo. E gli offrivano le prede giuste: maghi da cui non avrebbero tratto grandi vantaggi. Adesso quello del Selvaggio non era nemmeno più il solito eroico duello con le Tenebre: andava a combattere a ragion veduta. Le Forze delle Tenebre lo circondavano da tutte le parti: prima il mutantropo, poi il mago al ristorante e adesso il ragazzino. Probabilmente aveva l'impressione che tutto il mondo stesse impazzendo, che si stesse avvicinando l'Apocalisse, che le Forze delle Tenebre avessero conquistato il mondo. Non avrei voluto essere al suo posto.

Il mutantropo l'avevano sacrificato per potere presentare la loro protesta e indicare chi era l'accusato. Il mago delle Tenebre per incastrarmi definitivamente e avere il diritto alla formalizzazione dell'accusa e all'arresto. Il ragazzo per eliminare finalmente il Selvaggio, che aveva ormai esaurito la sua funzione. Saltare fuori all'ultimo momento, coglierlo ancora davanti al cadavere, eliminarlo troncandogli ogni possibilità di fuga o di resistenza: lui infatti non si rendeva conto che combattevamo secondo una serie di regole, e non si sarebbe mai arreso né avrebbe ubbidito a un ordine di un ignoto "Guardiano del Giorno".

Dopo la morte del Selvaggio non avrei più avuto scampo. O acconsentivo al rovesciamento della memoria o sarei stato costretto a trasmigrare nel Crepuscolo. E in ogni caso Svetlana si sarebbe gettata in mio aiuto.

Rabbrividii.

Avevo freddo. Comunque avevo freddo. Avevo avuto l'impressione che l'inverno fosse completamente finito, ma era solo un'impressione.

Alzando una mano fermai una macchina di passaggio. Guardai il guidatore negli occhi e ordinai: — Andiamo.

L'impulso era stato abbastanza forte, non mi chiese nemmeno dove eravamo diretti.

Il mondo si avvicinava alla fine.

Qualcosa si muoveva, qualcuno strisciava, ombre antiche ritornavano, risuonavano parole sorde di lingue dimenticate, un tremito scuoteva la terra.

Le Tenebre sorgevano sul mondo.

Maksim era sul balcone, e fumava, ascoltando distratto lo sfogo di Elena. Andava avanti già da qualche ora, dal momento in cui la ragazza che avevano salvato era saltata giù dalla macchina alla stazione della metropolitana. Maksim aveva sentito sul suo conto tutto quello che avrebbe potuto immaginare, e anche qualcosa che non sarebbe mai stato in grado di immaginare.

Che era uno stupido e un donnaiolo, pronto a rischiare la pelle per un musetto grazioso e un bel paio di gambe, Maksim se lo sentì dire senza particolare stupore. Che era uno sfacciato e una carogna, che amoreggiava in presenza della moglie con una prostituta brutta e consumata era già più originale. Soprattutto considerando che con l'imprevista passeggera aveva scambiato al massimo un paio di parole.

Adesso era arrivata alle sciocchezze più assurde. Aveva tirato fuori i viaggi di lavoro, e quelle due volte che era tornato a casa ubriaco... completamente ubriaco. Poi aveva fatto alcune ipotesi sul numero delle sue amanti, e sulla sua completa ottusità e mollezza, che gli avevano impedito una crescita professionale e una vita decente.

Maksim le lanciò un'occhiata da sopra la spalla.

Elena questa volta non aveva accusato se stessa, cosa abbastanza strana.

Era seduta sul divano di pelle davanti al gigantesco televisore Panasonic e parlava, parlava...

Ma davvero pensava tutte quelle cose?

Che avesse una folla di amanti? Che avesse salvato quella sconosciuta per il suo aspetto grazioso, e non per le pallottole che le fischiavano intorno? E che vivessero così poveramente? Loro, che tre anni prima avevano comprato quel bell'appartamento, che l'avevano riempito di cose carine, che a Natale erano stati in Francia?

La voce della moglie ne era sicura. La voce accusava. La voce soffriva.

Maksim con uno scatto lanciò la sigaretta nel vuoto. Guardò la notte.

Le Tenebre, le Tenebre si avvicinavano.

Là, nella toilette, aveva ucciso il mago delle Tenebre. Una delle più ripugnanti incarnazioni del Male universale. Un uomo che portava con sé la cattiveria e il terrore. Che sottraeva energia a chi lo circondava, che opprimeva le anime degli uomini, che trasformava il bianco in nero, l'amore in odio. Come al solito, da solo contro il mondo intero.

Però prima era diverso. Non gli era mai capitato di incontrare quelle creature del demonio per due giorni di seguito: o stavano tutti uscendo dalle loro fetide tane o la sua vista era migliorata.

Ecco, anche adesso...

Maksim guardava la città dall'alto del suo nono piano e quello che vedeva non era il solito panorama notturno punteggiato di luci. Quello era per gli altri. L'umanità cieca e impotente. Lui vedeva un grumo di Tenebre che ondeggiava sulla terra. Non molto in alto, più o meno al livello di un decimo-undicesimo piano.

Maksim vedeva una nuova creatura delle Tenebre.

Come sempre. Come al solito. Ma perché così spesso, perché addirittura di seguito? Era già la terza! La terza nel giro di ventiquattr'ore!

Le Tenebre baluginavano, oscillavano, si muovevano. Le Tenebre vivevano.

E alle sue spalle Elena elencava i suoi peccati con voce stanca, offesa, infelice. Si era alzata, adesso, e si era avvicinata alla portafinestra, come se temesse che Maksim non l'avesse sentita. Bene, anzi, meglio così. Almeno non avrebbe svegliato i bambini, ammesso che si fossero addormentati. Per qualche motivo Maksim quella sera era assalito dal dubbio.

Se avesse davvero creduto in Dio, sul serio... Ma di quella debole fede che lo riscaldava dopo ogni azione di purificazione ormai non restava quasi nulla. Non poteva esistere Dio in un mondo dove il Male prosperava in quel modo.

Però se Dio fosse esistito, o se almeno nell'anima di Maksim fosse rimasta una fede autentica, sarebbe caduto in ginocchio all'istante, sul cemento sporco e rappezzato, e avrebbe teso le braccia all'oscuro cielo notturno, al cielo dove perfino le stelle splendevano timide, velate di tristezza. Avrebbe gridato: "Perché? Perché, Signore? È un'impresa superiore alle mie forze, superiore a me stesso! Sollevami da questo compito, te ne prego, sollevami. Io non sono la persona giusta. Sono debole."

Non gridò. Non era stato lui a scegliersi quel fardello. Non poteva essere lui a toglierselo. Ardeva e splendeva davanti a lui una luce nera. Il nuovo tentacolo delle Tenebre.

— Lena, scusami. — Scostò la moglie, rientrò nella stanza. — Devo andare.

Lei si interruppe a metà di una parola e nei suoi occhi, in cui fino a quel momento c'erano stati solo risentimento e offesa, balenò lo spavento.

— Torno. — Maksim si diresse rapidamente verso la porta, sperando di evitare qualsiasi domanda.

— Maksim! Maksim, aspetta!

Il passaggio dagli insulti alla supplica fu istantaneo. Elena gli si lanciò dietro, gli afferrò una mano, lo fissò negli occhi con uno sguardo pietoso e supplichevole.

— Scusami, scusami, mi sono presa un tale spavento! Scusami, ho detto un sacco di sciocchezze, Maksim!

Guardò la moglie, che aveva già perso tutta la sua aggressività, e si era arresa, disposta a tutto purché lui, stupido, depravato, vigliacco, non uscisse da quella porta. Possibile che sul suo viso fosse balenato qualcosa che aveva spaventato Elena ancora di più della sparatoria in cui si erano trovati quel giorno?

— Non ti lascio andare! Non ti lascio andare da nessuna parte! A quest'ora!

— Non mi succederà niente di male — disse dolcemente Maksim. — Non gridare, o sveglierai i bambini. Torno subito.

— Se non vuoi pensare a te, pensa almeno ai bambini! Pensa a me! — Poi Elena cambiò fulmineamente tattica. — E se hanno preso la targa della macchina? E se adesso vengono a cercare quella carogna? Che cosa faccio io?

— Non verrà nessuno. — Maksim in qualche modo sapeva che era la verità. — E se anche venissero, la porta è forte. A chi telefonare lo sai. Lasciami passare, Elena.

Sua moglie era immobile di traverso alla porta, con le braccia allargate, la testa sollevata, gli occhi socchiusi, come se si aspettasse uno schiaffo.

Maksim la baciò cautamente su una guancia e la scostò dalla soglia. Passò in anticamera, seguito da uno sguardo ormai completamente smarrito. Dalla camera della figlia veniva una musica sgradevole, pesante: non dormiva e aveva acceso lo stereo per non sentire le loro voci incattivite, la voce di Elena.

— Non farlo! — mormorò la moglie alle sue spalle, con tono implorante.

Maksim prese la giacca, controllando rapidamente che tutto fosse al suo posto nella tasca interna.

— Non ti importa niente di noi! — gridò Elena, ma già rassegnata, senza più speranze, come per forza di inerzia. La musica in camera di sua figlia aumentò di volume.

— Questo non è vero — disse calmo. — È proprio a voi che penso, invece. Vi proteggo.

Era già sceso di un piano – non aveva voluto aspettare l'ascensore – quando lo raggiunse il grido della moglie, del tutto inaspettato: a Elena non piaceva portare le loro discussioni fuori dalle mura domestiche e non si sarebbe mai messa a litigare sul pianerottolo.

— Faresti meglio ad amarci, invece di proteggerci!

Maksim si strinse nelle spalle e affrettò il passo.

Ecco, quello era proprio il punto dove mi ero fermato, quella sera d'inverno.

Era tutto uguale: l'androne deserto, il rumore delle macchine alle sue spalle, la debole luce dei lampioni. Solo che allora faceva molto più freddo. E tutto sembrava semplice e chiaro, un po' come può sembrare il mondo a un giovane agente di polizia americano che esca per il suo primo pattugliamento.

Difendere la legge. Perseguitare il Male. Proteggere gli innocenti.

Come sarebbe bello se le cose restassero per sempre così semplici e chiare, come a dodici anni, o a venti. Se nel mondo ci fossero davvero soltanto due colori: il nero e il bianco. Eppure anche il più onesto e ingenuo dei poliziotti americani, allevato nel culto dei roboanti ideali yankee, prima o poi capisce che per le strade che pattuglia non ci sono soltanto la Luce e le Tenebre. Ci sono anche gli accordi, i compromessi, i patti. Gli informatori, le trappole, le provocazioni. Prima o poi viene il momento di tradire gli amici, infilare un sacchettino di eroina nella tasca di qualcuno, picchiare sulle reni facendo attenzione a non lasciare segni.

E sempre in nome di quei semplicissimi principi.

Difendere la legge. Perseguitare il Male. Proteggere gli innocenti.

L'avevo dovuto capire anch'io.

Infilai lo stretto budello di mattoni, spostai col piede un foglio di giornale gettato ai piedi del muro. Proprio lì si era tramutato in cenere l'infelice vampiro, davvero infelice, perché colpevole soltanto di essersi innamorato. Non di una vampira, non di una donna, ma di una vittima, di un essere destinato a divenire cibo.

Ecco, lì avevo versato un po' di vodka dalla bottiglietta, bruciando il viso della donna che noi, i Guardiani della Notte, avevamo dato in pasto ai vampiri.

Come amano ripetere le Forze delle Tenebre: «Libertà!» E quante volte spieghiamo a noi stessi che la libertà ha dei limiti.

E tutto questo, probabilmente, è anche giusto. Almeno per quei rappresentanti della Luce e delle Tenebre che vivono semplicemente tra gli umani con poteri maggiori, ma con aspirazioni assolutamente identiche alle loro. Per coloro che hanno scelto di vivere secondo le regole, e non opponendosi a esse.

Ma basta soltanto uscire sul confine, sull'invisibile linea di confine dove stiamo noi delle Guardie, sulla linea che separa le Tenebre dalla Luce...

È la guerra. E la guerra è sempre criminale. Sempre, in tutti i tempi, sarà occasione non solo di eroismi e sacrifici, ma anche di tradimenti, vigliaccherie, colpi alle spalle. Evitare questi aspetti quando si combatte è semplicemente impossibile. Vorrebbe dire avere già perso prima di cominciare.

E poi che cos'è tutto questo, alla fin fine? Per che cosa vale la pena di combattere, per che cosa ho il diritto di combattere, quando vivo sul confine, a metà strada tra la Luce e le Tenebre? I miei vicini sono vampiri! E non hanno mai – per lo meno Kostja – non hanno mai ucciso nessuno. Sono persone piacevolissime dal punto di vista degli umani. E, volendo considerare i loro comportamenti, sono molto più onesti del Capo o di Olga.

Dov'è allora il confine? Dov'è la giustificazione? Dov'è il perdono? Non conosco la risposta. Non sono in grado di dire nulla, nemmeno a me stesso. Navigo armato dei vecchi ideali e dei vecchi dogmi soltanto per forza d'inerzia. Come possono combattere continuamente i miei compagni, gli agenti operativi della Guardia? Che spiegazioni danno ai loro atti? Anche questo non lo so. Ma le loro opinioni comunque non mi aiuterebbero. Qui ognuno deve fare da solo, come ci ricordano gli slogan delle Forze delle Tenebre.

E, cosa ancora più spiacevole, sentivo che se non avessi capito, se non fossi stato capace di scoprire quel confine, ero condannato. E non soltanto io. Sarebbe perita anche Svetlana. Slanciandosi in un disperato tentativo di salvare il Capo. Si sarebbe sfasciata tutta la struttura della Guardia moscovita.

Ero ancora lì, con un braccio appoggiato al sudicio muro di mattoni. Ricordavo, mordendomi le labbra e sforzandomi di trovare una risposta. Non c'erano risposte. Dunque era il destino.

Attraversando il tranquillo cortile dall'aria accogliente, arrivai al "casermone con le zampe". Il grattacielo sovietico suscitava un'intrinseca tristezza, del tutto ingiustificata, ma profonda. Lo stesso sentimento che mi capitava di provare vedendo dal treno villaggi abbandonati o silos semidistrutti. Un senso di inopportunità, come uno slancio troppo forte che finisce con un gran colpo nel vuoto…

— Zavulon — dissi — se mi senti…

Silenzio, il silenzio tipico di una notte moscovita: rumore di macchine, un po' di musica da una finestra e nessuno per la strada.

— Comunque non hai potuto calcolare tutto — continuai nel vuoto. — Non hai proprio potuto. La realtà ha sempre qualche diramazione inaspettata. Il futuro non è predeterminato. Lo sai. E lo so anch'io.

Attraversai la strada senza guardarmi attorno, senza fare attenzione alle macchine. Ero in missione, no?

Sfera di nascondimento!

Un tram tintinnò, frenando sulle rotaie. Le macchine ridussero la velocità per costeggiare il vuoto che mi circondava. Tutto smise di esistere... tranne l'edificio sul cui tetto avevamo combattuto tre mesi prima, l'oscurità, bagliori di energia, invisibile agli occhi degli umani.

E questa energia, che solo a pochi era dato di vedere, continuava a crescere.

Quello era il centro del tifone, non mi ero sbagliato. Mi avevano condotto proprio qui? Benissimo. Eccomi. Zavulon, certamente ricorderai quella piccola vergognosa sconfitta. Non puoi avere dimenticato lo schiaffo che hai preso davanti ai tuoi schiavi.

Oltre a tutti i suoi grandi scopi – capivo che comunque per lui erano grandi – a spingerlo c'era anche un altro desiderio, che una volta era stato una semplice debolezza umana, ma adesso era stato amplificato in modo smisurato dalle Tenebre.

Vendicarsi. Prendersi la rivincita.

Giocare un'altra partita. Agitare i pugni dopo la rissa.

In tutti voi, Grandi Maghi – sia quelli della Luce sia quelli delle Tenebre – c'è questo tratto di noia per il combattimento in sé, e questo desiderio di vincere *alla grande*. Di umiliare l'avversario. Le vittorie semplici non vi interessano più, sono un fatto del passato. La grande contrapposizione è degenerata in un'infinita partita a scacchi. Come per Geser, il Grande Mago della Luce, che ha provato un immenso piacere nello schernire Zavulon, assumendo l'aspetto altrui.

Per me quella contrapposizione non era ancora diventata un gioco.

Forse proprio in quello era racchiusa la mia ultima possibilità.

Presi la pistola dalla fondina, tolsi la sicura. Respirai a fondo, molto a fondo, come se stessi per tuffarmi. Era ora.

Maksim sentiva che quella volta tutto si sarebbe risolto velocemente.

Non ci sarebbe stato bisogno di veglie notturne in attesa del momento propizio per l'agguato, né di lunghi inseguimenti. L'illuminazione era stata troppo chiara, e non solo come percezione di una presenza Altra, nemica, ma anche come precisa guida all'obiettivo.

Arrivato all'incrocio tra via Galusˇkin e via Jaroslavskaja, si fermò nel cortile di un palazzo molto alto. Guardò la piccola luce nera che ardeva senza fiamma e che si stava lentamente spostando all'interno dell'edificio.

Il mago delle Tenebre era lì. Maksim lo percepiva già concretamente, quasi visivamente. Maschio. Poteri deboli. Non era un mutantropo, non era un vampiro, non era un incubo. Era proprio un mago delle Tenebre. Considerando la modestia dei suoi poteri, non ci sarebbero stati problemi particolari. Il problema era un altro.

Maksim poteva solo sperare e pregare perché non accadesse tanto spesso. Distruggere ogni giorno qualche creatura delle Tenebre era pesante, non solo dal punto di vista fisico. C'era anche il momento più tremendo, quello in cui il pugnale trapassava il cuore del nemico. Il momento in cui tutto attorno a lui cominciava a tremare, a oscillare, i colori si confondevano, i suoni si spegnevano, i movimenti rallentavano fin quasi a fermarsi. Che cosa avrebbe fatto se una volta si fosse sbagliato? Se avesse liquidato non un nemico del genere umano, ma un suo rappresentante? Non lo sapeva.

Ma non c'era via d'uscita se solo lui, in tutto il mondo, era in grado di distinguere le Forze delle Tenebre dagli altri umani. Se solo nelle sue mani era stata posta – da Dio, dal destino, dal caso… – l'arma.

Maksim prese il pugnale di legno. Guardò quella specie di giocattolo con un senso di sgomento. Non era stato lui a costruire un tempo quell'arma, non era stato lui a dargli il solenne, suggestivo nome di "misericordia".

A quel tempo aveva dodici anni e aveva appena incontrato Pet'ka, il suo migliore e anzi unico amico dei tempi dell'infanzia, o meglio ancora, perché barare?, l'unico amico che avesse avuto in tutta la sua vita. Giocavano alle battaglie dei cavalieri antichi. Non solo a quello, naturalmente: la loro infanzia era stata ricca di giochi, anche se non esistevano ancora quelli per il computer. Giocavano con tutto il cortile, in quell'unica breve estate della loro amicizia, costruendosi spade e pugnali, e battendosi con grande forza, ma anche con una certa cautela. Si rendevano già ben conto, infatti, che persino con un'arma di legno ci si può cavare un occhio o causare una ferita grave. Stranamente lui e Pet'ka finivano sempre in campi diversi. Forse perché Pet'ka era più giovane, e Maksim un po' si vergognava dell'amico più piccolo che lo guardava con occhi estasiati e lo seguiva dovunque come un cucciolo adorante. E capitava più o meno ogni giorno che nel corso della battaglia Maksim strappasse la spada di legno dalle mani di Pet'ka – che per la verità non faceva quasi niente per difendersi – e gridasse: «Sei prigioniero!»

Solo una volta era successo qualcosa di speciale. Pet'ka gli aveva teso in silenzio quel pugnale e gli aveva detto che un cavaliere valoroso doveva porre fine alla sua vita con quella "misericordia" e non umiliarlo facendolo prigioniero. Era un gioco, naturalmente, un semplice gioco, ma Maksim aveva avvertito una specie di tremito quando aveva mimato l'affondo mortale con il pugnale di legno. E poi, quando Pet'ka l'aveva guardato per un attimo negli occhi e subito dopo aveva posato lo sguardo sulla mano stretta attorno al pugnale fermo a un millimetro dalla sua maglietta bianca. E alla fine aveva borbottato: «Tienilo, sarà il tuo trofeo.»

Maksim aveva accettato il pugnale di legno con piacere, senza esitazione. Sia come trofeo sia come regalo. Solo, per qualche motivo, non lo portava mai con sé per giocare alla battaglia. Preferiva tenerlo a casa, cercava quasi di dimenticarselo, come se si vergognasse di quel regalo inaspettato e della sua stessa prontezza nell'accettarlo. Ma se ne ricordava, se ne ricordava sempre. E anche quando era diventato grande, si era sposato, aveva avuto i figli, non se n'era mai dimenticato. Il pugnale giocattolo era in un cassetto, insieme alle foto di quando era bambino, a una bustina con una ciocca di capelli e ad altri sciocchi ricordi sentimentali. Fino al giorno in cui Maksim aveva avvertito per la prima volta la presenza nel mondo delle Forze delle Tenebre.

Allora il pugnale di legno l'aveva in qualche modo chiamato. E si era trasformato in un'arma vera, spietata, infallibile, invincibile.

Ma Pet'ka non c'era più. Li aveva divisi la giovinezza: un anno di differenza, che è molto per due bambini, diviene addirittura un abisso tra due adolescenti. Poi li aveva divisi la vita. Si sorridevano quando si incontravano, si davano la mano, qualche volta avevano anche bevuto insieme molto piacevolmente, ricordando la loro infanzia. Poi Maksim si era sposato, si era trasferito, e i loro rapporti si erano praticamente interrotti. E quell'inverno, del tutto casualmente, gli era arrivata la notizia. Gliel'aveva data la madre, a cui telefonava regolarmente, da figlio modello. «Ti ricordi Pet'ka? Eravate così amici da bambini, proprio amici per la pelle.»

Se lo ricordava. E aveva già capito a che cosa preludeva quell'introduzione.

Era morto in un incidente, cadendo dal tetto di un grattacielo. Ma come mai era salito fin lì nel cuore della notte? Forse voleva uccidersi, o forse era ubriaco, anche se poi i medici avevano stabilito che era sobrio. O forse l'avevano ucciso. Allora lavorava per un'organizzazione commerciale, aveva un buono stipendio, aiutava i suoi genitori e andava in giro con una bella macchina.

«Era strafatto» aveva commentato allora Maksim in tono duro. Così duro che sua madre non volle mettersi a contraddirlo. «Era strafatto, era sempre stato un tipo un po' strano.»

E il cuore non aveva avuto un sussulto, o una stretta dolorosa. Solo che quella sera, senza sapere bene perché, si era ubriacato. E poi era andato a uccidere la maga delle Tenebre che con la sua forza magica costringeva gli uomini a lasciare le donne che amavano, aveva ucciso quella strega non più giovane, ruffiana e separatrice, che braccava inutilmente già da due settimane.

Pet'ka non c'era più. Da molti anni non c'era più il ragazzino che era stato il suo unico amico, e da tre mesi non c'era più nemmeno Pet'ka Nesterov, il professionista che incontrava una volta l'anno, o anche più raramente. Il pugnale di legno, invece, era ancora lì, nelle sue mani.

Probabilmente non era stata inutile quella loro goffa amicizia infantile.

Maksim giocherellava con il pugnale sul palmo della mano.

Ma perché, perché era così solo? Perché non aveva un amico a fianco che potesse toglierli dalle spalle almeno una parte di quel peso? C'erano così tante Tenebre, tutto intorno, e così poca Luce.

Chissà perché gli tornarono in mente le ultime parole che gli aveva gridato Elena mentre già se ne andava: «Faresti meglio ad amarci, invece di proteggerci!»

"Ma non è la stessa cosa?" le replicò mentalmente.

Ma no, probabilmente non era la stessa cosa. Solo, che cosa poteva fare un uomo per cui l'amore era guerra, e che combatteva contro, e non a favore?

Contro le Tenebre, e non per la Luce.

— Sono il Custode — disse Maksim. A se stesso, sussurrando, come vergognandosi di dichiararlo a voce alta. Sono i pazzi che parlano con se stessi. Lui però non era pazzo, era normale, più che normale. Lui vedeva l'antico Male che strisciando entrava nel mondo.

Ma davvero vi stava entrando o vi si era già insediato da lungo tempo?

Era una follia. Non poteva, non doveva farsi assalire dal dubbio. Se avesse smarrito anche soltanto una parte della sua fede, se si fosse permesso di ammorbidirsi o di mettersi alla ricerca di inesistenti compagni, sarebbe stata la fine. Il pugnale di legno non si sarebbe più tramutato nella sciabola portatrice della Luce che dissipa le Tenebre. E un mago qualsiasi l'avrebbe incenerito con il suo fuoco magico, una strega l'avrebbe annientato con un incantesimo, o forse sarebbe stato un mutantropo a farlo a pezzi.

Custode e Giudice!

Non doveva vacillare.

Il brandello di Tenebre che prima si aggirava al nono piano all'improvviso cominciò a scendere. Il cuore gli si fermò nel petto: il mago delle Tenebre andava incontro al proprio destino. Maksim scese dalla macchina e si guardò intorno rapidamente. Nessuno. Come sempre qualcosa dentro di lui aveva disperso i potenziali testimoni e gli aveva sgombrato il campo di battaglia.

Il campo di battaglia... o il palco dell'esecuzione?

Custode e Giudice?

O boia?

Ma che differenza c'era? Lui era al servizio della Luce!

Una forza che ben conosceva gli riempiva le membra, galvanizzandolo. Tenendo la mano sul risvolto della giacca, Maksim si avviò verso l'ingresso, incontro al mago delle Tenebre che scendeva in ascensore.

In fretta, doveva fare tutto molto in fretta. Non era ancora notte fatta. Potevano vederlo. E nessuno avrebbe mai potuto credere alla sua versione. Nel migliore dei casi sarebbe finito in manicomio.

Chiamarlo. Presentarsi. Estrarre il pugnale.

La "misericordia". La misericordia. Lui era Custode e Giudice. Il cavaliere della Luce. Non un boia!

E quel cortile era un campo di battaglia, non una forca!

Si fermò davanti al portone. Si sentì rumore di passi. La serratura scattò.

E in quell'istante Maksim ebbe voglia di urlare di offesa e di orrore, di gridare maledizione al cielo, al destino e al suo strano dono.

Il mago delle Tenebre era un bambino.

Un ragazzino magro con i capelli scuri. Apparentemente uguale a tanti altri ragazzini della sua età… ma Maksim vedeva chiaramente l'aura di Tenebre che gli splendeva intorno.

Ma perché? Non gli era mai successo niente di simile. Aveva ucciso uomini e donne, giovani e vecchi, ma non gli erano ancora mai capitati bambini che avessero dato la loro anima alle Tenebre. Maksim non aveva mai pensato a quella possibilità, forse non volendo neppure prenderla in considerazione, forse rifiutandosi di decidere in anticipo che cosa avrebbe fatto. Forse sarebbe addirittura rimasto a casa, sapendo che la sua vittima aveva soltanto dodici anni.

Il ragazzino si era fermato sulla soglia del portone e fissava Maksim disorientato. Per un attimo l'uomo ebbe la sensazione che stesse per girarsi e correre via, veloce, sbattendo la pesante porta blindata. Corri, allora, corri!

Invece fece un passo avanti, accompagnando la porta perché non sbattesse. Guardò Maksim negli occhi, aggrottando un po' la fronte, ma senza paura. Incredibile. Non l'aveva scambiato per un passante qualsiasi, aveva capito che era lì per lui. Eppure gli era andato incontro. Non aveva paura? Era così sicuro della sua forza?

— Lei è una Forza della Luce, lo vedo — disse il ragazzino. A voce bassa, ma sicura.

— Sì. — Maksim riuscì a pronunciare quella parola a fatica, come se non gli volesse uscire dalla gola, senza guardarlo in faccia. Poi, maledicendo la propria debolezza, tese il braccio e prese il ragazzino per una spalla: — Sono Colui che giudica.

Il ragazzino non si spaventò nemmeno adesso.

— Ho visto Anton, oggi.

Quale Anton? Maksim rimase in silenzio, anche se dai suoi occhi trapelava lo sconcerto.

— È per lui che è venuto da me?

— No. È per te.

— Perché?

Il ragazzino aveva una leggera aria di sfida, come se avesse avuto un tempo una lunga discussione con Maksim, come se Maksim fosse in qualche modo in colpa nei suoi confronti e dovesse adesso ammetterla.

— Sono Colui che giudica — ripeté Maksim. Aveva voglia di voltarsi e scappare. Le cose non erano andate come dovevano, forse c'era stato un errore! Il mago delle Tenebre non poteva essere un bambino, un coetaneo di sua figlia! Il mago delle Tenebre doveva difendersi, cadere, scappare, non rimanere lì con l'espressione offesa, come se ne avesse tutti i diritti.

Come se questo potesse in qualche modo salvarlo.

— Come ti chiami? — gli chiese Maksim.

— Egor.

— Mi dispiace moltissimo che le cose siano andate in questo modo. — Maksim parlava in modo assolutamente sincero. E non provava nessun sadico piacere nel rimandare il momento dell'omicidio. — Al diavolo! Ho una figlia della tua età!

Per un qualche motivo, questa notizia sembrò offenderlo ancora di più.

— Ma se non lo faccio io, chi lo farà?

— Di che cosa parla? — Il ragazzino cercò di liberarsi dalla sua stretta sulla spalla, il che lo aiutò un po' a decidersi.

Bambino… bambina… grande… piccolo… Che differenza c'era? Luce e Tenebre, quella era l'unica differenza!

— Devo salvarti — disse Maksim. Con la mano libera prese il pugnale. — Devo salvarti e lo farò.

Capitolo 7

Per prima cosa riconobbi la macchina.

Poi il Selvaggio che ne stava uscendo.

E mi prese un'ondata di angoscia, pesante, disperata. Era l'uomo che mi aveva salvato quando, dentro il corpo di Olga, ero fuggito dal Maharaja.

Avrei dovuto intuirlo? Forse, se avessi avuto più esperienza, più tempo, più sangue freddo. Perché c'era la donna, in macchina con lui; mi sarebbe bastato osservare la sua aura: Svetlana l'aveva descritta con molta precisione. Avrei potuto riconoscere la donna e di conseguenza anche il Selvaggio. Avrei potuto concludere tutto già in macchina.

Ma... in che modo?

Mi tuffai nel Crepuscolo, quando il Selvaggio guardò dalla mia parte. La cosa funzionò, lui continuò a camminare verso il portone in cui una volta ero stato seduto vicino alla condotta dei rifiuti e avevo avuto una tetra conversazione con una civetta bianca.

Il Selvaggio andava a uccidere Egor. Tutto come avevo pensato. Tutto come aveva calcolato Zavulon. La trappola era lì davanti a me, la molla a lungo inattiva stava per scattare. Ancora un passo e i Guardiani del Giorno avrebbero potuto rallegrarsi di un'altra operazione felicemente condotta a termine.

Ma dov'era Zavulon?

Il Crepuscolo mi dava tempo. Il Selvaggio continuava ad avanzare verso la casa, camminando senza fretta, e io mi guardavo intorno, cercando qualche segnale delle Tenebre. Almeno una traccia, un sospiro, un'ombra...

La tensione della magia, tutto intorno, era terribile. Qui si incontravano i fili della realtà che avrebbero tessuto il nostro futuro. Un incrocio di cento strade, il punto in cui il mondo doveva decidere dove andare. Non a causa mia, o del Selvaggio, o del ragazzino. Noi eravamo solo comparse. Uno doveva pronunciare la battuta: "Il pranzo è servito", un altro fare finta di cadere, il terzo salire sul patibolo pieno d'orgoglio, a testa alta. Per la seconda volta quel punto di Mosca era l'arena di una battaglia invisibile. Ma io non vedevo Altri, né delle Forze della Luce, né delle Forze delle Tenebre. Solo il Selvaggio, che però nemmeno in quel momento era percepibile come Altro. Soltanto sul suo petto si scorgeva lo scintillio: un coagulo di forza. In un primo momento avevo creduto che si trattasse del suo cuore. Poi avevo capito che era l'arma, l'arma con cui uccideva le Forze delle Tenebre.

"Allora, Zavulon?" Mi invase un senso di offesa, un assurdo senso di offesa. "Sono arrivato! Sto per cadere nella tua trappola, guarda, un piede è già dentro, adesso avverrà tutto… ma tu dove sei? O ti sei nascosto così abilmente che non sono in grado di scoprirti, o tu qui non ci sei affatto!"

Avevo perso.

Avevo perso già prima della fine del gioco, perché non ero riuscito a capire le intenzioni del mio nemico. Qui avrebbe dovuto esserci l'imboscata, e le Forze delle Tenebre avrebbero dovuto eliminare il Selvaggio non appena lui avesse ucciso Egor.

Ma come l'avrebbe ucciso?

Io ero già lì. Gli avrei spiegato tutto, gli avrei raccontato delle Guardie che si sorvegliano a vicenda, del Patto che ci obbliga a mantenere la situazione di neutralità, degli umani e degli Altri, del mondo e del Crepuscolo. Gli avrei raccontato tutto, come l'avevo raccontato a Svetlana, e lui avrebbe capito.

Davvero avrebbe capito?

Se davvero non poteva vedere la Luce…

Il mondo per lui era un grigio gregge di pecore senza intelligenza. Le Forze delle Tenebre erano lupi che correvano attorno al gregge per sbranare gli agnelli più grassi. E lui era il cane da guardia. Incapace di vedere i pastori, accecato dal terrore e dalla rabbia, impegnato a correre da un punto all'altro, solo contro tutti.

Non mi avrebbe creduto, non si sarebbe permesso di credermi.

Corsi avanti, per raggiungerlo. La porta dell'ingresso era già aperta, e il Selvaggio stava parlando con Egor. Perché era uscito così tardi, di notte, quello stupido ragazzino, pur sapendo già benissimo quali erano le forze che governano il mondo? Possibile che il Selvaggio fosse in grado di attirare le sue vittime?

Parlare era inutile. Un attacco delle Tenebre. Immobilizzarlo. E solo dopo spiegare!

Il Crepuscolo si frantumò in migliaia di teste ferite, quando superai di corsa la barriera invisibile. A tre passi dal Selvaggio, che già si preparava ad affondare il colpo, andai a sbattere contro una parete trasparente, mi ci appiattii sopra e poi scivolai lentamente a terra, scuotendo la testa terribilmente confusa.

Male. Molto male. Lui non capiva l'essenza della forza. Era un mago autodidatta, uno psicopatico del Bene. Però quando doveva lavorare, si proteggeva con una barriera magica. Non l'aveva fatto apposta, però non per questo mi procurava meno dolore.

Il Selvaggio disse qualcosa a Egor. Ed estrasse la mano dal risvolto della giacca.

Un pugnale di legno.

Avevo già sentito parlare di quella magia, contemporaneamente ingenua e potente, ma adesso non avevo il tempo di pensarci.

Scivolai fuori dalla mia ombra, entrai nel mondo umano e balzai sulla schiena del Selvaggio.

Qualcuno lo aveva fatto cadere, mentre alzava il pugnale. Il mondo attorno a lui stava già cominciando a tingersi di grigio, i movimenti del ragazzino erano già più lenti, vide le sue palpebre abbassarsi piano per l'ultima volta prima che i suoi occhi si dilatassero per la sorpresa e il dolore. La notte si era trasformata in un podio oscuro, dove era lui ad amministrare la giustizia e a pronunciare la condanna che nulla poteva fermare.

Lo avevano fermato. Lo avevano fatto cadere, lo avevano buttato giù, sull'asfalto. All'ultimo momento Maksim era riuscito ad appoggiare un braccio, a girarsi e a rimanere in piedi.

Sulla scena era comparso un terzo personaggio. Come aveva fatto a non vederlo? Come aveva fatto l'aggressore ad arrivare fino a lui che, quando era impegnato in quel compito così importante, era sempre protetto da eventuali spettatori o interventi inopportuni dalla forza più luminosa che ci fosse al mondo, la Forza della Luce che lo guidava nella battaglia?

L'uomo era giovane, appena più giovane di lui. In jeans, maglione, e una borsa a tracolla. Che adesso aveva buttato a terra senza riguardi con un movimento della spalla. E aveva una pistola in mano!

Come si era concluso tutto male.

— Fermati — disse l'uomo, come se Maksim volesse scappare. — Ascoltami.

Un passante qualunque, che l'aveva scambiato per un maniaco? E la pistola, e l'abilità con cui si era avvicinato di soppiatto? Un poliziotto in borghese? Ma quello gli avrebbe sparato oppure gli sarebbe rimasto sopra, senza permettergli di rimettersi in piedi.

Maksim fissò lo sconosciuto, agghiacciato da quel terribile dubbio. Se fosse stato un agente delle Tenebre, lui non sarebbe mai riuscito a cavarsela con due di loro contemporaneamente!

Le Tenebre però non c'erano. Non c'erano e basta, non c'erano proprio!

— Chi sei? — gli chiese Maksim, quasi dimenticandosi del ragazzino-mago. Che intanto si stava lentamente avvicinando all'inaspettato salvatore.

— Un agente della Guardia. Anton Gorodeckij, della Guardia della Notte. Ascoltami.

Con la mano libera Anton afferrò il ragazzino e lo tirò dietro la sua schiena. L'intenzione era più che chiara.

— La Guardia della Notte? — Maksim cercava ancora di cogliere nello sconosciuto un segno delle Tenebre. Non lo vedeva, e questo lo spaventava ancora di più. — Vieni dalle Tenebre?

Non capiva più nulla. Cercava di sondarmi: avvertivo i suoi sforzi furibondi, implacabili e tuttavia inutili. Non sapevo neppure se fosse il caso di occultarmi. In quell'umano, o in quell'Altro – nel suo caso erano giuste entrambe queste categorie – si percepiva una forza primordiale, una tensione folle, fanatica. Decisi di non occultarmi.

— La Guardia della Notte? Vieni dalle Tenebre?

— No. Come ti chiami?

— Maksim. — Il Selvaggio mi si avvicinò lentamente. Mi esaminava come se sentisse che ci eravamo già incontrati, magari sotto un altro aspetto. — Chi sei?

— Un agente della Guardia della Notte. Ti spiegherò tutto, ascoltami. Tu sei un mago della Luce.

Il volto di Maksim ebbe un fremito e poi si fece di pietra.

— Tu uccidi le Forze delle Tenebre. Lo so. Stamattina hai ucciso un mutantropo. E stasera, al ristorante, hai eliminato un mago delle Tenebre.

— Anche tu…?

Forse fu soltanto una mia impressione. O forse nella sua voce tremò davvero una speranza. Rimisi la pistola nel fodero con aria significativa.

— Io sono un mago della Luce. Non molto potente, a dire la verità. Uno dei mille maghi della Luce che ci sono a Mosca. Siamo in tanti, Maksim.

Gli occhi gli si erano come dilatati e capii di avere colto nel segno. Non era un folle convinto di essere una specie di Superman e orgoglioso del suo segreto. Probabilmente in vita sua non c'era niente che avesse mai desiderato tanto quanto incontrare un compagno.

— Maksim, non ti abbiamo scoperto in tempo — dissi. Possibile che mi riuscisse di risolvere tutto pacificamente, senza spargimenti di sangue, senza un'assurda lotta tra due maghi della Luce? — È stata colpa nostra. Ti sei messo a combattere per conto tuo, hai fatto degli errori. Maksim, possiamo ancora rimediare. Perché tu non sapevi del Patto, vero?

Non mi ascoltava, se ne infischiava del Patto. Non era solo: quella era la notizia principale, per lui.

— Combattete contro le Tenebre?

— Sì.

— Siete in tanti?

— Sì!

Maksim mi guardò di nuovo, e di nuovo nei suoi occhi balenò la luce penetrante del Crepuscolo. Cercava di vedere la menzogna, di vedere le Tenebre, di vedere l'odio e la rabbia, le uniche cose che gli era stato dato di vedere.

— Non vieni dalle Tenebre — disse, come se gli dispiacesse. — Lo vedo. E non mi sono mai sbagliato!

— Sono un agente della Guardia — ripetei. Diedi un'occhiata intorno: nessuno. C'era qualcosa che allontanava gli umani: probabilmente anche quello faceva parte dei poteri del Selvaggio.

— Questo bambino…

— Anche lui è un Altro — dissi in fretta. — Ancora non possiamo sapere se diventerà un agente della Luce o…

Maksim scosse la testa. — Appartiene alle Tenebre.

Guardai Egor. Il ragazzino sollevò lentamente gli occhi.

— No — dissi.

L'aura si leggeva molto chiaramente: un arcobaleno vivace, nitido, tipico dei bambini piccoli, ma raro tra gli adolescenti. Un destino speciale, un futuro ancora indeterminato.

— Appartiene alle Tenebre. — Maksim scosse la testa. — Non lo vedi? Io non mi sbaglio mai. Tu mi hai fermato e mi hai impedito di eliminare un agente delle Tenebre.

Forse era sincero. Aveva ricevuto un dono limitato, ma quello al massimo grado. Maksim poteva distinguere le Tenebre, scoprirne anche la più minuscola traccia nelle anime altrui. Anzi, riusciva a individuare meglio di chiunque altro proprio quella prima fase dell'attività delle Tenebre.

— Non uccidiamo tutti gli agenti delle Tenebre.

— Perché?

— C'è una tregua, Maksim.

— Come può esserci una tregua con le Forze delle Tenebre?

Rabbrividii: nella sua voce non c'era traccia di dubbio.

— La guerra è sempre peggio della pace.

— Questa però no. — Maksim sollevò la mano con il pugnale. — Lo vedi? È un regalo del mio più caro amico. È morto, adesso, e forse proprio per colpa di qualcuno come questo ragazzo. Tenebre maledette!

— Lo dici a me?

— Certo. Sarai forse anche un agente della Luce — il suo volto fu attraversato da un ghigno amaro — ma certamente la vostra Luce si è offuscata tanto tempo fa. Non può esserci perdono per il Male. Non può esserci tregua con le Tenebre.

— Non può esserci perdono per il Male? — Adesso mi ero irritato anch'io. E non poco. — Quando hai pugnalato il mago delle Tenebre, nella toilette del ristorante, perché non ti sei fermato nei paraggi per altri dieci minuti? Non hai visto come gridavano i suoi bambini, come piangeva sua moglie? Loro non sono agenti delle Tenebre, Maksim! Sono umani, e non hanno i nostri poteri! Hai salvato quella ragazza dalle pallottole...

Sussultò, ma subito il suo viso riprese un'espressione di assoluta fermezza.

— Bravo! Ma il fatto è che volevano ucciderla per colpa tua, del tuo delitto! Non lo sapevi, questo?

— È la guerra!

— Tu stesso hai dato origine alla tua guerra — mormorai. — Sei un bambino anche tu, con un pugnale da bambino. Quando si taglia il bosco, le schegge volano, è così? Tutto è permesso, nella grande lotta per la Luce?

— Io non combatto per la Luce. — Anche lui aveva abbassato la voce. — Non per la Luce, ma contro le Tenebre. E questo è tutto ciò di cui ho bisogno. Lo capisci? E non credere che per me si tratti di boschi e di schegge. Non sono stato io a chiedere questa forza, non me la sarei nemmeno potuta immaginare. Ma se l'ho ricevuta non posso agire diversamente.

Ma chi, chi era stato a non notarlo?

Perché non avevamo trovato Maksim subito, non appena era diventato uno degli Altri?

Sarebbe stato un magnifico agente operativo. Dopo lunghe discussioni e faticose spiegazioni. Dopo mesi di addestramento, dopo anni di allenamenti, dopo molti fallimenti, errori, ubriacature, tentativi di suicidio. Alla fine non con il cuore, ma con la sua mente fredda e implacabile, avrebbe capito le regole della contrapposizione. Le leggi secondo le quali le Forze della Luce e quelle delle Tenebre conducono la loro guerra, le leggi secondo le quali dobbiamo ignorare i mutantropi che inseguono la loro preda e uccidere i nostri che non riescono a ignorarli.

Eccolo, davanti a me. Il mago della Luce, che nel giro di pochi anni aveva ucciso più agenti delle Tenebre di un nostro operativo con un secolo di servizio sulle spalle. Solitario, braccato. Capace di odiare, ma incapace di amare.

Mi girai, presi Egor per le spalle (lui era rimasto lì, silenzioso, senza farsi notare, ad ascoltare attento la nostra discussione). Lo spinsi davanti a me. Dissi: — È un mago delle Tenebre? Probabilmente. Temo che tu abbia ragione. Passerà ancora qualche anno e poi questo ragazzino diventerà padrone dei suoi poteri. Percorrerà la sua vita, e intorno a lui arriveranno le Tenebre. A ogni passo la vita gli sembrerà più facile. Ogni suo passo lo pagherà qualcun altro, con il proprio dolore. Ti ricordi la storia della Sirenetta? La strega le aveva dato le gambe, poteva camminare, ma nei piedi era come se avesse lame roventi. Lo stesso vale per noi, Maksim! Camminiamo sempre su delle lame, e a questo non ci si abitua! Solo che Andersen non ci ha raccontato proprio tutto. La strega avrebbe potuto fare anche un'altra cosa: fare sì che, quando la Sirenetta camminava, le lame trafiggessero i piedi di qualcun altro. Questa è la via delle Tenebre.

— Il mio dolore è con me — disse Maksim. E di nuovo in fondo al mio cuore baluginò la folle speranza che potesse capire. — Ma questo non deve, non ha il diritto di modificare nulla.

— Sei pronto a ucciderlo? — Feci un cenno con la testa, indicandogli Egor. — Maksim, rispondi! Io sono un agente della Guardia, e conosco il confine tra il Bene e il Male. Anche uccidendo le Forze delle Tenebre puoi moltiplicare il Male. Dimmi, sei pronto a ucciderlo?

Non vacillava. Annuì, guardandomi negli occhi, sereno, quasi contento.

— Sì. Non solo sono pronto. Non mi sono mai lasciato sfuggire una creatura delle Tenebre. Non lo farò nemmeno adesso.

Invisibile, la trappola scattò.

Non mi sarei meravigliato, adesso, se avessi visto al suo fianco Zavulon. Che emergeva dalle Tenebre e gli batteva bonariamente la mano sulla spalla. O che mi sorrideva sarcastico.

Ma immediatamente capii che lì Zavulon non c'era. Non c'era e non c'era mai stato.

La trappola, una volta preparata, non ha bisogno di nessun intervento. Fa il suo lavoro da sola. Io c'ero caduto, e sicuramente in quel momento tutti gli agenti della Guardia del Giorno avevano un alibi perfetto.

O permettevo a Maksim di uccidere il ragazzo, che sarebbe diventato un mago delle Tenebre, e mi trasformavo in un suo complice con tutte le conseguenze del caso, oppure decidevo di lottare ed eliminavo il Selvaggio: le nostre forze erano comunque imparagonabili. Liquidavo con le mie stesse mani l'unico testimone oppure uccidevo un mago della Luce.

Perché Maksim non si sarebbe arreso. Era la sua guerra, il suo piccolo Golgota, su cui si trascinava già da qualche anno. Avrebbe vinto, o si sarebbe fatto ammazzare.

Perché mai Zavulon si sarebbe dovuto inserire nel nostro conflitto?

Aveva predisposto tutto nel migliore dei modi. Aveva ripulito le fila delle Tenebre da un po' di zavorra, mi aveva incastrato, aveva aumentato la tensione, sparandomi quasi addosso. Mi aveva costretto a lanciarmi contro il Selvaggio. E adesso se ne stava alla larga. Magari non era neppure a Mosca. Ed era probabile che osservasse tutto da lontano: aveva i mezzi sia tecnici sia magici per farlo. Mi osservava e rideva.

Ero incastrato.

Qualunque via avessi scelto, mi aspettava il Crepuscolo.

Il Male non sempre ha bisogno di annientare il Bene con le sue mani. Talvolta trova molto più semplice lasciare che il Bene si distrugga da solo.

E l'unica possibilità che ancora mi restava era incredibilmente minuscola e mostruosamente vile.

Perdere.

Permettere al Selvaggio di uccidere il ragazzino... no, non permetterglielo, ma non riuscire a impedirglielo. Dopo averlo ucciso si sarebbe calmato. Dopo averlo ucciso sarebbe venuto con me al quartier generale della Guardia della Notte, e avrebbe ascoltato, discusso, e poi si sarebbe arreso, schiacciato dalle ferree argomentazioni e dalla logica implacabile del Capo, avrebbe capito quello che aveva fatto, e che fragile equilibrio aveva infranto. E si sarebbe consegnato volontariamente al Tribunale, dove aveva una possibilità, sia pure minima, di essere assolto.

E poi, io non ero un agente operativo. Avevo fatto tutto quello che potevo. Ero riuscito perfino a capire il gioco delle Tenebre, la combinazione pensata da qualcuno molto più saggio di me. Semplicemente non avevo avuto abbastanza forze, tempo, riflessi.

Maksim agitò la mano con il pugnale.

Il tempo all'improvviso divenne denso e lento, come se fossimo entrati nel Crepuscolo. Solo che i colori non erano impalliditi, anzi, erano diventati ancora più vividi, e io stesso mi muovevo in quel pigro flusso gelatinoso.

Il pugnale di legno scivolò verso il petto di Egor, e in quel tragitto cambiò aspetto, assunse un bagliore metallico, e poi venne avvolto da una fiamma grigia; il viso di Maksim era concentrato, solo le labbra strette rivelavano tutta la sua tensione, mentre il ragazzino non aveva fatto in tempo a capire, e non aveva nemmeno cercato di allontanarsi.

Spinsi Egor di lato. I muscoli non volevano ubbidirmi, non volevano compiere un gesto così assurdo e autolesionista. Per lui, per il piccolo mago delle Tenebre, il colpo del pugnale avrebbe significato la morte. Per me la vita. Del resto è stato, è, e sarà sempre così.

Ciò che per le Tenebre è vita, per la Luce è morte, e viceversa. Non era certo in mio potere cambiare le cose...

Ci riuscii. Egor cadde, batté la testa contro la porta d'ingresso e si accasciò lentamente. L'avevo colpito con troppa forza, ma mi interessava salvarlo e non avevo pensato troppo ai danni collaterali. Nello sguardo di Maksim scintillò un'espressione quasi infantile di offesa. Ma lo stesso non rinunciò a discutere. — È un nemico!

— Non ha fatto niente!

— Tu difendi le Tenebre.

Maksim non dubitava più della mia appartenenza alla Luce. Era comunque in grado di riconoscerla.

Solo che lui non aveva mai avuto dubbi su chi dovesse vivere e chi dovesse morire.

Il pugnale si alzò di nuovo, non contro il ragazzino, questa volta, ma contro di me. Mi piegai, trovai con lo sguardo la mia ombra, mi slanciai in quella direzione. E l'ombra mi venne docilmente incontro.

Il mondo si fece grigio, i suoni cessarono, tutti i movimenti rallentarono. Egor, che prima si stava lentamente muovendo, rimase immobile. Le macchine scivolavano incerte sulla strada, avanzando a scatti, i rami degli alberi ignoravano il vento. Solo Maksim non aveva subito quel rallentamento.

E mi inseguiva, senza nemmeno capire come. Era scivolato nel Crepuscolo con la stessa naturalezza con cui un umano passa dalla strada al marciapiede. Adesso per lui non c'erano più differenze: attingeva forza dalla sua convinzione, dal suo odio, un odio chiarissimo, dalla sua furia scatenata. Adesso non era più il boia delle Tenebre. Era il Grande Inquisitore. Molto più terribile di tutta la nostra Inquisizione.

Alzai le braccia, con le dita allargate nel Segno della Forza, semplice e sicuro. Ah, come ridono i giovani Altri, quando vedono per la prima volta questo procedimento, definito "dita a ventaglio". Maksim non si fermò nemmeno, vacillò appena, poi piegò caparbiamente la testa e riprese l'inseguimento. Già cominciando a capire, rinunciai, ripassando freneticamente tutto l'arsenale magico.

L'Agape, il segno dell'amore... ma lui non crede nell'amore.

La tripla chiave, generatrice di fiducia e di comprensione... ma lui non si fida di me.

L'oppio, il fumo violetto, la via del sonno... e sentii che già le palpebre mi si chiudevano.

Ecco come neutralizzava le Forze delle Tenebre. La sua fede furibonda, unita ai celati poteri di Altro, funzionava come uno specchio. Restituiva il colpo ricevuto. Si metteva al livello dell'avversario. E questo, insieme al potere di vedere le Tenebre e a quell'assurdo pugnale magico, gli garantiva in pratica l'invulnerabilità.

No, naturalmente non avrebbe potuto restituire qualsiasi colpo. I colpi non ritornavano proprio immediatamente. Il segno di Tanatos, la morte, o la spada bianca probabilmente avrebbero funzionato.

Solo che, uccidendo lui, uccidevo me stesso. Mi dirigevo verso l'unica strada a cui siamo tutti condannati: il Crepuscolo. Tra i pallidi sogni, tra le illusioni incolori, nell'eterna gelida nebbia.

Non avevo la forza di considerarlo un nemico, la condizione che lui mi aveva assegnato con tanta facilità.

Ruotavamo avvinghiati, ogni tanto Maksim tentava un attacco, con scarsi risultati. In effetti non aveva mai combattuto con nessuno, era abituato a uccidere le proprie vittime in modo facile e rapido.

E da un luogo lontano lontano udii la risata di scherno di Zavulon. E poi la sua voce morbida, insinuante: "Hai deciso di giocare contro le Tenebre? Gioca. Hai tutto quello che ti serve. Amici e nemici, amore e odio. Scegli la tua arma. Quella che preferisci. Tanto sai già il risultato. Adesso lo sai."

Forse quella voce me l'ero soltanto immaginata. O forse era risuonata davvero.

— Così uccidi anche te stesso! — gridai. La fondina mi picchiava sul petto, come se volesse chiedermi di prendere la pistola e di sparare contro Maksim uno sciame di piccole vespe d'argento. Con la stessa facilità con cui l'avevo fatto quando mi ero trovato ad affrontare il mio omonimo.

Non mi sentì... non era in grado di sentirmi.

"Sveta, tu eri così ansiosa di sapere quali sono i nostri limiti, qual è il confine che non dobbiamo superare, combattendo contro le Tenebre. Perché non sei qui adesso? Vedresti e capiresti subito tutto."

Però nelle vicinanze non c'era proprio nessuno, né delle Forze delle Tenebre, che avrebbero potuto godersi quello spettacolo, né delle Forze della Luce, che avrebbero potuto aiutarmi, intervenire, immobilizzare Maksim, interrompere la nostra danza mortale nel Crepuscolo. Solo il ragazzo, che adesso si stava goffamente rialzando, un futuro mago delle Tenebre, e l'implacabile boia dal volto di pietra, non richiesto paladino della

Luce. Causa di futuri mali non meno di una dozzina di mutanti o di vampiri.

Afferrai un po' di quella gelida nebbia che mi fluiva tra le mani. Le permisi di essere risucchiata dalle mie dita. E riversai un po' più di forza nella mano sinistra.

Da quel palmo sorse una bianca sciabola incandescente. Il Crepuscolo sibilò ardendo. Sollevai la spada bianca, un'arma semplice e infallibile. Maksim si bloccò.

— Il Male, il Bene. — Sul mio viso apparve un ghigno nuovo, un po' sbilenco. — Vieni da me. Vieni, e ti ammazzo. Puoi essere tre volte Luce, ma non è questo che conta.

Con un altro magari avrebbe funzionato. Credo di sì. Immagino l'impressione che deve fare veder nascere dal nulla una sciabola infuocata. Ma Maksim venne verso di me.

E così fece i cinque passi che ci separavano. Tranquillamente, senza accigliarsi, senza guardare la spada bianca. E io rimasi lì, continuando a ripetere fra me le parole che avevo pronunciato poco prima con tanta facilità e sicurezza.

Poi il pugnale di legno mi colpì sotto le costole.

Lontano lontano, nella sua tana, il capo dei Guardiani del Giorno, Zavulon, quasi soffocava dalle risate.

Crollai in ginocchio, poi caddi supino. Mi premetti una mano contro il petto. Mi faceva male, per adesso soltanto male. Il Crepuscolo strillò indignato, percependo il sangue vivo, e cominciò a dissiparsi.

Che peccato, però!

O forse era proprio quella l'unica via di scampo che mi era concessa? Morire?

Svetlana non avrebbe più avuto nessuno da salvare. Avrebbe percorso la sua strada, lunga e gloriosa, e prima o poi anche lei sarebbe entrata per sempre nel Crepuscolo.

Geser, forse tu lo sapevi? Era questo che speravi?

Il mondo riacquistava colore. Un colore cupo, notturno. Il Crepuscolo mi aveva risputato insoddisfatto, mi aveva rifiutato. Io ero ancora lì semisdraiato, con le mani sulla ferita che continuava a perdere sangue.

— Perché sei ancora vivo? — mi chiese Maksim.

Di nuovo risuonava nella sua voce una nota di offesa infantile: ci mancava solo che mettesse il broncio. Avrei voluto sorridere, ma il dolore me lo impedì. Maksim guardò il pugnale e con aria incerta lo sollevò di nuovo. In quell'istante comparve Egor. Si levò tra noi due, allontanandomi da Maksim. A questo punto il dolore non mi impedì di ridere.

Un futuro mago delle Tenebre che salva un mago della Luce da un altro mago della Luce!

— Sono ancora vivo perché la tua arma funziona solo contro le Tenebre — dissi. Nel petto qualcosa aveva cominciato a gorgogliare. Il pugnale non era arrivato al cuore, ma mi aveva lacerato un polmone. — Non so chi te l'abbia dato. Ma è un'arma contro le Tenebre. Contro di me è poco più di una scheggia, anche se riesce lo stesso a far male.

— Tu sei un mago della Luce — disse Maksim.

— Sì.

— Lui è un mago delle Tenebre. — Girò lentamente il pugnale verso Egor.

Cercai di trascinare via il ragazzino, ma quello scosse la testa con espressione caparbia e rimase al suo posto.

— Perché? — chiese Maksim. — Su, perché? Tu sei un mago della Luce, lui delle Tenebre…

Per la prima volta da quando ci eravamo incontrati sorrise, sia pure senza allegria. — E io chi sono allora? Dimmelo.

— Credo che tu sia il futuro Inquisitore — sentii che rispondeva qualcuno alle mie spalle. — Ne sono quasi sicuro. Il potente, spietato, incorruttibile Inquisitore.

Gettai una rapida occhiata in quella direzione e dissi: — Buona sera, Geser.

Il Capo mi fece un cenno con aria compassionevole. Dietro di lui c'era Svetlana, il viso bianco come gesso.

— Puoi resistere cinque minuti? — mi chiese il Capo. — Poi mi occupo della tua ferita.

— Certo che resisto — lo rassicurai.

Maksim guardava il Capo, con occhi fissi e come folli.

— Credo che tu non abbia nulla da temere — gli disse il Capo.

— Certo, un cacciatore di frodo normalmente viene giustiziato dal Tribunale. Sulle tue mani c'è anche troppo sangue delle Tenebre, e il Tribunale dovrebbe ristabilire l'equilibrio. Ma tu sei magnifico, Maksim. I maghi come te non si possono eliminare. Tu sarai al di sopra di noi, della Luce e delle Tenebre, e non avrà più importanza da che parte sei giunto. Ma non credere che sia un posto di potere! È una prigione! E adesso getta il pugnale!

Maksim scagliò a terra la sua arma come se gli scottasse tra le dita. Ecco cosa sa fare un vero mago.

— Svetlana, tu hai resistito. — Il Capo guardò la ragazza. — Che cosa posso dirti? Terzo livello per autocontrollo e resistenza. Senza dubbio.

Cercai di alzarmi, appoggiandomi a Egor. Avevo proprio voglia di stringere la mano al Capo. Anche questa volta aveva giocato da par suo. Aveva usato tutti quelli che gli erano capitati sottomano. E aveva beffato Zavulon... che peccato che non fosse lì! Come avrei voluto vedere la sua faccia, la faccia del demone che aveva trasformato il mio primo giorno di primavera in un incubo spaventoso.

— Ma... — Maksim cercò di dire qualcosa, ma rinunciò quasi subito. Anche sulle sue spalle pesavano troppe cose, quel giorno. Capivo perfettamente come si doveva sentire.

— Ero sicuro, Anton, assolutamente sicuro che sia tu sia Svetlana ce l'avreste fatta — disse dolcemente il Capo. — La cosa più pericolosa per una maga della sua forza è la perdita dell'autocontrollo. La perdita dei criteri nella lotta contro le Tenebre, l'eccessiva fretta o, al contrario, l'indecisione. E questa fase dell'addestramento non si può in nessun modo rimandare.

Finalmente Svetlana fece un passo verso di me. Mi prese delicatamente per un braccio. Poi guardò Geser e per un istante il suo viso fu sfigurato dall'ira.

— No, no — le dissi. — Svetlana, non devi. Ha ragione lui. Io oggi l'ho capito, ho capito per la prima volta qual è il confine da non superare nella nostra lotta. Non ti infuriare. E questo — sollevai la mano dalla ferita — è solo un graffio. Noi non siamo umani, siamo molto più resistenti.

— Grazie, Anton — disse il Capo. Poi guardò Egor: — Grazie anche a te, ragazzo. È molto spiacevole pensare che starai dall'altra parte della barricata. Ma ero sicuro che in ogni caso avresti difeso Anton.

Il ragazzino fece per muoversi verso il Capo, ma io lo trattenni per la spalla. Ci mancava soltanto che se ne venisse fuori con qualche frase inopportuna. Non conosceva certo tutta la complessità del nostro gioco! Non sapeva che tutte le azioni di Geser erano solo contromosse.

— Mi dispiace soltanto una cosa, Geser — feci. — Soltanto una cosa. Che Zavulon non sia qui. Non aver potuto vedere la sua faccia quando tutto il suo gioco è crollato.

Il Capo non mi rispose subito.

Probabilmente gli risultava difficile dirmi la verità. Anch'io, devo ammetterlo, non fui tanto lieto di sentirla.

— Ma qui Zavulon non c'entra affatto, Anton. Devi scusarci. Ma lui non c'entra proprio per niente. Questa operazione è stata completamente gestita dalla Guardia della Notte.

Terza Storia

STRETTAMENTE RISERVATO

Prologo

Era un omino piccolo, dalla carnagione olivastra, con gli occhi a mandorla. La preda ambita da ogni poliziotto della capitale. Il sorriso colpevole, smarrito; lo sguardo ingenuo, sfuggente; nonostante la calura mortale indossava un abito scuro, di taglio antiquato ma quasi nuovo; a completare il tutto, una vecchia cravatta dell'era sovietica. In una mano una cartella rigonfia, logora, di quelle che nei vecchi film usavano gli agronomi e i presidenti dei colcos; nell'altra una sacca per la spesa con un lungo melone asiatico.

L'omino scese da un vagone di seconda classe, sorridendo. Al cuccettista, agli altri viaggiatori, al facchino che l'aveva aiutato, al ragazzo della bancarella che vendeva limonata e sigarette. Alzò gli occhi, guardò estasiato il tetto che ricopriva la stazione Kazanskij. Poi s'incamminò lentamente lungo il marciapiede, fermandosi di tanto in tanto per impugnare più comodamente la borsa con il melone. Poteva avere trent'anni come cinquanta: per gli occhi di un europeo era difficile stabilirlo.

Il ragazzo sbucato un minuto dopo da una carrozza di quello stesso treno – il Taskent-Mosca, forse uno dei più sudici e scassati del mondo – sembrava esattamente l'opposto. Aveva anche lui un aspetto orientale, forse più vicino a quello degli usbechi, ma vestiva alla moscovita: calzoncini corti e maglietta, occhiali da sole; alla cintola, una borsetta di pelle e un cellulare. Nessun bagaglio. Nessuna patina provinciale. Non si guardò intorno, non cercò l'agognata lettera M. Un rapido cenno al cuccettista, una leggera oscillazione del capo in risposta alle offerte dei tassisti. Un passo, un altro… si immerse nella folla, sgusciò tra i viaggiatori frettolosi, il viso gli si colorì lievemente di ostilità e distacco. Un istante dopo divenne parte organica e indistinguibile della folla. Si radicò nel suo corpo come una cellula, sana e gioiosa, che non invogliava la curiosità né dei poliziotti-fagociti, né delle cellule vicine.

L'omino con il melone e la cartella, invece, vi si intrufolò a fatica, borbottando innumerevoli volte le proprie scuse in un russo non molto corretto, incassando la testa nelle spalle, guardandosi intorno. Passò davanti a un sottopassaggio senza fermarsi, girò la testa, si diresse verso quello successivo, si arrestò accanto a un cartellone pubblicitario, in un punto in cui c'era meno calca, e stringendo maldestramente al petto le proprie cose estrasse un foglietto sgualcito e si immerse a studiarlo. Sul suo viso non si manifestò il minimo sospetto che lo stessero seguendo.

La situazione era ottimale, per i tre individui che se ne stavano addossati alle pareti della stazione: una bella ragazza, radiosa, dai capelli rossi, con un vestito di seta aderente al corpo; un ragazzo con l'aspetto di un punk e gli occhi sorprendentemente vecchi e malinconici; un uomo con i lunghi capelli lisciati e modi da finocchio.

— Non gli somiglia — disse in tono dubbioso il ragazzo con gli occhi da vecchio. — Eppure non gli somiglia. L'ho visto tanto tempo fa e per poco, ma...

— Intendi forse chiedere precisazioni a Geser? — lo canzonò la ragazza. — Io ci vedo. È lui.

— Te ne assumi la responsabilità? — Il ragazzo non mostrò né stupore né desiderio di discutere. Volle semplicemente precisare la cosa.

— Sì. — La ragazza non staccò lo sguardo dall'asiatico. — Andiamo. Lo prendiamo di sotto.

I primi passi che fecero furono lenti e sincronizzati. Poi si divisero: la ragazza tirò dritto, i due uomini scomparvero ai lati.

L'omino ripiegò il foglietto e si avviò incerto verso il sottopassaggio.

Un moscovita o un ospite frequente della capitale si sarebbe stupito dell'improvvisa assenza di gente. Bene o male, si trattava del percorso più comodo e breve dal metrò al marciapiede ferroviario. Ma l'omino non vi prestò attenzione. Non si rese conto che alle sue spalle i passanti si arrestavano, come urtando contro una barriera invisibile, e infilavano le altre scale. Né poteva in alcun modo vedere che la medesima cosa si stava verificando all'altro capo del sottopassaggio.

Gli si fece incontro un uomo. Sorrideva e aveva un aspetto mellifluo. Da dietro comparvero una ragazza simpatica e un ragazzo trasandato, con l'orecchino e i jeans strappati.

L'omino continuò a camminare.

— Fermati un po', caro — disse il mellifluo con tono pacifico. La voce corrispondeva perfettamente al suo aspetto, era sottile e affettata. — Non correre.

L'asiatico sorrise, ma non si fermò.

Il mellifluo fece un movimento con la mano, come se stesse tracciando una linea tra sé e l'omino. L'aria cominciò a vibrare e un vento gelido si abbatté nel sottopassaggio. Da qualche parte sulla banchina ferroviaria alcuni bambini si misero a piangere, un cane cacciò un ululato.

L'omino si arrestò, guardando davanti a sé con aria meditabonda. Strinse le labbra a mo' di trombetta, soffiò, fece un sorriso astuto all'individuo che gli stava di fronte. Si udì un leggero tintinnio, come se un vetro invisibile si fosse infranto. Il mellifluo fece una smorfia di dolore e arretrò di un passo.

— Bravo, devona — disse la ragazza, fermandosi alle spalle dell'asiatico. — Ma adesso forse ti conviene non avere tutta questa fretta.

— Devo sbrigarmi, ohi, sbrigarmi — biascicò l'omino. Guardò di sbieco dietro di sé: — Vuoi un melone, bellezza?

Sorridendo, la ragazza lo fissò. Disse: — Vieni con noi, signore... Ci siederemo, mangeremo il tuo melone, berremo una tazza di tè. È tanto che ti aspettiamo, non è bello scappare subito via.

Sul viso dell'omino si rifletté un intenso lavorio mentale. Annuì. — Andiamo, andiamo.

Il suo primo passo fece cadere il mellifluo.

Come se davanti all'asiatico ora si muovesse uno scudo invisibile, un muro non materiale, ma fatto piuttosto di vento furioso: l'uomo venne trascinato per il pavimento, i lunghi capelli svolazzanti. Strizzò gli occhi e un urlo silenzioso gli esplose in gola.

Il ragazzo con l'aspetto del punk agitò la mano e uno sfarfallio di luci scarlatte si scagliò contro l'omino. Erano accecanti, ma non appena si staccavano dal palmo della mano, cominciavano a indebolirsi. Alla schiena dell'asiatico giungevano quando non erano più che un bagliore a stento visibile.

— Ahi ahi ahi — disse l'omino senza fermarsi. Contrasse le scapole, proprio come se sulla schiena gli si fosse posata una mosca fastidiosa.

— Alisa! — gridò il ragazzo senza interrompere il suo inutile attacco. Le sue dita si muovevano, cincischiavano l'aria, ne attingevano grumi di luce scarlatta e li gettavano contro l'omino. — Alisa!

La ragazza chinò la testa, continuando a fissare l'asiatico in fuga. Bisbigliò piano qualcosa e fece scorrere la mano sul vestito. Dal nulla comparve sul palmo un prisma sottile e trasparente.

L'omino accelerò l'andatura, sbandò a sinistra e a destra, abbassò la testa in modo ridicolo. Il mellifluo continuava a rotolare davanti a lui, ma ormai non si sforzava più di urlare. Aveva il volto graffiato a sangue, gli arti spezzati e privi di controllo, come se non fosse semplicemente rotolato per tre metri su un pavimento liscio, ma come se un folle uragano o un cavallo spronato l'avessero trascinato per tre chilometri su una steppa sassosa.

La ragazza guardò l'omino attraverso il prisma.

Inizialmente l'asiatico rallentò il passo. Poi emise un gemito e aprì le mani.

Il melone si spaccò con uno scricchiolio sul pavimento di marmo. Anche la cartella cadde per terra.

— Oh — disse, quando la ragazza lo chiamò devona. — Oh oh oh.

L'omino si accasciò e cominciò a rattrappirsi. Le guance si infossarono, gli zigomi si affilarono, le mani si assottigliarono come quelle dei vecchi e si ricoprirono di vene e venuzze. I capelli neri non imbiancarono, ma si diradarono e un velo di polvere grigia li ricoprì. L'aria intorno a lui vibrò… invisibili rivoli ardenti cominciarono a scorrere verso Alisa.

— Ciò che non mi era stato dato, d'ora in avanti sarà mio — sibilò la ragazza. — Tutto ciò che è tuo è mio.

Il suo viso si stava arrossando tanto rapidamente quanto l'omino rinsecchiva. Le labbra schioccavano, mormoravano sordamente parole dal suono bizzarro. Il punk fece una smorfia, abbassò la mano: l'ultimo raggio scarlatto colpì il pavimento e fece annerire il marmo.

— Davvero facile — disse. — Davvero.

— Il Capo era molto scontento — disse la ragazza, nascondendo il prisma da qualche parte tra le pieghe del vestito. Sorrise. Il suo viso emanava quella forza e quell'energia che a volte pervadono le donne dopo il sesso. — Facile, ma il nostro Kolen'ka non ha avuto fortuna.

Il punk guardò il corpo immobile del capellone e annuì. I suoi occhi torbidi non esprimevano particolare compassione, ma nemmeno malevolenza.

— Proprio così — concordò. Con passo sicuro si avvicinò al cadavere disseccato. Gli passò sopra il palmo della mano: il corpo si dissolse in cenere. Con la mossa successiva il ragazzo ridusse in una poltiglia appiccicosa il melone spaccato.

— La cartella — disse la ragazza. — Controlla la cartella.

Un movimento del palmo: la similpelle logora scricchiolò e la cartella si aprì come una conchiglia perlifera sotto il coltello di un pescatore esperto. Solo che, a giudicare dallo sguardo del ragazzo, non vi era traccia della perla tanto attesa. Due cambi di biancheria pulita, una camicia bianca, un paio di scarpette di gomma in un sacchetto di plastica, un bicchiere di carta, un astuccio con gli occhiali.

Il ragazzo compì ancora alcuni gesti con la mano: il bicchiere si ruppe, l'abito si scucì, l'astuccio si aprì. Bestemmiò.

— È vuota, Alisa! Assolutamente vuota.

Sul viso della strega lentamente apparve stupore.

— Eppure è il devona, Stasik. Il corriere non poteva affidare il carico a nessuno!

— A quanto pare l'ha fatto — disse il ragazzo, rimestando con il piede la cenere dell'asiatico. — Eppure ti avevo avvertita. Dagli agenti della Luce ci si può aspettare di tutto. Te ne sei assunta la responsabilità. Io sarò forse un mago poco potente. Ma ho cinquant'anni d'esperienza in più, rispetto a te.

Alisa annuì. Lo smarrimento era già scomparso dai suoi occhi. Di nuovo la mano scorse lungo il vestito, alla ricerca del prisma.

— Sì — convenne lei mite. — Hai ragione, Stasik. Ma tra cinquant'anni saremo pari.

Il punk scoppiò in una risata, si accovacciò accanto al cadavere del capellone e cominciò a frugare rapidamente nelle sue tasche.

— Ne sei convinta?

— Sì. Ti sei fatto valere, Stasik, ma inutilmente. Dopotutto l'avevo detto, io, di controllare anche gli altri passeggeri.

Il ragazzo si voltò troppo tardi, quando la vita, attraverso decine di invisibili fili roventi, aveva ormai cominciato ad abbandonare il suo corpo.

Capitolo 1

La Oldsmobile era antiquata, il che peraltro mi piaceva. Solo che, con il caldo pazzesco che per tutto il giorno aveva arroventato la strada, i finestrini aperti non servivano. Ci voleva un condizionatore.

Ilja era con tutta probabilità della stessa opinione. Guidava tenendo il volante con una mano, si guardava intorno e attaccava discorso di continuo. Sapevo bene che un mago del suo livello vede ogni eventualità con una decina di minuti d'anticipo e che non si sarebbe verificato alcun incidente, e tuttavia mi sentivo a disagio.

— Avevo pensato di installare un condizionatore — disse a Julja in tono colpevole. La ragazzina soffriva il caldo più di tutti, il viso le si ricopriva di brutte macchie rosse, gli occhi si offuscavano. Avevamo paura che vomitasse. — Solo che bisognerebbe manomettere tutta la macchina, e la macchina non è predisposta! Né ai condizionatori, né al telefono, né ai computer di bordo.

— Uhu — disse Julja. Sorrise debolmente. Il giorno prima ci eravamo sfiniti: nessuno era andato a letto, avevamo lavorato fino alle cinque del mattino e poi avevamo dormito direttamente in sede. Far sgobbare una tredicenne quanto gli adulti naturalmente era una porcata. Ma l'aveva voluto lei stessa, nessuno l'aveva forzata.

Svetlana, che sedeva davanti, guardò preoccupata Julja e poi Semen, con aria di estrema disapprovazione. Sotto quello sguardo, l'imperturbabile mago per poco non si strozzò con la sua Java. Fece un respiro: il fumo di sigaretta che mulinava per tutto l'abitacolo fu risucchiato nei suoi polmoni. Con uno scatto gettò via il mozzicone. Anche le Java costituivano una concessione, dato che ormai da un po' Semen preferiva le Polet e altre terribili varietà di tabacco.

— Chiudete i finestrini — disse Semen.

Un minuto dopo l'interno della macchina cominciò a raffreddarsi. Si diffuse un vago odore di mare, leggermente salato. Compresi persino che si trattava di un mare notturno, e nemmeno troppo lontano: l'odore abituale della costa di Crimea. Iodio, alghe, una sottile nota di assenzio. Il Mar Nero. Koktebel'.

— Koktebel'? — chiesi.

— Jalta — rispose brevemente Semen. — Settembre, il dieci del mese, anno 1974, notte, verso le tre. Dopo una leggera tempesta.

Ilja fece schioccare la lingua invidioso: — Caspita! E un bouquet così non l'avevi ancora consumato?

Julja guardò Semen con aria colpevole. La preservazione del clima riusciva difficile a qualsiasi mago, e il bouquet percettivo usato in quel momento da Semen era tale da abbellire qualsiasi festicciola.

— Grazie, Semen Pavlovic. — In sua presenza chissà perché la ragazzina si mostrava timida, proprio come di fronte a un capo, e lo chiamava per nome e patronimico.

— È una sciocchezza — rispose tranquillo Semen. — La mia collezione comprende una pioggia nella taiga del 1913, un tifone del '40, una mattina primaverile a Jurmala del '56 e, mi sembra, una sera d'inverno a Gagry.

Ilja si mise a ridere. — Una sera d'inverno a Gagry… alla malora! Invece la pioggia nella taiga…

— Non ho intenzione di scambiarla — l'avvertì subito Semen. — Conosco la tua collezione, non possiedi niente che abbia lo stesso valore.

— Però in cambio di due, no, di tre…

— Posso regalarla — disse Semen.

— Ma va' là — rispose piccato Ilja, strattonando il volante. — Come potrei ricambiare un regalo del genere?

— Allora ti inviterò quando la riattiverò.

— Grazie.

Di sicuro si era offeso. Secondo me, quei due erano pressoché identici per capacità, poteva darsi addirittura che Ilja fosse un po' più potente. Ma in quel momento Semen possedeva un'aura degna di una raffigurazione magica. E in più era capace di non consumare la propria collezione per un nonnulla.

Da un certo punto di vista ciò che aveva appena compiuto era uno sperpero: addolcire l'ultima mezz'ora di viaggio nella calura con un assortimento di percezioni tanto prezioso.

— Un nettare così bisognerebbe inalarlo di sera, mangiando spiedini — fece Ilja. A volte si distingueva per la sua stupefacente insensibilità. Julja si irrigidì.

— Mi ricordo che una volta capitai in Oriente — disse all'improvviso Semen. — Il nostro elicottero... insomma, partimmo a piedi. Gli strumenti tecnici di comunicazione erano andati distrutti, usare la magia sarebbe stato come scorrazzare per Harlem con un cartello con la scritta MORTE AI NEGRI! Ci incamminammo per il deserto del Hadramaut. E per raggiungere l'agente locale rimaneva da percorrere una bazzecola, cento chilometri... forse centoventi. E non avevamo più forze. Niente acqua. Allora Aleska, un bravo ragazzo – adesso lavora a Primore – dice: «Oddio, non ce la faccio, Semen Pavlovic, a casa ho lasciato una moglie e due bambini, voglio tornare indietro.» Si sdraia sulla sabbia e riattiva la scorta. Venti minuti di acquazzone torrenziale. Ci dissetammo, riempimmo le borracce e, insomma, ci rimettemmo in forze. Avrei voluto spaccargli la faccia, per non averlo detto prima, ma ebbi pietà.

Dopo una conversazione così lunga, in macchina calò per un attimo il silenzio.

Raramente Semen coloriva gli episodi della sua tempestosa biografia in modo tanto pittoresco.

Ilja si riprese per primo. — Perché allora non hai usato la tua pioggia nella taiga?

— Ho fatto un confronto — sbuffò Semen. La mia pioggia modello da collezione del 1913 e un acquazzone primaverile di serie, raccolto a Mosca; l'acquazzone sapeva di benzina, ci credi?

— Ci credo.

— Questo è il punto. Ogni cosa a suo tempo e luogo. La sera

che ho rievocato adesso era gradevole. Ma non eccezionale. Perfettamente adatta a questo tuo macinino.

Svetlana rise piano. La sottile tensione che si era accumulata all'interno dell'auto si scaricò.

Per tutta la settimana i Guardiani della Notte erano stati preda di una grande agitazione. Benché, in apparenza, a Mosca non stesse accadendo niente di particolare. Il solito lavoro di routine. Sulla città gravava una calura senza precedenti per il mese di giugno, e le statistiche degli incidenti erano scese ai livelli minimi. Tutto ciò non piaceva affatto né agli agenti della Luce né a quelli delle Tenebre.

I nostri esperti formularono l'ipotesi secondo cui l'inaspettata canicola era dovuta a un'azione che le Forze delle Tenebre andavano preparando. Di certo, nello stesso tempo, i Guardiani del Giorno avevano cercato di scoprire se per caso non fossero stati i maghi della Luce ad agire sul clima. Quando entrambe le parti si convinsero che gli squilibri atmosferici avevano cause ambientali, si piombò nella più assoluta inattività.

Gli agenti delle Tenebre si calmarono, come mosche abbattute dalla pioggia. Con un tempo così, nonostante tutte le previsioni dei medici, il numero di sciagure e di morti naturali calò. Anche gli agenti della Luce non avevano da lavorare, i maghi litigavano per sciocchezze, per ottenere dall'archivio i più banali documenti toccava aspettare mezza giornata, alla proposta di elaborare una previsione del tempo gli esperti proferivano in tono cattivo: «Scura è l'acqua nelle nubi.» Boris Ignatevic vagava per l'ufficio con aria completamente stravolta: la calura in versione moscovita aveva prostrato persino lui, con tutti i suoi illustri trascorsi e le sue origini orientali.

Giovedì mattina aveva convocato il personale: con un'ordinanza, la pattuglia chiamava in aiuto presso di sé due volontari, e ai restanti comandava di sparire dalla capitale. Dove meglio credevano: alle Maldive, in Grecia, all'inferno, in una dacia in campagna. L'ordine era di non comparire in ufficio prima di lunedì all'ora di pranzo.

Il Capo attese giusto un minuto, finché su ogni faccia non si fu aperto un largo sorriso di gioia, e aggiunse che sarebbe stato bene ripagare con il lavoro l'inattesa fortuna. Con un impegno eccezionale. Perché non si finisse poi per vergognarsi dei giorni spesi inutilmente. Disse che i classici non a torto affermavano: «Il lunedì comincia di sabato» e che, dati quei tre giorni di ferie, eravamo tenuti a completare tutta l'attività di routine nel tempo rimanente.

Ci mettemmo quindi al lavoro, alcuni fino al mattino. Eseguimmo una verifica sulle Forze delle Tenebre rimaste in città e sotto sorveglianza speciale: vampiri, mutantropi, streghe e tutta l'irrequieta marmaglia dei ranghi più bassi. In quel momento, i vampiri non avevano sete di sangue caldo, ma di birra ghiacciata. Le streghe tentavano non di dare il malocchio al prossimo, ma di provocare una pioggerella leggera su Mosca.

Perciò adesso ce ne andavamo in vacanza. Non alle Maldive, naturalmente: il Capo aveva un po' sopravvalutato la munificenza dell'ufficio contabilità. Ma anche due o tre giorni in campagna erano un'ottima cosa. Poveri volontari, rimasti con il Capo nella capitale, a vigilare e fare la guardia!

— Devo telefonare a casa — disse Julja. Si era visibilmente rianimata, quando Semen aveva sostituito la calura che regnava in macchina con la frescura marina. — Sveta, passami il telefonino.

Anch'io mi godevo il fresco. Guardavo le macchine che sorpassavamo: nella maggior parte dei casi i vetri erano abbassati, e la gente ci lanciava occhiate invidiose, sospettando erroneamente che la vecchia automobile disponesse di un poderoso impianto di climatizzazione.

— Tra poco bisogna svoltare — dissi a Ilja.

— Me lo ricordo. Ci sono stato, una volta.

— Zitti! — sibilò Julja con voce terribile. E si mise a cicalare nel ricevitore: — Mammina, sono io! Siamo già arrivati. Certo, bene! C'è un lago, qui... No, piccolino. Mammina, posso stare solo un minuto, il papà di Sveta mi ha dato il suo cellulare. No, nessun altro. A Sveta? Sì, subito.

Svetlana sospirò e prese il telefono dalla ragazzina. Mi guardò cupamente e io tentai di conferire alla mia faccia un'espressione seria.

— Buongiorno, zia Natascia — fece Svetlana con voce sottile, infantile. — Sì, tanto contente. Sì… No, con i grandi. Mamma è lontana, devo chiamarla? Sì, glielo riferirò… Senz'altro… Arrivederci.

Spense il cellulare e disse: — Ragazza, cosa succederà quando tua mamma chiederà alla vera Sveta come avete passato la vacanza?

— Sveta risponderà che l'abbiamo passata bene.

Svetlana sospirò e guardò Semen in cerca di sostegno.

— L'utilizzo dei poteri magici per scopi personali porta a conseguenze imprevedibili — disse Semen in tono burocratico. — Se ricordo bene, una volta…

— Ma quali poteri magici?! — esclamò Julja con sincero stupore. — Ho detto alla mamma che andavo a una festa con i ragazzi e ho chiesto a Svetlana di coprirmi. Sveta ha protestato un po', ma poi ha accettato.

Dietro il volante, Ilja fece una risatina. — Mi ci vuole proprio, questa festa — disse, evidentemente senza rendersi conto che la cosa divertiva lui, ma scandalizzava Julja. — Ma sì, che i marmocchi umani se la spassino. Be', che c'è da ridere? Eh?

A ciascuno di noi Guardiani il lavoro porta via gran parte della vita. Non perché siamo sgobboni esaltati, ma uno sano di mente non preferisce il riposo al lavoro? Non perché lavorare sia poi tanto interessante: gran parte della nostra attività consiste in noiosi pattugliamenti o nel logorarsi il fondo dei pantaloni in ufficio. Ma siamo in pochi.

La formazione della Guardia del Giorno si completa molto più facilmente: qualsiasi agente delle Tenebre aspira alla possibilità di esercitare il potere. La nostra situazione è completamente diversa.

Eppure, oltre al lavoro, ciascuno di noi custodisce un pezzettino di vita che non cede a nessuno: né alla Luce, né alle Tenebre. È solo e soltanto nostro. Un pezzettino di vita che non nascondiamo, ma nemmeno mettiamo in mostra, e che costituisce ciò che ci rimane della nostra precedente esistenza umana.

Qualcuno alla prima occasione si mette a viaggiare. Ilja, per esempio, predilige i viaggi turistici ordinari, Semen invece il banale autostop. Una volta andò da Mosca a Vladivostok senza un soldo in un tempo record, ma non poté registrare il risultato presso la Lega dei Liberi Viaggiatori, perché durante il tragitto aveva usato per due volte i poteri magici.

Ignat, e non solo lui, non concepisce alcun tipo di svago all'infuori del sesso. Quasi tutti attraversano questa fase: la vita concede molte più possibilità agli Altri che non agli umani. E che la gente normale provi un'intensa e inconscia attrazione per gli Altri, persino quando questi non vorrebbero, è un fatto risaputo.

Molti di noi sono collezionisti e la gamma si estende dagli innocui appassionati di temperini, ciondoli, francobolli e accendini, fino ai raccoglitori di climi, odori, aure e sortilegi. Una volta io facevo collezione di modellini d'automobile, sperperavo un sacco di soldi per certi esemplari rari che avevano valore solo per qualche migliaio di idioti. Ora tutta questa raccolta giace ammassata in due scatole di cartone. Bisogna che una volta o l'altra le porti in strada e le rovesci sulla piazzuola di sabbia, per la gioia dei bambini.

Anche i cacciatori e i pescatori sono numerosi. Igor' e Garik sono appassionati di paracadutismo estremo. Quella cara ragazza di Galja, la nostra inutile programmatrice, si dedica alla coltivazione dei bonsai. In generale reclamiamo tutta la ricca scorta di svaghi accumulata dall'umanità.

Per cosa invece si appassionasse Tigrotto, da cui in quel momento ci stavamo recando, non riuscivo nemmeno a immaginarlo. Desideravo saperlo quasi quanto fuggire dal caldo infernale della città. Di solito, capitando a casa di qualcuno si capisce subito qual è la sua piccola "bizzarria".

— Manca ancora molto? — chiese Julja in tono lievemente capriccioso. Avevamo ormai lasciato la strada principale e percorso cinque chilometri di terra battuta, costeggiando un piccolo villaggio di dacie e un fiumiciattolo.

— Siamo quasi arrivati — risposi, dopo aver fatto un confronto con l'immagine della strada lasciataci da Tigrotto.

— No, siamo arrivati nel vero senso della parola — disse Ilja, sterzando e lanciando la macchina dritto verso gli alberi. Svetlana reagì con maggior calma, ma puntò ugualmente in avanti le braccia in attesa dell'urto.

La macchina sfrecciò attraverso un'intricata macchia di cespugli e piante cadute, e si abbatté contro l'ininterrotto muro d'alberi che le si parava di fronte. Ovviamente non ci fu alcuno schianto. Attraversammo l'oscurità e ci ritrovammo in una magnifica strada asfaltata. Davanti a noi scintillava lo specchio di un laghetto, presso la cui riva sorgeva una casa di mattoni a due piani, circondata da un alto steccato.

— Ciò che mi colpisce dei mutantropi — disse Svetlana — è questa loro tendenza alla riservatezza. Non solo si è nascosta nell'oscurità, ma si è anche costruita uno steccato.

— Tigrotto non è un mutantropo! — s'indignò la ragazzina. — È una maga mutante!

— È la stessa cosa — ribatté Svetlana con dolcezza.

Julja guardò Semen, evidentemente in cerca di supporto. Il mago sospirò. — In effetti, Sveta ha ragione. I maghi da combattimento strettamente specializzati sono essi stessi mutantropi. Solo, con un segno differente. Se, entrando per la prima volta nel Crepuscolo, Tigrotto fosse stata di un umore appena un po' diverso, si sarebbe trasformata in un agente delle Tenebre, in un mutantropo. Sono pochissime le persone per cui tutto è chiaro e definito già in anticipo. Di norma avviene una lotta. Una preparazione all'iniziazione.

— E per me com'è stato? — chiese Julja.

— Te l'ho già raccontato — borbottò Semen. — Abbastanza facile.

— Una semplice rimoralizzazione degli insegnanti e dei genitori — ridacchiò Ilja, fermando la macchina davanti al cancello. — E la ragazzina di colpo si è riempita d'amore e bontà per tutto ciò che la circondava.

— Ilja! — lo riprese Semen. Come istruttore di Julja era piuttosto svogliato e volentieri evitava d'intromettersi nella maturazione della giovane maga. Ora, però, certamente non aveva gradito l'eccessiva impertinenza di Ilja.

Julja era una ragazzina talentosa, e la Guardia riponeva in lei serie speranze. Non tali tuttavia da farle attraversare i labirinti dei rompicapi morali allo stesso ritmo di Svetlana, futura Grande Maga.

Probabilmente io e Sveta avevamo formulato questo pensiero nello stesso momento. Ci fissammo… e all'unisono volgemmo lo sguardo altrove.

Un muro invisibile ci opprimeva, premeva contro di noi spingendoci in direzioni diverse. Io sarei rimasto per sempre un mago di terzo livello. Svetlana da un momento all'altro mi avrebbe superato e, dopo un periodo certamente breve – molto breve, poiché la direzione della Guardia lo riteneva necessario – sarebbe diventata una maga fuori categoria.

Da allora tra noi sarebbero rimaste soltanto le strette di mano amichevoli a ogni incontro e le cartoline d'auguri per il compleanno e a Natale.

— Cos'è, si sono addormentati, là dentro? — si irritò Ilja, per niente straziato da simili problemi. Si sporse dal finestrino e agitò la mano guardando nell'obiettivo della telecamera posta sopra l'ingresso. Fece una serie di segnali.

Lentamente il portone cominciò ad aprirsi.

— Così va meglio — brontolò, entrando con la macchina nel cortile. Il posto sembrava grande e fitto d'alberi. Era stupefacente come fossero riusciti a costruire la villa senza danneggiare quei pini e quegli abeti giganteschi. Di certo non si vedeva alcuna aiuola coltivata, a parte quella che circondava una piccola fontana non in funzione. Nello spiazzo di cemento davanti alla casa si trovavano già cinque automobili. Riconobbi la vecchia Niva che Danila usava per patriottismo, e l'auto sportiva di Olga… chissà come aveva fatto ad arrivare fin lì con quella macchina sulla terra battuta… Tra di loro era parcheggiato il logoro furgoncino di Tolja; le ultime due le avevo già viste presso l'ufficio, ma non sapevo di chi fossero.

— Non ci stavano aspettando — disse indignato Ilja. — Si fa bisboccia, tutti si divertono, e gli uomini migliori della Guardia si trascinano per le stradine di campagna.

Spense il motore e in quel momento Julja strillò: — Tigrotto!

Mi scavalcò con facilità, aprì la portiera e sgusciò fuori dalla macchina.

Semen mandò un'imprecazione e con un movimento impercettibile le fu dietro. In tempo.

Non so dove fossero nascosti quei cani. In ogni caso, non si erano palesati in alcun modo fino all'istante in cui Julja uscì dall'auto. Ma non appena i suoi piedi ebbero toccato terra, le loro ombre sbucarono ondeggiando da ogni parte, in silenzio.

La ragazzina gridò. Le sue facoltà le sarebbero bastate per avere la meglio non dico su cinque o sei cani, ma su un intero branco di lupi. Semplicemente non le era mai capitato di affrontare un vero combattimento, perciò si confuse. In tutta sincerità, neanch'io mi aspettavo un assalto in quel luogo. Tanto più di quel tipo. In genere i cani non attaccano gli Altri. Delle Forze delle Tenebre hanno paura. Amano le Forze della Luce. Bisogna lavorare a lungo e seriamente sugli animali per reprimere il timore istintivo che provano di fronte a una sorgente magica incarnata.

Svetlana, Ilja e io balzammo fuori, ma Semen ci aveva preceduti. Con un braccio afferrò e sollevò la ragazzina, con l'altro tracciò una linea nell'aria. Pensai che avrebbe usato una magia d'intimidazione, sarebbe scomparso nel Crepuscolo, o avrebbe ridotto i cani in cenere. Di solito "per riflesso" si usano gli incantesimi più semplici.

Invece Semen provocò un "freeze", una gelata temporale. Due cani furono raggiunti in aria: avviluppati in un luccichio turchino, i loro corpi vi rimasero sospesi, con gli stretti musi digrignanti protesi in avanti. Gocce di bava si staccarono e caddero dalle zanne come una specie di grandine azzurra, splendente. La vista dei tre cani congelati a terra faceva meno effetto.

Tigrotto stava già accorrendo. Sbiancò in viso e spalancò gli occhi. Per un attimo fissò Julja: la ragazzina continuava a strillare, ma in modo già più attenuato, per inerzia.

— Siete tutti interi? — domandò infine.

— Ma va' a quel paese — borbottò Ilja, abbassando il bastone magico. — Che razza di belve ti sei messa ad allevare?

— Non vi avrebbero fatto niente! — disse Tigrotto sulla difensiva.

— Davvero? — Semen liberò Julja dalla stretta e la rimise

a terra. Con fare pensoso passò il dito sulla zanna di uno dei cani sospesi nell'aria. Lo strato elastico di gelo si tese sotto la sua mano.

— Giuro! — Tigrotto strinse la mano al petto. — Ragazzi, Sveta, Julja, perdonatemi. Non sono riuscita a fermarli. I cani sono addestrati a gettare a terra e tener fermi gli sconosciuti.

— Anche gli Altri?

— Sì.

— Anche le Forze della Luce? — Nella voce di Semen si manifestò una sincera ammirazione.

Tigrotto abbassò gli occhi e annuì.

Julja si avvicinò, si strinse a lei, e in tono piuttosto tranquillo disse: — Ma io non mi sono spaventata. Solo confusa.

— Meno male che mi sono confuso anch'io — fece cupamente notare Ilja, mettendo via l'arma. — L'arrosto di cane è un piatto troppo esotico. Però, Tigre, i tuoi cani mi conoscono!

— Non ti avrebbero nemmeno sfiorato.

Lentamente la tensione cominciò a calare. Beninteso, non sarebbe successo niente di terribile, siamo capaci di curarci l'un l'altro, ma il picnic sarebbe andato a monte.

— Perdonatemi — ripeté Tigrotto. Ci abbracciò con uno sguardo implorante.

— Ascolta, perché una cosa del genere? — Sveta indicò i cani con gli occhi. — Spiegamelo, dunque, perché? Le tue arti sono sufficienti a respingere un plotone di berretti verdi: perché questi Rottweiler?

— Non sono Rottweiler, sono Staffordshire terrier.

— Capirai che differenza!

— Una volta hanno catturato un ladro. Io qui ci vengo due giorni la settimana. Dalla città la strada non è lunga.

La spiegazione non era molto convincente. Un semplice sortilegio d'intimidazione e nessuno si sarebbe avvicinato. Ma nessuno ebbe il coraggio di dirlo apertamente. Tigrotto fu disarmante: — È la loro indole.

— Rimarranno sospesi per molto? — domandò Julja, stringendosi a lei come prima. — Voglio fare amicizia con loro. Altrimenti mi resterà un trauma psicologico nascosto, che inciderà inevitabilmente sul mio carattere e sulle mie preferenze sessuali.

Semen fece una risatina. Con quella replica, chissà quanto spontanea e quanto invece calcolata, Julja aveva spento il conflitto.

— Verso sera si rianimeranno. Padrona, ci inviti a entrare?

Lasciammo i cani sospesi intorno alla macchina e c'incamminammo verso la villa.

— Salve, Tigrotto! — disse Julja. Ormai ci ignorava completamente, incollata com'era alla ragazza. Pareva che la maga fosse il suo idolo, a cui perdonava ogni cosa, persino i cani troppo vigili.

Sarebbe interessante capire perché sono sempre le doti inaccessibili a diventare il nostro feticcio...

Julja era un'eccellente maga analitica, capace di dipanare i fili delle cose reali, individuare le cause magiche nascoste di fatti apparentemente quotidiani. Era intelligente, al dipartimento la adoravano, e non solo perché era una ragazzina, ma anche come compagna di lotta, come collaboratrice preziosa, a volte insostituibile. Ma il suo idolo era Tigrotto, una maga-mutantropo da combattimento. Avrebbe potuto imitare quella brava vecchietta di Polina Vasil'evna, tuttora impiegata presso la sezione analitica a metà stipendio, o innamorarsi del caposezione, l'imponente, attempato donnaiolo Edik.

Invece no, il suo idolo era diventato Tigrotto.

Cominciai a fischiettare qualcosa, standomene in coda alla processione. Intercettai lo sguardo di Svetlana, scossi leggermente la testa. Tutto a posto. Ci aspettava un giorno intero d'ozio. Niente Forze delle Tenebre e della Luce, niente intrighi, niente opposizioni. Fare il bagno nel lago, prendere il sole, mangiare spiedini innaffiandoli di vino rosso. Di sera, la sauna. In una villa così doveva per forza esserci un'ottima sauna. Infine, prendere un paio di bottiglie di vodka, un vasetto di funghi sotto sale, andare a nascondersi con Semen da qualche parte lontano dalla folla e bere fino all'ottenebramento, guardando le stelle e facendo discorsi filosofici su temi elevati.

Splendido.

Vivere come un umano. Anche solo per un giorno.

Semen si fermò e mi fece un cenno d'assenso. — Prenderemo due bottiglie. O tre. Arriverà anche qualcun altro.

Non c'era da meravigliarsi, né tanto meno da indignarsi. Non aveva letto nei miei pensieri: semplicemente la sua esperienza di vita era di gran lunga maggiore.

— D'accordo — annuii. Di nuovo Svetlana mi lanciò un'occhiata sospettosa, ma restò zitta.

— Per te è più facile — aggiunse Semen. — A me riesce molto di rado di diventare un umano.

— Ma è proprio necessario? — chiese Tigrotto, fermandosi presso l'uscio.

Semen si strinse nelle spalle. — Ovviamente no. Però se ne ha voglia...

Ed entrammo nella villa.

Venti ospiti forse erano un po' troppi persino per quella casa. Fossimo stati uomini, sarebbe stata un'altra faccenda. Ma così facevamo troppo chiasso. Provate a mettere insieme una ventina di bambini, che abbiano studiato sodo per diversi mesi, date loro in mano l'intero assortimento di un negozio di giocattoli, autorizzateli a fare tutto ciò che vogliono, e osservate il risultato.

Forse soltanto io e Sveta ci tenevamo un po' in disparte, rispetto a quei rumorosi divertimenti. Avevamo preso un bicchiere di vino a testa dal buffet e ci eravamo seduti su un divanetto di pelle, in un angolo del salotto.

Semen e Ilja invece ingaggiarono un duello magico. Molto civile, pacato e all'inizio persino piacevole per i presenti. Evidentemente in macchina Semen aveva ferito l'amico nell'amor proprio: ora a turno i due cambiavano il clima nella stanza. A quel punto avevamo già provato l'inverno in un bosco nei dintorni di Mosca, la nebbia autunnale e l'estate in Spagna. Tigrotto oppose un veto deciso su piogge e acquazzoni, ma i due maghi non avevano certo l'intenzione di evocare la furia degli elementi. Avevano chiaramente imposto determinate limitazioni interne ai cambiamenti del clima e la competizione non si basava tanto sulla rarità dei frammenti sensoriali, quanto piuttosto sulla loro idoneità rispetto al momento.

Garik, Farid e Danila giocavano a carte. Ai giochi più ordinari, con semplicità, così che solo l'aria sopra il tavolo scintillava di magia. Adoperavano ogni possibile sistema magico per barare e per difendersi dai bari. A quel punto ormai non contavano più né le carte in mano, né a chi toccasse un'altra presa.

Ignat se ne stava accanto alla porta aperta, circondato dalle ragazzette della sezione scientifica; al gruppetto si erano aggiunte anche le nostre inette programmatrici. Con ogni evidenza il nostro sessuofilo era riuscito in qualche modo a sopportare la disfatta sul fronte amoroso e adesso si leccava le ferite in quella cerchia ristretta.

— Anton — mi domandò Sveta sottovoce — secondo te tutto questo è autentico?

— Cosa, di preciso?

— Tutta questa allegria. Ti ricordi cos'ha detto Semen?

Alzai le spalle. — Quando avremo cent'anni torneremo su questa domanda. A me fa piacere. Semplicemente piacere. Che non si sia costretti a fuggire da nessuna parte, che non si debba calcolare niente, che i Guardiani abbiano mostrato la lingua per poi ritirarsi nell'ombra.

— Anche a me fa piacere — assentì Svetlana. — Però di giovani o quasi giovani ce ne sono solo quattro, qui. Julja, Tigrotto, tu, io. Cosa sarà di noi tra cent'anni? O trecento?

— Staremo a vedere.

— Anton, cerca di capire. — Sveta sfiorò la mia mano con un tocco leggero. — Sono veramente fiera di essere entrata nella Guardia. Sono felice che mia mamma stia di nuovo bene. Io adesso vivo molto meglio, metterlo in dubbio sarebbe addirittura ridicolo. Posso persino comprendere il motivo per cui il Capo ti ha sottoposto a quella prova…

— Non bisogna, Sveta. — Le presi la mano. — Anch'io l'ho compreso, e da quel momento è stato più difficile. Non bisogna.

— E io non mi ci provo nemmeno. — Sveta inghiottì il vino e posò il bicchiere vuoto. — Anton, c'è una cosa, però: non vedo alcuna gioia.

— Dove? — Certo a volte sono di un'ottusità stupefacente.

— Qui. Nella Guardia della Notte. Nella nostra affiatata

compagnia. Ogni giorno per noi è una specie di battaglia. Ora grande, ora piccola. Contro un mutantropo impazzito, contro un mago delle Tenebre, contro tutte le Forze delle Tenebre contemporaneamente. La tensione dello sforzo, il mento in fuori, gli occhi spalancati, essere pronti a gettarsi di petto contro una cannoniera o a culo nudo su un riccio.

Feci una risatina.

— Cosa c'è di male in questo, Sveta? Sì, siamo soldati. Tutti quanti, da Julja a Geser. Certo la guerra non è molto divertente. Ma se ci ritiriamo...

— Cosa succederebbe? — domandò Sveta. Verrebbe l'Apocalisse? Le forze del Bene e del Male sono in lotta da millenni. Si sono tagliate la gola a vicenda, hanno aizzato gli eserciti umani gli uni contro gli altri, e sempre per scopi superiori. Eppure, dimmi, Anton: davvero gli uomini in tutto questo tempo sono diventati migliori?

— Sì.

— Ma dai tempi in cui è cominciato il lavoro delle Guardie? Anton caro, me ne hai parlato fino alla nausea, e non solo tu. Che il conflitto principale si svolge per le anime degli uomini, che noi scongiuriamo gli scontri di massa. Scongiuriamo! Gli uomini continuano a uccidersi l'un l'altro. Ancor più che duecento anni fa.

— Intendi dire che il nostro lavoro è dannoso?

— No — Sveta scosse stancamente la testa — non intendo questo. Non ho tanta presunzione. Intendo dire soltanto una cosa: sarà pur vero che noi siamo la Luce. Solo che... Sai, in città hanno cominciato a vendere false decorazioni per l'albero di Natale. Nell'aspetto sono identiche a quelle vere, ma non portano nessuna gioia.

Raccontò il breve aneddoto con assoluta serietà e senza cambiare tono. Mi guardò negli occhi. — Capisci?

— Capisco.

— Sì, certamente. Le Forze delle Tenebre hanno cominciato a compiere di meno il Male — disse Svetlana. — Credo che queste nostre concessioni reciproche – opera buona per opera malvagia, licenze di uccidere e di guarire – si possano giustificare. Le Forze delle Tenebre commettono il Male meno di prima, noi non lo commettiamo per definizione. Ma gli uomini?

— Che c'entrano gli uomini?

— C'entrano eccome! Noi li difendiamo. Con abnegazione totale e instancabilmente. Perché dunque non diventano migliori? Invece fanno da soli il lavoro delle Tenebre. Perché? Non sarà che abbiamo perso qualcosa, Anton? Quella fede per cui i maghi della Luce mandavano gli eserciti a morire, ma marciando essi stessi in prima linea? L'abilità forse non sta soltanto nel difendere, ma anche nel dare gioia. A che servono mura robuste, se sono le mura di una prigione? Gli uomini hanno dimenticato la vera magia, non credono nelle Tenebre, ma neppure nella Luce! Anton, siamo soldati, sì! Ma l'esercito si ama solo se si è in guerra.

— Lo siamo.

— Chi può saperlo?

— Probabilmente non siamo proprio semplici soldati — dissi io. Recedere dalla propria posizione abituale è sempre spiacevole, ma non potevo fare altro. — Degli ussari, piuttosto. Tram pam pam!...

— Gli ussari erano capaci di sorridere. Noi non lo siamo quasi più.

— Allora dimmi cosa bisogna fare. — All'improvviso compresi che quella giornata, preannunciatasi come meravigliosa, stava precipitosamente scivolando verso un burrone oscuro e fetido, pieno di vecchio pattume. — Dillo! Sei una Grande Maga o lo diventerai presto. Uno dei generali della nostra guerra. Io invece sono un semplice tenente. Comandami, e che i tuoi ordini siano precisi. Dimmi, che fare?

Solo in quel momento notai che in sala era sceso il silenzio, che tutti ci stavano ascoltando. Ma ormai non aveva più importanza.

— Dimmi: scendere in strada, uccidere gli agenti delle Tenebre? Lo farò. Non ne sono granché capace, ma mi ci proverò con tutte le mie forze! Dimmi: sorridere e portare in dono il Bene agli uomini? Lo farò. Ma chi pagherà per il Male a cui aprirò la strada? Bene e Male, Luce e Tenebre... Sì, ripetendo queste parole ne cancelliamo il significato, le esponiamo come bandiere e le lasciamo imputridire al vento e sotto la pioggia. Allora dacci una parola nuova! Dacci nuove bandiere! Di' dove bisogna andare e cosa bisogna fare!

Le labbra cominciarono a tremarle. M'interruppi, ma ormai era troppo tardi.

Svetlana piangeva, tenendosi il viso coperto con le mani.

Che diavolo stavo facendo?

Davvero avevamo disimparato persino a sorridere gli uni agli altri?

Potevo avere cento volte ragione, ma...

Cosa contava che io avessi ragione, se ero pronto a difendere il mondo intero, ma non chi mi stava vicino? Se riuscivo a frenare l'odio, ma senza lasciare via libera all'amore?

Mi alzai di scatto, le circondai le spalle con il braccio e la trascinai fuori dalla sala. I maghi se ne stettero fermi, ci accompagnarono con lo sguardo. Forse avevano assistito a scene come quella più di una volta. Forse avevano capito tutto.

— Anton. — Tigrotto comparve accanto a noi senza fare alcun rumore, ci sospinse leggermente, aprì una porta. Mi fissò con un misto di rimprovero e inaspettata comprensione. Poi ci lasciò soli.

Per un minuto restammo immobili, Svetlana piangendo sommessamente, affondata nella mia spalla, e io in attesa. Adesso era troppo tardi per parlare. Avevo già detto tutto il possibile.

— Ci proverò.

Ecco, questo non me l'aspettavo. Ero pronto a tutto: ingiurie, contrattacchi, lamentele... ma non a quella risposta.

Svetlana ritrasse le mani dal viso bagnato, scrollò il capo e fece un sorriso.

— Hai ragione, Anton. Perfettamente ragione. Sono capace soltanto di lamentarmi e protestare. Piagnucolo come un bambino, non capisco niente. Mi mettono sotto il naso la pentola bollente, lasciano che mi scotti e poi aspettano, aspettano che io cresca. Quindi va bene così. Ci proverò, vi darò nuove bandiere.

— Sveta...

— Hai ragione — tagliò corto lei. — Ma anch'io ho un po' ragione. Certo però non avrei dovuto lasciarmi andare davanti ai ragazzi. Oggi è il nostro giorno di festa, non bisogna rovinarlo. D'accordo?

Di nuovo percepii un muro. Quel muro invisibile che si ergerà sempre tra me e Geser, tra me e i funzionari della direzione centrale.

Quel muro che il tempo erige tra noi. Quel giorno avevo posato con le mie mani qualche strato di gelidi mattoni di cristallo.

— Scusami, Sveta — sussurrai. — Scusa.

— Dimentichiamo tutto — disse lei molto ferma. — Su, dimentichiamocelo. Finché siamo ancora in grado di farlo.

Finalmente ci guardammo intorno.

— È uno studio? — chiese Sveta.

Librerie in quercia ebanizzata, volumi dietro vetri scuri. Una scrivania enorme con sopra un computer.

— Sì.

— Ma Tigrotto vive da sola?

— Non lo so. — Scossi la testa. — Non abbiamo mai pensato di chiederglielo.

— Sembrerebbe che viva sola. Per lo meno adesso. — Svetlana sfilò il fazzoletto e cominciò ad asciugarsi le lacrime. — Ha una bella casa. Andiamo, non mettiamo a disagio gli altri.

— Eppure hanno senz'altro sentito che non stavamo litigando.

— No, non potevano. Qui ci sono barriere ovunque, tra una stanza e l'altra. È impossibile sondare.

Guardando attraverso il Crepuscolo, anch'io notai uno scintillio nascosto nelle pareti.

— Ora le vedo. Diventi ogni giorno più potente.

Svetlana sorrise, un po' forzatamente, ma con orgoglio. Disse: — Strano. Perché costruire barriere, se si vive da soli?

— E perché metterle, quando non si è soli? — chiesi io. A mezza voce, poiché non pretendevo una risposta. E Svetlana non rispose.

Uscimmo dallo studio e ritornammo in sala.

L'atmosfera non era proprio cimiteriale, ma poco ci mancava.

Semen e Ilja si erano dati da fare: nella stanza regnava un'umidità odorosa di palude. Ignat se ne stava in piedi, abbracciato a Lena, e guardava ansiosamente i presenti. Prediligeva l'allegria in ogni sua forma: qualsiasi discordia e tensione erano per lui come una coltellata nel cuore. I giocatori fissavano in silenzio l'unica carta posata sul tavolo: sotto i loro sguardi, questa si contorceva e si attorcigliava, cambiando di continuo seme e valore. Julja, imbronciata, stava domandando qualcosa sottovoce a Olga.

— Mi versate qualcosa da bere? — chiese Sveta, tenendomi per mano. — Non sapete che per le isteriche la miglior medicina sono cinquanta grammi di cognac?

Tigrotto, che se ne stava accanto alla finestra con espressione infelice, andò frettolosamente verso il bar. Che avesse attribuito a sé la causa del nostro litigio?

Io e Sveta prendemmo un bicchiere di cognac a testa, brindammo con ostentazione e ci scambiammo un bacio. Intercettai lo sguardo di Olga: non gioioso, non rattristato, ma interessato. E un po' geloso. Eppure quella gelosia non era in alcun modo legata al bacio.

Di colpo cominciai a sentirmi male.

Come se fossi uscito da un labirinto in cui mi ero trascinato per lunghi giorni, per mesi interi. Ma uscito soltanto per ritrovarmi all'ingresso di nuove catacombe.

Capitolo 2

Potei parlare a quattr'occhi con Olga solo due ore dopo. La baldoria, per quanto a Svetlana potesse sembrare sforzata, si era ormai trasferita nel cortile. Semen spadroneggiava davanti alla griglia, distribuendo spiedini a chi li voleva; il cibo si cuoceva con rapidità: segno inequivocabile che si stava impiegando la magia. Lì vicino, all'ombra, erano posate due casse di vino secco.

Olga chiacchierava amichevolmente con Ilja, ciascuno reggendo in mano uno spiedino e un bicchiere di vino. Mi dispiaceva interrompere l'idillio, ma…

— Olga, ho bisogno di parlarti — dissi avvicinandomi a loro. Svetlana era completamente assorbita dalla disputa con Tigrotto: avevano cominciato a parlare della canicola; poi, per una qualche bizzarra logica tutta femminile, la discussione, assai vivace, era passata al tradizionale carnevale di Capodanno della Guardia. Era il momento più adatto.

— Scusami, Ilja. — La maga allargò le braccia. — Ne riparliamo un'altra volta, d'accordo? Mi interessa molto la tua opinione sui motivi del crollo dell'URSS. Anche se ti stai sbagliando.

Il mago sorrise con aria trionfante e si allontanò.

— Domanda pure, Anton — disse Olga con il medesimo tono.

— Sai cosa voglio domandarti?

— Lo immagino.

Mi guardai intorno. Vicino a noi non c'era nessuno. Ancora durava quel breve momento in cui, durante i picnic in campagna, si ha voglia di mangiare, di bere, e non si avverte alcuna pesantezza né allo stomaco né alla testa.

— Cosa ne sarà di Svetlana?

— È difficile leggere il futuro. Il futuro dei Grandi Maghi, poi...

— Non tergiversare, collega. — La fissai per un attimo negli occhi. — Siamo stati insieme. Abbiamo lavorato in coppia. Quando tu sei stata punita e privata di ogni cosa, persino di questo corpo... E punita secondo giustizia...

Olga sbiancò in viso.

— Cosa sai della mia colpa?

— Tutto.

— Come hai fatto?

— Dopotutto, io sono uno che lavora con i dati.

— L'accesso alle informazioni non può esserti sufficiente. Ciò che mi è successo non è mai stato registrato negli archivi elettronici.

— Informazioni indirette, Olga. Hai mai visto i cerchi nell'acqua? Una pietra può essersi adagiata sul fondo già da un pezzo, può essersi già ricoperta di melma, eppure i cerchi continuano a muoversi. A erodere gli strapiombi, a portare a riva il pattume e la schiuma, a rovesciare le barche, se la pietra era grossa. Ecco, la tua pietra era molto grossa. Fa' conto che io me ne sia stato a lungo sullo strapiombo, Olga. A guardare le onde che corrodevano la riva.

— Stai bluffando.

— No. Olga, cosa toccherà a Sveta? Quale tappa dell'addestramento?

La maga mi guardò, dimentica dello spiedino ormai freddo e del bicchiere mezzo vuoto. Le assestai un altro colpo: — Tu l'hai superata, quella tappa?

— Sì. L'ho superata. Ma nel mio caso mi avevano preparata più lentamente.

— Perché allora tutta questa fretta con Sveta?

— Nessuno aveva previsto che in questo secolo sarebbe nata ancora una Grande Maga. Geser ha dovuto improvvisare, regolarsi al momento.

— Per questo ti hanno restituito l'aspetto di prima? Non solo per il buon lavoro, dunque?

— Evidentemente capisci tutto da solo! — Gli occhi di Olga mandavano lampi cattivi. — Perché allora mi tormenti?

— Sei tu che controlli la sua preparazione? Basandoti sulla tua esperienza?

— Sì. Soddisfatto?

— Olga, siamo dalla stessa parte della barricata — mormorai.

— Allora non dare gomitate ai compagni di lotta!

— Olga, qual è lo scopo? Cosa non sei riuscita a fare? Cosa deve compiere Sveta?

— Anton! — disse, smarrita. — Dunque stavi bluffando!

Io tacqui.

— Tu non sai nulla! I cerchi nell'acqua non sai dove guardare, per vederli!

— Ammettiamo che sia così. Però non è forse vero che ho indovinato l'essenziale?

Olga mi fissava mordendosi le labbra. Poi scosse la testa: — È così. Domanda diretta, risposta sincera. Ma non ti darò alcuna spiegazione. Tu non devi sapere. La cosa non ti riguarda.

— Ti sbagli.

— Nessuno di noi desidera il male per Sveta — tagliò corto lei. — Chiaro?

— Noi non siamo nemmeno capaci di desiderare il male. Solo che il nostro Bene a volte non si distingue per niente dal Male.

— Finiamola qui, Anton. Non ho il diritto di risponderti. E non bisogna guastare agli altri questa vacanza inattesa.

— Fino a che punto è inattesa? — insinuai. — Olga?

Si era già ricomposta e il suo viso si era fatto impenetrabile. Troppo impenetrabile per una simile domanda.

— Hai già saputo troppo. — La sua voce si era alzata, ritrovando l'antica imperiosità.

— Olga, non ci hanno mai mandati in vacanza tutti insieme. Addirittura per un fine settimana intero. Perché Geser ha cacciato i Guardiani dalla città?

— Non tutti.

— Polina Vasil'evna e Andrej non contano. Sai benissimo che sono impiegati d'ufficio. A Mosca non è rimasto un solo agente!

— Anche gli agenti delle Tenebre si sono calmati.

— E allora?

— Basta, Anton.

Capii che non sarei riuscito a strapparle una parola di più. Annuii. — Va bene, Olga. Sei mesi fa, per quanto casualmente, ci siamo rivelati alla pari. Adesso non è più così. Scusami. Non sono problemi miei, non è mia competenza.

Olga annuì. Così inaspettatamente che non credetti ai miei occhi. — Così alla fine hai capito.

Mi stava prendendo in giro o credeva davvero che avessi deciso di non immischiarmi?

— In generale sono un tipo piuttosto sveglio — dissi. Guardai Svetlana: stava chiacchierando allegramente con Tolja.

— Non sei arrabbiato con me, vero? — chiese Olga.

Le sfiorai le mani, sorrisi ed entrai in casa. Avevo una gran voglia di fare qualcosa, come fossi un genio fatto uscire dalla lampada dopo una prigionia millenaria. Qualsiasi cosa: costruire palazzi, distruggere città, programmare in Basic o ricamare a punto croce.

Spalancai la porta senza toccarla: la spinsi attraverso il Crepuscolo. Non so perché. Mi capita raramente, a volte se bevo troppo, altre volte se sono particolarmente infuriato. In quel momento la prima causa non aveva motivo di sussistere.

La sala era deserta. E in effetti, perché starsene al chiuso quando fuori ci sono spiedini fumanti, vino fresco e una quantità sufficiente di sedie a sdraio sotto gli alberi?

Mi lasciai cadere su una poltrona. Sul tavolino ritrovai il mio bicchiere… o forse era quello di Sveta; lo riempii di cognac. Bevvi tutto d'un fiato, come se non avessi versato un liquore invecchiato quindici anni, ma vodka da due soldi. Lo riempii di nuovo.

In quel momento entrò Tigrotto.

— Hai qualcosa in contrario? — chiesi.

— No, certo. — La maga si sedette accanto a me. — Anton, sei molto giù?

— Non farci caso.

— Tu e Sveta avete litigato?

— Non è questo.

— Anton, ho fatto qualcosa di male? Ai ragazzi non piace stare qui?

La fissai con autentico stupore. — Piantala, Tigrotto! È una meraviglia. Si stanno divertendo tutti.

— E tu?

Non avevo mai notato in lei queste esitazioni prima. In fondo è impossibile accontentare tutti.

— Vogliono continuare la preparazione di Svetlana — dissi.

— Fino a che punto?

— Non lo so. Fino a qualcosa che Olga non è riuscita a superare. Qualcosa di molto pericoloso e molto importante al tempo stesso.

— È un bene. — Si allungò verso il bicchiere. Si versò da bere da sola, toccò appena il cognac con le labbra.

— Un bene?

— Ma sì. Che la stiano preparando, che la stiano guidando. — Tigrotto cercò qualcosa con gli occhi, poi, aggrottando la fronte, guardò l'impianto stereo contro il muro.

Lo stereo si rianimò, si accese. Cominciò a suonare *Kind of Magic* dei Queen. Apprezzai la naturalezza del gesto. Controllare i circuiti elettronici a distanza non è come fare buchi nel muro con lo sguardo o cacciare le zanzare a colpi di fireball.

— Quanto è durata la tua preparazione al lavoro nella Guardia? — chiesi.

— Iniziò quando avevo sette anni. A sedici ormai prendevo parte alle operazioni.

— Nove anni! Ma certo per te è stato più semplice, la tua magia è naturale. Nel caso di Svetlana si preparano a farne una Grande Maga in sei mesi-un anno!

— È difficile — concordò la ragazza. — Pensi che il Capo stia sbagliando?

Alzai le spalle. Dire che il Capo aveva torto sarebbe stato sciocco quanto negare che il sole sorge a oriente. Da centinaia – macché centinaia, migliaia – di anni Geser aveva appreso a non commettere errori. Poteva agire duramente o addirittura brutalmente. Poteva provocare le Forze delle Tenebre e lasciare scoperti gli agenti della Luce. Poteva tutto. Tranne sbagliarsi.

— Mi sembra che sopravvaluti Sveta.

— Smettila! Il Capo fa i suoi calcoli.

— Prevede ogni cosa. Lo so. Gioca molto bene al vecchio gioco.

— E vuole il bene di Sveta — aggiunse Tigrotto caparbia. — Capisci? Forse a modo suo. Tu agiresti in un'altra maniera, e pure io, e Semen, e Olga. Ciascuno di noi farebbe altrimenti. Ma è lui che dirige la Guardia. E ne ha pieno diritto.

— A lui è più chiaro? — domandai in tono maligno.

— Sì.

— E la libertà? — Di nuovo riempii il bicchiere. Forse era già superfluo, la testa cominciava a ronzarmi. — La libertà?

— Parli come gli agenti delle Tenebre — brontolò lei.

— Preferisco pensare che siano loro a parlare come me.

— Ma è tutto molto semplice, Anton. — Tigrotto si chinò verso di me e mi guardò negli occhi. Sapeva di cognac e di qualche altro odore lieve, floreale; difficile che si trattasse di un profumo: ai mutantropi non piacciono i prodotti di profumeria. — Tu la ami.

— La amo. Non è una novità per nessuno.

— Sai che presto il suo livello di forza supererà il tuo.

— Se già non l'ha superato. — Non lo dissi, ma mi ricordai quanto facilmente Sveta avesse percepito gli schermi magici celati nei muri.

— Ti supererà veramente. Le vostre rispettive forze diventeranno incommensurabili. I suoi problemi ti diverranno incomprensibili e persino estranei. Restando al suo fianco, finirai per sentirti un accessorio sgraziato, un gigolò, comincerai ad appigliarti al passato.

— Sì. — Annuii e notai con stupore che il bicchiere era già vuoto. Lo riempii ancora sotto lo sguardo fisso della padrona di casa. — Vorrà dire che me ne andrò. Non ho bisogno di tutto·questo.

— Ma non ti è concesso nient'altro.

Non immaginavo che potesse essere così dura.

— Lo so.

— Se lo sai, Anton, allora l'unico motivo per cui ti scandalizzi è che il Capo voglia tanto tenacemente portare in alto Sveta.

— Il mio tempo scorre via — dissi — come sabbia tra le dita, come pioggia dal cielo.

— Il tuo tempo? Il vostro, Anton.

— Non è mai stato il nostro.

— Perché?

Già. In sostanza, perché? Alzai le spalle.

— Sai, certi animali non si riproducono in cattività.

— Ancora?! — s'indignò la ragazza. — Ma quale cattività? Dovresti rallegrarti per lei. Svetlana diventerà l'orgoglio delle Forze della Luce. Sei stato il primo a scoprirla, sei stato proprio tu a salvarla.

— Per cosa? Per l'ennesima, inutile battaglia contro le Tenebre?

— Anton, adesso stai davvero parlando come un agente delle Tenebre. Bene, la ami: allora non pretendere e non aspettarti nulla in cambio! È la via della Luce!

— Dove inizia l'amore, la Luce e le Tenebre finiscono.

L'indignazione fece ammutolire la ragazza. Scosse la testa tristemente. Disse di malavoglia: — Potresti almeno promettere...

— Dipende da cosa.

— Di essere sensato. Di avere fiducia nei vecchi compagni.

— Prometto a metà.

Tigrotto sospirò. — Ascolta, Anton. Di sicuro pensi che io proprio non ti capisca. Non è così. Anch'io non volevo diventare una maga-mutantropo. Ero dotata di poteri curativi piuttosto notevoli.

— Davvero? — La guardai con stupore. Non l'avrei mai pensato.

— Li possedevo, sì — confermò con leggerezza. — Ma quando venne il momento di scegliere in che direzione sviluppare le mie forze, il Capo mi chiamò. Ci sedemmo, prendemmo il tè con i pasticcini. Discutemmo molto seriamente, come persone adulte, sebbene io fossi solo una ragazzina, più giovane di Julja. Parlammo di ciò che serviva alla Luce, di cosa aveva bisogno la Guardia, di chi avrei potuto diventare. E decidemmo che bisognava sviluppare la capacità di trasformazione da combattimento, anche a costo di danneggiare tutto il resto. All'inizio non mi piacque molto. Sai quant'è doloroso tramutarsi?

— In tigre?

— No, in tigre è semplice, il difficile è l'inverso. Ma ho pazientato. Perché avevo fede nel Capo, perché capivo che era giusto.

— E adesso?

— Adesso sono felice — rispose lei con fervore. — Quando penso a cosa mi sarei persa, a ciò di cui mi sarei dovuta occupare... Erbe, esorcismi, campi psichici devastati, stregonerie...

— Sangue, dolore, paura, morte — continuai io nello stesso tono. — Combattimenti su due o tre livelli di realtà contemporaneamente. Scansare il fuoco, assaggiare il sangue, passarne di tutti i colori.

— È la guerra.

— Sì, certo. Ma dovevi andarci proprio tu, in prima linea?

— Chi, altrimenti? E poi non avrei potuto possedere una casa come questa. — Tigrotto indicò la sala con la mano. — Lo sai anche tu, con la magia curativa non si guadagna molto.

— È così, d'accordo — convenni. — Ma ci vieni spesso, qui?

— In certi periodi sì, in altri no.

— Non tanto spesso, mi pare di capire. Fai un turno di servizio dopo l'altro, ti vai a ficcare persino all'inferno.

— È la mia strada.

Annuii. Cos'ero io, in effetti?

— Sì, hai ragione. Forse sono stanco. E allora dico un sacco di scemenze.

Tigrotto mi guardò con sospetto, visibilmente stupita da una resa tanto rapida.

— Ho bisogno di starmene seduto per un po' con il bicchiere — aggiunsi. — Di ubriacarmi per bene in solitudine, addormentarmi sotto il tavolo, svegliarmi con il mal di testa. Allora starò subito meglio.

— Fa' pure — disse lei con un lieve tono di diffidenza. — Per quale altro motivo siamo venuti qui? Il bar è aperto, scegli ciò che preferisci. Oppure torniamo dagli altri. O vuoi che mi fermi a tenerti compagnia?

— No, meglio da solo — dissi, dando dei colpetti con la mano alla bottiglia panciuta. — In modo assolutamente schifoso, senza roba da mangiare né compagnia. Quando andate a fare il bagno, da' un'occhiata qui. Caso mai fossi ancora in grado di muovermi...

— D'accordo.

Sorrise e lasciò la stanza. Rimasi solo, eccetto per la presenza della bottiglia di cognac armeno.

Una ragazza davvero simpatica. Sono tutti buoni e simpatici i miei amici e compagni della Guardia. Sentivo le loro voci attraverso la musica dei Queen, ed era una sensazione piacevole. Con alcuni i miei rapporti erano più stretti, con altri meno. Ma lì non avevo né avrei avuto nemici. Eravamo andati avanti insieme e avremmo continuato a farlo, perdendoci l'un l'altro per una sola e unica causa.

Ma allora perché ero così scontento di ciò che stava accadendo? Solo io. Sia Olga sia Tigrotto approvavano il comportamento del Capo, e gli altri, a chiederglielo apertamente, avrebbero concordato.

Davvero avevo perso obiettività?

Certo.

Sorbii il cognac a lunghe sorsate. Lanciai uno sguardo attraverso il Crepuscolo e scorsi le pallide fiammelle di una vita estranea, insensata.

In sala erano sbucate tre zanzare, due mosche e, proprio nell'angolo, sul soffitto, un ragnetto.

Agitai le dita e modellai una minuscola pallina di fuoco, con un diametro di due millimetri. Mirai verso il ragno – per gli esercizi di riscaldamento è meglio scegliere un bersaglio immobile – e feci partire la fireball.

Non c'era nulla di immorale nel mio comportamento. Non siamo buddisti... in ogni caso non lo è la maggior parte degli Altri in Russia. Mangiamo la carne, schiacciamo le mosche e le zanzare, sterminiamo gli scarafaggi; se non si avesse voglia di acquisire ogni mese nuovi incantesimi d'intimidazione, gli insetti diverrebbero rapidamente immuni alla magia.

Niente di immorale. È semplicemente una cosa buffa: "fireball sulle zanzare". Il passatempo preferito dei bambini di tutte le età che frequentano i corsi presso la Guardia. Credo che anche gli agenti delle Tenebre si divertano nello stesso modo:

però senza fare differenze tra una mosca e un passero, tra una zanzara e un cane.

In un attimo bruciai il ragno. Anche con le zanzare semiaddormentate non ebbi problemi.

Festeggiai ogni vittoria con un bicchiere di cognac, brindando in anticipo con la servizievole bottiglia. Poi cercai di colpire le mosche, ma forse cominciavo ad avere un po' troppo alcol nelle vene, o forse le mosche percepivano assai meglio l'avvicinarsi delle sferette di fuoco. Per la prima dovetti usare quattro cariche. La seconda la abbattei alla sesta fireball, dopo aver infilato due minuscoli fulmini globulari infuocati nello scaffale vetrato sul muro.

— Che brutta cosa — dissi pentito mentre finivo il cognac. Mi alzai: la stanza oscillò. Mi avvicinai allo scaffale. Al suo interno, su un panno di velluto nero, erano fissate alcune spade. Tedesche, a prima vista, del XV o XVI secolo. L'illuminazione era disinserita, perciò non potei definirne meglio l'età. Nel vetro erano comparsi alcuni piccoli fori, ma ero riuscito a non toccare le spade.

Per un po' riflettei su come rimediare al danno, e non trovai niente di meglio che far tornare al suo posto il vetro vaporizzato e sparso per la stanza. Nel fare ciò, dovetti impiegare forze di gran lunga superiori a quelle che avrei usato se avessi dissolto e ricostruito tutto il vetro daccapo.

Poi mi infilai nel bar. Chissà perché il cognac non mi andava più. Perciò la bottiglietta di liquore messicano al caffè mi sembrò un buon compromesso tra la voglia di bere e la voglia di rinfrancarsi. Caffè e alcol in un'unica boccetta.

Tornai indietro e trovai Semen seduto sulla mia poltrona.

— Se ne sono andati tutti al lago — riferì.

— Adesso — dissi, avvicinandomi. — Adesso adesso.

— Posa la bottiglia — consigliò Semen.

— Perché? — ribattei. Tuttavia la posai.

Semen mi fissò negli occhi. Le barriere non funzionarono e io intuii l'insidia troppo tardi. Cercai di deviare lo sguardo, ma non ci riuscii.

— Canaglia — espirai, piegandomi con forza.

— In fondo al corridoio a destra! — mi gridò dietro Semen. Il suo sguardo continuava a trapanarmi la schiena e a serpeggiare subito dopo davanti a me come un filo invisibile.

Raggiunsi di corsa il bagno. Cinque minuti dopo arrivò anche il mio torturatore.

— Va meglio?

— Sì — risposi, respirando affannosamente. Mi sollevai e infilai la testa nel lavandino. In silenzio, Semen aprì il rubinetto. Mi diede qualche pacca sulla schiena. — Rilassati. Abbiamo cominciato con i rimedi popolari, ma...

Un'onda di calore mi attraversò. Mandai un gemito, tuttavia non cercai più di ribellarmi. L'intontimento era passato da un pezzo, adesso mi stavano abbandonando gli ultimi postumi residui.

— Che stai facendo? — chiesi soltanto.

— Do una mano al tuo fegato. Bevi un sorso d'acqua, starai meglio.

Effettivamente funzionò.

Di lì a cinque minuti uscii dal bagno sulle mie gambe, sudato fradicio, rosso in viso, ma assolutamente sobrio. E persino pronto a difendere le mie posizioni.

— Perché ti sei immischiato? Avevo voglia di ubriacarmi e l'ho fatto.

— La gioventù! — Semen scosse la testa con disapprovazione. — Aveva voglia di ubriacarsi! Chi mai si ubriaca con il cognac? E dopo il vino, oltretutto, e così in fretta, mezzo litro in mezz'ora. Una volta io e Saska Kuprin decidemmo di sbronzarci...

— Quel dannato Saska?

— Proprio lui, lo scrittore. Solo che all'epoca ancora non scriveva. Be', allora bevemmo, ma in modo civile, in mezzo al fumo e al casino, con balli sui tavoli, spari sul soffitto e dissolutezza.

— E lui cos'era, un Altro?

— Saska? No, ma era una brava persona. Facemmo fuori un quarto, mentre le ginnasiali si diedero allo champagne.

Mi lasciai cadere pesantemente sul divano. Inghiottii la saliva, guardai la bottiglia vuota e ricominciai ad avere la nausea.

— E vi ubriacaste con un quartino?

— Un quarto di secchio… come avremmo potuto non sbronzarci? — si meravigliò Semen. — Sbronzarsi va bene, Anton. Se è davvero necessario. Ma bisogna farlo con la vodka. Il cognac e il vino sono per il cuore.

— E la vodka?

— Per l'anima. Se fa davvero molto male.

Mi guardò con aria di lieve rimprovero. Era un piccolo, ridicolo mago dal viso furbesco, con tutti quei ridicoli piccoli ricordi di grandi uomini e grandi battaglie.

— Ho sbagliato — riconobbi. — Grazie dell'aiuto.

— Sciocchezze, vecchio mio. Una volta ho dovuto far passare la sbornia al tuo omonimo per tre volte in una sera. Be', quella volta si era in azione, bisognava bere, non ubriacarsi.

— Omonimo? Cechov? — chiesi stupito.

— No, che dici? Era un altro Anton, uno dei nostri. È morto in Estremo Oriente, quando i samurai… — Semen lasciò perdere e tacque. Poi, quasi con tenerezza, aggiunse: — Non avere fretta. Stasera faremo le cose come si deve. Ma adesso bisogna raggiungere i ragazzi. Andiamo, Anton.

Uscii dalla casa seguendo docilmente Semen. E vidi Sveta. Se ne stava su una sdraio, già con indosso il costume da bagno e una gonna colorata, o un pezzo di stoffa avvolto intorno ai fianchi.

— Tutto bene? — mi domandò, con leggero stupore.

— Assolutamente.

Mi guardò con attenzione. Ma evidentemente, a parte il colorito grigio-marrone del viso e i capelli bagnati, nulla tradiva l'ubriachezza.

— Devi controllare il pancreas.

— Tutto a posto — si affrettò a dire Semen. — Controlla pure, anch'io mi sono occupato della cura. Il caldo, il vino acido, gli spiedini grassi: ecco le cause. Adesso farà il bagno, e stasera quando farà fresco ci berremo una bottiglia. La cura è tutta qui.

Sveta si alzò, si avvicinò e mi fissò negli occhi.

— Ce ne stiamo qui seduti per un po'? Preparo un tè forte.

Sì, certo. Starcene semplicemente seduti. Noi due. Bere il tè. Parlare o tacere. Non era importante. Guardarla di tanto in tanto oppure non guardarla addirittura. Ascoltarne il respiro, oppure tapparsi le orecchie. Solo sapere che eravamo vicini. Noi due, non l'affiatato collettivo della Guardia della Notte. E insieme, ma perché se ne aveva voglia, non perché Geser lo aveva messo in programma.

Davvero avevo disimparato a sorridere?

Scossi la testa. E riportai sulla superficie del viso un sorriso codardo.

— Andiamo. Non sono ancora un veterano benemerito delle guerre magiche. Andiamo, Sveta.

Semen era già avanti, ma chissà perché capii che aveva strizzato l'occhio.

Con approvazione.

La notte non portò refrigerio, ma ci liberò dalla calura. Già verso le sei o le sette la compagnia si era frazionata in piccoli gruppi. Al lago rimasero l'instancabile Ignat, Lena e, per quanto fosse strano, Olga. Tigrotto e Julja andarono a fare un giro nel bosco. Gli altri si disposero in ordine sparso per la casa o lì intorno.

Io e Semen occupammo un'ampia loggia al primo piano. Ci si stava comodi, il venticello vi circolava meglio e c'erano mobili in vimini: inestimabili, con quel caldo.

— Numero uno — disse Semen, estraendo una bottiglia di vodka da un sacchetto di plastica con stampigliata la pubblicità di una marca di yogurt. — Smirnovka.

— La consigli? — chiesi in tono dubbioso. Non mi ritenevo uno specialista di vodka.

— È il secondo secolo che la bevo. Un tempo era molto peggiore, credimi.

Subito dopo la bottiglia comparvero due bicchieri sfaccettati, un vaso di cetriolini, una grossa confezione di cavolo salato.

— E da berci sopra? — domandai.

— Sulla vodka non si beve sopra niente, ragazzo. — Semen scosse la testa.

— Fino alla bara sempre s'impara…

— Imparerai prima. Quanto alla vodka, non dubitare, la cittadina di Černogolovka è territorio sotto il mio controllo. Nello stabilimento ci lavora uno stregone, un tipo insignificante, non particolarmente schifoso. Mi fornisce il prodotto giusto.

— Sprechi le tue energie in sciocchezze — mi arrischiai a fargli notare.

— Non spreco niente. Lo pago. Non c'è niente di disonesto, sono i nostri rapporti personali, non sono affari della Guardia.

Con mossa agile, Semen strappò la capsula alla bottiglia e riempì i bicchieri a metà. La borsa era rimasta tutto il giorno sulla veranda, ma la vodka era ancora ghiacciata.

— Alla salute? — proposi.

— È presto. A noi.

Nel pomeriggio mi aveva fatto passare la sbornia, e in modo davvero eccellente: non aveva rimosso solo l'alcol dal sangue, ma anche tutti i prodotti del metabolismo. Bevvi il mio mezzo bicchiere senza tremare, scoprendo con grande meraviglia che la vodka poteva essere piacevole non soltanto in inverno, con il gelo, ma anche in estate dopo la canicola.

— Ecco qua. — Semen grugnì di soddisfazione e si stravaccò più comodamente. — Bisogna dire a Tigrotto che qui sarebbe bene mettere delle sedie a dondolo.

Estrasse una delle sue terribili Java e si mise a fumare. Intercettò il mio sguardo scontento e disse: — Eppure continuerò lo stesso a fumarle. Io amo la mia patria.

— E io amo la mia salute — brontolai.

— Uhm — fece Semen. — Ecco, una volta un conoscente straniero mi ha invitato...

— È successo molto tempo fa? — chiesi io, intonandomi involontariamente al suo stile.

— Non molto. L'anno scorso. E mi ha invitato perché gli insegnassi a bere alla russa. Stava all'Hotel Penta. Ho portato con me un'amica occasionale e il suo fratellino...

Mi immaginai quella compagnia e scossi la testa. — E vi hanno fatti entrare?

— Sì.

— Hai adoperato la magia?

— No, l'amico straniero ha adoperato i soldi. Aveva una bella scorta di vodka e di roba da mangiare, abbiamo cominciato a bere il 30 aprile e abbiamo finito il 2 maggio. Non abbiamo lasciato entrare le cameriere né spento il televisore.

Guardando Semen, con la sua camicia sgualcita a quadretti di fabbricazione nostrana, i logori jeans turchi e un paio di sandali cechi tutti sformati, si poteva senza fatica raffigurarselo nell'atto di scolare del vino da un cartone di tre litri. Immaginarselo al Penta era difficile.

— Bruti — sbottai.

— No, perché? Al mio amico è piaciuto molto. Mi ha detto che aveva capito in cosa consiste la vera ubriachezza russa.

— Cioè?

— È quando ti svegli la mattina e ogni cosa intorno è grigia. Il cielo è grigio, la città è grigia, le persone sono grigie, i pensieri sono grigi. E l'unica via d'uscita è ricominciare a bere. Allora si sta meglio. Allora ritornano i colori.

— Ti è capitato uno straniero interessante.

— Non me ne parlare!

Di nuovo Semen versò la vodka nei bicchieri, stavolta in quantità minore. Ci pensò un attimo, poi li riempì fino all'orlo.

— Su, beviamo, vecchio mio. Beviamo perché a noi non succeda mai di dover bere per riuscire a vedere il cielo blu, il sole giallo e la città colorata. Su, brindiamo a questo. Io e te entriamo nel Crepuscolo e vediamo che il mondo visto da rovescio non è tale e quale appare agli altri. Ma certo non è nemmeno soltanto quel rovescio. Ai colori vividi!

Trangugiai mezzo bicchiere in stato di totale stordimento.

— Non battere la fiacca, ragazzino — disse Semen con lo stesso tono di prima.

Bevvi il resto e ci mangiai sopra una manciata di cavolo agrodolce croccante.

Chiesi: — Semen, perché ti comporti così? Perché questo atteggiamento scandalistico, questa posa?

— Parole troppo intelligenti, non le capisco.

— Allora?

— Così è più semplice, Anton. Ognuno si protegge come può. Io lo faccio in questo modo.

— Cosa devo fare, Semen? — domandai.

— Fa' ciò che devi.

— E se non volessi fare ciò che devo? Se la nostra luminosissima verità, la nostra parola d'onore di Guardiani e i nostri eccelsi buoni propositi fossero come il fumo negli occhi?

— Devi capire una cosa, Anton. — Il mago cominciò a sgranocchiare un cetriolino. — Già da un pezzo avresti dovuto capirla. La nostra verità, per quanto sia grande e luminosa, è fatta di una moltitudine di piccole verità. Anche se Geser è un pozzo senza fine di scienza e ha un'esperienza tale che, Dio non voglia, noi la vediamo solo in sogno, in più ha le emorroidi curate con la magia, il complesso di Edipo e l'abitudine di rivoltare i vecchi schemi di successo in modo nuovo. Tutto questo è solo un esempio, perché di certo non ficco il naso nelle sue faccende personali, è pur sempre il Capo.

Tirò fuori un'altra sigaretta; stavolta non mi arrischiai a obiettare.

— Anton, il fatto è questo. Sei entrato nella Guardia che eri un giovanotto, e la cosa ti ha fatto gioire. Finalmente tutto il mondo si è diviso: bianco da una parte, nero dall'altra. Si è realizzato il sogno dell'umanità, è diventato chiaro chi fosse buono e chi malvagio. Invece no. Non è così. Un tempo eravamo la stessa cosa. Forze delle Tenebre e della Luce. Ce ne stavamo intorno al fuoco nelle caverne, guardavamo attraverso il Crepuscolo qual era il prato più vicino in cui pascolavano i mammut, con canti e danze lanciavamo scintille dalle dita e arrostivamo a colpi di fireball le altre tribù. E, tanto per perfezionare l'esempio, c'erano due fratelli: due Altri. Quello dei due che entrò per primo nel Crepuscolo forse era sazio, o forse si era innamorato per la prima volta. Il secondo, invece, tutto il contrario. Gli faceva male la pancia per aver mangiato solo del bambù, la donna l'aveva respinto con la scusa del mal di testa e della stanchezza per aver raschiato pelli tutto il giorno. Andò così. Uno punta al mammut ed è soddisfatto. L'altro pretende un pezzo di proboscide e la figlia del capo in aggiunta. Fu così che ci dividemmo in Forze delle Tenebre e Forze della Luce, in buoni e cattivi. È l'abbiccì, non ti pare? Istruiamo così i piccoli Altri. Solo una cosa, vecchio mio: chi ti ha detto che tutto questo finirà?

Semen si sporse bruscamente verso di me, tanto che la sedia scricchiolò. — È stato, è, e sarà così. Per sempre, Anton. Non esiste una fine. Operando il Bene senza chiedere il permesso, noi ora disincarniamo quelli che perdono il controllo e si scatenano. Ma cosa succederà un domani? Tra cent'anni, tra mille? Chi può saperlo? Tu, io, Geser?

— Quindi?

— Hai la tua verità, Anton? Dimmi, ce l'hai? Hai fiducia in lei? Allora è alla tua verità che devi credere, non alla mia o a quella di Geser. Abbi fede e combatti. Se ti basta lo spirito. Se il cuore non sussulta. La libertà delle Tenebre non è cattiva in quanto libertà da chiunque altro. Si tratta, lo ripeto, di una spiegazione per i bambini. La libertà delle Tenebre è in primo luogo libertà da se stessi, dalla propria coscienza e dalla propria anima. Non percepisci più alcun dolore nel petto, e allora invochi aiuto. Ma ormai è troppo tardi.

Tacque, ficcò la mano nel sacchetto e tirò fuori un'altra bottiglia di vodka. Sospirò. — Due. Tutto sommato, penso che non ci ubriacheremo. Non ci riusciremo. Quanto a Olga e alle sue parole...

Come riusciva a sentire sempre ogni cosa?

— Olga non è invidiosa perché Svetlana potrebbe compiere ciò che a lei non è riuscito. Né perché Sveta ha tutto davanti a sé, mentre per lei, a dirla franca, tutto è ormai alle spalle. È invidiosa del fatto che tu le stai accanto, che vorresti fermare la donna che ami. Anche se in realtà non puoi fare niente. Geser poteva, ma non voleva. Tu non puoi, ma vorresti. Insomma, forse non c'è nessuna differenza.

— Tu sai a cosa stanno preparando Svetlana?

— Sì. — Semen versò la vodka nei bicchieri.

— A cosa?

— Non posso rispondere. Ho firmato un impegno scritto. Quello che potevo dire, l'ho detto.

— Semen...

— Te l'ho detto. Ho firmato. Devo togliermi la camicia per farti vedere il segno del fuoco punitivo sulla schiena? Se mi lascio scappare qualcosa, brucerò insieme a questa poltroncina e la mia cenere starà tutta in un pacchetto di sigarette. Perciò scusami, Anton. Non chiedermi niente.

— Grazie — dissi. — Su, beviamo. E se riuscissimo a ubriacarci? Ne avrei bisogno.

— Lo vedo — concordò Semen. — Cominciamo.

Capitolo 3

Mi svegliai molto presto. C'era silenzio, l'autentico silenzio della campagna, animato dal fruscio di un venticello che finalmente, verso il mattino, si era rinfrescato. Il letto era inondato di sudore e la testa mi scoppiava. Nel letto vicino – ci era stata assegnata una stanza da tre – russava monotono Semen. Direttamente sul pavimento, avvolto nella coperta, dormiva Tolja: aveva rifiutato l'amaca che gli era stata offerta, dicendo che la schiena gli doleva sempre di più a causa di un trauma subito nel '76 durante una certa baraonda, e che perciò era meglio per lui dormire sul duro.

Mi sollevai, cingendomi la nuca con le palme per non crollare a quel movimento brusco, e mi misi a sedere sul letto. Guardai sul comodino e con stupore vidi due pastiglie di aspirina e una bottiglia d'acqua minerale. Chi era l'anima buona?

La sera prima avevamo svuotato tre bottiglie in due. Poi era arrivato Tolja. Poi qualcun altro ancora con del vino. Ma non ne avevo bevuto. Erano bastati i barlumi residui di coscienza.

Presi l'aspirina, ci bevvi sopra mezza bottiglia di minerale e restai per un po' seduto, in attesa che la medicina facesse effetto. Il dolore non passava, ed era insopportabile.

— Semen — chiamai con voce rauca. — Semen!

Lui aprì un occhio. Aveva un aspetto assolutamente decoroso. Come se non avesse affatto bevuto molto più di me. Ecco cosa significa avere qualche secolo d'esperienza.

— La testa… levami via tutto…

— Non ho l'accetta sottomano — borbottò.

— Ma no — gemetti. — Intendo il dolore!

— Anton, abbiamo bevuto di nostra spontanea volontà? Ci ha costretti qualcuno? Ce la siamo goduta?

Si girò sull'altro fianco.

Capii che da Semen non avrei ottenuto alcun aiuto. E sostanzialmente aveva anche ragione, solo che non riuscivo proprio più a sopportare il dolore. Tastai con i piedi in cerca delle scarpe, oltrepassai Tolja e uscii.

Le stanze per gli ospiti erano due, ma la porta dell'altra sembrava chiusa a chiave. Invece la camera da letto della padrona di casa, in fondo al corridoio, era aperta. Mi tornarono in mente le parole di Tigrotto sulle sue capacità curative, così mi avviai in quella direzione senza esitare.

Ma sembrava che quel giorno tutto avesse dato inizio alle ostilità contro di me. Nella stanza non c'era nessuno. Contro tutti i miei sospetti, non c'erano neppure Ignat e Lena. Tigrotto era nella camera di Julja. La ragazzina stava dormendo, con un braccio e una gamba a penzoloni dal letto come fanno i bambini.

A quel punto mi era indifferente a chi domandare aiuto. Mi avvicinai con circospezione, mi sedetti accanto all'enorme letto, e cominciai a bisbigliare: — Julja, Julja ...

La ragazzina aprì gli occhi, batté le ciglia. E domandò pietosa: — Postumi?

— Sì. — Ad annuire non riuscii: in quel momento nella mia testa fecero scoppiare una piccola granata.

— Eh, già...

Chiuse gli occhi, mi si strinse al collo e addirittura, secondo me, si assopì di nuovo. Per alcuni secondi non accadde nulla, poi il dolore cominciò rapidamente a regredire. Come se avessero aperto un piccolo rubinetto nascosto nella nuca, e ora stessero facendo uscire il veleno ribollente che vi si era accumulato.

— Grazie — sussurrai soltanto. — Grazie, Julja.

— Non bere così tanto, non lo reggi — borbottò lei un attimo prima di mettersi a sbuffare con il naso: proprio come se in un istante fosse passata dal lavoro al sonno. Così sanno fare soltanto i bambini e i computer.

Mi rimisi in piedi, accorgendomi con entusiasmo che il mondo aveva ritrovato i colori. Ovviamente Semen aveva ragione.

Bisognava farsi carico delle proprie responsabilità. Ma a volte semplicemente non se ne ha la forza. Esaminai la stanza. Era tutta dominata dalle sfumature del marrone, persino la finestra inclinata era in tono, l'impianto stereo era dorato, il tappeto sul pavimento era lanuginoso, color marrone chiaro.

Brutta, nel complesso. Nessuno mi ci aveva invitato.

Mi avvicinai in silenzio alla porta; quando ormai l'avevo superata, udii la voce di Julja: — Mi comprerai gli Snickers, d'accordo?

— Due confezioni — risposi.

Potevo tornare a dormire, ma al letto erano legati ricordi abbastanza spiacevoli. Come se bastasse sdraiarsi, perché il dolore, acquattatosi nel cuscino, balzasse fuori di nuovo. In camera feci solo un salto, il tempo di afferrare i jeans e la camicia; mi vestii standomene in piedi sulla soglia.

Ma davvero dormivano tutti? Tigrotto doveva essere in giro da qualche parte là fuori, e qualcuno tra le chiacchiere e il bere doveva aver tirato mattina.

Sempre al primo piano si trovava una piccola hall: vi incontrai Daniil e Nastja della sezione scientifica, pacificamente addormentati su un divanetto. Mi allontanai in fretta, scuotendo la testa: Daniil aveva una moglie molto graziosa e simpatica, Nastja un marito non più giovane e follemente innamorato di lei.

In effetti erano semplici esseri umani.

Noi Altri, invece, siamo volontari della Luce. Niente da fare, anche la nostra morale è differente. È come al fronte, nelle relazioni militari e sessuali con le crocerossine, che confortano il corpo ufficiali e i soldati semplici non solo nelle brande d'ospedale. In guerra si percepisce troppo acutamente il gusto della vita.

C'era anche la biblioteca. Ci trovai Garik e Farid. Erano stati proprio loro a conversare tutta la notte, facendo fuori più di una bottiglia. Si erano addormentati sulle poltrone e, con ogni evidenza, da non molto: sul tavolo di fronte a Farid una pipa mandava ancora un filo di fumo. Sul pavimento giacevano pile di libri tolti dagli scaffali. Dovevano aver discusso a lungo di qualcosa, chiamando in aiuto scrittori e poeti, filosofi e storici.

Scesi giù per una scala a chiocciola di legno. Chissà se avrei trovato qualcuno con cui condividere quel mattino placido e silenzioso.

Anche in salotto dormivano tutti. Diedi un'occhiata in cucina e non vi trovai nessuno, tranne un cane accucciato in un angolo.

— Ti sei rianimato? — gli chiesi.

Il terrier digrignò i denti e cominciò a guaire lamentosamente.

— Be', e chi ti ha detto di attaccarci, ieri? — Mi accovacciai davanti al cane. Presi dal tavolo un pezzo di salame: il cane, beneducato, non aveva osato farlo. — To'.

Le fauci schioccarono sul palmo, mentre spazzavano il salame.

— Sii buono, e gli altri saranno buoni con te! — gli spiegai. — E non rannicchiarti negli angoli.

Niente. Avrei mai trovato qualcuno sveglio?

Presi un pezzetto di salame anche per me. Lo masticai per bene, riattraversai la sala e gettai un'occhiata nello studio.

Anche lì dormivano.

Perfino il divanetto d'angolo era stato utilizzato a mo' di giaciglio. Era angusto, perciò ci stavano stretti. Al centro, Ignat aveva le braccia muscolose aperte e sorrideva. Lena gli si stringeva al fianco sinistro, con una mano aggrappata alla sua folta capigliatura bionda e l'altra tesa sul petto di lui, verso la seconda partner del nostro dongiovanni. Svetlana giaceva affondata con il viso sotto il mento rasato del giovane e le mani allungate sotto la coperta.

Richiusi la porta con molta attenzione e in silenzio.

Il ristorantino era confortevole. Il Lupo di Mare, come suggeriva il nome, era rinomato per i piatti di pesce e per il simpatico arredamento "navale". In più era vicino alla metropolitana. E per un magrolino di categoria media, disposto ogni tanto a darsi alla pazza gioia al ristorante, ma propenso a economizzare sul taxi, ciò costituiva un fattore non irrilevante.

L'avventore arrivò in auto: una macchina vecchiotta ma assolutamente decorosa. All'occhio esperto dei camerieri, d'altra parte, l'uomo si rivelò di gran lunga più promettente della sua vettura. La calma con cui cominciò a ingollare una costosa vodka danese, senza preoccuparsi né del prezzo né dei possibili problemi con i vigili urbani, non fece che rafforzare quel giudizio.

Quando il cameriere portò lo storione, l'uomo per un istante alzò gli occhi su di lui. Prima era rimasto seduto, sfregando lo stuzzicadenti sulla tovaglia e immobilizzandosi di tanto in tanto nella contemplazione della fiamma della lampada a olio; ora invece lo guardò.

Il cameriere non raccontò a nessuno ciò che gli era sembrato di vedere in quel momento. Era stato come guardare in due pozzi abbacinanti. Accecanti come la luce quando arde e si rende indistinguibile dall'oscurità.

— Grazie — disse l'avventore.

Il cameriere se ne andò, lottando contro il desiderio di affrettare il passo. E ripetendosi: sono soltanto i riflessi della lampada nell'accogliente penombra del ristorante.

Boris Ignatevic restò seduto, facendo a pezzi gli stuzzicadenti. Lo storione si raffreddò, la vodka rimasta nella piccola caraffa di cristallo si scaldò. Dietro il tramezzo – un insieme di grosse funi, finti timoni e falsa stoffa da vela – una compagnia festeggiava un compleanno, snocciolava una serie ininterrotta di auguri, imprecava contro il caldo, le tasse e certi banditi "scorretti".

Geser, capo del dipartimento moscovita della Guardia della Notte, continuò ad aspettare.

I cani rimasti in cortile scartarono di lato impauriti, quando mi videro comparire. Il freeze li aveva colpiti duramente, molto duramente. Il corpo non ubbidisce, non si respira né ci si può mettere a guaire, la bava si congela in bocca, l'aria stringe con la mano pesante di un malato in delirio.

Ma l'anima resta cosciente.

Quei cani se l'erano vista davvero brutta.

Il cancello era semiaperto. Uscii, mi fermai lì fuori, senza capire in alcun modo dove stessi andando e cosa mi stessi preparando a fare.

Che importava?

Non ero offeso, né provavo dolore. Io e lei non eravamo mai

stati intimi. Per di più, io stesso avevo diligentemente innalzato barriere tra di noi.

Mi tastai la cintura alla ricerca del walkman e feci partire una selezione casuale. Mi riuscivano sempre bene. Sarà stato perché, come Tigrotto, da un bel pezzo ero in grado di manovrare le apparecchiature elettroniche più semplici senza nemmeno rendermene conto?

Di chi è la colpa della tua stanchezza?
Cosa non hai trovato, che aspettavi tanto?
Hai perso tutto ciò che cercavi,
ti sei alzato in volo – e sei precipitato?
E di chi è la colpa, se giorno dopo giorno
la vita sfugge al tuo controllo,
se sulla tua casa è scesa la solitudine,
e hai il vuoto al di là della finestra,
e la luce si offusca, si azzittiscono i suoni,
se le mani cercano nuovo tormento,
se il tuo dolore si placa, è perché
una nuova disgrazia è in arrivo.

Io stesso l'avevo desiderato. E adesso non potevo rimproverare nessuno. Invece di ragionare tutta la sera con Semen circa le complessità dell'opposizione universale tra Bene e Male, sarei dovuto restare con Sveta. Piuttosto che guardare in cagnesco Geser e Olga con la loro verità maliziosa, avrei dovuto far valere la mia. Senza pensare, senza mai pensare che vincere fosse impossibile.

Come ti metti a pensare così, hai già perso.

Di chi è la colpa, di' un po', fratello,
uno è sposato, un altro è ricco,
uno è ridicolo, un altro è innamorato,
uno è uno stupido, un altro è tuo nemico,
e di chi è la colpa se ovunque
ci si aspetta l'un l'altro e di questo si vive,
eppure i giorni sono monotoni e le notti vuote,

non ci sono più posti accoglienti
e la luce si offusca, si azzittiscono i suoni,
le mani cercano nuovo tormento,
se il tuo dolore si placa, è perché
una nuova disgrazia è in arrivo.

Di chi è la colpa e dov'è il segreto,
se non si prova né pena né gioia?
Senza disfatta non esiste vittoria
e pari è il conto dei successi e dei fallimenti.
E di chi è la colpa, se sei solo,
se la vita è una soltanto, e così lunga
e noiosa, se tu non fai altro che aspettare
il giorno in cui ti toccherà morire…

— Questo poi non lo farò mai — sussurrai sfilandomi le cuffie.

Ci hanno insegnato a lungo a dare senza ricevere nulla in cambio. A sacrificarci per gli altri. Ogni passo è come esporsi alle mitragliatrici, ogni sguardo è nobile e saggio; non un pensiero vano, non un'intenzione peccaminosa. Noi siamo gli Altri. Ci siamo elevati al di sopra della gente comune, abbiamo dispiegato le nostre impeccabili, immacolate bandiere, lucidato i nostri stivali cromati, infilato i guanti. Oh, sì, nel nostro piccolo, piccolo mondo ci concediamo tutto ciò che desideriamo. Per ogni atto si trova una giustificazione nobile ed elevata. Un numero unico: per la prima volta nell'arena noi in trionfo e tutti gli altri nella merda.

Che noia!

Cuore bollente, mani pulite, mente fredda… Sarà un caso, se ai tempi della rivoluzione e della guerra civile le Forze della Luce quasi al gran completo entrarono nella polizia politica? E quelli che non vi si unirono, in gran parte sparirono. Per mano delle Forze delle Tenebre ma, ancor più, per mano di coloro che essi difendevano. Per mano degli esseri umani. Per colpa della stupidità, della bassezza, della vigliaccheria, dell'ipocrisia e dell'invidia degli uomini. Cuore bollente, mani pulite. Che la mente rimanga fredda. Non si può altrimenti. Ma con tutto il resto non sono d'accordo. Che il cuore sia pulito e le mani siano bollenti. Così mi piace di più!

— Non voglio difendervi — dissi al silenzio di quel mattino boschivo. — Non voglio! Donne e bambini, vecchi e mentecatti: nessuno! Vivete come più vi piace. Prendetevi ciò che vi meritate! Fuggite dai vampiri, inchinatevi ai maghi delle Tenebre, leccate i piedi al padrone! Se il mio amore è meno importante della vostra felicità, allora io non voglio che siate felici!

Gli uomini possono e devono diventare migliori: sono le nostre radici, il nostro futuro, sono sotto la nostra tutela. Grandi e piccoli, portinai e presidenti, delinquenti e poliziotti. In loro brilla appena una luce che può divampare in un calore vivificante o in una fiamma mortifera...

Non ci credo!

Vi ho visti tutti. Portinai e presidenti, sbirri e banditi. Ho visto come le madri picchiano i propri figli e come i padri stuprano le proprie figlie. Ho visto come i figli cacciano via di casa le proprie madri e come le figlie somministrano l'arsenico ai propri padri. Ho visto come, non appena chiusa la porta alle spalle degli ospiti, senza smettere di sorridere il marito picchia in viso la moglie incinta. Ho visto come, chiusa la porta alle spalle del marito ubriaco, corso al supermercato per comprare altra roba da bere, la moglie bacia e abbraccia avidamente il migliore amico di lui. Vedere è molto semplice. Bisogna saper guardare. Perché a noi, prima ancora che a guardare attraverso il Crepuscolo, viene insegnato a non guardare.

Eppure guardiamo lo stesso.

Gli uomini sono deboli, vivono poco, hanno paura di tutto. Non ci è concesso di disprezzarli e odiarli delittuosamente. Possiamo soltanto amarli, compatirli e proteggerli. È il nostro lavoro e il nostro dovere. Noi siamo la Guardia.

Non ci credo!

Non permetterai a nessuno di commettere una bassezza. Non li si può far cadere nel fango, ci cadono da soli. Quali che siano le circostanze, non ci sono né si prevedono giustificazioni. Eppure le cercano e le trovano. Così gli uomini sono stati istruiti. E si sono rivelati tutti allievi diligenti.

Ma noi, certo, siamo solo i migliori tra i migliori.

Sì, certo, naturalmente c'è stato, c'è e ci sarà chi non diventa un Altro, ma trova il modo di restare umano. Solo che sono pochi, molto pochi. Può essere che noi abbiamo paura di guardarli più attentamente? Che abbiamo paura di ciò che potremmo scoprire?

— Vivere per voi? — domandai. Il bosco taceva, era d'accordo con ogni mia parola.

Perché dovremmo sacrificare tutto? Noi stessi e coloro che amiamo?

Per chi non lo saprà mai, né mai lo apprezzerà?

E se anche lo venisse a sapere, l'unica ricompensa che riceveremmo sarebbe un dondolamento meravigliato della testa e l'esclamazione: "Idioti!"

Può forse bastare mostrare una sola volta all'umanità cosa sono gli Altri? Cosa può un solo e unico Altro, non vincolato al Patto e sfuggito al controllo della Guardia?

Sorrisi persino, nell'immaginarmi tutta la scena. Una scena generica, non riferita a me personalmente: mi fermerebbero in fretta. Come qualsiasi Grande Mago o Grande Maga che decidesse di infrangere il Patto e svelare al mondo il mondo degli Altri.

Succederebbe un bel casino!

Nessun nemico extraterrestre che s'insediasse contemporaneamente alla Casa Bianca e al Cremlino potrebbe combinare niente di paragonabile.

No, naturalmente.

Non è questa la mia strada.

Anzitutto perché non mi interessa né il dominio del mondo né il disordine universale.

Io voglio una cosa sola: che alla donna che amo non venga permesso di sacrificarsi. Perché la strada dei Grandi è esattamente il sacrificio. Le forze immani che essi acquisiscono li trasformano completamente.

Noi non siamo del tutto umani. Ciò nonostante, ci ricordiamo di esserlo stati. E siamo ancora in grado di provare gioia e tristezza, di amare e odiare. I Grandi Maghi oltrepassano i confini delle emozioni umane. Certo ne sperimentano di nuove, ma la loro comprensione ci è preclusa. Persino Geser, mago non classificabile, non appartenente ai Grandi. Olga però non è riuscita a diventare una Grande Maga.

Hanno sbagliato qualcosa. Non sono riusciti a condurre fino in fondo l'imponente operazione di lotta contro le Tenebre.

E adesso sono pronti a mandare sulla breccia una nuova candidata.

Per gli uomini, che se ne fregano della Luce e delle Tenebre.

La fanno passare per tutti i gironi che un Altro è tenuto ad attraversare. In virtù della sua forza, l'hanno già elevata al terzo livello; ora ne perfezionano la coscienza. A un ritmo rapidissimo.

Di sicuro, in questa furiosa corsa verso un obiettivo imperscrutabile, c'è posto anche per me. Geser usa qualsiasi cosa gli capiti sottomano, me compreso. Qualunque cosa io faccia, che io vada a caccia di vampiri, mi metta sulle tracce di un selvaggio o frequenti Sveta sotto le sembianze di Olga: tutto ciò gioca a vantaggio del Capo.

Anche adesso, sicuramente, qualsiasi cosa facessi sarebbe già stata prevista.

L'unica speranza è che persino a Geser non sia concesso di prevedere tutto.

Che io riesca a trovare l'unica azione in grado di scombinare il suo piano. Il grande piano delle Forze della Luce.

Ma senza provocare il Male. Perché allora mi aspetterebbe il Crepuscolo.

Mi resi conto che stavo premendo il viso contro il tronco di un piccolo pino striminzito. Me ne stavo impalato e tempestavo di pugni l'albero. Per la rabbia, o forse per il dolore. Fermai la mano, tutta graffiata e sanguinante. Ma il rumore non cessò. Veniva dal bosco, proprio dal limite della barriera magica. Una serie di colpi ritmici, un suono nervoso.

Mi curvai e cominciai a correre. In effetti intuivo cosa avrei visto.

In una piccola radura si dimenava una tigre. Femmina, per la precisione. La pelliccia nera e arancione luccicava ai raggi del sole nascente. La tigre non mi vedeva, non vedeva nulla e nessuno, in quel momento. Correva tra gli alberi e i pugnali acuminati dei suoi artigli strappavano la corteccia. Di tanto in tanto si arrestava, si alzava sulle zampe posteriori e con gli artigli cominciava a scorticare i fusti.

Lentamente tornai sui miei passi.

Ciascuno di noi si svaga come può. Ciascuno di noi lotta non solo contro le Tenebre, ma anche contro la Luce. Perché a volte acceca.

Solo, non bisogna compatirci: noi siamo molto, molto orgogliosi. Siamo i soldati della guerra mondiale tra il Bene e il Male. Siamo gli eterni volontari.

Capitolo 4

Il ragazzo entrò nel ristorante con piglio sicuro, come se lo frequentasse ogni giorno a colazione. Ma non era così.

Si diresse subito verso un tavolino, a cui sedeva un uomo basso, olivastro, quasi si conoscessero da tempo. Peraltro, nemmeno questo era vero. Fatto un altro passo, si piegò dolcemente sulle ginocchia. Non stramazzò, non si prosternò: si piegò tranquillamente, senza perdere la dignità né curvare la schiena.

Passandogli vicino, il cameriere deglutì e si girò. Ne aveva viste di tutti i colori, altro che bazzecole come uno scagnozzo servilmente prostrato davanti a un boss. Anche se in verità il ragazzo non somigliava a uno scagnozzo, né l'uomo a un boss.

E le seccature, di cui avvertiva l'odore, solitamente minacciavano di diventare qualcosa di più serio che non un regolamento di conti tra banditi. Non sapeva esattamente cosa stesse per accadere, ma lo percepiva, perché egli stesso era un Altro, sebbene non iniziato.

Comunque un istante dopo dimenticò del tutto la scena cui aveva assistito. Qualcosa di indistinto gli batté forte nel cuore, ma cosa fosse se l'era già scordato.

— Alzati, Aliser — disse piano Geser. — In piedi. Da noi non si usa.

Il ragazzo si rialzò e si sedette di fronte al Capo della Guardia della Notte. Annuì. — Nemmeno da noi. Ora non si usa più. Ma mio padre mi ha pregato di inginocchiarmi davanti a te, Geser. Era fedele alle vecchie regole. Lui si sarebbe inginocchiato. Ma ormai non potrà più farlo.

— Sai come è morto?

— Sì. L'ho visto con i suoi occhi, l'ho sentito con le sue orecchie, l'ho provato con il suo dolore.

— Il suo dolore sia il mio, Aliser, figlio di devona e di donna.

— Ti sia concesso ciò che chiedi, Geser, sradicatore del Male, pari agli dei.

Si guardarono negli occhi. Poi Geser annuì. — Conosco gli assassini. Tuo padre sarà vendicato.

— Voglio essere io a farlo.

— No. Non puoi e non ne hai il diritto. Siete venuti a Mosca illegalmente.

— Prendimi nella tua Guardia, Geser.

L'altro scosse la testa.

— Ero il migliore a Samarcanda, Geser. — Il ragazzo lo fissò con attenzione. — Non sorridere, lo so che qui sarò l'ultimo. Prendimi nella Guardia. Come allievo dei tuoi allievi. Come un cane alla catena. Te lo chiedo per la memoria di mio padre: prendimi nella Guardia.

— Mi chiedi troppo, Aliser. Mi chiedi di donarti la morte.

— Sono già morto. Quando hanno risucchiato l'anima di mio padre, io sono morto con lui. Me ne sono andato sorridendo, mentre lui distraeva gli agenti delle Tenebre. Sono sceso nella metropolitana, mentre loro calpestavano la sua cenere. Geser, io lo chiedo di diritto.

Geser annuì.

— E sia. Sei nella mia Guardia, Aliser.

Sul viso del giovane non si rifletté alcuna emozione. Fece un cenno con il capo e si portò una mano al petto.

— Dov'è quello che portavate con voi, Aliser?

— Qui con me, signore.

Geser allungò in silenzio il braccio attraverso il tavolo.

Aliser sfilò la borsetta che teneva alla cintola. Ne estrasse con molta cura un piccolo involto rettangolare di tela grezza.

— Prendila, Geser, liberami dalla responsabilità.

Il palmo di Geser coprì quello del giovane; le dita si strinsero. Quando un attimo dopo il giovane ritrasse la mano, essa non reggeva più niente.

— Il tuo servizio è terminato, Aliser. Ora semplicemente ci

riposeremo. Mangeremo, berremo e ricorderemo tuo padre. Ti racconterò tutto ciò che riuscirò a ricordare.

Aliser annuì. Impossibile capire se le parole di Geser gli avessero fatto piacere o se semplicemente si sottomettesse a qualsiasi suo desiderio.

— Abbiamo mezz'ora — osservò per inciso Geser. — Dopodiché arriveranno gli agenti delle Tenebre. Alla fine ce l'hanno fatta a mettersi sulle tue tracce. Troppo tardi, ma ce l'hanno fatta.

— Ci sarà un combattimento, signore?

— Non lo so. — Geser alzò le spalle. — Cosa cambia? Zavulon è lontano. Gli altri non mi fanno paura.

— Ci sarà un combattimento — disse pensosamente Aliser. Girò lo sguardo intorno alla sala.

— Manda via tutti i clienti — suggerì Geser. — Con dolcezza, senza importunarli. Voglio vedere la tua tecnica. Poi ci rilasseremo e aspetteremo gli ospiti.

Verso le undici la gente cominciò a svegliarsi.

Io mi ero messo ad aspettare sul terrazzo, disinvoltamente allungato su una sdraio, sorseggiando di tanto in tanto un gin tonic da un grosso bicchiere. Mi sentivo bene, provavo la dolce sofferenza del masochista. Quando qualcuno appariva sulla porta, lo salutavo con un amichevole battimani e un piccolo arcobaleno che, staccandosi dalle mie dita distese, saliva verso il cielo. Si erano divertiti tutti come bambini, e ora sorridevano. Julja comparve sbadigliando, e quando vide il mio saluto fece uno strillo e lanciò a sua volta un arcobaleno in risposta. Gareggiammo così per due minuti, poi li unimmo in un solo grande arcobaleno che scompariva nel bosco. Julja mi comunicò che si sarebbe messa alla ricerca della pentola piena d'oro e partì a passo di marcia sotto l'arco variopinto. Uno dei terrier accorse docile ai suoi piedi.

Aspettavo.

Di quelli che stavo aspettando, la prima a uscire fu Lena. Allegra, vigorosa, con indosso solo il costume da bagno. Vedendomi, per un attimo si confuse, ma si riprese subito, fece un cenno di saluto con la testa e si diresse verso il cancello. Era piacevole vederla muoversi: snella, armoniosa, piena di vita. Adesso si sarebbe immersa nell'acqua fresca, se la sarebbe spassata per un po' in solitudine e infine, una volta risvegliatosi l'appetito, sarebbe tornata a fare colazione.

Subito dopo comparve Ignat. In costume da bagno e ciabatte di gomma.

— Ciao, Anton! — urlò allegro. Si avvicinò, aprì la sdraio di fianco alla mia e vi si lasciò cadere sopra. — Come va l'umore?

— Bellicoso! — risposi, sollevando il bicchiere.

— Bravo! — Ignat cercò con lo sguardo la bottiglia senza trovarla, allora protese le labbra verso la cannuccia e con gesto di familiarità prese un sorso direttamente dal mio bicchiere. — Troppo leggero, mescola.

— Ho già fatto il pieno ieri sera.

— Giusto. Allora riguardati — suggerì lui. — Noi invece ieri abbiamo tracannato champagne per tutta la sera. Poi, di notte, siamo passati al cognac. Temevo che mi sarebbe venuto un gran mal di testa, invece no. Mi è andata bene.

Prendersela con lui era addirittura impossibile.

— Ignat, cosa volevi diventare quand'eri bambino? — gli domandai.

— Inserviente d'ospedale.

— Cosa?

— Be', mi era stato detto che i maschietti non fanno le crocerossine, ma io volevo aiutare le persone. Così decisi che da grande avrei fatto l'inserviente.

— Molto bene — dissi ammirato. — Ma perché allora non il dottore?

— La responsabilità è troppo grande — ammise Ignat con franchezza. — E bisogna studiare per troppo tempo.

— E ce l'hai fatta?

— Sì. Sono entrato in una squadra di pronto intervento psichiatrico. Lavorare con me piaceva a tutti i dottori.

— Perché?

— Primo, sono una persona molto affascinante — spiegò lui, elogiandosi con assoluta ingenuità. — Sono capace di parlare tanto con un uomo quanto con una donna in modo tale che subito si calmino e accettino di farsi ricoverare. Secondo, sono in grado di capire quando una persona è davvero soltanto malata, e quando invece effettivamente vede le cose invisibili. A volte, confabulando con loro, riuscivo a spiegare che era tutto a posto e che non era necessaria alcuna iniezione.

— Una grossa perdita, per la medicina.

— Sì. — Ignat sospirò. — Ma il Capo mi ha convinto che sarei stato più utile nella Guardia. Non è così?

— Certo.

— Sto ricominciando ad annoiarmi — continuò Ignat pensoso. — Tu no? Io ho già voglia di tornare al lavoro.

— Anch'io, direi. Ignat, ce l'hai un hobby? Oltre al lavoro, intendo.

— Perché me lo chiedi? — si stupì lui.

— Per curiosità. O è un segreto?

— Ma quali segreti! — Ignat si strinse nelle spalle. — Colleziono farfalle. Posseggo una delle più belle collezioni del mondo. Occupa due stanze.

— Notevole — concordai.

— Vieni a vederla, quando ti capita — propose Ignat. — Fate un salto, tu e Sveta: mi ha detto che anche a lei piacciono le farfalle.

Risi tanto a lungo da pungerlo sul vivo. Ignat si sollevò, con un sorriso incerto, e borbottò: — Vado a dare una mano per la colazione.

— Buona fortuna — riuscii soltanto a spiccicare. Ma non potei trattenermi e, quando il nostro seduttore giunse alla porta, lo chiamai di nuovo: — Senti, il Capo ha ragione di preoccuparsi per Sveta?

Ignat si toccò il mento con gesto pittoresco. Rifletté. — Sì, lo sai anche tu. In effetti Svetlana è un tipo teso, che non si rilassa assolutamente mai. Per lei sono in vista grandi cose, altro che le nostre.

— Ma almeno ci hai provato?

— Altroché! — si offese Ignat. — Passate a trovarmi, mi farà piacere, parola d'onore!

Il gin era diventato tiepido, il ghiaccio si era sciolto. Sulla cannuccia era rimasta un'impronta leggera di crema per le labbra. Scossi la testa e misi da parte il bicchiere.

Geser, non puoi prevedere tutto.

Ma per darti battaglia senza ricorrere a un duello magico – sarebbe ridicolo persino pensarlo – per darti battaglia sull'unico campo a me accessibile, quello delle parole e delle azioni, devo sapere cosa vuoi. Devo conoscere la disposizione delle carte nel mazzo. E cos'hai in mano.

Chi partecipa al gioco?

Geser è l'organizzatore e l'ispiratore. Olga è la sua amante e consulente, una maga che ha commesso una mancanza. Svetlana è l'esecutrice tanto amorevolmente allevata. Io sono uno degli strumenti per la sua educazione. Di Ignat, Tigrotto, Semen e di tutti gli altri agenti della Luce si può non tenere conto. Anche loro sono strumenti, ma di secondo piano.

Le Forze delle Tenebre?

Vi partecipano, beninteso, ma non in modo manifesto. Sia Zavulon, sia tutti i suoi ausiliari sono turbati dalla comparsa di Svetlana nel nostro schieramento. Ma non possono fare niente in modo diretto. Possono solo tramare le loro porcherie di soppiatto, o preparare un colpo devastante, che conduca le Guardie sull'orlo della guerra.

Che altro?

L'Inquisizione?

Tamburellai con le dita sul bracciolo della sdraio.

L'Inquisizione. Una struttura al di sopra delle Guardie. Esamina le contese, punisce i trasgressori di entrambe le parti. Vigila. Raccoglie informazioni su ciascuno di noi. Ma il suo intervento è un fatto rarissimo e la sua forza risiede nella segretezza, piuttosto che nella potenza militare.

E tuttavia l'Inquisizione è coinvolta. Conosco il Capo. Da ogni cosa trae un tornaconto come minimo triplo. E il recente caso di Maksim, l'Altro Selvaggio, l'agente della Luce passato all'Inquisizione, ne è un esempio. Il Capo ha trascinato Svetlana in questa faccenda, le ha impartito lezioni di autocontrollo e intrigo, e contemporaneamente ha individuato un nuovo Inquisitore.

Se solo sapessi a cosa stanno preparando Svetlana!

Per il momento brancolo nel buio. E – ciò che è più terribile – mi allontano dalla Luce.

Mi infilai le cuffie, chiusi gli occhi.

Questa notte come un fiore meraviglioso si schiuderà
la felce,
questa notte gli spiriti domestici faranno ritorno,
nubi dal Settentrione, venti dal Sud,
vuol dire che presto una strega mi farà un cenno.
Vivo in attesa di un miracolo come una Mauser nella fondina,
proprio come se fossi un ragno sulla ragnatela,
proprio come un albero nel deserto,
proprio come una volpe nera in una tana.

Sto rischiando, sto rischiando molto. I Grandi Maghi perseguono i propri fini, ma persino loro non osano andare *contro* la propria parte. Chi resta solo non sopravvive.

Fuggivo attraverso il cannocchiale dagli occhi impauriti
dei bambini,
volevo andare a letto con una ninfa
ma non sapevo come fare,
volevo tornare in tram ed entrare dalla tua finestra,
il vento soffia dalle periferie, tutto ormai ci è indifferente,
il vento soffia dalle periferie e tutto ormai ci è indifferente.
Sii la mia ombra, gradino che scricchiola, domenica
a colori, pioggia di funghi,
sii la mia divinità, succo di betulla, corrente elettrica,
fucile ricurvo.
Sapevo che tu sei il vento,
che tu soffi sul mio viso, e io rido,
non voglio separarmi da te senza lottare, finché tu
mi sogni.
Sii la mia ombra…

Una mano si posò sulla mia spalla.

— Buongiorno, Sveta — dissi. Aprii gli occhi.

Indossava i calzoncini e il costume da bagno. I capelli erano umidi e accuratamente acconciati. Probabilmente aveva fatto la doccia. A me invece, da vero maiale, non era nemmeno venuto in mente di farla.

— Come stai, dopo ieri? — mi domandò.

— Bene. E tu?

— Bene. — Si voltò.

Attesi. Nelle cuffie suonavano sommessamente gli Spleen.

— Cosa ti aspettavi da me? — domandò bruscamente Sveta. — Sono una donna normale, sana, giovane. Non ho un uomo da quest'inverno. Lo so, ti sei ficcato in testa che Geser ci ha accoppiati come si portano i cavalli alla monta, ti sei impuntato.

— Non mi aspettavo niente.

— Allora scusa per la sorpresa!

— Hai percepito la mia traccia nella stanza, quando ti sei svegliata?

— Sì. — Svetlana estrasse con difficoltà dalla tasca stretta il pacchetto di sigarette. Se ne accese una. — Sono stanca. Benché non stia lavorando, ma solo studiando, sono stanca lo stesso. E sono venuta qui per riposarmi.

— Ma sei stata proprio tu a parlare di allegria simulata...

— E tu eri ben lieto di approfittarne!

— È vero — concordai.

— Poi hai cominciato a ingollare vodka e tramare complotti.

— Che diavolo di complotti?

— Contro Geser. E contro di me, tra l'altro. È assurdo! Persino io l'ho percepito! Non credere di essere un Grande Mago, che...

Si interruppe. Ma troppo tardi.

— Non sono un Grande Mago — dissi. — Terzo livello. Secondo, forse. Non di più. Ciascuno ha i propri limiti. Si campasse pure mille anni, non si riuscirebbe comunque a superarli.

— Scusami, non volevo offenderti — disse Sveta con aria smarrita. Abbassò la mano che stringeva la sigaretta.

— Lascia perdere. Non c'è niente per cui io mi debba offendere. Sai perché gli agenti delle Tenebre fanno famiglia così spesso tra di loro, mentre noi preferiamo cercare mogli e mariti tra gli uomini? Sopportano più facilmente la disparità e la concorrenza continua.

— Uomo e Altro: la disparità in questo caso è ancora maggiore.

— Ma non ha valore. Siamo due specie differenti. Quindi non ha assolutamente alcun valore.

— Scusami, voglio che tu lo sappia. — Svetlana diede un lungo tiro alla sigaretta. — Non era nelle mie intenzioni che la faccenda si spingesse tanto in là. Aspettavo che tu scendessi, che vedessi, che t'ingelosissi.

— Perdonami, ma davvero non sapevo di dovermi ingelosire — dichiarai con sincerità.

— Ma poi non so come tutto ha cominciato a girare. Non sono più stata capace di fermarmi.

— Ma io capisco perfettamente, Sveta. È tutto a posto.

Mi guardò incredula. — A posto?

— Ma certo. A chi non succede? La Guardia è un'unica grande, solida famiglia. Con tutte le conseguenze che ne derivano.

— Che razza di animale — sospirò Svetlana. — Anton, se ora tu potessi vederti dall'esterno!

— Sveta, sei venuta a fare pace? — domandai. — Ecco, allora facciamo pace. È tutto a posto. Non è successo niente. È la vita, e nella vita capita di tutto.

Balzò in piedi di scatto e per un attimo mi trapassò con uno sguardo di ghiaccio. Io strizzai ripetutamente gli occhi, smarrito.

— Idiota — sbottò Svetlana, e rientrò in casa.

Cosa si aspettava, dunque? Offese, accuse, tristezza?

D'altra parte, tutto ciò non aveva importanza. Cosa stava aspettando Geser? Cosa sarebbe cambiato, se io avessi abbandonato il ruolo dell'amante sfigato di Sveta? Qualcun altro avrebbe occupato il mio posto? O per lei era già venuto il momento di restare sola, sola con il proprio grande destino?

L'obiettivo. Dovevo riuscire a sapere qual era l'obiettivo di Geser.

Con uno strattone mi alzai dalla sdraio e rientrai. Mi imbattei immediatamente in Olga. Era sola nel salotto. Se ne stava davanti alle bacheche con le spade e reggeva sulle braccia tese una sciabola lunga e sottile. Non la guardava come si guarda un giocattolo d'antiquariato. Anche Tigrotto probabilmente contemplava le proprie spade nello stesso modo. Ma nel suo caso l'amore per le armi antiche era astratto. Per Olga no.

Quando Geser per amore di lei venne a vivere e a lavorare in Russia, tra l'altro, quelle spade potevano ancora essere in uso.

Novant'anni fa, quando Olga fu privata di tutti i diritti, si combatteva ormai in tutt'altra maniera.

L'ex Grande Maga. L'ex Grande Obiettivo. Novant'anni.

— Dopotutto è andata come previsto — dissi.

Olga sobbalzò e si girò.

— Da soli non si sconfiggono le Tenebre. Bisogna che gli uomini si elevino. Che diventino buoni e gentili, laboriosi e intelligenti. Che ogni Altro veda soltanto la Luce.

— Ne sei certo — disse Olga — o l'hai solo indovinato?

— L'ho indovinato.

— Bene. Cos'altro?

— Dove hai sbagliato, Olga?

— Sono scesa a un compromesso. Un piccolo compromesso con le Tenebre. E come risultato abbiamo perso.

— Perso? Noi sopravviviamo sempre. Ci adattiamo, aderiamo, ci immedesimiamo. E ritorniamo a lottare come prima. Solo gli uomini perdono.

— Le ritirate sono inevitabili. — Olga strinse con leggerezza uno spadone e lo agitò sopra la testa. — Non assomiglio a un elicottero?

— Assomigli a una donna che agita una spada. Olga, davvero non impariamo niente?

— Impariamo eccome. Stavolta andrà diversamente, Anton.

— Di nuovo una rivoluzione?

— No. Non volevamo nemmeno la prima. Tutto doveva svolgersi praticamente senza spargimenti di sangue. Lo sai: noi vinciamo solo tramite gli uomini. Tramite la loro illuminazione, attraverso l'elevazione dello spirito. Il comunismo era un sistema meravigliosamente architettato, ed è soltanto colpa mia se non si è realizzato.

— Caspita! Perché non sei ancora finita nel Crepuscolo, se la colpa è tua?

— Ma perché tutto era concordato. Ogni passo approvato. Persino quell'infausto compromesso, persino quello sembrava ammissibile.

— E adesso ci sarà un nuovo tentativo di cambiare gli uomini?

— Immediato.

— Perché qui? — domandai. — Perché un'altra volta qui?

— Qui dove?

— In Russia! Quante cose ancora dovrà sopportare?

— Quante saranno necessarie.

— Di nuovo, allora: perché qui?

Olga sospirò, e con un movimento leggero rinfoderò la spada. La rimise nell'espositore.

— Perché, ragazzo mio, in questo campo si può ancora ottenere qualcosa. L'Europa, gli Stati Uniti sono paesi su cui si è già lavorato. In cui è già stato provato tutto il possibile. Qualcosa ancora viene fatto. Ma ormai sono scivolati nel torpore, si stanno addormentando. Un florido pensionato con i calzoncini corti e una videocamera: ecco cosa sono i prosperi paesi occidentali. È sui giovani che si deve sperimentare. La Russia, l'Asia e il mondo arabo sono le teste di ponte del giorno d'oggi. E non fare quella faccia scandalizzata, io amo la nostra patria non meno di te! Per lei ho versato più sangue di quanto non ne scorra nelle tue vene. Cerca di capire, Anton: il campo di battaglia è il mondo intero. Lo sai meglio di me.

— Battaglia contro le Tenebre, non contro gli uomini!

— Sì, contro le Tenebre. Ma potremo vincere solo fondando una società perfetta. Un mondo in cui regnino l'amore, la bontà, la giustizia. Il lavoro dei Guardiani non consiste solo nella cattura di maghi psicopatici per le strade e nel rilascio delle licenze ai vampiri! Tutte queste inezie occupano tempo ed energie, ma sono secondarie quanto il calore che sviluppano le lampadine. Le lampadine devono fare luce, non scaldare. Noi dobbiamo cambiare l'umanità. Ecco l'obiettivo. Ecco la strada per la vittoria!

— Olga, questo lo capisco.

— Ottimo. Allora cerca di capire anche ciò che non viene detto direttamente. Stiamo lottando da millenni. E per tutto questo tempo abbiamo tentato di deviare il corso della storia. Di fondare un mondo nuovo.

— Il "meraviglioso mondo nuovo"...

— Non fare dell'ironia. Qualcosa in fondo siamo riusciti a ottenere. Attraverso il sangue, attraverso le sofferenze il mondo è pur diventato più umano. Ma un reale, autentico rivolgimento è necessario.

— Il comunismo fu un'idea nostra?

— No, ma la supportammo. Sembrava abbastanza attraente.

— E adesso cosa succederà?

— Lo vedrai. — Olga sorrise. Amichevolmente, con sincerità. — Andrà tutto bene, Anton. Credimi.

— Io devo sapere.

— No. Puoi stare tranquillo, non è in programma alcuna rivoluzione. Niente gulag, fucilazioni, tribunali. Non ripeteremo i vecchi errori.

— Ma ne faremo di nuovi.

— Anton! — alzò la voce. — Ma come ti permetti? Noi abbiamo ottime probabilità di vincere, e il nostro paese di ottenere pace, serenità e prosperità! Mettersi alla guida dell'umanità. Sconfiggere le Tenebre. Dodici anni di preparazione, Anton. E non ci ha lavorato solo Geser, ma tutta la direzione centrale.

— Cosa?

— Sì. O pensavi che tutto fosse fatto a casaccio?

Ero sbalordito.

— Avete seguito Svetlana per dodici anni?

— Certo che no. È stato elaborato un nuovo modello sociale. Si sono effettuate prove su determinati elementi del piano. Nemmeno io sono al corrente di tutti i dettagli. Da allora Geser ha atteso che i partecipanti al piano si ritrovassero tutti insieme nello spazio e nel tempo.

— Chi precisamente? Svetlana e l'Inquisitore?

Per un attimo le si contrassero le pupille. Capii che avevo indovinato. In parte.

— Chi altri? Quale ruolo mi è stato assegnato? E tu cosa dovrai fare?

— Lo saprai quando sarà il momento.

— Olga, finora l'intromissione della magia nella vita umana non ha mai condotto al Bene.

— Gli assiomi scolastici non servono. — Aveva cominciato ad accalorarsi sul serio. — Non crederti più intelligente degli altri. Non ci stiamo preparando a usare la magia. Calmati e rilassati.

Annuii. — Va bene. Hai esposto il tuo punto di vista. Con cui io non concordo.

— Ufficialmente?

— No. In via privata. E come persona privata mi ritengo in diritto di oppormi.

— A chi? A Geser? — Gli occhi le si fecero tondi e gli angoli delle labbra si sollevarono in un sorriso. — Anton!

Mi voltai e uscii.

Sì, era ridicolo.

Sì, assurdo.

Non era semplicemente un'azione caotica, quella condotta da Geser e Olga. Non era semplicemente il tentativo di ripetere un esperimento sociale non riuscito. Ma un'operazione elaborata, da tempo pianificata, in cui avevo avuto la sfortuna di impegolarmi.

Approvata dalla direzione centrale.

Approvata dalla Luce.

Perché mi agitavo? Non avevo alcun diritto di farlo. E assolutamente nessuna possibilità. Ci si poteva confortare con il proverbio sul granello di sabbia nel meccanismo di un orologio, ma io adesso ero un granello tra le macine di un mulino.

E, ciò che era più triste, tra macine amichevoli e sollecite. Nessuno mi avrebbe inseguito, nessuno si sarebbe battuto contro di me. Mi avrebbero semplicemente impedito di commettere certe stupidaggini, da cui non sarei riuscito in ogni caso a ricavare alcun utile.

Come mai allora sentivo dentro di me un dolore così insopportabile?

Me ne stavo in piedi sul terrazzo, i pugni stretti con rabbia impotente, quando una mano si posò sulla mia spalla.

— Sembra che tu abbia chiarito certe cose, Anton.

Lanciai uno sguardo a Semen e annuii.

— È penoso?

— Sì — ammisi.

— Ricorda solo questo, per favore: tu non sei un granello di sabbia. Nessun uomo è un granello di sabbia. Tanto più un Altro.

— Quanto bisogna vivere per indovinare i pensieri in questa maniera?

— Cento anni, Anton.

— Allora Geser può leggere in ciascuno di noi come in un libro aperto.

— Certamente.

— Quindi devo disimparare a pensare — dissi.

— Prima però bisogna imparare. Sai che in città c'è stata un po' di confusione?

— Quando?

— Un quarto d'ora fa. È già tutto finito.

— Cos'è successo?

— Dal Capo è arrivato un corriere, proveniente da qualche parte all'Est. Le Forze delle Tenebre hanno cercato di annientarlo. Sotto gli occhi del Capo. — Semen sogghignò.

— È guerra!

— No, era nel loro diritto. Il corriere è arrivato illegalmente.

Mi guardai intorno. Nessuno sembrava affrettarsi. Nessuno accendeva la macchina né raccoglieva le proprie cose. Ignat e Ilja erano di nuovo alla griglia.

— Non dobbiamo tornare?

— No. Il Capo ha fatto da solo. C'è stato un piccolo scontro senza vittime. Hanno assunto il corriere nella nostra Guardia e gli agenti delle Tenebre sono stati costretti a ritirarsi a mani vuote. Solo il ristorante ne ha un po' sofferto.

— Quale ristorante?

— Quello in cui il Capo ha incontrato il corriere — spiegò pazientemente Semen. — Ci hanno autorizzati a proseguire la vacanza.

Guardai il cielo. Era azzurro, accecante, gonfio di calore.

— Sai, non so perché, ma non ho più voglia di riposarmi. Torno a Mosca. Non credo che nessuno si offenderà.

— No di certo.

Semen tirò fuori le sigarette e si mise a fumare. E buttò lì con noncuranza: — Al tuo posto cercherei di sapere cos'ha portato di preciso il corriere dall'Oriente. Forse è la tua buona occasione.

Scoppiai in una risata amara. — Le Forze delle Tenebre non sono riuscite a saperlo, e tu mi proponi di frugare nella cassaforte del Capo?

— Non sono riusciti a impossessarsene, qualunque cosa fosse. Naturalmente non hai il diritto di impadronirti del carico, né tanto meno di toccarlo. Quanto a scoprire di cosa si tratta, invece...

— Grazie. Grazie davvero.

Semen annuì, accettando i miei ringraziamenti senza falsa modestia.

— Regoleremo i conti nel Crepuscolo. Sai, anch'io mi sono stancato di fare vacanza. Dopo pranzo prendo la moto di Tigrotto e me ne torno in città. Vuoi uno strappo?

— Sì.

Mi vergognavo. Forse solo gli Altri possono provare questo sentimento in tutta la sua pienezza. Lo concepiamo ogni volta che ci vengono incontro, quando ci fanno un regalo immeritato, a cui, tuttavia, non abbiamo la forza di rinunciare.

Non potevo fermarmi più a lungo. Non potevo in nessun modo. Vedere Svetlana, Olga, Ignat. Ascoltare la loro verità.

La mia verità resterà sempre con me.

— Sai guidare la moto? — domandai, cambiando goffamente discorso.

— Ho partecipato alla prima Parigi-Dakar. Su, aiutiamo i ragazzi.

Guardai tetro Ignat. Era intento a spaccare la legna e maneggiava l'accetta con virtuosismo. A ogni colpo si fermava un istante e gettava un rapido sguardo sui presenti facendo ballare i bicipiti.

Si amava da impazzire. Amava anche il resto del mondo, per la verità. Ma se stesso prima d'ogni altra cosa.

— Ma sì, aiutiamoli — concordai. Alzai una mano e lanciai attraverso il Crepuscolo il segno della triplice lama. Alcuni ceppi si frantumarono in ciocchi ben tagliati. Ignat, che proprio in quel momento aveva alzato l'accetta per sferrare il colpo successivo, perse l'equilibrio e per poco non cadde. Si voltò.

Beninteso, la traccia del mio colpo era rimasta impressa nello spazio. Il Crepuscolo risuonava, assorbendo avidamente l'energia.

— Anton, perché l'hai fatto? — mi chiese Ignat in tono leggermente offeso. — Perché? Non è per niente sportivo, così!

— Però è efficace — risposi io scendendo dal terrazzo. — C'è altra legna da spaccare?

— Ma va' a quel paese. — Ignat si chinò a raccogliere i ciocchi. — In questo modo andrà a finire che arrostiremo gli spiedini a colpi di fireball.

Non mi sentivo per niente in colpa, ma mi misi lo stesso ad aiutarlo. La legna era stata spaccata con cura, sui tagli luccicava dorata la resina d'ambra. Tanta bellezza nella legna da ardere faceva persino pietà.

Poi gettai uno sguardo alla villa e vidi Olga affacciata a una finestra del pianterreno.

Aveva osservato con grande serietà la mia sortita. Troppa serietà.

Agitai la mano verso di lei.

Capitolo 5

Tigrotto aveva una bella moto, ammesso che in generale sia possibile applicare un aggettivo tanto impreciso a una Harley. Anche dovesse trattarsi del modello più semplice: in ogni caso, esistono le Harley-Davidson, e poi tutte le altre moto.

Perché Tigrotto la possedesse non mi era chiaro: a giudicare da tutto, veniva usata una o due volte l'anno. Probabilmente per lo stesso motivo per cui possedeva quell'enorme villa, dove trascorreva i giorni di festa. Comunque sia, arrivammo in città che non erano ancora le due del pomeriggio.

Semen guidava magistralmente il pesante motociclo. Io non ci sarei mai riuscito, nemmeno attivando le "abilità estreme" stoccate in memoria e dando una scorsa alle linee direttrici della realtà. Sarei potuto andare quasi alla stessa velocità solo consumando una cospicua parte della forza disponibile. Semen invece si limitava a guidare, e tutta la sua superiorità nei confronti di un motociclista umano stava forse soltanto nella maggior esperienza.

Persino a cento chilometri all'ora l'aria restava rovente. Il vento sferzava le guance come un asciugamano ruvido e bollente. Proprio come se stessimo correndo attraverso una caldaia infinita, ricoperta d'asfalto, piena di macchine in lento e stentato movimento, ormai arrostite dal sole. Tre volte temetti che avremmo finito per investire un'auto o qualche pilastro capitatoci di fronte.

Difficilmente ci saremmo fracassati a morte: i ragazzi l'avrebbero percepito, sarebbero arrivati e ci avrebbero ricomposti. Ma non sarebbe stato lo stesso molto piacevole.

Arrivammo a destinazione senza problemi. Una volta superata la circonvallazione, Semen usò la magia cinque volte, ma solo per sviare l'attenzione dei vigili.

Non mi domandò l'indirizzo, benché non fosse mai venuto a casa mia. Si fermò davanti al portone e spense il motore. Un gruppetto di adolescenti si stava ingozzando di birra da due soldi nel campo giochi lì di fianco. I ragazzi fissarono la motocicletta e ammutolirono. È bello, nella vita, avere sogni tanto chiari e semplici: la birra, le pasticche in discoteca, una ragazza che ci stia e una Harley sotto il sedere.

— È da molto tempo che ti capita di avere visioni premonitrici? — mi domandò Semen.

Trasalii. Non mi ero mai dilungato in modo particolare sulle mie premonizioni.

— Abbastanza.

Semen annuì. Guardò in alto, verso le mie finestre. Cosa avesse provocato quella domanda, non lo chiarì.

— Vuoi che salga con te?

— Senti, non sono mica una ragazza che dev'essere accompagnata fino alla porta...

Lui ridacchiò: — Non confondermi con Ignat. Va bene. Fa' attenzione.

— A cosa?

— A tutto, ovviamente.

Il motore ruggì. Semen scosse la testa. — Qualcosa si sta muovendo, Anton. Si avvicina. Fa' attenzione.

Schizzò via, provocando urla d'approvazione da parte dei ragazzi, e si infilò con facilità nello stretto varco tra una Volga parcheggiata e una Zigulenok in lento transito. Lo seguii con lo sguardo scuotendo la testa. Senza bisogno di alcuna preveggenza, avrei detto che Semen avrebbe scorrazzato per Mosca tutto il giorno, poi si sarebbe unito a qualche banda di rocker, fraternizzando con loro nel giro di un quarto d'ora e dando vita a una quantità di leggende su un certo vecchio motociclista pazzo.

Fa' attenzione...

A cosa?

E, soprattutto, perché?

Digitai senza farci nemmeno caso il codice d'ingresso, aprii il portone e chiamai l'ascensore. Appena quel mattino c'erano stati il riposo, gli amici, la pace.

Tutto ciò proseguiva, solo io non c'ero più.

Dicono che, quando un mago della Luce crolla, la sua caduta sia preceduta da "bagliori" simili a quelli che gli epilettici vedono prima di una crisi. Un impiego sconsiderato della forza, come per esempio sterminare le mosche a colpi di fireball o tagliare la legna con sortilegi da combattimento. Litigi con i propri cari. Dissapori repentini con certi amici e un'altrettanto repentina cordialità con certi altri. Tutto ciò è notorio, e noi tutti sappiamo come si conclude il crollo di un agente della Luce.

Fa' attenzione...

Giunsi alla porta di casa e tirai fuori le chiavi.

La porta era aperta.

I miei genitori avevano una copia delle mie chiavi. Ma non sarebbero mai venuti a trovarmi da Saratov senza avvertirmi. E poi avrei percepito il loro arrivo.

Un semplice delinquente umano non sarebbe mai riuscito a irrompere nel mio appartamento: il più semplice segno sull'uscio sarebbe bastato a fermarlo. E c'erano barriere anche per gli Altri. Naturalmente il loro superamento era una questione di forza. Ma i sistemi di sorveglianza sarebbero in ogni caso dovuti scattare!

Restai fermo a osservare attraverso la stretta fessura tra la porta e lo stipite. Una fessura che non avrebbe dovuto esserci. Guardai attraverso il Crepuscolo, ma non vidi nulla.

Non avevo armi con me. La pistola era nell'appartamento. La decina di amuleti da combattimento pure.

Potevo agire secondo le istruzioni. Qualora venisse rilevata un'intrusione da parte di estranei all'interno di un'abitazione posta sotto tutela magica, al lavoratore della Guardia della Notte è fatto obbligo di informare l'operatore di servizio e il responsabile, poi...

Mi bastò pensare che avrei dovuto chiamare Geser, impegnato solo due ore prima a disperdere l'intera Guardia del Giorno, per farmi passare la voglia di seguire le istruzioni. Piegai le dita, preparandomi a lanciare un rapido sortilegio congelante. Probabilmente avevo in mente il gesto spettacolare di Semen.

Fa' attenzione...

Spinsi la porta ed entrai nel mio appartamento, così rapidamente trasformato in un luogo estraneo.

E compresi subito chi poteva avere forze sufficienti, pieni poteri e, più banalmente, la sfacciataggine di venire a casa mia senza essere stato invitato.

— Buongiorno, Capo! — dissi prima ancora di buttare l'occhio nello studio.

In un certo senso non mi ero sbagliato.

Seduto in poltrona accanto alla finestra, Zavulon sollevò stupito le sopracciglia. Mise da parte la rivista che stava leggendo. Inforcò con grande cura gli occhiali dalla sottile montatura dorata. E solo allora rispose: — Buongiorno, Anton. Sai, mi piacerebbe molto scoprire di essere il tuo capo.

Sorrideva. Il mago delle Tenebre fuori categoria, il vertice moscovita della Guardia del Giorno. Come d'abitudine, indossava un inappuntabile completo nero e una camicia grigio chiaro. Magro. I capelli corti. Età indecifrabile.

— Mi sono sbagliato — dissi. — Cosa ci fai, qui?

Zavulon alzò le spalle. — Prendi l'amuleto. È da qualche parte sul tavolo. Lo percepisco.

Andai al tavolo, aprii il cassetto e ne tirai fuori un medaglione d'osso, legato a una catenella di rame. Lo strinsi nel pugno e sentii che cominciava a scaldarsi.

— Zavulon, non hai alcun potere su di me.

Il mago delle Tenebre annuì. — Bene. Non voglio che tu abbia il minimo dubbio circa la tua incolumità personale.

— Cosa ci fai nella casa di un agente della Luce, Zavulon? Ho il diritto di rivolgermi al Tribunale.

— Lo so. — Zavulon allargò le braccia. — So tutto. Sono in torto. Sono uno sciocco. Espongo al pericolo me stesso e la Guardia del Giorno. Ma non sono venuto a trovarti da nemico.

Restai zitto.

— Sì, per i dispositivi di sorveglianza puoi evitare di preoccuparti — buttò lì con noncuranza. — Per i vostri, come per quelli che ha installato l'Inquisizione. Mi sono permesso – diciamo così – di addormentarli. Tutto ciò che ci diremo resterà per sempre tra noi.

— A un uomo non credere che per metà, a un agente della Luce per un quarto, a un agente delle Tenebre per niente — borbottai.

— Certo. Hai tutto il diritto di non credermi. Persino l'obbligo! Ma io ti chiedo di ascoltarmi. — Di colpo Zavulon fece un sorriso sorprendentemente schietto e conciliante. — Dopotutto sei un agente della Luce. Sei obbligato a prestare aiuto. A chiunque te lo chieda, persino a me. E io te lo chiedo.

Vacillando andai a sedermi sul divanetto. La mia casa è la mia fortezza: ero quasi giunto a crederlo, durante gli anni di lavoro nella Guardia.

— Per cominciare: come sei entrato? — domandai.

— Per cominciare: ho preso un comunissimo grimaldello, ma...

— Zavulon, sai di cosa parlo. Le barriere di segnalazione possono essere distrutte, ma non ingannate. Sarebbero dovute scattare in presenza di un'intrusione.

Il mago delle Tenebre sospirò. — Mi ha aiutato Kostja. Gli hai dato tu il permesso di entrare.

— Contavo su di lui come su un amico. Benché vampiro.

— Ma lui è davvero tuo amico. — Zavulon sorrise. — E vuole aiutarti.

— A modo suo.

— A modo nostro. Anton, sono venuto a casa tua, ma non mi sto preparando a causare danni. Non ho letto i documenti di servizio che conservi qui. Non ho lasciato segni spia. Sono venuto per parlare.

— Parla.

— Abbiamo entrambi lo stesso problema, Anton. E oggi ha raggiunto dimensioni critiche.

Avevo capito, già dal momento in cui avevo visto Zavulon, su cosa si sarebbe diretta la conversazione. Perciò annuii appena.

— Hai capito. Molto bene. — Il mago delle Tenebre si sporse in avanti e sospirò. — Non mi faccio illusioni, Anton. Noi vediamo il mondo in maniera differente. E altrettanto diversamente concepiamo il dovere. Ma persino in una situazione del genere esistono punti di intersezione. Noi Forze delle Tenebre ci meritiamo qualche rimprovero, dal vostro punto di vista. Talvolta agiamo in modo non univoco. E, per via della nostra natura, trattiamo gli uomini con minore cura. Sì, tutto questo è vero. Tuttavia nessuno, ti prego di notare, ha mai potuto accusarci di aver tentato un'interferenza globale nei destini dell'umanità! Da quando abbiamo stipulato il Patto, noi viviamo la nostra vita e vorremmo che voi faceste altrettanto.

— Nessuno vi ha accusati — replicai. — Perché il tempo, per quanto la si rigiri, lavora per voi.

Zavulon chiese: — E questo cosa significa? Che forse siamo più vicini agli uomini? O forse che abbiamo ragione? Ma lasciamo perdere queste dispute infinite. Ti ripeto le mie parole: noi rispettiamo il Patto. E sovente ci atteniamo a esso assai più scrupolosamente delle Forze della Luce.

Un artificio retorico usuale. All'inizio si ammette una certa colpa comune. Poi con dolcezza si accusa il proprio interlocutore di una colpa altrettanto comune. Rimproverare paternamente e subito lasciar correre: dimentichiamo!

E solo allora passare all'essenziale.

— Suvvia, parliamo della cosa fondamentale. — Zavulon si fece più serio. — Nel corso dell'ultimo secolo, per tre volte le Forze della Luce hanno condotto esperimenti globali. La rivoluzione russa, la seconda guerra mondiale. E adesso di nuovo. Con lo stesso, identico copione.

— Non capisco di cosa stai parlando — dissi. Cominciai a provare un'angoscia dolorosa al petto.

— Davvero? Mi spiego. Vengono elaborati modelli sociali che – pur tramite straordinari sovvertimenti e un enorme spargimento di sangue – porteranno l'umanità, o una parte significativa di essa, alla società perfetta. Perfetta dal vostro punto di vista, non discuto! Assolutamente. Ognuno ha il diritto di sognare. Ma il vostro cammino è veramente brutale... — Di nuovo quel sorriso afflitto. — Ci accusate di atrocità, certo, e non senza motivo, ma cos'è un bambino ucciso in una messa nera in confronto a un qualsiasi lager nazista per bambini? Anche il nazismo è stato un vostro prodotto. Anche in quel caso, sfuggito al controllo. Prima l'internazionalismo e il comunismo: un fallimento. Poi il nazionalsocialismo. Ancora un errore? Allora li avete fatti scontrare e siete stati a sorvegliare il risultato. Avete tirato un sospiro, cancellato tutto e ricominciato a fare esperimenti.

— Gli errori sono dovuti ai vostri interventi.

— Certo! Ma anche noi possediamo l'istinto di conservazione! Noi non costruiamo modelli sociali sulla base della nostra etica. Perché dunque dovremmo permettere i vostri progetti?

Non dissi niente.

Zavulon era visibilmente soddisfatto. — Così stanno le cose, Anton. Possiamo anche essere nemici. E lo siamo effettivamente. Quest'inverno ci hai procurato fastidi piuttosto seri. In primavera mi hai di nuovo tagliato la strada. Hai annientato due collaboratori della Guardia del Giorno. Sì, certo, l'Inquisizione ha riconosciuto che le tue azioni sono state compiute per autodifesa ed estrema necessità ma, credimi, per me non è stato affatto piacevole. Cos'è il capo di un'organizzazione, se non riesce a difendere i propri collaboratori? Dunque, siamo nemici. Ma ora si è verificata una situazione unica nel suo genere. Un altro esperimento. In cui tu sei indirettamente implicato.

— Non so di cosa tu stia parlando.

Zavulon scoppiò a ridere. Alzò le mani. — Anton, non voglio estorcerti alcun segreto. E non mi metterò a fare domande. Non ti chiederò niente. Ascolta ciò che ho da raccontarti. Poi me ne andrò.

All'improvviso ricordai che l'inverno precedente, sul tetto di quel palazzo, Alisa, la streghetta, aveva fatto uso del proprio diritto d'interferenza. Però in modo molto debole, tanto che mi aveva solo spinto a dire la verità. E quella verità aveva spinto il piccolo Egor dalla parte delle Tenebre.

Perché succedeva questo?

Perché la Luce agiva tramite la menzogna e le Tenebre tramite la verità?

Perché la nostra verità si rivelava tanto impotente, quanto la menzogna era efficace?

E perché le Tenebre utilizzavano benissimo la verità per edificare il Male?

Era nella natura di chi? Nostra o degli uomini?

— Svetlana è una maga straordinaria — disse Zavulon — ma il suo futuro non è la direzione della Guardia della Notte. Si preparano a usarla per un solo e unico scopo. Per la stessa missione che Olga non ha portato a compimento. Sai che stamattina in città ha fatto irruzione un corriere proveniente da Samarcanda?

— Lo so — ammisi, chissà perché.

— Ma io posso dirti cos'ha portato con sé. Vuoi saperlo?

Strinsi le labbra.

— Vuoi. — Zavulon fece un cenno con il capo. — Il corriere ha portato un pezzetto di gesso.

Agli agenti delle Tenebre non credere mai. Eppure, non so perché, mi parve che non stesse mentendo.

— Un minuscolo pezzo di gesso. — Il mago delle Tenebre sorrise. — Lo si può usare a scuola, per scrivere sulla lavagna. O per disegnare sull'asfalto. O per sfregare la punta della stecca da biliardo. Tutte queste cose si possono fare con la stessa facilità con cui si schiacciano le noci. Ma se una Grande Maga prende in mano questo gessetto... Dev'essere necessariamente Grande, chiunque altro non avrebbe forze sufficienti. E dev'essere necessariamente femmina: in mani maschili rimarrebbe un semplice gessetto. Per giunta, la Maga deve appartenere alla Luce. Per le Forze delle Tenebre resta un oggetto inutilizzabile.

Era una mia impressione, o aveva fatto un sospiro? Rimasi in silenzio.

— Un minuscolo pezzo di gesso. — Zavulon si abbandonò sulla poltrona e cominciò a dondolarsi avanti e indietro. — Ed è già tutto consumato: le dita sottili di certe bellissime fanciulle, nei cui occhi ardeva una fiamma lucente, l'hanno afferrato più di una volta. L'hanno impiegato e la terra ha sobbalzato, si sono dissolti i confini dei regni, sono sorti imperi, pastori sono diventati profeti, falegnami sono diventati dei, trovatelli sono stati incoronati re, sergenti sono assurti al rango di imperatori, seminaristi mancati e pittori senza talento si sono trasformati in tiranni. Un piccolo mozzicone di gesso. Niente di più.

Zavulon si alzò e allargò le braccia. — Questo è tutto ciò che volevo dirti, mio caro nemico. Il resto lo capirai da solo. Se vorrai, naturalmente.

— Zavulon. — Aprii il pugno e guardai l'amuleto. — Tu sei frutto delle Tenebre.

— Certo. Ma solo di quelle Tenebre che erano in me. Di quelle che io stesso ho scelto.

— Persino la tua verità porta il Male.

— A chi lo porta? Alla Guardia della Notte? Ovvio. Agli uomini? Permettimi di dissentire.

Si diresse verso la porta.

— Zavulon — lo chiamai ancora. — Ho visto il tuo vero volto. So chi sei e cosa sei.

Il mago delle Tenebre rimase rigido. Poi si girò lentamente e si passò una mano sul viso. La deformazione durò un attimo. Le squame scintillarono debolmente al posto della pelle, gli occhi divennero fessure sottili.

L'oscurità si dileguò.

— Sì, certo. Mi hai visto. — Zavulon era tornato al proprio aspetto umano. — Ma io ho visto te. E ti dirò francamente che non eri certo un candido angelo con la spada splendente. Tutto dipende dal punto d'osservazione. Addio, Anton. Credimi, un giorno ti annienterò con grande piacere. Ma ora ti auguro di avere successo. Con tutto il cuore.

Uscì. La porta sbatté dietro di lui.

In quel momento, come se si fosse svegliato solo allora, dal Crepuscolo il segno di guardia emise uno strillo. La maschera coreana appesa al muro si deformò. Un lampo d'ira balenò negli intagli dei suoi occhi, la bocca digrignò i denti.

Guardiani…

Feci tacere il segno con due movimenti della mano e alla maschera lanciai il freeze che avevo tenuto in serbo. Così che anche quel sortilegio alla fine mi tornò utile.

— Un gessetto — dissi.

Ne avevo sentito vagamente parlare. Molto tempo addietro. Qualche frase lasciata cadere da un insegnante durante la lezione, una chiacchierata in compagnia, certi racconti tra cadetti... Proprio un gessetto...

Mi alzai dal divano e sollevai la mano. Gettai l'amuleto per terra.

— Geser! — gridai attraverso il Crepuscolo. — Geser, rispondimi!

L'ombra si levò verso di me dal pavimento, si avvinghiò al mio corpo e mi inghiottì. La luce si offuscò, la stanza cominciò a ondeggiare, le sagome dei mobili si confusero. Scese un silenzio insopportabile. L'afa si dileguò. Ero immobile, a braccia aperte, e il Crepuscolo beveva con avidità le mie forze.

— Geser, invoco il tuo nome!

Filamenti di una nebbia grigia fluttuavano attraverso la stanza. Non m'importava niente che qualcun altro potesse udire il mio grido.

— Geser, mio istruttore, t'invoco. Rispondi!

Da molto lontano un'ombra invisibile emise un sospiro. — Ti sento, Anton.

— Rispondimi!

— Su cosa vuoi che ti risponda?

— Zavulon mentiva?

— No.

— Fermatevi, Geser!

— È tardi, Anton. Tutto procede come previsto. Abbi fiducia in me.

— Fermatevi, Geser!

— Non hai il diritto di pretendere nulla.

— Invece sì! Se noi siamo parte della Luce, se portiamo il Bene, allora ne ho il diritto!

Tacque. Pensai addirittura che il Capo avesse deciso di non parlarmi più del tutto.

— Va bene. Ti aspetto tra un'ora al Parabar.

— Dove?

— Al bar dei paracadutisti. Metrò Turgenevskaja. Dietro l'ex ufficio centrale delle Poste.

Di nuovo cadde il silenzio.

Arretrai di un passo e uscii dal Crepuscolo. Un posto singolare, per incontrarsi. Era stato lì che Geser si era scontrato con i Guardiani del Giorno? No, era successo in un ristorante.

Bene, al Parabar, al Rosie o allo Chance... non aveva importanza. Fosse pure il bar dei paracadutisti, degli yuppy o dei gay.

Ma dovevo assolutamente sapere un'altra cosa, prima di incontrare Geser.

Presi il cellulare e composi il numero di Svetlana. Rispose subito.

— Ciao — dissi semplicemente. — Sei ancora in campagna?

— No. — Sembrava confusa dal mio tono intraprendente. — Sto tornando in città.

— Con chi?

Si impappinò. — Con Ignat.

— Bene — dissi con sincerità. — Senti, non sai nulla a proposito del gesso?

— A proposito di che?

Il suo sconcerto era evidente.

— Dei poteri magici del gesso. Non ti hanno istruito sulla sua applicazione nella magia?

— No. Anton, stai bene?

— Altroché.

— È successo qualcosa?

Il tipico modo di fare delle donne: ripetere ogni domanda in due o tre varianti.

— Niente di particolare.

— Vuoi... — Si confuse. — Vuoi che chieda a Olga?

— Anche lei è lì con voi?

— Sì, siamo in tre.

— Non è necessario. Grazie.

— Anton...

— Cosa c'è, Sveta?

Andai al tavolo e aprii il cassetto in cui conservavo tutti gli oggetti magici. Diedi un'occhiata ai cristalli opachi, al bastone grossolanamente intagliato (all'epoca volevo ancora diventare un mago da combattimento). Richiusi il cassetto.

— Perdonami.

— Non hai motivo di chiedere perdono.

— Vuoi che venga a casa tua?

— Siete lontani?

— A metà strada.

— Allora non è possibile. Ho un appuntamento importante. Ti richiamo più tardi. — Chiusi la comunicazione e sorrisi.

La verità può essere cattiva e menzognera in molti casi. Per esempio se la si dice soltanto a metà. Se si dice che non si ha voglia di parlare, ma non si spiega il perché.

Mi si conceda di compiere il Bene tramite il Male. Non ho nient'altro a disposizione.

In ogni caso perlustrai l'appartamento, controllai in camera da letto, in bagno, in cucina. Per quanto mi era dato di percepire, davvero Zavulon non aveva lasciato alcun "regalino".

Tornai nel mio studio, accesi il portatile, infilai il CD contenente il database della magia. Digitai la password e inserii la parola "gesso".

Non mi aspettavo alcun risultato particolare. Ciò che mi interessava sapere apparteneva a un livello di segretezza troppo elevato.

Nel database la parola "gesso" ricorreva tre volte.

Nel primo caso si faceva riferimento a una cava di gesso in cui, nel XV secolo, si tenne un duello tra due maghi di livello superiore, un agente della Luce e uno delle Tenebre. Morirono entrambi, per esaurimento delle forze, poiché non ce la fecero a uscire dal Crepuscolo alla fine del combattimento. Nei cinquecento anni successivi, in quella stessa zona morirono quasi tremila persone.

La seconda voce riguardava l'uso del gesso nella scrittura di segni magici e cerchi di difesa. In questo caso le informazioni erano molto più numerose. Lessi tutto in gran fretta. Niente di significativo.

L'impiego del gesso non presentava alcun vantaggio particolare rispetto al carbone, alla matita, al sangue o ai colori a olio. fatta eccezione, forse, per il fatto che si cancellava con molta più facilità.

Ma il terzo riferimento faceva capo alla sezione "Miti e dati non confermati". Ovviamente vi si trovava una gran quantità di scemenze, come l'uso dell'argento e dell'aglio contro i vampiri o le descrizioni di cerimonie e rituali inesistenti.

Ma mi era già capitato di verificare che tra i "miti" si potevano anche reperire notizie vere, sebbene dimenticate.

Il gesso veniva menzionato nell'articolo "Libri del Destino".

Ero arrivato a metà articolo, quando mi resi conto di aver fatto centro. L'informazione era liberamente consultabile, bene in vista, accessibile a qualsiasi mago alle prime armi, e reperibile forse anche nei repertori aperti agli uomini.

I Libri del Destino. Il gesso.

Tutto tornava.

Chiusi il file e spensi il computer. Restai seduto a morsicarmi le labbra. Guardai l'orologio.

Era ora che mi recassi sul luogo del nostro strano appuntamento.

Feci la doccia e mi cambiai. Presi con me il medaglione di Zavulon, il distintivo della Guardia della Notte e un dischetto da combattimento regalatomi da Ilja: un antico tondino di bronzo di dimensioni di poco superiori a quelle di una moneta. Non l'avevo mai usato.

Tirai fuori la pistola dal nascondiglio. Controllai il caricatore. Pallottole esplosive d'argento. Buone contro i mutantropi, di dubbia utilità contro i vampiri, assolutamente efficaci contro i maghi delle Tenebre.

Proprio come se mi stessi preparando a combattere, e non a incontrare il mio superiore.

Il cellulare si mise a squillare in tasca quando fui davanti alla porta.

— Anton?

— Sveta?

— Olga ti vuole parlare, le passo il telefono.

— Va bene — dissi girando la chiave.

— Anton, ti amo tanto. Non fare stupidaggini, ti prego.

Proprio non riuscii a trovare una risposta. Olga prese il telefonino.

— Anton. Voglio che tu sappia che tutto è già deciso. E tutto procede con grande rapidità.

— Stanotte — feci eco.

— Come fai a saperlo?

— Lo sento. Semplicemente lo sento. Per questo i Guardiani sono stati fatti allontanare dalla città, non è vero? E per questo Svetlana è stata portata a un opportuno stato emotivo.

— Cosa sai?

— Il Libro del Destino. Il gesso. Ormai ho capito tutto.

— Inutilmente — rispose brusca Olga. — Anton, devi...

— Non devo niente a nessuno. Solo alla Luce che è in me.

Chiusi la comunicazione e spensi il cellulare. Basta. Geser poteva contattarmi anche senza mezzi tecnologici. Olga avrebbe continuato con le sue esortazioni. Svetlana non avrebbe comunque capito cosa stavo facendo e perché.

"Se hai deciso di andare fino in fondo, allora vacci da solo. E non chiamare nessuno al tuo fianco."

— Siediti, Anton — disse Geser.

Il locale si rivelò davvero minuscolo. Sei o sette tavolini separati da tramezzi. Il banco del bar. Fumo. Un televisore acceso senza audio trasmetteva lanci col paracadute. Alle pareti, fotografie di soggetto analogo: corpi distesi in volo e disposti in brillanti combinazioni. Pochi avventori, forse per via dell'ora: troppo tarda per il pranzo, ancora lontana dal picco serale. Gettai uno sguardo ai tavolini. Boris Ignatevic sedeva in un angolo.

Non era solo. Se ne stava davanti a un piatto di frutta, staccando pigramente i chicchi da un grappolo d'uva. Un po' di lato, a braccia conserte, era seduto un ragazzo alto e olivastro. I nostri sguardi si incrociarono e percepii una leggera ma sensibile pressione.

Era un Altro.

Per una manciata di secondi ci fissammo, aumentando gradualmente la spinta. Era dotato di considerevoli poteri, ma di scarsa esperienza. A un certo punto allentai la resistenza, schivai la sua sonda e, prima che il ragazzo riuscisse ad alzare le difese, lo scandagliai.

Un Altro. Un agente della Luce. Quarto livello.

Il ragazzo si piegò come per il dolore. Guardò Geser con gli occhi di un cane bastonato.

Geser ci presentò: — Anton Gorodeckij, Altro, Guardiano della Notte a Mosca. Aliser Ganiev, Altro, da poco Guardiano della Notte a Mosca.

Era il corriere.

Gli porsi la mano e abbassai la difesa.

— Sei un agente della Luce, secondo livello — disse Aliser guardandomi negli occhi. Fece un inchino.

Scossi la testa e lo corressi: — Terzo.

Di nuovo il ragazzo guardò Geser. Stavolta con aria non colpevole, ma stupita.

— Secondo — confermò il Capo. — Sei al culmine della tua forma, Anton. Sono molto contento per te. Siediti, parliamo. Aliser, fa' attenzione.

Mi sedetti di fronte al Capo.

— Sai perché ho fissato l'appuntamento proprio qui? — domandò Geser. — Prendi un po' d'uva. È saporita.

— Come faccio a saperlo? Magari perché qui hanno l'uva più saporita di tutta Mosca.

Geser si mise a ridere.

— Bravo! Be', non è questo. La frutta l'abbiamo presa al mercato.

— Allora perché il posto è piacevole.

Il Capo alzò le spalle. — Non è niente di particolare. Una saletta. Oltre quella porta ci trovi un tavolo da biliardo e un altro paio di tavolini.

— Allora lei si lancia di nascosto col paracadute, Capo.

— Sono vent'anni che non lo faccio — ribatté Geser come se niente fosse. — Caro Anton, sono venuto qui a mangiare uno spezzatino con patate e un po' di uva soltanto per mostrarti un microcosmo. Una società piccola piccola. Rilassati, sta' comodo. Aliser, va' a prendere un boccale di birra per Anton! Guardati intorno, soldato. Guarda le facce. Ascolta le chiacchiere. Inspira l'aria.

Girai la testa e mi spostai sull'orlo della panca per riuscire a dare almeno un'occhiata agli astanti. Aliser si trovava già al banco, in attesa della mia birra. I clienti del Parabar avevano facce strane. C'era qualcosa di impercettibile che li faceva somigliare tutti. Sguardi e movimenti caratteristici. Niente di che, solo un marchio invisibile.

— Un collettivo — disse il Capo — è un microcosmo. Avrei potuto farti questo discorso allo Chance, il gay-club, o al ristorante dell'Unione degli Scrittori, o ancora in una bettola vicino a qualche fabbrica. Non è importante. La cosa essenziale è che vi si formi proprio un collettivo ristretto e chiuso. In un modo o nell'altro isolato dalla società. Non un McDonald's, non un ristorante chic, ma un circolo, palese o nascosto. Sai perché? Noi siamo così. È un modello della nostra Guardia.

Io guardavo in silenzio: un ragazzo con le stampelle si accostò al tavolo vicino, ignorò l'esortazione a sedersi e, appoggiandosi al tramezzo, cominciò a raccontare qualcosa. La musica copriva le parole, ma potevo assimilarne il senso generale attraverso il Crepuscolo. Il paracadute non si era aperto completamente. Era atterrato con quello di riserva. Aveva riportato un bel po' di fratture. Per sei mesi non avrebbe più potuto lanciarsi!

— Qui la compagnia è particolarmente significativa — proseguì senza fretta il Capo. — Rischio. Sensazioni forti. Indecifrabilità da parte degli altri. Slang. Problemi assolutamente incomprensibili per la gente comune. E, già che ci siamo, traumi ricorrenti e morte. Ti piace qui?

Ci pensai e risposi: — No. Qui bisogna essere del gruppo. O non venirci per niente.

— Ma certo. Con qualsiasi microcosmo del genere è interessante entrare in contatto la prima volta. Dopodiché o accetti le sue regole ed entri nella sua piccola società, o vieni rigettato. È così, e noi Altri non facciamo in alcun modo eccezione. Nella sostanza. Ciascun Altro, prendendo coscienza della propria natura, si trova davanti a una scelta. O entra nella Guardia della propria parte, diventando un soldato, un combattente e, inevitabilmente, un condannato a morte, oppure continua a condurre un'esistenza quasi umana, senza sviluppare in modo particolare i poteri magici, sfruttando tutta una serie di vantaggi propri degli Altri, ma assaggiando appieno anche i difetti di questo tipo d'esistenza. La cosa più spiacevole è quando si sbaglia la scelta iniziale. Quando, per questo o quel motivo, l'Altro non ha più voglia di accettare le leggi della Guardia. Ma lasciare la nostra struttura è quasi impossibile. Ecco, Anton, dimmi: potresti esistere fuori della Guardia?

Di certo il Capo non indulge mai a discorsi astratti.

— Forse no — riconobbi. — Sarebbe difficile o praticamente impossibile, per me, trattenermi nei limiti di ciò che è consentito a un mago della Luce ordinario.

— Fuori della Guardia, invece, non potresti giustificare l'uso dei poteri magici con gli interessi della lotta contro le Tenebre. Non è così?

— Sì.

— Ecco dove sta tutta la difficoltà, Anton, tutto il guaio. — Il Capo fece un sospiro. — Aliser, non startene lì impalato.

Comandava il ragazzo letteralmente a bacchetta. Ma ne indovinavo le ragioni senza sforzo: il corriere aveva ottenuto a furia di preghiere un posto nella Guardia di Mosca e adesso ne assaporava le ineluttabili conseguenze.

— La tua birra, agente Anton. — Con un lieve cenno della testa il ragazzo posò il boccale davanti a me.

Presi la birra in silenzio. Quel giovane mago di talento non aveva alcuna colpa. Avremmo sicuramente potuto fare amicizia. Ma in quel momento ero in collera anche con lui: Aliser aveva portato a Mosca ciò che avrebbe separato per sempre me e Svetlana.

— Cosa faremo, Anton? — chiese il Capo.

— Qual è il problema, in sostanza? — risposi, guardandolo con gli occhi devoti di un vecchio sanbernardo.

— Svetlana. Stai agendo contro la sua missione.

— Certo.

— Anton, si tratta di verità elementari. Di assiomi. Non hai il diritto di fare obiezioni contro la politica della Guardia sulla base dei tuoi interessi personali.

— Cosa c'entrano i miei interessi personali? — ribattei con sincero stupore. — Ritengo che tutta l'operazione che si sta preparando sia immorale. Non porterà alcun vantaggio agli uomini. In un modo o nell'altro tutti i tentativi di mutare radicalmente la società umana sono falliti.

— Presto o tardi ci riusciremo. Nota bene: non ci provo nemmeno ad affermare che questa volta ci aspetta il successo. Ma le probabilità non sono mai state così elevate.

— Non ci credo.

— Puoi presentare ricorso alla direzione centrale.

— Faranno in tempo a esaminarlo prima del giorno in cui Svetlana prenderà in mano il gessetto e aprirà il Libro del Destino?

Il Capo chiuse gli occhi. Sospirò. — No. Non faranno in tempo. Tutto avverrà stanotte, non appena scatterà il nostro turno. Soddisfatto?

— Boris Ignatevic. — Usai di proposito il nome con cui l'avevo conosciuto la prima volta. — Mi ascolti. La prego. Un tempo lei ha lasciato la patria ed è venuto in Russia. Non per gli interessi della Luce, né per la carriera. Per Olga. So qualcosa del suo passato. Gli odi, gli amori, i tradimenti, le generosità. Deve, può capirmi.

Non sapevo cosa aspettarmi. Quale risposta: se un volgersi altrove dello sguardo o la promessa a denti stretti di revocare l'azione.

— Ti capisco alla perfezione, Anton. — Il Capo annuì. — Tu non ti immagini nemmeno quanto. Proprio per questo l'azione proseguirà.

— Ma perché?

— Perché, ragazzo mio, esiste una certa cosa: il destino. E nulla è più potente. Alcuni sono predestinati a cambiare il mondo. Ad altri ciò non è concesso. Alcuni sono predestinati a scuotere gli stati, altri a reggere i fili delle marionette da dietro le quinte, con le mani sporche di gesso. Anton, credimi, so quello che faccio. Credimi.

— No.

Mi alzai, lasciando sul tavolo la birra intatta, con la copertura di schiuma semisvanita. Aliser guardò Geser con aria interrogativa, come se fosse pronto a fermarmi.

— Hai il diritto di fare ciò che vuoi — disse il Capo. — La Luce è in te, ma alle spalle hai il Crepuscolo. Sai cosa provoca un mago infedele. E sai che io sono pronto e tenuto a venirti in aiuto.

— Geser, mio istruttore, grazie per tutto ciò che mi hai insegnato. — Mi inchinai, richiamando gli sguardi curiosi dei paracadutisti. — Non mi considero più in diritto di aspettarmi il tuo aiuto. Hai tutta la mia gratitudine.

— Sei libero da ogni obbligo nei miei confronti — rispose pacatamente Geser. — Agisci come ti ordina il tuo destino.

Era tutto. Aveva rinnegato con facilità l'ex allievo. Del resto, quanti altri allievi simili aveva conosciuto, che non avevano preso coscienza dei fini superiori e dei sacri ideali?

Centinaia, migliaia.

— Addio, Geser — dissi. Guardai Aliser. — Buona fortuna, nuovo Guardiano.

Il ragazzo mi fissò con disapprovazione. — Se mi è concesso parlare…

— Di' pure — risposi.

— Se fossi in te non avrei tutta questa fretta, agente Anton.

— Ho indugiato sin troppo a lungo, agente Aliser. — Sorrisi. Nella Guardia mi ero abituato a considerarmi uno dei maghi più giovani, ma tutto passa. Per quel novellino io costituivo già un'autorità. Per il momento. — Un giorno anche tu sentirai il tempo frusciare e scorrerti tra le dita come sabbia. Allora ricordati di me. Buona fortuna.

Capitolo 6

Canicola.

Me ne stavo andando per il Vecchio Arbat. Ritrattisti, suonatori di musica stereotipata, venditori di souvenir tutti uguali, stranieri con l'identico interesse standard negli occhi, moscoviti in preda all'abituale irritazione che passavano di corsa davanti allo sfondo di matriosche...

Scuotervi?

Tenere un piccolo spettacolo?

Fare il giocoliere con i fulmini? Fare il mangiafuoco con fiamme vere? Far sì che il lastricato si aprisse e ne sgorgasse una fontana d'acqua minerale? Guarire una decina di mendicanti storpi? Sfamare i bambini abbandonati che sciamavano tutt'intorno con dolci creati dal nulla?

E perché?

Mi avrebbero buttato una manciata di spiccioli, in cambio di fireball che servivano a colpire le forze del Male. La fontana di acqua minerale si sarebbe rivelata una conduttura bucata della rete idrica. I mendicanti storpi sarebbero risultati più sani e ricchi della maggior parte dei passanti. I bambini abbandonati se la sarebbero data a gambe, perché da tempo avevano imparato che non esistono dolci gratis.

Sì, capivo Geser e tutti i maghi superiori, che da migliaia di anni lottavano contro le Tenebre. Non si può vivere in eterno con la sensazione della propria impotenza. Non si può restare in eterno in trincea: tutto ciò uccide un esercito più delle pallottole nemiche.

Ma cosa c'entravo io?

Era davvero necessario fare del mio amore un vessillo di vittoria?

Sapevo cosa Geser si stesse preparando a fare, o meglio, cosa avrebbe fatto Svetlana su suo ordine. Capivo cosa ne sarebbe risultato, riuscivo persino a immaginarmelo: tramite qualche cavillo del Patto, si sarebbe giustificata l'interferenza nel Libro del Destino. Disponevo di informazioni circa il momento dell'azione. Le uniche cose che non riuscivo a figurarmi erano il luogo e l'oggetto dell'operazione. E questo era fatale.

Avevo il tempo di rivolgermi con una preghiera a Zavulon.

E poi, dritto nel Crepuscolo.

Ero arrivato a metà dell'Arbat, quando captai un leggero, appena percettibile spostamento della forza. Proprio di fianco a me qualcuno stava usando i poteri magici. Debolmente, ma...

Le Tenebre!

Qualsiasi cosa pensassi di Geser, per quanto avessi da discutere, restavo pur sempre un Guardiano della Notte.

Portai la mano all'amuleto che avevo in tasca, chiamai la mia ombra ed entrai nel Crepuscolo.

Ah, com'era tutto in stato d'abbandono!

Da tempo non giravo per il centro di Mosca nel Crepuscolo.

Muschio blu ricopriva ogni cosa come un tappeto. I filamenti che si dondolavano lentamente creavano un'illusione di acqua ondeggiante. Dei cerchi si staccavano da me e si allargavano tutt'intorno; il muschio assorbiva le mie emozioni e cercava di strisciare via. Ma le piccole monellerie del Crepuscolo in quel momento non mi interessavano.

Non ero l'unico, in quello spazio grigio, sotto quel cielo senza sole.

Guardai per un istante la ragazza ferma di spalle davanti a me. Percepii il sorriso cattivo sul suo volto. Un sorriso indegno di un mago della Luce. "Debolmente" un cavolo!

Un'interferenza di terzo grado? Ahi ahi ahi!

"È una cosa seria, ragazzina. È talmente seria da far pensare che tu sia impazzita. Terzo grado. Non è assolutamente nelle tue forze: stai usando l'amuleto di qualcun altro. Proverò a vederci chiaro con le mie forze."

Mi avvicinai. La ragazza non sentì i miei passi sul morbido tappeto di muschio blu. Le ombre indistinte degli uomini scivolavano tutt'intorno e lei era troppo concentrata.

— Anton Gorodeckij, Guardiano della Notte — dissi. — Alisa Donnikova, la dichiaro in arresto.

La streghetta cacciò un urlo e si girò. Stringeva nella mano un amuleto, un prisma di cristallo attraverso cui, fino a un attimo prima, aveva puntato lo sguardo sui passanti. Prima cercò istintivamente di nascondere l'amuleto, poi tentò di fissarmi attraverso il prisma. Le afferrai il braccio e la fermai. Restammo per un secondo immobili l'uno di fronte all'altra; intensificando lentamente la spinta, le rovesciai il pugno. Una scena simile tra un maschio e una femmina umani sarebbe parsa piuttosto vergognosa. Nel caso di noi Altri, le fonti della forza fisica non stanno né nell'appartenenza sessuale né tanto meno in una muscolatura gonfiata. La forza è intorno a noi: nel Crepuscolo, nelle persone che ci circondano. Non sapevo quanta forza Alisa poteva estrarre dal mondo circostante; forse anche più di me.

Ma io l'avevo sorpresa sul luogo del crimine. E nei paraggi potevano esserci altri Guardiani. La resistenza a un membro della Guardia avversa, che stesse ufficialmente procedendo all'arresto, comportava l'annientamento sul posto.

— Non oppongo resistenza — disse Alisa aprendo la mano. Il prisma cadde; il muschio fremette, cominciò a ribollire e lo avviluppò.

— Un prisma di forza? — domandai. — Alisa Donnikova, lei ha commesso un'interferenza di terzo grado.

— Quarto — si affrettò a rispondere.

Mi permisi di alzare le spalle. — Terzo, quarto… non importa. Ti aspetta comunque il Tribunale, Alisa. Sei fregata.

— Non ho fatto niente. — La strega cercava invano di apparire calma. — Dispongo di un permesso personale per il porto del prisma. Non l'ho attivato.

— Alisa, qualsiasi mago superiore può ricavare le informazioni da questa cosina.

Chinai il braccio, feci scostare il muschio e il prisma balzò nella mia mano. Era freddo, molto freddo.

— Persino io posso verificare la tua versione — dissi. — Alisa Donnikova, Altra, agente delle Tenebre, terzo livello di forza, lei è ufficialmente imputata di violazione del Patto. A causa del suo tentativo di resistenza, sarò costretto ad annientarla. Mani dietro la schiena.

La ragazza ubbidì. E cominciò a parlare, in fretta, cercando di essere persuasiva e mettendo nella voce tutta la sua abilità: — Aspetta, Anton, ti prego, ascoltami. Sì, ho provato il prisma, ma capisci, era la prima volta che mi affidavano un amuleto così potente! Anton, non sono una stupida: mettermi ad aggredire gli uomini nel bel mezzo di Mosca... perché mai avrei dovuto fare una cosa del genere? Anton, siamo entrambi Altri! Perché non risolviamo questa cosa in pace? Anton!

— Ma quale pace del cavolo? — le chiesi, infilandomi in tasca il prisma. — Andiamo...

— Anton, ti offro un'interferenza di terzo, quarto livello! Qualsiasi interferenza di terzo livello, compiuta negli interessi della Luce! Non il mio stupido gioco con il prisma, ma un'interferenza con tutti i requisiti!

Potevo capire la causa del suo panico. La faccenda sapeva di disincarnazione. Un Guardiano del Giorno che succhiava la vita dagli uomini per scopi personali era uno scandalo di dimensioni enormi! Avrebbero consegnato Alisa senza alcuna esitazione.

— Non hai il potere di chiedere simili compromessi. La direzione delle Tenebre ti sconfesserà.

— Zavulon mi giustificherà!

— Sì? — La sicurezza del suo tono mi confuse. Era forse l'amante di Zavulon? Sarebbe stato comunque sorprendente. — Alisa, una volta ho stretto con te un accordo pacifico...

— Certo, e io stessa avevo proposto di perdonare la tua interferenza.

— E come è andata a finire? — sorrisi. — Ti ricordi?

— Adesso la situazione è diversa, sono io ad aver violato la legge. — Alisa abbassò gli occhi. — Hai diritto al colpo di rimando. Non hai bisogno di un permesso per una magia della Luce di terzo livello? Per una qualsiasi magia della Luce? Potrai rimoralizzare una ventina di canaglie! Incenerire sul posto una decina di assassini! Scongiurare una catastrofe, produrre una diversione locale del tempo! Anton, davvero tutto questo non vale la mia stupida ragazzata? Guardati intorno: sono tutti vivi! Non ho fatto in tempo a combinare niente, avevo appena incominciato...

— Tutto ciò che dici può essere usato contro di te.

— Lo so, lo so!

Nei suoi occhi luccicavano le lacrime. E probabilmente non si trattava nemmeno di una simulazione. Sotto la sua essenza di strega, restava ancora una normalissima ragazza. Simpatica, terrorizzata, colta in fallo. E poi era davvero colpa sua, se aveva imboccato la strada delle Tenebre?

Sentii che il mio scudo emotivo si fletteva. Scossi la testa: — Non ti serve a nulla premere.

— Anton, ti prego, risolviamo la cosa in pace! Vuoi che mi procuri il diritto a un'interferenza di terzo grado?

Accidenti! Altro che bisogno. Qualsiasi mago della Luce sogna di ricevere carta bianca in questo modo! Sentirsi anche solo per un attimo un soldato con tutti i requisiti, e non un pidocchioso topo di trincea che fissa malinconicamente la bandiera bianca della tregua.

— Non hai alcun diritto di avanzare simili proposte — ribattei con fermezza.

— L'avrò! — Alisa scosse la testa e inspirò profondamente. — Zavulon! — chiamò.

Aspettai, stringendo in mano il piccolo disco dell'amuleto da combattimento.

— Ti invoco, Zavulon! — La sua voce si trasformò in uno strillo. Notai che le ombre dei passanti intorno a noi avevano cominciato a muoversi un po' più in fretta: gli uomini avvertivano un'inesplicabile angoscia e così acceleravano il passo.

Sarebbe di nuovo riuscita a far venire il capo degli agenti delle Tenebre?

Come quella volta, al ristorante Maharaja, quando Zavulon per poco non mi aveva ucciso con la Frusta di Shaab?

Ma non c'era riuscito. Aveva mancato il colpo.

Nonostante fosse stato Geser a organizzare quella provocazione, Zavulon era sembrato sinceramente convinto che io fossi colpevole dell'uccisione degli agenti delle Tenebre.

Aveva dunque altri piani, sul mio conto?

Oppure di nascosto, senza farsi notare, Geser era intervenuto a deviare il colpo?

Chissà. Come sempre, non disponevo di informazioni sufficienti per l'analisi. Avrei potuto formulare trentatré ipotesi, tutte in contraddizione l'una con l'altra.

Desideravo che Zavulon non rispondesse al richiamo. Così avrei trascinato Alisa fuori dal Crepuscolo, avrei chiamato il Capo o qualcuno degli agenti operativi, avrei consegnato quella stupida e ricevuto un premio a fine mese. Ma che premio avrei preso, adesso?

— Zavulon! — La sua voce esprimeva una preghiera accorata. — Zavulon!

Piangeva senza rendersene conto. Sotto i suoi occhi scorrevano due rivoli neri come l'inchiostro.

— È inutile — dissi. — Andiamo.

In quell'istante, a due metri da noi, si aprì il Portale delle Tenebre.

Inizialmente fummo investiti da un'ondata di gelo penetrante, tanto che ricordai persino con simpatia la calura del mondo degli uomini. Il muschio avvampò e si consumò lungo tutta la via. Non che Zavulon l'avesse bruciato di proposito: semplicemente, l'apertura del Portale aveva sparso così tanta forza, che il muschio non era stato in grado di assimilarla.

— Zavulon — sussurrò Alisa.

Un raggio violetto squassò il cielo.

La vampa mi accecò, strizzai gli occhi senza volerlo e quando di nuovo riuscii a guardare da quella parte, nella foschia grigia si librava una bolla nero-bluastra. Lentamente dalla bolla si districò qualcosa di ispido e squamoso, vagamente simile a un essere umano. Zavulon stava giungendo dal secondo o dal terzo strato del Crepuscolo, al cui confronto il tempo in cui ero immerso scorreva altrettanto lento di quello umano dal nostro punto di vista.

All'improvviso provai quel senso d'impotenza con cui in

qualche modo mi ero da tempo riconciliato. Le possibilità di cui Zavulon o Geser disponevano tanto facilmente, nel mio caso non erano solo irraggiungibili, ma addirittura inconcepibili.

— Zavulon! — Sempre tenendo le mani dietro la schiena, Alisa si lanciò verso l'orribile mostro. Si strinse a lui e affondò il viso tra le sue squame spinose. — Aiutami, aiutami!

Naturalmente Zavulon non era apparso in sembianze demoniache allo scopo di impressionarmi. Se avesse conservato l'aspetto umano, non sarebbe riuscito a sopravvivere più di un minuto negli strati profondi del Crepuscolo. Così, invece, era probabilmente in grado di trascorrervi diverse ore, quando non addirittura diversi giorni.

Il mostro mi guardò con i suoi occhi stretti. Dalle sue fauci sgusciò fuori una grossa lingua biforcuta. La lingua lambì la testa di Alisa, lasciandole sui capelli gocce di bava bianca. Il mostro afferrò la strega per il mento con la grinfia, le sollevò la testa con cura e i loro sguardi si incontrarono. Lo scambio d'informazioni fu rapidissimo.

— Stupida! — urlò il demone. La lingua si ritrasse nelle fauci, scivolando tra le zanne un attimo prima che queste si richiudessero con uno schiocco.

Sì. Niente diritto a un'interferenza di terzo livello, per me.

La corta coda del mostro scudisciò Alisa alle gambe, lacerò il suo abito di seta e la gettò per terra. Gli occhi del mostro divamparono: un bagliore azzurro avvolse la strega. La ragazza impietrì.

Niente aiuto ad Alisa.

— Posso effettuare l'arresto, Zavulon? — domandai.

Il mostro se ne stava fermo, dondolandosi appena sulle zampe ricurve. Gli artigli spuntavano dalle dita e si ritraevano ritmicamente. Poi fece un passo e si piazzò tra me e la ragazza.

— Chiedo di confermare la legittimità del fermo — dissi. — Altrimenti sarò costretto a chiamare aiuto.

Il demone cominciò a trasformarsi. Le proporzioni del corpo mutarono, le squame vennero riassorbite, la coda si infossò. Infine spuntarono i vestiti.

— Aspetta, Anton.

— Cosa dovrei aspettare?

Il volto del mago restava impenetrabile. Forse nelle sembianze di un demone provava molte più emozioni, oppure non riteneva necessario nasconderle.

— Confermo la promessa fatta da Alisa.

— Cosa?!

— Se alla faccenda non sarà dato corso ufficiale. La Guardia del Giorno accetterà ogni tua interferenza fino al terzo grado incluso.

Sembrava assolutamente serio.

Deglutii. Ricevere una promessa del genere dal capo della Guardia del Giorno…

— A un agente delle Tenebre non credere mai.

— Ogni interferenza fino al terzo grado incluso.

— Temi lo scandalo fino a questo punto? — domandai. — O la ragazza ti è per qualche motivo necessaria?

— Mi è necessaria. La amo.

— Non ci credo.

— In qualità di capo della Guardia del Giorno moscovita, agente Anton, chiedo di risolvere la faccenda con una riconciliazione. Ciò è possibile, poiché la mia assistita Alisa Donnikova non ha fatto in tempo ad arrecare alcun danno significativo agli uomini. Come risarcimento per il suo tentativo – Zavulon rimarcò in particolare quest'ultima parola – di compiere un atto di magia delle Tenebre di terzo grado, la Guardia del Giorno accetterà da parte tua qualsiasi atto di magia della Luce, fino al terzo grado incluso. Non chiedo che questo accordo resti segreto. Non introduco alcuna limitazione ai tuoi atti. Sottolineo che, per l'infrazione commessa, la guardiana Alisa subirà un severo castigo. Che le Tenebre siano testimoni delle mie parole.

Un tremito lievissimo. Un rimbombo sotterraneo, l'urlo di un uragano in avvicinamento. Una sferetta nera spuntò sulle palme delle mani di Zavulon e cominciò a vorticare.

— La parola a te — disse il mago.

Mi leccai le labbra e guardai la ragazza, inchiodata dal sortilegio. Una carogna, niente da dire. E avevo un conto personale da regolare con lei.

Era forse anche per questo che non volevo concludere la cosa con un compromesso? Non era solo per via della pericolosità di un accordo con le Tenebre? Usando il prisma di forza, Alisa aveva cercato di succhiare una parte dell'energia vitale dei passanti. Era una magia di terzo grado. Io avrei potuto compiere un'interferenza di terzo grado. E questo era molto, moltissimo. Di fatto, un influsso globale! Una città in cui per un intero giorno non sarebbe stato commesso alcun delitto. Un'invenzione geniale e univocamente buona. Quante volte, nella storia della Guardia della Notte, avevamo avuto bisogno del diritto a un'interferenza di terzo o quarto grado e, non disponendone, eravamo stati costretti ad agire a casaccio, angosciandoci poi nell'attesa della mossa di rimando!

Ora invece avrei disposto di un'interferenza di terzo grado praticamente gratis.

— Che la Luce sia testimone delle tue parole — dissi io. E allungai la mano verso Zavulon.

Non mi era mai successo di invocare a testimoni le forze primordiali. Sapevo soltanto che una cosa del genere non richiedeva alcuna formula magica speciale. Del resto, non era affatto garantito che la Luce si sarebbe mostrata indulgente verso i nostri affari.

Sul mio palmo divampò un petalo di fuoco bianco.

Zavulon fece una smorfia. Nel momento in cui suggellammo l'accordo con una stretta di mano, le Tenebre e la Luce si incontrarono tra le nostre due palme. Avvertii un dolore pungente, come se mi avessero trafitto la carne con un ago spuntato.

— L'accordo è concluso — disse il mago delle Tenebre.

Il dolore aveva sfiorato anche lui.

— Speri di trarre vantaggio anche da questo? — domandai.

— Certamente. Spero sempre di trarre vantaggio da ogni cosa. Di solito mi riesce.

Per lo meno, Zavulon non provò una gioia evidente per l'accordo raggiunto. Per quanto facesse assegnamento sul buon esito della nostra intesa, non poteva essere affatto sicuro del successo.

— Sono riuscito a sapere cos'ha portato a Mosca dall'Oriente il corriere e perché.

Zavulon sorrise appena. — Splendido. La situazione mi inquieta e mi fa piacere sapere che adesso potrò condividere quest'inquietudine con altri.

— Zavulon! È mai successo che le due Guardie collaborassero? Sul serio, intendo, non semplicemente alla cattura di rinnegati e psicopatici...

— No. Qualsiasi collaborazione si risolverebbe nella sconfitta di una delle parti.

— Ne terrò conto.

— Tienine conto.

Ci scambiammo addirittura un garbato inchino. Come se non appartenessimo alle due Forze contrapposte: non un adepto della Luce e un servo delle Tenebre, ma due conoscenti in buoni rapporti.

Poi Zavulon si avvicinò al corpo immobile di Alisa, lo sollevò con agilità e se lo caricò sulle spalle. Mi aspettavo che sarebbero usciti dal Crepuscolo, invece, dopo avermi fatto dono di un sorriso accondiscendente, varcarono il Portale. Subito dopo, il passaggio cominciò a svanire. Io me ne andai nella direzione opposta.

Solo allora capii quant'ero esausto. Il Crepuscolo ama che lo si penetri, ma ancora di più ama che ci si agiti nel farlo.

Scelsi un posto poco frequentato e con uno scatto uscii dalla mia ombra.

Come al solito gli sguardi dei passanti piegarono di lato. Quante volte al giorno ci incontrate, uomini... Forze della Luce e delle Tenebre, maghi e mutantropi, streghe e guaritrici. Ci guardate, ma non ci potete vedere. Così sia anche per l'avvenire.

Noi possiamo vivere centinaia, persino migliaia di anni. È piuttosto difficile ucciderci. E i problemi di cui è fatta l'esistenza degli uomini sono per noi come il turbamento di un alunno di prima elementare di fronte ai trattini disegnati di sbieco sul quaderno.

Ma ogni cosa ha un rovescio. Io mi scambierei con voi, uomini. Prendetevi l'abilità di vedere l'ombra e di entrare nel Crepuscolo. Prendetevi la difesa della Guardia e la capacità di mutare la coscienza di chi vi circonda.

Datemi quella tranquillità di cui sono stato privato per sempre!

Qualcuno mi spinse. Un ragazzo robusto, dalla testa rasata, con un cellulare alla cintura e una catena d'oro al collo mi squadrò da capo a piedi con aria di disprezzo, mormorò qualcosa a denti stretti e si allontanò lungo la via con passo dondolante. L'amichetta, aggrappata alla sua mano, ne imitò senza troppo successo lo sguardo, del tipo che i teppistelli riservano ai "coglioni mosci".

Scoppiai a ridere di cuore.

Sì, dovevo proprio avere un bell'aspetto!

Impalato in mezzo alla strada, oltretutto, e apparentemente intento a fissare una bancarella di squallide statuette di bronzo, matriosche con le facce dei politici e oggetti d'artigianato contraffatti.

Ora avevo il diritto di scuotere l'intera via. Una rimoralizzazione globale, e la testa rasata sarebbe finita a lavorare come inserviente in un ospedale psichiatrico, la sua ragazza si sarebbe precipitata alla stazione e si sarebbe ricongiunta con la vecchia madre, felicemente abbandonata a vegetare chissà dove in provincia.

Che voglia di compiere il Bene, mi prudevano persino le mani!

Non potevo.

Che il cuore sia puro e le mani ardenti... ma la testa deve assolutamente mantenersi fredda.

Io ero un semplice, comunissimo Altro. Non avevo né avrei avuto la forza data a Geser o a Zavulon. Forse era questo il motivo per cui avevo un'opinione particolare su ciò che stava accadendo. E non potevo nemmeno usare quel regalo inaspettato, il diritto a una magia della Luce. Sarebbe stato comunque parte del gioco che si conduceva sopra la mia testa.

La mia possibilità stava nell'uscire dal gioco.

E sottrargli Svetlana.

Sì, rovinare con questo il piano a lungo preparato dalla Guardia della Notte! Sì, smettere di fare l'agente operativo! Trasformarmi in un mago della Luce ordinario, ridotto a usare le briciole della propria forza. E tutto questo nel migliore dei casi. Nel peggiore, mi aspettava il Crepuscolo eterno.

Oggi, oggi a mezzanotte.

Dove? Chi? Quale Libro del Destino avrebbe aperto la maga? Come aveva detto Olga, dodici anni era durata la preparazione del piano. Per dodici anni avevano cercato una Grande Maga, capace di prendere in mano il gessetto tenuto in serbo fino a quel momento. Basta!

Mi sarei messo a strillare per tutto l'Arbat, tanto ero stupido. Tuttavia il mio viso era lo stesso abbastanza eloquente.

Ma a che pro dar voce a ciò che già si esprimeva nella fisionomia?

I maghi superiori possono muovere in avanti in svariati modi. Nei loro giochi non esistono casualità. Ci sono le regine e ci sono i pedoni. Mancano solo le figure inutili!

Egor!

Il ragazzino scampato a una caccia illecita. Entrato nel Crepuscolo proprio per sottrarvisi, in uno stato d'animo tale da spingerlo verso la parte delle Tenebre. Il ragazzino il cui destino non era determinato, la cui aura ancora conservava la radiosità multicolore di un fanciullo. Sì: caso unico nel suo genere, ero rimasto stupito vedendolo per la prima volta.

Mi ero stupito e poi avevo dimenticato. Non appena avevo scoperto che le potenzialità del ragazzo erano state artificialmente maggiorate dal Capo: sia per sviare gli agenti delle Tenebre, sia perché Egor potesse tener testa ai vampiri.

Così per me Egor era rimasto un fallimento personale, poiché io per primo avevo riconosciuto in lui un Altro; una brava persona, quantunque per il momento solo umana. Nonché un futuro avversario nell'eterna lotta tra il Bene e il Male. Il ricordo del suo destino indeterminato era finito in un angolo remoto della mia memoria.

Egor poteva ancora diventare chiunque volesse. Il suo potenziale futuro era indefinito. Un libro aperto. Un Libro del Destino.

Ecco chi si sarebbe trovato di fronte a Svetlana, nel momento in cui lei avrebbe stretto in mano il gessetto. E vi si sarebbe messo volentieri, non appena Geser gli avesse spiegato in tono serio e ragionevole ciò che stava accadendo. Sapeva dare spiegazioni convincenti, il Capo della Guardia della Notte, il comandante delle Forze della Luce di Mosca, il Grande Mago antico. Geser avrebbe parlato di correzione degli errori. E sarebbe stata la verità. Avrebbe parlato del radioso futuro che si apriva di fronte a Egor. E anche questa – ecco qual era la questione – sarebbe stata verità! Le Forze delle Tenebre potevano avanzare centinaia di proteste: l'Inquisizione senza dubbio avrebbe tenuto in considerazione il fatto che, all'inizio, il ragazzo era rimasto vittima delle loro azioni.

A Svetlana sarebbe certamente stato detto che un insuccesso, nel caso di Egor, mi avrebbe distrutto. Che il ragazzo aveva sofferto molte cose, per il fatto che la Guardia era stata occupata nel salvataggio di lei.

Svetlana non avrebbe tentennato.

Avrebbe ascoltato tutto ciò che doveva fare.

Avrebbe toccato il pezzetto di gesso, un comunissimo gessetto, con cui si poteva disegnare sull'asfalto o scrivere 2+2=4 sulla lavagna.

E avrebbe cominciato a riempire lo spazio vuoto di un destino rimasto fino a quel momento indefinito.

Cosa si preparavano a fare di lui?

Chi sarebbe diventato?

Un leader? Il capo di nuovi partiti e nuove rivoluzioni? Il profeta di una religione non ancora creata?

Il pensatore che avrebbe fondato una nuova dottrina sociale? Un musicista, un poeta, uno scrittore la cui opera avrebbe cambiato la coscienza di milioni di persone?

Per quanti anni ancora, in futuro, si sarebbe protratto il lento piano delle Forze della Luce?

Sì, un Altro non può cambiare l'essenza che ha ricevuto dalla natura. Egor sarebbe stato un mago debolissimo. E tuttavia, grazie all'interferenza della Guardia, pur sempre un mago della Luce.

Ma per cambiare i destini dell'umanità, non era obbligatorio essere un Altro. Anzi, sarebbe addirittura stato d'impiccio. Molto meglio utilizzare il sostegno della Guardia e condurre, trascinare dietro di sé le masse umane, che tanto hanno bisogno della felicità da noi elaborata.

E lui le avrebbe trascinate. Non sapevo come, non sapevo dove, ma le avrebbe trascinate. Solo che anche le Forze delle Tenebre avrebbero fatto le proprie mosse. Ogni presidente ha il proprio killer. Ogni profeta ha mille interpreti pronti a pervertire l'essenza della religione, a sostituire il sacro fuoco con i roghi dell'Inquisizione. Ogni libro sarebbe prima o poi volato tra le fiamme, dalle sinfonie avrebbero tratto canzonette da bettola. Avrebbero trovato una salda base filosofica a qualsiasi turpitudine.

Sì, non avevamo imparato nulla. Probabilmente non ne avevamo voglia.

Ma almeno mi restava un po' di tempo. E il diritto di fare la mia mossa. L'unica.

Se solo avessi saputo quale.

Esortare Svetlana a non ascoltare Geser, a non lasciarsi coinvolgere nella magia superiore, a non dirigere il destino altrui?

E perché, poi? Non era forse giusto così? Si sarebbero corretti gli errori commessi, sarebbe cominciato un futuro di felicità per ogni uomo preso singolarmente e per l'umanità nella sua interezza. Io mi sarei liberato dal peso degli errori commessi, Svetlana dalla consapevolezza che il suo successo era costato l'altrui disgrazia. Sarebbe entrata nei ranghi delle Grandi Maghe. Qual era il prezzo dei miei dubbi confusi? E cosa nascondevano: una preoccupazione sincera o il vile interesse personale? Cos'era la Luce, cosa le Tenebre?

— Ehi, bello!

Il proprietario della bancarella davanti a cui mi ero fermato mi fissava. In modo non proprio cattivo, ma certo irritato.

— Vuoi comprare qualcosa?

— Ti sembro un idiota? — domandai.

— Eccome. O compri o ti levi di torno.

In un certo senso aveva ragione. Ma adesso ero pronto a contrattaccare. — Non sai quanto sei fortunato. Io attiro la folla, ti procuro i clienti.

Il commerciante aveva un aspetto pittoresco. Corpulento, paonazzo e con due braccia grassocce, su cui il grasso e i muscoli si muovevano in modo uniforme. Mi gettò uno sguardo di valutazione, evidentemente senza trovare in me nulla di minaccioso, e fece per lanciarmi una frecciata.

Poi, di colpo, sorrise. — Be', allora procurameli. Ma con un po' più di energia. Prova a inscenare un acquisto. Al limite, puoi anche far finta di darmi soldi.

Tutto questo era molto strano e inaspettato.

Sorrisi anch'io di rimando. — Vuoi che ti compri per davvero qualcosa?

— E perché? Questa è paccottiglia per turisti. — L'uomo smise di sorridere, ma la tensione e l'aggressività di prima non tornarono a dipingersi sulla sua faccia. — Fa un caldo della madonna, perdo le staffe con tutti. Se solo piovesse!

Guardai il cielo e alzai le spalle. Pareva che qualcosa stesse cambiando. Qualcosa si muoveva nell'azzurro terso di quel forno celeste.

— Credo che stia per succedere — annunciai.

— Sarebbe bello.

Scambiai con lui un cenno di saluto e mi immersi nel flusso della folla.

Anche se non sapevo cosa fare, ora almeno sapevo dove andare. E non era poco.

Capitolo 7

Le nostre forze sono in gran parte prese in prestito.

Gli agenti delle Tenebre le attingono dalle sofferenze altrui. Per loro è di gran lunga più semplice. Non è nemmeno necessario fare del male agli uomini. È sufficiente attendere. È sufficiente guardare attentamente tutt'intorno e aspirare, aspirare la sofferenza altrui, proprio come si sorbisce un cocktail con la cannuccia.

Anche noi potremmo farlo. Seppure in un modo un po' diverso. Possiamo assumere forza quando gli uomini stanno bene, quando sono felici.

C'è solo un piccolo dettaglio, che rende il processo praticabile da parte delle Forze delle Tenebre, mentre di fatto lo proibisce a noi. Felicità e dolore non sono affatto ai due poli opposti nella scala dei sentimenti umani. Altrimenti non esisterebbero la dolce malinconia e la gioia maligna. Si tratta di due processi paralleli, di due correnti paritarie di quella forza che agli Altri è concesso di percepire e utilizzare.

Quando un mago delle Tenebre beve la sofferenza altrui, essa aumenta.

Quando un mago della Luce afferra la gioia altrui, essa diminuisce.

Possiamo assimilare la forza in qualsiasi momento. E assai di rado ci permettiamo di farlo.

Quel giorno decisi che mi era permesso.

Ne presi un po' da una coppietta abbracciata davanti all'ingresso della metropolitana. Erano felici, molto felici, in quel momento. Tuttavia, sentivo che si sarebbero separati per molto tempo e che la tristezza li avrebbe ineluttabilmente toccati. Decisi che avevo il diritto di farlo. La loro gioia era vivida e sfarzosa come un bouquet di rose rosse.

Un bambino mi passò accanto di corsa. Lo sfiorai: si sentiva bene, non avvertiva nemmeno quella calura opprimente e stava correndo a comprarsi un gelato. Si sarebbe ripreso in fretta. La sua forza era semplice e pura come i fiori di campo. Un mazzo di fiori di camomilla, strappati con le mie mani senza esitazione.

Vidi una vecchietta affacciata a una finestra. L'ombra della morte le era già in qualche modo accanto, e probabilmente lei stessa ne percepiva la presenza. Eppure sorrideva. Quel giorno il nipote era passato a trovarla. Più che altro per verificare se la nonna era ancora viva o se per caso, invece, aveva finalmente liberato il suo prezioso appartamento nel centro di Mosca. Questo lo capiva anche lei. Eppure era felice. Mi vergognai in maniera insopportabile, ma la sfiorai lo stesso e le presi un po' di forza. Un bouquet di erbe e foglie autunnali giallo-arancione prossime ad appassire...

Me ne andavo, come talvolta nei miei incubi notturni, in cui distribuivo felicità a destra e a manca. A tutti, e in modo che nessuno ne uscisse offeso. Solo che dietro di me stavolta si stendeva una scia di tutt'altro genere. Sorrisi che si spegnevano, rughe che di colpo solcavano la fronte, labbra morsicate all'improvviso.

Era evidente dove stavo andando.

Nessuna pattuglia di Guardiani del Giorno mi avrebbe fermato lungo il tragitto.

Del resto, anche gli agenti della Luce, vedendo ciò che stava succedendo, avrebbero taciuto.

Avrei fatto ciò che ritenevo necessario. Ciò che mi consideravo in diritto di compiere. Prendere in prestito. Rubare. E il modo in cui avrei agito con la forza ricevuta avrebbe determinato il mio destino.

Avrei regolato tutti i miei conti.

Oppure mi si sarebbe spalancato davanti il Crepuscolo.

Un mago della Luce, una volta cominciato ad attingere forza dagli uomini, si gioca tutto. E qui non funzionano le consuete contrattazioni tra le azioni delle Guardie. La quantità di Bene messo a frutto non è semplicemente tenuta a superare il Male provocato.

Non dovevo nutrire il minimo dubbio circa il fatto che stessi saldando i conti.

Innamorati, bambini, vecchi. Una compagnia intenta a bere birra presso un monumento. Temevo che la loro gioia fosse fasulla, invece si rivelò autentica. Così mi presi la loro forza.

Perdonatemi.

Avrei potuto scusarmi per tre volte con ciascuno. Pagare per ciò che avevo rubato. Ma si sarebbe trattato di una menzogna.

Mi stavo semplicemente battendo per il mio amore. In primo luogo. Nonché per voi, che presto sareste stati oggetto di una nuova, inaudita felicità.

Ma questa, a sua volta, si poteva definire la verità?

Dando battaglia per il proprio amore, si combatte davvero ogni volta per tutto il mondo?

Per tutto il mondo, non contro il mondo intero.

La forza!

La forza.

La forza?

Raccoglievo i suoi granelli, a volte con cura e attenzione, altre volte bruscamente e con noncuranza, perché la mano non tremasse, per non distogliere lo sguardo per la vergogna.

Forse per quel ragazzo la felicità era comunque un ospite raro?

Non lo sapevo.

La forza!

Privata del sorriso, quella donna avrebbe forse perso l'amore di qualcuno?

La forza.

Quell'uomo robusto, dal sorriso ironico, l'indomani sarebbe forse morto?

La forza.

Gli amuleti che avevo in tasca non mi avrebbero aiutato. Non ci sarebbe stata lotta. Non mi avrebbe aiutato il "culmine della forma" di cui aveva parlato il Capo. Tutto ciò era comunque poco. E il diritto a una libera interferenza di terzo grado, tanto generosamente concessomi da Zavulon, era un tranello. Non c'era il minimo dubbio. Lui aveva mosso la sua amica e manovrato le linee direttrici di probabilità in modo tale da farci incrociare, per potermi consegnare con espressione afflitta il proprio dono mortale. Io non potevo scrutare nel futuro tanto in profondità da evitare al mio Bene di convertirsi in Male.

Ma se non si hanno armi, le si prenda dalle mani del nemico.

La forza!

La forza.

La forza!

Se avessi conservato quel filo sottile che mi aveva legato a Geser, che aveva unito il giovane mago al suo istruttore, da tempo lui si sarebbe accorto di ciò che stava accadendo. Avrebbe percepito che mi stavo riempiendo di un'energia mostruosa, attinta a caso e per chissà quale motivo.

Cosa avrebbe fatto, allora?

Sarebbe stato assurdo cercare di fermare un mago avviato lungo quella strada.

Mi recai a piedi al Palazzo della Mostra Permanente. Sapevo dove si sarebbe svolto il tutto. Non esistono casualità, quando a dirigere gli eventi sono i maghi superiori. Lo sgraziato "casermone sulle zampe", la scatola di fiammiferi lì installata: Zavulon vi era stato sconfitto nel combattimento per Svetlana, Geser vi aveva scoperto il proprio protetto e l'aveva introdotto nell'Inquisizione, dopo avere nel frattempo addestrato Svetlana.

Quello era il centro di tutta la combinazione.

Per la terza volta.

Non avevo più fame né sete. Tuttavia mi fermai a bere un caffè. Non aveva sapore, come fosse stato completamente privo di caffeina. Le persone avevano cominciato a fare largo al mio passaggio, benché stessi ancora percorrendo il mondo normale. La tensione magica cresceva e si espandeva.

Non potevo nascondere il mio arrivo.

Ma nemmeno volevo avvicinarmi furtivamente, come per un agguato.

Una giovane incinta stava passando con fare cauto. Sussultai, quando vidi che sorrideva. Capii che anche il suo bambino non ancora nato stava sorridendo, al sicuro nel suo minuscolo mondo.

La loro forza era simile a una peonia rosa pallido, a un grosso fiore e a un bocciolo non ancora schiuso.

Dovevo raccogliere tutto ciò che mi veniva incontro lungo il cammino.

Senza esitazione, senza pietà.

Tutt'intorno stava succedendo qualcosa. Sembrava che la calura si fosse intensificata.

A quanto pareva, i maghi delle Tenebre e quelli della Luce non si erano prodigati inutilmente per giorni e giorni nel tentativo di dissipare l'arsura. Qualcosa sarebbe accaduto. Mi fermai, alzai la testa e fissai il cielo attraverso il Crepuscolo.

Turbini sottili, ritorti in spire.

Scintille all'orizzonte.

Foschia a sud-est.

Un'aureola intorno all'ago della torre di Ostankino.

Sarebbe stata una strana notte.

Sfiorai una ragazza di passaggio e mi presi la sua gioia ingenua perché il padre era tornato a casa sobrio.

Era proprio come un rametto di rosa selvatica, esile e spinoso.

Perdonatemi.

Quando arrivai al "casermone sulle zampe" erano quasi le undici di sera.

L'ultima persona che avevo sfiorato era un perdigiorno mezzo sbronzo, rannicchiato contro il muro in un androne. In quello stesso androne in cui avevo ucciso il primo agente delle Tenebre. Era praticamente incapace d'intendere e di volere. E felice.

Mi presi anche la sua forza. Un fiore di piantaggine, impolverato e coperto di sputi, una brutta candela color marroncino sporco.

Anche questa era forza.

Attraversai la strada e compresi che non ero solo. Richiamai l'ombra e sparii nel mondo del Crepuscolo.

L'edificio era circondato.

Si trattava dell'accerchiamento più strano che avessi mai visto. Agenti delle Tenebre e della Luce alla rinfusa. Vidi Semen, gli feci un cenno e ricevetti in risposta uno sguardo mite, di lieve rimprovero. Tigrotto, Orso, Ilja, Ignat…

Quando li avevano convocati? Mentre io vagavo per la città, raccogliendo la forza? La vacanza non è riuscita, ragazzi.

E gli agenti delle Tenebre. Persino Alisa si trovava lì. Faceva paura guardarla: il suo viso somigliava a una maschera di carta sgualcita e poi lisciata. A quanto pareva, Zavulon non aveva mentito, quando aveva parlato di castigo. Accanto ad Alisa c'era Aliser: intercettando il suo sguardo, capii che i due si sarebbero affrontati in uno scontro mortale. Forse non subito. Ma l'avrebbero fatto immancabilmente. Feci un passo, cercando di varcare l'accerchiamento.

— La zona è chiusa — disse Aliser.

— La zona è chiusa — gli fece eco Alisa.

— Ho il diritto.

Avevo forza a sufficienza per passare anche senza permesso. Ormai solo i Grandi Maghi avrebbero potuto fermarmi, ma loro non si trovavano lì.

Nessuno cercò di fermarmi. Evidentemente Geser, Zavulon o entrambi i capi delle Guardie avevano dato ordine di avvertirmi soltanto.

— Buona fortuna — udii sussurrare alle mie spalle. Mi voltai e incrociai lo sguardo di Tigrotto. Le feci un cenno con la testa.

Attraversai la foschia grigiastra. Il terreno sotto i piedi sobbalzava sordamente: nel mondo del Crepuscolo persino il suolo e le ombre degli edifici umani reagivano alla magia.

Il portello sul tetto era spalancato. Nessuno si era preoccupato di ostacolarmi. La cosa più triste era che non sapevo se rallegrarmene o rammaricarmene.

Uscii dal Crepuscolo. Non serviva più, adesso.

Cominciai a salire su per la scaletta.

Per primo vidi Maksim.

Non era più lo stesso di un tempo: il mago della Luce spontaneo, il Selvaggio che per alcuni anni aveva ammazzato gli adepti delle Tenebre. Forse avevano lavorato su di lui. O forse era cambiato da solo. Ci sono persone da cui si riesce a ricavare torturatori perfetti.

Maksim aveva avuto fortuna. Era diventato anch'egli un torturatore. Un Inquisitore. Uno di quelli che stanno sopra la Luce e le Tenebre, che servono tutti e nessuno. Teneva le braccia incrociate sul petto e la testa leggermente china. Qualcosa in lui ricordava Zavulon, così come l'avevo visto la prima volta. Per altri versi ricordava Geser. Quando comparvi, Maksim sollevò un poco la testa. Mi sfiorò con uno sguardo trasparente e abbassò gli occhi.

Zavulon se ne stava immobile in disparte. Era avvolto in un sottile mantello e non mi rivolse la minima attenzione.

Sapeva che sarei arrivato.

Geser, Svetlana ed Egor reagirono alla mia apparizione più vivacemente.

— Infine sei venuto... — disse il Capo.

Annuii e guardai Svetlana. Indossava una lunga veste bianca e portava i capelli sciolti. Nella sua mano baluginava fiocamente un piccolo astuccio, identico a quelli in uso per le spille o i medaglioni; un astuccio di cuoio bianco.

— Sai tutto, vero, Anton? — gridò Egor.

Di tutti i presenti, quello felice era decisamente lui.

— Sì — risposi. Mi avvicinai e gli scompigliai i capelli.

La sua forza era simile a un giallo tarassaco.

Ecco, ora a quanto pareva avevo raccolto tutto il possibile.

— Anton, cosa ti prepari a fare? — chiese Geser.

Non gli risposi. Qualcosa mi aveva messo in allarme. Qualcosa non andava.

Ma certo! Chissà perché, mancava Olga.

L'addestramento era già stato effettuato? Svetlana sapeva cosa l'aspettava?

— Un gessetto — dissi. — Un piccolo gesso, appuntito a entrambe le estremità. Può essere usato per scrivere su qualsiasi cosa. Per esempio, sul Libro del Destino. Cancellando le vecchie scritte, inserendone di nuove.

— Anton, non hai svelato nulla di inatteso ad alcuno dei presenti — disse pacatamente il Capo.

— Il permesso è accordato? — domandai.

Geser guardò Maksim. L'Inquisitore alzò la testa. Con voce sorda disse: — Il permesso è accordato.

— Obiezione da parte della Guardia del Giorno — annunciò Zavulon in tono annoiato.

— Obiezione respinta — replicò indifferente Maksim. Di nuovo lasciò cadere la testa sul petto.

— Una Grande Maga può prendere in mano il gessetto — dissi. — Ogni nuova riga nel Libro del Destino porterà via con sé una piccola parte della sua anima. La porterà via e la restituirà modificata. Il destino di un uomo può essere cambiato solo sacrificando la propria anima.

— Lo so — disse Sveta. Fece un sorriso. — Anton, perdonami. Credo che tutto ciò sia giusto. Sarà un vantaggio per tutti.

Negli occhi di Egor guizzò un lampo di diffidenza. Percepì che qualcosa non quadrava.

— Anton, sei un agente della Guardia — disse Geser. — Se hai qualche obiezione, puoi parlare.

Obiezioni? Su cosa, in sostanza? Sul fatto che Egor sarebbe diventato un mago della Luce anziché delle Tenebre? Che si sarebbe tentato, pur tra mille insuccessi, di portare il Bene tra gli uomini? Che Svetlana sarebbe diventata una Grande Maga?

A costo di sacrificare per questo tutto ciò che di umano Sveta ancora possedeva?

— Non dirò niente — dichiarai.

Era un'illusione, o davvero negli occhi del Capo era balenato lo stupore?

Difficile capire cosa pensava in realtà un mago superiore.

— Cominciamo — disse lui. — Svetlana, sai cosa devi fare.

— Sì. — Mi guardò. Mi allontanai di qualche passo. Geser fece altrettanto. Rimasero in due, Svetlana ed Egor. Ugualmente smarriti. Ugualmente tesi. Lanciai un'occhiata a Zavulon. Se ne stava in attesa. Lentamente Svetlana aprì l'astuccio – lo schiocco della chiusura risuonò come uno sparo – e, quasi facendosi violenza, ne estrasse il gessetto. Minuscolo. Davvero si era così consumato nel corso dei millenni, a mano a mano che la Luce tentava di cambiare i destini del mondo?

Geser sospirò.

Svetlana si accucciò e cominciò a tracciare un cerchio intorno a sé e al ragazzino.

Non avevo nulla da dire, nulla da fare.

Avevo raccolto talmente tanta forza, che adesso traboccavo.

Avevo il diritto di compiere il Bene.

Non bastava la semplice comprensione.

Cominciò a soffiare il vento. Timidamente, quasi con prudenza. Si placò.

Guardai in alto e sobbalzai. Stava succedendo qualcosa. Lì, nel mondo degli uomini, le nubi avevano coperto il cielo. Non mi ero nemmeno reso conto che fossero spuntate.

Svetlana terminò di disegnare il cerchio. Si rialzò.

Tentai di guardarla attraverso il Crepuscolo e subito distolsi gli occhi. Nella sua mano ardeva come un tizzone arroventato. Chissà se provava dolore.

— Si avvicina una tempesta — disse Zavulon da lontano. — Una vera tempesta, come non si vedeva da tempo.

Fece una risata.

Nessuno prestò attenzione alle sue parole. Tranne forse il vento, che si mise a soffiare con più convinzione e prese a intensificarsi sempre di più. Guardai in giù: per il momento, tutto era ancora tranquillo. Svetlana agitò il pezzo di gesso nell'aria, come abbozzando qualcosa di visibile solo a lei. Una sagoma rettangolare, con un disegno al suo interno.

Egor cominciò a gemere debolmente e rovesciò la testa all'indietro. Cercai di fare un passo e subito mi fermai. Una barriera invalicabile mi bloccava. Ma non sarebbe comunque servito a nulla.

Non era questo.

Quando non si sa come agire, non si deve prestare fede a nulla. Non alla mente fredda, non al cuore puro, non alle mani ardenti.

— Anton!

Mi voltai verso Geser. Il Capo sembrava preoccupato. — Non è una semplice tempesta, Anton. È un uragano. Ci saranno delle vittime.

— Le Forze delle Tenebre? — domandai semplicemente.

— No. Le forze elementari.

— Forse hanno alzato un po' troppo il gomito con il punto centrale della forza? — chiesi.

Il Capo non reagì alla mia presa in giro.

— Anton, che grado di magia ti è stato concesso?

Naturalmente sapeva della mia transazione con Zavulon.

— Terzo.

— Puoi fermare l'uragano — disse Geser. Era una semplice constatazione. — Tutto si risolverà in una pioggia torrenziale. Hai raccolto forza sufficiente.

Il vento riacquistò impeto. Ormai non si sarebbe più placato. Ci investiva e ci strattonava, quasi avesse deciso di strapparci dal tetto. Cominciarono a cadere le prime gocce di pioggia.

— Forse questa è l'ultima possibilità — aggiunse il Capo. — Ma spetta a te decidere.

Con un suono cristallino, intorno a lui spuntò uno scudo magnetico: era come se Geser fosse stato coperto con un sacco di cellofan. Non avevo ancora mai visto prendere simili misure di difesa contro una furia degli elementi tutto sommato ordinaria.

Svetlana continuava a disegnare il Libro del Destino. Il suo vestito ondeggiava al vento. Egor non si muoveva, se ne stava in piedi come inchiodato a un'invisibile croce. Forse non era già più in sé. Cosa accade a una persona, quando perde il suo vecchio destino e non ne ha ancora trovato uno nuovo?

— Geser, tu ti stai preparando a scatenare un tifone al cui confronto questa tempesta non è nulla! — gridai.

Il vento copriva le parole.

— È inevitabile — rispose lui. Aveva parlato in una specie di sussurro, ma ogni parola era risuonata in modo perfettamente chiaro. — Si sta già levando.

Il Libro del Destino divenne visibile anche nel mondo di qua. Ovviamente Svetlana non l'aveva disegnato in senso letterale, ma l'aveva estratto dagli strati più profondi del Crepuscolo. Ne aveva fatto una copia. Qualunque sua modifica si sarebbe riflessa sull'originale.

Il Libro del Destino aveva l'aspetto di un modello, un plastico composto di linee infuocate, ardenti, sospese nell'aria.

Toccandolo, le gocce di pioggia sfrigolavano.

Ora Svetlana avrebbe cominciato a cambiare il destino di Egor.

Poi, di lì a dieci anni, Egor avrebbe cambiato il destino del mondo.

Come sempre, per il Bene.

Come sempre, senza successo.

Barcollai. In un istante, in modo del tutto inaspettato, il vento si era tramutato in uragano. Tutt'intorno stava succedendo qualcosa di inimmaginabile. Vedevo le macchine fermarsi lungo il viale e stringersi contro il ciglio della strada, lontano dagli alberi.

Senza emettere alcun suono – l'urlo del vento copriva ogni altro fragore – un enorme cartellone pubblicitario si abbatté in mezzo all'incrocio. Alcune figure, che si erano attardate all'aperto, correvano verso le abitazioni, nella speranza di trovarvi riparo.

Svetlana si fermò. Il puntolino ardente bruciava nella sua mano.

— Anton!

Percepii appena la sua voce. — Anton, cosa devo fare? Dimmelo! Anton, devo compiere tutto questo?

Il cerchio di gesso la proteggeva – anche se non del tutto, perché per poco la veste non le si strappava di dosso – permettendole di tenersi in piedi.

Tutto sembrò scomparire. La guardavo, vedevo il gessetto ardente, pronto ormai a cambiare il destino. Svetlana attendeva una risposta, solo che io non avevo nulla da dirle. Nulla, perché io stesso non conoscevo la risposta.

Alzai le braccia verso il cielo infuriato e vidi comparire sulle mie mani i colori della forza.

— Credi di potercela fare? — domandò Zavulon. — La tempesta si è intensificata.

La sua voce spiccava sul fragore dell'uragano altrettanto nitida di quella del Capo.

Geser fece un sospiro.

Aprii le mani e le volsi verso il cielo. Lassù le stelle erano scomparse e solo le nubi si rincorrevano, tra i fulmini e gli scrosci di pioggia.

Si trattava di uno dei sortilegi più semplici. Uno dei primi che ci venivano insegnati.

La rimoralizzazione.

Senza alcuna precisazione.

— Non farlo! — gridò Geser. — Non osare!

Si spostò con uno scatto, coprendomi la vista di Egor e di Svetlana. Come se potesse così impedire il sortilegio. No, a quel punto non poteva più fermarlo.

Un raggio di luce invisibile agli umani sgorgò dalle mie mani. Tutti i granelli di forza che vi avevo spietatamente raccolto. La fiamma purpurea delle rose, il giallo delle erbe selvatiche, il rosa pallido delle peonie, il bianco della camomilla…

Zavulon rideva piano alle mie spalle.

Svetlana se ne stava ferma con il gesso stretto nella mano sopra il Libro del Destino.

Egor era immobile di fronte a lei, con le braccia distese.

Figure scolpite. La forza era nelle mie mani. Non ne avevo mai posseduto una quantità tale. Incontrollabile, traboccante, pronta a rovesciarsi su chiunque.

Sorrisi a Svetlana. E piano piano diressi verso il suo viso le mie palme, zampillanti di luce multicolore.

— No! — L'urlo di Zavulon non squarciò semplicemente il fragore dell'uragano: lo coprì. La vampa di un fulmine attraversò il cielo. Il capo degli agenti delle Tenebre si lanciò verso di me, ma Geser gli si mosse incontro. Non vidi la scena, la percepii. Il fulgore mi inondava il volto. Mi girava la testa. Non sentivo più il vento.

Era rimasto solamente quell'arcobaleno infinito, in cui io naufragavo.

Il vento imperversava tutt'intorno senza toccarmi. Guardai Svetlana: la parete invisibile che si era sempre frapposta tra noi stava crollando. Crollava, ma per chiuderci entrambi dentro una barriera. I capelli di Sveta si sparsero morbidamente tutt'intorno al suo viso.

— Hai consumato tutto per te?

— Sì — dissi.

— Tutto ciò che avevi accumulato?

Non ci credeva, non riusciva ancora a crederci. Sapeva qual è il prezzo per la forza presa in prestito.

— Fino all'ultima goccia! — risposi. Mi sentivo sollevato, incredibilmente leggero.

— Perché? — La maga allungò una mano. — Perché, Anton? Potevi fermare questa tempesta. Potevi rendere felici centinaia di persone. Come hai potuto... Tutto per te?

— Per non sbagliarmi — le spiegai. Era persino imbarazzante che una futura Grande Maga non afferrasse una simile piccolezza.

Per un secondo Svetlana tacque. Poi guardò il gessetto infuocato nella propria mano. — Cosa devo fare, Anton?

— Ormai hai aperto il Libro del Destino.

— Anton! Chi ha ragione? Tu o Geser?

Scossi la testa. — Devi scoprirlo da sola.

Svetlana si incupì. — E questo è tutto, Anton? Per questo ti sei impossessato di tanta forza altrui? Per questo hai usufruito della magia di terzo grado?

— Cerca di capire. — Non sapevo quanta fede si esprimeva nella mia voce. — A volte l'importante non è agire. A volte è essenziale l'inazione. Ci sono cose che devi risolvere da sola. Senza consigli. Né da parte mia né da parte di Geser, Zavulon, della Luce o delle Tenebre. Da sola.

Scrollò la testa. — No!

— Sì. Deciderai da sola. Nessuno ti toglierà questa responsabilità. E quale che sia la tua scelta, rimpiangerai sempre e comunque ciò che hai scartato.

— Ti amo, Anton!

— Lo so. Anch'io ti amo. Perciò non ti dirò nulla.

— E questo è il tuo amore?

— Sì.

— Ho bisogno di un consiglio! — gridò. — Anton, ho bisogno del tuo consiglio!

— Ognuno costruisce il proprio destino — dissi. Era persino un po' più di ciò che potevo dirle. — Decidi.

Il gessetto nella sua mano divampò come un sottile ago di fiamma, quando Svetlana si girò verso il Libro del Destino.

Uno scatto... le pagine scricchiolarono.

La Luce e le Tenebre. Solo macchie sulle pagine del caso. Uno scatto. Un tratto di penna.

La corsa impetuosa delle righe infuocate.

Svetlana aprì la mano e il gessetto del destino cadde pesantemente ai suoi piedi, come fosse un proiettile di piombo. L'uragano l'avrebbe trascinato via, ma io riuscii a piegarmi e a raccoglierlo.

Il Libro del Destino cominciò a dissolversi.

Egor barcollò, si curvò e cadde su un fianco, ripiegando le ginocchia contro il petto. Si rattrappì come un povero piccolo fagotto.

La pioggia aveva ormai cancellato il cerchio bianco tracciato intorno a loro, così potei avvicinarmi. Mi chinai e lo tenni sollevato per le spalle.

— Non hai inserito nulla! — gridò Geser. — Svetlana, hai solo cancellato!

La maga si strinse nelle spalle. Si guardò intorno. Irrompendo oltre la barriera in dissoluzione, la pioggia le aveva inzuppato il vestito, l'aveva tramutato in un velo di mussola incapace di nascondere il corpo. Fino a un attimo prima Svetlana era stata una sacerdotessa dalla veste candida, ora invece si era trasformata in una ragazza infradiciata, ferma con le braccia abbassate al centro della tempesta.

— Questo era il tuo esame — disse Geser a mezza voce. — Ti sei lasciata sfuggire la tua occasione.

— Luminoso Geser, io non voglio servire nella Guardia — rispose la ragazza. — Chiedo perdono, Luminoso Geser. Ma non è la mia strada. Non è il mio destino.

Geser scosse tristemente la testa. Aveva smesso di guardare Zavulon. In pochi passi il mago delle Tenebre ci fu accanto.

— E questo è tutto? — chiese. Guardò me, Sveta, Egor. — Non siete riusciti a fare niente?

Volse lo sguardo verso l'Inquisitore. Questi alzò la testa e annuì.

Nessun altro gli rispose più.

Un sorriso obliquo comparve sul viso di Zavulon.

— Quanti sforzi, per finire con una farsa. Solo perché una ragazzetta isterica non ha voluto lasciare il proprio innamorato smidollato. Anton, mi hai deluso. Svetlana, mi hai dato motivo di gioia. Geser — il mago delle Tenebre guardò il Capo — congratulazioni per i tuoi ottimi collaboratori...

Alle sue spalle si aprì il Portale. Ridendo sommessamente, Zavulon si immerse in una nube nera.

Dal basso si levò un profondo sospiro. Sapevo cosa stava accadendo senza bisogno di guardare. Uno dopo l'altro gli agenti delle Tenebre uscirono dal Crepuscolo. Si precipitarono verso le proprie macchine parcheggiate intorno all'edificio, affrettandosi a spostarle lontano dagli alberi. Poi, curvandosi, corsero verso le case vicine.

Subito dopo furono gli agenti della Luce a lasciare l'accerchiamento. Solo alcuni, e per gli stessi semplici motivi, comprensibili e umani. Ma la maggior parte, intuii, rimase al suo posto, con lo sguardo rivolto verso l'alto, al tetto dell'edificio. Tigrotto, con un'espressione colpevole. Semen, con il sorriso cupo di chi ha visto ben altro che tempeste del genere. Ignat, con la sua immancabile, sincera compassione.

— Non ci sono riuscita — disse Svetlana. — Geser, chiedo perdono. Non ce l'ho fatta.

— Non avresti comunque potuto — risposi. — E nemmeno dovevi...

Aprii la mano e guardai il gessetto, che nel mio palmo si era ridotto a un semplice pezzettino di gesso, zuppo e appiccicoso. Appuntito a una delle due estremità. Spezzato all'altra.

— Avevi capito tutto da molto tempo? — mi chiese Geser. Si avvicinò e mi si sedette accanto. Il suo scudo si allargò sopra di noi e l'urlo dell'uragano cessò.

— No. Solo poco fa.

— Cosa sta succedendo? — esclamò Svetlana. — Anton, cosa sta succedendo?

Fu Geser a risponderle: — A ciascuno il proprio destino. A uno è dato di governare le vite altrui o di abbattere imperi. A un altro è dato semplicemente di vivere.

— Mentre la Guardia della Notte attendeva che tu agissi —

chiarii — Olga ha preso l'altra metà del gessetto e ha riscritto il destino di qualcuno. Così come voleva la Luce.

Geser sospirò. Allungò la mano e toccò Egor. Il ragazzino cominciò a muoversi e cercò di alzarsi.

— Piano, piano — disse il Capo in tono affettuoso. — È tutto finito.

Circondai con il braccio le spalle di Egor e gli feci posare la testa sulle mie ginocchia. Il ragazzino si calmò di nuovo.

— Dimmi, perché? — domandai. — Se sapevi già tutto in anticipo?

— Persino a me non è dato di sapere ogni cosa.

— Perché?

— Perché tutto doveva avvenire naturalmente — rispose Geser con una lieve irritazione. — Solo così Zavulon avrebbe creduto a ciò che vedeva. Ai nostri piani e alla nostra disfatta.

— Questo non è tutto, Geser. — Lo guardai negli occhi. — Non è tutto!

— Va bene. Sì, avrei potuto farlo anche in un altro modo. Svetlana sarebbe diventata una Grande Maga. Contro il suo stesso desiderio. Egor, malgrado il debito della Guardia nei suoi confronti, si sarebbe tramutato in un nostro strumento.

Aspettai. Avevo una gran voglia di vedere se Geser avrebbe detto tutta la verità. Almeno per una volta.

— Sì, avrei potuto farlo anche così. — Il Capo sospirò. — Solo che, ragazzo mio... Tutto ciò che ho fatto nel corso del XX secolo, oltre che alla grande lotta tra la Luce e le Tenebre, era subordinato a un'altra causa... di nessun danno alla prima, beninteso...

All'improvviso provai pena per lui. Una pena insopportabile. Forse per la prima volta, nell'arco di un millennio, il Grande Mago, il Luminoso Geser, sterminatore di mostri e guardiano delle dominazioni, era costretto a dire la verità fino in fondo. Non bella e nobile come quella che era solito raccontare.

— Non è necessario, ho capito! — gridai.

Ma il Grande Mago scosse la testa.

— Tutto ciò che ho fatto... era subordinato anche a un altro fine. Costringere la direzione a revocare il castigo inflitto a Olga. Restituirle tutte le sue forze e darle di nuovo la possibilità di prendere in mano il gesso del destino... Doveva diventare pari a me. Altrimenti il nostro amore sarebbe stato condannato a morire. E io la amo, Anton.

Svetlana si mise a ridere. Piano piano. Pensai che avrebbe dato uno schiaffo al Capo, ma evidentemente fino a quel momento non avevo capito proprio niente di lei. Si inginocchiò davanti a Geser e gli baciò la mano sinistra.

Il mago trasalì. Fu come se avesse perso le sue forze infinite: la cupola di difesa cominciò a tremolare e si sciolse. Di nuovo ci colpì l'urlo dell'uragano.

— E tenteremo di nuovo di cambiare il destino del mondo? — gli domandai. — Oltre alle nostre piccole faccende personali?

Il Capo annuì. E mi chiese: — La cosa non ti rallegra?

— No.

— Anton, sappi che non si può vincere su tutti i fronti. A me non è riuscito. E non riuscirà nemmeno a te.

— Lo so — dissi. — Certo che lo so, Geser. Ma ci si prova lo stesso.

Gennaio - agosto 1998
Mosca

Sergej Luk'janenko
Vladimir Vasilev

I GUARDIANI DEL GIORNO

Traduzione di Nadia Cicognini e Cristina Moroni

Nadia Cicognini e Cristina Moroni ringraziano
Sergio Baratto per i suoi preziosi consigli.

Si diffida dal diffondere il presente testo
che discredita l'operato della Luce.
La Guardia della Notte

Si diffida dal diffondere il presente testo
che discredita l'operato delle Tenebre.
La Guardia del Giorno

Prima Storia

VIETATO L'INGRESSO AGLI ESTRANEI

Prologo

Il portone non prometteva nulla di buono. Il citofono col codice all'entrata aveva smesso di funzionare, e per terra c'erano mozziconi di sigarette da poco prezzo. L'ascensore era tappezzato di graffiti e oscenità e qualcuno aveva meticolosamente coperto i tasti di chewing-gum, ormai impietrito.

La porta dell'appartamento era come quella dell'entrata: d'epoca sovietica, squallida, in similpelle, con cifre sbilenche in alluminio inchiodate sopra.

Natascia esitò un istante prima di suonare il campanello. Era assurdo coltivare delle speranze, andando in un posto simile. Se era rimbecillita al punto da ricorrere a dei maghi, avrebbe dovuto almeno cercarli sui giornali, o attraverso le televisioni e la radio. Un centro serio, veggenti di professione con tanto di diploma internazionale. Era comunque una fregatura, ovvio. Ma l'atmosfera sarebbe stata più gradevole e l'affidabilità maggiore. Quanto meno non sarebbe finita in quel tugurio di pezzenti.

Tuttavia suonò.

Per qualche momento le sembrò che l'appartamento fosse vuoto. Poi si sentirono passi affannati, i tipici passi di chi si affretta trascinando i piedi dentro un paio di pantofole sformate. Per un attimo il minuscolo spioncino si oscurò, poi la serratura stridette e la porta si spalancò.

— Oh, Natascia… Entra, entra…

Non le erano mai piaciute le persone che davano subito del "tu". O meglio, anche lei preferiva il "tu", ma la buona educazione esige che si chieda prima il permesso, no?

Aperta la porta, la donna la condusse all'interno tirandole il braccio senza tanti complimenti, ma con un'espressione di una tale sincera cordialità sul viso non più giovane e pesantemente truccato che non fu possibile resisterle.

— Un'amica mi ha detto... — attaccò Natascia.

— Sì, lo so, lo so, cara — disse la padrona di casa, interrompendola con un gesto. — Stavo mettendo in ordine... aspetta, ora ti cerco le pantofole.

Nascondendo il disgusto, Natascia si guardò intorno nell'anticamera spaventosamente ingombra di cianfrusaglie. La lampadina che pendeva dal soffitto, al massimo da trenta watt, mandava una luce fioca, che però non riusciva a nascondere lo squallore generale. Sull'attaccapanni c'erano montagne di vestiti, persino una pelliccia di nutria per la gioia delle tarme. Il linoleum che si scollava dal pavimento era di un colore grigiastro. Doveva essere da un bel pezzo che la donna aveva intenzione di mettere in ordine.

— Ti chiami Natascia, vero, cara? E io Dascia.

Dascia era più vecchia di lei di almeno quindici, vent'anni. Avrebbe potuto essere la madre di Natascia, solo che una madre così avrebbe fatto venire a chiunque la voglia d'impiccarsi... Gonfia, coi capelli spenti, sporchi e le unghie dallo smalto vistoso ma sfaldato, la vestaglia logora e le ciabatte larghe, sformate sui piedi nudi. Anche sulle unghie dei piedi brillava lo smalto: che volgarità, Dio mio!

— Lei... è una maga? — chiese Natascia, dicendosi mentalmente: "Sono una vera idiota!"

Dascia annuì. Si piegò, estraendo da un'accozzaglia di scarpe le ciabatte più strane mai pensate da mente umana, con una quantità di protuberanze gommose all'interno. Ideali per lo yoga. I chiodini di gomma si erano ormai quasi tutti staccati, ma ciò non le rendeva più comode.

— Togliti pure le scarpe — le disse Dascia radiosa.

Come ipnotizzata, Natascia se le tolse e si infilò le ciabatte. Addio, collant.

Si sarebbero smagliati nel giro di un paio di minuti, anche se erano i più costosi, di fibra speciale.

Il mondo era tutta una fregatura, pensata da furbi imbecilli.

E le persone intelligenti, chissà perché, soccombevano.

— Sì, sono una maga — disse Dascia, che non l'aveva persa di vista mentre si cambiava le scarpe. — Un talento che ho ereditato da mia madre. E lei a sua volta da mia nonna. Anche loro erano maghe, aiutavano tutti. Andiamo in cucina, Natascia, le altre stanze sono in disordine...

Maledicendosi ancora una volta, Natascia seguì la padrona di casa. La cucina confermò le sue aspettative. Una montagna di piatti da lavare e un tavolo piuttosto sporco da cui, al loro arrivo, strisciò via lentamente uno scarafaggio. Il pavimento era appiccicoso, le finestre mai sfiorate da pulizie di primavera e il soffitto chiazzato di mosche.

— Accomodati. — Dascia tolse disinvoltamente da sotto il tavolo uno sgabello e lo sistemò al posto d'onore, tra il tavolo e il frigorifero marca Saratov che ronzava assordante.

— Grazie, sto in piedi — disse Natascia, fermamente decisa a non sedersi. Lo sgabello le infondeva ancora meno sicurezza del tavolo e del pavimento. — Dascia... diminutivo di Darja?

— Sì, di Darja.

— Darja, io, a dire il vero, volevo solo sapere...

La donna si strinse nelle spalle. Staccò il tappo del bollitore elettrico, l'unico oggetto che non sembrava raccattato dall'immondizia, e fissò Natascia.

— So cosa vuoi sapere. È così chiaro, sei come un libro aperto per me.

Per un istante Natascia si sentì opprimere da una sensazione sgradevole, come se nella cucina fosse mancata la luce. Tutto ingrigì, il ronzio sofferente del frigorifero cessò, il rumore delle auto sul vicino viale si smorzò. Natascia si deterse la fronte, che si era coperta di sudore. Era il caldo. L'estate, il lungo viaggio in metro, la calca sul filobus... Ma perché non aveva preso un taxi?

— Tuo marito se n'è andato, Natascia — le disse dolcemente Darja. — Due settimane fa. Di punto in bianco, ha sistemato le sue cose, ha fatto le valigie e se n'è andato abbandonandoti. Senza scenate, senza discussioni. Ti ha lasciato l'appartamento, l'auto. Se n'è andato da quella donna separata, da quella sua stronzetta giovane con le sopracciglia nere... non che tu sia vecchia, figlia mia...

A quel "figlia mia" Natascia non reagì. Cercò disperatamente di ricordare che cosa potesse aver detto di quella donna alla sua amica. Non ricordava di averle mai parlato di "sopracciglia nere". Anche se l'"altra" aveva davvero la carnagione olivastra e i capelli neri. Natascia si sentì di nuovo in preda a una furia cieca, folle.

— E lo so perché se n'è andato. Scusami se ti chiamo figlia mia, tu sei una donna forte, razionale, ma voi per me siete tutte come figlie... Non avete bambini, vero?

— No — sussurrò Natascia.

— E perché, cara? — disse la maga, scuotendo la testa in segno di disapprovazione. — Lui desiderava una figlia da te, non è vero?

— Sì...

— Perché non gliel'hai data? — chiese Darja, alzando le spalle. — Io di figli ne ho cinque. I due maggiori sono nell'esercito. Una delle femmine è già sposata e con un bambino da accudire, l'altra studia. E poi c'è mio figlio minore, uno sfaccendato. — Fece un gesto con la mano. — Ma mettiti a sedere, mettiti a sedere...

Natascia si lasciò cadere malvolentieri sullo sgabello, stringendo forte la borsetta sulle ginocchia. Disse, cercando di giustificarsi: — È la vita, è andata così. Be', se gli avessi dato un bambino, avrei dovuto rinunciare alla carriera.

— Anche questo è giusto. — La fattucchiera non stette a discutere. Si sfregò il viso coi palmi delle mani. — È una scelta tua... ma tu vuoi farlo tornare, non è così? Sai perché se n'è andato? Quella rovinafamiglie è rimasta incinta. Ce l'ha messa tutta. L'ha commiserato, gli ha dato ascolto e a letto si è data da fare. Avevi un uomo davvero in gamba, qualunque donna ne desidererebbe uno simile. Vuoi farlo tornare? Lo vuoi ancora?

Natascia strinse le labbra. — Sì.

La maga sospirò. — Si può farlo tornare... si può.

Il suo tono mutò di colpo, in modo impercettibile, e diventò più grave, opprimente: — Solo che sarà difficile. Farlo tornare non è una cosa complicata, ma trattenerlo sarà molto difficile.

— Lo voglio lo stesso.

— Tutte abbiamo un po' di magia, dentro di noi. — Darja passò dall'altra parte del tavolo. I suoi occhi sembravano trapassare Natascia. — Semplice, misteriosa, femminile. Tu con la tua ambizione l'hai completamente scordato. Non importa. Ti aiuterò io. Solo che bisognerà agire in tre fasi.

Batté leggermente il pugno sul tavolo. — Prima fase: ti darò una pozione. Questo è un peccato di lieve entità... La pozione farà tornare tuo marito a casa. Tornerà, ma non riuscirai a trattenerlo.

Natascia annuì incerta. La distinzione delle tre fasi del sortilegio le sembrava poco rassicurante, soprattutto perché a proporla era quella donna in quell'appartamento.

— Seconda fase: la rovinafamiglie non dovrà mettere al mondo il bambino. Se il bambino nasce, allora non riuscirai più a tenerti tuo marito. Bisognerà compiere un grave peccato: uccidere quella creatura innocente.

— Ma che dice? — Natascia sussultò. — Non ho nessuna intenzione di finire in Tribunale!

— Non si tratta di avvelenarlo, Natascia. Basterà che allarghi i palmi delle mani — la fattucchiera allargò i palmi — e che li batta, così... Basterà questo e il peccato sarà compiuto. Niente Tribunale.

Natascia taceva.

— Solo che non voglio addossarmi io questo peccato. — Darja si fece il segno della croce. — Se vuoi ti aiuterò, ma sarai tu a risponderne davanti a Dio.

Poiché evidentemente aveva scambiato il suo silenzio per un assenso, proseguì: — Terza fase. Farai un figlio. Ti aiuterò io. Sarà una bambina, bella, intelligente, il tuo sostegno, la gioia di tuo marito. E tutti i tuoi guai saranno finiti.

— Parla sul serio? — chiese sottovoce Natascia. — Lei riuscirà a...

— Ascolta bene quanto ti dico. — Darja si alzò. — Se accetti, si avvererà tutto. Domani tuo marito tornerà e dopodomani l'altra, la rovinafamiglie, abortirà. E io non vorrò soldi da te finché non rimarrai incinta a tua volta. Ma poi te ne chiederò un sacco, ti avverto.

Natascia sogghignò. — E se volessi imbrogliarla e non le dessi i soldi? I giochi ormai sarebbero fatti…

Si zittì di colpo. La fattucchiera la fissava in silenzio, severa come lo è una madre con una figlia sconsiderata.

— Non mi imbroglierai, Natascia. Capirai da sola che non ti conviene.

Natascia deglutì. Cercò di scherzare: — Allora, pagamento a lavoro compiuto?

— Ecco di nuovo la manager — commentò Darja con ironia. — Che significa a lavoro compiuto? A lavori compiuti… Sono tre.

— Qual è la cifra?

— Cinquemila dollari.

— Cinquemila?! — disse Natascia, rimanendo di stucco. — Pensavo costasse molto meno!

— Far tornare tuo marito e basta costa meno. Ma passato un po' di tempo, se ne andrebbe di nuovo. E io ti offro un aiuto vero, un sistema sicuro.

— Accetto. — Natascia annuì. Provava una leggera sensazione di irrealtà. Un battito delle mani e il bambino che doveva nascere non ci sarebbe più stato. Un altro, e lei avrebbe regalato una bambina al suo amato imbecille.

— Ti assumerai tu il peccato — le disse la fattucchiera in tono perentorio.

— Ma quale peccato? — sbottò irritata Natascia. — Non c'è donna che non abbia commesso almeno una volta un peccato del genere. Magari non c'è niente, dopo la morte.

La fattucchiera restò assorta, come in ascolto. Poi scosse la testa: — Invece c'è… Sembra che sia proprio vero, figliola.

— Mi addosserò la colpa — tagliò corto Natascia. — Mi addosserò tutte le colpe che vuole. D'accordo?

La fattucchiera le lanciò un'occhiata ostile e severa: — Non devi parlare così, figliola. E se davvero io ti addossassi le mie colpe e quelle altrui? Saresti tu a risponderne davanti a Dio…

— Me la caverò.

Darja sospirò: — Oh, come sono sciocchi i giovani! Che bella occupazione rimestare tra i peccati altrui... I peccati lasciano sempre una traccia. Non restano ingiudicati. Va be', non temere: non ti addosserò i peccati degli altri.

— Io non temo nulla.

Sembrava che la maga non la sentisse. Sedeva, guardinga, come in ascolto. Poi alzò le spalle: — D'accordo... Mettiamoci all'opera. Dammi la mano.

Natascia tese esitante la mano destra, guardando con apprensione il costoso anello di brillanti. Difficilmente le sarebbe scivolato dalle dita, ma... — Ahi!

La fattucchiera le aveva punto il mignolo con velocità e abilità tali, che Natascia non se n'era praticamente accorta. Annichilì, quando vide sgorgare la goccia di sangue. Darja, come se niente fosse, gettò in un piatto con residui di *borsc* la lancetta con la punta acuminata. Come quelle che si usano per i prelievi nei laboratori.

— Non aver paura, è sterilizzata, monouso.

— Ma come si permette? — Natascia cercò di sottrarre la mano.

Darja gliel'afferrò con un gesto repentino e deciso. — Sta' ferma, sciocca, o devo bucarti un'altra volta.

Estrasse dalla tasca una provetta marrone scuro. L'etichetta era stata staccata male: s'intravedevano le prime lettere. Ruotò il tappo, sistemò il piccolo contenitore sotto il mignolo di Natascia, lo scosse. La goccia deflagrò all'interno.

— Alcuni ritengono che più sangue si usa nel sortilegio, più forte sia il suo effetto. Ma non è vero: conta la qualità del sangue, non la quantità...

La fattucchiera aprì il frigorifero. Tolse una fiaschetta da cinque decilitri di vodka Privet. Natascia rammentò che il suo autista le chiamava fiaschette "da rianimazione".

Intrise con qualche goccia di vodka un batuffolo di ovatta nel quale Natascia avvolse il dito. — Ne vuoi?

Natascia, chissà perché, ebbe l'impressione quasi tangibile che se avesse bevuto si sarebbe risvegliata l'indomani all'altro capo della città, con i vestiti strappati dopo aver subito violenza, e senza ricordare più nulla. Scosse la testa.

— Be', la berrò io. — Darja si portò la fiaschetta "da rianimazione" alla bocca e tracannò la vodka d'un fiato. — Così va giù meglio... ma tu fai... fai male ad avere paura di me. Non sono una criminale.

Le poche gocce rimaste nella fiaschetta finirono nella provetta con il filtro d'amore. Poi, senza curarsi dello sguardo incuriosito di Natascia, la fattucchiera vi aggiunse sale, zucchero, acqua dal bollitore e una polverina dall'intenso aroma di vaniglia.

— Che cos'è? — chiese Natascia.

— Sei raffreddata, forse? È vaniglia.

La maga le tese la provetta. — Prendi.

— Tutto qui?

— Tutto qui. Farai bere questa pozione a tuo marito. Ne sarai capace? Bisogna versarla nel tè, oppure nella vodka, anche se non è tanto raccomandabile.

— Ma dov'è... il sortilegio?

— Quale sortilegio?

Natascia si sentì stupida. Disse, quasi gridando: — Ma qui non ci sono che gocce del mio sangue, vodka, zucchero, sale e vaniglia!

— E acqua — aggiunse Darja. Mise le mani sui fianchi e fissò ironicamente Natascia: — E che volevi? Occhio essiccato di rana? Uova di rigogolo? O che mi ci soffiassi il naso? Per te cosa conta di più: gli ingredienti o l'effetto?

Natascia taceva, sbigottita per quell'aggressione. Ma Darja, senza dissimulare il proprio sarcasmo, proseguì: — Mia cara, se avessi voluto fare colpo su di te, l'avrei fatto. Non dubitare. L'importante non è il contenuto della pozione, ma chi la prepara. Non aver paura, torna a casa e falla bere a tuo marito. Dovrebbe ripassare da te, no?

— Sì... in serata. Ha telefonato dicendo che deve portarsi via delle cose...

— Se le porti pure via, ma tu dagli da bere il tè. Domani le riporterà indietro, le sue cose. Se lo farai entrare, beninteso. — Darja sogghignò. — Ah, c'è un'ultima cosa: te l'assumi tu la responsabilità del peccato?

— Me l'assumo io. — Natascia di colpo capì che ormai era

tardi per ritirare quanto aveva promesso. Non era affatto uno scherzo. La maga era troppo seria. E se l'indomani poi suo marito fosse tornato davvero?

— Le tue parole sono fatti — disse Darja, allargando lentamente le braccia. Scandì come in uno scioglilingua: — Rossa acqua porta disgrazia, famiglia corrotta stirpe nefasta... Ciò che è stato non sia più, ciò che non è stato, ora sia... Sparisci, dissolviti, è la mia volontà, sono le mie parole...

La voce svanì in un mormorio indistinto. La fattucchiera mosse per un minuto le labbra. Poi batté con forza i palmi delle mani.

Sicuramente si trattava della sua immaginazione, ma a Natascia sembrò che la cucina fosse attraversata da una folata di vento gelido. Il cuore le martellò in petto e la sua pelle fu percorsa da brividi.

Darja scosse la testa, guardò Natascia e annuì: — Fine. Va', cara. Tornatene a casa, figlia mia, va' ad aspettare tuo marito.

Natascia si alzò. Chiese: — E io... quando...

— Quando resterai incinta, ti ricorderai di me. Ci vorranno tre mesi... e se non ce la farò, cerca di avere pazienza.

Natascia annuì. Deglutì, come se avesse un nodo in gola. Chissà perché ora credeva fermamente a ciò che le aveva predetto la maga... e inoltre le era dolorosamente chiaro che se di lì a tre mesi si fosse avverata la previsione, sarebbe stato un immenso dispiacere per lei sborsare una simile quantità di denaro. Cinquemila dollari per una disgustosa ciarlatana come quella... Eppure sapeva che li avrebbe sborsati.

Forse avrebbe tergiversato fino all'ultimo, ma poi glieli avrebbe dati. Perché non avrebbe mai scordato il lieve battito dei palmi delle sue mani non curate e l'ondata di gelo che aveva attraversato di colpo la cucina.

— Va' — ripeté la fattucchiera con una certa insistenza. — Devo ancora preparare la cena e mettere in ordine la casa. Su, forza...

Natascia tornò nell'anticamera buia, si tolse con sollievo le ciabatte e infilò le scarpe. I collant avevano retto, non l'avrebbe mai neanche sperato.

Guardò la fattucchiera e cercò le parole adatte per ringraziarla, per puntualizzare l'accordo o quanto meno scherzare un po', se le riusciva.

Ma Darja aveva altro in mente. Fissò la porta chiusa roteando gli occhi e, allungando le mani, mormorò: — Chi è?… Chi è?… Chi è?

Un istante dopo, dietro Natascia la porta si spalancò con fragore. L'anticamera si riempì di colpo: due uomini afferrarono con forza le mani della fattucchiera, un altro si fiondò in cucina senza guardarsi intorno: senza dubbio conosceva la planimetria dell'appartamento. Accanto a Natascia si materializzò una ragazza dai capelli neri. Gli uomini erano vestiti in modo semplice e volutamente dimesso: in short e maglietta come il novanta per cento della popolazione maschile in quei giorni a Mosca, colpita da un caldo senza precedenti. Nella mente di Natascia balenò a un tratto l'idea che quella dovesse essere una sorta di divisa, un po' come gli scialbi completi grigi degli agenti della sicurezza.

— Che cosa ripugnante, Natalja Alekseevna — disse la ragazza, lanciando a Natascia un'occhiata severa e scuotendo la testa. — Davvero ignobile!

A differenza degli altri, indossava dei pantaloni e una giacca jeans di colore scuro. Al collo le brillava una catenina d'argento con un ciondolo e sulle dita aveva parecchi anelli di argento massiccio con teste di drago e di tigre, serpenti attorcigliati e altre decorazioni bizzarre, simili a lettere di un alfabeto sconosciuto.

— Che intende dire… — mormorò Natascia con voce spenta.

Anziché rispondere, la ragazza le aprì la borsa e ne tolse la provetta. Gliela mise sotto gli occhi, scuotendo di nuovo la testa in segno di rimprovero.

— C'è! — gridò un ragazzo, affacciandosi dalla cucina. — E tutto alla luce del sole, ragazzi.

Uno di quelli che la trattenevano sospirò, e in tono un po' annoiato disse: — Darja Leonidovna Romasciova! In nome dei Guardiani della Notte, la dichiaro in arresto!

— Quali guardiani? — Nella voce della fattucchiera risuonò una nota di perplessità mista a panico. — Chi siete?

— Ha il diritto di non rispondere alle nostre domande —

proseguì il ragazzo. — Ogni azione magica da parte sua verrà ritenuta un atto di ostilità e punita senza indugio. Ha il diritto di chiedere la regolarizzazione dei suoi doveri umani, è accusata di complicità. Garik?

Il ragazzo tornò dalla cucina. Natascia notò come in sogno che aveva un viso molto fine, riflessivo e malinconico. Le erano sempre piaciuti i visi così...

— Siamo alle solite, deduco — disse Garik. — Uso illegale di magia nera. Interferenza nella coscienza umana di terzo, quarto grado. Omicidio. Evasione fiscale... Insomma, è una faccenda che riguarda più i Guardiani del Giorno che noi.

— Lei è accusata di aver praticato illegalmente la magia nera, di aver interferito nella coscienza umana, e anche di omicidio — ripeté l'uomo che tratteneva Darja. — Ci segua.

La fattucchiera si mise a strillare con voce terribile, acutissima. Natascia fissò senza volere la porta spalancata, sperando ingenuamente che i vicini accorressero in suo aiuto, o almeno che chiamassero la polizia.

Gli strani visitatori non reagirono in alcun modo alle urla della maga. Solo la ragazza corrugò la fronte e chiese, indicando Natascia: — Che dobbiamo fare di lei?

— Annullare il sortilegio, cancellarle la memoria. — Garik fissò Natascia senza la minima solidarietà. — Che creda di non aver trovato nessuno in casa.

— Tutto qui? — La ragazza tolse dalla tasca un pacchetto di sigarette e ne accese una con flemma.

— Katja, che alternative ci sono? È un essere umano, non possiamo né rimuovere, né cancellare alcunché.

Non sembrava neppure così orribile. Era soltanto un sogno, un incubo...

E Natascia si comportava come in sogno. Con un brusco movimento strappò alla ragazza la provetta e si precipitò verso la porta. Fu spinta indietro, come se avesse cozzato contro una superficie invisibile. Gridò, cadendo ai piedi della fattucchiera, la provetta le volò via dalle mani e si ruppe contro la parete. Una minuscola pozza di vischioso liquido incolore si sparse sul linoleum.

— Tigrotto, prendi i frammenti per le analisi — disse calmo Garik.

Natascia scoppiò a piangere.

No, non per la paura, ma perché il tono di Garik non dava adito a dubbi: le avrebbero cancellato la memoria. Avrebbero battuto i palmi delle mani o chissà cos'altro e l'avrebbero cancellata. E lei si sarebbe ritrovata per strada, convinta che nessuno avesse mai aperto la porta dell'appartamento della maga.

Pianse mentre fissava il suo amore spargersi sul pavimento sudicio.

Qualcun altro fece irruzione attraverso la porta spalancata.

— Ragazzi, abbiamo ospiti!

Natascia udì una voce allarmata, ma non si voltò neppure. Non ce n'era bisogno. Tutto sarebbe comunque stato presto dimenticato. Si sarebbe scomposto in tanti piccoli frammenti taglienti e dissolto nel sudiciume.

Per sempre.

Capitolo 1

Al mattino il tempo per prepararsi non basta mai. Puoi anche alzarti alle sette, o alle sei, ma ti mancheranno sempre quei cinque minuti.

Perché è così ogni volta?

Davanti allo specchio mi passavo frettolosamente il rossetto sulle labbra. Come sempre quando avevo fretta, era sbavato. Sembravo una scolaretta che avesse rubato il rossetto della mamma. Sarebbe stato meglio non truccarmi. Non è un'ossessione per me, mi posso permettere di stare senza.

— Alja!

Ti pareva.

— Che c'è, mammina? — le chiesi, affrettandomi ad allacciare i sandali.

— Vieni qui, ragazzina.

— Mamma, mi sono già infilata le scarpe — gridai, aggiustandomi il cinturino. — Mamma, sono in ritardo.

— Alisa!

Inutile discutere.

Battendo apposta i tacchi, anche se non ero arrabbiata, entrai in cucina.

Mia madre era seduta, come sempre, davanti al televisore acceso e beveva l'ennesima tazza di tè con l'ennesima fetta di plum-cake.

— Pensi di fare tardi anche oggi in ufficio, bambina? — mi chiese, senza neppure voltarsi verso di me.

— Non so.

— Alisa, penso che non dovresti consentirglielo. Hai il tuo

orario di lavoro, perché devono trattenerti fino all'una di notte? — Scosse la testa.

— Mi pagano — risposi senza pensare.

Ora lei mi fissava. Le labbra le tremavano.

— Vuoi farmi sentire in colpa, giusto?

Mia madre aveva sempre la voce impostata, come quella di un'attrice. Avrebbe dovuto recitare in teatro.

— Sì, viviamo del tuo stipendio — disse con amarezza. — Il governo ci ha derubati e ci ha buttati in mezzo a una strada. Grazie, figlia mia, di non averlo dimenticato. Io e papà te ne siamo molto grati. Ma non è il caso di ricordarcelo di continuo...

— Mamma, non intendevo dire niente del genere. Lo sai che la mia giornata lavorativa è diversa da quelle normali.

— Giornata lavorativa! — Batté le mani. Sul mento le si era appiccicata una briciola di plum-cake. — Di', piuttosto, nottata lavorativa! E ancora non sappiamo quello che fai.

— Mamma...

Non è che pensasse male, perché non faceva che ripetere alle sue amiche di avere una figlia eccezionale, esemplare. Solo che quella mattina le andava di polemizzare. Forse aveva guardato le notizie e aveva sentito di qualche altra porcheria successa nel mondo. Oppure lei e papà avevano già litigato, e per questo lui era uscito così di buon'ora.

— E non mi va di diventare nonna a quarant'anni! — proseguì, senza che c'entrasse un granché. Da un pezzo temeva che mi sposassi e me ne andassi di casa, così che a lei e a mio padre sarebbe toccato vivere da soli. O forse no, a essere realistici era più probabile che fosse papà ad andarsene via con un'altra. Era di tre anni più giovane della mamma... e a differenza di lei si prendeva cura di se stesso.

— Quest'anno compirai cinquant'anni, mamma — le dissi. — Scusami, ma ho molta fretta.

Mentre ero già in anticamera mi raggiunse il suo grido: — Non parli mai a tua madre come a un essere umano!

"Una volta avrei voluto" dissi tra me, schizzando fuori dalla porta. "Quand'ero un essere umano. Ma tu dov'eri, allora?"

Era chiaro che ora si stava cullando nel pensiero della scenata che mi avrebbe fatto la sera. E che sognava di coinvolgere anche papà. Al solo pensarci divenni di pessimo umore. Che senso ha coinvolgere la persona che ami in una scenata? E lei lo amava. Continuava ad amarlo, lo sapevo, l'avevo appurato. E non capiva che con quel suo carattere lo allontanava solamente.

"Io non mi comporterò mai così" pensai. E non avrei consentito a mia madre di farlo.

Nell'ingresso non c'era nessuno e, comunque, nulla mi avrebbe trattenuto. Gettai un'occhiata speciale alla porta, socchiudendo appena gli occhi... quel tanto da scorgere la mia ombra. La mia vera ombra. Quella generata dal Crepuscolo. Il buio totale, quel colore nero in confronto a cui anche una notte senza stelle sembra giorno.

Sullo sfondo di quella oscurità baluginò, mulinando, una grigia silhouette che sembrava ritagliata da ovatta sudicia. Uno squarcio nella grande Tenebra che di colpo si aprì un varco nel Crepuscolo.

Mi mossi, calpestando l'ombra, e questa scivolò verso l'alto, assimilando il mio corpo. E il mondo mutò.

I colori quasi si dissolsero. Tutto si condensò in una grigia nebbiolina vischiosa, come quando nel televisore la luminosità e il contrasto sono al minimo. I suoni si smorzarono e giunse il silenzio. Si udiva solo un rombo appena percettibile, simile al rumore attutito e lontano del mare.

Ero nel Crepuscolo.

Vidi l'offesa bruciare nel nostro appartamento. Di un colore giallo acido quella di mia madre, mista alla sua autocommiserazione e all'ostilità verso mio padre – di una sfumatura verde brillante – reo di essersi rifugiato nel garage a trafficare con l'auto nel momento sbagliato.

E vidi inoltre che si andava formando sopra la testa della mamma un vortice nero, con un raggio ancora ristretto e debole, una maledizione tipo: Rimbecillisciti di lavoro, ingrata che non sei altro! Un vortice materno, e quindi particolarmente potente e tenace.

"Adesso basta, mammina!" pensai. "Grazie ai tuoi sforzi a papà è venuto il primo infarto a trentasette anni, e tre anni fa si è salvato per miracolo dal secondo… a quale prezzo, meglio non ricordarlo. E ora è me che prendi di mira?"

Mi lanciai attraverso il Crepuscolo con tutte le mie forze, tanto che persino le scapole mi fecero male. Afferrai la coscienza di mia madre, che si contorse e s'intorpidì.

"Vediamo un po'… ecco…"

Mi coprii di sudore benché nel Crepuscolo facesse sempre fresco. Stavo dissipando l'energia che mi serviva per il lavoro. In compenso di lì a poco mia madre non avrebbe quasi più ricordato di aver discusso con me. Anzi sarebbe stata fiera di avere una figlia così, grande lavoratrice, che sul luogo di lavoro era stimata e benvoluta da tutti e usciva di casa che non era ancora giorno per rientrare solo a mezzanotte.

Ecco fatto.

Si trattava di un effetto solo temporaneo, non volevo penetrare troppo in profondità nella coscienza di mia madre. Ma in questo modo mi sarei garantita un po' di tranquillità per un paio di mesi. E l'avrei garantita anche a mio padre. Io sono una cocca di papà e a lui voglio molto più bene che a mia madre. Solo i bambini hanno difficoltà a dire se vogliono più bene al babbo o alla mamma, per gli adulti è estremamente facile…

Una volta terminato, eliminai il vortice nero, che penetrò attraverso la parete in cerca di qualcun altro al quale attaccarsi. Tirai il fiato. Diedi un'occhiata critica all'ingresso. Era un bel pezzo che non veniva pulito: era ricomparso il solito muschio blu strisciante, soprattutto davanti alla porta. L'isteria di mia madre non faceva che alimentarlo. Quand'ero piccola pensavo fossero le Forze della Luce a incrementarlo per farci dispetto. In seguito mi avevano spiegato che il muschio blu ha il suo habitat nel Crepuscolo, che è un parassita che si nutre di emozioni umane.

— Ghiaccio! — ordinai, alzando la mano. Il gelo si raccolse intorno alle mie dita e come una ruvida spazzola raschiò le pareti. Sottili aghi ghiacciati di muschio fioccarono sul pavimento, dissolvendosi.

"Ecco fatto!" pensai. "Così non ti nutrirai più di pensieri umani!"

Era stato un piccolo sfoggio di forza, della forza eccezionale di cui siamo dotati noi Altri.

Uscii dal Crepuscolo. Nel mondo degli uomini erano trascorsi meno di un paio secondi. Mi aggiustai i capelli. La fronte era imperlata di sudore e dovetti cercare un fazzolettino per asciugarlo. E quando mi guardai allo specchio mi accorsi che il mascara era colato. Mi misi un velo magico e seduttivo, giusto quello che serviva perché nessun essere umano lo notasse. Lo chiamiamo *paranja* e lo usiamo spesso, anche se nessuno di noi perde mai l'occasione di prendere in giro un Altro quando ha il velo. Lo mettiamo quando il tempo è limitato, quando si deve fare buona impressione o se ci si vuole divertire.

Tutto congiurava contro di me quel giorno. Un ascensore che andava al rallentatore e l'altro che non funzionava da tempo immemorabile. Uscendo m'imbattei anche in Vitalik, il ragazzino del piano di sopra. Quando mi vide con la paranja restò sorpreso, con un sorriso ebete sulle labbra. Era innamorato di me, in segreto, da quando aveva tredici anni, senza essere corrisposto. A essere onesti, era il risultato di un mio esperimento malriuscito e abbandonato a metà. Dovevo studiare le formule di un sortilegio e avevo deciso di allenarmi su quel ragazzino che non perdeva occasione di spiarmi quando me ne stavo sul balcone in costume da bagno ad abbronzarmi. E così mi ero allenata, ma avevo dimenticato di utilizzare delle formule a tempo e lui s'era innamorato per sempre. Se non mi vedeva per un po', sembrava quasi che gli fosse passata, ma gli bastava incontrarmi di sfuggita per ricominciare da capo.

— Vitalik, ho fretta — gli dissi sorridendo.

Ma il ragazzo continuava a rimanere lì impalato, ostruendo il passaggio. Poi trovò il coraggio di farmi un complimento. — Alisa, come sei bella oggi.

— Grazie. — Lo allontanai dolcemente e sentii che sussultava quando la mia mano gli sfiorò la spalla. Di sicuro avrebbe ripensato a quel gesto per tutta la settimana.

— Ho dato l'esame di maturità, Alisa — si affrettò a dirmi mentre gli voltavo le spalle. — Ora sono pronto per l'università.

Mi voltai e l'osservai con più attenzione.

Possibile che quel consumatore di lozioni contro l'acne si facesse qualche illusione? Sperava forse che entrando all'università e cominciando una vita da adulto avrebbe potuto avanzare delle pretese?

— E col militare l'hai fatta franca? — chiesi. — Ormai non ci sono più uomini veri. Sono tutti delle mezze cartucce. Prima bisogna fare il militare e imparare cos'è la vita e poi studiare.

Il suo sorriso a poco a poco si spense. Così imparava a tenermi lo sguardo incollato addosso.

— Ciao, Vitalik — gli dissi. Uscii nell'afa. Ma il mio umore era leggermente migliorato.

Trovavo buffi quei ragazzini innamorati. Flirtare con loro era noioso, farci l'amore ripugnante, ma osservarli era un vero piacere. Avrei dovuto baciare Vitalik prima o poi.

Tuttavia di lì a un minuto il vicino innamorato mi era già uscito di mente. Feci l'autostop. Un'auto mi passò accanto, il conducente mi lanciò un'occhiata malinconica, piena di desiderio, ma vicino a lui c'era la moglie. L'auto successiva si fermò. Era un taxi abusivo.

— Devo andare in centro — dissi, piegandomi sul finestrino.

— Salga. — Il conducente, un uomo fine sulla quarantina dai capelli castano scuro, mi aprì la portiera. — Una ragazza così carina certo che l'accompagno.

Accomodandomi sul sedile anteriore della Ziguli 9, abbassai tutto il finestrino. Una leggera brezza mi colpì il viso. Finalmente un po' di sollievo.

— Con la metro avrebbe fatto prima — mi avvertì.

— Detesto la metro.

L'uomo annuì. Mi piaceva: non mi teneva lo sguardo troppo incollato addosso anche se avevo un po' esagerato con la paranja, e l'auto era confortevole. Aveva le mani molto belle. Forti, morbide, ma le teneva fisse sul volante.

Peccato che avesse fretta.

— Sta andando al lavoro? — chiese. Usava il "lei", ma in un modo molto personale, intimo. Avrei dovuto lasciargli il mio telefono? Ero una ragazza libera, potevo fare ciò che volevo.

— Sì.

— Interessante. E che lavoro fanno le ragazze belle come lei? — Non si trattava di un tentativo di abbordaggio o di un complimento, ma piuttosto di sincera curiosità.

— Le altre non so. Io sono una strega.

Scoppiò a ridere.

— Un lavoro come un altro... — Presi le sigarette e l'accendino. Il conducente mi lanciò un'occhiata di leggero biasimo e perciò evitai di chiedere il permesso. Ne accesi una e basta.

— E che mansioni ha una strega?

Svoltammo nella Rusakovskaja e l'auto accelerò. Sarei riuscita ad arrivare in orario?

— Dipende — risposi evasivamente. — Sostanzialmente quella di opporsi alle Forze della Luce.

Il conducente sembrava stare al gioco, anche se non si trattava affatto di un gioco.

— Vuol dire che lei sta dalla parte del buio?

— Delle Tenebre.

— Ottimo. Io conosco una strega. Mia suocera. — Ridacchiò. — Ma grazie al cielo è già andata in pensione. E perché non le piacciono le Forze della Luce?

Esaminai furtivamente la sua aura. No, tutto a posto: era un essere umano.

— Danno fastidio. Ecco, mi dica, qual è per lei la cosa più importante nella vita?

L'uomo rifletté un istante: — La vita. E che mi lascino vivere senza darmi fastidio.

— Giusto — concordai. — Tutti vogliamo essere liberi, no?

Annuì.

— Ecco, noi streghe lottiamo per la libertà. Per il diritto di ognuno di fare ciò che gli va.

— E se un uomo vuole il male?

— È un suo diritto.

— E se ciò facendo viola i diritti degli altri uomini?

Mi veniva da ridere. Avevamo cominciato la solita discussione su cos'è la Luce e cosa sono le Tenebre, quasi un classico. Sia noi agenti delle Tenebre sia i cosiddetti agenti della Luce non facciamo che imbottire il cervello dei neofiti con questo tema.

— Se cercano di violare i tuoi diritti, tu impedisci loro di farlo. Ne hai la facoltà.

— Chiaro. La legge della giungla. Chi è più forte ha più diritti.

— Più forte, più intelligente, più lungimirante. E non è la legge della giungla, ma la legge della vita. Può andare diversamente da così?

Il conducente ci pensò su e poi scosse il capo. — No, non può andare diversamente. Quindi adesso avrei il diritto di svoltare per aggredirla e violentarla?

— È sicuro di essere più forte di me? — chiesi.

Neanche a farlo apposta eravamo fermi a un incrocio e l'uomo si girò e mi scrutò.

— No... Non ne sono sicuro. Ma non è certo perché possono difendersi che non aggredisco le ragazze!

Cominciava a dare segni di nervosismo. La conversazione aveva un tono scherzoso, ma lui sembrava decisamente a disagio.

— Anche perché potrebbero metterla in galera — dissi. — Tutto qui.

— No — ribatté in tono fermo.

— Sì — replicai, sorridendo. — Proprio per questo. Lei è un uomo sano, normale, con delle reazioni conseguenti. Ma esiste la legge, e perciò preferisce corteggiare le ragazze e non aggredirle.

— Strega... — mormorò il conducente, con un sorriso forzato. Diede gas.

— Sì, strega — confermai. — Solo perché dico la verità e sono franca. Ognuno di noi vuole essere libero. E fare ciò che gli piace. Ognuno ha i propri desideri, ma le aspirazioni sono le stesse per tutti. E dalle loro contraddizioni nascono la libertà e una società armoniosa dove tutti vogliono tutto e sono costretti a tollerare i desideri degli altri.

— Come la mettiamo con la morale?

— Quale morale?

— Quella dell'intero genere umano.

— Quale? — ripetei.

Non c'è niente di meglio per sconcertare un essere umano che costringerlo a dichiarare i propri interrogativi.

Gli esseri umani di solito non pensano al significato delle parole. Sono convinti che le loro parole trasmettano delle verità; che al termine "rosso" si debbano associare necessariamente lamponi maturi e non sangue versato, che "amore" rimandi ai sonetti di Shakespeare e non ai film erotici. E allora restano sconcertati quando una parola che hanno pronunciato non provoca l'associazione che per loro è ovvia.

— Esistono dei fondamenti — disse il conducente. — Dei dogmi. Dei tabù. Sono… come dei comandamenti…

— Ebbene? — l'esortai.

— Non rubare.

Scoppiai a ridere. Anche lui sorrise.

— Non desiderare la donna d'altri.

Ormai rideva apertamente.

— E funzionano?

— Dipende.

— E anche "non desiderare" funziona? Lei riesce a dominare i suoi istinti?

— Strega! — disse compiaciuto. — Be', domando scusa per i miei peccati…

— Non bisogna chiedere scusa per i propri peccati! È naturale. È la libertà! La sua libertà. Di rubare… di desiderare…

— Non di uccidere! — tagliò corto l'uomo. — Allora, che mi dice? È un comandamento universale!

— Almeno avesse detto "non cuocere l'agnello nel latte della madre". Ma la televisione la guarda? Li legge i giornali? — gli domandai.

— Qualche volta. E malvolentieri.

— E allora che cosa intende per "non uccidere"? Stamani hanno detto che nel Sud sono stati presi tre ostaggi. Chiedono un riscatto. I sequestratori hanno tagliato un dito a tutti e tre per dimostrare la serietà delle loro intenzioni. Uno degli ostaggi, tra l'altro, è una bambina di tre anni.

Le dita del conducente si contrassero sul volante fino a diventare bianche.

— Bastardi — sibilò. — Mostri. L'ho sentito, l'ho sentito… Ma quelli non sono esseri umani, quella è la feccia dell'umanità, se sono capaci di tanto! Li strangolerei con le mie mani, uno per uno.

Tacqui. L'aura del conducente era di un rosso fiammeggiante. Per poco non andammo a sbattere: perse quasi il controllo. Avevo colto nel segno: anche lui aveva una bambina piccola.

— Bisognerebbe impalarli! — disse, fuori di sé. — Bruciarli col napalm.

Continuai a tacere. Solo dopo che si fu calmato, chiesi: — E allora dove vanno a finire i suoi comandamenti? Se ora le mettessi in mano un mitra, sparerebbe senza battere ciglio.

— Per simili mostri non esistono comandamenti! — ruggì l'uomo. Dove erano finite tutta la sua cultura, tutta la sua educazione? La sua energia sgorgava a fiotti... e io me ne nutrivo, compensando la forza perduta quel mattino.

— Anche i terroristi non sono mostri — dissi — ma esseri umani come lei. E non esistono i comandamenti per gli esseri umani: è un fatto scientificamente provato.

Man mano che gli sottraevo le energie in esubero, il conducente si calmava. Di sera il malumore gli sarebbe tornato e sarebbe stato di nuovo in preda all'ira. È come con il pozzo: puoi attingere tutta l'acqua che vuoi, ma di nuovo ne sarà invaso.

— Comunque ha torto — replicò ormai con tono più pacato. — Non manca di logica, lo ammetto... Ma solo se abbiamo come riferimento il Medioevo, non c'è dubbio. La morale si è evoluta.

Scrollai il capo. — Sì, si è proprio evoluta. Un tempo persino nelle guerre venivano rigidamente osservati dei codici d'onore. La guerra era una guerra vera e i sovrani scendevano in campo insieme con i loro eserciti, rischiando il trono e la testa. E ora? Se una grande nazione vuole assoggettarne una più piccola, la bombarda per tre mesi senza sosta, sbarazzandosi così anche dei suoi arsenali obsoleti. Persino i soldati non rischiano più la vita. È un po' come se lei finisse fuori strada, travolgendo sul marciapiede i pedoni come birilli.

— I codici d'onore riguardavano gli aristocratici — commentò seccamente il conducente. — Il popolo moriva in massa.

— E ora le sembra forse diverso? — chiesi. — Quando un oligarca succede a un altro, lo fa nel rispetto di un codice d'onore. Perché entrambi hanno dei tirapiedi o dei killer, documenti che scottano e i medesimi interessi da salvaguardare, insomma hanno rapporti di affinità. Come l'aristocrazia una volta. Gli stessi sovrani continuano a sedere su mucchi di verdoni. E il popolino è fatto solo di bestie da soma. Un gregge di montoni che qualche volta è vantaggioso tosare e qualche altra scannare. Non è cambiato nulla. I comandamenti non sono mai esistiti, tanto meno adesso.

Il conducente tacque e non pronunciò più nemmeno una sillaba. Svoltammo dal viale Kamergerskij in via Tverskaja e gli dissi dove fermarsi. Pagai la corsa, dandogli volutamente più del dovuto. Solo allora l'uomo riacquistò la parola.

— Non prenderò mai più una strega a bordo — disse, sorridendo torvo. — È irritante. Non credevo che conversare con una bella ragazza potesse tanto guastare l'umore.

— Mi scusi. — Sorrisi gentilmente.

— Buon... lavoro. — Sbatté la portiera e sfrecciò via.

Ci mancava solo questo! Non ero mai stata scambiata per una prostituta prima. Ecco che effetto faceva la paranja. Be', dipendeva anche dal quartiere, certo.

In compenso avevo riacquistato in abbondanza la forza sprecata il mattino. Era stato un magnifico donatore di sangue quell'uomo intelligente, colto, forte. Avevo assimilato di più solo... solo attraverso il prisma di forza. Sussultai ricordandolo. Che sciocchezza, che mostruosa sciocchezza era stata! La mia vita era sull'orlo del baratro. Tutto era andato perduto in un istante.

"Idiota! Avida idiota!"

Per fortuna che nessun essere umano poteva vedere il mio vero volto che adesso doveva sembrare patetico quanto quello del mio giovane e sciocco vicino.

D'accordo, quel che è fatto è fatto. Il passato non torna. Né le circostanze, né gli umori. E dovevo rallegrarmi che Zavulon non mi avesse consegnato ai Guardiani della Notte. Lui mi amava. E l'amavo anch'io... Del resto, come avrebbe potuto una giovane strega inesperta non innamorarsi del capo dei Guardiani del Giorno che aveva posato su di lei il suo benevolo sguardo?

Serrai i pugni talmente forte che le unghie si conficcarono nella pelle. Ne ero uscita. L'estate scorsa. Solo le Forze delle Tenebre potevano sapere con quanta fatica, ma l'avevo superato. E non era il caso adesso di rievocare il passato, di farsi venire la smania di ricomparire agli occhi di Zavulon. Dopo l'uragano dell'anno passato, dal giorno della mia vergognosa cattura non mi aveva più rivolto la parola. E non me l'avrebbe rivolta per i prossimi cento anni, ne ero sicura.

Si udì un fruscio di pneumatici e un'auto si arrestò lungo il ciglio della strada. Una Volvo proprio niente male e senza brutti ceffi a bordo. Ne uscì un individuo ben rasato e compiaciuto di sé. Mi squadrò con un largo sorriso soddisfatto. E sibilò: — Quanto vuoi?

Rimasi di stucco.

— Quanto vuoi per due ore? — puntualizzò l'idiota ben rasato.

Guardai la targa: non era di Mosca. Tutto chiaro.

— Le prostitute stanno più in là, pezzo di imbecille — dissi dolcemente. — Sloggia.

— Non dirmi che sei contraria a scopare — mormorò il cretino deluso, sforzandosi di mantenere il controllo. — Guarda che oggi sono generoso.

— Conserva il tuo capitale — gli consigliai e schioccai le dita. — Ne avrai bisogno per riparare il tuo macinino.

Gli voltai le spalle e mi avviai senza fretta verso lo stabile. Il palmo della mano mi doleva leggermente per il colpo. Quella dei gremlin era una maledizione non troppo complicata, ma io avevo profuso troppa energia. Sulla capote della Volvo nuova di zecca brulicavano esserini invisibili simili a particelle di energia, animati da un fervore distruttivo nei confronti della tecnica.

Se fosse andata bene, addio motore. E se no, sarebbero saltati tutti in una volta il sofisticato impianto elettronico borghese, il carburatore, il sistema di ventilazione, tutti i pistoni, le cinghie di cui sono costituite le viscere di un'auto. Non mi ero mai interessata dell'interno di un'auto, ma solo delle sue caratteristiche generali. Però riuscivo benissimo a immaginare l'effetto dell'operato di un gremlin.

Il conducente, deluso, senza sprecare altro tempo a imprecare, proseguì oltre. Si sarebbe ricordato delle mie parole quando il suo macinino avrebbe cominciato a perdere colpi? Di sicuro. E allora si sarebbe messo a strillare: "È lei che ha portato rogna, quella strega maledetta!"

E non poteva nemmeno immaginare quanto avesse ragione! Mi ero divertita, ma ormai la giornata era rovinata. Senza speranza. Cinque minuti di ritardo al lavoro, il litigio con mia madre e poi, come se non bastasse, l'imbecille con la Volvo.

Assorta, superai le sfavillanti, eleganti vetrine dei negozi, sollevai da terra la mia ombra automaticamente, ed entrai nell'edificio da una porta invisibile alle persone normali.

L'appartamento-quartier generale dei Guardiani del Giorno era ubicato nel quartiere Sokol e camuffato da normale ufficio. Era una sede più che decorosa, e il camuffamento estremamente gradevole. Lo stabile di sei piani, dove al livello della strada si trovavano negozi di lusso anche per gli standard moscoviti, era di due piani più alto della norma. Era stato appositamente costruito come sede della Guardia del Giorno e gli incantesimi che mascheravano il vero aspetto dell'edificio s'insinuavano tra le pietre e i mattoni. Gli abitanti di questo stabile, per la maggioranza gente comune, dovevano avvertire strane sensazioni quando prendevano l'ascensore. Dal pianterreno al primo piano la salita doveva sembrare loro un po' troppo lunga...

L'ascensore impiegava effettivamente molto più tempo del necessario. Perché il vero primo piano era invisibile: vi erano sistemate le stanze delle sorveglianti, il deposito delle armi e le stanze tecniche, di servizio. Altri due piani riservati a noi completavano l'edificio, e neppure della loro esistenza gli umani erano al corrente. Ma un Altro dotato di poteri sufficienti era in grado di guardare attraverso il Crepuscolo e scorgere i severi muri neri di granito e gli archi delle finestre quasi sempre coperti da pesanti e spessi tendaggi. Una decina di anni prima nello stabile si era fermato il sistema di condizionamento, e sullo sfondo della pietra erano comparse all'improvviso le casse dei condizionatori Split system, non più fatti funzionare dalla magia, ma dall'elettricità, molto meno impegnativa.

Una volta avevo visto una fotografia dell'edificio scattata da un abile mago. Uno spettacolo stupefacente. La strada affollata, percorsa da gente elegante e dalle auto. Vetrine… finestre… Da una faceva capolino una vecchietta dall'aspetto dignitoso, sull'altra stava un gatto, insofferente, cupo: gli animali avvertono la nostra presenza. E su uno dei due portoni adiacenti sulla Tverskaja, aperto, un giovane vampiro di guardia era intento a limarsi le unghie. Proprio sopra ai negozi si scorgevano una striscia sfavillante di pietra nera e le macchie purpuree delle finestre. I due piani superiori sembravano schiacciare lo stabile come un pesante colbacco di pietra.

Se questa foto fosse stata mostrata agli inquilini, avrebbero concordato che si trattava di un mediocre fotomontaggio. Mediocre perché lo stabile vi appariva troppo sgraziato, goffo. Quando ero ancora in buoni rapporti con Zavulon, gli avevo chiesto come mai il nostro ufficio fosse stato ubicato in un modo così bizzarro, in mezzo agli appartamenti degli umani. Il capo mi aveva spiegato, sogghignando, che questo ostacolava ogni tentativo di attacco da parte delle Forze della Luce perché nel combattimento avrebbero potuto perdere la vita anche esseri umani innocenti. Sia chiaro: non che le Forze della Luce provassero alcun sentimento nei confronti degli uomini, ma dal momento che erano costretti a giustificare le loro azioni, quei sei piani di uno stabile abitato risultavano una barriera affidabile.

La minuscola guardiola a pianterreno dove arrivavano i due ascensori (anche loro ignoti agli inquilini dello stabile) e la scala antincendio sembravano vuoti. Dietro la scrivania pareva non ci fosse nessuno così come nella poltrona davanti alla telecamera.

Solo un attimo dopo scorsi le due guardie, entrambe dell'organico.

Il vampiro – il suo nome doveva essere Kostja – era entrato da pochissimo nella Guardia. E il mutantropo lupo-cammello, Vitalij, era un impiegato di Kostroma che lavorava lì almeno da quando ci lavoravo io. Le guardie erano piegate fino a terra e stavano immobili in un angolo. Per un istante pensai che fossero uscite di testa.

— Ragazzi, cosa state facendo? — chiesi in tono brusco. Con i vampiri e i mutantropi non è il caso di fare tante cerimonie, sono selvaggi, bestie da lavoro... così come tutte le altre creature che pretendono di competere con i maghi e le streghe.

— Vieni qui, Alisa — disse Vitalij, senza voltarsi. — Guarda che sballo!

Kostja, intanto, raddrizzandosi improvvisamente imbarazzato, arretrò di un passo.

Mi avvicinai. E restai di stucco a fissare il pavimento: tra le gambe di Vitalij sfrecciava un topolino grigio. Ora si irrigidiva, ora saltellava, squittendo e agitando disperatamente le zampe in aria. Sulle prime non capii, poi ebbi un'intuizione e guardai attraverso il Crepuscolo. Era proprio così.

Accanto al topolino terrorizzato c'era un gattone enorme, oscenamente grasso, che allungava una zampa verso l'animaletto digrignando i denti. Naturalmente era solo un'illusione, e per di più rozza, creata esclusivamente per il roditore.

— Cerchiamo di capire quanto ce la farà ancora a resistere — disse allegro Vitalij. — Scommetto che tra un minuto creperà di paura.

— Solo questo? — esplosi, furibonda. — Vi divertite? Eccitate il vostro istinto predatorio?

Abbassai la mano e afferrai il topo stordito dal terrore. Il minuscolo batuffolo di pelo tremava nella mia mano. Soffiai leggermente e mormorai la formula adeguata. Smise di tremare, si allungò sul mio palmo e si assopì.

— Ti rincresce, forse? — chiese Vitalij, leggermente offeso. — Alisa, quelle del tuo mestiere le cuociono vive in pentola creature così.

— Sì, esistono incantesimi del genere — ammisi. — Ma ce ne sono anche altri per cui si richiede il fegato di un lupo-cammello trucidato in una notte di luna piena.

Gli occhi del mutantropo scintillarono, ma tacque. Il suo grado non gli permetteva di polemizzare. Sarò anche stata una strega di pattuglia, ma non ero certo un lupo-cammello salariato come lui.

— E allora ditemi che cosa prescrive il regolamento in caso

di rinvenimento sul territorio di roditori, scarafaggi, mosche, zanzare… — dissi laconicamente.

— Attivare l'amuleto derattizzante — riferì di malavoglia Vitalij. — E una volta riscontrato che la creatura non soccombe all'azione dell'amuleto, mostrare prontezza di spirito, afferrarla e consegnarla subito al mago di guardia per la verifica.

— Quindi non avete perso la memoria. Avete attivato l'amuleto? — chiesi.

Il lupo-cammello lanciò un'occhiata furtiva al vampiro. E distolse lo sguardo.

— No…

— Capito. Mancata esecuzione delle istruzioni di servizio. Come superiore di pattuglia ti assegno una sanzione. Riferiscilo a chi è di guardia.

Il mutantropo taceva.

— Ripeti, guardia.

Capì che era sciocco opporsi e ripeté.

— E ora procedete allo svolgimento delle istruzioni previste… — conclusi, avviandomi verso l'ascensore con il topolino addormentato nel palmo della mano.

— Buon appetito… — borbottò al mio indirizzo il mutantropo. Quelle creature non hanno alcun senso della disciplina: la loro parte animale è sempre predominante.

— Spero che in un combattimento vero tu possa mostrare almeno la metà del coraggio di questo topolino — replicai, entrando in ascensore. Afferrai lo sguardo di Kostja e mi sembrò che il giovane vampiro fosse turbato, ma anche soddisfatto che quel divertimento crudele fosse stato interrotto.

Alla mia apparizione col topolino, nel reparto si scatenò un putiferio.

Anna Tichonovna, la più anziana del nostro turno, stava per attaccare la solita filippica contro la gioventù refrattaria a ogni genere di disciplina: "Ai tempi di Stalin, per un ritardo di cinque minuti venivi sbattuta in un lager della Kolyma a cuocere filtri…" Ma quando scorse il topolino, ammutolì. Lena Kireeva strillò e si mise a gorgheggiare: — Che meraviglia! — Janna

Gromova ridacchiò e mi chiese se non volessi preparare l'elisir del ladro, di cui il topo cotto era un ingrediente fondamentale, e che cosa avessi intenzione di rubare. Olga Melnikova, finendo di laccarsi le unghie, si congratulò con me per la mia preda.

Deposi il topo sulla scrivania, come se niente fosse, e raccontai del divertimento delle guardie.

Anna Tichonovna scosse la testa: — Hai fatto tardi per questo?

— Anche per questo — ammisi onestamente. — Anna Tichonovna, mi è successo di tutto coi mezzi. E poi, come se non bastasse, ci si sono messi anche quei due deficienti.

Anna Tichonovna era una strega anziana ed esperta, il suo aspetto giovanile non doveva trarre in inganno. Aveva almeno un centinaio d'anni e ne aveva viste così tante che difficilmente quel gioco col topo doveva sembrarle crudele. Ma strinse le labbra e disse: — Questi mutantropi non prendono mai sul serio il lavoro. Quando stavamo vicino a Revel avevamo coniato questo modo di dire: "Arruola un mutantropo nella Guardia e dovrai mettergli una strega alle calcagna." Cosa sarebbe successo se proprio nel momento in cui tutte e due le guardie se ne stavano lì a fissare il roditore avesse fatto irruzione un reparto d'assalto delle Forze della Luce? Il topo poteva anche essere stato messo lì apposta. Che assurdità! Credo che tu, Alisa, avresti dovuto chiedere una punizione più severa.

— La fustigazione — disse piano la Kireeva, scuotendo la vaporosa chioma fulva. Oh, che invidia i capelli di Lena! Solo una cosa mi consolava: che il resto non fosse un granché.

— Già, hanno fatto male ad abbandonare la pratica della fustigazione — ribatté in tono gelido Anna Tichonovna. — Butta quella creatura dalla finestra, Alisa.

— È un peccato — esclamai. — È proprio per colpa di imbecilli simili se nella coscienza collettiva si ha un'immagine caricaturale delle Forze delle Tenebre! Come di una risma di scellerati, sadici, pervertiti. Perché torturare un topo?

— Produce una certa dispersione di energie — disse Olga, avvitando il tappo dello smalto per unghie. — Ma comunque li-mi-ta-ta...

Sventolò le mani.

Janna sbuffò sarcastica: — Una certa dispersione di energie? Per creare un gatto immaginario se ne va tanta di quella forza che basterebbe per torturare migliaia di gatti veri!

— Forse — ipotizzò Olga — torturare a morte un topo serve a sfogare la forza... ma poi c'è bisogno di compensarla.

— Smettetela — disse adirata Lena. — Sei stata brava, Alisa. Posso prendere io il topo?

— Perché?— chiesi.

— Lo regalerò a mia figlia. Ha sei anni. È tempo che accudisca un qualche essere. A una ragazzina fa bene.

Per un istante regnò un imbarazzante silenzio. Certo, succede, ma è comunque raro che un Altro metta al mondo un bambino... Molto raro. Per i vampiri è più semplice: loro possono procreare; e anche per i mutantropi: i loro figli ereditano sempre il potere di trasformarsi. Ma per noi, come per le Forze della Luce, le possibilità sono scarse. E a Lena era andata male. Anche se il marito era un mago delle Tenebre e un ex Guardiano del Giorno, in pensione per un infortunio sul lavoro, che ormai si dedicava agli affari.

— I topi non vivono a lungo — osservò Olga. — Morirà di malinconia.

— Con me vivrà a lungo — sogghignò Lena. — Vivrà una decina d'anni come minimo. Ci penseremo io e Pavel a mantenerlo.

— Allora prendilo! — dissi, porgendo il topo con gesto magnanimo. — Verrò a trovarlo.

— L'hai addormentato pesantemente? — chiese Lena, sollevandolo per il codino.

— Fino a stasera dormirà di sicuro.

— D'accordo.

Andò alla sua scrivania, tolse da una scatolina di cartone i CD del computer e vi nascose l'animaletto.

— Compragli una gabbietta — le consigliò Olga, contemplando la sua manicure. — Se scappa fuori di lì, rosicchierà tutto e sporcherà in giro.

Anna Tichonovna si guardò intorno pensierosa, poi batté le mani: — Ora basta con le distrazioni, ragazze. La sfortunata bestiola è in salvo e ha trovato una nuova casa. L'armonia è stata ripristinata. Di più non si può fare. Ora cominciamo l'addestramento.

Anna era molto severa, ma non cattiva. Non cacciava nessuno senza motivo e permetteva che ci svagassimo e che ci allontanassimo dall'ufficio, se ne avevamo bisogno. Ma nelle questioni di lavoro non bisognava contraddirla.

Le ragazze si sistemarono al loro posto. In generale tutto lo stabile risultava inadeguato all'entità dello staff della Guardia, e anche l'ufficio era piccolo. I nostri quattro tavolini e quello più grande occupato da Anna Tichonovna ci entravano appena. Quell'ufficio, chissà perché, mi ricordava l'aula di una scuola di un minuscolo villaggio di campagna, per una classe di quattro alunne più la maestra.

Anna Tichonovna aspettò che tutte avessero acceso il computer e si fossero collegate con la rete e poi attaccò con voce impostata: — Il compito di oggi è di normale routine: pattugliare la zona sud-est di Mosca. Sceglierete i vostri partner tra gli operativi ancora liberi.

Di solito facevamo il turno di guardia in coppia: una strega con un vampiro o un mutantropo. Se era stata prevista una pattuglia speciale, rinforzata, venivano assegnati come partner, anziché comuni operativi, stregoni o maghi alle prime armi. Ma non accadeva di frequente.

— Lena, tu pattuglierai Vychino e Ljublino...

La Kireeva, che aveva cominciato di nascosto un solitario sul suo computer, trasalì, pronta a protestare. La capivo. Due quartieri così grandi e lontani tra loro. Naturalmente non sarebbe servito a niente, Anna Tichonovna non cambiava mai le sue decisioni, ma la Kireeva ci avrebbe provato comunque.

In quel momento, però, squillò il telefono sulla scrivania di Anna Tichonovna. Ci scambiammo un'occhiata e lo sguardo della Kireeva si rabbuiò. La linea diretta con la guardia di turno non suonava mai senza un motivo importante.

— Sì — disse Anna Tichonovna. — Sì, certo. Ho capito. Ricevuto...

Il suo sguardo si offuscò per un istante: il mago di guardia le stava inviando telepaticamente le istruzioni del caso. Significava che si trattava di un'operazione seria. Che si trattava di un vero incarico.

— Preparate le scope — disse piano Lena. La frase da cartone animato era un nostro modo di dire. — Mi piacerebbe sapere chi manderanno...

Quando Anna Tichonovna lasciò cadere il ricevitore, il suo viso era diventato di pietra.

— Ragazze, in auto, presto!

Altro che scope! Ci sarebbe stata battaglia.

Capitolo 2

A guidare il furgoncino era Deniska, un giovane mago delle Tenebre che, data la sua sconfinata pigrizia, preferiva lavorare in garage coi vampiri e gentaglia di quella risma. Tuttavia, pigrizia a parte, nella guida era un asso e conosceva un mucchio di incantesimi adatti alle operazioni. Volavamo letteralmente sulla strada e uscimmo dal centro di Mosca a una velocità che nemmeno la scorta presidenziale avrebbe potuto sognarsi. Mi arrivavano ondate di forza quando Deniska manipolava le linee della realtà, distraendo lo sguardo dei poliziotti o costringendo gli automobilisti a uscire di strada con le loro vetture. Ora accanto a lui stava Edgar, un mago delle Tenebre venuto dall'Estonia. Coi capelli neri, il colorito olivastro e la corporatura robusta, non somigliava per niente a uno del Baltico. Era dotato di poteri molto vicini al secondo grado.

Nell'abitacolo eravamo in parecchi. Sul sedile accanto alla portiera stava Anna Tichonovna che, a quanto ricordavo, lasciava di rado la sede della Guardia. Ripeteva in tono monotono le istruzioni: — Romasciova, Darja Leonidovna. Sessantatré anni, ma ne dimostra assai meno, forse attinge di continuo la forza. Presumibilmente si tratta di una maga delle Tenebre. Sotto osservazione già da quattro anni come Altra non iniziata.

A questo punto Anna bestemmiò all'indirizzo degli agenti della sezione analitica.

— Anna Tichonovna, non bestemmi! — disse Lena sottovoce, ma in tono perentorio. — Io credo in Dio.

— Scusami, Lena. — Anna Tichonovna annuì. Non intendevo offenderti. Andiamo avanti… Probabilmente la Romanova si guadagna da vivere con la magia spicciola: stregonerie, fatture, malocchi, riti per scacciare le maledizioni.

— Tutto il consueto armamentario del ciarlatano — intervenni. — Non mi stupisce che non venisse presa sul serio.

— E a nessuno è mai venuto in mente di controllare, di appurare se i risultati erano davvero efficaci — disse Anna Tichonovna. — Eh, no, farò rapporto. Se Zavulon lo considera un lavoro ben fatto, allora che mi licenzino pure! È venuto il momento che vada in pensione.

Olga tossì in segno di avvertimento.

— Sono pronta a dirglielo apertamente! — Anna Tichonovna era fuori di sé. — Come si fa a considerare maga una del genere per quattro anni, senza fare tutti gli accertamenti del caso? È una procedura abituale: si manda un agente a verificare qual è la forza adoperata, cosa che fanno anche quelli della Luce, tra l'altro.

Ora era tutto chiaro. Avevo capito e cercai di raccogliere le mie energie interiori. Non si trattava solo di un banale incidente con una maga pazzoide che aveva ecceduto nelle sue pratiche. Ci preparavamo a uno scontro con i Guardiani della Notte.

Vitalij, che sedeva di fronte a me, mandò un sordo ruggito. Più per autoincoraggiamento che per vero entusiasmo per lo scontro che ci attendeva. Si era impigrito nella sua guardiola... a caccia di topi. Sorrisi malignamente e il mutantropo digrignò leggermente i denti che cominciavano già a crescergli come la mascella ad allungarsi.

— Vitalij, risparmiaci lo spettacolo della tua trasformazione mentre siamo in macchina! — disse tagliente Anna Tichonovna. — Con questo caldo ci sarà una puzza canina intollerabile!

Il terzetto di vampiri sul sedile posteriore scoppiò a ridere di gusto. Quei ragazzi li conoscevo bene, erano controllati e non provocavano l'avversione che suscitava la maggior parte dei morti viventi. Tre fratelli, tre bei ragazzi forti e sani di una normale famiglia di esseri umani. Il primo a diventare un vampiro era stato il maggiore, mentre prestava servizio nell'aeronautica e per di più consapevolmente, per idealismo: il suo comandante, un ufficiale vampiro, glielo aveva proposto. La loro unità combatteva a quel tempo nel Sud e poiché le cose si mettevano male per la compagnia, il ragazzo aveva accettato. E, ovviamente, dopo di ciò l'unità aveva acquisito stupefacenti doti combattive. Massacrare in una notte decine di nemici, prenderli alle spalle, aggirare le sentinelle di guardia era un gioco da ragazzi anche per un vampiro inesperto. In seguito, una volta tornato alla vita civile, il ragazzo aveva raccontato tutto ai fratelli minori e loro gli avevano offerto la gola per essere azzannati.

— Anna Tichonovna, quanti Guardiani della Notte ci sono laggiù? — chiese Olga.

— Pochi. Quattro… forse cinque. Ma — Anna Tichonovna lanciò a tutte un'occhiata severa — non rilassatevi, ragazze. Laggiù troveremo, come minimo, un mago della Luce di secondo livello, forse anche due.

Il maggiore dei fratelli vampiri fischiò. Uno scontro con un mago e per di più di una simile forza non era alla portata di un vampiro. E se poi erano anche due…

Strinsi i denti. Una doveva essere Tigrotto. Una maga combattente, oppure, come preferiscono chiamarlo le Forze della Luce, un mutante. Una vecchia e cara conoscenza… La mano sinistra, che lei mi aveva slogato, sembrava di nuovo farsi sentire. Così come le ferite sul viso: quattro strisce sanguinanti lasciate dai suoi artigli.

Ma allora era stato Zavulon in persona a venirmi in soccorso. Mi aveva guarito completamente: né l'aspetto né la salute avevano riportato danni. E io mi ero lanciata nella battaglia con coraggio e ardore sotto il suo sguardo incoraggiante e il suo sorriso contenuto e distaccato.

"Basta, Alisa: quel che è stato è stato. Bisogna andare avanti. Smetti di avvelenarti l'anima. Se ti romperanno il muso dovrai andartene in giro con la paranja finché non verrà il tuo turno per le cure magiche. C'è una lista d'attesa di sei mesi almeno e sarà una fortuna se ti riterranno degna di un intervento completo, magia estetica compresa."

— Controllate i dispositivi! — ordinò Anna Tichonovna.

Le ragazze cominciarono ad armeggiare, anch'io rovistai nelle tasche per controllare i sacchettini, le ampolline e gli amuleti.

Il nostro potere non consiste solo in un lavoro di tipo energetico attraverso il Crepuscolo. Noi streghe utilizziamo anche dispositivi supplementari, il che, tra l'altro, ci distingue dalle maghe.

— Alisa?

Guardai Anna Tichonovna.

— Ci sono domande?

Così andava meglio. Bisognava pensare al futuro e non al passato.

— A neutralizzare Tigrotto ci penseranno gli operativi. Sono solo in quattro.

— Noi non abbiamo bisogno d'aiuto, Alisa — disse bonariamente il maggiore dei fratelli. — Ce la caveremo.

Anna Tichonovna rimase per un momento assorta e poi disse: — Va bene. Opererete in tre. Vitalij, tu resterai di riserva.

Il mutantropo sorrise radioso. Che imbecille! Anna Tichonovna stava per gettarlo nel fuoco come un fuscello e per di più nel punto più difficile della battaglia.

— E noi quattro...

— Cinque — corresse Anna Tichonovna.

Che cosa significava? Che la vecchia strega aveva deciso di partecipare?

— Noi cinque formeremo il cerchio della forza — proposi. — E la convoglieremo su Edgar. Deniska resterà in contatto col quartier generale.

Il furgoncino sussultò per qualche buca. Stavamo già entrando nel cortile.

— D'accordo — disse Anna Tichonovna. — State attenti, è così che agiremo.

Provai una leggera euforia all'idea che il mio piano fosse stato accettato senza riserve. In fondo continuavo a restare una strega combattente, malgrado i miei problemi personali. Perciò osai interferire nell'indiscutibile prerogativa che ha una strega più anziana di formare il gruppo: — Io avrei chiesto aiuto anche prima, se avessimo saputo che laggiù ci sarebbero stati due maghi di secondo livello.

— È stato chiesto tutto l'aiuto possibile — tagliò corto Anna Tichonovna. — E in più abbiamo un infallibile asso nella manica.

Vitalij guardò stupito la strega più anziana e digrignò orgoglioso le zanne da lupo. Doppiamente imbecille. Non era di certo lui il nostro asso nella manica.

— Forza, ragazze! Si comincia!

Il furgoncino si fermò, Anna Tichonovna balzò giù di scatto, scrollò la mano sinistra e una nebbiolina leggera cominciò a mulinare attorno alle sue dita. Percepii che il cortile era stato reso invisibile con un sortilegio. Ora, qualunque cosa avessimo fatto, non saremmo stati notati da nessuno.

Mi guardai intorno. Era un tipico cortile del rione Juznoe Butovo. Il solito buco squallido... Meglio vivere fuori, nella sperduta Mytisci o a Lytkarino, piuttosto che risiedere a Mosca e abitare in questi desolati rioni di periferia. In apparenza era tutto in ordine: le case, gli alberelli stenti che cercavano di farsi largo con le loro radici attraverso la terra pressata e le auto davanti ai portoni che non sembravano poi così da pezzenti, eppure...

— Su, forza!

Anna Tichonovna mi diede un tale spintone che fui sbalzata a tre metri dal furgoncino. Volai quasi fin dentro la buca di sabbia dove alcuni bambini di cinque, sei anni scoprivano i segreti della costruzione dei castelli. Neppure i bambini mi notarono, benché di solito fossero loro i primi a percepire la presenza degli Altri.

I tre fratelli vampiri scivolarono fuori come ombre e circondarono il furgone. Erano ormai in fase di trasformazione, con i canini che spuntavano dalle labbra e la pelle che aveva assunto un colore esangue, emaciato. Il tipico aspetto dei morti viventi.

— In cerchio! — ruggì Anna Tichonovna.

Mi precipitai come un razzo verso il furgone e afferrai la mano di Olga e quella di Lena. Ne aveva di forza la vecchia strega!

Davanti al portone stava un essere che potevamo scorgere solo noi con la vista speciale degli Altri. Proprio un "essere", non saprei in che altro modo chiamarlo: tarchiato, con addosso un paio di jeans turchi tutti sdruciti, una maglietta sintetica e in testa uno stupido berrettino.

Un vero guaio.

L'essere si chiamava Semen. Era un mago di forza portentosa, anche quando non aveva alcuna fretta di impiegarla, e quel che è peggio, un mago con un'enorme esperienza di lavoro operativo.

Sentii il suo sguardo scivolarmi addosso, compatto, elastico, flessibile come una sonda chirurgica. Poi Semen si voltò e sparì dentro il portone.

A quel punto Janna afferrò la mano di Olga, Anna Tichonovna chiuse il cerchio e tutte le emozioni si dissolsero. Eravamo come degli alimentatori viventi, collegati con Edgar, che già si avviava verso il portone, con passo felpato, flemmatico, percepibile allo stesso tempo nella dimensione umana e in quella del Crepuscolo.

Edgar salì la scala dietro al suo avversario. Raggiungerlo ormai era impossibile. Quando arrivò davanti alla porta dell'appartamento del terzo piano, già lo aspettavano. Noi tutte, unite nel cerchio della forza, percepivamo il suo mondo attraverso i nostri organi di senso.

Nella dimensione umana del mondo la porta era spalancata. Nel Crepuscolo era bloccata da una parete cieca.

Sul ballatoio c'erano due maghi: Semen e Garik. Ora non potevo più provare emozioni, ma riuscivo ancora a pensare. Con calma, lucidità, senza fretta. Era la fine. Due maghi di forza pari a quella di Edgar, o forse addirittura superiore.

— La porta è chiusa — disse Semen. — È in corso un'operazione dei Guardiani della Notte.

Edgar, annuendo gentilmente, disse: — Capisco, ma ne è in corso anche un'altra dei Guardiani del Giorno.

— Che cosa volete? — Semen si scansò leggermente. Alle sue spalle, nella stretta anticamera, c'era una tigre. Il corpo robusto, il pelo folto, le fauci digrignanti.

Ma che cosa credeva Anna Tichonovna? Non ce l'avremmo mai fatta, mai!

— Vorremmo portar via una dei nostri — disse Edgar, spalancando le braccia. — Tutto qui.

— La maga è agli arresti. È accusata di interferenza magica di terzo grado, di omicidio, di aver praticato la magia nera senza licenza e di aver occultato i suoi poteri.

— Siete stati voi a indurla a queste azioni — disse freddamente Edgar. — I Guardiani del Giorno svolgeranno le loro indagini sull'episodio.

— No. — Semen si appiattì contro il muro. Il muschio blu serpeggiava via convulsamente tentando di allontanarsi dal mago. — La questione è chiusa.

Garik non diceva neppure una parola. Faceva ruotare tra le dita un piccolo amuleto simile a un cubetto di osso. Scintille di energia sferzavano l'aria. Sembrava un accumulatore magico.

— Entro e la porto via, appartiene a noi — disse Edgar.

Era sorprendentemente calmo, sapeva forse qualcosa che io non sapevo?

I maghi della Luce tacevano. Ma un caso così sciocco e insolito doveva insospettirli. Ora la sorte della fattucchiera dipendeva da chi avrebbe condotto le indagini. Se fosse toccato a noi, l'avremmo difesa e rimessa in riga. Se fosse toccato alle Forze della Luce sarebbe stata spacciata.

Be', meglio lei che tutti noi. Due maghi di secondo livello, un mutantropo e due, se non tre Altri nell'appartamento! Ci avrebbero fatto fuori.

— Io vado — disse imperturbabile Edgar e avanzò di un passo. Il Crepuscolo intorno a lui stridette, riempiendosi di forza. Il mago collocò uno schermo protettivo. Dopodiché, ricordo solo la battaglia.

Edgar avanzò di un passo e subito gli agenti della Luce lo respinsero. Non con incantesimi letali, ma con un semplice corpo a corpo, trascinandolo giù per la scala. Lui si piegò, come se avanzasse contro vento, e il turbine di energia che lo proteggeva assunse contorni ben definiti. La battaglia avveniva solo su un piano energetico, in modo primitivo e nient'affatto spettacolare. Ah, se al posto di Edgar ci fosse stato Zavulon! Avrebbe eliminato questi dilettanti in un attimo, li avrebbe costretti a sfinirsi, privandoli dei loro poteri.

Comunque Edgar si comportò dignitosamente. Per cinque secondi si affidò alle proprie forze e sfondò persino la difesa giungendo fino alla porta dell'appartamento. Di colpo io percepii un senso di gelo alla punta delle dita. Il mago aveva cominciato ad attingere alla nostra forza. Subito avvertii che quelli della Luce captavano il canale energetico tra noi ed Edgar. Non cercavano di annientarlo: Edgar si sarebbe impadronito in men che non si dica anche della loro energia. Stavano semplicemente rafforzando la difesa, contando sulla loro superiorità, o forse stavano alimentando di forza i loro maghi acquattati nell'appartamento.

Per qualche istante l'equilibrio vacillò. Il flusso delle nostre energie unite aveva potenziato la difesa di Edgar, ma anche quelli della Luce avevano le loro riserve. Il piccolo cubo in mano a Garik si dissolse, sommergendo il pavimento di pulviscolo dorato. Edgar balzò indietro di un metro. Olga, accanto a me, mandò un gemito: le sue scorte di energia si stavano esaurendo e lei ora attingeva a quelle più profonde, che non sarebbe stato facile ripristinare. Non sembrava molto in forma quel giorno.

In che cosa confidava Anna Tichonovna?

Alle spalle degli agenti della Luce echeggiò un rumore. Forse erano i vampiri entrati dal balcone.

Ma i maghi non sembravano prestare attenzione a ciò che avveniva. Solo la tigre si slanciò, travolgendo il misero mobilio e squarciando il linoleum con gli artigli. Di lì a poco si udì il triste gemito di uno dei fratelli. Già, tre vampiri contro un mutantropo erano pochi...

— Vitalij! — gridò Anna Tichonovna. L'ordine telepatico fluttuò attraverso il Crepuscolo e il nostro mutantropo si precipitò verso la porta, perdendo gli abiti lungo il tragitto e trasformandosi in lupo. Noi continuavamo ad alimentare Edgar e lui avanzò di nuovo, riuscendo persino a spingere Garik fin dentro l'appartamento. Dietro le spalle di Edgar spuntò un lupo enorme che si slanciò in avanti senza badare ai maghi.

Buona mossa. Solo che dal fondo dell'appartamento era partita una scarica di fuoco diretta contro di lui. Qualcuna delle riserve della Luce aveva cominciato a dare battaglia, dimostrando che non scherzava affatto.

Il pelo grigio-marrone del lupo s'incendiò. Lui fece un balzo, prese a dimenare le zampe e a contorcersi sul pavimento, cercando di spegnere le fiamme. Se almeno avesse continuato l'attacco, avrebbe avuto una chance di catturare il mago prima che questi lanciasse un'altra fireball.

Ma evidentemente aveva passato troppo tempo chiuso dentro la guardiola. Mentre Vitalij cercava disperatamente di spegnere le fiamme, dal buio partirono altre fireball. Zampillò sangue, volarono brandelli di carne infuocati. Il lupo ululò, poi tacque, muovendo solo le zampe posteriori tra le quali la coda fiammeggiava come un razzo bengala.

L'amuleto che tenevo sul petto – un'ampollina di cristallo con una goccia di liquido rosso racchiusa all'interno – scricchiolò, frantumandosi nell'aria. Brutto affare: era un segno che significava la fine della mia riserva di energie. La goccia del sangue di una donna morta nel dare alla luce un Altro adepto delle Tenebre è una fonte molto potente di energia, ma non dura a lungo.

— Lena! — chiamò Anna Tichonovna. Percepii di nuovo il suo ordine muto, e Lena, come una sonnambula, uscì lentamente dal cerchio. Lasciai cadere il braccio destro, mi riscossi dal torpore per qualche secondo, prima che Anna Tichonovna si avvicinasse. Ma intanto avevo scorto all'interno del nostro cerchio un tavolino pieghevole di legno nero sul quale si trovava una lama sottile di acciaio tagliente. Lena stava già vicino alla buca di sabbia, immobile sopra i bambini, come per sceglierne uno.

— La bambina! — gridò Anna. — Da una sola bambina si ricava molta più forza che non da dodici ragazzini!

Ora era tutto chiaro. Tutto tranne un particolare: da dove veniva ad Anna Tichonovna il diritto di sacrificare delle vite umane, e perché aveva deciso di sprecare tanta forza per salvare una banale fattucchiera?

Ma Anna Tichonovna mi strinse la mano e io ridivenni una componente inerme del cerchio della forza.

Edgar, che era stato confinato in un angolo delle scale e ora non rischiava più di essere buttato fuori, bensì di finire spiaccicato contro il muro, alzò la mano: — Fermatevi!

Che dolore! Il cerchio prosciugava le mie ultime particelle di energia. Olga, ormai completamente priva di forza, non trasmetteva più nulla e stava in mezzo a noi, dimenandosi come se fosse stata su un filo elettrico scoperto; Janna gemeva piano, con la testa abbandonata sul petto.

— Noi abbiamo diritto a un sacrificio umano — disse Edgar freddamente. — Se non cederete...

I Guardiani della Notte si bloccarono. Notai che si scambiavano occhiate e che Edgar scuoteva perplesso la testa.

Il sacrificio umano consente un mostruoso accumulo di energia. Tanto più se si tratta del sacrificio di un bambino, se avviene all'interno di un cerchio della forza ed è praticato da una strega esperta. E Lena Kireeva si trovava già all'interno del cerchio e brandiva il coltello sopra la bambina adagiata sul tavolo nero.

Se avessimo convogliato su Edgar la forza che si fosse liberata e gli agenti della Luce non fossero riusciti a opporre resistenza, sarebbero stati costretti come noi a ricorrere a misure eccezionali, sempre che ne avessero avuto l'autorità.

Il mutantropo tigre sbucò nel corridoio, ruggendo. Doveva aver massacrato i fratelli vampiri sul balcone e ora aveva intuito a che cosa ci si stava preparando.

— Non resisterete — disse brusco Edgar. — Porteremo via la nostra maga e un piccolo essere umano morirà per colpa vostra.

Gli agenti della Luce erano indecisi. Ovvio. La situazione, pur nella sua estrema conflittualità, non era davvero di primaria importanza. Uno Stato non avrebbe minacciato l'altro di attacco nucleare solo perché alcuni suoi agenti erano stati intercettati per spionaggio. Allo stesso modo gli Altri non avrebbero minacciato un intervento magico di primo grado solo per un banale conflitto tra operativi.

Però gli agenti della Luce continuavano a tenere sotto pressione il nostro mago, forse per inerzia, mentre noi non avevamo più energie da dividere con Edgar. Olga aveva perso conoscenza e stava dentro il cerchio, inerte e rigida come una bambola. Janna si era accasciata sulle ginocchia stringendo eroicamente le mani e donando le sue ultime stille di forza. Il viso di Lena era stravolto. La donna aveva levato il coltello sul corpo tremante della bambina ancora cosciente – dato che altrimenti il flusso di forza sarebbe stato inferiore – ma ammutolita grazie al sortilegio del silenzio. Io avevo il corpo molle, come d'ovatta, e sentii che barcollavo. "Che tutto finisca al più presto… non posso resistere ancora a lungo!"

— Fermi! — gridò Semen. — Vi consegniamo la strega!

"Mantenere… mantenere il cerchio." Cercai di raccogliere energia dallo spazio circostante, dalla bambina terrorizzata, dai passanti che camminavano a distanza inconsapevoli di ciò che avveniva.

Inutile, era stata risucchiata tutta. Ma Anna Tichonovna, la maledetta, resisteva con più energie di tutti. Mentre noi tiravamo le cuoia a causa sua, lei, vecchia inutile megera, non cedeva…

Intanto gli agenti della Luce avevano già spinto tra le braccia di Edgar una disgustosa cicciona dalla vestaglia sudicia e le ciabatte logore, che sembrava non accorgersi di niente e si guardava in giro, facendosi il segno della croce.

— La pagherete — disse Semen.

Edgar, con un gesto brusco, piegò il braccio della maga appena liberata dietro la schiena – non c'era più tempo per le spiegazioni e le forze per la magia si erano esaurite – e la scaraventò giù per le scale.

"Mantenere il cerchio…"

Un sacrificio umano è un'azione così potente che è meglio tenerla di riserva. Il diritto a praticarlo era stato conquistato venti, trent'anni prima, grazie a una serie di astute macchinazioni e provocazioni. Perciò la Kireeva era lì, sopra la vittima, col volto impietrito e il coltello che le scintillava nella mano, pronta a strapparle il cuore con un colpo netto, mentre Deniska ripeteva come una monotona litania le parole dell'incantesimo. Ora avremmo potuto ricevere in qualunque istante un flusso di energia, anche se sarebbe stato meglio farne a meno.

"Mantenere il cerchio…"

Solo la rabbia mi faceva resistere. La rabbia per quella giornata disgraziata, per tutti i guai dell'ultimo anno, per Anna Tichonovna che sapeva più di quanto non dicesse. Chissà come, avevo recuperato un po' di forza. E la convogliavo attraverso i corpi inerti di Olga e Janna perché Anna ne infondesse un rivolo sottile in Edgar.

I primi a fiondarsi dentro il furgoncino furono i fratelli vampiri. Begli operativi del cavolo! Lena lasciò andare la bambina che con un lamento fuggì via. Deniska, interrotto il suo salmodiare, afferrò il tavolino rituale e lo lanciò nell'abitacolo. Solo allora Anna Tichonovna spezzò il cerchio.

Davanti a me tutto ondeggiò, mi misi a tossire, strattonando la mano dalle dita ossute di Olga.

— In macchina! — gridò Anna Tichonovna. — Presto!

Comparve Edgar. Sembrava piuttosto in forma. Spinse la maga nell'abitacolo e sedette con un balzo accanto a Deniska. Anna Tichonovna trascinò Olga dentro il furgone, mentre io aiutavo Janna a entrare: stava molto male, ma era cosciente.

— Chi siete? Chi siete? — strillò la fattucchiera che era stata salvata. Anna Tichonovna le assestò un ceffone con tutta la forza che aveva, e lei si zittì.

— Deniska, a tutta birra… — dissi, come se ce ne fosse stato bisogno.

Uscimmo dal cortile sgommando. Edgar si era messo all'opera, concentrandosi con la testa tra le mani: modificava le linee della realtà, liberando la strada davanti a noi.

— Ti senti male, Alisa? — chiese Lena, divorata dalla curiosità. Stringendo i denti, scrollai il capo. Lei si lamentò: — Io sono a pezzi. Devo prendermi un giorno libero.

La maga non faceva che gemere, finché non intercettò il mio sguardo carico d'odio. Allora tacque di colpo, cercando di allontanarsi da me.

—Vitalij l'hanno proprio fatto fuori — disse cupa Lena. — È stato un idiota, è vero, ma era pur sempre uno dei nostri… Anna Tichonovna, è sicura che questa carogna valeva tanti sforzi?

— È stato Zavulon a dare l'ordine — replicò Anna. — Forse lui ci vede più chiaro di noi.

— Allora poteva anche darci una mano — sbottai. — Era un lavoro per uno della sua forza, non per noi.

Anna Tichonovna mi guardò stupita: — Non dire così. Tu hai lavorato davvero bene, ragazzina. Sei stata straordinaria. Non mi aspettavo che potessi trasmettere tanta forza.

Mi trattenni a stento dallo scoppiare in lacrime. Per nascondere il mio turbamento guardai Olga: era ancora priva di conoscenza. Potevo consolarmi: a lei era andata peggio. Muovendomi a fatica, le diedi dei buffetti sulla guancia. Nessuna reazione. La pizzicai. Non si mosse.

Mi guardavano tutti incuriositi. Anche i vampiri, imprecando sottovoce, avevano smesso di leccarsi le ferite procurate dalle zampate della tigre, e sembravano in attesa di qualcosa.

— Anna Tichonovna, non potrebbe fare qualcosa per lei? — chiesi. — Se è rimasta colpita, è per ragioni di servizio, e in base al regolamento...

— Alisa, cara, che posso fare? — domandò dolcemente Anna Tichonovna. — Ormai è morta da cinque minuti. Senza accorgersene, ha prosciugato se stessa.

Il corpo inerte di Olga sussultava sul sedile e il mento le penzolava sul petto.

— Come mai non te ne sei accorta? — bisbigliò Janna. — Alisa, che hai?

Per distinguere un'entità morta da una viva, non serve la magia. Basta operare attraverso la forza. Quella sottile materia, da alcuni definita anima, si percepisce immediatamente, quando c'è.

— Ha investito troppe energie — valutò Lena. — Alisa, sei completamente svuotata. Resterai così per altri cinque anni almeno. Come Julja Brjanceva che due anni fa ha prosciugato tutte le sue energie nel corso di un'operazione e non riesce ancora a entrare nel Crepuscolo.

— Un momento — riuscii solo a ribattere, cercando di mantenere un certo contegno. — Il regolamento dice che mi aiuteranno a rimettermi in sesto.

Suonava patetico.

— La Brjanceva ha ricevuto aiuto? — chiese Lena.

Anna Tichonovna si limitò a sospirare.

— Anche un anno fa, Alisa, quando hai voluto farti bella agli occhi di Zavulon, lo prescriveva il regolamento.

Non ebbi il tempo di pensare a una risposta che la fattucchiera prese a strillare come un'isterica: — Dove mi state portando? Dove mi state portando?

Mi saltarono i nervi. Cominciai a picchiare la maga fai-date sul muso, graffiandole a sangue il viso. Era così terrorizzata che non tentò neppure di reagire. Per un paio di minuti non feci che strapazzarla e pestarla, con le grida di incoraggiamento dei fratelli vampiri, i rimproveri e i biasimi di Anna Tichonovna e gli incitamenti di Lena e Janna. Solo Olga, contro cui andavo a cozzare continuamente nell'oscurità del furgone, non aveva niente da obiettare. Ma ero sicura che avrebbe approvato.

Poi mi calmai e ripresi fiato. La vecchia maga singhiozzava e si tastava il viso insanguinato. Almeno ci avessero inseguito! Mi sarei attaccata alla gola di quegli agenti della Luce come un vero vampiro. Li avrei neutralizzati senza bisogno di magia.

Il nostro ritorno non poté certo definirsi trionfale.

I vampiri avevano preso il corpo di Olga, e in silenzio lo trasportarono nel quartier generale. Parevano pienamente consapevoli della tragicità della situazione. È vero che avevano barattato la loro vita per una non-vita, ma seguitavano a pensare, a sentire e in teoria avrebbero potuto continuare quell'esistenza in eterno. Olga invece se n'era andata per sempre.

Deniska portò il furgone al parcheggio. Edgar, tenendo ben stretta per un braccio la fattucchiera, la conduceva agli uffici della Guardia. Noi chiudevamo il corteo.

Traslare un cadavere in una strada affollata del centro di Mosca, a ridosso delle mura del Cremlino, non era un'impresa delle più facili, anche dopo l'incantesimo dell'invisibilità pronunciato da Anna Tichonovna. La gente non ci guardava, affrettava il passo, aggirando accuratamente il corteo. Ciò nonostante il Crepuscolo cominciò a turbarsi.

Lì era troppo sottile il tessuto dell'esistente: troppo sangue, troppe emozioni, troppo vividi i ricordi del passato. Vi sono luoghi dove il confine tra il mondo degli umani e il Crepuscolo è quasi impercettibile, e il centro di Mosca è uno di questi.

Se fossi stata in forma, avrei scorto scintille di forza provenire dagli abissi della realtà non ordinaria. Probabilmente neppure Zavulon era in grado di spiegare ciò che si celava lì dietro. Potevamo soltanto non reagire, non prestare attenzione all'avido respiro del Crepuscolo che aveva già percepito la strega perita nel combattimento.

— Presto! — disse Anna Tichonovna, e i vampiri affrettarono il passo. Forse il Crepuscolo aveva cominciato ad agitarsi davvero.

Ma tutto ciò era ormai al di fuori della mia portata. Passammo da un ingresso invisibile agli umani, e toccò a Lena condurre me e Janna. Gli agenti ci si precipitarono incontro. La fattucchiera, che aveva ricominciato a lamentarsi, fu trascinata al decimo piano, nella stanza degli interrogatori. Olga fu affidata ai maghi del reparto terapeutico. Non c'era speranza di aiutarla, ma bisognava registrare il suo decesso. Uno dei medici di turno ci visitò scrupolosamente. Scosse la testa con disapprovazione constatando lo stato di Janna e corrugò la fronte mentre esaminava i vampiri sanguinanti. Poi spostò lo sguardo su di me e si irrigidì.

— Che c'è, sono molto grave? — chiesi.

— Non userei questa definizione — disse seccamente il medico. — Alisa, a cosa pensavi mentre trasmettevi la tua forza?

— Agivo come da regolamento — risposi, sentendo di nuovo spuntare le lacrime. — Edgar non aveva scampo, i suoi avversari erano due maghi di secondo livello.

— Un nobile zelo, Alisa. Ma il prezzo che hai pagato è piuttosto alto.

Edgar, diretto verso l'ascensore, si fermò e mi guardò con gratitudine. Si avvicinò e mi baciò trepidante il palmo della mano. Ah, quelli del Baltico si comportano sempre come gentiluomini vittoriani!

— Alisa, ti devo la mia più profonda riconoscenza! Sentivo che stavi prosciugando tutte le tue forze per me. E temevo che tu facessi la fine di Olga.

Si rivolse al dottore, chiedendo: — Karl Lvovic, che si può fare per questa coraggiosa ragazza?

— Temo che non si possa fare nulla. — Il dottore allargò le braccia. — Alisa ha attinto la forza dalla sua anima. È come un caso di distrofia muscolare, capisce? Quando l'organismo difetta di nutrimento, comincia ad attingerlo da dentro. Distrugge il fegato, i muscoli, lo stomaco e alla fine non gli resta che il cervello. Alle nostre ragazze è capitato qualcosa di analogo.

Janna, a quanto pare, ha perso conoscenza in tempo e ha smesso di trasmettere le ultime riserve. Alisa e Olga hanno retto fino all'ultimo. Olga aveva meno riserve interiori e così è morta. Alisa ha resistito e ha esaurito tutte le energie mentali.

Edgar annuiva con l'aria da esperto e gli altri ascoltavano con attenzione, mentre il medico proseguiva la sua disamina: — Le facoltà di un Altro non differiscono dalle comuni reazioni energetiche, per esempio da quella nucleare; noi alimentiamo le nostre facoltà sottraendo forza dal mondo esterno, dagli umani e da altre entità scarsamente evolute. Ma per poter attingere la forza bisogna prima alimentarla: è questa la crudele legge di natura. E di questa forza iniziale Alisa non ne ha praticamente più. Un banale surrogato in questo caso non l'aiuterebbe, così come un bel pezzo di lardo saporito o di carne abbrustolita e croccante non aiuterebbe uno che stia morendo di fame. Tale nutrimento non sarebbe assimilato dall'organismo che così non verrebbe salvato, ma distrutto. Questo è anche il caso di Alisa: potremmo infonderle energia, ma rischieremmo di distruggerla per sempre.

— Vi spiacerebbe evitare di parlare di me in terza persona e con quel tono? — sbottai.

— Scusami, ragazzina — disse Karl Lvovic — ma quel che dico è la verità.

Edgar lasciò andare delicatamente la mia mano e disse: — Non preoccuparti, Alisa. Vedrai che i capi escogiteranno qualcosa. A proposito di carne arrostita... ho una fame micidiale.

Anna Tichonovna concordò. — Andiamo in un bar.

— Potete aspettare anche me? — chiese Janna. — Faccio una doccia. Sono tutta sudata.

Non avevo neppure più forza per spaventarmi. Stavo lì in piedi come stordita ad ascoltare, cercando di percepire qualcosa con le mie facoltà di Altra. Di scorgere la mia vera ombra, di creare il Crepuscolo, di percepire le emozioni...

Inutile.

Sembravano già essersi dimenticati di me. Al posto di Lena o di Janna mi sarei comportata allo stesso modo. Non ci si doveva mettere un cappio intorno al collo perché una aveva perso il controllo. Me l'aveva forse ordinato qualcuno di dare fondo a tutte le energie? Avevo voluto fare l'eroina. E tutto per colpa di Tigrotto e Semen. Una volta capito con chi avremmo avuto a che fare, avevo voluto prendermi una rivincita. Per dimostrare qualcosa a qualcuno. E ora che l'avevo dimostrato... ero ridotta come un'invalida. E non poteva essere diversamente dopo un combattimento con Tigrotto.

— Sì, però sbrigati — disse Anna Tichonovna. — Alisa, vieni con noi?

Mi voltai verso di lei, ma non feci in tempo a rispondere.

— Nessuno andrà da nessuna parte — disse qualcuno alle mie spalle. Anna Tichonovna sgranò gli occhi e io, riconoscendo la voce, sussultai.

Zavulon era lì, davanti all'ascensore, nel suo aspetto umano: sottile, triste, con lo sguardo un po' assente. Molti di noi lo conoscono solo così, calmo, con l'aria flemmatica, persino un po' annoiata.

Ma io conoscevo anche uno Zavulon diverso.

Non il capo riservato dei Guardiani del Giorno, non il combattente invincibile che assume sembianze demoniache, non il mago delle Tenebre di prim'ordine, ma l'Altro dalle trovate allegre e inesauribili.

Semplicemente un Altro, come se tra noi non ci fosse stata alcuna differenza di età, esperienza e forza.

Così era un tempo. Ora però...

— Tutti nel mio ufficio — ordinò Zavulon. — Immediatamente.

Prima, però, posò per un istante gli occhi su di me. Il suo sguardo non esprimeva scherno, compassione, simpatia. Nulla.

Tuttavia mi aveva guardato, e io avevo avuto un tuffo al cuore. Per tutto l'ultimo anno non aveva fatto che ignorare Alisa Donnikova, la strega sfortunata.

— E così ci siamo rifocillati, ci siamo lavati... — disse cupa Anna Tichonovna. — Andiamo, ragazze.

Fu un caso, se mi sedetti in disparte. Le gambe mi trascinarono automaticamente fino alla poltrona accanto al caminetto, all'ampia poltrona di pelle dove ero solita rannicchiarmi, accoccolarmi mentre guardavo Zavulon lavorare, la fiamma ardere senza fumo e le fotografie appese alla parete.

Quando mi resi conto di essermi involontariamente isolata dagli altri che s'erano opportunamente seduti sui divani lungo la parete, era tardi per cambiare posto. Ormai avevo fatto una figuraccia. Allora mi sfilai i sandali, raggomitolai le gambe e mi sistemai più comodamente.

Anna Tichonovna mi fissò stupita, prima di cominciare il suo rapporto. Gli altri non osavano neppure distogliere lo sguardo e divoravano con gli occhi il capo. Leccapiedi!

Zavulon, che si era abbandonato sulla poltrona dietro l'immensa scrivania, non reagì in alcun modo. Esteriormente, per lo meno.

Sentivo la voce monotona di Anna Tichonovna mentre riferiva tutto in modo succinto e chiaro, senza parole superflue, ma senza tralasciare nulla d'importante. Fissavo la fotografia appesa sopra la scrivania, una fotografia antica, di centoquarant'anni fa. Era stata realizzata con la tecnica al collodio. Il capo mi aveva minuziosamente spiegato la differenza tra tecnica al collodio umido e tecnica al collodio asciutto. Zavulon vi era ritratto con la divisa dell'epoca degli studenti di Oxford e sullo sfondo s'intravedeva la torre della Christ Church. Era un lavoro originale di Lewis Carroll, e una volta il capo aveva osservato incidentalmente che gli era costato un bel po' di fatica convincere quell'«affettato e pedante poeta inglese» a sprecare il suo tempo per uno studente, anziché per un'innocente bambina. Ma la fotografia era riuscita molto bene: probabilmente Carroll era davvero un grande artista. Zavulon appariva molto serio, ma dal suo sguardo trapelava una calma ironia e sembrava molto più giovane. Del resto, che cos'erano per lui centocinquant'anni?

— Donnikova?

Guardai Anna Tichonovna e annuii: — Sono completamente d'accordo. Se lo scopo della nostra missione era quello di riuscire a liberare la reclusa, allora formare il cerchio della forza e minacciarli di un sacrificio umano è stata la decisione migliore.

Dopo una pausa, aggiunsi: — Certo, sempre che quella scema valesse simili sforzi.

— Alisa! — Nella voce di Anna Tichonovna risuonò una nota metallica. — Come osi discutere gli ordini dei superiori? Porgo le mie scuse per Alisa, ha subito forti emozioni e... non è del tutto in sé.

— Ma certo, si capisce — disse Zavulon. — Alisa ha determinato di fatto il successo dell'operazione. Ha sacrificato tutte le sue energie. Non sorprende che abbia osservazioni da fare.

Alzai di scatto la testa. Zavulon era molto serio. Nessuna ombra di scherno o d'ironia.

— Ma... — attaccò Anna Tichonovna.

— Chi ha parlato di subordinazione? — l'interruppe Zavulon. — Silenzio!

Anna Tichonovna si bloccò.

Zavulon si alzò dalla scrivania. Si diresse lentamente verso di me; io lo fissavo senza distogliere lo sguardo, ma non provai neppure ad alzarmi.

— Quella scema — disse Zavulon — non meritava simili sforzi, si capisce. Ma l'operazione contro i Guardiani della Notte era di estrema importanza. E tutte le tue ferite in combattimento sono più che motivate.

Era come se rigirassero dentro di me la lama di un coltello.

— Grazie, Zavulon — risposi. — Mi sarà più facile affrontare i prossimi anni sapendo che non ho speso le mie energie invano.

— Quali anni, Alisa? — chiese Zavulon.

Che cosa strana: per molto tempo non ci eravamo rivolti la parola. Non avevo ricevuto neppure ordini diretti da lui. E ora aveva ricominciato a parlarmi: mi sentivo trafiggere il petto da aghi gelati.

— Il dottore ha detto che non mi ristabilirò tanto presto.

Zavulon ridacchiò e inaspettatamente allungò una mano. E mi sfiorò la guancia dolcemente, in quel modo che conoscevo così bene.

— Il dottore può dire ciò che vuole — disse pacatamente. — Lui ha la sua opinione e io la mia.

Ritirò la mano e io mi trattenni a stento dal seguirla con la guancia.

— Credo che nessuno contesti che il successo dell'operazione di oggi sia merito in gran parte di Alisa Donnikova, vero? — chiese Zavulon.

Eh, già, avrei proprio voluto vedere chi avrebbe osato contestarlo! Solo Anna Tichonovna aggiunse prudentemente: — Tutti noi abbiamo fatto notevoli sforzi…

— Dalla vostra condizione è facile intuire chi, e in quale misura, ha fatto degli sforzi.

Zavulon tornò alla scrivania, ma non si sedette; vi si appoggiò coi gomiti e restò immobile a fissarmi. Pareva sondarmi attraverso il Crepuscolo. Ma io non ero in grado di avvertirlo.

— Siamo tutti d'accordo, vero, che la Guardia del Giorno debba aiutare Alisa? — c'interrogò Zavulon.

Negli occhi di Anna Tichonovna passò un lampo d'ira. Un tempo anche l'anziana strega era stata l'amante di Zavulon e perciò mi aveva odiato quando ero entrata nelle sue grazie, per convertire poi la sua ira in benevolenza dopo che lui ebbe rotto con me.

— Se parliamo di aiuto, allora Karl Lvovic si è espresso in modo efficace. Siamo pronti a dividere con Alisa la nostra forza, ma sarebbe come dare a un moribondo un pezzo di lardo, anziché un brodetto ricostituente. Tuttavia sono disposta a tentare.

Zavulon si voltò e Anna Tichonovna si zittì.

— Se c'è bisogno di un ricostituente, lo avrà — replicò lui in tono molto pacato. — Siete liberi di andare.

I primi a balzare in piedi furono i fratelli vampiri, seguiti dalle streghe.

Anch'io mi misi a frugare in cerca dei sandali.

— Alisa, resta, se questo non ti crea complicazioni — mi disse Zavulon.

Gli occhi di Anna Tichonovna lampeggiarono per un attimo. Aveva intuito ciò che io avevo ancora timore di credere.

Dopo qualche istante io e Zavulon, rimasti soli, ci guardavamo in silenzio. La gola mi si era seccata e la lingua non mi ubbidiva più. No, non poteva essere vero, non era il caso di illudersi.

— Come stai, Alja? — chiese.

Solo mia madre mi chiamava Alja. E lui lo sapeva…

— Come un limone spremuto — risposi. — Dimmi, sono stata completamente idiota a dissipare le mie energie per un'operazione così inutile?

— Sei una ragazza in gamba, Alja — disse Zavulon.

Sorrise. Proprio come un tempo. Esattamente come un tempo.

— Ma ora…

Tacqui perché lui veniva verso di me e le parole non erano più necessarie. Non riuscivo neppure ad alzarmi dalla poltrona: gli cinsi le gambe, le abbracciai, e scoppiai in singhiozzi.

— Oggi, grazie a te, si sono poste le basi di una delle nostre operazioni migliori — riprese Zavulon. La sua mano mi carezzava i capelli, ma lui sembrava così distante. Certo, un mago del suo calibro non poteva permettersi di lasciarsi andare: da lui dipendevano l'intera Guardia del Giorno di Mosca e della provincia e la sorte di tutti gli agenti delle Tenebre che vivevano la loro vita tranquilla. A lui toccava combattere contro gli intrighi delle Forze della Luce e tenere d'occhio gli umani. — Dopo la tua stupida pensata del prisma di forza avevo deciso di non rivolgerti mai più la mia attenzione, Alisa.

— Zavulon… Sono stata una sciocca presuntuosa… — mormorai, inghiottendo le lacrime. — Perdonami, ti ho deluso…

— Oggi ti sei del tutto riabilitata.

Con un solo gesto mi sollevò dalla poltrona. Mi alzai sulle punte dei piedi. Chissà perché, rammentai di quanto mi avesse colpito la prima volta la sua forza, una forza smisurata per un corpo così magro. Anche quando assumeva un aspetto umano.

— Alisa, sono soddisfatto di te — disse, sorridendo. — Non soffrire per aver dissipato le tue energie, abbiamo ancora delle riserve.

— Sacrifici? — chiesi, cercando di sorridere anch'io.

— Sì — annuì Zavulon. — Ti metterai oggi stesso in ferie e tornerai più in forma di prima.

Un tremito delle labbra mi tradì. Che succedeva? Stavo per mettermi a gridare come un'isterica, il mascara era tutto colato, non mi restava più un briciolo di forza…

— Ti voglio — mormorai. — Zavulon, mi sono sentita così sola…

Lui mi allontanò dolcemente da sé.

— Dopo, al tuo ritorno. Altrimenti si tratterebbe di… — sorrise — interesse privato in pubblico ufficio.

— E chi oserebbe mai obiettare una cosa del genere?

Zavulon mi fissò a lungo negli occhi. — Qualcuno c'è sempre, Alja. L'anno scorso è stato un anno molto duro per la Guardia e in molti godrebbero nel vedermi umiliato.

— Allora non è il caso — mi affrettai a dire. — Non è il caso di rischiare. Mi rimetterò da sola, a poco a poco…

— Ce la farai. Non preoccuparti, bambina mia.

La sua voce mi aveva messa tutta in subbuglio. Quella sua forza così calma, determinata…

— Perché rischi tanto a causa mia? — mormorai, senza aspettarmi una risposta. Ma lui disse: — Perché anche l'amore è forza. Una grande forza da non disprezzare.

Capitolo 3

Che strana la vita!

Solo ventiquattr'ore prima, quand'ero uscita dal mio appartamento, ero ancora una giovane strega sana, piena di energie, eppure infelice. E non più di dodici ore fa me ne stavo seduta nell'ufficio della Guardia, distrutta, senza speranza e senza fiducia nel futuro.

Com'era cambiato tutto di colpo!

— Vuoi ancora vino, Alisa? — mi domandò Pavel, il mio accompagnatore.

— Sì, un po' — dissi, senza distogliere gli occhi dall'oblò. L'aereo aveva cominciato il suo atterraggio all'aeroporto di Simferopol. Il vecchio Tupolev cigolò, inclinandosi lentamente sull'ala; i passeggeri avevano i volti tesi e alterati. Solo io e Pavel stavamo seduti del tutto tranquilli: Zavulon in persona aveva controllato la sicurezza dell'aereo.

Pavel mi allungò il calice di cristallo. Naturalmente quello non rientrava nel catering, così come il Sauterne sudafricano che vi era stato versato. Il giovane mutantropo sembrava aver preso molto seriamente il suo incarico. Si preparava a partire per il Sud, per una vacanza a casa di amici, quando all'ultimo minuto era stato strappato dal volo per Cherson e gli era stato affidato l'incarico di accompagnarmi a Simferopol.

Le voci riguardo al mio riavvicinamento con Zavulon dovevano aver fatto in tempo a giungere fino a lui.

— Allora, alla salute del capo, eh, Alisa? — propose Pavel. Si accaniva talmente nella sua adulazione da risultare persino sgradevole.

— Sì, al capo! — dissi. Avvicinammo i calici e bevemmo. La hostess ci passò accanto per controllare per l'ultima volta le cinture, ma a noi non gettò neppure un'occhiata. L'incantesimo dell'invisibilità operato da Pavel funzionava. Persino questo meschino mutantropo ora era più dotato di me.

— Bisogna riconoscere — dichiarò dopo aver finito il suo vino — che da noi i rapporti tra dipendenti e superiori sono idilliaci!

Annuii.

— Invece gli agenti della Luce — nel menzionarli mise tutto il disprezzo di cui era capace — sono molto più individualisti di noi!

— Non esagerare! — lo rimbeccai. — Dopotutto questo non è vero.

— Ma per favore, Alisa! — Il vino lo faceva diventare loquace. — Ricordi quella volta che siamo rimasti bloccati insieme, prima dell'uragano?

Certo, era solo per questo che mi rammentavo di lui. I mutantropi fanno tutto il lavoro sporco, e ci si incrocia di rado con loro. Solo durante operazioni particolari, o quando tutto il personale della Guardia è reclutato.

— Sì, ricordo.

— Be', quel Gorodeckij... bel genio del cavolo!

— È un mago molto dotato — obiettai. — Molto.

— Già, accumula tutta quell'energia, spremendola fino all'ultima goccia dai poveri esseri umani, e poi per cosa la impiega?

— Per la propria rimoralizzazione.

Socchiusi gli occhi cercando di ricordare come fosse andata. Una cascata di luce sgorgava nel cielo. Flussi di energia che Anton Gorodeckij aveva sottratto agli umani. Si era giocato tutto, aveva corso il rischio di dover ricorrere a una forza supplementare, in un istante aveva attinto energie non solo confrontabili, ma persino superiori, ai poteri di Zavulon e Geser messi insieme. E le aveva riversate tutte su di sé.

La rimoralizzazione: la ricerca di una soluzione ottimale sul piano etico. Uno dei più angosciosi problemi per gli agenti della Luce: come non danneggiare gli umani ed evitare azioni che possano arrecare loro del male.

— Ma se è diventato un superegocentrico! — disse Pavel, con gusto. — Non poteva difendere la sua amica? Certo che poteva. Non poteva scontrarsi con noi? Altroché se poteva! E lui invece cos'ha fatto? Si è tenuto per sé tutte le energie che aveva attinto. Non ha voluto fermare neppure l'uragano. Eppure avrebbe potuto farlo.

— Chi può dire quali sarebbero state le conseguenze di un'azione diversa? — chiesi.

— Ma lui ha agito come uno di noi! Proprio come uno delle Tenebre.

— Se fosse come dici, lavorerebbe per i Guardiani del Giorno.

— Lo farà — disse con decisione Pavel. — Non può essere altrimenti. Non voleva abbandonare la sua forza e così se l'è tenuta per sé. Poi ha cercato di giustificarsi, dicendo che era l'unica decisione giusta... ma quale decisione? Quella di non interferire. Di non interferire e basta. Questo è nel nostro stile, lo stile di noi agenti delle Tenebre!

— Non voglio discutere con te, Pavel — dissi.

L'aeromobile sussultò mentre facevano scendere il carrello. Qualcuno mandò un sommesso "Ahi!".

Apparentemente il mutantropo aveva ragione. Ricordavo il volto di Zavulon nei giorni successivi all'uragano. Aveva lo sguardo molto poco rassicurante, che avevo già imparato a riconoscere. Come se avesse capito di essere stato abbindolato quando ormai era troppo tardi.

Pavel continuava ad analizzare i combattimenti tra le Guardie, le differenze di approccio, le strategie a lungo termine delle operazioni. Lo stratega: ecco che cosa avrebbe dovuto fare al nostro quartier generale, anziché gironzolare per le strade.

A un tratto mi resi conto di quanto mi avesse affaticato in quelle due ore di volo. Eppure di primo acchito produceva un'impressione gradevole.

— Pavel, in che cosa ti trasformi tu? — gli chiesi.

Il mutantropo cominciò a fare rumori con il naso, rispondendo malvolentieri: — In sauro.

— Ah, nientemeno! — Lo fissai di nuovo con curiosità. I mutantropi come lui erano davvero una rarità. Non era uno dei soliti lupi-cammello come il povero Vitalij. — E perché non ti si vede mai in giro durante le operazioni?

— Ecco, be'… — Pavel si adombrò. Prese il fazzoletto e si asciugò la fronte imperlata di sudore. — Le cose stanno così…

Era terribilmente turbato, come lo è una ragazzina durante una visita ginecologica.

— Mi trasformo in un sauro erbivoro — sbottò alla fine. — Non è il massimo della combattività, purtroppo. Ho mascelle forti, ma denti piatti e delicati. E sono troppo lento. Posso spezzare un braccio o una gamba… masticare un dito… questo sì, riesco a farlo.

Senza volerlo scoppiai a ridere. Poi dissi in tono comprensivo: — Non importa, siete utili lo stesso! L'importante è che tu abbia un aspetto suggestivo, che incuta paura, che lasci folgorati.

— L'aspetto sì, è suggestivo — confermò lui, guardandomi di sottecchi, diffidente. — Solo che le scaglie sono troppo colorate: sembrano quelle di un giocattolo di legno laccato. Perciò mimetizzarsi è difficile.

Riuscii a rimanere seria.

— Non fa nulla, non è poi così grave. Per spaventare gli esseri umani, soprattutto i bambini, le scaglie colorate sono l'ideale.

— Già, è questo che faccio di solito — ammise Pavel.

Uno scossone interruppe il nostro dialogo: l'aereo aveva sfiorato la pista d'atterraggio. I passeggeri applaudirono con calore, anche se un po' in anticipo. Per qualche secondo, attaccata all'oblò, contemplai avidamente il verde, le costruzioni dell'aeroporto, gli aerei pronti al decollo.

Quasi non ci credevo. Avevo lasciato l'afosa Mosca e ottenuto le ferie tanto sospirate, dei privilegi particolari… E al mio ritorno ci sarebbe stato di nuovo Zavulon ad aspettarmi.

Pavel mi accompagnò fino alla fermata dell'autobus. Il tragitto più bizzarro che avessi mai visto: l'autobus andava da una città a un'altra. Da Simferopol a Jalta. Ma, per quanto strano, era piuttosto comodo.

Lì era tutto diverso, completamente diverso. Faceva molto

caldo, ma non quel caldo che si sprigiona dall'asfalto e dal cemento come a Mosca. E si avvertiva la presenza del mare, anche se lontano. Il verde dappertutto era rigoglioso e l'atmosfera era quella di una stazione balneare nel pieno della stagione turistica.

Bene. Mi sentivo già meglio. Mancavano solo una doccia, un buon sonno ristoratore, nuovi abiti...

— Allora vai a Jalta? — chiese Pavel.

— Non proprio a Jalta — risposi. Osservai cupa la lunga coda davanti all'autobus. Persino i bambini sembravano pronti a dare l'assalto ai posti. Avevo pochissimo bagaglio: una borsetta e una borsa da viaggio a tracolla, perciò avrei potuto anche affrontare la coda, se fossi riuscita a prendere l'autobus senza biglietto. Ma non ne avevo voglia. Avevo con me un bel pacco di voucher per la diaria, il soggiorno e le cure: Zavulon era riuscito a darmi quasi duemila dollari. Niente male, soprattutto per l'Ucraina.

— Va bene, Pavel. — Gli schioccai un bacio sulla guancia. Il mutantropo avvampò. — Mi arrangerò, non c'è bisogno che mi accompagni.

— Sei sicura? Mi è stato ordinato di mettermi completamente a tua disposizione.

Oh, il mio paladino... Il sauro erbivoro, la mucca con la corazza...

— Sì, sono sicura. Anche tu hai bisogno di una vacanza.

— Io e i miei amici abbiamo in programma un tour in bicicletta — disse lui chissà perché. — Sono licantropi ucraini, bravi ragazzi, con loro c'è persino un mago. Magari passiamo a trovarti.

— Mi farà piacere.

Il mutantropo tornò indietro verso l'aeroporto, come se fosse diretto verso un altro volo, mentre io sfilai lentamente davanti alla sparuta fila di tassisti, ufficiali e abusivi. Era ormai buio ed erano rimasti in pochissimi.

— Dove devi andare, bella? — mi gridò un tassista corpulento coi baffi, che fumava davanti alla sua Ziguli. Scossi la testa. Già, comoda la Ziguli per spostarsi da una città all'altra. Ignorai la Volga e ancor di più la Oka. Ma la Nissan Patrol nuova fiammante faceva proprio al caso mio. Mi chinai sul finestrino abbassato. Nell'auto sedevano due giovani dai capelli scuri. Quello che occupava il posto del guidatore fumava e il suo compagno sorseggiava birra da una bottiglia.

— È libero, ragazzi?

Mi puntarono gli occhi addosso, cercando di valutarmi. Non avevo quell'aria economicamente affidabile che secondo i loro parametri avrei dovuto avere.

— Può darsi — disse bruscamente il guidatore. — Se riusciamo a metterci d'accordo sul prezzo.

— Ci riusciremo — dissi. — All'Artek[1] per cinquanta.

— Sei una pioniera? — chiese l'autista, sghignazzando. — Per cinquanta ti portiamo a fare il giro della città.

Spiritoso! E le sue richieste erano esose: cinquanta grivne erano quasi dieci dollari.

— Avete trascurato la cosa più importante — osservai. — Cinquanta cosa?

— Cinquanta cosa? — ripeté il secondo giovane come un pappagallo.

— Cinquanta dollari.

L'espressione del loro muso cambiò subito.

— Cinquanta dollari, ma velocità sostenuta, nessun altro passeggero a bordo e niente musica a volume alto — puntualizzai. — D'accordo?

— Sì — confermò l'autista, sgranando gli occhi. — E i bagagli?

— Qui con me. — Mi sistemai sul sedile posteriore e vi appoggiai la borsa. — Andiamo.

Sembrava che il mio tono avesse fatto effetto. Un minuto dopo correvamo lungo la strada. Mi rilassai, mettendomi più comoda. Bene. E ora il riposo: dovevo riposare, mangiare pesche, riprendere le forze. E poi sarei tornata a Mosca, da Zavulon. In quel momento nella borsetta trillò il cellulare.

— Alisa, com'è andato il viaggio?

Il cuore mi si riscaldò. Una sorpresa dietro l'altra: persino nei nostri giorni migliori Zavulon aveva trascurato di occuparsi di

1 L'Artek è un campo per giovani pionieri sovietici. Il pioniere è una figura analoga a quella dello scout.

simili dettagli. Adesso lo faceva perché ero malata e mi sentivo giù di corda?

— Grazie, magnificamente. Pare che ci siano stati problemi col tempo, ma...

— Sono al corrente. I nostri ragazzi di Simferopol mi hanno dato una mano con le previsioni atmosferiche. Non è di questo che volevo parlarti. Sei in macchina?

— Sì.

— Ci sono predizioni negative su questo viaggio.

Mi allarmai. — Riguardano il tragitto?

— No. Il tuo autista.

Le nuche rasate dei ragazzi davanti erano rigide. Per un istante le osservai, arrabbiandomi per la mia impotenza. Non solo non riuscivo più a leggere nel pensiero, ma nemmeno a sentire le emozioni.

— Me la caverò.

— Hai mandato via il tuo accompagnatore?

— Non preoccuparti, caro. Me la caverò.

— Sei sicura, Alisa? — Il tono di Zavulon tradiva un'autentica ansia. E questo aveva su di me un effetto tipo doping.

— Certo! Però controlla di nuovo la predizione!

Zavulon tacque per un istante, poi disse soddisfatto: — Sì, si aggiusterà tutto... ma tu resta in contatto. Se è necessario, ti raggiungerò.

— Nel caso mi dessero fastidio, tu strappagli la pelle di dosso, caro — dissi. Il ragazzo seduto accanto al guidatore si voltò e mi scrutò.

— Non solo gliela strapperò di dosso, ma gliela farò ingoiare — dichiarò Zavulon. Non si trattava solo di una minaccia: era una promessa concreta. — Be', buona vacanza, bambina!

Spensi il cellulare e mi misi a sonnecchiare. La Nissan correva dolcemente, avevamo già imboccato l'autostrada. Di tanto in tanto i ragazzi si accendevano una sigaretta. A un certo punto il motore sembrò arrancare: ci stavamo arrampicando su un valico. Socchiusi gli occhi e spiai il cielo stellato dal finestrino abbassato. Com'erano grandi le stelle in Crimea! Come sembravano vicine!

Poi mi addormentai sul serio. Cominciai persino a sognare. Era un sogno dolce, struggente. Facevo il bagno di notte nel mare e sentivo le mani di qualcuno, di cui distinguevo a tratti il viso, che mi accarezzavano piano...

Quando compresi che si trattava di carezze reali, mi svegliai di colpo e aprii gli occhi. Il motore taceva, l'auto era ferma di lato sull'autostrada, nella corsia d'emergenza dove di solito sostano i poveri sfortunati rimasti in panne. Ci doveva essere qualche problema. Lo si capiva dall'espressione dei due giovani. Non feci in tempo a svegliarmi completamente che subito l'amico dell'autista allontanò la mano dal mio viso.

— Siamo arrivati, amica.

— Non mi sembra che somigli all'Artek, amico — risposi.

— Siamo al valico di Angarsk. Si è fuso il motore — spiegò l'autista, passandosi la lingua sulle labbra. — Bisogna aspettare. Si può scendere a prendere una boccata d'aria.

Accampò qualche scusa sconclusionata, evidentemente più preoccupato del compagno, che al contrario sembrava elettrizzato.

— Si può fare una pisciatina...

— Grazie, ma non mi va. — Continuavo a restare seduta, fissando con curiosità la strana coppia. Chissà che metodi avrebbero usato. Mi avrebbero trascinata fuori dall'auto? O avrebbero cercato di violentarmi direttamente lì? E poi? Lasciarmi andare era pericoloso. Forse mi avrebbero buttato giù dalla scarpata. In mare. Il mare è sempre stato il miglior amico degli assassini in ogni epoca e a ogni latitudine. La terra conserva le tracce a lungo, mentre il mare ha la memoria corta.

— Mi è venuto un dubbio — dichiarò l'autista. — Ce li hai davvero i soldi, pioniera?

— Se vi ho ingaggiato — risposi, sottolineando la parola "ingaggiato" — vuol dire che ce li ho.

— Fammeli vedere — mi ordinò.

"Ah, quanto siete ottusi voi umani..." Afferrai in silenzio una mazzetta di dollari dalla borsa. Ne tolsi una banconota da cinquanta e gliela allungai, ignorando l'avido sguardo che si posava sul denaro. Scambiò un'occhiata con il suo compare.

Sembravano alla ricerca di un pretesto, almeno per giustificarsi davanti a se stessi.

— Ma sono falsi! — sbottò, facendo sparire in tasca la banconota. — Eh, già, la puttanella voleva...

Ascoltai solo una parte delle loro sconcezze, continuando a osservarli imperturbabile, benché mi sentissi tesa: dopotutto avevo perso i poteri speciali che consentono a un Altro di trasformare due bastardi come quelli in burattini ubbidienti.

— Confidi nel tuo amichetto, eh? — chiese l'amico dell'autista. — Ci strapperà la pelle di dosso, eh? Gliela strapperemo noi, cagna!

Scoppiai a ridere, pensando all'infinità di scherzetti che avrebbe potuto combinare Zavulon a questi pivelli. E solo per le loro parole.

L'autista mi afferrò per un braccio. Aveva un viso giovane e bello – avrei potuto avere un flirt estivo con un ragazzo così – ma era stravolto da un misto d'ira, paura e libidine.

— Pagherai in natura, brutta puttana!

Già, in natura. E poi con i miei beni e con un bel volo giù dallo strapiombo. No, non mi sembrava il modo migliore per far conoscenza con il Mar Nero.

Il secondo giovane si avvicinò, con l'evidente intenzione di strapparmi di dosso la camicetta. Caprone! Era costata duecentocinquanta dollari. Le sue mani stavano per sfiorarmi, quando lo colpii in fronte col calcio della pistola. Rimasero raggelati.

— Siete proprio tosti, ragazzi — dissi con voce vellutata. — Ma adesso mani in alto e giù dall'auto!

La pistola li aveva veramente scioccati. Forse perché venivo dall'aeroporto ed era impensabile che potessi avere un'arma con me. O forse perché avevano subodorato che spappolargli il cervello sarebbe stato per me un passatempo.

Si precipitarono giù dall'auto e io li seguii. Per qualche secondo esitarono e poi si diedero alla fuga. Ma questo non mi andava.

Il primo proiettile colpì l'amico dell'autista alla caviglia. Le gambe non erano così importanti per lui, non doveva tenerle sui pedali. La ferita era proprio lieve, di striscio, più una bruciatura che una vera ferita d'arma da fuoco, ma bastò. Il ragazzo cadde con un gemito e il suo compagno restò annichilito con le mani in alto. Chissà per chi mi avevano scambiato, forse per un'agente dei servizi di sicurezza in vacanza.

— Capisco che siate avidi: l'economia è allo sfascio, non pagano gli stipendi. E capisco anche tutta la vostra libidine: in fondo siete giovani, con gli ormoni in circolo. Anche per me è così.

Mi ascoltavano nel silenzio più totale: era scesa la notte e la strada era deserta, solo in lontananza s'intravedevano dei fari. Era una notte meravigliosa, calma, stellata, una calda notte di Crimea e giù, sotto il dirupo, rombava il mare.

— Siete proprio ragazzi simpatici — dissi. — L'unico problema è che ora non ho voglia di fare sesso. Vi siete comportati troppo male. Pazienza!

Alzai il dito e loro lo fissarono come ipnotizzati. A giudicare dall'espressione, non si aspettavano nulla di buono. Ma non ero un'assassina.

— Dal momento che siete in due e che sembrate anche grandi amici — spiegai — non sarà un problema per voi soddisfarvi da soli. Dopodiché, senza altri imprevisti, riprenderemo tranquillamente il viaggio fino al campeggio.

— Brutta... — Il guidatore si mosse verso di me, ma la pistola puntata contro il basso ventre sortì l'effetto dovuto.

— Ci sarebbe una soluzione di riserva — proposi. — Potrei sbarazzarvi di alcune parti superflue del vostro corpo.

— Brutta... — sibilò il ragazzo ferito. — La pagherai!

— Per voi neppure un soldo bucato — replicai. — Tiratevi giù i pantaloni e al lavoro.

Quei poteri con cui un Altro è in grado di annientare la volontà di un essere umano in me erano inefficaci. Comunque il mio tono dovette essere persuasivo. Ubbidirono. Provarono a ubbidire. Ogni tanto noi ragazze della sezione guardiamo film pornografici gay e ci divertiamo molto. E nella guardiola maghi e vampiri mettono qualche cassetta di lesbiche. Ma nei film gli attori sono disinvolti e ce la mettono tutta, mentre qui i due babbei sembravano contrariati dall'inattesa svolta degli eventi e mancavano di esperienza. Così più che altro io contemplavo il mare, limitandomi a controllare ogni tanto che non battessero la fiacca.

— Niente male — li rassicurai, quando ritenni di averli umiliati abbastanza. — Come si dice, la prima volta non conta. Vi allenerete nel tempo libero. In macchina!

— Perché? — strillò l'autista, disperato. Forse aveva deciso che volevo ucciderli e scaraventarli con l'auto nel mare.

— Ma non vi avevo ingaggiati per accompagnarmi? — dissi, stupita. — I soldi li avete avuti.

Riprendemmo il viaggio senza imprevisti. L'autista si mise a strillare che odiava se stesso, che non voleva più vivere e che avrebbe sterzato e si sarebbe buttato giù nel burrone.

— Su, su — replicai. — Con un bel proiettile nella nuca non sentirai niente quando cadrai!

Si zittì.

Tenni la pistola puntata fino ai cancelli dell'Artek. Aprendo la portiera mi voltai: — Un'ultima cosa, ragazzi...

Mi guardarono con odio. Se fossi stata in forma, quante energie avrei sottratto!

— È meglio che non cerchiate di ritrovarmi, altrimenti quello che è successo stanotte vi sembrerà un paradiso al confronto, chiaro?

Nessuna risposta. Silenzio assenso, conclusi, rimettendo la piccola Astra cub nella borsetta. L'arma ideale per una donna debole e vulnerabile... anche se in dogana aveva dovuto tenerla Pavel.

Raggiunsi i cancelli, mentre la Nissan ripartiva rombando. Mi auguravo che quei rapinatori e violentatori mancati avessero almeno il cervello di non provare a vendicarsi. Del resto, un paio di giorni dopo, i piccoli delinquenti locali non sarebbero più stati un problema per me. In quel modo alle due di notte giunsi all'Artek dove dovevo rimettermi in salute.

«Un bel ricostituente» come aveva detto Karl Lvovic nelle sue prescrizioni. Ogni pioniere modello doveva compiere tre azioni nella sua vita: visitare Lenin al Mausoleo, andare in vacanza all'Artek e annodare la cravatta a un novizio, in segno di benvenuto nei pionieri. Dopodiché giungeva allo stadio successivo della sua evoluzione, quello del Komsomol[1]. Io, nella mia breve infanzia da pioniera, ero riuscita ad adempiere solo il primo punto: ora avevo la possibilità di colmare le mie lacune. Non so come fosse in epoca sovietica, ma oggi un campeggio modello per ragazzi aveva tutta l'aria di una cosa seria.

La palizzata che circondava il territorio del campeggio era in ottimo stato e davanti all'entrata stazionavano delle guardie. Armi non se ne vedevano, almeno a una prima occhiata, ma i giovanotti forti e robusti in divisa da poliziotto facevano anche così un certo effetto. In confronto a loro, erano proprio buffe le squadre di ragazzini di quattordici, quindici anni, che sembravano un residuo dei tempi passati, quando si suonava il corno e rullavano i tamburi e i pionieri in schiere ordinate si recavano alla spiaggia per eseguire le "procedure acquatiche", come raccomandato dal regolamento. A dire il vero mi aspettavo d'incappare nelle solite lungaggini burocratiche o di creare scompiglio.

Ma come capo dei pionieri (ora, in realtà, il mio ruolo era più semplicemente quello di educatrice) non dovevo essere la prima a giungere alle due di notte all'Artek su un'auto straniera. Una delle guardie diede di sfuggita un'occhiata ai miei documenti, autentici, rilasciati da chi di dovere e convalidati dalle firme e dai timbri necessari. Dopodiché chiamò un ragazzino di sentinella.

— Makar, accompagna Alisa dal sorvegliante.

— A-ha — borbottò il pivello, esaminandomi con un certo interesse. Aveva visto una bella ragazza e non s'imbarazzava nel mostrarsi interessato a lei. Sarebbe andato lontano…

Uscimmo dal casotto delle guardie e passammo davanti a una fila di bacheche con i programmi del giorno, le locandine delle iniziative, i giornali murali dei ragazzi. Da quanto tempo non vedevo giornali murali! Proseguimmo lungo il viale debolmente illuminato, e mi sorpresi a cercare lungo i lati le statue di gesso dei cornisti o delle fanciulle coi remi. Ma non ne trovai.

[1] Komsomol è la contrazione di Kommunisticeskij Sojuz Molodezei, l'Unione comunista della gioventù.

— Lei è la nuova capogruppo? — mi domandò il ragazzo.

— Sì.

— Makar — disse, tendendomi la mano con serietà.

— Alisa. — Gli strinsi la mano, trattenendo a fatica un sorriso. Tra noi c'era una differenza d'età di dieci, forse dodici anni. Anche solo dai nomi era evidente come tutto fosse cambiato. Dov'erano sparite le Alice di Lewis Carroll e di Kir Bulycev? Avevano fatto la fine dei cornisti di gesso, delle insegne dei pionieri, delle illusioni perdute e dei sogni irrealizzati. In schiere ordinate, sotto le note aggressive e gaie dei canti. La bambina che allora aveva interpretato il ruolo di Alice nel telefilm omonimo e che aveva fatto innamorare di sé tutti i ragazzini del paese, ora lavorava tranquillamente come biologa, rammentando con un sorriso quella romantica icona del passato. Erano comparsi nuovi nomi: Makar, Ivan, Egor, Mascia... Un'immutabile legge di natura: peggio vive un paese e più affonda nel fango, più forte è la sua attrazione per le radici, per i vecchi nomi, i vecchi costumi, i vecchi rituali. No, non è che siano peggio questi Makar, questi Ivan, anzi, forse il contrario: sono più seri, determinati, meno legati all'ideologia e al modello del collettivo. Sono più simili a noi agenti delle Tenebre, che non gli Slava, i Sereza e le Alisa. In fondo un po' ci rincresce. Forse perché noi non siamo stati come loro, o forse perché loro sono diventati quelli che sono.

— Si trattiene per poco tempo da noi? — s'informò il ragazzo con la stessa serietà.

— Sì. La mia amica s'è ammalata e io la sostituisco. Ma cercherò di tornare il prossimo anno.

Makar annuì. — Ritorni. Qui si sta bene. Anch'io ci sarò il prossimo anno. Avrò già compiuto quindici anni.

Forse era un'impressione, ma negli occhi di questo diavoletto era balenata una scintilla.

— E dopo i quindici?

Scosse la testa. Disse, con palese rammarico: — Si può solo fino a sedici. Comunque quando avrò sedici anni andrò a studiare a Cambridge.

Per poco non mi strozzai. — Costa parecchio, Makar.

— Lo so. È stato pianificato già da cinque anni, non si preoccupi.

Di sicuro era il figlio di qualche nuovo ricco. Loro pianificano tutto quanto.

— Un passo importante. E resterai là?

— No, perché? Riceverò un'istruzione adeguata e poi tornerò in Russia.

Un ragazzo davvero in gamba. Chi lo direbbe? Tra gli esseri umani si trovano talvolta esemplari bizzarri. Peccato che non potessi testare se aveva delle potenzialità come Altro: abbiamo bisogno di ragazzi così.

Seguendo la mia guida, dalle mattonelle lastricate della stradina passai in un sentiero angusto.

— Di qui è più breve — mi spiegò il ragazzo. — Non si preoccupi, conosco questo posto come le mie tasche.

Lo seguivo in silenzio. Era buio e potevo contare solo sulle mie capacità umane, ma la sua camicia bianca era un po' come un segnale d'orientamento.

— Vede quella lucina laggiù? — chiese Makar, voltandosi. — La segua finché non l'avrà raggiunta, io la mollo qui.

Forse il ragazzo aveva deciso semplicemente di prendersi gioco di me: alla lucina mancavano almeno trecento metri attraverso una fitta boscaglia. L'occasione per vantarsi con gli amici: ho portato la nuova educatrice in mezzo alla boscaglia e poi l'ho piantata in asso. Ma non aveva fatto un passo che inciampò in qualcosa e cadde con un'esclamazione di stupore. Non lo presi neanche in giro, era troppo buffo!

— Eccolo quello che diceva «conosco questo posto come le mie tasche» — mi limitai a commentare.

Non rispose neppure. Ansimò, allungando il ginocchio ferito. Mi sedetti accanto a lui e lo fissai negli occhi. — Volevi prenderti gioco di me, vero?

Il ragazzino mi guardò e subito distolse lo sguardo. Bofonchiò: — Mi scusi.

— Fate a tutti scherzi del genere? — gli chiesi.

— No.

— E che cosa ho fatto io per meritare un simile onore?

Non rispose subito. — Lei ha un'aria… molto sicura di sé.

— Ma davvero? — risposi. — Arrivando qui mi è successo di tutto e per poco in viaggio non mi uccidevano. Ma ce l'ho fatta lo stesso. Che aria dovrei avere secondo te?

Aveva perso tutta la sua grinta. Mi sedetti accanto a lui e dissi: — Fammi vedere il ginocchio.

Lo scoprì. La forza. Sapevo che c'era, quasi la sentivo pulsare da questo ragazzino: la forza innata, intensa, pura, scaturita dal dolore, dall'offesa, dalla vergogna; potevo quasi afferrarla essendo io un'Altra, un'agente delle Tenebre, la cui forza dipende dalla debolezza altrui. Quasi ce la facevo. Ma non ancora. Makar sedeva, a denti stretti, senza emettere alcun suono. Mi trattenni e trattenni la forza dentro di me. Sarebbe stato troppo per me adesso. Tolsi dalla borsetta una torcia a stilo e la accesi: — Non è niente. Vuoi che ti metta un cerotto?

— No, non ce n'è bisogno. Guarirà da solo.

— Come vuoi. — Mi alzai e feci girare la torcia tutt'intorno. Non era facile trovare la strada fino alla finestrella illuminata in lontananza. — Allora, Makar? Fuggi via o malgrado tutto mi accompagni?

Si alzò in silenzio e si avviò. Io lo seguii. Solo davanti all'edificio, un palazzetto di pietra a due piani con colonne, per niente piccolo, Makar domandò: — Lo dirà al sorvegliante?

— Dirò cosa? — Scoppiai a ridere. — Non mi sembra che sia successo niente, abbiamo fatto una bella passeggiata lungo il viale.

Ansimò un altro po' e quindi disse in tono ancora più sincero: — Mi scusi, è stato uno scherzo davvero stupido.

— Medica il ginocchio — gli consigliai. — Lavalo e mettici sopra della tintura di iodio.

Capitolo 4

Oltre la parete sottile si sentiva scorrere dell'acqua. Il sorvegliante del campo era andato a lavarsi. L'avevo svegliato mentre dormiva pacificamente al ronzio del suo infimo stereo cinese. Non capivo come si potesse dormire con Vysockij come sottofondo. Del resto, con un simile impianto si poteva ascoltare solo la musica dei cantautori.

Ci saranno poesie e matematica
onori, doveri, impari battaglie…
Adesso i soldatini di piombo
sulla vecchia carta si sono messi in riga.
Sarebbe stato meglio trattenerli nelle caserme
ma così è la guerra…
Cadono i militi di entrambe le armate
in egual misura su tutti e due i fronti.

— Ho finito, le chiedo scusa… — Il sorvegliante uscì dal minuscolo bagno, asciugandosi il viso con la salvietta statale a nido d'ape. Mi fissò e io annuii con aria comprensiva. Il registratore continuava a suonare aggiungendo nuove sonorità rauche alla voce di Vysockij.

Saranno le lacune della loro educazione
o le falle nella loro istruzione
ma le campagne non sa vincerle
né una parte, né l'altra.
Un dannato problema di coscienza

come si fa a non incorrere in peccato?
Di qua e di là soldatini di piombo
chi deciderà a chi andrà la vittoria?

Con espressione corrucciata, il sorvegliante abbassò il volume al minimo. Mi tese la mano: — Petr.

— Alisa.

Nella sua stretta di mano, energica, di quelle che di solito si danno a un uomo, percepii subito la distanza, quasi a voler sottolineare che il nostro sarebbe stato solo un rapporto tra colleghi. Be', meglio così: quest'uomo basso, magro, con l'aria di un adolescente non presentava ai miei occhi particolari attrattive. Certo, avevo intenzione di farmi un amante durante le vacanze, ma ne volevo uno più giovane e più simpatico. Petr doveva avere almeno trentacinque anni e anche senza i miei poteri riuscivo a leggere in lui come in un libro aperto. Un marito esemplare, nel senso che non aveva quasi mai tradito la moglie, uno che non beveva, non fumava e che all'educazione del figlio – forse l'unico – dedicava il tempo dovuto. Un uomo responsabile, che amava il proprio lavoro, le schiere di mocciosi e adolescenti teppistelli. Di uno come lui ci si poteva fidare senza riserve: gli asciugava il moccio, gli parlava apertamente sequestrando le bottiglie di vodka, faceva predicozzi sulla nocività del fumo e li bersagliava con discorsi sul lavoro, il riposo e la morale. In breve, il sogno incarnato degli agenti della Luce, e non un uomo vero.

— Lieta di fare la sua conoscenza — dissi. — Era da tanto che desideravo venire all'Artek, peccato che sia capitata proprio in questa circostanza.

— Non me ne parli. Siamo tutti così in pena per Nastja. Siete amiche?

— No — scossi la testa. — Sono dietro a lei di due anni all'università.

Petr annuì ed esaminò i miei documenti. Non avevo paura d'incontrare Nastja, era quasi certo che si sarebbe "rammentata" della mia faccia: Zavulon era sempre molto attento a questi particolari. Se all'Artek non c'erano Altri disponibili, ne avevano mandato di sicuro uno da Jalta o da Simferopol che aveva avvicinato Nastja per un istante... e ora lei si ricordava di me.

— Ha già lavorato come educatrice?

— Sì, ma non qui all'Artek, ovviamente.

— E che importa? — disse Petr, stringendosi nelle spalle. — La differenza è solo nel personale.

Il tono con cui aveva pronunciato queste parole contrastava abbastanza con il contenuto. Andava fiero dell'Artek come fosse stato lui a fondarlo – strappandolo, mitra in pugno, ai nazisti – e a costruire padiglioni e piantare alberi.

Sorrisi, mostrando con tutta me stessa che non ci credevo, ma stavo zitta per cortesia.

— Nastja lavora nel Padiglione Celeste — mi spiegò Petr. — L'accompagnerò da lei, tanto deve comunque alzarsi. Alle cinque parte la macchina per Simferopol. È andato bene il viaggio, Alisa?

— Bene — risposi. — Sono venuta in macchina.

Petr si adombrò. — L'avranno derubata...

— Ma no, per niente — mentii.

— In ogni caso, è piuttosto rischioso — aggiunse lui. — Una ragazza giovane e bella, sola, di notte, con un autista sconosciuto...

— Erano in due — precisai. — Ed erano molto occupati a comunicare tra loro.

Petr sospirò: — Non che voglia farle una lezione, Alisa, lei è adulta e vaccinata. Ma può accadere di tutto, capisce? L'Artek è il territorio dell'infanzia, dell'amore, dell'amicizia, della giustizia, per quel poco che siamo riusciti a conservarne. Ma fuori di qui la gente è diversa.

— La gente è diversa — concordai. Era incredibile con quale fede e quale sincerità avesse pronunciato quelle parole piene di pathos. Ci credeva davvero.

— Va bene. — Petr si alzò e sollevò da terra la mia borsa. — Su, andiamo, Alisa.

— Posso andare anche da sola, basta che mi indichi la strada.

— Alisa — disse, scuotendo la testa — si perderà. Il nostro territorio ha un'estensione di duecentocinquantotto ettari. Su, andiamo!

— Già, anche Makar per poco non si perdeva.

Petr era già sulla porta, ma si voltò bruscamente. — Makar? Un ragazzino di una quindicina d'anni? Era di nuovo all'ingresso?

Annuii sconcertata.

— Capisco — disse seccamente Petr.

Uscimmo nella calda notte estiva. Già albeggiava. Petr cavò di tasca la torcia, ma non l'accese. Scendemmo per uno stretto sentiero verso la riva.

— Quel Makar è un problema per noi — disse Petr quasi casualmente, mentre camminava.

— In che senso?

— Gli bastano poche ore di sonno, e così — rise tristemente — se la squaglia, vuoi dalla guardia all'ingresso, vuoi al mare, o da qualche parte fuori dal nostro territorio.

— Io pensavo che fosse una specie di sentinella messa all'entrata, un pioniere…

— Alisa!

A Petr simili repliche sembravano riuscire splendidamente. In un solo nome pronunciato a voce alta era capace di concentrare un'enorme riprovazione.

— Di notte i bambini devono dormire. E non stare di sentinella all'entrata del campo, davanti alla fiamma eterna o chissà dove. E di notte i bambini normali dormono. Prima di addormentarsi si scatenano, come di regola, e poi dormono. Di giorno qui si divertono un mondo.

Sotto i suoi piedi la ghiaia scricchiolava. Eravamo usciti dalla stradina lastricata, mi tolsi i sandali e proseguii a piedi nudi. Era piacevole sentire quei sassolini freschi, duri.

— Si potrebbe dare una strigliata alle guardie della sicurezza — rifletté Petr a voce alta — perché rispediscano indietro il ragazzo. Ma poi dobbiamo tenerlo legato tutta la notte alla sua branda? È meglio che stia lì tra gli adulti e sia controllabile, piuttosto che vada di notte a farsi il bagno in mare…

— E perché si comporta così?

— Dice che gli basta dormire tre ore. — Nella voce di Petr trapariva una penosa malinconia. Era una di quelle persone con cui è molto più interessante conversare al telefono o al buio: la sua mimica era poco vivace, il viso poco espressivo, ma in compenso la voce aveva un'incredibile varietà d'intonazioni. — E a giudicare da come si comporta di giorno, tre ore devono bastargli davvero. Ma il problema non è questo.

— Qual è? — Avevo intuito che si aspettava questa domanda.

— Non vuole perdersi un istante dell'estate, dell'Artek, della sua infanzia. — Ora Petr sembrava più che altro pensieroso. — È la sua prima e unica volta all'Artek. E cos'ha avuto di buono nella vita?

— Come, la sua prima e unica volta? Il ragazzo mi ha detto...

— Viene da un orfanotrofio — spiegò Petr. — E ormai è grande. È assai difficile che gli ricapiti di venire qui. Certo, potrebbe tornare da noi tutte le volte che vuole, ma solo pagando e non per uno scambio, gratis, per beneficenza.

Feci addirittura un balzo indietro. — Da un orfanotrofio? Ma se è stato così convincente...

— Sono tutti convincenti quando raccontano — disse Petr laconico. — E magari le ha sparate pure grosse, le ha raccontato che i suoi operano nel mondo della finanza, che viene all'Artek tre volte all'anno, che in autunno andrà alle Hawaii. Vorrebbero essere i primi a crederci, e così fantasticano. I più piccoli lo fanno di continuo, i più grandi meno spesso. Ma probabilmente lei gli sarà piaciuta.

— Non l'avrei mai detto.

— A quest'età non riescono ancora a esprimere le loro simpatie — dichiarò Petr in tono serio. — È facile confondere l'amore con l'odio e nell'infanzia poi... Alisa, devo farle una piccola richiesta...

— Sì?

— Lei è una ragazza molto bella e il nostro è un campeggio dove ci sono anche parecchi ragazzi grandi. Non le chiedo di non truccarsi, o cose del genere. Ma cerchi di non mettersi questa minigonna. È troppo corta.

— Non è la gonna che è corta — risposi con aria innocente. — Sono io che ho le gambe troppo lunghe.

Petr mi guardò di sottecchi. Scosse la testa con aria di rimprovero.

— Mi scusi, stavo scherzando — mi affrettai a dire. — Certo, non me la metterò più. Ho portato dei jeans, degli short e persino una gonna lunga. E un costume molto castigato.

Proseguimmo in silenzio. Non so a che cosa pensasse Petr. Forse rifletteva sulla mia inclinazione per il lavoro pedagogico. Forse commiserava il suo protetto. O forse meditava sull'imperfezione del mondo.

Sorrisi, ricordando com'era stato bravo il ragazzino a ingannarmi. Un nostro futuro compagno, un futuro agente delle Forze delle Tenebre. E se anche non avesse rivelato potenzialità da Altro e gli fosse toccato condurre una noiosa esistenza da essere umano, quelli come lui erano per noi un sostegno. L'essenziale non stava nella beffa – anche quelli della Luce amano scherzare – ma in ciò che spingeva un ragazzino ad architettare simili scherzi, ad accompagnare una ragazza sconosciuta per poi abbandonarla in mezzo alla boscaglia, e a fingersi il rampollo di una facoltosa famiglia. Questo sì che era proprio nel nostro stile.

La solitudine, il tedio, il disprezzo o la pena per chi ci circonda sono sentimenti sgradevoli, ma è proprio da sentimenti simili che si formano i veri agenti delle Tenebre. Esseri umani, o Altri, segnati dal marchio della dignità personale e che si distinguono per l'orgoglio e l'aspirazione alla libertà. Che cosa potrebbe venir fuori da un ragazzo di famiglia agiata, che trascorre tutte le estati al mare, che studia in un prestigioso liceo, che fa seri progetti per il futuro e che conosce bene l'etichetta? Malgrado l'opinione comune, è poco probabile che uno così ci sia affine. E non è neppure detto che debba somigliare a quelli della Luce. Galleggerà per tutta la vita come un pezzetto di merda dentro un buco nel ghiaccio: vili porcherie, meschini profitti, un'unica moglie e un'unica amante, farà le scarpe al capoufficio, lo sgambetto all'amico... Una vita squallida, vana. Né un nemico, né un alleato.

Persino un vero agente della Luce può suscitare rispetto, bisogna riconoscerlo. Anche se è contro di noi, se i suoi scopi sono irrealizzabili, i suoi metodi intollerabili, resta pur sempre un degno avversario. Come Semen o Anton dei Guardiani della Notte. Le cosiddette "brave persone" sono lontane da noi quanto dagli appartenenti alle Forze della Luce. Ma questi lupacchiotti solitari come Makar sono il nostro sostegno. Crescerà, perfettamente consapevole che gli toccherà combattere, che sarà solo contro tutti, che non dovrà aspettarsi né aiuto, né carità. Non gli verrà in mente di diventare il benefattore dell'umanità, ma non architetterà neppure alcuna stupida, vile porcheria contro chi gli sta intorno, e forgerà in se stesso la volontà e il carattere. Non fallirà. Se in lui vi sono potenzialità da Altro e l'incomparabilmente rara, imprevedibile capacità di penetrare nel Crepuscolo, che sola ci distingue dagli esseri umani, allora il ragazzo passerà dalla nostra parte. Altrimenti, continuando a restare un essere umano, sarà inconsapevolmente di aiuto ai Guardiani del Giorno. Come molti altri.

— Di qua, Alisa.

Giungemmo a una piccola costruzione. La veranda, le finestre aperte; da una di esse filtrava una debole luce.

— È il nostro cottage estivo — m'informò Petr. — Nel Padiglione Celeste ci sono quattro dacie principali e otto cottage estivi. D'estate è molto più gradevole vivere qui.

Era come se si scusasse per il fatto che a me e alle mie protette sarebbe toccato vivere in questa dépendance estiva. Gli chiesi: — E d'inverno?

— D'inverno non ci abita nessuno — spiegò Petr. — Malgrado i nostri inverni miti, non ci sono le condizioni adatte per i bambini.

Anche passare a uno stile formale gli riusciva facile. Era come se stesse tenendo una lezione a una mamma ansiosa: "La temperatura è gradevole, le condizioni di vita adeguate, l'alimentazione equilibrata."

Uscimmo sul terrazzo e io provai una lieve eccitazione. Mi pareva di cominciare a sentire...

Nastja era piccola, di carnagione olivastra, con qualcosa di tartaro nei tratti del volto.

Una ragazza carina anche se ora il suo viso era troppo teso, alterato.

— Ciao, Alja — disse, ammiccando nella mia direzione, come

a una vecchia amica. La falsa memoria di cui l'avevano dotata funzionava. — Che disgrazia...

Smisi di esaminare la cameretta, che non aveva niente di speciale. Era la tipica stanza di un'educatrice, con un letto, un armadio, una scrivania e una sedia. Il minifrigorifero Morozko e il televisore a buon mercato potevano considerarsi beni di consumo di lusso da quelle parti. Per fortuna non ero molto esigente.

— Andrà tutto bene, Nastja — la rassicurai. La ragazza annuì stancamente, come probabilmente aveva fatto per tutto il giorno prima.

— È una fortuna che tu sia arrivata così presto — disse, afferrando la borsa già pronta sul pavimento solo per passarla a Petr. — Hai già lavorato all'Artek?

— No.

La ragazza si adombrò. Forse chi aveva operato quella suggestione doveva aver fatto un po' di confusione, ma ora la ragazza pareva avere altri pensieri.

— Faccio ancora in tempo a prendere il volo del mattino. Petr, la macchina per Simferopol è pronta?

— Parte tra un'ora — confermò l'uomo.

L'ex educatrice si rivolse di nuovo a me: — Le ragazze le ho già salutate — mi comunicò. — Così non resteranno meravigliate. Di' che gli voglio bene e che farò di tutto per tornare.

Per un attimo i suoi occhi si riempirono di lacrime.

— Nastja... — Le circondai le spalle con un braccio. — Andrà tutto bene, tua madre guarirà.

Il visetto della ragazza fu alterato da una smorfia di dolore.

— Non è mai stata ammalata — sbottò. — Mai!

Petr tossì delicatamente. Nastja abbassò lo sguardo e tacque. Ci sarebbero stati svariati espedienti per spedirmi a lavorare all'Artek. Zavulon prediligeva sempre i più semplici: la madre di Nastja era stata colpita da un grave infarto, la ragazza stava per rientrare in aereo a Mosca e dall'università avevano mandato al suo posto un'altra studentessa. Elementare. Probabilmente sarebbe venuto comunque un infarto alla madre di Nastja: forse tra un anno o tra cinque. Zavulon era sempre scrupoloso nel valutare l'equilibrio delle forze. Provocare un infarto in una donna perfettamente sana era un'interferenza di quarto grado che avrebbe dato automaticamente il diritto a quelli della Luce di rispondere con una magia di pari forza. Quasi certamente la madre di Nastja sarebbe sopravvissuta. Zavulon non era tipo da crudeltà gratuite. Perché uccidere una donna quando si poteva raggiungere lo scopo facendola solo ammalare? Avrei potuto consolare l'educatrice di cui prendevo il posto, ma mi sarebbe toccato spiegarle un bel po' di cose.

— Eccoti il quaderno, c'è qualche annotazione. — Nastja mi tese il sottile quadernetto di scuola: sull'allegra copertina campeggiava una cantante famosa dal sorriso ebete. — Inezie, ma forse potrebbero tornare utili. Con certe ragazze bisogna relazionarsi in un modo particolare.

Annuii. Nastja fece un gesto con la mano. — Ma che te lo dico a fare? Te la caverai splendidamente.

Tuttavia per un quarto d'ora mi iniziò alle sottigliezze del regolamento, mi pregò di prestare particolare attenzione a certe ragazzine precoci che già flirtavano coi ragazzini, mi consigliò di non pretendere da loro il silenzio subito dopo la ritirata perché «quindici minuti bastano loro per dirsi tutto, mezz'ora al massimo...»

Solo quando Petr le indicò l'orologio, Nastja tacque. Mi schioccò un bacio sulla guancia, afferrò la borsetta e una cassetta di cartone: naturalmente portava della frutta alla mamma malata.

— Auguri, Alisa!

Finalmente rimasi sola. Sul letto c'era una pila di biancheria pulita. La lampadina sotto il modesto abat-jour di vetro mandava una luce fioca. I passi di Nastja e Petr e il loro sommesso parlottio ben presto cessarono.

A cinque passi di distanza, nella camerata, dormivano diciotto ragazzine tra i dieci e gli undici anni.

Fui scossa da un tremito. Un impercettibile tremito nervoso come fossi ancora una neofita che prova ad allontanare da sé una forza estranea.

Forse così aveva tremato l'Humbert Humbert della *Lolita* di Nabokov. Del resto, in confronto a ciò che io mi predisponevo a fare, i suoi ardori per le ninfette erano robetta.

Spensi la luce e uscii in punta di piedi nel corridoio. Come mi mancavano i miei poteri!

Dovevo ricorrere a ciò che mi restava di umano.

Il corridoio era lungo e il pavimento scricchiolava. Avanzare lungo la passatoia usurata non mi aiutava, i miei passi si potevano udire facilmente. L'unica speranza era che a quell'ora antelucana le bambine ancora dormissero e fossero immerse nei loro sogni semplici e veri, i limpidi sogni dell'infanzia.

Aprii la porta ed entrai nella camerata. Chissà perché mi aspettavo qualcosa di più istituzionale, una via di mezzo tra l'orfanotrofio e l'ospedale: brande di ferro, la luce fioca di una lampada d'ordinanza, tristi tendine e ragazzine che dormivano composte. Invece era tutto molto grazioso. L'unica luce era quella che proveniva dal fanale della stradina. Le ombre fluttuavano leggere, una brezza marina soffiava dalle finestre aperte, e l'aria profumava di fiori di campo. In un angolo lo schermo del televisore spento mandava tenui bagliori, i disegni a pastello e acquerello sulle pareti apparivano vivaci e allegri anche nella penombra.

Le bambine dormivano. Sdraiate sui letti con le braccia e le gambe spalancate, o tutte avviluppate con la coperta sopra la testa. Con gli indumenti disposti accuratamente sui comodini oppure appoggiati alle testate dei letti o agli schienali delle sedie. Costumi ancora umidi, gonnelline, jeans e calzini. Un bravo psicologo avrebbe ricavato un'impressione profonda da queste bambine. Io non ne avevo bisogno.

Passavo lenta tra i letti, accomodavo le coperte che erano scivolate giù, sollevavo braccia e gambe. Le bambine dormivano un sonno profondo.

Mi andò bene con la settima. Doveva avere undici anni, grassottella, capelli chiari. Una bambina come tante, che ruminava piano nel sonno. Stava facendo un brutto sogno. Mi misi in ginocchio davanti al letto. Allungai la mano e le sfiorai la fronte, dolcemente, con la punta delle dita. Sentii la forza. Sentivo che esisteva una possibilità di alimentare le mie energie. Tutto avveniva sul piano istintivo, era un riflesso condizionato, un po' come il succhiare nei neonati.

Vidi anch'io l'incubo. Era davvero brutto. La bambina sognava di dover tornare a casa: il suo turno non era ancora finito, ma l'avevano ritirata perché la mamma s'era ammalata e il padre, cupo e accigliato, la trascinava verso il pullman. Non aveva neppure avuto il tempo di salutare le amichette, né di fare l'ultimo bagno in mare e raccogliere quei sassolini che le servivano. Lei s'impuntava, pregava il padre, lo supplicava di aspettare almeno un po', ma lui si arrabbiava sempre di più e le sussurrava qualcosa sulla sua condotta riprovevole, le diceva che non era il caso di frustare una bambina grande come lei, ma visto che si comportava così male, allora lui avrebbe infranto la promessa di non punirla più con la cinghia dei pantaloni.

Quel sogno era una reazione della bambina alla partenza di Nastja. Chiunque avrebbe cercato di aiutare la piccola. Un essere umano l'avrebbe accarezzata sulla testa, sussurrandole parole tenere, le avrebbe forse cantato una ninna nanna.

Un Altro, agente della Luce, avrebbe usato la forza per ribaltare il sogno e far sì che il padre ridesse, dicesse che la mamma era guarita e che sarebbe corso con la figlia al mare. Avrebbe sostituito quel sogno crudele, ma realistico, con una dolce menzogna.

Ma io appartenevo alle Tenebre. Attinsi alla sua forza, risucchiai l'immagine fosca del padre, della madre malata, delle amichette perdute per sempre, dei sassolini di mare non raccolti e della vergognosa fustigazione.

La bambina squittì piano come un topolino spaventato. Aveva ripreso a respirare con un ritmo regolare, tranquillo. Nei sogni infantili la forza è poca. Tutt'altro discorso vale per gli assassini rituali che subito alimentano un flusso abnorme di energia. I sogni sono soltanto sogni, un ricostituente per una strega malata...

Mi rialzai. La testa mi girava leggermente. Non avevo ancora riacquistato i poteri perduti: mi servivano almeno un'altra decina di questi sogni per colmare quell'abissale carenza.

Nessun'altra bambina stava sognando, tranne una, ma il suo era un sogno sciocco, puerile, che a me non serviva: un ragazzino lentigginoso le regalava il solito stupido ciondolo con la pietra forata.

Mi fermai davanti al suo letto: era la più sviluppata, aveva già un accenno di seno. Mi avvicinai ripetutamente alla sua fronte, cercando di trovare qualcosa. Nulla, il vuoto: mare, sole, spiaggia, schizzi d'acqua e il solito ragazzino. Neppure un briciolo di stizza, di gelosia, di tristezza. Avrebbe potuto attingervi un mago della Luce, risucchiare il suo sogno e andarsene, soddisfatto. Io non avevo nulla da fare qui.

Non aveva importanza: ci sarebbero state un'altra sera e un'altra notte e la mia grassottella, la mia protetta, avrebbe avuto di nuovo lo stesso incubo: le avevo tolto tutta la paura, ma non avevo eliminato le cause. L'incubo sarebbe tornato, e io l'avrei aiutata. L'essenziale era non accanirsi troppo e non provocare nella bambina un attacco di nervi: non avevo il diritto di farlo, sarebbe sembrata un'interferenza magica grave, e se nel campo si fosse trovato un osservatore della Luce o un Altro dell'Inquisizione – su questo le Forze delle Tenebre non scherzavano – mi sarei trovata in guai seri. Non avrei rischiato di far fare ancora brutta figura a Zavulon. Mai più!

Incredibilmente lui mi aveva perdonato, ma non l'avrebbe fatto di nuovo.

Alle dieci avrei fatto colazione con le bambine a me affidate. Nastja aveva ragione: me la sarei cavata splendidamente. All'inizio, quando le bambine si erano svegliate, ero un po' preoccupata. In effetti, al posto dell'educatrice a cui erano tanto affezionate, che se n'era andata nel cuore della notte per raggiungere la madre malata, le bambine avevano visto entrare nella camerata un'altra ragazza, una sconosciuta, che non somigliava affatto alla precedente. Subito sentii che diciotto paia d'occhi mi fissavano ostili e diffidenti, e che loro erano tutte unite e io da sola.

La mia salvezza fu che le bambine erano piccole e io una bella ragazza. Se al loro posto ci fossero stati dei maschietti, il mio aspetto esteriore non avrebbe avuto alcun peso. Per un ragazzino di dieci anni un cucciolo qualsiasi è molto più interessante della più bella delle ragazze.

Andai subito d'accordo con le bambine. Sedetti sul letto accanto a Olecka, la più tranquilla e timida, a giudicare dalle annotazioni sul quadernetto. Dissi alle bambine che è brutto quando la mamma si ammala, che non dovevano risentirsi con Nastja: avrebbe tanto voluto rimanere, ma una mamma, certo, è la cosa più importante del mondo!

Quando finii, Olecka si mise a frignare, stringendosi a me. E anche le altre avevano gli occhi lucidi. Allora raccontai del mio papà, del suo infarto, di quali cure efficaci ci siano adesso per il cuore e di come tutto si sarebbe felicemente concluso anche per la mamma di Nastja. Aiutai la piccola kazaka Gulnare, dalla pelle olivastra, a farsi le treccine. Aveva dei capelli magnifici, ma, come aveva annotato Nastja, era una "pigrona". Mi misi a discutere con Tanja di Pietroburgo con quale mezzo fosse più interessante arrivare fino all'Artek, se con il treno o con l'aereo e, naturalmente, ammisi che, sì, aveva ragione, il treno era assai più divertente. Promisi ad Anja di Rostov che entro sera sarebbe riuscita a nuotare e non avrebbe soltanto sguazzato dove l'acqua era più bassa. Discutemmo dell'eclissi di sole che ci sarebbe stata tre giorni dopo.

A colazione eravamo già un gruppo affiatato e molto allegro. Solo Olecka e la sua amichetta Ljudmila tenevano un po' il broncio. Non era strano: evidentemente erano state le preferite di Nastja. Non mi preoccupai. In tre giorni si sarebbero affezionate anche a me.

Era tutto bellissimo. L'agosto in Crimea non è niente male. Giù in basso scintillava il mare, l'aria era impregnata del profumo della salsedine e dei fiori. Le bambine strillavano, correvano avanti e indietro, si davano spintoni. Forse le marce dei campi dei pionieri erano state escogitate apposta: quando hai la bocca impegnata a cantare, non hai il tempo di strillare più di tanto. Ma non conoscevo nessuna di quelle marce, e non sapevo neppure marciare.

Nel refettorio mi affidai alle mie bambine. Loro sapevano dove sedersi. Tutt'intorno schiamazzavano, riuscendo anche a mangiare, cinquecento ragazzini di varie età. Io sedevo col mio piccolo branco di bambine, cercando di valutare la situazione. Comunque andasse, avrei dovuto trascorrere lì un mese intero.

Gli educatori erano una quindicina. Il leggero senso di orgoglio che avevo provato per essermi ben destreggiata con le mie bambine ben presto svanì. Gli educatori e le educatrici sembravano i fratelli e le sorelle maggiori di questi ragazzini: qualche volta erano severi, qualche altra dolci, ma sempre preparati e sempre amati da tutti.

Il mio umore cominciava a guastarsi. Tormentavo stancamente con la forchetta le frittelle che venivano servite con la kascia di grano saraceno e una tazza di cioccolata, e pensavo malinconica alla poco invidiabile condizione di un agente segreto in terra straniera. Troppo entusiasmo, troppi sorrisi e scherzi innocenti tutt'intorno. Questo luogo sarebbe stato adatto a quelli della Luce che avrebbero educato i loro protetti al rispetto del Bene e dell'amore. Non a una come me, che doveva nutrirsi di energie.

— Salve...

Mi voltai per guardare il ragazzino che passava. Era ormai una vecchia conoscenza, o meglio la prima conoscenza che avevo fatto all'Artek.

— Buongiorno, Makar. — Diedi un'occhiata di sfuggita al ginocchio sbucciato. — E lo iodio dov'è?

— Sciocchezze, guarirà da solo — bofonchiò l'adolescente. Mi osservava con una certa ansia, cercando di capire se avessi già scoperto qualcosa su di lui.

— Corri, altrimenti non riuscirai a mangiare — dissi sorridendo. — Forse tre ore di sonno ti bastano, ma il cibo è un altro discorso. È quello della mensa, ma è buono.

Si allontanò velocemente in direzione dei tavoli. Aveva capito che ero al corrente di tutto, dei suoi vagabondaggi notturni e del suo vero status sociale. Se fossi stata in forma avrei attinto da lui un bel po' di forza.

— Alisa, come fa a conoscerlo? — chiese Olecka.

Assunsi un'aria di mistero: — Io so tutto di tutti.

— Come mai? — domandò incuriosita.

— Perché sono una... strega! — bisbigliai con un tono sepolcrale.

La bambina scoppiò a ridere allegramente. Già, molto buffo. L'accarezzai sulla testa e indicai con lo sguardo il piatto pieno.

Dovevo continuare a recitare il mio ruolo ufficiale e presentarmi a chi dirigeva il Padiglione Celeste. E poi la spiaggia, il mare, di cui già le bambine cinguettavano. Anch'io non vedevo l'ora. Appartengo alle Tenebre, ma anche i vampiri, a dispetto dell'opinione corrente, amano il mare e la luce del sole.

L'anno prima sul finire dell'estate ero andata a Jurmala, in Lettonia. Non so perché proprio lassù, forse cercavo il posto più disagevole di tutti. Ed ero stata accontentata: l'agosto era stato freddo, piovoso, uggioso. Il servizio dell'albergo era spartano, alla sovietica, malgrado la pretesa delle quattro stelle. Vagabondavo per il paese, me ne stavo seduta al pub Majori, passeggiavo sulla sabbia bagnata della spiaggia deserta e la sera me ne andavo a Riga. Due volte tentarono di rapinarmi e una di violentarmi. Avevo fatto di tutto per divertirmi. Coi miei poteri speciali di Altro nessun essere umano avrebbe potuto farmi del male, mi sentivo depressa, vuota, ma di forze ne avevo in abbondanza.

Poi, di colpo, nell'arco di una giornata tutto mi era sembrato disgustoso. Forse a causa di due operativi dei Guardiani della Notte che mi avevano trattenuto a Dzintari, cercando di attribuirmi un crimine rimasto impunito riguardante una magia di terzo grado. Erano stati di una cortesia impeccabile, ma inflessibili. Dovevano essere così gli attivisti delle Frecce rosse lettoni e poi gli anticomunisti dei Fratelli della foresta. Un popolo molto rigoroso i lettoni, quando gli si affida un compito lo portano a termine fino in fondo. Mi scagionai dalle accuse del tutto inconsistenti. Ma l'indomani ero già volata a Mosca. E così non avevo fatto neppure un bagno in tutta l'estate. Ora mi sarei rifatta.

Incontrai la responsabile del Padiglione Celeste, una donna molto gentile, dinamica nel senso migliore del termine, e di poche parole. Ci lasciammo pienamente soddisfatte l'una dell'altra. Forse perché indossavo jeans attillati e non la mini provocante? Finalmente sarei riuscita ad abbronzarmi e a fare dei bagni. La spiaggia dell'Artek era favolosa, anche se c'erano un po' troppi bambini urlanti. Ma questo era inevitabile. Le mie bambine si rotolavano al sole come vere professioniste dell'abbronzatura, per ottenere la tintarella giusta. Quasi la metà di loro aveva con sé creme protettive e doposole che divideva generosamente con le compagne, così che la sera non c'era il rischio di doversi dare da fare con spalle e schiene bruciate.

Se solo non avessi dovuto sorvegliarle... Fantasticavo su come avrei nuotato per due, tre chilometri al largo, e poi galleggiato sull'acqua a braccia spalancate. Avrei contemplato il cielo terso, lasciandomi cullare dolcemente dalle onde, senza pensare a niente, senza sentire niente.

E invece no. Bisognava accudirle. Bisognava insegnare ad Anja a nuotare e impedire contemporaneamente a Verocka e alla prima classe dei grandi di spingersi al largo. Spedire le bambine all'ombra perché, nonostante le creme, il regolamento era il regolamento. Insomma, la situazione era questa: mare a parte, mi ero accollata diciotto tesorini capricciosi, urlanti e indemoniati. Solo il pensiero della notte imminente riusciva a farmi sorridere. Quando fosse giunto il momento, avrei fatto i conti con le più fastidiose delle bambine, cioè con Verocka, Olecka e Ljudmila! La notte non mi sarei limitata a raccattare rimasugli di forza. Avrei insinuato dei germi nei loro sogni.

E poi vidi Igor. Allora non sapevo ancora come si chiamasse, ma mentre me ne stavo distesa sulla sabbia tiepida, guardandomi intorno, la mia attenzione fu attratta da un ragazzo muscoloso della mia età. Era con la sua mandria di ragazzini tra i dieci e gli undici anni. Li lanciava in acqua, mettendo a disposizione le sue spalle come trampolino per i tuffi. Si divertiva come un matto. Non era per niente abbronzato, ma questo gli donava: in mezzo a quei corpi infantili scuri spiccava proprio come un elefante bianco che incede paziente tra una folla di indù dalla pelle scura. Un bel ragazzo.

Provai un leggero crampo in fondo allo stomaco. Non siamo poi così dissimili dagli umani: sapevo che fra un Altro e un essere umano esiste una differenza abissale, che quel ragazzo non era uguale a me, che non poteva esserci tra noi una relazione seria... Eppure mi piacevano quelli come lui, atletici, coi capelli rossi e il viso intelligente. Non sapevo cosa farci. E poi, perché avrei dovuto farci qualcosa? Avevo comunque intenzione di trovarmi un ragazzo per l'estate...

— Olecka, sai come si chiama quell'educatore? — chiesi, tirando vicino la bambina. Olecka mi mostrava molta simpatia perché l'avevo notata tra la massa delle compagne e ora non si allontanava più da me, cercando di rafforzare il suo successo. Sono buffi gli esseri umani, e soprattutto i bambini. Reclamano cure e attenzioni.

Olecka esaminò il gruppo e disse, scuotendo la testa: — È la quarta classe, so solo che prima avevano un altro educatore.

Nello sguardo della bambina c'era ansia, quasi avesse timore che mi sentissi delusa di lei.

— Vuole che mi informi? — domandò. — Conosco i bambini di quella classe.

— Sì, grazie — risposi.

La bambina balzò in piedi e, sollevando nuvole di sabbia, corse verso il mare.

Mi girai, nascondendo un sorriso. Ed ecco che comparve la mia prima informatrice: una bimbetta magra come un chiodo, che cercava avidamente il mio sguardo.

— Si chiama Igor — disse inaspettatamente Natascia, lasciandosi cadere accanto a me. Era la bambina che di notte aveva sognato il ragazzino. Prendeva il sole seduta con le gambe allungate, la testa rovesciata all'indietro e le braccia puntate sulla sabbia. Una posa che forse aveva adocchiato in qualche giornale di moda o al cinema. O forse aveva immaginato che così i suoi piccoli seni sarebbero risaltati di più sotto il costume da bagno. Avrebbe fatto strada, la ragazzina...

— Grazie, Natascia — le dissi. — Mi era sembrato di conoscerlo.

La ragazzina mi lanciò un'occhiata di sottecchi e sorrise. Disse in tono trasognato: — È bello...

— Ma un po' grande, non ti pare? — cercai di prenderla in giro.

— No, non tanto — dichiarò la bambina. E poi mi lasciò senza fiato, aggiungendo: — È affidabile, vero?

— Perché pensi che lo sia?

Rifletté un secondo e poi pigramente rispose: — Non lo so, mi sembra. La mamma dice che negli uomini l'affidabilità è la cosa più importante. Non è necessario che siano belli, né tanto meno intelligenti.

— Dipende da qual è lo scopo... — Non volevo cedere a una ragazzina di undici anni.

— Sì — fu subito d'accordo Natascia. — Devono essere anche belli. Le altre cose sono sciocchezze.

Che meraviglia! Se quella ragazzina avesse rivelato potenzialità da Altra, l'avrei subito presa come allieva. Le possibilità erano poche, anche se non si può mai sapere. Ma un istante dopo Natascia, smentendo tutta la saggezza precedente, si fiondò sulla riva dietro a un ragazzino che l'aveva schizzata. Chissà se erano da ritenere affidabili anche le lavate quotidiane sulla spiaggia.

Guardai di nuovo il ragazzo: aveva smesso di trafficare in acqua e faceva uscire i ragazzini della sua classe sulla riva. Che fisico splendido! Anche la forma della testa era perfetta. Sarà buffo, ma le due cose che apprezzo di più negli uomini, oltre a una figura armoniosa, sono la forma elegante della testa e le dita dei piedi curate. Le dita naturalmente non riuscivo a vederle, ma tutto il resto mi piaceva.

La mia emissaria tornò a far rapporto. Bagnata, eccitata, radiosa. Si lasciò cadere accanto a me sulla sabbia e sussurrò, inanellando nervosamente un ricciolo sul dito: — Si chiama Igor Dmitrievic Teplov. È un tipo allegro. Suona la chitarra, canta e racconta storie interessanti. L'educatore della quarta è partito, sua moglie ha avuto un bambino. Doveva nascere tra un mese e invece è successo adesso.

— Meglio così, è andata bene — dissi, pensando più che altro a me stessa. Considerando che ora ero priva di chance e che non potevo costringere il ragazzo a innamorarsi di me, era una coincidenza davvero felice. Era appena arrivato, non aveva fatto ancora in tempo ad avere storie e non aveva certo intenzione di occuparsi solo di pedagogia. Mi sarebbe caduto tra le braccia.

Olecka ridacchiava tutta contenta. A voce molto bassa aggiunse: — E poi è anche scapolo.

— Grazie, Olecka — dissi, sorridendo. — Andiamo a fare il bagno?

— D'accordo…

Afferrai la bambina che strillava allegramente ed entrai con lei in acqua. Quella sera, chiaramente, l'educatore e i miei rapporti con lui sarebbero stati al centro delle conversazioni delle bambine. Facessero pure, tanto un paio di giorni dopo sarei stata in grado di costringerle a dimenticare tutto ciò che volevo.

La giornata volò, come un film proiettato a velocità sostenuta. L'analogia è quanto mai adeguata, dato che ero finita all'Artek proprio al sesto turno, quando tradizionalmente si svolgeva il festival del cinema per ragazzi. Un paio di giorni dopo ci sarebbe stata l'inaugurazione ufficiale e già in alcuni campeggi si esibivano attori e registi. Non avevo voglia di vedere film vecchi e nuovi per ragazzi, anche se questo avrebbe significato una breve pausa nella sorveglianza delle bambine. Avevo bisogno di una pausa: mi sentivo a pezzi come dopo un turno di guardia impegnativo per le vie di Mosca.

Dopo la merenda a base di succo di mela e briochine dette romanticamente Celestiali, chiamai Zavulon. Il suo telefono satellitare che funzionava in ogni angolo della Terra non rispondeva, e questo poteva voler dire solo una cosa: il capo non era nel nostro mondo, ma altrove, nel Crepuscolo. Be', aveva sempre un mucchio di faccende da sbrigare, a volte non proprio gradevoli. Viaggiare negli strati più bassi del Crepuscolo, che non hanno nessuna analogia col mondo degli umani, non è una prova delle più facili. Io non ero mai penetrata fin laggiù: per farlo occorrono energie davvero smisurate. Solo una volta, dopo un'azione idiota, ero finita oltre un limite energetico non consentito agli umani.

Non ricordo quasi nulla dell'accaduto. Zavulon mi aveva privato della coscienza, punendomi per la trasgressione e insieme proteggendomi dagli strati profondi del Crepuscolo. Ma a tratti qualcosa rammento, come se nel grigiore dell'oblio la coscienza si rischiarasse per un istante.

È come un sogno, un delirio. Davvero un delirio? Zavulon, con l'aspetto di un demone, mi trascina via, di traverso sulle spalle. La mano coperta di scaglie mi stringe le gambe, e la mia testa ciondola sopra la terra, sopra la sabbia cangiante, iridata. Guardo in alto e vedo un cielo di una luminosità accecante, fitto di stelle enormi e nere. Tra me e il cielo si elevano a un'altezza immensa due archi di un grigio fosco, che sembra modellato nella nebbia. Non c'è niente di terribile ma, chissà perché, fa orrore. Da tutti i lati un fruscio, uno scricchiolio sinistro, quasi un fremito, come il crepitio di granelli di sabbia o di un nugolo di insetti... Forse era un delirio. Forse, ora che le cose si erano sistemate, avrei osato chiedere a Zavulon che cosa fosse accaduto là nelle profondità del Crepuscolo.

La giornata turbinava, volava precipitosamente verso la sera. Rappacificai Olecka con Ljudmila e tornammo di nuovo sulla spiaggia. Anja, per la prima volta, nuotò qualche metro da sola. Con gli occhi sbarrati, percuotendo l'acqua come un tamburo e sollevando nuvole di schizzi, ma nuotò.

Lavori forzati, altro che vacanza. Quelli della Luce si sarebbero dedicati volentieri a quel compito educativo. L'unica consolazione era che stava per sopraggiungere la notte. Il sole stava tramontando e persino gli inossidabili ragazzini cominciavano a sentirsi stanchi.

Dopo la cena, a base di pesce, patate e crêpes – ma dove lo mettevano tutto quel cibo? – mi sentivo già su di giri. Non restava che intrattenere le ragazzine per altre due ore, dopodiché ci sarebbe stato uno spuntino – veniva da pensare che fossero arrivati qui completamente denutriti – e poi sarebbe stata l'ora di andare a dormire.

Si avvicinò Galina, l'educatrice della settima classe. Avevo fatto conoscenza con lei durante il giorno, più perché questo rientrava nel mio ruolo che non per un mio reale interesse. Una ragazza come tante tra gli esseri umani, l'esito di una moralizzazione attuata da quelli della Luce: amabile, tranquilla, giudiziosa. Aveva più difficoltà di me: nella sua classe c'erano bambine di dodici, tredici anni, e questo significava innamoramenti continui, isterismi, cuscini bagnati di lacrime. Ma ciò nonostante Galina ardeva dal desiderio di aiutarmi.

— Sei stanca? — mi chiese sottovoce, guardando sorridente le mie bambine.

Mi limitai ad annuire.

— Al primo turno è sempre così — disse comprensiva. — L'anno scorso, alla fine del lavoro, avevo deciso che non avrei mai più rimesso piede quaggiù. Poi ho capito che non posso fare a meno dell'Artek.

— È come una droga — suggerii.

— Sì. — Galina non colse neppure la mia ironia. — Qui tutto è così pieno di colore, capisci? E i colori sono così intensi, brillanti. L'hai percepito?

Le risposi con un sorriso forzato. Galina mi prese per mano ed esaminò con aria di mistero le bambine, poi bisbigliò: — Sai, adesso quelli della quarta fanno un falò. Noi siamo state invitate e io estendo l'invito anche a voi. Per un paio d'ore tirerai il fiato, le bambine si divertiranno anche senza di te.

— Ma non daremo fastidio? — le chiesi. Non avevo nessuna intenzione di rifiutare. E non solo per la possibilità che mi si offriva di liberarmi per un paio d'ore dal lavoro, ma anche per la presenza del simpatico Igor, l'educatore.

— Certo che no! — Galina mi guardò stupita. — Igor viene tutti gli anni all'Artek, è uno dei nostri educatori migliori. È un bravo ragazzo, sai?

La sua voce aveva assunto una sfumatura calda. Non c'era da stupirsi: non ero la sola ad apprezzare la combinazione di un fisico strepitoso con un viso intelligente.

— Verremo senz'altro — acconsentii. — Immediatamente.

Capitolo 5

Mi cambiai così velocemente da restarne stupita. Perché? Dove volevo andare? A far conoscenza con un bel ragazzone attraente? Tra un paio di giorni tutti gli uomini sarebbero stati miei! Sono una strega normale, ma già dall'infanzia riuscivo ad ammaliare tutti quelli che mi piacevano, anche se avevo appena cominciato a dominare la forza. Ma sarebbe stata solo una questione di tempo...

Indossai la mia biancheria migliore, quella che avrebbe dovuto portare non l'educatrice di un campo per pionieri, ma una modella sulla passerella. Una sottile catenina d'argento con un ciondolo con un brillante che sembrava vero e non un modesto zircone (nessuno avrebbe capito la differenza). Una goccia di Climat dietro le orecchie, una sui polsi, un'altra sul pube. Avevo davvero intenzione di sedurlo? Certo!

Ero abituata a usare i miei poteri speciali di Altra anche quando non era il caso, quando avrei potuto cavarmela con una semplice parola o con una richiesta. Sarebbe stato strano doverne fare a meno. Ma dal momento che le cose avevano preso quella piega e io ero priva dei miei poteri, perché non mettermi alla prova?

Ce l'avrei fatta senza la magia a portare a termine un'azione elementare come sedurre un uomo che mi piaceva?

Insomma, ero giovane, bella, in gamba, c'era il mare, era una sera d'estate, c'era anche il fuoco. Le fastidiose bambine sarebbero state già sistemate a letto... Se non me la fossi cavata senza ricorrere alla magia significava che non valevo un soldo bucato.

Mi ero ripromessa di non truccarmi. Ma gli short che avevo tolto dalla valigia erano molto più provocanti del trucco. Mi esaminai davanti allo specchio. Bene. Sarebbe servita una camicetta più scollata, anche se non bisognava esagerare: era un campo per pionieri e non un luogo di villeggiatura.

Immersa nei preparativi, non udii bussare. Mi voltai solo quando la porta cigolò e nella stanza fece capolino Olecka. Cinguettò: — Alisa, noi siamo pronte... Oh!

Mi fissava estasiata. Il suo entusiasmo era così autentico che non la rimproverai neppure per essere entrata senza aspettare il mio permesso.

— Com'è bella, Alisa!

Un'inezia: il complimento di una ragazzina insignificante che aveva cercato di adornare le gracili braccia con braccialettini intrecciati e il collo scarno con un laccio con un sassolino forato. Ma facevano piacere lo stesso.

— Che ne pensi? — le chiesi. — Potrei fare innamorare qualcuno?

Olecka s'illuminò, si gettò verso di me e mi abbracciò, nascondendo il viso nel mio grembo. Disse con calore: — S'innamorerà senz'altro! Non appena la vedrà, s'innamorerà!

— Sarà il nostro piccolo segreto — le sussurrai. — D'accordo?

Olecka continuava ad annuire.

— Va' dalle ragazze, arrivo subito — dissi. Olecka mi lanciò ancora uno sguardo estasiato e uscì dalla stanza. Solo un tocco leggero di trucco. Quando hai fretta va tutto storto, ma... Una passata di rossetto di colore naturale sulle labbra e mascara resistente all'acqua sulle ciglia. Chissà perché mi ero convinta che ci volesse quello resistente all'acqua. Non andavo mica a nuotare, ma a un piccolo falò per le classi.

Davanti a ogni dacia estiva c'era uno spiazzo per i falò. Evidentemente farli era una delle tradizioni dell'Artek. A guastare il colpo d'occhio era solo la legna già predisposta e accuratamente tagliata. Riuscivo a immaginarmi gli educatori che all'economato compilavano il modulo adeguato: "Legna consumata per falò della classe... durata ore due..."

Probabilmente avrei dovuto anch'io organizzare qualcosa del

genere. Compilare un modulo, procurare la legna. O la portavano gli inservienti? Be', l'avrei scoperto.

Era già tutto pronto. I ragazzini della quarta e le ragazzine della settima si erano disposti in circolo. Ed era stato lasciato libero il posto per le mie bambine. Generosi...

Igor sedeva davanti a un fuocherello appiccato dai suoi ragazzini. Accordava la chitarra e io per poco non gemetti al pensiero che le canzoni dei cantautori erano un ingrediente indispensabile di serate del genere. Che strumento sfortunato è la chitarra! Il più nobile degli strumenti, la vera regina della musica, di solito è ridotta a un vile pezzo di legno a sei corde da chi non ha né orecchio né voce. Bisognava sopportare comunque, però sarebbe stato un peccato se questo simpatico esemplare di essere umano si fosse rivelato uno dei soliti cantanti senza talento e che per giunta avesse cantato delle canzoni di sua composizione. Che incubo, quando un autore di pessimi versi, dopo aver imparato tre accordi, si trasforma in "autore e interprete".

Quanti ne ho visti! Quando cominciano a cantare i loro occhi diventano vitrei e la voce assume toni esagerati di virilità e romanticismo. Fermarli è impossibile. L'unica alternativa sono le canzoni pop, rivisitate per quanto possibile. Che so, quelle di Viktor Tsoj o dei Take That, o qualcosa che piace adesso ai giovani.

Scorgendoci, Igor si alzò e ci venne incontro. E quando gli posai gli occhi addosso, tutti i cattivi presentimenti si dileguarono. Com'era bello quel ragazzo!

— Ciao! — Mi diede del "tu" senza tanti complimenti. — Non abbiamo ancora cominciato, vi aspettavamo.

— Grazie. — Sentivo che mi stavo già smarrendo. Le bambine si erano sistemate tra i maschi e le ragazze più grandi che si erano fatte un po' da parte, mentre io me ne stavo in piedi come una scema, attirando occhiate complici.

— Nuoti davvero bene — disse Igor, sorridendo.

Già. Così aveva trovato il tempo di guardarsi intorno in spiaggia.

— Grazie — ripetei. Che mi stava succedendo? Ero lì impietrita come una ragazzina inesperta, non dovevo neppure fingere! La rabbia verso me stessa mi ridiede forza. Sedetti sull'erba tra Olecka e Natascia, le mie piccole guardie del corpo, spie e consigliere. Ora non era a me che pensavano; erano eccitate dal falò che stava per essere acceso.

— Aleska, comincia! — disse allegramente Igor. Lanciò a un ragazzino muscoloso dalle sopracciglia bianche una scatola di fiammiferi. Lui la prese al volo; piegandosi sulle gambe si avvicinò alla catasta di legna e sedette all'indiana, come se si stesse preparando a un rito sacro.

Scelse molto scrupolosamente un fiammifero dalla scatola, lo riparò con le mani a coppa, come un fumatore accanito, e lo accese. Abbassò la testa. Di carta non ce n'era; solo rami e fuscelli. Tutti trattenevano il respiro. Lo trovai anch'io interessante: sarebbe riuscito il piccolo piromane ad accendere il fuoco con un solo fiammifero?

Ci riuscì. Nel buio che s'infittiva tremolò la prima fiammella. Fu accolta con tali urla e strepiti che pareva che davanti al falò si fosse raccolta la prima razza di uomini primitivi a riscaldarsi dal gelo.

— Davvero bravo! — Igor tese la mano al ragazzo, gliela strinse energicamente e con un sorriso gli scompigliò i capelli. — Sarai il nostro tutore!

Il viso di Aleska tradiva un orgoglio sconfinato.

Cinque minuti dopo le fiamme divampavano tutt'intorno e i ragazzini si erano un po' acquietati. Chiacchieravano, ridevano, bisbigliavano, correvano vicino al falò, vi gettavano rametti e pigne, cercando di arrostire pezzetti di salame sugli spiedini. C'era grande allegria. Igor si era sistemato tra i bambini e di tanto in tanto buttava lì qualche frase che faceva sbellicare tutti dalle risate, mentre degustava i cibi mezzo bruciacchiati o ritirava quelli che erano già cotti. Galina era presa di mira dalle sue ragazzine. Solo io stavo lì come un'oca, rispondendo a sproposito alle bambine, ridendo fuori tempo, e distogliendo gli occhi da Igor non appena lui guardava nella mia direzione.

Bella scema! Mancava giusto che m'innamorassi sul serio di un essere umano!

La volta che non riuscii a distogliere lo sguardo in tempo,

Igor mi sorrise. Allungò il braccio e sollevò dall'erba la chitarra.

Subito si propagò un'onda di silenzio. Tutti si davano di gomito, zittendosi a vicenda e preparandosi all'ascolto con una calma un po' forzata.

Desiderai disperatamente che intonasse qualche canzoncina banale e sciocca. Magari una di quelle dei pionieri sulle patate arrostite sul fuoco, il mare, il campo, l'amicizia, l'arrivo delle vacanze e l'inizio della scuola. Se almeno si fosse infranto quello stupido incantesimo e io avessi smesso di sognare e di scorgere sotto quell'avvenente aspetto chissà quali prodigiose doti!

Igor cominciò a suonare e io capii che ero perduta. Sapeva suonare. La melodia non era così complessa, ma era bella, e lui non fingeva. Poi attaccò a cantare:

Due ragazzi videro un angelo del cielo
volare dentro la soffitta.
I ragazzi salirono di nascosto
la scala antincendio.
Entrarono dalla finestra.
Nessuno, solo polvere, buio
ma due passi più in là, nell'angolo
due ali bianche abbandonate.
Sì, ragazzi, sì!
Angeli… non si resta per sempre.
Ma rubare è peccato,
ali non ci sono per tutti.
Hanno voglia di librarsi nel cielo.
Basta solo infilare le ali,
ma non osano, perché hanno imparato
che esiste al mondo l'espressione: "Non si deve."

Quella non era una canzone per bambini. Tuttavia l'avevano ascoltata con una certa attenzione, e sono certa che se avesse messo in musica un manuale di matematica, l'avrebbero apprezzato lo stesso. La serata, il falò, il loro educatore preferito. In una situazione così sarebbe andato bene tutto.

Ma io sapevo che Igor cantava per me. Anche se si limitava

a guardare il fuoco, se la canzone non era d'amore, se avevamo solo scambiato un paio di parole. Quasi avesse intuito le mie aspettative e avesse deciso di confutarle. Forse era proprio così: molti umani sono dotati di un forte intuito, tipico degli Altri.

I due ragazzi crebbero e nella vita
presero strade differenti.
Uno divenne un bandito, l'altro uno sbirro,
e ognuno di loro ha un rimpianto.
Sì, ragazzi, sì!
Angeli… non si resta per sempre.
Ma rubare è peccato,
ali non ci sono per tutti.

Mi guardò e sorrise. Le sue dita sfiorarono di nuovo le corde della chitarra e lui ripeté:

ali non ci sono per tutti.

I bambini ripresero a schiamazzare. La canzone non era dispiaciuta, anche se per me era un mistero che cosa ci avessero capito. Forse li aveva divertiti l'espressione "non si deve" o forse nel loro cervellino si erano immaginati di penetrare nella soffitta dov'era volato l'angelo. Mentre io pensavo a quanto questa canzone si adattasse a un Altro, che fosse agente delle Forze della Luce oppure delle Tenebre.

Una bella canzone. Non del tutto corretta, però: un ragazzo che fosse passato dalla nostra parte avrebbe indossato quelle ali, o almeno le avrebbe provate. Perché per noi non esiste l'espressione "non si deve".

— Una bella canzone, ma un po' troppo seria — disse Galina. — Di chi è, tua?

Igor ridacchiò, scuotendo la testa: — No, che dici? È di Julij Burkin. Purtroppo, non è molto noto come interprete.

— Igor, e se facessimo qualcosa di nostro? — Galina ce la metteva tutta a civettare. Sciocca!

— Va bene! — accettò Igor senza problema.

Si mise a pestare sulle corde con ritmo energico, attaccando a cantare le poco impegnative parole "il migliore, il migliore campo del mondo nell'amicizia e nel canto".

Era proprio ciò di cui avevano bisogno! Fin dalla seconda strofa attaccarono tutti a cantare in coro, perché non era difficile indovinare la parola che sarebbe seguita. Poi fu intonato con particolare trasporto il ritornello, quello in cui si corre in mare a nuotare con il proprio educatore perché anche lui "ama gli spruzzi e la sabbia". Erano tutti soddisfatti, comprese Galina e le sue ragazzine. A un certo punto Igor cantò anche di un "sassolino forato all'interno" trovato per caso sulla riva del mare. Come se si potessero immaginare dei sassi forati all'esterno. In molti erano attratti dai sassolini che ciondolavano sul collo. Giustamente: all'Artek erano tutti devoti ai sassolini-talismano, e forse c'era qualcuno incaricato di fabbricarli. Magari un tizio sempre ubriaco e con la barba lunga che stava lì dal mattino a notte fonda a trapanare fori nei sassi per poi disseminarli sulla spiaggia per la gioia dei bambini… Se non era così, allora si trattava di un'evidente lacuna nell'organizzazione!

Igor sembrava allegro tanto quanto i bambini. E cantava la canzone con entusiasmo quasi infantile. Igor divertiva i bambini, li svagava. A lui quelle canzoni non facevano né caldo né freddo.

Mi rilassai. Quanto meno gli ero simpatica. E anche lui a me…

Igor cantò ancora un paio di canzoni. A un certo punto Galina s'impadronì della chitarra. Se ne impadronì con violenza; lo strumento cercava di resisterle come poteva, rifiutandosi di emettere suoni decenti, ma l'educatrice intonò comunque "Prendiamoci per mano, ragazzi" del bardo Okudzava e subito dopo una canzone dei pionieri. Perfino un ragazzo di quarta avrebbe suonato meglio.

Alla fine Igor batté le mani. — Su, spegniamo il fuoco, e tutti a mangiare!

Portarono due secchi pieni d'acqua e lui si mise ad annaffiare le braci ancora ardenti.

Io stavo in piedi a osservare i suoi gesti precisi, misurati. Era come se avesse passato l'intera esistenza a spegnere falò. Forse faceva tutto così: spegnere i fuochi, suonare la chitarra, lavorare al computer, accarezzare una donna. In modo accurato, preciso. Affidabile. Rassicurante. Dalle braci fluiva un bianco vapore incandescente. I bambini si sparpagliarono in tutte le direzioni. E a un tratto, senza smettere di rovesciare acqua sul fuoco, Igor mi chiese: — Ti piace fare il bagno di notte, Alisa?

Sussultai. — Sì.

— Anche a me. Tra un'ora i bambini si saranno calmati e io andrò sulla spiaggia dov'eravamo stamattina. Se vuoi, puoi venire anche tu.

Per un istante mi sentii mancare. Una sensazione dimenticata. Non ero io a fare proposte a un uomo, ma lui a me!

Igor vuotò il resto dell'acqua sul fuoco e mi guardò. Sorrise.

— Sarò molto contento, se verrai. Ma... non interpretare male il mio invito.

— Mi sembra di interpretarlo bene.

— Verrai?

Avevo una gran voglia di rispondergli di no, così, solo per stuzzicarlo. Ma era sciocco privarsi di un piacere solo per il gusto di una beffa.

— È molto probabile di sì — risposi.

— Ti aspetterò — replicò laconico Igor. — Andiamo? Un bicchiere di latte cagliato è l'ideale per gli educatori stanchi prima di dormire. Garantisce un bel sonno profondo e ristoratore.

Aveva un sorriso eccezionale.

La ritirata all'Artek cominciava alle dieci e trenta. Dagli altoparlanti echeggiava un suono solenne di corni, e una suadente voce femminile augurava a tutti la buona notte. Stavo davanti allo specchio e contemplavo la mia immagine riflessa, cercando di capire che cosa mi stesse succedendo.

Mi ero innamorata?

Ma no, non poteva essere. Io amavo Zavulon. Amavo il più grande mago delle tenebre di Mosca! Uno dei pochi a reggere davvero le sorti dell'universo. E cos'era in confronto a lui un comune essere umano, sia pure simpatico, avvenente e con quella stupida affidabilità che traspariva da ogni gesto? Un banale esemplare maschile di razza umana. Con i banali pensieri dei maschi della sua razza. Non male per un'avventura estiva, ma niente di più. Potevo davvero innamorarmi di lui?

Nella borsetta trillò il telefonino e sussultai. Mia madre? Improbabile. Era così tirchia che non mi chiamava mai sul cellulare. Pigiai il tasto e risposi: — Ciao, Alisa.

La voce di Zavulon era stanca. Stanca come se lui avesse trovato a malapena le forze per telefonare, ma tenera: non avrebbe potuto non telefonare...

— Ciao... — sussurrai.

— Sei in ansia, lo sento. Che ti è successo, piccola mia?

Non gli si poteva nascondere nulla. Zavulon sapeva tutto... o meglio tutto ciò che voleva sapere.

— Voglio avere una storia di un mese con un ragazzo — bisbigliai nel ricevitore.

— E allora? — Zavulon sembrava perplesso. — Alisa, non sono geloso del tuo cane e non ho intenzione di esserlo di un essere umano che ti farà divertire un po'.

— Io non ho un cane — ribattei cupa.

Zavulon scoppiò a ridere, e tutti i miei stupidi pensieri svanirono.

— E va bene! Non m'importa nulla che tu abbia un cane. Non m'importa nulla che tu abbia per amante un essere umano. Sta' tranquilla, bambina. Riposa. Cerca di rimetterti in sesto. Divertiti come vuoi. Seduci tutto l'Artek, i suoi pionieri e anche gli operatori sanitari. Sciocca!

— Devo comportarmi come un essere umano, vero? — dissi, vergognandomi.

— Non c'è niente di male. È per poco tempo, Alisa. Rimettiti in sesto... Soltanto... — Zavulon tacque per un istante. — ... Ma no, sciocchezze.

— Dimmi! — Ero di nuovo in tensione.

— Confido nel tuo giudizio... — Zavulon esitava. — Alisa, non darci dentro troppo, d'accordo? La tua vacanza rientra negli accordi del vecchio Patto delle Guardie. Non hai il diritto di prendere troppa forza, ma solo i resti. Non trasformarti in un vampiro: sei in vacanza e non a caccia. Se non rispetterai i limiti, perderemo per sempre questo luogo di villeggiatura.

— Capisco — dissi.

Per quanto tempo ancora avrei dovuto pagare per il mio errore col prisma di forza? Non mi profusi in promesse, non giurai alla Tenebra e alla forza: le promesse sono parole vane, la Tenebra non si abbassa a simili piccolezze, e di forza non ne avevo. Mi ripromisi soltanto di non superare per nessuna ragione i limiti consentiti e di non far sfigurare Zavulon e tutta la Guardia del Giorno.

— Allora riposati, bambina mia. — Nella voce di Zavulon colsi una leggera tristezza. — Riposati.

— Non potresti venire qui? Fare un salto, almeno? — chiesi in tono dispiaciuto.

— No, sono molto occupato, Alisa. Credo che nei prossimi tre, quattro giorni non potremo più neppure sentirci. Ma tu non preoccuparti. Un vecchio noioso stregone oppresso dai problemi del mondo ti sembra il partner ideale per una giovane strega in vacanza?

Scoppiò a ridere. Poi continuò: — Cerchiamo di non parlare di certi argomenti al telefono, soprattutto al cellulare, dove tutte le telefonate sono ascoltate e registrate. Potrebbe essere considerato uno scherzo, ma non si sa mai: qualcuno degli umani potrebbe voler dipanare la matassa e a noi toccherebbe sprecare un sacco di tempo e di energie.

— Ti amo — sussurrai. — Grazie.

— Buona fortuna, piccola — disse teneramente Zavulon. — Ti bacio.

Chiusi il telefonino e sorrisi tra me. Era tutto a posto. Perché mi aveva preso quella stupida agitazione? E da dove mi era venuta la folle idea d'essermi innamorata di Igor? L'amore è un'altra cosa: è appagamento profondo, una cascata di emozioni, gioia, piacere di stare insieme. Ciò che provavo io, quella strana ansia, quella timidezza erano solo i sintomi di una malattia: la disassuefazione a stare con un uomo senza pensare a come controllarlo, senza doverlo minacciare con una pistola come avevo fatto con quei due banditi incapaci.

— Alisa? — Sulla porta si affacciò il musetto curioso di Olecka. — Passerebbe da noi un minuto?

La bambina era a piedi nudi, in mutandine e maglietta. Si era già coricata, ma non aveva resistito.

— Adesso arrivo — dissi. — Volete che vi racconti una storia?

Olecka s'illuminò. — Sì!

— Divertente o di paura?

La bambina corrugò la piccola fronte. Poi la curiosità ebbe la meglio. — Di paura.

Tutti i bambini amano le storie del terrore.

— Va' a letto — dissi. — Ora arrivo.

Dieci minuti dopo sedevo nel dormitorio sul letto di Olecka e raccontavo a bassa voce: — Un mattino, una bambina si alza, si avvicina allo specchio e si guarda. I suoi denti sono tutti rossi! Li spazzola col dentifricio, li lava col sapone, ma continuano a restare rossi. Decide di non dire niente ai genitori perché loro non se ne devono accorgere. Per fortuna il suo fratellino più piccolo si è ammalato e di lei non si occupano affatto. Succede sempre così: riservano tutte le attenzioni ai più piccoli e di te neppure si occupano, anche se hai i denti tutti rossi…

Hanno un effetto straordinario i racconti di paura sui bambini. Soprattutto quando si raccontano di notte, nella misteriosa penombra di una finestra e a un branco di bimbette sciocchine.

— Ho già capito… — disse in tono annoiato Natascia, che era una ragazzina molto matura e non si faceva sconvolgere da un semplice raccontino di paura. La zittirono energicamente. Proseguii. Sentivo battere il cuoricino di Olecka, stretta a me. Ecco dove avrei potuto fare incetta di energie…

— E la notte seguente la bambina lega con una fune al letto la sua treccia destra — sussurrai in tono misterioso. — A mezzanotte si sveglia perché qualcuno ha tirato la corda facendole male ai capelli. E lei si vede in piedi davanti al letto del fratellino che digrigna i denti! Digrigna i denti!

Larisa lanciò un grido – non di terrore, ma perché si faceva così – mentre altre bambine cominciarono a digrignare allegramente i denti.

— Allora la bambina va in cucina, prende dalla credenza il martelletto e le tenaglie che il papà custodisce là dentro, e quando arriva il mattino si è già strappata piano piano tutti i denti, uno per uno. Ha sentito un male terribile, ma ha resistito perché è una bambina coraggiosa, con delle mani forti. E il mattino seguente il suo fratellino è guarito. Alla bambina crescono nuovi denti, ancora più belli dei precedenti che erano da latte.

Abbassai la voce fin quasi a un sussurro e dissi in tono trionfante: — Solo che questa volta sono rosa!

Una delle bambine che già si preparava al lieto fine lanciò un grido pieno di terrore. E conclusi: — E i suoi genitori vogliono comunque più bene al fratellino che non a lei. Perché è stato gravemente malato, e loro si sono seriamente preoccupati per lui.

— E ora, a dormire! — ordinai allegramente.

Mi pregarono di raccontare qualche altra storia, ma io rifiutai. Erano le undici e mezzo e dovevo raggiungere la spiaggia. Le bambine avevano la voce assonnata, impastata. Quando me ne andai, Gulnare cercò di raccontare un'altra storia di paura, ma a giudicare dalle pause e da come s'impappinava, la narratrice doveva già essere mezzo addormentata.

Tornai nella mia stanza e mi stesi sul letto ad aspettare. Chissà che stava facendo Igor, chissà se anche lui intratteneva i bambini o se beveva vodka in compagnia di un altro educatore. O se si scopava un'educatrice. Oppure dormiva serenamente, dimentico della sua intenzione di fare una nuotata notturna? Scossi la testa. No, non se ne sarebbe dimenticato.

Lui era uno affidabile, quasi quanto Zavulon. Divertente paragone: erano in pochi, persino tra gli Altri agenti delle Tenebre, a poter definire "affidabile" Zavulon. Ma io sì, ne avevo il pieno diritto: l'amore è una grande forza, una forza così strana...

E se Igor si fosse rivelato un potenziale Altro? Socchiusi gli occhi, pregustando dolcemente questa ipotesi e al contempo in preda al panico. Che cosa avrei fatto allora? Non sarebbe stata più soltanto l'avventuretta con un essere umano che Zavulon mi aveva concesso, ma un vero triangolo...

Che mi prendeva? Quale triangolo? Anche se Igor fosse stato un Altro non iniziato e si fosse montato la testa, non avrebbe dimenticato di aver avuto una storiella con l'amante di Zavulon. Mentre io sì, l'avrei dimenticato.

Il tempo passava insopportabilmente lento. Le lancette dell'orologio si muovevano pigre, come incerte. Avrei voluto attendere un'altra mezz'ora, ma mi arresi dopo venti minuti. Non avevo più la forza di resistere.

Mi alzai e attraversai piano piano il dormitorio delle bambine. Regnava il silenzio. Il tranquillo, piacevole silenzio di una grande camerata infantile dove non si odono che il sommesso respirare, il ronfare col naso e il ruminare notturno.

— Bambine! — le chiamai sottovoce.

Nessuna risposta.

Passai lungo le file dei letti, sfiorando spalle, braccia, capelli... Niente... Niente... Niente...

Ecco Olecka. Sedetti davanti al letto e abbassai le mani sulla sua fronte madida di sudore. E percepii il suo sogno, la forza che ne fluiva.

Il sogno era sconclusionato, caotico. Non aveva nulla a che fare col mio racconto serale. Olecka sognava di salire in cima a una torre, una torre antica, sbilenca, con parapetti di pietra semifatiscenti che mostravano immense crepe. Giù in basso doveva estendersi una città medievale o il complesso di un antico monastero. La torre, per quanto fosse strano, era avvolta nell'oscurità, mentre di sotto splendeva il sole. E la gente festosa, chiassosa, in abiti estivi, si aggirava tra gli edifici cadenti con macchine fotografiche e giornali colorati in mano. Si divertivano, erano allegri e non passava loro per la testa di alzare gli occhi verso il cielo e di guardare la bambina che, sotto un incantesimo, si avvicinava pericolosamente alle falle nei parapetti.

Bastava solo che Olecka avanzasse un altro po'. E che cadesse di sotto: non poteva non cadere, il sogno la spingeva proprio a questo. Non capii neppure io quel che mi stava accadendo, ma mi allungai verso di lei e risucchiai il suo sogno. Tutto intero. La torre buia sopra la folla festosa e le falle immense nei corrimano, la gelida indifferenza e l'altezza vertiginosa e irresistibile. Tutto ciò che avrebbe potuto darmi la forza.

Olecka tratteneva il respiro. Temevo persino che cadesse in stato di coma: a volte succede, anche se molto di rado, agli umani dai quali la forza viene risucchiata con troppa violenza.

Ma aveva ripreso a respirare.

Mi alzai. Ero madida di sudore. Sentii cadere come un grumo di energia, la forza appena risucchiata, nel vuoto dentro di me. Certo, quel vuoto era ancora ben lungi dall'essere riempito. Avevo avuto troppa fretta, ma cominciavo a riprendermi.

Di nuovo morbidi capelli, labbra che si dischiudevano nel sonno, dita abbandonate che sfioravo delicatamente... Niente... Niente... Niente...

Natascia. Il suo sogno era stato indotto da me: stava nel bagno, tutta nuda e coperta di schiuma, e sbatteva contro le piastrelle la testa di un ragazzino di cinque, sei anni, continuando a ripetere: "Mi spierai ancora? Mi spierai ancora?" Lui barcollava come una bambola di pezza. Aveva gli occhi sbarrati dal terrore, ma taceva. Sembrava che temesse dai genitori una punizione ben peggiore di quella inflittagli dalla sorella.

Ma Natascia non si sentiva del tutto tranquilla. Nel suo animo la rabbia per il fratellino molesto si mescolava alla paura di poterlo colpire troppo forte, all'imbarazzo – anche se solo pochissimo tempo prima facevano ancora il bagno insieme – e al senso di colpa per aver lasciato volutamente la porta socchiusa, prevedendo che il fratellino avrebbe cercato di spiare, mosso dal desiderio, irresistibile per tutti i bambini, di violare un divieto. Che strane pulsioni la turbavano a dodici anni non ancora compiuti!

Natascia fece un profondo sospiro e nel sogno sbatté con particolare violenza il ragazzino contro il muro, facendolo sanguinare.

Risucchiai il sogno. La sua rabbia, la paura, la vergogna, il senso di colpa, la torbida istintività sessuale appena nata.

Ma il sogno non era ancora finito. Natascia aveva già afferrato il fratello per le spalle e con la fredda lucidità di un boia gli aveva immerso la testa nell'acqua della vasca da bagno, che subito si era tinta di rosa come pure i fiocchi di schiuma in superficie. Il ragazzino si dibatteva invano, cercando di tirar fuori la testa dall'acqua.

Io ero annichilita. Un assassinio compiuto in sogno trasmette lo stesso flusso di forza di uno compiuto nella realtà. Avrei colmato di colpo tutto il vuoto della mia anima! Bastava attingere da Natascia la paura che si stava risvegliando... Ma non feci nulla. Rimasi piegata sul letto a guardare il sogno come se si fosse trattato di un film dell'orrore, trasmesso per caso in televisione insieme ai cartoni animati per bambini.

Natascia tirò fuori di scatto il fratello dall'acqua. Il bambino inspirò avidamente l'aria. Non era più insanguinato, gli era rimasta solo una piccola escoriazione sotto l'occhio. I sogni hanno le loro leggi.

"Dirai di essere caduto e di aver sbattuto la testa contro la vasca da bagno, capito?" sibilò Natascia. Il ragazzino annuì spaventato. Lei lo buttò fuori dal bagno, chiuse la porta ed entrò lentamente nell'acqua piena di schiuma tutta rosa.

Attesi un paio di secondi e risucchiai i resti del sogno. Il suo trionfo, la sua eccitazione e poi la calma. Avrei dovuto lasciare che Natascia uccidesse il fratellino. Sarebbe bastato eliminare la sua paura e lei lo avrebbe annegato come un gattino.

Ero tutta coperta di sudore. Le mani mi tremavano. Chi si aspettava da una bambina giudiziosa e intelligente come lei incubi notturni di quel calibro?

D'accordo. Chi va piano, va sano e lontano... Proseguii. A mezzanotte e mezzo avevo già risucchiato altri tre sogni. Non altrettanto ricchi, ma apportatori di un notevole flusso di energia. Non male una vacanza qui, se quelle bambine riuscivano a produrre una tale quantità di energie!

Avevo quasi del tutto compensato quelle che avevo perduto. La parte principale naturalmente l'aveva fatta Natascia. Avevo la sensazione che se avessi risucchiato un altro sogno, mi sarei completamente ristabilita e sarei ritornata come prima. Ma non c'erano altri sogni adatti. Uno mi fece addirittura sobbalzare: Gulnare sognava di prendersi cura del nonno. Andava avanti e indietro per la cucina, gli versava il tè e non faceva che domandargli qualcosa in tono preoccupato. Ah, che odiosi questi usi orientali.

Se non fosse stato per Igor sarebbe valsa la pena di aspettare un'altra mezz'ora o un'ora, e una delle mie diciotto protette avrebbe fatto ancora un brutto sogno. Ma non indugiai.

"Domani notte mi prenderò fino in fondo tutto quello che

mi spetta di diritto" pensai. "Per oggi posso anche rilassarmi. E sperimentare me stessa nel ruolo di donna normale."

Dopo aver sigillato la porta, sgattaiolai fuori, nella notte estiva. Il campo dormiva: rari fanali illuminavano i sentieri, la luna in cielo era quasi piena. Notti come questa sono l'ideale per i licantropi che, nel pieno delle loro forze, si muovono liberi, disinvolti, animati da un'allegra brama di vivere e dall'intenso desiderio della caccia, di carne viva fatta a brandelli, di prede da stanare e agguantare. Certo, i vampiri e i mutantropi appartengono alla casta più bassa nella gerarchia degli agenti delle Tenebre e sono per la gran parte rozzi e primitivi. Ma in notti come questa quasi quasi li invidio. Invidio quella forza primitiva che scaturisce dai più bassi istinti del loro essere. La capacità di trasformarsi in una fiera, annullando in un istante ogni stupido sentire umano.

Scoppiai a ridere e mi lanciai di corsa per il sentiero, a braccia spalancate, con la testa rivolta verso il cielo. Anche se non avevo ancora riacquisito i miei poteri, una forza nuova, fresca, ferveva nel mio sangue. Come prima dell'iniziazione, quando era comparsa da noi inaspettatamente una "vecchia amica della mamma", Irina Andreevna, e i miei genitori s'erano comportati in un modo molto inusuale, pieno d'imbarazzo. Io avvertivo che Irina Andreevna, col suo leggero sorriso indulgente, mi lanciava di tanto in tanto delle occhiate strane, come di apprezzamento. Poi i miei genitori all'improvviso s'erano preparati in gran fretta per uscire, lasciandomi tutta la sera con la "vecchia amica". La mia futura maestra mi aveva spiegato ogni cosa. Mi aveva confessato che vedeva per la prima volta i miei genitori e che li aveva stregati. Mi aveva raccontato degli Altri, del Crepuscolo che assegna poteri prodigiosi e che l'esito del primo ingresso nel Crepuscolo avrebbe decretato se sarei diventata un'agente della Luce o delle Tenebre. Che ero una potenziale Altra ed ero stata notata da un «mago molto, molto potente». In seguito spesso mi ero chiesta se non si trattasse proprio di Zavulon, ma non avevo osato domandarlo. Avevo esitato a lungo... Che sciocca.

Non mi piaceva la definizione Forze delle Tenebre. Nei film

e nelle fiabe alle Forze delle Tenebre spettava sempre la parte peggiore. Dominavano il mondo, comandavano nazioni ed eserciti, però mangiavano roba disgustosa, parlavano con voci terribili, rivoltanti, e tradivano tutti. E alla fine perdevano sempre.

Irina Andreevna rise a lungo quando glielo dissi. E ammise che tutte quelle storie erano stati gli agenti della Luce a inventarle. Gli agenti delle Tenebre non avevano tempo per simili sciocchezze. Le Forze delle Tenebre volevano la libertà e l'indipendenza, non aspiravano al potere e non imponevano agli altri i loro sciocchi desideri. Mi diede dimostrazione delle sue facoltà e venni a sapere che mamma tradiva papà già da un pezzo, che papà non era l'uomo coraggioso e forte che credevo e che la mia amichetta Vika diceva in giro un mucchio di cattiverie sul mio conto.

Della mamma sapevo tutto fin da quando avevo dieci anni. Però cercavo di non pensare a lei e allo zio Vitja. Ma per papà mi addolorai molto. E quando appresi di Vika andai su tutte le furie e desiderai fare i conti con lei. Ora questo mi fa sorridere, ma scoprire a dieci anni che il mio più terribile segreto, e cioè che ancora in seconda facevo la pipì a letto, era stato spifferato dalla mia migliore amica a Romka, un nostro compagno di classe, fu tremendo! E io che mi ero chiesta come mai lui avesse reagito con quel ghigno quando gli avevo dato il biglietto d'auguri di Pasqua!

Irina mi aiutò a entrare per la prima volta nel Crepuscolo. Mi disse che là avrei deciso chi diventare. Il Crepuscolo avrebbe scrutato nella mia anima e fatto emergere ciò che serviva.

Poi la mia amichetta Vika cominciò a prendere brutti voti e a dire parolacce agli insegnanti e persino al direttore didattico e fu mandata via dalla scuola. Dissero che era finita in un ospedale psichiatrico per bambini perché affetta dalla rara sindrome di Tourette. Romka, il bello della classe, se la fece addosso durante il dettato in quarta e per due anni gli rimase appiccicato il soprannome di "piscione" finché non si trasferì coi genitori in un altro quartiere. Zio Vitja affogò mentre nuotava nel piccolo stagno della sua dacia solo tre anni più tardi. Fu un lavoro difficile per una ragazzina. Ormai anche solo il ricordo di quando giocavo con le sue ciocche di capelli m'infastidisce.

Non mi pento nel modo più assoluto della mia scelta. Alcuni considerano malvagi noi delle Tenebre, ma non è affatto così. Siamo solo giusti. Orgogliosi, indipendenti e giusti. E siamo noi a decidere tutto.

La spiaggia pareva piena di un incanto nostalgico. Come un parco d'autunno, come una sala da concerto dopo la prima. Le folle sfinite si erano temporaneamente ritirate per riprendersi in vista di nuove follie, il mare si leccava le ferite, restituiva alla riva scorze d'anguria, carte di cioccolata ammollate, avanzi di granturco e altra spazzatura del genere umano, orme di corvi e gabbiani erano impresse sulla sabbia umida.

Udii Igor mentre mi avvicinavo alla spiaggia. Prima la chitarra e poi la voce. Lui cantava e capii con lancinante chiarezza che non sarebbe accaduto nulla. Ci sarebbe stata la solita allegra compagnia e l'ennesima bottiglia, da consumare insieme ai resti di un dolce sottratto alla cena. E io, scema, che contavo sull'invito a trascorrere nella sua stanza il resto della notte. Eppure seguivo il suono. Solo per convincermi che sarebbe stato così...

Tu dici che non esiste l'amore,
ma solo il bastone e la carota.
Io dico che i fiori fioriscono
perché non credono alla morte.
Tu dici che non vuoi essere
la schiava di nessuno.
Io ti dico che sarà tuo schiavo
chi accanto a te resterà.

Non mi piaceva quella canzone. In generale non riuscivo ad apprezzare i Nautilus. Le loro canzoni avevano qualcosa di inafferrabile. Non è un caso che quelli della Luce le apprezzassero tanto. E soprattutto non mi piaceva quella.

Capii che Igor era da solo quando ormai ero vicinissima. Lui mi aveva già notato. Alzò la testa e sorrise, senza smettere di cantare:

Forse ho torto io
o forse tu.
Ma ho visto coi miei occhi
l'erba levarsi verso il cielo.
Perché discuterne la notte intera
restando svegli fino al mattino?
Forse ho torto io
o forse tu.
Perché discutere? Verrà il giorno
e da sola te ne convincerai:
se ha un fondo il cielo
e se verso il cielo si leva l'erba...

Mi sedetti accanto a lui, sull'asciugamano di spugna disteso sulla sabbia. E solo quando Igor ebbe riposto la chitarra gli chiesi: — Concerto per le onde e per la sabbia?

— Per le stelle e per il vento — precisò. — Avevo pensato che fosse difficile che tu mi trovassi nella notte. E non era il caso che mi portassi dietro lo stereo.

— Perché?

Si strinse nelle spalle. — Non lo senti? È il momento giusto per i suoni dal vivo.

Igor aveva ragione.

Anche se non ero d'accordo sulla scelta delle canzoni, non avevo nulla da ridire sul suonare dal vivo.

Tacevo, scrutandolo, o meglio cercando di scrutare l'oscurità. Era in short, a piedi nudi. I capelli brillavano come fossero bagnati, forse aveva fatto in tempo a fare il bagno. Mi ricordava qualcuno, un trovatore di qualche fiaba infantile o un principe travestito da trovatore...

— L'acqua è calda — disse Igor. — Andiamo?

Mi resi conto di essere scesa troppo di fretta in spiaggia: — Igor... So che riderai di me... Non posso fare il bagno: ho dimenticato il costume.

Tacque per un istante e poi replicò: — Ti vergogni, o temi che pensi che tu l'abbia fatto apposta?

— Non è che lo tema, ma non voglio che tu creda che sia così.

— Non lo credo affatto — disse Igor. Si alzò: — Vado in acqua, tu raggiungimi dopo.

Si spogliò, entrò di corsa e si tuffò quasi subito. Non esitai troppo a lungo. Non mi era venuto neppure in mente di ricorrere a un sistema così banale per sedurre Igor: il costume l'avevo davvero dimenticato nella stanza. Ma sentirmi in imbarazzo, e per di più con un essere umano, questo mai!

L'acqua era calda, dolce, come la carezza della mano di un innamorato. Nuotai dietro a Igor. La riva si allontanava, i suoi confini si attenuavano, solo le luci dei fanali distinguevano l'Artek dalla notte.

Eravamo lontani dalla boa, a un chilometro circa dalla riva. Raggiunsi Igor e procedemmo accanto, senza pronunciare una parola.

Senza competere, eppure mantenendo lo stesso ritmo.

Finalmente si fermò, mi guardò e disse: — Basta.

— Sei stanco? — chiesi, un po' stupita. Mi sembrava che avrebbe potuto nuotare all'infinito. Quanto a me, avrei potuto attraversare il Mar Nero fino alle coste della Turchia.

— No, non sono stanco, ma la notte è ingannevole, Alisa. Questa è la distanza massima da cui potrei riportarti a riva, se succedesse qualcosa.

Rammentai di nuovo le parole di Natascia sull'affidabilità. Lo guardai in viso e capii che la sua non era stata una spacconata, che non aveva scherzato. Teneva tutto sotto controllo in ogni istante. Ed era davvero pronto a salvarmi.

Buffo individuo. "Stanotte o domani attingerò altra forza e potrò fare di te ciò che vorrò" pensai. "E non sarai tu a salvare me in caso di necessità, ma io te, così grande, forte, sicuro, affidabile... Anche se ora tu ti senti sicuro di te stesso, della tua prontezza a difendermi e a salvarmi come un bambino che cammini accanto a sua madre in una strada buia rassicurandola.

Sarà stato anche nello stile di quelli della Luce, ma comunque era piacevole. Mi avvicinai lentamente a Igor. Mi strinsi a lui. L'abbracciai e gli sussurrai: — Salvami!

L'acqua era calda e il suo corpo anche più caldo. Era nudo, come me. Ci baciammo sott'acqua, riemergendo a tratti per inghiottire avidamente l'aria, cercando di nuovo l'uno le labbra dell'altro.

— Voglio tornare a riva — bisbigliai. E nuotammo, un po' sfiorandoci e un po' fermandoci per scambiarci altri lunghi baci. Le mie labbra sapevano di sale e delle sue labbra, il mio corpo sembrava ardere e il sangue mi pulsava alle tempie. Così si può anche affogare per l'eccitazione, l'impazienza, il desiderio di essere uniti.

A cinque metri dalla riva, dove l'acqua era poco profonda, Igor mi prese in braccio. Mi portò, come fossi una piuma, fino a dove si trovavano i nostri vestiti e mi posò a terra. Sentii l'asciugamano sotto la schiena. Le stelle oscillavano sopra la mia testa.

— Su, diamoci da fare... — sussurrai come una puttanella consumata. Io, la strega di Mosca dei Guardiani del Giorno, la strega amata nientemeno che da Zavulon!

Ma ora non me ne importava affatto. C'erano solo la notte, le stelle, Igor...

Si lasciò cadere, m'infilò la mano destra sotto la schiena, la strinse tra le scapole, fece scivolare la sinistra sul seno. Per un istante mi fissò negli occhi, come dubitasse, come esitasse, quasi non provasse il mio stesso ardente desiderio di vicinanza.

Come lo desideravo! Non era simile a nient'altro. Né al sesso con Zavulon, che assumeva ogni volta l'aspetto di un demone. Con il mio amante provavo un piacere morboso, selvaggio, sempre però misto a un senso di umiliazione, dolce, eccitante, ma di umiliazione. E neppure al sesso con comuni esseri umani, fossero giovani inesperti e prestanti, o uomini forti e muscolosi oppure vecchi libertini. Avevo sperimentato tutto, con qualunque uomo avrei potuto trascorrere una seratina interessante.

Qui era diverso. Era davvero come se fossimo una cosa sola, come se i miei desideri si trasmettessero a lui istantaneamente e i suoi a me.

Era come se mi conoscesse da molti anni e fossi per lui come un libro aperto. Le sue mani rispondevano ai desideri del mio corpo prima ancora che fossi io a percepirli, le sue dita sapevano dove essere tenere o rudi, le sue labbra mi baciavano frenetiche il viso, senza fermarsi, i movimenti si facevano sempre più intensi e io mi libravo dietro a lui come su un'altalena lanciata nel cielo buio, sussurravo qualcosa senza comprenderne il significato…

E poi il mondo cessò di esistere e mi aggrappai alle sue spalle, graffiandolo. Non volevo lasciarlo andare via. Il piacere fu breve come un lampo e altrettanto intenso, abbagliante.

Restammo distesi accanto, io sull'asciugamano e Igor sulla sabbia, sfiorandoci, accarezzandoci, quasi le nostre mani vivessero di vita propria. Avevo premuto la mia guancia contro il suo petto e avvertivo l'odore salato del mare e quello acre del suo sudore.

Tutto era stato come mai prima era accaduto. Nemmeno l'orgia più sfrenata mi aveva mai dato tanto piacere. Non avevo mai provato una tale felicità, un tale senso di liberazione, di… di… appagamento. Già, forse proprio di appagamento. Ormai di nessuno più avevo bisogno.

— Ti amo… — sussurrai. — Igor, ti amo.

Avrebbe potuto rispondermi che anche lui mi amava e rovinare tutto o quasi. Ma si limitò a dire: — Lo so.

Quando si sollevò e frugò sotto i vestiti abbandonati sulla sabbia in cerca di qualcosa, sul momento non credetti ai miei occhi: una bottiglia e un calice di cristallo. Uno solo.

— Sei proprio un mago — dissi soltanto.

Igor sorrise, il tappo volò per aria con uno schiocco, e lui versò lo spumante nel calice. Ne bevvi un sorso. Brut, e anche freddo.

— Buono o cattivo? — chiese.

— Cattivo! — Gli tesi il calice. — Avevi nascosto questo tesoro!

Igor sorrideva e beveva. Poi disse pensoso: — Sai, è come se…

Trasalì, tacque e scattò in piedi. Io saltai su, in tempo per scorgere a breve distanza da noi un'ombra indistinta che scivolava via frettolosa nella notte.

— Che brutta cosa — mormorò Igor.

— Chi era? — chiesi.

— Non saprei, forse uno dei bambini. — Era visibilmente contrariato. — Che cosa brutta e sciocca.

— Niente di male. — Gli strinsi le spalle. — I più piccoli dormono già e per i più grandi può essere soltanto utile, educativo.

Sorrise, ma si vedeva che era perplesso. Ecco come sono gli esseri umani: attribuiscono importanza a simili inezie.

— Andiamo da te? — proposi.

— Sì. — Igor scosse la testa e mi guardò: — Ma sappi che non chiuderemo occhio.

— Stavo per avvertirti anch'io della stessa cosa — dissi. Ed era la verità.

Capitolo 6

Quando ero dotata dei miei pieni poteri di Altra, potevo restare senza dormire cinque, sei giorni di fila. E anche adesso, comunque, non ne avevo assolutamente voglia. Al contrario, mi ribolliva il sangue, ma di un'energia ordinaria, umana.

Al cottage rientrai mezz'ora prima della sveglia. Diedi un'occhiata alle bambine: qualcuna si rigirava nel letto, sul punto di svegliarsi. Era tutto in ordine: nessuna si era allontanata per fare il bagno rimanendo affogata, né era stata rapita da perfidi terroristi o aveva avuto l'idea di cercare l'educatrice nel cuore della notte.

Con un sorriso sciocco, ma compiaciuto, entrai nella mia stanza. Mi spogliai lentamente, pigramente, davanti allo specchio. Mi accarezzai i seni con voluttà e m'inarcai come un gatto soddisfatto.

Una notte folle, una notte magica, e io avevo commesso tutte le pazzie che solo una donna innamorata è in grado di fare con un uomo. Persino le cose che prima non mi piacevano quella notte mi avevano procurato una felicità esaltante. Possibile che mi fossi innamorata? Non potevo crederlo.

E di un essere umano per di più? Di un comune essere umano, anche se mi capiva come nessun altro al mondo?

Non potevo crederlo.

— Tenebre, fate che lui sia un Altro — mormorai. — Vi supplico, Sublimi Tenebre...

È un gioco pericoloso pregare le Tenebre primigenie per simili inezie, anche se non credo che una semplice strega possa farsi ascoltare dalle Tenebre.

Zavulon, forse, è in grado di farlo. Zavulon...

Mi sedetti sul letto e nascosi il viso nel guanciale. Fino a un paio di giorni prima niente mi dava più gioia del suo amore. E ora? Certo, era stato lui a suggerirmi di divertirmi. Lui se ne infischiava dei banali dogmi degli esseri umani e tanto più di quelli del repertorio degli agenti della Luce. E cos'era per lui il tradimento? Cos'era la gelosia? Non avrebbe avuto nulla da ridire se io e Igor... Basta! Dove sarei andata a finire?

— Alisa, ti sei rimbecillita — mormorai.

Possibile che mi discostassi così poco dagli esseri umani? Che – quasi avevo timore di pronunciare queste parole – fossi capace di sposarne uno? E di preparargli da mangiare, di lavargli i calzini, di mettergli al mondo dei figli e di crescerli? Come si dice, di giorno l'onore nella Guardia e di notte il disonore.

Scossi la testa, immaginando la reazione delle ragazze. No, non c'era niente di strano nella cosa in sé: la maggior parte delle streghe era sposata e di regola con esseri umani. Però un conto era ammaliare un uomo ricco, influente, un oligarca, per esempio, o, nella peggiore delle ipotesi, un deputato oppure un gangster di città. Un giovane studente spiantato, senza appoggi e conoscenze era tutta un'altra storia.

Ma non era stato il sesso a farmi perdere la testa. Che cosa mi succedeva? Era come se fossi stata sedotta da un Incubo. Sussultai a quel pensiero mostruoso: e se Igor fosse stato davvero un Incubo? Un collega e uno dei più rozzi tra i Guardiani della Notte!

No, impossibile! Un Incubo avrebbe percepito che ero un'Altra, agente delle Tenebre, anche se temporaneamente priva della forza. E non avrebbe mai fatto pratica su una strega, sapendo poi che prezzo avrebbe pagato. Non appena avessi recuperato la forza, l'avrei ridotto in polvere e si sarebbe capito che si trattava di un amore indotto. Di un amore? Allora in fondo si trattava di amore?

— Oh, Alisa! — mormorai. — Sei proprio scema!

E va bene, ero scema.

Tolsi dalla borsa delle mutandine pulite e mi infilai sotto la doccia.

Fino a sera mi sentii mancare la terra sotto i piedi. Avevo avuto anche un sacco di lavoro. Avevo dovuto discutere con la direttrice del campo per procurare dei posti migliori alle mie bambine al festival del cinema. E c'ero riuscita, aumentando il mio prestigio ai loro occhi. Poi avevano distribuito delle lenti scure arrivate chissà da dove, forse dalla città di Nikolaev, per vedere l'eclissi di sole del giorno dopo. A ogni classe ne avevano assegnate cinque, mentre io ero riuscita ad aggiudicarmene sei.

Poi eravamo scese in spiaggia. Quel giorno naturalmente le classi maschili erano partite per qualche stupida gita! Persino il mare non mi rallegrava. A un certo punto il mio occhio era caduto su Natascia e avevo colto la sua espressione triste, apprezzando tutta la comicità della situazione. Non ero l'unica scema, eravamo in due: la bambina, che aveva nostalgia del suo ragazzino e che nelle sue più sfrenate fantasie arrivava appena ai baci, e io, che ne avevo combinate di cotte e di crude la notte prima, di quelle che neppure si troverebbero in un film a luci rosse. Insomma gli opposti s'incontrano, come si dice.

— Ti manca? — chiesi sottovoce. Natascia sembrò irrigidirsi, mi guardò turbata... E all'improvviso sospirò: — Sì... E a lei manca Igor?

Annuii in silenzio. La bambina esitò e poi chiese: — È stata con lui fino al mattino?

Non provai neppure a mentire, tanto più che accanto a noi non c'era nessuno. Mi limitai a chiedere: — Mi hai seguito?

— Stanotte ho avuto paura — disse piano la bambina. — Ho fatto sogni orribili e mi sono svegliata. Sono venuta nella sua stanza, ma lei non c'era.

— Sì, fino al mattino. Lui mi piace molto, Natascia.

— Avete fatto l'amore? — chiese la ragazzina con tono esperto.

La minacciai col dito: — Natascia!

Non si turbò per nulla. Al contrario, abbassò la voce e come parlando a una sua intima amica, disse: — Invece col mio non combino niente. Gli ho detto che, se prova a baciarmi, gli faccio un occhio nero. E lui mi fa: «Bello nero, mi raccomando!» Perché i ragazzini sono così stupidi?

— Ti bacerà — le promisi. E mentalmente aggiunsi: "Farò il

possibile." Non c'era nulla di più facile. Una volta riacquistati i miei poteri, avrei fatto in modo che quel bambinetto lentigginoso dai capelli rossi guardasse Natascia con occhi innamorati persi. Perché non avrei dovuto far felice la mia protetta?

— E cos'hai sognato? — le chiesi.

— Cose orribili — rispose seccamente la bambina. — Veramente non ricordo più! Ma cose orribili, orribili!

— Sul tuo fratellino?

Natascia corrugò la fronte. Poi rispose: — Non mi ricordo. Ma come fa a sapere che ho un fratellino?

Mi allungai sulla sabbia con un sorriso misterioso. Era tutto a posto: avevo risucchiato il suo sogno fino in fondo.

La sera non mi trattenni. Capii che non ce la facevo più. Cercai Galina e le chiesi di sorvegliare le mie bambine per un paio d'ore. Aveva uno sguardo strano: non offeso, malgrado anche lei coltivasse delle mire su Igor e avesse capito tutto, ma neppure cattivo. Triste, piuttosto, come quello di un cane ingiustamente punito.

— Certo, Alisa — mi disse.

È un guaio con queste cosiddette "brave persone". Gli sputi in faccia, gli tagli la strada, gli pesti i piedi e sopportano tutto. Ma è anche comodo, naturalmente.

Mi diressi verso il cottage della quarta. Durante il tragitto stanai da dietro i cespugli due ragazzini che affumicavano dei pezzetti di vetro su un fuocherello fatto con bicchieri di plastica. Be', stanai è una parola grossa. I ragazzini si irrigidirono e si adombrarono, ma continuarono con le loro occupazioni.

— Domani distribuiranno lenti speciali — li informai laconicamente. — Con questi vi taglierete.

— Di lenti speciali ne sono arrivate poche — ribatté giustamente uno dei due. — Ce li affumichiamo da soli, i bicchieri fanno un bel fumo.

— Incolliamo dei cerotti sui bordi — aggiunse il secondo — e sono pronti.

Sorrisi, annuendo, e andai oltre. Bel comportamento. Indipendente, orgoglioso. Corretto.

Mentre mi avvicinavo al cottage estivo udii il suono di una chitarra e vidi Makar. Il ragazzino era addossato a un albero, non tanto per nascondersi, quanto per non essere visto dal cottage. Stava lì in piedi e fissava Igor, seduto in mezzo ai suoi ragazzini. Sentendo i miei passi, si voltò di scatto e sussultò. Poi abbassò gli occhi. Io capii tutto.

— Non sta bene spiare, Makar.

Il ragazzo stava lì in piedi e si mordeva le labbra. Chissà se aveva intenzione di giocare qualche brutto tiro a Igor. Pensava magari di sfidarlo a duello? O si sarebbe limitato a stringere rabbiosamente i pugni, impotente, guardando l'uomo che la notte prima aveva fatto l'amore con la donna che gli piaceva? "Sciocco, sciocco ragazzo: devi guardare le tue coetanee e non certe streghe adulte, dalle gambe lunghe che ammaliano."

— Avrai tutto anche tu, Makar — gli dissi sottovoce. — Le ragazze, le notti sulla riva del mare e…

Alzò la testa. Mi guardò con aria beffarda e persino un po' accondiscendente. "Non avrò niente del genere" dicevano i suoi occhi. "Né il mare, né una bella ragazza nuda sul bagnasciuga. Sarà tutto diverso: vino scadente in una sudicia stanza del pensionato e una sciacquetta che chiunque potrebbe avere dopo il secondo bicchiere. Il corpo sudato già flaccido e il bisbigliare rauco di chi fuma troppo."

Questo io, strega esperta e cinica, lo sapevo bene. E lo sapeva anche lui, ospite fortuito dell'Artek, visitatore occasionale del "territorio dell'amicizia e dell'amore". Non era il caso di fingere tra di noi.

— Scusami, Makar — dissi, accarezzandogli dolcemente la guancia — ma lui mi piace molto. Tu intanto cresci forte, intelligente, e avrai tutto.

Lui si voltò e corse via. Un ragazzo quasi adulto che non voleva perdere neppure un istante della sua breve, felice estate, che la notte non dormiva e s'inventava un'altra vita felice. Ma che potevo fare? Alla Guardia di Giorno non servivano esseri umani come servi. Bastavano i vampiri, i mutantropi e altre nullità del genere. Naturalmente avrei testato Makar: chissà che da lui non potesse scaturire un magnifico agente delle Tenebre.

Ma c'erano pochissime possibilità che il ragazzo fosse dotato di queste facoltà. Allo stesso modo era assai probabile che le mie bambine fossero dei banalissimi esseri umani. Così come c'erano poche probabilità che Igor avesse delle facoltà speciali da Altro. E non era forse meglio così? Se era un essere umano potevamo stare insieme. A Zavulon non avrebbe fatto né caldo né freddo che la sua amante avesse un umano per marito, mentre un Altro non lo avrebbe tollerato.

Mi diressi verso il cottage. Igor stava seduto sulla terrazza e accordava la chitarra. Accanto a lui c'erano solo due ragazzini, Aleska, il tutore del fuoco, e un bambino grassottello dall'aria malaticcia che non doveva aver partecipato al falò.

Igor mi guardò e sorrise. I bambini dissero qualcosa in segno di saluto, mentre noi non ci rivolgemmo neppure la parola. I nostri occhi dicevano tutto. E il ricordo della notte prima e la promessa della prossima e di altre notti future...

Nello sguardo di Igor c'era ancora una vaga angoscia, come se qualcosa l'avesse profondamente rattristato. "Caro" pensai "se sapessi quanta tristezza c'è in me e quanto mi è difficile sorridere... Meglio sarebbe che tu non fossi dotato di facoltà speciali, che tu non fossi un Altro. Che i colleghi ridano pure di me. Sopporterò. Ma non saprai mai di Zavulon e neppure della Guardia. Ti meraviglierai tu per primo della tua fortuna, della folgorante carriera e della salute di ferro, e sarò io a darti tutto questo!"

Igor sfiorò le corde, guardò dolcemente i bambini e attaccò:

Ho paura dei neonati, ho paura dei morti,
mi tocco il volto con le dita.
E dall'orrore mi sento raggelare:
possibile che sia come tutti loro?
Gli umani che vivono sopra di me,
gli umani che vivono sotto di me,
gli umani che russano dietro il muro,
gli umani che vivono sotto terra...
Che cosa non darei per un paio d'ali,
che cosa non darei per il terzo occhio,

per una mano con quattordici dita!
Ho bisogno di un altro gas per respirare.
Hanno lacrime salate e il sorriso tagliente
e non c'è mai niente che basti a tutti loro.
Amano il loro volto stampato sui giornali,
ma il giorno dopo li gettano nel water.
Gli umani che danno alla luce figli,
gli umani che il dolore fa soffrire,
gli umani che ammazzano altri umani,
eppure non possono mangiare cibo senza sale.
Che cosa non darebbero per un paio d'ali,
che cosa non darebbero per il terzo occhio,
per una mano con quattordici dita!
Hanno bisogno di un altro gas per respirare.

Sentii un gelo dentro di me. Un infinito, disgustoso senso di angoscia. Era una delle nostre canzoni. Troppo nostra, troppo nostra, una canzone da Altri.

Percepii l'emozione dei ragazzini seduti accanto a me: stavo tornando a essere un'Altra. Era come la notte prima quando avevamo fatto sesso: un voluttuoso altalenante ondeggiare, un equilibrio sul filo del rasoio, l'attesa di un'esplosione, l'abisso sotto i piedi. Intorno scorrevano rivoli di forza, scadenti, non come il ricostituente degli incubi delle bambine, ma solo la nostalgia del ragazzino grasso per i suoi genitori: aveva disturbi al cuore, giocava poco con gli altri ragazzi, stava appiccicato a Igor, quasi come Olecka a me. Non era un perfetto ricostituente, ma era simile a ciò di cui avevo bisogno.

Non potevo più aspettare!

Oscillai in avanti, allungai il braccio e afferrai per la spalla il ragazzo, risucchiando la sua cupa tristezza. Per poco non fui travolta da una scarica d'energia, ma il mondo si riempì di una grigia frescura e la mia ombra come una nera voragine si allungò sulle logore assi del parquet della veranda. Affondai nel Crepuscolo giusto in tempo per vedere…

… come Igor attingeva la forza da Aleska che si stringeva a lui. Una scia violetta e sottile d'energia: un'ansia di bricconerie e avventure, di entusiasmanti scoperte, di gioie e paure e tutto il repertorio di emozioni e di sentimenti di un bambino sano, soddisfatto di sé e del mondo. Il repertorio della Luce. La forza della Luce. La Tenebra alle Forze delle Tenebre e la Luce alle Forze della Luce.

Mi levai, per metà ancora nel mondo reale e per metà nel Crepuscolo, verso Igor che si alzava, verso il mago della Luce della Guardia della Notte di Mosca, il nemico.

Udii il suo grido: — No!!!

Il mio primo pensiero si rivelò sbagliato: Igor non aveva agito contro di me, eseguendo i perfidi piani dei Guardiani della Notte. Era privo della forza esattamente come me, ed esattamente come me era in vacanza all'Artek per ristabilirsi. Non aveva visto la mia aura e non immaginava che davanti a lui si trovasse una strega. Mi aveva amato in modo cieco, proprio come avevo fatto io.

Il mondo era grigio e scialbo, il freddo mondo del Crepuscolo che attira verso di sé la nostra forza, ma che ci aiuta anche a recuperarla. Senza suoni né colori. Le foglie immobili sugli alberi, le figure pietrificate dei ragazzini, la chitarra sospesa nell'aria: Igor l'aveva lasciata cadere dalle mani entrando nel Crepuscolo.

Migliaia di aghi di ghiaccio mi trafiggevano la pelle, risucchiando l'energia che avevo assimilato, cercando di trasportarmi per sempre nel Crepuscolo. Ma io ero tornata a essere un'Altra e potevo assumere la forza dal mondo circostante. Mi allungai e raschiai fino in fondo ciò che di oscuro c'era nel ragazzino grasso, inghiottendo senza più problemi la forza, senza prestare attenzione a ciò che facevo e a come lo facevo. Con naturalezza, com'ero abituata.

Lo stesso faceva Igor con Aleska: forse con minore abilità perché quelli della Luce di rado assumono la forza da fonte diretta, sono bloccati dai loro stupidi ideali. Nonostante questo Igor la risucchiò dal ragazzino, fino in fondo, e io provai una felicità innaturale per il mio amato, per il mio nemico, il mago della Luce che aveva assimilato la forza.

— Alisa...

— Igor...

Per lui era difficile, assai più difficile che per me. Gli agenti della Luce inseguono illusioni per tutta la vita e si nutrono di false speranze. Non sono in grado di incassare certi colpi. Ma lui sì, e anch'io... anch'io.

— È assurdo — mormorò. Scosse la testa, un gesto strano nella torbida foschia del Crepuscolo. — Tu... tu sei una strega...

Sentii che mirava alla mia coscienza in cerca di conferme, o sperando di restare deluso. Non feci resistenza.

Per il dolore intollerabile, scoppiai a ridere.

Era là, a Juznoe Butovo, quando Edgar fronteggiava i maghi della Luce. Noi alimentavamo Edgar con la forza e quelli della Luce alimentavano i maghi della seconda squadra, tra cui c'era anche Igor. Avevo riconosciuto la sua aura e rammentavo il profilo della sua forza. Sono cose che non si dimenticano. Anche lui mi aveva riconosciuto.

Naturalmente non conoscevo il suo volto, né avevo mai sentito il suo nome. Perché mai noi streghe di pattuglia dovremmo conoscere i quasi mille dipendenti della Guardia della Notte di Mosca? Tutti i maghi, gli incantatori, gli indovini, i mutantropi... Avremmo dovuto: ci venivano fornite informazioni dettagliate. Come nel caso di Anton Gorodeckij, che un anno e mezzo fa avevamo pedinato per ordine di Zavulon e che avevamo colto sul fatto durante un'azione illegale. Perciò non conoscevo Igor. Un mago della Luce di terzo livello, forse più forte di me, se vogliamo, anche se era difficile confrontare le forze di un mago naturale con quelle di una strega.

Mio amato, mio amante, mio nemico... Mio destino...

— Perché? — chiese Igor. — Perché Alisa? Perché?

"Come perché?" quasi gli gridai in risposta. Rimasi zitta perché sapevo che non mi avrebbe creduto. Non avrebbe mai creduto che si trattava di un'assurda fatalità e che non c'era nessun malvagio disegno, che solo l'ironia del destino ci aveva uniti nel momento della nostra debolezza, quando non avevamo potuto riconoscerci, percepirci come nemici, in un momento in cui potevamo e volevamo solo una cosa: amare.

Che cosa significa in questo mondo "perché"?

Perché io appartengo alle Tenebre? Perché lui appartiene alla

Luce? In ognuno di noi, al principio, tutto si mescola e si fonde.
E solo una catena di circostanze fa sì che diventiamo ciò che siamo...

Igor avrebbe potuto essere mio amico e collega, un agente delle Tenebre. Nello stesso modo in cui io avrei potuto appartenere alla Luce. Sarei stata addestrata non da una strega saggia, bensì da una maga e non avrei ripagato i nemici con la stessa moneta, ma li avrei costretti in qualche subdolo modo a ritrovare la "retta via". Avrei porto l'altra guancia e gioito per ogni sublime sciocchezza.

Mi resi conto che stavo piangendo solo quando il mondo cominciò a vorticare intorno a me. Non si può piangere nel Crepuscolo, lo sanno tutti: risucchia le energie avidamente, e perdere le energie nel Crepuscolo equivale a rimanervi per sempre.

Cercai di attingere la forza dal mio donatore, il ragazzino grassoccio, ma era già svuotato; mi allungai verso Aleska, che risultò assolutamente neutro, ormai prosciugato da Igor. A Igor non potevo e non volevo sottrarre energia e tutti gli altri erano troppo lontani. E il mondo vorticava.

Un istante dopo Igor mi lanciò una carica di energia. Non per annientarmi, per aiutarmi. Era un altro tipo di forza, era quella della Luce, convogliata attraverso di lui e destinata a me. La forza è pur sempre forza.

Mi alzai, ansimando, sentendomi svuotata come la notte del nostro amore insensato. Igor mi aiutò a rimanere nel Crepuscolo, ma non mi tese le mani. Piangeva come me e stava altrettanto male.

— Come hai potuto... — mormorò.

— È stata una fatalità, Igor! — Mi mossi verso di lui e gli tesi le braccia.

Si allontanò da me con un balzo come fossi stata una lebbrosa, con la leggerezza e l'eleganza di un mago abituato a operare nel Crepuscolo. A combattere nel Crepuscolo. A uccidere nel Crepuscolo.

— Non esistono fatalità simili — disse, sputando le parole. — Tu... tu, essere immondo... strega...

Tacque, assimilando tracce di magia residua. — Tu sottrai ai bambini la forza!

Non mi trattenni più. — E tu? Tu che sei un agente della Luce, che ci fai qui? — Era inverosimile, assurdo doverlo chiamare così, ma lui era davvero un agente della Luce. — Che ci fai qui, quando non pascoli questi piccoli esseri umani?

— La Luce non si può sottrarre — disse, scuotendo la testa. — Più ne prendi e più ritorna. Tu sottrai la Tenebra, e la Tenebra cresce. Io prendo la Luce, e la Luce ritorna.

— Dillo ad Aleska che sarà in preda all'angoscia tutta la sera! — gridai. — Rallegralo, su, digli che poi tornerà la gioia!

— Avrò altro da fare, strega! Dovrò salvare i bambini che tu hai sprofondato nella Tenebra!

— Consolalo! — dissi in tono indifferente. Era come se tutto il mondo fosse coperto da una crosta di ghiaccio. — È il tuo lavoro, caro.

Che stavo dicendo? Si sarebbe persuaso che i Guardiani del Giorno avessero pianificato una scaltra operazione, che si fossero presi disgustosamente gioco di lui, che quello che c'era stato tra noi fosse stato solo un'astuta finzione.

— Strega — disse Igor con disprezzo. — Fila via di qui, capito?

"Con gioia!" fui sul punto di rispondere. In fondo che divertimento mi veniva da questa estate, da questo mare, da questa sovrabbondanza di forza? Mi sarei ripresa a poco a poco, il più era fatto.

— Fila via tu! — replicai. — Io sono autorizzata a rimanere qui per una vacanza e a utilizzare le energie umane. Puoi chiederlo ai tuoi. E tu ce l'hai l'autorizzazione, caro?

Io ero una strega, ero al di fuori della morale e non volevo fare giochetti come gli organismi inferiori chiamati "esseri umani". Ero venuta lì per una vacanza e ci sarei rimasta.

"E tu invece che cosa fai?" pensai. "Se è vero che mi ami… e mi ami, lo so, lo vedo e puoi vederlo anche tu, se solo lo vuoi… Perché l'amore è al di sopra della Luce e delle Tenebre. Perché l'amore non è fare sesso, né avere una fede comune, né vivere tutta la vita insieme e allevare bambini. Perché anche l'amore è forza. E la Luce e le Tenebre, gli umani e gli Altri, la morale e la legge, i dieci comandamenti e il Grande Patto non hanno niente a che vedere con l'amore. E io comunque ti amo, canaglia, vigliacco, porco della Luce, bestia generosa, stupido ingenuo! Ti amo comunque. Anche se fino a tre giorni fa eravamo l'uno contro l'altro e desideravamo solo annientare il nostro nemico. Anche se tra noi c'è un abisso che nessuno, mai, riuscirà a colmare. Capisci? Io ti amo. Tutte le mie parole non sono che uno scudo. Tu non vedi queste mie lacrime, non vuoi vederle... Vienimi vicino, qui nel Crepuscolo, dove non c'è nessuno, o sulla veranda, sotto gli occhi stupiti dei bambini, e abbracciami. Piangeremo insieme: non ci sarà bisogno di parole, io me ne andrò il diavolo sa dove, da Zavulon, a Mosca, sotto l'ala protettiva di Anna Tichonovna, compiacente e soddisfatta. O, se vuoi, lascerò per sempre i Guardiani del Giorno. Lo vuoi? Non smetterò di appartenere alle Tenebre, non è in mio potere, ma abbandonerò questa guerra infinita tra la Luce e le Tenebre. Semplicemente vivrò senza prendere niente agli umani. E se pure non vorrai stare con me, anche se non potrò mai perdonarlo, lasciami almeno il ricordo di come ci siamo amati. Non rispondere alle mie parole, avvicinati soltanto. Io appartengo alle Tenebre, non posso essere diversa. Amo solo me stessa in questo mondo, ma ora tu sei parte di me, una grande parte, la più importante. E se sarà necessario io ucciderò questa parte di me, vale dire tutta me stessa. Tu appartieni alla Luce. Voi immolate la vostra vita, proteggete gli umani e siete solidali l'uno con l'altro. Prova a essere così anche con me, anche se sono una strega, anche se sono il tuo nemico. A volte riuscite a capire, come ha dimostrato Anton Gorodeckij quando ha raccolto una forza abnorme solo per non diffonderla in giro. Anton posso ammirarlo come un autentico nemico. Quanto a te... ti amo, ti amo, ti amo. Cerca di capirlo. Su, vienimi vicino, mia amata canaglia, bestia diletta, mio solo nemico, imbecille adorato!"

— Imbecille! — gridai invece.

E il volto di Igor si contrasse in una tale smorfia di sofferenza che compresi tutto: la Luce e le Tenebre, il Bene e il Male erano soltanto parole. Ma noi parlavamo lingue diverse e non ci capivamo, anche se intendevamo dire la stessa cosa.

— Vattene. O ti annienterò.

Pronunciò queste parole e uscì dal Crepuscolo. Il suo corpo perse i contorni, si sfocò per resuscitare nel mondo degli umani, accanto ai ragazzini dell'Artek. Mi lanciai dietro a lui, balzando fuori dalla mia ombra. Oh, se fosse così facile uscire da se stessi, dalla propria essenza, dal proprio destino!

Feci in tempo a vedere Igor, che ritornato nella realtà ordinaria, afferrava la chitarra che stava per toccare terra e si gettava sul volto sconvolto dal dolore un velo magico, una paranja – ignoro come la chiamino gli agenti della Luce – facendo uscire i bambini dallo stato di trance. Doveva averli ipnotizzati prima di entrare nel Crepuscolo, perché non si spaventassero per l'improvvisa scomparsa degli educatori. Com'è che la definiva Natascia? Affidabilità. Sì, affidabilità.

— Per te è ora di andare, Alisa — disse Igor. — Come si dice, ragazzi?

Vedevo il suo vero volto. Dolore, nient'altro che dolore...

— Arrivederci — disse il ragazzo grassoccio.

— Ciao — disse Aleska.

Avevo le gambe molli. Mi staccai dal corrimano della veranda su cui tenevo appoggiati i gomiti. Mi mossi.

— Addio — disse Igor.

Era buio. Era un bene che fosse buio: così non dovevo sprecare le energie in una paranja, non dovevo fingermi allegra, ma solo fare attenzione alla voce.

— E così si divisero in Forze della Luce e Forze delle Tenebre — raccontai. — Gli agenti della Luce ritenevano che si dovesse immolare la propria vita per gli altri. E che immolarsi fosse la cosa più importante, anche se coloro per cui lo si faceva non ne erano degni. Mentre gli agenti delle Tenebre ritenevano che bisognasse semplicemente vivere. Che ciascuno si meritasse ciò che si era guadagnato nella vita e niente di più.

Loro, le mie bambine, le mie scioccherelle, tacevano. Piccoli esseri umani tra cui non avevo scoperto nessuna potenziale Altra. Né agente delle Tenebre, né della Luce. Neppure una strega, una maliarda, o una vampira...

— Buona notte, bambine — dissi. — Fate dei bei sogni, anzi non fatene proprio, è meglio.

— Buona notte, Alisa.

Un coro di voci. Non una fiaba, ma una parabola che gli Altri conoscevano a memoria, sia quelli delle Tenebre sia quelli della Luce. E loro non dormivano: erano rimaste ad ascoltare.

Ero già sulla porta quando udii la vocina di Natascia: — Ma l'eclissi non fa paura?

— No, per niente. Fa solo un po' di tristezza.

Nella mia cameretta presi il cellulare e composi il numero di Zavulon.

«L'abbonato non è al momento raggiungibile...»

"Ma dove sei finito, Zavulon, se nemmeno il tuo tanto magnificato satellitare non prende la chiamata?" pensai. "Dove sei? Dove sei? Non ti amo, Zavulon, e forse non ti ho mai amato. Solo ora ho capito che cos'è l'amore. Tu invece mi ami. Siamo stati insieme, siamo stati bene, mi hai regalato tutto questo mondo e persino dei pattini... Su, rispondi. Tu sei il mio capo, il mio maestro, il mio amante. Dimmi, che devo fare ora? Ora che sono stata intima del mio nemico? Fuggire? Combattere? Morire? Che devo fare, Zavulon?"

Entrai nel Crepuscolo. Le ombre dei sogni infantili mi volteggiavano intorno. Un vero banchetto. Flussi di energia, sia della Luce sia delle Tenebre. Terrori e tristezze, angosce e offese. Riuscivo a penetrare in tutto il Padiglione Celeste. Nel suo sogno Dimka si offendeva perché gli amici non l'avevano invitata a bere con loro la limonata. E alla piccola instancabile Irocka, detta Energizer, qualcuno aveva fregato il salvagente e lei piagnucolava nel guanciale. La mia fedele ed energetica donatrice Natascia, invece, aveva perduto il fratellino in oscuri e misteriosi vicoli e ora correva a cercarlo in lacrime.

Non volevo accumulare forza. Non volevo prepararmi alla battaglia. Non volevo niente.

— Zavulon! — gridai attraverso la tenebra grigia ondeggiante. — Sono io che ti invoco. Zavulon!

Nessuna risposta.

— Zavulon — ripetei.

Non era così che m'ero immaginata quella notte, non così.

"Igor... Igor... Che stai facendo?" pensai. "Accumuli forza? Ti consigli col saggio Geser? O siedi come me, stordito, davanti allo specchio? Specchio, specchio... quale sarà il mio futuro?"

Non ero brava nelle predizioni, ma ogni tanto riuscivo a vedere nel futuro.

No, non volevo. Sapevo che non mi attendeva nulla di buono.

Quando giunsi in spiaggia l'eclissi era già cominciata. Le mie bambine strillavano, strappandosi di mano le lenti, senza capire perché non avessi voluto anch'io uno specchietto. Bambine, bambine... Che me ne importava della luce accecante del sole? Potevo guardarlo senza proteggermi gli occhi.

Intorno a Igor saltellavano i ragazzini della quarta, mettendogli fretta. Non capivano perché il loro educatore non si sbrigasse e perché, per accompagnarli in spiaggia, avesse fatto un giro largo e tortuoso.

Io lo capivo.

Scorsi attraverso il Crepuscolo deboli scintille di forza da lui sottratta.

Cosa stava facendo, Igor, il mio amato nemico? Ancora un passo e avrebbe spento un altro sorriso. Il piccolo attaccabrighe di dieci anni non si sarebbe più rallegrato di aver fatto pace con l'amico. La frugoletta undicenne avrebbe dimenticato la conchiglia nera trovata sulla spiaggia. Il serio ometto di quindici anni avrebbe smesso di pensare all'appuntamento concordato la sera prima.

Igor vagava per l'Artek come un tempo aveva vagato per Mosca Anton Gorodeckij, accumulando forza, e io, la sua nemica, avrei voluto gridargli: "Che stai facendo?"

Anton aveva battuto Zavulon non perché avesse accumulato più forza di tutti – Zavulon restava comunque il più forte – ma perché aveva saputo impiegarla bene.

"E tu sarai in grado?" pensai. "Non desidero la tua vittoria. Amo solo me stessa. Ma che posso farci se sei diventato una parte fondamentale di me? Se hai colpito la mia vita come un fulmine?"

Igor aveva accumulato tutto ciò che poteva, ogni particella di energia intorno a sé. Aveva violato leggi e accordi, aveva rischiato tutto, e in primo luogo la sua vita, perché era mosso dal desiderio di proteggere quei piccoli esseri umani dalla strega cattiva. Anche lui non aveva più voglia di vivere, ma, a differenza di me, era pronto a vivere per gli altri.

Per ultimo assorbì la forza da Makar.

Era da un pezzo che sentivo su di me lo sguardo del ragazzo. Lo sguardo malinconico di un ragazzino innamorato di una donna adulta. Un triste sguardo d'addio. Non era quel genere di tristezza che possiamo utilizzare noi delle Tenebre: era luminosa. Igor la risucchiò fino in fondo.

Nel cielo scompariva lentamente il disco solare. I ragazzini s'erano già stancati di guardarlo con gli specchi e sguazzavano nel mare sotto una strana luce spettrale che a noi due ricordava il Crepuscolo.

Mi voltai verso Igor e afferrai il suo sguardo.

— Vattene — mormorarono senza emettere suono le sue labbra. — Vattene, o ti ucciderò.

— Uccidimi — gli risposi.

Non me ne sarei andata. Che intenzioni aveva il mio nemico? Voleva forse aggredirmi? Violare il mio diritto di rimanere lì? Coinvolgere la sezione di Jalta dei Guardiani della Notte? Di sicuro s'era consultato con loro e sapeva di non poter rivendicare nulla contro di me.

Igor si fece più vicino.

— In nome della Luce e delle Tenebre, io ti sfido — mormorarono le sue labbra.

Presi a tremare. Questo non me l'aspettavo. Davvero non me l'aspettavo.

— Al di fuori della Luce e delle Tenebre, tu e io, da sola a solo, fino alla fine.

Mi sfidava a duello, un'antica convenzione sorta insieme al Grande Patto tra le Forze della Luce e le Forze delle Tenebre a cui non si faceva quasi mai ricorso perché il vincitore avrebbe dovuto risponderne davanti al Tribunale dell'Inquisizione. Questo perché un duello ha luogo quando non ci sono fondamenti legali per un combattimento, quando le Guardie non hanno il diritto di interferire, e quando a prevalere sono le emozioni e non la ragione.

— E la Luce mi farà da padrino.

Era poco probabile che qualcuno avesse scorto la minuscola lingua di fuoco pallido balenata per un istante nella mano di Igor. Anche lui sussultò: di rado le forze superiori rispondono all'appello di semplici Guardiani.

— Igor, io ti amo...

Il suo volto trasalì come se gli fosse stato inferto un colpo. Non mi credeva. Non poteva credermi. — Accetti la mia sfida, strega?

Avrei potuto rifiutarla. Tornare a Mosca umiliata e disonorata col marchio di chi ha rifiutato un duello. Qualunque pidocchioso lupo mannaro avrebbe potuto sputare al mio passaggio.

Oppure avrei potuto cercare di uccidere Igor. Accumulare tanta forza da poterlo contrastare.

— Le Tenebre saranno il mio padrino — dichiarai, tendendo la mano. E una particella di oscurità mi sussultò nel palmo.

— Scegli — disse Igor.

Scossi la testa. Non sarei stata io a scegliere luogo, tempo e modalità del duello.

Perché non mi capiva?

— Allora la scelta spetta a me. Adesso. Nel mare. Corpo a corpo.

I suoi occhi erano cupi. L'eclissi non faceva paura. L'eclissi non era nient'altro che un oscuramento della luce.

Il mare era innaturalmente caldo.

Forse perché l'aria era diventata fredda come se fosse sera? Del sole non era rimasta che una sottile falce nella parte inferiore del disco e ora persino un umano poteva osservarlo a occhio nudo.

Nuotavo nell'acqua calda senza voltarmi a guardare la riva dove nessuno aveva visto i due educatori entrare nel mare, senza badare alle meduse che si toglievano di mezzo frettolose.

Rammentai la prima volta che ero andata al mare. Ero ancora

molto piccola e non sapevo di non appartenere al genere umano e che mi fosse stato destinato di diventare un'Altra. Io e mio padre eravamo ad Alusta e lui mi insegnava a nuotare. Ricordo il mio entusiasmo quando riuscii a dominare l'acqua per la prima volta. E rammento che nel mare c'erano delle onde. Enormi. O forse allora tutte le onde mi sembravano enormi? Mio padre mi teneva tra le braccia e saltellava in modo buffo tra le onde. La schiuma ci avvolgeva. Era così bello, così divertente. Io gridavo che potevo attraversare il mare e mio padre rispondeva che sì, certo, potevo.

"Starai molto male, papà. E anche per la mamma non sarà facile."

La riva, affollata di ragazzini entusiasti e di adulti soddisfatti, era ormai lontana. Una riva piena di felicità, di allegria. Non avvertii da subito che era cominciato il corpo a corpo. L'acqua semplicemente non mi teneva più a galla, come se avessi un peso sulle spalle.

"Papà, io credevo davvero di poter attraversare il mare..."

Mi gettai sulle spalle uno scudo protettivo, eliminando quel peso invisibile. E mormorai di nuovo, per l'ennesima volta: — Zavulon, ti invoco...

Le forze che ero riuscita ad accumulare scemavano precipitosamente. Igor mi percuoteva, annientando inesorabilmente la mia difesa.

— Sì, Alisa!

Dunque aveva risposto al mio appello! In tempo, come sempre.

— Zavulon, ho un problema.

— Lo sapevo. Mi rincresce molto.

Non capii subito che cosa significassero quel freddo «lo sapevo» e quel tono neutro. Nessuna percezione di una forza che stesse per materializzarsi. Lui divideva sempre la forza con me, persino quando non era così necessaria.

— Zavulon, sto per morire?

— Ti rimpiangerò.

Il mio scudo protettivo scemava e io ancora non riuscivo a rendermi conto di ciò che stava accadendo.

Eppure avrebbe potuto interferire! Anche a distanza. L'apporto delle sue energie sarebbe bastato per farmi resistere all'assalto e affrontare il duello alla pari.

— Zavulon, tu dicevi che l'amore è una grande forza!

— E non te ne sei convinta? Addio, piccola mia!

Solo ora avevo capito tutto, mentre le mie forze scemavano e sentivo la pressione del suo corpo che mi faceva sprofondare nei caldi abissi del Crepuscolo.

— Igor! — gridai, ma un'onda soffocò la mia voce.

Nuotò per una cinquantina di metri, senza neppure guardare nella mia direzione. Piangeva, ma nel mare non c'è posto per le lacrime.

Mi sentivo trascinare in un abisso oscuro. Com'era possibile? Com'era possibile?

Cercai di raccogliere forza dalla riva. Ma là, di forza delle Tenebre quasi non ce n'era. Quell'entusiasmo soave, quelle grida gioiose non facevano al caso mio.

A un centinaio di metri di distanza l'adolescente infelicemente innamorato di me, che chissà come ci aveva notati entrare in acqua e ci aveva seguito a nuoto, cercava di allungarsi sulle onde per sgranchire una gamba in preda ai crampi. L'orgoglioso ragazzino che rispondeva al buffo nome di Makar già sapeva che non sarebbe tornato mai più alla spiaggia.

L'amore è una grande forza: che sciocchi siete, ragazzi, quando v'innamorate. "Tu, Makar, che annaspi terrorizzato" pensai. "Potrei catturare la tua paura e prolungare la mia agonia di un paio di minuti. E anche tu, Igor, che nuoti senza vedere, senza ascoltare, né percepire nulla intorno, pensando solo che io ho ucciso il tuo amore. Sciocco mago della Luce! Non sai che in un duello non ci sono vincitori, soprattutto se è stato accuratamente preparato da Zavulon...?"

— Igor — mormorai, mentre sparivo e sentivo che il cielo scuro incombente mi trascinava verso il fondo buio.

"Papà, perdonami... non posso attraversare questo mare..."

Seconda Storia

STRANIERO TRA GLI ALTRI

Prologo

Poco più avanti già baluginavano le luci della stazione, ma nel parco in abbandono a ridosso degli stabilimenti Aurora ristagnava una fitta, gelida oscurità. La crosta di neve ghiacciata scricchiolava sotto i piedi. Verso mezzogiorno probabilmente si sarebbe di nuovo ridotta in poltiglia. Il fischio lontano dei locomotori, l'eco confusa degli annunci in filodiffusione e lo scricchiolio: ecco quanto avrebbe potuto sentire chi si fosse casualmente trovato a girare per il parco in quel momento.

Ma già da un pezzo nessuno si avventurava più in quel luogo, non solo di notte, ma anche di sera. Nemmeno chi aveva un cane portava a spasso lì il proprio cucciolone. Perché i cani non proteggevano da ciò in cui ci si poteva imbattere tra quelle querce nel buio.

Comparve un viandante solitario. Aveva una voluminosa sacca sulle spalle e molta fretta di prendere il treno, perciò decise di tagliare per il parco, lungo la stradina ricoperta di ghiaia e neve ghiacciata. Le stelle fissarono stupite quel prode. Attraverso gli squarci tra i rami spogli il disco lunare splendeva giallo come una piccola pozza di liquore. I bizzarri contorni dei suoi mari somigliavano alle ombre delle paure umane. Il viandante notò il riflesso gemello di un paio d'occhi quando agli ultimi alberi mancava una trentina di metri. Lo osservavano dai cespugli che si stendevano ai bordi della stradina. In quella stagione gli arbusti somigliavano a scheletri. Più in là, nella boscaglia, s'indovinava una forma scura. Non qualcosa, qualcuno: quel grumo d'oscurità era vivo, o per lo meno in movimento.

Un ringhio sordo, per nulla simile a un ruggito. Solo un grido sommesso e cavernoso accompagnò l'attacco fulmineo. Un'intera fila di denti guizzò nella luce della luna.

Ma inaspettatamente l'aggressore si bloccò e stramazzò a terra con uno squittio ridicolo, come se avesse urtato contro un ostacolo invisibile.

Il viandante indugiò per un attimo. — Cosa fai, idiota? — sibilò all'aggressore. — Devo chiamare la Guardia della Notte?

Ai suoi piedi, il grumo d'oscurità ringhiò in tono offeso.

— È una fortuna, per te, che io sia in ritardo — disse il viandante aggiustandosi la sacca sulle spalle. — Dannazione, ma come siamo ridotti? Altri che aggrediscono Altri… — Percorse velocemente gli ultimi metri di parco e si diresse senza voltarsi verso la stazione.

L'aggressore si allontanò dalla stradina strisciando. Solo quando fu al riparo tra gli alberi si trasformò, tornando al suo aspetto abituale: un ragazzo sui vent'anni, alto, largo di spalle. La neve ghiacciata crepitò sotto i suoi piedi scalzi. Era completamente nudo, ma sembrava non avvertire il freddo.

— Maledizione! — sussurrò; e solo allora si rannicchiò con un brivido. — Chi diavolo era?

Rimase a bocca asciutta, affamato e incattivito. Quello strano incontro gli aveva tolto ogni voglia di andare a caccia. Si era spaventato. Fino a quel momento non aveva mai immaginato che potesse accadere, e l'unica paura a lui nota era stata quella che incuteva lui, un mutantropo alla ricerca di prede, all'inebriante, sfrenata ricerca di esseri umani: una caccia non autorizzata. Il rischio rendeva ancora più acuta la percezione della propria audacia.

Due cose avevano nettamente raffreddato la sua rapacità. Innanzitutto l'accenno alla Guardia della Notte: oggettivamente, non possedeva alcuna licenza di caccia. Poi, il fatto di non aver riconosciuto nella vittima mancata un proprio simile, un Altro come lui.

Fino a poco prima, sia il mutantropo sia qualunque Altro di sua conoscenza avrebbero affermato che si trattava di una cosa semplicemente impossibile.

Così com'era, con l'aspetto di un uomo nudo, il mutantropo

corse attraverso la boscaglia fino al luogo in cui aveva lasciato i vestiti. Adesso gli sarebbe toccato nascondersi, anziché scorrazzare per il parco in cerca di prede, starsene rinchiuso in attesa di una sanzione da parte della Guardia della Notte e forse anche da parte dei suoi.

Aveva un'unica speranza: che il viandante solitario, lo strano Altro, non stesse simulando. Che avesse avuto davvero fretta di prendere il treno, che ci fosse riuscito e avesse lasciato la città, in modo tale da non potersi rivolgere alla Guardia della Notte. Anche gli Altri sanno nutrire speranze.

Capitolo 1

Solo con il battito cadenzato delle ruote motrici riuscii a calmarmi, anche se non completamente. Era una parola, calmarsi, in quella situazione! Ma avevo per lo meno riacquistato la capacità di riflettere in modo coerente.

Quando al parco quell'essere era balzato fuori dai cespugli e mi si era gettato contro, non avevo avuto paura. Proprio per niente. Non avevo la minima idea di come avessi fatto a trovare le parole giuste. Però, una volta raggiunta la piazza di fronte alla stazione, la mia andatura ondeggiante doveva sicuramente aver destato molto stupore. Provate voi a tirare dritto quando le ginocchia vi si piegano!

Che razza di diavoleria... La Guardia della Notte: cos'avevo voluto dire, con quella frase? Di colpo quel mostro si era messo a guaire ed era strisciato via tra i cespugli.

Buttai giù un altro po' di birra e per l'ennesima volta cercai di chiarire l'accaduto. Dunque, ero uscito di casa... e basta.

Posai con aria smarrita la bottiglia sul tavolino. Dovevo sembrare piuttosto stupido, in quel momento, ma non c'era nessuno a guardarmi: nello scompartimento viaggiavo solo.

Basta. Mi ero improvvisamente reso conto che non ricordavo nulla di casa mia e nulla della mia vita passata. I ricordi cominciavano da quel parco umido e ghiacciato, dai secondi immediatamente precedenti l'aggressione. Su tutto ciò che era venuto prima era calata l'oscurità. O, per essere più precisi, una strana coltre grigia, vischiosa, densa e praticamente impenetrabile. Un crepuscolo cinereo e vorticante. Non ricordavo nulla.

Con un misto di smarrimento e paura osservai lo scompartimento. Era assolutamente comune. Un tavolino, quattro cuccette, plastica marrone ovunque, similpelle bordeaux. Oltre il finestrino, di tanto in tanto, passavano sfrecciando i lumicini notturni. Sulla cuccetta vicina era posata la mia sacca...

La sacca! Mi resi conto che non avevo idea di cosa contenesse. Sicuramente oggetti personali, e dagli oggetti personali si possono capire molte cose. O anche ricordare. Il motivo per cui mi stavo recando a Mosca, per esempio. Chissà perché, ero convinto che quegli oggetti potessero aiutarmi a risvegliare la memoria. Probabilmente in passato avevo letto qualcosa del genere, o l'avevo sentito dire da qualcuno.

Poi di colpo ficcai la mano sotto il maglione: mi era venuto in mente che nel taschino sinistro della camicia tenevo il passaporto. "Parti dal nome" mi dissi "e vedrai che tutto il resto riemergerà di conseguenza."

In preda a sentimenti contrastanti, fissai la pagina giallina, abbellita da fronzoli stravaganti. Guardai la fotografia. La faccia che da sempre ero abituato a identificare con un unico e irripetibile "io" mi era nota fino al più piccolo dettaglio. Dalla cicatrice sullo zigomo ai capelli precocemente ingrigiti. Bene, per dio, ma non era certo la faccia, in quel momento, ciò che mi interessava di più.

Il nome: Rogoza Vitalij Sergeevic. Data di nascita: 28 settembre 1970. Luogo di nascita: Nikolaev.

Voltai pagina e lessi la stessa cosa in ucraino; in più, mi accertai che il mio sesso era maschile e che il passaporto era stato rilasciato da un ente chiamato RO NGU UMVD: una sigla di rara pesantezza. La paginetta dello stato di famiglia era assolutamente vergine. Feci un sospiro, non saprei dire se di sollievo o di delusione.

Più avanti, il sempiterno fardello e la maledizione di ogni ex cittadino sovietico: la registrazione del domicilio. Appartamento 28, via Cajkovskij 28, città di Nikolaev.

Pazzesco, di nuovo il ventotto. In tutto compariva tre volte.

A quel punto le associazioni mentali si misero in moto: mi ricordai che l'abitazione sorgeva all'angolo tra via Cajkovskij e via Molodogvardejskaja, proprio accanto al ventottesimo istituto scolastico (ancora quel numero!). Mi ricordai in modo chiaro e distinto di ogni cosa, persino il pioppo carbonizzato sotto la mia finestra, vittima degli esperimenti chimici del ragazzino che abitava al piano superiore. Quali immonde porcherie non spruzzava su quel povero albero martirizzato! Mi ricordai di quando, cinque anni prima, ci eravamo ubriacati nella casa di fianco: qualcuno aveva sconsideratamente mandato a quel paese l'inquilina di sotto che si era lamentata per il rumore, e siccome si trattava di un'armena, sposata a un qualche boss locale, dopo un po' di armeni ne erano arrivati in gran quantità e avevano cominciato a darcele di santa ragione; io ero fuggito dalla stanza attraverso la finestrella d'aerazione, dato che la finestra vera e propria non si apriva, e mi ero calato giù lungo la grondaia. Quando si erano accorti che uno degli ubriaconi era riuscito ad aggirare l'assedio, gli armeni avevano fermato i pugni e si erano dati una calmata, tanto che alla fine ci si era potuti persino mettere a ragionare con loro. Mi ricordai anche dello stupore e dell'amarezza che avevo provato in quell'occasione: ero corso a chiedere aiuto a certi conoscenti – gente con cui più d'una volta avevo bevuto in giro per i chioschi della zona – ma nessuno era venuto.

Mi strappai da quei ricordi inaspettatamente vividi. Quindi alla fin fine un passato ce l'avevo, o si trattava solo di reminiscenze senza sostanza? Dunque, per quanto al momento fosse perfettamente inutile, dal passaporto ricavai ancora che avevo ottenuto "il diritto all'acquisizione gratuita dell'alloggio per un'estensione (l'entità specifica non era indicata) non superiore al limite di 24,3 metri". Tutto qui.

Con aria pensosa m'infilai il documento nella stessa tasca da cui l'avevo estratto, a sinistra sul petto. Fissai la sacca. "Come potrai aiutarmi a ricordare, mia compagna di viaggio verde e nera, con quella scritta esotica – FUJI – sul tuo fianco sporgente? Chissà, forse mi servirai a riportare qualcos'altro alla memoria."

Aprendosi, la cerniera canticchiò piano. Rivoltai la copertura superiore e guardai dentro. In cima, chiusi in una busta di plastica, trovai lo spazzolino da denti, un tubetto di dentifricio, un paio di rasoi usa e getta da due soldi e una boccetta nera profumata. Acqua di Colonia, evidentemente. Li appoggiai sulla cuccetta. Dalla seconda busta saltò fuori un maglione di lana pesante, lavorato a mano. Misi da parte anche quello. Frugai nei sacchetti per un paio di minuti: biancheria pulita, magliette sportive, calzini, una camicia pesante a quadretti.

Ah, ecco qualcosa di diverso dai vestiti. Un cellulare. Un oggettino in una fodera di cuoio. La mia memoria ebbe una reazione istantanea: "Andrò a Mosca, bisogna comprare una scheda nuova." Anche il caricabatteria era al suo posto.

Infine, proprio in fondo, trovai un ultimo sacchetto, un banale sacchetto di plastica con un disegno mezzo cancellato e perciò assolutamente indecifrabile. Sembrava contenesse delle mattonelle. Lo aprii e rimasi di sasso: disposti in due strati c'erano pacchetti e pacchetti di banconote, dollari americani. Dieci pacchetti di banconote da cento. Centomila verdoni in tutto.

La mia mano fece tutto da sola: si allungò verso la porta e bloccò la serratura.

Da dove diavolo mi era arrivato quel mucchio di soldi? E come avrei fatto a farlo passare oltre confine? Poi pensai che i doganieri si potevano corrompere con un semplice bigliettone: di sicuro mi avrebbero lasciato in pace.

Quest'ultimo ritrovamento non risvegliò praticamente niente nella mia memoria, tranne forse qualche considerazione sul costo degli alberghi moscoviti.

Ancora in preda a un certo stupore, rimisi tutto nella sacca e la richiusi. E mi rallegrai che vicino alla bottiglia di birra aperta ce ne fosse un'altra integra.

Non so perché, ma la birra agì su di me come un sonnifero. Credevo che mi sarebbe toccato stare sdraiato a lungo nel rumore delle rotaie, perso in pensieri tormentosi, strizzando gli occhi a ogni lampo improvviso di luce. E invece niente di tutto ciò: non feci nemmeno in tempo a svuotare la seconda bottiglia. Mi buttai sulla cuccetta così, sopra la coperta, con i vestiti ancora addosso, e mi addormentai di schianto. Forse mi ero avvicinato troppo a una zona proibita dei miei ricordi, non lo so.

Quando mi svegliai, dal finestrino faceva irruzione un gelido sole invernale e il treno era fermo. Dal corridoio arrivavano le voci monotone degli agenti: — Benvenuti in Russia, controllo doganale. Avete armi, droga, valuta?— Le risposte erano meno monotone e per la maggior parte confuse.

Poi bussarono alla mia porta. Mi stiracchiai e aprii. Il doganiere era un uomo corpulento, con gli occhietti semiaffondati nel grasso. Per qualche motivo, mi si rivolse in un tono ben diverso dal consueto. Mi chiese semplicemente, senza cerimonie: — Cosa porta?

Percorse con lo sguardo lo scompartimento. Salì sulla scaletta, controllò il vano bagagli sotto il soffitto. Solo a quel punto focalizzò lo sguardo sulla sacca che giaceva solitaria sulla cuccetta inferiore. Mi misi seduto. Continuavo a tacere.

— Apra la borsa, per cortesia — disse il doganiere.

"Ne hanno di fiuto, questi qui!" pensai mentre aprivo obbediente la cerniera. A turno tutti i sacchetti finirono sulla cuccetta. Quando toccò a quello con i soldi, il doganiere si rianimò notevolmente e con gesto meccanico chiuse la porta dello scompartimento. — Bene bene bene…

Mi ero già preparato ad ascoltare una tirata ipocrita sui permessi e persino a leggermi il comma della legge, una serie di parole comprensibili che nel complesso erano assolutamente prive di significato. Ascoltare, leggere e infine domandare, col tono di un condannato a morte: "Quanto vuole?" Invece allungai la mano verso la testa del doganiere, e sussurrai: — Va' via, qui è tutto a posto.

I suoi occhi assunsero all'istante la stessa aria ottusa e insensata delle leggi doganali. — Sì. Buon viaggio…

Si voltò rigido, fece scattare la serratura della porta e uscì nel corridoio senza aggiungere altro. Aveva tutta l'aria di un burattino, un docile burattino di legno, manovrato da mani esperte. Ma da quando ero diventato un burattinaio esperto?

Il treno ripartì dopo dieci minuti. Per tutto quel tempo non feci altro che pensare: "Cosa mi sta succedendo? Non ho la più pallida idea di cosa sto facendo, ma faccio esattamente ciò che bisogna fare. Prima la creatura nel parco, adesso questo doganiere rimbambito di colpo… E per quale dannato motivo sto andando a Mosca? Cosa farò, una volta sceso dal treno? Dove andrò?"

Ebbi la certezza che al momento opportuno ogni cosa si sarebbe chiarita. Ma solo allora, non prima. Peccato che quella certezza non fosse completa.

Per la maggior parte della giornata dormii. Forse si trattava di una reazione dell'organismo, di un tributo alle abilità che si erano improvvisamente manifestate in me. Come diavolo avevo fatto a mandare via il doganiere? Mi ero proteso verso di lui, ne avevo percepito l'aura, di colore rosso torbido con una venatura verde simile al simbolo del dollaro, ed ero riuscito a correggere i suoi desideri. Gli uomini non ne sono capaci. Ma chi ero io, se non un uomo?

Ah, sì, ero un Altro, l'avevo detto al mutantropo del parco. Che al parco fossi stato aggredito da un mutantropo l'avevo appena capito. Mi ero ricordato della sua aura, una fiamma gialla e purpurea di bramosia predatoria e fame.

Forse stavo gradualmente uscendo dall'oscurità, dal vuoto. Il mutantropo era stato il primo gradino. Il doganiere, il secondo. Mi sarebbe piaciuto sapere quanto era lunga la scala e cosa avrei scoperto, una volta in cima. Per il momento le domande erano notevolmente più numerose delle risposte.

Mi svegliai definitivamente dopo aver superato Tula. Lo scompartimento era sempre vuoto, ma capii che era un mio preciso desiderio. E capii anche che in quel mondo i miei desideri solitamente si avveravano.

La banchina della stazione Kurskij scorreva lenta al di là del finestrino. Me ne stavo in piedi nel mio scompartimento in attesa che il treno si fermasse. La voce confusa dello speaker stava annunciando l'arrivo del convoglio sessantasei al binario tal dei tali. Ero a Mosca, ma ancora non capivo cosa dovessi fare.

Come di consueto, i passeggeri più impazienti avevano finito per intasare il corridoio. Be', avrei aspettato. Non avevo fretta di andare da nessuna parte, e dovevo attendere che la memoria si risvegliasse e mi suggerisse qualcosa, che mi pungolasse come si fa con un mulo svogliato.

Il treno diede un ultimo strattone e si fermò. Un breve sibilo metallico risuonò nel vagone; la gente in fila sussultò e un po' alla volta cominciò a riversarsi fuori dal treno. Come sempre, esclamazioni preoccupate, saluti, tentativi di tornare nello scompartimento per recuperare le cose che non si era riusciti a trascinare giù al primo giro...

Ma il viavai intorno ai vagoni non dura mai molto: quelli che dovevano andare se n'erano già andati, dopo aver ricevuto la giusta dose di baci e abbracci. Sulla banchina qualcuno si guardava intorno allungando il collo nel vento tagliente di Mosca e subito si rannicchiava.

Presi la sacca e mi avviai verso l'uscita. Continuavo a ignorare cosa avrei fatto di lì a pochi minuti. Sicuramente, pensai, bisognava cambiare i soldi. Di valuta russa non avevo un copeco. Squarciai previdentemente uno dei pacchetti con i dollari e disseminai per le tasche una parte dei soldi. Ho sempre odiato i portafogli... Per modo di dire: il mio "sempre" risaliva alla notte precedente.

L'abbraccio dell'inverno mi fece rattrappire. Mi incamminai lungo la banchina verso il sottopassaggio. Possibile che in tutta la stazione non ci fosse un cambiavalute? Frugando nella mia incerta memoria, riuscii a stabilire che non mi ricordavo l'ultima volta che ero stato a Mosca ma, a grandi linee, potevo raffigurarmi l'interno della stazione e individuare i punti in cui si trovavano gli uffici di cambio e l'ingresso della metropolitana. Il tunnel, il seminterrato con la sala d'attesa, le corte scale mobili, la biglietteria. Eccolo, il mio obiettivo intermedio: al primo piano, vicino alle seconde scale mobili.

L'ufficio aveva tutta l'aria di essere chiuso da tempo: non una luce, non un rumore, nemmeno l'immancabile tabella con i cambi aggiornati. Va bene. Allora all'uscita a sinistra, vicino alla rampa di discesa per la fermata Ckalovskaja della metropolitana. Il chiosco, la scala, i negozietti vuoti inondati di luce, la curva. La guardia mi gettò una rapida occhiata e nell'identificarmi si rilassò immediatamente. — Entri pure, è libero — disse in tono magnanimo.

Con la sacca in spalla entrai in una minuscola stanzetta, il cui unico arredo era un cestino dei rifiuti in un angolo e, com'è ovvio, un piccolissimo sportello con il cassetto a scorrimento, che mi ha sempre ricordato certe fauci eternamente affamate. "Ehi" ricordai a me stesso "non dimenticare quanto è giovane il tuo *sempre*." Eppure, se ragionavo effettivamente come un uomo di trentacinque anni, forse un motivo c'era.

Le fauci inghiottirono di colpo cinque banconote da cento e il mio passaporto. Non vedevo chi si nascondeva là dietro, oltre la parete divisoria, e per la verità non desideravo granché saperlo. Notai soltanto le dita, le unghie ricoperte di smalto madreperlaceo. Una donna, dunque. Le fauci si aprirono di malavoglia, eruttando un discreto mazzetto di biglietti da cento rubli, qualche banconota di taglio più piccolo e un paio di monete. Senza contarli, infilai i soldi nel taschino della camicia, sotto il maglione. I tagli più piccoli li ficcai nella tasca dei calzoni, insieme agli spiccioli. Il passaporto finì nell'altro taschino della camicia. Il talloncino verdognolo della ricevuta nel cestino.

Fatto: adesso ero un uomo, persino in questa città folle, probabilmente la più cara di tutto il pianeta. Anzi, forse non più: era già qualche anno che Mosca aveva perso quel discutibile primato.

Il soffio ghiacciato dell'inverno mi venne di nuovo incontro. Il vento trasportava una polvere rada, minuta, simile alla farina, una specie di grandine ancora acerba.

La metropolitana era a sinistra, ma io non dovevo andare da quella parte. Mi avviai verso l'altra uscita, passando di nuovo davanti all'edificio della stazione, e scesi là dove dovevo: nella metropolitana anulare. Forse cominciavo a capire dove fossi diretto. Che diamine, bisognava rallegrarsi per i progressi, se non mi riusciva di farlo per l'incertezza. Sperai che a Mosca mi avessero condotto soltanto buoni affari.

Solo i moscoviti purosangue lasciano le stazioni ferroviarie in taxi. Se glielo permettono le finanze, ovviamente. Qualunque provinciale, anche con più soldi di quanti ne avessi io, prende la metro. C'è qualcosa di ipnotico in questo labirinto di tunnel e sottopassaggi, nello sfrecciare assordante dei treni, nel flusso montante e calante delle correnti d'aria, nel movimento continuo. Sotto le volte dei saloni freme un'inesauribile, gratuita quantità di energia. Di più: ci si sente protetti. Forse è una sensazione legata alla massa di terra sopra la testa e al fatto che in quella terra giacciano sepolti gli anni, o addirittura i secoli, passati.

Entrai nel vagone. Gli altoparlanti ronzavano in maniera fastidiosa, ma dopo pochi secondi una voce maschile ben impostata annunciò: — Attenzione, le porte si chiudono. Prossima fermata: Komsomolskaja.

Viaggiavo sulla linea anulare in senso antiorario. Non dovevo scendere alla Komsomolskaja, di questo ero sicuro, ma alla successiva... alla successiva forse sì. A Prospekt Mira. Avrei dovuto risalire tutto il marciapiede fino alla testa del treno, più vicino al sottopassaggio, e poi prendere la linea arancione, con ogni probabilità in direzione nord, altrimenti sarebbe stato più comodo prendere la circolare in senso contrario e cambiare linea più a sud, alla Oktjabrskaja.

Il vagone continuava a sobbalzare. Occupai il tempo guardando le numerose pubblicità che tappezzavano le pareti. Un tizio coi capelli lunghi, accovacciato ma in punta di piedi, reclamizzava dei collant. Bah! Una mano anonima, armata di pennarello, aveva immancabilmente aggiunto al povero capellone un fallo di dimensioni imponenti. Il secondo manifesto proponeva di andare a caccia per la città su una jeep variopinta, ma proprio non mi riuscì di afferrare a caccia di cosa. Un premio, probabilmente. E poi: pastiglie miracolose per i più svariati malanni, tutto in un solo flacone, uffici per attività immobiliari, il più yogurt di tutti gli yogurt, l'autentica acqua minerale Borsciomi col montone sulla bottiglia... Ecco la Komsomolskaja.

La pubblicità mi venne a noia. Buttai la sacca vicino alla porta e mi avvicinai alla mappa della metro. Inspiegabilmente, il mio sguardo dal primo istante si fissò su un cerchiolino rosso e sulla scritta che lo accompagnava: VDNCh. La fermata vicino alla Mostra Permanente. Era quella, dunque, la mia destinazione: un enorme edificio a ferro di cavallo. L'hotel Kosmos.

Checché se ne dica, la vita è più semplice, una volta chiarito l'obiettivo. Tirai un sospiro di sollievo, tornai alla mia sacca e addirittura sorrisi al mio torbido riflesso sul vetro della porta scorrevole.

Eccomi a Prospekt Mira: girare a destra, prendere la scala mobile e la metro in arrivo. Altre fermate: Rizskaja, Alekseevskaja, VDNCh. Giù dal treno, svoltare a destra, scale mobili lunghissime – su cui non si pensa mai a niente – di nuovo tutta quella pubblicità fastidiosa, il sottopassaggio. E finalmente l'hotel, un mostro ricurvo di architettura francese. Eppure, rispetto a prima, presentava notevoli cambiamenti: erano comparse insegne luminose, luci sfolgoranti, un casinò e una lussuosissima auto straniera su un piedistallo. Alcune ragazze fumavano lì vicino, incuranti del freddo. Entrai. Il portiere ingollò letteralmente col palmo della mano il biglietto da cento; la mancia lo invogliò ad afferrare con solerzia la mia sacca e ad accompagnarmi al banco.

La hall era piuttosto animata. Qualcuno parlava a voce alta al cellulare, scandendo frasi in arabo.

— Una suite — buttai lì con noncuranza. — Singola. E, per piacere, non voglio né telefonate né ragazze. Devo lavorare.

I soldi sono una gran cosa. Trovai subito una stanza libera, mi garantirono che la cena mi sarebbe stata immediatamente servita in camera e mi promisero che non avrei ricevuto telefonate, anche se a quest'ultima cosa credevo poco. Dal momento che avevo il passaporto ucraino, mi proposero di registrarmi. Poi, anziché prendere l'ascensore che mi era stato premurosamente indicato, mi diressi verso una porta seminascosta nell'angolo più buio e deserto della hall. Non c'erano targhette né scritte. Il portiere alle mie spalle mi guardò con aperta ammirazione. Tutti gli altri, credo, avevano smesso di badare a me.

La porta si aprì in un sudicio ufficetto, probabilmente l'unico locale di tutto l'albergo a non aver acquistato un aspetto europeo: sembrava fosse arrivato direttamente dall'URSS profonda degli anni Settanta. Un tavolo anonimo, non scrostato ma con tutta l'aria di essere molto vecchio. Una sedia anonima. Al centro del tavolo, un decrepito apparecchio telefonico modello Aster, di fabbricazione polacca. Sulla sedia un ometto magrolino, in divisa da sergente di polizia, che mi lanciò uno sguardo interrogativo.

Era un Altro.

Uno della Luce, per la precisione: lo capii all'istante. Uno della Luce... Uhm. E io a chi appartenevo? Alla Luce? No, decisamente no.

— Salve — lo salutai. — Vorrei registrare la mia presenza a Mosca.

Il poliziotto mi rispose con un misto di perplessità e irritazione nella voce: — La registrazione si fa all'ingresso.

Detto questo, riprese il giornale che, fino al momento del mio arrivo, aveva studiato con una matita in mano. Mi parve stesse spuntando da un elenco sterminato certe inserzioni di suo interesse.

— Ho già effettuato la registrazione ordinaria — gli spiegai. — Ho bisogno dell'altra. A proposito, non mi sono presentato: Vitalij Rogoza, Altro.

Il poliziotto, un sergente, si ricompose all'istante e mi guardò in modo diverso. Sbigottito.

— Ah, uno delle Tenebre — borbottò dopo qualche secondo, in apparenza con un certo sollievo, e si presentò a sua volta: — Zachar Zelinskij, Altro della Luce, impiegato presso la Guardia della Notte. Prego, venga con me.

Involontariamente gli Altri riproducono nei propri rapporti modelli e luoghi comuni umani: nel suo tono si avvertiva distintamente lo stereotipato "Vengono tutti qui a Mosca...". Quel tizio era davvero scocciato dall'arrivo dell'ennesimo provincialotto, che lo obbligava ad alzare le chiappe dalla sedia e gli occhi dal giornale, mettersi al computer e occuparsi della registrazione.

Nel muro si trovava un'altra porta che un essere umano non sarebbe mai riuscito a vedere. Non ci fu bisogno di aprirla: oltrepassammo la parete attraverso il Crepuscolo grigiastro che di colpo aveva riempito ogni spazio intorno a noi. I nostri movimenti si fecero morbidi e lenti; la lampada sul soffitto baluginò visibilmente.

La seconda stanza aveva un aspetto assai più presentabile. Il sergente si sedette a un bel tavolino, accese il computer e mi invitò ad accomodarmi su un grosso divano.

— Quanto tempo intende fermarsi a Mosca?

— Non so ancora. Non meno di un mese, penso.

— Mi faccia cortesemente vedere la registrazione fissa.

Avrebbe potuto visionarla usando i propri poteri ma, a quanto pareva, le regole imponevano il metodo più semplice. Dato che avevo già sbottonato il giubbotto, non dovetti fare altro che sollevare il maglione, la camicia e la maglietta. Sul petto mi si illuminò il marchio azzurrognolo della registrazione fissa ucraina. L'ufficiale lo lesse con un movimento della mano, poi armeggiò velocemente con la tastiera. Si fermò, confrontò i dati, ricominciò a scrivere, sbloccò una massiccia cassaforte, protetta non solo da normali serrature, estrasse qualcosa, eseguì le procedure necessarie e infine mi lanciò un coagulo di luce bluastra. Per un istante fu come se tutta la parte superiore del mio corpo si fosse incendiata. Un attimo dopo sul mio torace comparve un secondo marchio: la registrazione moscovita.

— La registrazione è temporanea — mi spiegò il sergente senza particolare entusiasmo. — Poiché nel nostro database lei risulta essere un Altro delle Tenebre particolarmente rispettoso delle leggi, possiamo venirle incontro e concederle una registrazione senza scadenza precisa. Spero che la Guardia della Notte non sia costretta a cambiare opinione nei suoi riguardi. Il marchio si distruggerà non appena lei avrà trascorso ventiquattr'ore al di fuori dei confini di Mosca. Se dovesse allontanarsi dalla città per più di ventiquattr'ore, sia gentile, la rifaccia.

— Va bene, grazie. Posso andare?

— Vada, vada.

Il sergente tacque, chiuse la cassaforte, lasciò il computer così com'era e mi accompagnò verso l'uscita.

Solo quando fummo di nuovo nella prima stanzetta mi domandò, in tono indeciso: — Scusi, ma lei chi è? Non è un vampiro, né un mutantropo, né un Incubo, né uno stregone: di questo sono sicuro. Non capisco...

Il sergente era un mago della Luce, all'incirca di quarto livello. Non molto, ma nemmeno poco, in linea generale.

In effetti, chi ero?

— È una domanda complicata — risposi in modo evasivo. — Più o meno un mago, diciamo. Arrivederci.

Afferrai la sacca e tornai nella hall. Cinque minuti dopo mi ero già sistemato nella mia stanza. Avevo fatto bene a non prestare fede alle promesse del portiere: la prima telefonata, con cui mi si proponeva di organizzare il tempo libero, mi raggiunse mentre mi stavo radendo. Li pregai gentilmente di non chiamarmi più. Alla seconda telefonata, la gentilezza del mio tono di voce si era alquanto ridotta e alla terza riversai nell'incolpevole cornetta un fiotto di forza tanto denso e vischioso che il mio interlocutore ebbe un attacco di tosse e si interruppe di scatto. Dopodiché smisero.

"Devo capire" pensai. "Sono davvero un mago?"

Le parole del sergente non mi avevano per nulla stupito. Vampiri, mutantropi, Incubi esistono davvero. Ma solo per i propri simili, per gli Altri, non per gli uomini comuni. Eppure gli uomini sono fonte di vita, per gli Altri. Sono la loro radice e il loro alimento, sia per quelli delle Tenebre, sia per quelli della Luce, benché questi ultimi vadano in giro a dire il contrario. Anche loro attingono la propria energia dalle vite umane. Quanto agli scopi, sono esattamente gli stessi: tanto noi delle Tenebre quanto quelli della Luce cerchiamo semplicemente di superare i rivali e realizzare per primi l'obiettivo.

Un colpo alla porta mi distolse da quel flusso di rivelazioni: era arrivata la cena. Foraggiai l'inserviente con un bigliettone da cento rubli (dove diavolo avevo preso quest'abitudine da gran signore di dar via certe mance spropositate?) e tentai nuovamente di concentrarmi, ma evidentemente non ero più nello stato d'animo giusto. Peccato.

Ero comunque riuscito a fare un altro gradino. Per lo meno adesso sapevo che gli Altri non erano tutti uguali. Che esistevano le Forze della Luce e le Forze delle Tenebre. Io appartenevo alle Tenebre. Non amavo quelli della Luce, ma non potevo dire di odiarli. Erano pur sempre Altri, nonostante si attenessero ad alcune convinzioni differenti dalle nostre.

Ora riuscivo facilmente a ricostruire ciò che stava dietro il minaccioso mutantropo del parco e dietro il persuasivo accenno alla Guardia della Notte. Si tratta del corpo che, durante le ore notturne, esercita la sorveglianza sulle Forze delle Tenebre. Perché di fatto la notte ci appartiene. Naturalmente esistono anche i Guardiani del Giorno. Sono dei nostri, ma anche con loro bisogna andare cauti: se commetti un reato, se ne fregano da che parte stai. Tutto questo sistema si mantiene in equilibrio precario, dal momento che ciascuna delle due parti cerca costantemente il modo di sbaragliare i rivali e ottenere il dominio definitivo e incontrastato sul mondo degli uomini.

Da quel gradino, per il momento, non riuscivo ad avanzare.

Stavo finendo di cenare, quando percepii un Richiamo. Né sommesso né sguaiato, né supplichevole né imperioso. Se colui al quale era destinato stava in ascolto, non sarebbe riuscito a resistere. Non ero io il destinatario. Strano che potessi udirlo. Capii che dovevo agire.

Qualcosa d'implacabile in me cominciò subito a dare ordini. Vestirsi. Il bagaglio nell'armadio. Chiudere porte e finestre. E non soltanto con le normali serrature, testa di cavolo!

Mi misi ad attingere forza ovunque mi fosse possibile arrivare, facendo in modo che gli umani non badassero alla mia camera. Quanto agli Altri, non avevano motivo di capitare da quelle parti. Nella stanza accanto un siriano ubriaco fradicio smaltì di colpo la sbronza. Al piano di sotto un ceco con il mal di pancia riuscì con gran sollievo a vomitare e infine si calmò, abbracciato alla tazza del water. Nella camera di fronte un attempato uomo d'affari proveniente dagli Urali schiaffeggiò la moglie per la prima volta nella sua vita, concludendo in tal modo il solito vecchio litigio: in capo a un'ora la coppia avrebbe celebrato la riappacificazione al ristorante dell'albergo.

Seguivo il Richiamo, quel Richiamo che non era rivolto a me. La sera si tramutò dolcemente in notte. La strada era rumorosa, il vento cantilenava tra i cavi elettrici dei tram. I suoni naturali soppiantavano le voci della civiltà, forse perché mi ero abituato a prestarvi attenzione.

A destra, lungo il corso. Proprio così. Mi calcai in testa il berretto pesante e mi avviai. Avevo quasi raggiunto un lungo edificio, le cui vetrine al pianterreno esponevano orribili samovar fasulli, quando il Richiamo cessò. Ma ormai sapevo dove andare: la casa successiva, ecco, appena prima dell'incrocio. L'angusta galleria d'ingresso, immersa nel buio.

Come per dispetto il vento si intensificò, sferzandomi il viso, e cominciò a dare spintoni come un rugbista esperto. Dovetti piegarmi in avanti per riuscire ad avanzare. Ecco la volta d'ingresso. Forse ero in ritardo. Sullo sfondo appena percettibile dell'uscita opposta per un istante si delineò una sagoma incerta; riuscii a distinguerne solo il pallido volto non umano e lo scintillio fosco degli occhi. Forse anche i denti.

Fine. Chi era stato qui adesso era scomparso, e chi era rimasto aveva cessato di vivere. Aguzzai la vista e mi chinai sopra quel corpo immobile: una ragazzina sui sedici anni, con uno strano miscuglio di beatitudine e sofferenza nello sguardo vitreo. Per terra, vicino a lei, una sciarpa e un cappuccio di lana, lavorati a maglia. Il giubbotto era aperto, il collo nudo. Sul collo, quattro vistosi puntini.

Non ebbi nemmeno il tempo di stupirmi del fatto che riuscissi a vedere nell'oscurità più totale. Mi accovacciai accanto alla ragazza. Insieme al sangue – non molto, bisogna dire, non più di un quarto di litro – le avevano risucchiato la vita. Tutta l'energia, fino all'ultima goccia. Malissimo.

In quel momento, da entrambi i lati della galleria, contemporaneamente fecero irruzione alcuni uomini. O meglio, non uomini: Altri.

— Fermo! Qui è la Guardia della Notte! Esci dal Crepuscolo!

Mi raddrizzai, senza avere ancora ben capito cosa volessero da me, e in quella ricevetti un colpo considerevole. Non un pugno né un calcio, qualcosa di bianco... Non fu doloroso, solo umiliante. Uno dei Guardiani teneva rivolto verso di me un bastone con una pietra rossa all'estremità e aveva tutta l'aria di volermi colpire un'altra volta.

Fu allora che salii sul gradino successivo. Anzi, ne feci almeno due o tre. Ero uscito dal Crepuscolo. Adesso capivo perché ogni cosa intorno a me si muoveva a rilento e io ero in grado di vedere nel buio pesto. Quello era il mondo degli Altri e mi era stato ingiunto – non chiesto, ma proprio ingiunto – di tornare nel mondo degli uomini. Allora vi tornai, docile e rassegnato.

— Il tuo nome! — ordinarono. Non riuscivo a vederli, perché mi avevano puntato una torcia negli occhi.

— Vitalij Rogoza.

— Andrej Tjunnikov, agente della Guardia della Notte — si presentò, con evidente soddisfazione, quello che mi aveva colpito con il bastone da combattimento.

Ora capivo che non mi avevano percosso con tutta la forza, ma solo come misura preventiva. Tuttavia, se fosse stato necessario, avrebbero potuto colpirmi molto più duramente. La carica del bastone era tale da poterglielo permettere.

— Vediamo un po' cos'abbiamo qui... Un cadavere fresco e tu lì di fianco. Puoi giustificarti? O forse hai la licenza? Sentiamo!

— Calma, Andrjucha — lo richiamarono dal buio.

Ma lui si limitò a rispondere stizzito: — Aspetta!

E di nuovo, rivolto a me: — Allora? Che fai, taci? Non hai niente da dire?

Andrjucha Tjunnikov era un mago della Luce, naturalmente, e aveva appena superato il quinto livello. Come ero io il giorno prima.

Chiaramente non era lui a fornire la carica all'amuleto: si percepiva l'intervento di un mago un po' più esperto. I due che stavano alle sue spalle avevano l'aria di essere più potenti di lui.

L'altro capo della galleria era bloccato solo da una ragazza, molto giovane e minuta; eppure era proprio lei la più preparata e pericolosa del gruppo: una maga mutante da combattimento, una specie di mutantropo della Luce.

— Allora? — insisté Andrej. — Continui a tacere? Va bene. Fa' vedere la registrazione! Bisogna avvertire la Guardia del Giorno che abbiamo qui un bracconiere dei loro.

— Sei uno stupido, Andrjucha — lo canzonai. — Sei contento, eh? Hai preso un bracconiere! Ma l'hai guardata, la vittima? Chi può essere stato, secondo te?

Andrej girò gli occhi verso il cadavere della ragazzina e cominciò a capire.

— Un va... Un vampiro... — borbottò.

— E io cosa sono?

— Un m-mago... — Era talmente sbigottito che si era messo a balbettare.

Mi rivolsi alla ragazza, perché avevo stabilito che conveniva parlare proprio con lei.

— Quando sono arrivato era già finito tutto. Ho visto il vampiro quando ormai era fuori dalla galleria. È fuggito per il cortile. La ragazzina era già morta. L'ha prosciugata tutta, ma il sangue l'ha soltanto assaggiato. Vengo da fuori Mosca, sono sceso dal treno solo due ore fa, alloggio al Kosmos.

Non riuscii a trattenermi e aggiunsi: — Non è la prima volta che i vampiri colpiscono in questa galleria, vero?

Ora potevo vedere le tracce del passato sull'asfalto e sulle pareti. Ora che di colpo ero avanzato di qualche gradino. — Solo che la volta scorsa avete avuto più fortuna. A proposito, le tracce le avete cancellate malissimo. Si vedono ancora.

— Non credere che ti siamo grati — mormorò a denti stretti la ragazza. — Un'altra cosa: voglio comunque dare un'occhiata alla tua registrazione.

— Prego. — Mostrai ubbidiente i marchi. — Posso sperare di non servirvi più? Non vorrei intralciare voi incomparabili investigatori nella ricerca del bracconiere.

— Riceverai visite, domani — concluse lei seccamente — se dovessi risultare utile alle indagini.

— D'accordo — mormorai. E, spinto da parte uno dei Guardiani, tornai sul corso.

Capitolo 2

Per i due giorni e le due notti seguenti non accadde nulla d'interessante. Girovagai per Mosca, feci qualche acquisto imprevisto, misi alla prova le mie nuove abilità cercando di non farmi notare troppo. Accesi il cellulare senza minimamente sapere perché, dal momento che non avevo chi e dove chiamare. Comprai un iPod e passai due ore a comporre playlist, spulciando nel catalogo in cerca di canzoni vecchie e nuove che in qualche modo riecheggiavano nella mia poco malleabile memoria. Mi abituai alla mutevolezza della città, che sotto l'ingannevole sfavillio dei neon festivi restava sempre la stessa, sporca e sciupata. In albergo io e la cameriera avevamo preso a salutarci ma, a quanto pareva, erano già stati istituiti dei turni perché tutti potessero servirmi. In effetti continuavo a comportarmi come un uomo che non conoscesse altre banconote che quelle da cento. Stranamente, invece, nei negozi controllavo ogni volta con molta attenzione il resto, persino le monetine più piccole, buone solo a fare da souvenir per gli stranieri.

In quei due giorni incontrai gli Altri solo tre volte: la prima in metropolitana, del tutto casualmente. Un'altra volta, di notte, m'imbattei in una strega un po' alticcia, che cercava senza successo di volare fino al proprio balcone al secondo piano. Aveva perso le chiavi del portone di casa e non aveva forze sufficienti per passare attraverso il Crepuscolo. Le diedi una mano. Un'altra volta ancora, di giorno, un mago della Luce piuttosto potente mi prese chissà come per un non iniziato. Mi ricordo persino il suo cognome: Gorodeckij. Era entrato nel negozio per il mio stesso motivo: farsi l'ennesima compilation. Quando gli mostrai i timbri di registrazione si meravigliò e mi lasciò in pace. Fece addirittura per uscire, forse in preda al disgusto, ma in quella finirono di caricarmi l'iPod, perciò me ne andai io.

Per un po' mi arrovellai sul perché odiasse tanto quelli delle Tenebre. Del resto, quelli della Luce ci odiano tutti. Be', quasi. E non vogliono assolutamente credere che noi delle Tenebre proviamo per loro più che altro indifferenza, sempre che non ci sbarrino la strada, cosa che fanno di continuo. Ma anche noi facciamo lo stesso con loro.

La Guardia della Notte non mandò nessuno a disturbarmi, e secondo me non si presero nemmeno la briga di cercarmi per interrogarmi. Un mago delle Tenebre non ha alcun bisogno di bere sangue umano. Certo, avrei potuto farlo, procurandomi un bel disturbo gastrico, ammesso di riuscire a non vomitare per lo schifo. Attesi un passo verso un nuovo gradino ma, evidentemente, ciò poteva verificarsi solo in determinate situazioni critiche, quando qualcosa in me si risvegliava e mi costringeva a usare la magia. Non parlo di sciocchezze, come scacciare il brutto ceffo rasato di un controllore sull'autobus o far calare un velo sedativo sulle persone in coda per la tessera della metro se non avevo voglia di aspettare. No, ormai quella era roba superata. Per apprendere qualcosa di nuovo e scoprire un altro strato della mia memoria nascosta, per ritrovare le mie conoscenze ancora assopite avevo bisogno di emozioni un po' più consistenti.

Aspettai, ma non per molto.

Come molti Altri delle Tenebre, mi rivelai un tiratardi incallito. Vivendo in mezzo alla gente comune, non potevo ignorare bellamente il giorno, ma nemmeno volevo resistere al richiamo allettante della notte. Mi alzavo tardi, intorno a mezzogiorno o addirittura oltre, e tornavo in albergo solo all'alba.

Era la quarta notte della mia permanenza a Mosca. Il cielo si era già ricoperto dei deboli segni dell'aurora e le prime sfumature grigie striavano l'oscurità. Fu allora che avanzai fino a rasentare il gradino successivo. Stavo passeggiando lungo il viale Izmajlovskij, quando all'improvviso, in lontananza, tra i cortili, percepii una possente vampata magica.

Con il termine "vampata" non intendo dire che si fosse sprigionata una massa d'energia incontrollata, ma che l'energia era stata emessa e subito assorbita, altrimenti tutto si sarebbe risolto in una banale deflagrazione. Gli Altri trasformano se stessi, il mondo e l'energia, ma l'equilibrio tra emissione e assorbimento deve risultare sempre perfetto, altrimenti nulla potrebbe esistere.

Era come se qualcosa mi spingesse. Dovetti andare. Camminai venti minuti, svoltando con sicurezza agli incroci e prendendo i cortili come scorciatoie. Ero ormai vicino alla meta, quando sentii alcuni Altri avvicinarsi precipitosamente da entrambe le direzioni; nello stesso momento udii un rumore di automobili. Subito dopo, all'interno di un'anonima schiera di casamenti, individuai l'edificio e l'abitazione che stavo cercando: uno stabile a cinque piani degli anni Cinquanta affacciato sulla Trinadcataja Parkovaja. In cortile, cassonetti dell'immondizia e nessun segno delle panchine tanto comuni dalle mie parti, al Sud. Vicino al portone c'erano tre veicoli: una Zigulenok, un furgoncino scassato e una BMW ben tenuta. C'erano altre macchine, intorno, ma tutte chiaramente parcheggiate da ore, mentre quelle tre erano appena arrivate ed erano state posteggiate alla bell'e meglio.

L'ultimo piano. Già all'ingresso del palazzo percepii la presenza di possenti blocchi magici, perciò fui costretto a sollevare da terra la mia ombra e a entrare nel Crepuscolo.

Il Crepuscolo aspira le forze se non si è in grado di opporgli resistenza. Nessuno mi aveva insegnato queste cose, avevo cominciato ad agire così per istinto, proprio come se ne fossi stato capace da sempre. Forse era proprio così, e nel momento del bisogno me ne ricordavo.

Sui muri, lungo la scala e persino sul corrimano, era spuntato folto e rigoglioso il muschio bluastro tipico del primo strato del Crepuscolo. Viveva lì gente particolarmente emotiva: per il muschio c'era di che ingrassare.

Ecco l'appartamento. I blocchi erano ancora più possenti. La porta era sbarrata persino nel Crepuscolo.

A quel punto fui scaraventato in avanti ancora di un paio di gradini sulla scala della consapevolezza: superai un istante di debolezza e mi calai più in profondità nel Crepuscolo.

Compresi subito che trovarsi lì era concesso a pochi. Non c'era più alcun appartamento. Non c'era più quasi nulla, eccetto una fitta nebbia cinerea e tre lune a malapena percettibili. Il vento infuriava, ma in quello strato del Crepuscolo il tempo scorreva così a rilento che persino le sue folate si avvertivano appena.

Cominciai lentamente a cadere, a sprofondare in quella nebbia, eppure riuscivo a sorreggermi. Con un piccolo sforzo, come sempre difficilmente definibile e più che altro istintivo, mi spinsi in avanti. Un altro sforzo, e potei gettare uno sguardo sullo strato precedente.

Tutto accadeva lentissimamente, come se il mondo si fosse immerso in un ammasso di catrame grigiastro e trasparente; i suoni mi arrivarono dapprima gravi come rombi di tuoni lontani. Presto riuscii ad adattare l'udito a quella lentezza e la mia percezione si sintonizzò su quel ritmo. Mi staccai dalla realtà, entrai in sincrono, e da quel momento ogni cosa ricominciò ad accadere come nel mondo normale, il mondo degli uomini.

Un'anticamera angusta, come sempre in quel tipo di case. A sinistra, due porte e la cucina; un po' più in là, una camera; a destra, un'altra. La stanza a destra in quel momento era vuota. In quella a sinistra si trovavano cinque Altri e un cadavere steso su un letto disfatto. Era il cadavere di un giovane sui trent'anni; nella zona dell'inguine e della vita presentava alcune ferite lacere, il che aveva escluso qualsiasi possibilità di salvarlo. Un lenzuolo sgualcito e sporco di sangue le ricopriva.

Gli Altri: tre della Luce e due delle Tenebre. Da una parte, un ragazzo magro dal viso un po' asimmetrico, e due conoscenze: il melomane Gorodeckij e la ragazza mutante. Dall'altra, un mago grassoccio, teso e concentrato, e un tipo tetro che sembrava la parodia malriuscita di una lucertola: era vestito normalmente, ma aveva le mani e la faccia verdi e squamose.

Stavano litigando.

— È già il secondo caso in una settimana, Sciagron. E di nuovo un omicidio. Scusa tanto, ma l'impressione è che abbiate rotto il Patto.

Era stato il ragazzo con il viso asimmetrico a parlare.

Il mago delle Tenebre gettò un'occhiata assai poco entusiasta al morto. — Non possiamo controllarli tutti, lo sapete benissimo — borbottò. Nelle sue parole non percepii né senso di colpa né dispiacere.

— Eppure vi eravate impegnati ad avvertire tutti i vostri della settimana pulita! Il vostro capo l'aveva promesso ufficialmente.

— L'abbiamo fatto.

— Grazie tante! — Quello della Luce applaudì. — Il risultato è stupefacente. Ripeto: noi Guardiani della Notte chiediamo formalmente assistenza. Chiama il tuo capo!

— Adesso è fuori Mosca — rispose cupo il mago. — E il vostro capo lo sa benissimo.

— Cioè — domandò Gorodeckij con una lieve sfumatura di minaccia nella voce — rifiutate di fornirci assistenza?

Il mago delle Tenebre scrollò la testa un po' più velocemente del necessario: — Perché mai? No, non rifiutiamo niente. È solo che non capisco come potremmo aiutarvi.

Quelli della Luce parvero colmarsi di giusto sdegno.

— Come aiutarci? Una puttana mutantropo strappa le palle a un cliente – un Altro non iniziato, oltretutto – e riesce a scappare in tutta tranquillità! Chi conosce meglio la vostra gentaglia, voi o noi?

— A volte si direbbe che la conosciate meglio voi — rispose bruscamente il mago, guardando la ragazza.

Tacque un attimo, come se stesse riflettendo.

— È molto probabile che il mutantropo non sia registrato. E che il cliente, particolarmente eccitato, abbia preteso qualcosa di inaccettabile persino per la puttana. Ed ecco il risultato.

— Sciagron, questa non è una faccenda da normali sbirri: l'assassina ha agito attraverso il Crepuscolo. L'affare coinvolge le Guardie! Dilla tutta: avete intenzione di aprire un'inchiesta o saremo costretti a occuparcene noi? E, mettitelo in testa, non sperare di cavartela semplicemente tirandola per le lunghe. Vogliamo vedere il vampiro di sabato notte e questa gatta davanti ai giudici entro le prossime festività. È tutto chiaro? — Il ragazzo infieriva su Sciagron con palese piacere. Evidentemente non gli capitava molto spesso di partecipare a un regolamento di conti. Peraltro il suo accanimento sembrava avere motivi fondati.

— Brutte gattacce ninfomani — si mise a brontolare lo squamoso all'improvviso. — Puttanelle senza cervello!

— Chiudi il becco, razza di geco malcresciuto — disse freddamente la ragazza. Anche lei era una gatta, ma della Luce.

— Calma, Tigrotto — le disse Gorodeckij. Poi si rivolse al Guardiano del Giorno: — Avete capito le nostre richieste?

Fu allora che feci ritorno nel primo strato del Crepuscolo. Definire "gelo" i secondi immediatamente successivi non rende minimamente l'idea.

— Tu?! — esclamò la ragazza. — Ancora tu?

— Buenas noches, signori. Scusate, ho visto la luce accesa e mi sono detto: "Facciamo un salto."

— Anton, Tolja — disse Tigrotto con voce sonora e leggermente agitata, indicandomi col dito come fanno i bambini. — Sabato notte Andrjucha l'ha sorpreso accanto alla vittima del vampiro! È l'ucraino!

Tutti e cinque avevano gli occhi incollati su di me.

— Spero — dissi ironicamente — di non assomigliare a una puttana mutantropo più che a un vampiro ammattito.

— E tu chi diavolo sei? — mi domandò in tono ostile quello che chiamavano Sciagron.

— Un mago, collega. Un mago delle Tenebre. Straniero.

Sciagron cercò di sondarmi, ma senza successo, e io sentii che, se pure non ero salito di un altro gradino, mi trovavo in ogni caso a un soffio dal farlo. Allo stesso tempo mi accorsi che lo schermo di protezione di Sciagron non era tutta farina del suo sacco: nella sua struttura si intuiva il lavoro di un mago fuoriclasse. Probabilmente il famigerato capo assente da Mosca.

— Un altro omicidio e salti fuori di nuovo tu — mormorò Tolja in tono diffidente, mentre cercava a sua volta di sondarmi. Del tutto inutilmente, come notai con un certo gusto. — La cosa non mi piace affatto. Abbi la compiacenza di fornirci una spiegazione.

Tolja aveva un'aria chiaramente scontenta, ma adesso si comportava in modo corretto. La cosa mi soddisfece pienamente. Mi preoccupava invece il comportamento di Gorodeckij. Senza dubbio era lui il capo del trio, e ora stava seriamente meditando su quale condotta tenere. Le varianti possibili non sembravano molte.

— Certo — acconsentii senza sforzo. — Stavo passeggiando non lontano da qui. Ho sentito che stava succedendo qualcosa di brutto, e sono venuto: per caso posso esservi d'aiuto in qualche modo?

— Lavori nella Guardia, dalle tue parti, in Ucraina? — domandò tutt'a un tratto lo squamoso.

— No.

— Capirai che aiuto, allora...

Naturalmente la lingua dello squamoso era lunga e biforcuta, come nelle fantasie popolari. Si ritiene che la varietà di aspetti che gli Altri delle Tenebre assumono nel Crepuscolo possa fornire agli artisti una gamma pressoché infinita di spunti creativi. Al contrario degli Altri della Luce, che si pensa abbiano un assortimento ristretto e stereotipato: luminescenza, vesti candide e, per i più sentimentali, in maggioranza femmine, una ghirlanda a mo' di corona. Invece non è affatto così: quasi tutti quelli delle Tenebre tendono ad assumere la forma di un demone squamoso, con le corna e la lingua biforcuta.

— Con questi delitti, ovviamente, non hai alcun rapporto — disse la ragazza con malcelato sarcasmo.

— Naturalmente.

— Non gli credo. — La ragazza si voltò. — Anton, bisogna sondarlo.

— Lo faremo di certo — concordò subito Anton. — Ci penserò io personalmente a esigere da lui tutte le informazioni.

Feci un sorriso ironico. — Va bene, ho capito, non volete il mio aiuto. E io, di sicuro, non ho intenzione di autoinvitarmi. Perciò è il caso che me ne vada.

Mi diressi verso l'uscita.

— Ehi, stregone — disse Tolja alle mie spalle. — Ti consiglio di non allontanarti da Mosca. È un divieto ufficiale della Guardia della Notte.

— Lo terrò presente — promisi. — Non avevo comunque in programma di partire.

— Vengo con voi — disse Tolja a Tigrotto e Anton. — Bisogna che parliamo.

Le parole di quello strano individuo avevano urtato molto Anton. Tigrotto gliele aveva riferite in modo estremamente fedele, persino nell'intonazione. Per l'ennesima volta Anton aveva concluso che in lei si nascondeva un'attrice consumata. Chissà cosa sarebbe diventata, se non fosse stata un Altro...

Sciagron e il suo collega se n'erano già andati da un pezzo sulla BMW. Tolja allungò la mano e Anton gli porse le chiavi della Zigulenok di servizio. Tigrotto si accomodò in silenzio sul sedile posteriore. Anton si sedette di fianco a Tolja. Svoltarono frettolosamente nel viale Sirenevyj e si allontanarono in direzione est.

— Chi diavolo è quel tipo? — chiese Anton per rompere il silenzio. L'umore era pessimo. Ancora un morto, e per giunta un Altro della Luce non iniziato!

— Un mago molto potente — disse Tolja in tono distaccato — o per lo meno più potente di me. Ho tentato di sondarlo, ma non ci sono riuscito: si è chiuso all'istante.

— Si è chiuso? — sbottò Tigrotto. — Come? Stai dicendo che è arrivato senza schermo di protezione?

— È questo il fatto! — spiegò torvo Tolja. — All'inizio sembrava in tutto e per tutto un mago di livello medio. Terzo o quarto, all'incirca. Come me o Anton.

Quest'ultimo non disse nulla: Tolja aveva formalmente torto, ma sostanzialmente ragione. Geser definiva Anton un mago di secondo livello, ma non sempre riusciva a raggiungere quel grado di forza. Sarebbe stato più onesto riconoscere che per il momento era fermo al terzo.

— Ma quando ho provato a sondarlo — continuò Tolja — niente, un muro. È chiaramente più forte di me. Anton, tu l'hai sondato?

— No.

— Sembrerebbe un primo livello — disse Tolja con un sospiro. — Se l'affare si fa scottante, bisognerà che si attivi Ilja.

— Ho paura che dovranno attivarsi tutti quanti, il capo, Olga e Sveta — osservò Anton. Nessuno gli rispose: la prospettiva di chiedere aiuto ai maghi superiori non era affatto allegra. Tigrotto si sistemò meglio sul sedile: — È impossibile che non sia implicato negli omicidi. La prima volta era appena arrivato in città, è uscito a fare due passi e casualmente si è imbattuto in un bracconiere. E adesso? Cosa l'ha portato da quelle parti?

— Ma è arrivato davvero sabato? — chiese Tolja.

— Sì — confermò Tigrotto. — Non mi era affatto piaciuto, capite? Ho rintracciato il treno, ho scandagliato l'addetta alle cuccette. Non è praticamente mai uscito dallo scompartimento, ma si trovava proprio su quel treno.

— Si sa qualcos'altro di lui?

Ad Anton parve che le domande di Tolja celassero una segreta speranza.

— Intendi dire elementi compromettenti? Niente. Nemmeno un'infrazione. Non ha bisogno di licenze, non è un vampiro o un mutantropo. E la sua iniziazione risale soltanto a otto anni fa, come la mia.

Tolja annuì pensosamente.

— A Nikolaev ci sono pochi Altri. Di conseguenza le Guardie hanno un numero ridotto di agenti: poco meno di una trentina. Prima di tutto approfondirò meglio questa cosa — disse Anton. — Siamo quasi arrivati. Hai chiuso bene il furgoncino?

— Ma cosa vuoi che gli succeda? — ribatté Tolja con un'alzata di spalle. — Conviene chiamare il capo, o riusciamo a cavarcela da soli?

Si sentiva evidentemente a disagio. Da quando, più di un anno prima, Anton era passato al reparto operativo, Tolja aveva assunto la direzione della sezione informatica. Ma a nessun Guardiano della Notte è concesso di rinunciare completamente alla propria qualifica fondamentale: così anche a Tolja era toccato un mesetto di lavoro operativo. E proprio il primo giorno, ecco che gli era capitata questa brutta faccenda.

— Direi che è meglio informarlo — disse Anton.

— Allora non perdiamo altro tempo — sospirò Tolja.

Tigrotto gli allungò prontamente il cellulare. Tolja non fece nemmeno in tempo a sfiorarlo che si mise a squillare.

Anton avrebbe voluto afferrarlo, ma si trattenne. Certo, era uno dei loro a telefonare, ma non si avvertiva la tensione energetica della chiamata di servizio. Forse era semplicemente qualche Guardiano che voleva parlare con Tigrotto... Tutti hanno una vita privata, anche i Guardiani.

Tigrotto rispose. Per la maggior parte del tempo restò in ascolto. Solo una volta disse: — Non lo so.

— È Garik — spiegò con voce bassa e allarmata. — Andrjucha è scomparso.

— Chi, Tjunnikov?

— Sì. Garik credeva che fosse con noi.

— Io l'ho visto ieri — disse Tolja. — Si preparava ad andare a dormire.

— Il suo telefono è irraggiungibile. In più Garik non riesce a percepirne la presenza. Ed è il suo istruttore.

Anton si girò verso Tigrotto: — Da sabato notte sembrava diventato una specie di ossesso. Cosa gli ha detto l'ucraino in quella galleria?

Tigrotto strinse le spalle: — Ma niente di particolare, te l'ho già detto mille volte. L'ha chiamato spregiativamente "incomparabile investigatore". Però in effetti Andrjucha aveva preso una cantonata: che il forestiero non fosse un vampiro era più che evidente.

— Non bisogna per forza essere vampiri — dichiarò Tolja con voce noiosamente dottorale. — Quel tizio può benissimo aver organizzato tutto. E bisogna dire che le sue doti di organizzatore sono manifestamente superiori alla media.

— Una pedina di Zavulon — ipotizzò Anton. — Sì, è possibile.

— Di più! Non è una semplice pedina. E nemmeno un cavallo o un alfiere. Una torre, piuttosto. Una figura di peso. Forse addirittura una regina...

— Non esageriamo, Tolja. Senza Zavulon quelli delle Tenebre sono di gran lunga inferiori a noi. E Zavulon è fuori Mosca.

— Questo è ciò che dicono loro. Vai a sapere se è la verità.

— Negli ultimi tempi Zavulon si è mostrato molto di rado — ribatté Anton.

— Appunto. Era occupato a organizzare l'operazione... La cosa peggiore è che non riesco ad afferrarne i contorni. D'altra parte cosa abbiamo, per il momento? Due omicidi poco chiari. È impossibile dire cosa li colleghi.

— Ammesso che siano collegati. — Tuttavia Anton per primo sembrava non credere a quanto affermava.

— Di' quello che vuoi, ma io sento che sono collegati. E l'anello di congiunzione è proprio il nostro straniero.

— Cosa bisogna pensare, allora? — disse Tigrotto. — La comparsa di Svetlana per noi ha significato un notevole vantaggio. Le Forze delle Tenebre hanno cominciato a perdere posizioni: ricordi come il capo ha schiacciato Zavulon nelle ultime trattative? E Zavulon ha ceduto. Del resto, cos'altro poteva fare? Sembrerebbe che le Forze delle Tenebre abbiano dato il via a un'operazione per ripristinare l'equilibrio. Senza alcuna probabilità di successo, direi, dal momento che hanno scelto proprio la settimana pulita.

— È il momento più propizio, per loro — borbottò Anton. — Sanno bene che non cominceremmo una lite senza un motivo serio. E di motivi seri per adesso non ce ne sono.

— Non fare l'uccellaccio del malaugurio — ribatté Tolja.

La Zigulenok correva impetuosa lungo il viale Leningradskij, incontro all'alba nascente.

Il resto del tragitto fino alla sede lo fecero in silenzio. Forse perché nessuno voleva fare l'uccello del malaugurio. O forse perché effettivamente lo sentivano gracchiare.

Davanti all'ingresso della Guardia, Garik si dondolava nervosamente sulle gambe. Di fianco a lui, assonnato, con gli occhi socchiusi dietro gli occhiali, c'era Ilja.

— Bene — disse Tolja senza allegria. — Stringiamo i denti.

Ilja e Garik si fiondarono in macchina. Si sedettero accanto a Tigrotto, uno da una parte, uno dall'altra. Di colpo Anton comprese perché e seppe cosa avrebbe detto il pallido Garik, nella sua furia trattenuta.

— All'hotel Kosmos. Andrjucha è morto, ragazzi...

Tolja pigiò come un pazzo sul pedale dell'acceleratore, ma nemmeno l'auto più potente sarebbe riuscita a inseguire la morte fino a raggiungerla. Tigrotto fece un piccolo scatto, si strinse forte ai due compagni e si irrigidì in quella posizione.

— Com'è accaduto? — domandò Anton con voce sorda.

— Ha appena chiamato uno delle Tenebre, un certo Vitalij Rogoza. Dice di aver trovato il cadavere di un Altro nella propria camera.

— Lo sgozzo con le mie mani — ringhiò Tigrotto. — E non provate a fermarmi!

— Per ogni evenienza ho telefonato a Orso — disse Ilja in tono assolutamente neutro. — Credo che sia già sul posto.

Ad Anton parve che i colleghi avessero capito tutto in anticipo e che si fossero già rassegnati: lo scontro sarebbe stato inevitabile. Allora accarezzò di soppiatto la pistola nella fondina ascellare. Un'arma che fino a quel momento non aveva mai usato sul serio.

Avevo l'irriducibile sensazione che gli avvenimenti di quella notte fossero ben lontani dal concludersi. Forse, a poco a poco, cominciavo a vedere nel futuro a breve termine. Non certo nei dettagli: più che altro come in una matassa confusa di probabilità. Iniziavo a percepire dove portavano i grovigli dei fili più spessi.

Angoscia, disgrazia, inquietudine, pericolo: ecco cosa aveva preparato per me quella notte. Inizialmente avevo pensato di aspettare i due Altri delle Tenebre vicino alla loro BMW, nel cortile del caseggiato. Poi avevo capito che non era necessario, non valeva la pena di metterli al corrente di… be', diciamo così, della mia totale estraneità. Che mi ritenessero pure il responsabile effettivo del gioco. Il capo della Guardia del Giorno non era a Mosca e gli altri non avrebbero potuto rivaleggiare con me.

Ma io cos'ero? Non stavo esagerando? Erano forse pochi, a Mosca, i maghi potenti? Non avrei salito per sempre la scala: non esistono scale senza fine. Esisteva di certo un modo per contrastare anche me, tanto più che i maghi moscoviti hanno un'esperienza in molti casi secolare. E io non sapevo bene cosa fossi in grado di fare e cosa no. Ero ancora un Selvaggio. E dove stava scritto che la mia forza non poteva esaurirsi altrettanto magicamente di come si era manifestata?

"Perciò non avere fretta, Vitalij" mi dissi. "Meglio pensare a quale altra trappola può riservarti questa notte morente."

Mi affrettai verso viale Scelkovskoe, mi tuffai nel sottovia e, una volta sbucato dalla parte opposta, mi misi a chiedere un passaggio.

Ciò che mi piace di Mosca è che persino a notte fonda, persino la mattina presto, basta alzare la mano perché una macchina ti si accosti. A Nikolaev puoi startene impalato mezz'ora senza che a nessuno passi nemmeno per la testa di fermarsi. Qui invece i soldi risolvono tutto.

VDNCh, tariffa standard. Mi accomodai su una Volkswagen e partii incontro a chissà quale altro guaio, di un'ineluttabilità quasi palpabile.

Già all'ingresso in albergo percepii che lo schermo di protezione della mia stanza era stato danneggiato. Era scattato, aveva fatto il suo dovere, e questo costituiva per l'appunto il mio problema principale. Senza guardare nessuno salii fino al mio piano, raggiunsi la mia stanza, infilai la chiave nella serratura e mi bloccai all'istante sull'uscio.

Giaceva in mezzo al salotto, con le braccia aperte. Sul viso un'espressione infantile di stupore e offesa, proprio come se, al posto delle caramelle, dalla carta fosse balzato fuori un calabrone che lo avesse punto sul dito. Era incappato nell'Anello di Shaab, una magia semplice ma potente. E ovviamente non conosceva la formula adatta, il giovane investigatore fallito Andrjucha Tjunnikov, il Guardiano della Notte che aveva cercato di accusarmi dell'assassinio della ragazzina.

Fosse stato un po' più esperto, non si sarebbe mai ficcato in un luogo protetto dall'Anello. E pensare che non avevo nemmeno circondato tutta la stanza. Mi ero limitato all'armadio con la mia sacca.

Proprio la cosa di cui avevo meno bisogno: se quelli della Luce consideravano la morte di un comune essere umano semplicemente come un atto di bracconaggio, l'uccisione di un Altro era un affare di tutt'altra portata. Sentivo già puzza di Tribunale. Ma io avevo protetto il mio territorio in modo riconoscibile dagli Altri: Privato, non entrate, non si può. Invece era entrato. Fine, riposi in pace nel Crepuscolo. Stupido ragazzino! Voleva fare bella figura?

Bisognava denunciare l'accaduto. Presi il telefono. Non il cellulare, ma quello ordinario, che stava sul tavolo. Il numero non tardò a emergere dalla memoria.

— Parlo con la Guardia della Notte? Mi chiamo Vitalij Rogoza, sono un Altro delle Tenebre. Qui da me c'è un vostro dipendente, Andrej Tjunnikov, se non sbaglio. È morto. Venite subito: Hotel Kosmos, camera seicentododici.

Stranamente, i primi ad arrivare non furono quelli della Luce. Non appena avvertii la presenza di due Altri al mio piano, fu come se un fiotto di energia mi avvolgesse. Erano maghi delle Tenebre, gonfi fino a scoppiare di una forza oscura che mi parve simile al Crepuscolo, per quanto più fosca e compatta. Una spessa lingua di materia crepuscolare attraversava il tetto dell'edificio e scorreva fino a terra. Anche più giù, fin sotto terra.

Bussarono alla porta in modo ostentatamente cortese.

— Sì, sì — risposi senza alzarmi dalla poltrona. — È aperto.

Entrarono. Uno era Sciagron, che avevo incontrato poco prima nella Trinadcataja Parkovaja, l'altro era un mago altrettanto grassoccio, scuro di capelli. E forte, più forte del compagno. Eppure fu Sciagron a parlare. Sembrava un'usanza comune a entrambe le Guardie che il caposquadra restasse per lo più in silenzio. Anche Anton Gorodeckij preferiva ascoltare.

— Buona sera, collega.

Sbottai: — Buona? Sta scherzando, collega.

Pronunciai intenzionalmente la parola "collega" con lo stesso tono con cui l'aveva pronunciata Sciagron. Ma non era facile provocarlo, e proprio in questo consisteva la sua superiorità nei miei confronti: nell'esperienza. Io potevo contare solo su stoccate cavalleresche da due soldi come quella, su lampi di genio improvvisi e sulla mia scala mistica, che mi sollevava docilmente di gradino in gradino, assestandomi ogni volta il calcione giusto nel posto giusto.

— Non sto scherzando, collega, la sto salutando. Ha fatto male a non aspettarci lei sa dove. Speravo proprio di parlare con lei.

— Non volevo immischiarmi — ammisi, ed era più che una mezza verità. Una cosa normale per gli Altri di entrambi gli schieramenti.

— Contavo sul suo aiuto, sull'aiuto di un compagno. Invece lei ha preferito sparire.

"Io speravo", "io contavo": tipico di quelli delle Tenebre. Qualsiasi Altro della Luce al posto di Sciagron avrebbe indiscutibilmente detto "noi", in perfetta sincerità, ma intendendo esattamente la stessa cosa.

— Va bene. Le presento Edgar. Un nostro collega estone, da poco nella Guardia moscovita. Allora, cos'è successo?

— È successo che ho trovato l'ennesimo cadavere. Un Altro: un Guardiano della Notte. D'altronde lei sa già tutto, collega Edgar, non è così?

— Abbiamo poco tempo, e quelli della Luce arriveranno da un momento all'altro: è questo che volevi dirmi? — disse Edgar, abbandonando ogni diplomazia e passando al "tu". Mi resi conto che con l'estone era meglio non scherzare.

— Sabato scorso, la sera del mio arrivo, questo Guardiano stava dirigendo le ricerche di un vampiro bracconiere...

— Una vampira — precisò Edgar con una smorfia. — Continua.

— Il caso ha voluto che incappassi in una delle sue vittime. I Guardiani della Notte mi hanno sorpreso accanto al cadavere e identificato come uno delle Tenebre. Tjunnikov mi ha accusato di essere il vampiro... la vampira. Per inesperienza, direi: non vedo altro motivo. A quel punto gli ho fatto abbassare la cresta, in modo piuttosto brusco, lo confesso. D'altra parte lui se l'era davvero cercata. Questo in sostanza è tutto. Oggi, prima di uscire, ho attivato alcuni incantesimi di protezione. Sono rientrato ed eccolo lì stecchito. Non c'era più niente da fare.

L'ultima frase se ne uscì da sola, non me l'ero preparata. A quanto pareva, avevo ricominciato a "salire".

— Questo moccioso stava dirigendo un'operazione? — si stupì Sciagron. — Eppure erano presenti altri Guardiani molto più esperti. La tigre, alcuni maghi...

— Tjunnikov stava facendo tirocinio, è normale — borbottò in risposta Edgar prima di tornare a guardarmi. — Così hai attivato un Anello di Shaab tanto forte da ucciderlo all'istante?

Ovviamente la domanda era retorica. In altre parole, avevo

usato un sortilegio abbastanza semplice, ma gli avevo conferito troppa forza. Forse...

Edgar e io percepimmo nello stesso istante l'avvicinarsi dei Guardiani della Notte. Stavano raggiungendo l'albergo. Qualche secondo dopo li percepì anche Sciagron.

— Cosa gli hai riferito? — domandò Edgar in tono concitato. — Parla, svelto.

Doveva averci coperto con una calotta invisibile piuttosto potente. Prima di aprire bocca, vi aggiunsi un po' della mia forza, in parte traendola da me stesso, dalla mia coscienza, in parte prendendola dall'esterno. Accadde in maniera del tutto involontaria; e nello sguardo di Edgar lessi un muto stupore.

— Ho telefonato, ho detto che nella mia camera c'era il cadavere di uno dei loro e ho specificato il suo nome. Tutto qui.

Edgar annuì impercettibilmente e fissò Sciagron con aria eloquente. Questi abbozzò un'alzata di spalle.

Restammo in silenzio fino al momento in cui quelli della Luce bussarono alla porta. Non tanto cortesemente. Non aspettarono nemmeno il permesso: entrarono e basta.

Erano in cinque: Tolja, Anton e la ragazza mutante avevano probabilmente fatto appena in tempo a raggiungere l'ufficio, prima di ripartire. Oltre a loro, c'erano un giovane con gli occhiali dall'aria intelligente e un tipo abbronzato come se fossimo stati in piena estate.

Tolja e i due sconosciuti cominciarono a ispezionare e scandagliare scrupolosamente ogni centimetro della stanza. Quei muri non avevano probabilmente mai sperimentato prima un'attività magica tanto intensa.

Anton e la ragazza rimasero in disparte senza intervenire, ma avvertii vividamente che grondavano ostilità. Non si trattava di vero e proprio odio, perché quelli della Luce non sono assolutamente capaci di odiare come si deve. Era piuttosto il desiderio di spremermi per bene, condannarmi, ottenere il mio castigo, o semplicemente di colpirmi abbastanza forte da cacciarmi per sempre nel Crepuscolo.

Al di là della stanza doveva esserci come minimo un altro dei loro. Probabilmente in corridoio o in ascensore. Si era schermato molto bene, tra l'altro: fu solo per caso che lo intercettai. Ebbi invece l'impressione che Edgar e Sciagron non si fossero accorti di nulla.

La cosa mi fece incupire: i Guardiani della Notte numericamente erano di gran lunga superiori. Oltretutto, i due che vedevo per la prima volta erano maghi potentissimi, quasi certamente di primo livello, comunque più forti di Edgar e Sciagron. Anche Anton non era proprio una nullità: avrebbe potuto competere sia con l'uno sia con l'altro. In più bisognava aggiungere la ragazza, una vera combattente, e lo sconosciuto da qualche parte là fuori. La situazione stava diventando assai spiacevole. Ci avrebbero ridotti in polvere, in polvere fine.

I Guardiani della Notte terminarono l'ispezione. L'occhialuto mi si avvicinò e con voce ostentatamente indifferente chiese: — Mi dica, era proprio necessario attivare un incantesimo di protezione così potente?

— Ma lei da cosa deduce che avrei impiegato troppa forza?

L'occhialuto e l'altro sconosciuto si scambiarono un rapido sguardo.

— Vogliamo controllare i suoi oggetti personali.

— Stop — s'intromise frettolosamente Edgar. — A che titolo?

L'occhialuto sorrise cattivo, con le sole labbra: — La Guardia della Notte sospetta che nel territorio di Mosca sia stato introdotto un oggetto proibito, dotato di una forza eccezionale. Dovreste sapere che un atto del genere va contro il Patto.

I due maghi delle Tenebre mi guardarono con aria dubbiosa. Sembrava che si aspettassero una certa reazione ben precisa. Ma quale? La mia ancora di salvezza interiore stavolta non riteneva necessario darmi suggerimenti. Ma d'altra parte ero perfettamente sicuro che la mia sacca non contenesse alcun oggetto proibito. Perciò agitai la mano bonariamente: — Che guardino pure quanto vogliono!

— Protesto — disse Edgar a voce bassa e, a quanto pareva, senza speranza. — Non avete il permesso della direzione.

— Protesta respinta — ribatté l'occhialuto con voce inflessibile. — Io stesso faccio parte della direzione. Ci mostri le sue cose, Rogoza.

Non me lo feci ripetere due volte. Con una sola mossa neutralizzai i resti della protezione magica e spalancai l'armadio. La mia sacca vi giaceva in perfetta solitudine, se si eccettuava la compagnia di un paio di spazzole per abiti.

Presi la borsa e ne riversai il contenuto sul letto. I Guardiani della Notte osservarono le mie cose con scarso interesse, ma alla vista dell'ultimo sacchetto si innervosirono di colpo; il secondo dei due sconosciuti addirittura impugnò l'amuleto che teneva nella tasca del giubbotto. Quando rovesciai i soldi sulla coperta, tutti gli astanti mi fissarono come se fossi uno psicopatico totale e irrecuperabile.

— Ecco — dissi. — È tutto quel che ho. Centomila. Anzi, già un po' meno.

L'occhialuto si avvicinò al letto e si mise a rovistare con aria disgustata tra le mie cose. Guardava dentro ogni sacchetto, ma io sapevo che in realtà aveva bisogno di praticare un'ispezione tattile. Nemmeno quella a distanza l'aveva soddisfatto. Di cosa mai mi sospettavano? Probabilmente qualche imbecille aveva davvero tentato di portare a Mosca qualcosa di proibito, e siccome avevo un pochino ecceduto nella difesa dei miei poveri bigliettoni, loro adesso pensavano che io fossi il colpevole di tutto. Tre volte urrà!

L'occhialuto annusò il mio bagaglio per un minuto, prima di arrendersi.

— Va bene. Qui non c'è niente. Dichiariamo questa stanza territorio chiuso; lei è pregato di trasferirsi.

La ragazza mutante ebbe un sussulto. Guardò il collega con aria perplessa e interrogativa. L'occhialuto alzò impercettibilmente le spalle e io capii il significato di quel gesto. Nessun pretesto, nessun appiglio. La mutante si irrigidì, ma l'altro mago le posò una mano sulla spalla, come a impedirle un'eventuale azione sconsiderata.

— Ah *s*sì? — canticchiò Edgar con voce insinuante, e in quel "*s*sì" finalmente affiorò il suo accento estone. — Tr*a*asferirsi? In qu*e*esto caso richiediamo ufficialmente l'autorizzazione a un'interferenza di settimo grado. Per evitare domande inopportune da parte dell'amministrazione dell'albergo.

I Guardiani della Notte assunsero un'aria scontenta. D'altronde, scontenti lo erano già a sufficienza.

— Perché? Si può influire sul personale anche senza correzione psichica.

— Siete voi che avete l'abitudine di sbandierare un'autorizzazione per ogni intervento — spiegò Edgar con l'espressione più innocente del mondo.

— Possibile che... — disse Ilja, ma si interruppe. — Va bene, lo autorizzo. Anton, va' con loro e occupati di tutto. Fa' in modo che sistemino il nostro forestiero non troppo vicino a qui, così che non... Insomma, esegui.

Edgar sospirò deluso. — Ma come? Non faccia così. Dica un po', caro, vuole fare altre domande al nostro collega?

La voce e il tono di Edgar erano esageratamente sostenuti e mondani. Ebbi paura che i Guardiani della Notte mangiassero la foglia e reagissero alla sua presa in giro. Ma evidentemente lo conoscevano bene. E poi, in fondo, quella gentilezza corrosiva costituiva il comportamento normale di entrambe le Guardie.

— No. Non ci tratterremo oltre. Ma ricordate: fino al termine delle indagini – e ormai si tratta di tre casi – all'ucraino non è permesso di lasciare la città.

— Me lo ricordo — esclamai con la massima innocenza.

— In tal caso è ora che ci congediamo. Collega Vitalij, impacchetti le sue cose.

Ficcai tutto un po' a caso nei sacchetti e li pigiai nella borsa. Afferrai il giaccone e mi alzai. Edgar mi indicò la porta con la mano.

Uscimmo in corridoio, prendemmo l'ascensore e quando ci ritrovammo nella hall all'improvviso Edgar si voltò verso il Guardiano della Notte che ci stava accompagnando.

— Anton! Il nostro collega non alloggerà più in questo albergo. Viene via con noi. Se avrete bisogno di lui, rivolgetevi alla sede della Guardia del Giorno.

Anton parve colto alla sprovvista. Gettò un'occhiata esitante all'addetto della reception che sonnecchiava dietro il banco e annuì leggermente. Ci avviammo verso l'uscita.

Non stetti a infilarmi il giaccone, dato che avevo visto la

BMW ferma proprio davanti all'ingresso. Potevo vederla, ma solo perché ero un Altro. L'interno dell'auto era caldo e confortevole. E spazioso: le ginocchia non si puntellavano contro lo schienale del sedile davanti. Mi accomodai per bene e domandai: — Quale sarà la mia prossima dimora?

— La sede della Guardia del Giorno, collega. Più precisamente l'albergo annesso alla sede. Dove avrebbe dovuto recarsi da subito.

— Se l'avessi saputo… — borbottai in risposta.

La macchina partì sparata, svoltò baldanzosamente all'uscita dal parcheggio, schizzò sotto la sbarra ancora a mezz'aria e si tuffò nel traffico sparuto del viale.

Forse Sciagron non era il mago più potente, però guidava benissimo. Le strade di Mosca sfrecciavano via in un lampo. Via Tverskaja assunse l'aspetto di una ridda interminabile di vetrine colorate. Ma anche quella terminò.

Scendemmo dalla macchina nei pressi del Cremlino. I due maghi la lasciarono parcheggiata sul ciglio della strada senza nemmeno chiuderla.

La osservai attraverso il Crepuscolo per semplice curiosità: volevo farmi un'idea degli incantesimi di sicurezza, per non fare di nuovo brutta figura. Rimasi di stucco. Non alla vista dell'auto, quanto dell'edificio. Nel mondo normale aveva un aspetto assolutamente ordinario, mentre nel Crepuscolo aveva tre piani in più: uno era incuneato tra il primo e il secondo, i restanti due formavano da soli una casa di non piccole dimensioni. I piani del Crepuscolo erano stati realizzati in granito nero lucidato. Le finestre erano pressoché tutte oscurate da tende; i primi deboli raggi di sole si riflettevano fiocamente sulle forme bianche dei modernissimi condizionatori.

Mi dimenticai all'istante degli incantesimi di sicurezza. Un piccolo portale dava direttamente sulla Tverskaja; oltre la porta a vetri si indovinava, più che vederla, la sagoma di un Altro.

— Pazzesco! — dissi. La mia voce risuonò sorda, come qualsiasi rumore nel Crepuscolo. I miei colleghi si voltarono simultaneamente.

— Cos'è, non l'avevi mai visto?

— No.

— Rimangono tutti impressionati la prima volta. Andiamo, avrai altre occasioni per guardarlo.

Entrammo e ci ritrovammo in un minuscolo locale di servizio. La sagoma che avevo intravisto da fuori si materializzò in un ragazzo magro come un chiodo, dall'aria malinconica. Un mutantropo, a mio parere. Stava leggendo un libro di Pelevin, *Un problema di lupi mannari nella Russia centrale*, e sogghignava gioiosamente.

Bastò che Edgar varcasse la porta perché il ragazzo si trasformasse. Gli occhi divamparono, il libro cadde sul tavolino.

— S*a*alve, Ol*e*eg — disse Edgar col suo accento baltico.

Sciagron si limitò a fare un cenno con la testa.

Anch'io mi decisi a salutarlo: — Buongiorno.

— È un nostro collega ucraino — disse Edgar presentandomi. — Fallo passare direttamente al settore ospiti. Senza controllo, se possibile.

— Capito. Lo inserisco nel database?

— Inseriscilo.

Oleg mi guardò negli occhi, sorrise cordialmente, lesse con qualche sforzo il marchio di registrazione, si sedette alla scrivania e tirò fuori dal cassetto un piccolo computer portatile.

— Dov'è il tuo collega? — gli chiese Edgar.

Oleg assunse un'aria colpevole. — È uscito a comprare le sigarette.

— Andiamo — disse Edgar con un sospiro. Mi prese per una manica e mi trascinò nell'ascensore.

La salita fu più lunga di quanto mi sarei aspettato. Poi mi ricordai dei piani complementari e i conti tornarono.

— Il settore ospiti si trova all'ottavo piano — mi spiegò Edgar. — È come un albergo, solo che non si paga. Può anche darsi che tu non sia l'unico ospite.

Le porte dell'ascensore si spalancarono senza rumore su un atrio quadrato, arredato secondo un'assennata combinazione di lusso, parsimonia e funzionalità. Divani e poltrone in pelle, un enorme vaso con una palma, incisioni alle pareti, un tappeto, il parquet. Un banco come negli alberghi, ma nel corridoio niente tavoli o sedie. L'ufficetto era chiuso, però dalla serratura sporgeva un'elegante chiave di metallo.

Edgar aprì la porta; file di chiavi pendevano dai gancetti sul muro interno della guardiola. Di fianco a ciascuna c'era un numero. Due gancetti erano vuoti: il due e il quattro.

— Scegli. Se la chiave è appesa qui, vuol dire che l'appartamento è libero.

Disse proprio "appartamento", non "stanza", come se la gratuità dell'alloggio distinguesse il luogo cui si poteva dare il nome di "casa" dalle anonime camere d'albergo.

Presi la chiave numero otto. A destra nel secondo corridoio.

— Ti sistemerai più tardi — mi disse Edgar. — Adesso va' a mettere giù la tua roba e torna subito qui.

Annuii. Mi sarebbe piaciuto sapere cosa avessero in mente i miei due colleghi... Di sicuro un interrogatorio, gentile ma accurato. L'avrei sopportato: dopotutto, erano pur sempre miei simili.

Si trattava effettivamente di un appartamento. Cucina, servizi igienici, tre camere spaziose. E un'immensa anticamera in puro stile staliniano rimaneggiato all'europea. Il soffitto era alto tre metri e mezzo, se non quattro.

Appesi il giaccone e lasciai la sacca in mezzo all'anticamera. Uscendo sbattei la porta.

Dall'appartamento numero quattro proveniva musica a basso volume. Quando ci ero passato davanti, un minuto prima, era solo un motivetto orecchiabile e straniero. Adesso però la canzone era cambiata. Nonostante la pesante ritmica e il fragore tipicamente hard rock, riuscii più o meno a decifrarne le parole:

La forza del destino ti ha fatto precipitare,
sei umiliato e sconfitto,
è tempo che dimentichi ciò che eri
e ricordi ciò che sei diventato!
Precipitato nell'abisso, dove non importa,
in cambio di cosa ti ha amato la gloria,
la viltà marchia a fuoco
e l'anima tua si svuota.
Nell'abisso, gli uomini si aggirano al buio,

pronti a divorarsi l'un l'altro.
Se solo si potesse prolungare quella vita feroce
e procurarsi un bel boccone…
In quel branco, disgraziato e crudele,
tu stesso crudele corri in cerchio
e strisci in cerca di un po' d'erba da mangiare,
come uno schiavo o un profeta.

Non so perché, ma mi bloccai di fronte a quella porta.

Erano più che semplici parole e mi penetrarono sotto la pelle, in tutto il corpo.

Io avevo dimenticato cos'ero stato un tempo, ma come potevo ricordarmi ciò che ero diventato?

E non ero forse entrato in un nuovo cerchio, insieme a quel branco a me ancora sconosciuto?

Oh, poter sentire soltanto il silenzio,
non la menzogna né la lusinga,
non il mezzogiorno né l'oscurità.
Sciogliendoti come neve al sole
amare, e non conoscere il tradimento…
di quell'ansia malvagia moriresti!

Be', che riuscissi ad ascoltare il silenzio nell'immediato futuro era decisamente da escludersi. Troppe persone si interessavano alla mia modesta persona. Altri della Luce e delle Tenebre…

La voce del cantante si rafforzò, si fece solenne e insolente:

Ehi, abitanti del cielo!
Chi non è ancora mai caduto nell'abisso?
Senza attraversare l'inferno
non potreste edificare il paradiso!
Ehi, abitanti dell'abisso!
Il tuono ride sulle vostre teste!
Per essergli pari
esiste un solo cammino in salita!
Esiste solo un cammino in salita…

Ecco come: in salita. Il paradiso non si raggiunge, se prima non si vaga a lungo per gli inferi. E ciascuno sperimenta sia l'uno sia l'altro. È proprio di questo che canta Kipelov.

Strano. Conoscevo quella canzone, il nome del cantante mi era rimasto impresso nella memoria e addirittura avevo inserito il pezzo nell'iPod. Eppure adesso risuonava in modo assolutamente nuovo e penetrava nella mia coscienza come una scheggia di vetro invisibile.

— Si sbrighi, collega! — mi richiamò Edgar.

Mi allontanai dalla porta con riluttanza. "Devo ascoltarla ancora. Comprare l'intero album e ascoltarlo." La voce del cantante si assottigliò alle mie spalle:

Ma se un raggio divamperà nel cervello
e l'obbedienza sfonderà come un cuneo,
i giorni passati risorgeranno nell'anima
e un nuovo peccato si compirà.
Sangue sulle mani, sangue sulle pietre,
sui corpi e sulle misere schiene
di chi è pronto a crepare in schiavitù,
divincolandoti cerchi di nuovo l'ascesa.

Chissà perché ebbi l'impressione che Kipelov cantasse quelle parole con cognizione di causa. Il sangue, l'abisso, il cielo. Poteva benissimo rivelarsi un Altro, quell'idolo capellone dei metallari russi: non mi sarei meravigliato troppo.

Salii con Edgar e Sciagron al piano superiore, nella sede vera e propria. Un ampio salone suddiviso in piccole cabine da una serie di paraventi. Alcuni uffici separati, un po' in disparte, con una hall isolata da una colossale vetrata. Notai che praticamente nessun dipendente della Guardia usava il PC. Solo tre di loro, non si capiva bene se ipernottambuli o mattinieri, sedevano immersi nei propri portatili.

— Gellemar! — chiamò Edgar. Uno dei tre, un mannaro come il ragazzo in servizio all'ingresso, si staccò di malavoglia da una specie di videogame sparatutto.

— Sì, capo?

— Ho un bollettino operativo zeppo di novità! Trasferimento di reagenti e oggetti di grande forza. Smarrimenti, sparizioni, contrabbando. Tutta roba freschissima!

— Cos'è? — si rianimò il tizio di nome Gellemar. — C'è puzza di bruciato?

— I Guardiani della Notte dispongono di informazioni secondo cui qualcuno starebbe cercando di introdurre a Mosca un oggetto proibito. Svelto, Gellemar!

Lui si voltò verso gli altri due giocatori: — Ehi, teste di rapa, al lavoro!

Le teste di rapa cambiarono all'istante: una manciata di secondi dopo potevo già sentire il ticchettio sommesso dei tasti. Sugli schermi, gli interminabili sotterranei pieni di mostri si erano trasformati nelle luminose finestre di Internet.

Edgar mi trascinò in un ufficio, separato dalla sala da una vetrata e da una veneziana. Sciagron si assentò per un attimo per tornare con un barattolo di caffè e dell'acqua ghiacciata. Versò l'acqua nel bollitore e schiacciò l'apposito pulsante. L'apparecchio cominciò quasi subito a rumoreggiare.

— Ce l'hai tu lo zucchero, vero? — borbottò Sciagron.

— Lo cerco. — Edgar si lasciò cadere su una poltrona e me ne indicò un'altra: — Si sieda, caro collega. Le dispiace se la chiamo semplicemente Vitalij?

— Certo che no.

— Perfetto. Dunque, Vitalij, ora io le dirò certe cose, e lei eventualmente mi correggerà. D'accordo?

— D'accordo — risposi prontamente. Faticavo a immaginare che razza di frottole pescate dal mio subconscio avrei potuto rifilargli. Quei Guardiani del Giorno parevano piuttosto determinati.

— Se ho ben capito, a proposito del summenzionato oggetto lei non possiede alcuna informazione.

— Esatto.

— Peccato — disse Edgar in tono sinceramente dispiaciuto. — Ci avrebbe semplificato molte cose.

In linea generale non è che non disponessi di informazioni sull'oggetto in questione: è che non ne avevo su qualsivoglia oggetto in grado di suscitare l'interesse di Edgar. Dove gli Altri si comportavano da esperti consumati, io brancolavo nel buio.

— Passiamo al punto successivo. Lei è venuto qui dall'Ucraina, ho capito bene?

— Esatto. Da Nikolaev.

— Per quale motivo?

Riflettei in silenzio per trenta secondi. Non mi fecero fretta.

— Difficile dirlo — ammisi. — Non c'è un motivo preciso. Mi ero semplicemente stufato di starmene a casa a far niente.

— Non è stato iniziato da molto, vero?

— Vero.

— Voleva vedere il mondo?

— Più o meno.

— Perché Mosca, allora, e non... che so... le Bahamas?

Alzai le spalle. Già, perché? — Non lo so. Alle Bahamas ci si va d'estate.

— Nell'emisfero australe l'estate è adesso. Laggiù è pieno di posti da visitare.

Era vero. Non ci avevo pensato.

— Non so — risposi. — Forse in futuro...

Mi parve che Edgar stesse per chiedermi qualcos'altro, ma proprio allora Gellemar entrò senza bussare. Aveva gli stessi occhi a palla che vengono a Jerry il topo quando vede avvicinarsi Tom, il suo eterno persecutore.

— Capo! Berna, l'Artiglio di Fafnir! L'hanno sottratto dal bunker dell'Inquisizione! Sono tre ore che tutta l'Europa è in allarme!

Sciagron balzò in piedi di scatto. Edgar mantenne il controllo, ma i suoi occhi cominciarono a luccicare. Anche senza calarmi nel Crepuscolo potei distinguere i rivoli arancione della sua aura. Si ricompose in fretta.

— L'informazione è pubblica?

— No. Riservata. L'Inquisizione non ha ancora rilasciato dichiarazioni ufficiali.

— La fonte?

Il licantropo ebbe un'esitazione. — La fonte è ufficiosa ma attendibile.

— Gellemar — disse Edgar in tono eloquente. — La fonte.

— Un mio uomo dell'agenzia di stampa di Praga — confessò Gellemar. — Uno dei nostri. L'ho beccato in una chat privata.

— Bene bene bene…

Mi sarebbe piaciuto molto fare qualche domanda, ma almeno per il momento non potevo fare altro che sbattere gli occhi in silenzio e captare frasi tanto significative quanto incomprensibili.

— E quelli della Luce come l'hanno saputo? — domandò perplesso Sciagron.

Edgar corrugò la fronte in modo ridicolo: — Hanno una grossa rete di informatori…

Quindi si rivolse bruscamente a Gellemar: — Stato d'allerta, livello Alfa. Convoca il personale.

Nel giro di mezz'ora la sede si riempì di gente. Tutti Altri, ovviamente, e tutti delle Tenebre.

Quanto a me, continuavo a non capire un accidente.

Quando Anton tornò nella stanza seicentododici, Ilja si stava massaggiando le tempie sprofondato in una poltrona, mentre Garik passeggiava nervosamente dalla finestra al divano su cui sedevano Tolja e Tigrotto.

Orso se ne stava impalato sulla porta.

— Mi ha anche scoperto, oltretutto — stava dicendo in tono cupo. — Non è servita a niente la tua "nuvola".

— L'estone?

— No. L'estone non mi ha scoperto subito, e neanche Sciagron, naturalmente. L'ucraino invece mi ha scoperto quasi all'istante.

— A me sembra un'assurdità, ragazzi. Non è possibile che sia più forte dell'estone — disse Garik.

— Perché no? — ribatté Ilja senza alzare lo sguardo. — Fino a un paio d'ore fa ero certo di conoscere tutti e quattro i Guardiani del Giorno moscoviti su cui non riuscirei ad avere la meglio da solo. Adesso non ne sono più tanto sicuro.

Anton si appoggiò al frigorifero. Quella conversazione si era rivelata più interessante del previsto; fece per formulare la domanda che da un po' tratteneva in punta di lingua, ma Tigrotto lo precedette: — Ilja! Vuoi spiegarci? Cos'è questa storia dell'oggetto proibito?

Ilja si alzò in piedi di scatto: — Per farla breve, dal bunker dell'Inquisizione a Berna è stato rubato l'Artiglio di Fafnir. Due ore fa... — guardò l'orologio — anzi tre. Il dipartimento svizzero è nel panico. L'Inquisizione dice tuoni e fulmini, ma finora non ha diffuso alcun comunicato ufficiale. Non si conoscono i dettagli, si sa soltanto che l'Artiglio si trova al culmine stagionale della forza e nella fase oscura. Dalla parte delle Tenebre, dunque. Alcuni semplici calcoli mostrano che la liberazione anche solo di una parte della forza accumulata dall'Artiglio sul territorio della Russia centrale può avere effetti devastanti, fino all'apertura di una breccia locale sull'Inferno. Questi in sostanza sono i fatti.

— E Zavulon non è a Mosca — disse Tolja in tono eloquente.

— Cioè dietro tutto ciò ci sarebbero quelli delle Tenebre?

— Be', noi no di sicuro. — Ilja scrollò le spalle come se tutt'a un tratto gli fosse venuto freddo.

— Boris Ignatevic ne è al corrente?

— Certo. È stato lui a informarmi. Mi ha detto di non perdere la testa, ma di lavorare sodo.

Ilja tornò a sedersi. — Non so proprio cosa pensare — disse con voce severa e al tempo stesso avvilita. — Onestamente, quando ho saputo dell'Anello di Shaab e dell'uccisione di un nostro agente, ho cominciato a sospettare che l'Artiglio si trovasse già qui. Perché altrimenti attivare un Anello di quella potenza? Sarebbe stato uno sperpero, un assurdo, inutile sperpero. Fosse stato per difendere l'Artiglio l'avrei capito, ma per dei maledetti verdoni... mi sembra pura idiozia.

— Lo straniero non avrebbe potuto lasciare l'Artiglio in camera senza sorveglianza? — intervenne Garik.

— Per nessun motivo. Sarebbe stato sciocco.

— Sciocco, sì — convenne Ilja. — Ma bisogna fare lo stesso una verifica.

— Cosa facciamo adesso? — chiese amaramente Tigrotto. — Andrjucha è morto e noi non abbiamo nemmeno la forza di punire l'assassino?

— Katja — disse Ilja voltandosi verso di lei e guardandola con simpatia — per quanto sia triste, è così. Purtroppo, di fronte all'enormità del problema che ci è piombato addosso, la morte di Andrej passa in secondo piano. Dalle quattro di stamattina i nostri analisti stanno valutando l'equilibrio approssimativo dei focolai globali di forza. Se l'Artiglio si sposta, inevitabilmente l'equilibrio si romperà.

— E ci sono già dei risultati?

— Sì. Un'ora fa si è visto che l'Artiglio si trova a Mosca o ci arriverà a momenti.

— Aspetta un attimo — intervenne di nuovo Tolja. — Allora i bracconieri recidivi e l'aggressività immotivata delle Forze delle Tenebre sono un effetto dell'Artiglio?

— Probabile.

— Ma il primo caso si è verificato sabato scorso! — esclamò Tigrotto.

Ilja ricominciò a massaggiarsi le tempie; era esausto e si vedeva.

— L'Artiglio è un oggetto molto potente, Tigrotto. I fili delle probabilità si allungano molto in profondità nel futuro e le Forze delle Tenebre sono soggette all'influsso degli Oggetti Neri molto più di noi, in particolare nel caso di reperti tanto antichi. Anche la loro marmaglia ha cominciato ad agitarsi.

— Se è un oggetto tanto potente, come ha fatto l'Inquisizione a lasciarselo scappare?

— Non lo so — tagliò corto Ilja. — Non ero lì, quand'è successo. Ma sono assolutamente convinto di questo: se qualcosa può essere fatto, presto o tardi qualcuno lo farà.

— Arrivano i nostri — disse Garik.

Effettivamente comparvero alcuni agenti della Guardia. Il perché era chiaro: portare via il cadavere di Andrej Tjunnikov. Giovane e ancora inesperto, si era cacciato in un momento infausto in un sovraccarico di forze impossibili da fronteggiare.

— E il nostro forestiero? — domandò finalmente Anton. — Pensi che ci sia un rapporto tra lui e i ladri?

— Non necessariamente. — Ilja osservava con aria tetra le operazioni intorno al cadavere di Tjunnikov. Stavano infilando il corpo in un sacco nero e chiudendo la cerniera. — Può darsi che ci stia distraendo, ma anche che non sappia lui stesso cosa stia facendo. Anzi, è molto probabile che sia l'Artiglio, o chi ne è in possesso, a dominarlo. La forza del forestiero è chiaramente aumentata dalla scaramuccia di sabato notte nella galleria.

— Dunque bisogna seguirlo — osservò Tolja. — Se c'entra con l'Artiglio, fatalmente ci porterà dai ladri.

— Se c'entra, ci porterà.

— Se no?

Ilja sospirò. — Ci saranno altre sorprese e altri incidenti. E immancabilmente il nostro ucraino spunterà di nuovo.

— Aspetta! — esclamò Garik. — E se fosse destinato a usare l'Artiglio?

— È ciò che temo.

Anton scosse la testa. Dopo gli eventi di un anno e mezzo prima, aveva finito per considerarsi un Guardiano ormai esperto e navigato. Adesso invece si sentiva di nuovo come un apprendista tra maestri, e questo non gli piaceva.

Il telefono dell'albergo squillò. Una volta abituati ai trilli dei cellulari, il suono di un apparecchio normale sembrava strano.

— Pronto — rispose Tolja. Poi passò la cornetta a Ilja: — È Semen, per te.

Ilja prese il ricevitore, lo portò all'orecchio e di colpo abbracciò con lo sguardo tutti i presenti. — In marcia, ragazzi. Il capo è già in sede.

In preda a una improvvisa spossatezza, Anton pensò che di lì a poco avrebbe rivisto Svetlana. E di nuovo sentì che il baratro apertosi tra loro si allargava di secondo in secondo.

Non restai a lungo nell'animata sede della Guardia del Giorno. Cominciavo a dormire in piedi e allora mi mandarono a riposare. Non ebbi nulla da obiettare, perché ero sveglio da più di ventiquattr'ore, e gli occhi letteralmente mi si chiudevano.

Mentre mi assopivo, da qualche parte, appena percettibile, giungeva alle mie orecchie la canzone di Kipelov:

Ehi, abitanti del cielo!
Chi non è ancora mai caduto nell'abisso?

Capitolo 3

Percepii che mi stavano chiamando e mi svegliai. Mi chiamavano esattamente come i vampiri chiamano la propria vittima. Mi alzai, non ancora del tutto snebbiato, e cercai a tastoni i vestiti sulla sedia.

Il Richiamo era mellifluo, avvolgente, carezzevole. Resistergli era assolutamente impossibile: risuonava ora come una melodia, ora come un canto o come un sussurro, ma in ogni forma riusciva a riflettere in modo perfetto la mia anima.

All'improvviso, come un colpo dietro le ginocchia, mi arrivò lo spintone verso il gradino successivo. Pur senza smettere di risuonare, il Richiamo perse istantaneamente ogni potere su di me. Lasciai cadere i pantaloni e cominciai a scuotere la testa. Faceva male. Lentamente la melassa ipnotica mi scivolò via di dosso e sprofondò nel pavimento: energia della Luce rielaborata e annerita. Avevano fatto in modo che la forza sembrasse appartenere alle Tenebre.

Di colpo compresi perché le vittime dei vampiri porgono il collo con il sorriso sulle labbra. Quando sentono il Richiamo, sono felici. Da sempre agognano quell'istante di dolcezza, al cui confronto tutta la vita è grigia e vuota come il mondo nel Crepuscolo.

Il Richiamo è a suo modo un regalo, una liberazione. Ma non era certo ancora il momento di liberarmi: la mia nuova abilità consisteva stavolta nell'immunità al Richiamo magico. Continuavo a sentirlo e ad afferrarne il senso, ma senza minimamente perdere il controllo. Non solo. Riuscii a isolare la mia coscienza da colui che lo stava emettendo, perché non cominciasse a sospettare che, da sonnambulo, la preda si fosse trasformata in cacciatore.

"In cacciatore?" mi domandai. "Uhm..."

Come dire che era imminente una battuta di caccia. Interessante...

Il Richiamo continuava. "Roba da matti" pensai. "Mi trovo nella sede della Guardia del Giorno. Qui ogni cosa è impregnata di magia e nonostante il potente schermo di protezione il Richiamo funziona."

Quelli della Luce dovevano aver speso parecchio per quel trucco e soprattutto per tenerlo nascosto dagli sguardi altrui. Erano fortunati che il capo della Guardia del Giorno non fosse a Mosca: non sarebbero riusciti in alcun modo a ingannare lui.

Mi vestii con calma, pensando tristemente che il mio sogno di andare al ristorante a sbafarmi un bel piatto di zuppa di pesce fumante e magari dell'anatra in salsa di amarene era di nuovo rinviato a data da destinarsi. Attivai due o tre deboli sortilegi di protezione e lasciai la stanza... anzi, l'appartamento. Qui lo si chiamava così, perciò non avrei rotto la tradizione. Alla cintura portavo appeso l'iPod; mi infilai nelle orecchie le minuscole perline degli auricolari e mi calcai in testa il berretto.

"Proviamo con la selezione casuale" pensai, schiacciando i pulsanti dell'apparecchio. "Giochiamo con il destino."

E mi avviai verso l'ascensore, in attesa di conoscere cosa il destino avesse scelto per me. Ancora una volta una canzone dell'album di Kipelov e Mavrin.

Sopra di me il silenzio
e un cielo pieno di pioggia.
La pioggia mi attraversa
ma non sento più dolore.
Sotto il gelido bisbiglio delle stelle
abbiamo bruciato l'ultimo ponte
e ogni cosa è precipitata nell'abisso.
Sarò libero dal Bene e dal Male.
La mia anima correva
sul filo del rasoio.

Eh, sì, una cupa profezia. Quand'è che avrei bruciato l'ultimo ponte? Forse ero uscito proprio per quel motivo, e non per salire di un piano e interessarmi alla sorte del potentissimo Artiglio di non so chi. Ma quella stessa inafferrabile sensazione che da qualche tempo si nascondeva in me mi spingeva verso il Richiamo.

Sono libero come un uccello nel cielo!
Sono libero! Non so più cosa sia la paura.
Sono libero come il vento selvaggio!
Sono libero! Non più solo in sogno, ma nella realtà.

La voce di Kipelov non era meno ammaliante del Richiamo. Risuonava ipnotica ed era persuasiva come una verità assoluta. All'improvviso capii che stavo ascoltando un inno delle Tenebre, l'ideale incarnato dei loro spiriti irrequieti, che non riconoscono né limiti né regole.

Sopra di me il silenzio
e un cielo pieno di pioggia.
La pioggia mi attraversa
e sono nuovamente libero.
Libero dall'amore,
dall'inimicizia e dalla maldicenza,
da ogni destino previsto
e dalla schiavitù terrena,
dal Bene e dal Male.
Nell'anima mia non c'è più posto per te.

La libertà, la sola cosa che ci interessa davvero: la libertà totale, persino dal dominio del mondo. È incredibilmente triste che le Forze della Luce non riescano a capirlo, che continuino perciò a tessere infinite macchinazioni e ci costringano a sbarrare loro la strada. È l'unico modo che abbiamo per salvaguardare la nostra libertà.

L'ascensore cominciò a scendere, attraversando piani crepuscolari e ordinari. Ero libero...

Se Kipelov era un Altro, apparteneva sicuramente alle Tenebre. Nessun altro poteva cantare la libertà in quel modo. E nessun uomo o Altro della Luce sarebbe stato capace di cogliere il senso più vero e profondo di una canzone come quella!

Edgar aveva fatto inserire il mio marchio di registrazione nel database di servizio, per cui i due taciturni stregoni di guardia all'ingresso mi lasciarono uscire senza fare storie. Ero sulla Tverskaja. Un'altra sera moscovita stava volgendo all'imbrunire. Andai incontro al Richiamo, ma libero da esso e da ogni altra cosa al mondo.

Chissà chi stava cercando di attirarmi... Tra le Forze della Luce non ci sono vampiri, almeno non in senso stretto. Tutti gli Altri senza distinzione sono vampiri di energia, in grado di attingere forza dagli esseri umani, dalle loro paure, gioie ed emozioni. Sostanzialmente ci distinguiamo dal muschio del Crepuscolo perché siamo capaci di pensiero e movimento. E non usiamo la forza così accumulata solo come nutrimento.

Il Richiamo mi guidò lungo la Tverskaja, dal Cremlino verso la stazione Belorusskij. Mi muovevo tra la folla della sera, ma era come se mi tenessi in disparte, come se fossi segnato. Era il Richiamo. Nessuno mi vedeva, nessuno mi notava, nessuno mi rivolgeva la parola: né le prostitute che si scaldavano in auto, né i loro sfruttatori, né i ragazzotti con le facce da duri che si accostavano al ciglio della strada con le loro macchinone straniere. Nessuno.

Girai a destra, in viale Strastnoj. Il Richiamo si intensificò: l'incontro era prossimo. Mandrie di automobili si affrettavano in mezzo al nevischio. Alla luce dei fanali i fiocchi compivano bizzarri girotondi. Freddo e oscurità: Mosca in inverno. La neve andava stendendo uno strato uniforme sulle panchine vuote, sui cespugli e sulle ringhiere che ai lati del viale separavano le corsie pedonali dalla carreggiata.

L'agguato scattò nelle vicinanze della Karetnyj Rjad. Un sortilegio di separazione piombò letteralmente dal cielo, e un attimo dopo tutto ciò che era destinato ad accadere lì nel viale smise di interessare gli uomini comuni. Le vetture continuarono ad affrettarsi per i fatti loro e i rari passanti si bloccarono solo un istante, prima di riprendere il cammino e arrancare via.

Quelli della Luce sgusciarono dal Crepuscolo uno dietro l'altro. Erano in quattro: due maghi e due mutanti già in assetto da combattimento, un enorme orso bianco e una tigre dal pelo fulvo.

I maghi mi attaccarono contemporaneamente da due parti, e per un soffio non rimasi schiacciato. Ma avevano sottovalutato la preda: il colpo era calcolato perché funzionasse su un individuo sottomesso al Richiamo, mentre io ero libero.

Allargai mentalmente le braccia e fermai le pareti invisibili che stavano per colpirmi e avvolgermi. Le bloccai, ne assorbii le forze e le respinsi lontano da me, senza particolare energia. Non avevo mai visto un maremoto, ma fu la prima cosa che mi venne in mente quando notai gli effetti della spinta: le pareti abbatterono i maghi, fino a un secondo prima saldi e monolitici, come se fossero fatti di carta di riso. I due furono travolti, scaraventati a terra e trascinati via per una decina di metri; solo la ringhiera che recintava la strada impedì che finissero sotto le ruote di qualche macchina. Nell'aria si sollevò un polverone di neve.

Probabilmente quelli della Luce capirono che con la sola magia non sarebbero riusciti a prendermi. Allora si lanciarono contro di me i mutanti. Assorbii in tutta fretta altra forza, prendendola da dove potevo: nel medesimo istante dalla carreggiata provennero un colpo sordo, poi un rumore di vetri infranti, un altro colpo e subito dopo un lacerante coro di clacson.

Accolsi l'orso con uno scudo concavo e lo mandai ruzzoloni lungo il viale. Dalla tigre semplicemente mi scansai. Non mi era piaciuta fin dall'inizio.

Non so da dove i maghi mutanti assimilino la massa necessaria alla trasformazione. Sotto sembianze umane, quella ragazzetta pesava quarantacinque, cinquanta chili al massimo. In quel momento, invece, era un quintale e mezzo di muscoli, tendini, artigli e zanne. Un'autentica, letale macchina da guerra.

— Ehi! — gridai. — Fermatevi! Non possiamo parlarne?

I maghi si rialzarono e tentarono un'altra volta di avvolgermi, ma io senza alcuno sforzo annodai i fili delle pareti e le rispedii ai proprietari. Caddero di nuovo, ma senza venire trascinati via: mi ero limitato a restituirgli la loro energia. L'orso si teneva discosto, dondolando minacciosamente e incurvandosi come se si stesse preparando ad alzarsi sulle zampe posteriori.

— Te lo sconsiglio — gli dissi. In quella, la tigre mi attaccò, e io dovetti colpirla. Non forte. Non volevo ucciderla.

— Che diavolo sta succedendo? — urlai incattivito. — Cos'è, a Mosca si usa così?

Chiamare la Guardia della Notte era un'idiozia, visto che gli stessi assalitori ne facevano parte. Non conveniva piuttosto chiamare i Guardiani del Giorno, tanto più che la loro sede era a due passi? Sarebbero arrivati in un baleno, anche se, a pensarci bene, non so se avrebbero davvero potuto essermi d'aiuto.

I maghi non avevano intenzione di arrendersi: adesso uno stringeva in mano una specie di amuleto – e nemmeno dei più deboli, in verità – mentre l'altro impugnava un bastone magico, fiammeggiante e stracarico di energia.

In due secondi riuscii a squarciare la rete magica, scagliata contro di me dal mago con l'amuleto, con un semplice triplo pugnale. Si trattava di un incantesimo banalissimo, ma stavolta rigurgitava di forza a tal punto, che si sarebbe potuto ridurre in cenere l'intero centro di Mosca. Il secondo mago riuscì a sfiorarmi con un fuoco di Betlemme, ma il colpo servì soltanto a farmi infuriare e ad aumentare la mia forza. Tramutai il suo bastone in un pezzo di ghiaccio oblungo e gli lanciai un incantesimo respingente. I frammenti di ghiaccio schizzarono via dalla mano del mago come un bizzarro fuoco d'artificio glaciale.

L'orso se ne stava immobile. Pareva aver capito che, nonostante la superiorità numerica, le loro forze erano assolutamente inadeguate. La tigre invece non desisteva. Piombò su di me con la cocciutaggine di una femmina impazzita cui avessero strappato i cuccioli. Nei suoi occhi, gialli come fiamme di candele, ardeva un odio sconfinato. Voleva vendicarsi, vendicare tutte le offese e le perdite subite: le avevo ucciso Andrej, e adesso non era disposta a fermarsi di fronte a nulla.

E io ero libero. Libero di punire chi mi sbarrava la strada e si rifiutava di risolvere pacificamente la faccenda. Non era forse di questo che voleva parlarmi la canzone?

Così colpii con il miraggio della Transilvania.

La tigre si piegò e si contorse: persino attraverso il rombo e lo stridore delle auto si udì chiaramente lo schiocco delle ossa. L'incantesimo maciullò la mutante come se fosse stata un giocattolo di plastilina: le costole spezzate squarciarono la pelliccia e si infissero nella neve come denti insanguinati, la testa si ridusse a una frittella piatta e striata di rosso. In un attimo il bell'animale si trasformò in un grumo di carne sanguinolenta. Con un ultimo colpo feci precipitare la sua anima nel Crepuscolo. Una volta iniziato, non potevo più fermarmi.

Quelli della Luce rimasero di stucco. Persino l'orso smise di dondolarsi sulle zampe.

"Cos'altro succederà, adesso?" pensai angosciato. Temevo che mi sarebbe toccato ammazzarli tutti. Ma, grazie al cielo o agli inferi, non dovetti arrivare a tanto.

— Qui è la Guardia del Giorno! — gridò una voce conosciuta. — Uscite dal Crepuscolo!

Edgar parlava in tono duro e privo d'accento, ma aveva citato inutilmente il Crepuscolo. I vivi non vi erano entrati e la tigre non ne sarebbe comunque più uscita.

— È stata rilevata un'aggressione ai danni di un Altro delle Tenebre. La Guardia del Giorno esige la convocazione immediata di un Tribunale — disse sinistramente. — E vogliate per cortesia chiamare il capo della Guardia della Notte.

— Vi scaccerà come gattini — disse rabbioso uno dei maghi della Luce.

— No — tagliò corto Edgar indicandomi. — Non con lui. Davvero non avete ancora capito?

Riuscii appena a captare un rimescolamento della forza nello spazio circostante. Un momento dopo accanto a noi spuntò un uomo dal colorito olivastro e dai tratti spigolosi, che indossava un caffettano variopinto di foggia orientale. In mezzo al viale innevato aveva un'aria veramente assurda.

— Sono già qui — mormorò, contemplando malinconicamente il campo di battaglia.

— Geser! — si rianimò Edgar. — Salve. In assenza del capo, è con me che dovrai spiegarti.

— Con te? — Geser guardò l'estone di sbieco. — Troppo onore.

— Con lui, allora. — Edgar si strinse nelle spalle e rabbrividì. — O è troppo onore anche con lui?

— Con lui mi spiegherò — rispose seccamente, voltandosi verso di me. Il suo sguardo era senza fondo come l'eternità. — Vattene da Mosca — disse con voce quasi completamente priva d'emozione. — All'istante. In treno o a cavallo di una scopa, ma sparisci. Ne hai già ammazzati due.

— A me sembra — specificai in tono il più possibile pacifico — che abbiano appena tentato di ammazzare me. Io mi sono soltanto difeso.

Geser mi diede le spalle. Non aveva voglia di starmi a sentire, non aveva voglia di discutere con chi aveva spedito per sempre nel Crepuscolo uno dei suoi migliori combattenti. Una, per la precisione.

— Andiamocene di qua — disse ai suoi.

— Ehi, ehi! — si inalberò Edgar. — Sono criminali! In nome del Patto, non andranno da nessuna parte.

Geser si voltò di nuovo verso di lui: — Se ne andranno. E tu non farai proprio niente. Sono sotto la mia protezione.

Mi aspettavo che a quel punto sarebbe arrivato lo slancio verso l'ennesimo gradino perché il livello che avevo raggiunto era sufficiente a capire che con Geser per il momento non avrei potuto competere. Mi avrebbe polverizzato. Non senza fatica, perché ero riuscito a salire abbastanza in alto sulla scala trasparente della forza, ma mi avrebbe comunque polverizzato.

Invece non accadde nulla. Evidentemente il momento dello scontro con Geser non era ancora giunto.

Edgar mi lanciò uno sguardo deluso. A quanto pareva, aveva riposto grandi speranze in me.

Quelli della Luce scivolarono nel Crepuscolo, raccolsero i resti della loro compagna e si immersero nel secondo strato. Fine.

— Non sarei stato in grado di fermarlo — ammisi in tono colpevole. — Mi scusi, Edgar.

— Peccato — rispose lui a denti stretti.

Mi riportarono in sede con la solita BMW. All'improvviso, per la prima volta da quando ero a Mosca, mi sentii davvero esausto. Era il debito da pagare alla forza: ricordo solo vagamente che mi misero sull'ascensore, mi riportarono in ufficio, mi fecero sedere sulla poltrona e mi ficcarono tra le mani una tazza di caffè. Come dolgono i muscoli affaticati, così doleva tutto il mio essere. E tuttavia avevo respinto l'attacco alla perfezione. Quelli della Luce si sarebbero ricordati per un bel pezzo dello scontro. E dire che i miei assalitori non erano bambini dell'asilo: i due maghi non erano sicuramente inferiori al primo livello.

— Di' agli analisti di muoversi — ordinò Edgar a uno dei suoi uomini. — Voglio capire una volta per tutte cosa sta succedendo.

Poi vide che lo stavo osservando e capì che mi ero ripreso.

— Racconta.

— Il Richiamo! — dissi con voce rauca. Mi misi a tossire. Provai a bere un sorso di caffè, ma mi scottai. — Il Richiamo. Mi hanno raggiunto nel sonno.

— Il Richiamo? — si stupì Sciagron. Era seduto come me su una poltrona, al tavolo di fianco. — Erano anni che quelli della Luce non lo usavano…

— Sono riusciti a raggiungerla con un Richiamo nella sede della Guardia? — domandò diffidente Edgar. — Però! E nessun altro ha notato niente?

— No. Era un Richiamo elaborato con finezza e maestria. Forse l'hanno nascosto nel rumore di fondo abituale dei piani abitati.

— E lei gli ha ceduto?

— No, naturalmente. — Provai di nuovo a sorseggiare il caffè. Stavolta ci riuscii. — Ma ho deciso di controllare cosa stavano combinando.

— E non l'ha detto a nessuno? — Edgar oscillava sul confine tra la perplessità e la scontentezza. — Si è comportato in maniera azzardata…

— Se mi fossi trascinato dietro dei rinforzi, mi avrebbero smascherato in un secondo. Era necessario che ci andassi da solo e senza copertura, e l'ho fatto. Sullo Strastnoj hanno cercato di prendermi: mi sono dovuto difendere. Tre volte ho respinto la tigre e ho cercato inutilmente di convincerla a desistere. Solo allora l'ho colpita sul serio.

Edgar mi guardava fisso. — Lei è un tipo tenebroso, Vitalij.

— Tenebroso, sì — confermai compiaciuto. — Più tenebroso di così non si può!

— È un mago fuori categoria? — domandò.

— No, sfortunatamente. — Allargai le braccia, facendo attenzione a non rovesciare il caffè. — Altrimenti non avrei lasciato andare Geser.

Edgar tamburellò con le dita sul tavolo. Borbottò: — Ma quando arrivano questi analisti?

La porta si aprì. Sulla soglia comparvero una donna sui quarant'anni, dai modi composti, e due uomini. Una strega e due maghi.

— Buongiorno, Anna Tichonovna — si affrettò a salutarla Sciagron. Doveva essere leggermente più forte di lei, ma nonostante ciò ne aveva un po' paura. E faceva bene: la forza delle streghe ha una natura diversa da quella dei maghi, e una strega può fare male facilmente persino a un mago molto forte.

Edgar si limitò a un cenno.

— È lui? — chiese uno dei maghi guardandomi.

— Lui, Jura.

Jura era un vecchio, potente mago, lo capii subito. Capii anche che Jura non era il suo vero nome. Quelli come lui custodiscono il proprio nome nei recessi più profondi e irraggiungibili.

— Si accomodi, Anna Tichonovna, prego. — Sciagron cedette la propria poltrona alla strega e si sedette insieme ai maghi sul largo davanzale della finestra.

— Edgar — disse la strega. — Quelli della Luce stanno giocando il tutto per tutto. Non commettevano un abuso simile dal '49. Devono avere dei motivi serissimi per trasgredire il Patto.

Edgar alzò le spalle e disse laconicamente: — L'Artiglio di Fafnir.

— Ma noi non ce l'abbiamo! — La strega fissò tutti i presenti con sguardo eloquente. — Non è forse così? Sciagron?

Sciagron si affrettò a scrollare la testa. In passato doveva aver avuto uno scontro con la strega e a quanto pareva non ne era uscito vincitore.

— Kolja?

Il secondo dei maghi rispose in tono abbastanza tranquillo:

— No. Ma la vera questione è: ne abbiamo davvero bisogno?

— A voi non lo chiederò — mormorò la strega a Edgar e Jura. Quindi si voltò a guardarmi.

— Anna Tichonovna — dissi con enfasi — che esistesse un Artiglio di Fafnir l'ho saputo ieri, e da allora ho dormito per la maggior parte del tempo.

— Di' un po', tu: perché sei venuto a Mosca? — mi domandò bruscamente.

— Non lo so. Qualcosa mi ha spinto. "Vai" mi ha detto, e io ho obbedito. Non ho fatto in tempo a scendere dal treno che sono finito in mezzo a una brutta faccenda di vampiri e Guardiani della Notte.

— Se non sono proprio rimbambito — intervenne Jura — direi che si tratta di un caso di predestinazione. Il che spiegherebbe tutto: l'incremento della forza, la storia dell'Artiglio e il comportamento di quelli della Luce. Stanno semplicemente tentando di eliminare lo straniero o anche solo di isolarlo, prima che l'Artiglio cada nelle sue mani. Poiché a quel punto sarebbe troppo tardi.

— P*e*erché all*o*ora non hanno utilizz*a*ato qu*e*ella loro m*a*aga? — domandò Edgar, ricominciando ad allungare le vocali. Evidentemente l'accento riaffiorava solo nei momenti di agitazione o di concentrazione.

— Geser si è intromesso solo nel momento più critico — disse Sciagron. — E si è limitato a coprire la ritirata.

— Chissà. — Di nuovo la strega mi penetrò con lo sguardo. — Può essere che non abbiano semplicemente fatto in tempo a catturarlo?

— Mi chiamo Vitalij — suggerii. — Molto piacere.

Di fatto, a chi piace sentirsi dire "di' un po', tu" o definire "lo straniero"?

Ma la mia frase entrò e uscì dalle loro orecchie. Jura mi guardò negli occhi e cominciò a sondarmi. Non glielo impedii, perché avrei dovuto?

— Un ottimo primo livello — dichiarò. — Con qualche lacuna, per la verità. Fino a ieri avrei provato solo gioia per la comparsa di un mago del genere tra noi.

— Oggi invece cosa fai, ti disperi? — brontolò la strega.

— Oggi mi astengo dal giudizio. Quelli della Luce si sono scatenati e noi siamo rimasti senza Zavulon. Geser può contare su quella loro maga e su Olga, per quanto non sia al massimo delle sue forze. E poi ancora su Igor, Ilja, Garik, Semen... Contro di loro non siamo in grado di reggere.

— Ma abbiamo l'Artiglio e questo... Vitalij — obiettò la strega. — E anche Zavulon ha l'abitudine di comparire nel momento più critico.

— L'Artiglio non è ancora in nostro possesso — disse Jura. — E chi ci assicura che lo sarà? E poi Kolja ha perfettamente ragione: cosa ci prepariamo a fare con l'Artiglio? Sì, è una forza antica e possente, lo so, ma se la si risveglia stupidamente...

— A questo penseremo poi — disse la strega con voce insinuante. — Edgar, cosa dicono gli analisti?

Proprio come se fosse stato un ordine, in quel momento bussarono alla porta. Gellemar fece capolino sulla soglia.

— Sta arrivando! — esclamò trionfante. — Aeroporto di Vnukovo. Volo 1505 da Odessa. L'avevano rinviato due volte per il maltempo. L'aereo è partito da poco e atterrerà tra un'ora e venti. L'Artiglio è a bordo.

— Bene. — Edgar si alzò di scatto. — Squadra operativa, all'aeroporto! Sorvegliare le condizioni atmosferiche. Isolare gli Altri della Luce!

— Capo — disse Gellemar con aria mortificata — a Vnukovo una loro squadra è già attiva da un quarto d'ora. Tenetene conto.

— Ne terremo conto — promise la strega. — Be', muoviamoci.

Tutti si alzarono; qualcuno afferrò il telefono, qualcun altro si affrettò a togliere dalla cassaforte gli amuleti carichi, o cominciò a dare ordini al personale con voce tonante...

Solo io posai malinconicamente sul tavolo la tazza vuota.

— Ma qui alla squadra date almeno da mangiare? — domandai a non so chi. — È un giorno intero che inghiotto saliva.

— Abbi pazienza — mi fu risposto. — Vieni, scendiamo. E vedi di non fare un'altra volta di testa tua...

Era strano ma, in quel momento, di fare di testa mia proprio non ne avevo voglia.

Partimmo per Vnukovo a una velocità pazzesca. Al volante sedeva un ragazzo agile e gagliardo che tutti chiamavano Deniska. Era un mago e guidava ancora meglio di Sciagron. Il lungofiume, via Ordynka, il viale Leninskij, la circonvallazione...

Non riuscivo nemmeno a guardarmi intorno come si deve. Edgar e Sciagron se n'erano andati da qualche altra parte, Jura e Kolja erano spariti allo stesso modo; ero rimasto con Anna Tichonovna e tre streghette molto giovani. Di tanto in tanto avvertivo su di me i loro sguardi curiosi. Probabilmente Anna Tichonovna aveva ordinato loro di non disturbarmi, perché nessuna mi rivolse la parola. Dietro, nel bagagliaio, un grosso mutantropo rumoreggiava e gemeva ogni volta che Deniska superava in curva. Le gomme stridevano e il motore rombava come un calabrone operoso in primavera.

All'aeroporto arrivammo per primi; Deniska si fermò all'ingresso di servizio. Subito dopo comparvero la BMW di Sciagron e un secondo furgoncino di tecnici.

I Guardiani agivano con grande affiatamento. Per prima cosa operarono una serie di sortilegi per renderci invisibili agli occhi della gente comune; poi i tecnici si avviarono verso l'ingresso con i portatili in mano. Il luogo in cui acquartierare la squadra era già stato scelto: l'ampio locale dell'ufficio contabilità. Gli impiegati furono spediti nell'ufficio di fianco o in sala conferenze e ridotti in uno stato di beato torpore. Per le operazioni io avrei scelto la sala conferenze, ma Gellemar disse che l'ufficio contabile aveva più linee telefoniche.

Jura ricomparve. Mi chiesi perché mai, in assenza del capo, a farne le veci fosse Edgar, che in quanto a forza oscillava sul limite del secondo livello. Jura mi sembrava più forte. Ma non volevo ficcare il naso nelle faccende della Guardia del Giorno, perciò mi misi in un angolo e cominciai a calcolare se mi sarebbe riuscito di scappare al ristorante per una decina di minuti.

Le dita dei tecnici volavano sui portatili.

— L'aereo è in avvicinamento. Tempo d'arrivo previsto: venticinque minuti circa.

— Avete individuato i Guardiani della Notte? — chiese Anna Tichonovna.

— Sì, si trovano nell'edificio di fianco, nei locali di ricreazione, accanto alle sale d'attesa.

— Cosa stanno facendo?

— Forse vogliono agire sul tempo atmosferico — suggerì qualcuno.

— A quale scopo? Impedire all'aereo di atterrare?

— Di certo non faranno crepare i passeggeri — sbuffò Anna Tichonovna.

Fossi stato al posto loro, far precipitare l'aereo mi sarebbe sembrata la soluzione più semplice per chiudere la faccenda, ma quelli della Luce sono fatti così: persino in un frangente come quello si preoccupano degli esseri umani. D'altra parte non si poteva sapere se l'incidente aereo sarebbe bastato a distruggere l'Artiglio. Forse no. La forza è pur sempre la forza.

— Chi è che si sta specializzando sul tempo? — chiese Anna Tichonovna.

— Io! — risposero all'unisono due streghe.

— Su, verificate cosa stanno facendo...

Le streghe cominciarono a scandagliare i dintorni in cerca di eventuali incantesimi meteorologici. Potevo percepirne i fitti ventagli sonda. Molti Altri non ci riescono: la magia meteorologica è sempre stata un affare delle streghe e di poche maghe e, come ogni cosa, anch'essa aveva le proprie sottigliezze.

— Stanno radunando le nubi — disse una delle streghe. — Ho bisogno di forza...

Uno dei maghi afferrò un amuleto, un altro la mano della strega. I tre si concentrarono, chiusero gli occhi e, tenendosi per mano, piombarono in una specie di leggera trance.

— Chi può, presti aiuto — ordinò Anna Tichonovna.

Io per il momento non ero in grado di farlo. L'energia che avrei potuto spendere non era paragonabile alla forza dell'amuleto. Ne avevo tirata fuori tanta, sullo Strastnoj...

Il quartier generale rumoreggiava sommessamente. Nessuno correva, nessuno si affannava, ma l'atmosfera era carica di tensione. Cominciai a sentirmi in imbarazzo: ero l'unico dei presenti a non combinare niente e qualcosa mi diceva che nei minuti successivi non sarei potuto comunque essere d'aiuto.

Così me la svignai. Scivolai nel Crepuscolo e poi ancora più in profondità, nel secondo strato. L'immersione richiese tre minuti buoni, anche se cercai di accelerare il più possibile. Strano: pensavo che il Crepuscolo mi avrebbe definitivamente spossato, invece mi sentivo rinascere, come dopo una doccia e un quartino di vodka. Stupefacente. Tra l'altro non sarebbe stato male riuscire a realizzare la seconda delle due cose.

Uscii dal Crepuscolo e mi diressi verso l'edificio di fianco: uno scatolone bislungo di vetro e calcestruzzo coronato da una guglia, in memoria della pomposa architettura degli anni Cinquanta.

Mi ero dimenticato di mettere il giaccone, perciò mi toccò correre. Il vento sollevava nuvole di ghiaccio polverizzato. Come avrebbe fatto ad atterrare l'aereo da Odessa? Neve, buio, un tempaccio da lupi, e quelli della Luce probabilmente avrebbero tentato di peggiorarlo il più possibile. E se non fosse riuscito ad atterrare, dove sarebbe andato a finire? L'avrebbero dirottato su un altro aeroporto, a Bykovo o a Domodedovo? Bisognava dirlo a Edgar o ad Anna Tichonovna. Che mandassero alcuni Guardiani anche là, per ogni evenienza. D'altronde avrebbero potuto deviarlo ovunque, anche a Kaluga o a Tula, lontano da Mosca, se il tempo laggiù era migliore.

L'interno dell'aeroporto era caldo e confortevole, almeno per chi arrivava da fuori. Salii immediatamente al bar del piano superiore, dove una volta io e Borjanskij, in attesa di imbarcarci, avevamo bevuto una birra, sgranocchiato noccioline e ascoltato una canzoncina che diceva "L'estate è volata, il passato non ritornerà".

Non capii subito che si trattava di uno dei miei pochi ricordi rimasti. Da dove era saltato fuori? Da quali recessi della mia mente? Non lo sapevo. Cercai di ricostruire chi fosse questo Borjanskij, ma non riuscii a ricordarmi neppure che faccia avesse. Dove stavamo andando? Per quale ragione? Mi ricordavo soltanto che nel suo appartamento, ancora ai vecchi tempi dell'Unione Sovietica, c'era un enorme bidè. Non funzionava, ma, accidenti, come diavolo era possibile che un cittadino sovietico avesse un bidè?

Il bar era rimasto come lo ricordavo. Il bancone, gli sgabelli altissimi, gli scintillanti barili della birra. E il televisore nell'angolo. Solo il videoclip che stavano trasmettendo era completamente diverso: un ragazzo dagli occhi ambiguamente rossi baciava la mano a una ragazza in abito vermiglio. Poi la storia proseguiva proprio come in un buon thriller: fauci di lupo eccetera. Mi piacque molto il momento in cui, dopo un po', il ragazzo – con indosso non si sa perché l'abito vermiglio della ragazza – entrava in una sala da ballo e si trasformava in un branco di lupi. Anche l'ultima scena era bella: la ragazza guizzava sugli ospiti e aveva gli occhi rossi.

Eh, sì, in generale la gente si immagina gli Altri mutantropi in maniera del tutto sbagliata. Come fa di solito anche quello scrittore che va tanto di moda adesso, Pelevin: veri e propri lupi mannari, voraci, insaziabili e rozzi. Il video invece era ottimo, niente da dire. Un gruppo di licantropi doveva aver raccolto un po' di soldi, pagato un produttore, condizionato qualche musicista e realizzato un bel videoclip romantico. Era andata senz'altro così. Di recente avevano fatto la stessa cosa anche i vampiri della Federazione Russa. In ogni caso, tenni a mente il nome della band: i Rammstein. Più tardi li avrei cercati e ascoltati con maggior attenzione.

Ordinai una birra e due hamburger e andai a sedermi di fianco al televisore, con le spalle rivolte al locale. Nella mia pancia regnava ormai da troppo tempo un vuoto siderale e io ero deciso a colmarlo, almeno in parte.

Stavo attaccando il secondo hamburger, quando avvertii la presenza dei Guardiani della Notte. Li percepii letteralmente con la schiena e immediatamente mi schermai. Sapevo con assoluta precisione che non mi avevano ancora individuato: nonostante l'inesperienza, restavo pur sempre un Altro di grande potenza. Quei due potevano essere al massimo apprendisti: un mago deboluccio sui venti, ventidue anni e un profeta principiante. Probabilmente potevo vedere in modo molto più chiaro di lui il futuro, la voragine immensa delle sue possibili varianti, e sarei stato in grado di predire con maggior precisione le più verosimili.

I due stavano chiacchierando a bassa voce. Su di loro aleggiava un sortilegio di diversione dell'attenzione, ben fatto e di una varietà piuttosto esotica. Chi glielo aveva fornito doveva essere molto, molto forte.

Mi misi a origliare.

— ... già qui. Il capo dice che potrebbe esserci uno scontro — disse piano il mago.

— Ci bloccheranno comunque — obiettò tristemente il profeta. — Tanto più dopo Tigrotto e Andrej.

— Ci servirà tutta la forza, capisci? Tutta. L'Artiglio non deve cadere nelle mani delle Tenebre: sarebbe la fine di tutto, la fine della Luce.

— Eh — ribatté l'altro. — Addirittura la fine.

Il mago si corresse: — La fine della nostra superiorità. Non potremmo più tenere le Forze delle Tenebre con le spalle al muro.

— Sei sicuro che andrebbe a finire così? — Nelle parole del profeta risuonava un sano ed esplicito scetticismo. — La Luce e le Tenebre convivono fianco a fianco da migliaia di anni, e da migliaia di anni sono in guerra. Le Guardie si fronteggiano da ormai chissà quanto tempo, ma c'è anche l'Inquisizione, che non permette alcuna rottura dell'equilibrio.

Per un attimo i due interruppero la conversazione e si avvicinarono a tre uomini in fila alla cassa. Stordirono lievemente le menti dei presenti, compresa quella del barista: — Venti hamburger e uno scatolone di succo — ordinò il mago.

Feci finta di essere rimasto stordito anch'io. Gli Altri sono sostanzialmente negligenti, specie i giovani. La sensazione della propria supremazia sugli uomini comuni fa girare la testa, e solo con gli anni si impara che a volte la vita umana può essere molto più semplice della nostra.

Il mago tornò a rivolgersi al profeta: — Ci sarà comunque uno scontro. Anton mi ha detto che tra quelli delle Tenebre è comparso un forestiero, una specie di stregone: sullo Strastnoj ha sbaragliato Farid e Danila con un dito. E ha ucciso Tigrotto. Carogna...

"Mai provocare un Altro pacifico" pensai irritato. "Non sono stato io ad attaccarla, ma lei ad attaccare me."

Aveva detto "con un dito": era una falsità. Quel combattimento mi era costato caro.

All'improvviso capii che stava succedendo qualcosa. Come eseguendo un ordine, i due si voltarono in direzione delle piste d'atterraggio e scomparvero nel Crepuscolo. Un istante dopo feci lo stesso.

Un mago delle Tenebre, ritto sulla pista coperta di neve, protese il bastone magico: una lunghissima lingua di fuoco lambì il cemento ghiacciato, una volta, due. Asciugava la pista prima che l'aereo atterrasse. Dallo scalo passeggeri alcuni maghi della Luce correvano verso di lui, impantanandosi di continuo nei cumuli di neve.

Il mago scagliò ancora un paio di lingue di fuoco e sprofondò nel secondo strato. Doveva essere Kolja.

I due chiacchieroni ammucchiarono il cibo nei sacchetti di plastica e corsero via al trotto, calpestando il frusciante tappeto di muschio blu. Il muschio si sentiva a suo agio, qui. Quanta gente, quante emozioni... Un solo passeggero che avesse perso l'aereo sarebbe bastato a rimpinzare tutta quella insaziabile distesa di muschio.

Anch'io balzai giù dallo sgabello, lasciando sul bancone mezza birra. Attraverso la parete dello scalo era praticamente impossibile distinguere ciò che stava succedendo sulla pista: riuscivo a vedere soltanto le ombre indistinte di quelli della Luce, le macchie colorate delle aure sulle loro teste e i coaguli che la forza formava sprigionandosi. E vedevo anche l'interno della sala e le persone sprofondate nei sedili in paziente attesa del proprio volo.

Nel Crepuscolo rimbombarono alcune note gravi: la speaker stava annunciando che «il volo 1505 proveniente da Odessa ha terminato la fase d'atterraggio». Mi precipitai giù per le scale, destreggiandomi tra la folla in lentissimo movimento. Giù. Avanti. Ora a destra. Scavalcai con un balzo i tornelli e mi ritrovai di fronte all'uscita sulle piste.

Laggiù era in corso una vera e propria battaglia: avvertii sulla pelle le vampe di energia. Il potere degli amuleti e l'abilità dei maghi, tutte cose che si sarebbero potute impiegare per ben altri scopi che non colpirsi a vicenda. Quanto si erano incallite le Forze della Luce nella loro guerra santa! Non avevano nemmeno preso in considerazione l'idea di discutere con noi: si erano subito lanciate all'attacco.

I nostri erano in svantaggio. Forse era intervenuto lo stesso Geser. Di fianco all'aereo appena atterrato si trovavano come minimo altri due maghi molto potenti.

In quel momento, passando attraverso il muro, quattro Altri irruppero all'interno dell'aeroporto. Tutti esemplari di razza: alti, larghi di spalle, con capelli biondi e occhi azzurri. Quattro classici vichinghi del ventunesimo secolo, con indosso un giaccone identico, un identico borsone in spalla, la testa scoperta e i capelli arruffati. Qualcosa mi diceva che non era solo per colpa del vento. Non compresi subito perché conservassero le sembianze umane ordinarie, anziché assumere l'aspetto crepuscolare. Ci arrivai solo quando li ebbi guardati nel mondo degli uomini. Mi sfuggì persino una risata di sgomento: l'aspetto crepuscolare di un Altro è un suo sogno inconscio e può essere molto differente dall'aspetto abituale.

Attraversarono la sala quasi di corsa, slanciandosi verso l'uscita, dove, di fronte all'edificio dell'aerostazione, si stagliava la vivida macchia colorata del parcheggio. Erano arrivati alla mia altezza quando, alla mia destra, una tumescenza floreale blu scuro delle dimensioni di un camion improvvisamente si gonfiò ed esplose. Tutti coloro che in quel momento si trovavano nel Crepuscolo furono scaraventati a terra.

Mi ritrovai disteso sulla schiena. Alzai la testa e vidi fluttuare nell'aria una specie di velo blu, simile a una colossale medusa. Sentii che dietro quella cortina diafana stava per succedere qualcosa.

Indovinato: nella foschia blu si aprì un portale. Lì vicino, al di là della parete trasparente, in sala bagagli. Un candore accecante mi ferì gli occhi e il Crepuscolo venne inondato da una luminosità anomala. Era uno spettacolo bizzarro e straordinario: una luce abbacinante e nessuna traccia d'ombra.

Erano due della Luce. Il capo della Guardia della Notte e una giovane maga dalla forza davvero impressionante.

— Siete in mio potere — disse forte Geser, compiendo un breve gesto con la mano. — In piedi!

Si stava rivolgendo ai vichinghi. Nessuno badava a me, che ero caduto più vicino degli altri al portale. Uno dei quattro disse qualcosa in inglese, in tono brusco e cattivo. Geser rispose. Non capii una parola e mi spiacque enormemente. I vichinghi si alzarono e si avviarono obbedienti verso il portale. Provai ad alzarmi e riuscii a mettermi carponi. I vichinghi stavano passando davanti a me quando all'improvviso, con mossa fulminea, l'ultimo della fila si immerse nel secondo strato.

La reazione di Geser fu immediata: gettò una rete sugli altri e si calò a sua volta. La maga rimase al suo posto, i tre vichinghi erano inchiodati al suolo e io finii di nuovo per terra, lungo disteso, stavolta a faccia in giù, esattamente come una rana su un'autostrada.

Avevo la sensazione che mi fosse crollata addosso una lastra di cemento, soffocavo e non riuscivo a muovermi. E, porca miseria, era come se qualcosa mi premesse in maniera insopportabile contro il petto. Qualcosa di oblungo e leggermente ricurvo.

Stare col naso ficcato in terra non era piacevole. Con uno sforzo riuscii a girare la testa e incontrai lo sguardo del vichingo che giaceva accanto a me. Il gelo mi percosse come mai erano riusciti a fare gli inverni moscoviti.

"Tu!"

"Io?"

"Tu sei uno delle Tenebre!"

"Sì."

"Tu sei al loro servizio."

"Certo."

"Custodiscilo!"

"Cosa?"

Ma ormai il vichingo aveva chiuso gli occhi. Il dialogo muto era durato un istante.

Custodire cosa? Quel maledetto arnese che mi stava spaccando le costole?

La maga ci gettò addosso un'altra lastra: i vichinghi cominciarono a rantolare con voce soffocata e dal mio petto uscì una specie di gemito. E poi pensai: "Ma che diavolo...?" Chiusi gli occhi, concentrandomi in cerca di forza, e percepii vicino a me una fonte praticamente inesauribile: il portale.

Pazzesco, tant'era semplice! Reintegrare le forze perse nel viale Strastnoj sarebbe stato un affare di pochi secondi. Che si trattasse di un portale della Luce non mi turbava per niente: la natura della sua forza non era sostanzialmente diversa. Così cominciai ad assorbire la potenza del portale, lentamente, perché la maga non se ne accorgesse subito.

Poi cercai di sollevare un poco il peso che mi opprimeva. Ci riuscii, anche se non saprei dire perché fu tanto faticoso. Afferrai l'oggetto, che giaceva chiuso in un bozzolo sotto di me, e lo nascosi sotto il maglione. La maga sembrava sempre più agitata.

Ero pronto ad alzarmi, quando Geser fece ritorno; risplendeva tutto di luce bianca, come gli angeli delle illustrazioni oleografiche. Con una mano teneva per la schiena il fuggiasco. Un passo, un altro: il vichingo si afflosciò come una bambola di pezza accanto ai suoi compagni. Ma sul viso di Geser non vidi soddisfazione.

— Dov'è l'Artiglio?

Lanciò una rapida occhiata alla maga e lei affondò la testa nelle spalle con aria preoccupata. Sentii che ci stava scandagliando tutti insieme.

No, ragazza mia, non riuscirai a guardare nel bozzolo, e nemmeno tu, Geser. Ve lo dico dall'alto dell'ennesimo gradino.

Senza perdere tempo, il capo della Guardia della Notte mi si avvicinò.

— Ancora tu...

Non c'era odio nella sua voce, solo una sconfinata stanchezza.

Mi alzai e, non so perché, mi scossi i vestiti. — Io.

— Tu mi stupisci — ammise Geser, trapanandomi con lo sguardo. — Stupiscimi ancora una volta. Restituisci l'Artiglio.

— L'Artiglio? — dissi, alzando enfaticamente il sopracciglio. — Di che stai parlando, collega?

Geser strinse i denti, facendo guizzare i muscoli degli zigomi.

— Basta con questa messinscena: l'Artiglio ce l'hai tu. Ho smesso di percepirlo, ma questo non cambia nulla. Ora me lo darai e, lo ripeto per la seconda volta, te ne andrai per sempre da Mosca. Sappi che sei il primo a cui ripeto lo stesso ordine in modo pacifico. Il primo da molti, moltissimi anni. Mi sono spiegato bene?

— Benissimo, grazie — brontolai. Feci una stima della mia forza e decisi che il gioco valeva la candela. Mi allungai mentalmente verso l'ignara maga, ne assorbii la forza fino a farle perdere i sensi e ne presi dell'altra dal portale, il tutto nella maniera più rapida possibile.

Poi aprii il mio portale, proprio sotto i piedi, e uscii istantaneamente dal Crepuscolo. Se mi fossi trovato sul tombino di un canale sotterraneo, e il coperchio fosse svanito di colpo, l'effetto sarebbe stato simile: per Geser e gli altri semplicemente sparii. Sprofondai e sparii.

Non mi ero arrischiato ad attingere forza da Geser. Qualcosa mi diceva che per il momento non conveniva mettersi in competizione con lui. Avrei potuto fabbricarmi un bozzolo in cui lui non riuscisse a guardare. Avrei potuto rubare energia a una giovane destinata con ogni probabilità a diventare una Grande Maga. Quelle erano ragazzate che potevano andare diritte solo una volta. Ma era presto per uno scontro aperto con il capo dei Guardiani della Notte.

Mi lasciai cadere su un cumulo di neve da un'altezza di alcuni metri. Il buio era quasi totale: avevo solo la luna sopra la testa, tutt'intorno si stendeva un bosco. Ero capitato in una radura, dritta come Corso Lenin a Nikolaev e larga una quindicina di metri. A sinistra e a destra, due muraglie di alberi, e di fronte, al di sopra della striscia di neve argentata, la luna. Quasi piena.

Era uno spettacolo incredibilmente bello: la radura illuminata, la notte, la neve… Non mi sarei stancato di ammirarlo, ma cominciavo a gelare. Mi districai dal cumulo e mi guardai intorno. La neve sembrava intatta, ma in lontananza riuscii a distinguere il tipico rumore dei treni suburbani.

"Sì, sì, mago del cavolo, signore dei portali oscuri. Ad aprirne uno ce l'hai fatta, ma non hai badato a dove chiuderlo, e questo è il risultato: sei solo in un bosco in pieno inverno, senza giaccone e berretto, con indosso un misero maglione."

Infuriato con me stesso, mi tastai il petto e trovai il bozzolo, ma decisi di non tirarlo fuori, almeno per il momento. Mi incamminai in direzione della luna, tra gli alberi, lungo quella meravigliosa terra vergine innevata. Scoprii molto presto che camminare sui cumuli di neve non era poi così piacevole. Mi inoltrai nel bosco, dove la neve doveva essere un po' meno alta.

Avevo ragione. Ai bordi del bosco non c'erano cumuli e in più trovai un sentiero abbastanza calpestato che nell'oscurità non avevo notato. Gli antichi dicevano che ogni strada conduce invariabilmente a chi l'ha costruita. In ogni caso, a me non restavano altre possibilità. Presi il sentiero mettendomi a correre per riscaldarmi.

"Correrò finché non crollerò" pensai. "E poi andrò a scaldarmi nel Crepuscolo." Sperando di avere forze a sufficienza sia per la corsa, sia per il Crepuscolo.

Corsi per un quarto d'ora; siccome non c'era vento, fu facile scaldarmi. Il varco nel bosco si allungava... E la neve brillava... L'atmosfera del luogo mi fece immaginare un antico cavaliere con un manto di pelliccia, una spada fatata e un lupo addomesticato al fianco.

Non appena pensai al lupo, alla mia sinistra echeggiò un lontano latrato. Di cani. I lupi latrano in tutt'altro modo, e non in inverno.

Mi fermai e mi guardai intorno. La calda luce arancione di un fuoco baluginava tra gli alberi. Oltre al latrato udii anche voci umane. Non stetti molto a pensarci: proseguii ancora un po' lungo il sentiero, incrociando quello che portava al falò, e svoltai. Due cani mi corsero incontro abbaiando: una femmina di husky bianca, quasi mimetizzata nello sfondo innevato, e un terranova peloso e nero come il carbone.

— Petro, sei tu?

— No — risposi con rammarico. — Non sono Petro. Posso scaldarmi un po'?

Per la verità, più che riscaldarmi volevo capire dove mi trovassi. Per evitare di trascinarmi a casaccio per il bosco, e andare direttamente verso la linea ferroviaria.

— Vieni pure. I cani non mordono, non aver paura!

Effettivamente non mi assalirono. L'husky si fermò con aria diffidente a pochi metri da me, mentre il terranova mi si infilò tra le gambe, mi annusò gli scarponi, sbuffò e tornò indietro di corsa.

C'erano più di una decina di persone intorno al fuoco. Da una lunga catena, gettata su un grosso ramo orizzontale del pino più vicino, pendeva un paiolo, da cui proveniva un allettante gorgoglio. I presenti sedevano su due tronchi abbattuti, per la maggior parte con un boccale di metallo tra le mani; uno di loro stava aprendo proprio in quel momento una bottiglia di vodka.

— Ma come?! — esclamò un tipo con la barba e un'aria da geologo, quando sbucai dall'oscurità. — Solo con un maglione?

— Scusate — sospirai. — Ho avuto qualche problema.

— Siediti — disse uno. Mi fecero sedere quasi con la forza e mi ficcarono in mano all'istante un boccale di vodka: — Su, bevi!

Non osai disobbedire.

Mi bruciai la gola, ma un paio di secondi dopo avevo completamente dimenticato che era inverno.

— Stepa, non avevi un altro giubbotto? — continuò il barbuto.

— Sì — rispose una voce dall'altro tronco. Subito qualcuno corse via tra gli alberi, dove nereggiavano le sagome di alcune tende.

— Io ho un berretto — disse una ragazza grassottella con le treccine da scolaretta. — Vado a prenderlo…

— È da tanto che sei fuori al gelo? — mi domandò il barbuto.

— No, una ventina di minuti. Ma non chiedetemi come sia capitato qui.

— Non lo faremo — promise. — Adesso prepariamo qualcosa di caldo da mangiare. Staremo qui fino a domattina. Un posto in tenda e un sacco a pelo in più si troveranno. Domani torniamo a Mosca. Se vuoi, puoi venire con noi.

— Grazie — risposi. — Con piacere.

— Siamo festeggiando un compleanno — mi spiegò Stepa, avvicinandosi con una giacca a vento da sci verde-blu tra le mani. — Ecco, tieni.

— Grazie, ragazzi — dissi sinceramente. Più per aver evitato domande inopportune che per la cordialità e l'ospitalità.

La giacca a vento teneva più caldo di quanto potessi immaginare.

— E chi compie gli anni? — domandai.

Una delle ragazze smise di baciare l'ennesimo corteggiatore barbuto.

— Io. Mi chiamo Tamara.

— Auguri — dissi; suonò un po' triste. Mi spiaceva davvero non avere nulla da regalarle. Mi sarei vergognato di darle un centone, come le mie mance all'albergo.

— Io invece mi chiamo Matvej — disse il barbuto numero uno. — E tu?

— Vitalij. — Ci stringemmo la mano. — Una festa di compleanno nel bosco in inverno... È la prima volta che mi capita.

— C'è una prima volta per ogni cosa — commentò filosoficamente Matvej.

I cani ricominciarono a latrare e si slanciarono nel buio.

— Che sia Petro? — disse la festeggiata in tono speranzoso.

— Petro, sei tu? — urlò Stepa con una sonora voce da baritono, completamente diversa da quella con cui parlava.

— Sì — si sentì rispondere dal bosco.

— Hai portato un po' di spumante? — gridò Tamara.

— Certo — confermò gioiosamente Petro.

— Urrà! — esultarono in coro tutte le ragazze presenti. — Evviva Petro, il nostro salvatore!

Tastai furtivamente la fodera sul petto. Evidentemente celava in sé il misterioso Artiglio di Fafnir. Fino al mattino avrei potuto permettermi di rilassarmi e immergermi nel lento corso di quei festeggiamenti estranei. I giovani intorno al fuoco evitavano ostentatamente di prestarmi troppa attenzione: mi versavano da bere come a uno dei loro e mi diedero anche un piatto di riso all'usbeca fumante. Come se ogni notte un viandante semisvestito sbucasse dal bosco e si avvicinasse al loro falò. Era un vero peccato che tra di loro non ci fosse nemmeno un Altro. Anche non iniziato.

Capitolo 4

Semen entrò nell'ufficio di Geser, si bloccò per un attimo davanti alla porta e scosse quasi impercettibilmente la testa.

— Non è a Mosca. Sicuro.

— Stupidaggini — sbuffò Ignat. — Se è a Mosca che deve compiere qualcosa, non ha senso chiudere il portale fuori città.

Geser lo guardò di sbieco. C'era nei suoi occhi qualcosa di enigmatico, qualcosa che si sarebbe potuto definire sbrigativamente "consapevolezza superiore".

— Non direi — obiettò in tono sommesso. — Non aveva altra scelta. O restare a Mosca e perdere l'Artiglio o allontanarsi con l'Artiglio per poi cercare di tornare. Brutta faccenda: i Fratelli sono riusciti a consegnare l'Artiglio all'ucraino, e lui è riuscito a ingannarci.

Geser sospirò, chiuse gli occhi per un secondo e si corresse: — Cosa sto dicendo? Ha ingannato me. Me.

Svetlana, nascosta nell'angolo tra il divano e la finestra, ricominciò a singhiozzare. — Le chiedo perdono, Boris Ignatevic...

Anton, che fino a quel momento era rimasto seduto, rigido come se avesse inghiottito un manico di scopa, le si avvicinò e l'abbracciò in silenzio.

— Non piangere, Svetlana — disse Geser. — Non hai nessuna colpa. Neppure io sono stato capace di prevedere le mosse dello straniero. Non hai colpa.

Il tono di Geser era asciutto, ma non completamente neutro. In effetti non poteva rimproverare nulla a Svetlana: ciò che era accaduto esulava semplicemente dalle attuali conoscenze della giovane.

— C'è solo una cosa che non capisco — intervenne Olga. Sedeva su un puf tra la scrivania di Geser e la finestra, e fumava nervosamente. — Se le mosse dello straniero non erano comprensibili in anticipo, vuol dire che ha agito per puro intuito, senza avere prima pianificato nulla?

— Sembra proprio di sì — rispose Geser. — Preferisce creare una nuova probabilità, piuttosto che scegliere tra quelle esistenti. È un approccio ardito, non privo di pericoli: l'istinto può anche ingannare. È così che lo prenderemo.

Calò un breve silenzio; Semen attraversò l'ufficio senza far rumore e si sedette sul divano, un po' discosto da Anton e Svetlana.

— In realtà ciò che mi ha sconcertato è un'altra cosa. — Geser si sfilò di tasca un pacchetto di sigarette, lo fissò con stupore, lo rimise in tasca ed estrasse invece un sigaro cubano ancora incapsulato, le forbicine per tagliarne l'estremità e un enorme accendino da tavolo. — Una cosa ben diversa.

— Che lo straniero sia riuscito così facilmente a servirsi dell'energia del portale e, in parte, di Svetlana? — buttò lì Semen all'improvviso. — Anche questo bisognava aspettarselo.

— Perché? — chiese Geser interessato.

Semen alzò le spalle: — Secondo me lo straniero è ancora più forte di quanto pensiamo. Semplicemente si maschera. In via di principio, sia io sia Ilja e Farid siamo in grado di utilizzare la forza delle Tenebre in determinate situazioni e con determinate conseguenze su noi stessi.

— Ma non così sfacciatamente e così in fretta. — Geser scosse la testa. — Pensa a quella volta in Spagna, quando Avvakum tentò di succhiare energia dal portale nero. Ti ricordi come andò a finire?

— Sì — rispose Semen per nulla turbato. — Ma ciò dimostra soltanto che il nostro straniero è più forte di Avvakum.

Geser fissò Semen per qualche secondo, scosse la testa perplesso e si voltò verso Svetlana.

— Sveta — disse in tono notevolmente più tenero — prova ancora una volta a ricordare cos'hai provato in quel momento. Non avere fretta e, per piacere, non addolorarti. Hai agito bene, l'unico guaio è che non è bastato.

Semen fissò meravigliato Svetlana, con l'aspetto di uno che si è lasciato sfuggire la cosa più interessante: — Come sarebbe a dire "prova"? È sufficiente che crei un'immagine, no?

— Non può — brontolò di rimando Geser. — È questo il problema. Sembra una sciocchezza, ma non si riesce a formare un'immagine.

— Ma ha provato a crearne un'altra? — chiese Semen in tono animato. — Un'immagine astratta, non legata all'ucraino?

— Ci ha provato — rispose Geser. — In tutti gli altri casi ci riesce. Con lui no.

— Uhm... sì — borbottò Semen. — Può darsi che le sensazioni siano state troppo vivide e opprimenti... Io per esempio ho cercato per vent'anni di ricostruire l'immagine dell'imbuto infernale comparso sopra il Reichstag al momento del discorso di Hitler, eppure non sono mai riuscito a ottenere nulla di verosimile.

— Non si tratta di verosimiglianza — disse Geser. — Né di semplici quadri. È una foschia grigia, proprio come se Svetlana ricordasse il mondo crepuscolare.

Anton guardava speranzoso Svetlana senza dire una parola.

— È così — confermò la giovane. — All'inizio non mi sono accorta di niente. Quando lei, Boris Ignatevic, è scomparso all'inseguimento del Fratello fuggiasco, io sono rimasta vicino al portale. A un certo punto ho notato che quelli delle Tenebre cominciavano a muoversi, così ho rafforzato la rete e i prigionieri sono di nuovo rimasti inchiodati a terra. Quindi lei è tornato, e quasi nello stesso momento, di colpo, sono come svenuta: buio, debolezza e vuoto. Ho ripreso i sensi quando Anton mi ha spruzzato un po' d'acqua sul viso. Delle mie forze restava solo il ricordo... ma a dire il vero non ricordo chiaramente proprio nulla. — La maga si mordicchiò il labbro, sembrava stesse per piangere di nuovo. Anton la fissò come se sperasse di tranquillizzarla con il solo sguardo.

— Io non riesco a dare alcuna spiegazione ragionevole — intervenne Ilja. — I dati di cui disponiamo sono troppo pochi.

— I dati sono più che sufficienti — borbottò Geser — ma anch'io non riesco a darmi una spiegazione... Una spiegazione esatta al cento per cento, intendo. Ho dei sospetti, ma devo ancora verificarli. Olga?

Olga scrollò le spalle: — Se tu non hai niente da dire, io nemmeno ci proverò. O è un mago di livello superiore per qualche motivo mai registrato prima, o ci stanno ingannando. Io per esempio non ho capito perché finora non si sia intromesso Zavulon. L'introduzione a Mosca dell'Artiglio era un'operazione di importanza straordinaria e lui non ha mosso un dito per aiutare la sua gentaglia.

— La Guardia del Giorno moscovita può benissimo non avere alcuna relazione con il trasferimento dell'Artiglio. — Geser sfilò con aria assorta il sigaro dalla capsula, lo guardò attentamente, ne aspirò il profumo e lo rimise al suo posto. — I Fratelli di Regin possono benissimo aver agito a proprio rischio e pericolo. Forse la gentaglia di Zavulon ha operato autonomamente. E nemmeno tanto bene, altrimenti non ci avrebbero lasciato catturare i Fratelli.

— Ma che Fratelli, capo! — Ignat si alzò senza accorgersene. — Se era l'ucraino il vero destinatario dell'Artiglio, allora lo scontro all'aeroporto lo hanno vinto quelli delle Tenebre.

— Se il vero destinatario dell'Artiglio fosse stato l'ucraino — replicò Geser a bassa voce — in questo momento ci staremmo abituando a un'eterna permanenza nel Crepuscolo. Persino io non sarei riuscito a salvare nessuno di voi. Nes-su-no. Capito, Ignat?

— Addirittura? — chiese pacatamente Semen.

— Proprio così, Semen. Ho solo una speranza: che lo straniero stesso non abbia chiaro il proprio ruolo. La nostra unica possibilità è raggiungerlo e portargli via l'Artiglio.

— E come facciamo a raggiungerlo? — chiese Ignat. — Forse possiamo provare a parlargli, a convincerlo... Io sono bravo a parlare con le persone. Solo che prima bisogna trovarlo...

— Non può restarsene con le mani in mano: l'Artiglio gliele brucerebbe. Lo straniero si rifarà inevitabilmente vivo a Mosca. — Geser si alzò in piedi, circondando con lo sguardo i suoi sottoposti, e si passò stancamente una mano sulla guancia. — È tutto. Riposiamoci. Riposiamoci ora.

Si voltò verso Anton: — Non allontanarti da Sveta, Anton, nemmeno di un passo. Non vi conviene tornare a casa: né da te né da lei. Fermatevi qui.

— D'accordo, Boris Ignatevic — disse Anton Gorodeckij aprendo bocca per la prima volta, per poi tornare ad abbracciare Svetlana.

Una decina di minuti più tardi, nella confortevole stanza di ricreazione dei turnisti, Anton porse a una Svetlana semidistrutta il proprio lettore MPS.

— Sai — disse — io faccio una specie di gioco. Su questo lettore ho memorizzato molta musica di vario genere. Quando la ascolto, scelgo sempre una selezione casuale, eppure, chissà perché, le canzoni selezionate sono sempre quelle giuste. Vuoi provare?

La giovane sorrise quasi impercettibilmente e si mise gli auricolari.

— Schiaccia qui.

Sul lettore si accese una lucina verde e si fermò su una canzone precisa.

Sogno cani, sogno bestie,
ho sognato che mostri con occhi sfolgoranti
mi afferravano per le ali e dall'alto dei cieli
precipitavo giù come un angelo caduto...

— Sono i Nautilus Pompilius — disse Svetlana. — "L'angelo caduto". Effettivamente è in tono.

— Non avevo dubbi, sai, che ti sarebbero capitati i Nautilus — le disse Anton con voce ostentatamente seria. — Mi piace molto quella canzone.

— Ascoltiamola insieme — lo pregò Svetlana, accomodandosi sul divano.

— Dai. — E Anton ringraziò mentalmente l'inventore degli auricolari.

Non ricordo la caduta, ricordo soltanto
il colpo sordo contro le gelide rocce.

Davvero ho potuto volare così in alto
per poi precipitare come un angelo caduto?
Giù diritto fino al punto da cui
eravamo partiti, nella speranza di una vita nuova.
Giù diritto fino al punto da cui
guardavamo avidamente la volta celeste.
Giù diritto...

Rimasero a lungo seduti l'uno accanto all'altra, abbracciati. Nelle orecchie di entrambi risuonava sottile il canto dei Nautilus. Era bello e amaro starsene lì insieme: lui, lei e l'angelo caduto.

— E quando sono entrato nello scalo passeggeri — stava dicendo Sciagron — ormai non c'era più nessuno. Quasi all'ingresso, o più precisamente in corrispondenza della sala di arrivo dei bagagli, si era appena chiuso un portale. Quelli della Luce avevano già smontato la loro postazione. Li percepivo a malapena, all'estrema periferia. O erano in macchina o si erano già allontanati.

— E i Fratelli? — chiese Edgar.

— Non so proprio dire cosa gli sia successo. Forse qualcuno è morto e gli altri sono stati immobilizzati e portati via da quelli della Luce.

— Come? — si stupì Deniska. — Perché non li hanno lasciati perdere?

— Che razza di domande! Sai come sono quelli della Luce — disse Jura. — Semplice: una volta che i Fratelli si sono arresi, li hanno arrestati. Adesso sicuramente li spediranno davanti all'Inquisizione... Sadici. Meglio ammazzarli subito, piuttosto.

— Secondo me, invece, l'ucraino è riuscito a scappare — disse Nikolaj, giocherellando distrattamente con il bastone carico. — Tu, Jura, che ne pensi?

— Non percepisco l'Artiglio: non è qui a Mosca.

— Ma come ha fatto a fuggire? — Anna Tichonovna parlava a labbra strette. — Dalle grinfie di Geser, oltretutto... Non ci credo.

— Non lo so — ribatté bruscamente Jura. — Eppure laggiù qualcosa è successo.

— Forse ha utilizzato un portale — ipotizzò cautamente Edgar.

— Un portale? — sbuffò Jura. — E tu saresti capace di utilizzare un portale?

— Difficile — ammise Edgar. — Non ho forza sufficiente.

— Oh! — esclamò Jura in tono eloquente. — Senza contare che, dopo lo scontro sullo Strastnoj, il nostro eroe sembrava un limone spremuto.

— Dopo lo scontro all'aeroporto era la maga della Luce a sembrare un limone spremuto — fece innocentemente notare Nikolaj. — E qualcuno provi a convincermi che ha ceduto spontaneamente la propria forza.

— In effetti — si rianimò Sciagron — se lo si considera attentamente, dal punto di vista energetico il quadro degli avvenimenti di Vnukovo somiglia molto a un volgare episodio di vampirismo.

Jura scosse scettico la testa: — Vi confesserò che l'ucraino non aveva prodotto in me un'impressione particolare. Ma per sottrarre forza a una maga della Luce sotto gli occhi di Geser, bisogna essere come minimo al livello di Zavulon. E avere diritto a un intervento di primo grado.

— Ma quale diritto? — si infuriò Anna Tichonovna. — Nelle ultime ventiquattr'ore abbiamo registrato da parte della Luce tre gravissime violazioni del Patto, tra cui un'aggressione con l'impiego della forza! Quelli della Luce hanno dimenticato cos'è il diritto!

— Anna Tichonovna — disse Edgar con sentimento. — L'Inquisizione ha concesso alla Luce l'ennesima indulgenza: finché le loro azioni sono volte alla restituzione dell'oggetto rubato, il Patto è sospeso. Fino al momento in cui l'Artiglio di Fafnir verrà restituito all'Inquisizione, i Guardiani della Notte hanno il diritto di fare ciò che vogliono. In sostanza, siamo in stato di guerra. Come nel '49, ricorda?

Nella stanza calò un silenzio cosmico.

— E non ci hai detto niente? — domandò Anna Tichonovna in tono di disapprovazione.

— Per quale motivo avrei dovuto innervosire i nostri giovani? Siamo comunque in posizione di svantaggio. Uno, il capo non c'è; due, credono che l'Artiglio sia in mano nostra; tre, abbiamo alle spalle due annate non molto brillanti. Quante volte negli ultimi due anni siamo stati costretti a cedere alla Luce? Cinque? Dieci?

— Dobbiamo dunque evitare gli umori disfattisti? — chiese malignamente Jura. — Passare tutto sotto silenzio? Proteggere la gioventù dalle influenze perniciose? Suvvia…

— Come sarebbe a dire "suvvia"? — rispose brusco Edgar. — Faresti meglio a consigliarci come procedere.

— Il capo ti ha nominato suo sostituto — disse Jura con indifferenza. — Tocca a te pensarci.

— Ha designato me perché tu e Nikolaj… — Edgar si era fatto cupo e gelido.

— Basta, ragazzi! Chiudete il becco! — Anche Anna Tichonovna era diventata paonazza per lo sdegno. — Ne avrete di tempo per litigare! Persino le mie streghe sono più affiatate.

— Va bene, andiamo avanti — disse Jura. — Mi chiedete come procedere? In nessun modo, direi. L'ucraino non può essersi allontanato di molto da Mosca. Personalmente sono convinto che l'Artiglio sia in suo possesso e se non ha ancora intrapreso alcuna azione, significa che non è ancora il momento. Aspettiamo che ritorni, non può non farlo: l'Artiglio deve comunque trovarsi in città entro i prossimi due giorni. In caso contrario, il picco di probabilità diminuirà, e l'Artiglio tornerà a essere semplicemente un oggetto di grande potenza, niente di più.

Nikolaj annuì approvando.

Edgar fissò attentamente i due maghi. — Dunque aspettiamo — sospirò. E aggiunse: — Si è rivelato furbo il nostro ucraino. Più furbo di Geser.

— Non dire quattro, se non l'hai nel sacco — consigliò Nikolaj.

— Anna Tichonovna — disse Sciagron in tono leggermente adulatorio. — Dica alle ragazze di preparare il caffè. È difficile mettersi al lavoro dopo tutto quello che è successo.

— Sei un fannullone, Sciagron — disse la strega scuotendo la testa. — Ma va bene, esaudirò la tua richiesta.

Per tutta risposta, Sciagron fece un largo sorriso di soddisfazione.

Con mio enorme stupore la tenda si conservò calda per tutta la notte. Dormivamo vestiti, ovviamente; io mi ero levato solo la giacca a vento e gli scarponi, prima di infilarmi nel sacco a pelo. La tenda apparteneva al barbuto Matvej e poteva ospitare tre o quattro persone. Dentro però eravamo solo in due. Dopo che tutti si erano allontanati dal falò, avevo sentito per un po' dalla tenda più vicina alla nostra, una ventina di metri più in là, la festeggiata che gemeva di piacere tra le braccia di qualcuno. Dunque non faceva caldo solo da noi. Era strano: da buon meridionale, avevo sempre immaginato che l'inverno nei boschi fosse gelido e schifoso. Invece mi ero sbagliato. Può darsi che l'inverno nei boschi sia gelido e schifoso, ma l'uomo è capace di portare con sé il calore e la comodità ovunque vada.

Matvej si svegliò per primo. Scivolò fuori dal sacco, infilò un paio di moderni scarponi da montagna (niente a che vedere con i miei anfibi), aprì la tenda e uscì all'aperto. Di colpo il gelo mi aggredì e nello stesso istante sentii contro lo sterno l'oggetto che i vichinghi mi avevano furtivamente consegnato all'aeroporto. Fino a quel momento non l'avevo potuto osservare: non ne avevo avuto proprio il tempo.

Durante la notte il bozzolo protettivo si era sciolto e da esso sgorgava ora un considerevole fiotto di forza. Anzi, di FORZA. Se fosse stato presente anche un solo Altro, avrebbe immancabilmente percepito la presenza dall'Artiglio.

Quello che estrassi dal petto era un astuccio: una specie di guaina di pugnale, ma con un'apertura simile a una conchiglia bivalve, ammesso ovviamente che esistano conchiglie del genere, strette e lunghe trenta, trentacinque centimetri.

L'astuccio era sigillato nel Crepuscolo, perciò un semplice umano non sarebbe mai riuscito ad aprirlo. Mi avvicinai all'ingresso della tenda e scostai un poco la cortina per fare più luce. Strizzai gli occhi.

Dentro l'astuccio, avvolto in velluto color amarena, c'era l'artiglio nero-bluastro di un animale gigantesco. Era affilato e ricurvo come un pugnale circasso. Una lunga scanalatura lo percorreva da un capo all'altro, simile a un rivolo di sangue. L'estremità più larga sembrava spezzata, proprio come se l'artiglio fosse stato tagliato via dalla zampa in modo grossolano e senza tanti complimenti. Sì, doveva essere andata così.

Che razza di creatura poteva possedere un artiglio come quello? Sicuramente qualche drago leggendario. Non poteva essere altrimenti. Ma i draghi esistevano davvero? Frugai nella mia memoria nella speranza di trovare una risposta, ma poi scossi la testa dubbioso. Un conto sono le streghe e i vampiri, che sono semplicemente Altri. Ma i draghi…

Fuori la neve scricchiolò. Matvej stava tornando dal ruscello. Con un sospiro scivolai un attimo nel Crepuscolo, chiusi l'astuccio e me lo nascosi in petto.

— Sei sveglio? — domandò il giovane avvicinandosi.

— Sì.

— Non ti sei congelato?

— No. È incredibile. Pensavo che nel bosco, d'inverno, ci sarebbe stato freddo. Invece fa caldo.

— Siete strani, voi meridionali! Ti sembra forse una gelata come si deve, questa? In Siberia sì che fa veramente freddo, non qui. Sai come si dice? Il vero siberiano non è colui che non teme il freddo, ma colui che si veste pesante.

Mi misi a ridere. Un'osservazione acuta! Dovevo ricordarmela. Anche Matvej abbozzò un sorriso sotto la barba.

— Se vuoi lavarti, là c'è un ruscello.

— Grazie.

Nel punto in cui il sentiero arrivava a toccare la sponda, qualcuno aveva spezzato il ghiaccio con cura; durante la notte uno strato sottile e quasi trasparente aveva di nuovo coperto il buco, ma Matvej aveva provveduto a riaprirlo. L'acqua era gelida, ma non esageratamente: con tutto il mio amore per il caldo, riuscii senza problemi a spruzzarmene un po' sulla faccia. La cosa mi ringalluzzì, e mi venne immediatamente voglia di fare qualcosa, di correre da qualche parte…

Forse, però, non era solo l'effetto dell'acqua fredda sul viso. Il giorno prima ero arrivato all'aeroporto quasi completamente svuotato, poi avevo rubato forza al portale e alla maga, ma di nuovo avevo finito per usarla quasi tutta. Durante la notte, evidentemente, dovevo averne assorbita altra dall'Artiglio.

La sua forza andava bene per me, scaturiva dalle Tenebre. L'energia della Luce non mi aveva procurato alcuna gioia: era indocile e aliena. L'Artiglio invece era tale quale la carezza materna per un bambino, il suo soffio familiare. Mi sentivo in grado di spostare le montagne.

— Quando pensate di partire? — chiesi a Matvej al mio ritorno alla tenda. Il giovane stava spaccando la legna vicino ai resti del fuoco. I due cani gironzolavano lì accanto, fissando vogliosi il paiolo appeso al ramo.

— Quando tutti si saranno alzati, riscalderemo il cibo, butteremo giù un quartino di vodka e ce ne andremo. Perché, hai fretta?

— Diciamo che non sarebbe una cattiva idea se mi spicciassi un po' — risposi in tono vago.

— Be', se hai fretta, vai. Tieni la giacca a vento. Ti darò l'indirizzo di Stepa, così potrai restituirgliela.

"Se solo sapessi chi stai aiutando, umano..."

— Matvej — sussurrai. — Dubito seriamente che avrò la possibilità di cercare Stepa. Grazie, non congelerò comunque.

— Non fare sciocchezze. — Matvej si raddrizzò, con l'accetta in mano. — Se non la restituirai, pazienza. La salute è più importante.

Mi sforzai di conferire al mio sorriso una piega triste e saggia.

— Matvej, il fatto è che io non sono proprio un umano.

Gli occhi del barbuto si immalinconirono. Doveva aver deciso che ero uno di quei sensitivi svitati, ossessionati dagli extraterrestri. Allora gli feci una piccola dimostrazione. I cani persero di colpo ogni vivacità e si buttarono uggiolando ai piedi di Matvej. Sollevai dalla neve la mia ombra, appena visibile nella luce del mattino, e sparii nel Crepuscolo.

Che buffo era con quello sguardo stralunato! In preda allo smarrimento, lasciò cadere l'accetta sulla zampa del terranova. Il povero animale emise un latrato assordante.

Ero perfettamente invisibile. Mi tolsi la giacca a vento, ficcai in una delle tasche due biglietti da cento dollari e la gettai a Matvej. Il giovane poté vederla solo nel momento in cui sbucò dal Crepuscolo, materializzandosi dal nulla davanti ai suoi occhi. Ebbe un sussulto, la agguantò maldestramente e cominciò a guardarsi intorno. Faceva persino un po' pena, ma sentivo che senza una dimostrazione del genere non sarei mai riuscito a convincerlo.

Non volevo portare con me niente di estraneo. A chi ha aiutato senza fare domande uno sconosciuto seminudo che vagava pietosamente nella notte non bisogna prendere nulla, se non è proprio indispensabile. La giacca era ben fatta e chiaramente costosa. Non volevo. Appartengo alle Tenebre. Non ho bisogno di niente che non sia mio.

Uscii dal Crepuscolo alle spalle di Matvej. Il giovane continuava a fissare il vuoto con aria smarrita.

— Sono qui — dissi. Lui si voltò bruscamente. Ora il suo sguardo era decisamente sovreccitato.

— Aaah... — biascicò, prima di ripiombare nel mutismo.

— Grazie. Me la caverò bene anche senza giacca a vento.

Matvej annuì. Gli era passata ogni voglia di controbattere. Sembrava seriamente preoccupato all'idea di aver trascorso una notte intera chiuso in una tenda con una specie di mostro capace di diventare invisibile e chissà che altro.

— Dimmi: da che parte devo andare?

Matvej mi indicò il sentiero da cui ero venuto: — Di là. C'è la ferrovia, a quest'ora è già in funzione.

— E di strade ce ne sono? Preferirei farmi dare un passaggio.

— Ce n'è una proprio oltre la ferrovia.

— Splendido! Bene, grazie ancora. Fa' gli auguri alla festeggiata da parte mia. E dalle questo.

Nascosi la mano dietro la schiena, toccai un rametto ghiacciato, lo staccai e allungai a Matvej una rosa fresca, appena recisa. Sulle foglioline verdi tremolavano gocce di rugiada e i petali fiammeggiavano purpurei. È molto bella a vedersi una rosa fresca in una foresta innevata! La facilità con cui mi riuscì quell'incantesimo, semplice ma del tutto sconosciuto, mi riempì di meraviglia.

— Eh... oh... — mormorò Matvej afferrando il fiore. Mi chiesi se l'avrebbe dato alla festeggiata oppure se l'avrebbe sepolto sotto la neve per evitare lunghe e strane spiegazioni. Non mi fermai a controllare. Non volevo trascinarmi al gelo, per cui sparii di nuovo nel Crepuscolo. Ciò che il giorno prima, quando ero dovuto fuggire da Geser, mi era andato bene, non mi piaceva più adesso che mi sentivo riposato e pieno di forza.

Ah, sì! Stavo dimenticando il berretto: anche quello non era mio. Lo gettai sopra la giacca a vento e partii.

Percorrevo in un balzo cento o duecento metri. Aprivo piccoli portali ai limiti della visibilità e avanzavo divorando il cammino come un gigante.

Alla luce del giorno la radura aveva un aspetto assolutamente prosaico. Tutta la magia e il fascino erano irrimediabilmente svaniti. Non per niente quelli delle Tenebre, da veri romantici e amanti della libertà, avevano scelto la notte. La notte, non il giorno, quando tutto il sudiciume e l'immondizia molestano gli occhi, quando le nostre città si svelano in tutto il loro squallore, le vie si riempiono di gente ottusa e le strade di fetide macchine. Il giorno è il tempo dei vincoli e delle catene, degli obblighi e delle regole. La notte è il tempo della libertà.

Una libertà che qualsiasi vero Altro delle Tenebre non scambierebbe con nulla e per nulla al mondo. Né con un dovere illusorio, né per servire ideali vaghi e da quattro soldi, inventati molto tempo prima da chissà chi. Tutto questo è mito, finzione. Esiste soltanto la libertà, per tutti, per ciascuno. Ed esiste un solo limite: quello di non limitare la libertà degli altri. E anche se quelli della Luce, quegli ipocriti, vedono in ciò paradossi e contraddizioni, chiunque sia libero vive in perfetta armonia con i suoi pari.

Fui costretto a utilizzare i miei poteri di Altro per ottenere un passaggio: per qualche motivo nessuno sembrava intenzionato a raccogliere un uomo senza giaccone. Sfiorai la coscienza del conducente di una Ziguli 9 elaborata, color asfalto bagnato. Naturalmente frenò.

Il tizio al volante, sui venticinque anni, portava i capelli molto corti ed era assolutamente privo di collo. Aveva uno sguardo vuoto, ma rivelò una fantastica prontezza di riflessi. Sospetto che sarebbe stato in grado di guidare anche in stato d'incoscienza. — Eh? — mi disse quando mi fui accomodato sul sedile posteriore, di fianco al suo enorme giaccone di pelle.

— A Mosca. Lasciami giù in via Tverskaja — dissi, sfiorandolo un'altra volta attraverso il Crepuscolo.

— Ah... — concluse. E ripartì.

Nonostante la strada sdrucciolevole e il torpore indotto, si spinse oltre i cento all'ora. La macchina obbediva magnificamente. Forse montava gomme da ghiaccio. Arrivammo a Mosca da nord-ovest, la attraversammo molto in fretta e filammo dritti senza quasi svoltare fino alla Tverskaja. Alla sede della Guardia del Giorno.

Meno male che mi era capitato un guidatore così bravo e che il tragitto permetteva di pigiare a fondo l'acceleratore! In più avevamo avuto la fortuna di infilare tutti i semafori verdi.

Quando passammo accanto alla fermata della metro Sokol, compresi che ci avevano intercettato. Me e l'Artiglio. Tuttavia raggiungere una Ziguli 9 lanciata dritta nel mattino di Mosca era una prospettiva pressoché impossibile.

Sulla Tverskaja scesi dalla macchina, dopo aver ficcato in mano all'automobilista senza collo un centone. Rubli, intendo, non dollari.

— Eh? — disse espirando, e prese a guardarsi intorno. Ovviamente non ricordava nulla e il suo limitato intelletto si trovava adesso a dover risolvere un enigma quasi insolubile: come e perché tutt'a un tratto era passato dai dintorni al centro di Mosca?

Lo lasciai solo con il suo enigma. La sua prontezza di riflessi restava invidiabile: ripartì quasi all'istante, ma con la mascella pendente e il viso inchiodato al finestrino laterale. Io attraversai la strada e mi diressi verso la sede della Guardia.

Dovevano aver fumato parecchio, perché nell'ingresso ristagnava un forte odore di sigarette. Lo stereo mandava una canzone a basso volume. La melodia era lenta e possente, la voce, al contrario, così bassa e rauca che non riconobbi subito Butusov e i Nautilus:

Gelido è il vento dalla finestra aperta,
le ombre si allungano sul pavimento,
sono l'ospite misterioso dal mantello argenteo

e tu sai perché ti sono apparso.
Per darti forza,
per darti potere,
per baciarti sul collo,
baciarti fino a saziarmi!

Il giovane vampiro di turno all'ingresso stava bisbigliando a labbra strette la canzone con espressione beata e gli occhi semichiusi. Quando mi vide perse il dono della parola. L'altro turnista, un mago alchimista altrettanto giovane, in un battibaleno si attaccò al telefono e fece rapporto.

— La aspettano — mi informò. — Su negli uffici.

Il vampiro ammutolito riuscì comunque a chiamare l'ascensore. All'improvviso, però, sentii che per qualche oscura ragione non potevo prenderlo: mi era semplicemente impossibile.

— Comunichi loro che sono vivo e che va tutto bene. Ora ho fretta — disse qualcosa nascosto dentro di me.

E tornai sulla Tverskaja.

Di nuovo qualcosa cominciò a "portarmi". Svoltai a sinistra, verso la Piazza Rossa. Non sapevo cosa mi guidasse e perché. Ma potevo soltanto obbedire a quella forza interna. Anche l'Artiglio di Fafnir si era rianimato e aveva cominciato a respirare.

Ogni palmo di terra, ogni centimetro quadrato d'asfalto di quei luoghi era imbevuto di magia. Una magia antica, penetrata fin nella pietra degli edifici, nella polvere delle strade.

Appena a destra torreggiava la mole rossastra del Museo di storia. Non sapevo se al momento fosse ancora in attività o se, per l'ennesima volta, il mutevole e travagliato destino della Russia l'avesse trasformato in una specie di casinò. Ma non avevo tempo per controllare. Tirai avanti.

Il selciato della Piazza Rossa serbava nella memoria il lento passo degli zar, gli stivali delle truppe rivoluzionarie, i cingoli dei mostri corazzati sovietici, le schiere in parata per il Primo Maggio. Era l'incarnazione dell'incrollabilità di Mosca. La città restava e sarebbe rimasta salda, niente avrebbe potuto scuotere la sua tranquilla grandezza: né le zuffe degli uomini né l'eterna lotta tra i Guardiani.

Entrai nella piazza e mi guardai intorno: sulla sinistra fervevano i grandi magazzini GUM; sulla destra, a ridosso dei bastioni merlati del Cremlino, si innalzava il Mausoleo di Lenin. Era forse quello il luogo verso cui mi stavano attirando?

No, non laggiù. Meno male. Qualunque sia il giudizio sul vecchio padre della Rivoluzione, non è bene disturbare il sonno di chi è morto. E per di più morto per sempre, senza speranza: Lenin non era un Altro... per fortuna.

Attraversai la piazza senza accelerare il passo. Alcune limousine grigie uscirono dal Cremlino e sparirono nei vicoli. L'antico patibolo mi salutò in silenzio, le statue di Minin e del principe Pozarskij mi seguirono con lo sguardo, la cattedrale di San Basilio levò le sue teste variopinte.

La forza. La forza. La forza... Ce n'era così tanta, in quel luogo, che un Altro completamente annientato avrebbe potuto rigenerarsi in pochi secondi. Ma nessuno ha mai fatto una cosa del genere, perché la forza che vi spira è estranea. Non appartiene a nessuno, è indocile e indomabile: è la forza dei secoli passati, la forza degli zar deposti e dei segretari generali del Partito sconfitti. Appena la tocchi si disperde.

Mi guardai intorno e lo vidi. L'Inquisitore.

Un Inquisitore è inconfondibile: non è un Altro della Luce né uno delle Tenebre, né tanto meno un comune essere umano. Mi guardava fissamente. Come avevo potuto non notarlo prima? Era solo, completamente solo, alieno da ogni meschino rapporto di forza, alleanza o trattato. Incarnava la Giustizia e l'Inquisizione, proteggeva l'equilibrio. C'era forse bisogno di chiedersi perché si trovasse lì?

Mi avvicinai.

— Hai fatto bene a non disobbedire — disse.

Per chissà quale motivo conoscevo il suo nome: Maksim.

Allungò una mano e ordinò: — L'Artiglio.

Nella sua voce non c'era alcuna traccia di imperiosità o di insistenza, ma a quella voce si sarebbe sottomesso chiunque, compresi i capi di entrambe le Guardie. Con grande lentezza e palese dispiacere ficcai la mano sotto il maglione. L'Artiglio ribolliva, macinando la forza circostante. Non appena lo ebbi in mano, un'onda densa mi travolse; la potenza donatami dall'Artiglio penetrò ogni cellula del mio essere. Pareva che il mondo intero fosse pronto a cadere in ginocchio e a sottomettersi a me, al possessore dell'Artiglio di Fafnir.

— L'Artiglio — ripeté l'Inquisitore.

Non aggiunse niente di simile a un'esortazione, non mi pregò di non commettere sciocchezze. L'Inquisizione era superiore a qualsiasi consiglio insensato.

Eppure continuavo a esitare. Era davvero possibile rinunciare volontariamente a una sorgente inestinguibile di tanta forza? Un oggetto del genere era il sogno di qualsiasi Altro!

Rilevai automaticamente una ridistribuzione dell'energia: lì vicino doveva essersi aperto un portale della Luce. Non poteva che trattarsi di Geser, il capo dei Guardiani della Notte moscoviti.

L'apparizione di quel testimone imprevisto non suscitò alcuna reazione nell'Inquisitore. Nulla. Come se non si fosse aperto alcun portale e nessuno fosse sbucato dal Crepuscolo.

— L'Artiglio — ripeté per la terza volta. La terza e ultima. Sapevo che da quel momento non avrebbe più detto una parola. E sapevo che se anche fossero apparsi accanto a me tutti gli Altri delle Tenebre di Mosca, impuntarmi sarebbe stato inutile. Nessuno di loro sarebbe venuto in mio soccorso. Al contrario tutti avrebbero appoggiato l'Inquisitore. Gli intrighi intorno all'Artiglio potevano continuare solo fino a che non fossero entrati direttamente in scena i custodi del Patto.

Socchiusi gli occhi e attinsi quanta più forza potevo, fin quasi a soffocare per lo sforzo; poi allungai con mano tremante l'astuccio all'Inquisitore. Nello stesso istante percepii in Geser il desiderio a stento trattenuto di scattare in avanti e impossessarsi dell'Artiglio. Eppure il capo della Guardia della Notte non fece il minimo movimento. L'esperienza consiste in primo luogo nella capacità di controllare gli impulsi.

L'Inquisitore mi fissò. Mi aspettavo di leggere nel suo sguardo soddisfazione e approvazione: bravo ragazzo delle Tenebre, non si è messo a fare le bizze, è stato ubbidiente. Invece non vi lessi nulla di simile. Nulla.

Geser ci contemplava con autentico interesse.

L'Inquisitore, con tutta calma, nascose l'astuccio con l'Artiglio in una tasca della giacca e sparì nel Crepuscolo senza salutare. Smisi all'istante di percepirlo. All'istante. L'Inquisizione ha strade solo sue.

— Ah! — disse Geser con gli occhi rivolti chissà dove. — Sei uno stupido, straniero.

Poi mi guardò, fece un sospiro e aggiunse: — Stupido, ma intelligente. Il che è notevole.

E a sua volta se ne andò, in silenzio, senza usare il portale. Continuai a percepire la sua presenza ancora per un po', negli strati più profondi del Crepuscolo. Poi restai solo in mezzo alla Piazza Rossa, nel vento penetrante: solo, senza l'Artiglio, alla cui potenza mi ero ormai assuefatto; senza vestiti pesanti, con il solito maglione, i calzoni e gli scarponi; i miei capelli si arruffavano come quelli degli eroi cinematografici nelle scene clou. Solo che non c'erano spettatori in grado di apprezzare l'inquadratura: anche Geser se n'era tornato a casa.

— Sei proprio uno stupido, Vitalij Rogoza — bisbigliai. — Uno stupido intelligente e giudizioso. E forse è solo per questo che sei ancora vivo.

Ma d'un tratto la voce misteriosa che si nascondeva dentro di me cominciò a lusingarmi: "Tutto procede secondo giustizia, liberandoti dell'Artiglio di Fafnir hai agito bene." Fui sommerso da una fiducia nella correttezza del mio comportamento talmente beata e incrollabile, che persino il vento cessò di sembrare freddo e tagliente.

Una meraviglia: tutto a posto, non sta bene che i bambini giochino con la bomba atomica.

Scrollai le spalle, mi girai e mi incamminai verso la Tverskaja.

Avevo fatto appena pochi passi quando mi imbattei nel gruppo dirigente della Guardia del Giorno quasi al gran completo – mancavano soltanto il mago Nikolaj e, ovviamente, il capo – oltre a una quindicina di agenti di rango intermedio, inclusi la strega Anna Tichonovna, i fratelli vampiri e il corpulento mutantropo. Tutta questa compagnia mi stava fissando con lo stesso sguardo con cui gli sfaccendati a spasso avrebbero fissato un pinguino scappato dallo zoo.

— Salve — li salutai in tono allegro. — Cosa ci fate tutti qui?

—Vitalij — domandò Edgar con voce stranamente soffocata — perché l'hai fatto?

— Ma davvero alle Forze delle Tenebre serve questo assurdo conflitto? Che bisogno c'è di vittime inutili?

— Secondo me sta mentendo — si intromise aggressiva Anna Tichonovna. — Forse è il caso di sondarlo.

Edgar fece una smorfia tetra. Lei voleva che mi sondasse. Adesso anche i Guardiani del Giorno avevano paura di me!

— Anna Tichonovna — dissi alla vecchia strega con voce piena di pathos — l'Artiglio di Fafnir è un elemento di destabilizzazione incredibilmente potente. È il distruttore numero uno dell'equilibrio. Fosse rimasto a Mosca, lo scontro aperto sarebbe stato inevitabile. L'Inquisizione ha adottato le misure necessarie a scongiurarlo. Io, in quanto Altro rispettoso della legge, mi sono sottomesso al suo volere e ho restituito l'Artiglio. È tutto quello che posso dire.

Della forza che avevo incorporato a contatto con l'Artiglio per il momento tacqui.

— Voi avreste davvero agito in maniera diversa? — aggiunsi, perfettamente consapevole che l'obiezione non avrebbe avuto seguito. Tutti loro avrebbero voluto toccare l'Artiglio, assorbirne la forza, ma allo stesso tempo ne temevano le conseguenze.

— Perché non torniamo in sede? — brontolò Jura. — Con tutto questo vento tremiamo come pioppi.

Le sue erano parole ragionevoli: avevo ricominciato a rabbrividire, ed era cosa sciocca e inammissibile sprecare inutilmente la forza accumulata.

Con l'aiuto di Edgar, Jura aprì un piccolo portale. Nel giro di due minuti i Guardiani già prendevano a scaglioni l'ascensore per l'ufficio. Non potei non notare che il mio portale avrebbe funzionato più a lungo e in modo più stabile. Nel momento in cui mi ero separato dall'Artiglio, dovevo aver raggiunto l'ennesimo gradino della scala. Ora probabilmente ero più forte di tutti i presenti messi insieme, ma ero inesperto e ingenuo come prima e, soprattutto, dovevo ancora imparare a utilizzare correttamente tutta quella forza.

I tecnici, sotto la vigile guida di Gellemar, stavano lavorando a tutto spiano sui portatili. Quando accidenti si riposavano, quelli? O erano tutti fatti con lo stampino?

— Succede qualcosa, Gellemar? — si informò Edgar.

— Le Forze della Luce stanno levando i posti di guardia — riferì il licantropo in tono gagliardo. — Uno dopo l'altro. Non è un semplice cambio, li stanno letteralmente rimuovendo. Hanno anche tolto l'accerchiamento intorno agli ingressi autostradali e alle stazioni ferroviarie.

— Si sono calmati — disse Anna Tichonovna con un sospiro.

— Ovvio — borbottò Jura. — L'Artiglio non c'è più. Scommetto che è già tornato a Berna.

Aveva ragione: alcuni minuti prima avevo percepito la sorgente della mia forza immergersi nel Crepuscolo e trasferirsi in qualche luogo lontanissimo. Mi chiesi se fossi destinato a stringerlo tra le mie mani ancora una volta... Chissà.

— Non capisco per quale motivo sia stata architettata questa macchinazione intorno all'Artiglio. Cosa volevano ottenere i Fratelli di Regin? Perché hanno agito senza informarci? È stata tutta una follia, un'autentica follia.

— Ma siete davvero sicuri che i Fratelli di Regin non abbiano effettivamente raggiunto il loro obiettivo? — domandai in perfetta innocenza.

Mi guardarono allo stesso modo in cui si guarda un bambino che ha fatto una domanda imbarazzante a un gruppo di adulti.

— Perché? La pensi diversamente? — mi domandò Jura in tono circospetto, scambiando una rapida occhiata con Edgar.

— Sì — risposi con sincerità. — Ma non chiedetemi i dettagli, perché mi sfuggono. A Mosca si è verificata una seria rottura dell'equilibrio a vantaggio delle Forze della Luce, talmente seria che la preoccupazione ha cominciato a diffondersi in tutta Europa. Sono stati presi provvedimenti. L'azione dei Fratelli di Regin è solo un frammento del mosaico da cui scaturirà un nuovo equilibrio.

— Anche la tua comparsa è un frammento del mosaico? — buttò lì Edgar.

— È evidente.

— E l'assenza da Mosca di Zavulon, il nostro capo?

— Probabile.

I Guardiani si scambiarono occhiate interrogative.

— Non so — mormorò Anna Tichonovna con un certo scontento. — Tutto ciò mi sembra molto strano. Se fossimo stati in possesso dell'Artiglio, in poco tempo avremmo schiacciato le Forze della Luce.

— Ma saremmo poi riusciti a dominarle? — osservò Jura.

La strega sospirò di nuovo. — Non lo so...

— In ogni caso — disse Edgar dopo una breve riflessione — ci resta il diritto di esigere soddisfazione e richiedere alcune consistenti interferenze. Ciò che quelli della Luce hanno commesso nelle ultime quarantotto ore non è nemmeno lontanamente paragonabile ai recenti casi di omicidio. La morte di Tjunnikov è classificabile piuttosto come incidente. Geser provi pure a contestarlo: il Tribunale smonterà completamente le sue argomentazioni. Quanto alla vampira bracconiera e alla puttana mutantropo, non si tratta di colpe così gravi: sesto grado, quinto al massimo. Hanno agito in modo autonomo, la Guardia del Giorno qui non c'entra per niente. Per cui abbiamo diritto a una serie di interferenze come minimo di secondo grado. Così la penso io... Quindi, alla fin fine, da tutto ciò che è successo siamo noi Guardiani del Giorno a trarre il maggior vantaggio. Oltretutto in assenza del capo e del suo potente sostegno.

— Aspetta a cantare vittoria — ribatté scettico Jura. — Aspetta.

Edgar allargò le braccia come a dire che rimaneva della propria idea. Era davvero convinto di ciò che aveva appena detto, e lo si poteva capire. Impossibile prevedere come si sarebbe conclusa la loro disputa. Ma il cellulare appeso alla cintura di Edgar si mise a trillare e tutti si voltarono verso di lui.

Poteva trattarsi di una chiamata personale o di servizio. Ma tutti gli Altri presenti nell'ufficio erano forti a sufficienza per calcolare probabilità e conseguenze anche dei fatti più piccoli. Quella chiamata recava in sé un filo spesso e chiaramente visibile che conduceva direttamente a fatti di importanza eccezionale. Edgar portò il ricevitore all'orecchio e restò in ascolto.

— Portalo qui — disse infine, prima di chiudere la comunicazione.

— È un Inquisitore — annunciò con espressione impietrita. — Ha una comunicazione ufficiale.

Non trascorse mezzo minuto che uno degli stregoni di guardia spalancò la porta dell'ufficio. Nel vano della porta comparve l'impassibile Inquisitore Maksim.

— Nel nome del Patto — scandì con una voce scevra da ogni emozione. Sarebbe stato sciocco sospettarlo di simpatie per l'una o per l'altra parte. — Domani all'alba il Tribunale collegiale locale terrà una seduta allargata con il patrocinio dell'Inquisizione. Argomento: gli atti delle Forze della Luce e gli atti delle Forze delle Tenebre incompatibili con le norme del Patto. La presenza di tutti i soggetti sopraccitati è obbligatoria. L'assenza di qualsivoglia soggetto sarà considerata come un atto incompatibile con le norme del Patto; lo stesso valga per ogni eventuale ritardo. Fino all'inizio della seduta è proibito qualsiasi intervento magico pari o superiore al quinto grado di forza. Per il trionfo dell'equilibrio.

Pronunciate queste ultime parole, l'Inquisitore si voltò, uscì senza fretta dalla stanza, attraversò l'atrio e raggiunse l'ascensore.

Lo stregone lanciò uno sguardo fugace ai superiori e chiuse la porta. Riteneva suo preciso dovere accompagnare all'uscita l'Inquisitore.

Per un po' il silenzio calò sull'intero ufficio. Persino i tecnici dietro i portatili si calmarono.

— Come nel '49 — osservò sommessamente Anna Tichonovna. — Pari pari.

— Dobbiamo avere fiducia — mormorò Jura. — Cercare di conservare la speranza, Anna Tichonovna. Con tutte le nostre forze.

Capitolo 5

Tutti di tanto in tanto abbiamo la sensazione di aver già vissuto un dato momento. Si chiama déjà-vu, memoria ingannevole. Succede anche agli Altri.

Il Guardiano della Notte Anton Gorodeckij se ne stava impalato davanti alla porta di casa e lottava con i propri ricordi. Una volta aveva trovato la porta chiusa non a chiave, e si era domandato chi mai potesse essersi introdotto nel suo appartamento. Era entrato e aveva scoperto l'identità di quell'ospite non invitato: il suo nemico giurato, il capo dei Guardiani del Giorno, noto alle Forze della Luce con il nome di Zavulon.

— Déjà-vu — bisbigliò Anton prima di varcare la soglia. Il dispositivo di difesa taceva proprio come allora, ma in casa era chiaramente presente un ospite. Chi poteva essere, stavolta? Stringendo nella mano un medaglione-talismano, Anton entrò nella stanza.

Seduto in poltrona, Zavulon stava leggendo una rivista. Indossava un sobrio completo nero, una camicia grigio chiaro e un paio di scarpe lucidate a specchio, con le punte a quadretti. Si tolse gli occhiali e salutò: — Buongiorno, Anton.

— Altro che déjà-vu — borbottò Anton. — Be', buongiorno.

Stranamente, questa volta non provò spavento, forse perché nel corso della sua precedente visita Zavulon aveva tenuto un atteggiamento di assoluta correttezza.

— Puoi prendere il mio amuleto. È sul tavolo.

Anton si mise al collo il talismano, si tolse il giaccone e andò al tavolo.

L'amuleto di Zavulon era nascosto tra le carte e una miriade di carabattole di cancelleria, di quelle che sembrano spuntare da sole con fatale ineluttabilità.

— Zavulon, non hai alcun potere su di me — scandì Anton con voce ostile.

Il mago delle Tenebre annuì soddisfatto. — Ottimo. Devo complimentarmi con te: la volta scorsa tremavi come una foglia, mentre oggi sei tranquillo. Stai crescendo, Anton.

— Magari dovrei anche ringraziarti per il complimento — commentò seccamente Anton.

Zavulon rovesciò la testa e scoppiò in una risata. — Bene, vedo che non sei disposto a perdere tempo. Nemmeno io: sono venuto a proporti un tradimento, un piccolo, oculato tradimento, da cui tutti trarranno vantaggio, te compreso. Suona paradossale, non trovi?

— Già.

Anton guardò gli occhi grigi di Zavulon nel tentativo di capire quale tranello nascondessero stavolta. A un uomo non credere che per metà, a uno della Luce per un quarto, a uno delle Tenebre per niente. Zavulon era il più forte e il più pericoloso Altro delle Tenebre di tutta Mosca. E probabilmente di tutta la Russia.

— Mi spiego. — Non aveva fretta, ma nemmeno tergiversava. — Sai già della seduta del Tribunale di domani, vero?

— Sì.

— Non andarci.

Finalmente Anton si sedette sul divano contro il muro. Ora Zavulon si trovava alla sua destra.

— E perché?

— Se non ci andrai, resterai con Svetlana. Se ci andrai, la perderai.

Anton sentì gonfiarsi in petto un grumo rovente.

— Forse non lo sai, ma la direzione della Guardia della Notte sta progettando l'ennesimo colpo di mano globale. A Svetlana è stato assegnato un ruolo piuttosto importante. Non cercherò di convincerti o di attirarti dalla nostra parte: sarebbe impossibile. Ti dirò semplicemente che se il tentativo riuscisse comporterebbe la rottura dell'equilibrio. A tutto vantaggio della fazione più forte. Negli ultimi tempi è stata la Luce a rafforzarsi, e questo naturalmente non ci piace. Noi siamo interessati a mantenere l'equilibrio. E tu sei la persona che può aiutarci.

— Strano — disse Anton con fare pensoso. — Il capo dei Guardiani del Giorno chiede aiuto a un Guardiano della Notte. Molto strano.

— In termini generali il tuo aiuto non ci è indispensabile. Possiamo farcela anche da soli. Ma se tu aiutassi in primo luogo te stesso, aiuteresti anche noi, come pure Svetlana e tutte le potenziali vittime.

— Non riesco a capire come potrei aiutare me stesso e Svetlana.

— Cosa c'è da capire? Svetlana è una maga molto forte. Man mano che lei cresce, cresce anche l'abisso che vi divide, ed è proprio la sua potenza a turbare l'equilibrio a vantaggio della Luce. Se per un certo periodo di tempo Svetlana perderà la propria potenza, l'equilibrio verrà ristabilito e niente più vi dividerà: lei ti ama, è evidente, e tu ami lei. Sei davvero disposto a sacrificare alla Luce la tua felicità? Per questo preciso motivo ti propongo un piccolo sacrificio indolore.

— Non è affatto piccolo il sacrificio che mi chiedi.

— Lo è, Anton. Lo è eccome. La fedeltà si compone di tanti piccoli e oculati tradimenti. Puoi credermi: ho vissuto abbastanza a lungo da poterlo verificare.

Per un po' Anton restò in silenzio. — Appartengo alla Luce. Non posso tradire. È la mia stessa natura a impedirmelo, e tu questo dovresti saperlo.

— Nessuno ti obbliga ad andare contro la Luce. Per di più il tuo gesto aiuterà molti uomini, Anton, moltissimi. Aiutare gli uomini non è forse lo scopo di ogni mago della Luce?

— Ma come potrò guardare negli occhi la mia gente, dopo un atto del genere? — disse Anton con un sorriso triste.

— Capiranno — rispose Zavulon con convinzione. — Capiranno e ti perdoneranno, altrimenti che Forze della Luce sarebbero?

— Sei forte nella sofistica, Zavulon, di gran lunga più forte di me. Ma anche se chiami le cose con un altro nome, l'essenza non cambia: un tradimento è pur sempre un tradimento.

— Va bene — convenne Zavulon con inaspettata prontezza.

— Allora tradisci l'amore. Devi scegliere: tradire te stesso o impedire che si compia l'ennesimo ciclo di violenze. Prevenire la guerra tra le Guardie o permettere che si verifichi. O non ti bastano i morti che hai visto finora? Sei stato più di una volta di pattuglia con Andrej Tjunnikov, ed eri amico di Tigrotto. Dove sono, adesso? Chi sei ancora disposto a sacrificare nel nome della Luce? Se domani non ti presenti alla seduta del Tribunale, i tuoi amici resteranno in vita. Noi non abbiamo bisogno di nuovi morti, Anton, siamo pronti ad abbandonare lo scontro pacificamente.

— Non capisco in che modo la mia assenza alla seduta possa ristabilire l'equilibrio.

— Ti sei già imbattuto nell'adepto delle Tenebre venuto dall'Ucraina, vero? In Vitalij Rogoza?

— Sì — rispose Anton di malavoglia.

— Non è un Altro.

Anton rimase di stucco: — Non è un Altro? In che senso?

— Non è un Altro, nella maniera più assoluta.

— E chi è?

— L'espressione adatta è "cos'è" — sospirò Zavulon. — Solo e semplicemente "cosa", ahimè. Ma non è importante che tu lo sappia, Anton, è più utile che tu sappia questo. Se non andrai alla seduta dell'Inquisizione, non ci sarà spargimento di sangue. Se ci andrai, la carneficina sarà inevitabile.

— La mancata comparizione alla seduta viene punita.

— L'Inquisizione riterrà legittima la tua riluttanza a duellare con Rogoza. Esistono dei precedenti, se vuoi posso procurarti i documenti relativi, ma puoi credermi sulla parola. Per il momento non ti ho ancora ingannato.

— Mi piace quel "per il momento"...

Zavulon sorrise. Con un angolo della bocca. — Cosa vuoi farci... Appartengo alle Tenebre. Considero infruttuoso mentire senza motivo.

Zavulon si alzò.

Subito Anton fece altrettanto.

— Pensaci, Anton. Pensaci. E ricorda: dalla tua decisione dipendono il tuo amore e le vite dei tuoi amici. A volte funziona così: per aiutare i propri cari, bisogna prima aiutare il nemico. Ti conviene abituarti all'idea.

Il capo della Guardia del Giorno uscì in fretta dalla stanza e se ne andò. In quello stesso istante, dal Crepuscolo provenne uno strillo assordante e la maschera coreana appesa al muro fece una smorfia spaventosa. Mentre fiaccamente rimetteva tutto a posto, Anton provò a riordinare i propri pensieri.

Credere a Zavulon? Rimanere con Svetlana? Chiamare Geser e raccontargli tutto, oppure tacere?

Qualsiasi scontro, dalle più banali risse alle macchinazioni di Stato e agli intrighi delle Guardie, è un duello di informazioni. Vince chi riesce a farsi un quadro più preciso delle forze e degli scopi dell'avversario.

Gli scopi di Zavulon e quelli di Anton non potevano coincidere. Era assolutamente da escludere. E se le parole del capo della Guardia del Giorno fossero state pronunciate intenzionalmente, proprio contando che Anton avrebbe fatto il contrario?

Dov'era la verità e dove la menzogna? Le parole di Zavulon erano una gabbia, ma dentro la gabbia c'era una tagliola, dentro la tagliola una trappola per topi e dentro la trappola per topi un'esca avvelenata. Quanti strati di menzogna bisognava rimuovere per trovare la verità?

Anton prese una monetina e la lanciò in aria. Ma poi sorrise e la rimise in tasca senza verificare il responso. Non era il metodo giusto. Avrebbe dovuto trovarne un altro.

Per arrivare alla seduta del Tribunale entro l'alba, bisognava alzarsi molto presto o non andare a dormire del tutto. Scelsi la seconda soluzione, mi sarei riposato dopo.

Per un po' i miei colleghi avevano insistito nel cercare di strapparmi il perché dei miei comportamenti. Ma riuscirono a ottenere ben poco, visto che non era molto chiaro neanche a me.

Fino a sera non accadde nulla di particolarmente interessante. Me ne andai in un negozietto a caricare l'iPod e mi informai se per caso venissero conservate in memoria le playlist dei clienti. Pareva di sì. Allora, non so perché, ordinai che mi masterizzassero una copia di quella di Anton Gorodeckij, il mago della Luce. Cercavo forse di ricostruire la sua visione del mondo attraverso le sue preferenze musicali? Non lo so. Negli ultimi tempi avevo disimparato a farmi domande, perché le risposte arrivavano troppo raramente. E ancor più di rado erano convincenti.

Un'altra cosa ancora rimase impressa nella mia memoria, quella sera: un incontro in metropolitana. Stavo tornando dal negozio di musica, seduto con le mani affondate nelle tasche del giaccone – i colleghi avevano gentilmente riportato le mie cose dall'aeroporto – e ascoltavo la mia nuova playlist. Nikolskij stava cantando "Lo specchio del mondo". Mi sentivo bene e in pace.

La sostanza dei fatti e la fila degli anni,
le facce degli amici e le maschere dei nemici
si vedono chiaramente e non possono sfuggire
allo sguardo del poeta… il signore dei secoli.
La luce delle stelle lontane e il principio dell'aurora,
i segreti della vita e i misteri dell'amore:
nell'istante dell'ispirazione, riscaldato dal sole,
tutto si riflette nell'anima del poeta,
nello specchio del mondo…

All'improvviso, nell'atmosfera, qualcosa di impercettibile mutò. Lo speaker stava ammonendo i passeggeri: le porte, diceva, si stanno chiudendo. Schiacciai il tasto PAUSE, mi alzai e, guardandomi intorno, lo vidi: un adolescente di quattordici, quindici anni, un Altro. Certamente già iniziato, poiché mi guardava attraverso il Crepuscolo e dal Crepuscolo sapeva ripararsi con una certa abilità. Ma la sua aura era di una purezza verginale, pura come la neve fresca. Era un Altro, ma non apparteneva né alla Luce né alle Tenebre.

Ci fissammo per tutto il tragitto verso la fermata successiva e avremmo potuto continuare così ancora a lungo se una donna, evidentemente la madre, non avesse richiamato la sua attenzione. — Egor! Ti sei addormentato? Dobbiamo scendere!

L'adolescente trasalì, mi guardò per l'ultima volta con una vaga angoscia e scese sulla banchina. Io invece restai nel vagone.

Mi ci volle più di un minuto per riprendermi. Non capivo perché quell'Altro mi avesse così colpito. Doveva avermi ricordato qualcosa, qualcosa di molto importante ma inafferrabile. Proprio non riuscivo a immaginare cosa. Solo quando tornai a Nikolskij e allo "Specchio del mondo" mi calmai un poco.

Nello specchio si vede chi ha vissuto e come,
si vede chi ha composto la propria canzone sulla menzogna,
si vede chi vuole che sia sempre notte,
si vede che il mio dovere è aiutare gli uomini.
Lo specchio del mondo è nelle mie mani,
se vuoi guardarci, non devi avere paura del fuoco,
sarà la mia lira a cantarlo…
che gli uomini capiscano: la forza del Bene vive
nello specchio del mondo…

Strano, quella canzone si adattava meglio a quelli della Luce che non a uno delle Tenebre come me. Perché allora mi stringeva tanto il cuore?

In preda a quella sensazione indefinibile giunsi alla sede della Guardia del Giorno. Un anziano vampiro presidiava l'ingresso. Gli anni l'avevano smaliziato: quando gli passai vicino fece un gran balzo indietro, come un bigotto di fronte a un'improvvisa tentazione. Mi scossi a mia volta e vidi che nella mia aura splendevano alcune strisce luminose bianco-celesti.

— Mi scusi — dissi risistemandomi l'aura. — È un camuffamento.

Il vampiro mi scoccò uno sguardo sospettoso. Dalla saletta di servizio fece capolino una vampira. Sua moglie, sicuro come l'oro. I due controllarono minuziosamente i miei timbri e, a quanto pareva, avevano tutte le intenzioni di tirarla per le lunghe. Per fortuna in quel momento arrivò Edgar, in compagnia di una giovanissima strega. Capì immediatamente tutto e con una sola alzata di sopracciglio mi salvò dallo zelo esagerato delle guardie. Entrammo in ascensore. La streghetta mi guardò stupita, ma poi prese coraggio e mi domandò: — Lei è nuovo?

La sua voce esprimeva un ampio spettro di emozioni e inclinazioni, ma non avevo alcun desiderio di analizzarle. Quando mi trovavo in presenza di Edgar e degli altri Guardiani più potenti, per qualche strano motivo mi passava la voglia di mettere in mostra la mia forza.

Edgar si rianimò di colpo. Aspettava con grande interesse la mia risposta.

— Be', in un certo senso sì, sono nuovo.

La streghetta sorrise. — Ma è vero che è riuscito da solo a mettere in fuga quattro della Notte e a uccidere la tigre?

Edgar piegò impercettibilmente le labbra in un sorriso sarcastico, ma continuò a tacere.

— È vero.

Arrivammo a destinazione.

— Alita — disse Edgar con una strana, profonda voce da basso — tormenterai più tardi il nostro ospite. Prima devi fare rapporto ad Anna Tichonovna.

Alita annuì entusiasta e mi disse: — Ci vediamo per un caffè? Tra un'oretta?

— Va bene — risposi. — Solo che non ne ho.

— Lo porto io — disse la streghetta. E si avviò verso l'ufficio. Non mi aveva chiesto dove alloggiavo. Si vede che lo sapeva.

La guardai per qualche secondo mentre si allontanava. Portava una giacca a vento argentata molto alla moda, di quelle che indossano gli sciatori e i turisti (immediatamente ripensai alle conoscenze che avevo fatto nel bosco), decorata sulla schiena da un disegno a colori vivaci: una ragazzina con due occhi enormi in stile manga, raffigurata nell'atto di tirare un calcio, e la scritta BATTLE ANGEL ALITA. Disegno e scritta erano in parte coperti dai lunghi capelli. Anche Edgar guardò Alita allontanarsi. In effetti, c'era di che guardare, nonostante l'abbigliamento invernale.

— Verrà di sicuro — sentenziò il mago. — Aveva già chiesto prima di te.

Alzai le spalle.

— Domani c'è la seduta in Tribunale — dissi cambiando argomento. — Cosa devo fare? Posso evitarlo o devo venire come tutti gli altri?

— Devi venire per forza, sei uno dei testimoni. — Si guardò intorno. — Vieni un attimo in ufficio?

— D'accordo.

Non so perché, ma ero sicuro che quella stanza non veniva mai usata come direzione dal vero capo della Guardia del Giorno. Più probabile che fosse l'ufficio di Edgar. Mi lasciai cadere con piacere sulla poltrona, di gran lunga più comoda dei sedili sfondati della metropolitana. Edgar tirò fuori da sotto la scrivania una bottiglia già iniziata di cognac.

— Beviamo? — propose.

— Beviamo.

Perché rifiutare un goccio del buon vecchio Koktebel?

— È un bene che tu sia venuto — disse il mago versando il cognac. — Altrimenti ci sarebbe toccato cercarti.

— Per chiarire la tattica e la condotta da tenere domani in Tribunale? — azzardai.

— Esattamente.

Il cognac era buono, morbido e aromatico. Forse non era la marca più nota e prestigiosa (peraltro non avrei saputo dire quale fosse), ma mi piacque molto.

— Non cercherò più una spiegazione per la stranezza del tuo comportamento. Onestamente parlando, mi è stato vietato. Da lassù. — Edgar fissò il soffitto in modo significativo. — Per lo stesso motivo eviterò di indagare su chi tu sia realmente. Voglio farti solo una domanda: sei dalla nostra parte? Domani potremo contare su di te come su uno dei nostri?

— Senza dubbio — risposi senza bisogno di riflettere. E specificai: — È la mia risposta a tutte le domande.

— Bene — disse Edgar con un sospiro leggermente angosciato, prima di vuotare d'un fiato il bicchiere.

Forse non mi credeva. Finimmo il cognac in totale silenzio. Edgar rinunciò a consigliarmi sul comportamento da tenere l'indomani. Evidentemente pensava che avrei agito comunque a modo mio. E aveva perfettamente ragione.

Trascorsi la notte con Alita. Tra le chiacchiere e il caffè, sprofondati in poltrona parlammo di tutto e di niente. Da tempo non mi capitava una cosa così piacevole: starmene semplicemente seduto a conversare. Con la musica me la cavai in modo egregio, con la letteratura un po' meno, con il cinema proprio per niente. Di tanto in tanto Alita cercava di portare il discorso su di me e sulle mie capacità, ma lo faceva in modo così ingenuo che smisi addirittura di chiedermi se fosse stata mandata da Anna Tichonovna.

Un'ora prima dell'alba bussarono alla porta.

— È aperto — gridai.

Erano Edgar e Anna Tichonovna.

— Sei pronto? — mi domandò il mago.

— Agli ordini — esclamai. — Avanziamo compatti? Sui carri armati o a piedi?

— Non fare il buffone. — Anna Tichonovna strinse le labbra e guardò severamente Alita, che sbatté gli occhi con aria innocente.

— Va bene, la smetto — promisi. — Dove dobbiamo andare? Io non ne ho idea.

Ero certo che la voce nascosta nelle profondità della mia coscienza mi avrebbe suggerito la direzione e il luogo, ma lo chiesi ugualmente.

— L'edificio principale dell'Università di Mosca — mi informò Edgar. — Nella Torre. Sciagron è giù che ti aspetta con la sua macchina. Puoi andare con lui.

— Con Sciagron. Va bene.

— Buona fortuna — ci augurò Alita, dirigendosi verso la porta. — Torno domani, Vitalij, d'accordo?

— No — dissi bruscamente. — Non venire.

Sapevo con assoluta precisione che dovevo dire così, anche se non capivo esattamente perché. Alita scrollò le spalle e se ne andò. Anna Tichonovna la seguì. Uhm... forse la ragazza era stata davvero mandata da quella vecchia strega. Solo che poi aveva cominciato ad agire di testa sua e non era riuscita a estorcermi un bel niente. Se era così, allora Alita poteva solo essere compatita: Anna Tichonovna le avrebbe cavato, strizzato e prosciugato anche l'anima. Le avrebbe fatto vedere le stelle.

Presi il telefonino e composi il numero di Sciagron, senza nemmeno più stupirmi del fatto che lo conoscessi. — Sciagron? Sono l'ospite ucraino. Mi dai un passaggio? Okay, arrivo.

— Bene, ci vediamo là — disse Edgar. — Non perdete tempo. L'Inquisizione detesta i ritardatari.

Mi vestii, chiusi la porta e scesi. Che avessero avuto un colloquio confidenziale con i diretti superiori o che fossero arrivati da soli alla verità, i vampiri di guardia all'ingresso mi guardavano ora con aria molto più tranquilla. Sì, ma a quale verità? A quella che non voleva rivelarsi nemmeno a me? A volte all'improvviso capitava che un pezzetto del mosaico si mostrasse, che il sipario si alzasse per un attimo, ma poi la cortina fumogena tornava a calare.

La BMW stava sbuffando una ventina di metri più in là, proprio sotto il cartello di sosta vietata. Mi sedetti di fianco a Sciagron.

— Buongiorno.

— Speriamo — borbottò il mago. — Andiamo?

— Sì, se non dobbiamo aspettare nessun altro.

In silenzio Sciagron partì.

Viaggiare per Mosca con la neve anche senza troppo traffico è dura. Per ogni evenienza mi allacciai la cintura. Sciagron biascicava qualcosa a denti stretti. Probabilmente stava imprecando.

Avevo trascorso una notte insonne e ora vegetavo in uno stato di beato torpore, tanto più che anche l'ottimo sedile della BMW favoriva il sonno. Un po' di musica mi avrebbe fatto piombare addormentato. Ma in quel momento non avevo voglia di musica. Così tenevo gli occhi aperti sul mondo, ascoltando il ronzio sommesso del climatizzatore, qualche improvviso colpo di clacson e il fruscio della poltiglia di neve grigiastra sotto le ruote, che non rendeva certo veloce la marcia.

Se avessimo preso la metro, saremmo arrivati molto prima.

— Accidenti — sibilò stizzito Sciagron — sta' a vedere che arriviamo in ritardo.

— Apriamo un portale — dissi con un'alzata di spalle.

Sciagron mi guardò stranito. — Vitalij! Stiamo andando a una seduta del Tribunale patrocinata dall'Inquisizione!

— Ah, già — dissi con noncuranza. — Non ci avevo pensato.

Avrei potuto arrivarci benissimo anche da solo. Fare uso dei poteri magici durante i lavori del Tribunale era vietato. La voce dentro di me mi rivelò che in passato si erano verificate delle trasgressioni, ma solo in epoche di feroci rivolgimenti. Peraltro direttamente collegati proprio a quelle trasgressioni.

Anche quello attuale, del resto, era un periodo di trasformazioni. Con quanto terrore, per molti secoli, gli uomini avevano accolto un'eclissi, come avevano tremato davanti alle invasioni barbariche... Ed erano sopravvissuti. Anche se, a dire il vero, eravamo tutti un po' cambiati. Gli uomini comuni come gli Altri.

— Merda! — gridò Sciagron, strappandomi alle mie riflessioni.

Non feci in tempo nemmeno ad alzare lo sguardo. Con una botta assordante fui scagliato in avanti. La cintura di sicurezza mi affondò nel petto, schiacciandomi dolorosamente la gabbia toracica. Con un sibilo sottile e fastidioso l'airbag schizzò fuori dal cruscotto; Sciagron vi slittò sopra con la faccia e il tronco, andando a schiantarsi tra il parabrezza e il tettuccio. Da qualche parte all'esterno si udì un tintinnio stridulo, e cominciò a piovere un finissimo tritume di vetro. Sulla neve cadeva senza rumore, ma sulla carrozzeria della macchina risuonava come una specie di fitto, confuso rullio.

In quel momento, quasi per beffa, ci piombarono addosso da dietro. Contro il bagagliaio. Fu come trovarsi in una navetta spaziale durante il decollo. Poi sopraggiunse un beato istante di quiete dinamica.

Sciagron scivolò indietro, dal volante al sedile, lasciando una scia di sangue. Doveva anche essersi rotto un braccio. Non si era allacciato la cintura, lo scemo... Adesso quanto ci avrebbe impiegato a rigenerarsi?

Mi liberai e diedi una spinta alla portiera. Uscii. La neve che copriva la strada era cosparsa di frammenti di vetro.

Una Niva rossa ci aveva speronato il cofano. Era stata invece una jeep giapponese tirata a lucido a cozzare contro il nostro bagagliaio. Il posteriore della BMW si era accartocciato, come fosse stato morsicato. La jeep al contrario non aveva sofferto molto: un faro rotto e il paraurti leggermente incurvato. Evidentemente era riuscita a frenare.

— Cosa fai, animale? — mi gridò il tipo della jeep. Occhiali scuri, testa rasata, torso a botte, scarpe alla moda. Aveva gli occhi bianchi come l'aura di un bambino... come quella di Egor, il ragazzino della metropolitana.

Ma come?

Non si era accorto della macchina che ci aveva speronato?

In quel momento i suoi abiti color lampone divamparono in un pallido fuoco bluastro. Il tizio si mise a strillare come un maiale sgozzato. Riconobbi un sortilegio d'oltreoceano, comunemente noto come spiderflame, "fiamma di ragno". Non avevo ancora fatto in tempo a riprendermi, quando mi presero per la collottola e mi fecero voltare.

Era qualcuno che non mi sarei mai aspettato di vedere. Anton Gorodeckij, il mago melomane.

— Chi sei? — mi urlò furiosamente. — Che il diavolo ti porti! Chi sei? Non mentire!

I suoi occhi erano ancora più bianchi di quelli del tizio sulla jeep, che in quel momento stava danzando una specie di giga. Fu proprio come se nella mia mente fosse scattato qualcosa. Le mie labbra sussurrarono: — Lo specchio del mondo...

— Uno Specchio! Ora capisco! — mi fece eco lui. — Che tu sia maledetto! Sia maledetta ogni cosa!

Avrei voluto rispondere che le maledizioni erano di competenza delle Forze delle Tenebre, ma mi trattenni. Feci bene. L'aura di Anton ribolliva di vermiglio e lilla. Io ero indiscutibilmente più forte di lui, ma sembrava che in quel momento lo sostenesse una forza misteriosa, indefinibile, estranea sia alla Luce sia alle Tenebre. Non ero sicuro dell'esito di un eventuale duello.

Anton lasciò il bavero del mio giaccone, si voltò e se ne andò, insinuandosi tra le macchine che si erano fermate formando un gigantesco ingorgo, senza prestare attenzione ai colpi di clacson e agli improperi provenienti dai finestrini semiabbassati. Udii avvicinarsi le sirene della polizia stradale. L'ingorgo aveva intasato via Ostozenka, anche se nella corsia opposta era rimasta una stretta fessura, lungo la quale pochi fortunati sfrecciavano tra gli insulti generali.

Guardai l'orologio. Avevo soltanto quindici minuti per raggiungere l'università... anzi, quattordici, e non potevo usare alcuna magia di trasporto. Per prima cosa: come stava Sciagron?

Aggirai la Niva e mi accostai alla BMW dalla parte del conducente. Sciagron aveva perso i sensi, ma nello stesso istante in cui aveva percepito il pericolo, si era meccanicamente preparato ad attivare un diaframma di protezione e a scivolare nel Crepuscolo. Adesso si stava rigenerando. Sarebbe sopravvissuto e si sarebbe ristabilito abbastanza in fretta, molto probabilmente già sull'autoambulanza, ammesso che questa fosse riuscita a farsi largo fino a lì. Sciagron era un mago troppo forte perché una sciocchezza come un incidente automobilistico potesse ferirlo seriamente.

"Arrivederci, Sciagron. Non credo che l'Inquisizione avanzerà un reclamo contro di te. Si tratta pur sempre di cause di forza maggiore."

Proprio allora vidi la mia salvezza: un ragazzotto che si stava destreggiando agilmente su uno scooter arancione al bordo della carreggiata. Ecco uno che non temeva alcun imbottigliamento... Anche se, certo, non era la stagione più adatta a quel tipo di mezzo. Scivolai nel Crepuscolo. Da lì, lo scooter somigliava al cavallino gobbo delle favole, con il manubrio a fare da corna e il fanale da occhietto.

— Scendi — ordinai al ragazzo.

Quello saltò giù docilmente. Scavalcai il cofano di una Opel beige e afferrai il manubrio. Il motore rombava ubbidiente. "Su, avanti." Il ragazzotto restò impalato sul marciapiede, stringendo ciecamente in mano i dollari che gli avevo lasciato. Girai la manopola del gas, evitai per un pelo di graffiare la fiancata lucida dell'auto più vicina e cominciai a correre ai bordi dell'ingorgo. Verso il Sadovoe Kolco.

Adattarsi a quella minuscola Honda, abituata al caldo asfalto giapponese più che al ghiaccio moscovita, si rivelò piuttosto semplice. Anche lo slalom tra le macchine mi riusciva bene. Il problema era la bassa velocità: trenta all'ora al massimo. Non avrei fatto in tempo, nemmeno se avessi buttato in terra la motoretta e mi fossi precipitato in metropolitana: dalla fermata più vicina fino all'edificio principale dell'università bisognava comunque camminare parecchio. Naturalmente avrei potuto stordire l'ennesimo automobilista, ma chi mi garantiva che ce l'avremmo fatta? Ricordavo confusamente che nel quartiere universitario i viali erano larghissimi, anche se non ne ero sicuro. Proseguendo sullo scooter, avrei potuto arrivarci direttamente senza fermarmi, ma non essendo un moscovita avevo solo un'idea vaga del tragitto. Potevo sperare nel mio assistente interiore, che fino ad allora non si era mai rifiutato di venire in mio soccorso. E se per caso avesse deciso di piantarmi in asso proprio ora, nel momento più difficile?

Un vento gelido e saturo di gas di scarico mi sferzava il viso. Mosca era gonfia di biossido di carbonio. In effetti, pareva proprio che il mio fedele aiutante stesse dormendo.

Superai in fretta la circonvallazione e la fermata Park Kultury della metro. Ma quando di fronte a me si profilò l'edificio della fermata Frunzenskaja, decisi di scendere sotto terra: il tempo stringeva. Mi rubarono lo scooter che non ero ancora arrivato ai gradini d'ingresso. Il motore emise un breve grugnito, un tale balzò rapido in sella e scomparve tuffandosi a gran velocità nell'intrico di stradine laterali. "Eh, uomini... Quelli della Luce si prendono cura di voi, vi difendono, vi custodiscono, ma voi bestie da soma eravate e bestie da soma resterete. Animali senza coscienza né compassione. Sgomitare, rubare, tradire, riempirsi le tasche e sbattersene di tutto. Quanto mi fate schifo..."

Scavalcai i tornelli attraverso il Crepuscolo. Non avevo tempo di comprare il biglietto e infilarlo nella fessura del lettore magnetico. Il paese non sarebbe morto di fame per questo.

Senza uscire dal Crepuscolo, scivolai lungo le scale mobili, saltando sul nastro del corrimano e slanciandomi giù. Un treno stava preparandosi proprio in quel momento a lasciare la piattaforma. Mentre cercavo di capire se stesse viaggiando nella direzione giusta, le porte si chiusero. Nessun problema: balzai all'interno del vagone attraversando nel Crepuscolo le porte chiuse. Sgusciai fuori come materializzandomi dal nulla e mi feci largo tra gli stupefatti passeggeri.

— Oh! — disse qualcùno.

— Scusate, siamo a Mosca? — uscii a dire per non so quale motivo: la mia stupida, adolescenziale inclinazione per le monellerie, credo.

Nessuno mi rispose. Meglio così. Di colpo lo spazio libero intorno a me aumentò notevolmente. Mi aggrappai al passamano e chiusi gli occhi. Tre fermate. Sportivnaja. Vorobevy Gory era chiusa: il convoglio la attraversò strisciando piano piano. Di tanto in tanto, dalle fessure tra le paratie metalliche, filtravano le luci elettriche e il bagliore grigio del mattino nascente. Era l'alba… Universitet, finalmente. Le scale mobili, lunghissime e già affollate. Di nuovo mi toccava aspettare. Era finita, ormai ero proprio in ritardo.

All'esterno, il cielo era quasi chiaro. Come ebbi la certezza definitiva che non sarei arrivato in tempo per l'inizio della seduta, immediatamente mi tranquillizzai e smisi del tutto di affannarmi. Mi cavai di tasca gli auricolari, accesi il lettore e andai a rimediare un passaggio.

— È ora — dichiarò a voce bassa e solenne l'Inquisitore. — Chi non è giunto in tempo risponderà più tardi del proprio comportamento, secondo le severe norme del Patto.

I presenti si alzarono in piedi, Forze delle Tenebre e della Luce, giudici e membri delle Guardie, Geser e Zavulon, che tutti credevano lontano da Mosca, l'Inquisitore Maksim e i due osservatori suoi colleghi, ammantati di lunghe vesti grigie: tutti coloro che si erano radunati nella torretta dell'edificio principale dell'MGU, l'Università Statale di Mosca. Il piccolo, invisibile locale pentagonale, situato su un piano crepuscolare sovrapposto al Museo geografico, serviva esclusivamente alle rare sedute del Tribunale dell'Inquisizione.

Negli anni del dopoguerra erano stati costruiti numerosi locali crepuscolari; una soluzione molto più economica che non fare continuamente i conti con qualche ficcanaso del KGB e della polizia. Da lassù si godeva di una vista meravigliosa: a est la luce scarlatta dell'alba si irradiava da dietro la linea dell'orizzonte, offuscando via via i bagliori fatati dei laser che ancora danzavano sopra l'MGU dal giorno del concerto di Jean-Michel Jarre per il giubileo di Mosca. Gli Altri avrebbero continuato a scorgere le tracce dei laser ancora a lungo e senza bisogno di entrare nel Crepuscolo, dove la luce del giorno si attenua e scompare. Un numero enorme di persone aveva osservato con entusiasmo il pittoresco spettacolo, spargendo le proprie emozioni nel Crepuscolo.

A differenza degli altri due Inquisitori, Maksim indossava un normalissimo completo. Con un cenno della mano srotolò nel Crepuscolo un drappo grigio, coperto di scritte in caratteri rossi e infuocati. Trenta voci cominciarono a leggere cantilenando: — Noi siamo Altri, noi serviamo Forze diverse, ma nel Crepuscolo non vi è differenza tra assenza di Tenebre e assenza di Luce...

Quella città immensa e l'intera nazione non l'avrebbero mai immaginato: quasi tutti coloro che determinavano i destini della Russia erano in quel momento riuniti a Mosca. Non al Cremino, ma in un bugigattolo abbandonato e polveroso in cui erano state collocate sedie e poltroncine; qualcuno si era degnato di portare addirittura alcune sdraio. Nessuno invece si era sobbarcato l'onere di portare un tavolo.

Gli Altri non tengono in grande considerazione i rituali pacchiani: un processo è un atto reale, non una rappresentazione. Perciò, niente mantelli e parrucche. Solo le lunghe vesti degli osservatori, anche se nessuno ricordava chiaramente perché a volte gli Inquisitori le indossassero.

— Noi limitiamo i nostri diritti e le nostre leggi. Noi siamo Altri...

Le lettere vermiglie del Patto ardevano nel Crepuscolo, dando corpo alla Verità e alla Giustizia. Le voci risuonavano: — Noi siamo Altri...

Trenta voci: — Il tempo sarà arbitro.

Infine la lettura del Patto terminò e la seduta vera e propria ebbe inizio. Come da tradizione, con le questioni meno importanti. Senza alzarsi dallo sgabello girevole su cui era seduto, uno dei due Inquisitori dalle lunghe vesti annunciò in tono assolutamente prosaico e privo di solennità: — Primo caso. Bracconaggio da parte di un'Altra delle Tenebre. Fate entrare la colpevole.

Non l'*imputata*: la *colpevole*.

La sua colpevolezza era già stata dimostrata. I testimoni sarebbero serviti soltanto a chiarire meglio le circostanze e la gravità della colpa, ma la corte avrebbe emesso una sentenza di condanna, spietata e giusta.

— Purtroppo non tutti i testimoni sono presenti. Manca Vitalij Rogoza, un Altro residente in Ucraina e temporaneamente registrato a Mosca: assente ingiustificato. Mancano Andrej Tjunnikov e Ekaterina Sorokina, morti in seguito a determinati fatti che la corte esaminerà più tardi.

Il verdetto fu breve e severo: — Viktorija Manguzova, Altra delle Tenebre, registrata a Mosca, colpevole di bracconaggio con recidiva, è condannata alla disincarnazione. Ci sono obiezioni o commenti alla sentenza da parte delle Guardie?

Nessuna obiezione da entrambe le fazioni.

— La sentenza va eseguita immediatamente — disse l'Inquisitore. E guardò quelli della Luce.

Ilja si alzò in piedi, si aggiustò gli occhiali e osservò attentamente la colpevole. La vampira comprese di non avere più speranze di salvezza e si mise a urlare. Nello sguardo del mago non vi era odio né gioia, soltanto concentrazione. Allungò il braccio e toccò attraverso il Crepuscolo il timbro di registrazione sul petto della vampira. Un istante dopo Viktorija si accasciò sul pavimento. Non si ridusse in cenere come sarebbe accaduto a una vampira più vecchia, perché il suo corpo non aveva ancora raggiunto il termine del proprio ciclo vitale. Ma ciò che sosteneva e rinnovava le sue forze, ciò che negli anni era stato sottratto agli uomini, svanì nel Crepuscolo senza lasciare tracce. La stanza divenne un po' più fredda. Ilja fece una smorfia e con un altro sobrio gesto scagliò nel Crepuscolo anche il suo corpo. Per sempre. Così si compie il giudizio degli Altri.

— Secondo caso. Assassinio di un Altro non iniziato da parte di un mutantropo delle Tenebre. Fate entrare la colpevole.

Domande. Risposte. Un breve colloquio tra gli Inquisitori.

— Oksana Dacjuk, Altra delle Tenebre, registrata a Mosca, è assolta dall'accusa di omicidio premeditato, poiché il suo gesto si qualifica come autodifesa; la corte la dichiara colpevole di eccesso di legittima difesa e la condanna alla perdita della licenza di caccia per un periodo di dieci anni. In caso di recidiva o di qualsiasi altra infrazione fino al quinto grado incluso, si procederà alla sua immediata disincarnazione. Ci sono obiezioni o commenti alla sentenza da parte delle Guardie?

Ilja guardò Geser e si alzò di nuovo in piedi: — Obiezione. La vita dell'imputata non era in alcun modo minacciata, il che rende ingiustificabile il ricorso all'omicidio. Esigiamo che il periodo di sospensione della licenza venga elevato a cinquant'anni.

— Trenta — intervenne Maksim, che evidentemente aveva già previsto un'obiezione del genere.

— Quaranta — disse Geser in tono freddo, senza alzarsi. — Devo illustrare tutte le motivazioni?

— Quaranta — concordò Maksim. L'Inquisitore guardò quelli delle Tenebre, ma nessuno fiatò. Avevano giustamente capito che non ne valeva la pena.

— Liberate l'imputata.

La porta si aprì davanti agli occhi della ragazza, pallida e tremante. Se ne andò via di corsa, felice e ancora ignara del fatto che, in sostanza, le era stata ingiunta una specie di pena capitale. Quarant'anni sono un periodo davvero molto lungo per i mutantropi, che traggono la loro forza unicamente dalle vite umane. La giovane avrebbe fatto in tempo a diventare decrepita, e forse anche a morire, senza poter opporre resistenza all'avanzare della vecchiaia.

— Terzo caso. Aggressione di un Altro delle Tenebre da parte di membri della Guardia della Notte. Data l'assenza della parte lesa, la corte ritiene opportuno intraprendere un interrogatorio incrociato degli imputati sopravvissuti e della direzione della Guardia della Notte circa il sospetto impiego non autorizzato della forza contro un Altro delle Tenebre. Ogni protesta da parte della Luce è respinta in anticipo.

Geser fece una smorfia; Zavulon si permise un misurato sorrisetto. Svetlana Nazarova, la maga della Luce, guardò l'ora con aria preoccupata. Il ritardo del mago della Luce Anton Gorodeckij la innervosiva.

— Forse è meglio accertare le cause dell'assenza di tre dei convocati — disse Geser con cautela, esprimendosi involontariamente nello stesso linguaggio formale dei giudici. — Credetemi, non sto in alcun modo cercando di guadagnare tempo.

Trovo preoccupante l'assenza del mio agente e di uno dei principali perturbatori della quiete nelle ultime settimane.

Gli Inquisitori si scambiarono un'occhiata, come se si stessero consultando silenziosamente sulla decisione da prendere.

— L'Inquisizione non ha nulla in contrario — disse Maksim in tono impassibile. — Si autorizza l'uso della magia.

I due osservatori scossero le vesti e spostarono i loro amuleti di protezione. Forse era quello il motivo per cui si vestivano così: perché nessuno potesse vedere di quali amuleti si servivano e il modo in cui li usavano. L'Inquisizione ha i propri metodi, le proprie leggi e le proprie armi.

Nell'aria prese forma una sfera d'osservazione: una nebbia grigia attraversata da alcune linee serpeggianti. La maggior parte di queste linee svanì, rimasero solo tre fili del destino, che si erano appena incontrati in un unico punto. Uno appariva un po' più sbiadito e baluginava fiocamente: un Altro ferito.

— È Sciagron — disse l'ex sostituto di Zavulon, il mago delle Tenebre di nome Edgar. — È proprio Sciagron!

I due fili rimanenti si erano allontanati l'uno dall'altro, ma di lì a poco si sarebbero nuovamente incontrati, proprio di fronte all'edificio dell'MGU. Uno scontro, un altro scontro tra Tenebre e Luce, un'altra vittima. Nessun morto, almeno per il momento.

— La Guardia della Notte chiede all'Inquisizione di poter intervenire — ruggì Geser.

La donna che gli sedeva accanto si alzò: era Olga, la maga a cui da poco erano stati restituiti i poteri. Olga aveva deposto l'uso del cognome, ma non aveva ancora ottenuto il diritto al nome crepuscolare. La donna toccò il gomito di Geser e guardò i giudici con aria interrogativa.

Svetlana impallidì. Il suo viso sembrava diventato di cera.

Quelli delle Tenebre tacevano. Zavulon si grattava pensosamente la punta del naso.

— L'Inquisizione vieta ogni intervento — dichiarò seccamente uno dei giudici.

— Perché? — chiese Svetlana con un filo di voce. Cercò di sollevarsi dalla poltroncina di vimini, ma le mancò la forza. La forza fisica. Quella vera – la forza magica – aveva cominciato ad avvolgersi tutt'intorno a lei in una stretta e densa spirale. Al pari degli uomini, anche agli Altri capita di diventare più forti di quanto non siano normalmente quando sono in preda all'ira o si trovano in situazioni estreme.

— Perché? — risuonò la voce di Svetlana. — Ovunque sia apparso quell'individuo sono morti Altri o uomini. È un assassino! Volete permettergli di uccidere ancora?

Il giudice continuò a mantenere un atteggiamento di totale imperturbabilità: — Durante la sua permanenza a Mosca, Vitalij Rogoza non ha commesso la minima infrazione al Patto e non ha travalicato nemmeno una volta i limiti consentiti alla difesa personale. Per l'Inquisizione è pulito. Non abbiamo motivi fondati per intervenire.

— Quando i motivi emergeranno sarà troppo tardi — disse bruscamente Geser.

L'Inquisitore si limitò a un'alzata di spalle.

— Vendicherà Sciagron — mormorò qualcuno di quelli della Luce, prima di mettersi a tossire.

Due maghi, uno della Luce e uno delle Tenebre, si stavano avvicinando all'ingresso dell'MGU, e man mano che la distanza tra loro si assottigliava, tra i presenti alla seduta del Tribunale cresceva la certezza che solo uno dei due li avrebbe raggiunti sulla torretta. Chi?

Non saprei dire perché scesi dalla macchina a più di trecento metri dall'ingresso dell'università. Sopra l'edificio vedevo balenare macchie di luce colorate, raggi e figure tridimensionali; sentivo che una specie di forza per me incomprensibile inibiva la normale magia superiore e impediva che venisse usata. Percepivo anche che lassù, proprio sulla cima del grattacielo universitario, nel punto in cui cominciava a spuntare la lunga guglia aguzza, si stava gonfiando una nube grigio chiaro. Mi fece venire in mente un fungo nucleare.

Mi guardai intorno, avviandomi lungo il marciapiede. Avrei voluto e dovuto sbrigarmi, eppure camminavo senza fretta. Probabilmente occorreva che andassi a quella velocità, ma non sapevo perché.

Il lettore mandò l'ennesima melodia; non mi piacque, perciò selezionai a caso la traccia successiva. Cosa sarebbe capitato, stavolta?

Il mio nome è un geroglifico sbiadito,
i miei vestiti li rattoppa il vento...
Nessuno chiederà cosa nascondo
nel cavo delle mani, e io non risponderò...

I Piknik. "Geroglifico". Questa andava bene: una musica lenta, adatta a chi ormai ha fatto tardi e non può fare altro che concentrarsi e raggiungere l'imperturbabilità assoluta dei saggi orientali. Chissà se tra i saggi orientali c'era anche qualche Altro? Ma forse è più corretto capovolgere la domanda: chissà se tra i saggi orientali c'era anche qualche umano? Sarebbe stato interessante scoprirlo.

Riuscii a stordire la guardia all'ingresso. A quanto pareva, gli incantesimi più semplici e comuni erano permessi anche durante i lavori del Tribunale. Raggiunsi gli ascensori. L'atrio era stranamente deserto: forse gli uomini percepivano inconsciamente la vicina presenza di tutti i più potenti Altri della città, e perciò cercavano di stare alla larga da quel posto. Schiacciai il bottone e immediatamente le porte di uno degli ascensori si aprirono. Entrai e controllai automaticamente se per caso qualcuno non stesse affrettandosi per salire.

E vidi Anton, che aveva appena superato la guardia inerte all'ingresso. Come aveva fatto a seguirmi? Aveva requisito anche lui uno scooter o una moto? Mi fermai ad aspettarlo.

Lui mi guardò pensosamente e con la stessa aria di attesa.

Allora premetti il pulsante, le porte si richiusero, e l'ascensore cominciò a salire. Ma non arrivò subito in cima all'edificio: si fermò grosso modo a due terzi della sua altezza.

Per salire più in alto occorreva usarne un altro, attivo esclusivamente ai piani superiori. Al luogo in cui dovevo andare si accedeva solo da un'ampia scalinata di marmo, dai gradini macchiati di calce, che conduceva a un portone aperto nel

Crepuscolo, ma saldamente serrato nel mondo degli uomini.

Il canto cerimoniale dei Piknik terminò nel momento in cui giunsi ai piedi della scalinata. Il lettore MP3 scelse a caso e mandò un altro pezzo:

Sogno cani, sogno bestie,
ho sognato che mostri con occhi sfolgoranti
mi afferravano per le ali e dall'alto dei cieli
precipitavo giù come un angelo càduto…

Prima di quel momento avevo ascoltato la canzone dei Nautilus solo di sfuggita; ora invece all'improvviso risuonò forte dentro di me. Mentre mi calavo nel Crepuscolo e mi avvicinavo al portone, mi misi a cantare insieme a Butusov.

Non ricordo la caduta, ricordo soltanto
il colpo sordo contro le gelide rocce.
Davvero ho potuto volare così in alto
per poi precipitare come un angelo caduto?
Giù diritto fino al punto da cui
eravamo partiti, nella speranza di una vita nuova.
Giù diritto fino al punto da cui
guardavamo avidamente la volta celeste.
Giù diritto…

Benché il suono fosse tutto contenuto nei minuscoli auricolari e si dissolvesse già a un passo di distanza, qualsiasi Altro poteva sentirci cantare. Entrammo insieme nel locale in cui si stava tenendo la seduta. Io e l'angelo caduto.

Ho cercato di essere giusto e buono,
e non mi è parso né terribile né strano
che giù sulla Terra le folle accorressero
a vedere come cade un angelo…

Geser. Zavulon. Maksim l'Inquisitore. Quelli delle Tenebre, con cui negli ultimi giorni avevo preso il caffè e conversato: Edgar, Jura, Kolja, Anna Tichonovna. Quelli della Luce, con cui negli ultimi giorni mi era capitato di combattere e punzecchiarmi: Ilja, Garik, Tolja, l'orso mutantropo. Volti sconosciuti di gente delle Tenebre e della Luce. Altri ancora, evidentemente estranei alle Guardie. Due individui dalle lunghe vesti: Inquisitori, probabilmente. E la maga della Luce, dal viso alterato. Un'espressione simile a quella degli uomini e degli Altri quando perdono i propri cari.

E nelle bocche spalancate col vento si raccoglie
neve bianca o dolce manna, o forse sono
soltanto le piume che mi lascio alle spalle
mentre precipito giù, come un angelo caduto...

Dopodiché fui irrefrenabilmente trascinato lungo la gradinata immaginaria, fino alla sommità della misteriosa piramide su cui per tutto quel tempo mi ero arrampicato; praticamente nello stesso istante i due Inquisitori dalle lunghe vesti tolsero il divieto all'uso della magia superiore. Svetlana lanciò contro di me una nube pronta a esplodere, un grumo di forza al cui confronto i megatoni delle bombe atomiche impallidiscono e scompaiono.

Il tempo si fermò. E compresi tutto: tutto ciò che era successo, che stava succedendo in quel momento e che era destinato a succedere di lì a poco. Tutto. Un nodo mi strinse improvvisamente la gola. Deglutii.

Ero diventato il mago più potente sulla faccia della Terra. Un mago fuori categoria. Re per una notte, anzi, per un secondo: ed ero l'unico in quella sala decrepita a non avere un futuro.

E allora capii cosa significava essere uno Specchio! Ero solo un piccolo contrappeso che il Crepuscolo getta sul piatto della bilancia quando si rompe l'equilibrio tra la Luce e le Tenebre.

Tra le Forze della Luce era apparsa una Grande Maga. Tra quelle delle Tenebre non si era manifestato nulla di analogo. La Luce, dunque, aveva la possibilità di sconfiggere le Tenebre una volta per tutte.

Ma non può esistere Luce senza Tenebre, perciò il Crepuscolo mi aveva generato. Aveva trovato uno strano Altro, estraneo a entrambe le parti, un Altro dall'aura immacolata, e lo aveva tinto di Tenebre. Gli aveva tolto ogni ricordo e lo aveva dotato del potere di riflettere e assorbire la forza altrui.

Più forte lo colpivano, più forte diventava. A ogni colpo, un gradino in più lungo la scala. E quando non ci fossero più stati gradini su cui balzare – oltre la cima ci sono solo l'eternità e il Crepuscolo – lo Specchio si sarebbe dissolto per non alterare l'equilibrio.

Mi aspettava il Crepuscolo, per sempre. Non sapevo cosa sarebbe successo del corpo di Vitalij Rogoza, fino a poco tempo addietro Altro senza destino. Non sapevo cosa sarebbe successo della sua memoria e della sua personalità: a ogni apparizione dello Specchio, le cose si dispongono in maniera diversa. Sapevo soltanto che il mio io attuale, che aveva preso coscienza di sé nel gelido parchetto di Nikolaev prima del treno per Mosca, sarebbe scomparso per sempre e si sarebbe trasformato in una debole ombra evanescente, in un abitatore illusorio del Crepuscolo. O semplicemente in parte di esso: il Crepuscolo non è così inerte come si è abituati a credere.

Compresi tutto questo un istante prima di assorbire fino all'ultima briciola tutta la forza di Svetlana. Per uno strano scherzo del caso, la giovane si era convinta di aver perduto Anton Gorodeckij. Perché ero entrato nella sala del Tribunale con lo stesso iPod di Anton, con una copia della playlist di Anton al suo interno e con la canzone preferita di Anton sulle labbra e nell'anima. Capii che l'Inquisizione sapeva la verità, eppure nessuno degli Inquisitori diceva una parola per tranquillizzare gli Altri. Tutti erano sicuri che mi fossi scontrato con Anton, e che in quello scontro lui fosse morto. Quelli della Luce conoscevano le sue canzoni preferite.

— Muori!

"Non morirò, Svetlana" pensai "o meglio, morirò, ma non adesso. Io sono lo Specchio. Se cerchi di distruggermi ti indebolisci e io divento semplicemente più forte. Riesco già a vedere ciò che ti aspetta: trenta, cinquant'anni di lenta, interminabile riabilitazione, tanto sconsiderato è stato lo sperpero di forza.

Pian piano recupererai ciò che hai perso: trent'anni e più sono un tempo perfettamente adeguato, per le Tenebre, un tempo sufficiente per la preparazione di un nuovo tentativo di rottura dell'equilibrio. Difficile, per ora, dire da parte di chi. Ti aspettano anni in cui potrai vivere felice con Anton, o forse no, ma in ogni caso per tutti questi anni sarete alla pari. Perdi la forza, ma ti offro una possibilità che a me è preclusa."

La musica cessò: il lettore non resse all'urto della magia e andò in mille pezzi. Le macchine reagiscono molto male agli incantesimi di una certa potenza. Il berretto volò verso l'uscio e il giaccone si strappò in diversi punti. Riuscii a stento a reggermi sulle gambe, ma ci riuscii.

— Uno Specchio! — esclamò Geser con tutta una serie intraducibile di sentimenti e intonazioni nella voce. — Per la terza volta, e sempre delle Tenebre!

— Sì, ma non eravamo noi a voler rompere l'equilibrio, collega!

Zavulon. Il capo della Guardia del Giorno non nascondeva la propria esultanza. Oggi era tra i vincitori. E quelli della Luce erano gli sconfitti. Del resto, quante volte era successo il contrario?

Devastata, sconvolta, schiacciata dal dolore fino a un attimo prima, adesso Svetlana non riuscì a trattenere la propria gioia.

— Anton! — gridò.

In piedi, sulla porta, c'era Anton Gorodeckij, mago della Luce, vivo e incolume. Entrò subito dopo di me.

— Grazie, Anton! — gli disse Zavulon. Impossibile descrivere la sua contentezza. — Hai fatto esattamente quello che volevo. Spero che tu voglia gradire una ricompensa.

— Che cosa? — esclamò Geser. — Anton?

Zavulon si alzò ridendo piano. Il capo della Guardia della Notte si limitò a guardare di sbieco il suo avversario ubriaco di trionfo, prima di rivolgersi nuovamente ad Anton. Ma questi andò verso Svetlana, che sprizzava felicità e sembrava non capire più nulla. La abbracciò, poi mi si avvicinò.

Ci fissammo per qualche secondo. Da nemico a nemico. Da Altro a non-Altro. Proprio non so come dirlo in modo che suoni veritiero: di verità ne esistono sempre come minimo due.

— Prendi — disse Anton. E mi porse il suo iPod.

— Grazie — mormorai. Staccai dalla cintura ciò che restava del mio come se in quel momento fosse la cosa più importante, e pensai: "Ora l'Inquisitore si alzerà in piedi e mi dirà che posso andare." Naturalmente indovinai: i maghi del mio livello non possono sbagliarsi, anche se sono non-Altri.

— Nel nome del Patto — scandì Maksim, come sempre in tono secco e impassibile — poiché è stato chiarito con certezza che Vitalij Rogoza non è un Altro nel senso comune del termine, le azioni compiute dalla Guardia della Notte nei suoi confronti non costituiscono oggetto di esame da parte dell'Inquisizione. Lo stesso Vitalij Rogoza non è soggetto alle disposizioni del Patto. Viene dunque lasciato al proprio destino.

Come se per me fosse esistito un destino, un tempo! Per me, per gli Specchi venuti prima di me, per il piccolo Egor, il cui tempo non era ancora giunto...

— L'Inquisizione ha concluso la disamina dei fatti — disse Maksim abbracciando i maghi con lo sguardo. — Ci sono osservazioni o proposte da parte delle Guardie?

Schiacciai PLAY, mi voltai e mi allontanai lentamente. Il giaccone strappato mi rendeva simile a un senzatetto o a uno spaventapasseri, ma chi mai poteva spaventarsi? Il nuovo lettore era impostato sulla selezione casuale dei brani. Di nuovo, tra decine e decine di tracce, scelse quella giusta. Kipelov e Mavrin. "Tempi cupi". La sola cosa che mi restava era la musica. E allora mi misi a cantare.

Tempi cupi!
L'illusione della libertà a repentaglio.
Sangue addosso
come in un brutto sogno.
La gente si trastulla,
si abbattono i vecchi dei,
la gente prega,
aspetta una parola di giustizia!
In cielo una cometa ..
segno certo di sventure in arrivo.

I guerrieri della Luce
bruciano i caduti sulle pire.
I guerrieri delle Tenebre
assediano il mondo.
Migliaia di uccelli
crollano a terra per la pioggia.

Tempi cupi, per chi si è alzato solo per precipitare, per l'angelo caduto, per l'angelo delle Tenebre. Tempi cupi per te e per gli Altri. Tempi in cui non si riesce a distinguere la Luce dalle Tenebre e le Tenebre dalla Luce. Tempi di morte e di guerre. Tempi cupi.

Non sappiamo chi siamo…
figli della stella rossa,
figli della stella nera
o di nuove tombe…
La danza della Morte è semplice e terribile,
ma finché non sarà giunta l'ora
per tutti i nostri peccati,
i tempi cupi saranno il nostro castigo!

"Anch'io non so di chi sono figlio. So soltanto una cosa: per colpa dei peccati altrui, i tempi cupi castigano molto più spesso chi di peccati non ne ha commessi. O se anche ne ha commessi, non sono certo quelli per cui viene punito. Ma a me non è stato permesso di scegliere, non mi è stato dato un destino."

Siamo ancora vivi.
Qualcuno si salverà, qualcun altro no.
Una folata furiosa
e si spegne la luce nella nostra fortezza,
la bandiera stracciata
è il segnale
della resa al nemico,
ma non ci prenderai…
siamo ancora vivi!

Sono ancora vivo, e canto, anche se so perfettamente che nella prossima canzone di Kipelov e Mavrin si dice così:

Non pregarmi: non ti prenderò con me.
Non guardarmi: non conosco il senso della vita.
Non sperare di carpirmi segreti.
È tutto: sono solo uno spirito che svanisce!

"Sono solo uno spirito, sono solo uno Specchio. Uno Specchio che riflette tutto ciò per cui è stato invocato. Ma non posso non pregare e non credere. Me ne vado, scompaio, eppure imploro, spero, ho fede: prendetemi con voi! Prendetemi!

Io credo.

Spero.

Credo.

Spe..."

TERZA STORIA

FORZA SPECIALE

Prologo

Fu Jucha Mustajoki a fermare il taxi. Adesso era lui il più vecchio del piccolo gruppo. Jari Kuusinen e Rajvo Nikkilja si ficcarono in silenzio sul sedile posteriore della vecchia Ziguli, Jucha si sedette davanti.

— Ci porti a Se-rie-mie-tie-vo — articolò scrupolosamente. Per Mustajoki il russo era la lingua madre. Anche se l'aveva dimenticata quasi del tutto, gli rimaneva uno spiccato talento per le lingue e, vivendo nelle vicinanze della frontiera russa, andava regolarmente a bere a Piter. Gli altri preferivano il traghetto per la Svezia: di notte, durante la traversata, ci si poteva allegramente sbronzare con i liquori comprati al duty-free; di giorno, a Stoccolma, si poteva smaltire la bevuta con una bella dormita (tanto a nessuno interessava la città); al ritorno, poi, ci si poteva dedicare di nuovo alle bevande di lusso. Mustajoki, invece, andava testardamente a Piter.

— Ci porti in fretta, ma pru-den-te-men-te.

Il guidatore li portò. In fretta, ma prudentemente. Portare all'aeroporto degli stranieri era un piacere: non capitava spesso una tale fortuna a un ingegnere disoccupato che si arrangiava lavorando come tassista abusivo. Una fortuna ancora maggiore adesso, sotto Capodanno.

I tre Altri, seduti in silenzio, non ascoltavano i pensieri del guidatore anche se avrebbero potuto farlo. Superata la circonvallazione, Jucha si voltò verso i suoi compagni e disse: — Possibile che ce ne stiamo andando, fratelli?

Jari e Rajvo annuirono in silenzio. E davvero era difficile credere che fossero finiti gli interrogatori della Guardia della Notte, le visite dei tetri agenti dell'Inquisizione, le brighe dell'abile vampiro-avvocato della Guardia del Giorno, celebre sia tra gli uomini sia tra gli Altri.

Ce l'avevano fatta. Ce l'avevano fatta, e adesso potevano lasciare la terribile, fredda, inospitale città di Mosca. Anche se non ancora diretti a casa, ma a Praga, dove si era recentemente trasferito l'Ufficio europeo dell'Inquisizione. In ogni caso erano stati rilasciati. Con qualche limitazione nei loro diritti, con l'obbligo di registrarsi all'atto dell'arrivo, ma in ogni caso...

— Povero Ollykajnen... — sospirò Rajvo. — Pensare che la birra ceca gli piaceva così tanto. Diceva che è la migliore del mondo, dopo la Lapin Kulta. Non la berrà mai più...

— Ne berremo un boccale in suo onore — propose Jari.

— Tre boccali — decise Jucha. — Era il più degno dei Fratelli di Regin.

— E noi? — chiese Jari, dopo un attimo di silenzio.

— Anche noi siamo degni — convenne Jucha. — Abbiamo compiuto il nostro dovere.

Per qualche motivo, a quelle parole tutti e tre abbassarono gli occhi.

La piccola setta delle Forze delle Tenebre che si era data il nome di Fratelli di Regin esisteva a Helsinki da quasi cinquecento anni. Facevano parte di quei pochi Altri che non avevano accettato ufficialmente il Patto, ma che non l'avevano neppure mai seriamente infranto da nessun punto di vista, e di conseguenza entrambe le Guardie avevano preferito lasciar correre. A quanto pare, alle Forze della Luce non dispiaceva che venti o trenta maghi delle Tenebre si occupassero di antichi rituali, canti e ricerche archeologiche varie; e le Forze delle Tenebre, dopo aver provato un paio di volte a coinvolgere i Fratelli di Regin nelle attività dei Guardiani del Giorno, non li avevano più presi in considerazione.

Fino a poco tempo prima sia Jucha sia Jari, Rajvo e il loro defunto compagno Pasi Ollykajnen avevano considerato l'appartenenza alla setta come una specie di gioco curioso e non privo di aspetti divertenti. I loro padri e i loro nonni ne avevano fatto parte, e anche i loro figli sarebbero stati Fratelli di Regin. Figli adottivi, naturalmente. Capita raramente, infatti, che un Altro abbia la fortuna di avere un figlio dotato dei poteri. È un evento comune solo tra gli Altri di livelli più bassi, come i vampiri o i mutanti.

Per i maghi della piccola setta finlandese le cose erano più difficili. Dovevano correre su e giù per il mondo alla ricerca di piccoli Altri da adottare, educare e indirizzare alla grande causa del servizio a Fafnir. Di regola questi bambini si trovavano nei paesi più esotici e meno sviluppati.

Rajvo, per esempio, proveniva dal Burkina Faso. Era ancora un bambino piccolo dagli occhi sporgenti, con le gambette storte e rachitiche e la pancia gonfia, quando era stato venduto dai suoi genitori per quattordici dollari. I Fratelli di Regin l'avevano curato, allevato e gli avevano insegnato il finlandese. Chi avrebbe potuto pensare, guardando quel bel ragazzo snello dalla pelle scura, che la sua origine fosse così discussa?

Jari era stato scovato tra i tuguri di Macao. A soli quattro anni era già un abile ladro, grazie alle straordinarie capacità magnetiche, che l'avevano fatto notare ai suoi futuri genitori adottivi. Nel suo caso non vi era stato neppure bisogno di pagare qualcuno. Jari era rimasto piccolino, ma la sua intelligenza penetrante e le sue doti magiche avevano dato grandi soddisfazioni ai Fratelli di Regin.

Jucha invece veniva dall'ex Unione Sovietica. Più precisamente, da un villaggio dell'Ucraina meridionale. Fin dall'infanzia era stato divorato dalla passione per il vagabondaggio: a sette anni aveva attraversato tutto il paese un po' su treni merci e un po' con l'autostop, aveva passato la frontiera a piedi e aveva bussato al villino dei coniugi Mustajoki, membri fedeli della setta. Una coincidenza spiegabile soltanto con una predestinazione magica.

Solo il defunto Ollykajnen – maligna ironia della sorte – era un finlandese autentico.

All'autista non era ancora mai capitato di trasportare una compagnia così singolare: un ragazzo bianco, un africano nero come la pece e un asiatico piccolo con gli occhi a mandorla. Come se non bastasse, tutti e tre parlavano tranquillamente finlandese. O forse era svedese? Ne succedono di cose strane nella vita…

All'aeroporto i Fratelli per prima cosa studiarono il tabellone dei voli, ma la Russia perfida e assurda aveva preparato loro un ultimo scherzetto: il volo per Praga era stato rimandato per la quarta volta. C'era la possibilità di un volo in transito per Duisburg con scalo a Praga, che però non compariva sul tabellone; c'era segnato un volo per Madrid, anch'esso con scalo a Praga, ma a un'ora estremamente scomoda. Finì che dovettero cambiare completamente programma quando erano già davanti alla biglietteria, causando un accesso di furore del tutto ingiustificato nel ragazzo robusto, munito di catenona d'oro e di cellulare, in fila immediatamente dietro di loro. Il ragazzo sembrava intenzionato a dare uno spintone al piccolo Jari, ma Rajvo fece in fretta un incantesimo di deferenza, e nessuno, nella piccola coda alle loro spalle, ebbe più nulla da dire a proposito delle consultazioni dei metodici finlandesi.

— Prendiamo il volo per Duisburg — decise alla fine Jucha. — È più comodo e c'è meno da aspettare. Il volo per Praga lo rimanderanno ancora tre volte, vedete?

Certo che lo vedevano. I fili della realtà si intrecciavano in un piccolo nodo, e lo sfortunato aereo sarebbe riuscito a decollare solo a tarda sera.

La sensazione quasi dimenticata della libertà li inebriava più di quanto avrebbe potuto fare la loro amata Lapin. Mentre Jucha era alle prese con l'impiegata, graziosa nonostante l'aria esausta, Jari e Rajvo osservavano la sala con grande piacere: i passeggeri che andavano e venivano, le commesse nei negozietti bene illuminati, le rappresentanze delle diverse compagnie aeree, identiche in tutti gli aeroporti del mondo.

Jari notò un Altro. — Guarda!

Al banco di un bar, non lontano dall'uscita per l'imbarco, c'era un mago della Luce che stava bevendo il caffè da una tazzina verde scuro. Accanto, appoggiata su uno sgabello, aveva una borsa da viaggio semivuota.

Per qualche istante Jari e Rajvo studiarono l'aura dell'Altro, che era perfettamente equilibrato e controllava benissimo le sue emozioni. Probabilmente li aveva notati, ma faceva finta di niente.

— Ma quando si decideranno a lasciarci in pace? — sospirò Rajvo.

— Pensi che ci stia seguendo?

— Certo — disse Rajvo in tono convinto. — Siamo tenuti a presentarci alla seduta in Tribunale. E la Guardia della Notte di Mosca deve assicurarsi che i testimoni liberati partano per Praga. Vedrai che ci accompagnerà fino alla scaletta.

— Ma dobbiamo aspettare quasi cinque ore!

— Che fretta vuoi che abbia? Sta lavorando...

Jucha li raggiunse con i biglietti in mano. Emanava una leggera traccia di magia: trovare i biglietti per quello stesso giorno sarebbe stato impossibile senza agire sia sull'impiegata sia sulla direzione dell'aeroporto.

— Ecco, tenete... — cominciò, ma si bloccò subito. Guardò attentamente gli altri Fratelli e chiese in tono allarmato: — Cosa c'è?

— Una spia. Là, al banco.

Jucha guardò da quella parte e lo vide.

E in quello stesso istante l'aura della spia, di un bel turchese uniforme, venne attraversata da una striscia bordeaux scuro.

— Si agita — notò Jari.

— Eccone un altro! — disse Rajvo. — Là, davanti all'uscita.

Effettivamente, proprio davanti alle porte a vetri, c'era un tipo bruno, piuttosto robusto, sui trent'anni; con una mano si asciugava la fronte con un fazzoletto, e con l'altra teneva il telefono all'orecchio.

Non parlava, evidentemente stava ascoltando una serie di istruzioni. Accanto aveva una ventiquattrore.

Questo Altro era un mago delle Tenebre.

— Ci stanno dietro anche questi — borbottò Rajvo.

— Ma cosa abbiamo di così interessante? — osservò Jucha. — Non hanno niente di meglio da fare all'aeroporto internazionale di Mosca?

— Stai attento, Fratello! — lo riprese Jari. — Sai che la negligenza rattrista e allarma Fafnir…

Jucha pensò che dopo l'operazione miseramente fallita del trasporto a Mosca dell'Artiglio, il rinato Fafnir avrebbe dovuto incenerirli tutti e quattro. Cioè, i tre superstiti. Ma a voce alta, come al solito, non disse niente.

Nel frattempo il mago della Luce aveva finito di bere e, dopo aver lanciato un'occhiata scontenta in direzione del mago delle Tenebre, si era diretto dalla parte del ristorante. La sua aura aveva ripreso il colore turchese, appena segnato da una traccia color ciliegia dove qualche minuto prima c'era stata la striscia.

Il mago delle Tenebre, invece, continuava a parlare al telefono. O meglio, ad ascoltare.

— Vogliono essere sicuri che partiamo davvero — ripeté il perspicace Rajvo. — Ma siamo noi i primi a essere felici di andarcene!

Rajvo si sbagliava. Il mago della Luce girò un po' su e giù per l'aeroporto, e poi tornò a installarsi al bar, ordinò un altro caffè e si mise a leggere un libricino. Il mago delle Tenebre smise finalmente di telefonare e si avvicinò alla biglietteria, mentre i Fratelli avvertivano una traccia di magia. Abbastanza forte, di quarto livello, più o meno.

— Che cosa sta facendo? — si preoccupò Rajvo. — Prende anche lui un biglietto? Eh? Jucha, non vorrà darci fastidio?

— Perché? — si stupì Jucha. — Guardate.

Il mago delle Tenebre si stava allontanando con un biglietto in mano.

— Qualcuno si ritroverà con la prenotazione annullata — osservò Rajvo. — Niente male! Ci sarà una bella scenata.

Al momento della registrazione, quattro ore dopo, la scenata ci fu davvero, quando tutti si ritrovarono nella stessa fila. Proprio tutti, compreso il mago della Luce. Uno dei passeggeri fu gentilmente informato che il biglietto che gli era stato venduto non era valido, che la compagnia si scusava e lo pregava di ritirarne uno per il volo successivo.

Il mago delle Tenebre osservò la sfuriata del passeggero come se niente fosse. Forse addirittura con un accenno di sorriso. I Fratelli di Regin, invece, non erano molto allegri: sia il mago delle Tenebre sia quello della Luce si sarebbero imbarcati sul loro stesso aereo.

— Hanno deciso di accompagnarci fino a Praga — disse alla fine Rajvo. — È gente che fa le cose sul serio.

Jucha scosse la testa: — No, fratello. C'è sotto qualcosa. Vedrete che non è ancora finita...

Capitolo 1

Geser aveva convocato Anton verso sera, quando gli analisti e i tecnici se n'erano già andati, e gli operativi del turno di notte stavano giusto cominciando ad arrivare al quartier generale. Nei corridoi del primo piano c'era profumo di caffè appena fatto, di ciambelline alla cannella ancora calde e anche, appena percettibile, di tabacco aromatico: quell'anno la moda di fumare la pipa aveva contagiato praticamente tutti gli agenti della Guardia della Notte. Neanche le ragazze erano riuscite a resistere.

Già da un anno Anton non lavorava più al centro informatico, e al suo posto a dirigere computer e operatrici adesso c'era Tolja. Un mago di secondo livello – il livello che Anton aveva ricevuto all'inizio dell'anno – è troppo potente per starsene seduto in poltrona a digitare sulla tastiera e a inserire ogni tanto qualche nuovo programma.

— Prendi un caffè? — gli aveva chiesto Semen. Anton gli aveva fatto cenno di sì e in quello stesso istante il telefono si era messo a squillare. Nella stanzetta dei quattro operativi – Anton, Semen, Garik e Orso – si era fatto subito silenzio. Le chiamate del capo le percepivano tutti, e percepivano anche chi era il destinatario.

Anton prese il ricevitore sotto lo sguardo attento dei suoi compagni.

— Passa da me, quando ti liberi — gli disse Geser, senza salutarlo. — Finisci di bere il caffè e vieni.

— Va bene — rispose Anton in tono tranquillo. — Come vuole, Boris Ignatevic.

Rimase un attimo soprappensiero e accese la pipa. Se Geser

non lo aveva avvertito subito che si trattava di un affare urgente, significava che si potevano fare le cose con calma.

— È in arrivo una strigliata? — azzardò Garik. Anton si limitò a stringersi nelle spalle. Poteva arrivargli qualsiasi cosa. Da un'accusa di tradimento della causa dei Guardiani della Notte fino a una promozione. Dalla richiesta di starsene per un po' in ufficio e di non farsi vedere in giro all'ordine di assaltare il quartier generale della Guardia del Giorno. Quando un mago di livello superiore ha in mente qualcosa, è inutile cercare di indovinare di che cosa si tratti. Soprattutto se è di un umore orribile, come Geser in quegli ultimi mesi.

In realtà erano un po' tutti di un umore orribile. Quell'anno era stato una sequela di fallimenti. Era cominciato tutto in estate, quando il banalissimo arresto di una strega che praticava illegalmente era sfociato in uno scontro con i Guardiani del Giorno. Poi Igor, il bravo e simpatico Igor Dmitrievic Teplov, ferito in quello scontro, spedito all'Artek per recuperare le forze, era caduto in una provocazione delle Forze delle Tenebre. La strega Alisa Donnikova era riuscita a incantarlo e a farlo innamorare. Lei, intrigante amica di Zavulon, già più di una volta si era immischiata negli affari più delicati della Guardia della Notte. Questa volta però Alisa non era rimasta impunita: Igor alla fine era riuscito a eliminarla, ma per farlo aveva superato i limiti previsti dalla autodifesa. Adesso la sua sorte era appesa a un filo.

Un mese prima era comparso Vitalij Rogoza, e quello era stato decisamente un grosso guaio. All'inizio l'avevano preso per un normale mago delle Tenebre, poi avevano cominciato a sospettare che l'ospite arrivato dall'Ucraina fosse in realtà un emissario venuto in aiuto dei Guardiani del Giorno, mentre alla fine avevano scoperto che Rogoza era uno Specchio, un caso estremamente raro, documentato meno di dieci volte in tutta la storia delle Guardie. Di fatto era un'emanazione diretta del Crepuscolo, che aveva modellato dal nulla non un uomo straordinario, e forse neppure un Altro, ma una mostruosa macchina da guerra. Se almeno l'avessero capito subito... Purtroppo non l'avevano capito. E nella lotta con lo Specchio Tigrotto era morta, Svetlana aveva perso la forza e molti altri maghi avevano subito danni.

Molto, molto male…

Anton si era maledetto tante volte per non aver pensato di condurre un'analisi dettagliata delle circostanze legate alla comparsa dello Specchio. Perché gli archivi segreti contenevano alcuni casi simili, cominciati con la comparsa di un mago non registrato, le cui forze aumentavano rapidamente fino allo scontro decisivo e alla sua scomparsa. Tutto coincideva, fino all'ultimo momento, quando Vitalij Rogoza si era dissolto nell'aria, dileguandosi nelle profondità del Crepuscolo che l'aveva generato.

Ma una cosa era la mancanza di Anton, Garik o Semen, per i quali lo Specchio era solo uno dei tanti casi esotici che avevano incontrato solo a scuola o nelle ricerche d'archivio… E perché nemmeno Geser o Olga, con la loro esperienza, avevano capito subito tutta la verità? Loro avevano già incontrato altri Specchi.

Era andata male, si era concluso tutto in modo così infelice, come se la Guardia del Giorno, stizzita per i recenti successi dei Guardiani della Notte, si fosse messa a sferrare un colpo dietro l'altro. Mandandoli tutti a segno, bisognava riconoscerlo.

Anton scosse la testa per rifiutare l'offerta di una seconda tazza di caffè. Pulì accuratamente la pipa, lanciando istintivamente un'occhiata di sottecchi a Orso. Anche lui puliva una piccola pipa lunga e sottile, appartenuta a Tigrotto, che la fumava di tanto in tanto, soprattutto per fare compagnia agli amici. Adesso che Tigrotto non c'era più, Orso fumava un po' quella e un po' la sua. Bisogna dire che quel modo così attento di maneggiare la pipa era stata l'unica espressione della sua emozione per la morte di Tigrotto, oltre allo sguardo fisso con cui aveva osservato la disincarnazione di Vitalij Rogoza. Uno sguardo pieno di un rammarico angoscioso: Rogoza gli stava sfuggendo, e lui non avrebbe mai potuto soddisfare la sua sete di vendetta. Come Aliser, un agente della Luce dell'Uzbekistan, il cui padre era stato ucciso da Alisa l'anno precedente.

Anton aveva un conto in sospeso anche con la Guardia del Giorno e con il suo capo. Un conto che non sarebbe stato saldato. Il Patto incatenava entrambe le Guardie, l'Inquisizione vigilava che non venissero commesse infrazioni, e l'unica possibilità era buttarsi comunque e sfidare il nemico a duello, come aveva fatto Igor, per esempio. Con che risultato, poi? La strega era morta, ma anche Igor era a rischio di disincarnazione. Aspettava la decisione dell'Ufficio europeo dell'Inquisizione, e non era difficile immaginare quale sarebbe stata.

Anton si alzò, fece un cenno agli amici e si diresse dal capo, al secondo piano. Si sentiva schifosamente e non lo rallegrava neppure l'idea delle feste imminenti.

Soltanto sulla soglia dello studio del capo Anton fu colto dalla curiosità. Avvertiva una protezione magica molto potente. Tutto l'edificio della Guardia della Notte era già comunque schermato, gli studi degli agenti e le sale riunioni erano dotati di una copertura supplementare. Quel giorno tuttavia pareva che Geser avesse deciso di non correre il benché minimo rischio: nel corridoio l'aria era pesante, immobile, imbevuta di energia, e un muro invisibile proseguiva all'interno del Crepuscolo, ben oltre i primi due strati accessibili ad Anton.

Entrò nello studio, chiudendo accuratamente la porta dietro di sé. Sentì alle sue spalle il leggero movimento della rete protettiva che, dopo la sua intrusione, tornava a serrarsi.

— Siediti, Anton — disse Geser. E in tono assolutamente amichevole aggiunse: — Tè, caffè?

— Grazie, Boris Ignatevic — rispose Anton, usando il nome umano di Geser. — L'ho appena bevuto.

— Una birra? — gli propose inaspettatamente Geser.

Anton soffocò a fatica l'istintivo desiderio di stropicciarsi gli occhi o, ancora meglio, di darsi un pizzicotto. Geser non si era mai sottratto alle gioie della vita: gli piaceva ogni tanto farsi un giro in una discoteca, flirtare con qualche stupida ragazzina e magari passarci la notte; o scegliere uno squisito ristorante esotico, e divertirsi a far trottare avanti e indietro i camerieri con le richieste più folli e a mandare in confusione i cuochi con la sua competenza in materia; o anche andare a divertirsi con i colleghi, a bersi una birra alla buona, con l'abramide affumicata, o una vodka con i cetriolini, oppure un vinello con la frutta.

Una cosa sola non sopportava assolutamente: introdurre

qualsiasi tipo di distrazione sul luogo di lavoro. Per una bottiglia di cognac, divisa tra dieci agenti della sezione analitica in occasione del compleanno di Julja, la più giovane delle streghe della Guardia e un po' la beniamina di tutti, aveva punito i colpevoli con un'inventiva addirittura geniale. Non li aveva salvati neppure l'intercessione di Olga, che aveva preso parte a quella piccola follia insieme ai suoi colleghi. Il castigo era stato selezionato caso per caso, in modo che colpisse ciascuno nel suo punto più sensibile. Julja, per esempio, era stata costretta a non frequentare per una settimana la sede della Guardia, e ad andare a scuola con i suoi coetanei, e poi in qualche gelateria con i compagni, piuttosto che al cinema o in discoteca con le compagne. Era ritornata in sede schiumante di sdegno e per lungo tempo aveva continuato a ripetere: «Dio mio, se sapeste, come sono tutti stupidi! Li odio!» Per quella dichiarazione, poi, le era toccato un giorno in più di punizione. E una lunga conversazione con Geser sul tema: "Può una strega della Luce provare sentimenti negativi nei confronti degli uomini?"

Per tutti questi motivi Anton non si era ancora accomodato sulla poltroncina davanti a Geser, ma era rimasto lì impalato.

— Siediti — lo invitò il capo. — Cosa fai in piedi? Allora, la vuoi una birra?

— Non mi sembra il tempo giusto — rispose Anton, indicando con lo sguardo la finestra. Fuori la neve cadeva in grandi fiocchi pesanti, la classica tormenta di Natale. — Non è il tempo giusto... e forse nemmeno il luogo?

Senza che l'avesse deciso, l'ultima parte della frase gli era uscita in tono leggermente interrogativo. Geser rimase un istante soprappensiero.

— Hai ragione: si potrebbe anche andare in qualche posticino divertente — riprese poi, con un guizzo di interesse. — Per esempio in quel piccolo caffè sulla Jugo-Zapadnaja, dove vanno i dentisti. Ci pensi? Il caffè preferito dei cavadenti moscoviti! E c'è anche una pizzeria sulla Belorusskaja che è una vera delizia.

— Boris Ignatevic — Anton non si trattenne più — ma come fa a scovare questi posti? Il ristorante preferito dagli sciatori, il bar delle lesbiche, la tavola calda dove vanno sempre gli idraulici, e quella dei filatelici...

Geser allargò le braccia: — Anton, mio caro, lascia che ti ricordi ancora una volta con che cosa lavoriamo. Noi lavoriamo...

— Con gli agenti delle Tenebre — borbottò Gorodeckij sedendosi in poltrona.

— No, ragazzo, noi lavoriamo con gli *uomini*. E gli uomini non sono ancora pecore clonate, che ruminano tutti nello stesso momento per poi cacare insieme. Ogni uomo è un individuo a sé, ed è la nostra fortuna in quanto rende molto più complesso il lavoro degli agenti delle Tenebre, e insieme la nostra disgrazia in quanto rende più complesso anche il nostro. E per capire almeno un po' gli uomini, per le cui anime, alla fin fine, le Guardie combattono questa guerra infinita, dobbiamo conoscerli tutti. Non solo io, capisci? *Noi*. E dobbiamo capire ciascuno di loro, dal ragazzino brufoloso che ingoia pasticche di ecstasy in discoteca, al vecchio professore che dedica tutto il suo tempo libero alla coltivazione dei cactus... A proposito, il bar dove si ritrovano gli appassionati di piante grasse è abbastanza interessante come cucina ed estremamente originale come décor. Anche se adesso noi due non possiamo andare da nessuna parte. Hai percepito la protezione?

Anton annuì.

— Credimi, l'ho messa a ragion veduta. Garantirci la stessa sicurezza in un luogo pubblico sarebbe molto più complicato e in questo momento non posso permettermi un tale spreco di forze... — Geser si passò una mano sulla faccia, sospirando. Aveva effettivamente l'aria molto stanca. — A proposito... tieni. È un piccolo regalo.

Anton, stupito, prese dalle sue mani un piccolo oggetto. Una specie di globo, una pallina fatta di ossicini sottili... sì, proprio aghi di osso, curvati ad arco e fissati alle estremità a due dischetti di legno. All'interno la pallina era vuota. No, non era vuota: era piena di forza sonnecchiante, incatenata.

— Che cos'è? — chiese Anton in preda a un leggero panico.

— Beatitudine superconcentrata.

— Scusi?

Geser sospirò: — Stavo scherzando: è una figura retorica, un modo di dire, una metafora. Non sono neppure sicuro che la beatitudine esista davvero, figurati poi in forma superconcentrata. Quello che hai in mano, comunque, è un generatore magico di rumore bianco: se avrai la necessità di condurre un colloquio assolutamente, *assolutamente* segreto, che non possa essere ascoltato da nessuno con nessun tipo di strumento, ti basterà schiacciare questa pallina nel pugno. Probabilmente ti ferirai la mano, ma è un prezzo inevitabile. In compenso per le dodici ore successive sarai al centro di una sfera del raggio di dieci metri che niente potrà violare, né forze magiche né apparati umani. Rileveranno soltanto una serie di immagini, parole, azioni assolutamente pacifiche e innocenti. L'amuleto stesso non è identificabile con gli strumenti magici.

— Grazie — disse Anton tetro. — Non so perché, ma non è un regalo che mi ispiri molto.

— Vedrai che mi ringrazierai. Allora, la vuoi o no questa birra?

— La voglio. O anche qualcosa di più forte, già che ci siamo.

— Non infrangiamo troppo le nostre stesse regole — sorrise Geser. — Siamo pur sempre sul lavoro.

Premette un pulsante sul selettore e disse a mezza voce: — Olga, portaci due birre.

Appena chiuso il collegamento, Geser gli spiegò: — Galocka è una segretaria meravigliosa, ma è pur sempre una maga di quarto livello. E, anche senza rendersene conto, può passare qualche informazione al nemico. Così per oggi ho cambiato segretaria.

Un minuto dopo entrò Olga, reggendo un vassoio con due enormi boccali traboccanti di birra chiara, una caraffa di cristallo da due litri piena di altra birra e un piatto di formaggi assortiti.

— Ciao, Antoska — disse Olga in tono molto cordiale. — Ti piace, vero, la Budweiser?

— Qual è il mago chiaro che non ama la birra chiara? — cercò di scherzare Anton. La battuta non era granché, ma già soltanto la voglia di scherzare era una novità importante: non gli capitava da tanto di quel tempo!

— Come sta Sveta? — gli chiese Olga sempre con quel tono ultragentile.

— Sempre uguale...
— Zero assoluto?
Anton annuì.
— Una di queste sere passo — promise Olga. — Mi sembra che ormai sia pronta a ricevere qualche visita. E saprò consolarla un po', credimi.
Era vero. Chi avrebbe potuto consolare una Grande Maga, che aveva perduto per molto tempo i suoi poteri, meglio di un'altra come lei, privata per lunghi decenni della forza a causa di una trasgressione?
— Vieni, Olga — la incoraggiò Anton. — A Sveta farà molto piacere.
Geser tossicchiò.
Olga sbrigativamente concluse: — Anton... ti auguro buona fortuna. Ti auguro buona fortuna con tutto il cuore.
— Perché buona fortuna? — chiese Anton che non aveva capito.
Invece di rispondergli, Olga si chinò leggermente verso di lui e lo baciò dolcemente sulle labbra.
— Però! — si limitò a commentare Geser.
— Dopo che io e Anton ci siamo scambiati i corpi — osservò Olga con una punta di insofferenza — non hai proprio nessun motivo di essere geloso di lui. Tanto più per una simile sciocchezza. Va bene, ragazzi! Fate i bravi e non bevete troppo. Nel caso, chiamatemi.
— Nel caso? — ripeté Geser accigliandosi, ma Olga era già uscita. La seguì con lo sguardo e, quando la porta si richiuse, sospirò: — Certo che vivere con una Grande è una bella prova perfino per me. Tu come te la cavi?
— Svetlana non ha fatto in tempo a diventare davvero una Grande Maga — osservò Anton.
Prese il boccale e bevve un sorso di birra. Era straordinaria, come deve essere una vera birra.
— E ne sei contento?
— No. — Anton prese un pezzetto di formaggio di capra. — Direi proprio di no.
— Perché? — chiese Geser in tono blandamente curioso. —

Adesso avete davanti alcuni decenni di felice vita paritaria. Teoricamente un mezzo secolo.

— Ma che felicità ci può essere, Geser, se la donna che ami si sente un essere mutilato, incompiuto? — rispose Anton brusco. — E se la colpa di questo è mia, sia pure solo in parte?

— Solo in parte, dici?

Anton annuì: — Sì, solo in parte.

Geser tacque. E poi gli fece la domanda che Anton si aspettava ormai da tre settimane e che aveva quasi smesso di aspettare: — Raccontami che cosa ti è successo con Zavulon.

— È venuto a casa mia, di nuovo.

— Anche questa volta con l'aiuto del tuo vicino vampiro? — gli chiese Geser.

— No. Dopo quello che è successo il vampiro non ha più messo piede in casa mia. Non riesco proprio a capire come abbia fatto Zavulon.

Geser annuì, bevve un sorso.

— Poi Zavulon mi ha proposto di tradire. Mi ha detto che l'obiettivo fondamentale di Vitalij Rogoza era distruggere Svetlana o privarla dei suoi poteri. E che se io avessi tardato alla seduta dell'Inquisizione, Rogoza avrebbe privato Svetlana della forza.

— E tu hai accettato?

Anton ci pensò un attimo prima di formulare la risposta. Aveva già spiegato molte volte a Geser tutta quella storia – mentalmente, s'intende – eppure lo stesso non riusciva a trovare le parole giuste.

— L'unica alternativa, Geser, era il persistere dell'opposizione. Perciò la morte di Svetlana o...

— O...? — Geser era chiaramente molto interessato.

— O la morte di molti agenti meno importanti della Guardia, in modo che nel complesso l'indebolimento fosse equivalente.

Geser annuì: — L'hai capito da solo? Ma perché non ti sei messo in contatto con me? Perché non mi hai avvertito della visita di Zavulon?

— E come facevo a sapere che cosa aspettava? Magari proprio che mi precipitassi qui a chiederle consiglio. Zavulon stava chiaramente cercando di giocarmi, ma non riuscivo a capire quale fosse la trappola che aveva preparato. Poteva essere un errore tanto tentare di mettermi in contatto con lei, quanto tacere. Per questo ho scelto una terza via: ho cercato di impedire che Rogoza si avvicinasse a Svetlana. Nel modo più primitivo, e cioè tamponandogli la macchina.

— Bravo — disse Geser con una voce stridula che Anton non conosceva. — Bravo, Anton. Non ci sei riuscito, ma l'idea era buona.

— Ma perché non me l'ha detto, Boris Ignatevic? — chiese Anton, sollevando la testa. — Lei sapeva che era uno Specchio. O vuole dirmi che non è stato lei a condurre l'indagine sui fatti di Kiev nell'ottobre del 1906? O che la sua memoria non riesce ad abbracciare un piccolo secolo? La situazione era assolutamente analoga! Un certo Vladimir Sobolev arrivò a Kiev da Poltava e fu registrato dalla Guardia della Notte; pochi giorni dopo fu notato sul luogo dell'omicidio di una passeggiatrice con chiari segni di vampirismo; poco dopo fu sorpreso vicino a un sabba disperso...

— Per che cosa ti ho convocato? — lo interruppe Geser furibondo. — Per interrogarti su alcuni aspetti poco chiari dei tuoi rapporti con le Tenebre o per ascoltare le tue accuse?

— Mi ha convocato, Boris Ignatevic, per bere una birra con me. E per chiedermi qualcosa.

Geser trasse un respiro profondo. Poi scosse la testa: — Non ho intenzione di chiederti niente. Almeno finché ho il diritto di darti degli ordini.

— Prego — disse Anton soddisfatto. — Non solleverò nessuna obiezione e farò quello che mi ordina, dalla a alla zeta. Ma non so se è questo che le serve: un docile esecutore privo di qualsiasi spirito di iniziativa.

Geser allargò le braccia. — Va bene. Mi hai convinto. Voglio chiederti una cosa, Anton.

— Prima mi risponda... A proposito dello Specchio.

— Ascolta, allora. Lo Specchio è apparso nove volte, stando ai casi registrati e corredati da prove certe, e solo due volte dalla nostra parte. Le ultime tre apparizioni sono avvenute dalla parte delle Tenebre, sempre quando si notava un significativo squilibrio delle forze a favore della Luce e si stava progettando una qualche operazione di grande portata. Lottare con lo Specchio è impossibile: respinge qualsiasi attacco magico elevandosi al livello del suo avversario, e si difende dalle aggressioni normali con le armi magiche. Si può solo scegliere chi sacrificare: una decina abbondante di maghi semplici o qualcuno dei Grandi.

— E lei ha deciso di dargli Tigrotto e Svetlana.

— Io non ho deciso niente! Innanzitutto, fino alla morte di Tigrotto, non ero affatto sicuro di trovarmi davvero davanti a uno Specchio. — Geser batté un pugno sul tavolo, facendo spandere un po' di birra. — Non doveva morire nessuno: tutto doveva concludersi o con la cattura di Rogoza, che avrebbe dimostrato che non era uno Specchio ma un qualsiasi emissario di passaggio, oppure con la nostra ritirata. Non potevo immaginare che Tigrotto non avrebbe retto.

— Era una ragazza molto impulsiva.

— Non è vero, Anton. Era un'Altra energica, impulsiva, ma era anche capace di controllarsi in modo splendido. Ma quella sua esplosione... — Geser tacque per qualche istante. — Forse non mi sono reso conto di quanto avesse simpatizzato con Andrej Tjunnikov.

— Negli ultimi tempi si vedevano spesso — riconobbe Anton. — Lui andava a trovarla perfino fuori città, e tutti sappiamo quanto Tigrotto amasse la solitudine. Ma perché Andrej si era accostato a quel Rogoza?

— Per farsi bello davanti a Tigrotto — sospirò Geser. — Eh, siete proprio dei ragazzini, degli sbarbatelli che vogliono impressionare gli amici e si vantano della magia, delle ferite di guerra, dei talismani e degli amuleti... Perché fate tutte queste sciocchezze, proprio come gli uomini?

— Perché siamo uomini. Uomini Altri, ma sempre uomini. E diventiamo Altri solo a poco a poco.

Geser annuì: — Anche questa volta hai ragione, Anton. Bisogna vivere almeno una vita umana fino in fondo, per ottanta o cento anni, perdere i familiari e gli amici, vedere come sono ridicoli i politici che costruiscono imperi millenari, e i filosofi che formulano verità eterne per una o due generazioni. Solo allora diventi un Altro. Perché mentre vivi la tua prima, normale, vita umana, rimani umano, anche se sei capace di entrare nel Crepuscolo, di pronunciare un incantesimo o di leggere le linee della realtà. Tu per ora sei ancora umano, Anton, come lo è Svetlana. E anche Tigrotto e Andrej lo erano. Proprio su questo aspetto umano le Tenebre vi incastrano: per i momenti di debolezza, le emozioni...

— Ma l'amore è una debolezza?

— Se l'amore è in te, è una forza. Ma se sei tu a essere in amore, è una debolezza.

— Non siamo ancora capaci di amare in un altro modo.

— Non è vero, Anton. Con uno sforzo, ma ne siete capaci — disse Geser guardandolo negli occhi. — Allora? Sei ancora arrabbiato con me?

— No. Credo che lei abbia fatto tutto il possibile.

— Sì, ho fatto tutto il possibile. E la cosa più sorprendente è che ho avuto la meglio.

— La morte di Tigrotto e di Andrej, la condanna di Svetlana — esclamò Anton indignato. — Questo è "avere la meglio"?

— Sì, perché qualsiasi altra conclusione sarebbe stata molto peggio. E per quanto strano ti possa sembrare, quello che è successo non fa il gioco soltanto di Zavulon e dei suoi scagnozzi. — Geser sorrise. Un sorriso freddo, ironico, tutt'altro che buono. Minaccioso, piuttosto.

— A Svetlana questo non servirà comunque — osservò Anton. Ma tacque subito, perché Geser aveva scosso la testa: — Tutto deve ancora accadere, Anton. Questa storia è appena cominciata.

Il capo della Guardia della Notte si versò un secondo boccale di birra, ne bevve un sorso e si appoggiò allo schienale della poltrona.

— Boris Ignatevic...

— Anton, capisco tutto. Tu sei stanco, come lo sono io. Siamo stanchi tutti, e pieni di amarezza, di dolore, di angoscia, ma siamo in guerra, e questa guerra è ancora lontana dalla conclusione. Vuoi abbandonarla? Fallo pure! Vivi come un semplice mago della Luce. Ma finché sei nella Guardia... Sei nella Guardia, tu, Anton?

— Sì!

— Splendido. Ti piace la birra?

— Sì, mi piace — borbottò.

— Splendido, Anton, perché stai per volare nella terra di questa divina bevanda. A Praga.

— Quando?

— Domattina. O meglio, domani pomeriggio, perché il volo del mattino sarà rimandato di sei ore e prenderai un volo in transito.

— Perché questo viaggio?

— Sai che l'Ufficio europeo dell'Inquisizione si è trasferito da Berna a Praga?

— Certo. Per via dell'Artiglio di Fafnir, che quei deficienti hanno cercato di rubare.

— Esattamente. L'Inquisizione ha comunque l'abitudine di cambiare dislocazione ogni cinquanta, cento anni. In questo caso ha voluto dare anche una piccola lezione alle Guardie di Berna. Insomma, si sono installati nella nuova sede e finalmente hanno preso in esame il nostro caso.

— Il caso di Igor?

— Sì, lui è già là. Abbiamo presentato un reclamo ufficiale, denunciando la deliberata provocazione delle Tenebre, e il fatto che Alisa Donnikova abbia ammaliato Igor, provocando la sua crisi nervosa con la conseguente eccessiva raccolta di forza dagli umani e quello spiacevole incidente del ragazzo annegato. Le Forze delle Tenebre, naturalmente, hanno già dichiarato che è stato Igor ad affascinare Alisa, cercando di convincerla a cambiare schieramento.

Anton sbuffò, come a sottolineare l'assurdità di quell'accusa. Cambiare schieramento! Come se un agente delle Tenebre potesse smettere di essere un agente delle Tenebre! Un Altro si poteva spaventare, costringere a collaborare, comprare o ricattare, ma non convincere a cambiare schieramento.

— Il Tribunale dovrà decidere chi è il colpevole e qual è il grado di responsabilità di Igor. Il ragazzo ha sfidato Alisa in un duello ufficialmente registrato, e perciò sulla Guardia non pende nessuna accusa. Ma se l'Inquisizione lo incrimina di eccesso di autodifesa o di deliberata provocazione, ha solo una possibilità: il Crepuscolo. Già così è mezzo morto e a quanto pare non ha nemmeno voglia di lottare. E Igor ci serve, Anton, non puoi nemmeno immaginare quanto!

— Boris Ignatevic, cosa è successo in realtà tra Igor e Alisa? — chiese Anton.

— In realtà? Non lo so. Noi non avevamo organizzato alcuna provocazione, credimi. Io avevo spedito Igor a riposarsi un po', perché si era completamente esaurito. Sai come aiuta a rimettersi in forze il lavoro nei campi dei pionieri? I visi allegri dei bambini, le loro risate argentine… — La voce di Geser si era fatta più calda. Anton ebbe l'impressione che il capo della Guardia della Notte, generalmente molto serio, stesse per cominciare a fare le fusa. Geser però abbandonò quella divagazione e riprese: — Se quello che è successo è stato solo una tragica casualità, l'Inquisizione non ci può muovere nessuna accusa, ma Igor non sopravviverà. Si punirà da solo per la morte di quel bambino e di Alisa.

— Cosa c'entra Alisa?

— Igor si era davvero innamorato di lei. Anche lui non era ancora diventato completamente un Altro. — Geser notò l'espressione di Anton e annuì: — Si era innamorato, stanne certo. Così adesso andrai a Praga, come nostro rappresentante presso il Tribunale. Sarai avvocato e accusatore contemporaneamente. Adesso ti consegno tutti i documenti necessari.

— Ma… io… — Anton sembrava confuso. — Non ho mai fatto niente di simile!

— Nessuno ha mai fatto niente di simile. Ti inventerai qualcosa. Ho il presentimento che più passa il tempo e più ci saranno regolamenti di conti giuridici, invece di combattimenti come si deve e scontri in campo aperto. Non ti preoccupare troppo, è probabile che al momento della seduta venga a Praga anch'io, magari insieme a Olga e a Svetlana.

— Perché anche Svetlana?

— Può darsi che si riesca a dimostrare che Svetlana è stata privata della forza in seguito a una provocazione da parte delle Tenebre, e perciò a ottenere l'autorizzazione a farla curare…

— C-come?

— Come abbiamo fatto per Igor. Non è che Svetlana non possa riprendersi in fretta, nel giro di qualche mese. Può eccome! Il problema è che, se anche sono in grado di ottenere con una certa facilità l'autorizzazione a fare curare per la perdita delle forze un mago di secondo, terzo grado, la riabilitazione di una Grande Maga è un evento assolutamente straordinario. E in questo caso ci può aiutare solo la diretta autorizzazione dell'Inquisizione. E quella di Mosca non basta: occorre come minimo quella dell'Ufficio europeo.

Geser sollevò il boccale e sorrise: — Prosit, Anton. Beviamo al nostro successo.

— Ancora una volta lei non mi sta dicendo tutto — replicò Anton quasi gridando.

— Sì, è vero. Ma ti ho detto già più di quanto avrei dovuto. Se proprio vuoi condannarti all'insonnia... — Geser tacque un attimo — allora prova a ricollegare tutto quello che è successo ultimamente: il gesso del destino, la morte di Alisa Donnikova, la comparsa dello Specchio, quei ridicoli Fratelli di Regin con l'Artiglio di Fafnir e l'isteria che ha invaso un po' tutti all'avvicinarsi della fine dell'anno.

— Ma sono cose che non hanno niente in comune — ribatté Anton.

— Allora dormi pure tranquillo. — E Geser sorrise.

La fine di dicembre è un periodo caotico e notoriamente poco serio. È il periodo dei mille preparativi per le feste, dei regali e dello champagne con i colleghi, anche in piena settimana lavorativa. Il periodo delle luminarie, dei mercatini, degli alberi di Natale. Nei giorni che precedono Natale e Capodanno cessa anche l'eterna lotta degli Altri, e sia le Forze della Luce sia le Forze delle Tenebre all'improvviso scoprono un'insolita disposizione sognante e arrivano addirittura a perdonare agli avversari qualche antica offesa. Ovviamente, sempre scelta tra le più innocue e le meno profonde.

Edgar, mago delle Tenebre, agente della Guardia del Giorno, per la prima volta dal momento in cui dall'Estonia aveva raggiunto la capitale della Russia, era in ritardo per la riunione operativa giornaliera. La causa del ritardo era banale, tanto che qualsiasi mago che si rispetti si sarebbe vergognato di raccontarla in pubblico: Edgar stava dando da mangiare alle anatre nel viale Cistoprudnyj e con la mente si era perso dietro certi ricordi che l'avevano assalito all'improvviso, dimenticandosi completamente dell'ora. Era sprofondato nelle sue fantasticherie come un adolescente al primo boccale di birra e, quando si era ripreso, si era accorto che la riunione doveva essere già cominciata.

Se c'è qualcosa che s'impara con l'età, la capacità di non affrettarsi quando si è già comunque in ritardo va sicuramente annoverata tra i doni dell'esperienza. Per questo Edgar non si lanciò alla ricerca di una macchina, né si tuffò a capofitto nella metro, ma finì tranquillamente di sbriciolare la pagnotta che aveva comprato per quelle simpatiche anatre che adesso si affollavano sul bordo della buca nel ghiaccio, e qualcuna anche direttamente sul ghiaccio. Solo dopo aver concluso quell'operazione si diresse verso la stazione della metro Cistye Prudy. Un sottile strato di neve natalizia scricchiolava allegramente sotto i suoi piedi.

Venti minuti dopo Edgar entrava nella sede della Guardia del Giorno, sempre senza affrettarsi e senza perdere un certo contegno. L'anziana coppia di vampiri di guardia era impegnata nella preparazione dell'albero. Salutarono Edgar come al solito, rispettosamente e con una certa discrezione.

— Il capo ha già chiesto di lei — gli comunicò il vampiro-maschio. — Ha dato ordine, appena fosse arrivato, di passare da lui.

— Grazie, Filippyc — lo ringraziò Edgar. — Il capo è nel suo ufficio?

— Sì, è già rientrato.

— Ah. Buon anno, allora.

— Anche a lei, Edgar.

Edgar salì ai piani alti e lanciò a Zavulon, attraverso il Crepuscolo, una richiesta di accesso.

— Entra — gli arrivò in risposta.

Il capo dei Guardiani del Giorno esigeva dai suoi sottoposti la più rigorosa osservanza della gerarchia e della disciplina. Ma nello stesso tempo cercava di rispettare la libertà personale anche del più insignificante dei mutanti che facevano la guardia all'edificio, e si fidava dei maghi al vertice della sua Guardia. Perciò non gli venne nemmeno in mente di mettersi a interrogare Edgar sul motivo del suo ritardo. Se era arrivato in ritardo, voleva dire che aveva avuto un motivo importante.

Un motivo importante, però, quella volta non c'era, per cui Edgar sentì la necessità di raccontare semplicemente come erano andate le cose. Tanto più che per quel giorno non avevano pianificato nessuna azione. In caso di necessità l'avrebbero potuto raggiungere attraverso il Crepuscolo o alla peggio con il cellulare, e perciò Edgar non si sentiva particolarmente colpevole.

— Buona sera, capo.

— Buona sera, Edgar. Che tempo fa?

— C'è un po' di neve, ma si sta bene, non c'è vento. Mi scusi, capo, ho saltato la riunione. C'era qualcosa di urgente?

— No. Ma adesso c'è.

Zavulon indossava, come al solito, il suo amato vestito nero con una camicia dello stesso colore. Edgar pensò che non aveva mai visto il capo vestito in modo diverso. Solo in vestito grigio e camicia grigia, quando era nel mondo degli umani. O senza vestiti quando era nel Crepuscolo.

— Si figuri, capo, mi sono perso nei ricordi. Mentre passeggiavo a Cistye Prudy, mi è tornata in mente Samara, e l'anno dodici.

Zavulon sorrise impercettibilmente e canticchiò piano: — Lo studio fotografico... Rivedo la città di Samara... e l'anno dodici...

Il capo della Guardia del Giorno aveva una voce baritonale sonora e ben impostata, ma, nonostante si conoscessero da molti anni, era la prima volta che Edgar lo sentiva cantare.

— Hai dato da mangiare alle anatre? — gli chiese Zavulon interessato.

— Sì.

Zavulon sospirò, e si abbandonò per qualche attimo ai ricordi. Ma fu davvero un abbandono molto breve, non più di mezzo minuto.

— Va bene, Edgar. Al lavoro. Domani parti per Praga.

— Per il Tribunale?

— Sì. Esamineranno alcuni casi, tra cui l'assassinio di Alisa e l'azione dei Fratelli di Regin.

— Li rilasceranno domani, allora? — si stupì Edgar. — O le Forze della Luce hanno cambiato idea?

— Non hanno cambiato idea. Hanno trasmesso il caso alla sezione europea del Tribunale e ho l'impressione che Geser voglia far ricadere su di noi la responsabilità della loro azione. Come se l'avessimo programmata noi. O li avessimo provocati.

— Ma non hanno prove! Niente di niente.

— Ecco perché ti mando a Praga. Guarda che cosa succede e come, e non lasciar passare nulla. Sono anni che sopportiamo, adesso è ora di rialzare la testa.

— Sono state le circostanze a costringerci a sopportare — disse Edgar. La prospettiva di passare il Natale e l'anno nuovo nell'antica, gotica Praga, lo eccitava. Amava quella città tetra, intrisa di spirito europeo, una città dove le Forze delle Tenebre si sentivano particolarmente a loro agio.

— Appunto. La cosa migliore è che tu prenda lo stesso volo dei Fratelli. Scegli il momento giusto e fai capire loro che la Guardia del Giorno di Mosca non ha intenzione di abbandonare qualcuno dei suoi che ha dovuto soffrire sul suo territorio. Di' loro di non aver paura e di non perdersi d'animo.

— Ma abbiamo davvero intenzione di difenderli?

— Sì. Vedi, Edgar, ho un piano a proposito di quello strano terzetto. Per il momento mi servono, perciò è il caso di preoccuparcene. È probabile che le Forze della Luce gli mettano qualcuno alle calcagna. Controlla anche lui, che non dia fastidio. Ma non entrare in conflitto, tienilo soltanto a distanza.

— Ho capito, capo.

— Tieni. — Zavulon aprì la cassaforte a fianco del tavolo e diede a Edgar due amuleti e un bastone carico. — Non penso che avrai bisogno di ricorrere ai miraggi, ma per ogni evenienza... Per alimentare la bacchetta, sai dove andare.

— A Kostniz? Dove c'è quella cappella di ossa? — replicò immediatamente Edgar.

Il capo annuì.

— Tenebre! — disse Edgar, invidiandosi da solo. — Saranno settant'anni che non vado da quelle parti.

— Già che ci sei datti una caricata anche tu — gli consigliò Zavulon. — Sai come si fa?

Edgar si accigliò. Va bene l'amicizia, ma il capo era comunque un mago al di sopra di qualsiasi categoria, mentre lui non era ancora arrivato nemmeno al primo grado, nonostante fosse evidentemente dotato delle capacità necessarie. Per il momento doveva ancora usare il suo nome umano, anche se il suo cognome era ormai definitivamente scomparso.

— La tecnica l'ho assimilata, nelle linee generali. — Era chiaro che gli costava un certo sforzo dirlo.

— Così ti allenerai un po'. — Zavulon preferì aggirare il tema. — Ti ho detto tutto, vai a prepararti. Se hai dei lavori da finire, passali a qualcun altro. A Sciagron o a Belasevic.

— Va bene, capo, li passerò a loro.

— Auguri.

Edgar uscì, passando brevemente dal suo ufficio. Preparò un messaggio per Sciagron, lo lasciò nel Crepuscolo e si diresse verso l'uscita. Da basso incontrò Alita.

— Buonasera, bellezza!

— Buonasera, Edgar. Non hai voglia di venire a pattinare?

— Prima o poi verrò.

— Smettila — lo rimproverò la streghetta. — Mancano pochi giorni a Capodanno, cosa c'è ancora da fare? Le Forze della Luce si staranno preoccupando più della qualità dello champagne ordinato che non delle loro solite nefandezze. Nei giorni di festa bisogna divertirsi, e non lavorare.

— Non ne sarei così sicuro — sospirò Edgar. — Comunque verrò, prima o poi. Ora sono in partenza.

— Per dove?

— Praga.

— Uh! — esclamò Alita con una certa invidia. — Starai via molto?

— Non lo so. Una settimana, credo.

— Capodanno a Praga! — sospirò la streghetta. — Dovrei venire con te.

— Vieni pure, ma non vado a folleggiare...

Anche lui la invidiava un po': se Alita fosse andata a Praga, si sarebbe divertita senza rimorsi. Lui invece andava troppo spesso in missioni come quella per illudersi che ci fosse poco lavoro. Il lavoro era sempre molto, soprattutto sotto le feste, neanche a farlo apposta. Quando poi le feste erano importanti, la mole di lavoro risultava ancora superiore alle più fosche previsioni.

Mentre andava a casa, Edgar diede un'occhiata al quadro delle probabilità e scoprì che il volo del mattino per Praga sarebbe slittato alla serata. Avrebbe dovuto prendere un volo in transito nel pomeriggio. Di biglietti, naturalmente, non ce n'erano più, e non era neppure il caso di fare troppo conto sulle prenotazioni. La questione però non lo impensieriva: cosa c'era di più semplice del vecchio, collaudato trucco del doppio biglietto? Quello "giusto", naturalmente, sarebbe stato il suo, anche se l'avevano fabbricato un minuto prima della registrazione.

I preparativi per un Altro non sono molto impegnativi. Perché portarsi dietro tanta roba quando si può acquistare più semplicemente sul posto? Il suo bagaglio era costituito soprattutto dagli amuleti, dal bastone e dalla valigetta con una rivista solitaria e alcune mazzette di valuta verde d'oltreoceano. Anche gli Altri, ovviamente, utilizzano il denaro. Innanzitutto per non sprecare forze inutilmente. E poi perché c'è influsso e influsso: scuci un pasticcino a un venditore ambulante, e i Guardiani della Notte ti accusano di azione illegale. Da loro ti puoi aspettare di tutto. Va detto che Edgar avrebbe provato pena per il venditore. Non solo per il pasticcino, naturalmente. Gli uomini sono la base, la base alimentare, il substrato, vale la pena di preoccuparsene e non bisogna spaventarsi se questo modo di vedere le cose ricorda molto da vicino quello delle Forze della Luce.

La notte Edgar la impiegò a dormire a sazietà, anche se addormentarsi a un'ora insolita gli riuscì più difficile del previsto. Mentre si assopiva, pensò che forse avrebbe fatto meglio ad andare a pattinare con Alita.

La mattina successiva scoprì che il suo guscio magico naturale era stato accuratamente rimesso a punto. Lo avevano rinforzato, intrecciandolo di fili blindati impossibili da sciogliere o da forzare. Opera di Zavulon, naturalmente. "Uhm..." pensò Edgar. "Che l'impresa si preannunci più difficile e pericolosa del previsto? O il capo sta solo prendendo tutte le precauzioni possibili?"

Dopo il moltiplicarsi degli scontri con le Forze della Luce, Zavulon aveva fornito molti dei suoi agenti di una difesa personale. Da dove attingeva l'energia necessaria al mantenimento di tutti quegli scudi? Probabilmente la risposta la conoscevano solo due persone in tutta Mosca: Zavulon stesso e il suo eterno oppositore Geser. Be', forse anche quelli dell'Inquisizione, nella persona del loro leader.

Sciagron si offrì di accompagnare Edgar all'aeroporto. Forse il mago, da poco perfettamente rimesso a nuovo, aveva semplicemente voglia di farsi un giro per le strade della città in versione natalizia su una BMW anch'essa da poco perfettamente rimessa a nuovo. E aveva trovato un pretesto straordinariamente semplice e convincente: farsi passare i lavori che Edgar doveva lasciare a metà.

In realtà erano proprio poca cosa: la crisi isterica di una ragazzina di tredici anni che aveva scoperto di essere capace di entrare nel Crepuscolo e che per caso, una volta lì, si era guardata allo specchio. Calmare, far ragionare, sostenere: un lavoro da dilettanti. E un gerontofilo impazzito che faceva ridere mezza Birjulevo. Non si poteva nemmeno chiamare lavoro: piccoli contrattempi, al massimo un po' di pulizie domestiche.

Mentre già entrava nell'edificio dell'aeroporto, Edgar fu raggiunto dalla telefonata di un altro mago del vertice della Guardia del Giorno, Jura, un mago che da molto tempo aveva diritto a usare apertamente il suo nome del Crepuscolo. Jura era notevolmente più forte e molto più vecchio di lui.

— Ciao, Edgar. Vai a Praga?

— E allora?

— Ascoltami senza interrompermi. Ho saputo qualcosa dei progetti del capo e del motivo per cui ci sei stato mandato. Le cose non sono così semplici e facili come sembrano: a Praga, tra oggi e domani, arriveranno diversi agenti della Luce, e non mi stupirei se nei prossimi giorni arrivasse anche Geser. Diversi segnali fanno supporre che le Forze della Luce stiano preparando un'operazione su vasta scala. E ovviamente Zavulon vuole rispondere in modo adeguato. Perciò stai molto attento, soprattutto durante il viaggio.

Jura tacque, come in attesa della reazione di Edgar, ma quello, ubbidiente alla richiesta di non interrompere, non disse niente. Si limitò a scivolare nel Crepuscolo per cercare Zavulon, ma non riuscì a coglierne la minima traccia. Dove si trovasse, in quale remoto angolo, in quali inaccessibili strati del Crepuscolo, era un mistero. I maghi più potenti hanno le loro strade e i loro percorsi, incomprensibili a chi li circonda.

— Ti ricordi che il capo aveva mandato Alisa Donnikova a riposare? — continuò Jura. — Ricordati della sua fine. Naturalmente ti chiederai per quale motivo ti stia dicendo tutte queste cose. Ti rispondo subito: perché sono un mago delle Tenebre e perché ho lavorato per qualche tempo vicino a te. Prendila come vuoi, ma preferirei vederti tra gli Altri che festeggiano l'anno nuovo piuttosto che tra le ombre del Crepuscolo. Ciao, Edgar. — E Jura chiuse la comunicazione.

Edgar rimase immobile per qualche minuto, fissando con aria meditabonda il telefono che stringeva ancora in mano. Poi lo ripose, afferrò la valigetta e si diresse alla biglietteria.

"Tenebre tenebrose!" pensava. "Che cosa è stato? Un avvertimento? E, per di più, evidentemente all'insaputa del capo. Mi ha ricordato Alisa..."

La strega Alisa era stata semplicemente sacrificata da Zavulon, freddamente e senza inutili pietismi, come si sacrifica una pedina in una partita a scacchi. Nei giochi delle Guardie è ridicolo affezionarsi alle anonime figurine sulla scacchiera... Ma anche gli Altri sono capaci di sentimenti, e di amore. A Edgar, per esempio, dispiaceva per Alisa, eppure non avrebbe mosso un dito per salvarla, anche se avesse saputo tutto in anticipo. Ogni gioco, infatti, ha le sue regole, fissate una volta per sempre, e chi inizia a giocare non può più tirarsi indietro. Se n'era andata la giovane strega Alisa, ed era arrivata Alita: è la legge della conservazione dell'energia. Alita, tra l'altro, sembrava anche più simpatica.

Edgar condizionò la cassiera automaticamente, senza nemmeno distogliersi dalle proprie meditazioni. Gli consegnarono un fascicoletto azzurro, mentre il biglietto di uno sfortunato passeggero veniva annullato. Va be', sarebbe partito più tardi: nel mondo degli umani e degli Altri sono questi ultimi a fissare le leggi.

"Perché Jura ha sentito il bisogno di avvertirmi?" si chiese Edgar, al bancone del bar, di fronte a un boccale di birra costosa ma cattiva. "Che sia stato davvero per altruismo? Non si infrangono così le regole del gioco."

Quasi di sfuggita, gli tornò in mente che il capo, abbandonando Mosca, aveva lasciato come suo sostituto non Jura, non Nikolaj – i maghi della Guardia della Notte più forti dopo Zavulon – ma lui, Edgar, notoriamente inferiore a entrambi. Jura era stato riconosciuto mago fuori categoria ancora nel secolo precedente, Nikolaj dopo la guerra. Edgar non aveva ancora raggiunto il primo livello di forza, e anche il secondo, a dire la verità, non lo padroneggiava benissimo. Certo era comunque molto forte, più forte della maggior parte degli Altri di Mosca, sia delle Tenebre sia della Luce. Ma era comunque inferiore a Jura e a Nikolaj. Perché Zavulon aveva deciso così? E non poteva essere che Jura volesse vendicarsi, per pura e semplice invidia? Spaventarlo o – tutto può succedere – semplicemente prendersi gioco del collega che l'aveva scavalcato?

Anche dall'Estonia, in fondo, l'avevano portato via in modo affrettato e un po' illogico. Lui se ne stava tranquillo nel piccolo paese baltico a dirigere l'esigua e sonnolenta Guardia locale e all'improvviso – *patapum!* – convocazione urgente a Mosca! Addestramento (altrettanto urgente) del suo successore, il classico impetuoso giovane estone, un mago ancora di quarto livello... A proposito, doveva chiamarlo a Tallin.

A Mosca, appena arrivato, era stato messo alla prova con una caotica operazione durata due settimane, e qualche giorno dopo aveva dovuto partecipare a una grande carica di cavalleria che si era conclusa con la sottrazione, alle Forze della Luce, di una strega che praticava senza licenza. E basta. Poi, per più di tre mesi, pura routine e solo verso la metà di novembre l'inaspettata designazione a vicario del capo della Guardia del Giorno durante l'assenza di Zavulon, e quindi la visita dello Specchio e il Tribunale all'Università Statale di Mosca.

A ben pensarci, i vecchi maghi della Guardia del Giorno avrebbero potuto benissimo voler dare una lezione a quel brillante giovane baltico che faceva carriera un po' troppo in fretta. Zavulon lasciava Mosca molto raramente e, quando era presente, Edgar non era niente più che un operativo come tanti. Forte, naturalmente, uno dell'élite. Ma alla pari di molti altri.

Nel momento in cui finì l'ultimo sorso di birra, Edgar decise che era meglio lasciar perdere tutte quelle congetture. Meglio cercare di elaborare una linea di comportamento che tenesse conto... di tutto. Anche delle varianti più assurde.

Dunque, perché si era bruciata Alisa? Non aveva fatto in tempo a riacquistare forza, non aveva riconosciuto l'agente della Luce che si aggirava nelle vicinanze, non era stata in grado di sottrarsi a uno scontro già perso in partenza. E – l'errore più grave – aveva ceduto alle emozioni, aveva cercato di appellarsi ai sentimenti di un mago della Luce.

Be', quanto a forza Edgar non aveva problemi, e gliene aveva data lo stesso Zavulon. Entrambi i suoi amuleti erano dispensatori di forza, soprattutto quello caricato di miraggi della Transilvania. Se Edgar l'avesse usato, tutti gli Altri d'Europa avrebbero avvertito un flusso straordinario di energia magica. E in più aveva la bacchetta da combattimento, un'arma dal raggio limitato, ma rapida e infallibile: la Frusta di Shaab.

Avrebbe dovuto seguire con la massima attenzione i maghi della Luce. Di maghi della Luce all'aeroporto Seremetevo ne aveva notati addirittura tre. Innanzitutto Anton Gorodeckij, che già conosceva dalle operazioni precedenti, soprannominato dagli agenti delle Tenebre di livello inferiore il "cocco di Zavulon". Quando si era trovato alle prese con lo Specchio, per qualche motivo si era lasciato portare al guinzaglio dal capo e così facendo aveva aiutato le Tenebre. O almeno lo aveva fatto credere a tutti. Era probabile che fosse un imbroglio, altrimenti come avrebbe potuto mantenere il suo posto nella Guardia della Notte?

Nel duty-free, poi, aveva notato, impegnata ad annusare vari profumi, una guaritrice che non aveva nessun rapporto con i Guardiani della Notte. Probabilmente era lì casualmente, in veste di passeggera.

Infine, c'era un poliziotto-Altro di guardia al punto di registrazione, come è previsto in tutti gli aeroporti del mondo.

Di maghi delle Tenebre a Seremetevo, a parte Edgar, ce n'erano quattro. Il superosservato terzetto dei Fratelli di Regin, che sbirciava preoccupato ora Anton, momentaneamente stabilitosi nel bar dall'altra parte del salone, ora Edgar. E poi un mago decisamente debole, tutto impegnato a giocare alle macchinette, senza fare caso a nient'altro. Cercava di raggranellare qualche soldo, influenzando il meccanismo in modo da ricevere la vincita più ricca possibile. Uno di quei tipi ben definiti dalla semplice parola "nullità".

Un quadro più che normale.

La registrazione e il controllo dei passaporti filarono via velocemente: per la Repubblica Ceca non era ancora necessario nessun tipo di visto. Del resto, per ogni evenienza, Edgar aveva a portata di mano anche il passaporto estone e quello argentino, perfettamente legali; l'Argentina è un magnifico paese, che commercializza la sua cittadinanza nei modi più efficienti. Edgar trascorse in uno dei bar il tempo che gli rimaneva prima dell'imbarco. Naturalmente, non in quello dove si era installato il cocco di Zavulon. Con lui si era giusto scambiato un'occhiata, una volta sola, che significava: So che sei qui, tu sai che sono qui, e tutti e due sappiamo che il nostro avversario sa che ci siamo. E anche i nostri compiti sono molto simili: difendere i nostri al processo e mandare a picco gli avversari.

A Gorodeckij aveva chiaramente trasmesso il messaggio: Al processo guerra aperta, ma per ora voliamo tranquilli, amico, senza disturbarci a vicenda. Certo, era strana in quel contesto la parola "amico", eppure gli era venuto spontaneo. Forse era un residuo dei tempi antichissimi, quando gli Altri non si erano ancora divisi in Forze delle Tenebre e Forze della Luce, e affrontavano insieme il destino e le vicissitudini della vita? Allora, naturalmente, un qualsiasi guaritore era più vicino a un qualsiasi vampiro che non a un semplice, disgraziato umano preso a caso dalla massa. Il Crepuscolo avvicina. Ma sa anche dividere, e ci riesce molto bene. Oggi è difficile trovare sul nostro pianeta nemici più irriducibili delle Forze della Luce e delle Forze delle Tenebre. Al confronto appare sbiadita anche l'ostilità tra Stati Uniti e mondo islamico. Perfino l'ormai superata guerra fredda tra Stati Uniti ed ex Unione Sovietica non può reggere il confronto con la guerra delle Guardie. Sembrano giochi infantili. I giochi infantili di adulti irragionevoli.

Edgar bevve un caffè, nerissimo, ma non molto buono, pensando contemporaneamente a mille cose e a nulla in particolare. Per esempio, al motivo per cui, regolarmente, tutti i bar delle stazioni e degli aeroporti, nonostante l'aria lussuosa da posti per gente con i soldi, facessero un caffè mediocre, tenessero una birra altrettanto mediocre e proponessero tramezzini assolutamente immangiabili. È vero che molti dei problemi che affliggono la vita degli umani derivano dalla guerra delle Guardie, ma in quel caso gli Altri non c'entravano proprio!

I sorvegliati – tutto l'eterogeneo terzetto – lo tenevano d'occhio dalla sala d'aspetto con aria di disapprovazione. Lo consideravano chiaramente una delle solite spie.

Certo, erano dei babbei, degli assoluti, sconsiderati babbei. E visto che tali erano, tanto valeva utilizzarli per gli scopi delle Forze delle Tenebre.

Quando furono in volo, Edgar colse l'attimo in cui uno dei Fratelli di Regin si allontanò dalla sua poltrona per andare a sedersi accanto a quello che aveva l'aria più ragionevole, il bianco.

— Salute, fratello — lo salutò.

Il finnico lo guardò con gli occhi rotondi pieni di diffidenza.

— Noi siamo Forze delle Tenebre — continuò piano Edgar — non abbandoniamo i nostri. Ho l'incarico di difendervi, se ce ne sarà bisogno, anche in Tribunale. Perciò non vi preoccupate: su la testa, servitori delle Tenebre. La nostra ora verrà molto presto.

Dopodiché si alzò e, senza voltarsi nemmeno una volta, tornò al suo posto. Ecco fatto. E che adesso si rompessero pure la testa... Ma com'era patetico, il Fratello! Edgar aveva dovuto fare un grosso sforzo per mantenere un'espressione solenne ed evitare di scoppiare a ridere, mentre gli occhi rotondi del finnico tradivano paura e angoscia.

"Ho fatto male" rifletté Edgar. "Sono come bambini e io li prendo in giro."

Sospirò rammaricato e aprì il giornale. Raggiungere Praga era certamente più rapido che, per esempio, Juzno-Sachalinsk. Senza soste intermedie e senza quell'incubo che è passare la notte su una poltrona. Anche se, a ben vedere, il mezzo di trasporto più comodo restavano pur sempre i portali delle Tenebre. Purtroppo, usare un portale per andare da Mosca a Praga era uno sperpero inammissibile, per cui gli toccava volare, come un qualsiasi umano. Be', non proprio: lui non aveva avuto il problema del biglietto.

CAPITOLO 2

Anton amava Praga. Ci sono città che ti sopraffanno al primo sguardo, e altre che ti conquistano dolcemente, senza che quasi te ne accorga. Mosca, purtroppo, non appartiene né al primo né al secondo gruppo. Praga invece è simile a una maga vecchia e sapiente, che saprebbe fingersi giovane, ma non ne vede la necessità, dato che mantiene a ogni età la sua bellezza.

Praga poteva sembrare la dimora ideale delle Forze delle Tenebre. Una città stracolma di edifici gotici, piena di colonne della Peste, a ricordo delle tremende epidemie del Medioevo, la città del ghetto della seconda guerra mondiale, la città della lotta tra le superpotenze ai tempi della guerra fredda. Ma dove erano finite tutte quelle emanazioni delle Tenebre, il substrato che alimenta le forze oscure? Dove si erano disperse? Come avevano fatto a tramutarsi in memoria anziché in cattiveria?

Anton non conosceva personalmente nessuno della Guardia della Notte di Praga. Con gli agenti della città aveva avuto soltanto sporadici contatti tramite corriere o posta elettronica per qualche scambio di informazioni, quando c'era stata la necessità di controllare qualche dato nei rispettivi archivi. In occasione delle feste di fine anno era tradizione mandare gli auguri a tutte le Guardie della Notte, ma nessuno faceva differenza tra la Guardia della Notte di Praga (con un organico attivo di centotrenta Altri, e una riserva operativa di settantasei) e la Guardia della Notte di una qualsiasi città americana (organico attivo: un Altro, e riserva operativa inesistente).

Anton era stato in vacanza due volte a Praga. Aveva vagato per la città, semplicemente e senza particolari progetti, spostandosi da una birreria all'altra; aveva comprato souvenir sul ponte Carlo e raggiunto Karlovy Vary per nuotare nella piscina con l'acqua termale calda e poi mangiare le cialde nel caffè del complesso. Adesso invece ci andava per lavoro. E che lavoro.

Allungato nella sua poltrona, almeno per quello che gli permetteva la classe economica del Boeing 737 – non molto diverso, quanto a comfort, dal vecchio Tupolev sovietico – Anton teneva d'occhio i Fratelli di Regin. Le loro nuche erano tese, le aure trasudavano paura e impazienza, sapevano della sua presenza e sognavano il momento in cui sarebbero riusciti ad allontanarsi dal suo controllo.

Se non fosse stato per lo scontro all'aeroporto, Anton avrebbe anche potuto compatire gli sfortunati maghi. Ma il nemico con cui hai combattuto anche una sola volta è nemico per sempre.

Come se avesse percepito i suoi pensieri – cosa che invece era ovviamente impossibile – uno dei Fratelli di Regin, l'africano alto e forte, si girò. Gli gettò un'occhiata preoccupata e in fretta distolse lo sguardo. Anton ricordò il suo nome: Rajvo. Veniva da una qualche zona del Senegal... no, anzi, dal Burkina Faso, ed era stato allevato nel culto del grande Fafnir...

Ma qual era, poi, la fissazione dei Fratelli di Regin? Tanto tempo prima un mago delle Tenebre e un mago della Luce avevano ingaggiato una lotta mortale. Il mago della Luce si chiamava Sigurd... Sigfrid, per dirlo alla tedesca. Aveva avuto la peggio il mago delle Tenebre, il quale era perito nel suo aspetto di drago, quello che assumeva nel Crepuscolo. Si chiamava Fafnir. Poi era morto anche Sigurd... Chissà se Geser l'aveva conosciuto.

Da lì la situazione si era sviluppata in modo meno prevedibile. Gli allievi del mago delle Tenebre non si erano dispersi, come succede spesso in questi casi, e neppure, come succede ancora più spesso, avevano cominciato ad azzuffarsi tra loro. Avevano invece deciso di resuscitare il loro signore. Si erano uniti in una setta dal nome di Fratelli di Regin, estraniandosi quasi completamente dalla normale lotta... cosa che, naturalmente, era stata molto apprezzata dalle Forze della Luce. Avevano custodito con grande devozione l'Artiglio del loro maestro, strappato dal Crepuscolo, fino a quando questo non era stato confiscato dall'Inquisizione: prima della seconda guerra mondiale le Forze della Luce erano riuscite a presentare una protesta per l'eccessiva potenza del talismano in possesso delle Forze delle Tenebre. I Fratelli di Regin avevano consegnato l'Artiglio dichiarando che il tempo di Fafnir non era ancora giunto. E poi, quasi un secolo dopo, avevano attaccato l'Ufficio europeo dell'Inquisizione. Nel combattimento erano morti quasi tutti i maghi della piccola setta insieme a un cospicuo numero di guardie dell'Inquisizione, da troppo tempo disabituate a combattere. E infine c'era stato l'insensato volo a Mosca da parte dei rimasugli della setta. Gli idioti, si sa, non esistono solo tra gli umani. Ma erano davvero idioti?

Anton ricordava bene la potenza del flusso di forza emanato dal famoso Artiglio, che in parte era quella accumulata nei lunghi secoli di sofferenze dei Fratelli di Regin, e in parte quella del mago delle Tenebre.

Gli Altri non muoiono come muoiono gli umani. Se ne vanno nel Crepuscolo, dove perdono il loro involucro materiale e la possibilità di tornare nel mondo ordinario. Ma qualcosa rimane... Anton ricordava le ombre sbiadite, i miraggi vacillanti che gli apparivano talvolta. Un ricordo tutt'altro che piacevole. Qualcosa rimaneva, ma era possibile richiamare un Altro dalla morte?

Probabilmente da qualche parte la risposta c'era. Forse nei labirinti degli archivi, registrata tra le procedure più segrete, con i sigilli delle due Guardie e il veto dell'Inquisizione. Era impossibile che i maghi superiori non si fossero posti la domanda su dove andassero gli Altri dopo la morte, dove sarebbero poi svaniti anche loro, alla fine di tutto.

Anton guardò dal finestrino la distesa delle nuvole sotto l'aereo e, giù in basso, i deboli baluginii delle migliaia di aure riunite nelle città. Stavano già sorvolando la Polonia.

Supponiamo, pensò, che fossero riusciti a richiamare in vita Fafnir... E allora? Anche se fosse stato un mago molto forte – ammesso che fosse stato un mago fuori categoria – la sua rianimazione non avrebbe comunque cambiato nulla nell'equilibrio globale, tanto più se staccato dalla vita umana, incapace di orientarsi nella realtà. Se poi fosse stato così stupido da mettersi a scorrazzare per l'Europa con il suo aspetto del Crepuscolo, l'avrebbero incenerito con i missili, l'avrebbero bersagliato con i laser dagli sputnik, avrebbero usato le armi tattiche nucleari... con in sottofondo i singhiozzi dei giapponesi sulla sorte del povero Godzilla. Che cosa volevano le Forze delle Tenebre? Disordini, panico, allarme per l'Apocalisse imminente?

Anton cominciò a muoversi nervosamente sulla poltrona. Prese dalle mani di una hostess sorridente un bicchierino di plastica e una bottiglietta di vino secco ungherese. Beato Edgar che come tutti i maghi delle Tenebre volava in business class, e in quel momento aveva in mano un bicchiere di cristallo e probabilmente sorseggiava anche del vino migliore...

C'era qualcosa di vero nell'ultima supposizione. Fafnir, l'Apocalisse: per lo meno l'accenno di Geser all'isteria di massa relativa alla fine dell'anno trovava una qualche conferma. Ma perché le Forze delle Tenebre avrebbero dovuto organizzare la fine del mondo? E tutto il resto? La strega Alisa, il gesso del destino...

Anton si rammaricò di non avere con sé il suo notebook. Gli sarebbe stato utile, adesso, farsi un bello schema sullo schermo, mischiare le varianti e provare a vedere in che modo le cose si combinavano. Esisteva anche un programma specifico per il calcolo dei possibili intrecci, il Mazarino, che lo avrebbe aiutato a capire qualcosa. Il gesso del destino...

Inghiottì un sorso di vino che risultò sorprendentemente piacevole. Si accigliò. Geser e Zavulon. Erano loro i due fattori decisivi da cui dipendeva tutta la storia, ed erano ben più misteriosi e complessi di antichi oggetti magici come il gesso del destino e l'Artiglio di Fafnir, o di Altri come lo Specchio o Alisa. E, naturalmente, capivano benissimo che cosa stava succedendo e cercavano di giocarsi reciprocamente. Come al solito.

Geser.

Zavulon.

In realtà la storia doveva cominciare direttamente dal gesso del destino. Quando, nelle file della Guardia della Notte di Mosca, era apparsa Svetlana, una nuova Grande Maga, Geser aveva tentato di esercitare l'ennesimo influsso globale sul mondo.

A Svetlana era stato dato il gesso del destino, un antico e potente talismano che dava il potere di correggere il Libro del Destino e di mutare la vita degli umani. Apparentemente Svetlana avrebbe dovuto correggere il destino del piccolo Egor, un Altro dall'aura indeterminata, attratto in ugual misura dalle Tenebre e dalla Luce, trasformandolo in un profeta o in un grande governante. Ma Svetlana, non senza la collaborazione di Anton, si era limitata a rimettere il destino di Egor in equilibrio, allontanando tutti gli influssi esercitati dalle Guardie in lotta tra loro.

Il piano di Geser, però, aveva diversi livelli. E il secondo livello prevedeva che la sua antica amica Olga, anch'essa Grande Maga, punita un tempo dalla direzione delle Forze della Luce, venisse riabilitata, recuperasse i poteri magici, e con un pezzetto dello stesso gesso correggesse qualche altro destino, mentre tutti gli agenti delle Tenebre di Mosca erano impegnati a controllare Svetlana.

E questa era la verità che conosceva anche Anton. Il secondo livello di verità. Ma non ne esistevano altri? Per il momento era meglio lasciar perdere.

Cos'altro c'era poi? Alisa era morta e Igor era sull'orlo della disincarnazione, schiacciato sia dal fatto di avere infranto il Patto, sia dal peso della sua stessa colpa. Perché era annegato anche un ragazzino.

Quello però non era il piano di Geser. Lì aveva agito la mano della Guardia del Giorno, con il suo stile cinico e spietato. Zavulon aveva sacrificato la sua amica, l'aveva offerta... ma per che cosa? Strano che fosse solo per eliminare Igor. Lo scambio era quasi alla pari: Alisa Donnikova era una strega di una certa forza.

Dunque: un piano contro un altro, un intrigo contro un altro...

E poi la comparsa dello Specchio. Geser era sicuro che non fosse prevedibile e dunque che fosse assolutamente casuale. Ma probabilmente sia Geser sia Zavulon avevano immediatamente deciso di approfittarne, ognuno a modo suo.

Anton soffocò la voglia di imprecare a voce alta. Gli mancavano troppi dati per un'analisi attendibile. Pure congetture, lacune, omissioni.

Anche la storia dei Fratelli di Regin era tutt'altro che chiara. Li aveva attirati a Mosca Zavulon. Voleva spargere il panico tra gli agenti della Guardia della Notte? Dare nuova forza allo Specchio? Un solo scopo avrebbe potuto convincere i Fratelli a quell'assurdo attacco contro l'Inquisizione: la rianimazione di Fafnir. Capiva che i vecchi maghi che avevano conosciuto Fafnir avessero approvato l'attacco: era probabilmente la loro ultima chance di vittoria. E capiva anche che l'avessero approvata i maghi più giovani, quei finlandesi racimolati un po' di qua e un po' di là in Asia e in Africa: erano troppo chiusi nel loro giro e avevano visto la cosa come un gioco e non come un grave delitto. Ma Zavulon a che cosa mirava?

Anton non riusciva a raccapezzarsi. Scosse la testa, rassegnandosi all'evidenza della sua incapacità a dare un senso a quello che stava accadendo. Avrebbe semplicemente eseguito il compito che gli era stato affidato: cercare di salvare Igor, cercare di far ricadere la colpa sulla Guardia del Giorno.

L'aereo già si preparava all'atterraggio...

Nemmeno il numero nuovo di "National Geographic" sortì l'effetto sperato: Edgar non riusciva proprio a concentrarsi sull'articolo dedicato all'usanza italiana di gettare dalla finestra, per Capodanno, le cose vecchie; e neppure su altri interessanti riti di stagione. L'unica cosa che gli rimase in testa, dopo la lettura dei primi paragrafi, fu la ferma decisione di non andarsene a passeggio in Italia, per le strette viuzze dei centri storici, la sera di San Silvestro.

Il rombo regolare dei motori gli richiamava alla mente tutta una serie di pensieri. E, volente o nolente, Edgar si ritrovò a pensare per l'ennesima volta al suo compito e allo stato attuale dell'eterna lotta tra la Luce e le Tenebre.

Quale mossa in quel momento – dopo che la Guardia della Notte aveva perso una maga molto forte e dalle grandi prospettive – poteva indebolire le Forze della Luce e rafforzare quelle delle Tenebre? Forse togliere di mezzo qualche altro mago?

Edgar si immerse nelle congetture più varie, rammaricandosi di non avere portato con sé il suo notebook: avrebbe potuto calcolare almeno approssimativamente le varianti, selezionare tutti i maghi della Luce più potenti e cercare di evidenziarne i lati deboli. C'era perfino un programma specifico per queste cose, il Richelieu. La Guardia del Giorno non era certo sprovvista di programmatori tra i più qualificati. E invece doveva basarsi solo sul suo computer interiore, potente e imperfetto allo stesso tempo.

Chi, dunque, sarebbe stato tolto di mezzo? Geser era evidentemente escluso: aveva già superato la barriera oltre la quale gli Altri diventano praticamente invulnerabili.

Teoricamente l'obiettivo numero due all'interno della Guardia della Notte era Svetlana Nazarova, ma sarebbe stata per molto tempo fuori da qualsiasi gioco. Adesso il secondo posto Edgar l'avrebbe assegnato o a quell'intrigante di Olga, vecchia specialista di attacchi di forza, anch'essa appena riemersa da un periodo di inabilità, oppure a Ilja, un mago di primo livello. Anche perché Edgar sospettava che quello non fosse il limite ultimo delle doti di Ilja. In prospettiva poteva benissimo diventare un Grande, anche se certe metamorfosi richiedono tempo e sforzi colossali e Ilja era ancora troppo giovane per rinunciare a molti dei piaceri della vita, compresi quelli più semplici, quasi umani.

Chi, dunque? Olga o Ilja? Chi dei due era più vulnerabile in quel momento?

Edgar aprì il tavolino e con pochi tratti precisi tracciò su due tovagliolini due ritratti stilizzati: un'affilata silhouette femminile e un viso stretto con gli occhiali. Olga o Ilja?

Olga. Intelligente, esperta, perspicace e pratica fino al cinismo. Edgar non lo sapeva esattamente, ma aveva buoni motivi di supporre che avesse come minimo il doppio dei suoi anni. E non conosceva con precisione neanche la sua reale forza: non aveva mai avuto modo di verificarla di persona, e neppure lo desiderava. Privarla di nuovo dei suoi poteri sarebbe stato incredibilmente difficile: chi è appena uscito di prigione apprezza al massimo la libertà. Olga ci avrebbe pensato mille volte prima di correre il rischio di ricomparire davanti al Tribunale. Inoltre era il vecchio amore di Geser, e il capo della Guardia della Notte l'avrebbe sicuramente difesa con particolare impegno. Al posto di Zavulon, Edgar avrebbe evitato di attaccare Olga, perché un Geser infuriato sarebbe stato un avversario assai più pericoloso del solito.

Edgar si sfregò pensosamente il naso con il cappuccio del pennarello e cancellò con una croce la silhouette femminile sul tovagliolo.

Ilja. Un mago molto forte, dall'aria di raffinato intellettuale, che chissà perché portava gli occhiali, dato che avrebbe potuto correggersi la vista senza alcuna difficoltà. In quel momento non era a Mosca, e non era neppure in Europa. Si trovava nello Sri Lanka, dove, da cinque anni, diversi agenti della Guardia della Notte di Mosca soggiornavano con sospetta frequenza. Chissà cosa tramavano da quelle parti. Edgar fece una tacca sul tovagliolino per ricordarsi di trasmettere quell'informazione alla sezione analitica. Che ci si rompessero la testa loro... Probabilmente era una circostanza già sotto controllo, ma non si poteva mai sapere: meglio fare la figura dello stupido che scottarsi, se poi effettivamente nessuno si fosse occupato dello Sri Lanka.

Sì. Se anche Zavulon avesse avuto in mente di incastrare Ilja, difficilmente ci avrebbe provato a Praga e nei prossimi giorni. A meno che non sperasse di attirarlo lì con qualche trucco.

Edgar scostò il tovagliolino senza cancellare la faccia di Ilja, e ne prese uno nuovo. L'ultimo. Con due linee perpendicolari lo divise in quattro settori e cominciò a disegnare un ritratto in ognuno. Ne disegnò subito tre, con pochi tratti incredibilmente espressivi. Aveva un notevole talento per la caricatura.

Ilja, Semen, Igor. Igor era già sotto processo: era il caso di prenderlo in considerazione? Probabilmente sì, anche perché era il più vulnerabile.

Dopo averci pensato un po', Edgar disegnò nel quarto settore l'immagine di Anton Gorodeckij, l'unico che usava ancora il proprio nome umano completo, ma che aveva comunque già raggiunto il secondo livello, come lui. Anche se era meno esperto.

Chi di loro? Naturalmente, il più facile da affondare era Igor, il quale era già con un piede tra le ombre del Crepuscolo. E poi Gorodeckij, visto che era anche lui in viaggio verso Praga.

Ma queste erano solo le varianti più semplici. Quante ce n'erano in tutto? Il solo pensiero del numero possibile gli faceva venire il mal di testa. Eh, avere il suo notebook e le finestrelle del Richelieu con il suo modulo euristico...

"Stop" si disse Edgar. "Stop. Cambia prospettiva, mago delle Tenebre!"

Gli si era affacciato alla mente un pensiero nuovo, sorprendentemente semplice: si poteva avere un rafforzamento delle Forze delle Tenebre non soltanto grazie a un colpo inferto agli avversari. C'era anche la variante complementare: il coinvolgimento nella battaglia di un mago delle Tenebre di grande forza.

Ma chi poteva entrare nelle – ahimè – sparute schiere dei maghi della Guardia del Giorno? Vitalij Rogoza, della cui comparsa Edgar si era rallegrato come un bambino, si era rivelato niente più di uno Specchio. Puntare su un giovane di belle speranze? A cercare bene, qualcuno lo avrebbero trovato di certo, ma non potevano farne un mago davvero forte in un'ora, e talenti naturali come Svetlana Nazarova non capitavano da un sacco di tempo tra le Forze delle Tenebre.

"E tuttavia sono sulla via giusta" pensava Edgar. "Sto volando a Praga, la capitale della negromanzia europea, e per di più alla vigilia del Natale, e del Capodanno."

Ecco, ci stava arrivando! Forse l'intenzione di Zavulon era quella di resuscitare dalla disincarnazione un qualche mago del passato.

Praga veniva proprio al momento giusto. Tenebre tenebrose! Anche questa volta Zavulon era riuscito a nascondere con grande abilità e disinvoltura ciò che in realtà era assolutamente ben in vista.

Edgar fece un grande respiro, appallottolò i tovagliolini di carta e se li ficcò in tasca.

Dunque, nella città dei negromanti, in un momento di estrema instabilità energetica, Zavulon poteva benissimo cercare di richiamare dal non essere... Chi? Coraggio, Edgar, anche la risposta doveva essere a portata di mano.

Dunque, quali erano gli elementi in gioco? Praga, il Tribunale, il processo per il duello tra Teplov e la Donnikova, il coinvolgimento suo e di Gorodeckij... forse l'arrivo di Alita. E poi? Ah, sì, i Fratelli di Regin...

Fuochino. Fuochino. Fuoco! I Fratelli di Regin! I servitori di Fafnir! «Vedi, Edgar, ho un piano a proposito di quello strano terzetto» gli aveva detto Zavulon. «Per il momento mi servono.»

Fafnir!

Edgar, cercando di mantenere in apparenza la massima calma, richiuse il tavolino e si sistemò più comodamente sulla poltrona.

Fafnir. Ecco chi sarebbe arrivato a proposito per le Forze delle Tenebre: il potente Fafnir, il Grande Mago, il Drago del Crepuscolo... Una piccola eco della sua forza, riflessa dallo Specchio-Rogoza, era bastata per annientare con estrema facilità una maga come Svetlana.

"E in effetti, se davvero ha in mente la rianimazione di Fafnir, Zavulon non avrebbe potuto scegliere un luogo e un momento più favorevoli" pensò Edgar, lasciando vagare lo sguardo per la cabina del Boeing. "Questo è garantito..."

Ubbidendo a un'occhiata della hostess, si allacciò la cintura. L'aereo si preparava all'atterraggio.

Le orecchie gli si erano tappate, ma questo non gli impediva di continuare a pensare. Dunque, la rianimazione: un'azione che le Forze delle Tenebre non tentavano dai tempi di Stalin. Anche perché non ne avrebbero avuto la possibilità: dal '33 e dal '47 non si erano verificate perturbazioni energetiche abbastanza potenti.

Perché Zavulon non aveva detto niente a Edgar? Non era ancora arrivato il momento giusto? E come collegare a questo progetto il cauto avvertimento di Jura? E ancora: che connessione c'era con quanto avvenuto quell'estate all'Artek? Perché un collegamento ci doveva essere, ne era sicuro. Avevano già sacrificato una pedina, che si preparassero a sacrificare un pezzo più importante? Un cavallo o un alfiere? Cosa si poteva considerare Edgar? Le due torri erano indubbiamente Jura e Nikolaj, la regina era Zavulon, e il re era l'impresa delle Tenebre, indifesa e determinante.

Quindi la torre aveva avvertito lui che lo sgambetto della Crimea poteva anche essere replicato a Praga con... l'alfiere. Edgar non voleva assolutamente figurarsi come un cavallo. Magari Anna Tichonovna, strega e carogna, lei sì avrebbe potuto esserlo.

L'aereo vibrò. Le ruote avevano toccato la pista d'atterraggio: il volo si tramutò in una corsa dapprima rapidissima, poi sempre più lenta, sulla striscia di cemento.

Possibile che Zavulon avesse ordito l'ennesimo inganno, spingendo avanti piano piano qualche pedina (i Fratelli di Regin) nella speranza che sulla scacchiera sarebbe comparsa, se non proprio la regina nera, almeno l'importantissima torre? Era triste essere considerati merce di scambio.

"E se fosse nello stesso tempo anche un esame?" pensò Edgar. "Una verifica del mio grado di preparazione? Alisa si è lasciata divorare, dimostrando di non essere un pezzo utile per il gioco di Zavulon. Se invece io riuscissi a cavarmela, e allo stesso tempo non rovinassi i progetti del capo? Questo sarebbe il risultato ottimale!"

Ma come ottenere un risultato del genere?

L'oggetto dello scambio evidentemente era Anton Gorodeckij, il cocco di Zavulon, non c'erano dubbi. Non era possibile usarlo all'infinito: questo il capo della Guardia del Giorno lo capiva benissimo. E non era nemmeno così sicuro che fosse riuscito davvero a usarlo: Zavulon era sempre pronto a fare buon viso a cattivo gioco e a presentare le cose come se fosse stato lui ad avere la meglio.

I passeggeri si erano alzati e cominciavano a dirigersi verso l'uscita, per imboccare la passerella estensibile, un'assoluta novità per i cittadini dell'ex Unione Sovietica. Edgar prese l'impermeabile e se lo infilò; lasciò la rivista nella tasca dello schienale della poltrona davanti, prese la valigetta e si incamminò con gli altri.

La sensazione di non essere più in Russia, ma in Europa, lo afferrò in modo fulmineo e assoluto. Non era facile capire da che cosa dipendesse, se dalle facce della gente, dai vestiti, dalla pulizia o dallo stile dell'aeroporto. O da migliaia di piccoli particolari insieme. Dagli annunci in ceco e in inglese, senza la minima inflessione che rimandasse a Rjazan. Dal numero molto maggiore di sorrisi. Dall'assenza, sul piazzale davanti all'aeroporto, degli eterni gruppetti di zingari e degli importuni tassisti abusivi. Al posteggio dei taxi c'era una bella fila di simpatiche Opel gialle.

Il tassista parlava a ruota libera sia in russo sia in inglese, oltre che, ovvio, nella sua lingua madre, il ceco. Dove era diretto? Be', a un albergo. L'Hilton, probabilmente. Oh! Non accadeva spesso che dei russi scendessero subito all'Hilton. E quelli che lo facevano erano molto diversi: tutti ricoperti d'oro, altezzosi, con la scorta e un seguito di limousine... Io non sono russo, sono estone. Sì, adesso non è più la stessa cosa... Anche prima non era la stessa cosa. Eh, prima anche i cechi erano quasi la stessa cosa dei russi... Non ne sarei così convinto. Può anche darsi che non fosse proprio così.

Il tassista lo aveva distratto con le sue chiacchiere, ed Edgar decise di prendersi una pausa dalle sue congetture. In fondo non era previsto che iniziasse a lavorare il giorno stesso dell'arrivo. Poteva rilassarsi un po', naturalmente davanti a un boccale o due di birra. Quale turista sano di mente e di stomaco – o magari anche malato di stomaco – non avrebbe assaporato un boccale di vera birra ceca?

Come in tutti gli Hilton del mondo, non era difficile trovare una camera libera anche nel periodo natalizio, in cui la città veniva invasa dai turisti. Ma, come in tutti i paesi non ancora del tutto liberi dai ceppi del socialismo, costava una cifra assolutamente folle, almeno per gli umani. Edgar era un Altro, e perciò pagò subito e senza fare una piega, lasciando di stucco la receptionist. Eppure era proprio un russo, anche se non aveva minimamente l'aria del bandito o del nuovo ricco. Un secolo prima Edgar si sarebbe lasciato trascinare dall'ardore della gioventù e avrebbe sbattuto in faccia al direttore dell'albergo il passaporto argentino, ma da allora erano passati appunto cento anni. Cento lunghi anni.

Alla registrazione – quella riservata – c'era un agente delle Tenebre. E per di più di un tipo molto raro, un basilisco. Guardando Edgar si umettò le labbra sottili e dilatò le pupille verticali. Soltanto dopo sorrise: aveva i denti piccoli, appuntiti e tutti di forma triangolare.

— Bene arrivato! Vai in Tribunale?

— U-hu.

— Tieni...

Lanciò a Edgar la registrazione provvisoria. Il grumo di fuoco azzurro trapassò i vestiti senza lasciare traccia e si depose sul petto di Edgar come un sigillo ovale che risplendeva nell'oscurità.

— Grazie.

— Sbranateli, in Tribunale — gli disse il basilisco. — Conciateli per le feste. Adesso tocca a noi.

— Ci proverò — gli promise Edgar con un sospiro.

Salì in camera solo per lavarsi e lasciare la valigetta.

"Be'" pensò, pieno di entusiasmo, mentre scendeva in ascensore "all'Aquila Nera! Ordinerò lo stinco di maiale arrosto."

Era un piatto talmente famoso che era citato anche in un libro di fantascienza che aveva letto molti anni prima.

Aspettando di essere servito, Edgar finì a piccoli sorsi il secondo boccale di birra – il primo l'aveva bevuto alla russa, tutto d'un fiato, meritandosi un cenno d'approvazione da parte del cameriere – e cercò di riprendere il filo delle sue riflessioni. Ma qualcosa glielo impediva. O forse qualcuno.

Alzò lo sguardo e vide Anton Gorodeckij, in piedi accanto al suo tavolo, che lo fissava insistentemente.

Edgar ebbe un fremito, pensando di essere stato pedinato. Ma leggendo negli occhi di Gorodeckij il suo stesso sbigottimento, si sentì alleggerito da un peso. Una coincidenza, una pura e semplice coincidenza.

E poi di posti liberi non ce n'erano più. O meglio, ce n'era uno, al suo tavolo. Cedendo a un impulso improvviso, gli fece un cenno: — Siediti. Sono in libera uscita. E ti consiglio di fare altrettanto: lasciamolo perdere per un po', questo lavoro!

Anton ebbe un attimo di incertezza, ma alla fine si decise. Si avvicinò e si sedette di fronte a lui, lanciandogli un'occhiata tetra. Sembrava non credere alle buone intenzioni del suo eterno nemico. Come dicono i maghi della Luce? Nemico una volta, nemico per sempre. Sciocchezze. Roba da fanatici. Edgar preferiva essere un po' più duttile: se oggi ti conviene allearti con chi ieri hai colpito con la Frusta di Shaab, perché non farlo? Anche se dopo il passaggio della Frusta di Shaab non è che resti molto con cui concludere un'alleanza... giusto un po' di cenere.

— E non si parla delle Guardie? — gli chiese Anton ironico.

— Nemmeno una parola — dichiarò Edgar. — Solo due terrestri che si ritrovano a Praga alla vigilia di Natale. Io ho ordinato stinco di maiale arrosto. Te lo consiglio.

— Grazie, lo conosco — replicò Anton senza l'ombra di un sorriso, e si girò verso il cameriere già in arrivo.

"No, gli europei non potranno mai capire che cosa sia un gelo serio, o un vero inverno" rifletté Anton, appena emerso dalla stazione della metro Malostranska. Rimase un attimo incerto se tirarsi su il bavero o no, e poi decise che non era il caso: nevicava molto blandamente e dovevano esserci alla peggio due gradi sotto zero.

Si incamminò lentamente sull'antica strada lastricata. Ogni tanto cedeva al richiamo delle bancarelle di souvenir e si fermava a dare un'occhiata: graziosi giocattoli di legno, vasi di ceramica delle forme più strane, cartoline con vedute di Praga, magliette con scritte divertenti. "Bisognerà comprare qualcosa" pensò. "Per esempio quella maglietta con la scritta BORN TO BE WILD e un faccino buffo."

Mancavano quasi tre ore all'appuntamento con i rappresentanti dell'Inquisizione. Non c'era nemmeno bisogno di prendere un taxi o la metro. Poteva pranzare con calma e poi fare una passeggiata fino al luogo dell'appuntamento, sotto l'orologio: cosa poteva esserci di più romantico? E se il rappresentante dell'Inquisizione fosse stata una donna, e magari anche simpatica, e magari addirittura delle Forze della Luce? Sarebbe stato il massimo del romanticismo.

Anton rise di quel pensiero. Non aveva voglia di imbastire alcun tipo di storia. E poi gli stessi concetti di Luce e Tenebre non sono applicabili agli Inquisitori. Loro sono al di sopra delle forze in campo. Non sapeva nemmeno se fosse loro applicabile il concetto di sesso. Quando il mago della Luce moscovita chiamato Maksim (una volta noto come "il Selvaggio") era entrato a far parte dell'Inquisizione, aveva divorziato. Sembrava aver perso ogni interesse per tutte le piccole preoccupazioni umane: amore, sesso, gelosia…

L'Aquila Nera era uno dei ristoranti preferiti da Anton, forse semplicemente perché c'era stato spesso la prima volta che era andato a Praga. E del resto, ha forse bisogno di molto, un russo, per essere soddisfatto? Un servizio attento, ma non invadente, cibo gustoso, ottima birra e prezzi bassi. Quest'ultimo punto era abbastanza importante, perché solo le Forze delle Tenebre potevano permettersi di non badare ai prezzi. Perfino Rogoza, creatura del Crepuscolo, era comparso a Mosca imbottito di dollari. Certamente guadagnare un po' di soldi è possibile anche nel modo più onesto, ma guadagnarne molti è impensabile senza qualche aggiustamento con la propria coscienza. E da questo punto di vista la Guardia della Notte era definitivamente fuori gioco rispetto a quella del Giorno.

La strada che Anton stava percorrendo giungeva a una biforcazione, come un fiume che lasciasse emergere al centro del suo letto un isolotto stretto e lungo fatto tutto di casette basse, per lo più ristoranti e negozi di souvenir. Tra i primi c'era anche l'Aquila Nera.

Quando era già nel cortiletto, Anton vide un Altro, anche lui delle Forze della Luce. Non apparteneva a nessuna Guardia. Un semplice Altro, che alla trincea della guerra dei maghi aveva preferito una vita quasi normale, quasi umana. Un bell'uomo di mezza età, alto e prestante, con l'uniforme dell'aviazione americana. Stava già uscendo dal ristorante, chiaramente soddisfatto del tempo che vi aveva passato, della sua amica, una ceca dall'aria simpatica, e di se stesso.

Non vide subito Anton: era molto assorbito dalla conversazione. Ma appena lo notò si sciolse in un sorriso a trentadue denti. Non c'era altro da fare: Anton prese la sua ombra dalle lastre innevate e scivolò nel Crepuscolo. Il silenzio li avvolse come una cortina ovattata. Il mondo rallentò, perdendo i suoi colori. Le aure degli umani esplosero come arcobaleni iridescenti, sostanzialmente tranquille, rasserenate, non oppresse da troppi pensieri, proprio come deve essere in un luogo di svago.

— Salve, Guardiano! — lo salutò gioiosamente l'americano. Lì, nel mondo del Crepuscolo, non esistevano problemi linguistici.

— Salve, mago della Luce! — rispose Anton. — Felice di vederti.

— Guardia di Praga? — azzardò l'americano. Evidentemente distingueva l'aura dell'agente della Guardia, ma non i particolari. Del resto come mago era decisamente debole e per di più molto legato alla magia naturale. Nella Guardia effettivamente non sarebbe stato molto utile, avrebbe potuto soltanto starsene seduto da qualche parte e sorvegliare le streghe e i mutanti deboli quanto lui.

— Di Mosca.

— Oh! La Guardia di Mosca! — Adesso nella voce dell'americano c'era una chiara sfumatura di rispetto. — Una Guardia molto forte. Permettimi di stringerti la mano.

Si strinsero la mano. Il pilota americano considerava evidentemente quell'incontro come il degno coronamento di una bella serata.

— Capitano Christian Vanhover jr. Mago di sesto livello. Posso esserti utile, Guardiano? — La proposta era stata pronunciata con la dovuta serietà.

— Ti ringrazio, mago della Luce, ma non ho bisogno di aiuto — rispose Anton con la massima gentilezza.

— Sei in vacanza? — gli chiese ancora Christian.

— No. In missione. Ma me la caverò.

L'americano annuì: — Io sono in licenza per Natale. Il mio reparto è in Kosovo, e così ho deciso di visitare Praga.

— Ottima scelta — approvò Anton. — È una bellissima città.

Non aveva molta voglia di continuare la conversazione, ma l'americano traboccava di entusiasmo: — Una città splendida. Per fortuna che l'abbiamo salvata ai tempi della seconda guerra mondiale.

— Sì, l'abbiamo salvata… — convenne Anton.

— Tu hai combattuto in quegli anni, Guardiano?

Era davvero un mago molto debole. Non era in grado di vedere l'età reale, se non in modo molto approssimativo.

— No.

— Anch'io sono troppo giovane — sospirò l'americano. —

Sognavo di entrare nell'esercito, ma avevo solo quindici anni. Peccato: mi sarebbe piaciuto passare di qui mezzo secolo fa…

Anton si trattenne appena in tempo dall'osservare che di lì non ci sarebbe passato comunque, dato che l'esercito americano non era entrato a Praga. E subito si vergognò del suo pensiero.

— Be', buona fortuna — disse l'americano, decidendosi finalmente ad accomiatarsi. — Prima o poi voglio proprio venire a Mosca, Guardiano.

— Magari non come avete fatto in Kosovo — disse Anton. Questa volta non era riuscito a bloccarsi in tempo. Ma il capitano Christian Vanhover jr non si offese. Al contrario, fece un altro dei suoi sorrisi e concluse: — No, non arriveremo a quel punto, vero? Che la Luce sia con te, Guardiano!

Anton uscì dal Crepuscolo sulla scia dell'americano. Quello aveva già ripreso sotto braccio la sua ragazza, che naturalmente non si era accorta di niente, e fece l'occhiolino ad Anton.

— Che lo sforzo sia con te… — borbottò Anton in russo.

Che sfortuna, tutto il suo buon umore se n'era andato, dissolvendosi come un cubetto di ghiaccio in un tegame bollente. Ci si può ripetere migliaia di volte che gli attriti tra gli stati non hanno alcun rapporto con la missione delle Forze della Luce e delle Tenebre. Ci si può convincere in tutti i modi che un pilota-mago, sia pure in guerra, difficilmente si metterà a bombardare dei civili inermi.

Eppure… Come poteva fare incursioni, sganciare bombe sulla testa della gente e rimanere un mago della Luce? Perché il capitano Christian Vanhover jr apparteneva comunque alla Luce, non c'era alcun dubbio. Anche se quasi certamente aveva sulla coscienza diverse vite umane. Come riusciva a evitare di cadere nel Crepuscolo? Doveva avere una straordinaria riserva di fede nella giustizia della sua impresa.

Cupo e oppresso, Anton mise finalmente piede all'interno del ristorante. Subito vide i commilitoni di Christian Vanhover. Una decina di militari, tutti umani. Erano seduti a un tavolo lungo, mangiavano gulasch e bevevano Sprite. Sprite! In una birreria di Praga! In licenza! E non perché fossero astemi: sul tavolo c'erano anche diverse bottiglie di birra aperte. Birra americana, per la precisione, che Anton avrebbe bevuto soltanto nel deserto, forse, se fosse stato proprio sul punto di morire di sete.

Superò gli americani. Non c'erano tavoli liberi, era proprio sfortunato. Ma ecco, lì c'era una persona sola, forse poteva sedersi…

L'uomo seduto al tavolo alzò la testa e trasalì. Nell'esatto momento in cui trasaliva anche Anton.

Era Edgar.

Capitolo 3

Se c'è una cosa che i maghi delle Tenebre non perdono proprio mai è il gusto per la vita. Anton non aveva nessun dubbio in proposito. Bisognava vedere con che gusto Edgar addentava uno stinco di maiale dall'aria decisamente invitante e antidietetica, innaffiandolo con mostarda di cren, un po' dolciastra per il gusto russo, ma comunque pungente, e con una notevole quantità di birra.

Era una cosa che aveva sempre colpito Anton. Anche i suoi vicini vampiri, con cui un tempo aveva avuto rapporti più che amichevoli, apparivano talvolta più vivaci e pieni di gioia dei maghi della Luce, o almeno di quelli di grado più alto. Quelli che erano di forza pari ad Anton, e che non si erano ancora stufati di giocare agli umani. L'unico dettaglio negativo era che il loro amore per la vita in genere si limitava esclusivamente alla *loro* vita.

Anton sollevò un pesante boccale di birra chiara e borbottò: — Prosit.

Per fortuna la tradizione locale non prevedeva il cin cin. Anton non aveva nessuna voglia di fraternizzare fino a quel punto con un mago delle Tenebre.

— Prosit — rispose Edgar. Aspirò con evidente piacere mezzo boccale e si asciugò la bocca. — Buona.

— Buona — convenne Anton. Non c'era niente di riprovevole, naturalmente, in quella cena comune. Le regole della Guardia della Notte non proibiscono i contatti con le Forze delle Tenebre, anzi: se un agente era sicuro di non correre rischi, simili contatti erano i benvenuti. Magari poteva riuscire a scoprire qualcosa o addirittura – tutto può accadere – influenzarlo in qualche modo. Non convertirlo alla Luce, certo... ma almeno trattenerlo dal commettere qualche porcheria. Sorprendendo innanzitutto se stesso, Anton osservò: — Fa piacere avere l'occasione di trovarci d'accordo, almeno su qualcosa.

— Già — rispose Edgar. Si sforzava di parlare in modo amichevole e corretto, per evitare che l'altro si stizzisse, pensando che il suo avversario volesse offenderlo. — C'è una bella differenza tra la birra ceca bevuta a Mosca e quella bevuta direttamente a Praga.

Gorodeckij annuì: — Vero. Soprattutto se la paragoni a quella in bottiglia. Quella in bottiglia è il cadavere della vera birra servito in una bara di vetro.

Edgar sogghignò in segno di apprezzamento per quel paragone e osservò: — Non so perché, ma in tutto il resto dell'Europa orientale è difficile bere una buona birra.

— Anche in Estonia? — chiese Anton.

Edgar si strinse nelle spalle. I maghi della Luce non perdevano mai un'occasione per sfottere...

— Da noi la birra è buona. Ma niente di speciale. Come in Russia, del resto.

Anton fece una smorfia, come se stesse riassaporando il gusto della birra russa. Ma disse tutt'altro: — Quest'estate sono stato in Ungheria. Ho provato quella ungherese.

— E...?

— Avrei fatto meglio a bere birra baltica, anche inacidita.

Edgar sogghignò di nuovo. Anche dopo uno sforzo di memoria non riusciva a ricordare nessun tipo di birra ungherese. Del resto, visto il parere di Anton, forse era meglio così. Di birra a quanto pare se ne intendeva, e non poco. Anche i maghi della Luce talvolta amano i piaceri della carne.

— E questi... valorosi guerrieri... bevono le loro brodaglie nazionali — aggiunse Anton accennando ai soldati americani. — Operatori di pace... Gli assi di Goering...

Lo stinco era già stato spolpato da tempo sia da Edgar sia da Anton.

E di birra ne era già scorsa abbastanza perché entrambi

avessero gli occhi più scintillanti del solito e le voci più forti e disinvolte.

— Perché di Goering? — chiese Edgar stupito. — Non sono mica tedeschi, sono americani.

Anton si spiegò pazientemente, come se stesse parlando con un bambino: — Assi dell'Aeronautica Militare degli Stati Uniti d'America è troppo lungo. Conosci qualche altra denominazione più pratica ed efficace per indicare l'aeronautica americana?

— No.

— E va bene. Chiamiamoli gli assi di Bush, allora. I tedeschi almeno combattevano contro altri piloti, mentre questi sganciano le loro bombe su villaggi che come unica difesa hanno i cannoni della seconda guerra mondiale. E per le loro imprese vengono anche decorati. Tu pensi che abbiano qualcosa di sacro al mondo? Sono tuttora convinti di essere stati loro a liberare Praga nel '45.

— Qualcosa di sacro? — sogghignò Edgar. — E che cosa c'entra con loro? Sono soldati.

— Sai, Altro, io credo che anche i soldati dovrebbero restare soprattutto uomini. E gli uomini devono assolutamente avere qualcosa di sacro nella loro anima.

— Per cominciare devono assolutamente avere un'anima. E a quel punto anche qualcosa di sacro. Oh, ma adesso glielo chiediamo!

Proprio in quel momento stava passando accanto al loro tavolo un roseo pilota d'oltreoceano, scintillante di galloni e fregi vari. Alto e robusto, l'orgoglio del Texas o dell'Oklahoma. Evidentemente tornava dalla toilette.

— Mi scusi, ufficiale! Posso farle una domanda? — gli chiese Edgar in un buon inglese. — Per lei, al mondo, c'è qualcosa di sacro? Di inviolabile?

L'americano si raddrizzò di scatto, come se avesse incespicato. L'istinto gli suggeriva che un soldato del migliore stato della Terra doveva tenere alto il prestigio nazionale e dare una risposta adeguata. Sul suo volto si disegnò un pensoso sforzo intellettuale e all'improvviso... tac! Un lampo. Si sciolse in un sorriso orgoglioso.

— Sacro? Ma certo: i Chicago Bulls…

Nemmeno i due maghi riuscirono a capire se stesse scherzando.

— È come una partita a scacchi, capisci? — gli spiegò Edgar. — I capi muovono semplicemente i pezzi sulla scacchiera: noi.

La faccia del cameriere si allungava gradualmente per lo stupore, a mano a mano che Anton ed Edgar ordinavano altra birra. Al loro tavolo aveva già portato tanti di quei boccali traboccanti che sarebbero bastati per un reggimento dell'aviazione americana, Chicago Bulls compresi. Quei due russi, invece, se ne stavano lì seduti a parlare, anche se si capiva che facevano sempre più fatica ad articolare i discorsi.

— Prendi noi due, per esempio — continuò Edgar. — Tu in questo processo rappresenterai la difesa. Io, l'accusa. Ma lo stesso restiamo due pezzi sulla scacchiera e, se sarà necessario, ci butteranno nel fondo dell'inferno. Altrimenti ci metteranno da parte in attesa di una nuova occasione, o ci scambieranno. Perché cos'è in sostanza tutto questo processo? Un balletto attorno a un banalissimo scambio, lo scambio del vostro Igor contro la nostra Alisa. Tutto qui: li hanno fatti finire in una scatoletta e li hanno ritirati dalla scacchiera. In nome di ideali superiori a noi incomprensibili.

— Non è vero — disse Anton, minacciandolo severamente con il dito. — Geser non immaginava che Igor incontrasse Alisa. È stato Zavulon a tendergli un tranello.

— E come fai a esserne tanto sicuro? — gli chiese Edgar beffardo. — Sei capace di leggere nell'anima di Geser come in un libro aperto? Per quanto ne so, mi pare che nemmeno i capi delle Forze della Luce amino svelare agli agenti i loro piani più segreti. Politica superiore di forze superiori! — sentenziò alzando la voce.

Anton avrebbe voluto obiettare qualcosa, ma purtroppo non disponeva di argomenti convincenti.

— Oppure prendi l'ultimo scontro, all'università. Zavulon ti ha usato – scusami, probabilmente non ti farà piacere sentirlo, ma ormai abbiamo cominciato questo discorso… – Sei stato usato da Zavulon. Zavulon, il tuo nemico giurato!

— Lui non mi ha usato. — Anton ebbe un attimo di esitazione, ma poi continuò: — Ha cercato di usarmi. E io ho cercato di usare la situazione per i nostri interessi. Lo sai anche tu: è la guerra.

— Ammettiamo pure che ci abbia soltanto provato — concesse Edgar con esibita noncuranza. — Ammettiamolo... Ma Geser non ha fatto niente – niente! – per difenderti. Perché dovrebbe salvaguardare le pedine? Sarebbe assurdo e antieconomico.

— Voi le vostre pedine le trattate ancora peggio — ribatté Anton tetro. — I vampiri, o i mutanti, non li considerate nemmeno pienamente dei vostri. Per voi sono solo carne da macello.

— Ma lo sono, Anton. Sono carne da macello più a buon mercato e meno preziosa di noi maghi. Comunque sono tutti discorsi privi di senso. Siamo marionette, semplici marionette. È un'impresa impossibile passare dalla parte di chi manovra i fili, perché richiede poteri assolutamente straordinari, come quelli di Geser o di Zavulon. E poi i posti al tavolo da gioco sono già tutti occupati, e nessuno dei giocatori è disposto a cedere il proprio a un pezzo degli scacchi, fosse pure la regina o il re.

Anton vuotò il boccale con aria cupa e lo riappoggiò silenziosamente sul sottobicchiere con lo stemma del locale. Non era più il giovane mago che era sceso in campo sulle tracce di una vampira illegale. Era cambiato, anche se di tempo non ne era passato poi molto. Da allora aveva avuto diverse occasioni per scoprire quante Tenebre ci fossero nella Luce. Alla cinica conclusione del mago delle Tenebre Edgar – «siamo granelli di sabbia negli ingranaggi del gioco dei Grandi Vecchi, perciò bevi la tua birra e chiudi il becco» – era arrivato anche lui più di una volta. E molte volte aveva pensato che le Forze delle Tenebre, nella loro apparente semplicità, erano spesso più umane dei campioni dei nobili ideali, le Forze della Luce.

— Eppure, Edgar, tu non hai ragione — disse alla fine. — Tra noi c'è una differenza sostanziale. Noi viviamo per gli uomini. Noi serviamo, non governiamo.

— È quello che hanno detto tutti i leader dell'umanità. — Edgar entrò baldanzosamente nella trappola. — Il partito è al servizio del popolo. Ricordi?

— Ma c'è una differenza tra noi e i vari leader dell'umanità. — Anton guardò Edgar negli occhi. — La disincarnazione. Capisci? Nessuno di noi può imboccare il cammino del Male. Se uno capisce che con il suo intervento ha incrementato la quantità di Male presente nel mondo, se ne va nel Crepuscolo. Svanisce. Ed è già successo, ogni volta che un mago della Luce ha commesso un errore o ha ceduto, sia pur minimamente, alle Tenebre.

Edgar sogghignò. — Anton, ti sei già risposto da solo. «Se uno capisce...» E se non lo capisce? Ti ricordi il caso del maniaco guaritore? Dodici anni fa, mi pare...

Anton lo ricordava benissimo. Al tempo non era ancora stato iniziato, ma era un caso talmente estremo che veniva regolarmente fatto analizzare da tutti gli agenti delle Guardie. Si trattava di un mago della Luce come tanti, per la precisione un guaritore, con notevoli poteri di preveggenza. Viveva dalle parti di Mosca, non si era arruolato nella Guardia della Notte, ma faceva parte della riserva attiva. Lavorava come medico, sfruttando la magia bianca nell'esercizio della professione. I suoi pazienti lo adoravano, anche perché faceva letteralmente miracoli. Però talvolta uccideva qualcuno, generalmente giovani donne. Senza ricorrere alla magia: le avvelenava, semplicemente, o qualche volta con l'agopuntura (conosceva perfettamente tutti i punti del corpo umano dove si concentra l'energia).

I Guardiani della Notte lo avevano scoperto quasi per caso. Uno degli analisti aveva notato un brusco incremento della mortalità tra le donne giovani di una cittadina nei dintorni di Mosca. Lo aveva insospettito che le vittime fossero, nella maggior parte dei casi, incinte, e che contemporaneamente si registrasse anche un numero elevatissimo di aborti e di bambini nati morti. Si pensò a un intervento delle Forze delle Tenebre: vampiri, mutanti, satanisti, streghe... Ci furono controlli a tappeto.

Poi il caso lo prese in mano Geser in persona, e l'assassino venne catturato: era un mago della Luce. Quell'affascinante e rispettabile guaritore vedeva il futuro fin troppo bene. Qualche volta, ricevendo una paziente, vedeva il futuro del suo bambino non ancora nato, e scopriva che molto probabilmente sarebbe diventato un assassino o un maniaco. Altre volte vedeva che la donna stessa avrebbe commesso qualche terribile delitto. Così aveva deciso di lottare con le armi di cui disponeva.

Al processo il guaritore spiegò con grande foga che un influsso magico non avrebbe sortito alcun effetto. In quel caso, infatti, le Forze delle Tenebre avrebbero avuto diritto a un'azione corrispondente, e la quantità del Male nel mondo non sarebbe diminuita. Lui invece aveva semplicemente «strappato le erbacce». Dalla caduta nel Crepuscolo l'aveva saldamente trattenuto la ferma convinzione che la quantità di Bene da lui introdotta nel mondo fosse nel suo complesso molto superiore a quella del Male che aveva causato.

Alla sua disincarnazione aveva dovuto provvedere Geser personalmente.

— Era uno psicopatico — chiarì Anton. — Un poveraccio con un evidente disturbo mentale. Sono cose che succedono, ahimè...

— Come lo scudiero di Giovanna d'Arco, il marchese de Rei — replicò Edgar pronto. — Era un mago della Luce anche lui, vero? E si è messo ad ammazzare donne e bambini per estrarre dai loro corpi l'elisir di giovinezza, sconfiggere la morte e donare la felicità al genere umano.

— Edgar, nessuno è assicurato contro la follia. Nemmeno gli Altri. Ma se vogliamo prendere in considerazione una qualsiasi strega... — iniziò Anton fremendo.

— Non discuto. — Edgar allargò le braccia in un gesto pacificatorio. — Comunque non intendevo parlare dei casi limite. Volevo semplicemente dire che è possibile che anche il vostro tanto decantato meccanismo di difesa, la disincarnazione (ma chiamiamola semplicemente coscienza), qualche volta sbagli. E se Geser decide che la tua morte può arrecare un vantaggio immenso alla causa della Luce? Se su un piatto della bilancia c'è Anton Gorodeckij, e sull'altro milioni di vite umane?

— Non avrebbe bisogno di ingannarmi — disse Anton risoluto. — Nessun bisogno. Sarei pronto a sacrificarmi. E ciascuno di noi farebbe altrettanto.

— E se non ti potessero comunicare nulla? — ridacchiò Edgar contento. — Per evitare che il nemico intercetti qualche informazione decisiva, perché tu non ti comporti in modo innaturale, o anche semplicemente per non farti angosciare inutilmente... in fondo anche la tutela della tua pace spirituale è uno dei compiti di Geser.

Sollevò l'ennesimo boccale con aria soddisfatta e ne aspirò rumorosamente la schiuma.

— Tu appartieni alle Tenebre — disse Anton. — Dappertutto vedi solo male, tradimento e viltà.

— Di' piuttosto che preferisco non chiudere gli occhi quando vedo queste cose — replicò Edgar. — E perciò non mi fido di Zavulon. Quasi quanto non mi fido di Geser. Perfino di te mi fido di più che non di Zavulon: sei anche tu una pedina degli scacchi, casualmente dipinta di un colore diverso dal mio. Credi che la pedina nera odi quella bianca? No. Tanto più se si sono incontrate per caso a un tavolino e si bevono una birra insieme.

— Sai — disse Anton con un certo stupore — non riesco a capire come possiate vivere con una simile opinione del mondo... Io sarei già andato a impiccarmi.

— In pratica non hai più niente da obiettare?

Anche Anton bevve una sorsata. Meravigliosa particolarità della birra ceca fresca: non lascia nessun senso di pesantezza né fisica né mentale, neppure assunta in quantità considerevoli...

— Proprio niente — ammise Anton. — In questo momento assolutamente niente. Ma sono sicuro che hai torto. Solo che è difficile discutere dei colori dell'arcobaleno con un cieco. Non so nemmeno dire cos'è di preciso che ti manca. Ma è qualcosa di molto importante, senza il quale sei più indifeso di un cieco.

— Perché indifeso, scusa? — Edgar sembrava un po' offeso. — Siete più indifesi voi della Luce, inchiodati mani e piedi ai vostri dogmi etici. E chi ha raggiunto un livello superiore di sviluppo, come Geser, vi comanda.

— Proverò a risponderti — disse Anton — ma non adesso. Dobbiamo incontrarci un'altra volta.

— Eviti la discussione? — lo provocò Edgar.

— No, ma avevamo deciso di non parlare di lavoro, no?

Edgar non rispose. Effettivamente Anton l'aveva giocato, di poco, ma l'aveva giocato. Perché aveva cominciato quella stupida discussione? Un cane bianco non riuscirai mai a farlo diventare nero, si dice giustamente alla Guardia del Giorno.

— È vero — riconobbe. — Ho sbagliato, lo ammetto. Solo che...

— Solo che è molto difficile non parlare di quello che ci divide — concluse Anton. — Lo capisco. Non è una colpa, è il destino.

Si frugò nelle tasche e prese un pacchetto di sigarette. Edgar notò automaticamente che erano sigarette economiche, le 21 Vek, di produzione russa. Ovvio. Un mago delle Tenebre del suo livello poteva permettersi qualsiasi tipo di piacevolezza, mentre Anton fumava sigarette nazionali. Non era certo un caso che fosse capitato in quel ristorantino, molto simpatico ma anche molto economico.

— Mi dici dove sei alloggiato? — gli chiese Edgar.

— All'hotel Kafka — rispose Anton. — Si trova a Zizkov, in via Krzementsova...

Come da copione: un alberghetto a buon mercato, tutt'altro che prestigioso. Edgar annuì, osservando il modo di fumare del mago della Luce, un po' impacciato, come se non fumasse da molto tempo, o lo facesse molto di rado.

— Mentre tu sei all'Hilton — osservò inaspettatamente Anton. — Giusto? O alla peggio al Radisson-SAS.

— Mi pedinate? — reagì Edgar, subito sulla difensiva.

— Ma no. Solo che tutti gli agenti delle Tenebre hanno questa passione per i nomi altisonanti e i locali più esclusivi. Siete prevedibili anche voi.

— E allora? — ribatté Edgar in tono di sfida. — Tu sei un paladino dell'ascetismo e della miseria come stile di vita?

Anton diede un'occhiata ironica al ristorante, ai resti dello stinco sul tagliere di legno pieno di incisioni, al boccale quasi vuoto (quanti ne avevano bevuti? Ormai avevano perso il conto...). Rispondere gli sembrava superfluo, ma lo fece lo stesso:
— Ma no, certo, non discuto. Però la quantità delle camere e dei servizi di un hotel non è poi l'elemento più importante, e nemmeno i prezzi segnati sul menu. Anch'io sarei potuto scendere all'Hilton e andarmene a bere birra nella taverna più cara di Praga. Ma a che scopo? Tu, per esempio: perché sei venuto proprio qua? Eppure il posto non è dei più raffinati...

— È un posto simpatico — ammise Edgar. — E la cucina è buona.

— Proprio quello che volevo dire...

In un sussulto un po' ebbro di magnanimità Edgar esclamò:

— Ecco! A quanto pare ho capito in cosa consiste la differenza che c'è tra noi: voi vi sforzate di limitare le vostre esigenze naturali, per modestia, per buona educazione, mentre noi siamo più spreconi, sì... di forza, di soldi, di risorse materiali e umane...

— Gli uomini non sono risorse! — Lo sguardo di Anton si era fatto penetrante e cattivo. — Hai capito? Non sono risorse!

Ecco, come al solito bastava sfiorare uno dei punti critici... Edgar sospirò. Gli avevano fatto un bel lavaggio del cervello, al mago della Luce, davvero completo.

— Va bene. Cambiamo argomento, per maggiore chiarezza. — Bevve un sorso di birra e non riuscì a trattenersi dall'osservare: — Eppure proprio qui, prima, c'era un aviatore americano, un mago della Luce (decisamente sbadato, comunque: non mi ha nemmeno notato). A quanto pare anche lui considera gli uomini delle risorse, oppure una razza inferiore, stupida e ottusa, che si può coltivare o punire. È esattamente quello che pensiamo anche noi.

— Il nostro problema è che siamo un prodotto della società umana — replicò Anton tetro — con tutti i suoi difetti. Perfino le Forze della Luce, se non hanno già vissuto molti secoli, rimangono legate agli stereotipi e ai miti dei loro paesi: la Russia, l'America o il Burkina Faso, indifferentemente. Perché poi ho sempre in mente il Burkina Faso?

— Uno di quegli stupidotti, i Fratelli di Regin, viene da là — suggerì Edgar. — Già il nome fa ridere.

— I Fratelli di Regin... — Anton annuì. — Perché vi ci siete messi di mezzo anche voi? Evidentemente perché è stato qualcuno di voi a chiamarli, a promettere loro il vostro aiuto, e la riattivazione dell'Artiglio di Fafnir... Perché?

— Non sono in possesso di questa informazione: sono comunicazioni che devono avvenire in ambito assolutamente ufficiale — ribatté subito Edgar. "Questi agenti della Luce protestano sempre per le infrazioni altrui... E poi..." pensò.

— Allora non me lo dire, non ne ho nessun bisogno. — Anton agitò una mano. — Non sono un bambino. Ma certamente non sentiamo la necessità dell'apparizione di un mago delle Tenebre completamente pazzo e di forza tremenda.

— Nemmeno noi — dichiarò Edgar. — Sarebbe la guerra, una guerra totale, l'Apocalisse.

— Quindi i Fratelli di Regin li avete ingannati — concluse Anton. — Li avete convinti ad attaccare l'ufficio di Berna, a impadronirsi dell'Artiglio, a venire a Mosca... Ma perché? Per nutrire lo Specchio?

"Fa in fretta a collegare le cose!" osservò mentalmente Edgar. Ma scosse la testa, cercando nel frattempo di trovare un'obiezione convincente: — Che sciocchezze! Abbiamo saputo chi era Vitalij Rogoza solo dopo che l'Artiglio era stato rubato e i quattro banditi erano già in viaggio per Mosca.

— È vero! — esclamò all'improvviso Anton. — Hai ragione, mago delle Tenebre. È impossibile prevedere la comparsa dello Specchio, è un'emanazione del Crepuscolo assolutamente incontrollabile. E il comunicato ufficiale dell'Inquisizione afferma che la setta ha cominciato a preparare l'attacco al deposito dei talismani due settimane prima di metterlo in atto. Allora Rogoza non esisteva ancora. O meglio esisteva, ma era una persona normalissima che poi il Crepuscolo ha trasformato.

Edgar si morse un labbro. Aveva l'impressione di essere stato lui a suggerire qualcosa al mago della Luce, a passargli qualche informazione, o anche solo a guidarlo nella direzione giusta. Però, in fondo, perché preoccuparsi? Anche lui era interessato a capirci qualcosa di più, in quella situazione. Anche per lui era di vitale importanza. Così pensò a voce alta: — Forse qualcuno voleva cacciare da Berna l'Ufficio dell'Inquisizione?

— O farlo trasferire a Praga...

Si fissarono con aria pensosa, due maghi appartenenti agli schieramenti opposti, ma ugualmente interessati a capire quello che stava succedendo. Il cameriere fece per avvicinarsi, ma poi vide che i boccali non erano ancora vuoti e andò a occuparsi degli americani.

— Una variante possibile — convenne Edgar. — Ma tutta l'operazione dell'Artiglio per noi non aveva nessuna utilità! Non pensateci nemmeno ad accollarci una simile assurdità!

— Però magari — disse Anton a un tratto — volevate impedire un'operazione di qualcun altro. Nostra, per esempio. E l'Artiglio di Fafnir in questo caso vi è tornato molto utile.

Edgar si maledisse per la propria loquacità. Naturalmente solo in senso figurato: nessun mago delle Tenebre si era mai installato un vortice nero sulla testa.

— Sciocchezze, ma di che operazione parli... — cominciò, ma capì subito che con quella sua inaspettata difesa della Guardia della Notte di fatto aveva confermato la deduzione di Anton.

— Grazie, Altro — gli disse il mago della Luce.

Senza smettere di insultarsi mentalmente, Edgar si alzò. Dicono bene: se ti siedi a tavola con un mago della Luce, tagliati la lingua e cuciti la bocca!

— Devo andare — annunciò. — Mi ha fatto molto piacere... parlare.

— Anche a me — confermò Anton. E gli tese addirittura la mano.

Rifiutare una stretta di mano sarebbe stato stupido. Edgar gettò sul tavolo una banconota da cinquecento corone e uscì in fretta.

Anton, sorridendo, lo accompagnò con lo sguardo. Era comunque un piacere spaventare un mago delle Tenebre, e per di più uno dei primi dieci della Guardia del Giorno. Quel ciccione evidentemente pensava di avergli svelato chissà quale tremendo segreto, mentre invece non gli aveva svelato proprio niente, e la versione che Anton aveva proposto adesso gli sembrava decisamente stupida. Ma se anche per caso fosse stata quella giusta, non aveva scoperto comunque nulla che avesse un senso.

Lanciò un'occhiata al cameriere, mimando nell'aria il gesto di chi scrive. Un minuto dopo gli arrivò il conto. Con la mancia prevista arrivava a mille e venti corone. Tremendi, questi maghi delle Tenebre: dopo tanta ironia sulla miseria dei Guardiani della Notte, era riuscito a risparmiare, anche se di poco. Anton pagò il conto, si alzò – la birra si faceva sentire: il suo corpo aveva acquisito una rilassatezza piacevole, ma anche pericolosa – e uscì dall'Aquila Nera. All'appuntamento con gli agenti dell'Ufficio europeo dell'Inquisizione, in piazza della Città Vecchia, arrivò appena in tempo.

In quella zona ci sono sempre un sacco di turisti.

Soprattutto allo scoccare di ogni ora, quando sulla torre comincia a battere l'antico orologio astronomico, si aprono le finestrelle gemelle e compaiono le figurine degli apostoli, che avanzano come per osservare la piazza e poi tornano indietro, all'interno del meccanismo. Gli instancabili guardiani di piazza della Città Vecchia...

Anton era in mezzo ai turisti, con le mani affondate nelle tasche. Le dita gli si gelavano anche così, ma non gli era mai piaciuto portare i guanti. Tutto intorno ronzavano le videocamere, scattavano gli otturatori delle macchine fotografiche, la folla si scambiava commenti in tutte le lingue del mondo sull'ennesimo imperdibile monumento.

Perché senza nemmeno pensarci si era unito a quella folla senza volto, mettendosi anche lui a ripassare silenziosamente i punti del suo programma? Inerzia mentale? Pigrizia? O l'indistruttibile richiamo del branco? Probabilmente gli agenti delle Tenebre non si confondevano così con la folla degli umani.

— No, non ti ho capito — disse una voce a pochi passi di distanza. — Sono in vacanza, mi senti? Non puoi decidere da solo?

Anton lanciò una rapida occhiata al suo connazionale, e quello che vide non lo rallegrò: il russo era robusto, largo di spalle e generosamente coperto d'oro. Aveva già imparato a indossare completi di gran prezzo, ma evidentemente non sapeva ancora annodare una cravatta di Hermes. Cioè, l'aveva annodata, ma in un modo che rivelava il contadino già a un chilometro di distanza. Dal cappotto di cachemire bordeaux spuntava una sciarpa stropicciata.

Il "nuovo russo" colse il suo sguardo, fece una smorfia, chiuse il cellulare e tornò a fissare l'orologio.

La terza generazione, promettono gli analisti. Bisogna aspettare la terza generazione. Il nipote di quel bandito molto fortunato o molto abile, che era riuscito non solo ad arricchirsi, ma anche a sopravvivere, sarebbe stato una persona assolutamente a modo. Bisognava soltanto aspettare. E, a differenza degli umani, gli Altri possono aspettare per generazioni. Il loro lavoro, o meglio, il lavoro delle Forze della Luce, dura secoli. A differenza delle Forze delle Tenebre, che introducono molto facilmente gli opportuni aggiustamenti nella coscienza degli uomini. La strada delle Tenebre è sempre più breve di quella della Luce. Più breve, più facile e più piacevole...

— Anton Gorodeckij — disse una voce alle sue spalle. Non era la voce di un russo, ma di qualcuno che conosceva la lingua alla perfezione. L'intonazione poi era assolutamente inconfondibile: quella straniata, leggermente monotona, degli Inquisitori.

Anton si voltò, annuì, tese la mano.

L'Inquisitore aveva l'aria di essere ceco. Un uomo alto di età indefinibile, con un caldo mantello grigio e un berretto di lana con uno strano fermaglio su cui si distinguevano l'incisione di un corno da caccia, dei fucili e una testa di cervo. Era molto facile immaginarselo in un parco autunnale, al tramonto, mentre camminava triste e pensieroso su uno spesso tappeto di foglie cadute. Una specie di agente segreto immerso nelle sue riflessioni.

— Vitezslav — disse l'Inquisitore. — Vitezslav Grubin. Andiamo.

Uscirono dalla folla con grande facilità: la gente sembrava farsi da parte davanti all'Inquisitore, anche se lui non aveva fatto ricorso ai poteri magici. Presero una stradina stretta, allontanandosi definitivamente dalla calca dei turisti.

— Come è arrivato, Anton? — gli chiese Vitezslav. — Si è riposato, ha pranzato?

— Grazie, sono a posto.

Quella manifestazione di gentilezza da parte dell'Inquisitore, per quanto formale, era imprevista e gradevole.

— Le serve qualche aiuto da parte del nostro Ufficio?

Anton scosse la testa, sicuro che Vitezslav, che camminava leggermente più avanti di lui, avrebbe avvertito quel gesto.

— Meglio così — rispose l'Inquisitore con una certa indifferenza, ma sinceramente. — Abbiamo così tanto lavoro. Il trasferimento dell'Ufficio europeo a Praga è un grande evento per noi. Siamo orgogliosi, molto orgogliosi, ma la nostra sezione è piccola, e la mole di lavoro enorme.

— Se ben ricordo, l'Inquisizione non ha mai dovuto fare grandi interventi qui a Praga — osservò Anton.

— È così. Le nostre Guardie sono generalmente corrette. Non infrangono il Patto con troppa frequenza...

"Giusto" considerò Anton. "Il compito dell'Inquisizione è sempre stato quello di occuparsi degli screzi tra le Guardie, perché ai delitti dei singoli Altri ci pensano le Guardie stesse. È probabile che sugli agenti delle Tenebre di Praga agisca beneficamente l'atmosfera di un normale paese europeo. In ogni caso nell'ambito dell'organizzazione hanno imparato a rispettare le leggi. O almeno a infrangerle in modo che non si noti."

— La seduta del Tribunale per il caso di Igor Teplov, mago di secondo grado, agente di ruolo della Guardia della Notte di Mosca, comincerà domani sera — disse Vitezslav. Anton apprezzò sia il fatto che Igor fosse stato citato in modo completo, con tanto di status, sia che Vitezslav avesse detto che la seduta sarebbe "cominciata" e non semplicemente che "si sarebbe svolta". Voleva dire che l'Inquisizione non era ancora giunta a nessuna conclusione e che era disposta a una lunga fase istruttoria. — Desidera incontrarlo?

— Sì, certo. Ho delle lettere per lui da parte dei ragazzi e dei regali. — Tacque. L'accenno alle lettere e ai regali era suonato un po' penoso. Come se stesse andando a visitare un carcerato o un malato grave.

— Ho la macchina — disse l'Inquisitore. — Possiamo passare al suo albergo per prendere tutto e poi andare dall'arrestato.

— Igor è nella sede dell'Inquisizione?

— No, perché? — rispose Vitezslav con un'altra domanda. Si fermò accanto a una Skoda Felicia parcheggiata lungo la strada. — Se fosse stato un agente delle Tenebre forse l'avremmo tenuto sotto osservazione. Il suo collega è in un normale albergo, ha solo firmato l'impegno a non lasciare Praga.

Anton annuì, riconoscendo l'assurdità della sua domanda. In effetti, che senso aveva rinchiudere in cella un mago della Luce?

— Mi scusi, Vitezslav — chiese. — Capisco che questo non ha nessuna rilevanza ai fini del suo attuale lavoro, ma vorrei sapere… così, senza nessun retropensiero… probabilmente potrei sondarla, ma mi sembrerebbe antipatico…

— Chi ero? — gli chiese Vitezslav.

— Sì.

L'Inquisitore prese la chiave e schiacciò il bottoncino sul ciondolo. Poi aprì la portiera.

— Sono un vampiro. O meglio, ero un vampiro.

— Superiore?

— Sì.

Anton si sedette sul sedile anteriore e allacciò la cintura. Il vampiro Vitezslav accese il motore, ma non partì subito, per dargli il tempo di scaldarsi.

— Mi scusi, la mia domanda era assolutamente idiota — riconobbe Anton.

— Sì, lo era — confermò l'Inquisitore, che non peccava certo di eccessiva delicatezza. — Ma a quanto so, Anton, lei è ancora molto giovane.

Guidava la macchina per le strade della città con molta delicatezza, senza il minimo scossone. Quale fosse l'albergo dove alloggiava Anton, naturalmente, non lo chiese nemmeno: non ne aveva alcun bisogno. Disse: — È probabile che lei abbia ancora alcune illusioni su che cosa siano l'Inquisizione e gli Altri che vi lavorano. E allora mi permetta di darle qualche indispensabile chiarimento. L'Inquisizione non rappresenta una terza forza, come a torto ritengono molti agenti delle Guardie dei livelli più bassi. E non siamo nemmeno un tipo particolare di Altri, slegati sia dalla Luce sia dalle Tenebre. Siamo semplicemente gli Inquisitori, selezionati tra gli agenti della Luce e delle Tenebre che hanno capito, per i motivi più vari, l'assoluta necessità del Patto e dell'armistizio tra le Guardie. Sì, abbiamo certe informazioni di cui voi Guardiani non siete a conoscenza, a parte, naturalmente, i Grandi Maghi. E creda, Anton Gorodeckij, che nelle nostre conoscenze non c'è alcuna gioia. Siamo costretti a sorvegliare il rispetto del Patto. Capisce?

— Cerco di capire — disse Anton.

— Io sono un vampiro — ripeté piano Vitezslav. — Un vero vampiro superiore, e ho ucciso più di una giovane fanciulla. È decisamente conveniente dal punto di vista energetico.

— Mi risparmi la lezione sulla fisiologia dei vampiri — replicò Anton. — Non la troverei affatto piacevole, mi creda.

Vitezslav annuì fissando attento la strada.

— Perciò non possiedo un'anima e nemmeno una vita, nel senso che gli appartenenti alle Forze della Luce danno a questa parola — disse Vitezslav. — La causa della Luce la considero ingenua, pericolosa e in parte anche criminale. Simpatizzo, al contrario, per quella delle Tenebre. Ma...

Tacque per un istante, come se volesse organizzare un discorso più complesso. — Ma riesco a immaginare molto bene quale potrebbe essere l'alternativa alla situazione attuale. È per questo che faccio parte dell'Inquisizione e per questo punisco coloro che hanno infranto il Patto. Stia attento, Anton: non coloro che sbagliano, perché le verità sono sempre per lo meno due; e nemmeno coloro che fanno un balzo in avanti, perché ci sono stati tempi in cui la Luce ha avuto grandi forze, ed altri tempi in cui hanno trionfato le Tenebre. L'Inquisizione si limita a sorvegliare il rispetto del Patto.

— Certo, capisco — disse Anton. — Ma mi sono sempre chiesto se si può immaginare una situazione in cui l'Inquisizione sostenga una delle due parti in causa, basandosi non sulla lettera del Patto, ma sulla verità.

— Le verità sono sempre almeno due — ripeté l'Inquisitore. — La situazione... — Si interruppe, soprappensiero.

— Non mi è mai capitato di incontrare un Inquisitore proveniente dalle Forze della Luce, che sostenesse la sua vecchia Guardia — precisò Anton. — Ma è possibile pensare una situazione analoga con un Inquisitore proveniente dalle Forze delle Tenebre? Dica quello che vuole, ma è difficile fidarsi di voi Inquisitori, con le vostre forze, le vostre conoscenze segrete, per non parlare di tutti gli oggetti magici confiscati che tenete nei vostri depositi.

— Tutto è possibile — disse inaspettatamente il vampiro. — Sì, non si può escludere. Se iniziasse una guerra aperta tra le Tenebre e la Luce, non i soliti scontri tra le Guardie, ma una vera guerra tra le Tenebre e la Luce. Se tutti gli Altri si schierassero dalla propria parte del fronte, che bisogno ci sarebbe allora dell'Inquisizione? Anche noi ritorneremmo semplici Altri.

Annuì e aggiunse: — Ma probabilmente a quel punto l'Inquisizione sarebbe già scomparsa, nel tentativo di salvare la situazione. Perché non siamo poi tanti. E l'eventuale intervento di qualche sopravvissuto, che un tempo avesse indossato il mantello degli Inquisitori, a quel punto non cambierebbe proprio niente.

— Capisco che cosa spinge i Guardiani della Notte a rispettare il Patto — disse Anton. — La preoccupazione per gli uomini. E so che cosa muove i Guardiani del Giorno: la paura per se stessi. Ma che cosa spinge voi, Inquisitori, ad andare contro la vostra stessa essenza?

Vitezslav girò la testa e disse piano: — Voi siete trattenuti solo dal terrore, Anton Gorodeckij. Per voi stessi o per gli uomini, la cosa non cambia. E noi dall'orrore. È lo stesso motivo per cui custodiamo il Patto. Può stare tranquillo per l'esito dell'istruttoria: non ci saranno favoritismi. Se il suo collega non ha trasgredito il Patto, ripartirà da Praga sano e salvo.

Quella sera Edgar dimenticò facilmente il suo malumore. Forse per merito di una buona cena in un ristorante prestigioso, accompagnata da una bottiglia di vino ceco da collezione (certo non come quelli francesi, e nemmeno spagnoli, però davvero niente male). O forse era stata l'atmosfera prenatalizia della città ad avere un effetto rasserenante. Naturalmente lui non credeva in Dio: erano in pochi tra gli Altri, e tanto meno tra gli appartenenti alle Tenebre, a essere ancora legati a certi pregiudizi. Ma la festa del Natale Edgar l'aveva sempre avuta molto cara, e aveva sempre cercato di festeggiarla degnamente.

Forse dipendeva dai ricordi della sua infanzia? Di quando era un semplice bambino di campagna, che aiutava il padre nel suo lavoro, frequentava la chiesa e attendeva tutte le feste con entusiasmo? O forse il Natale gli richiamava alla mente ricordi degli anni Venti e Trenta, quando già era un Altro, ma non faceva ancora parte della Guardia, e aveva uno studio da avvocato ben avviato, una bella moglie e quattro marmocchi. Ora i suoi genitori erano morti da tempo, e aveva seppellito anche la moglie. I due figli ancora vivi – uno abitava in Canada e l'altro a Piarnu – non li vedeva da quarant'anni. Sarebbe stato troppo difficile per quei due vecchietti credere che quell'uomo forte dall'aspetto ancora giovane fosse il loro padre, nato alla fine del diciannovesimo secolo…

"Sì, i ricordi, probabilmente" pensò Edgar, accendendosi un sigaro. E in effetti c'era molto di buono nella normale vita umana. Che valesse la pena di tornare a giocare all'umanità? Sposarsi, mettere su famiglia… prendersi una licenza dalla Guardia di una trentina d'anni… Scoppiò in una risata amara. Che sciocchezze! Non si può entrare due volte nella stessa acqua! Aveva vissuto da umano, aveva vissuto da Altro non militante, e adesso il suo posto era nella Guardia del Giorno.

Incrociò lo sguardo della ragazza seduta al tavolo accanto al suo, sola e con l'aria annoiata, e sorrise. Le sfiorò la coscienza, appena appena. Non era una prostituta, solo una ragazza molto giovane in cerca di avventure. Meglio così. Edgar non amava le professioniste, tanto non sarebbero comunque riuscite a stupirlo. Chiamò il cameriere e ordinò una bottiglia di champagne.

Capitolo 4

L'Inquisizione non risparmiava sulle spese per i detenuti. L'albergo era più che dignitoso, e la camera, anche se non di lusso, era comoda e a due letti.

Anton esitò per un attimo, prima di avanzare incontro a Igor. Come era cambiato!

Igor aveva sempre lavorato nella Guardia come operativo. Ci era arrivato nei primi anni del dopoguerra. Allora c'era molto lavoro: da una parte, un mare di emozioni positive, dall'altra, un bel po' di robaccia ereditata dagli anni duri. Per di più, dato il materialismo che dominava nel paese, era difficile che i soggetti interessati riconoscessero i segni della propria appartenenza agli Altri. Igor, invece, aveva accettato la propria condizione senza problemi, anzi, con gioia. Sembrava che per lui non ci fosse differenza tra i vari compiti che potevano capitargli: lanciarsi col paracadute nelle retrovie fasciste per far saltare un ponte o catturare vampiri e mutanti per le vie di Mosca. Un onesto mago di terzo livello di forza, con poche chance di crescere ulteriormente; ma anche il terzo livello non è niente male, soprattutto se accompagnato da esperienza, coraggio e prontezza di riflessi.

Igor tutte queste doti le aveva in abbondanza. Non era nella Guardia da tantissimo tempo, ma ognuno dei suoi anni di lavoro poteva tranquillamente essere valutato come tre di servizio normale.

Forse non era colto ed erudito come Ilja o Garik, o non aveva preso parte a operazioni impressionanti come quelle di Semen, ma sul campo aveva ben pochi concorrenti. E c'era un altro particolare per cui era sempre piaciuto ad Anton: era rimasto giovane. Non solo fisicamente, il che per un mago del suo livello era addirittura ovvio, ma anche nell'anima. Chi aveva accettato volentieri di accompagnare la quindicenne Jula della sezione analitica fino a Tusino, per la presentazione dell'album *Centocinquanta miliardi di passi* del famoso gruppo Tequila Jazz? Chi si occupava con passione di un adolescente pieno di complessi alle prese con la scoperta di essere un Altro? Chi per cinque anni si era dedicato con grande spirito di sacrificio al paracadutismo estremo solo per verificare dettagliatamente la teoria sulla grande concentrazione di Altri tra i praticanti di sport estremi? Chi si offriva per primo di sostituire un compagno per un turno o di sobbarcarsi il lavoro più noioso (per quelli più pericolosi non c'era mai carenza di volontari)? Forse si sbagliava, ma da un po' di tempo Anton aveva cominciato a pensare che fosse molto più utile avere al fianco un compagno fidato e pieno di gioia di vivere, che non uno forte e pieno di esperienza. Perché un mago forte e saggio può sempre trovare un compito più importante di quello di guardarti le spalle.

L'Altro che Anton aveva davanti adesso, però, non appariva né forte né pieno di gioia di vivere. Igor era molto dimagrito e dai suoi occhi traspariva un'angoscia sorda, disperata. Sembrava non sapesse dove ficcare le mani: un po' le nascondeva dietro la schiena, un po' le intrecciava davanti.

— Anton — disse alla fine. Senza sorridere, ma con un tenue riflesso di gioia. — Ciao.

Ubbidendo a un impulso improvviso, Anton fece un passo avanti e lo abbracciò.

— Ciao — mormorò. — Come ti sei ridotto, hai l'aria sfinita...

Vitezslav, che si era fermato sulla soglia, disse a voce bassa:

— Non vi reciterò le norme ufficiali che regolano i rapporti con gli imputati, dal momento che siete entrambi agenti della Luce. La devo aspettare, Gorodeckij?

— No, grazie. — Anton si staccò da Igor, tenendogli comunque un braccio sulla spalla. — Torno da solo.

— Igor Teplov, la seduta del Tribunale per il suo caso avrà

luogo domani sera, alle sette ora locale. Una macchina verrà a prenderla alle sei e mezzo. Si faccia trovare pronto.

— Sono pronto da un pezzo — disse piano Igor. — Non si preoccupi.

— Tanti auguri — disse gentilmente il vampiro prima di lasciarli.

I due maghi della Luce rimasero soli.

— Ho un aspetto così orribile? — chiese Igor.

Anton non provò nemmeno a mentire: — Orribile è dir poco. Una larva. Si direbbe che ti tengano a pane e acqua.

Igor scosse la testa, serio: — No, cosa dici? Il trattamento è discreto.

Nelle sue parole balenò un'ombra di ironia, come se stesse descrivendo una bestia feroce, mantenuta in una gabbia dello zoo.

— Ho diversi messaggi per te. E regali — rispose Anton sullo stesso tono, cercando di aggrapparsi a quel sottile filo di vitalità. — Il cibo è ammesso?

— Sì — annuì Anton. — È che non riesco a mandar giù un boccone, capisci? Non ho voglia di leggere, non ho voglia di bere, e nemmeno di parlare con qualcuno. Accendo la televisione e la guardo fino alle tre di notte. Al mattino mi alzo e la riaccendo subito. Puoi credermi se ti dico che ho imparato perfettamente il ceco. È una lingua molto facile.

— Accidenti. — Anton annuì. — Va bene. Come capirai, ho ordini segreti: devo farti tornare la voglia di vivere.

A quel punto Igor si lasciò sfuggire un sorriso: — Sì, capisco. Ma sarà dura. Vediamo un po'.

Anton mise sul tavolo un grosso pacco di lettere. Su ogni busta c'era soltanto un nome, quello di chi aveva scritto la lettera.

— Sono da parte di tutti i nostri. Olga ha detto di leggere assolutamente per prima la sua lettera. Ma hanno detto lo stesso anche Julja e Lena. Quindi scegli pure tu.

Igor guardò le lettere con aria pensosa. E poi gli fece un cenno: — Tirerò a sorte. Va bene, tira fuori. Non parlo delle lettere.

Sorridendo Anton prese una bottiglia avvolta in un foglio di carta.

— Smirnovskaja, numero ventuno — disse Igor. — Giusto?

— Giusto.

— Lo sapevo. Proseguiamo.

Anton, sorridendo un po' imbarazzato, estrasse dal sacchetto una piccola forma di pane Borodinskij, un salame, dei cetriolini salati in un sacchettino di plastica, alcune cipolle viola di Jalta, un pezzo di lardo.

— Ma guarda che furboni. — Igor scosse la testa. — Tutto quello che mi piace di più. Vi ha consigliato Semen, vero?

— Sì.

— In dogana devono averti preso per matto.

— Non hanno visto niente: ne ho pieno diritto, sono in missione.

— Certo. Va bene, adesso preparo tutto. E tu raccontami quello che è successo. Mi hanno informato, ma voglio sentirlo da te. Dimmi di Andrej, di Tigrotto, di tutte queste disgrazie.

Mentre Igor preparava lo spuntino, risciacquava e asciugava accuratamente i bicchieri e apriva la bottiglia, Anton gli raccontò in breve gli ultimi avvenimenti moscoviti. In silenzio Igor riempì di vodka quattro bicchierini. Ne coprì due con fettine di pane, uno lo spinse verso Anton e l'ultimo lo prese lui.

— Ai ragazzi — disse. — Che la Luce sia loro benigna. A Tigrotto… ad Andrej…

Bevvero senza far toccare i bicchieri. Anton osservò Igor incuriosito: si era messo a tossire, fissando il bicchierino con aria confusa.

— Anton, fermati! Questa vodka è tremenda!

— Certo! — lo rassicurò Anton soddisfatto. — La più naturale vodka fasulla, spirito diluito con acqua del rubinetto. L'ho scelta apposta. Non ci crederai, ma è diventato difficile trovare vodka adulterata nei negozi.

— Perché? — chiese Igor.

— Come perché? Allora perché ti ho portato il pane Borodinskij? In fondo in qualsiasi panetteria di Praga avrei potuto comprare una forma di pane nero buono e fragrante! E lo stesso vale per il salame, e per il lardo! E anche la cipolla, non è che portarla fosse proprio necessario…

— E allora cos'è, una specie di saluto dalla patria? — azzardò Igor, che non si era ancora ripreso dal gusto della vodka.

— Esattamente.

— Ma non è il caso: il mio ultimo mattino preferisco affrontarlo senza mal di testa — disse Igor serio. Si accigliò, passando la mano sulla bottiglia e sui due bicchierini ancora pieni. Il liquido risplendette per un istante di una luce giallo limone. In tono un pochino colpevole Igor spiegò: — La magia inferiore mi è ancora permessa.

— Allora versane ancora.

— Devi andare da qualche altra parte? — gli chiese Igor, gettandogli un'occhiata, mentre versava la pseudovodka.

— No, dove dovrei andare? — rispose Anton. — Ho voglia solo di stare un po' con te a chiacchierare. E sai per quale altro motivo ho voluto cambiare la bottiglia?

— Allora sei stato tu il promotore dell'iniziativa?

— Sì, sì, proprio io. Semen mi aveva portato quella regolare. Ma io volevo ricordarti che non sempre in un bel recipiente c'è anche un buon contenuto.

Igor sospirò, subito rannuvolato. — Gorodeckij, non c'è bisogno che tu mi faccia la morale. Ero nella Guardia prima che tu nascessi. Capisco tutto! Ma sono colpevole e subirò il mio castigo.

— No, non capisci niente! — gridò Anton stizzito. — Ti sei già messo in posa, guardati: «Sono colpevole e subirò il mio castigo» — lo scimmiottò. — E noi cosa facciamo? Soprattutto adesso, senza Tigrotto e Andrej? Sai che Geser ha deciso di procedere all'addestramento delle ragazzine programmiste?

— Smettila, Anton! Non esistono Altri insostituibili! Nella riserva della Guardia di Mosca ci sono centinaia di maghi e di maghe!

— Sì, certo. E basta che gli facciamo un fischio e loro arrivano. Lasciano le famiglie, il lavoro, tutta la loro vita e imbracciano il fucile. Del resto, se gli effettivi della Guardia si ritirano, abbandonano i loro posti, si arrendono...

Igor sospirò. Poi cominciò a parlare in tono brusco e concitato, rientrando nel suo vecchio stile di agente operativo: — Anton, capisco tutto. Sei un ragazzo intelligente, e fai bene adesso ad arrabbiarti con me. Cerchi di restituirmi un po' di voglia di vivere, cerchi di convincermi a lottare. Ma devi capire questa cosa: davvero non voglio lottare! Davvero mi considero colpevole. Davvero ho deciso di andarmene. Nel nulla, nel Crepuscolo.

— Perché, Igor? Capisco che la morte di una persona è sempre una tragedia, tanto più se avviene per colpa tua, ma tu non potevi certo prevedere…

Igor sollevò su di lui uno sguardo pesante. Poi scosse la testa: — No, Antoska, non capisci proprio un bel niente. Pensi che mi tormenti per quel ragazzino affogato? No.

Anton prese un bicchierino e lo vuotò d'un sorso.

— Mi dispiace per lui — continuò Igor. — Mi dispiace tantissimo, ma nella vita ho visto tante cose e mi era già capitato che qualcuno morisse per colpa mia. Bambini, donne, vecchietti. Per esempio, non so se ti è mai capitato di dover scegliere chi salvare, tra un Altro non ancora iniziato e un normale essere umano. A me è capitato. Ti è mai capitato di prendere la forza dalla folla, di assorbirla tutta, fino all'ultima goccia, sapendo che c'è il novanta per cento di probabilità che almeno due persone tra quella folla non resistano e finiscano con il suicidarsi? A me è capitato.

— Anche a me è capitato qualcosa del genere, Igor.

— Sì, capisco. Quell'uragano. Allora perché dici queste sciocchezze? Non riesci a credere che il problema non sia la morte di quello sfortunato ragazzino? Il problema è che mi sono innamorato di una strega delle Tenebre.

— Non ci credo — disse Anton. — Non ci riesco proprio! Anche Geser me l'ha detto, ma io…

— Ecco, credi almeno a Geser. — Igor fece un sorriso amaro. — Io la amo, Anton. Anche adesso la amo ancora, e continuerò ad amarla, ecco qual è il guaio.

Prese il suo bicchierino.

— Ti ringrazio almeno di non aver lasciato un bicchierino sul tavolo anche per lei. — Anton sentiva la rabbia crescere dentro di sé. — Graz…

Ma rimase a metà di quell'ultima parola, seguendo automaticamente lo sguardo di Igor.

In un armadio a vetri, su un ripiano in mezzo a una serie di boccali, c'era un bicchierino pieno a metà coperto da un pezzettino di pane secco.

— Sei impazzito — mormorò Anton. — Sei completamente impazzito. Igor, cerca di capire: è una strega!

— Era una strega — ammise Igor, con un sorriso triste e sforzato.

— Ti ha provocato. Va bene, non ti ha stregato, ma comunque ti ha fatto innamorare di sé.

— No. È stata lei a innamorarsi. Senza neppure sospettare chi fossi.

— Va bene. Ammettiamolo pure, tu lo sai meglio di me. Ma si è trattato comunque di una provocazione da parte di Zavulon, che sapeva benissimo tutto.

Igor annuì: — Sì, è probabile. Ci ho pensato molto, sai, Anton. Evidentemente anche lo scontro a Butovo era stato accuratamente preparato dalle Tenebre. Dal livello più alto: Zavulon e altri due o tre maghi. È probabile che la Tichonovna ne fosse al corrente. Edgar e le streghe no.

I vampiri e i mutanti evidentemente non li considerava degni neppure di essere menzionati.

— Be', se sei d'accordo... — cominciò Anton.

— Aspetta. Sì, è stata un'operazione programmata dalle Forze delle Tenebre. Un intrigo di Zavulon, coronato da un notevole successo. — Igor chinò la testa. Poi continuò con voce sorda: — Ma cosa cambia questo nei miei rapporti con Alisa?

Anton aveva una terribile voglia di imprecare. Cosa che fece, prima di dire: — Igor, tu hai visto il dossier di Alisa Donnikova. L'hai visto di sicuro.

— Sì.

— Perciò ti rendi conto di quanto sangue grondassero le sue mani! Di quanto Male si sia macchiata! Io stesso ho combattuto con lei più di una volta! Grazie a lei sono fallite diverse nostre operazioni: era sempre pronta a compiacere Zavulon.

— Ti sei dimenticato di aggiungere che era la sua sgualdrina preferita — aggiunse Igor con voce inespressiva. — Che il capo delle Forze delle Tenebre di Mosca amava particolarmente fare sesso con lei nel suo aspetto crepuscolare, che partecipava regolarmente a sabba in cui venivano offerti sacrifici umani e a orge di gruppo. Perché taci? Dillo pure, tanto so già tutto. Geser mi ha fornito un dossier molto accurato, si è impegnato al massimo. So già tutto perfettamente.

— E la ami lo stesso? — gli chiese Anton con espressione ottusa.

Igor sollevò la testa, e i due si guardarono negli occhi. Poi Igor tese la mano fino a sfiorare cautamente quella di Anton: — Non arrabbiarti con me, fratello mio, caro compagno, non disprezzarmi. Ma se non puoi capire, allora è meglio che te ne vada. Puoi farti un giretto in città, se vuoi.

— Sto cercando di capire — mormorò Anton. — Parola d'onore, ci sto provando. Alisa Donnikova era una normalissima strega, non migliore e non peggiore delle altre. Una strega intelligente, bella e crudele che seminava nel mondo Male e dolore. Come puoi amarla?

— Per me era diversa — rispose Igor. — Era una bambina inquieta e infelice che cercava disperatamente qualcuno da amare. E che per la prima volta in vita sua si era innamorata. Una bambina che, per nostra sventura, era stata notata prima dalle Forze delle Tenebre che da noi. E quelli hanno scelto per l'iniziazione il momento in cui nella sua anima c'erano più Tenebre che Luce. Con le adolescenti non è difficile cogliere momenti simili, lo sai anche tu. E poi tutto è stato molto semplice: il Crepuscolo l'ha completamente spogliata di ogni traccia di bontà e l'ha trasformata in quella che hai conosciuto.

— Tu non ami la vera Alisa. Tu ami una sua immagine idealizzata. No, anzi, una sua immagine alternativa! Una Alisa che non esiste e non è mai esistita!

— Adesso certamente non esiste più. Anche se non hai del tutto ragione, Anton. Io amo la Alisa che è diventata nel momento in cui ha perso i suoi poteri di Altra. La Alisa liberata, sia pure per un attimo, da quella ragnatela grigia. Anton, dimmi, non ti è mai capitato di perdonare?

— Mi è capitato — rispose Anton dopo una pausa di silenzio. — Sì. Ma niente del genere.

— Sei stato fortunato.

Igor riempì di nuovo i bicchierini. — Allora rispondimi.

Nonostante Anton non volesse in realtà risparmiare Igor, le parole gli uscivano con un certo sforzo. — Perché l'hai uccisa?

— Perché era una strega — disse Igor con grande tranquillità. — Perché portava Male e dolore. Perché «un agente della Guardia della Notte difende gli umani dalle Tenebre sempre e dovunque, su qualsiasi territorio, indipendentemente dal suo personale coinvolgimento nella situazione». Non ti sei mai chiesto perché nel nostro Statuto c'è questa precisazione a proposito del nostro coinvolgimento personale *nella situazione*? In realtà si parla del nostro eventuale coinvolgimento personale con le Forze delle Tenebre, però così suonava troppo male. E allora hanno trovato questo evfe… effe…

— Eufemismo — completò Anton.

— Eufemismo — sogghignò Igor. — Esattamente. Ti ricordi quando hanno preso quella vampira sul tetto? Tu le stavi sparando a bruciapelo, ma improvvisamente è comparso un altro vampiro, il tuo vicino, e tu hai abbassato la pistola.

— Stavo sbagliando — spiegò Anton, stringendosi nelle spalle. — Bisognava processarla, per questo mi sono bloccato.

— No, Anton. Tu le avresti tranquillamente sparato addosso, come avresti sparato a qualunque altro vampiro si fosse lanciato in suo aiuto, ma davanti a te non c'era semplicemente un vampiro, ma un tuo amico. Be', forse non proprio un tuo amico, ma un tuo conoscente, e ti sei fermato. Adesso immaginati se la scelta fosse stata tra sparare e lasciare scappare un criminale.

— Avrei sparato — disse Anton deciso. — Avrei sparato anche a Kostja, non avrei avuto scelta. Mi sarebbe dispiaciuto, lo ammetto, ma…

— E se non si fosse trattato di un tuo buon conoscente, ma della tua amata? Di una donna o di un'Altra, di una maga di un colore qualsiasi?

— Avrei sparato — mormorò Anton. — Avrei sparato comunque.

— E poi?

— Non mi sarei lasciato trascinare in una situazione del genere, non l'avrei mai fatto!

— Certo. Non ci passa nemmeno per la testa di innamorarci, quando vediamo l'aura delle Tenebre. E lo stesso vale per le forze delle Tenebre quando vedono l'aura della Luce. Ma noi siamo stati colti alla sprovvista, Anton: eravamo completamente privi di forze e non abbiamo avuto scelta.

— Dimmi, Igor. — Anton trasse un respiro profondo. La vodka non gli faceva effetto, e quel colloquio non gli dava alcun sollievo. — Perché allora non hai semplicemente cacciato Alisa dal territorio del campeggio? O non hai chiesto aiuto e consiglio a Geser? Avresti protetto gli umani e nello stesso tempo...

— Non se ne sarebbe andata — disse Igor perentorio. — Anche perché si trovava all'Artek in modo assolutamente legale. Sai qual è la cosa più terribile, Anton? Il diritto alla sua rigenerazione è stato concesso da Geser a Zavulon in cambio del diritto alla reintegrazione nei suoi poteri di un mago di terza categoria! Che ero poi io! Capisci com'è tutto collegato?

— Ma sei proprio sicuro che non se ne sarebbe andata? — chiese Anton.

Igor alzò il bicchierino senza parlare. Per la prima volta in quella sera toccarono i bicchieri, ma anche questa volta non pronunciarono alcuna formula di brindisi.

— Non ne sono sicuro, Anton. Proprio questo è il guaio: che non ne sono sicuro. Io gliel'ho detto, le ho ordinato di andarsene. Ma era il primo momento, quando avevamo appena capito chi avevamo di fronte. Quando non esisteva nessuna possibilità di pensare, ma solo l'adrenalina.

— Se ti avesse amato — disse Anton — se ne sarebbe andata. Bisognava solo trovare le parole.

— È probabile. Ma adesso ormai chi potrà più rispondere?

— Igor, mi dispiace tanto — mormorò Anton. — Non per la strega Alisa, questo non me lo chiedere. Non riesco a versare nemmeno una lacrima su di lei. Ma mi dispiace tanto per te e desidero tantissimo che tu rimanga con noi. Che tu riesca a resistere, a non cedere.

— Non ho più alcun motivo per vivere, Anton. — Igor allargò le braccia con aria colpevole. — Davvero, nes-su-no! Sai, è stata la prima volta che mi sono innamorato. Ho avuto una moglie un tempo. Sono diventato un Altro nel '45. Ero appena tornato dal fronte, un giovane capitano coperto di decorazioni e senza nemmeno un graffio. Mi consideravo piuttosto fortunato, solo poi ho capito che i miei poteri, anche se latenti, mi avevano sempre protetto. E a quel punto ho saputo la verità sulle Guardie: una nuova guerra, capisci? E per di più assolutamente giusta, la più giusta del mondo! Io non sapevo fare assolutamente nulla, tranne combattere, e in quel momento ho capito di avere trovato il lavoro della mia vita. Di una vita molto molto lunga. E ho capito anche che per me non ci sarebbero più state tutte le seccature della vita degli uomini, le malattie, le code per la spesa. Non puoi immaginare, Anton, che cosa sia davvero la fame, cosa siano il vero pane nero o la vera vodka fasulla. O che soddisfazione sia la prima volta che puoi sogghignare sul muso dell'ufficiale della polizia segreta e limitarti a fare un bello sbadiglio quando ti chiede: "Perché ha trascorso due mesi in territorio nemico, se il ponte è stato fatto esplodere già il terzo giorno dopo il vostro sbarco?"

Igor si era un po' rilassato e adesso parlava in fretta, addirittura con una specie di frenesia, in modo molto diverso da come parla di solito un mago della Guardia della Notte.

— Sono tornato e ho guardato la mia Vilena, giovane e bella, che mi aveva scritto tutti i giorni, proprio tutti! Ho visto che era molto felice del mio ritorno: ero sano e salvo, e non solo non ero ridotto a uno storpio, ma ero un eroe. Poche donne avevano avuto la sua fortuna. Ma aveva anche molta paura che le vicine invidiose e cattive mi raccontassero di tutti gli uomini che aveva avuto in quei quattro anni, e di come, se non aveva avuto problemi, non era stato certo per il mio attestato di ufficiale. Anche adesso non capisci nemmeno la metà di quello che ti sto dicendo, vero? Ti dico che di colpo ho visto tutto, proprio tutto, e più la guardavo, più cose vedevo. Nei dettagli, fino ai minimi particolari. E non solo tutti i suoi uomini, dagli speculatori più ripugnanti ai militari come me che oltrepassavano di nascosto il recinto del vicino ospedale. Ho visto anche come, per esempio, aveva sussurrato a un colonnello: "Non pensare a lui, di certo sta già marcendo sotto terra."

Versò ancora della vodka, la bevve in fretta, senza aspettare Anton, e tornò a riempire il bicchiere. Continuò: — Da allora sono diventato così. Da quando ho abbandonato la mia casa, accompagnato dal tintinnio delle medaglie e dai singhiozzi di Vilena: "Sono tutte menzogne, quelle carogne si sono inventate tutto, io ti sono sempre stata fedele!" Camminavo per la strada e sentivo qualcosa che mi bruciava dentro. Era il mese di maggio, Anton. Il maggio del '45. Geser mi strappò dal fronte subito dopo la capitolazione della Germania dicendomi: «Adesso il tuo fronte è qui, capitano Teplov.»

E la gente allora era... era diversa, Anton. Avevano tutti le facce splendenti. Di creature delle Tenebre ce n'erano un sacco, non avrebbe senso nasconderlo! Solo che anche la Luce era molta. Quando camminavo per le strade, i ragazzini mi seguivano per osservare le medaglie che portavo e discutevano tra loro con quali azioni le avessi meritate. Gli uomini mi stringevano la mano e mi offrivano da bere. Le ragazze mi venivano incontro e mi baciavano. Così, semplicemente, senza nessuna idea particolare, mi baciavano come avrebbero baciato i loro ragazzi che non erano ancora tornati o che erano già a concimare la terra. Come avrebbero baciato i loro padri, o i loro fratelli. Qualche volta scoppiavano in singhiozzi, mi baciavano e continuavano per la loro strada. Ti rendi conto? No, è impossibile. Anche tu, certo, stai in pena per il nostro paese, pensi che adesso le cose vadano male e che siamo proprio in una situazione critica. E soffri perché le Forze della Luce non aiutano la Russia in modo più massiccio. Ma tu non sai neanche cosa sia una vera situazione critica, Anton. Io lo so.

Igor bevve di nuovo. Anton alzò il bicchierino in silenzio e annuì, unendosi a un brindisi che non aveva bisogno di parole.

— Allora sono diventato così — ripeté Igor. — Un mago. Un operativo eternamente giovane, che ama tutti e nessuno. Avevo già deciso comunque che non avrei più amato nessuno. Mai. Le amiche sono una cosa, l'amore un'altra. Gli umani non si possono amare: sono troppo deboli. E neppure gli Altri: o sono nemici, o sono compagni di battaglia. Ecco la regola di vita che mi sono dato, Antoska, e che ho seguito come ho potuto, come se fossi stato sempre quel ragazzo appena tornato dal fronte, ancora troppo giovane per innamorarsi. Una cosa è farsi un ballo con una ragazza con una mise all'ultima moda — Igor rise piano — alla luce di una lampada stroboscopica, e non ha importanza che si tratti di jazz, di rock, o di trash, o quale sia la lunghezza della gonna, o il filato delle calze. Sono tutte cose belle, ammesse, giuste. Hai visto quel cartone americano su Peter Pan? Be', io sono diventato un po' come lui: solo, invece di uno stupido bambino, uno stupido giovanotto. E sono stato bene così... Per molto tempo sono stato bene così. Ho già vissuto il periodo che è concesso di solito a un umano e non ho nulla di cui lamentarmi, né degli acciacchi della vecchiaia, né di nessun altro problema. Perciò non stare in pena inutilmente, Anton.

Anton era seduto, la testa tra le mani. Taceva.

Gli sembrava di avere aperto una porta e di avere visto, in fondo, non qualcosa di proibito e nemmeno qualcosa di vergognoso, ma qualcosa di totalmente *altrui*. E aveva capito che dietro ogni porta che fosse riuscito ad aprire – la Luce non voglia! – avrebbe visto qualcosa di ugualmente, profondamente *altrui*.

— Ho vissuto la mia vita, Anton — disse Igor con struggimento. — Tu non preoccuparti così tanto. Capisco che sei arrivato con la speranza di scuotermi, di togliermi certe sciocchezze dalla testa, di eseguire il tuo compito. Non ci riuscirai. Ho davvero fatto la stupidaggine di innamorarmi di una strega delle Tenebre. E poi l'ho uccisa e di conseguenza ho ucciso anche me stesso.

Anton non parlava. Si sentiva vuoto. Quell'angoscia non sua, quel dolore non suo l'avevano sopraffatto, e alla fine, più che portare assistenza al suo amico, aveva celebrato insieme a lui il suo banchetto funebre.

— Anton, non te ne andare oggi — gli chiese Igor. — Tanto non dormirei in ogni caso. Tra poco avrò modo di recuperare tutto il sonno che ho perduto. Ho ancora tre bottiglie di vodka in frigo a dire la verità. E cinque piani più sotto c'è il ristorante.

— Allora ci addormenteremo a tavola.

— Non importa, siamo Altri, resisteremo. Ho voglia di parlare, di singhiozzare un po' sulla spalla di qualcuno. Da un po' di tempo ho paura del buio. Ci credi?

— Sì.

Igor annuì: — Grazie. Ho la chitarra da qualche parte, canteremo qualcosa. O canterò io. Sai, cantare per se stessi è un po' come... be', hai capito. Ma non ho ancora finito.

Anton guardò Igor: all'improvviso la sua voce si era fatta più forte.

— Sono pur sempre un agente della Guardia. Questo non l'ho mai dimenticato, puoi starne certo. E, in tutta questa baraonda, mi sembra di essere stato soltanto una pedina. No, non proprio una pedina: un alfiere, che dopo aver eliminato il suo avversario, è rimasto sul campo a farsi sparare addosso. Solo che, a differenza dei pezzi degli scacchi, io posso pensare. E spero che nemmeno tu abbia disimparato. Per me ormai è lo stesso, Anton, ma non mi è indifferente chi vincerà la partita. Proviamo a pensarci insieme.

— Da dove cominciamo? — chiese Anton. E lo chiese stupendosi lui per primo di avere raccolto quella proposta. Davvero aveva accettato le parole di Igor? Aveva acconsentito a considerarlo un pezzo ormai ritirato dalla scacchiera? Be', forse non proprio ritirato, ma condannato, a cui già si stava implacabilmente avvicinando la mano dell'invisibile giocatore.

— Da Svetlana, dal gesso del destino. — Igor scrutò attentamente il volto di Anton. Poi rise soddisfatto: — Allora, davvero ho indovinato? Hai pensato le stesse cose?

— Le ha pensate anche Geser — mormorò Anton.

— Geser è il capo — convenne Igor. — Ma noi? Proviamo per una volta a pensare non con le nostre mani, ma con la nostra testa.

— Proviamoci. Ma prima...

Nella tasca trovò l'amuleto che gli aveva dato Geser. Strinse la pallina nel palmo, sentendo i sottili aghi di osso pungergli la pelle. Nulla si ottiene senza dolore. Poi disse: — Per dodici ore nessuno potrà né sentirci né vederci.

— Sei sicuro? — chiese Igor incredulo. — E l'assenza di informazioni non metterà in allarme l'Inquisizione?

— Non ci sarà assenza di informazioni — disse Anton. — A quanto ho capito, se qui ci sono congegni di sorveglianza o incantesimi che ci controllano, vedranno qualcosa che non esiste. Una falsificazione di altissima qualità.

— Geser è il capo — ripeté Igor con un sorriso.

Edgar era seduto accanto alla finestra, fumava e sorbiva lentamente dal calice lo champagne ormai svaporato. Era comunque piacevole.

La sua amica, placata e soddisfatta, dormiva pacifica nell'altra camera. Si era rivelata una ragazza molto simpatica: una studentessa tedesca, con qualche goccia di sangue scandinavo nelle vene, allegra e appassionata in un mix ben equilibrato. Addirittura, per i gusti di Edgar, fin troppo fantasiosa. A differenza della maggior parte dei suoi colleghi, Edgar era decisamente bacchettone a questo riguardo. Non partecipava a orge, non si dedicava alle minorenni, e di tutte le posizioni preferiva quella classica. Nella quale – non si può non specificarlo – toccava comunque punte di assoluto virtuosismo.

Dopo essersi stirato voluttuosamente, Edgar socchiuse un'anta della finestra. Poi si alzò, respirando l'aria fredda, profumata di gelo: iniziava il nuovo giorno. Forse già quella sera il Tribunale avrebbe pronunciato la sentenza. Allora avrebbe potuto festeggiare tranquillamente il Capodanno, e lasciar perdere tutti quegli intrighi. Chi ne era il vero responsabile? La Guardia del Giorno o quella della Notte? E soprattutto, qual era il ruolo che gli era stato assegnato? Possibile che fosse davvero, come gli aveva lasciato intendere Jura, quello della vittima, lo stesso di Alisa?

— Ecco, guarda... — Igor distese sul tavolo un grande foglio di carta ed estrasse dalla tasca una scatola di evidenziatori. — Ho già fatto qualche schema, e qualcosa coincide. Dev'essere Svetlana.

Anton fissò pensieroso un cerchio sottolineato da una grossa linea gialla. Disse: — Non mi sembra che le assomigli tanto.

Igor sogghignò: — Non fare lo spiritoso. Guarda la disposizione: tra noi e le Forze delle Tenebre c'era una situazione di equilibrio. Precario, certo, ma equilibrio. Ecco i maghi di primo, terzo livello di forza della nostra parte... ed ecco i pari grado tra le Tenebre. Sia gli effettivi, sia quelli che si possono richiamare in servizio molto velocemente.

Il foglio si copriva rapidamente di nuovi piccoli cerchi. Con un gesto deciso Igor divise il foglio in due metà. In cima a una scrisse GESER, in cima all'altra ZAVULON. Spiegò: — Loro sono sostanzialmente fuori gioco. Sono gli scacchisti. A noi interessano i pezzi sulla scacchiera. Guarda: che cosa è cambiato con la comparsa di Svetlana?

— Dipende da che tipo di pezzo vuoi considerarla — osservò Anton cauto. — Adesso è una maga di primo livello... o almeno, lo era.

— E allora? Guarda quanti maghi hanno un livello di forza vicino al suo!

— È una pedina — disse Anton, stupendosi lui stesso delle sue parole. — Svetlana è una semplice pedina, e lo sarà ancora per molti anni. Deve sviluppare la forza, imparare a controllare i suoi poteri, acquisire esperienza. È più forte di me... lo era, cioè, però sarei riuscito a batterla se ci fossimo trovati su fronti opposti.

— Proprio così, Anton. — Igor si versò della vodka dalla seconda bottiglia. La prima era già da un po' sotto il tavolo. — Proprio così. Svetlana ha sensibilmente rafforzato la Guardia della Notte e nel futuro potrebbe benissimo raggiungere lo stesso livello di Geser. Ma è questione di decenni, se non di secoli.

— Allora perché tutto questo attivismo da parte delle Forze delle Tenebre? Hanno quasi rotto il Patto per eliminare Sveta.

— Pensaci. — Igor lo guardò dritto negli occhi. — Proviamo a portare fino in fondo l'analogia con gli scacchi...

— La pedina, arrivata alla fine della scacchiera...

— ... si trasforma in qualsiasi altro pezzo.

Anton allargò le braccia.

— Igor, è chiaro anche così. Siamo tutti pedine, ma qualcuno di noi ha la possibilità di diventare regina. Svetlana ce l'ha. Tu non ce l'hai, io nemmeno, e neppure Semen... Ma il percorso per arrivare al bordo opposto della scacchiera è molto lungo, e le Forze delle Tenebre non avevano nessun bisogno di affrettare così le cose, per allontanare Svetlana.

— Il gesso del destino — disse Igor.

— Cosa c'entra il gesso del destino? Geser aveva intenzione di utilizzare Egor, quel ragazzo senza destino, per farne...

— Che cosa?

Anton si strinse nelle spalle: — Un profeta, un filosofo, un poeta, un mago... non lo so. Qualcuno che avrebbe potuto condurre l'umanità alla Luce. O forse uno Specchio? Esattamente come Vitalij Rogoza, ma schierato dalla nostra parte?

— Solo che Svetlana non ha voluto intromettersi — annuì Igor — e il piccolo Egor è rimasto solo con il suo destino.

— Mentre... — Anton si interruppe bruscamente. Non era sicuro di avere il diritto di comunicare a Igor, sia pure sotto lo scudo protettivo dell'amuleto, la verità che gli era stata rivelata.

— ... Mentre Olga — continuò Igor al suo posto — con l'altro pezzo del gesso ha corretto il destino di qualcun altro. È un segreto di Pulcinello.

— Di Pulcinella — lo corresse automaticamente Anton.

— Va bene. La cosa importante è che l'operazione è stata comunque effettuata. Non è riuscita a Svetlana, ma è riuscita a Olga. E per di più *en passant* Geser è riuscito a riabilitare Olga.

— *En passant*? — Anton scosse la testa. — D'accordo, ammettiamo pure che sia avvenuto *en passant*... Questo però è solo il secondo strato di verità. Sono sicuro che ne esiste un terzo.

— Il terzo è l'identità di colui il cui destino è stato corretto da Olga. Appena Zavulon ha saputo della sua riabilitazione, ha capito di essere stato giocato, di essere caduto in una classica manovra diversiva. E le Forze delle Tenebre hanno cominciato le loro ricerche. Egor, poveraccio, l'hanno controllato almeno dieci volte, per essere certi che non avessero riprovato a intervenire sul suo destino.

— E tu come fai a saperlo?

— Tenevo d'occhio il ragazzino, per ordine di Geser. Era ovvio che le Tenebre cominciassero a sospettare qualche trucco.

— E allora?

— Niente di niente: Egor era a posto. Non era il suo il destino che avevano corretto.

— E allora quello di chi?

Igor non rispose, ma guardò di nuovo Anton fisso negli occhi. In attesa. Come se lui non avesse il diritto di dire quelle parole.

— Di Svetlana? — esclamò Anton, intuendo il suo pensiero. E subito considerò che qualunque agente delle Tenebre, al suo posto, avrebbe ululato: "Il mio?"

— Sembrerebbe proprio di sì. Una mossa di una bellezza incredibile: tutto intorno a lei ribolliva un tale oceano di forza, che era letteralmente impossibile notare un'operazione relativa al suo Libro del Destino. E per le Forze delle Tenebre controllare il suo Libro del Destino è un'operazione semplicemente impensabile: equivarrebbe, in pratica, a una dichiarazione di guerra.

— Geser vuole affrettare la trasformazione di Svetlana in Grande Maga?

— Lo escludo. Andrebbe contro il Patto. Devi scavare più in profondità.

Anton guardò i cerchietti sul foglio. Prese un pennarello e tracciò una linea di un rosso scarlatto molto vivido che partiva da Svetlana e si concludeva con un altro cerchietto. Vuoto.

— Sì — disse Igor. — Proprio così. Capisci che momento stiamo vivendo?

— La fine di un anno tremendo, carico di forza.

— Quanti anni dalla nascita di Gesù Cristo? — sogghignò Igor.

— Ieshua era un grandissimo mago della Luce — disse Anton. — Non so neppure se nel suo caso si possa ancora usare la parola "mago". Era la Luce stessa. Ma... Geser vuole una nuova venuta del Messia?

— L'hai detto tu, non io — rispose Igor. — Forza... alla Luce.

Completamente tramortito dallo stupore, Anton vuotò il bicchierino d'un colpo. Scosse la testa: — Ma questo, Igor... questo è giocare con le forze pure! Con il fondamento dell'universo! Non è possibile rischiare tanto!

— Anton, sono sicuro che tutta l'operazione è stata pensata proprio in questi termini. Giudica tu. Nel mondo c'è tutto un rimescolio di credenze religiose, e tutte, in un modo o nell'altro, con maggiore o minore forza di suggestione, annunciano sia la fine del mondo sia la seconda venuta… che del resto sono la stessa cosa.

— Ma questo non basta… — Anton agitò una mano. — Non esagerare!

— Non basta, ma è sufficiente perché il flusso delle attese umane cominci a modificare radicalmente la realtà. E a quel punto può essere sufficiente un piccolo aiuto. Per esempio correggere il destino di qualcuno… Geser ha giocato l'ultima carta: vuole avere tra le nostre file un Altro, la cui forza sia incomparabile con quella di qualsiasi mago delle Tenebre. Compreso Zavulon.

— Può anche essere la verità — riconobbe Anton. — Ma Svetlana adesso è stata privata della sua forza, e per un bel po' di tempo.

— E allora? Non mi pare che sia un intralcio per mettere al mondo un bambino.

— Stop. — Anton stese in avanti le mani come per mettere in guardia l'amico. — Adesso non possiamo darci ragione da soli! Si può credere a qualsiasi ipotesi, ma prima esaminiamo anche gli altri avvenimenti. Lo Specchio, per esempio…

— Lo Specchio… — Igor si accigliò. — Lo Specchio è una creatura del Crepuscolo. Zavulon non poteva utilizzarlo direttamente. Invece attirare a Mosca quegli stupidi fanatici con il loro talismano e, con quella forza, alimentare Rogoza era una cosa che poteva fare benissimo. E lo scopo di tutta questa operazione è evidente: annientare Svetlana.

— Ma Rogoza non l'ha annientata! L'ha soltanto svuotata.

— Qualcuno di noi ha giocato in modo diverso da come previsto da Zavulon — rispose Igor. — Qualcuno non ha fatto il passo che avrebbe permesso allo Specchio di annientare completamente Svetlana. Forse a salvarla è stato il fatto che fossero già morti Tigrotto e Andrej. Lo Specchio non appartiene totalmente alle Tenebre, e non partecipa direttamente alla contrapposizione tra le Guardie. Forse si aspettava qualche altro colpo, capisci? Da parte tua, per esempio, o da parte di Geser. Ma il colpo non è arrivato… e non ha potuto rispondere come avrebbe voluto.

— Allora spiegami, Igor: perché Zavulon ha deciso di eliminare te e Alisa?

— È stata una casualità — borbottò Igor. — Te l'ho già detto. Alisa…

— Ammettiamo pure che lei non sapesse niente! Ma Zavulon lo sapeva, credimi. E l'ha mandata a morire, ha scambiato due pezzi degli scacchi. Perché?

— Vorrei tanto saperlo — concluse Igor, allargando le braccia.

Capitolo 5

Rajvo camminava avanti e indietro per la camera, gesticolando con una foga insolita per lui: — Eppure io qualche problema me lo aspetto! Non abbiamo il diritto di contare sull'aiuto dei Guardiani del Giorno, che siano di Mosca, di Praga, di Helsinki o di qualsiasi altra città.

— Ma quel Mago delle Tenebre ci ha promesso il suo aiuto — osservò Jari.

Rajvo fece una smorfia, agitando le mani in modo molto pittoresco: — Promesso! Sì, certo. E chi ha promesso ai nostri fratelli che Fafnir sarebbe resuscitato?

— Secondo me — osservò piano Jucha — sarebbe stato molto più ragionevole servire la grande causa della resurrezione di Fafnir che resuscitare davvero il vecchio mago…

Per un minuto rimasero tutti in silenzio.

— Jucha — disse Jari in tono di rimprovero. — Be', non si può… non si può fare così…

— Perché non si può? I tempi dei giochi senza nessuna regola sono finiti da un pezzo. O ti piacerebbe un bel cataclisma globale?

— Ma i nostri…

— I nostri vetusti capi sono tutti impazziti! Per questo hanno creduto a certe promesse e sono caduti sul campo di Berna… In questo Rajvo ha ragione: non ci aiuterà nessuno! Gli scomparsi non ritornano. Anche Pasi ci ha creduto, e dov'è adesso? È stato disincarnato da Geser e si è dissolto nel Crepuscolo!

Sul tavolino gracchiò un telefono. Jucha interruppe con evidente disappunto il proprio discorso e sollevò il ricevitore.

— Sì.

Un attimo dopo balzò in piedi, rovesciando il boccale di insoddisfacente birra ceca che aveva davanti. Poi gridò: — Tu? Tu… da dove parli? Cosa?

Rimase per un minuto in ascolto, mentre l'espressione del suo viso si faceva sempre più felice e allo stesso tempo confusa.

Come accade quando una lieta novella raggiunge qualcuno che si è già sintonizzato sulle notizie spiacevoli e soprattutto ha già cominciato a contagiare tutti con il suo pessimismo. Alla fine Jucha riappoggiò il ricevitore e sussurrò: — Fratelli…

Anton non capiva se avessero aperto inutilmente la seconda bottiglia di vodka: da una parte sembrava che stessero per arrivare al nocciolo del problema, e dall'altra diventava sempre più difficile stabilire come stavano le cose. Igor, per esempio, era diventato estremamente scettico e non riusciva in nessun modo a capire quello che Anton cercava di dimostrargli: — Igor, se uno schema così complesso non spiega anche un solo episodio, crolla tutto. Doveva esserci un motivo: forse tu intralciavi in qualche modo i piani di Zavulon…

— Io? — Igor fece un sogghigno amaro. — Lascia perdere. Io sono un banalissimo agente operativo di terzo livello… di secondo, quando sono al massimo… senza nessuna capacità particolare e senza speciali prospettive. Non avrei mai potuto oppormi allo Specchio. Non lo so, Anton.

— Ma qualcosa comunque immagini — borbottò Anton. Versò un po' di vodka, attese un secondo e poi chiese: — Igor, hai avuto qualcosa a che fare con Svetlana?

— No — rispose lui brusco. — No, non ci pensare proprio: non ci ho avuto a che fare, e non ce l'avrò. Se pensi che fossi predestinato a essere il padre del futuro Messia… — Scoppiò improvvisamente a ridere.

— Mi era solo passato per la mente… — bofonchiò Anton, sentendosi un perfetto idiota.

— Ma che cosa vai a pensare? È la gelosia che ti fa parlare, più che la testa! In questo caso non c'entra niente il normale processo di riproduzione umana. Se davvero è stato corretto il Libro del Destino, e Svetlana deve diventare la madre del nuovo Messia, si tratta di un processo al livello delle materie fini, dell'energia della Luce e delle Tenebre, l'essenza stessa dell'universo. Che differenza vuoi che faccia, in quel contesto, chi... — Igor sembrò per un attimo in difficoltà — chi ha la funzione di genitore biologico? Perfino Svetlana c'entra fino a un certo punto. No, è una sciocchezza. Zavulon deve temere solo Svetlana.

— Allora non capisco il senso della tua eliminazione...

— Nemmeno io. Ma probabilmente un senso c'è...

Tacquero entrambi, e bevvero. Poi, come ubbidendo a un ordine, tornarono entrambi a fissare la mappa disegnata da Igor.

— Cominciamo dal principio — disse Anton, e notò che la sua voce cominciava a vacillare. — Un anno e mezzo fa Geser e Olga hanno corretto il destino di Svetlana... e adesso lei deve diventare la madre del Messia.

— A quanto pare è proprio così.

— Zavulon ha cercato di eliminarla, sfruttando la comparsa dello Specchio, ma non c'è riuscito.

— Giusto anche questo.

— Va bene, accantoniamo per il momento la questione del tuo ruolo... Quale può essere la prossima mossa di Zavulon? Adesso che Svetlana, privata dei suoi poteri magici, è totalmente indifesa?

— Non è indifesa! — Igor agitò il dito. — Cosa dici? La sua difesa è stata certamente organizzata con la massima cura e per di più un eventuale attacco ai suoi danni equivarrebbe a una rottura del Patto. Gli agenti delle Tenebre ci tengono alla pelle, nessuno ha voglia di essere condannato alla disincarnazione.

— Quale può essere la contromossa?

— L'apparizione dell'Anticristo. L'unico in grado di contrastare il Messia.

— E sappiamo che l'apparizione dell'Anticristo – il "controcristo" – è attesa dall'umanità con altrettanta ansia — esclamò Anton. — Grazie alla cultura di massa.

— Hai una Bibbia? — gli chiese a un tratto Igor.

— Qui? No, io non...

— Un momento... — Igor sparì nell'altra stanza, con passo

rapido, anche se non troppo fermo, e ne tornò con un grosso tomo in mano. Diede un'occhiata un po' imbarazzata ad Anton e disse: — Naturalmente sono ateo. Ma capisci anche tu che la Bibbia... Dunque...

— Igor — Anton appoggiò il palmo della mano sul libro — non ci servirà a niente. Vogliamo provare a pensare in modo razionale?

— D'accordo — acconsentì subito Igor, riponendo con un certo sollievo le Sacre Scritture.

— Anche Zavulon vuole vivere. E non ha nessun bisogno di un'Apocalisse... o almeno lo spero. Gli serve una figura che abbia una forza paragonabile a quella del Messia della Luce.

— Fafnir... — disse Igor in tono pensieroso. — Fafnir?

— Un mago delle Tenebre di grande forza — concesse Anton. — Ma non certo un Anticristo!

— Seicentosessantasei! — Igor fece un salto sulla poltrona. — Prova a calcolare la somma delle lettere del nome Fafnir!

— Non mi ricordo come si scrive il nome di Fafnir nella sua lingua. Se prendiamo la versione russa, fa... — Anton ci pensò un attimo — ottantotto! Che non c'entra niente con seicentosessantasei.

— Ma anche ottantotto, comunque, è un numero strano. — Igor guardava Anton con occhi fiammeggianti. — No, prova a pensarci. Non ottantasette. E nemmeno ottantanove. Proprio ottantotto. Non è sospetto?

— Forse sì... — ammise Anton. Non sapeva perché, ma anche a lui quel numero tutto a un tratto era cominciato a sembrare sospetto. — E probabilmente è possibile rianimare Fafnir, richiamarlo dal Crepuscolo... Anche se...

— Non solo rianimarlo — precisò Igor. — Perché tutto è legato agli uomini, no? Alle loro attese, alla loro capacità di credere. E se la rianimazione di Fafnir viene organizzata in modo adeguato, allora da un folle mago otterranno un folle Antimessia.

— In che modo?

— Be'... i quattro cavalli dell'Apocalisse... l'uscita della belva dal mare...

Gli occhi di Igor si fecero vitrei: — Anton... il luogo dove si suppone sia sepolto Fafnir è proprio il mare. E se la morte in mare di Alisa e di quel ragazzino, Makar, fosse una specie di sacrificio? Una manifestazione delle Forze delle Tenebre?

Anton scosse la testa e si asciugò la fronte sudata: — Igor, non avremo bevuto troppo? Sono d'accordo con te sul fatto che Geser abbia intenzione di usare Svetlana come madre del nuovo Messia… una specie di nuova incarnazione del Cristo o forse soltanto un mago di straordinaria potenza… Questo è molto verosimile. Ed è verosimile anche che come contromisura Zavulon possa preparare una figura di potenza paragonabile. Ma arrivare ad Armageddon, alla Bibbia e alla religione mi pare eccessivo!

— Ma siamo nel terzo millennio, un millennio nuovo di zecca. Tutti si aspettano enormi cambiamenti — quasi gridò Igor. — Capisci? La realtà degli uomini, i loro sogni e le loro paure influenzano profondamente le cose. E le figure che compariranno saranno dotate di tutte le caratteristiche previste. Su, andiamo.

— Dove?

— A cercare altra vodka. Al ristorante.

Anton sospirò, guardando la bottiglia. Era davvero finita. — È meglio telefonare: la ordiniamo.

— Lascia perdere, ho voglia di muovermi.

Anton si alzò, nascondendo l'amuleto in tasca. Annuì: — E va bene, andiamo…

Davanti agli ascensori non c'era nessuno, ma dovettero comunque aspettare un bel po'. Igor, appoggiato al muro, blaterava: — Zavulon può sottrarre l'Artiglio di Fafnir dal deposito…

— Come?

— Ti sembra tanto difficile? Lo hanno rubato una volta, potranno farlo ancora! Poi passeranno alle azioni magiche, e alla sceneggiata delle rappresentazioni mitologiche dell'Apocalisse: le invasioni di cavallette, la stella Assenzio, i quattro cavalli…

— Me lo vedo Zavulon che porta per le briglie quattro cavalli.

— Ma non c'è nessun bisogno dei cavalli! — Igor si accigliò. — Sai quanto me cosa sia la magia della somiglianza. Prendiamo, per esempio, quattro uomini, o, ancora meglio, quattro agenti delle Tenebre. Un asiatico, che sarà il cavallo rosso, poi un africano, il cavallo nero, un europeo, il cavallo bianco, e poi ancora, per esempio, uno scandinavo, il cavallo verde... Mettiamoli su dei cavallini di legno, di quelli per bambini...

Anton rimase a bocca aperta davanti alle porte dell'ascensore che si erano finalmente aperte.

Nella scatola metallica, con gli occhi spaventati fissi su di lui e Igor, c'erano i Fratelli di Regin. I figli adottivi della setta: un africano, un cinese e un ucraino. Tutto regolare... dove avrebbero dovuto essere, se non in quell'albergo, visto che dovevano presentarsi al Tribunale dell'Inquisizione? Anton pensò lentamente, faticosamente, che il quarto di quel gruppetto di guerrieri era effettivamente scandinavo.

E per fortuna era...

A quanto pareva, Igor aveva pensato la stessa cosa, perché borbottò: — Tre...

Nel più assoluto silenzio le porte dell'ascensore cominciarono a richiudersi. Jucha Mustajoki però, all'improvviso fece un passo avanti e ficcò una gamba nella fessura, davanti alla cellula fotoelettrica. Le porte si riaprirono, un po' controvoglia.

— Volevo ringraziare la Guardia della Notte di Mosca — disse. Era evidentemente imbarazzato, ma cercava comunque di dimostrare una certa fermezza. — È stato molto umano.

— Che cosa è stato molto umano?

— Risparmiare Pasi Ollykajnen. Apprezziamo molto il fatto che sia vivo.

— Dov'è? — esclamò Anton.

— Giù, al bar... — Jucha guardò i maghi stupito.

— Quattro cavalli... — disse Igor con voce spenta. — Quattro cavalli. Quattro cavalli.

Mustajoki arretrò di nuovo, fissando i compagni con aria smarrita.

I Maghi della Luce rimasero di nuovo soli.

— Tutto coincide. — Igor si girò verso Anton. — Hai visto? Tutto.

— Aspetta un attimo.

Anton si concentrò, cercando di ricordare bene i gesti. Poi alzò la mano destra, la passò davanti alla faccia di Igor, la spostò bruscamente in avanti, e poi subito in alto, chiudendo le dita sul palmo.

— Che... — gemette Igor con voce soffocata e si precipitò in camera. Anton lo seguì lentamente. Guardò la schiena piegata di Igor dalla porta del bagno e gli si accostò attraverso il Crepuscolo. Igor gemeva. L'incantesimo per lo smaltimento della sbornia non è molto complesso, ma è decisamente poco simpatico per il soggetto su cui viene applicato.

Un paio di minuti dopo Igor uscì dal bagno. Aveva i capelli bagnati, gli occhi infossati, ed era pallido come un morto.

— Il cavallo verde... — mormorò Anton. — Forza... adesso fallo tu a me.

Igor ripeté l'incantesimo, e fu la volta di Anton di correre in bagno. Quando ne riemerse, dopo essersi lavato e avere inghiottito qualche sorso della cattiva acqua che usciva dal rubinetto, Igor aveva già ripulito la camera dai segni della bevuta. Guardò Anton e disse in tono ironico: — Il cavallo nero...

Anton raggiunse il frigorifero, prese alcune bottiglie di acqua minerale, ne stappò una e crollò su una poltrona. Igor aprì una seconda bottiglia. Per qualche minuto rimasero a bere acqua in un silenzio beato. Poi Igor ammise in tono colpevole: — Sì... ci siamo proprio sbronzati.

— I cavallini a pedale! — gridò Anton, battendo il pugno sul tavolo.

— Sembrava molto logico... — osservò Igor confuso. — Questi maledetti Fratelli... ma allora anche il quarto è ancora vivo?

— Sembra di sì... — Anton allargò le braccia. — Io sapevo solo che Geser l'aveva seguito nel Crepuscolo e che l'aveva raggiunto.

— Be', effettivamente, perché avrebbe dovuto uccidere un sospetto? L'ha consegnato all'Inquisizione. Probabilmente addirittura lì, nel Crepuscolo. Anton... e se, nonostante tutto, avessimo ragione?

— La sbronza non ti è passata del tutto?

Igor sospirò: — Ma no, al contrario. Diavolo, non si può nemmeno bere un po'! Ma hai ragione, è tutto assurdo. Zavulon non si metterebbe mai a riesumare dal Crepuscolo un vecchio mago mezzo matto. Perché dargli una tale gioia? E poi organizzare la fine del mondo, creare un Anticristo...

— E poi Fafnir non è adatto a quel ruolo — aggiunse Anton. — Non ce la farebbe mai. Non è pane per i suoi denti.

— Allora credi che tutto quello che abbiamo pensato sia da buttar via?

Anton guardò il foglio: era punteggiato di macchie di grasso lasciate dal salame e di cerchietti nei punti dove erano stati appoggiati i bicchierini. E quando l'avevano sporcato così?

— Per quanto riguarda Svetlana, purtroppo, credo di no. Ma tutto il resto... Perché ci siamo entusiasmati tanto, soprattutto per il numero ottantotto? Che cos'ha di tanto mistico?

— È circolare, si legge allo stesso modo da tutt'e due le parti. — Igor agitò la mano e scoppiò a ridere. — Sì, hai ragione: delirio alcolico.

Anton prese un evidenziatore tra quelli finiti sul pavimento. Ripassò il cerchietto con la scritta FRATELLI DI REGIN e disse: — Loro non sono più in gioco. A quanto pare hanno compiuto la loro missione, hanno rifornito lo Specchio della forza. Ecco che cosa ci deve interessare, Igor.

Igor guardò il cerchietto con il suo nome. Sospirò: — Sarei felice di credere in una mia speciale missione. Di credere di avere dato del filo da torcere a Zavulon e ai Guardiani del Giorno. Eppure... — Allargò le braccia in segno di resa.

— Igor, tu sei la chiave di tutto. Capisci? Se riusciamo a chiarire perché, per contrastare Svetlana, Zavulon ha cercato di eliminare proprio te, ci assicuriamo la vittoria. Se invece non ci riusciamo, la partita è sua.

— C'è anche Geser. A quanto ho capito arriva stamattina.

— Sarebbe meglio se riuscissimo a risolvere la cosa senza di lui. — Anton sorprese una nota di irritazione nella sua stessa voce. — Ha una visione... una visione troppo globale delle cose.

Edgar si versò un po' dello champagne svaporato avanzato dal giorno prima. Lo inghiottì e fece una smorfia, pensando: "Lo champagne al mattino lo bevono soltanto gli aristocratici o i degenerati. E tu, carissimo, non assomigli molto a un aristocratico..."

La strana abitudine degli agenti della Guardia di pensare sempre, in ogni situazione della vita, non aveva abbandonato Edgar nemmeno durante gli svaghi notturni. Così anche la notte precedente aveva continuato a riflettere su quale potesse essere il senso dell'operazione che le Guardie di Mosca avevano preparato per l'imminente Natale... Il che, del resto, non gli aveva assolutamente impedito di trarre dal processo in corso il piacere previsto.

"Dunque" pensava Edgar "che cosa abbiamo? Bisogna riepilogare tutto, fino ai dettagli apparentemente più insignificanti."

Che cosa poteva trarre Zavulon da quella situazione? Edgar cercò di ricostruirla mentalmente.

Il Tribunale, che aveva concentrato diverse forze di entrambe le Guardie. Non le maggiori, ma nemmeno le ultime. Due maghi, entrambi tra i primi dieci del loro schieramento: Edgar e Anton. Da qualche parte c'erano anche degli osservatori, non c'era dubbio. Come non c'era dubbio sul fatto che, durante la seduta in Tribunale, nessuna delle parti avrebbe preso alcuna iniziativa. Tutti avrebbero cercato di trarre il massimo vantaggio dal lavoro degli equanimi, imparziali giudici dell'Inquisizione.

Imparziali? Sull'imparzialità Edgar non aveva dubbi. Aveva vissuto abbastanza nel mondo degli Altri e mai, neppure una volta, aveva avuto l'ombra di un sospetto sulle iniziative e le decisioni dell'Inquisizione. I custodi del Patto si erano sempre dimostrati freddi e determinati. Come qualcuno aveva giustamente osservato, l'Inquisizione non giudicava il giusto o lo sbagliato, ma semplicemente l'infrazione del Patto. In questo stava l'essenza della concezione del mondo di tutti gli Inquisitori, ed Edgar, che a questa conclusione era giunto da tempo, non era ancora riuscito a capire che cosa spingesse l'Inquisizione ad agire in quel modo. Chissà se i maghi supremi, Geser e Zavulon, l'avevano capito.

Dunque, il Tribunale. Il mago della Luce Igor Teplov poteva essere assolto (ipotesi non auspicabile) o condannato. Nel primo caso la Guardia della Notte di Mosca avrebbe conservato un mago di terzo livello, sia pure momentaneamente non attivo, ma comunque molto forte e – cosa ancor più importante –

molto esperto. Edgar si era scontrato con Teplov anche prima del duello di Juznoe Butovo, sia pure di sfuggita, subito dopo la guerra. Allora sia la Guardia di Mosca che quella di Tallin agivano spesso nei contesti più inaspettati, per esempio nella regione di Vologda. Mancavano uomini… o meglio, mancavano Altri. C'era carenza sia di agenti delle Tenebre che di agenti della Luce.

In caso di condanna la Guardia della Notte avrebbe irreparabilmente perso quel mago. Domanda: e allora? Risposta: Igor Teplov non è quello che sembra. O meglio, è legato a qualcosa che solo i maghi superiori sono in grado di vedere. Era chiaro che Zavulon perseguisse con costanza e determinazione due obiettivi tra le file del nemico: Igor Teplov e Svetlana Nazarova. A questo scopo non aveva risparmiato nemmeno la sua grande passione, Alisa. Edgar non era ancora riuscito a individuare il legame logico tra lo scontro di Butovo, il duello dell'Artek e gli avvenimenti abbastanza tumultuosi che avevano accompagnato la visita dello Specchio delle Tenebre. Ma gli bastava il fatto di avvertirlo con grande chiarezza: tutti quegli scontri e quegli intrighi erano evidentemente attraversati da un unico filo, il cui capo era nelle mani di Zavulon.

Certo, il tentativo di eliminare una futura Grande Maga era perfettamente comprensibile e giustificato. Ma perché Zavulon aveva cominciato a manovrare contro il mago Igor? Perché proprio lui? E perché proprio adesso, e non prima, quando era più debole e meno attento?

La conclusione poteva essere una soltanto: Igor era diventato pericoloso solo dopo che Svetlana era entrata nelle file della Guardia della Notte.

Altro punto: la rianimazione di Fafnir. Ma come collegarla al Tribunale e al caso Teplov-Donnikova?

Ecco il vero problema!

Edgar bevve con aria tetra un altro sorso di champagne, pensando che di tempo ormai gliene restava poco, soltanto fino a quella sera.

Prese l'unica decisione possibile: presentarsi immediatamente alla filiale locale della Guardia del Giorno per richiedere tutti i dati relativi al duello tra Sigfrid e Fafnir, e studiarsi anche il relativo capitolo del *Necronomicon*.

Edgar era abbastanza forte da avere un'idea della dinamica della resurrezione di un Grande Mago delle Tenebre e da capire quali delle condizioni necessarie fossero al momento presenti e quali no.

La tedeschina continuava a dormire tranquilla; Edgar decise di non svegliarla. Si lavò, si fece la barba, si vestì, infilò le scarpe, sfiorò appena la coscienza addormentata della ragazza e uscì sotto il nevischio mattutino per le strade di Praga.

Gli uffici della Guardia del Giorno erano situati a Vysehrad, proprio sulla Moldava, in una casetta di mattoni di due piani, completa di un antico idrante che aveva l'aria di funzionare ancora benissimo. La leva dell'idrante assomigliava a un dito piegato in un gesto di ammonizione. Rispettando le tradizioni, Edgar si fece lasciare dal taxi un isolato prima, perché i colleghi avessero il tempo di avvistarlo e di prendere le decisioni che ritenevano più opportune.

I colleghi si rivelarono all'altezza della situazione e individuarono Edgar già a trecento metri di distanza. Egli avvertì un breve contatto contro la sua aura e la aprì leggermente, quel che bastava perché chi la stava scandagliando capisse che si trattava di un mago delle Tenebre, più precisamente di un mago delle Tenebre di secondo livello.

Praga è una capitale europea, ma non è comunque Mosca. Il basilisco di turno – l'unico sorvegliante presente, tra l'altro – gli riservò un largo sorriso.

"Un altro basilisco" pensò Edgar un po' stupito. "Che a Praga siano più numerosi? È già il secondo..."

Su tutto il territorio dell'ex Unione Sovietica c'erano solo sei basilischi registrati: due in Turkmenia, uno in Crimea, uno in Bielorussia, uno in Jacuzia e uno in Kamcatka. Edgar lo sapeva con precisione perché quindici anni prima si era occupato di un caso in cui tutti e sei erano citati come testimoni.

Nel Crepuscolo il sembiante del basilisco era praticamente quello classico.

— La saluto, collega!

— Buongiorno.

— Che cosa la porta ai nostri bastioni? Lavoro? O è una semplice visita di cortesia?

— Lavoro. Dov'è il vostro archivio?

— Piano meno due, poi ci sono le indicazioni.

"Meno due" pensò Edgar. "Devono esserci diversi piani sotterranei..."

— Grazie. Posso andare allora?

— Certo! I maghi delle Tenebre sono liberi di andare dove vogliono, non è così?

Edgar sospirò. "Magari..."

— L'ascensore è da quella parte — aggiunse il basilisco.

— Grazie — ripeté Edgar incamminandosi.

L'ascensore, vecchio, vecchissimo, lo depositò due piani più sotto. E non era ancora il livello più basso: sotto terra si nascondevano altri cinque piani. Decisamente la Guardia di Praga si era assicurata delle ottime fondamenta.

Il vestibolo davanti all'ascensore era minuscolo: quattro metri per quattro. C'erano due porte, una a sinistra e una a destra: su una c'era il cartello BIBLIOTECA, sull'altra SALA MACCHINE.

"Cominciamo dalla biblioteca" si disse Edgar. "Ai tempi di Fafnir e di Alhazred i computer non c'erano ancora, almeno non come li intendiamo oggi."

Edgar scelse la porta di sinistra: non era chiusa a chiave.

La biblioteca era proprio come se la sarebbe aspettata: una grande sala con una decina di tavoli e lunghe file di scaffali pieni di libri. Edgar si fermò: da uno scaffale era uscita una creatura delle Tenebre incredibilmente magra. Un vampiro di alto rango... questo Edgar lo notò immediatamente.

I vampiri comuni, quelli che a Mosca si trovavano un po' dappertutto, erano l'anello di base. La carne da macello di cui parlava Anton Gorodeckij. Non avevano quasi nessun potere magico, e anche il più meschino dei maghi era comunque più forte di loro. I vampiri di grado superiore erano tutta un'altra cosa ma, chissà perché, a Mosca e nell'Europa orientale in genere, non si trovavano. Facevano eccezione la Repubblica Ceca e la Romania.

— Buongiorno. Posso aiutarla?

— Buongiorno. Mi interessano i documenti relativi a un mago del passato.

— Di chi si tratta? — si interessò il vampiro.

— Fafnir. Il Drago del Crepuscolo.

— O-o-oh! — fece il vampiro in segno di rispetto. — Era un mago molto potente. Uno dei più forti della storia dell'umanità. Che cosa le interessa in particolare?

— Le circostanze della sua fine. La causa del duello con Sigfrid, la preistoria dei loro rapporti, i particolari… Insomma, voglio studiarlo in modo approfondito. Il mio problema è che ho soltanto poche ore di tempo. Inoltre vorrei simulare l'operazione necessaria al suo ritorno dal Crepuscolo…

Il vampiro fece un sorriso triste: — Purtroppo mettere in pratica un'azione del genere è impossibile. Sarebbero necessarie influenze di potenza e intensità a cui non potremmo aspirare neppure in cambio di un periodo di letargo di un secolo di tutti – e sottolineo tutti – gli agenti delle Tenebre della Terra.

— E ciò nonostante — Edgar fece un gesto circolare con la mano — mi piacerebbe provare a risolvere questa questione, sia pure in via squisitamente teorica.

— Allora deve dare un'occhiata al *Necronomicon* di Abdul Alhazred — gli consigliò il vampiro. — Lì c'è una descrizione abbastanza dettagliata di tutte le azioni necessarie per la reincarnazione delle essenze. Lei è un teorico della negromanzia?

Edgar sorrise: — Scherza? In realtà non mi sono mai occupato di negromanzia. Però è un argomento che mi incuriosisce.

— Allora ha fatto bene a venire a Praga. Qui sanno tutto della negromanzia, e ci sono tutti gli specialisti che può desiderare. Purtroppo, però, sono dei teorici, e lei capisce benissimo il perché.

E in effetti Edgar lo capiva benissimo. Perché l'Inquisizione, da quando era stato sottoscritto il Patto, aveva dato il permesso per una reincarnazione soltanto due volte, e tutt'e due solo temporaneamente.

Era stato necessario sentire dei testimoni in Tribunale e per questo erano stati richiamati dal Crepuscolo Altri ormai disincarnati. Che, dopo l'interrogatorio, erano tornati là da dove erano venuti.

Edgar non credeva che un mago del livello di Fafnir non si fosse preparato una scappatoia per accedere alla reincarnazione. Era obbligato a farlo, del resto, per il raggiungimento di un determinato livello (cui, tra l'altro, lo stesso Edgar sperava, prima o poi, di accedere. Del resto sperava anche, e non con minor fondamento, di non dover mai subire la disincarnazione, ma la vita è una faccenda così strana che ti puoi aspettare qualunque sorpresa. Tanto più in un contesto di guerra continua).

— Venga da questa parte. — Il vampiro gli indicò i tavoli. — Adesso le porto i libri. Penso che quello che le interessa non sia l'epos degli umani, ma le cronache degli Altri, giusto?

— Certo, venerabile. Certo.

— Un attimo solo.

Il vampiro tornò davvero prestissimo. Evidentemente non era il primo decennio che lavorava come bibliotecario e i suoi libri li conosceva alla perfezione.

— Ecco — disse, depositando sul tavolo due tomi. Il primo, un libro di grande formato e di grandissimo spessore, con una antica rilegatura in pelle marrone ormai sbiadita, era il *Necronomicon*, nella traduzione di Gerhard Kuchelstein; l'altro, di dimensioni più modeste, aveva un titolo ampolloso che occupava mezza copertina: *Vita e interpretazione delle gloriose imprese, e delle profezie e delle molte nuove scoperte del Grande Mago delle Tenebre, assai noto tra gli Altri con il nome di Fafnir o il Drago del Crepuscolo* di Johann Jetzer-Urmongomod. Sembrava proprio l'originale.

Probabilmente il libro di Jetzer-Urmongomod aveva un titolo ancora più arcaico, ma Edgar non conosceva l'antico alto tedesco, ed era costretto a leggerlo attraverso il Crepuscolo, modalità che porta a una attenuazione delle particolarità stilistiche e a una banalizzazione del testo, che diventa però molto più comprensibile.

Edgar lo sfogliò velocemente; come si aspettava, il libro raccontava gli avvenimenti in modo completamente diverso dalle due Edde e dalla Saga dei Nibelunghi. Innanzitutto, era chiaro che sia Sigurd (alias Sigfrid, alias Sivrit), sia Regin, sia Hreidmar e lo stesso Fafnir erano Altri. Ovviamente Hreidmar non era il padre biologico di Fafnir, né Regin suo fratello. Grazie a una lunga trama di intrighi tessuti con grande abilità, Sigurd aveva seminato la discordia tra i maghi delle Tenebre e li aveva eliminati tutti, chi di sua mano, chi grazie all'intervento di altri. L'obiettivo di Sigurd, naturalmente, non era un tesoro, e neppure qualche pezzetto di metallo o delle pietre luccicanti. Sigurd e gli altri inseguivano l'eredità del nano Andvari, ma che cosa fosse questa eredità il lavoro di Urmongomod non lo spiegava. Forse qualche antico e potente talismano, forse semplicemente una serie di conoscenze (contenute, per esempio, in uno o più libri). Alla fine Sigurd aveva eliminato tutti i concorrenti e si era impadronito dell'eredità di Andvari. Quello che era successo poi Edgar non ebbe il tempo di leggerlo. Fafnir Sigurd lo aveva sconfitto nel penultimo duello, prima di scontrarsi con Regin. Probabilmente qualcuno dei suoi segreti Fafnir l'aveva comunque portato con sé nel Crepuscolo, ma la cosa non aveva preoccupato i maghi del tempo, che non avevano patti e codici da rispettare e agivano senza preoccuparsi dell'Inquisizione, che non era ancora stata istituita.

La cosa fondamentale che Edgar riuscì a scoprire fu che Fafnir aveva riesumato una serie di antiche conoscenze di magia superiore da combattimento (che del resto lo avevano aiutato ben poco nel duello con il perfido Sigurd), conoscenze che poi aveva portato con sé nel Crepuscolo. E di conseguenza era assolutamente verosimile che Zavulon volesse recuperare quei saperi.

Giunto a quella quasi ovvia conclusione, Edgar si immerse nella lettura del *Necronomicon*.

La prima cosa che scoprì fu che la reincarnazione non era affatto la rianimazione di un Altro a suo tempo disincarnato: le cose erano molto più semplici e banali.

Si trattava di un "arrocco": qualcuno svaniva nel Crepuscolo e in cambio qualcun altro ne poteva riemergere. Quanto più alto era il livello di forza di colui che doveva essere rianimato, tanto più forte doveva essere il disincarnato. Non era comunque necessario che i livelli fossero assolutamente pari, era ammesso un certo scarto. Se quello che aveva scritto Urmongomod a proposito di Fafnir corrispondeva alla verità, voleva dire che il Drago del Crepuscolo poteva essere scambiato con un mago delle Tenebre di secondo, terzo livello, ma soltanto in concomitanza con un accumulo energetico colossale. Accumulo che poteva benissimo essere assicurato dalla messa in scena dell'Apocalisse: i sentimenti di migliaia di persone avrebbero generato una tale tempesta, un tale uragano di emozioni che il reincarnato Fafnir sarebbe riemerso dal Crepuscolo forte e potente, assetato di vendetta e di libertà. Una libertà persa da molti secoli.

Ma che cosa avrebbe fatto un Grande Mago del passato che non aveva mai sentito parlare né di patti né di Inquisizione? Come pensava di controllarlo, Zavulon? Sempre che pensasse di controllarlo, certo. Il Drago del Crepuscolo nei cieli festosi dell'Europa prenatalizia... Cosa poteva esserci di più terribile e folle?

Supponiamo che Fafnir si scatenasse e cominciasse a mettere a ferro e fuoco le città, a compiere ogni sorta di distruzioni, basandosi solo sulla sua enorme forza. Gli stessi umani lo avrebbero calmato. Con i missili. Quello stesso luminoso adoratore dei Chicago Bulls avrebbe scagliato dal suo Phantom o dal suo Harrier qualche micidiale ordigno esplosivo. Non l'avrebbero ucciso, però l'avrebbero sicuramente calmato. Certo, l'Europa non ne avrebbe avuto un gran beneficio: avrebbe dovuto sopportare i funghi delle esplosioni atomiche e la distruzione delle sue accoglienti cittadine.

Probabilmente, però, Fafnir sarebbe ricorso non alla forza, ma all'esperienza e all'astuzia. E allora, povera Europa! Le distruzioni e le vittime sarebbero state ancora più numerose. Ma che utilità avrebbe tratto Zavulon da tutto questo? Edgar non riusciva a capirlo.

Un mago di secondo, terzo livello. Ma mancava ancora un elemento alla resurrezione del Drago del Crepuscolo: il luogo previsto per la reincarnazione.

Qual era, questo luogo?

Per dieci minuti Edgar si dedicò a calcolarlo sulla base dei movimenti delle stelle e dei centri energetici mobili. Era un problema di media difficoltà: Fafnir era precipitato nel Crepuscolo in un punto dell'Europa settentrionale. Dunque per reincarnarlo in quel periodo il luogo più indicato era... Trovato.

Edgar non fu particolarmente stupito del risultato: Repubblica Ceca, Praga.

Ma subito dopo si sentì invadere da un cattivo presentimento: un mago delle Tenebre di secondo, terzo livello nel luogo previsto e cioè a Praga...

Ma era lui! L'estone Edgar!

Asciugandosi il sudore che gli aveva improvvisamente imperlato la fronte, Edgar ricominciò a leggere. Anche per lo scambio che aveva in mente Zavulon c'erano delle condizioni precise. Per esempio, l'oggetto dell'arrocco doveva essere nato in un determinato luogo. Anche se indicato in modo abbastanza vago. Qual era il luogo, esattamente? Dai calcoli risultava... Scandinavia, Germania settentrionale e Paesi baltici.

Paesi baltici.

Un estone era stato improvvisamente chiamato a lavorare nella capitale russa dal capo della Guardia del Giorno di Mosca senza che ce ne fosse necessità apparente. Quali altri maghi nati in Scandinavia, Germania settentrionale o nelle Repubbliche baltiche c'erano a Praga, in quei giorni?

Nessuno. Soltanto Edgar.

Ecco a che cosa alludeva Jura con il suo avvertimento appena prima che partisse per Praga. Proprio a quello. E a cosa, se no? Dunque era proprio così. Doveva stare tranquillo. Tranquillo. L'importante era non farsi prendere dal nervosismo. Uomo avvisato, mezzo salvato. Che cosa diceva ancora il *Necronomicon*?

Ecco, ci volevano altri quattro maghi delle Tenebre, per formare il cerchio della rianimazione. Be', era chiaro: il cerchio era una versione del portale, legata all'energia del già citato quartetto designato con l'elegante nome di Cavalieri delle Tenebre.

Inoltre i cavalieri erano uno rosso, uno nero, uno bianco, e uno verde. Esattamente lo scenario dell'Apocalisse. Un segno dopo l'altro. E c'erano anche i maghi giusti. Certo, erano rimasti soltanto in tre, adesso, i Fratelli di Regin. Che erano, per l'appunto, uno rosso (l'asiatico), uno nero (l'africano), uno bianco (lo slavo) e uno verde (lo scandinavo ucciso da Geser). Zavulon, effettivamente, aveva detto di avere dei piani su quel gruppetto. Adesso poteva azzardarsi a immaginare quali fossero i piani in questione. E difficilmente si sarebbe lasciato bloccare dalla mancanza del quarto cavaliere.

Edgar studiò fino in fondo quel capitolo del *Necronomicon* e scoprì altri due dettagli. Piccoli, ma di una certa importanza. Dato che Fafnir era un drago, teoricamente la sua reincarnazione avrebbe dovuto avvenire come un'uscita dalle acque del mare; il rispetto di questa circostanza, però, non era assolutamente obbligatorio. Mentre invece era assolutamente obbligatorio offrire un sacrificio al mare, prima dell'operazione. Non importa in quali acque: potevano essere quelle della Cina come quelle delle Falkland. La Crimea andava benissimo, per esempio.

Il sacrificio doveva essere costituito da "un adolescente, maschio o femmina". Non più bambino, ma non ancora adulto.

"L'Artek" ricostruì subito Edgar. "Il ragazzino annegato in seguito al duello."

E ancora, se aveva effettivamente scelto Edgar come seconda figura dell'arrocco, negli ultimi giorni, dovunque fosse, Zavulon doveva comunque trovare un'immagine di Edgar. Un ritratto o una fotografia – meglio un ritratto – e tenerlo con sé fino al momento dell'arrocco.

Fine. La biblioteca non poteva fornirgli altri aiuti. Edgar ringraziò in fretta il vampiro bibliotecario e corse ai computer.

Avrebbe potuto semplicemente telefonare a Mosca. Ma una telefonata è facile da rintracciare, e lui non voleva assolutamente esporsi troppo presto. Era sicurissimo che Alita in quel momento stesse chattando su uno dei canali di Internet Relay Chat.

Il giovane operatore – un mago di basso livello, o forse uno stregone – gli mostrò prontamente da dove poteva entrare in Internet. Edgar lo ringraziò e il ragazzo tornò subito a fissare lo schermo del suo notebook, coperto di codici informatici. Programmava alla vecchia maniera, senza ricorrere al linguaggio Delphi.

Edgar aprì mIRC, si collegò come al solito al server Getborg DALnet contrassegnato dal simbolino di una simpatica mucca, si identificò, ma non entrò in nessun canale. Nel menu selezionò QUERY e inserì il nick che lo interessava: Alita.

Si aprì subito una nuova finestra. Edgar temeva soprattutto di vedere comparire sullo schermo la secca formula informativa: *No such nick or channel*. Ma le Tenebre gli furono propizie e la risposta gli giunse nel giro di un secondo, e per di più con un prezioso indirizzo: EDGAR! CIAO! SEI A PRAGA?

SÌ. ALITA, HO UN PROBLEMA URGENTE E ANCHE UN PO' STRANO. E RISERVATO. MI VUOI AIUTARE?

MA CHE DOMANDA, EDGAR! CERTO!

SEI STATA NELL'UFFICIO DEL CAPO IN QUESTI ULTIMI GIORNI?

In generale, le probabilità che Zavulon in persona chiamasse una qualsiasi streghetta erano piuttosto basse, ma doveva pur cominciare da qualche parte...

SÌ, E ALLORA?

"Ma guarda un po'!" considerò Edgar. "L'ho azzeccata!"

E digitò: PER CASO HAI NOTATO SE NEL SUO STUDIO HA UN MIO RITRATTO O UNA MIA FOTO? SULLA SCRIVANIA, PER ESEMPIO...

COME HAI FATTO A INDOVINARE? E Alita riversò sullo schermo una bella manciata di smile, a indicare il suo umore decisamente allegro.

DOPO LA TUA PARTENZA, IL CAPO HA ORDINATO DUE DISEGNI. IL TUO RITRATTO E IL DISEGNO DI UN DRAGO. SONO TUTTI E DUE IN CORNICE SULLA SUA SCRIVANIA. LE CORNICI LE HO COMPRATE IO STESSA IN UNA GALLERIA D'ARTE DI VIA TVERSKAJA. IL CAPO MI HA REGALATO UNA BOTTIGLIA DI VEUVE CLIQUOT PER RINGRAZIARMI.

Edgar chiuse gli occhi. Era la fine. Gli ultimi segnali dell'imminente arrocco. "La tua condanna, estone Edgar! Che cosa farai adesso?"

GRAZIE, ALITA digitò con le dita che sembravano di legno. DEVO ANDARE, HO UN SACCO DI COSE DA FARE...

CIAO, EDGAR. UN BACIO!

Gli smile non riusciva nemmeno a guardarli. Edgar uscì da mIRC e si alzò.

Il programmatore gli lanciò un'occhiata da sopra lo schermo.

— Già fatto? — chiese.

— Sì — rispose. — Grazie.

Raggiunse l'uscita senza pensare a niente. In testa aveva solo una specie di vuoto pieno di rimbombi. L'avevano scelto come si può scegliere una mucca per il banchetto natalizio: un mago abbastanza forte originario del Baltico. Lo avevano chiamato, lo avevano accolto, lo avevano messo a capo – sia pure per pochi mesi – di una sezione come quella della Guardia del Giorno di Mosca! E in realtà era solo una mucca che avrebbero fatto fuori al momento giusto. Lo avrebbero usato, come si usa una cosa. Scambiato come un qualsiasi pezzo degli scacchi. Perché il gioco non finisce mai, ma la permanenza dei singoli pezzi sulla scacchiera è temporanea.

E allora? Se era arrivato il momento della comparsa, sul campo di battaglia, della regina nera, occorreva per forza che l'alfiere richiamato in fretta e furia dalla periferia cominciasse ad agitare le gambette e ad aggrapparsi alla lucida superficie della scacchiera?

"Non può finire così!" considerò Edgar, cominciando lentamente a scaldarsi. "Forse non sarò la regina, ma in ogni caso non sono un pedone e non intendo abbandonare la scacchiera tanto facilmente. Combatterò con tutte le mie forze e, se ce la farò, libererò anche mezza Europa da un bel po' di seccature."

Alla fine esisteva comunque l'Inquisizione. Edgar aveva l'impressione che i giudici dai grigi mantelli non sarebbero stati affatto contenti di una nuova comparsa del Drago delle Tenebre.

Il gaio volto natalizio che Praga gli aveva mostrato solo poche ore prima sembrava scomparso, sbiadito, svanito. Senza guardare nemmeno una volta fuori dal finestrino, Edgar prese un taxi, raggiunse l'albergo dove doveva andare, pagò meccanicamente ed entrò nella hall. Diede una tale occhiata al portiere che quello desiderò soltanto di sprofondare al più presto sotto il pavimento di marmo.

Poi si incamminò verso gli ascensori con tanto impeto da far quasi cadere a terra il mantello che si era gettato sulle spalle. Con il sesto senso tipico degli Altri, sapeva qual era la camera che lo interessava.

All'improvviso si bloccò, totalmente smarrito. Deglutì febbrilmente. Dal bar, proprio in quel momento, erano usciti i finnici a cui aveva pensato poco prima, i Fratelli di Regin. Tutti e quattro. Quattro, non tre: al cinese, all'africano e allo slavo si era aggiunto l'unico finlandese autentico, che tutti credevano morto. Era lì, più vivo che mai. Giusto: perché mai Geser avrebbe dovuto uccidere un testimone?

Probabilmente l'artista viene invaso da un'incredibile gamma di sentimenti, quando inserisce l'ultimo pezzetto di vetro nel mosaico che ha creato. Ma cosa può fare chi, nelle tessere del mosaico appena composto, legge la propria condanna a morte?

— Fratello! — gli si rivolse in tono ispirato uno dei finnici. — Vogliamo ringraziare te e la Guardia del Giorno di Mosca per il sostegno che ci avete fornito. Vieni con noi? Festeggiamo la salvezza del nostro fratello Pasi. Lo consideravamo tutti morto.

Il finlandese autentico sorrise imbarazzato, esprimendo con il proprio atteggiamento quanto lo commuovesse la preoccupazione dei suoi compagni.

— Congratulazioni — disse Edgar con voce atona. Non che ci fossero molti motivi per congratularsi: tutto il quartetto sarebbe certamente perito nel corso dell'operazione di rianimazione di Fafnir.

Vedendo la sua esitazione, il mago non insistette oltre con gli inviti. Ma gli domandò: — Sai forse dirci perché quel mago della Luce che deve essere processato ci ha definiti quattro cavalli?

I suoi compagni annuirono tutti insieme con aria indignata.

— La si può interpretare come un'offesa immotivata? — gli chiese speranzoso il capo dei quattro.

— Non direi — rispose Edgar. — È peggio di un'offesa, è la verità.

E si precipitò nell'ascensore.

Capitolo 6

Anton si arrese dopo una mezza giornata.

Di vodka lui e Igor non ne avevano più bevuta, nonostante le notevoli capacità dell'alcol di stimolare l'immaginazione. Il caffè ormai li nauseava. E anche la meravigliosa birra ceca non li attirava più.

Igor, in piedi accanto alla finestra con in mano un bicchiere di yogurt liquido, scosse la testa in risposta all'ennesima congettura di Anton: — Ma no, che cosa dici? Ma che cacciatore di draghi vuoi che sia? E poi non avevamo scartato l'ipotesi di Fafnir?

— Non si può mai sapere.

— Non importa. Sarebbe un combattimento magico, e non un duello con un mostro sputafuoco... — Igor sogghignò e aggiunse un po' cinicamente: — Senza contare che in caso di scontro tra il drago Fafnir e un paio di moderni elicotteri militari, scommetterei sugli elicotteri. Smettiamola di tirare a indovinare. Non scopriremo niente comunque.

— In ogni caso, Igor, tu sei la chiave di tutto.

— Che fare? Alle chiavi non dicono mai quale porta dovranno aprire. Anton, io sono un Altro normalissimo. Soltanto Zavulon sa in che cosa consista la mia... importanza. Be', anche Geser, probabilmente. Sta arrivando, tra poco potremo chiederglielo.

Anton guardò nel Crepuscolo e disse con una certa invidia: — Davvero? È già così vicino? Io non lo sento ancora.

— Anch'io non lo sento, ma l'ho visto dalla finestra mentre entrava nel nostro albergo.

Bussarono delicatamente alla porta. Un segno di gentilezza, niente di più: un istante dopo gli ospiti erano già entrati attraverso il Crepuscolo. Geser, la sua silenziosa ombra, Aliser, e Svetlana. Sveta era stata portata nel Crepuscolo dai maghi. Vide Anton solo quando tutto il terzetto passò dal Crepuscolo al mondo ordinario. Sorrise, allargando le braccia con aria un po' colpevole: "Guarda un po' come sono diventata." E Anton fu di nuovo sopraffatto da una tenerezza piena di angoscia e di senso di colpa, mescolata alla vergogna e alla rabbia nei confronti di se stesso. Eppure non c'era stata altra via d'uscita se non permettere allo Specchio di sottrarre a Svetlana tutta la forza. E poi la cosa più importante era che Svetlana comunque era viva. Ma come sfuggire a quella maledetta sensazione di avere perso la partita?

Possibile che Igor provasse qualcosa del genere, quando ripensava ad Alisa? E per di più avvelenato da un'amarezza molto, molto maggiore? Allora il fatto che fosse ancora vivo poteva essere solo motivo di meraviglia, e di gioia, naturalmente...

— Buongiorno, ragazzi — disse Geser gentilmente.

Aveva un vestito dall'aria modesta e una cravatta scura.

Sembrava un manager di mediocre livello, di quelli che si vestono da Marks & Spencer e a Natale mandano ai loro collaboratori regalini da quattro soldi. Nell'occasione, evidentemente aveva considerato la propria presenza come il regalo migliore.

— Salve, Boris Ignatevic — disse Anton. La sua lingua si rifiutava di definire buono quel giorno. — Ciao, Aliser.

Con Sveta si limitarono a scambiarsi un'altra occhiata, poi lui la prese per mano e la fece sedere su una poltrona, un po' come se fosse stata malata. Che razza di situazione...

— Buongiorno, capo — disse Igor tranquillo. — Felice di rivederla. Ciao, Sveta. Ciao, Aliser.

Aliser, la guardia del corpo (sempre che si voglia davvero considerare un mago di terzo livello come una possibile guardia del corpo per un Grande Mago), o meglio, l'attendente di Geser, figlio di un devona e di una donna, fece un silenzioso cenno di saluto e si rintanò in un angolo della stanza. Lì si sistemò, assolutamente immobile, con le braccia incrociate sul petto, in parte già immerso nel Crepuscolo. La capacità di Aliser di scandagliare il Crepuscolo era stata incrementata artificialmente, di sicuro da Geser. Notò anche che il giovane mago cercava di non guardare Igor. Ecco un altro groviglio davvero intricato: il padre di Aliser era stato ucciso da Alisa Donnikova.

Non essendo né un umano né un Altro, era difficile definire con precisione che cosa fosse un devona, fedele servitore dei Grandi Maghi. Il devona non compie grandi imprese, non è il suo compito. È piuttosto al servizio degli eroi: li libera dalle piccole seccature quotidiane. Rinsalda i legami familiari, facilita la nascita di grandi paladini.

Anton trattenne il respiro. I figli dei mutanti, di regola, ereditano la capacità di trasformarsi. I figli dei maghi, invece, raramente diventano Altri. Ma cosa succede ai figli dei devona? Chi era Aliser, un semplice mago o un devona come suo padre, che per molti decenni era stato al fianco di Geser in Asia centrale? E che bisogno aveva il capo di questo giovane mago usbeco? Lo aveva chiamato nella Guardia di Mosca e lo teneva così vicino a sé solo per un misto di sentimentalismo e senso del dovere?

— Anton!

Lui guardò Svetlana e si rese conto solo in quel momento che le stava stringendo la mano con troppa forza. — Scusami...

Geser era in piedi davanti a Igor e lo fissava negli occhi. In silenzio. Poi, provato, addirittura incurvato, sospirò e tornò alla sua poltrona. Si sedette e si coprì il volto con le mani.

— Boris Ignatevic — disse Igor. — Mi scusi, la prego.

— No! — ruggì Geser, senza togliersi le mani dal viso. — Non ti scuso! Ti sei innamorato di una strega? Per questo non ti giudico: era il tuo destino. Ma non aspettarti che ti perdoni per esserti seppellito con le tue stesse mani!

Igor era evidentemente a disagio. Anton lo guardava, e all'improvviso si rese conto di avere comunque compiuto la sua missione. Non direttamente, s'intende: era stata un'ingenuità la sua speranza di ingannare un mago esperto come Igor e di fargli tornare la voglia di vivere con una semplice bevuta e qualche discorso sull'amicizia. E sarebbe stato ancora più stupido cercare di convincerlo che la donna di cui si era innamorato era solo un'avida e schifosa carogna.

Eppure la loro lunga conversazione notturna, i loro sforzi di capire cosa stesse succedendo, di raccapezzarsi in quella nuova fase della guerra tra le Guardie avevano avuto la loro importanza. Igor, senza nemmeno accorgersene, aveva smesso di tormentarsi in quel modo inutile e penoso e si era sentito di nuovo sul campo di battaglia. Che Geser avesse fatto conto proprio su quell'effetto?

Ma allora tutto il suo comportamento, compresa quella scena, era pensato e calcolato! Effettivamente il capo aveva ragione. Igor aveva subito solo un offuscamento della ragione.

— Geser, ci sono cose che nemmeno tu hai il diritto di pretendere! — disse Igor d'un tratto. Lo disse bruscamente, con furia appena trattenuta, con animosità.

— Sì, certo, capitano Igor Teplov. — La voce di Geser era fredda come il ghiaccio. — Non ho questo diritto. E allora chi ha avuto il diritto, nel novembre del '42, di chiederti di attraversare il Dnepr a nuoto, sotto il tiro del nemico? Chi ha avuto il diritto…

— Quella è un'altra cosa!

— E perché? — Geser si alzò e gli si avvicinò. Si fermò di nuovo di fronte a lui, piccolo, più basso di tutta la testa, magro e assolutamente antieroico. — Te lo devo spiegare io, Teplov, che cosa ci fa la guerra? Ci divora l'anima prima del corpo! E lo sapevi fin troppo bene quando, nella gloriosa città di Berlino, hai sgozzato quell'infelice ragazzino della Gioventù hitleriana!

Igor vacillò come se avesse ricevuto uno schiaffo in faccia.

— Coscienza… amore… onore… — elencò Geser in tono meditabondo. — Nessuno ha il diritto di costringerti ad andare contro la tua coscienza. Nessuno ha il diritto di costringerti a tradire il tuo amore. Nessuno ha il diritto di convincerti a macchiare il tuo onore. Nessuno. Hai ragione. Ma noi in realtà lo facciamo di nostra spontanea iniziativa, quando su un piatto della bilancia ci sono il nostro amore, la nostra coscienza, il nostro onore, e sull'altro l'amore, la coscienza e l'onore di milioni di uomini. È vero, non siamo angeli, e il tuo dolore lo capisco, credimi. Ma allora prova a guardare Aliser e cerca di capire anche il suo dolore. Chiedi ad Anton cosa pensa della tua amata. Chiedilo a Svetlana.

— Io non posso condannare Igor — mormorò Svetlana. — Mi scusi, capo, e perdonami anche tu, Aliser. Forse sono stupida e indegna di servire nella Guardia della Notte, ma posso capire la posizione di tutti.

Lo disse in tono sommesso, senza enfasi. Geser tacque, rimase un attimo immobile e si allontanò da Igor. Poi allargò le braccia: — Credi che io non capisca…

Nella camera scese un silenzio pesante, vischioso.

— Geser, quando il dovere mi ha chiamato, ho eseguito gli ordini — riprese Igor. — Onestamente, senza mai tirarmi indietro. Senza badare a quello che pensavo o sentivo io. Ma il mio compito ormai l'ho eseguito, fino in fondo.

— No. È qui che sbagli, Igor. — Geser aveva cominciato ad andare su e giù per la camera, mentre estraeva dalla tasca un sigaro. Lo osservò per un momento, poi fece una smorfia e lo rimise via, e prese un più democratico pacchetto di Pall Mall. Agitò una mano con un certo disappunto. — La Guardia ha bisogno di te. Tutti noi abbiamo bisogno di te. Io ho bisogno di te.

— Svetlana ha bisogno di me… — notò Igor, quasi distrattamente.

— Svetlana, Aliser, Ilja, Semen, Orso. Tutti noi — concluse Geser molto in fretta. — Naturalmente!

Igor sorrise, come rassegnandosi alla necessità di non dire proprio tutto. E chiese una precisazione, in tono serio, sbrigativo: — Per molto tempo?

— Al massimo per vent'anni — gli rispose Geser assolutamente tranquillo, come se si fosse aspettato quella domanda.

— Speri che smetta di amare Alisa? — chiese Igor.

— Anche questo — ammise Geser. — Ma la Guardia ha bisogno di te proprio adesso. In questi prossimi anni.

— Ma cosa vuoi che faccia, Geser?

— Non ci intralciare, Igor! Stiamo cercando di tirarti fuori da questo guaio, e ce la faremo, credimi, se tu eviterai per lo meno di metterci i bastoni tra le ruote. Certo, sarebbe ancora meglio se ci aiutassi.

Igor ci pensò un attimo. Poi disse: — Non ho intenzione di accusare Alisa Donnikova di avermi stregato. Non è vero.

— Ma puoi esprimere la tua impressione che il vostro incontro fosse stato combinato dalla Guardia del Giorno di Mosca?

— Sì — annuì Igor. — Anche perché probabilmente è la verità.

— Mi basta. — Geser allargò le braccia. — Non ti chiedo nient'altro.

Sembrava davvero soddisfatto da quella promessa.

Anton tossì. Aspettò che Geser guardasse nella sua direzione. Poi disse: — Boris Ignatevic, anch'io voglio chiederle un favore. Mi può spiegare che posto ha Igor nel nostro nuovo progetto?

— Soltanto Igor?

— Sì. Il ruolo che abbiamo io, Svetlana e il devoniano Aliser mi sembra di averlo capito.

Nel suo angolo, il giovane mago usbeco ebbe un sussulto.

— Niente male le nostre giovani leve — osservò Geser in tono stanco. — Ne capiscono di cose. Manca solo un particolare.

Si interruppe, girò lo sguardo sui presenti. Poi scosse la testa. Anton sentì la forza espandersi tutto intorno a loro, la sentì riempire la stanza, come una parete elastica che preme, che spinge fuori qualcosa.

— Non posso dirtelo — proseguì inaspettatamente Geser. — Non posso, per un semplice motivo…

— Che ci rifiuteremmo di collaborare? — gli chiese Anton brusco.

Geser scosse la testa.

— No. Al contrario. Giuro sulla Luce che quello che sta per accadere non danneggerà nessuno di voi, né sul piano umano, né su quello magico. Al contrario, collaborereste con il massimo zelo. Ma…

Adesso si capiva che pesava ogni singola parola.

— Effettivamente quella che è in corso è l'operazione finale della Guardia della Notte di Mosca. Purtroppo, è anche l'operazione finale della Guardia del Giorno. Dalle azioni di ciascuno di voi che siete qui, così come dalle azioni dei nostri avversari, dipende… dipendono troppe cose. Noi faremo i nostri passi, i nostri nemici faranno i loro. Potranno essere passi sbagliati, inefficaci, sfortunati. Ma la vittoria arriderà a chi avrà fatto il passo giusto per ultimo!

— I vincitori non li giudica nessuno — convenne Anton. — E i pezzi della scacchiera non hanno il diritto di muoversi autonomamente.

— Zavulon può leggere senza nessuno sforzo particolare le mosse di ciascuno di voi! — ruggì Geser. — E non pensare, Anton, che la tua idea di tamponare lo Specchio sia stata una mossa imprevista! Certo, è stata una buona idea, o comunque il minore dei mali! Ma era prevista. Sia da Zavulon, sia... da me.

Trasse un respiro profondo. Poi continuò in tono più tranquillo: — Ragazzi, per me non siete pezzi sulla scacchiera, credetemi, non siete semplici strumenti.

— Ma una di noi — Svetlana sorrise, accorgendosi che il suo esordio suonava un po' buffo in quella compagnia, a eccezione di lei, tutta maschile — è la base per la creazione di uno strumento?

Anton non le chiese come avesse fatto a capirlo. Possibile che anche lei avesse provato a fare i suoi schemi, di nascosto? O aveva semplicemente fatto in tempo a percepire qualcosa, quando la forza si era diffusa in mezzo a loro?

Geser rimase in silenzio, a testa china. Stava chiaramente meditando. E contemporaneamente Anton sentì che lo scudo protettivo che li avvolgeva si rafforzava fino a raggiungere uno spessore che non aveva mai ritenuto possibile. Qual è il limite della forza dei Grandi Maghi? Ed esiste un limite?

— Va bene. — Geser annuì. — Hai ragione, Svetlana, ma solo parzialmente... Ah, Luce e Tenebre!

Si lasciò cadere nella poltrona. Prese le sigarette, se ne accese una e fece un paio di tiri, prima di ricominciare a parlare: — Svetlana, tu sei una Grande Maga. Di quelle che nascono una volta ogni molti secoli. Potenzialmente sei addirittura più forte di Olga... Ma il tuo valore per le Forze della Luce – e intendo non solo la nostra Guardia, ma le Forze della Luce nel loro complesso – sta nella possibilità che diventi la madre del Messia.

— Dopo che Olga ha corretto il mio Libro del Destino — disse Svetlana.

— No, non dopo quella correzione. Non si può correggere il destino di un Altro con la stessa facilità con cui si corregge il destino di un umano. Era stato previsto fin dall'inizio, noi abbiamo corretto soltanto alcuni dettagli insignificanti. Che non riguardano né te, né il futuro, né il previsto bambino.

— Quali dettagli? — Nella voce di Svetlana traspariva una rabbia sul punto di esplodere. Una rabbia a lungo trattenuta: adesso era Anton che aveva voglia di gridare, dato che le unghie di Svetlana si erano conficcate nel palmo della sua mano.

— Solo la data! — Geser non aveva intenzione di cedere all'assalto di Svetlana. — Nient'altro che la data. Questo capodanno segna un picco nell'andamento della fede degli uomini nel ritorno del Messia.

— Grazie! — replicò Svetlana con voce tintinnante di rabbia. — Vuol dire che avete deciso *solo* quando e da chi vi partorirò questo bambino!

— In primo luogo, perché "bambino"? — la bloccò Geser.

Anton, che proprio in quel momento voleva inserirsi nella conversazione (sostanzialmente a proposito di quel "da chi" a cui aveva accennato Svetlana), lasciò svanire la replica che aveva già sulle labbra. Anche la mano di Svetlana finalmente si rilassò.

Evidentemente a Geser era sembrata superflua la precisazione "in secondo luogo".

— Svetlana, bambina! È pericoloso giocare con certe forze, con una simile predestinazione non ci provo nemmeno io! È stato previsto che tu possa partorire una figlia, destinata a diventare una figura di grandissima importanza nella guerra tra la Luce e le Tenebre. La sua parola cambierà la creazione, la sua parola costringerà i peccatori a pentirsi, al suo sguardo cadranno in ginocchio perfino i più grandi tra i maghi delle Tenebre!

— È solo una possibilità… — mormorò Svetlana.

— Certo. Il destino non esiste, purtroppo e per fortuna. Ma puoi credermi se ti dico che questo mago vecchio e stanco farà tutto quello che può per realizzarlo.

— Sarebbe stato meglio se fossi rimasta un semplice essere umano — mormorò Svetlana. — Molto meglio…

— È da molto tempo che non guardi un'icona? — le chiese

Geser. — Fissa gli occhi di Maria e cerca di capire come mai sono così tristi...

C'era un grande silenzio.

— Vi ho detto più di quello che è mio diritto dirvi. — Geser allargò le braccia con aria colpevole e ad Anton, per la prima volta, parve che non stesse recitando. — Per farlo sono già entrato con un piede in un territorio proibito. Adesso sta a voi decidere. Pensare chi è un semplice pezzo degli scacchi e chi... chi è una persona ragionevole, capace di andare oltre il rancore per offese inesistenti.

— Inesistenti? — chiese Svetlana in tono amaro.

— Quando ti hanno spiegato la necessità di lavarti le mani dopo aver giocato con la terra o ti hanno costretta a mettere un fiocchetto per fermare la treccia, anche allora si sono intromessi nel tuo destino — osservò Geser. — E, secondo me, in modo assolutamente giustificato.

— Lei non è mio padre, Boris Ignatevic! — disse Svetlana.

— È vero, ma per me voi tutti siete miei figli... — Geser sospirò. — Vi aspetterò nella hall. O meglio, io e Aliser vi aspetteremo. Quando ne avrete voglia, scendete.

Uscì, e dietro di lui, come un'ombra, anche il devoniano.

Il primo a parlare fu Igor. — La cosa peggiore è che ha detto anche delle cose giuste.

— Se l'avessero detto a te che devi partorire il Messia, ti parlerei anch'io volentieri di cose più o meno giuste — reagì Svetlana brusca.

— Be', per me effettivamente sarebbe... complicato... — ammise Igor confuso.

Anton fu il primo a sorridere. Si rivolse a Svetlana: — Ascolta: mi ricordo come ti sei arrabbiata per le ingiustizie della vita quando hai scoperto che i figli degli Altri, di regola, sono normali esseri umani.

— Ma io mi sono arrabbiata così, per una questione teorica... — Svetlana batté piano le mani. — Ragazzi, ho voglia di fumare.

Igor le diede una sigaretta in silenzio.

— Perché fare tutto alle nostre spalle? — domandò Svetlana in tono triste, accendendosi la sigaretta. — E poi che madre del Messia posso essere, io? E come se non bastasse, di un Messia femmina!

— Be', Messia è soltanto una definizione convenzionale — replicò Igor. — Rilassati.

— Io non sono vergine! — dichiarò Svetlana tetra. — E in generale non mi considero un modello di virtù.

— Non cercare troppi parallelismi.

Stranamente, sembrava che Igor si fosse tranquillizzato. E che si fosse deciso.

— Anton, di' qualcosa! — sbottò a quel punto Svetlana. — Tutto questo non ti tocca?

— Spero molto che mi tocchi direttamente — rispose Anton. — E penso che adesso dobbiamo andare da Geser. Anche per lui non sarà tanto piacevole starsene seduto lì ad aspettare.

— Tanto lui sa già tutto... in anticipo... — Svetlana si era girata.

— No, non lo sa. Se è vero che non siamo pedine, allora non lo sa.

Si sentirono le corde di una chitarra vibrare piano. Igor, appoggiato al muro, l'aveva imbracciata. Si mise a cantare così piano che sia Anton sia Svetlana dovettero tacere.

I demoni mi chiedono di servirli,
ma io non servo nessuno.
Nemmeno me stesso, nemmeno te,
nemmeno colui che ha ogni potere.
Ammesso che sia ancora vivo...
Ebbene, non servo nemmeno lui.
Ho rubato abbastanza fuoco,
da non doverne rubare mai più...

Igor lasciò la chitarra, appoggiandola cautamente su una poltrona. Così si lascia uno strumento quando si sa di tornare presto.

— Allora, andiamo?

Edgar fu il primo rappresentante delle Forze delle Tenebre a entrare nella sala delle riunioni del Tribunale. Come previsto.

Nello stesso momento di Anton, che stava entrando dalla parte opposta. Si fecero un cenno di saluto, chinando leggermente la testa. Edgar non provava nessun rancore nei confronti del mago della Luce, e faceva conto su un analogo sentimento da parte di Anton.

In confronto con la stanzetta disordinata dell'Università di Mosca, quella sala faceva davvero impressione! L'Europa, c'è poco da dire! Le volte di pietra incombevano pesanti, ma contemporaneamente trasmettevano una sensazione di sicurezza e di pace. Il lampadario metallico era molto semplice, ma portava almeno duecento candele, ed Edgar era pronto a scommettere che avesse già illuminato più di un secolo. Aveva sentito dire che la sede bernese dell'Inquisizione era un palazzo ultramoderno, mentre a Praga, evidentemente, avevano fatto la scelta opposta. Una scelta che lui approvava in pieno.

La stanza circolare era divisa in due parti: una rivestita di marmo chiaro, e l'altra di marmo scuro. Nell'assoluta semplicità con cui erano simboleggiate le due Forze c'era qualcosa di ingenuo e insieme di nobile. Al centro della sala si trovavano i piccoli banchi degli accusatori, attorno a una grata circolare che nascondeva un buco scuro nel pavimento.

Un piccolo cuneo triangolare di marmo grigio fendeva la sala fin quasi al centro. Era la postazione riservata agli Inquisitori, che erano già al loro posto. Sette. In generale l'Inquisizione non veniva considerata una forza paragonabile alle Guardie, ma Edgar sapeva che tra i sette giudici c'erano due Grandi Maghi, uno della Luce e uno delle Tenebre. All'occorrenza, l'Ufficio europeo avrebbe potuto lottare ad armi pari con Geser e Zavulon. Il che era decisamente una notizia tranquillizzante.

Subito dopo Anton, entrarono altri tre maghi della Luce moscoviti: Geser (cosa avrebbero potuto fare senza di lui?); Svetlana (si capiva bene come mai partecipasse anche lei a quella seduta); e quell'usbeco, che faceva da segretario, o forse da attendente, a Geser.

Alle spalle di Edgar stavano già avanzando i rappresentanti delle Tenebre. Zavulon in testa. Edgar avvertì la vicinanza del capo e istintivamente si voltò, ricevendo il cordiale cenno di saluto del comandante delle Forze delle Tenebre di Mosca.

Sorrideva, il giuda... Anzi, peggio di Giuda: quello almeno aveva tradito il maestro, mentre Zavulon tradiva il suo allievo!

Subito dopo Zavulon entrarono nella sala altri due personaggi. E se la presenza di Anna Tichonovna non stupì affatto Edgar, la comparsa di Jura, di quello stesso Jura che l'aveva beffardamente messo in guardia prima della partenza, avvertendolo dei progetti di Zavulon, lo colse decisamente di sorpresa.

Edgar si costrinse a smetterla di osservare i colleghi e a guardare solo davanti a sé.

Igor venne introdotto nella sala per ultimo. Due Inquisitori camminavano accanto a lui, e lo accompagnarono in silenzio fino al cerchio di circa tre metri di diametro, recintato dalla grata, al centro della sala.

Nel cerchio Edgar non avvertiva alcun tipo di magia particolare. E anche il meccanismo che avrebbe dovuto capovolgere la grata e far precipitare l'imputato in un profondo pozzo sotterraneo aveva l'aria di essere arrugginito da tanto tempo e di non avere molte probabilità di funzionare.

Certo, stare su quella grata doveva essere comunque poco piacevole.

Igor, però, non sembrava farci caso. Stava in piedi, proprio nel centro del cerchio, con le braccia incrociate sul petto.

— Nel nome del Patto...

Dal gruppo degli Inquisitori si era staccato l'unico che non portava il mantello grigio. Vitezslav, vampiro supremo.

— Noi siamo gli Altri. Serviamo Forze diverse...

Edgar ripeteva meccanicamente le parole del Patto, cercando di immaginare da che punto Vitezslav avrebbe cominciato. E come fare per riuscire a sbrogliarsela.

— Oggi il Tribunale europeo dell'Inquisizione deve esaminare l'istanza della Guardia della Notte della città di Mosca, Russia, contro la Guardia del Giorno della città di Mosca, Russia — annunciò il vampiro quando ebbero finito di recitare il Patto. — Il controricorso della Guardia del Giorno di Mosca contro la Guardia della Notte di Mosca sarà esaminato nello svolgersi della presente udienza. L'oggetto della medesima consiste nel duello del mago della Luce Igor Dmitrievic Teplov e della strega delle Tenebre Alisa Donnikova.

Per ora tutto si svolgeva secondo le previsioni. Edgar si accorse di aver affondato le unghie nel legno scuro e fresco del banco e con uno sforzo di volontà si costrinse a calmarsi. Alla fin fine era un giurista dei più esperti, e che differenza c'è tra un'udienza degli umani e un processo degli Altri?

Forse soltanto la formula di condanna...

— Tuttavia l'ordine dell'udienza sarà parzialmente modificato — disse Vitezslav. — Il Tribunale deve esaminare altre due questioni relative alla presente istanza. La prima si riferisce alla setta dei maghi delle Tenebre denominata Fratelli di Regin, colpevole dell'attacco al deposito dell'Inquisizione, della sottrazione dell'Artiglio di Fafnir, del suo trasporto non autorizzato in Russia e di resistenza nei confronti della Guardia della Notte di Mosca. Fate entrare gli imputati.

Nella sala entrarono due giovani Inquisitori, seguiti dai quattro finlandesi. Sulle facce dei presenti passò, nonostante tutto, l'ombra di un sorriso: era difficile immaginarsi un quartetto più caricaturale.

— Possiamo ritenere che non sussista la necessità di riepilogare le circostanze dell'increscioso incidente — disse il vampiro. — Tutti i presenti sono a conoscenza dei materiali raccolti dall'Inquisizione a questo riguardo. Il compito dell'Inquisizione è pronunciare la sentenza. Giusta, imparziale e severa.

Dalle facce dei quattro era chiaro che non avevano mai sperato in qualche forma di indulgenza.

— Delitti gravi come un'aggressione ai danni degli agenti dell'Inquisizione e il furto dal deposito di un potentissimo amuleto vengono puniti con la disincarnazione — disse il vampiro. Fece una pausa e, costringendo i finlandesi ad alzare la testa, aggiunse: — Ma gli accusati non hanno partecipato direttamente all'incidente di Berna. Come si evince dai materiali agli atti, la direzione della setta, purtroppo perita al momento della cattura, ha costretto i quattro giovani maghi ad assumere il ruolo di corrieri. Per questo motivo l'Inquisizione ha deciso di considerarli colpevoli solo di contrabbando e di resistenza nei confronti della Guardia della Notte di Mosca. Circostanze attenuanti appaiono anche il profondo e sincero pentimento, l'aiuto fornito all'inchiesta dopo la cattura, e l'assenza di precedenti. Se la Guardia della Notte di Mosca può presentare qualche altra circostanza attenuante e ritira le proprie accuse personali contro i quattro maghi delle Tenebre, l'Inquisizione ha il diritto di mitigare la sentenza.

Dalla parte della Luce si alzò Geser. Allargò le braccia: — La Guardia della Notte di Mosca non ha rivendicazioni personali nei confronti degli imputati. Inoltre noi riteniamo che la direzione della setta dei Fratelli di Regin sia stata provocata a commettere il delitto da… da un mago delle Tenebre non identificato.

— Non ci sono prove in questo senso — osservò Vitezslav.

— Non è stata individuata l'identità del provocatore — sorrise Geser. — Il fatto della sua esistenza è fuori da ogni dubbio.

Vitezslav annuì. Si voltò verso il sestetto dei suoi compagni. Per alcuni istanti tra gli Inquisitori ci fu un intenso, silenzioso scambio di pensieri. Poi Vitezslav tornò a girarsi verso i quattro finlandesi che stavano come impietriti.

— Nel nome del Patto. Considerando l'indulgenza della Guardia della Notte, l'assenza di conseguenze gravi e le altre circostanze attenuanti, l'Inquisizione vi accorda il diritto alla scelta della pena. La prima variante è la condanna a morte per impiccagione senza perdita dei diritti civili…

L'erculeo africano sospirò profondamente e il cinese e il finlandese lo sostennero, afferrandolo per i gomiti.

— La seconda variante è il divieto, fino alla fine dei vostri giorni, di fare uso delle arti magiche. Avere il diritto di vivere una vita umana normale, senza prolungarne la durata né migliorarne la qualità con il ricorso alla magia.

I finlandesi guardavano l'Inquisitore impietriti. Zavulon si lasciò sfuggire una risatina, ma subito riprese l'aria seria.

— La seconda… la seconda! — gridò Jucha Mustajoki con voce soffocata. Gli altri annuivano.

— Ci sono obiezioni da parte dei presenti? — chiese Vitezslav.

Anche questa volta il primo ad alzarsi fu Geser. Sospirò: —

Noi… come piccolo gesto di buona volontà… riteniamo possibile permettere agli imputati… qualche piccola magia… solo relativamente agli oggetti inanimati.

Sembrava che Geser pronunciasse ogni parola a fatica, come si stesse costringendo a dare prova di magnanimità.

— Be', per esempio trovare qualche oggetto che si è perso… cose piccole, come una chiave… o una monetina… Cacciare una mosca dalla stanza… (Il regolamento considera le mosche esseri inanimati, vero?) Pulire il carburatore dell'auto…

Il volto del vampiro esprimeva un leggero stupore. "Non ha capito!" ne dedusse Edgar.

— L'Inquisizione non ha nulla da obiettare — disse alla fine il vampiro. — Apporre il timbro sugli imputati!

I due giovani Inquisitori sollevarono il braccio destro e lunghi e scintillanti fili di energia si stesero verso i condannati. I timbri si impressero in modo indelebile, vietando ai condannati qualsiasi forma di magia, eccetto la più debole. L'Inquisizione non aveva affatto capito che l'inaspettata generosità di Geser in realtà non faceva che amplificare la pena, perché una cosa è essere completamente privati dell'accesso alla magia, rassegnandosi a poco a poco a vivere come tutti gli umani, un'altra cosa è ricordarsi ogni giorno della propria mutilazione, e doversi accontentare della pallida ombra dei poteri di un tempo.

Comunque in quel momento i finlandesi non ci pensavano di certo. Furono accompagnati fuori dalla sala ancora tramortiti dalla felicità per lo scampato pericolo. Jucha in realtà continuava a slanciarsi di qua e di là nel tentativo di stringere la mano ai presenti, ma i suoi zelanti custodi lo convinsero a uscire con l'aiuto di qualche spintone.

Edgar scosse la testa. Gli faceva piacere che i suoi fratelli delle Tenebre si fossero salvati. Ma a che prezzo! Lui certamente avrebbe preferito la morte.

— La successiva questione all'ordine del giorno non era stata annunciata preventivamente — disse Vitezslav. — L'Inquisizione chiede di presentarsi nel circolo degli accusati al capo della Guardia della Notte di Mosca, noto con il nome di Geser.

Zavulon si lasciò sfuggire un sorriso trionfante.

— … e al capo della Guardia del Giorno di Mosca, noto con il nome di Zavulon.

L'espressione leggermente smarrita che apparve sul volto di Zavulon fece molto piacere a Edgar. Anche se… fino a che punto era spontanea?

— Prima domanda dell'Inquisizione al Grande Mago Geser. — Vitezslav adesso parlava in tono gentile, ma estremamente deciso. — Geser, ha esercitato un'influenza sul Libro del Destino della qui presente Grande Maga Svetlana Nazarova allo scopo di ottenere che la medesima diventasse madre del Messia della Luce?

Nella sala regnava il silenzio più assoluto.

— La prego di precisare la formulazione dell'accusa, Vitezslav — disse Geser dolcemente. — In caso contrario potrei offendermi.

Il vampiro digrignò i denti in una specie di sorriso: — Risponda alla sostanza della domanda, Grande Mago Geser.

— Va bene — annuì Geser. — Non mi aspettavo un'accusa di questo tipo, ma spiegherò la situazione al Tribunale.

"Te la aspettavi" pensò Edgar. "Te la aspettavi eccome, vecchio intrigante…"

— Una simile influenza è teoricamente impossibile, anche per me — spiegò modestamente Geser.

Vitezslav sembrava confuso: — Mago della Luce Geser, ma il Libro del Destino di Svetlana Nazarova…

— Indica che diventerà madre della più grande delle maghe della Luce. Per parlare in termini poetici, del Messia della Luce. — Geser sorrise. — È un'immensa gioia per la Guardia della Notte di Mosca… ma cosa siamo poi noi… per tutte le Forze della Luce! La stimata Inquisizione deve capire che queste cose non possono venire inserite nel Libro del Destino, in nessun modo, da nessuno, neppure con l'aiuto del talismano cui ha fatto cenno prima, che appartiene di diritto ai Guardiani della Notte.

— Ma ha esercitato o no un'influenza sul Libro del Destino di Svetlana Nazarova? — insistette il vampiro.

— Sì — ammise Geser. — Come è noto a tutti i presenti, o

quasi a tutti, è possibile inserire un nuovo dato nel Libro del Destino, ma questo altererebbe immediatamente l'equilibrio tra Luce e Tenebre. È abbastanza semplice inserire qualche stupida variazione nel destino di un umano qualsiasi. Inserire qualche cambiamento altrettanto insignificante nel destino di un Altro è già più complicato. E quanto più forte è l'Altro in questione e quanto più seria è la variazione che si intende apportare, tanto maggiore è la perturbazione subita da Luce e Tenebre. A questo punto considerate, stimati membri di questo Tribunale, quali potrebbero essere le conseguenze dell'inserimento, nel Libro del Destino di una Grande Maga, di un dato come la futura generazione del Messia?

Nessuno rispose.

— Non solo: chiunque tra noi, tra noi Altri considerati complessivamente, si disincarnerebbe, si ridurrebbe in polvere, se si tentasse una simile modifica — esclamò Geser a voce alta. — Crollerebbe addirittura il mondo! E voi mi accusate di un atto del genere?

— Mago della Luce Geser, quali modifiche ha dunque introdotto nel Libro del Destino di Svetlana Nazarova?

Geser allargò le braccia. — Delle sciocchezze! È mio dovere preoccuparmi dei miei collaboratori, sì o no? Un viaggetto sulla costa italiana, un corso di scuola guida, e qualche altra cosa di questo tipo. Posso presentarle l'elenco dettagliato, se vuole. Niente di importante: i piccoli piaceri che rallegrano la vita degli umani.

Vitezslav rifletté qualche istante e chiese: — E dove ha inserito queste correzioni? Prima o dopo la nascita della più grande delle maghe della Luce?

— Mi pare prima... — sorrise Geser.

— In questo modo ha corretto la data dell'evento. — Vitezslav non glielo stava chiedendo, lo stava semplicemente constatando. — Amplificando le probabilità che la futura figlia di Svetlana diventi il Messia della Luce...

— È possibile — convenne Geser. — E con questo? Io mi sono limitato a migliorare le condizioni di vita di una mia collaboratrice!

— E non avrebbe potuto usare altri metodi per il miglioramento delle condizioni di vita di Svetlana Nazarova? Un viaggio all'estero, un premio in denaro, qualche saggio consiglio?

Geser adesso sembrava sinceramente offeso: — Ho usato quello che avevo sottomano. L'Inquisizione ha tutti i diritti di stupirsi se uso il microscopio per conficcare un chiodo nel muro, certo, ma non può in alcun modo farmene una colpa!

Gli Inquisitori si scambiarono un'occhiata. Questa volta la silenziosa consultazione durò quasi un minuto. Edgar sentì un rivoletto di sudore gelido scendergli lungo la schiena. Che cosa sarebbe accaduto se l'Inquisizione lo avesse riconosciuto colpevole? Disincarnare un Grande Mago è tutt'altra cosa che sistemare un quartetto di finlandesi…

— È un comportamento che non rientra nelle competenze di questo Tribunale — disse alla fine Vitezslav. — Grande Mago Geser, dopo avere ascoltato le sue spiegazioni, l'Inquisizione riconosce che non c'è stata, da parte sua, violazione della lettera del Patto.

— E neppure dello spirito! — precisò Geser perentorio.

— E neppure dello spirito! — ammise il vampiro con irritazione sempre più evidente. — Tuttavia le sue azioni si presentano comunque discutibili e pericolose.

— Non più del tentativo dei Guardiani del Giorno di Mosca di eliminare Svetlana Nazarova poco dopo la sua iniziazione — lo interruppe Geser. — Deve rivolgermi altre domande?

— No — rispose Vitezslav. — Può tornare al suo posto.

Per tutta la durata dell'udienza di Geser, Zavulon era rimasto al margine del circolo degli imputati. Un'ombra discreta, grigia, quasi invisibile. Non sembrava affatto amareggiato che le accuse contro Geser non fossero state accolte. Ed era proprio questo a preoccupare Edgar.

— Mago delle Tenebre Zavulon, l'Inquisizione ha qualcosa da chiedere anche a lei — disse Vitezslav. — L'attacco della setta dei Fratelli di Regin è stato effettivamente l'esito di una sua provocazione?

— Nessuno è tenuto a testimoniare contro se stesso — disse Zavulon con voce sorda.

— È una confessione? — Il vampiro si rianimò di colpo.

— No, è un rimando alla legge. Non ha il diritto di farmi una domanda del genere. Per questo non ho intenzione di rispondere.

— Va bene. Obiezione accolta. Grande Mago Zavulon, ha progettato, allo scopo di contrastare il futuro Messia della Luce, la rianimazione del Grande Mago Fafnir, precipitato nel Crepuscolo e disincarnato più di mille anni fa?

Zavulon aveva continuato a sbattere le palpebre e a questo punto esclamò in tono estremamente stupito: — Qual è la fonte di queste sciocchezze?

— Ha contrastato l'iniziazione di Svetlana Nazarova, mettendo in atto iniziative rivolte contro di lei?

— Sì, nei limiti previsti dal Patto — rispose Zavulon in fretta.

— E Fafnir?

— Quale Fafnir? — chiese Zavulon invece di rispondere. Poi guardò Edgar e ammiccò.

— Perché avete inviato a Praga un agente della Guardia del Giorno che risponde perfettamente ai requisiti necessari alla rianimazione di Fafnir?

— Non ho idea di che cosa stia parlando!

— Ha progettato la realizzazione dei seguenti paralleli: Fafnir-Anticristo, i quattro membri della setta dei Fratelli di Regin-i quattro cavalli dell'Apocalisse...

Zavulon scoppiò a ridere. Rise a lungo, allegramente, emettendo addirittura gridolini, come si ride solo quando si mette a segno una burla molto audace, ma molto divertente. Poi si calmò un po', si asciugò qualche lacrima e disse: — Sono estasiato dal senso dell'umorismo dei rappresentanti dell'Inquisizione. Fafnir è uno psicopatico fuori di testa, io l'ho perfino conosciuto personalmente e l'ultima cosa che desidererei sarebbe rincontrarlo, ma come Messia delle Tenebre non avrebbe nessuna chance! Non è del livello giusto. Diciamo che potrebbe eliminare Svetlana. — Zavulon sorrise. — Ma a quel prezzo? No, cosa le viene in mente? E quegli assurdi maghi finlandesi... cosa... come li ha chiamati? I cavalli dell'Apocalisse?

Edgar si sentì un perfetto idiota. Guardò Vitezslav con occhi imploranti. Ma il vampiro non aveva nessuna intenzione di arrendersi: — Perché ha messo in atto le seguenti iniziative, cioè la preparazione della fine di Alisa Donnikova, interpretabile come sacrificio rituale per una rianimazione, e la commissione, a un famoso pittore moscovita, di due ritratti, quello del mago delle Tenebre Edgar e quello di Fafnir?

Zavulon assunse finalmente un'aria più seria: — Anch'io vorrei riuscire a capire le circostanze della fine di Alisa. Saranno l'oggetto della prossima istruttoria? Per quanto riguarda i ritratti, poi...

Il capo delle Forze delle Tenebre moscovite si passò una mano dietro il colletto della giacca e ne estrasse due quadretti incorniciati, piccoli, all'incirca venti centimetri per trenta.

In uno dei ritratti Edgar, inorridendo, riconobbe effettivamente se stesso. L'altro raffigurava un drago che si dibatteva tra convulsioni terribili. — È un piccolo regalo di Natale per uno dei miei migliori collaboratori. La prego di capire questo vecchio sentimentale.

Nel dire quelle parole, Zavulon fece un passo avanti e tese il ritratto a Edgar. Un bel ritratto, non c'era niente da dire. Ma quello che spaventò di più Edgar fu il sussurro di Zavulon.

— Ma guarda che ragazzo intelligente.

Zavulon tornò nel circolo.

— E l'altro ritratto? — insistette Vitezslav.

— Un'altra piccola concessione al sentimentalismo. Quei Fratelli di Regin mi avevano straziato l'anima. Mi avevano ricordato Fafnir e così ho deciso di farmi fare anche il suo ritratto, come ricordo.

— Non ha progettato di rianimarlo? — lo incalzò Vitezslav. E anche questa volta Zavulon rispose con grande serietà e apparentemente anche con la massima sincerità: — Neppure per un istante. Ci sono modi più tranquilli di raggiungere certi risultati.

Gli Inquisitori si guardarono brevemente.

— Grande Mago Zavulon — disse Vitezslav. — L'Inquisizione non ha altre domande, può tornare al suo posto. Tuttavia notiamo che nel complesso tutte le sue azioni appaiono estremamente ambigue e pericolose.

— Ho capito, ho capito — borbottò Zavulon, mentre già usciva dal cerchio. — Tra poco ci vorrà un permesso anche per mettersi le dita nel naso.

Edgar si girò verso Geser. Era furioso, quel vecchio intrigante? No. Geser aveva addirittura ascoltato le parole di Zavulon con sincero interesse. Cioè, perfettamente convinto che il capo delle Forze delle Tenebre stesse mentendo, ma sinceramente interessato ai dettagli.

D'altra parte, loro sapevano già tutto da prima di entrare in quella sala.

Edgar tentò disperatamente di riordinare i pensieri che sembravano sfuggirgli in mille direzioni. Dunque... Svetlana doveva davvero diventare la madre del Messia e di un Messia femmina, per di più: quella era proprio una sorpresa. Zavulon contrastava quell'eventualità, ma non con la creazione di un Anticristo. Quella era stata solo una manovra diversiva, in cui lui, un mago delle Tenebre neppure troppo stupido, si era comportato con l'ingenuità di un bambino.

Ma qual era allora il centro di tutto?

— L'Inquisizione procede all'esame del caso principale della seduta odierna, di importanza eccezionale per Luce e Tenebre — disse Vitezslav, come in risposta alla sua muta domanda. — Il caso di Igor Dmitrievic Teplov, mago di terzo livello della Guardia della Notte di Mosca. Siete tutti a conoscenza dei materiali relativi al caso?

Nessuno parlò. Tutti ne erano a conoscenza già da molto, molto tempo.

— La parola al rappresentante dell'accusa, Anton Gorodeckij!

Il mago della Luce, sistemato proprio di fronte a Edgar, sollevò la testa. Fece un rapido cenno a Vitezslav: — Sarò breve. La sostanza delle nostre accuse è infatti molto semplice: il qui presente spettabile mago Zavulon ha intenzionalmente inviato Alisa Donnikova all'Artek, sapendo che in quel luogo si trovava anche Igor Teplov, per recuperare le forze perdute. È probabile che Zavulon abbia letto le linee della realtà e abbia capito che, in quelle condizioni, tra Igor e Alisa sarebbe inevitabilmente nato l'amore. Un amore tragico e disperato, perché i due giovani appartenevano a Forze opposte, un amore che si sarebbe concluso con un duello, il cui esito sarebbe stato la fine di uno dei due giovani, mentre quello rimasto in vita sarebbe stato processato dall'Inquisizione. Accusiamo Zavulon di avere coscientemente e cinicamente eliminato... tentato di eliminare — si corresse — l'agente della Guardia della Notte di Mosca Igor Dmitrievic Teplov. Di conseguenza chiediamo all'Inquisizione di annullare l'accusa di violazione del Patto e dell'uccisione di Alisa Donnikova nei confronti di Igor Teplov.

— È tutto? — chiese Vitezslav dopo qualche istante di silenzio.

— No. Chiediamo anche di esaminare la questione della morte, in conseguenza del duello, di un giovane non appartenente agli Altri. Poiché il duello è stato inscenato da Zavulon...

— Obiezione — lo interruppe Zavulon con voce stridula.

— Obiezione accolta — disse il vampiro.

— Poiché riteniamo che il duello sia stato architettato da Zavulon, anche la morte del giovane è da imputare a lui, e non può essere quindi imputata a Igor Teplov. È tutto.

Vitezslav spostò lo sguardo sul capo della Guardia del Giorno: — Può rispondere alla sostanza dell'accusa?

— Non darò nessuna risposta, ho già spiegato il motivo — obiettò freddamente Zavulon.

— La parola al rappresentante della difesa.

Edgar sospirò. E cominciò: — Tutte le congetture del mio collega sono estremamente interessanti. Abbiamo assistito al tentativo di scagionare il colpevole...

— Obiezione! — lo interruppe subito Anton.

— Di scagionare l'imputato — si corresse Edgar. — Igor Teplov è colpevole dell'omicidio della giovane strega Alisa Donnikova. Che - e questa è la cosa più orribile - lo amava con tutto il cuore. Non solo. Igor Teplov, travolto dalla sua maniacale passione, ha ucciso anche il ragazzo Makar Kanevskij. Ha ucciso un bambino, un piccolo umano che aveva tutti i diritti di continuare a vivere. Ma non è ancora tutto: in conseguenza del massiccio prelievo di forza ai danni dei bambini in vacanza presso l'Artek, sette di loro nei tre mesi successivi hanno sofferto di incubi notturni. E sono stati registrati due casi di enuresi persistente. Il piccolo Jurik Semeckij, di nove anni, residente a Mosca, un mese dopo il rientro a casa è morto per asfissia mentre faceva il bagno. Non sappiamo ancora se anche questa sia una conseguenza delle azioni del Mago della Luce Igor Dmitrievic Teplov.

Guardò l'imputato. Il volto di Igor era di pietra, impenetrabile, vuoto.

— Le Forze della Luce possono provare ad avanzare le loro inconsistenti accuse — disse Edgar. — Senza peraltro provarle, senza minimamente preoccuparsi di spiegare perché la Guardia del Giorno di Mosca avrebbe dovuto sacrificare una collaboratrice giovane e promettente, già molto apprezzata dalla direzione, per eliminare un mediocre mago della Luce di terzo livello. È una questione che lasciamo alla loro coscienza. Noi chiediamo soltanto all'Inquisizione di esaminare la situazione in modo imparziale e di punire il colpevole di avere infranto il Patto.

Edgar prese fiato prima di lanciarsi nell'ultima tirata, quella decisiva: — Più volte abbiamo sentito la storia dei maghi della Luce che, dopo aver compiuto qualche azione eticamente riprovevole, si dissolvono di loro stessa iniziativa. Svaniscono nel Crepuscolo, non resistendo alla vergogna. L'abbiamo sentito raccontare tante volte. Io però, per esempio, non ho mai avuto l'occasione di assistere a questo spettacolo. Probabilmente Igor Teplov considera l'omicidio di una ragazza innamorata di lui, così come la morte e le sofferenze di diversi bambini piccoli e innocenti, un'azione eticamente irreprensibile.

Tacque.

Gli Inquisitori si guardarono. Poi Vitezslav disse: — Le parti possono produrre qualche prova delle loro tesi?

Geser rimase muto. Zavulon chiese in tono stupito: — Mi scusi, ma che prova posso fornire di non essere un cammello? Sono coloro che hanno inventato certe assurdità che le devono provare!

— L'Inquisizione ha ascoltato il parere delle parti — disse il vampiro. — Imputato, vuole aggiungere qualcosa?

Igor Teplov fece un cenno affermativo. — Sì. Ammetto che le mie azioni non sono state sempre completamente giustificate e mi dolgo delle loro conseguenze. Io… ero molto… — Igor si confuse, ma riprese in fretta: — Avevo i migliori sentimenti nei confronti di Alisa Donnikova, ma la scoperta che si trattava di una strega delle Tenebre mi ha gettato in una sorta di raptus. Non chiedo indulgenza, e mi sono già condannato da solo. Ma… — Si voltò bruscamente verso Zavulon: — Il vero assassino sei tu! Tu hai mandato Alisa a morire! E proprio per questo sono costretto a vivere, perché la tua infamia non ti porti alcun vantaggio!

Zavulon si limitò ad allargare le braccia e a sospirare profondamente.

— Ha delle prove di quanto ha detto? — chiese il vampiro.

Igor scosse la testa.

— Il Tribunale capisce tutta l'importanza della presente udienza — disse Vitezslav. — Nonostante il fatto che nessuna delle parti abbia prodotto alcuna prova, l'Inquisizione ritiene di estrema importanza individuare il vero colpevole. A questo scopo…

Edgar improvvisamente vide che Zavulon stava cambiando espressione: si era come bloccato a metà di un sorriso triste.

— A questo scopo l'Inquisizione continua l'interrogatorio dei testimoni. Alisa Donnikova sarà sottoposta a una temporanea reincarnazione.

— Obiezione! — Zavulon si era alzato. — Questo caso non presenta caratteristiche di importanza tale da disturbare la pace di chi ci ha lasciati.

— Obiezione respinta. L'Inquisizione chiede ad Anna Tichonovna, qui presente su richiesta dell'Inquisizione, di portarsi al centro della sala. Il suo corpo sarà utilizzato per la temporanea reincarnazione di Alisa Donnikova.

La Tichonovna cominciò a strillare. Ma già i due giovani Inquisitori di scorta la stavano conducendo nel mezzo della sala, ignorando i suoi tentativi di divincolarsi.

— Tutto il dispendio energetico del presente processo sarà inserito sul conto della Guardia della Notte di Mosca senza alcun indennizzo, qualunque sia l'esito della prova — proseguì Vitezslav. — Grande Mago Geser, dispone della riserva di forza necessaria?

— Sì — Geser si alzò in piedi. — Posso sostenere l'operazione.

Edgar ebbe l'impressione di smarrire completamente il filo degli eventi. Che cosa aveva di tanto speciale quell'Igor Teplov? Per lui Zavulon aveva sacrificato un'amante, e Geser era disposto a impiegare una quantità di forza semplicemente mostruosa.

— Procedere alla reincarnazione — dichiarò Vitezslav. — Qualsiasi tentativo di opposizione sarà punito con morte immediata e definitiva.

Alcuni maghi dell'Inquisizione fecero un piccolo movimento in avanti, mentre Geser con un sospiro si avvicinava alla Tichonovna. Quella strillò un'altra volta, e poi tacque, fissando il mago della Luce con occhi vitrei.

Edgar fu costretto a socchiudere gli occhi.

Al centro della sala infuriava una tale tempesta di energia che fissarla era decisamente impossibile. Sentì che gli Inquisitori erigevano una serie di barriere magiche attorno a Geser e alla Tichonovna. Sentì che quelle barriere franavano una dopo l'altra sotto l'impeto di una forza inimmaginabile. E poi sentì i fremiti del Crepuscolo, attraversato in tutta la sua profondità, strato dopo strato. Prima quelli che Edgar conosceva bene e poi altri, di cui non aveva mai neppure sospettato l'esistenza. Se quella era una reincarnazione temporanea, che cosa doveva accadere per una reincarnazione definitiva?

La tempesta si calmò. Geser tornò lentamente al suo posto.

Al centro della sala c'erano tre persone: l'Inquisitore Vitezslav, il mago della Luce Igor Teplov e la strega delle Tenebre Alisa Donnikova.

Alisa si contorceva, tossiva, si portava le mani alla gola.

Edgar si sentì mancare. Non sapeva che cosa succedesse agli Altri, là nel Crepuscolo. E non voleva neppure saperlo, a essere sinceri. Ma adesso Alisa era rientrata in sé esattamente nello stesso momento in cui si era conclusa la sua esistenza umana: era tornata alla vita con un dolore lancinante nei polmoni e l'acqua di mare che quasi la soffocava, mentre tentava disperatamente di liberarsi dalla pressione di Igor Teplov.

— Alisa Donnikova — disse il vampiro. Perfino a lui tremava la voce. La reincarnazione temporanea è una procedura rara, estremamente rara… — Lei è stata sottoposta a una temporanea reincarnazione e si trova nella sede del Tribunale europeo dell'Inquisizione a Praga. Capisce le mie parole?

Alisa Donnikova si era raddrizzata e aveva quasi smesso di rantolare. E guardava Igor Teplov. Soltanto lui.

— Capisce le mie parole? — ripeté Vitezslav.

— Perché a Praga? — chiese Alisa. Continuava a respirare, profondamente, rapidamente, come se non potesse saziarsi dell'aria umida di quello scantinato.

— Questo non importa, Alisa Donnikova. Lei è stata richiamata nel nostro mondo come testimone. Dalle sue parole dipendono molte cose.

— E potrò rimanere qui? Di nuovo? Per sempre? — chiese Alisa.

Ma guardava solo Igor.

— No — rispose onestamente l'Inquisitore. — Risponderà alle domande spontaneamente?

Alisa raddrizzò il capo. Con una sorta di disperata fierezza.

— Sì. Risponderò a tutte le domande, Inquisitore. Cominciamo.

Ma guardava solo Igor.

— Le domande riguardano il suo duello con il qui presente Mago della Luce Igor Teplov. La sfida per il duello che ha ricevuto è stata formulata secondo tutte le regole?

— Sì.

— Le è stata riconosciuta la possibilità di rifiutare il duello e allontanarsi?

— Sì.

— Alisa Donnikova, lei accusa Igor Teplov della sua morte?

Alisa sorrise. Alzò una mano, senza girarsi, ma indicando chiaramente Zavulon.

— No.

Guardava soltanto Igor.

— Non ha nessuna rivendicazione da avanzare nei confronti del suo… avversario?

Alisa si limitò a scuotere la testa.

— Alisa Donnikova, può accusare qualcuno dei presenti di avere provocato gli infelici eventi che hanno portato alla sua morte?

— Zavulon — disse Alisa in tono di assoluta indifferenza. — È stata una sua operazione.

— Stupida codarda! — gridò Zavulon. — Tanto non ti reincarneranno lo stesso! Che cosa stai facendo, strega?

E solo allora Alisa si voltò verso di lui. Per un attimo. E sotto il suo sguardo il capo delle Forze delle Tenebre tacque.

— Zavulon, hai dimenticato quello che mi hai detto quando ti ho invocato, mentre l'acqua del mare mi soffocava?

— Stupida sciocchina vendicativa — replicò Zavulon, ma già più tranquillo.

Alisa scosse la testa. Guardò di nuovo Igor. E in un tono pieno di disprezzo disse: — Che cosa c'entra la vendetta? Anche l'amore è una grande forza, Zavulon.

— L'Inquisizione non ha altre domande — disse Vitezslav in fretta. — Signori, ritengo che prolungare questa scena sia indegno degli Altri. Nei confronti di Igor Teplov è ritirata ogni accusa. Alisa Donnikova può... può... tornare indietro.

Edgar vide come in sogno Geser che si alzava. Vittorioso, solenne. E Zavulon che si accasciava sulla sua panca. Zavulon sconfitto.

Soltanto quando i volti dei Grandi Maghi ebbero un nuovo fremito di smarrimento, tornò a guardare verso il centro della sala. Alisa Donnikova era scomparsa. Il suo corpo si era ridotto, disciolto, e come un'ombra leggera era svanito nel Crepuscolo. La Tichonovna, carponi, strisciò in fretta ai piedi di Zavulon.

Ma era scomparso anche Igor Teplov, svanito nel Crepuscolo.

Edgar non aveva mentito.

E davvero, per la prima volta in vita sua, aveva visto come si dissolve un mago della Luce.

Volontariamente.

Senza convulsioni, senza grida, senza flussi di forza.

Soltanto per un attimo Igor Teplov, già quasi completamente trasformato in ombra, si era voltato verso i suoi compagni e li aveva guardati con aria colpevole. Per il resto aveva fissato solo Alisa. Ed era scomparso.

Il Crepuscolo tornò a chiudersi. L'aria nella sala era gelida, sulle pareti correvano bianchi fili di brina, che formavano una strana decorazione funebre. Sul viso di Zavulon si andava disegnando un sorriso di trionfo. Geser fissava il cerchio al centro della sala con aria triste.

— Allora? — si mise a gridare Zavulon. — Allora? E adesso? Dov'è il tuo precettore? Dov'è l'unico mago in grado di allevare il Messia della Luce?

Scoppiò a ridere, battendo le mani sulla testa della Tichonovna, ancora in ginocchio ai suoi piedi. Poi disse, questa volta rivolgendosi all'Inquisizione: — Sì, è vero che è stata un'operazione della Guardia del Giorno, sempre condotta nei limiti del Patto. Uno scambio tra due figure dello stesso valore: Alisa Donnikova per Igor Teplov. Ci sono altre contestazioni?

— Non ci sono altre contestazioni da parte dell'Inquisizione — disse lentamente il vampiro. Si passò una mano sulla fronte. — Considerando tutte le circostanze, l'Inquisizione prenderà in esame la possibilità di una reintegrazione accelerata della forza di Svetlana Nazarova. Ma questo più avanti. Tutti possono lasciare la sala.

La prima ad alzarsi dal suo posto fu Svetlana.

Si avvicinò a Zavulon e rimase un attimo immobile di fronte a lui, fissandolo negli occhi. Edgar d'un tratto pensò, con un colpo al cuore, che la maga stesse per colpire il capo della Guardia del Giorno.

Ma Svetlana si limitò a sussurrargli qualcosa. Poi si voltò bruscamente e uscì.

Edgar si allontanò dal suo posto. Aveva le gambe come di pietra. Per poco non andò a sbattere contro Geser, preoccupato, abbattuto, sprofondato nei suoi pensieri. In quel momento fu scostato da Anton che voleva parlare con il Grande Mago: — Quindi la figlia di Svetlana potrà essere un'Altra, ma non diventerà il Messia della Luce?

Geser annuì.

— Perché? — chiese ottusamente Anton. — Svetlana stessa può…

— Essere una Grande Maga e allevare una Grande Maga sono due cose completamente diverse — disse Geser con voce stanca. — Io… per ora non vedo un personaggio paragonabile a Igor. Non immaginavo che amasse tanto quella strega! Avrei trovato un'altra strada.

— Di chi sarà la figlia? — gli chiese improvvisamente Anton. — Di Svetlana e di…

Geser a un tratto lo guardò con aria irritata: — Di chi? Smettila di stare qui come uno scemo, a fissare un vecchio idiota, e vai a cercare la tua donna, magari sarà tua quella figlia!

Anton annuì confuso.

E si precipitò fuori dalla sala.

Anche Edgar avrebbe voluto fare un paio di domande a Geser, ma colse lo sguardo del Grande Mago della Luce e preferì non correre rischi. Si voltò e percorse la sala, camminando sul pavimento grigio di marmo verso lo stretto cuneo dove stavano gli Inquisitori, cercando di mantenersi sulla linea di divisione tra la metà nera e quella bianca.

Gli Inquisitori stavano già depositando i loro mantelli. Uno di essi lanciò con noncuranza il proprio sulle braccia di Vitezslav, aprì il portale e scomparve. Gli altri lasciarono la sala più normalmente, attraverso la porta.

Il vampiro guardò Edgar. Gli chiese: — Vuole provarlo?

— Non so se è un modello adatto a me — rispose Edgar piano.

— Chi lo sa? Però vale la pena di provarlo. O ha intenzione di tornare a Mosca?

Edgar prese con delicatezza il grigio mantello tutto spiegazzato. Poi chiese un po' goffamente: — Mi scusi… che cosa ha detto Svetlana a Zavulon?

— Gli Inquisitori devono avere un buon udito. — Sul volto del vampiro balenò un sorriso obliquo. — Quasi niente, comunque. Io la definirei una maledizione, ma le Forze della Luce sono incapaci di lanciare maledizioni. Gli ha detto: «Che nessuno ti ami mai più.»

Edgar annuì. Si strinse nelle spalle e disse: — A lui sai quanto gliene importa?

Giugno - ottobre 1999
Mosca, Nikolaev, Lazurnoe

SERGEJ LUK'JANENKO

I GUARDIANI DEL CREPUSCOLO

Traduzione di Matteo Falcucci e Leo Sorcetti

Leo Sorcetti ringrazia Filippo Nativi
per la sua preziosa consulenza.

Il testo che segue non assume alcuna rilevanza per la causa della Luce.

La Guardia della Notte

Il testo che segue non assume alcuna rilevanza per la causa delle Tenebre.

La Guardia del Giorno

PRIMA STORIA

IL TEMPO DI NESSUNO

traduzione di Leo Sorcetti

PROLOGO

I veri cortili a Mosca scomparvero negli anni Ottanta e Novanta, nel periodo compreso tra le morti dei due cantautori più amati dai moscoviti: prima se ne andò Vysockij, poi Okudzava.

Strano. Persino dopo la Rivoluzione d'Ottobre, quando nelle case (con il pretesto della lotta contro la schiavitù domestica) venivano eliminate le cucine, a nessuno passò per la testa di attentare ai cortili. Ogni fiero palazzo staliniano, affacciato con il suo unico lato bello sul viale più vicino, possedeva necessariamente un cortile. Un cortile ampio, pieno di verde, di tavolini e panche, con uno spazzino proprio, che se ne stava lì a raschiare l'asfalto tutte le sante mattine. Poi giunse l'ora delle case popolari, dei prefabbricati krusceviani a cinque piani, e i cortili si raggomitolarono e divennero sempre più pelati. Gli spazzini di una volta trovarono forse altrove pavimenti migliori da pulire e vennero soppiantati dalle addette alle pulizie, che ritenevano loro dovere tirare le orecchie ai ragazzetti troppo esuberanti e rimproverare gli inquilini che rincasavano ubriachi. I cortili, però, continuarono ancora a vivere.

In seguito, come in risposta all'aumento della statura media della popolazione, i palazzi si proiettarono verso l'alto. Passarono da nove a dodici piani, se non addirittura a ventiquattro. Così, come se a ogni casa venisse concesso un determinato volume e non una superficie, i cortili rinsecchirono, ritirandosi fin sotto gli androni. Gli androni spalancarono le porte direttamente sulle strade trafficate, e le addette alle pulizie scomparvero, cedendo il posto agli operatori comunali.

Un po' di tempo dopo i cortili fecero il loro ritorno ma, come se si sentissero offesi per la trascuratezza di una volta, non davanti a tutte le case. I nuovi cortili erano circondati da alte recinzioni, nelle portinerie si stabilirono giovanotti palestrati, sotto i prati all'inglese si celarono parcheggi sotterranei. In questi cortili i bambini giocavano sotto lo sguardo vigile delle baby-sitter, gli inquilini ubriachi venivano estratti dalle loro Mercedes e BMW da guardie del corpo abituate a tutto, e i nuovi spazzini raccoglievano l'immondizia dai prati all'inglese con apposite macchinette tedesche.

Tutta la Russia conosceva i grattacieli sulla riva del fiume Moscova. Divennero il nuovo simbolo della capitale, sostituendo il Cremlino sbiadito e i Magazzini Centralizzati Universali di sovietica memoria, ridotti ormai al rango di un centro commerciale qualsiasi. Un lungofiume con il porticciolo privato, androni abbelliti da stucchi veneziani, caffè e ristoranti, saloni di bellezza e supermercati e, com'è ovvio, appartamenti di due, trecento metri quadrati. Evidentemente la nuova Russia aveva bisogno di un simbolo così, pomposo e kitsch come la massiccia catena d'oro al collo del nuovo ricco all'epoca del primo accumulo di capitale. Non era poi importante che la maggior parte degli appartamenti da tempo acquistati rimanesse vuota, che caffè e ristoranti restassero chiusi in attesa di tempi migliori, e che contro l'argine in cemento del fiume s'infrangessero onde sporche e inquinate.

L'uomo che stava passeggiando sul lungofiume in una calda serata d'estate non aveva mai portato al collo una catena d'oro. Aveva tanto fiuto da supplire al buon gusto.

Al momento giusto cambiò la tuta Adidas confezionata in Cina con una giacca color lampone. In seguito fu il primo a rinunciare alla giacca color lampone a favore di un completo *by* Versace. Riuscì persino a scegliersi in anticipo lo sport giusto: buttò via la racchetta da tennis, svago del momento perché preferito da Eltzin, e passò allo sci alpino, che poi si sarebbe rivelato il passatempo di Putin, e lo fece un mese prima di tutti i funzionari del Cremlino… E poco importava che, alla sua età, l'unico piacere che ne traeva fosse lo stare fermo sugli sci senza cadere.

Preferiva risiedere nella villetta fuori città a Gorki-9 e frequentava l'appartamento con le finestre sul fiume solo in compagnia dell'amante.

D'altronde stava meditando di rinunciare anche all'amante fissa. Nessun Viagra era in grado di trionfare sull'età, mentre la fedeltà coniugale stava diventando di moda.

L'autista e la guardia del corpo erano sufficientemente lontani per non sentire la voce del padrone. D'altro canto, anche se il vento avesse portato fino a loro qualche brandello di parola, c'era forse qualcosa di strano?

Forse una persona non aveva diritto di parlare un po' tra sé al termine di una giornata lavorativa, ascoltando in solitudine lo sciabordio delle onde? Non esiste al mondo nessun interlocutore più comprensivo di se stessi.

— Nonostante tutto, ripeto la mia proposta — disse l'uomo. — La ripeto ancora.

Il fioco scintillio delle stelle penetrava a fatica lo smog cittadino. Sulla riva opposta del fiume si stavano illuminando le minuscole finestre dei palazzoni popolari privi di cortili. Degli eleganti lampioni schierati su tutto il lungofiume ne erano accesi solo uno su cinque, e anche questi parevano splendere unicamente per assecondare un capriccio del grand'uomo che aveva avuto la fantasia di fare una passeggiata sulla riva del fiume.

— La ripeto ancora — sussurrò l'uomo.

Un'onda s'infranse portando una risposta: — Non è possibile. Non è assolutamente possibile.

L'uomo nel porticciolo non si fece impressionare dalla voce proveniente dal nulla. Annuì e domandò: — E se provassi con i vampiri?

— I vampiri potrebbero iniziarla — convenne l'invisibile interlocutore. — Se lei potesse accontentarsi di un'esistenza da non morto… No, non voglio mentirle: la luce del sole dà loro fastidio, ma non è mortale. Non ci sarà nemmeno bisogno di rinunciare al risotto all'aglio.

— Allora qual è il problema? — domandò l'uomo, portandosi involontariamente una mano al petto. — Si tratta dell'anima? Della necessità di bere sangue?

La voce ridacchiò sommessamente. — Solo della fame. Di una fame incessante ed eterna. E del vuoto dentro. Non le piacerà, ne sono certo.

— Cos'altro c'è?

— I mutantropi — replicò quasi allegra la voce. — Anche loro sono in grado di iniziare un umano. Anche i mutantropi, però, sono una forma inferiore degli Altri delle Tenebre. Per la maggior parte del tempo va tutto a meraviglia, ma all'arrivo della crisi non riuscirà più a controllarsi. Tre, quattro notti al mese. A volte di meno, a volte di più.

— La luna nuova — annuì l'uomo, dimostrando di averlo intuito da solo.

Il vuoto ridacchiò di nuovo: — No. Le crisi dei mutantropi non sono legate al ciclo lunare. Avvertirà l'avvicinarsi della follia dieci, dodici ore prima del momento della trasformazione. Ma nessuno potrà tracciargliene un grafico ben preciso.

— Non va — commentò freddamente l'uomo. — Ripeto la mia... richiesta. Voglio diventare un Altro. Non un Altro inferiore che cade in preda a crisi di animalesca pazzia. Nemmeno un Grande Mago che compie grandi imprese. Un Altro più comune, un normale Altro. Com'è che si direbbe nei termini della vostra classificazione? Di settimo livello?

— È impossibile — rispose la notte. — Lei non possiede le qualità di un Altro. Nemmeno una. Si può insegnare a suonare il violino a una persona che non ha orecchio. Si può diventare un atleta non essendo fisicamente dotato. Ma lei non può diventare un Altro. Appartiene a un'altra specie. Mi dispiace molto.

L'uomo sul lungofiume scoppiò a ridere: — Non esiste niente di impossibile. Se le forme inferiori degli Altri sono capaci di iniziare gli umani, deve per forza esistere anche il modo per trasformarsi in un mago.

Il buio non replicò.

— E poi non ho detto che voglio diventare un Altro delle Tenebre. Non provo alcun desiderio di bere sangue innocente, né di rincorrere vergini nei campi, e neppure di lanciare il malocchio con disgustosi sghignazzi — continuò irritato l'uomo. — Con un piacere ben maggiore mi metterei a fare qualcosa di buono. Insomma, le vostre faide intestine mi sono del tutto indifferenti!

— È... — disse la notte con voce stanca.

— È un problema vostro. Vi do una settimana. Dopo vorrei avere un riscontro alla mia richiesta.

— Richiesta?

L'uomo sul lungofiume abbozzò un sorriso: — Sì. Per ora mi limito a chiedervelo.

Si voltò e si diresse verso la macchina. Era una Volga che sarebbe tornata di moda circa sei mesi dopo.

Capitolo 1

Anche se il mio lavoro mi piace, l'ultimo giorno di vacanza mi mette sempre angoscia. Solo una settimana prima mi arrostivo su una linda spiaggetta spagnola, assaporavo la paella (a essere sincero, il pilaf uzbeco è più gustoso), bevevo in un ristorantino cinese la sangria fresca (com'è che i cinesi la fanno meglio degli spagnoli?) e andavo in giro per piccole botteghe a comprare cianfrusaglie del genere souvenir turistico.

In quel momento però c'era di nuovo Mosca d'estate, non proprio torrida, ma spossante e afosa. Era l'ultimo giorno di vacanza e la testa non ce la faceva più a riposare, però rifiutava categoricamente qualsiasi tipo di sforzo.

Forse proprio per questo risposi con gioia alla chiamata di Geser.

— Buongiorno, Anton — attaccò il Capo. — Bentornato. Mi hai riconosciuto?

Da un po' di tempo avevo cominciato a distinguere le chiamate di Geser. Sembrava che il trillo del telefono si modificasse, acquisendo una sfumatura esigente, dirigenziale.

Ma certo non lo raccontai al Capo.

— L'ho riconosciuta, Boris Ignatevic.

— Sei solo?

Domanda inutile. Ero sicuro che sapesse benissimo dove si trovava Svetlana in quel momento.

— Sì. Le fanciulle sono alla dacia.

— Questa è una buona cosa — sospirò il mio superiore, e nella sua voce vibrarono note quasi del tutto umane. — Anche Olga è partita per le vacanze, ha preso l'aereo stamattina. Metà del personale è al mare a scaldarsi le ossa. Potresti fare un salto in ufficio adesso?

Non feci in tempo a rispondere, che Geser proseguì: — Ottimo! Allora ci vediamo tra quaranta minuti.

Avrei avuto voglia di dargli del patetico guitto da quattro soldi. Dopo aver riagganciato, ovvio. Ma non dissi una parola. In primo luogo il Capo avrebbe potuto sentire le mie parole anche senza telefono. In secondo luogo di lui si poteva dire di tutto, tranne che fosse un guitto da quattro soldi. Preferiva semplicemente risparmiare tempo. Se stavo per dirgli che sarei arrivato quaranta minuti dopo, perché mai sprecare tempo ad ascoltarmi?

E ancora un'altra cosa: ero contento della chiamata. La giornata si prospettava molto noiosa. Sarei potuto andare alla dacia solo la settimana successiva. Per fare le pulizie in casa era troppo presto: come ogni uomo che si rispetti, in assenza della famiglia le faccio una volta sola, l'ultimo giorno della mia parentesi da scapolo. E non avevo voglia di andare a trovare qualcuno o di invitare ospiti a casa. Quindi era molto meglio tornare al lavoro in anticipo, per poter chiedere un giorno di permesso nel momento del bisogno.

Anche se da noi non si usa chiedere permessi.

— Grazie, Capo — risposi con la voce carica di gratitudine. Mi scollai dalla poltrona e misi da parte il libro, che non ero riuscito a finire di leggere. Mi stiracchiai.

Il telefono squillò un'altra volta.

Certo, Geser sarebbe stato capace di richiamare solo per dire "per favore". Ma a questo punto si sarebbe trattato di un'autentica pagliacciata!

— Pronto! — dissi con il tono da grande uomo d'affari.

— Anton, sono io.

— Sveta! — esclamai, risedendomi in poltrona. Poi m'irrigidii subito: Svetlana non aveva una bella voce. Sembrava preoccupata. — È successo qualcosa a Nadja?

— Tutto a posto — rispose sbrigativa. — Non preoccuparti. Dimmi piuttosto come stai tu.

Feci un esame di coscienza per alcuni istanti: non avevo organizzato nessun baccanale, non avevo portato a casa donne, non avevo ridotto l'appartamento a una discarica, lavavo persino i piatti… Poi ci arrivai da solo. — Ha chiamato Geser. Appena prima di te.

— Cosa voleva?

— Niente di che. Mi ha chiesto di andare a lavorare oggi.

— Anton, ho percepito qualcosa. Qualcosa di brutto. Gli hai detto di sì? Vai a lavorare?

— Perché no? Non ho proprio niente da fare.

Svetlana rimase in silenzio. Poi riprese a parlare: — Sai, ho sentito come una fitta al cuore. Ci credi che le avverto, le disgrazie in arrivo?

Ridacchiai: — Certo, Svetlana la Grande.

Lei s'infiammò di colpo. Come sempre, quando la chiamavo "la Grande": — Anton, cerca di essere serio! Ascoltami bene… Se Geser ti offre qualcosa, rifiuta.

— Sveta, se Geser mi ha chiamato, vuol dire che sta per propormi qualcosa. Vuol dire che mancano braccia. Dice che sono tutti in ferie.

— Quel che gli manca è la carne da macello — tagliò corto Svetlana. — Anton… E va bene, tanto non mi daresti retta lo stesso. Almeno stai attento.

— Sveta, non penserai sul serio che Geser voglia inguaiarmi? Comprendo il tuo atteggiamento nei suoi confronti…

— Stai attento — ripeté. — Per noi. D'accordo?

— D'accordo — promisi. — Sono sempre molto attento.

— Ti chiamo se avverto qualcosa di nuovo — disse Svetlana. Sembrava un po' più calma. — Chiamami anche tu. Va bene? Se ti capita una cosa anche leggermente insolita, chiama. D'accordo?

— Ti chiamerò.

Tacque per alcuni istanti, ma prima di riagganciare disse: — Perché non ti ritiri dalla Guardia, mago della Luce di secondo livello?

La conversazione terminò con questa piccola punzecchiatura. Eravamo d'accordo di non sollevare mai l'argomento. Avevamo stretto questo patto da un pezzo, circa tre anni prima, quando Svetlana aveva lasciato la Guardia della Notte. Non avevamo mai infranto la promessa. Certo, parlavo a mia moglie del lavoro, delle imprese che mi piaceva ricordare. Mi ascoltava sempre con interesse. Aveva aspettato proprio quel momento per sbottare…

Forse aveva davvero percepito qualcosa di brutto?

Mi preparai malvolentieri a uscire e ci misi un sacco di tempo. Indossai un completo, poi lo cambiai con i jeans e una camicia a quadretti; alla fine, fregandomene di tutto, m'infilai gli short e una maglietta nera con la scritta UN MIO AMICO È STATO IN COMA, MA TUTTO CIÒ CHE MI HA PORTATO DALL'ALDILÀ È QUESTA MAGLIETTA! Sarei sembrato un gioviale turista tedesco, però in compenso avrei conservato almeno l'apparenza dello spirito vacanziero agli occhi di Geser.

Il risultato fu che uscii di casa venti minuti prima dell'appuntamento con il Capo. Mi toccò cercare un taxi, e dovetti anche suggerire all'autista gli itinerari lungo i quali non avremmo trovato ingorghi.

L'autista accettò i suggerimenti molto malvolentieri. In compenso non arrivammo in ritardo.

Gli ascensori non funzionavano. Con aria indaffarata un gruppo di giovanotti in tuta blu vi stava caricando dentro dei sacchi di cemento. Imboccai le scale e scoprii che al primo piano del nostro palazzo era in corso una ristrutturazione. Alcuni muratori stavano rivestendo le pareti con pannelli di cartongesso, altri operai erano impegnati a stuccare. Contemporaneamente veniva montato il controsoffitto, in cui erano già stati nascosti i tubi dell'impianto di condizionamento.

Voleva dire che il nostro responsabile amministrativo Vitalij Makarovic ce l'aveva fatta. Era riuscito a costringere il Capo ad autorizzare una ristrutturazione completa ed era persino stato in grado di recuperare i soldi da qualche parte.

Mi trattenni un attimo per dare un'occhiata agli operai attraverso il Crepuscolo. Umani. Non Altri. Com'era logico. L'unica cosa che mi sembrò sospetta era l'aura di uno degli stuccatori, un omuncolo dall'aspetto del tutto insignificante; ma un istante dopo mi resi conto che era semplicemente innamorato. Della sua stessa moglie. Però! Nel mondo non si era ancora estinta la brava gente!

I lavori al secondo e al terzo piano erano già stati ultimati, e questo fatto mi mise definitivamente di buon umore. Finalmente anche nel reparto informatico sarebbe arrivato il fresco. Anche se ormai ci mettevo piede non proprio tutti i giorni, era comunque... Senza rallentare il passo, salutai gli addetti alla sicurezza sistemati al piano evidentemente solo per la durata del cantiere. Piombai davanti all'ufficio di Geser, dove Semen, con aria molto seria, stava facendo un predicozzo a Julja.

Come vola il tempo! Tre anni prima Julja era ancora una bambina. Ormai si era trasformata in una bella ragazza e in una maga molto promettente. Le avevano già offerto lavoro negli uffici europei della Guardia della Notte. A quelli là piaceva proprio mettere le mani sui giovani di talento, accompagnando i loro adescamenti con sproloqui di ogni tipo sul conto della Grande Causa Comune.

Questa volta il trucchetto non aveva funzionato. Geser era riuscito sia a tenersi Julja sia a spaventare i colleghi stranieri, minacciando di mettersi personalmente a reclutare la gioventù europea.

Sarebbe stato comunque interessante sapere quale fosse il desiderio dell'interessata.

— Ti hanno richiamato? — domandò Semen non appena mi vide, interrompendo la conversazione. — Oppure non ne potevi più di divertirti?

— Entrambe le cose — confessai. — È successo qualcosa di brutto? Ciao, Julja.

Chissà perché io e Semen non ci salutiamo mai. Come se ci fossimo già incontrati poco prima. Lui ha sempre lo stesso aspetto da sempliciotto sciatto con la faccia da contadino trasferitosi in città.

Quel giorno, poi, era ancora meno appariscente del solito.

— Ciao, Anton. — La ragazza sorrise. La sua espressione non era per nulla allegra. Sembrava che Semen le stesse facendo una delle severe paternali in cui era un gran maestro.

— Non è successo proprio niente — mi rispose Semen. —

Calma piatta. La settimana scorsa abbiamo preso due streghe, ma anche quelle per stupidate.

— Meglio così — commentai, cercando di non far caso allo sguardo abbattuto di Julja. — Vado dal Capo.

Semen annuì e si girò verso la ragazza. Entrando nell'anticamera feci in tempo a captare: — Ci risiamo, Julja. Sono sessant'anni che mi occupo di questa cosa, ma una mancanza di responsabilità di queste proporzioni…

Era severo. Ma non avrebbe mai sgridato nessuno senza un valido motivo, quindi non avevo la minima intenzione di sottrarre Julja a quella chiacchierata.

Nell'anticamera si sentiva il delicato sussurro dell'aria condizionata. Il soffitto era stato decorato con minuscole lampade alogene e dietro la scrivania stava seduta Larisa. Evidentemente Galocka, la segretaria di Geser, era partita per le vacanze, mentre le nostre centraliniste non erano poi tanto cariche di lavoro.

— Buongiorno, Anton — mi salutò Larisa. — Ti vedo bene.

— Due settimane in spiaggia — replicai tutto fiero.

Larisa sbirciò l'orologio: — Ho l'ordine di farti entrare subito. Ma il Capo è ancora impegnato con dei visitatori. Ci vai lo stesso?

— Sì. Altrimenti avrò fatto una corsa per niente.

— Boris Ignatevic, c'è Gorodeckij — annunciò Larisa nell'interfono. Mi fece un cenno col capo: — Vai. Fa caldo là dentro.

Nell'ufficio di Geser faceva davvero caldo. Davanti alla sua scrivania stavano soffrendo, sprofondati nelle poltrone, due sconosciuti di mezza età, che tra me battezzai "il Magro" e "il Grasso". Entrambi erano madidi di sudore.

— Non è possibile! — li rimproverò Geser, lanciandomi un'occhiata di sbieco. — Entra pure, Anton. Accomodati, sto finendo.

Il Magro e il Grasso si agitarono.

— Una mediocre casalinga, travisando tutti i fatti, semplificando e rendendo tutto più banale, vi frega in quel modo. Su scala mondiale!

— Ci riesce proprio perché semplifica e banalizza — bofonchiò il Grasso.

— Lei stesso ha ordinato di farlo «in modo completo e totale»

— lo spalleggiò il Magro. — Ecco il risultato, Luminoso Geser!

Scrutai i visitatori attraverso il Crepuscolo. Pensa un po'! Umani anche loro. Ma nonostante questo conoscevano il nome e il titolo del Capo e, come se non bastasse, li pronunciavano con palese sarcasmo. Tutto è possibile, ma Geser che si rivela agli umani…

— Va bene — disse Geser. — Vi concedo un ulteriore tentativo. Questa volta però lavorerete ognuno per conto proprio.

Il Grasso e il Magro si scambiarono rapide occhiate.

— Ce la metteremo tutta — replicò il Grasso con un gioviale sorriso. — Lo capisce anche lei che abbiamo raggiunto un certo successo.

Geser sbuffò. Come se avessero ricevuto un segnale invisibile, i visitatori si alzarono, gli strinsero la mano e se ne andarono. Nell'anticamera il Magro disse qualcosa di malizioso a Larisa, che gli rispose con una risata.

— Umani? — m'informai.

Geser annuì, lanciando uno sguardo carico di disprezzo alla porta. Sospirò: — Umani, già. Avanti, Gorodeckij. Siediti.

Mi accomodai, ma Geser non aveva fretta di attaccare il discorso. Si mise a maneggiare carte, a far rotolare tra le dita piccoli frammenti tondeggianti di vetro colorato ammucchiati in una rustica ciotola di coccio. Avevo voglia di controllare se si trattasse di amuleti o semplicemente di pezzettini di vetro, però non mi arrischiai a concedermi tale libertà in presenza di Geser.

— Ti sei riposato? — mi chiese il Capo, come se avesse esaurito tutti i motivi per rimandare il colloquio.

— Sì — replicai. — Certo che senza Sveta è una noia, ma non si può pensare di trascinare Nadjuska nell'estate spagnola. Non è il caso.

— No — convenne Geser. Non sapevo se il Grande Mago avesse figli: un'informazione del genere non sarebbe stata affidata nemmeno ai colleghi agenti della Luce. Molto probabilmente ne aveva. Forse era addirittura in grado di provare qualcosa di simile all'amore paterno. — Anton, sei stato tu a chiamare Svetlana?

— No. Si è messa in contatto con lei?

Geser annuì. Poi d'un tratto colpì il tavolo con un pugno e sbottò: — Cosa si è mai sognata? Prima ha disertato dalla Guardia…

— Geser, tutti noi abbiamo il diritto di dare le dimissioni — lo interruppi. Ma lui non ci pensò nemmeno a piantarla lì e chiedere scusa.

— Ha disertato! Una maga del suo livello non appartiene a se stessa! Fa anche crescere la figlia come un'umana!

— Nadja *è* un'umana — ribattei. — Dovrà decidere lei stessa se diventare un'Altra o no… Luminoso Geser!

Il Capo si rese conto che ero lì lì per perdere il controllo. Cambiò tono: — Va bene. È un vostro diritto. Estromettetevi pure dalla lotta, rovinate la vita alla bambina. Fate come volete! Ma da dove viene questo accanimento?

— Cos'ha detto Sveta? — domandai.

Geser sospirò: — Tua moglie mi ha chiamato. Al numero che non ha diritto di conoscere.

— Vuol dire che non lo conosce.

— Mi ha detto che ho intenzione di ammazzarti! Che sto architettando un piano per eliminarti fisicamente!

Per qualche istante rimasi a fissare gli occhi di Geser. Poi scoppiai a ridere.

— Ti diverti? — domandò il Capo. — Fa ridere, vero?

— Geser… — dissi, soffocando a fatica la risata. — Chiedo scusa. Posso parlare francamente?

— Prego…

— Lei è il più grande intrigante fra tutti quelli che conosco. Peggio di Zavulon. Machiavelli al suo confronto era un cucciolo indifeso.

— Fai male a sottovalutare Machiavelli — bofonchiò Geser. — Va bene, ho capito il concetto. Che ne consegue?

— Ne consegue che lei non ha intenzione di ammazzarmi. Forse in una situazione critica potrebbe sacrificarmi. Per salvare una quantità adeguatamente superiore di esseri umani o di Altri della Luce. Ma così, in modo premeditato… no, non lo credo.

— Grazie, sei stato di gran conforto — annuì Geser. Non avevo nemmeno capito se si fosse offeso o no. — Allora cos'è che Svetlana si è messa in testa? Scusami, Anton... — Di colpo Geser parve imbarazzato e volse persino lo sguardo altrove. Riuscì però a terminare la frase: — Non è che aspettate un figlio? Un altro?

La saliva mi andò di traverso. Scossi la testa: — No. Almeno non credo... Me l'avrebbe detto!

— Le donne a volte rincretiniscono, quando sono in attesa — brontolò Geser, e riprese a giocherellare con i pezzettini di vetro. — Cominciano a vedere pericoli dappertutto per il marito, per il bambino, per loro stesse. O forse in questo periodo le sono venute... — A questo punto il Grande Mago parve imbarazzato e s'interruppe. — Sciocchezze. Dimenticalo. Perché non vai in campagna dalla tua mogliettina? Potresti giocare un po' con tua figlia, bere latte appena munto...

— Le mie ferie finiscono domani — gli ricordai. Però c'era qualcosa che non mi tornava proprio. — A quanto ho capito, dovrei ricominciare a lavorare già oggi?

Geser sgranò gli occhi: — Ma quale lavoro, Anton? Svetlana mi ha urlato contro per un bel quarto d'ora! Se fosse una delle Tenebre, adesso sopra di me si sarebbe già scatenato un vortice infernale. Basta così, il lavoro è annullato. Ti faccio prolungare le ferie di una settimana. Vattene in campagna dalla tua consorte.

Da noi, nella sezione di Mosca, esiste un detto: "Ci sono tre cose che un Altro della Luce non è in grado di ottenere: farsi una decente vita privata, assicurare la felicità e la pace in tutto il mondo e convincere Geser a concedergli un giorno di permesso."

A dire il vero ero contento della mia vita privata. E adesso ero riuscito anche ad avere una settimana libera. Forse la felicità e la pace nel mondo erano già dietro l'angolo?

— Non sei contento? — mi domandò Geser.

— Sì. — Certo, la prospettiva di strappare le erbacce nell'orto sotto lo sguardo vigile della suocera non m'ispirava granché, ma in compenso avrei avuto accanto Sveta e Nadjuska. Nadja, la mia piccola meraviglia di due anni. Una personcina, un'umana... Potenzialmente un'Altra di grandissima forza. Così grande, che persino Geser in persona non era degno di pulirle le scarpe... M'immaginai il Grande Mago della Luce impegnato a lucidare le piccole suole delle calzature di Nadja e mi sciolsi in un sorriso compiaciuto.

— Passa in contabilità che ti consegneranno anche un premio in denaro — proseguì Geser senza sospettare le umiliazioni a cui lo stavo sottoponendo mentalmente. — Inventati da solo una giustificazione. Qualcosa come: Per molti anni di duro e onesto lavoro.

— Geser, di che lavoro si trattava?

Il Capo tacque e mi rivolse uno sguardo carico di risentimento. Poi disse: — Dopo che avrò finito di parlartene, chiamerai subito Svetlana. Direttamente da qua. Ti consiglierai con lei se accettare o no. D'accordo? Le dirai anche delle ferie.

— Cosa è successo?

Invece di rispondere, Geser aprì un cassetto della scrivania da cui tirò fuori una cartella di pelle nera, che odorava pesantemente di magia. Di potente magia bellica.

— Tranquillo, puoi aprirla. È consentito l'accesso anche a te — borbottò.

Aprii la cartella. Un Altro senza un permesso speciale o un umano si sarebbe trasformato in una manciata di cenere. Dentro c'era una lettera. Un'unica busta bianca.

L'indirizzo del nostro ufficio era composto da lettere di giornale incollate sopra con precisione. Ovviamente mancava il mittente.

— Le lettere sono state ritagliate da tre giornali — spiegò Geser. — "Pravda", "Kommersant", "Argumenty i fakty".

— Originale — commentai. — Posso aprirla?

— Fai pure. I tecnici hanno già fatto della busta tutto ciò che potevano. Nemmeno un'impronta, la colla è fabbricata in Cina e si trova in tutte le cartolerie.

— Ha usato carta igienica! — esclamai, ed estrassi un foglio dalla busta. — Almeno è pulita?

— Purtroppo sì. Nemmeno una traccia di materia organica.

Sopra il foglietto di carta igienica, grossolanamente strappato lungo la linea di perforazione, erano incollati gli stessi caratteri. A essere più precisi, questa volta si trattava di parole intere. Solo le desinenze ogni tanto erano state pescate a parte, senza rispettare il carattere principale: «LA GUARDIA DELLA NOTTE potrebbe essere INTERESSAta al FATTo che UN Altro HA svelatO a un UMANo tutta la verità suGLI ALTRi e ora sta per TRASFORMAre QUELL'UMANo in un ALTRo. UN BENintenzionAtO.»

Sarei scoppiato a ridere. Ma chissà perché non ne avevo proprio voglia. Dissi solo: — La scritta «La Guardia della Notte» è integrale.

— C'è stato un articolo su "Argumenty i fakty" — spiegò Geser — dedicato all'incendio della torre televisiva. Si chiamava *La Guardia della Notte sulla Torre di Ostankino.*

— Che bizzarria — esclamai, rabbrividendo a sentir parlare della torre. Mi fece pensare a tempi non proprio felici, e ad avventure non proprio allegre. Per tutta la vita continuerà a perseguitarmi la faccia dell'Altro delle Tenebre che avevo fatto precipitare giù dalla torre della televisione.

— Non abbatterti, Anton. Hai fatto la cosa giusta — dichiarò Geser. — Ora parliamo della questione.

— Sì, Boris Ignatevic — dissi, chiamando il Capo con il suo vero nome. — Si tratta di uno scherzo?

Geser si strinse nelle spalle. — La lettera nemmeno odora di magia. L'ha fabbricata un umano oppure un Altro molto dotato, che sa eliminare le proprie tracce. Se si tratta di un umano vuol dire che la fuga d'informazioni esiste davvero. Se è un Altro, ci troviamo davanti a una provocazione irresponsabile e senza scrupoli.

— Nessuna traccia?

— No. L'unico appiglio è il timbro postale... — Geser fece una smorfia. — Che sa parecchio di fregatura.

— Che c'è? La lettera è stata spedita direttamente dal Cremlino? — scherzai.

— Mancava poco. La cassetta delle lettere si trova all'interno del complesso residenziale Assol.

Era un gruppo di palazzi altissimi con i tetti rossi, del tipo che sarebbe senz'altro stato approvato dal compagno Stalin. Li avevo visti, quei palazzi. Solo da fuori.

— Non è tanto facile entrarci?

— No — disse Geser. — Perciò, dopo tutti i giochetti con carta, colla e giornali, inviando la lettera dall'Assol lo sconosciuto ha commesso un gravissimo errore, o…

Scossi la testa.

— O vorrebbe farci seguire una traccia sbagliata… — A quel punto Geser si interruppe, in attesa della mia reazione.

Scossi di nuovo la testa. — Troppa ingenuità. Non esiste.

— Oppure il "benintenzionato" — Geser scandì l'ultima parola con palese sarcasmo — vorrebbe davvero fornirci un indizio.

— Perché?

— Aveva per forza un motivo, visto che la lettera ce l'ha spedita — mi ricordò Geser. — Come puoi ben capire, non possiamo non reagire a un messaggio del genere. Ipotizziamo il peggio: c'è un Altro traditore, capace di svelare all'umanità il segreto della nostra esistenza.

— Chi mai gli crederebbe?

— A un umano non crederebbe nessuno. Invece un Altro sarebbe in grado di dimostrare le proprie capacità.

Geser aveva ragione. Ma non riuscivo lo stesso a capire chi e perché avrebbe potuto compiere un gesto simile. Persino il più stupido e incattivito degli Altri delle Tenebre avrebbe dovuto comprendere che cosa si sarebbe scatenato una volta rivelato il segreto.

Una nuova caccia alle streghe, come minimo.

Inoltre il ruolo della strega sarebbe stato assegnato sia a quelli delle Tenebre che a quelli della Luce. A tutti coloro che possedevano le facoltà degli Altri… Sveta compresa. Nadjuska compresa.

— Per trasformare un umano in un Altro si può ricorrere solo al vampirismo?

— Vampiri, mutantropi… — Geser allargò le braccia. — Tutto qua, credo. L'iniziazione è possibile ai livelli più rozzi e primitivi della Forza delle Tenebre. Inoltre il prezzo è la rinuncia alla propria umanità. Mentre trasformare un umano in un mago è impossibile.

— Nadjuska… — sussurrai. — Tuttavia avete riscritto il Libro del Destino di Svetlana!

Geser scosse la testa: — No, Anton. Nascere grande era il destino di tua figlia. Abbiamo solo fatto in modo che abbracciasse la Luce. Ci siamo sbarazzati del fattore casualità.

— Egor — gli rammentai. — Il ragazzino era già diventato un Altro delle Tenebre.

— A lui invece abbiamo cancellato il segno d'iniziazione. Gli abbiamo dato la possibilità di scegliere ancora una volta. Anton, tutte le interferenze che siamo in grado di produrre riguardano solo la scelta Luce-Tenebre. Mentre non ci è concesso scegliere tra umano e Altro. Non è concesso a nessuno in questo mondo.

— Quindi, stiamo parlando dei vampiri — conclusi. — Diciamo che tra quelli delle Tenebre è comparso un ennesimo vampiro innamorato.

Geser allargò le braccia dubbioso. — Può anche darsi. In questo caso tutto è più o meno semplice. Gli agenti delle Tenebre controlleranno i loro non morti: è nel loro interesse non meno che nel nostro... A proposito, anche loro hanno ricevuto una lettera così. Identica. Spedita sempre dal complesso residenziale Assol.

— Non è che l'ha ricevuta anche l'Inquisizione?

— Stai diventando sempre più acuto. — Geser fece un sorrisetto torvo. — Ebbene sì. Anche loro. Per posta. Dall'Assol.

Geser chiaramente alludeva a qualcosa. Riflettei un attimo e tirai ancora una conclusione: — Vuol dire che le indagini sono condotte da entrambe le Guardie e dall'Inquisizione.

— Sembra proprio di sì... In modo del tutto confidenziale, in caso di necessità, si potrebbe rivelare qualcosa agli umani. Lo sai anche tu. — Accennò col capo in direzione della porta da cui erano usciti i visitatori. — Ma questo in privato. Con l'imposizione delle restrizioni magiche concordate. Qui invece la situazione è di gran lunga peggiore. Sembra che qualcuno tra gli Altri voglia mettersi a smerciare le iniziazioni.

Immaginandomi un vampiro che offriva i propri servigi ai nuovi ricchi mi sfuggì un sorriso. "Non vorrebbe per caso succhiare un po' di vero sangue al suo popolo, caro signore?" Anche se la faccenda non si limitava al sangue. Persino un vampiro o un mutantropo più debole possiede la forza. Non temono malattie, vivono a lungo, molto a lungo. Anche la forza fisica non è da sottovalutare: un mutantropo avrebbe la meglio perfino su un campione di lotta come Karelin e riempirebbe di botte Tyson. Aggiungiamo poi il famigerato magnetismo animalesco, il potente richiamo che possiede. Un cenno e qualsiasi donna sarebbe sua.

Nella realtà sia vampiri sia mutantropi sono soggetti a molte limitazioni, addirittura più forti di quelle dei maghi. Lo richiede la loro instabilità emotiva. Ma un vampiro appena iniziato è in grado di comprenderlo?

— Perché sorridi? — chiese Geser.

— Mi sono immaginato un annuncio sul giornale: "Trasformazione in vampiro. Sicura, di alta qualità, garanzia cent'anni. Prezzo trattabile."

Il Capo annuì: — Un'idea ragionevole. Faccio controllare giornali e siti Internet di annunci.

Non riuscii a capire se il Capo stesse scherzando o parlasse sul serio.

— Mi sembra che non esista una minaccia reale — ipotizzai. — La cosa più probabile è che un vampiro fuori di testa abbia deciso di arrotondare. Magari ha mostrato a un riccone qualche trucchetto e gli ha offerto un... ehm... morso.

— Un morso e "il resto è silenzio" — continuò Geser.

Proseguii incoraggiato: — Qualcuno, ad esempio la moglie di questa persona, è venuto a conoscenza della terribile offerta. Mentre il marito esita, lei ha deciso di scriverci. Nella speranza che sopprimiamo il vampiro e così il marito rimanga umano. Ecco come si spiega la combinazione: le lettere ritagliate dal giornale e l'ufficio postale dell'Assol. È un grido d'aiuto. Non può dircelo direttamente, ma ci sta in pratica supplicando: "Salvate mio marito!"

— Che romantico! — esclamò Geser sarcastico. – Sembra il *Mastino dei Baskerville*: «Se tenete alla vita e alla ragione, girate lontano dalle torbiere...» E poi, zac-zac, con le forbicine da unghie a ritagliare le letterine dalla "Pravda" fresca di stampa... Gli indirizzi, anche quelli li ha tirati giù dai giornali?

La benda mi cadde dagli occhi. — L'indirizzo dell'Inquisizione!

— Ecco, adesso sì che ragioni. Tu saresti in grado di spedire una lettera all'Inquisizione? Nella nostra Guardia solo io conosco il loro indirizzo. Nella Guardia del Giorno, suppongo, solo Zavulon. Che ne consegue, Gorodeckij?

— È stato lei a spedire la lettera. Oppure Zavulon.

Geser sbuffò.

— L'Inquisizione si sentirà parecchio tesa — azzardai.

— "Tesa" non è la parola giusta. Il tentativo di smerciare le iniziazioni in sé non li preoccupa molto. Fa parte dell'ordinaria amministrazione delle Guardie: individuare il trasgressore, punirlo, chiudere il canale della fuga d'informazioni. Per loro è rassicurante soprattutto il fatto che sia noi sia quelli delle Tenebre siamo ugualmente scandalizzati da ciò che sta accadendo. La lettera all'Inquisizione invece è un problema a parte. Gli Inquisitori non sono numerosi, lo sai bene anche tu. Se una delle due parti infrange il Patto, l'Inquisizione si allea con l'altra, mantenendo così l'equilibrio. Questo ci rende tutti più... disciplinati. Ma supponiamo che all'interno di una delle Guardie stia maturando un piano per ottenere la vittoria definitiva. Un gruppo di maghi da combattimento alleati fra loro sarebbe in grado di far fuori tutti gli Inquisitori in una sola notte. Ovviamente se i primi sapessero tutto sull'Inquisizione: chi vi presta servizio, dove abita, dove custodisce i documenti.

— La lettera è arrivata nel loro ufficio centrale? — chiesi.

— Sì. A giudicare dal fatto che sei ore dopo l'ufficio era deserto e nel palazzo è divampato un incendio, era proprio quello il luogo in cui l'Inquisizione custodiva tutti i suoi archivi. Non lo sapevo con certezza nemmeno io. Insomma, inviando una lettera all'Inquisizione, un umano – o un Altro – le ha lanciato una sfida. D'ora in poi l'Inquisizione gli darà la caccia. La versione ufficiale è punire la violazione della segretezza e il tentativo d'iniziazione di un umano. In realtà è la paura per la propria pellaccia.

— Non avrei mai creduto che potessero aver paura per loro stessi — dissi.

Geser annuì: — Ne hanno, eccome. Ora esaminiamo un po' di informazioni. Perché nell'Inquisizione non ci sono traditori? Nei loro ranghi entrano sia quelli delle Tenebre sia quelli della

Luce. Seguono uno specifico addestramento. Poi tocca a quelli delle Tenebre punire gli Altri delle Tenebre e a quelli della Luce gli Altri della Luce, quando qualcuno non rispetta il Patto.

— Avranno tutti delle caratteristiche particolari — ipotizzai. — Ne terranno conto selezionando i soggetti da arruolare.

— E non sbagliano mai? — chiese scettico Geser. — Non ci credo. Nella storia però non si è verificato nemmeno un caso di violazione del Patto da parte di un Inquisitore.

— Evidentemente capiscono troppo bene le conseguenze del gesto. Un Inquisitore a Praga mi disse: «Ci trattiene l'orrore.»

Geser fece una smorfia: — Vitezslav. Ama le frasi a effetto. Be', non riempirti la testa di tutta questa roba. La questione è semplice: esiste un Altro che sta trasgredendo il Patto oppure sta prendendo per i fondelli sia le Guardie sia l'Inquisizione. L'Inquisizione condurrà una sua indagine, gli agenti delle Tenebre pure. Anche noi dobbiamo fornire un elemento operativo.

— Una domanda: perché proprio me?

Geser allargò le braccia: — Per una serie di motivi. In primo luogo nel corso dell'indagine bisognerà avere a che fare con i vampiri. Tu sei il nostro specialista in Altri delle Tenebre di livelli inferiori.

No, non sembrava che stesse scherzando.

— In secondo luogo — proseguì Geser — l'Inquisizione ha ufficialmente incaricato due tue vecchie conoscenze, Vitezslav e Edgar.

— Edgar è a Mosca? — chiesi stupito. Non potevo dire che il mago delle Tenebre passato tre anni prima a lavorare all'Inquisizione mi fosse simpatico. Però non mi era neanche antipatico.

— Sì. Quattro mesi fa ha terminato il corso di formazione ed è venuto da noi. Dato che lavorando dovrai per forza comunicare con gli Inquisitori, ogni contatto personale può rivelarsi utile.

— Comunicare con loro non era poi così piacevole — gli ricordai.

— Credi forse che ti stia proponendo un massaggio thailandese nell'orario di lavoro? — mi zittì Geser bruscamente. — Il terzo motivo per cui vorrei affidare questo compito proprio a te... — Si interruppe.

Aspettai che proseguisse.

— ... È che anche dalla parte delle Tenebre l'indagine è condotta da una tua vecchia conoscenza. — Geser avrebbe potuto non menzionare nemmeno il suo nome, ma disse: — Konstantin. Un giovane vampiro. Il tuo ex vicino di casa. A quanto ricordo, eravate in buoni rapporti.

— Sì, certo — confermai. — Finché era bambino beveva solo sangue di maiale e sognava di liberarsi dalla "maledizione"... Fino al momento in cui non ha capito che il suo amico, il mago della Luce, quelli come lui li inceneriva.

— È la vita — osservò Geser.

— Si sarà già cibato di sangue umano — dissi. — Quasi sicuramente, visto che ha fatto carriera nella Guardia del Giorno.

— È diventato un vampiro superiore — confermò Geser. — Il più giovane vampiro superiore d'Europa. Convertendo in termini nostri sarà...

— Il secondo o terzo livello di forza — sussurrai. — Cinque o sei vite umane soppresse.

Kostja, Kostja... All'epoca ero un giovane e inesperto mago della Luce. Non riuscivo a farmi amici all'interno della Guardia, con i vecchi conoscenti i rapporti si stavano sfaldando rapidamente. Umani e Altri non possono essere amici. Di colpo avevo scoperto che alcuni vicini della mia stessa scala erano Altri delle Tenebre. La madre e il padre erano vampiri, e avevano iniziato anche il bambino. A dire il vero, niente di terrificante. Nessuna caccia notturna, nessuna richiesta di licenza. Rispettosi della legge, bevevano solo sangue di maiale o di donatori. Così io, scemo, mi ero rilassato. Feci amicizia con loro. Li andavo persino a trovare. Li avevo addirittura invitati a casa mia. Mangiavano il cibo che avevo cucinato e mi facevano dei complimenti... E io, idiota, non capivo che il cibo umano per loro non aveva nessun gusto, che erano dilaniati da una fame antica ed eterna. Il piccolo vampiro aveva perfino deciso di diventare biologo e di scoprire una cura contro il vampirismo.

Poi avevo per la prima volta ammazzato un vampiro.

Dopo di ciò Kostja si arruolò nella Guardia del Giorno. Non sapevo se avesse terminato gli studi alla facoltà di biologia, ma dalle illusioni infantili si era liberato di sicuro. In seguito cominciò a ricevere le licenze di uccidere. Era salito in tre anni al livello di vampiro superiore. Probabilmente lo avevano aiutato di brutto e avevano impiegato tutte le capacità della Guardia del Giorno per fornire al bravo ragazzo Kostja, una dietro l'altra, le possibilità di ottenere il permesso di azzannare un collo umano.

Mi ero persino fatto un'idea su chi lo avesse aiutato.

— Allora, qual è la tua opinione, Anton? — mi domandò Geser. — Chi è che dev'essere incaricato di condurre l'indagine dalla nostra parte?

Tirai fuori il telefonino dalla tasca e composi il numero di Svetlana.

Capitolo 2

Nel nostro campo capita di rado di lavorare sotto copertura.

In primo luogo bisogna camuffare completamente la nostra natura di Altri. Per non rimanere traditi dall'aura, dai flussi della forza o dalle perturbazioni del Crepuscolo. Il sistema è semplice: se sei un mago di quinto livello non ti potranno scoprire i maghi di livelli inferiori, dal sesto al settimo. Se sei un mago di primo livello, sarai protetto da quelli dal secondo livello in giù. Se invece sei un mago fuoriclasse, allora puoi sperare che nessuno sarà mai in grado di riconoscerti.

Mi mascherò Geser in persona, subito dopo la chiacchierata con Svetlana (conversazione breve ma intensa). Non avevamo litigato, no. Semplicemente era rimasta *molto* dispiaciuta.

In secondo luogo mi serviva una biografia fittizia. La via più semplice per garantirmi una nuova storia sarebbe stata quella di usare mezzi magici: così gli sconosciuti mi avrebbero creduto un loro fratello, compare o commilitone con cui si allontanavano illecitamente dalla caserma o s'inciuccavano di vodka distillata in casa. Qualsiasi copertura magica però avrebbe lasciato tracce evidenti per un Altro abbastanza potente.

Perciò la mia vita fasulla non aveva niente a che vedere con la magia. Geser mi consegnò le chiavi di un appartamento nel complesso residenziale Assol (centocinquanta metri quadrati all'ottavo piano). Era stato registrato a mio nome e acquistato sei mesi prima. Quando spalancai gli occhi per lo stupore, il Capo mi spiegò che i documenti erano stati rilasciati in quella stessa mattinata, però coloro che li avevano firmati avevano avuto cura di retrodatarli. Per un'esigua somma di denaro.

In seguito avrei dovuto restituire l'appartamento in questione.

Come bonus ricevetti anche le chiavi della BMW. La macchina non era nuovissima né delle più lussuose.

Più tardi nell'ufficio entrò un sarto: un triste vecchio ebreo, un Altro di settimo livello. Mi prese le misure, promise che il completo sarebbe stato pronto in serata e che «questo ragazzotto sembrerà un uomo come si deve». Il Capo si era profuso in salamelecchi davanti al sarto, e prima di salutarlo gli domandò a che punto fosse il suo "cappottino". L'ometto gli disse di non preoccuparsi e che per la stagione fredda il cappotto degno del Luminoso Geser sarebbe stato pronto.

Dopo aver sentito questi discorsi, la notizia che avrei potuto tenere il completo, anche a missione compiuta, non mi fece gioire granché. Evidentemente per confezionare capi davvero monumentali il sarto ci metteva ben più di una misera mezza giornata.

Geser in persona mi fornì le cravatte. Mi insegnò persino a fare un nodo all'ultima moda. Dopodiché mi consegnò un mazzetto di banconote e l'indirizzo di una boutique, in cui mi ordinò di comprare il resto dell'abbigliamento di adeguato livello, biancheria, fazzoletti e calzini compresi. In qualità di consulente mi mise a disposizione Ignat, il nostro mago che nella Guardia del Giorno sarebbe stato definito "incubo", cioè una creatura che seduce oppure si fa sedurre nel sogno.

Il giro per negozi, nei quali Ignat si sentiva perfettamente a proprio agio, mi divertì. Invece la visita a un negozio di parrucchiere, anzi, per essere più precisi, a un salone di bellezza, mi sfiancò oltre ogni dire. Venni esaminato a turno da due signore e da un ragazzo che cercava di fingersi gay.

L'intelligenza collettiva degli specialisti in bellezza arrivò alla conclusione che avrei potuto essere salvato solo da un taglio a spazzola. Come quelli dei malavitosi di piccolo calibro che riscuotono il pizzo dai venditori al mercato. Per consolarmi dissero che era prevista un'ondata di caldo e che sarei stato molto più comodo.

Dopo il taglio di capelli, che si protrasse per più di un'ora, mi sottoposero a manicure e pedicure. Dopo di ciò, assai divertito, Ignat mi portò dal dentista, che mi fece la pulizia dei denti e mi consigliò di ripeterla ogni sei mesi. I denti dopo la pulizia sembravano nudi e mi faceva perfino senso toccarli con la lingua. Fu così che all'ambigua battuta di Ignat ("Anton, adesso di te ci si potrebbe anche innamorare.") non riuscii a trovare una risposta dignitosa, mugugnai qualcosa d'incomprensibile e finii per diventare il bersaglio del suo umorismo più sfrenato per tutta la durata del viaggio di ritorno all'ufficio.

Il completo mi stava già aspettando. C'era anche il sarto. Brontolava che confezionare un vestito senza una seconda prova equivale a sposarsi per una gravidanza accidentale.

Geser parlò ancora del suo cappotto. Discussero a lungo e animatamente di bottoni, finché il mago della Luce non si arrese. Nel frattempo mi piazzai davanti alla finestra a guardare l'offuscarsi della luce serale e il lampeggiare dell'antifurto della mia auto. Non potevo schermarla con una protezione magica che avrebbe respinto i ladruncoli: mi avrebbe tradito.

Quella sera avrei dovuto dormire nel mio nuovo appartamento, facendo finta di non trovarmi là per la prima volta. Meno male che a casa non c'era nessuno ad aspettarmi. Né moglie né figlia e nemmeno un cagnetto o un gattino.

— Hai capito il tuo compito, Gorodeckij? — domandò Geser. Mentre stavo facendo il malinconico davanti alla finestra, il sarto se n'era andato. Con il nuovo completo addosso stavo sorprendentemente comodo. Nonostante il taglio a spazzola non mi sentivo un aguzzino di fruttivendoli, ma un pesce più grosso. Ad esempio un esattore di mazzette dai piccoli bottegai.

— Trasferirsi al complesso Assol. Stabilire contatti con i vicini. Cercare le tracce di un Altro traditore e del suo potenziale cliente. Appena effettuato il ritrovamento, fare rapporto. Incontrando gli Altri inquirenti comportarsi con correttezza, scambiare informazioni, collaborare.

Geser si avvicinò alla finestra e si mise al mio fianco. Annuì: — Benissimo, Anton, benissimo... Però hai tralasciato il punto più importante.

— Cioè?

— Non devi attenerti a nessuna versione. Nemmeno a quelle più probabili. Soprattutto a quelle più probabili. L'Altro potrebbe essere un vampiro, un mutantropo… oppure non esserlo.

Annuii.

— Potrebbe essere uno delle Tenebre — continuò Geser. — Ma potrebbe anche rivelarsi un agente della Luce.

Questo mi era già venuto in mente.

— Soprattutto la notizia che qualcuno «sta per trasformare quell'umano in un Altro» potrebbe rivelarsi un bluff — aggiunse Geser.

— Ma potrebbe anche non esserlo? — domandai. — Geser, allora una possibilità di trasformare un umano in un Altro comunque esiste?

— Credi che ti avrei taciuto una cosa simile? — sbottò Geser. — Non è mai successo. Ma tutto può sempre accadere per la prima volta.

— Allora la considero una cosa possibile.

— Non ti posso dare amuleti. — Geser era dispiaciuto. — Lo capisci da solo. Sarà meglio che ti trattenga anche dall'uso della magia. L'unica cosa permessa è guardare attraverso il Crepuscolo. In caso di bisogno arriviamo subito. Basta che ci chiami.

Rimase per qualche istante in silenzio e poi aggiunse: — Non prevedo nessun tipo di scontro armato. Ma è meglio che te lo aspetti.

Non mi era mai capitato di dover parcheggiare nei sotterranei. Meno male che c'erano poche macchine, che le pedane di cemento erano bagnate da una luce intensa, e che il custode piazzato davanti ai monitor della sorveglianza interna mi indicò gentilmente dove si trovavano i box per le mie vetture. Infatti si supponeva che avrei dovuto avere quanto meno due auto.

Dopo aver posteggiato, tirato fuori dal baule il borsone con gli effetti personali e attivato l'antifurto, mi avviai verso l'uscita.

Il custode mi chiese il numero del palazzo e del piano al quale abitavo, poi mi accompagnò verso l'ascensore. Circondato da acciaio cromato, specchi e aria condizionata, salii all'ottavo piano. Era un peccato che abitassi così in basso. Non miravo proprio al superattico, ma almeno…

Sul pianerottolo (termine riduttivo per una hall di una trentina di metri quadrati) rimasi per un pezzo a vagare da una porta all'altra. La favola era finita di colpo. Una delle porte mancava del tutto, sul vano vuoto s'affacciava l'oscurità di un enorme spazio deserto: i muri e il soffitto di cemento armato, non una parete divisoria. Si sentiva appena un gocciolare d'acqua.

Ci misi un sacco di tempo per scegliere tra le tre porte rimanenti: non c'erano numeri sopra. Alla fine individuai su una alcune cifre incise con un oggetto acuminato, e sopra un'altra i resti di una scritta con il gessetto. Sembrava proprio che la terza porta fosse la mia. Tra tutte era la meno appariscente. Sarebbe stato nello stile di Geser sistemarmi nell'appartamento senza porta, ma in questo caso tutta la segretezza sarebbe andata in malora.

Tirai fuori un mazzo di chiavi e aprii con facilità. Cercai l'interruttore e ne trovai un pannello intero. Cominciai ad accenderli uno per uno. Quando l'appartamento fu inondato di luce, chiusi la porta e mi guardai attorno.

Il precedente proprietario della casa... be', secondo la copertura, ero sempre io. Allora io, quando avevo cominciato i lavori, evidentemente ero pieno di ambizioni degne di Napoleone. Non si potevano spiegare altrimenti il parquet di lusso, le finestre di quercia, i condizionatori Daikin e altri accessori molto costosi.

In seguito probabilmente avevo finito i soldi. Perché l'enorme spazio senza pareti interne era completamente vuoto. Nella zona in cui era stato progettato l'angolo cottura si trovava una sbilenca cucina elettrica Brest. Direttamente sopra i fornelli era appoggiato un modesto forno a microonde. In compenso l'abominevole cucina era sormontata da una lussuosa cappa. Lì vicino erano sistemati alla bell'e meglio due sgabelli sgangherati e un basso carrello portavivande.

Come d'abitudine mi tolsi le scarpe e mi recai all'angolo cottura. Mancavano il frigo e altri mobili, ma per terra era abbandonata una grossa scatola di cartone piena di provviste: bottiglie d'acqua minerale e alcolici vari, conserve, minestre in busta, confezioni di pane tostato. "Grazie, Geser. Se magari avessi pensato anche a una pentola..."

Aprii una porta e diedi un'occhiata al bagno. Non male: dieci o dodici metri quadrati. Simpatiche piastrelle color turchese. Una cabina doccia d'aspetto futuristico: faceva paura solo immaginare quanto potesse costare e di quali diavolerie fosse stata infarcita.

Niente vasca idromassaggio. Niente vasca in assoluto. Da un angolo spuntavano delle tubature saldate. E poi...

Correndo qua e là per il bagno in preda al panico verificai il terribile sospetto: mancava anche il water! C'era solo un tubo di scarico tappato da un pezzo di legno.

"Be', grazie Geser!" pensai. "Alt, aspettiamo a dare fuori di testa, nelle case così di solito non fanno un bagno solo. Dovrebbe essercene un altro, quello per gli ospiti, i bambini, la servitù..."

Mi precipitai nell'open space e trovai un'altra porta nell'angolo vicino all'ingresso. Non mi ero ingannato: era il bagnetto degli ospiti. La vasca non era stata prevista nemmeno lì, la doccia era più modesta. Al posto del water c'era un'altra tubatura chiusa. Un disastro.

Ero spacciato!

Pensai che i veri professionisti non fanno caso a simili sciocchezze. Se James Bond fa ogni tanto un salto in bagno, è solo per poter origliare una conversazione o per accoppare un bastardo annidato dentro la cassetta di scarico. Ma io ci dovevo vivere in quel posto!

Per alcuni istanti fui lì lì per telefonare a Geser e chiedergli di mandarmi un idraulico con tutti gli attrezzi necessari. Poi m'immaginai la sua reazione.

Chissà perché, il Geser della mia fantasia stava sorridendo. Poi sospirava e impartiva un ordine; dopo di ciò nel complesso residenziale Assol approdava una specie di capo supremo degli idraulici di Mosca che si metteva a installarmi il water personalmente. Nel frattempo il Capo continuava a sorridere e a scuotere la testa con aria di rimprovero.

I maghi del suo livello non sbagliano i particolari. I loro errori sono città in fiamme, guerre sanguinose e *impeachment* di presidenti. Niente a che vedere con i sanitari dimenticati.

Se nel mio appartamento mancava il water, voleva dire che così doveva essere. Diedi di nuovo un'occhiata in giro. Trovai un materasso arrotolato e una confezione di biancheria da letto colorata e allegra. Srotolai il materasso e disfeci il borsone con gli effetti personali. Mi tolsi il completo e indossai un paio di jeans e la maglietta con la scritta sul coma: avrei forse dovuto girare per casa con la cravatta? Tirai fuori il portatile... A proposito, come avrei fatto a collegarmi? Con il cellulare forse?

Mi toccò sottoporre l'appartamento a un'altra ispezione. Trovai la presa giusta sulla parete del bagno grande, fortunatamente dalla parte dell'open space. Pensai che non si trattasse di una casualità e sbirciai dentro la stanzetta. Avevo colto nel segno: accanto al water inesistente notai un'altra presa telefonica. Avevo avuto gusti davvero strani ai tempi della sistemazione degli interni.

Aprii le finestre, e la calda serata estiva irruppe nella stanza. Al di là del fiume brillavano le luci delle case, quelle normali, abitate dagli umani. Il silenzio era quasi palpabile. Del resto la mezzanotte era passata da un pezzo.

Tirai fuori l'iPod. Rovistai tra i file, scelsi i Belaja Gvardija, un gruppo che non avrebbe mai scalato le vette delle hit-parade di MTV né avrebbe riempito stadi interi di fan. Presi gli auricolari e mi stravaccai sul materasso.

Quando questo scontro sarà finito,
se riuscissi a sopravvivere fino all'alba,
capirai che il profumo della vittoria
è aspro quanto il lezzo della sconfitta.
Sei da solo in mezzo a una battaglia spenta,
e d'ora in poi non hai più nessun nemico,
ma il cielo preme contro le tue spalle,
e cosa si può fare in questo deserto?
Ti metterai ad aspettare
cosa ti porterà
il Tempo,
ti metterai ad aspettare...
E il miele sembrerà più amaro del fiele,
una lacrima più aspra dell'assenzio della steppa.
Non conosco un dolore più forte

che essere vivi tra i molti dormienti.
Ma ti metterai ad aspettare
cosa ti porterà
il Tempo,
ti metterai ad aspettare…

Stavo tentando di canticchiare con voce stonata sopra il dolce canto femminile, tirai giù le cuffie e spensi l'iPod. No. Non ero venuto lì per oziare.

Che cosa avrebbe fatto James Bond se si fosse trovato al mio posto? Avrebbe scovato il misterioso Altro traditore, il suo cliente umano e l'autore della lettera anonima.

Che cosa avrei fatto io? Mi sarei messo a cercare ciò che per me era di necessità vitale! I custodi, giù all'ingresso, avrebbero dovuto avere dei sanitari!

Da qualche parte oltre la finestra (ma pareva che fosse proprio accanto a me) esplose il suono di un basso elettrico. Saltai in piedi di scatto.

— Ciao, compari! — risuonò fuori dalle finestre. Mi sporsi dal davanzale e diedi un'occhiata al muro del palazzo. Scoprii che un paio di piani sopra di me erano aperte due finestre, dalle quali si stavano propagando accordi degni di una canzonetta della mala, adattati chissà perché per un basso elettrico.

Da un bel po' non spingo più budella fuori,
budella fuori, non le spingo da un bel po',
ed ecco che mi sono reso conto
che da un pezzo non le spingo fuori, no.
Un tempo capitava di spinger molto!
Nessuno di noi ha spinto fuori mai così!
All'epoca spingevo io per tutti,
da solo fuori le spingevo qui e lì!

Non si poteva nemmeno immaginare un contrasto più netto tra la dolce voce di Zoja Jacenko, la solista dei Belaja Gvardija, e questa inimmaginabile canzone accompagnata dal basso elettrico. Ma il motivo, chissà perché, mi piacque. Nel frattempo il cantante, dopo aver eseguito il passaggio strumentale che girava sempre sugli stessi tre accordi, riprese:

Anche adesso qualche volta spingo fuori,
ma spinger più come allora non potrò,
non ce la faccio a spinger fuori come prima,
come allora mai più fuori spingerò…

Scoppiai in una fragorosa risata. Aveva tutti gli attributi di una canzone della mala: il protagonista ricordava i tempi della gloria, descriveva il proprio stato attuale e si rammaricava del fatto che non avrebbe mai più raggiunto la grandezza di una volta.

Il basso emise qualche straziante lamento, e la stessa voce di prima attaccò un altro motivo:

Non sono mai finito in manicomio,
e quindi non mi chiedere com'è…

La musica s'interruppe. Qualcuno sospirò e si mise a far scorrere le dita sulle corde.

Non ci pensai due volte. Rovistai nella scatola di cartone, presi una bottiglia di vodka e un salame affumicato. Mi precipitai sul pianerottolo sbattendomi la porta dietro le spalle e imboccai le scale.

Trovare l'appartamento del bardo di mezzanotte non risultò più difficile che riconoscere un martello pneumatico in mezzo ai cespugli.

Un martello pneumatico in funzione.

Gli uccellini hanno smesso di cantare,
il solleone non risplende più,
sulla discarica non viene a giocare
dei malvagi bastardelli la tribù…

Suonai il campanello assolutamente certo di non essere stato sentito. Ma la musica s'interruppe, e dopo poco la porta si aprì.

Si affacciò un tracagnotto di circa trent'anni. Teneva in mano l'arma del delitto, il basso elettrico. Con una sorta di macabra soddisfazione notai che anche lui aveva il taglio di capelli preferito dai banditi. Il bardo indossava un paio di logori jeans e una maglietta notevole: un parà in uniforme militare russa stava sgozzando con un enorme coltello un marine in uniforme americana. Sotto il disegno correva una scritta: VE LO POSSIAMO RICORDARE CHI VINSE LA SECONDA GUERRA MONDIALE!

— Niente male anche la tua — disse il chitarrista, fissando la mia maglietta. — Dammi qua.

Mi prese di mano la vodka e il salame e si avviò nelle recondite profondità del suo appartamento.

Lo scrutai attraverso il Crepuscolo.

Un umano.

La sua aura era così buffa che fin da subito rinunciai a capire il suo carattere.

Sfumature di grigio, rosa, rosso, blu...

Che cocktail!

L'appartamento era due volte più grande del mio. Be', non se l'era certo guadagnato suonando la chitarra... D'altronde non erano affari miei. Era molto strano il fatto che, dimensioni a parte, la sua casa fosse una copia esatta della mia.

In mezzo a questo spazio mostruoso (non meno di quindici per quindici metri) c'era una sedia con davanti un microfono sull'asta. Accanto si trovavano un amplificatore e due casse di dimensioni bestiali.

Lungo una parete erano allineati tre frigoriferi Bosch. Il cantautore aprì il più grande – completamente vuoto – e infilò la bottiglia di vodka in un cassetto del congelatore. — È calda.

— Non ho il frigo — spiegai.

— Capita — convenne il bardo. — Las.

— Che Las?

— Mi chiamo così. Las. Non secondo il passaporto.

— Anton — mi presentai. — Secondo il passaporto.

— Capita anche questo. Sei venuto da lontano?

— Abito all'ottavo piano.

Las si grattò la nuca tutto pensoso. Puntò lo sguardo fuori dalla finestra spalancata e disse: — Ho aperto perché c'era troppo rumore. Altrimenti i timpani non tenevano più. Pensavo di insonorizzare tutto, ma mi sono finiti i quattrini.

— Sembra che sia un male comune. Da me non c'è neanche il cesso.

Las esibì un trionfante sorriso. — Da me c'è. Ce l'ho già da una settimana! Quella porta là.

Quando tornai, Las stava tagliando il salame. Gli domandai: — Perché è così enorme e così inglese?

— Hai visto sopra l'etichetta originale? "Siamo stati noi a inventare il primo water." Come potevo non comprarlo, con una scritta così? Vorrei scannerizzare l'etichetta e correggerla: "Siamo stati i primi a intuire a cosa serve..."

— Ho capito — l'interruppi. — In compenso ho una cabina doccia.

— Davvero? — Il bardo si alzò in piedi. — Sono tre giorni che sogno di lavarmi.

Gli allungai le chiavi.

— Tu intanto prepara qualcosa per accompagnare la vodka — disse lui. — Quella comunque ci metterà ancora una decina di minuti per raffreddarsi. Faccio presto.

La porta sbatté e rimasi da solo nell'appartamento di un estraneo, faccia a faccia con un amplificatore acceso, salame affettato ed enormi frigoriferi vuoti. Che roba!

Non avrei mai creduto che nei condomini così sarebbero potuti esistere i rapporti alla buona di una casa dello studente. "Usa pure il mio cesso mentre vado a lavarmi nella tua Jacuzzi. Petr Petrovic ha un frigo, mentre Ivan Ivanovic ha promesso di portare della vodka, Semen Semenovic invece sa affettare bene i salumi..."

Probabilmente la maggior parte dei condomini aveva comprato gli appartamenti per i secoli a venire. Con tutti i soldi che erano riusciti a guadagnare, rubare e farsi prestare. Solo in un secondo momento si erano resi conto che una casa di quelle dimensioni avrebbe richiesto lavori interni, che una persona con un appartamento in quel complesso residenziale sarebbe stata svenata da qualsiasi ditta di costruzioni, e che tutti quei metri quadrati, tutti i garage sotterranei, il parco e il lungofiume avrebbero richiesto il versamento mensile di un mutuo spropositato.

Così, un palazzo enorme continuava a rimanere semideserto, quasi abbandonato.

Quante persone, a conti fatti, abitavano al complesso Assol? Considerando che il ringhiare notturno del basso elettrico aveva richiamato solo me e che fino a quel momento lo strano bardo aveva continuato a produrre il suo baccano in tutta tranquillità? Una persona per piano? Magari anche meno...

"Chi avrà spedito la lettera?"

Tentai d'immaginarmi Las a ritagliare con le forbicine da unghie le lettere dalla "Pravda". Non ci riuscii. Uno così avrebbe architettato qualcosa di più cervellotico.

Chiusi gli occhi. Poi li aprii e scrutai l'appartamento attraverso il Crepuscolo. Non c'era la minima traccia di magia. Neanche sulla chitarra (questo strumento, se passato per le mani di un Altro, ricorda il suo tocco per anni).

Non si vedeva nemmeno il muschio blu, il parassita crepuscolare che vive di emozioni negative. Se al proprietario dell'appartamento succedeva di cadere in depressione, lo faceva fuori di casa. Oppure sapeva divertirsi con onestà e schiettezza, bruciando in questo modo la malefica flora.

Mi rimisi seduto e cominciai ad affettare il salame, dopo aver controllato, per ogni eventualità, se valesse la pena di mangiarlo. Era buono. Geser non voleva che il suo agente finisse in ospedale per intossicazione alimentare.

— Questa sì che è la temperatura giusta — approvò Las, estraendo dalla bottiglia aperta un termometro da vino. — Non abbiamo esagerato. Certi fanno raffreddare la vodka finché non diventa della consistenza della glicerina. Quando la bevi ti sembra di ingoiare azoto liquido.

Mandammo giù la vodka e l'accompagnammo con il salame e il pane tostato. L'aveva portato Las dal mio appartamento, spiegandomi che quel giorno non aveva fatto la spesa.

— Tutto il palazzo vive così — commentò. — Certo, ci sono quelli a cui i soldi sono bastati anche per i lavori interni e l'arredamento. Però capirai che divertimento vivere in un palazzo disabitato! Ecco perché aspettano che l'insignificante ciurmaglia come me e te finisca di sistemare il proprio appartamento e ci si trasferisca. Il caffè è chiuso, il casinò è deserto, la sorveglianza dà fuori di testa per la noia... Ieri sera hanno cacciato via due agenti: si erano messi a sparacchiare in mezzo ai cespugli. Hanno detto di aver visto qualcosa di agghiacciante. Allora la direzione li ha mandati direttamente dal dottore. È venuto fuori che erano fumati persi.

Dopodiché Las sfilò dalla tasca un pacchetto di sigarette sgualcite. Mi lanciò uno sguardo malizioso. — Ne vuoi una?

Non avrei mai immaginato che una persona capace di versare la vodka con tanta eleganza potesse baloccarsi con la marijuana.

Feci cenno di no e domandai: — Ne fumi tante?

— Oggi è già il secondo pacchetto — sospirò Las, e solo allora realizzò. — Macché, sei matto, Anton? Sono le Belomor! Non è erba! Prima fumavo le Gitanes, ma poi ho capito che non c'è nessuna differenza con le Belomor!

— Originale — commentai.

— Ma che cavolo c'entra? Mica voglio fare l'originale a tutti i costi. Basta che un uomo diventi un altro...

Trasalii, ma Las continuò: — ... Cioè, diverso da un tipo comune, che tutti si mettono a dire: "Vuole fare l'originale a tutti i costi." Ecco, mi piace fumare le Belomor. Tra una settimana mi stuferanno e allora smetterò!

— Non c'è niente di male nell'essere un Altro — buttai lì.

— Non è mica facile diventare un altro — replicò Las. — Ecco, un paio di giorni fa mi è venuto in mente...

Trasalii di nuovo. La lettera era stata spedita circa due giorni prima. Possibile che avessi avuto un colpo di fortuna simile?

— Ero in una piccola clinica, e mentre stavo aspettando il medico mi sono messo a leggere tutti i listini prezzi — si mise a raccontare, senza sospettare della trappola che gli avevo teso. — È un posto serio dove producono protesi in titanio per sostituire gli arti perduti: femori, menischi, ossi sacri, mandibole, toppe per il cranio al posto delle parti ossee mancanti, denti e altra robetta. Ho preso la calcolatrice e ho fatto quattro conti su quanto costerebbe la sostituzione di tutte le ossa. È venuto fuori un milione e settecentomila verdoni. Credo però che per un ordine così grosso si potrebbe anche ottenere un ottimo sconto. Del venti, trenta per cento circa. E, se si riuscisse a convincere i dottori che per loro sarebbe un'ottima pubblicità, si potrebbe aggiudicarsi il tutto per una mezza milionata.

— Perché? — domandai.

— Per curiosità! — esclamò Las. — Immagina: devi piantare un chiodo. Alzi il pugno e lo colpisci. E il chiodo affonda nel cemento. Le ossa sono di titanio! Oppure qualcuno cerca di picchiarti. Be', certo, ci sarebbe una serie di svantaggi. Anche gli organi interni artificiali per ora non sono un granché. Ma l'orientamento generale del progresso mi rallegra.

Versò ancora vodka.

— Io invece credo che il progresso debba andare in un'altra direzione — ribattei. — E che sia necessario sfruttare meglio le capacità dell'organismo e tutte le cose meravigliose che si celano in noi: telecinesi, telepatia...

Las si rattristò. Anch'io mi incupisco quanto ho a che fare con un idiota.

— Puoi leggermi nel pensiero? — domandò.

— Adesso no — ammisi.

— Secondo me non serve inventare recondite qualità delle quali si potrebbe fare tranquillamente a meno — riprese Las. — Tutto ciò di cui un essere umano è capace è già risaputo da un pezzo. Se la gente fosse in grado di leggere nel pensiero, di levitare e di combinare altre meraviglie, ce ne sarebbero testimonianze.

— Se un umano ricevesse in dono simili capacità, si nasconderebbe dal suo prossimo. — Guardai Las attraverso il Crepuscolo. — Essere un vero Altro vuol dire suscitare nella gente invidia e paura.

Ma Las non si mostrò per niente impressionato. Ribatté scettico: — Macché! Secondo me un individuo così vorrebbe procurare le medesime qualità anche alla moglie e ai figli. Pian piano arriverebbero a dominarci come una specie superiore.

— E se queste doti particolari non fossero geneticamente tramandabili? — domandai. — Oppure non sempre tramandabili?

E non trasferibili nemmeno al prossimo? Allora esisterebbero in modo indipendente sia umani sia Altri. Se gli Altri non fossero numerosi, non si rivelerebbero all'umanità.

— Mi sa che stai parlando di una mutazione casuale che porta ad avere capacità extrasensoriali — rifletté Las. — Comunque se questa mutazione è casuale e recessiva non ci interessa. Invece le ossa di titanio puoi montarle anche adesso.

— Non mi servono — bofonchiai.

Bevemmo. Las continuò con aria trasognata: — Comunque *c'è* qualcosa di strano. Un'enorme casa disabitata. Centinaia di appartamenti in cui vivono solo nove persone, contando anche te. Ci si potrebbe combinare di tutto. La sola idea mi toglie il respiro. Che film si potrebbe girare! Immaginati uno spot: interni lussuosi, ristoranti deserti, lavanderie morte, palestre con attrezzi arrugginiti e gelide saune, piscine vuote e tavoli del casinò ricoperti di cellofan. E in mezzo a tutto questo sfarzo vaga una giovane fanciulla. Vaga e canta. Non importa che cosa.

— Giri video musicali?

— Ma no... — Las fece una smorfia. — Una volta ho dato una mano a un gruppo punk che conoscevo. L'hanno mandato in onda su MTV, e poi l'hanno censurato.

— Che aveva di tanto orribile?

— Niente di che — rispose Las. — Una canzone come tante, senza parolacce: parlava addirittura d'amore. La sequenza d'immagini era strana. L'abbiamo girata in una clinica per individui affetti da disturbi motori. Abbiamo installato luci stroboscopiche in un salone, messo la canzone *Ehi, cosacco, perché abbandoni il cavallo?* di Gazmanov e abbiamo invitato i ricoverati a ballare un po'. Si sono messi a fare quattro salti accompagnati dalle luci. Come meglio potevano. Poi sopra queste immagini abbiamo cambiato colonna sonora. È venuta fuori una cosa grandiosa. Ma effettivamente non era da mandare in onda.

Mi raffigurai nella fantasia questa "sequenza d'immagini" e rabbrividii.

— Faccio schifo come *clipmaker* — riconobbe Las. — E anche come musicista. Una volta hanno trasmesso una mia canzone alla radio, a notte fonda, in un programma per sfigati. Cosa credi che sia successo? Un famoso compositore ha chiamato subito alla radio, dicendo che per tutta la vita aveva insegnato alla gente cose buone ed eterne, ma che quella canzone da sola aveva cancellato in pochi istanti tutto il lavoro della sua vita. Tu che hai sentito una mia canzone pensi che insegni cose malvagie?

— Secondo me è una presa in giro — dissi. — Prende in giro le cose malvagie.

— Grazie. Ma il guaio sta nel fatto che molti non lo capiscono. Credono che faccia sul serio.

— Lo credono gli stupidi.

— Sono la maggioranza! — esclamò Las. — E le protesi della testa non sono ancora state perfezionate… — Allungò il braccio e afferrò la bottiglia. — Passa pure se ne avrai di nuovo bisogno, senza complimenti. Dopo ti procuro la chiave di un appartamento al quindicesimo piano. La casa è vuota, ma i cessi ci sono.

— Il proprietario non sarà contrario? — ridacchiai.

— Non gliene frega più un fico secco. Gli eredi invece non ce l'hanno ancora fatta a spartirsi i metri quadrati.

Capitolo 3

Tornai a casa alle quattro del mattino. Mi sentivo leggermente ubriaco, ma rilassato in modo sorprendente. È proprio vero che umani così particolari non s'incontrano tutti i giorni. Il servizio nella Guardia ci porta ad avere vedute troppo ristrette: questo tizio non ha vizi di nessun tipo, quindi è un bravo ragazzo. Quell'altro invece bestemmia, quindi è cattivo. C'è poco da fare, ci interessano proprio gli individui di questi due tipi: i buoni in quanto possono costituire un nostro punto d'appoggio, i cattivi perché rappresentano una potenziale fonte a cui attingono gli agenti delle Tenebre.

Il bardo non sapeva niente degli Altri. Ne ero certo. Se fossi riuscito a passare in quel modo una mezza nottata con ciascuno degli abitanti del complesso Assol, mi sarei formato un'opinione precisa sul conto di tutti.

Ma non continuai a ingannarmi con simili illusioni. Non tutti mi avrebbero invitato a entrare, non tutti si sarebbero messi a disquisire del più e del meno. Per di più, oltre agli inquilini vi si trovavano centinaia di impiegati di ogni genere: custodi, idraulici, muratori, contabili. Non ce l'avrei mai fatta a controllarli!

Dopo essermi lavato il viso nella doccia – c'era una strana specie di tubo di gomma da cui si poteva far scaturire uno zampillo d'acqua – mi recai nella mia unica stanza. Avevo bisogno di dormire un po'. Avrei tentato di escogitare un nuovo piano la mattina seguente.

— Ciao, Anton.

Riconobbi la voce, che proveniva da una finestra, e provai subito un senso di angoscia.

— Buona notte, Kostja — lo salutai.

— Posso entrare?

Mi accostai alla finestra. Kostja era seduto sul davanzale con le gambe che penzolavano fuori. Era completamente nudo. Come se volesse dimostrarmi fin da subito che non si era arrampicato lungo il muro, ma che era giunto in volo nelle sembianze di un enorme pipistrello.

Un vampiro superiore. A poco più di vent'anni. Un ragazzo di talento.

— Credo di no.

Lui annuì e non si mise a discutere. — Se ho ben capito, stiamo facendo lo stesso lavoro.

— Sì.

— Bene. — Kostja si voltò verso di me sorridendo. — Mi fa piacere lavorare con te. Mi temi sul serio?

— No.

— Ho imparato molto — si vantò. Proprio come quand'era piccolo e dichiarava: «Sono un terribile vampiro. Imparerò a trasformarmi in un pipistrello. Imparerò a volare!»

— Non hai imparato — lo corressi. — Hai solo accumulato forza attraverso gli umani.

La sua faccia si contorse in una smorfia: — Parole. Il solito equilibrismo verbale, tipico degli agenti della Luce. Voi me l'avete permesso. Qualcosa da ridire?

— Vogliamo continuare a punzecchiarci? — domandai, e sollevai il braccio piegando le dita per formare il segno di Aton, che allontana i non morti. Era da un pezzo che avrei voluto sperimentare se gli antichi incantesimi africani funzionassero con i contemporanei demonietti russi.

Kostja lanciò una timorosa occhiata al segno, prima che terminassi di compierlo. Forse lo conosceva, forse percepì il flusso della forza. Cercò di provocarmi: — Sei autorizzato a rivelarti?

Abbassai la mano.

— No, ma potrei anche assumermene il rischio.

— Non serve. Se vuoi, me ne vado da solo. Ora stiamo comunque facendo lo stesso lavoro. Ti devo parlare.

— Forza. — Trascinai uno degli sgabelli accanto alla finestra.

— Non mi inviti a entrare?

— Non ci tengo a trovarmi di notte da solo in compagnia di un tizio nudo — sogghignai. — Chissà che cosa se ne potrebbe pensare. Dimmi tutto.

— Come ti è parso il collezionista di magliette?

Fissai Kostja con aria interrogativa.

— Il tizio del decimo piano. Colleziona magliette con scritte divertenti.

— Non è al corrente della cosa.

Kostja annuì: — Anch'io sono dello stesso parere. Qui dentro solo otto appartamenti sono abitati. In altri sei gli inquilini compaiono ogni tanto. Nei rimanenti molto di rado. Ho già controllato tutti quelli che ci vivono.

— Allora?

— Un giro a vuoto. Non sanno niente di noi.

Non mi misi a indagare come mai Kostja ne fosse così sicuro. Alla fine era pur sempre un vampiro superiore. Quelli sono in grado di entrare nella coscienza altrui con la facilità di un mago esperto.

— Degli altri mi occuperò domani mattina — promise Kostja. — Non ho comunque molte speranze.

— Puoi fare qualche ipotesi?

Kostja si strinse nelle spalle: — Chiunque abiti qui possiede abbastanza denaro e influenza da rendersi interessante agli occhi di un vampiro o di un mutantropo. Di un deboluccio e avido Altro delle Tenebre… uno di quelli neoarruolati. Quindi la cerchia dei sospetti non è circoscritta.

— Quanti Altri inferiori neoarruolati ci sono a Mosca adesso? — chiesi, e mi parve strano pronunciare "Altri inferiori" con tanta leggerezza.

Prima non li avevo mai chiamati così. Per compassione.

Kostja non reagì alla mia frase. Era diventato davvero un vampiro superiore: imperturbabile, sicuro di sé.

Glissò: — Ce ne sono pochi. Li stanno controllando, non ti preoccupare. Stanno controllando tutti, sia gli Altri inferiori, sia i maghi.

— Zavulon si è innervosito? — ironizzai.

— Nemmeno Geser è un modello di serenità — sghignazzò Kostja. — Nessuno ne è contento. Sei il solo a prenderla alla leggera.

— Non ci vedo nulla di particolarmente catastrofico. Esistono umani che sanno della nostra esistenza. Pochi, ma ci sono. Un umano in più non cambia niente. Se si mettesse a far chiasso, lo localizzeremmo presto e lo faremmo passare per un malato mentale.

— Se invece diventasse un Altro? — domandò Kostja.

— Ci sarà un Altro in più. — Mi strinsi nelle spalle.

— Se non diventasse un vampiro né un mutantropo, ma un Altro vero? — Kostja sorrise. — Autentico. Non importa se delle Tenebre o della Luce.

— Ci sarà un Altro in più — ripetei.

Kostja scosse la testa: — Senti, Anton. Ti ho sempre voluto bene. Finora. Ma a volte mi stupisci per quanto sei ingenuo.

Si stiracchiò. Le sue braccia stavano velocemente ricoprendosi di corti peli, la pelle si scuriva e diventava sempre più dura.

— Occupati degli operai — squittì con un tono acuto. — Telefonami se fiuti qualcosa. — Voltando verso di me la faccia contorta in trasformazione, sorrise di nuovo: — Sai, Anton, un Altro delle Tenebre non potrebbe mai fare amicizia con un agente della Luce, se non fosse un ingenuo come te.

Saltò. Si sentì il sordo battito delle membrane delle ali. Un pipistrello un po' goffo, ma comunque veloce, volò via nella notte.

Sul davanzale rimase il bianco rettangolo di un biglietto da visita. Lo raccolsi e lessi: "Konstantin. Istituto di ricerca delle patologie del sangue, assistente e collaboratore scientifico." Seguivano i numeri di telefono: d'ufficio, di casa, cellulare. Quello di casa lo ricordavo: Kostja abitava ancora con i genitori. I vampiri in genere hanno legami familiari molto stretti.

Cosa intendeva dire? Perché tutto questo timore?

Spensi la luce, mi distesi sul materasso e fissai i quadrati delle finestre che stavano gradualmente ingrigendosi.

"Se quell'umano riuscisse a diventare un Altro vero..."

Come si diventa Altro? Nessuno lo sa. «Una mutazione casuale» aveva detto Las. Era una definizione abbastanza calzante. Nasci umano, vivi una vita normale… finché uno degli Altri non percepisce dentro di te la capacità di entrare nel Crepuscolo e di trarne la forza. Poi qualcuno comincia a guidarti. Piano piano ti porta allo stato spirituale giusto, perché nel caso di una forte scossa emotiva tu guardi la tua ombra e la veda in un modo diverso.

Perché tu veda che giace a terra come uno straccio nero, come un sipariетto che potresti tirare verso di te, scostarlo ed entrare in un altro mondo.

Nel mondo degli Altri. Nel Crepuscolo.

Dallo stato in cui finisci dentro il Crepuscolo per la prima volta – gioioso e buono oppure infelice e cattivo – dipende il tuo destino di creatura della Luce o delle Tenebre.

"Se riuscisse a diventare un Altro vero…"

Esiste sempre la possibilità di un'iniziazione forzata. Ma solo attraverso la perdita della vita, per via della trasformazione in un cadavere vitale. Un umano potrebbe diventare un vampiro o un mutantropo, condannato a mantenersi in vita grazie alle vite altrui. Questa è la strada degli agenti delle Tenebre… Ma nemmeno loro la reputano particolarmente piacevole.

E se fosse possibile diventare maghi?

E se esistesse un modo per trasformare qualsiasi umano in un Altro? Acquisire una vita lunga, lunghissima, e capacità straordinarie? Molti lo vorrebbero, senza dubbio.

Neanche noi saremmo contrari. Su questa Terra vivono tante persone meravigliose, degne di diventare Altri della Luce!

Però anche gli agenti delle Tenebre si metterebbero a infittire le proprie file.

Di colpo compresi. Il guaio non consisteva nel fatto che qualcuno avesse svelato il nostro segreto a un umano. Non stava nemmeno nella possibilità di una fuga d'informazioni. Neanche nel fatto che il traditore conoscesse l'indirizzo dell'Inquisizione. Si trattava di una nuova manifestazione della guerra eterna!

Sono secoli che gli agenti della Luce e quelli delle Tenebre sono vincolati al Patto. Abbiamo diritto di cercare Altri tra gli umani, e anche di avviarli verso la parte da noi desiderata, verso quella che riteniamo giusta. Ma siamo condannati a setacciare tonnellate di sabbia in cerca di granelli d'oro. In questo modo è garantito l'equilibrio.

Ed ecco che, a un tratto, compare la possibilità di trasformare in un colpo solo migliaia, milioni di umani in Altri!

Una squadra di calcio vince un campionato e sulle decine di migliaia di persone esultanti scorre una magica onda che trasforma tutti quanti in Altri della Luce.

Nel contempo, proprio lì accanto, i Guardiani del Giorno impartiscono un ordine ai fan della squadra che ha perso, e tutti si trasformano in Altri delle Tenebre.

Ecco cosa intendeva Kostja. Una tentazione colossale di far volgere di botto il bilancio delle Forze a proprio vantaggio. Naturalmente sia gli agenti delle Tenebre sia noi della Luce ci rendiamo conto delle conseguenze. Certo, entrambe le parti sottoscriverebbero ulteriori clausole del Patto e regolerebbero l'iniziazione degli umani con limiti accettabili. Come gli USA e l'URSS erano riusciti a limitare la corsa agli armamenti…

Chiusi gli occhi e scossi il capo. Una volta Semen mi aveva raccontato che la corsa agli armamenti era stata bloccata dalla creazione dell'arma assoluta, dei due (non ne servivano di più) ordigni nucleari capaci di provocare una reazione autoalimentata di sintesi atomica. Il dispositivo americano era piazzato in Texas, quello russo in Siberia. Sarebbe bastato farne esplodere solo uno, e tutto il pianeta si sarebbe trasformato in una palla di fuoco.

Forse anche i dirigenti delle Guardie sono in possesso di simili bombe magiche? Perciò l'Inquisizione, che è a conoscenza del segreto, controlla in modo così ossessivo l'aderenza delle parti alle regole del Patto?

Forse.

In ogni caso sarebbe meglio che non risultasse possibile iniziare le persone comuni.

La mattinata per me era cominciata con l'apprendimento dei misteri della cabina doccia. La ragione soggiogò il ferro inanimato, mi lavai con un accompagnamento musicale, poi m'ingegnai a prepararmi la colazione con cubetti di pane tostato, salame e yogurt. Alla luce del sole il mio umore migliorò: mi sistemai sul davanzale e mi gustai il pasto ammirando il panorama del fiume Moscova. Chissà perché mi venne in mente che Kostja mi aveva confessato che i vampiri non possono guardare il sole. La luce solare non arreca loro ustioni, ma comunque crea sconforto.

Non avevo tempo per sprofondarmi troppo nei tristi pensieri sul destino dei miei vecchi conoscenti. Dovevo andare a cercare... Chi? L'Altro traditore? Per questo non mi trovavo nella posizione migliore. Il suo cliente umano? Una faccenda lunga e frustrante.

"E va bene" mi decisi. "Agiremo secondo le rigide regole dei classici del giallo. Cosa abbiamo? Un indizio. Una lettera spedita dal complesso residenziale Assol. Cosa ci dice? Un bel niente. Forse qualcuno ha visto come tre giorni fa è stata imbucata la lettera? Certo, le possibilità che qualcuno se lo ricordi sono poche..."

Mi colpii la fronte con il palmo della mano. "Che cretino! Si capisce che un Altro non si vergogna di essersi scordato della tecnologia moderna, perché agli Altri non piacciono i marchingegni troppo complessi. Ma io, che sono del ramo! Tutto il terreno del complesso residenziale Assol è sorvegliato da videocamere!"

Indossai il completo e feci il nodo alla cravatta. Mi spruzzai addosso del profumo che Ignat aveva scelto per me il giorno prima. Infilai il cellulare nella tasca interna della giacca. «I telefonini li portano alla cintura solo i ragazzini e i commessi!» mi aveva istruito Geser il giorno precedente.

Anche il cellulare era nuovo e difficile da usare. Aveva giochi, lettore MP3 incorporato, registratore e altre cavolate assolutamente inutili in un telefono.

Nel fresco silenzio di un ascensore scesi nell'atrio. Mi imbattei subito nel mio conoscente notturno, in un look alquanto bizzarro. Las, con indosso una nuovissima tuta blu con la scritta Assol sulla schiena, stava spiegando qualcosa a un imbarazzato uomo anziano vestito con una tuta uguale. Riuscii a cogliere: — Non è una scopa, capisci? Là dentro c'è un computer che indica consistenza dello sporco sull'asfalto e pressione del liquido detergente. Ora ti faccio vedere.

Lo seguii. Nel cortile, davanti all'ingresso del palazzo, erano posteggiati due veicoli per la pulizia stradale di colore arancione acceso con cisterne d'acqua, spazzole rotonde, piccoli abitacoli di vetro per i guidatori. Parevano giocattoli, come se fossero giunti lì direttamente da una città magica di un libro per bambini, in cui piccoli e allegri cittadini quotidianamente pulivano con gioia viali e piazze in miniatura.

Las si arrampicò con agilità nell'abitacolo di una delle macchine, e dietro di lui vi si infilò per metà l'uomo anziano. Quest'ultimo ascoltò con attenzione qualcosa che Las aveva da dirgli, annuì e si diresse verso il secondo veicolo.

— Se resti il pigrone che sei, passerai la vita a fare l'assistente dello spazzino! — gli gridò Las. La sua macchina partì e si mise a percorrere in lungo e in largo i tratti asfaltati con le spazzole che giravano. Il cortile già pulito acquistava a vista d'occhio un aspetto sterilizzato.

Lavorava come spazzino presso l'Assol?

Feci per ritirarmi, per non mettere Las in imbarazzo, ma mi aveva già notato e si dirigeva verso di me agitando allegramente la mano.

Le spazzole continuavano a girare.

— Buongiorno! — mi urlò Las sporgendosi dall'abitacolo. — Vuoi fare un giretto?

— Lavori qui? — domandai.

All'improvviso nella mia mente presero a prospettarsi panorami più fantasiosi, come quello che Las in realtà non vivesse all'Assol, ma avesse semplicemente occupato per un determinato periodo un appartamento vuoto.

— Lo faccio per arrotondare — spiegò lui con tranquillità. — Forte, sai? Di mattina scorrazzo un'oretta su e giù per il cortile, invece di fare ginnastica. In più mi pagano, e anche bene!

Non feci commenti.

— Hai presente le giostre del luna park? — mi chiese. — Quegli autoscontri che ti fanno pagare dieci rubli per tre minuti? Qui invece sei tu che vieni pagato. Per il tuo divertimento.

— Tutto dipende se ti costringono a pitturare la staccionata oppure no — borbottai.

— Giusto! — Las sorrise. — No, non mi costringono. Mi diverto a pulire il cortile, come Lev Tolstoj si divertiva a falciare il grano. La differenza è che dopo di me non bisogna rifare tutto, dopo di lui dovevano ripassarci i contadini... In genere qui mi apprezzano, vengo persino regolarmente premiato. Allora, lo vuoi fare questo giretto o no? Potrei trovare un posticino anche per te, se tu ne avessi voglia. Gli spazzini professionisti non ci capiscono un fico secco di questi macchinari.

— Ci penso su — risposi, osservando le spazzole che roteavano con vigore, l'acqua che fuoriusciva dagli ugelli e lo splendente abitacolo. Chi di noi non ha mai fantasticato di diventare il conducente di un veicolo della pulizia stradale? Da piccolo, quando non sognava ancora di diventare banchiere o killer professionista...

— Vedi un po' tu. Io devo andare avanti con il lavoro — dichiarò. La macchina riprese a girare per il cortile spazzando, lavando e succhiando via lo sporco. Dalla cabina si sentì una canzone degli Akvarium:

La generazione di spazzini e di custodi
s'è dispersa nelle vastità d'un inverno infinito...
Se ne andò ognuno a casa propria.
Ai nostri tempi, mentre uno su tre è eroe,
quelli non scrivono articoli,
non inviano telegrammi...

Leggermente frastornato tornai nell'atrio. Chiesi ai custodi dove si trovasse l'ufficio postale dell'Assol. Mi ci recai. Era aperto: in una graziosa saletta si stavano annoiando tre giovanissime impiegate. Lì si trovava anche la cassetta in cui era stata infilata la nostra lettera.

Sotto il soffitto brillavano gli occhietti delle videocamere.

In effetti un detective professionista ci avrebbe potuto anche far comodo: ci sarebbe arrivato subito.

Comprai una cartolina con un pulcino che saltellava dentro

la gabbia di un allevamento e la scritta prestampata: "Mi manca la famiglia!" Non era troppo divertente. E inoltre non ricordavo il codice postale del villaggio in cui era in vacanza la mia famiglia. Perciò spedii con uno sghignazzo vendicativo la cartolina a casa di Geser: sapevo bene dove abitava.

Rimasi a chiacchierare un po' con le ragazze – l'impiego in un complesso residenziale così importante le costringeva a essere gentili con i clienti e per di più si annoiavano – poi uscii.

Mi diressi verso l'ufficio dei custodi al pianterreno.

Se solo avessi avuto diritto di usare le mie capacità di Altro, avrei semplicemente trasmesso ai custodi la simpatia nei miei confronti e mi sarei aggiudicato l'accesso a tutte le videoregistrazioni. Ma non potevo rivelarmi.

Quindi decisi di sfruttare la fonte più assoluta di simpatia, cioè il denaro.

Separai dal mazzetto che mi avevano consegnato in ufficio una quantità di rubli equivalente a un centinaio di dollari americani ed entrai nella guardiola, in cui si trovava un giovanotto in divisa dall'aria annoiata.

— Buongiorno! — lo salutai con uno splendido sorriso.

Lanciai una furtiva occhiata sui monitor che aveva di fronte: vi passavano le inquadrature di una decina di videocamere. Se le immagini erano state scaricate sull'hard disk, allora le registrazioni dei tre giorni precedenti forse non erano ancora state archiviate altrove.

— Ho un problemino — dissi. — Ieri mi è arrivata una buffa lettera... — ammiccai — da una fanciulla che non conosco. A quanto ho capito, abita proprio qui.

— La lettera contiene minacce? — si allarmò l'addetto alla sicurezza.

— No, no! Anzi. La misteriosa sconosciuta però cerca di rimanere in incognito. Si potrebbe vedere chi ha imbucato le lettere alla posta tre giorni fa? — Nell'istante successivo rovinai tutto. Appoggiai i soldi sul tavolo e dissi sorridendo: — Gliene sarei molto grato...

Il giovanotto s'impietrì.

Mi sembrò che avesse anche schiacciato qualcosa con un piede.

Dieci secondi dopo due suoi colleghi con molta gentilezza mi invitarono ad accompagnarli nell'ufficio del loro capo.

Il capo della sicurezza, un uomo di una certa età che con ogni evidenza si era formato tra i ranghi delle forze dell'ordine, mi fissava con disapprovazione.

— Perché si comporta così, signor Gorodeckij? — mi rimproverò girando tra le dita il mio pass per l'area dell'Assol. — Come se si trovasse in un ufficio dello stato, mi perdoni il termine.

Ebbi la netta impressione che avesse una gran voglia di fare a pezzi la mia tessera, di chiamare la sorveglianza e cacciarmi via.

Avrei voluto scusarmi e promettere di non agire mai più in quel modo. Soprattutto perché mi vergognavo davvero.

Solo che questo era il desiderio del mago della Luce Anton Gorodeckij e non del proprietario di una piccola impresa di commercio in latte e derivati, signor A. Gorodeckij.

— Che cosa è successo, insomma? — sbottai. — Se la mia richiesta non era realizzabile, bastava dirlo.

— Ma perché tirare fuori i soldi? — domandò il capo della sicurezza.

— Quali soldi? — chiesi con finta meraviglia. — Ah, ecco... Il vostro agente ha creduto che gli stessi offrendo del denaro?

L'uomo abbozzò un sorriso.

— Per niente al mondo! — dichiarai. — Ho messo la mano in tasca per tirare fuori il fazzoletto. L'allergia oggi non mi dà tregua. In tasca c'erano degli spiccioli e così li ho appoggiati lì, sul tavolo... e non ho fatto neanche in tempo a soffiarmi il naso.

Mi resi conto di aver esagerato.

Il capo, con una faccia impassibile, mi allungò la tessera e disse con estrema cortesia: — Il malinteso è stato chiarito. Come può comprendere, signor Gorodeckij, la visione da parte dei privati delle immagini di servizio registrate è vietata.

Sentivo che la cosa che aveva ferito di più il capo della sicurezza era stata quella degli "spiccioli". Certo, il personale del complesso non era in miseria, ma nemmeno navigava nel lusso fino al punto di chiamare "spiccioli" un centinaio di dollari.

Sospirai e abbassai la testa. — Mi scusi, sono stato uno stupido. È vero, ho cercato di offrire una... gratifica. Tutta la settimana ho corso avanti e indietro per vari uffici statali, dovevo registrare di nuovo la mia ditta... È stato quasi un riflesso condizionato.

L'uomo mi fissava con aria interrogativa. Sembrava essersi ammorbidito un po'.

— Mi dispiace — dissi. — Sono stato travolto dalla curiosità. Ci crede? Non ho dormito quasi tutta la notte... cercavo di indovinare...

— Vedo che non ha dormito — convenne il responsabile della sicurezza continuando a fissarmi. E non resistette (la curiosità del genere umano è inestinguibile). — Cos'è che la interessa tanto?

— Mia moglie e mia figlia sono in campagna — raccontai. — Io invece sono qui a sbattermi per terminare i lavori in casa... ed ecco che ricevo una lettera. Anonima. Scritta da una mano femminile. Nella lettera... be', come dire... un chilogrammo di civetteria più un mezzo chilo di promesse. Tipo: la bella sconosciuta sogna di conoscerti, ma non osa fare il primo passo. Se sono stato attento e ho capito di chi si tratta, devo solo fare un cenno.

Negli occhi del capo si accese una scintilla di entusiasmo.

— Sua moglie è in campagna? — chiese.

— Sì. Non pensi troppo male. Vorrei semplicemente scoprire chi è questa sconosciuta.

— Ha con sé la lettera? — domandò.

— L'ho buttata via subito. Altrimenti potrebbe capitare tra le mani di mia moglie, e vai poi a raccontarle che non è successo niente...

— Quando è stata spedita?

— Tre giorni fa. Dal nostro ufficio postale.

Il responsabile della sicurezza, sprofondato nei propri pensieri, taceva.

— Lì la corrispondenza viene ritirata solo una volta al giorno, la sera — ripresi. — Non credo che vi passi tanta gente, forse cinque, sei persone al giorno. Se si potesse dare un'occhiata...

L'uomo scosse la testa. Fece un sorriso.

— Capisco che non si dovrebbe… — continuai. — Potrebbe almeno guardare lei? Forse non c'è stata nemmeno una donna. Forse è uno scherzo del mio vicino. È una persona spiritosa.

— Quello del decimo piano? — Il responsabile fece una smorfia.

Annuii: — Dia un'occhiata… e mi dica soltanto se c'è stata una donna o no…

— Questa lettera è compromettente per lei, giusto? — domandò il responsabile.

— In qualche misura, sì — riconobbi. — Se finisse in mano a mia moglie…

— Allora la sua richiesta di guardare la registrazione è fondata — decise l'uomo.

— La ringrazio molto! — esclamai. — Moltissimo!

— Vede com'è tutto semplice? — disse, schiacciando con lentezza i pulsanti della tastiera del computer. — Lei invece si mette là coi soldi. Che razza di abitudine sovietica… Un attimo…

Non ce la feci a trattenermi, mi alzai e mi piazzai alle sue spalle. Il capo della sicurezza non protestò. Si era animato: evidentemente all'Assol non aveva montagne di lavoro da sbrigare.

Sullo schermo comparve l'inquadratura dell'ufficio postale. Prima da un angolo: si poteva benissimo vedere cosa stavano facendo le impiegate. Poi da un altro punto: l'ingresso e la cassetta delle lettere.

— Lunedì, otto del mattino — dichiarò solennemente il responsabile. — E poi che si fa? Dobbiamo guardare lo schermo per dodici ore di fila?

— Oh, è vero. Non ci ho pensato.

— Schiacciamo un po' questo tasto qua… no… quello là…

L'immagine cominciò a tremolare in modo appena percettibile.

— Cos'è? — domandai, come se non avessero progettato un sistema analogo per il nostro ufficio.

— La ricerca del movimento! — esclamò trionfante.

Il primo personaggio si era presentato alle nove e trenta di mattina. Un operaio dall'aspetto orientale. Aveva spedito un mazzo intero di lettere.

— Non è la sua bella sconosciuta? — ironizzò il capo della

sicurezza. Poi spiegò: — Sono i muratori del palazzo numero due. Mandano sempre un sacco di lettere a Taskent.

Il secondo cliente si era presentato all'una e un quarto. Un signore dall'aria molto perbene, seguito da una guardia del corpo. Non aveva spedito lettere. Non capii nemmeno perché fosse passato: forse per fare quattro chiacchiere con le ragazze, o forse stava ispezionando l'area dell'Assol.

Il terzo era stato… Las!

— Oh! — esclamò il capo. È il suo spiritoso vicino! Quello che canta canzoncine di notte.

— Lui — borbottai. — Possibile che…

— Si rilassi, andiamo avanti.

Dopo una pausa di tre ore, la gente era arrivata a frotte. Altri tre inquilini avevano imbucato le loro buste. Tutti uomini e tutti d'aspetto molto serio.

E una donna. Di circa settant'anni. Appena prima della chiusura. Una grassona che indossava un vestito rigonfio e un'enorme collana di pessimo gusto. I radi capelli bianchi erano arricciati.

— Sarà lei?! — si entusiasmò il responsabile. Si alzò in piedi e mi diede qualche pacca sulla spalla. — Allora, è ancora intenzionato a cercare la civetta sconosciuta?

— È tutto chiaro. Una beffa!

— Poco male, meglio beffa che truffa — scherzò. — Una richiesta per il futuro: non faccia mai più azioni così ambigue. Non tiri fuori il denaro se non ha intenzione di pagare qualcuno.

Abbassai la testa.

— In questo modo siamo noi stessi a corrompere le persone — disse il responsabile con amarezza. — Lo capisce? Noi stessi! Ne offre una volta, poi un'altra… e la terza lo pretendono. Poi stiamo lì a lamentarci perché il mondo va così… Lei è una brava persona, in lei c'è luce!

Lo fissai stupito.

— Una brava persona, sì — confermò. — Mi fido del mio istinto. In vent'anni al reparto operativo ne ho viste di tutti i colori. Non lo faccia più, d'accordo? Non moltiplichi il male attorno a lei.

Era da un pezzo che non mi vergognavo così.

Un mago della Luce che veniva ammonito a non compiere il male!

— Ci proverò — promisi, e guardai, con aria colpevole, il capo della sicurezza dritto negli occhi. — La ringrazio per l'aiuto.

Lui non rispose. I suoi occhi divennero vitrei. La bocca si socchiuse. Le sue dita strinsero i braccioli della poltrona e sbiancarono.

L'incantesimo del gelo. Una magia semplice, di largo uso.

C'era qualcuno alla finestra dietro le mie spalle. Non potevo vederlo, ma lo percepivo.

Mi scostai da una parte più veloce che potei, ma feci in tempo a sentire il gelido alito di forza puntato contro di me. No, non si trattava dell'incantesimo del gelo, ma di qualcosa di analogo che apparteneva al repertorio dei trucchetti dei vampiri.

La forza mi scivolò addosso di striscio e venne assorbita dal responsabile della sicurezza. La protezione realizzata da Geser non si limitava a mascherarmi, mi difendeva anche!

Picchiai con una spalla contro il muro, allungai le braccia in avanti, ma all'ultimo momento mi trattenni e non restituii il colpo.

Accanto alla finestra c'era un vampiro con i denti in fuori per lo sforzo. Un tizio alto con la faccia da europeo. Un vampiro superiore, senza dubbio. E non giovane come Kostja. Avrà avuto come minimo trecento anni. Senz'altro era più forte di me.

Ma non di Geser! Il vampiro non vedeva la mia natura di Altro. In quel momento tutti gli istinti soppressi da non morto, che i vampiri superiori riescono a dominare, stavano sfuggendo al suo controllo. Non riuscivo a immaginare per chi mi avesse preso: per un umano del tutto eccezionale capace di rivaleggiare con i vampiri quanto a prontezza di riflessi, per un "mezzosangue" delle leggende (un incrocio tra un'umana e un vampiro maschio), oppure per un fantomatico "dampiro", uno che va a caccia di Altri inferiori. Il vampiro pareva pronto ad andare fuori di testa e a mettersi a fare a pezzi tutto ciò che aveva attorno. La sua faccia si sciolse come la plastilina, modellando un muso animale con un'ampia fronte; dalla gengiva superiore spuntarono zanne e dalle dita artigli affilati come rasoi.

Un vampiro impazzito fa paura. Di peggio c'è solo un vampiro equilibrato.

Fui salvato dal combattimento di esito incerto solo dalla prontezza dei miei riflessi. Non restituii il colpo e urlai la formula di arresto: — Guardiano della Notte! Uscire dal Crepuscolo!

Dalla porta arrivò subito una voce: — Alt, è uno dei nostri!

Il vampiro tornò in sé con stupefacente rapidità. Gli artigli e le zanne vennero risucchiati indietro, la faccia ondeggiò come gelatina riacquistando l'impeccabile tratto europeo. Ricordavo bene quell'uomo: l'avevo incontrato nella bella città di Praga, dove producono la migliore birra del mondo e custodiscono un numero enorme di edifici gotici.

— Vitezslav! — esclamai. — Che succede?

Accanto alla porta si era piazzato Edgar, il mago delle Tenebre estone che dopo un breve periodo di lavoro nella Guardia del Giorno di Mosca era passato all'Inquisizione.

— Le chiedo scusa, Anton! — L'estone era davvero imbarazzato. — Un piccolo errore. Un incidente di percorso.

Vitezslav divenne la gentilezza fatta persona. — Porgiamo le nostre scuse, Guardiano. Non l'avevamo individuata... — Mi squadrò velocemente da capo a piedi e nella sua voce vibrò una nota d'ammirazione: — Che mascheramento! Mi congratulo con lei, Guardiano, se è opera sua.

Non mi misi a spiegare chi era stato ad attivarmi la protezione. Capita così di rado che un mago della Luce possa deliziarsi dicendone quattro agli Inquisitori.

— Cosa avete combinato a questo disgraziato? — sbraitai. — È sotto la mia protezione!

— Una precauzione dettata dall'importanza della missione, un incidente di percorso, come ha già detto il mio collega — rispose Vitezslav, stringendosi nelle spalle. — Ci servono i dati registrati dalle videocamere.

Edgar spostò con noncuranza la poltrona del responsabile della sicurezza, mi si avvicinò e mi rivolse un sorriso: — Tutto a posto, Gorodeckij. Stiamo facendo lo stesso lavoro, giusto?

— Avete un permesso per simili... precauzioni? — indagai.

— Abbiamo una grandissima quantità di permessi — rispose Vitezslav gelido. — Lei non ha nemmeno idea di quanti.

Era tornato in sé e cercava lo scontro diretto. Come non capirlo? Si era abbandonato agli istinti, aveva quasi perduto l'autocontrollo, cosa che per un vampiro superiore sarebbe stata un'infamia inaccettabile. La voce di Vitezslav tradiva note di un'autentica furia pacata: — Desidera controllare, Guardiano?

La situazione fu salvata da Edgar. Sollevò le braccia ed esclamò: — La colpa è mia! Avrei dovuto riconoscere il signor Gorodeckij. Vitezslav, è stata una mia mancanza. Chiedo perdono.

Tesi la mano al vampiro. — Ha ragione, stiamo facendo lo stesso lavoro. Non mi aspettavo di vedervi qui.

Avevo centrato il bersaglio. Vitezslav staccò per un attimo lo sguardo da me. Poi sfoderò un sorriso amichevole e mi strinse la mano. Il palmo della sua mano era caldo... e io sapevo perfettamente che cosa significava.

— Il collega Vitezslav è appena sbarcato dall'aereo — spiegò Edgar.

— E non ha fatto in tempo a munirsi di una regolare registrazione temporanea?

Per quanto potente fosse Vitezslav, qualunque fosse l'incarico che ricopriva all'interno dell'Inquisizione, rimaneva comunque un vampiro. Ed era suo obbligo sottoporsi all'umiliante procedura di registrazione.

Non andai avanti a strapazzarlo. Al contrario. — Potrei sbrigare tutte le formalità qui sul posto — mi offrii. — Ne ho il diritto.

— La ringrazio. — Il vampiro chinò leggermente il capo. — Sono già passato dal vostro ufficio. La disciplina viene prima di tutto.

La pace fu ristabilita.

— Ho già visionato le registrazioni — lo informai. — Tre giorni fa sono passati a spedire corrispondenza quattro uomini e una donna. Più un muratore che ha imbucato un fascio di lettere. Qui stanno lavorando alcuni operai uzbechi.

— È un buon segno per il suo paese — fece notare Vitezslav con cortesia. — L'uso di manodopera proveniente dagli stati limitrofi è indice di crescita economica.

Avrei potuto anche spiegargli cosa ne pensavo. Ma non lo feci.

— Desiderate vedere i filmati? — domandai.

— Sì — rispose il vampiro.

Edgar continuava a tenersi in disparte.

Visualizzai sul monitor l'inquadratura dell'ingresso dell'ufficio postale. Azionai la ricerca del movimento e così rivedemmo tutti gli appassionati del genere epistolare.

— Questo lo conosco. — Puntai un dito su Las. — Scoprirò oggi stesso che cosa ha spedito.

— Ha sospetti su di lui? — chiese Vitezslav.

— No.

Il vampiro fece ripartire la registrazione. Questa volta anche il povero responsabile della sicurezza era stato piazzato davanti al computer.

— Questo chi è? — lo interrogò Vitezslav.

— Un inquilino — rispose il responsabile, senza staccare gli occhi dal monitor. — Palazzo uno, piano sedici.

Aveva un'ottima memoria. Ricordava i nomi di tutti i sospetti, non riuscì a identificare solo il muratore. Oltre a Las, all'inquilino del sedicesimo piano e alla vecchietta dell'undicesimo, avevano imbucato lettere due manager dell'Assol.

— Per cominciare, noi ci occuperemo degli uomini e lei della vecchietta — dichiarò Vitezslav. — È d'accordo, Gorodeckij?

Scrollai le spalle. Passi la collaborazione, ma non avrei permesso a nessuno di darmi ordini. Tanto meno a un agente delle Tenebre. A un vampiro.

— Per lei è più facile — spiegò Vitezslav. — Mi trovo in difficoltà… ad avvicinarmi agli anziani.

La confessione era stata sincera e del tutto inattesa. Mugugnai qualcosa d'incomprensibile e non lo invitai a scendere in particolari.

— Sento in loro ciò di cui sono stato privato — chiarì comunque il vampiro. — La mortalità.

Non potei trattenermi: — Fa invidia?

— Fa paura. — Vitezslav si piegò verso l'agente della sicurezza e disse: — Ora ce ne andiamo. Dormirai per cinque minuti e farai bellissimi sogni. Quando ti sveglierai, avrai dimenticato la nostra visita. Ti ricorderai solo di Anton… che ti diventerà molto simpatico. Se servisse, gli fornirai qualsiasi genere di aiuto.

— Non serve… — protestai debolmente.

— Stiamo facendo lo stesso lavoro — mi ricordò il vampiro. — So com'è difficile lavorare sotto copertura. Addio.

Un istante ed era già svanito. Edgar abbozzò un sorriso colpevole e uscì dalla porta.

Senza aspettare che il responsabile si risvegliasse, me ne andai anch'io.

Capitolo 4

Il fato, che secondo le rassicurazioni dei nostri maghi non esisteva, mi era favorevole.

Nella hall (non avrei potuto definirla "androne") dell'Assol vidi la vecchietta alla quale il vampiro temeva di avvicinarsi. Era ferma davanti all'ascensore e fissava assorta i pulsanti.

Guardai attraverso il Crepuscolo ed ebbi conferma che l'anziana era sconvolta, quasi in preda al panico. La sorveglianza non poteva offrirle aiuto, dato che apparentemente la vecchia signora era serena e impassibile.

Mi avviai deciso verso di lei. Era proprio un'anziana matrona. Il familiare e bonario termine "vecchietta" nel suo caso non suonava per nulla appropriato.

— Mi scusi, posso esserle d'aiuto?

La donna mi lanciò un'occhiata che non manifestava alcuna diffidenza senile, ma rifletteva piuttosto grande imbarazzo.

— Ho dimenticato dove abito — confessò. — Lei non lo sa?

— Undicesimo piano — sussurrai. — Mi permette di accompagnarla?

I riccioli bianchi, che lasciavano intravedere il cuoio capelluto roseo e sottile, oscillarono in modo appena percettibile.

— Ottant'anni — disse. — Questo lo ricordo… È dura, ma lo ricordo.

Porsi il braccio alla mia dama e la guidai nell'ascensore. Un agente di sorveglianza si diresse verso di noi, ma la mia attempata conoscente scosse leggermente la testa. — Mi accompagna questo signore.

Il "signore" la accompagnò. L'anziana matrona riconobbe la

propria porta e accelerò il passo. L'appartamento non era chiuso a chiave. Era rifinito e ammobiliato splendidamente. Nell'ingresso passeggiava freneticamente avanti e indietro una ragazza di circa vent'anni che strillava nel telefonino: — Ho cercato anche giù! È scappata di nuovo…

Sorrise quando ci vide. Temetti però che l'affascinante sorriso fosse indirizzato soprattutto a me.

— Masenka, servici del tè — le disse la vecchietta. — Nella stanza grande.

La ragazza si avviò ubbidiente in cucina, ma mi schioccò un ulteriore sorriso e mi sussurrò all'orecchio, sfiorandomi in modo del tutto calcolato con il seno: — È ridotta proprio male. Mi chiamo Tamara.

Chissà perché non mi venne voglia di presentarmi. Seguii la vecchietta nella "stanza grande". Era *mooolto* grande, arredata con mobili vecchi, dei tempi di Stalin, con tracce di costose aggiustatine. Sulle pareti erano appese parecchie fotografie in bianco e nero dell'anziana padrona di casa, allora giovane bellezza dal sorriso abbagliante, con una cuffia da pilota.

— Andavo a bombardare i crucchi — spiegò con modestia, accomodandosi alla tavola rotonda drappeggiata con una tovaglia di velluto bordeaux con le nappe. — Ecco, là, Kalinin[1] in persona che mi consegna una medaglia…

Sbalordito, mi sedetti davanti all'ex pilota.

Soggetti come lei finiscono i loro giorni nelle vecchie dacie dello stato, oppure negli enormi malandati grattacieli staliniani, non in un complesso residenziale d'élite! Aveva solo lanciato bombe contro i nazisti e non portato fuori dal Reichstag i lingotti d'oro del tesoro nazionale tedesco!

— La casa me l'ha comprata mio nipote — disse la vecchietta, come se mi avesse letto nel pensiero. — L'appartamento è grande. Non ricordo niente… Qui tutto sembra familiare, ma non ricordo…

Annuii. Un bravo nipote, davvero. È chiaro che intestare un

1 Michail Ivanovic Kalinin (1875-1946), uomo politico sovietico. Operaio, fu tra i leader della Rivoluzione d'Ottobre (1917). Fu presidente del Soviet Supremo, cioè capo dello stato, dal 1938 al 1946. (N.d.T.)

lussuoso appartamento alla pluridecorata nonnina e poi ereditarlo era un passo molto astuto. Ma in ogni modo si trattava di una buona azione.

Avrebbe dovuto solo essere più accorto nella scelta della badante. Non pigliare una ventenne preoccupata soltanto dell'investimento più riuscito possibile, della sua giovane faccetta e del fisico ben fatto, ma una robusta infermiera di mezza età…

L'anziana guardò soprappensiero verso la finestra. Disse: — Starei meglio in quelle case là, quelle piccole, come ero abituata…

Non l'ascoltavo più. Fissavo il tavolo ingombro di lettere sgualcite con un buffo timbro che diceva "destinatario trasferito". C'era poco da stupirsene. In qualità di destinatari figuravano il capo villaggio onorario di tutta l'Unione Sovietica Kalinin, il generalissimo Josif Stalin, il compagno Kruscev e persino il "caro Leonid Ilic Breznev".

I leader successivi, con ogni probabilità, non erano rimasti impressi nella memoria della vecchietta. Non servivano le facoltà di Altro per capire che razza di lettera avesse spedito l'anziana tre giorni prima.

— Non ci riesco a stare qui senza far niente — si lamentò la vecchietta intercettando il mio sguardo. — Continuo a fare richieste per essere mandata nelle scuole di volo. Bisogna raccontare ai giovani come abbiamo vissuto…

Per sicurezza la guardai attraverso il Crepuscolo. Mancò poco che mi sfuggisse un urlo. La vecchia pilota era una potenziale Altra. Forse non molto potente, ma inequivocabile! Solo che per iniziarla a questa età… Nemmeno da pensare! Passi a sessant'anni, a settanta… ma a ottanta! Sarebbe morta a causa dello sforzo. Se ne sarebbe andata nel Crepuscolo come un'ombra disincarnata e folle…

Non si può controllare tutti.

Neanche a Mosca, dove ci sono così tanti Guardiani. A volte ci capita di riconoscere i nostri fratelli e le nostre sorelle troppo tardi…

Ricomparve Tamara con un vassoio straripante di ciotole di biscotti e cioccolatini, una teiera e due belle tazze antiche. Appoggiò il tutto sul tavolo senza fare il minimo rumore.

L'anziana stava già sonnecchiando seduta come prima, dritta e rigida, sulla sua sedia.

Mi alzai con cautela e feci un cenno a Tamara: — Io vado. Lei invece stia più attenta. Perché la signora dimentica dove abita.

— Ma se non le tolgo gli occhi di dosso! — rispose la ragazza sbattendo le ciglia. — Le assicuro…

Controllai anche lei. Nessuna qualità di Altra. Una normale giovane donna. Persino buona, a modo suo.

— Scrive spesso lettere? — domandai, e accennai un sorriso.

Tamara prese il mio sorriso per un incoraggiamento: — Tutto il tempo! A Stalin, a Breznev… da schiantare dal ridere, vero?

Non replicai.

Tra tutti i bar e i ristoranti di cui l'Assol abbondava, era aperto solo il caffè all'interno del supermercato. Era un posticino molto simpatico, su un piano soppalcato sopra le casse, con una vista panoramica su tutta l'area. Sarebbe stato proprio carino prendersi un caffè lassù, programmando l'itinerario prima di imbarcarsi in un piacevole giretto per acquisti.

Pranzai lì, cercando di non scandalizzarmi davanti ai prezzi. Poi ordinai un doppio espresso, comprai un pacchetto di sigarette – anche se fumavo molto raramente – e cercai di improvvisarmi detective: "Chi ha spedito la lettera? L'Altro traditore o l'umano cliente dell'Altro? Credo che non gioverebbe a nessuno dei due. Non è assolutamente nel loro interesse! La versione con una terza persona che cerca di impedire l'iniziazione è invece troppo melodrammatica."

Mi spronai: "Rifletti, sforzati! Ti sono già capitate situazioni più intricate. C'è un Altro traditore. C'è il suo cliente. La lettera è stata mandata alle Guardie e all'Inquisizione. Perciò, con ogni probabilità, l'ha mandata l'Altro. Un Altro potente, intelligente ed esperto!"

La domanda successiva fu: "Perché?"

"Forse una risposta esiste: per non attuare quella medesima iniziazione. Per consegnarci il cliente e non mantenere la promessa. Quindi non è una questione di soldi. In un qualche incomprensibile modo il cliente ha acquisito un potere sull'Altro.

Un potere spaventoso, assoluto, che gli permette di chiedergli qualsiasi cosa. L'Altro non può confessare che l'umano detiene questo potere. Fa un tiro mancino..."

Però, però, però!

Accesi una sigaretta, assaggiai il caffè. Mi spaparanzai in poltrona, con l'eleganza degli aristocratici di una volta.

"Ma in che modo un Altro può essere ridotto in schiavitù da un umano? Da un umano comune, anche se ricco, influente e sveglio?" C'era un modo solo, e non mi piaceva affatto. "Il nostro misterioso Altro traditore avrebbe potuto trovarsi nei panni del pesciolino d'oro della fiaba di Puskin e promettere all'umano di soddisfare ogni suo desiderio. Neanche il pesciolino s'era aspettato che la vecchiaccia impazzita gli avrebbe chiesto..."

A proposito di vecchiacce, avrei dovuto comunicare a Geser che avevo scovato una potenziale Altra... la schizzata vegliarda che avrebbe desiderato diventare la padrona dei cieli di Russia.

"Sia un vampiro, sia un mutantropo, sia un mago delle Tenebre su una promessa ci sputa sopra. Inoltre, se l'umano si mettesse ad avanzare pretese, lo potrebbero anche azzannare alla gola. Perciò la promessa sconsiderata è stata fatta da un mago della Luce!"

Sarebbe potuta succedere una cosa del genere?

"Sì. Facilmente. Siamo tutti un po' ingenui, ha ragione Kostja. Ci si può far incastrare per debolezza di carattere, per senso di colpa, oppure per romanticismo... Quindi il traditore è dei nostri. Ha dato una parola, per ora non chiediamoci il perché. Si trova in una trappola. Rifiutando di mantenere una promessa, un mago della Luce è costretto a dematerializzarsi... Alt! Un altro particolare importante. Potrei promettere a un umano di attuare qualsiasi cosa, ma se mi chiedessero di compiere qualcosa di inattuabile – neanche difficile, disgustoso o proibito, ma che non sia proprio possibile fare – come spegnere il sole o trasformare un umano in un Altro, cosa dovrei rispondere? Che non è possibile. In nessun modo. Ma l'Altro traditore è nel panico! A tal punto da scatenare contro il suo padrone entrambe le Guardie e l'Inquisizione! È stato messo con le spalle al muro, ha paura di svanire per sempre nel Crepuscolo. Vuol dire che è davvero in grado di trasformare l'umano in un Altro! Vuol dire che l'impossibile è possibile! Che esiste un modo. È un patrimonio di pochi, ma esiste..."

Mi sentii mancare.

"Il traditore è qualcuno dei nostri vecchi maghi esperti. Non necessariamente un fuoriclasse, non necessariamente uno che occupa una posizione chiave, ma un soggetto ammesso alla conoscenza dei misteri più reconditi... Esiste un lungo elenco di vecchi maghi esperti che non lavorano nella Guardia. Abitano a Mosca, guardano la TV, bevono birra, vanno a vedere le partite... Ma non li conosco, ecco qual è il guaio. Quei saggi a riposo non hanno voglia di partecipare all'eterna guerra tra le Guardie."

A chi avrei potuto rivolgermi per un consiglio? A chi avrei potuto illustrare le mie terribili intuizioni? A Geser? A Olga? Anche loro, però, erano tra i potenziali sospetti.

"No. Non credo in un loro errore. Sia Olga, tanto provata dalla vita, sia il furbissimo Geser non avrebbero mai compiuto uno sbaglio simile. Non farebbero mai una promessa impossibile a un umano. E nemmeno Semen la farebbe! Non credo che il saggio Semen, saggio in modo autentico, s'inguaierebbe in quel modo... Vuol dire che è stato qualcun altro tra i nostri maestri a fare questa brutta figura. Non posso avanzare un'accusa del tipo: Credo che in questo caso il colpevole sia qualcuno dei nostri. Degli agenti della Luce. Più probabilmente Semen. Oppure Olga. O lei stesso, Geser."

Come avrei potuto tornare al lavoro, dopo? Come avrei fatto a guardare i miei compagni negli occhi?

"No, non posso manifestare simili sospetti. Devo saperlo con certezza."

Chissà perché mi sentivo in imbarazzo a chiamare la cameriera. Andai al bancone e chiesi un altro caffè. Mi appoggiai alla balaustra e guardai in basso.

Vidi il mio conoscente notturno.

Il chitarrista collezionista di buffe magliette, il felice proprietario di un water inglese si era fermato davanti a una vasca aperta, zeppa di aragoste vive. Il volto di Las era pensieroso. A un certo punto sogghignò e diresse il proprio carrello verso le casse.

Mi allarmai.

Las, senza fretta, appoggiò sul nastro scorrevole i suoi modesti acquisti, tra cui spuntava con particolare evidenza una bottiglia di assenzio ceco. Mentre stava pagando disse: — Sa, lì, dove c'è la vasca con le aragoste…

La giovane cassiera sorrise.

— Proprio lì — proseguì Las — ho visto poco fa che un'aragosta si è arrampicata sulla schiena di un'altra, ha strisciato sul bordino della vasca e si è nascosta sotto quei frigoriferi…

La ragazza si mise a sbattere le palpebre. Un minuto dopo alla cassa accorsero due agenti della sorveglianza e una robusta donna delle pulizie. Ascoltarono la terribile notizia dell'evasione e si precipitarono verso i frigoriferi.

Las finì di pagare, lanciando furtive occhiate alla sala.

Nel frattempo la caccia all'inesistente aragosta procedeva a pieno ritmo. La donna delle pulizie con la scopa mollava violenti colpi sotto i frigoriferi, e gli agenti le si agitavano attorno. D'un tratto si sentì: — Su, mandala verso di me! La vedo quasi!

Con espressione divertita il mio vicino s'avviò verso l'uscita.

— Stai un po' attenta con quella scopa, che le rovini il guscio! — disse uno degli agenti alla donna.

Cercando di far sparire dalla mia faccia un sorriso indegno di un mago della Luce, presi la tazzina di caffè dalla mano della barista. No, Las non si sarebbe mai messo a ritagliare le lettere dal giornale con le forbicine per le unghie. Si trattava di un'occupazione troppo noiosa per uno come lui.

Suonò il cellulare.

— Ciao, Sveta — dissi.

— Come va, Anton? — Questa volta la sua voce era meno preoccupata.

— Sto prendendo un caffè. Prima ho avuto un incontro con i colleghi. Quelli delle aziende concorrenti.

— Capito. Bravo. Anton, forse ti serve il mio aiuto?

— Ma se… non fai neanche parte dello staff! — risposi confuso.

— Chi se ne frega! — strillò Svetlana. — È per te che sono in ansia, non per la Guardia!

— Per ora non serve. Come sta Nadjuska?

— Aiuta la mamma a cucinare il borsc. — Svetlana scoppiò a ridere. — Quindi pranzeremo tardi.

Rimasi a parlare con mia moglie ancora per un po'. Volevo chiederle se fossero scomparsi i suoi brutti presentimenti, ma mi trattenni. Era già chiaro, solo a sentire la sua voce.

Terminai di parlare ma non misi via il telefono. Decisi di non chiamare l'ufficio, ma piuttosto di fare quattro chiacchiere con qualcuno a titolo privato.

Perché avrei dovuto anche andare in città, concludere i miei affari di compravendita, firmare nuovi contratti...

Digitai il numero di Semen.

Per gli incontri non proprio d'affari ma nemmeno del tutto privati vanno bene i locali piccoli: cinque, sei tavolini, non di più. Una volta a Mosca non esistevano posti così. Le ampie mense pubbliche potevano ospitare banchetti con una marea di invitati.

Le sale piccole erano comparse da poco.

Il caffè, che non aveva niente di particolare, si trovava in pieno centro, in via Soljanka. La porta dava direttamente sulla strada: cinque tavolini, un piccolo banco da bar (nell'Assol persino all'interno degli appartamenti questi dettagli d'arredo erano più maestosi).

Non avevano niente di speciale neanche i frequentatori del locale. Non si trattava di quella specie di club settoriali che a Geser piaceva collezionare: qui si riuniscono i sub obesi e là i ladri in attesa di processo.

In aggiunta, anche la cucina era di poche pretese. Due tipi di birra, superalcolici, würstel al microonde e patatine fritte. Un fast food.

Era forse per questo che Semen mi aveva suggerito di incontrarci proprio lì. Lui stesso era in perfetta sintonia con il locale. D'altronde nemmeno io mi distinguevo un granché...

Semen soffiò rumorosamente la schiuma dalla superficie della birra (avevo visto cose del genere solo nei vecchi film), prese un'abbondante sorsata e mi guardò: — Su, racconta.

— Sei al corrente del problema? — chiesi subito.

— Di quale in particolare?

— Lettere anonime.

Semen annuì: — Ho appena rilasciato la registrazione temporanea all'ospite di Praga.

— Il mio pensiero è — dissi, facendo cerchi con il boccale sulla tovaglia immacolata — che il mittente sia un Altro.

— Senza alcun dubbio! — concordò Semen. — Dai, bevi la birra. Se vuoi, dopo ti faccio passare la sbornia.

— Non puoi: sono protetto.

Semen mi fissò socchiudendo gli occhi. Appurò che non sarebbe stato in grado di perforare il guscio impenetrabile alla magia che mi era stato fornito con ogni probabilità da Geser in persona.

— Allora — proseguii — se il mittente è un Altro, qual è il suo scopo?

— L'isolamento o l'eliminazione del suo cliente umano — disse Semen con sicurezza. — Forse gli ha promesso, avventatamente, di trasformarlo in un Altro. E adesso si sta innervosendo.

Tutti i miei eroici sforzi mentali risultarono superflui. Semen, che pure non era direttamente coinvolto nell'indagine, era arrivato alla conclusione da solo.

— È un Altro della Luce — dissi.

— Perché?

— Uno delle Tenebre ha un mucchio di altri modi per non mantenere una promessa.

Semen rifletté per qualche istante, sgranocchiando una patatina, poi disse che era probabile. Ma aggiunse che continuava a essere certo del coinvolgimento delle Tenebre, perché anche loro avrebbero potuto fare una promessa così poco ponderata da non essere poi in grado di mantenerla.

— Sono d'accordo — convenni. — Tuttavia è più probabile che ad andare fuori dal seminato sia stato qualcuno dei nostri.

Semen annuì e replicò: — Non io.

Distolsi lo sguardo.

— Non prendertela troppo — continuò Semen con tono malinconico. — Stai facendo ragionamenti giusti, e agisci in modo corretto. Avremmo potuto anche noi combinare un guaio. Avrei potuto sbagliare anch'io. Grazie di avermi convocato a fare quattro chiacchiere e di non essere corso in direzione. Mago della Luce Anton Gorodeckij, ti do la mia parola d'onore che non sono stato io a mandare le lettere di cui parli e che non ne conosco il mittente.

— Sai, ne sono davvero contento — riconobbi con franchezza.

— Non hai idea di quanto lo sia io! — Semen abbozzò un sorriso. — Sai che ti dico? L'Altro colpevole è un grande spaccone. Non gli è bastato scatenare le Guardie, ha voluto coinvolgere anche l'Inquisizione. Per far questo bisogna non avere sale in zucca, oppure saper calcolare tutto in modo eccelso. Nel primo caso è spacciato, nel secondo la farà franca. Scommetto due a uno che ce la farà.

— Ne consegue che trasformare un uomo normale in un Altro è possibile? — domandai. L'onestà è pur sempre la politica migliore.

— Non lo so. — Semen rimarcò il suo dubbio con un cenno del capo. — Prima credevo che fosse inattuabile. Ma, a giudicare dagli ultimi eventi, una scappatoia dovrebbe esistere. Sarà stretta, sarà ripugnante, ma c'è.

— Perché ripugnante?

— Perché altrimenti l'avremmo sfruttata. Potrebbe essere molto vantaggioso, ad esempio, trasformare il presidente in uno dei nostri! E non solo il presidente, ma anche tutte le persone più o meno influenti. Ci sarebbe stata una nuova clausola nel Patto per regolare i limiti dell'iniziazione: sarebbe rimasto lo stesso contrasto di prima, ma a un livello superiore.

— E io che credevo che si trattasse di un divieto categorico — confessai. — Che si fossero incontrati i capi supremi e si fossero accordati per non infrangere l'equilibrio… Che si fossero minacciati a vicenda con l'arma assoluta…

— Con che? — Semen rimase di stucco.

— Con l'arma assoluta. Ricordi? Mi hai raccontato tu delle atomiche di una potenza smisurata! Una l'abbiamo noi, l'altra gli americani. Forse qualcosa del genere esiste anche nella magia.

Semen scoppiò a ridere: — Ma dai, Anton! Non esistono bombe così, è fantascienza! Devi ripassare un po' la fisica. L'acqua pesante di tutti gli oceani sarebbe insufficiente per una reazione nucleare autoalimentata!

— Perché cavolo ne hai parlato, allora?

— Ci raccontavamo un sacco di aneddoti all'epoca. Non mi aveva nemmeno sfiorato l'idea che ci saresti cascato…

— Che balordo — borbottai, e bevvi una sorsata di birra. — Tra l'altro, dopo quella volta, per un pezzo non sono più riuscito a dormire.

— L'arma assoluta non esiste, puoi dormire tranquillo — sghignazzò Semen. — Né quella materiale, né quella magica. Però se ammettessimo che è possibile iniziare la gente comune, vorrebbe dire che la procedura dev'essere molto difficoltosa, ripugnante e con pesanti conseguenze. Insomma, una roba da evitare. Vale per noi come per quelli delle Tenebre.

— Non sai niente di una procedura del genere? — chiesi.

— No. — Semen tacque per un attimo. — Rivelarsi agli umani, dar loro degli ordini o arruolarli come volontari mi è capitato. Ma di trasformare una persona, che potrebbe rendersi utile alla causa, in un Altro non ho mai sentito parlare.

Ancora un vicolo cieco.

Annuii, fissando il fondo del boccale di birra.

— Non ti strapazzare troppo — suggerì Semen. — Le possibilità sono due: o l'Altro è un cretino – e allora lo scoveranno gli agenti delle Tenebre o gli Inquisitori – o nessuno lo troverà. Ma in compenso individueranno l'umano e gli faranno passare le sue strane voglie. Di casi del genere sì che ho sentito parlare.

— Cosa devo fare allora? — Esitai. — Niente da dire, è bello vivere per un po' in un posto così bizzarro. Soprattutto a spese della ditta…

— E allora stacci — disse Semen con calma. — O te lo impedisce l'orgoglio? Vorresti arrivare per primo a stanare il traditore?

— Non mi piace abbandonare un lavoro a metà — riconobbi.

Semen scoppiò a ridere: — Sarà ormai un centinaio d'anni che non faccio altro che abbandonare lavori a metà… Mi è capitato, ad esempio, di condurre un'indagine sull'avvelenamento del bestiame del ricco contadino Besputnov, nel governatorato di Kostroma. Che giallo, Anton! Che enigma! Un ginepraio d'intrighi. L'avvelenamento era compiuto in modo magico, ma con tale furbizia... La fattura era stata lanciata su un campo di canapa.

— Non sapevo che il bestiame mangiasse anche la canapa.

— No, infatti. Il contadino Besputnov con quella canapa aveva intrecciato una corda. Con quella corda portava le bestie in giro. Così veniva trasmesso il contagio. Una fattura davvero furba, architettata senza fretta, ben ponderata. Tuttavia nel raggio di cento verste[1] non risiedeva nessun Altro registrato. Mi stabilii in quel villaggio e cominciai a cercare il malfattore...

— Possibile che prima si lavorasse con questa scrupolosità? — mi meravigliai. — Che venisse infiltrato un Guardiano per indagare sullo stupido bestiame di un contadino qualsiasi?

Semen sorrise. — Prima si lavorava in tanti modi. Il figlio di quel contadino era un Altro. Era stato proprio lui a intercedere per il paparino, perché quest'ultimo stava già facendo di quella stessa corda un cappio per sé... Allora mi stabilii in quel villaggio e cominciai a viverci solo come un gufo, mi diedi anche ai lavori agricoli e mi misi persino a fare il galletto con una vedova. Nel frattempo indagavo. A un certo momento mi resi conto di aver individuato le tracce di un'antica strega molto ben mascherata, che non era stata ingaggiata da nessuna delle due Guardie e non aveva effettuato alcuna registrazione. T'immagini che intrigo? Si trattava di una strega di duecento, trecento anni. Aveva accumulato forza sufficiente per un mago di primo livello! Io invece stavo giocando al detective... Continuavo a cercarla, mi vergognavo di chiamare in mio aiuto maghi fuoriclasse. Piano piano trovai alcuni piccoli indizi, e così la cerchia dei sospetti si strinse. Tra di loro, a proposito, figurava anche quella stessa vedova che mi filava...

— E quindi? — domandai con entusiasmo. Anche se Semen amava spesso esagerare, questa storia sembrava proprio veritiera.

— E quindi niente — sospirò Semen. — A Pietrogrado scop-

1 Una *versta* è un'antica e ormai desueta unità di misura. La lunghezza di una *versta* è di 1066,8 metri circa. (N.d.T.)

piò una ribellione. La Grande Rivoluzione d'Ottobre. A quel punto, come puoi ben capire, a nessuno fregava più di una strega di campagna. Da quel momento il sangue umano cominciò a scorrere a fiumi. Ero stato richiamato. Avrei voluto tornare per scovare la vecchiaccia, ma non ne ebbi mai il tempo. Poi in quella zona costruirono una diga e l'intero villaggio finì sott'acqua. Tutti gli abitanti furono trasferiti. Forse quella strega non esiste più.

— Che delusione — dissi.

Semen annuì: — Ho vagonate di storie così. Perciò non strafare, non sbatterti inutilmente.

— Se tu fossi un agente delle Tenebre, crederei davvero che tu stia cercando di sfuggire ai sospetti nei tuoi confronti.

Semen sorrise: — Non sono un agente delle Tenebre, Anton. Lo sai benissimo anche tu.

— Inoltre non sai niente neanche dell'iniziazione degli umani... — sospirai. — Mentre io invece speravo che...

Semen tornò serio. — Anton, ti dico un'altra cosa. La ragazza che amavo più di tutto al mondo morì nel ventuno. Di vecchiaia.

Lo guardai. Non stava scherzando.

— Se solo avessi saputo come trasformarla in un'Altra... — sussurrò. — Se solo l'avessi saputo... Mi ero rivelato a lei. Avevo fatto per lei tutto quello che potevo. Non si era mai ammalata. Anche a settantatré anni ne dimostrava non più di trenta. Persino nell'affamata Pietroburgo non le era mai mancato nulla, e a vedere i suoi documenti le pattuglie bolsceviche perdevano il dono della parola... Li avevo fatti firmare da Lenin in persona. Ma non potevo darle la mia longevità. Non è nel nostro potere. — Mi fissò dritto negli occhi. — Se solo avessi saputo come iniziare Ljubov Petrovna, non avrei certo chiesto il permesso a nessuno. Avrei subito qualsiasi cosa. Mi sarei dematerializzato per renderla un'Altra... — Semen si alzò in piedi e sospirò: — A dire il vero, tutto mi è diventato indifferente. Se si possa trasformare umani in Altri o no ormai non m'importa più. Fregatene anche tu. Tua moglie è un'Altra. Tua figlia è un'Altra. Tutta questa fortuna a te solo. Geser stesso non se la sogna nemmeno!

Se ne andò, mentre io rimasi ancora al tavolino a finire di bere la mia birra. Il padrone, nonché cameriere, cuoco e barman del locale, non stava nemmeno guardando nella mia direzione. Semen, quand'era arrivato, aveva lanciato sopra il tavolo una protezione magica.

Che mi prendeva?

Erano impegnati due Inquisitori. Il promettente vampiro Kostja svolazzava in sembianze di pipistrello attorno all'Assol. Avrebbero scoperto di sicuro il tizio a cui era venuto in mente di diventare un Altro, mentre il mittente della lettera sarebbe stato scovato oppure no. Ma che me ne importava?

La donna che amavo era un'Altra che si era rifiutata di continuare a prestare servizio nella Guardia, aveva rinunciato alla brillante carriera di Grande Maga. Per me, scemo che non ero altro. Perché io, relegato per sempre al mio secondo livello di magia, fossi libero dai complessi...

Anche Nadjuska era un'Altra! Non mi sarebbe toccata la maledizione del mago che vede il proprio bambino crescere, invecchiare e morire. Prima o poi avremmo rivelato a Nadja la sua natura. "Vorrà diventare Grande, senza alcun dubbio. Diventerà la Più Grande. Forse cambierà persino in meglio questo mondo imperfetto."

Io invece stavo giocando allo spionaggio! Mi stavo preoccupando di come fare per completare la missione piuttosto che fiondarmi a casa dell'allegro vicino o di scaricarmi i nervi al casinò unicamente a scopo di copertura.

Mi alzai, appoggiai i soldi sul tavolino e uscii per strada. Dopo un'oretta o due la cortina magica si sarebbe dissolta, il padrone del locale avrebbe visto il denaro e si sarebbe ricordato dei due sfigati che si erano fatti due birrette.

CAPITOLO 5

Impiegai metà della giornata per sbrigare alcune futili faccende che non c'entravano niente con l'indagine. Probabilmente il vampiro Kostja avrebbe storto le pallide labbra e dichiarato che cosa pensava della mia ingenuità...

Per cominciare passai dall'Assol, indossai i jeans e una camicia e mi avviai verso il più vicino cortile in mezzo ai noiosi prefabbricati a nove piani. Passai accanto a un campo da calcetto, su cui stavano palleggiando alcuni teenager. Mi spinsi fino alla spiaggetta e feci un piacevole bagno nell'acqua fresca. L'Assol si stagliava di lato come una pomposa dimora reale.

Pensai che anche un mago delle Tenebre avrebbe potuto comportarsi come me. Cos'era che ci distingueva? Va bene, gli inferiori delle Tenebre erano solo dei non morti, costretti a uccidere per sopravvivere. Rappresentavano il Male.

Dove passava il vero confine tra le Forze? Perché a volte tendeva a scomparire, come in questo momento in cui tutta la faccenda ruotava attorno a un solo misero umano che aveva desiderato diventare un Altro? Uno solo! A ricercarlo erano stati inviati agenti delle Tenebre, della Luce, l'Inquisizione... Un umano aveva osato aspirare a diventare un Altro!

Chi però non l'avrebbe desiderato?

In genere è molto piacevole essere un Altro. Rifiutare l'iniziazione non sarebbe servito a niente, persino i parenti umani avrebbero avuto il diritto di darti del cretino. Perché con la trasformazione in Altro avresti avuto la possibilità di proteggere anche loro. Come nel racconto di Semen: erano state avvelenate le mucche di un contadino e il figlio Altro gli aveva mandato un investigatore. Gira e rigira, si trattava pur sempre di legami di sangue...

Trasalii come se fossi stato colpito da una scarica elettrica. Scattai in piedi. Per quale motivo un Altro avrebbe dovuto fare a un umano la sconsiderata promessa di realizzare qualsiasi suo desiderio? Per un motivo solo! Eccolo, l'indizio!

— Hai avuto un'illuminazione, Anton? — disse una voce alle mie spalle.

Mi voltai e puntai lo sguardo dritto nelle lenti nere degli occhiali di Kostja. Indossava solo il costume, come è d'obbligo su una spiaggia, ma in cima alla testa portava un berretto da bambino che addosso a lui sembrava una *tjubetejka* uzbeca.

— Questo bel sole ti brucia la capoccia? — lo punzecchiai.

Kostja fece una smorfia: — Schiaccia. Pende dal cielo come un ferro da stiro... Vuoi dire che tu non hai caldo?

— Ebbene sì — riconobbi. — Ma è un caldo diverso.

— Evitiamo di stuzzicarci — Kostja si sedette sulla sabbia e spinse via da sotto i piedi un mozzicone di sigaretta. — Ormai faccio il bagno solo di notte. E nonostante ciò sono qui... per parlarti.

Provai vergogna. Davanti a me stava seduto un giovane uomo preoccupato, poco importava che non fosse proprio vivo. Mentre io mi ricordavo un tenebroso adolescente che tentennava davanti alla mia porta. «Non devi più invitarmi in casa, sono comunque un vampiro, potrei venire di notte a morderti...»

Il ragazzino aveva resistito per parecchio tempo. Beveva sangue di maiale e di donatori. Sognava di tornare vivo. «Come Pinocchio.» Aveva trovato un paragone azzeccato, forse dopo aver letto Collodi o guardato *Intelligenza artificiale* di Spielberg.

Se solo Geser non mi avesse mandato a caccia di vampiri...

No, sciocchezze. La natura avrebbe fatto il suo corso. Kostja avrebbe ottenuto la licenza.

Nonostante tutto, non avevo alcun diritto di deriderlo. Avevo un enorme vantaggio nei suoi confronti: ero vivo.

— Scusami, Kostja — dissi, e mi distesi accanto a lui sulla sabbia. — Parliamo.

— Credo che i residenti fissi dell'Assol non c'entrino niente —

esordì. — Il cliente è tra quelli che ci fanno un salto ogni tanto.

— Toccherà controllare tutti... — Feci un finto sospiro.

— Un lavoretto ingrato. Bisogna piuttosto trovare il traditore.

— Lo stiamo appunto cercando.

— Vedo bene come lo cerchi... Che c'è? Hai capito che si tratta di qualcuno dei vostri?

— Ma cosa dici? — esclamai. — È altrettanto probabile che sia stato uno delle Tenebre a finire nei guai...

Per un po' di tempo rimanemmo a discutere della situazione. Sembrava che fossimo giunti contemporaneamente alle stesse conclusioni. Solo che in quel momento mi trovavo mezzo passo avanti e non avevo nessuna intenzione di aiutare Kostja.

— La lettera è stata spedita in quel mucchio che ha portato il muratore — continuò Kostja, senza sospettare della mia perfidia. — È facilissimo. Tutti gli operai abitano nella vecchia scuola, l'hanno trasformata in una specie di ostello. Al pianterreno scaricano la loro corrispondenza sulla scrivania del custode. La mattina presto uno di loro va in posta a spedire tutto. Per un Altro non sarebbe affatto un problema entrare nell'ostello, distrarre il custode, oppure semplicemente aspettare che quello si allontani per fare i suoi bisogni e gettare la lettera nel mucchio comune. Nessuna traccia.

— Semplice e sicuro — convenni.

— Il sistema degli agenti della Luce. — Kostja storse il naso. — Fare lavori sporchi con mani altrui.

Non so perché, ma non me la presi. Abbozzai un sorriso sarcastico e mi rotolai sulla schiena, volgendo lo sguardo al cielo.

— Va bene, lo facciamo anche noi — bofonchiò Kostja.

Continuai a tacere.

— Non mi dire che non hai mai usato umani per le tue operazioni! — esclamò Kostja.

— Mi è capitato. Li ho usati, ma non li ho mai messi nei pasticci.

— Anche in questo caso l'Altro non sta mettendo il tizio nei pasticci, si limita a usarlo — dichiarò Kostja, dimenticando i "lavori sporchi con mani altrui". — Sto riflettendo se abbia senso continuare a seguire questa pista. Per ora il traditore cancella tutte le tracce alla perfezione. Non faremmo altro che inseguire un fantasma.

— Dicono che un paio di giorni fa due addetti alla sicurezza dell'Assol abbiano visto qualcosa di spaventoso tra i cespugli — lo informai. — Si sono persino messi a sparare.

A Kostja s'illuminarono gli occhi. — Hai già controllato?

— No. Sono sotto copertura, non ne ho i mezzi.

— Posso farlo io? — chiese Kostja. — Senti, segnalerò che sei stato tu…

— Fai pure — lo autorizzai.

— Grazie, Anton. — Sorrise. Mi mollò una pacca sulla spalla. — Sei un tipo in gamba. Grazie!

— Fatti bello davanti ai capi — gli raccomandai. — Forse così ti daranno anche la licenza, scavalcando tutta la lista d'attesa.

Kostja si adombrò. Puntò lo sguardo nella direzione del fiume.

— Quanti umani hai ucciso per diventare un vampiro superiore? — gli domandai.

— Perché lo vuoi sapere?

— Così… per curiosità.

— Apri i file dei tuoi archivi e dacci un'occhiata. — Kostja accennò un sorriso storto. — Non è mica difficile.

Non era difficile, eppure non avevo mai guardato il dossier di Kostja. Non volevo proprio sapere…

— Zio Kostja, ridammi il berretto! — squittì una vocetta petulante.

Guardai di sottecchi una bambina piccola, di non più di quattro anni, che correva verso Kostja. Che modi! Si era preso gioco di una bambina, le aveva portato via il berretto.

Kostja se lo sfilò e lo restituì alla bimba.

— Torni stasera? — chiese lei, lanciando furtive occhiate nella mia direzione. — A raccontarmi una favola?

— Sì — annuì Kostja.

La bambina sorrise, poi corse verso una giovane donna che stava raccogliendo le proprie cose in disparte.

— Sei matto? — sbraitai scattando in piedi. — Ora ti riduco in polvere direttamente sul posto!

Forse avevo assunto un'espressione che incuteva terrore. Kostja esclamò frettolosamente: — Che hai, Anton? È la figlia di mia cugina. Vivono a Strogino, mi hanno ospitato per qualche giorno, per evitarmi la seccatura di attraversare tutta la città.

Mi morsi la lingua.

— Cosa credi? Che le succhi il sangue? — domandò Kostja. — Vai un po' a controllare. Niente morsi. È la mia nipotina, capito? Per lei seppellirei vivo chiunque!

— To' — sputai. — Cosa mai avrei potuto credere? «Torni stasera a raccontarmi una favola?»

— Un tipico agente della Luce... — commentò Kostja. — Se sono un vampiro, vuol dire che sono necessariamente una bestia, giusto?

La nostra breve tregua non era proprio finita, ma si trasformò in una normale guerra fredda.

Kostja si era arrabbiato, mentre io mi rimproveravo per aver tirato le conclusioni troppo in fretta. Nessuno rilascia mai licenze sui bambini minori di dodici anni, e Kostja non era certo così idiota da cacciare senza licenza.

Ero andato in una specie di corto circuito mentale.

— Ma certo! Tu hai una figlia! — esclamò Kostja. — Ha la stessa età?

— È più piccola — risposi. — E più bellina.

— Chiaro come il sole: la propria figlia è sempre più bellina — sghignazzò il vampiro. — Su, Gorodeckij, ho capito. Dimentichiamo tutto. Ti ringrazio per l'indicazione.

— Di niente — replicai. — Forse gli addetti non hanno visto nulla. Forse hanno bevuto troppa vodka o fumato troppa erba.

— Lo verificheremo — promise Kostja.

Si strofinò la testa con una mano e si alzò.

— È ora di andare? — domandai.

— Scotta troppo — confessò Kostja. — Ora svanisco.

Si dissolse davvero, ma non prima di aver dirottato altrove gli sguardi dei presenti. Solo una torbida ombra rimase sospesa a mezz'aria per alcuni istanti.

— Che gradasso! — borbottai, e mi girai sulla pancia.

A dire il vero anch'io ormai stavo soffrendo il caldo, ma decisi di non andarmene contemporaneamente a un tizio delle Tenebre. Inoltre dovevo riflettere su un paio di cosette, prima di avviarmi verso il reparto sicurezza dell'Assol.

Vitezslav aveva fatto del suo meglio. Alla mia apparizione il capo della sorveglianza mi rivolse un amichevole sorriso.

— Guarda un po' chi c'è! — esclamò, spostando alcune carte sul lato della scrivania. — Tè? Caffè?

— Caffè.

— Andrej, portaci del caffè — ordinò il responsabile. — E limone!

Aprì la cassaforte e tirò fuori una bottiglia di ottimo brandy georgiano.

L'addetto alla sicurezza che mi aveva accompagnato fino all'ufficio del boss aveva un'aria un po' stupita. Tuttavia non si mise a discutere.

— Qualche problema? — domandò il responsabile, affettando abilmente il limone. — Le va un bicchierino di brandy, Anton? È ottimo, parola d'onore!

Anton?! Io non sapevo nemmeno come si chiamasse lui... Il capo della sicurezza di prima mi piaceva di più. Era sincero con me. Lui, però, non mi avrebbe mai fornito l'informazione di cui avevo bisogno adesso.

— Vorrei dare un'occhiata ai dossier di tutti gli inquilini — spiegai sorridendo. E aggiunsi: — In un palazzo come questo senz'altro controllate tutti. Giusto?

— Certamente. Soldi a parte, qui vengono a vivere persone serie. Di malavitosi e svitati non si sente proprio il bisogno... Vuole vedere tutti i dossier?

— Tutti quanti — risposi. — Su tutti coloro che hanno comprato appartamenti, già trasferiti o no.

— Vuole i dossier sui reali proprietari? — precisò il capo della sicurezza.

— Sì.

Il responsabile annuì e si mise a rovistare dentro la cassaforte.

Dieci minuti più tardi stavo seduto alla sua scrivania a sfogliare le cartelle. Per comprensibile curiosità cominciai da me stesso.

— Ha ancora bisogno di me? — mi chiese l'uomo.

— No, grazie. — Valutai sommariamente la quantità delle cartelle. — Mi basterà un'oretta.

Il responsabile se ne andò socchiudendo la porta alle sue spalle.

Mi immersi nella lettura.

Venni a sapere che Anton Gorodeckij era coniugato a Svetlana Gorodeckaja e aveva una figlia di due anni, Nadja Gorodeckaja. Anton Gorodeckij era proprietario di una piccola impresa di compravendita di latte e derivati: kefir, formaggetti dolci, yogurt...

Conoscevo quell'impresa. Una normale azienda affiliata alla Guardia della Notte, che stava guadagnando soldi per noi. Ce n'erano una ventina in tutta Mosca, e vi lavoravano umani normalissimi, del tutto ignari dei reali destinatari dei profitti.

Insomma, cose semplici, modeste e simpatiche. Robetta da Altri. In cos'altro avrei dovuto commerciare? In vodka, forse?

Misi da parte il mio dossier e attaccai a leggere quelli sugli altri condomini. Com'è ovvio, non c'erano e non potevano esserci informazioni complete sui proprietari. Il servizio di sicurezza di un complesso residenziale, anche del più lussuoso, non era certo il KGB.

Ma non avevo nemmeno bisogno di chissà che cosa. Soltanto di alcune informazioni sui parenti. In primo luogo sui genitori.

Misi subito da parte i dossier su quelli che avevano genitori vivi e vegeti. In un'altra pila quelli i cui genitori erano morti. Più di tutti mi interessavano quelli che erano cresciuti in orfanotrofio (due) e coloro che sotto la voce "padre" o "madre" avevano un lungo trattino.

Erano nove.

Disposi i dossier davanti a me e cominciai a studiarli con attenzione. Subito scartai uno degli orfani che, secondo il dossier, frequentava giri malavitosi. Aveva trascorso tutto l'ultimo anno fuori dalla Russia e, nonostante molteplici inviti da parte delle forze dell'ordine, non aveva nessuna intenzione di rimpatriare.

Poi scartai altri due, orfani di uno dei genitori.

Scoprii che uno di loro era un debole mago delle Tenebre

che avevo conosciuto nel corso di una missione di poco conto. Senz'altro i colleghi delle Tenebre gli stavano già controllando vita, morte e miracoli. Dato che non si era scoperto nulla, era evidente che il tizio non c'entrava.

Il secondo era un famoso cantante pop, del quale, sempre per puro caso, sapevo che da tre mesi si trovava in tournée all'estero: USA, Germania, Israele. Evidentemente si stava guadagnando i soldi per i lavori di rifinitura del suo appartamento.

Ne rimasero sette. Per il momento potevo concentrarmi su quelli.

Aprii le cartelle e m'immersi nella lettura. Due donne, cinque uomini... Chi di loro avrebbe potuto interessarmi?

"Chlopov Roman Lvovic, 42 anni, uomo d'affari." La faccia non mi ricordava niente. Forse era lui? Forse...

"Komarenko Andrej Ivanovic, 31 anni, uomo d'affari." Oh, che espressione volitiva! Era anche giovane. Lui? Poteva essere... No, no! Misi da parte il dossier del businessman Komarenko. Un uomo che a trent'anni devolveva così tanto denaro per costruire chiese e si distingueva per "spiccata religiosità" non avrebbe voluto diventare un Altro.

"Ravenbach Timur Borisovic, 61 anni, uomo d'affari." Era giovanile per l'età che aveva. Persino il volitivo Komarenko, incontrandolo, avrebbe abbassato gli occhi. La sua faccia mi sembrava familiare, forse perché l'avevo vista in televisione, forse...

Misi da parte la cartella. Avevo le mani sudate. Un gelido brivido mi corse lungo la schiena.

No, non si trattava della TV. Quel volto mi ricordava qualcosa.

"Non è possibile!"

— Non è possibile! — ripetei ad alta voce. Mi versai un po' di brandy e lo mandai giù in un solo sorso. Guardai la faccia di Timur Borisovic: calma, intelligente, con tratti leggermente orientali.

"Non è possibile."

Aprii la cartella e cominciai a leggere. Nato a Taskent. Padre... sconosciuto. Madre... morta alla fine della guerra, quando il piccolo Timur non aveva ancora compiuto cinque anni. Cresciuto in un orfanotrofio. Un diploma di una scuola professionale di edilizia, seguito da una laurea in architettura. Carriera politica nei ranghi della Gioventù Comunista. Chissà in che modo era riuscito a scampare al tesseramento del partito. Aveva creato una delle prime cooperative edilizie dell'Unione Sovietica. Tuttavia, più che costruire smerciava piastrelle e sanitari esteri. Si era trasferito a Mosca... aveva fondato un'azienda... si era dato alla politica... Non era stato né notato... né indagato... Una moglie... il divorzio... seconda moglie...

Avevo trovato il cliente umano.

Ma la cosa più terribile era che nello stesso momento avevo scoperto anche l'Altro traditore.

Sentii il mondo crollarmi addosso.

— Come ha potuto? — mormorai. — Come ha potuto? Capo!

Perché bastava ringiovanire Timur Borisovic di dieci, quindici anni, e sarebbe diventato la copia identica di Geser, nome vero Boris Ignatevic, che una sessantina d'anni prima aveva vissuto da quelle parti: a Taskent, Samarcanda e nel resto dell'Asia centrale.

Quello che più mi colpì non fu nemmeno la colpevolezza del Capo. Geser un criminale? Era una cosa talmente inimmaginabile da non destare in me alcuna emozione.

Rimasi sconvolto dalla facilità con cui il Capo si era fatto beccare.

Ecco cosa venne fuori: sessant'anni prima, nel lontano Uzbekistan, a Geser era nato un figlio. Poi gli avevano offerto un lavoro a Mosca. Nel frattempo la madre, una comune umana, era morta durante la guerra. Così il piccolo umano Timur, che aveva per padre un Grande Mago, era finito in un orfanotrofio.

Geser poteva non sapere dell'esistenza del figlio. Poteva anche sapere, ma per qualche oscuro motivo non prendere parte alla sua vita. Poi qualcosa si era mosso nell'anima del vegliardo, si era impietosito, era andato a incontrare l'attempato figlioletto e gli aveva fatto un'avventata promessa...

Questo era sorprendente!

Geser si occupava d'intrighi da secoli. Non aveva mai pronunciato una parola tanto per dire. Per poi cascarci così?

Incredibile. Ma vero.

Non si doveva certo essere uno specialista in fisiognomica per notare che tra Timur Borisovic e Boris Ignatevic esisteva un grado strettissimo di parentela. Se io non avessi detto niente, a quella scoperta prima o poi sarebbero arrivati gli agenti delle Tenebre. Oppure gli Inquisitori. Avrebbero messo sotto torchio l'anziano uomo d'affari... ma perché poi? Non siamo mica brutali scagnozzi del racket! Siamo Altri. Sarebbe bastato che Vitezslav lo guardasse dritto negli occhi o che Zavulon schioccasse le dita, e Timur Borisovic si sarebbe messo a raccontare tutto quanto, come davanti a un confessore.

Cosa sarebbe successo a Geser?

"Be'... se ammettesse la sua colpa – cioè che è stato lui a spedire le lettere – dimostrerebbe che non aveva cattive intenzioni. Inoltre ha diritto di rivelarsi agli umani..."

Per un po' meditai sulle clausole del Patto, integrazioni e allegati, precedenti ed eccezioni, rimandi e commentari...

Veniva fuori una cosa buffa.

Geser sarebbe stato punito, ma non molto severamente. Al massimo avrebbe ricevuto un rimprovero dall'ufficio europeo della Guardia della Notte. Più un qualcosa di minaccioso ma vago da parte dell'Inquisizione. Geser non avrebbe perso nemmeno la sua carica.

"Solo che..."

Mi immaginai la goduria che si sarebbe scatenata alla Guardia del Giorno. Come avrebbe sghignazzato Zavulon. Con quale autentica curiosità gli agenti delle Tenebre avrebbero ficcato il naso nelle vicende familiari di Geser e avrebbero chiesto di conoscerne il figlio umano.

In quel momento non avrei proprio voluto trovarmi al suo posto.

Nemmeno i nostri ragazzi si sarebbero trattenuti dal fare dell'ironia. No, nessuno si sarebbe messo a rinfacciare a Geser il suo errore, né a sparlargli alle spalle.

Però ci sarebbero stati dei sorrisini. Cenni con la testa avrebbero espresso lo stupore e l'incomprensione. E il sussurrare: "Il Grande sta invecchiando, perde colpi..."

Ormai non nutrivo più per Geser un'esaltata ammirazione

adolescenziale. Su troppe questioni le nostre opinioni divergevano. Non ero ancora riuscito a perdonargli alcune cose…

Ma fare una brutta figura di quelle proporzioni!

— Dove l'avevi, la testa, Grande Mago? — dissi. Accatastai tutte le cartelle all'interno della cassaforte aperta e mi versai un altro bicchierino di brandy.

Ero in grado di aiutare Geser?

Come?

Raggiungendo per primo Timur Borisovic?

E poi? Avrei dovuto lanciargli addosso un incantesimo del silenzio? Gliel'avrebbero tolto, si sarebbero trovati maghi capaci di farlo.

Se avessi invece costretto il businessman a lasciare la Russia? A darsela a gambe, come se fosse inseguito da tutta la criminalità organizzata assieme a tutte le forze dell'ordine?

Forse l'avrebbe fatto. Si sarebbe nascosto da qualche parte nella tundra o in Polinesia.

Sollevai la cornetta del telefono, digitai il numero del centralino del nostro ufficio, inserii i numeri supplementari e mi collegai con il reparto informatico.

— Sì? — Era la voce di Tolja.

— Tolja, mi controlli una persona? Veloce.

— Dammi il nome.

Elencai tutto ciò che ero riuscito a scoprire su Timur Borisovic.

— Però! Cosa vuoi di più? — si stupì. — Su quale fianco dorme o a quando risale la sua ultima visita dal dentista?

— Dov'è adesso — risposi.

Tolja mugugnò sbigottito, ma sentii che all'altro capo del filo stava già battendo i tasti energicamente.

— Avrà un cellulare — suggerii per ogni eventualità.

— Non insegnare alla mamma a far figlioli! Ha addirittura due cellulari… ed entrambi si trovano… si trovano… un attimo, adesso sovrappongo la mappa.

Aspettai.

— … Nel complesso residenziale Assol. Coordinate più precise non te le darebbe nemmeno la CIA, non si può restringere di più la zona.

— Ti devo una bottiglia — promisi. E riagganciai. Ero seduto davanti ai monitor della sorveglianza e non ci misi molto tempo a trovarlo.

Timur Borisovic stava giusto entrando nell'ascensore, seguito da due tizi con le facce di pietra. Guardie del corpo.

Spensi il monitor e scattai in piedi. Mi precipitai nel corridoio, giusto in tempo per andare a sbattere contro il capo della sicurezza.

— Ha avuto fortuna? — chiese.

— Sì — annuii, correndo.

— Serve una mano? — mi gridò dietro tutto preoccupato.

Scossi la testa.

Capitolo 6

L'ascensore durante la salita al ventesimo piano mi sembrò di una lentezza esasperante. Nel frattempo riuscii a ideare e a scartare alcuni piani. Erano le guardie del corpo a complicare tutto.

Avrei dovuto improvvisare e, se fosse stato necessario, anche rivelarmi, almeno in parte.

Rimasi a lungo a suonare alla porta, sbirciando dentro la pupilla elettronica dello spioncino. Alla fine da un altoparlante nascosto dentro la parete uscì un: — Sì?

— Mi sta allagando la casa! — sparai, fingendo grande agitazione. — Mi stanno colando in testa gli affreschi del soffitto! Nei pianoforti a coda ci sono già due secchi d'acqua!

Da dov'erano spuntati fuori quegli affreschi e quei pianoforti?

— Quali pianoforti? — interrogò sospettosa la voce.

Che cavolo ne sapevo io di quali pianoforti? — Viennesi! Con le gambe ricurve! — buttai lì.

— Per caso non quelli da operetta che compaiono al momento giusto in mezzo ai cespugli? — mi domandò la voce con palese ironia.

Guardai sotto i miei piedi. Maledetta illuminazione multidirezionale… non c'era nemmeno un'ombra come si deve!

Allungando un braccio verso la porta, riuscii a scorgere una debole striscia scura sul legno rossastro che rivestiva l'acciaio blindato.

Tirai l'ombra verso di me.

Il braccio piombò nel Crepuscolo. Lo seguì anche il resto del corpo.

Il mondo si trasfigurò. Sbiadì, ingrigì. Fui avvolto dal silenzio. Sentivo solo vibrare i meccanismi elettronici dello spioncino e dell'altoparlante.

Ero nel Crepuscolo, in quello strano mondo di cui solo gli Altri conoscono la strada e dal quale proviene la nostra forza.

Intravedevo le pallide sagome delle guardie in agguato. Sopra le loro teste ardeva una debole aura scarlatta (la scorgevo persino attraverso la porta). Avrei potuto raggiungerli con il pensiero, impartire un ordine, e mi avrebbero aperto.

Nonostante ciò preferii passare dalla porta.

Le guardie erano davvero sul chi va là: uno reggeva una pistola, l'altro stava lentamente portando la mano alla fondina.

Li sfiorai, feci scorrere il pollice sulle loro fronti. — Dormire, dormire, dormire… Siete molto stanchi. Dovete sdraiarvi e dormire un poco proprio adesso. Non meno di un'ora. Con sonno profondo. Sogni d'oro.

Una guardia s'afflosciò subito, l'altra tentò per un istante di resistere. Avrei dovuto verificare in un secondo momento la sua potenziale appartenenza al genere degli Altri.

Poi uscii dal Crepuscolo. Il mondo riacquistò i colori, e lo scorrere del tempo riprese il suo ritmo normale. Si sentiva della musica.

Le guardie stavano crollando come sacchi sul costoso tappeto persiano steso proprio davanti alla porta. Riuscii ad afferrarle contemporaneamente e ad appoggiarle sul tappeto con delicatezza.

Dopodiché mi avviai nella direzione da cui arrivava il suono, un triste canto di violino.

Quell'appartamento era stato rifinito con il massimo impegno. Brillava tutto, gli interni erano ben studiati e armoniosi, si vedeva il tocco di un designer di quelli tosti. Era chiaro che il proprietario non ci aveva piantato un solo chiodo nel muro. Forse non aveva nemmeno espresso desideri. Forse aveva mugugnato un sì o un no dando un'occhiata agli schizzi colorati, poi aveva puntato un dito contro alcune immagini, e per i sei mesi successivi si era completamente scordato del suo appartamento.

Timur Borisovic, come scoprii, era giunto all'Assol per coccolarsi nella vasca idromassaggio. Una vera Jacuzzi, non un catino qualsiasi fabbricato da una ditta qualsiasi. Dalle bollicine sporgeva solo la faccia, che ricordava in modo straziante quella di Geser.

Il costoso completo era stato buttato con noncuranza sullo schienale di una poltrona (in quel bagno c'era posto sufficiente per alcune poltrone, un tavolino, una capiente sauna e quella stessa Jacuzzi che sembrava una piccola piscina).

Comunque il corredo genetico è una gran cosa! Il figlio di Geser non poteva diventare un Altro, ma nella sua esistenza umana si godeva tutti i piaceri possibili.

Non appena entrai e mi avvicinai alla vasca, Timur Borisovic mi puntò lo sguardo addosso e si accigliò. Tuttavia non fece movimenti bruschi.

— Le sue guardie stanno dormendo — lo rassicurai. — Suppongo che da qualche parte lei abbia sottomano un bottone per l'allarme o una pistola. È meglio che non li usi.

— Qui non c'è nessun bottone per l'allarme — bofonchiò Timur Borisovic, e la sua voce mi ricordò in modo doloroso quella di Geser. — Non sono un paranoico... Lei è un Altro, forse?

Bene. Sembrava che stesse per rilasciare una confessione.

Ridacchiai: — Sì. Che meraviglia, possiamo evitare lunghe spiegazioni.

Timur Borisovic sbuffò stizzito. Chiese: — Devo uscire? Oppure possiamo parlare così?

— Può andare anche così — accettai. — Con il suo permesso...

Il rampollo del Grande Mago annuì. Spinsi una poltrona più vicino alla vasca e mi sedetti, sgualcendo senza pietà il suo costoso completo. — Lei capisce perché sono venuto?

— Non sembra affatto un vampiro — dichiarò Timur Borisovic. — Probabilmente è un mago, giusto? Della Luce?

Annuii.

— È venuto per iniziarmi? — buttò lì. — Telefonare prima era troppo difficile?

Oddio... Non aveva ancora capito niente.

— Chi le ha promesso l'iniziazione? — domandai bruscamente.

Timur Borisovic aggrottò la fronte. Borbottò: — Ecco... ci siamo. Perché è venuto?

— Sto conducendo un'indagine sulla divulgazione non autorizzata di informazioni segrete — gli spiegai.

— Ma è davvero un Altro? Non è del KGB? — Timur Borisovic cominciava ad agitarsi.

— Per sua grande sfortuna non sono un agente della sicurezza nazionale. Mi racconti con estrema sincerità chi e quando le ha promesso l'iniziazione.

— La menzogna la fiuterebbe lo stesso — disse con semplicità.

— Naturalmente.

— O Signore, volevo solo stare in pace per un paio d'ore! — si lamentò.

Aspettavo.

— Una settimana fa incontrai... — Timur Borisovic tentennò — ... in circostanze abbastanza strane, un signore...

— Che aspetto aveva? — domandai. — Non serve descrivermelo, basta che se lo immagini.

Lo sguardo di Timur Borisovic rispecchiò un moto di curiosità. Mi puntò gli occhi addosso.

A giudicare dall'immagine che comparve nella mente dell'uomo d'affari (non avevo nessun motivo per non credergli), era venuto a parlargli un attore del cinema ormai poco conosciuto, ma un tempo molto famoso, Oleg Strizenov.

— Oleg Strizenov. — Timur Borisovic sbuffò. — Giovane e bello. Pensavo di essermi bevuto il cervello, ma lui mi disse che era solo un camuffamento... una maschera...

Ecco qual era il punto. Geser aveva avuto abbastanza furbizia da mimetizzarsi. Be', questo ci forniva qualche opportunità in più.

Il mio morale ne fu sollevato. — Vada avanti. Cos'è successo dopo?

— Questo mutaforma mi ha aiutato in un gran brutto affare — proseguì Timur Borisovic, confondendo la nostra terminologia. — Ero finito in grossi guai... per puro caso. Se non mi avesse detto un paio di cosette, adesso sarei comunque disteso, ma non qui.

— Cioè, le ha dato una mano?

— Eccome — annuì Timur Borisovic. — Ovviamente mi sono

incuriosito. Un giorno ci siamo messi a chiacchierare con sincerità. Abbiamo ricordato Taskent, parlato un po' di vecchi film... Poi quello Strizenov mi ha raccontato degli Altri. Ha detto di essere un mio parente. Perciò era disposto a fare per me qualsiasi cosa. Così, senza niente in cambio.

— Allora? — l'incoraggiai.

— Non sono affatto uno stupido. — Timur Borisovic si strinse nelle spalle. — Al pesciolino d'oro non bisogna esprimere tre desideri, si deve chiedere subito l'onnipotenza. Oppure, male che vada, una piscina piena di pesciolini d'oro. Ho chiesto di farmi diventare un Altro come lui. Allora Strizenov cominciò a tentennare e ad agitarsi. Disse che non si poteva. Ma io sentivo che stava mentendo. Quindi gli chiesi di fare uno sforzo e di farmi diventare un Altro lo stesso...

Non stava raccontando bugie. Taceva solo qualche piccolo particolare.

— Non è possibile renderla un Altro — gli spiegai. — È un comune umano. Mi dispiace, ma non lo diventerà mai.

Timur Borisovic sbuffò di nuovo.

— È... be', per capirci, è come se fosse scritto nei suoi geni — cercai di chiarire. — Timur Borisovic, lei ha capito per quale motivo il suo amico è cascato in questa trappola? Ha capito che ha formulato male la propria promessa e di conseguenza ora si ritrova obbligato a compiere per lei una cosa impossibile?

Il mio interlocutore non replicò.

— L'ha capito eccome. Vedo che l'ha capito. E nonostante questo gliel'ha domandato lo stesso!

— Le dico che si può fare! — gridò Timur Borisovic. — Lo sento. Le bugie le so riconoscere quanto lei. Non l'ho minacciato, gliel'ho solo chiesto!

— La cosa più probabile è che sia stato suo padre a venire a trovarla — dissi. — Mi capisce?

Timur Borisovic rimase di stucco nella gorgogliante Jacuzzi.

— Avrebbe davvero voluto aiutarla — spiegai — ma non ne è in grado. Però la sua richiesta ora lo sta uccidendo, nel senso stretto della parola. Mi capisce?

Timur Borisovic scosse la testa.

— Le ha fatto una promessa ambigua — continuai. — Lei invece l'ha preso in parola. Se lui non mantenesse la promessa, morirebbe. Mi capisce?

— Queste sono le vostre regole?

— È un bonus che viene concesso assieme alla forza — mormorai. — Agli Altri della Luce.

— Dov'era prima, mio padre? — chiese Timur Borisovic con tono angosciato. — Probabilmente è ancora giovane. Perché ha aspettato tanto per venire a trovarmi? Ha aspettato finché non si sono sposati tutti i miei nipoti!

— Mi creda, non poteva venire — risposi. — La cosa più probabile è che semplicemente non sapesse niente di lei. Ma ora lei sta uccidendo suo padre.

Timur Borisovic taceva.

Intanto io trionfavo. Perché quell'uomo d'affari stravaccato nella Jacuzzi non era un mascalzone fatto e finito. La parola "padre" per lui, che era cresciuto in Oriente, rappresentava molte cose. Malgrado tutto.

— Gli dica che ritiro la mia… richiesta — borbottò. — Non voglio… Be', vada tutto al diavolo. Avrebbe potuto presentarsi personalmente a dire come stanno le cose, invece di mandare un collaboratore.

— È così sicuro che io sia un suo collaboratore? — gli domandai.

— Sì. Non so che razza di uomo sia, mio padre. Ma di certo nelle vostre Guardie non è proprio l'ultima ruota del carro.

Ce l'avevo fatta! Avevo tolto la spada di Damocle che pendeva sulla testa di Geser!

Forse mi aveva mandato all'Assol proprio per questo? Perché sapeva che ci sarei riuscito?

— Timur Borisovic, ho ancora un altro favore da chiederle. — Meglio battere il ferro finché era caldo. — Deve sparire dalla città per un po' di tempo. Sono trapelati alcuni particolari. Sulle sue tracce ci sono già anche Altri diversi da me. Quelli delle Tenebre. Significa problemi sia per lei, che per… suo padre.

Timur Borisovic si mise seduto di scatto dentro la vasca. Domandò: — Cos'altro mi ordinerete di fare?

— Posso ordinarglielo — spiegai — con la stessa facilità con cui ho sistemato le sue guardie del corpo. Così correrebbe all'aeroporto senza pantaloni. Tuttavia glielo chiedo. Ha già dimostrato la sua buona volontà accettando di revocare la sua richiesta. Faccia il passo successivo. La prego.

— Si rende conto di che opinione si formerebbe la gente su un uomo d'affari che sparisce a un tratto non si sa dove?

— Me lo immagino.

Timur Borisovic grugnì e mi sembrò che fosse invecchiato all'improvviso. Provai vergogna, ma rimasi lo stesso in attesa.

— Vorrei parlare... con lui.

— Credo che questo sia possibile — accettai senza esitare. — Prima, però, deve sparire.

— Si volti — brontolò.

Obbediente, gli voltai le spalle. Chissà perché ero sicuro che non sarei stato colpito alla nuca con un pesante portasapone di acciaio.

Mentre davo un'occhiata alla parete attraverso il Crepuscolo, per essere sicuro che le guardie continuassero a dormire tranquille, vidi un'ombra rapidissima, troppo veloce per essere di un umano. Si muoveva attraverso i muri e non con i normali passi da Altro, ma con l'aggraziata andatura di un vampiro.

Quando Kostja entrò nella stanza, avevo già fatto in tempo ad assumere un'espressione tranquilla e ironica. Come si confaceva a un Guardiano della Notte arrivato prima di un agente delle Tenebre.

— Tu! — esclamò. Nel Crepuscolo il suo corpo emanava un leggero vapore. I vampiri in genere hanno un aspetto differente nel mondo crepuscolare, ma in Kostja rimaneva ancora parecchio dell'essere umano. Una cosa sorprendente per un vampiro superiore.

— Naturalmente — replicai. Sembrava che i suoni affondassero nell'ovatta bagnata. — Perché sei venuto qui?

— Ho percepito che stavi usando la forza. Significa che hai trovato qualcosa. Qualcuno.

Spostò lo sguardo su Timur Borisovic e domandò: — È questo il ricattatore?

Ormai non aveva senso mentire. Nemmeno tentare di nascondere l'uomo d'affari.

— Già — confermai. — L'ho costretto a ritirare la richiesta.

— In che modo?

— Gli ho detto che la trasformazione in Altro gli è stata promessa dal suo stesso padre, che per questo motivo adesso si trova in seri guai. Così si è pentito ed è tornato sui suoi passi.

Kostja si accigliò.

— Ho intenzione di spedirlo il più lontano possibile per evitare rischi — continuai, ispirato a contare balle. — Che vada pure a stabilirsi nella Repubblica Dominicana.

— Questa è solo la prima metà dell'indagine — osservò Kostja con aria cupa. — Ho l'impressione che voi Altri della Luce stiate coprendo uno dei vostri.

— Noi o io?

— Tu. Trovare l'umano non era la cosa più importante. Ci serve il tizio che gli ha promesso l'iniziazione.

— Non sa niente! — replicai stizzito. — Gli ho rovistato nella memoria: è pulito. Il traditore si è manifestato sotto le sembianze di un attore del cinema del secolo scorso. Non ha lasciato tracce.

— Vediamo — disse Kostja. — Digli di tirarsi su i calzoni che lo porto con me.

— L'ho trovato io, quindi verrà con me! — sbraitai.

— A me invece sembra che tu stia tentando di occultare le prove — ribatté Kostja, a bassa voce ma con tono minaccioso.

Alle nostre spalle si stava lentamente asciugando l'uomo, che nemmeno sospettava della discussione scoppiata dentro il Crepuscolo. Ci stavamo trafiggendo con lo sguardo, e nessuno dei due aveva intenzione di battere in ritirata.

— Verrà con me — ribadii.

— Facciamo a cazzotti? — propose Kostja quasi divertito.

Con un unico fluido movimento si trovò accanto a me e mi puntò lo sguardo dritto negli occhi. Le sue pupille nel Crepuscolo scintillavano di fiamme rossicce.

Lo voleva, quello scontro. Lo voleva da anni! Per convincersi definitivamente che la verità era dalla parte del vampiro superiore Konstantin e non da quella dell'ingenuo ragazzino Kostja che sognava di liberarsi dalla maledizione per ridiventare un uomo.

— Ti annienterò — sussurrai.

Kostja ridacchiò: — Vogliamo provarci?

Guardai ai miei piedi. L'ombra si vedeva appena, ma la sollevai e scivolai nello strato più profondo del Crepuscolo, là dove le pareti dell'edificio si fondevano con la nebbia e lo spazio era invaso da un inquietante rombo di sottofondo.

Per un unico istante rimasi in quella vantaggiosa posizione da solo.

Kostja entrò nel secondo strato del Crepuscolo subito dopo di me. Era cambiato parecchio: il volto ricordava un cranio rivestito di rigida pelle tirata, gli occhi erano sprofondati, le orecchie lunghe e appuntite.

— Ho imparato tanto — mormorò Kostja. — Allora, con chi andrà l'indiziato?

A quel punto risuonò una voce: — Avrei da avanzare una proposta soddisfacente per tutti.

In mezzo alla grigia nebbia si materializzò Vitezslav. Anche il suo corpo era deformato e diffondeva vapore come un pezzo di ghiaccio sotto il sole. Trasalii: il vampiro di Praga era giunto dal terzo strato del Crepuscolo, da uno di quegli strati che per me erano inaccessibili.

Che forza aveva?

Vitezslav era seguito da Edgar. Il mago viaggiava nel terzo strato con difficoltà: vacillava e aveva il fiato grosso.

— Verrà con noi — proseguì Vitezslav. — Non sospettiamo Anton Gorodeckij di intenzioni scorrette. Teniamo però in considerazione i dubbi della Guardia del Giorno. L'indagine passa all'Inquisizione.

Kostja non disse nulla.

Tacevo anch'io. Oltre al fatto che Vitezslav aveva tutti i diritti per farlo, non avrei avuto nemmeno modo di oppormi.

— Usciamo di qui, signori? — suggerì Vitezslav. — Non è un luogo molto accogliente.

Un attimo dopo ci trovavamo nella grande stanza da bagno,

in cui Timur Borisovic cercava di infilarsi le mutande saltellando su una gamba sola.

Vitezslav gli diede il tempo di indossarle. Soltanto quando si voltò, il businessman vide tutta la compagnia. Gli sfuggì un gridolino di stupore.

Vitezslav gli rivolse uno sguardo gelido.

Timur Borisovic si afflosciò. Edgar, che gli si trovava accanto, adagiò il corpo privo di volontà su una poltrona.

— Dice che il soggetto non conosce il traditore — fece Vitezslav osservando con attenzione l'uomo d'affari. — Una faccia sorprendentemente conosciuta... Comincio a capire.

Continuai a tacere.

— Può andare fiero di sé, Anton — proseguì Vitezslav. — La sua frase aveva senso. Credo che il padre di questo umano presti davvero servizio in una delle Guardie. Nella Guardia della Notte.

Kostja ridacchiò. Naturalmente non aveva apprezzato la decisione di Vitezslav. Avrebbe preferito consegnare personalmente il rampollo di Geser alla Guardia del Giorno. Ma poteva ritenersi soddisfatto anche così.

— Possibile che Geser il Saggio abbia fatto una figura del genere? — domandò. — È strano.

Vitezslav gli lanciò un'occhiataccia, e Kostja si zittì.

— Chiunque può sbagliare — mormorò Vitezslav. — Persino un mago del suo livello. Però... — Mi fissò. — Potrebbe convocare Geser qui?

Mi strinsi nelle spalle. Era una domanda stupida: certo che potevo. Poteva farlo anche lui.

— Non mi piace quel che sta succedendo — disse Vitezslav a voce bassa. — Non mi piace per niente. Qualcuno qui sta spudoratamente bluffando.

Ci squadrò con uno sguardo penetrante e quasi inumano. Qualcosa l'aveva messo in guardia. Cosa di preciso?

— Mi metto in contatto con i miei superiori — annunciò Kostja con un tono che non ammetteva repliche.

Vitezslav non si oppose. Fissava Timur Borisovic, e il suo volto si raggrinzì in una smorfia.

Estrassi il cellulare e digitai il numero di Geser.

— Qualcuno vorrebbe fregarci tutti — disse Vitezslav con furia trattenuta a stento. — Questo qualcuno è…

— Potrebbe ordinargli di vestirsi — gli dissi, intanto che il telefono suonava. — Oppure è proprio necessario umiliare un anziano? Vogliamo trasportarlo così, in mutande?

Vitezslav non si mosse, ma Timur Borisovic si alzò e cominciò a vestirsi come se fosse mezzo addormentato.

Edgar mi si avvicinò furtivamente e mi si rivolse con aria compassionevole: — Non risponde? Io al suo posto…

— Non te l'offriranno ancora per un pezzo un posto così — ironizzò Vitezslav — dato che non riesci nemmeno a vedere il tranello.

A giudicare dalla faccia di Edgar, non vedeva un bel niente. Esattamente come me e Kostja, che nel frattempo con occhi stralunati borbottava qualcosa senza emettere suoni.

— Sì, Anton… — rispose Geser. — Qualcosa di interessante?

— Ho trovato l'umano a cui è stata promessa la trasformazione in Altro — dichiarai.

Nella stanza da bagno cadde un silenzio di tomba. Sembrava che tutti stessero in ascolto dei deboli suoni provenienti dal cellulare.

— Ottimo! — esclamò Geser. — Sei un bravo ragazzo. Mettiti immediatamente in contatto con gli investigatori delle Tenebre e dell'Inquisizione. Coinvolgi nell'indagine anche loro. Lì da qualche parte si aggira anche quel vampiro ceco, Vitezslav. Un vecchiaccio in gamba, anche se completamente privo di senso dell'umorismo. Ma questo è un difetto comune a tutti i vampiri.

Vitezslav si voltò verso di me.

La sua faccia era di pietra, gli occhi ardenti.

Aveva sentito tutto.

Ero pronto a scommettere una cassa di birra ceca contro un flacone di patrio profumo scadente che Geser sapeva che Vitezslav si trovava al mio fianco.

— Vitezslav è già qui — gli comunicai. — Anche Edgar, e un investigatore delle Tenebre.

— Ottimo! — ripeté Geser. — Chiedi per favore al nostro

ospite di Praga di attivarmi un portale… se ne è in grado, ovvio. Faccio una capatina da voi.

Misi via il telefono e guardai Vitezslav. A dire il vero, per come la vedevo io, Geser aveva esagerato con le prese in giro. D'altronde, cosa ne sapevo dei rapporti tra un vecchio mago della Luce e un vecchio vampiro Inquisitore? Quali conti in sospeso avevano accumulato nel corso dei secoli?

— L'avete sentito — biascicai.

— Precisare — replicò secco Vitezslav.

— Il Capo della Guardia della Notte di Mosca, il Luminoso Mago Geser, le rivolge la sua gentile richiesta di attivargli un portale. Se, naturalmente, lei ne è capace.

Di colpo sopra la Jacuzzi si disegnò a mezz'aria una sottile cornice luminosa. Chi avesse fatto un passo avanti varcando quella strana porta, sarebbe inesorabilmente finito in acqua.

— Nessun problema — fu la gelida risposta di Vitezslav. — Edgar!

L'ex mago delle Tenebre gli si avvicinò.

— Il dossier su questo… — Vitezslav indicò con un cenno del capo Timur Borisovic, che si stava pigramente annodando la cravatta. — Probabilmente si trova giù, nel reparto sicurezza.

Edgar scomparve: per risparmiare tempo corse a prendere il dossier dell'umano attraverso il Crepuscolo.

Un attimo dopo nel bagno si presentò Geser. Non uscì dal portale, ma appena di lato, posando con eleganza il piede sul pavimento di marmo.

— Sono diventato proprio vecchio — sospirò. — Ho mancato la porta.

Guardò Vitezslav e sorrise.

— Guarda un po' chi si rivede! Perché non sei passato a trovarmi?

— Ero troppo occupato — fu la secca risposta di Vitezslav. — Suppongo che dobbiamo risolvere i problemi verificatisi qui il più rapidamente possibile.

— Passi troppo tempo in ufficio — sospirò Geser. — Sei diventato un vero burocrate… Allora, cosa succede?

— Eccolo qui — m'intromisi.

Geser mi rivolse un sorriso rassicurante e spostò lo sguardo su Timur Borisovic.

Si fece silenzio. Kostja taceva, Vitezslav sembrava pietrificato.

— Curioso — osservò Geser. Si avvicinò a Timur Borisovic, che fissava l'aria davanti a sé, e gli sfiorò la mano. — Ahi, ahi, ahi…

— Conosce questo umano, Luminoso Geser? — gli chiese Vitezslav.

Il Capo si voltò verso di noi con un'espressione di profonda angoscia. Domandò con amarezza: — Che ti succede, vecchio, hai perso del tutto il tuo fiuto? È il mio sangue, Vitezslav! È mio figlio!

— Davvero?! — esclamò Vitezslav con tono ironico.

Geser abbracciò Timur Borisovic, gli accarezzò con dolcezza le spalle e sussurrò: — Dove sei stato tutti questi anni, piccolo? Ecco come ci tocca incontrarci… Avevano detto che non eri sopravvissuto. Avevano detto "difterite"…

— Le porgo le mie più sincere congratulazioni, Geser — disse Vitezslav. — Tuttavia mi sarebbe piaciuto avere qualche spiegazione!

Nella stanza ricomparve Edgar. Era tutto sudato e reggeva tra le mani una cartella.

Continuando a stringere a sé il suo anziano figlio, Geser raccontò: — La storia è molto semplice, Vitezslav. Prima della guerra lavoravo in Uzbekistan: Samarcanda, Bukhara, Taskent. Ero sposato. Mi convocarono a Mosca. Sapevo che mi era nato un figlio, ma non lo vidi nemmeno una volta. C'erano troppe altre cose da fare. E la guerra. Poi la madre del bambino morì. Le tracce di mio figlio si persero.

— Nemmeno lei è riuscito a trovarlo? — domandò Vitezslav con diffidenza.

— Nemmeno io. Secondo i documenti era morto. Di difterite.

— Una soap messicana — commentò Edgar. — Luminoso Geser, lei afferma di non aver mai incontrato questo umano?

— Mai — confermò Geser.

— Non gli ha parlato, né proposto, a dispetto di tutte le regole, di diventare un Altro? — continuò Edgar.

Geser gli lanciò uno sguardo sarcastico: — Non lo dovrebbe sapere lei meglio di chiunque, stimabile Inquisitore, che un umano non può diventare un Altro?

— Risponda alla domanda! — ordinò seccamente Edgar.

— Non l'ho mai incontrato, non gli ho mai parlato e non gli ho mai promesso nulla. Non ho inviato le lettere alle Guardie e all'Inquisizione! Non ho mai chiesto a qualcuno di mettersi in contatto con lui, né di spedire le lettere! La Luce mi è testimone! — disse Geser. Sollevò bruscamente il braccio e nel palmo della sua mano per un attimo fiorì un bianco petalo di fuoco. — Non metterete in dubbio le mie parole! Forse volete dire che il traditore sono io? — Poi alzò la voce: — State avanzando un'accusa contro di me? Tu, Edgar? O tu, Vitezslav? Oppure tu, ragazzino vampiro?

Avrei voluto nascondermi. Ma nel profondo della mia anima ridevo. Geser aveva abbindolato tutti. Non capivo in che modo, ma si era preso gioco di tutti noi.

— Non osiamo nemmeno supporre una cosa simile, Luminoso Geser. — Vitezslav chinò il capo. — Edgar, le sue domande sono state formulate in modo scortese!

— La colpa è mia — disse Edgar. — Mi perdoni, Luminoso Geser. Sono profondamente dispiaciuto.

Kostja si guardava attorno in preda al panico. Forse aspettava Zavulon? No, sembrava di no. Probabilmente sperava che il capo degli agenti delle Tenebre non comparisse.

Capii che Zavulon non si sarebbe manifestato. Solo il vampiro europeo, nonostante tutta la sua forza e la secolare saggezza, ma dimentico dell'esperienza di intrighi dietro le quinte, poteva cascare in un tranello del genere. E Zavulon l'aveva compreso fin da subito: non era da Geser esporsi in un modo tanto stupido.

— Avete aggredito mio figlio — disse Geser con tristezza. — Chi gli ha lanciato l'incantesimo della privazione della volontà? Sei stato tu, Konstantin?

— No! — gridò Kostja in preda al panico.

— Sono stato io — confessò Vitezslav con tono cupo. — Devo toglierlo?

— Toglierlo? — sbraitò Geser. — Hai fatto uso di magia su

mio figlio! Te lo immagini che shock è per lui? Alla sua età? Be'! Chi diventerà adesso, dopo l'iniziazione? Uno delle Tenebre?

Avevo gli occhi fuori dalle orbite. Kostja emise un debole squittio. Edgar digrignò i denti.

Probabilmente guardammo Timur Borisovic attraverso il Crepuscolo tutti nello stesso momento. L'aura di potenziale Altro era evidente. Timur Borisovic non aveva alcun bisogno di farsi azzannare da un vampiro o da un mutantropo. Sarebbe potuto diventare un mago decente. Di quarto o quinto livello. Purtroppo, più probabilmente, un mago delle Tenebre. Ma...

— Cosa dovrei fare adesso? — riprese Geser. — L'avete aggredito, l'avete spaventato, avete dominato la sua volontà...

Timur stava debolmente strofinando le dita contro la cravatta, nel vano tentativo di fare il nodo in modo corretto.

— Adesso diventerà un agente delle Tenebre? — sbottò Geser. — È così? Cosa significa? È stato tutto pianificato apposta? Il figlio di Geser un mago delle Tenebre?

— Sono certo che sarebbe passato dalla parte delle Tenebre in ogni caso — cercò di difendersi Vitezslav. — Con il suo stile di vita...

— Hai dominato la sua volontà, l'hai spinto verso le Tenebre e ora ti metti anche a dire cose del genere? — sibilò Geser minaccioso. — L'Inquisizione si attribuisce il diritto di infrangere il Patto? Oppure si tratta di una tua mossa personale? Non riesci proprio a dimenticare Karlsbad? Possiamo anche proseguire con quel discorso, Vitezslav. Non siamo alle Terme Rosse, ma per un duello lo spazio basterà anche qui.

Vitezslav esitò un attimo cercando di sostenere lo sguardo di Geser. Poi si arrese: — La colpa è mia, Geser. Non sospettavo che questo umano fosse un potenziale Altro. Perché tutto gridava il contrario. Quelle lettere...

— E adesso? — urlò Geser.

— L'Inquisizione riconosce il proprio... la propria precipitazione — balbettò Vitezslav. — La Guardia della Notte ha diritto di prendere questo... questo umano sotto la propria tutela.

— Ed effettuare anche la sua rimoralizzazione? — chiese Geser. — Iniziarlo solo dopo il suo orientamento verso la Luce?

— Sì — bisbigliò Vitezslav.

— Allora consideriamo questo conflitto del tutto chiuso. — Geser rivolse un sorriso a Vitezslav, e gli diede una pacca sulla spalla. — Non prendertela troppo. Tutti a volte possiamo sbagliare. L'importante è correggersi, giusto?

Aveva veramente un autocontrollo di ferro, quell'antico succhiasangue europeo. — Sì, Geser… — convenne.

— A proposito, avete acchiappato anche l'Altro traditore? — domandò il Capo.

Vitezslav fece cenno di no.

— Vediamo un po' cosa c'è nella memoria di mio figlio… — annunciò Geser ad alta voce. Diede un'occhiata a Timur Borisovic. — Ahi, ahi, ahi! Oleg Strizenov. La star del cinema degli anni Sessanta. Che travestimento sfrontato!

— Evidentemente al traditore piace il vecchio cinema russo — ipotizzò Vitezslav.

— È probabile. Personalmente avrei preferito Innokentij Smoktunovskij — replicò Geser. — Oppure Oleg Dal. Vitezslav, il traditore non ha lasciato tracce.

— Non ha idea di chi potrebbe essere? — gli chiese Vitezslav.

— Posso avere tutte le idee che vuoi — rispose Geser. — A Mosca ci sono migliaia di Altri. Ciascuno avrebbe potuto prendere le sembianze altrui. L'Inquisizione intende setacciare la memoria di tutti gli Altri di Mosca?

Vitezslav fece una smorfia.

— No, non ne verrebbe fuori un bel niente — continuò Geser. — Non posso garantire nemmeno per i miei collaboratori, per non parlare del fatto che gli Altri non occupati nelle Guardie rifiuterebbero categoricamente. Di sicuro.

— Tendiamogli un'imboscata — propose Edgar. — Se il traditore tornasse…

— Non tornerà — lo interruppe Vitezslav con voce stanca. — Non ce n'è più bisogno.

Geser rivolse un altro sorriso all'accigliato vampiro. Subito dopo il sorriso fu come cancellato. — Prego tutti di abbandonare l'appartamento di mio figlio. Vi aspetto nel mio ufficio per firmare il protocollo. Stasera alle sette.

Vitezslav annuì e si dissolse, però un istante dopo ricomparve, un po' imbarazzato.

— Usate i piedi — disse Geser. — Ho bloccato l'accesso al Crepuscolo. Per ogni eventualità.

Mi trascinai dietro agli Inquisitori e a Kostja, che pareva davvero felice di togliersi di mezzo.

— Anton — mi chiamò Geser. — Grazie. Hai fatto un buon lavoro. Fai un salto da me stasera.

Non gli risposi. Passammo davanti alle guardie indifferenti a tutto, e così esaminai l'aura di quello che mi era sembrato sospetto. No, non era un Altro. Dopo quella storia sarei diventato per un pezzo la prudenza personificata.

Vitezslav era sprofondato nei suoi pensieri, lasciando a Edgar e a Kostja il compito di vedersela con le serrature. Solo una volta lanciò di sbieco un'occhiata nella mia direzione e chiese:
— Vuole offrirci un caffè, Guardiano?

Annuii. Perché no? Avevamo fatto lo stesso lavoro. Anche la brutta figura l'avevamo fatta insieme, nonostante i complimenti che Geser mi aveva riservato.

Capitolo 7

Eravamo davvero una compagnia alquanto bizzarra: un giovane vampiro della Guardia del Giorno, due Inquisitori e un mago della Luce.

Eravamo tutti pacificamente seduti nell'enorme appartamento vuoto ad aspettare che l'acqua per il caffè arrivasse a ebollizione nel forno a microonde. Avevo permesso di entrare persino a Kostja, che in quel momento stava sullo stesso davanzale della notte precedente, ma dal lato interno.

Vitezslav era l'unico che non riusciva a stare fermo. — Non sono più abituato alla Russia — disse, passeggiando su e giù davanti alla finestra. — Non ci sono più abituato. Non la riconosco più.

— Sì, il paese sta cambiando! Vengono costruiti nuovi palazzi, strade… — dissi entusiasta.

— Mi risparmi la sua ironia, Guardiano — m'interruppe Vitezslav. — Parlo d'altro. Per settant'anni nel vostro paese sono vissuti gli Altri più disciplinati al mondo. Persino le Guardie si mantenevano nei limiti della decenza.

— Adesso invece si sono scatenati tutti? — domandai.

Vitezslav non rispose.

Mi vergognai. Il vampiro praghese dell'Inquisizione quel giorno era stato tuffato nel fango con tanto di spruzzi e schizzi. Era la prima volta che assistevo al disonore dell'Inquisizione. Persino Geser… non proprio la temeva, ma le riconosceva una forza incontrastabile. Tuttavia a un tratto era riuscito a raggirarla. Con leggerezza ed eleganza.

Qualcosa era cambiato nel mondo? L'Inquisizione era diventata una terza parte in gioco? Quelli delle Tenebre, quelli della Luce e gli Inquisitori?

Il bollitore si mise a gorgogliare. Versai l'acqua bollente nelle tazze. Tirai fuori caffè solubile, zucchero e una confezione di latte.

— Gorodeckij, si rende conto che oggi è stato infranto il Patto? — domandò Vitezslav a un tratto.

Mi strinsi nelle spalle.

— Non è obbligato a rispondere — precisò Vitezslav. — So già che ha capito tutto. Qualcuno della Guardia della Notte di Mosca ha indotto l'Inquisizione a commettere azioni imprudenti. Dopodiché ha ottenuto il permesso di portare dalla parte della Luce un'unica persona. Non credo che ciò recherà un grande profitto alla Guardia della Notte.

Ero d'accordo. Timur Borisovic non si sarebbe messo a studiare l'uso della forza del Crepuscolo. Avrebbe avuto la sua longevità, la possibilità di compiere piccoli incantesimi, di percepire le intenzioni nascoste dei suoi partner in affari, di schivare le pallottole. Gli sarebbe bastato. Probabilmente la sua ditta si sarebbe messa a trasferire sul conto della Guardia della Notte cospicue somme di denaro. Il businessman stesso sarebbe diventato più buono, avrebbe preso a cuore qualche attività di beneficenza, avrebbe adottato a distanza un orso bianco allo zoo e una decina di bimbetti in un orfanotrofio.

Ma per questo non valeva comunque la pena di mettersi in contrasto con l'Inquisizione.

— È scorretto — esclamò Vitezslav amareggiato. — Si tratta di abuso di potere a scopi personali!

Sbuffai: — Mi sembra che Geser abbia ragione. Lei ha passato davvero troppo tempo dietro una scrivania.

— Vuol dire che lei crede che tutto si sia svolto regolarmente? — chiese Vitezslav. — Crede che non ci sia nessun motivo per indignarsi?

— Un umano, forse non il migliore al mondo, abbraccerà la Luce — spiegai. — Non farà più del male a nessuno. Anzi. Perché mai dovrei indignarmi?

— Lasciamo perdere, Vitezslav — intervenne Edgar a mezza voce. — Gorodeckij non capisce un fico secco. È troppo giovane.

Vitezslav annuì. Mi disse: — Credevo che lei fosse diverso da tutta quella combriccola della Luce. Pensavo che tenesse più alla sostanza che alla forma...

A quel punto uscii dai gangheri: — Sì, ci tengo alla sostanza, Vitezslav! E la sostanza è che lei è un vampiro! Mentre lei, Edgar, è un mago delle Tenebre! Non so in che cosa avete visto l'infrazione del Patto, ma sono sicuro che non avreste avanzato le stesse accuse contro Zavulon!

— Mago della Luce... — disse Vitezslav a denti stretti. — Adepto della Luce... Stiamo solo mantenendo l'equilibrio, chiaro? Anche Zavulon sarebbe finito in tribunale se avesse architettato una faccenda simile!

Esplosi: — Zavulon ne ha combinate di tutti i colori! Ha tentato di uccidere mia moglie. Ha tentato di uccidere me. Spinge di continuo gli umani dalla parte delle Tenebre! Lei dice che uno dei nostri ha agito in modo scorretto perché ha vinto giocando contro un baro? Ecco cosa le rispondo: forse non è corretto, ma è giusto! Vi scandalizzate sempre quando vi danno il resto con la vostra stessa moneta falsa. Be', è facile cambiare tutto. Cominciate un po' a giocare onestamente.

— La sua onestà e la nostra sono due cose ben diverse — intervenne Edgar. — Andiamocene, Vitezslav...

Il vampiro annuì. Mise giù la tazza ancora mezza piena. — La ringrazio per il caffè, agente della Luce.

Entrambi gli Inquisitori uscirono dall'appartamento.

Rimase solo il taciturno Kostja, che ora era seduto su uno sgabello.

— Moralisti — ringhiai. — Oppure anche tu credi che abbiano ragione?

Kostja abbozzò un sorriso: — No. Perché mai dovrei? Se lo sono meritato. Era ora di far passare all'Inquisizione la puzza sotto il naso. Mi dispiace solo che sia stato Geser a farlo e non Zavulon.

— Geser non ha fatto proprio niente — replicai. — Ha giurato, l'hai sentito anche tu.

Kostja si strinse nelle spalle. — Non ho idea di come abbia fatto a orchestrare tutto. Ma questo intrigo è suo. Non per niente Zavulon ha deciso di aspettare. È proprio un vecchio volpone... Sai cosa mi stupisce?

— Cosa? — bofonchiai sul chi va là. Le parole di Kostja non mi convincevano.

— In genere che differenza c'è tra noi? Noi portiamo avanti i nostri intrighi spingendo gli umani che ci servono dalla nostra parte. Voi fate lo stesso. Geser ha voluto costringere suo figlio ad abbracciare la Luce? L'ha fatto. E ha fatto bene. Bravo! Non ho niente da obiettare. — Kostja sorrideva.

— Secondo te, chi aveva ragione nella Seconda Guerra Mondiale? — domandai.

— Dove vuoi arrivare? — Ora era lui a essere sul chi va là. Aveva fiutato, e non senza motivo, puzza di fregatura.

— Rispondi.

— Erano i nostri ad aver ragione — dichiarò Kostja con patriottica ispirazione. — Tra l'altro alcuni vampiri e mutantropi hanno combattuto! Due di loro sono stati persino decorati con la Stella d'Oro dell'Eroe!

— Ma perché erano proprio i nostri ad aver ragione? Anche Stalin non era contrario a mangiarsi tutta l'Europa in un boccone. Abbiamo bombardato città, depredato musei, fucilato disertori...

— Semplicemente perché erano i nostri! Per questo avevano ragione!

— Allora adesso hanno ragione i nostri. Gli Altri della Luce.

— Tu la vedi così, e per questo non accetti di essere contestato? — precisò Kostja.

Annuii.

— Però! — esclamò con disprezzo. — Portami almeno un'argomentazione razionale.

— Noi Altri non beviamo sangue — dichiarai.

Kostja appoggiò la tazza per terra e si alzò in piedi.

— Ti ringrazio per l'ospitalità.

Rimasi da solo in un enorme appartamento vuoto, con le tazze mezze piene, il forno a microonde aperto e l'acqua che andava raffreddandosi nel bollitore...

Perché l'avevo scaldata al microonde?

Sarebbe bastato un cenno, e l'acqua si sarebbe messa a bollire direttamente nelle tazze.

Presi il telefono e digitai il numero di Svetlana. Non rispose. Forse era andata a fare una passeggiata con Nadjuska e aveva di nuovo dimenticato il cellulare a casa...

Nel profondo dell'animo non mi sentivo affatto così contento come cercavo di mostrare.

Perché noi eravamo meglio di loro? Intrigavamo, combattevamo, mentivamo. Mi serviva quella risposta, ne avevo bisogno. E non dall'astutissimo Geser, abituato a ricamare con le parole. Nemmeno da me stesso: non mi fidavo più di me. Mi serviva la risposta di una persona in cui credevo. Inoltre dovevo assolutamente capire in che modo Geser aveva abbindolato l'Inquisizione. Perché se avesse mentito giurando sulla Luce...

Per che cosa stavo combattendo allora?

— Che vada tutto al... — cominciai, ma la frase mi si fermò in gola. Già nei primi giorni dopo l'iniziazione ci insegnano a non maledire nessuno. E io stavo quasi per farlo.

"Che vada tutto. Semplicemente vada avanti."

In quel momento qualcuno suonò alla porta, come se avesse intuito che per me era meglio non rimanere da solo.

— Sì! — gridai, ricordando di non aver chiuso a chiave.

La porta si socchiuse e nello spiraglio si insinuò la testa di Las. Il mio vicino si guardò attorno per un istante e domandò:
— Disturbo, per caso?

— Tutto a posto, vieni.

Las entrò e si guardò di nuovo intorno. Emise il verdetto: — No, non si sta male da te... solo che devi installare il water. Posso lavarmi? Adesso, o anche stasera. Mi è piaciuto.

Infilai la mano in tasca e tirai fuori un mazzo di chiavi. Immaginai le chiavi gonfiarsi e sdoppiarsi nel senso della lunghezza. Lanciai a Las il secondo mazzo.

— Tienilo!

— Perché?

— Parto per un po'.

— Ecco, appena arriva una persona normale... Che peccato. Quando parti?

— Adesso — risposi. Di colpo mi resi conto di quanto mi mancassero Sveta e Nadja. — Forse tornerò.

— Ma forse no?

Annuii.

— Che peccato — ripeté Las avvicinandosi. — Ho capito che ti piace la musica… Tieni.

Presi in mano il CD.

— *Le protesi di guerra* — spiegò Las. — Un mio album. Però non ascoltarlo in presenza di donne e bambini!

— Non lo farò — promisi, rigirando il disco tra le mani. — Grazie.

— Qualche problema? — domandò Las. — Scusami se ficco il naso in affari che non mi riguardano, però hai una faccia così sbattuta…

— Ma no, figurati. — Mi diedi una scrollata. — Mi manca mia figlia. Adesso ci vado. È alla dacia con mia moglie. Io invece avevo del lavoro da fare.

— Giusto — approvò Las. — Non bisogna privare la bambina di attenzioni. Comunque, la cosa fondamentale è che sua madre sia con lei.

Fissai Las.

— La madre è la cosa più importante per un bambino — continuò Las con tono da guru della psicologia infantile. — È una questione biologica. Noi maschi ci prendiamo cura della femmina. La femmina del cucciolo.

Mi fecero entrare nell'appartamento di Timur Borisovic senza obiezioni.

Le guardie del corpo avevano un aspetto decente e con ogni probabilità non avevano la minima idea di quanto era successo poco tempo prima.

Geser stava prendendo il tè nello studio con il figlio appena ritrovato. La stanza era spaziosa – quasi imponente – con una massiccia scrivania e un'infinità di suppellettili sulle mensole delle librerie antiche. Era sorprendente la similitudine tra i loro gusti. Lo studio di Timur Borisovic assomigliava in modo incredibile all'ufficio di suo padre.

— Entra, giovanotto, entra. — Timur Borisovic mi rivolse un sorriso. — Vedi che si è sistemato tutto?

Lanciò un'occhiata a Geser e aggiunse: — È ancora giovane e focoso.

— Questo è vero — annuì Geser. — Che c'è, Anton?

— Devo parlarle. In privato.

Geser sospirò e guardò il figlio. Questi si alzò: — Vado a vedere cosa combinano i miei balordi. Non è il caso che rimangano seduti qui dentro a consumarsi i pantaloni. Ci sono un sacco di altre cose da fare.

— Allora, cosa è successo, Gorodeckij? — mi chiese Geser con voce stanca.

— Possiamo parlare liberamente?

— Sì.

— Non ha voluto che suo figlio diventasse un Altro delle Tenebre — esordii. — Giusto?

— Avresti voluto, tu, vedere la tua Nadjuska diventare una maga delle Tenebre?

— Timur sarebbe diventato sicuramente uno delle Tenebre — proseguii. — Lei aveva bisogno di ottenere il permesso di rimoralizzarlo. Per questo gli agenti delle Tenebre o, ancora meglio, gli Inquisitori sarebbero dovuti cadere nel panico e commettere un'azione inopportuna nei confronti di suo figlio.

— È ciò che è accaduto — dichiarò Geser. — Su, Gorodeckij, vuoi incolparmi di qualcosa?

— No, ma vorrei capire.

— L'hai visto con i tuoi stessi occhi come ho giurato sulla Luce. Non ho mai incontrato Timur prima. Non gli ho promesso niente, non ho spedito le lettere. Non ho coinvolto nessuno chiedendogli di farlo.

No, Geser non si stava giustificando. Non cercava nemmeno di confondermi. Sembrava che stesse fornendo i termini di un problema matematico e aspettasse con curiosità la risposta che gli avrebbe dato l'allievo.

— A Vitezslav sarebbe bastato farle una domanda in più — continuai. — Ma evidentemente quella domanda era troppo umana per lui.

Geser fece un cenno affermativo.

— La madre — dissi.

— Vitezslav ha ucciso la propria madre — spiegò Geser. — Non per cattiveria. Era semplicemente un giovane vampiro che non riusciva a controllarsi. Da quel giorno in poi cerca di non pronunciare mai questa parola.

— Chi è la madre di Timur?

— Nel dossier dev'esserci il suo nome.

— Poteva esserci registrato un nome qualsiasi. C'è scritto che la madre di Timur è scomparsa alla fine della guerra. Però io conosco un'Altra che a partire da quei tempi è stata relegata nel corpo di un uccello. Dal punto di vista umano era morta.

Geser taceva.

— Non siete stati davvero in grado di trovarlo prima? — domandai.

— Credevamo che Timur fosse morto — sussurrò Geser. — Era Olga a non accettarlo. Quando l'hanno riabilitata, ha ripreso a cercarlo.

— Trovò il figlio e gli fece una promessa avventata — terminai il racconto.

— Alle donne è permesso manifestare le emozioni superflue — rispose Geser asciutto. — Persino alle donne più sagge. Mentre gli uomini esistono apposta per proteggere sia la propria donna sia il proprio figlio. Organizzando tutto in modo razionale e ponderato.

Annuii.

— Mi disapprovi? — domandò Geser con un guizzo di curiosità. — Anton!

— Chi sono io per disapprovarla? — domandai. — Mia figlia è un'Altra della Luce. Nemmeno io avrei voluto lasciarla andare verso le Tenebre.

— Grazie, Anton. — Si rilassò visibilmente. — Sono contento che tu abbia capito.

— È interessante vedere fino a che punto lei è capace di spingersi per amore di suo figlio e di Olga — osservai. — Perché Svetlana aveva avvertito qualcosa… un pericolo per me.

Geser si strinse nelle spalle.

— Le premonizioni non sono un fenomeno affidabile.

— Se avessi deciso di raccontare la verità all'Inquisizione… — continuai. — Se avessi deciso di lasciare la Guardia per andarmene a lavorare all'Inquisizione, cosa sarebbe successo?

— Non te ne sei andato — affermò Geser. — Nonostante tutte le allusioni che Vitezslav ha fatto. Cos'altro c'è, Anton? Sento che hai già una nuova domanda sulla punta della lingua.

— Com'è accaduto che suo figlio si è rivelato un Altro? — domandai. — Non è forse una casualità? È raro che in una famiglia di Altri nasca un figlio Altro.

— Anton, vattene da Vitezslav a illustrargli le tue elucubrazioni — rispose Geser a mezza voce. — Oppure da Svetlana, come stavi per fare. Ma risparmiami questo interrogatorio.

— Non teme che l'Inquisizione ci rifletterà sopra e arriverà a capire come sono andate le cose?

— No. Tra tre ore Vitezslav firmerà le carte sulla fine dell'indagine. Non riaprirà il caso. È già nei guai fin sopra le orecchie…

— Le auguro successo nella rimoralizzazione di Timur — dissi. Mi avviai verso la porta.

— Hai ancora una settimana di ferie, passala con la tua famiglia! — mi ricordò Geser.

In un primo momento avrei voluto rispondergli che non avevo bisogno dei suoi favoritismi. Ma mi fermai giusto in tempo. E che diavolo!

— *Due* settimane — dichiarai. — Ho una tale quantità di permessi non sfruttati che potrei starmene via per un mese.

Geser non disse una parola.

Epilogo

Decisi di riconsegnare la BMW solo al ritorno dalle vacanze.

Lungo la strada – una volta piena di buche, ma ormai asfaltata – la macchina procedeva con facilità a centoventi chilometri all'ora.

È bello essere un Altro.

Sapevo che non sarei finito in un ingorgo. Sapevo che non mi sarebbe venuto addosso un camion guidato da un ubriaco. Se fossi rimasto a corto di benzina, avrei potuto versare dell'acqua nel serbatoio e trasformarla in combustibile.

Chi non vorrebbe una vita così per il proprio figlio? Avevo davvero diritto di giudicare Geser e Olga?

La macchina aveva un'autoradio nuova, con il lettore per i CD. Stavo per infilarvi *Le protesi di guerra*, ma poi preferii qualcosa di più melodico.

Misi i Belaja Gvardija.

Non so cos'è che hai deciso,
non so chi c'è con te, lì.
Con un filo color fiordaliso
un angelo il cielo cucì…
Non ricordo il gusto del lutto,
non riesco a oppormi al dolore,
ogni volta varcando la porta
vado verso il tuo calore…

Il cellulare squillò.

— Sveta? — domandai.

— È stato impossibile trovarti, Anton.

Svetlana aveva la voce tranquilla. Significava che era tutto a posto.

— Nemmeno io sono riuscito a beccarti — confessai.

— Probabilmente per colpa delle perturbazioni atmosferiche — ridacchiò Svetlana. — Cos'è successo mezz'ora fa?

— Niente di particolare. Ho fatto quattro chiacchiere con Geser.

— Tutto a posto?

— Sì.

— Ho avuto una premonizione. Che tu stessi camminando sul filo del rasoio.

Annuii guardando la strada. "Mia moglie è proprio in gamba, Geser. Ha premonizioni davvero affidabili."

— Ora invece va tutto bene? — chiesi.

— Ora va tutto bene.

— Sveta… — Parlavo reggendo il volante con una mano sola. — Cosa dovrei fare se non fossi sicuro di aver agito nel modo giusto? Se soffrissi chiedendomi se ho fatto bene o male?

— Diventa uno delle Tenebre — rispose Svetlana senza esitazione. — Quelli non soffrono.

— Questa è la tua unica risposta?

— È l'unica risposta possibile. Ed è l'unica differenza tra gli agenti della Luce e quelli delle Tenebre. Si potrebbe chiamarla "coscienza" oppure "moralità". La sostanza però è la stessa.

— Ho la sensazione che il tempo dell'ordine stia per finire — dissi. — Capisci? Invece sta arrivando… non so… non il tempo delle Tenebre, né quello della Luce… e nemmeno l'ora dell'Inquisizione.

— È il tempo di nessuno, Anton — suggerì Svetlana. — È solo il tempo di nessuno. Hai ragione. Si sta avvicinando qualcosa. Qualcosa sta per succedere al mondo. Ma non subito.

— Sveta, parlami — la pregai. — Ho ancora mezz'ora di strada da fare. Puoi parlare con me per questa mezz'ora?

— Ho pochi soldi.

— Ti richiamo io — proposi. — Sono in missione, ho il cellulare di servizio. Paga Geser.

— Non avrai poi pesi sulla coscienza? — Svetlana scoppiò a ridere.

— Oggi l'ho allenata bene.

— Va bene, non richiamarmi: ora mi strego il telefonino — replicò. Non capivo se stesse scherzando o meno. Non sempre lo capivo.

— Allora raccontami — dissi. — Cosa succederà quando sarò arrivato? Cosa dirà Nadjuska? Cosa dirai tu? Cosa dirà tua madre? Cosa ne sarà di tutti noi?

— Andrà tutto bene. Sarò contenta. Anche Nadja. Lo sarà anche mia madre.

Guidavo infrangendo le severe regole del codice stradale: con una mano tenevo il telefonino schiacciato contro l'orecchio. I camion sfrecciavano nella corsia opposta.

Ascoltavo quello che mi diceva Svetlana.

Dalle casse continuava a cantare una dolce voce femminile:

Quando tornerai sarà tutto diverso,
se solo ci potessimo incontrare…
Quando tornerai,
non sarò tua moglie e un'amica non saprò restare.
Quando da me tornerai…
Ti amavo così follemente in passato,
come nessuno mai t'amerà.
Quando tornerai,
vedrai che il dado è stato
tratto, non da noi, tanto tempo fa…

Seconda Storia

LO SPAZIO DI NESSUNO

Traduzione di Matteo Falcucci

Prologo

Trascorrere le vacanze nei dintorni di Mosca è sempre stato il destino della gente comune, ricca e povera. Scegliere alberghi turchi con la formula "tutto compreso – bevande a volontà", la torrida costa spagnola o l'immacolato litorale croato è invece una prerogativa della classe media, che non ama molto andare in vacanza nella Russia centrale.

In ogni caso in Russia non sono molti quelli che fanno parte della classe media.

Un insegnante di biologia, anche se esercita la professione in un prestigioso liceo moscovita, non ha niente da spartire con la classe media. Se poi questo insegnante è una donna, e questa donna da tre anni è stata lasciata da una carogna di marito che non ha neanche tentato di negarle il diritto di allevare i suoi due figli, allora gli alberghi turchi diventano una vera e propria chimera.

Per fortuna i figli ancora non erano entrati nella difficile età adolescenziale, e provavano una gioia sincera nello stare nella vecchia dacia, con il fiumiciattolo e il bosco nei dintorni del villaggio.

Il brutto era che la figlia più grande prendeva con troppa serietà il proprio ruolo di sorella maggiore. A dieci anni si può benissimo badare al fratellino di cinque che sguazza nell'acqua. Non è però consigliabile spingersi troppo lontano nel bosco, affidandosi a nozioni apprese su un libro intitolato *Scienze naturali*.

Ksjuscia ancora non immaginava di essersi smarrita. Stringendo forte la mano del fratellino avanzava per un sentiero che si distingueva appena, e intanto raccontava: — E allora lo trafiggono di nuovo con dei pali di pino! Un palo in fronte, un altro nella pancia! Ma lui si alza dalla tomba e fa: «Tanto non potete uccidermi! Sono morto già molto tempo fa! Il mio nome è...»

Il fratello si mise a piagnucolare sommessamente. — Basta, basta, scherzavo — disse Ksjuscia in tono serio. — È caduto ed è morto. Lo hanno seppellito e sono andati tutti a festeggiare.

— Ho p-p-paura — ammise Romka. Non balbettava per la paura, lo faceva sempre. — Non rac-c-contare p-p-più q-q-queste cose, d'accordo?

— D'accordo — promise Ksjuscia, guardandosi intorno. Dietro di loro il sentiero era ancora visibile, ma davanti si confondeva completamente tra rami caduti e putrido fogliame. Il bosco si era fatto buio e tetro. Non somigliava a quello nei pressi del villaggio dove la mamma aveva preso in affitto la dacia, una casa vecchia e trasandata. Dovevano tornare indietro, finché erano in tempo. Ksjuscia, da sorella maggiore premurosa, lo aveva intuito. — Torniamo a casa, se no la mamma ci sgrida.

— Guarda, un cagnolino! — esclamò Romka.

Ksjuscia si voltò.

Dietro di loro c'era davvero un cane. Imponente, grigio, con i canini enormi. Aveva le fauci spalancate e sembrava sorridere.

— Voglio il cagnolino — disse Romka senza impappinarsi, lanciando uno sguardo orgoglioso alla sorella.

Ksjuscia era una ragazzina di città e i lupi li aveva visti solo nelle illustrazioni. Be', anche allo zoo, ma lì c'era solo qualche raro esemplare di lupo di Sumatra...

In quel momento ebbe paura. — Andiamo, andiamo — mormorò, stringendo la mano di Romka con più forza. — Questo è un altro tipo di cane, non ci possiamo giocare.

Probabilmente qualcosa nella sua voce fece spaventare il fratello. Ma lui non si mise a piagnucolare, si strinse alla sorella e la seguì. Il cane grigio per un po' restò immobile, poi si mosse lentamente dietro i bambini.

— C-c-ci sta s-s-seguendo — disse Romka, voltandosi. — Ksjuscia, è un l-l-lupo?

— È un cagnolino. Solo che non devi correre, capito? I cani se li mangiano quelli che si mettono a correre!

Il cagnolino emise una specie di colpo di tosse, come se stesse ridendo. — Corri! — gridò Ksjuscia. E insieme si slanciarono attraverso il bosco, superando cespugli vischiosi e pungenti, costeggiando un formicaio di dimensioni spaventose e una serie di ceppi coperti di muschio.

Il cane ora spariva, ora ricompariva. Di tanto in tanto emetteva quel colpo di tosse che sembrava una risata.

— Ride! — urlò Romka tra le lacrime.

L'animale scomparve da qualche parte. Ksjuscia si fermò presso un grosso pino e strinse a sé il fratellino. Romka ultimamente non sopportava quel tipo di effusioni, ma ora non oppose resistenza, si strinse alla sorella e, impaurito, si coprì gli occhi con le mani. A bassa voce ripeteva: — Non ho p-paura, non ho p-paura. N-non c'è n-nessuno.

— Non c'è nessuno — confermò Ksjuscia. — E tu non piagnucolare! Il lu… il cagnolino aveva i cuccioli. Ci ha scacciato per proteggere i cuccioli. Hai capito? Ora ce ne torniamo a casa.

— Andiamo — disse Romka sollevato, togliendosi le mani dal viso. — Oh, i cuccioli!

La sua paura svanì non appena scorse alcuni cuccioli sbucare dai cespugli. Erano tre: grigi, con una fronte ampia e occhietti buffi.

Ksjuscia, in preda al panico, scartò di lato. Ma il pino vicino al quale si erano fermati non la lasciava andare: l'abitino di tela leggera si era incollato alla resina. Ksjuscia diede uno strattone più energico, la stoffa crepitò e alla fine si staccò.

Poi vide il lupo. Era lì dietro, sorrideva.

— Dobbiamo arrampicarci sull'albero… — bisbigliò Ksjuscia.

Il lupo scoppiò in una risata.

— Vuole che giochiamo con i suoi cuccioli? — chiese Romka.

Il lupo scrollò la testa grigia macchiata di scuro. Come a dire: "No no, voglio che *i cuccioli* giochino con voi…"

Allora Ksjuscia cacciò un urlo talmente forte e acuto che il lupo addirittura indietreggiò.

— Fila via! Fila via! — gridò la ragazzina, dimenticandosi di essere ormai cresciuta e coraggiosa.

— Smettetela di gridare — disse una voce alle loro spalle. — Avete svegliato tutto il bosco…

I bambini si voltarono. In piedi accanto ai cuccioli c'era una donna: bella, capelli neri, abito di lino e piedi nudi.

Il lupo ringhiò minaccioso.

— Stai buono tu! — gli ordinò la donna. Si chinò e prese uno dei cuccioli per la collottola: tra le sue mani pareva addormentato. Anche gli altri restarono immobili.

Il lupo, distolta ormai l'attenzione dai bambini, si mosse con aria minacciosa verso la donna.

Folto bosco e lupi, oscurità e orrore,
ora non potrete indurmi in errore

cantilenò la donna.

Vedo la verità, vedo la falsità,
a chi il tuo volto somiglierà?

terminò, posando lo sguardo sul lupo, che digrignò i denti.

— Ahi, ahi, ahi… — disse la donna. — E ora che facciamo?

— Vai… via… — latrò l'animale. — Vai… via… stre… ga…

La donna lasciò cadere il piccolo sul muschio. Il torpore si era dissipato, e ora tutti i cuccioli si lanciarono terrorizzati verso il lupo, cercando riparo uno dopo l'altro sotto il suo ventre.

Tre fili d'erba, corteccia di betulla,
fior di stecco da un arboscello,
una goccia di sangue, una di pianto,
pelle di capra, ciocca di capelli…
Ho mescolato e impastato,
un'abbondante pozione ho preparato…

Il lupo indietreggiò, e i cuccioli lo seguirono.

Non hai più forze d'ora innanzi,
la fine dell'incantesimo non avanzi!

concluse trionfante la donna.

Quattro fulmini cinerei – uno grande e tre piccoli – sembrarono abbattersi sui cespugli. Nell'aria presero a volteggiare brandelli di pelle grigia. E si percepì una penetrante puzza di cane, come se un intero branco si fosse fermato lì ad asciugarsi dopo la pioggia.

— S-signora, l-lei è una s-strega? — chiese Romka in tono sommesso.

La donna ridacchiò. Gli si avvicinò e lo prese per mano. — Andiamo.

Non era un'isba come quella delle fiabe, il che per Romka fu una delusione. Si trattava di una normalissima casetta di tronchi d'albero, con piccole finestre.

— E la s-sauna ce l'ha? — chiese Romka.

— A che ti serve la sauna? — rise la donna. — Ti vuoi lavare?

— Prima d-deve riscaldare la sauna, poi f-farci mangiare, e poi d-divorarci — disse Romka serio.

Ksjuscia gli diede uno strattone. Ma la donna si mise a ridere: — Non mi avrai preso mica per la vecchia strega delle fiabe? Comunque qui la sauna non c'è. E poi non vi divorerò affatto.

— Va b-bene. — Romka parve sollevato.

Neanche l'interno della casetta somigliava all'abitazione di una vecchia strega delle fiabe. Sulle pareti imbiancate ticchettava un orologio a pendolo, al soffitto era appeso un bel lampadario con nappe di velluto, sopra una mensola traballante era sistemato un televisore Philips. C'era anche una stufa russa, ma talmente pigiata in mezzo a cianfrusaglie di ogni genere da non lasciare dubbio alcuno: era un bel po' che lì dentro non si arrostivano giovanotti intrepidi e bambini. Forse solo l'imponente scaffalatura piena di libri antichi aveva un aspetto autorevole e misterioso.

Ksjuscia si accostò alla libreria e osservò il dorso dei libri.

Sua madre diceva sempre che la prima cosa che una persona educata deve fare in casa d'altri è guardare i libri del padrone di casa.

Ma quelli erano logori, i titoli appena leggibili, e il poco che si riusciva a decifrare risultava assolutamente incomprensibile. Anche sua madre aveva libri del genere: *Elmintologia*, *Etnogenesi*... Ksjuscia sospirò e si allontanò dalla libreria.

Romka era già seduto al tavolo, e la strega gli stava versando del tè da un bollitore elettrico bianco.

— Lo prendi il tè? — chiese la donna. — È buono, fatto con erbette di bosco...

— È b-buono — confermò Romka, benché lui preferisse intingere le ciambelle nel miele. — Siediti, Ksjuscia.

La ragazzina con fare garbato prese la tazza.

Il tè era buono davvero. Lo stava bevendo anche la strega, che sorrideva ai bambini.

— Ci trasformiamo in capretti, quando beviamo il tè? — chiese d'un tratto Romka.

— E perché? — si stupì la donna.

— Un incantesimo — spiegò Romka. — Ci trasforma in capretti e poi ci mangia.

Evidentemente non aveva piena fiducia in quella loro salvatrice misteriosa.

— E perché mai dovrei trasformarvi in capretti puzzolenti e poi mangiarvi? — domandò. — Se volessi mangiarvi, lo farei senza nessuna trasformazione. Guarda meno Rou[1], ragazzino!

Romka si imbronciò, diede una gomitata a Ksjuscia e le chiese a bassa voce: — Chi è Rou?

Ksjuscia non lo sapeva. — Bevi il tè e sta' zitto! Sarà qualche stregone...

Non si trasformarono in capretti; il tè era buono, ma miele e ciambelle lo erano ancora di più. La strega chiese a Ksjuscia come andasse a scuola. Fu d'accordo con lei sul fatto che la quarta classe fosse un vero schifo, non come la terza. Volle sapere da quanto tempo Romka balbettava. Poi raccontò di non essere affatto una strega. Era una botanica, e andava nel bosco a raccogliere erbe rare. E ovviamente sapeva quali erbe i lupi temevano come la peste.

— E perché il lupo parlava? — chiese diffidente Romka.

1 Aleksandr Arturovic Rou (Mosca, 1906-1973): regista cinematografico sovietico, specialista del genere fiabesco per ragazzi. (N.d.T.)

— Non parlava — spiegò la strega-botanica. — Ringhiava, e forse a voi è sembrato che parlasse. Non è così?

Dopo averci pensato su, Ksjuscia giunse alla conclusione che le cose effettivamente stavano così.

— Vi accompagno fino ai margini del bosco — disse la donna. — Da lì si vede il villaggio. Ma non tornate più, se no i lupi vi mangeranno.

Romka le chiese se poteva aiutarla a raccogliere le erbe. Avrebbe dovuto dargli un'erbetta speciale per proteggerli dai lupi. E dagli orsi, non si sa mai. E magari anche dai leoni, poiché in quel bosco sembrava proprio di stare in Africa.

— Niente erbette! — esclamò la donna in tono severo. — Sono rare, registrate nel Libro Rosso. Non si possono strappare così.

— Io so cos'è il Libro Rosso — dichiarò Romka. — Mi dica...

La donna guardò l'orologio e scrollò il capo. Ksjuscia non indugiò oltre e disse che era ora di andare.

Lungo il cammino i bambini ricevettero un pezzetto di favo di miele ciascuno. La donna li accompagnò fino ai margini del bosco: arrivarono subito, come se il sentiero corresse scivolando sotto i loro piedi.

— E non tornate più nel bosco — ripeté la donna in tono deciso. — Se non ci sono io nelle vicinanze, il lupo vi mangerà.

Scendendo dalla collinetta diretti al villaggio, i bambini si guardarono più volte intorno.

Per un po' la donna restò a seguirli con lo sguardo. Poi scomparve.

— È una strega, vero Ksjuscia?

— È una botanica! — disse la ragazzina, prendendo le difese della donna. Poi esclamò stupita: — Ma tu non balbetti più!

— Sì, b-b-balbetto! — Romka prese a fare il buffone. — Anche prima non balbettavo, era solo uno scherzo!

Capitolo 1

Mi allungai verso la brocca e mi versai un altro bicchiere di latte. Era fresco, con uno strato di panna... Ma perché il latte bollito faceva una panna così schifosa, mentre in quello appena munto era la parte più saporita? Mandai giù un bel sorso. Basta, doveva restarne anche per Sveta e Nadjuska.

Misi da parte il bicchiere vuoto e mi stravaccai su un'amaca appesa tra due alberi. Eccola l'immagine del borghese, almeno per gli abitanti di quel villaggio. Arrivato a bordo di un'auto di lusso con prodotti d'oltreoceano per la moglie, tutto il giorno spaparanzato con un libro in mano. Qui invece la gente era sempre in giro a sbevazzare senza motivo.

— Salve, Anton Sergeevic — mi salutò dalla strada un alcolizzato del luogo, Kolja. Ma come faceva a ricordarsi il mio nome? — Tutto bene?

— Ciao, Kolja — lo salutai, senza neanche provare ad alzarmi dall'amaca. Tanto non avrebbe apprezzato il gesto. Non era venuto per questo. — Benissimo, grazie.

— Serve qualcosa, un aiuto in casa o...?

Non c'era niente da fare. Niente di niente. Sarebbe bastata un'interferenza di settimo, ottavo grado per liberare quel disgraziato dal vizio dell'alcol, curarlo dalla cirrosi e fargli venire voglia di lavorare invece che di bere vodka o di picchiare la moglie.

Io stesso potevo compiere quel tipo di interferenza. Un leggero movimento della mano e... e poi? Nel villaggio non c'era lavoro, in città un ex meccanico non serviva a nessuno. E i soldi per mettere su un'attività in proprio Kolja non li aveva. Non poteva permettersi neanche un maialino.

Sarebbe andato nuovamente a caccia di vodka, sarebbe campato a stento facendo lavori occasionali e avrebbe sfogato la propria rabbia sulla moglie, anch'essa ormai vittima dell'alcol e stanca della vita. Non andava guarito un solo uomo, ma tutto il pianeta. O almeno questa sesta parte di pianeta chiamata Russia.

— Anton Sergeevic, non ho le forze... — disse Kolja.

A chi vuoi che servisse un ex alcolizzato in un villaggio cadente come quello, dove il colcos[1] era ormai andato in malora, e l'unico imprenditore agricolo, prima di capire l'antifona, aveva dovuto subire ben tre incendi?

— Kolja, cosa facevi nell'esercito? Il carrista?

— Non ho fatto il militare — rispose Kolja avvilito. — Non mi hanno preso. All'epoca i meccanici servivano come il pane, ma rimandavano, rimandavano, e alla fine ho superato i limiti di età.

— Potresti dare un'occhiata al motore della mia auto? Ieri ho sentito un rumore strano.

— Certo! — si rianimò. — Ma io...

— Prendi le chiavi. — Gliele lanciai. — Ti offro una bottiglia.

Lui sorrise: — Vuole anche che la lavi? Sarà costata un occhio. E sulle nostre strade...

— Grazie. Te ne sarei molto grato.

— Solo che... niente vodka, non la voglio — disse di punto in bianco, facendomi addirittura trasalire. Cos'è, il mondo si era capovolto? — Non sa di niente. Facciamo una bottiglietta di acquavite fatta in casa...

— D'accordo. — Kolja, tutto contento, aprì il cancelletto e si diresse verso la baracca dove il giorno prima avevo infilato la macchina.

Dalla casa – non la vidi, ma la percepii – uscì Svetlana. Dunque Nadjuska si era calmata, e ora stava facendo il sonnellino pomeridiano. Sveta si avvicinò, drizzò la testa, indugiò un istante, poi mi posò sulla fronte la mano fredda. Chiese: — Non va, eh?

— Già — borbottai. — Sveta, non ce la faccio. Tu come fai a resistere?

1 I colcos sono aziende agricole collettive. (N.d.T.)

— Vengo in questo villaggio da quando ero piccola — disse mia moglie. — Lo zio Kolja me lo ricordo quando era ancora in buona salute. Giovane, allegro. Mi portava sul trattore che ero una mocciosetta. Sobrio. E cantava. Te lo immagini?

— Prima le cose andavano meglio?

— Sì, beveva di meno. Anton, perché non hai effettuato una rimoralizzazione? Ho sentito che stavi per farlo. Un tremito ha scosso il Crepuscolo. Qui non c'è nessun Guardiano, eccetto te.

— E quanto durerebbe? — replicai brusco. — Scusa, ma non è dallo zio Kolja che si deve iniziare.

— No, non dallo zio Kolja — concordò Svetlana. — Ma qualsiasi interferenza nell'attività delle strutture di potere è proibita dal Patto. "Agli uomini ciò che è umano, agli Altri ciò che è altro..."

Restai in silenzio. Già, proibita. Quello era il metodo più semplice e sicuro per volgere la massa umana verso il Bene o verso il Male. Ma in tal modo si sarebbe rotto l'equilibrio. Nella storia ci sono stati re e presidenti che appartenevano agli Altri. E i risultati sono stati...

— Sei proprio giù di corda, Anton. Torniamo in città.

— Ma Nadjuska è così contenta — obiettai. — E poi tu volevi restare ancora una settimana, no?

— Per te è una tortura. Vuoi tornare da solo? In città starai meglio.

— Potrei pensare che non mi vuoi tra i piedi — borbottai. — Non avrai un amante?

Svetlana ridacchiò: — Hai un solo candidato da proporre?

— No — risposi dopo un attimo di riflessione. — Magari qualcuno in villeggiatura...

— Qui da noi comandano le donne — ribatté Svetlana. — I maschi, sia giovani che vecchi, si ammazzano di lavoro, mentre le donne portano a spasso i marmocchi. A proposito, Anton, è successo qualcosa di strano.

— Cioè? — Drizzai le orecchie. Quando Svetlana dice «qualcosa di strano»...

— Ti ricordi che ieri è passata a trovarmi Anna Viktorovna?

— La maestrina? — Anna Viktorovna era una di quelle classiche maestrine che poteva essere uscita solo da una rivista umoristica per ragazzi. — Credevo fosse passata a trovare tua madre.

— Tutt'e due. Anna ha due figli: Romka, il più piccolo, di cinque anni, e Ksjuscia di dieci.

— Niente male — commentai.

— Non fare lo scemo. Due giorni fa si sono persi nel bosco.

Di colpo svanì in me qualsiasi traccia di torpore e mi misi seduto sull'amaca, tenendomi all'albero con una mano. Guardai Svetlana: — Perché non me l'hai detto subito? Il Patto è il Patto, ma...

— Non preoccuparti, si sono persi, però li hanno ritrovati subito. Alla sera sono tornati a casa da soli.

— Davvero strano — osservai. — Si sono persi nel bosco per qualche ora! Forse sono appassionati di fragole?

— Quando la madre li ha sgridati — continuò Svetlana — hanno raccontato di essersi imbattuti in un lupo che li ha seguiti per il bosco e li ha spinti verso i suoi cuccioli...

— Allora... — borbottai. E avvertii una specie di inquietudine insinuarsi nel mio animo.

— Si sono presi un bello spavento. Ma poi è spuntata una donna che ha recitato alcuni versi e ha fatto scappare il lupo. Questa donna ha portato i due bambini nella sua casetta, ha offerto loro del tè e li ha riaccompagnati ai margini del bosco. Ha raccontato di essere una botanica e di possedere delle erbe contro i lupi.

— Immaginazione infantile — tagliai corto. — I bambini stanno bene?

— Benissimo.

— Ero già pronto a sentire qualche porcheria — dissi, stendendomi nuovamente sull'amaca. — Hai controllato la magia?

— Niente di niente — disse Svetlana. — Nessuna traccia.

— Immaginazione. O magari qualcosa li ha spaventati davvero, forse anche un lupo. E una donna li ha aiutati a uscire dal bosco. Sono stati fortunati.

— Il più piccolo, Romka, balbettava in maniera piuttosto accentuata. Ora invece parla con scioltezza. Macina parole come una macchinetta e recita poesiole strane.

Riflettei per un attimo. Poi chiesi: — Si può curare la balbuzie? Con una suggestione, non so, l'ipnosi?

— Non ci sono cure per la balbuzie che diano risultati certi. Come per il raffreddore. Il medico che promette di guarirti dalla balbuzie con l'ipnosi non è che un ciarlatano. Certo, nel caso si fosse trattato di una nevrosi reattiva...

— Risparmiami i paroloni — la pregai. — E con i rimedi popolari?

— Forse gli Altri allo stato selvaggio... Tu riesci a curare la balbuzie?

— Anche l'enuresi — borbottai. — E l'encopresi. Sveta, davvero non hai percepito magia?

— Eppure è guarito dalla balbuzie.

— Può significare una cosa sola... — Feci un sospiro e mi alzai dall'amaca: — Sveta, questa storia non promette nulla di buono. Una strega. E dotata di una forza superiore alla tua. E tu hai il primo livello.

Svetlana annuì. Mi capita raramente di accennare al fatto che la sua forza sia superiore alla mia. Ma è questa la cosa principale che ci divide, o che un giorno o l'altro potrà dividerci.

Dopotutto era proprio per questo che Svetlana aveva lasciato la Guardia della Notte! Altrimenti ora sarebbe già diventata una maga fuori categoria.

— Ma ai bambini non è capitato nulla di male — continuai. — Nessuno stregone cattivo ha messo le sue manacce addosso alla ragazzina, e nessuna strega ha arrostito il bambino in pentola. Però, se veramente si tratta di una strega, come si spiega questo comportamento così onesto?

— Le streghe non sentono alcun bisogno di compiere atti di cannibalismo o di aggressione — spiegò Svetlana come se stesse tenendo una lezione. — Tutti i loro comportamenti sono dettati dal più banale egoismo. Ma se avessero *molta* fame, allora sì, un uomo potrebbero mangiarselo sul serio. Per il semplice motivo che non si considerano esseri umani. Ma nel nostro caso... Non le costava nulla aiutare quei bambini. Perciò li ha fatti uscire dal bosco e ha guarito il ragazzino dalla balbuzie. Magari anche lei ha figli.

— Questa storia non mi piace — dissi. — Una strega di questa forza? Capita raramente che raggiungano il primo livello.

— Molto raramente. — Svetlana mi rivolse uno sguardo indagatore. — Anton, tu conosci bene la differenza tra una strega e una maga?

— È il mio lavoro — risposi. — Certo che la conosco.

Sveta continuò: — Una maga agisce attingendo la forza direttamente dal Crepuscolo. Una strega invece si aiuta con oggetti materiali che in un modo o nell'altro assorbono energia. Tutti gli artefatti magici esistenti al mondo, creati da streghe o stregoni, per loro sono, come dire, delle "protesi". Questi artefatti possono essere oggetti o parti del corpo di natura cornea: capelli, unghie lunghe... Ecco perché per neutralizzare una strega basta spogliarla o rasarla, mentre a una maga bisogna tappare la bocca e legare le mani.

— A te la bocca non la tappa nessuno — ridacchiai. — Sveta, perché mi stai facendo questa lezioncina? Non sarò un Grande Mago, ma le verità elementari le conosco, è inutile ricordarmi...

— Scusa, non volevo offenderti.

La guardai: nei suoi occhi lessi che soffriva. "Che bestia insensibile! Devo smetterla di sfogare i miei complessi sulla donna che amo! Sono peggio di un qualsiasi Altro delle Tenebre..."

— Scusa, Sveta... — mormorai, sfiorandole la mano. — Scusami, sono uno scemo.

— Be', anch'io non scherzo — ammise lei. — Dopotutto ti sto trattando come uno scolaretto. Tu sei un Guardiano, hai a che fare con le streghe tutti i giorni...

— Così forti? Ma dai, in tutta Mosca c'è solo una strega di primo livello, e non è più in attività da un bel po'... Che facciamo, Sveta?

— Reali motivi che possano giustificare un'interferenza non ce ne sono — rifletté. — I bambini stanno bene, il ragazzino anche meglio di prima. Ma restano da risolvere due questioni: che razza di lupo era quello che ha spinto i bambini verso i cuccioli?

— Sempre che fosse un lupo — osservai.

— Certo, sempre che fosse un lupo — convenne mia moglie. — Anche se il racconto dei bambini è stato davvero coerente. E poi, seconda questione: esiste una registrazione di questa strega? Figura da qualche parte?

— Vediamo subito — dissi, prendendo il telefonino.

Dopo cinque minuti ottenni la risposta: secondo i dossier della Guardia della Notte, nei dintorni non c'era e non ci sarebbe dovuta essere nessuna strega.

Dopo dieci uscii dal cortile, forte delle istruzioni e dei consigli di mia moglie, di secondo lavoro potenziale Grande Maga. Passando accanto alla baracca sbirciai attraverso la porta: Kolja era davanti al cofano aperto; su un piccolo giornale giacevano pezzi dell'auto. Meno male che gli avevo parlato solo di uno strano rumore al motore!

Lo zio Kolja canticchiava:

Non siamo fochisti, non siamo carpentieri
ma neanche vittime di amari rimpianti!

Evidentemente ricordava solo quella strofa e la ripeteva a ciclo continuo, rovistando con impegno nel motore:

Non siamo fochisti, non siamo carpentieri
ma neanche vittime di amari rimpianti!

Quando si accorse di me, Kolja esclamò gioioso: — Anton, qui con mezzo litro non te la cavi mica! I giapponesi si sono rimbecilliti: vedessi cos'hanno combinato con il diesel, una cosa orribile!

— Non i giapponesi, i tedeschi — lo corressi.

— I tedeschi? — si stupì. — Ah, allora è una BMW! Io prima riparavo solo Subaru. Ecco perché non mi ci raccapezzavo! Fa niente, la aggiusto lo stesso. Solo che mi rimbomba la testa, maledizione…

— Passa da Sveta e fatti dare un goccetto — dissi, rassegnandomi all'inevitabile.

— No. — Lo zio Kolja scrollò la testa. — Mai quando lavoro. Se no ti combino un macello. Il nostro primo presidente – che la terra lo accolga – è lui che me l'ha insegnato: finché maneggi i ferri del mestiere, non bere nemmeno un goccio! Tu vai, vai. Io qui ne avrò fino a stasera.

Uscii sulla strada polverosa.

Il piccolo Romka accolse la mia visita con indicibile gioia. Arrivai nel momento in cui Anna Viktorovna stava subendo una disonorevole sconfitta nella lotta per il riposino quotidiano. Romka, magrissimo e abbronzato, balzò sul letto e gridò: — Non voglio dormire vicino al muro! Ho paura!

— Cosa devo fare? — disse ridendo Anna Viktorovna. — Salve, Anton. Mi dica, anche la sua Nadjuska si comporta così?

— No — mentii.

Romka smise di saltare e drizzò le orecchie.

— Se lo porti via — propose la madre. — Che me ne faccio di questa razza di fannullone? Ci pensi lei che è un uomo severo a dargli un'educazione. Potrebbe prendersi cura di Nadjuska, cambiarle i pannolini, lavare i pavimenti, buttare la spazzatura.

Anna Viktorovna accompagnava le sue parole con insistenti cenni d'intesa, come se davvero avessi potuto prendere in seria considerazione la sua proposta di trascinare via quel ragazzino per farne un mio servo.

— Ci penserò su — dissi a sostegno dei suoi sforzi pedagogici. — E se non si decide a ubbidire, allora lo prendiamo per fargli una bella rieducazione. Abbiamo ammansito pesti ben peggiori!

— E invece non mi prendete! — disse spavaldamente Romka. Ma aveva smesso di saltare; si era seduto sul letto tirandosi la coperta sulle gambe. — Che ci fate con un fannullone?

— Allora ti mando in collegio — lo minacciò la madre.

— I bambini in collegio ce li mandano solo le persone cattive — disse Romka, ripetendo chiaramente una frase che aveva sentito da qualche parte. — Tu invece sei buona.

— Cosa devo fare? — ripeté Anna Viktorovna. — Vuole qualcosa di fresco?

— Anch'io! Anch'io! — squittì il bambino, ma lo sguardo severo della madre lo zittì.

— Grazie — accettai. — Io in realtà ero passato proprio per questo fannullone…

— Cos'ha combinato? — chiese la donna, andando subito al sodo.

— Sveta mi ha raccontato dell'avventura dei bambini. Del lupo. Io sono un cacciatore, e questo fatto...

Un minuto dopo ero seduto a tavola con una bevanda analcolica fresca e gustosa tra le mani.

— No, io faccio l'insegnante, queste cose le so — diceva Anna Viktorovna. — I lupi sono gli infermieri del bosco? Be', sono balle, ovviamente: il lupo non sgozza le bestie malate, le sgozza tutte. Ma è pur sempre un essere vivente. Il lupo non ha colpa se è nato lupo. Però qui, accanto al villaggio! Inseguire dei bambini! Li ha spinti verso i suoi cuccioli. Lei lo sa cosa vuol dire questo?

Annuii.

— Insegnava loro a cacciare. — Gli occhi della donna tradivano forse paura o forse rabbia, quella rabbia materna che avrebbe fatto fuggire qualsiasi animale pericoloso nel folto della vegetazione. — Cos'è, un lupo mangiauomini?

— Impossibile — dissi. — In queste zone non si sono verificati casi di aggressione agli uomini da parte di lupi. È da un pezzo che non ci sono più. Piuttosto potrebbe trattarsi di un cane regredito allo stato selvatico. Ma voglio controllare.

— Lo faccia — mi incoraggiò. — Magari era solo un cane. Anche se ai bimbi non è sembrato...

Annuii nuovamente.

— Lo uccida — mi pregò. E aggiunse in un sussurro: — La notte non dormo se mi metto a pensare a quello che sarebbe potuto succedere.

— Era un cagnolino! — gridò Romka dal letto.

— Zitto! — disse la madre, alzando nuovamente la voce. — D'accordo, vieni qui e racconta al signore come è andata.

Romka non se lo fece ripetere: scese dal letto, si avvicinò e con aria seria si arrampicò sulle mie ginocchia. Mi fissò negli occhi. Io gli accarezzai i capelli chiari.

— Ora le racconto... — cominciò Romka.

Anna Viktorovna lo guardava con un'espressione di profonda tristezza. La capivo. Era il padre di quei ragazzini che non riuscivo a capire. Nella vita può capitare di tutto: si erano separati, e va bene... ma non era certo un motivo valido per sbarazzarsi dei figli carnali e limitarsi a pagare gli alimenti!

— Abbiamo camminato tanto. Stavamo facendo una passeggiata, cioè — cominciò Romka. — Una passeggiata nel bosco. E poi Ksjuscia si è messa a raccontare delle storie di paura...

Lo ascoltavo con attenzione. «Storie di paura»: ecco un elemento superfluo che andava a favore dell'ipotesi dell'invenzione. Eppure il ragazzino parlava in maniera pulita, nulla da ridire, se si escludeva l'abitudine tipica della sua età di ripetere le parole.

In ogni caso esaminai la sua aura. Un essere umano... anzi, un piccolo essere umano. Un bravo, piccolo essere umano. E volevo credere che sarebbe stato anche un bravo adulto. Nessuna traccia di un potenziale Altro. E nessuna traccia di azione magica.

Se non l'aveva notato nemmeno Svetlana, figuriamoci se riuscivo a farlo io, con un secondo livello.

— E il lupo rideva! — esclamò Romka, agitando allegramente le mani.

— E tu non ti sei spaventato?

Con mia sorpresa, il bambino si interruppe per un attimo. Poi disse: — Sì. Io sono piccolo, il lupo invece era grosso. Non avevo nemmeno un bastone. Nel bosco dove lo prendevo un bastone? Poi però non ho più avuto paura.

— Ora non hai più paura dei lupi? — Dopo un'avventura come quella, qualsiasi bambino normale avrebbe cominciato a balbettare. Lui invece aveva smesso!

— Per niente — disse il ragazzino. — Però così mi fai confondere. Dov'ero rimasto?

— Stavi parlando del lupo che rideva.

— Proprio come un uomo.

Tutto chiaro.

Era un bel po' che non avevo a che fare con i licantropi. E di così sfacciati, poi! Dare la caccia a dei bambini, a un centinaio di chilometri da Mosca. Cosa speravano? Che in campagna non ci fossero Guardiani? L'ufficio regionale verifica tutti i casi di sparizione di esseri umani.

Non capita spesso che li prendiamo vivi. Ma non ne abbiamo neanche molta voglia.

— E credo anche — aggiunse Romka — che quel lupo abbia detto qualcosa. Credo. So che non parlava, i lupi non parlano, vero? Però ho sognato le sue parole.

— E cos'ha detto?

— Vai... via, stre... ga! — disse, tentando senza troppo successo di imitare una voce rauca e baritonale.

Ecco fatto. Potevamo ottenere un mandato per una battuta di caccia. O richiedere aiuto da Mosca.

Era un licantropo, e dei più autentici. Ma, per fortuna dei bambini, era spuntata fuori anche una strega. Potente. Molto potente.

Non si era limitata a scacciare il licantropo, aveva anche ripulito la memoria dei ragazzini. Ma non era penetrata molto in profondità. Non si aspettava che in campagna ci fosse uno zelante Guardiano. In realtà il ragazzino non ricordava nulla, però aveva sognato. «Vai via, strega!»

Interessante!

— Grazie, Romka. — Gli strinsi la piccola mano. — Andrò nel bosco a controllare.

— Ma non ha paura? Ce l'ha un fucile? — chiese incuriosito.

— Sì, ce l'ho.

— Lo voglio vedere!

— Ce l'ha a casa sua — disse severa Anna Viktorovna. — E poi un fucile non è un giocattolo!

Romka sospirò e chiese in tono lamentoso: — Ai cuccioli non gli deve sparare, promesso? Potrebbe portarmene uno, così lo faccio crescere come un cagnolino. Anzi due, uno per me e uno per Ksjuscia!

— Romka! — strillò Anna.

Rintracciai Ksjuscia nei pressi dello stagno, proprio come mi aveva detto la madre. Un gruppetto di ragazzine prendeva il sole accanto a un gruppetto di maschi: risuonavano scherzi e canzonature da ogni parte. I maschi erano già abbastanza cresciuti da non afferrare più le ragazze per le trecce.

Quando mi videro, tutti smisero di parlare e mi fissarono

con curiosità. Nel villaggio ancora non mi conosceva nessuno.

— Ksjuscia? — chiesi, rivolgendomi a una ragazzina che mi sembrava di aver visto in giro con Romka.

Una ragazzina dall'aria molto seria e con il costumino da bagno blu mi guardò, annuì e in tono garbato disse: — Buongiorno.

— Ciao. Io sono Anton, il marito di Svetlana Nazarova. La conosci?

— Come si chiama sua figlia? — chiese Ksjuscia diffidente.

— Nadja.

— Sì, la conosco — annuì, alzandosi. — È qui perché vuole parlare dei lupi, vero?

Sorrisi: — Proprio così.

Lanciò un'occhiata di sbieco ai ragazzini. In particolare ai maschi.

— Ah, è il papà di Nadjuska! — esclamò un ragazzino lentigginoso che tradiva la propria origine campagnola. — Mio padre sta riparando la sua auto.

E con orgoglio si voltò verso gli amichetti.

— Qui possiamo parlare un po' — dissi, dopo che ci fummo allontanati.

— Siamo andati a passeggiare nel bosco — cominciò Ksjuscia, dritta sull'attenti di fronte a me. Quando io mi accomodai sulla sabbia, la ragazzina fece altrettanto. Tutto sommato Anna Viktorovna era riuscita a educare bene i suoi figli. — È colpa mia se ci siamo persi...

Qualcuno tra i piccoli campagnoli ridacchiò. Sottovoce. Probabilmente, dopo quella faccenda dei lupi, Ksjuscia era diventata la più famosa tra le ragazze.

Non mi raccontò nulla che non sapessi già. E neanche su di lei rilevai tracce di magia. Fui messo in guardia solo dall'accenno che fece a uno scaffale «pieno di libri antichi».

— I titoli non te li ricordi? — chiesi.

Lei scosse la testa.

— Provaci — la pregai.

Guardai, sotto i miei piedi, un'ombra lunga e poco aggraziata, che si sollevò e mi venne docilmente incontro. Il Crepuscolo, grigio e freddo, mi accolse.

È sempre bello osservare i bambini attraverso il Crepuscolo. Nelle loro aure, anche in quelle dei più infelici, ancora non c'è traccia di quel rancore e di quella stizza che avvolgono invece le persone adulte.

Mi scusai mentalmente con i ragazzini per quelle mie incursioni indebite. Girai in mezzo a loro e li sfiorai in maniera impercettibile. Poi accarezzai Ksjuscia sulla testa e mormorai: — Ricorda, bambina...

No, se quella strega misteriosa era più forte di me, o forte almeno quanto me, non sarei mai riuscito a rimuovere il blocco da lei creato. Per mia fortuna, invece, aveva manipolato le loro coscienze con estremo riguardo.

Uscii dal Crepuscolo. Venni letteralmente aggredito dall'aria calda. Com'era torrida l'estate!

— Mi sono ricordata! — disse orgogliosamente Ksjuscia. — Un libro si chiamava *Aliada Ansata*.

Feci una smorfia.

Rispetto alle solite erbe – "solite" dal punto di vista delle streghe – quella si distingueva per una particolare efficacia maligna. Del resto, anche al semplice dente di leone era stato riconosciuto non so bene quale impiego malefico.

— E poi *Kassagar Garsarra* — aggiunse.

Qualcuno tra i ragazzi ridacchiò. Ma con poca convinzione.

— Com'era scritto? — chiesi. — In caratteri occidentali? Cioè, come in inglese?

— No, in russo — dichiarò la ragazzina. — Con delle lettere buffe, di quelle antiche.

Non avevo mai sentito parlare di una traduzione in russo di quel manoscritto, che anche per le Tenebre è una vera rarità. Ristamparlo non è consentito: l'effetto dei sortilegi si interromperebbe. Si può solo ricopiare. E solo con il sangue. Ma non sangue di vergini o di giovani innocenti: quelle non sono altro che erronee interpretazioni. A oggi, per quanto se ne sa, il *Kassagar Garsarra* esiste soltanto in lingua araba, spagnola, latina e antico-tedesca. Deve essere il mago incaricato di ricopiare il libro a donare il proprio sangue. Una puntura per ogni sortilegio. E il volume è bello grosso...

E insieme al sangue si dilegua anche la forza.

Queste streghe russe ti ispirano addirittura un certo orgoglio! Comunque avevamo scovato una vera fanatica.

— Tutto qui? — chiesi.

— Il *Fuaran*.

— Questo libro non esiste, è immaginario... — dissi. — Come hai detto? *Fuaran*?

— *Fuaran* — ribadì Ksjuscia.

No, in quel libro non c'era proprio niente di terrificante. Però tutti i manuali lo definivano immaginario dato che, secondo la leggenda, conteneva le istruzioni da seguire per far diventare un bambino umano strega o stregone. Le istruzioni erano dettagliate e, a quanto pareva, funzionavano.

Eppure era impossibile!

— Strani libri.

— Sono libri di botanica, vero? — chiese la ragazzina.

— Già. Una specie di catalogo. *Aliada Ansata* è su come trovare le diverse erbette... e così via. Grazie, Ksjuscia.

Nel nostro bosco capitavano cose davvero curiose! A poca distanza da Mosca, nel folto della vegetazione, si nascondeva una potente strega con una biblioteca di libri rari sulle pratiche delle Tenebre. Ogni tanto salvava dei bambini da qualche licantropo idiota. Grazie mille! Peccato che quei libri – dai quali poteva scaturire una forza terrificante e pericolosa – avrebbero dovuto figurare in registri speciali, sia presso le due Guardie sia presso l'Inquisizione.

— Sei stata bravissima.

Lei non si mise a fare la smorfiosa e mi ringraziò. Poi sembrò perdere del tutto l'interesse per la conversazione.

Evidentemente, essendo la maggiore, la strega aveva provveduto a ripulirle la mente in maniera più accurata. Si era dimenticata solo dei libri che la ragazzina aveva visto.

E questo dava ragione di sperare.

Capitolo 2

Geser mi ascoltò con grande attenzione. Solo un paio di volte mi rivolse qualche domanda. Per il resto del tempo tacque, sospirando o sbuffando.

Mi stravaccai sull'amaca con il telefono in mano e raccontai tutto per filo e per segno. Solo del *Fuaran*, in possesso della strega, non feci parola.

— Bel lavoro, Anton — dichiarò infine il Capo. — Bravo. Non perdere tempo.

— Cosa devo fare?

— Bisogna trovare la strega. Non ha compiuto azioni malvagie, ma è lo stesso tenuta a registrarsi. Be'... solita procedura, la conosci.

— E i licantropi? — chiesi.

— Molto probabilmente si tratta di qualche delinquente arrivato da Mosca. Manderò una squadra a controllare tutti i lupi mannari con almeno tre figli. Lì nel villaggio c'è per caso qualche villeggiante sospetto? Non so, un adulto con tre o più figli?

— No — risposi. — Ci abbiamo pensato subito anche io e Sveta... Anna Viktorovna è l'unica con due bambini, tutti gli altri ne hanno uno solo o non ne hanno. La Russia attraversa una crisi di natalità.

— Sulla situazione demografica della Russia sono informato, grazie — mi interruppe Geser. — E che mi dici degli abitanti del posto?

— Le famiglie numerose ci sono, ma la gente di qui Svetlana la conosce bene. Sono puliti, gente normalissima.

— Allora i forestieri di passaggio — insistette Geser. — Da

quanto ho capito, dal villaggio non è sparito nessuno. C'è qualche pensione o casa di riposo nei dintorni?

— Sull'altra sponda del fiume, a cinque chilometri, c'è un campo di pionieri. O qualcosa del genere. Ho già controllato: tutto in ordine, i bambini ci sono tutti. Ma tanto il fiume non possono nemmeno attraversarlo. È un campo militarizzato, con la disciplina più rigorosa. "Ritirata! Giù dalle brande! Cinque minuti all'ispezione!" Non si preoccupi.

Geser grugnì. — Hai bisogno di aiuto, Anton?

Rimasi per un attimo soprappensiero. Si trattava della questione più importante alla quale ancora non ero riuscito a trovare una risposta.

— Non lo so. Sembra che la strega sia più forte di me. Ma la mia intenzione non è di ucciderla, e questo lei deve percepirlo.

Geser rimase per un po' in silenzio. Poi riprese: — Fa' controllare a Svetlana le linee della probabilità. Se il rischio che corri non è troppo alto… be', allora prova a cavartela da solo. Se invece supera il dieci, dodici per cento… allora… — Esitò, ma concluse la frase con tono sufficientemente energico: — … allora mando Ilja e Semen, oppure Danila e Farid. In tre ce la farete.

Sorrisi. "Stai pensando a tutt'altro, caro Geser. A tutt'altro. La tua speranza è che Svetlana possa difendermi nel caso io mi cacci nei guai. Così magari può rientrare a far parte della Guardia della Notte…"

— E poi hai Svetlana — concluse il Capo. — Non serve che ti dica altro. Quindi mettiti al lavoro e, all'occorrenza, fai rapporto.

— Agli ordini, generale — sbottai. Geser mi aveva ordinato di fare rapporto con un tono davvero troppo autoritario.

— Secondo i ranghi militari, tenente colonnello — precisò. — È tutto, mettiti al lavoro.

Il cancelletto sbatté, ed entrò Ljudmila Ivanovna, mia suocera. Nadjuska le saltellava intorno, poi si lanciò subito con un urlo verso l'amaca.

Sì, mia figlia era una non iniziata. Ma i genitori li percepiva. E riusciva a fare molte altre cose che le bambine di due anni di solito non hanno il potere di fare. Per esempio non aveva paura degli animali, che la adoravano. Sia i cani che i gatti…

E le zanzare non la pungevano.

— Papino — disse, arrampicandosi sopra di me. — Abbiamo fatto una passeggiata!

— Salve, Ljudmila Ivanovna — salutai mia suocera. In ogni caso ci eravamo già visti quella mattina.

— Ti stai riposando? — mi chiese in tono incerto. Noi due siamo in buoni rapporti. Non come nelle barzellette. Eppure ho la sensazione che mi sospetti sempre di qualcosa. Come ad esempio del fatto che io sia un Altro. Se sapesse dell'esistenza degli Altri.

— Un pochino — le risposi. — Nadja, siete andate lontano?

— Sì, lontano.

— Sei stanca?

— Sì, sono stanca. Ma la nonna è più stanca!

Ljudmila Ivanovna restò lì impalata per un istante, come se stesse decidendo se fosse o meno il caso di lasciare in custodia la bambina a un buono a nulla come me. Evidentemente decise di rischiare. E andò in casa.

— E tu dove vai? — chiese Nadjuska, stringendomi forte la mano.

— Ti ho detto che vado da qualche parte? — dissi stupito.

— No, non l'hai detto... — Nadjuska si arruffò i capelli con la manina. — Ma ci vai?

— Sì, ci vado — ammisi.

È così. Quando un bambino è un potenziale Altro, anche di piccola forza, la capacità di prevedere il futuro è un dono che in lui si manifesta fin dall'infanzia.

— La-la-la... — canticchiò Nadja guardando la palizzata. — Bisogna pitturare il recinto!

— L'ha detto la nonna?

— Sì. Se aveva un contadino, la faceva pitturare a lui — ripeté diligentemente la piccola. — Ma il contadino non ce l'ha, e allora la nonna lo fa da sola.

Sospirai.

Ah, questi maniaci della campagna! Chissà perché nelle persone in età avanzata si riaccende immancabilmente la voglia di trafficare in continuazione con la terra.

Cos'è, cercano già di ambientarsi?

— La nonna si è sbagliata — dissi, dandomi dei colpi sul petto. — Questo contadino qui pitturerà il recinto! E se serve, anche tutti i recinti del villaggio!

— Contadino! — ripeté Nadjuska, e scoppiò a ridere.

Affondai il viso nei suoi capelli.

Soffiai.

Nadjuska si mise a ridacchiare e a tirare calci.

Ammiccai in direzione di Svetlana, che stava uscendo dalla casa, e misi a terra mia figlia. — Corri dalla mamma!

— No, meglio dalla nonna — disse Svetlana. — Devi bere il latte.

— Non lo voglio!

— E invece sì — tagliò corto mia moglie.

Nadjuska smise di discutere e si avviò con aria rassegnata verso la cucina. Persino tra gli umani, madri e figli tessono uno strano rapporto di comprensione reciproca. Per quanto ci riguardava, Nadja sentiva benissimo se poteva fare i capricci o se invece non era nemmeno il caso di provarci.

— Cos'ha detto Geser? — chiese Svetlana, sedendosi al mio fianco.

— Mi ha dato facoltà di scelta. Posso cercare la strega da solo, oppure chiedere aiuto. Puoi darmi una mano a decidere?

— Devo guardare nel tuo futuro?

— Già.

Svetlana chiuse gli occhi e si stese sull'amaca. Le sollevai i piedi e me li appoggiai sulle ginocchia. Era una scena davvero idilliaca: sull'amaca c'era una ragazza simpatica, rilassata; al suo fianco un uomo che le carezzava l'anca...

Anch'io riesco a guardare nel futuro. Ma non bene come lei: non rientra nelle mie specialità. E poi mi ci vuole molto più tempo, con risultati spesso incerti.

Svetlana riaprì gli occhi.

— Be'? — chiesi impaziente.

— Accarezza, accarezza... — Sorrise. — Tutto pulito. Non vedo pericoli.

— A quanto pare la strega è stufa di compiere scelleratezze

— sogghignai. — Sai cosa? Le infliggerò una sanzione verbale per non essersi registrata.

— Però quella sua biblioteca mi turba — confessò Sveta. — Perché starsene in un angolo sperduto con libri come quelli?

— Magari solo perché non sopporta la città — ipotizzai. — Ha bisogno del bosco, di aria pulita…

— Ma allora perché vicino a Mosca? Poteva andarsene in Siberia, dove la situazione ambientale è migliore, e crescono erbe rarissime. O magari nel lontano Oriente.

— È una del posto.

— C'è qualcosa che non quadra — insistette Svetlana stizzita. — La storia di Geser ancora non riesco a spiegarmela. E qui ora spunta una strega!

— Cosa c'entra Geser? — Mi strinsi nelle spalle. — Voleva fare di suo figlio uno della Luce. Non posso condannarlo per questo. Immagina come dev'essersi sentito in colpa nei suoi confronti. Credeva che il ragazzo fosse morto…

Svetlana sorrise: — Nadjuska ora è seduta su uno sgabello, sta dondolando le gambe e vuole togliere la panna dal latte.

— E con questo? — dissi senza capire.

— Io sento dove si trova e cosa le succede — spiegò. — Perché è mia figlia. E perché è un'Altra. Eppure non sono forte come Olga o Geser…

— Credevano che il ragazzino fosse morto… — borbottai.

— Non può essere! — esclamò Svetlana. — Geser non è un pezzo di legno insensibile. Che il ragazzino fosse vivo avrebbe dovuto sentirlo, capisci? E tanto più Olga. Si tratta della sua carne, del suo sangue… Non poteva credere che fosse morto! E se invece avevano scoperto che era vivo, allora tutto si riduce a una questione di tecnica. Geser è sempre stato sufficientemente potente da mettere l'intero paese a soqquadro pur di trovare il figlio, oggi come cinquant'anni fa.

— Quindi non lo hanno cercato di proposito? Oppure…

— Già, oppure — convenne Svetlana. — Oppure Timur era davvero un essere umano. In tal caso i conti tornano. Può essere che davvero lo abbiano creduto morto, e lo abbiano ritrovato in maniera del tutto casuale.

— Il *Fuaran* — dissi. — Non può essere che questa strega abbia in qualche modo a che fare con gli avvenimenti dell'Assol?

Svetlana si strinse nelle spalle. Sospirò: — Anton, avrei una gran voglia di venire con te nel bosco, trovare questa botanica tanto buona e farle un bel terzo grado…

— Ma non lo farai.

— No, non lo farò. Ho giurato di non partecipare più alle operazioni della Guardia della Notte.

La capivo. E comprendevo anche il suo rancore nei confronti di Geser. Ma avrei preferito comunque non portarla con me. Rincorrere streghe per il bosco non era compito suo.

Anche se sarebbe stato ben più semplice lavorare insieme.

Feci un sospiro e mi alzai: — Inutile perdere altro tempo. Il gran caldo è passato, mi faccio un giretto nel bosco.

— Tra un po' farà buio — osservò mia moglie.

— Rimango nelle vicinanze. Stando al racconto dei bambini, l'isba dovrebbe trovarsi poco lontano da qui.

Svetlana annuì: — D'accordo. Dammi solo un minuto: ti preparo dei panini. E ti metto un po' di frutta cotta in un contenitore.

Mentre la aspettavo, lanciai un'occhiata prudente all'interno della baracca. E rimasi di stucco. Lo zio Kolja aveva smontato e sparpagliato ovunque mezzo motore. E ora era spuntato un altro alcolizzato del posto – non so se Andrjucha o Serega – che stava rovistando anche lui nel cofano. I due erano talmente assorbiti nella loro lotta contro la tecnologia tedesca, che la bottiglietta di liquore portata dalla caritatevole Svetlana non era stata nemmeno sfiorata.

Io e un mio amico
aggiustavamo un bel motore…

canticchiava lo zio Kolja.

Mi allontanai dalla baracca in punta di piedi. Al diavolo la macchina…

L'equipaggiamento che mi fornì Svetlana non sembrava pensato per una semplice passeggiata lungo i margini di un bosco, ma piuttosto per qualcuno in procinto di essere trasportato nella taiga per un corso di sopravvivenza: un sacchetto con i panini, un contenitore con la frutta cotta, un coltellino, fiammiferi, una scatola di sale, due mele e una piccola torcia.

Controllò che il mio telefonino fosse carico, cosa del tutto inutile considerate le dimensioni ridicole del bosco.

L'iPod invece me lo presi da solo. Ora vagavo senza fretta in direzione del bosco, e ascoltavo gli Zimove Zverej.

Dorme la città medievale, vacilla sofferente il granito,
e la notte, condannata a morte, resta in silenzio.
Dorme la città medievale, la sua luce pallida e triste
riecheggerà di parole: ma voi non prestatele ascolto.
Dormono i volumi nelle biblioteche, le botti si svuotano
riempiendo i granai,
i geni impazziscono durante la ronda notturna
e l'oscurità ha cancellato i contorni di ponti, canali, case.
Il Campidoglio e la prigione in un unico arabesco…

Non nutrivo speranze di trovare la strega quella sera. Se si volevano fare le cose per bene, qui bisognava venirci di mattina, ancora meglio se con una squadra. Ma avevo troppa voglia di scovarla da solo!

E di dare un'occhiata a quel libro intitolato *Fuaran*.

Per un po' indugiai ai margini del bosco, osservando il mondo attraverso il Crepuscolo. Nulla di insolito. Nessuna traccia di magia. Si vedeva soltanto, in lontananza, sopra le nostre case, un luminoso bagliore bianco, segno di una maga di primo livello… D'accordo, era tempo di scendere in profondità. Sollevai da terra la mia ombra ed entrai nel Crepuscolo.

Il bosco si trasformò in una foschia fluttuante. Solamente gli alberi isolati e più imponenti avevano i loro doppi nel mondo crepuscolare.

Da che parte erano usciti i bambini?

Individuai le loro tracce abbastanza in fretta. Tra un paio di giorni sarebbero svanite, ma ora erano ancora visibili. I bambini lasciano dietro di sé tracce precise, che racchiudono molta forza.

Della botanica non vi erano tracce. Potevano anche essersi cancellate. Oppure, cosa più probabile, la strega aveva già da tempo provveduto a eliminarle.

Invece quelle dei bambini erano ancora lì! Perché? Una svista? Un atteggiamento di fatalistica rassegnazione? O parte di un disegno preciso?

Non mi sarei certo messo a far congetture.

Registrai nella memoria le impronte dei loro piedi e uscii dal Crepuscolo. Le tracce non si vedevano più, ma percepivo ugualmente la direzione che avevano preso. Potevo mettermi in cammino.

Prima, però, attivai uno scrupoloso mascheramento. Certo, non era la stessa cosa del guscio fornito da Geser. Ad ogni modo, un mago meno potente di me mi avrebbe scambiato per un normale essere umano. Ma non stavo sopravvalutando troppo i poteri di quella strega?

La prima mezz'ora la passai a esaminare con attenzione le zone circostanti, osservando ogni cespuglio attraverso il Crepuscolo e pronunciando di tanto in tanto qualche semplice incantesimo di ricerca. In generale mi comportai secondo manuale, come un Altro, rispettoso della disciplina, che stesse conducendo un rastrellamento.

Poi ne ebbi abbastanza. Il bosco mi avvolgeva da ogni parte, anche le sue dimensioni non erano proprio sterminate. Ad ogni modo, i turisti ancora non lo avevano deturpato, e vi scorrazzavano animali di ogni sorta: scoiattoli, leprotti, volpi. Di lupi – quelli veri, non licantropi – non ce n'erano. E comunque non mi interessavano. In compenso di cibo nel sottobosco se ne trovava davvero in abbondanza: mi capitò di sedermi nei pressi di un cespuglio di lamponi selvatici, dove passai circa dieci minuti a raccogliere bacche, un po' secche ma dolci. Poi mi imbattei in una vera e propria colonia di funghi. Funghi enormi e sani, famigliole gialle, e altri piccoli esemplari di infimo ordine. Non sapevo che a un paio di chilometri dal villaggio si potesse trovare tutto questo ben di Dio!

Che bello sarebbe stato raccogliere i porcini, portarli a casa e rovesciarli sul tavolo, suscitando lo stupore di mia suocera e l'ammirazione di Svetlana. E Nadjuska? Avrebbe urlato di felicità, e si sarebbe vantata con i bimbi dei vicini per il fatto di avere un padre tanto fortunato.

Poi mi venne in mente che, se avessi portato a casa quel bottino (difficilmente sarebbe passato inosservato), tutto il villaggio si sarebbe precipitato nel bosco. Sia gli ubriaconi, ben felici di mettersi a vendere i funghi per strada e potersi così comprare la vodka, sia le vecchiette, per le quali i frutti del sottobosco costituivano la principale fonte di sussistenza. Per non parlare poi dei ragazzini.

Ma qui intorno, proprio in questo bosco, c'erano licantropi che seminavano morte…

— Non ci crederanno mai — dissi amareggiato, osservando la distesa di funghi.

Che voglia di porcini fritti! Inghiottii la saliva e mi misi a seguire le tracce.

E dopo cinque minuti precisi arrivai a una casetta di tronchi.

Era proprio come l'avevano descritta i bambini. Una casetta con finestre minuscole, senza recinto, senza orto. Una di quelle casette che nessuno costruirebbe mai in mezzo a un bosco. Supponiamo che fosse quella del custode: ci sarebbe dovuta essere almeno la tettoia per la legna.

— C'è qualcuno in casa? — gridai. — Ohi!

Nessuna risposta.

— Isbetta, isbetta — borbottai. — Ora volta le spalle al bosco, con la facciata verso di me.

La piccola isba non si mosse. Di colpo mi sentii un idiota. "Basta con le stupidaggini. Entro e aspetto la padrona di casa…"

Mi avvicinai alla porta, sfiorai la maniglia di ferro arrugginito, e proprio in quell'istante, quasi fosse in attesa della mia mossa, la porta si aprì.

— Salve — disse sorridendo una donna sui trent'anni. Una donna molto bella…

Chissà perché, ascoltando i racconti di Romka e Ksjuscia, me l'ero immaginata più vecchia. I bambini non avevano fatto cenno al suo aspetto esteriore, e il mio cervello se l'era raffigurata semplicemente come "donna" e basta. Che razza di cretino! È ovvio che per dei bimbi di quell'età "bella" vuol dire "con un bel vestito". Anche se tra un annetto Ksjuscia avrebbe sicuramente esclamato, con un misto di entusiasmo e ammirazione: "Era così bella!" e avrebbe citato come paragone qualche idolo delle ragazzine.

La donna indossava un paio di jeans e una semplice camicia a quadri.

Alta, ma non tanto da provocare i complessi di inferiorità a un uomo di media statura. Snella, ma non troppo magra. Gambe lunghe e armoniose. Seno... perfetto! Le mani... be', non so bene come dovrebbero essere un paio di mani per poterle considerare sexy. Ma le sue lo erano. Chissà perché mi balenò nella testa l'idea che valesse davvero la pena farsi toccare da quelle dita...

Con un corpo del genere avere anche un bel viso è davvero un lusso esagerato. Lei invece bella lo era: capelli neri come il carbone, occhi grandi, sorridenti e magnetici. I tratti estremamente regolari del viso tradivano piccolissime imperfezioni che autorizzavano a guardarla non come un'opera d'arte, ma come una donna in carne e ossa.

— S-salve — mormorai.

La donna si illuminò: — Lei è il padre di Romka, vero?

— Cosa?

La donna tradì un leggero imbarazzo. — Mi scusi... qualche giorno fa un ragazzino si è perso da queste parti e io l'ho fatto tornare al villaggio. Anche lui balbettava... un pochino. Ho pensato che...

— Di solito non balbetto — dissi. — Sparo scemenze a tutta forza. Ma non mi aspettavo di incontrare nel bosco una donna così bella. Ecco perché mi sono confuso.

La "donna così bella" si mise a ridere: — Oh, e anche queste parole sono scemenze, o sono vere?

— Sono vere.

— Entri pure. — Indietreggiò. — La ringrazio molto. Qui è talmente raro sentirsi fare dei complimenti...

— Ma è raro anche incontrare gente — osservai, entrando nella casa e guardandomi intorno.

Nessuna traccia di magia. Però aveva un'aria un po' strana

per essere una casa sperduta nel bosco. Uno scaffale pieno di libroni antichi c'era sul serio… Ma la padrona di casa non aveva nulla che potesse far pensare a un'Altra.

— Qui vicino ci sono due villaggi — spiegò la donna. — Quello dove ho riaccompagnato i ragazzini, e un altro più grande. Ci vado a fare la spesa: c'è un negozio che non chiude mai. Ma anche lì con i complimenti andiamo maluccio. — Sorrise di nuovo: — Mi chiamo Arina. Non Irina, proprio Arina.

— Anton — mi presentai. E sfoggiai un'erudizione da prima elementare: — Arina, come la bambinaia di Puskin?

— Esatto. — La donna sorrise. — Mio padre si chiamava Aleksandr Sergeevic, e mia madre era fissata con Puskin. Ecco perché mi hanno chiamata…

— E perché non Anna, in onore della Kern? O Natalja, in onore della Goncarova?

Arina scosse la testa: — Mia madre diceva che tutte queste donne avevano giocato un ruolo fatale nella vita di Puskin. Be', certo erano state la fonte della sua ispirazione, ma aveva sofferto molto per loro… Mentre la bambinaia… lei non aveva preteso mai nulla, lo aveva amato con totale abnegazione…

— Lei è filologa?

— Che c'entra la filologia? — Arina scoppiò in una risata. — Si accomodi, le preparo un buon tè, un infuso di erbe. Tutti ora vanno matti per il mate, il rooibos – il tè rosso – e roba simile. Ma io lo dico onestamente: ai russi non serve tutto questo esotismo. Le loro erbe bastano e avanzano. Anche un comunissimo tè deve essere nero. E magari di erbe di bosco. Ecco, assaggi…

— Si occupa di botanica? — chiesi.

— Esatto! — Arina si mise a ridere. — Ascolti, è sicuro di non essere il papà di Romka?

— No, io… — Mi interruppi, poi precisai: — Sono un amico di sua madre. La ringrazio molto per aver salvato i bimbi.

— Non ci ho pensato due volte.

Arina stava in piedi dandomi le spalle, e intanto versava nella teiera delle erbe secche: un pizzico di una, un pochino di un'altra, un cucchiaino di una terza… Il mio sguardo si posò involontariamente su quella parte logora dei jeans che metteva in evidenza i contorni del suo sedere, perfettamente tondo.

— Ksjuscia è una ragazzina intelligente, ce l'avrebbero fatta anche da soli.

— E i lupi? — buttai lì.

— Ma quali lupi, Anton? Ho spiegato anche a loro che si trattava di un cane randagio. Quali lupi vuole che ci siano in un boschetto come questo?

— Un cane selvatico, e per di più con i cuccioli: quindi anche pericoloso — insistetti.

— Be', forse ha ragione. — Arina sospirò. — Tuttavia credo che i ragazzini non li avrebbe attaccati. È raro che i cani aggrediscano i bambini, devono proprio perdere la ragione per azzardare una mossa simile. Sono molto più pericolosi gli uomini degli animali…

— Non si annoia a stare in questo luogo sperduto? — le chiesi, cambiando completamente discorso.

— Ma non rimango mica tappata qui dentro tutto il tempo! — rise Arina. — Ci vengo d'estate, sto preparando la tesi: *Etnogenesi di alcuni tipi di Crocifere nella fascia centrale della Russia.*

— La tesi di laurea? — domandai con una certa invidia. Ancora oggi mi dispiace di non aver discusso la mia… Non l'avevo fatto perché ero diventato un Altro e tutti quei giochetti scientifici mi erano venuti a noia.

— Di dottorato — rispose Arina con comprensibile orgoglio. — Penso di discuterla il prossimo inverno.

— È sua quella biblioteca di scienze che c'è là? — Accennai con la testa alla libreria.

— Sì. Certo, non è stato facile portarsi dietro tutta quella roba. Ma mi ha aiutato un mio… amico. Con la jeep. Ne ho approfittato e ho caricato tutta la biblioteca.

Provai a pensare se una jeep sarebbe riuscita a passare attraverso il bosco. Forse oltre la casetta iniziava un sentiero più largo.

Mi avvicinai allo scaffale e osservai attentamente i libri. Era proprio la ricca biblioteca di un botanico. Alcuni vecchi volumi, risalenti al secolo scorso, che nella prefazione elogiavano il Partito e il compagno Stalin. Ma ce n'erano anche di più antichi, di epoca prerivoluzionaria. E poi una gran quantità di semplici volumetti consunti, pubblicati non più di venti, trent'anni prima.

— È quasi tutta robaccia — disse Arina senza voltarsi. — Dovrebbero stare sugli scaffali di qualche bibliofilo. Però non me la sento di disfarmene.

Annuii, osservando la libreria attraverso il Crepuscolo. Tutto pulito. Niente magia. Erano solo vecchi libri di botanica.

Oppure l'inganno era stato organizzato con tale maestria che con le mie sole forze non ero in grado di penetrarlo.

— Si accomodi, il tè è pronto — disse Arina.

Mi sedetti su una scricchiolante sedia viennese. Presi la tazza con il tè e annusai. L'aroma era delizioso. Ricordava il solito gusto di un buon tè, ma sapeva anche di agrumi e menta. Anche se avrei scommesso che in quell'infuso non c'erano né foglie di tè, né agrumi, né menta.

— E allora? Assaggi…

Arina si sedette di fronte a me e si chinò un po' in avanti. Il mio sguardo cadde involontariamente sulla scollatura, dalla quale spuntava il seno abbronzato. Quel suo "amico con la jeep"… era il suo amante? O solamente un collega botanico?

— Scotta — dissi, con la tazza tra le mani. — Magari lo lascio raffreddare un po'.

Arina annuì.

— È una bella comodità avere il bollitore elettrico — osservai. — Scalda in fretta. Ma lei come fa ad avere la corrente elettrica? Non mi pare di aver visto cavi.

Il suo volto tradì un sussulto. — Non so, forse sottoterra?

— No. — Presi la tazza e versai l'infuso sul pavimento. — Risposta sbagliata. Provi ancora.

Arina scosse la testa. — Be', perché fa così? Per queste stupidaggini…

— Si finisce sempre per farsi male per delle stupidaggini. — Mi alzai. — Guardia della Notte della città di Mosca Anton Gorodeckij. Esigo la rimozione immediata dell'illusione!

Arina taceva.

— Se rifiuta di collaborare verrà accusata di violazione del Patto! — le ricordai.

Lei strizzò l'occhio. E scomparve.

"È così, allora."

Intercettai con lo sguardo la mia ombra, mi allungai, e il freddo Crepuscolo mi accolse.

La casetta non cambiò di una virgola.

Arina non c'era.

Mi concentrai. L'aria qui era troppo opaca e buia per poter vedere la mia ombra. Ma alla fine la scovai. E penetrai nel secondo strato del Crepuscolo. La nebbia grigia si infittì, un rombo lontano e ripetuto riempì l'aria. Un brivido mi percorse il corpo. E la casa cambiò radicalmente volto: le pareti erano diventate tronchi d'albero ricoperti di muschio. Alle finestre non scintillavano più i vetri, ma lastre di mica traslucide. I mobili erano più ruvidi e vecchi; la sedia viennese, dove prima ero seduto, si era trasformata in un ceppo. Solo la pregiata libreria non aveva subito mutamenti: era sempre la stessa bella libreria antica. Ma i libri che conteneva cambiavano rapidamente aspetto: le lettere false si riversavano sul pavimento, i dorsi in similpelle diventavano di vero cuoio.

Arina non c'era. In lontananza distinsi soltanto una silhouette scura vicino allo scaffale, un'ombra veloce e indistinta. La strega era fuggita nel terzo strato del Crepuscolo!

In teoria potevo entrarci, in pratica non ci avevo mai provato: per un mago di secondo livello questo comporta un impiego di forze eccessivo.

Ma ora ce l'avevo a morte con quella fattucchiera tanto astuta. Aveva provato a incantarmi… vecchia megera!

Mi fermai accanto alle finestre, cercando di catturare quel po' di luce che penetrava nel secondo strato del Crepuscolo. Poi trovai – o almeno mi parve di trovare – un'ombra appena percettibile sul pavimento…

La cosa più difficile fu catturarla. Ma poi l'ombra non oppose resistenza e si slanciò docile verso di me, aprendo il passaggio. Ed entrai nel terzo strato del Crepuscolo.

La casa somigliava a un intreccio di rami d'albero e grossi tronchi.

I libri non c'erano più, e nemmeno i mobili. Solo rami.

E Arina era di fronte a me.

Com'era vecchia! Non era gobba come la strega delle fiabe, il suo corpo si era conservato alto e snello. Ma la pelle era grinzosa come la corteccia di un albero, gli occhi profondi e infossati. Era coperta solo da una lunga veste di tela; i seni rinsecchiti ballavano come sacchetti vuoti nell'ampia scollatura. E poi era calva: aveva una sola ciocca di capelli che le spuntava dal cocuzzolo.

— Guardia della Notte! — ripetei. Le parole mi uscivano di bocca lentamente. — Esci dal Crepuscolo! È l'ultimo avvertimento!

Cosa potevo io contro di lei, che era penetrata con quella facilità nel terzo strato?

Ma lei smise di opporre resistenza. Fece un passo in avanti e scomparve.

Ritornai nel secondo strato con notevole sforzo. Di solito uscire è più semplice, ma il terzo strato mi aveva assorbito le forze come fossi un inesperto neofita.

Arina mi aspettava. Aveva già ripreso le sembianze di prima. Annuì e avanzò verso il solito, accogliente e placido mondo degli umani.

Capitolo 3

Arina era seduta su una sedia con aria umile, le mani posate sulle ginocchia. Non sorrideva più.

— La prossima volta ce la sapremo cavare senza trucchetti? — le dissi. Avevo la schiena fradicia, e le gambe mi tremavano leggermente.

— Posso rimanere con queste sembianze, Guardiano? — chiese Arina in tono sommesso.

— Per quale motivo? Ho già visto come sei nella realtà.

— Chi è che a questo mondo stabilisce quale sia la realtà? — disse. — Dipende dal punto di vista... Considera la mia richiesta come un atto di semplice civetteria femminile, Luminoso.

— Anche il tentativo di stregarmi era semplice civetteria?

Arina mi lanciò rapide occhiate. Con aria di sfida disse: — Sì! Lo so che il mio aspetto crepuscolare... Ma qui, adesso, io sono così! Niente di ciò che è umano mi è estraneo. Neanche il piacere di provare desiderio.

— D'accordo, resta pure così — borbottai. — In effetti non ho tutta questa voglia di godermi di nuovo lo spettacolo. Adesso però rimuovi l'illusione dagli oggetti magici!

— Come vuoi, Luminoso. — Arina si passò una mano tra i capelli, aggiustandosi la pettinatura.

E la casetta subì un leggero mutamento.

Al posto del bollitore elettrico sul tavolo comparve una brocca di betulla. Il televisore c'era ancora, ma adesso il cavo era conficcato in un grosso pomodoro marroncino.

— Originale — osservai. — E la verdura la devi cambiare spesso?

— I pomodori tutti i giorni. — La strega si strinse nelle spalle. — Il cavolo invece può funzionare anche per due, tre giorni.

Non mi era mai capitato di incontrare un metodo altrettanto strano di procurarsi l'energia elettrica...

Però la cosa che più di tutte attirò la mia attenzione era il mobile con i libri. Mi avvicinai ed estrassi il primo volumetto che mi capitò tra le mani, sottile e con la copertina morbida. *Biancospino. Uso pratico nella magia casalinga.*

Il libro era stato stampato con metodi artigianali e pubblicato un anno prima. Era indicata anche la tiratura: 200 copie. E c'era persino il codice a barre! Solo la tipografia era sconosciuta: TP.

— È proprio di botanica. Ti fai davvero stampare i libri nelle tipografie? — dissi con ammirazione.

— Capita — rispose con modestia. — Non si può mica ricopiare tutto a mano.

— A mano sarebbe niente — osservai. — C'è anche chi scrive col sangue.

E pescai dalla libreria il *Kassagar Garsarra.*

— Con il mio sangue — esclamò secca — non si fanno porcherie!

— Questo libro è già di per sé una porcheria — osservai. — Dunque dunque... "Suggerimenti agli uomini per metterli uno contro l'altro senza eccessivo impegno..."

— Di cosa stai cercando di incolparmi? — chiese la strega indignata. — Sono tutte... pubblicazioni accademiche. Antiquariato. Non ho mai provocato nessuno, io.

— Davvero? — dissi, sfogliando il libro. — "Cura dei disturbi renali, terapia della ritenzione idrica..." Ammettiamo pure...

— Non vorrai mica accusare qualcuno di voler torturare un altro solo perché legge de Sade? — sbottò lei. — Si tratta della nostra storia. Sono sortilegi dei generi più diversi. Non c'è distinzione tra quelli negativi e quelli positivi.

Mugugnai.

In linea di massima aveva ragione.

Il fatto che lì ci fosse una collezione delle più svariate ricette magiche non costituiva reato.

Inoltre... "Come alleviare le sofferenze della puerpera senza recar danno al bambino." Anche se subito dopo si leggeva: "Sopprimere il frutto senza recar danno alla puerpera" e: "Sopprimere il frutto insieme alla puerpera."

Niente di nuovo per le Tenebre.

Ma, a dispetto di tutte quelle sue disgustose ricette magiche e del tentativo di ammaliarmi, c'era qualcosa in Arina che suscitava la mia simpatia. Innanzitutto per il trattamento che aveva riservato ai bambini. Checché se ne dica, una strega vecchia e saggia avrebbe potuto servirsene per scopi ben più raccapriccianti. E poi... e poi per quella sua aria che, nonostante la forza, la preziosa biblioteca e il seducente aspetto esteriore, aveva un non so che di malinconico e solitario.

— Di cosa sono accusata? — chiese in tono polemico. — E non farla tanto lunga, incantatore!

— Sei registrata?

— Cosa sono, una vampira o un mutantropo? — replicò. — Vuoi mettermi un timbro? Ma guarda un po' cosa sono andati a pensare!

— Nessuno qui ha parlato di timbri. La questione è semplice: tutti i maghi di primo livello, o di livello superiore, sono tenuti a comunicare al centro regionale il proprio luogo di residenza. Cosicché un loro eventuale trasferimento non venga considerato come atto ostile.

— Io non sono una maga, sono una strega!

— I maghi e qualsiasi Altro di pari forza... — ripetei. — Ti trovi sul territorio di competenza della Guardia di Mosca. Eri tenuta a informarci.

— Prima le cose non andavano in questo modo — borbottò la strega. — Gli incantatori di una volta si dicevano tutto, registravano vampiri e mutantropi, e a noi ci lasciavano in pace.

C'era qualcosa di strano...

— "Prima" quando?

— Nel Trentuno.

— Tu vivi qui dal Trentuno? — domandai incredulo. — Arina...

— Vivo qui da due anni. E prima... — Fece una smorfia. — Non importa. Comunque non ho sentito parlare di nessuna nuova legge.

Probabilmente non mentiva. Sono cose che capitano con i vecchi Altri, soprattutto con quelli che non prestano servizio nella Guardia. Si vanno a cacciare in qualche posto sperduto, nella taiga o in un bosco, e restano lì per decenni finché non vengono sopraffatti dalla noia.

— E due anni fa hai deciso di stabilirti qui?

— Sì. Non sono mica tanto scema da andare in città! — Arina scoppiò a ridere. — Me ne sto qui. Guardo la televisione, leggo. Recupero il tempo perduto. Ho ritrovato una cara vecchia amica... Mi porta i libri da Mosca.

— Va bene — dissi. — In questo caso, procedura ordinaria. Hai un foglio?

— Sì.

— Devi compilare una dichiarazione. Nome, provenienza, anno di nascita e di iniziazione, se hai fatto parte della Guardia, qual è il tuo livello di forza...

Arina prese carta e matita.

— ... Quando è stata l'ultima volta che ti sei registrata, o in altro modo hai denunciato la tua residenza presso gli organi ufficiali della Guardia. Dove sei stata da quel momento in poi.

— Non lo farò. — Mise giù la matita. — Visto che hanno mandato un imbrattacarte... A chi interessa sapere dove sono stata a riposare le ossa?

— Arina, non usare quel vocabolario da vecchia contadina! — la pregai. — Prima parlavi normalmente.

— Era un camuffamento — dichiarò senza battere ciglio. — Come vuoi. Però tu smetti di usare quel tono burocratico.

Riempì il foglio in quattro e quattr'otto, scrivendo con una grafia fitta e accurata. Poi me lo porse.

Risultò che era più giovane di quanto pensassi. Aveva meno di duecento anni. Madre contadina, padre ignoto, nessun Altro tra i suoi parenti prossimi. Iniziata da ragazzina, a undici anni, da un Mago delle Tenebre, o incantatore, come si ostinava a chiamare i maghi. Uno straniero, tedesco. Aveva anche abusato di lei, cosa che lei aveva ritenuto necessario segnalare, definendolo con le parole "canaglia libidinosa". Ah, ecco perché! Il tedesco aveva preso quella ragazzina come donna di servizio e allieva. In tutti i sensi. Ed evidentemente non si era dimostrato né troppo saggio né troppo tenero: verso i tredici anni, la ragazzina aveva accumulato tanta forza da essere in grado di sconfiggere in un regolare duello il suo maestro, provocandone la disincarnazione. Tra l'altro era un mago di quarto livello. In seguito a ciò, si ritrovò sorvegliata dalla Guardia di allora. Ma non si era più resa colpevole di atti criminali, almeno stando alla sua dichiarazione. La città non le piaceva, viveva in campagna, tirando avanti con piccoli incantesimi. Dopo la Rivoluzione aveva rischiato di rimanere vittima delle espropriazioni ai danni dei ricchi proprietari. I contadini avevano capito che era una strega ed erano decisi a scatenarle contro la Ceka[1]. I fucili mauser contro la magia, nientemeno! Aveva trionfato la magia, per il momento. Nel trentaquattro...

Alzai gli occhi e le chiesi: — Sul serio?

— Sono andata in letargo — confermò. — Avevo capito che l'infezione rivoluzionaria sarebbe durata ancora a lungo. Per una serie di motivi potevo scegliere la durata del sonno tra sei, diciotto o sessant'anni. Ho scelto i sessant'anni. — Indugiò un attimo, poi continuò: — Ho dormito proprio qui. Ho protetto l'isba come ho potuto, in modo che né gli umani né gli Altri si potessero avvicinare.

Ora capivo. Erano stati tempi difficili, gli Altri morivano con la stessa frequenza dei normali esseri umani. Mescolarsi non era stato complicato.

— E nessuno sapeva dov'eri? Qualche amica...

Ridacchiò: — Se qualcuno lo avesse saputo, ora non sarei qui a chiacchierare con te, Luminoso.

— E perché?

Fece un cenno con il capo in direzione della libreria: — Tutta la mia ricchezza. Non è roba da poco.

Ripiegai la dichiarazione e me la misi in tasca. Dissi: — Non sarà roba da poco, ma c'è un pezzo raro che ancora non ho visto.

— E cioè?

1 Ceka: Commissione Straordinaria per la lotta alla controrivoluzione e al sabotaggio. (N.d.T.)

— Il *Fuaran*.

Arina trattenne un risolino. — Sei grande e grosso e credi ancora nelle favole... Quel libro non esiste.

— Già. Allora la ragazzina il titolo se l'è inventato!

— Le ho anche risparmiato la pulizia della memoria — sospirò la strega. — Poi dimmi se vale la pena fare del bene!

— Dov'è il libro? — chiesi bruscamente.

— Terzo ripiano dal basso, quarto volume da sinistra — rispose stizzita. — Sei cieco?

Mi avvicinai allo scaffale e mi chinai.

Il *Fuaran*! Grosse lettere dorate su uno sfondo di pelle nera.

Presi il libro e guardai la strega con aria trionfante.

Arina sorrideva.

Osservai la scritta sulla copertina: *Fuaran: verità o finzione?* La parola "Fuaran" era stampata in grande, il resto a caratteri piccoli. Diedi un'occhiata al dorso... Le lettere piccole si erano cancellate.

— Un libro raro — ammise Arina. — Stampato in trenta esemplari a San Pietroburgo, nel Tredici, dalla tipografia di Sua Altezza Imperiale. Come si fa in questi casi, in una notte di novilunio. Non so quanti ne siano rimasti. Ora cosa ne sarà di me? Quali sono i miei diritti?

Sospirai e mi sedetti al tavolo, sfogliando il *Fuaran*. Un libro interessante, non c'è che dire...

— Non ti accadrà proprio nulla. Hai aiutato i bambini, la Guardia della Notte ti è riconoscente per questo.

— È inutile fare del male alle persone — borbottò la strega. — Si finisce solo per nuocere a se stessi.

— In considerazione di questo fatto, e anche delle singolari circostanze della tua vita... — Frugai nella memoria, cercando di ricordare paragrafi, citazioni e note. — In considerazione di tutto questo, per te non ci sarà nessuna punizione. Solo un'ultima domanda: qual è il tuo livello di forza?

— Mi pare di aver già scritto che non lo so — rispose. — Non ci sono strumenti per misurarla!

— Grosso modo?

— Prima di andare in letargo avevo il primo rango — dichiarò Arina, non senza una punta di orgoglio. — Ma ora forse sono fuori da qualsiasi rango.

Tutto tornava. Ecco perché non ero riuscito a trapassare la sua illusione magica.

— Non entrerai a far parte della Guardia del Giorno?

— Ne ho viste davvero troppe! — sbottò. — E poi ora Zavulon è arrivato ai vertici, non è così?

— Zavulon. Di cosa ti stupisci? Non lo consideri abbastanza forte?

— La forza non gli ha mai fatto difetto — replicò la strega, accigliata. — Solo che ha sempre sacrificato i suoi con troppa facilità. Le sue amichette... non sono mai durate più di dieci anni, è sempre successo qualcosa. Ma le stupidelle continuano a saltargli nel letto. E poi odia gli ucraini e i lituani. Se c'è da fare un lavoro sporco, chiama una squadra dall'Ucraina. Se c'è da sacrificare qualcuno, il primo candidato è un lituano... Non credevo sarebbe riuscito a restare al suo posto, con tutti questi vizietti. — Arina di colpo sghignazzò. — No, evidentemente ci ha fatto il callo. E bravo!

— Va bene — dissi. — Allora, se non entrerai a far parte della Guardia del Giorno, ma continuerai a condurre una vita onesta, avrai diritto di compiere alcune magie... per scopi personali. In un anno dodici magie di settimo grado, sei di sesto, tre di quinto, una di quarto. Una volta ogni due anni una magia di terzo grado. Una volta ogni quattro una di secondo grado.

Tacqui.

— E quelle di primo grado?

— La massima forza consentita agli Altri che non prestano servizio subisce una restrizione in base al loro livello precedente — le spiegai. — Se passerai il controllo e otterrai la registrazione come strega fuori categoria, allora avrai diritto, una volta ogni sedici anni, a una magia di primo grado. Con il consenso delle Guardie e dell'Inquisizione, beninteso. Una magia di primo grado è una faccenda troppo seria.

La strega sogghignò. Ma con un ghigno strano, sgradevole, da vecchia, stampato su un viso giovane e bello...

— In qualche modo me la caverò anche senza magie di primo grado. Da quanto ho capito, le restrizioni riguardano solo le magie destinate agli umani.

— Agli umani e agli Altri — precisai. — Di te stessa e degli oggetti inanimati puoi fare quello che credi.

— Grazie lo stesso. E comunque scusami, Luminoso, se ho tentato di stregarti. Non sei tanto male. Quasi come noi.

A questo discutibile complimento mi irrigidii.

— Ancora una domanda — dissi. — Chi erano quei licantropi?

Arina restò in silenzio. Poi replicò: — Cos'è, è già stata abolita la legge?

— Quale legge?

— L'antica legge. "Le Tenebre non sono tenute a denunciare le Tenebre, la Luce non è tenuta..."

— Questa legge esiste.

— Allora i licantropi acchiappateli da solo. Saranno pure esseri stupidi e sanguinari, ma io non li denuncio.

Pronunciò queste parole con fermezza e convinzione. E non ci fu modo di farle cambiare idea. Comunque i licantropi non li aveva aiutati, anzi.

— Le azioni magiche nei miei confronti... — Mi interruppi. — Fa niente. Te le perdono.

— Così?

— Sì, così. Sono contento di averti resistito.

La strega trattenne un risolino. — Resistito... Tua moglie è una maga, pensi che io sia cieca, che non lo senta? Ti ha fatto un incantesimo anche lei, in modo che nessuna donna potesse sedurti.

— Stai mentendo — risposi in tono pacato.

— Sì, sto mentendo — confessò la strega. — Bravo. Qui la magia non c'entra affatto. Tu la ami, tutto qui. Be', allora salutami tua moglie e la tua bambina. E se vedi Zavulon, digli che è sempre stato una gran carogna.

— Con piacere — promisi. Però! Non aveva paura di insultare Zavulon! — E a Geser, cosa devo riferire?

— A lui non ho niente da dire — rispose Arina in tono sprezzante. — Cosa vuoi che contiamo noi campagnole ottuse per un grande mago tibetano?

Osservavo quella strana donna, tanto bella nelle sue sembianze umane quanto ripugnante nel suo aspetto reale. Una strega, una strega potente. Ma dire che non era cattiva significava cambiare le carte in tavola...

— Non ti viene tristezza a stare qui tutta sola, nonnetta? — chiesi.

— Che fai, offendi?

— No, niente affatto. Comunque una cosa l'ho capita. Tu non avevi nessuna voglia di sedurmi, non provi più nessun desiderio carnale — continuai. — Per le streghe non funziona come per le maghe. Tu sei vecchia, ti senti vecchia, e degli uomini non te ne frega niente. Il fatto che tu possa restare così per altri mille anni, be', questa è un'altra faccenda. Per cui hai cercato di sedurmi per puro spirito di competizione.

In un attimo Arina si trasformò in una vecchietta tutta curata, rossiccia, un po' ingobbita, con occhi vivaci, una bocca non troppo sdentata e capelli grigiastri ben acconciati. Chiese: — Così va meglio?

— Direi di sì — ammisi con una punta di tristezza.

— Ero così... cento anni fa — disse la strega. — Ma un tempo ero come mi hai visto la prima volta. E se solo mi avessi visto nel sedici! Ah, Luminoso, che bimba bella e gioiosa ero! Per quanto sempre strega... Lo sai perché invecchiamo, e come?

— Ne ho sentito parlare.

— È il prezzo da pagare per un avanzamento di rango. — Di nuovo utilizzò un termine antiquato, rimpiazzato negli ultimi anni dalla parola "livello", che andava di moda in tutti i giochetti elettronici. — Anche una strega può restare giovane nel corpo. Solo che in questo caso non andrebbe oltre il terzo rango. Abbiamo un legame più forte con la natura, che però non ammette falsità. Capisci?

— Capisco.

Arina annuì: — Dunque, Luminoso... devi essere contento che tua moglie sia un'incantatrice. Con me ti sei comportato bene, basta con le bugie. Posso farti un regalo?

— No. Sono in servizio. E poi un regalo da una strega...

— Ma non è per te, è per tua moglie!

Ero confuso. Arina si diresse verso un baule rivestito in ferro (prima al suo posto c'era un comò di poco pregio), lo aprì e infilò dentro una mano. Un secondo dopo tornò verso di me con un piccolo pettine di osso.

— Tieni, Guardiano. Senza inganno né interesse, non porta disgrazia né sofferenza. Che io possa sprofondare nell'ombra se questa è menzogna, che possa dissolvermi nel vento…

— Cos'è? — chiesi.

— Una rarità. — Arina fece una smorfia. — O, come lo chiamano ora, un artefatto!

— Sì, ma cosa... ?

— Non hai forza sufficiente per vederlo? Tua moglie capirà. Che te ne fai tu delle spiegazioni, Luminoso? Tanto potrei anche mentire, ingannarti senza troppa fatica. Mentirei, e tu mi crederesti. Sei più debole di me, lo sai.

Tacevo, mordendomi le labbra. Va bene… un paio di volte l'avevo insultata. E ogni volta mi aveva risposto per le rime.

— Prendilo, non temere — ripeté. — La strega delle fiabe sarà anche cattiva, ma i giovanotti in gamba li aiuta sempre.

— Era meglio se mi consegnavi i licantropi — dissi, afferrando il pettine. — Accetto questo tuo regalo solo in qualità di intermediario, ma questo dono non comporta alcun impegno da parte di nessuno.

— Che uomo navigato. E per i lupi… scusa. Ma so che ce la farai anche da solo a catturarli. Io non te li consegno. A proposito, il libro lo puoi prendere. Temporaneamente. Per fare delle verifiche. Ce l'hai questo diritto?

E solo in quel momento mi resi conto che nella mano sinistra stringevo il maledetto *Fuaran: verità o finzione?*

— Per svolgere delle perizie, temporaneamente, nei limiti dei miei diritti di Guardiano — dissi.

Quella vecchietta mi rigirava a suo piacimento! Se mi fossi accorto solo una volta a casa di quel libro preso per caso, lei avrebbe avuto tutto il diritto di presentare un reclamo presso le Guardie, per il furto di una preziosa "rarità".

Quando uscii dalla casa era già calato un buio fitto. Mi sarebbe toccato vagare per il bosco come minimo per altre due o tre ore.

Ma all'improvviso di fronte a me divampò una tremolante fiammella azzurra. Sospirai e lanciai un'occhiata di sbieco verso la casetta. Arina non era uscita ad accompagnarmi. La fiammella danzava nell'aria, sembrava chiamarmi. La seguii.

Dopo cinque minuti sentii un pigro latrare di cani.

Dopo dieci mi ritrovai nei pressi del villaggio.

La cosa più seccante fu che in tutto quel tempo non percepii la minima traccia di magia.

Capitolo 4

Nella baracca l'auto aveva ripreso il suo aspetto di sempre. Ma a mettermi al volante, per controllare se il motore martirizzato dai due meccanici funzionava ancora, non ci provai neanche. Mi mossi alla chetichella in direzione della casa e tesi l'orecchio: mia suocera dormiva già in camera sua; nella nostra, invece, era accesa la luce fioca dell'abat-jour.

Spalancai la porta ed entrai.

— È andato tutto bene? — chiese Svetlana. Ma il tono interrogativo della sua voce era appena accennato. Lei percepiva tutto, senza neanche bisogno di parlare.

— Più o meno. — Guardai verso il lettino di Nadjuska: dormiva profondamente. — I licantropi non li ho trovati. Ho parlato con la strega.

— Racconta — disse mia moglie. Era seduta sul letto con indosso solo la camicia da notte. Accanto c'era uno spesso volumetto sui troll Mumin. Forse lo stava leggendo a Nadjuska – ora, prima di addormentarsi, le poteva leggere qualsiasi cosa, andava bene anche un manuale sulla resistenza dei materiali, bastava che sentisse la voce della mamma – o forse lei stessa aveva deciso di rilassarsi con un buon libro prima di dormire.

Svetlana ogni tanto si accigliava, ogni tanto sorrideva. E quando le riferii le parole della strega, secondo la quale mia moglie mi aveva «fatto un incantesimo», si infuriò. — Ma certo che no! — esclamò. — Chiedi a Geser… lui può vedere tutte le mie magie… Una cosa simile non l'ho mai neanche pensata!

— Lo so — la tranquillizzai. — La strega mi ha subito detto che era una bugia.

— Be', comunque un pensierino ce l'avevo fatto. — Svetlana ridacchiò. — I pensieri non danno scampo... Ma è stato così, per scherzo, niente di serio. Io e Olga parlavamo di mariti... ormai un bel po' di tempo fa...

— La Guardia ti manca? — le chiesi.

— Sì, mi manca — ammise. — Ma lasciamo stare... Tu invece sei stato in gamba, Anton! Sei entrato nel terzo strato del Crepuscolo?

Annuii.

— Il primo livello... — mormorò Svetlana.

— Mai fare il passo più lungo della gamba — ribattei. — Secondo. Un onesto secondo livello. Per me è il massimo. Ma lasciamo stare anche questa storia, d'accordo?

— Meglio parlare della strega. — Svetlana sorrise. — Quindi è andata in letargo? Ho sentito parlare di fenomeni del genere, ma sono davvero rari. Ci si può scrivere un articolo.

— E dove? Su "Argumenty i fakty"? Trovata strega che dorme per sessant'anni in un bosco vicino a Mosca?

— Sui bollettini informativi della Guardia della Notte — suggerì Svetlana. — Però bisognerebbe pubblicare un giornale proprio. E con un testo differente per gli umani... una cosa qualsiasi. Qualcosa di rigorosamente specialistico. "Il gazzettino dell'acquario russo", per esempio. Come allevare i ciclidi e allestire un acquario domestico.

— Come le sai tutte queste cose? — chiesi.

Poi però mi bloccai. Mi ero ricordato che il suo primo marito – io non lo avevo mai conosciuto – era un grande appassionato di acquari.

— Così. E invece un Altro qualsiasi, anche il più debole, dovrebbe essere in grado di leggere il testo vero e proprio.

— Ho già in mente il primo titolo — dissi. — "Per una magia d'avan-Guardia."

Sorridemmo tutti e due.

— Fammi vedere quell'artefatto — disse Svetlana.

Presi il pettine, che era avvolto in un fazzoletto. — Io non ci vedo nessuna magia.

Svetlana rimase per un po' con il pettine tra le mani.

— Be'? — chiesi. — A cosa serve? Te lo lanci dietro la schiena e spunta un bosco?

— Tu non devi vederci proprio niente — disse mia moglie con un sorriso. — La forza non c'entra per niente, la strega ti ha preso in giro. Probabilmente nemmeno Geser sarebbe in grado di vederci qualcosa… Non è roba per maschietti.

Sollevò il pettine e iniziò a passarselo dolcemente tra i capelli. — Ecco, immagina… l'estate, il caldo, la fatica, una notte insonne, una giornata di lavoro… E poi un bel tuffo nell'acqua fresca, un massaggio, un pranzo gustoso e un calice di buon vino. E una sensazione di benessere…

— Migliora lo stato d'animo? Toglie la stanchezza?

— Solamente alle donne. È un oggetto antico, non ha meno di trecento anni. Evidentemente è il regalo di qualche potente mago alla sua amata. Forse addirittura una donna umana…

Mi guardò: i suoi occhi brillavano. Disse con dolcezza: — E poi dovrebbe anche rendere una donna piacente. Irresistibile. Seducente. Funziona?

La fissai per un secondo, poi spensi la lampada con lo sguardo.

Mi alzai presto, non erano ancora le cinque del mattino. Eppure mi sentivo sorprendentemente fresco, come la padrona di un pettine magico che si fosse pettinata a volontà. Avevo voglia di fare grandi cose, tra cui anche un'abbondante colazione.

Senza svegliare nessuno mi misi a frugare nel cucinino, tagliai un paio di fette di pane e scovai una busta di plastica con del salame. Mi versai un po' di kvas[1] fatto in casa in un grosso boccale, e con tutto questo ben di dio uscii.

Stava già facendo giorno, ma nel villaggio regnava il silenzio. Nessuno si affrettava per la mungitura mattutina: la stalla era vuota da quasi cinque anni. Nessuno si affrettava da nessuna parte.

Sospirai e mi sedetti sull'erba, sotto un albero di mele già da tempo diventato selvatico e poco fecondo. Mi mangiai un panino gigantesco e bevvi il kvas. Poi, per finire in bellezza, tirai

1 Kvas: bevanda fermentata analcolica. (N.d.T.)

fuori il *Fuaran: verità o finzione?* attraverso la finestra della camera. Sperai che mia suocera stesse dormendo, e non si accorgesse di quell'oggetto levitante...

Dopo il secondo panino mi immersi nella lettura. E, lo devo ammettere, era davvero interessantissima.

All'epoca della stesura del libro ancora non esistevano termini specifici come "geni", "mutazioni" e altre nozioni di biologia con le quali oggi si tenta di dare una spiegazione alla natura degli Altri. L'équipe di streghe che aveva lavorato al libro – le autrici erano cinque, citate solo per nome – utilizzavano espressioni come "affinità con la magia", "variazione della natura" e simili. Tra loro figurava anche Arina, cosa che la strega, assai modestamente, aveva taciuto.

In primo luogo le streghe-studiose avevano affrontato un lungo ragionamento sulla natura stessa degli Altri. E la loro conclusione era questa: ogni uomo possiede una certa affinità con la magia. E il grado di questa affinità è per ognuno diverso. Prendiamo come punto di riferimento il livello naturale di magia distribuito in tutto il pianeta. Se l'affinità di un uomo risulta *più forte* del livello di magia globale, allora questi sarà il più comune degli umani. Non sarà in grado di entrare nel Crepuscolo, e solo di rado, in virtù di qualche variazione del livello naturale di magia, avvertirà qualcosa di strano. Se invece l'affinità di un uomo risulta *più debole* di quella del mondo circostante, allora questi sarà in grado di servirsi del Crepuscolo.

Il tutto suonava alquanto strano. Per quanto mi riguarda, avevo sempre creduto che gli Altri fossero esseri dotati di capacità magiche fortemente sviluppate. Qui invece si sosteneva la tesi esattamente opposta.

A mo' di esempio veniva citata questa curiosa analogia: supponiamo che la temperatura in tutto il pianeta sia di trentasei gradi e mezzo. A questo punto la maggior parte degli uomini, avendo una temperatura del corpo superiore, inizierà a trasmettere calore verso l'esterno, a riscaldare la natura. Quei pochi che invece sono dotati di una temperatura del corpo stranamente inferiore ai trentasei gradi e mezzo, inizieranno a *ricevere* calore. E una volta che il flusso diventerà costante, saranno in grado di utilizzare questa energia, mentre gli altri, benché dotati di molto più calore, continueranno a riscaldare la natura senza alcuno scopo.

Tesi interessante. Avevo letto anche altre teorie sulla nostra origine e sulle differenze tra noi e gli umani. Ma questa mai. In questa c'era qualcosa di offensivo.

"Ma qual è la differenza? Il risultato è sempre lo stesso! Esistono gli umani, esistono gli Altri..."

Continuai a leggere.

Il secondo capitolo era dedicato alle differenze esistenti tra "maghi e maghe" da una parte e "streghe e stregoni" dall'altra. Pare che all'epoca la parola stregone non indicasse i maghi delle Tenebre, ma solo le "streghe di sesso maschile", Altri inclini all'uso di artefatti. Era interessante, ed ebbi la sensazione che a scriverlo fosse stata la stessa Arina. In sostanza diceva che, in realtà, non esistevano differenze. Una maga sfrutta direttamente il Crepuscolo, attingendo da esso la forza e compiendo azioni magiche di varia natura. Una strega, invece, crea prima determinati "oggetti rari" in grado di attingere la forza dal Crepuscolo e di funzionare autonomamente per un lungo periodo di tempo. Vantaggio dei maghi e delle maghe: non hanno bisogno di nessun dispositivo, come bastoni, anelli, libri e amuleti. Vantaggio degli stregoni e delle streghe: dopo aver creato un buon artefatto, sono in grado di dotarlo di un'enorme riserva di energia, estremamente difficile da attingere dal Crepuscolo in una sola volta. La conclusione veniva da sé, e Arina si limitò a darle voce: un mago giudizioso non avrebbe trascurato l'uso degli artefatti, e uno stregone saggio avrebbe fatto di tutto per imparare a sfruttare direttamente il Crepuscolo. Secondo l'autore "tra circa cento anni anche i maghi più grandi e arroganti non disdegneranno l'uso degli amuleti, così come le streghe più ortodosse non riterranno cosa tanto grave entrare nel Crepuscolo."

Be', la previsione in questi cento anni si era avverata. La maggior parte dei collaboratori della Guardia della Notte erano maghi. Ma gli artefatti li utilizzavano regolarmente...

Andai in cucina, mi feci un altro paio di panini e bevvi ancora kvas. Guardai l'ora: le sei. Da qualche parte si sentivano i primi latrati dei cani, ma il villaggio ancora non si era svegliato.

Il terzo capitolo parlava degli innumerevoli tentativi da parte degli Altri di trasformare un umano in un Altro – di regola il fattore stimolante era l'amore o l'avidità – e anche dei tentativi, da parte di quegli umani che in un modo o nell'altro erano venuti a conoscenza della verità, di diventare Altri.

Veniva esaminata nei dettagli la storia di Gilles de Rais, il compagno prediletto di Giovanna d'Arco. Giovanna era un'Altra delle Tenebre molto debole, una "strega di settimo rango", il che non le impediva comunque di compiere gesta nobili. Della morte di Giovanna si parlava solo velatamente, si alludeva persino al fatto che fosse riuscita a sviare l'attenzione degli inquisitori e a salvarsi dal rogo. Decisi che la cosa fosse alquanto improbabile: Giovanna aveva violato il Patto, interferendo con la propria magia nei rapporti tra gli umani, quindi la sua esecuzione era stata sorvegliata anche dalla nostra Inquisizione. Invece la storia del povero disgraziato de Rais veniva raccontata in maniera molto più dettagliata. Non so se per amore o per una certa stravaganza e imprudenza, Giovanna aveva finito per raccontargli tutto circa la natura degli Altri. E il giovane cavaliere, noto per il suo coraggio e per la sua nobiltà d'animo, perse completamente la ragione. Credeva di poter sottrarre forza magica ai normali esseri umani, in particolare a quelli giovani e sani. Bastava torturarli a morte, praticare atti di cannibalismo e chiamare in aiuto le forze oscure... In pratica aveva deciso di diventare un Altro delle Tenebre. Per questo seviziò un centinaio di donne e bambini, e proprio per questo (oltre che per non aver pagato i tributi) alla fine venne spedito sul rogo.

Dal testo si capiva che neanche le streghe approvavano questo tipo di condotta. L'indiscreta Giovanna veniva attaccata con commenti caustici, mentre al suo folle compagno erano riservati epiteti non troppo riguardosi. Ma la conclusione suonava laconica e accademica: in nessun modo è possibile utilizzare l'affinità con la magia dei normali esseri umani per diventare un Altro. Perché gli Altri si differenziano non per un grado superiore di affinità – quello che l'ottuso e sanguinario de Rais cercava di aumentare – ma per un grado inferiore! Dunque, con i suoi scellerati esperimenti, egli non faceva altro che diventare sempre più umano...

Suonava convincente. Mi grattai la nuca. Allora... io avrei avuto molto meno attitudine alla magia di Kolja? Solo per questo ero in grado di sfruttare il Crepuscolo? Bella roba!

Quindi Svetlana avrebbe avuto un grado di affinità ancora più basso?

E in teoria Nadjuska non sarebbe stata dotata di capacità magica? La forza sarebbe fluita in lei senza uno scopo preciso?

Il capitolo seguente analizzava se fosse possibile o meno aumentare il livello di forza nella natura per far sì che un maggior numero di umani diventassero Altri. La conclusione era scoraggiante: non era possibile. Dopotutto gli Altri, che in linea di principio potrebbero anche fare a meno della magia, non sono gli unici che utilizzano la forza. Di questa si ciba volentieri anche il muschio blu, l'unica pianta, per quanto se ne sa, in grado di sopravvivere nel primo strato del Crepuscolo. E più aumenta la forza, più cresce il muschio crepuscolare... E negli strati più profondi non è escluso che ci siano altre entità in grado di fare lo stesso... Dunque il livello di forza è una costante. Mi misi a ridere quando incontrai una parola come questa in un libro così arcaico.

Poi si passava più propriamente a narrare la storia del *Fuaran*. Il nome risaliva a una vecchia strega dell'Est che desiderava ardentemente che sua figlia diventasse un'Altra. Questa strega passò lungo tempo a fare esperimenti: dapprima ricalcò le orme di de Rais, poi, resasi conto dell'errore, provò ad aumentare il livello di forza nella natura. Dopo aver percorso le strade più ingannevoli, alla fine capì che la cosa da fare era "diminuire l'affinità magica della figlia". Si diceva che questi suoi tentativi fossero descritti anche nel *Fuaran*. La situazione era solo resa più complicata dal fatto che all'epoca non si conosceva la natura di questa affinità, e lo stesso valeva nell'anno in cui era uscito il libro. Ma a furia di provare e riprovare, la strega riuscì nell'intento e trasformò sua figlia in un'Altra.

Per sua disgrazia, quella scoperta di così vasta portata suscitò l'interesse di tutti gli Altri, senza eccezioni. All'epoca ancora non c'erano il Patto, le Guardie, l'Inquisizione... E tutti coloro che avevano fiutato il prodigio andarono a caccia della ricetta. Per un po' di tempo Fuaran e sua figlia riuscirono a respingere gli assalti; evidentemente la strega non solo aveva fatto diventare sua figlia una potente Altra, ma aveva anche aumentato la propria forza. Gli Altri, amareggiati, unirono le loro forze, formando un vero e proprio esercito di maghi, senza distinzione tra Luce e Tenebre. Sferrarono un attacco simultaneo, e in uno spaventoso combattimento annientarono le due streghe. Fuaran lottò per la vita fino all'ultimo: trasformò in Altri addirittura i suoi servi umani... che però, pur acquistando forza, si rivelarono troppo impauriti e inesperti. Solo uno fu più sveglio degli altri: senza pensarci su due volte afferrò il libro e si dileguò. Quando i maghi vincitori si accorsero che il "quaderno degli esperimenti" della strega (in realtà il *Fuaran* non era altro che questo) era sparito, il fuggiasco aveva già fatto perdere le proprie tracce. Le ricerche del libro si protrassero a lungo, ma furono inutili. Ogni tanto qualcuno era pronto a giurare di essersi imbattuto nel servo in fuga ormai diventato un Altro di grande potenza e di aver visto e sfogliato il libro. Iniziarono a circolare anche dei falsi: in parte frutto della follia dei seguaci della strega, in parte opera di Altri avventurieri. Tutti questi casi vennero comunque sottoposti a verifiche scrupolose.

L'ultimo capitolo era riservato alle discussioni sul tema: "Qual è la scoperta di Fuaran?" Le autrici, pur non mettendo in dubbio il successo della strega, ritenevano tuttavia che il libro fosse andato irrimediabilmente perduto. La conclusione era amara: questa scoperta era stata talmente accidentale e misteriosa che intuirne l'essenza risultava impossibile.

Ma la cosa che più mi colpì fu il paragrafo finale: se il *Fuaran* dovesse essere sopravvissuto, ciascun Altro aveva l'obbligo di distruggerlo immediatamente "per ovvi motivi, malgrado le forti tentazioni e gli interessi personali..."

Chiusi il libro e attraversai il cortile. Feci di nuovo una capatina nella baracca, e di nuovo non me la sentii di avviare il motore della macchina.

Fuaran e il suo libro erano esistiti, le streghe ne erano convinte. Ammettevo la possibilità di una mistificazione, ma nel profondo del mio cuore non ci credevo.

Quindi, teoricamente, la possibilità di trasformare un umano in un Altro esisteva!

Ecco che allora gli avvenimenti dell'Assol assumevano contorni più chiari. Il figlio di Olga e Geser era un essere umano. Per questo i due Grandi non erano riusciti a trovarlo. Poi, una volta rintracciato, lo avevano fatto diventare un Altro e avevano montato tutta quella commedia. Non si erano fatti scrupoli nemmeno a ingannare l'Inquisizione.

Mi stesi sull'amaca e presi l'iPod. Impostai la selezione casuale dei brani e chiusi gli occhi. Avevo voglia di scollegarmi dal mondo, di tapparmi le orecchie con qualcosa di sconclusionato.

Ma non ebbi fortuna. Si fermò sui Piknik.

No, no, per me non è il momento di ridere,
non ci sono finestre, e la porta è un profilo sfumato;
eppure è venuto a torturarmi
il Grande Inquisitore in persona.
L'Inquisitore incalza,
sceglie lo strumento:
"Dimmi tutto quello che sai,
sarà meglio per te."
Forse ha intenzione di aprirmi
come una semplice valigia, sa solo una cosa:
che anche quella più vuota
nasconde un doppio fondo, nasconde un doppio fondo.

Non mi piacciono queste coincidenze! Anche i più normali esseri umani sono in grado di esercitare un'influenza sulla realtà, solo che non riescono a controllare la propria forza. Lo sanno tutti: autobus che spuntano all'improvviso o che non arrivano mai; canzoni trasmesse per radio in perfetta sintonia con i nostri pensieri; telefonate di persone alle quali stiamo pensando. Esiste un metodo molto semplice per capire se stai sviluppando le potenzialità di Altro. Se per alcuni giorni di seguito, guardando casualmente un orologio elettronico, leggi le cifre 11.11, 22.22 o 00.00, questo è il segno che il tuo legame con il Crepuscolo si è affinato. In quei giorni non ti conviene trascurare presentimenti e intuizioni.

Ma queste non sono altro che sciocchezze degne degli uomini. In noi Altri questo legame – altrettanto inconscio che negli umani – si esprime con forza di gran lunga superiore. E non mi andava per niente a genio il fatto che la canzoncina sul Grande Inquisitore fosse capitata proprio in quel momento.

Se avessi ancora forze,
gli direi: "Mio caro,
io non so chi sono, né dove sono,
quali forze governano il mondo;
sono rimasti intrappolati i piedi miei
in un labirinto di lunghe strade…"
Forse ha intenzione di aprirmi
come una semplice valigia, sa solo una cosa:
che anche quella più vuota
nasconde un doppio fondo, nasconde un doppio fondo.

Sì, certo. Piacerebbe anche a me sapere quali forze governano il mondo.

Qualcuno mi diede una leggera manata sulla spalla.

— Non sto dormendo, Sveta… — dissi. E aprii gli occhi.

L'Inquisitore Edgar scosse la testa e accennò un sorriso. Interpretai il movimento delle sue labbra: "Anton, non sono Sveta." Nonostante il caldo indossava un completo con tanto di cravatta, e scarpe nere senza la minima traccia di polvere. Non aveva un'aria impacciata neanche con quel vestito da cittadino modello.

— Ma che…? — ruggii, rovesciandomi dall'amaca. — Edgar!

Lui rimase pazientemente in attesa. Mi tolsi le cuffie dalle orecchie, ripresi fiato e dissi: — Sono qui in vacanza. Secondo le regole, per disturbare un membro della Guardia della Notte durante il periodo di riposo…

— Anton, sono solo passato a trovarla. Qualcosa in contrario?

Non provavo antipatia per Edgar. Non sarebbe mai diventato uno della Luce, ma il suo passaggio all'Inquisizione lo rendeva ai miei occhi degno di rispetto. Se avesse espresso il desiderio di parlare con me, sarei stato pronto a incontrarlo in qualunque momento.

Ma non nella dacia dove erano in vacanza anche Sveta e Nadjuska!

— Sì — replicai duramente. — Se non ha con sé un'ordinanza, è pregato di lasciare il mio territorio. — E, con gesto estremamente goffo, indicai la palizzata di legno inclinata. Territorio... Be', mi era scappato.

Edgar sospirò. E lentamente cacciò la mano nella tasca della giacca.

Sapevo cosa avrebbe tirato fuori. Ma era tardi ormai per fare marcia indietro.

L'ordinanza dell'Ufficio Moscovita dell'Inquisizione recitava: "Nell'ambito di questa indagine disponiamo che il membro della Guardia della Notte di Mosca Anton Gorodeckij, mago della Luce di secondo rango, fornisca ogni tipo di assistenza all'Inquisitore di terzo rango Edgar." Non mi era mai capitato di vedere un'ordinanza autentica dell'Inquisizione, e chissà perché stavolta la mia attenzione indugiò su alcuni piccoli dettagli: gli Inquisitori continuavano a misurare il livello di forza secondo l'antiquata divisione in ranghi, non si vergognavano a utilizzare parole come "disponiamo", e anche nei documenti ufficiali tra loro si chiamavano soltanto per nome.

Poi mi accorsi della cosa più importante: in basso c'era il timbro della Guardia della Notte. E a penna, con la calligrafia di Geser, la scritta: "Visionato, approvato."

Questa poi!

— E se rifiuto? — chiesi. — Sa, non mi piacciono quelli che "dispongono" di me.

Edgar fece una smorfia. — La nostra segretaria ha compiuto trecento anni. Non se la prenda, Anton. Si tratta solo di terminologia arcaica. Come "rango".

— E non vi chiamate per cognome sempre in virtù della vecchia tradizione? Davvero curioso.

Edgar guardò il modulo con aria perplessa. Fece un'altra smorfia. Poi disse stizzito, iniziando ad allungare le vocali: — Queella vecchia aarpia... Non si ricordava il mio cognome, ed è troppo orgogliosa per chiedermelo.

— Allora potrei anche gettare questa ordinanza nel cesso. Qui il suo cognome non c'è, quindi l'ordinanza non è valida. Giusto?

Edgar taceva.

— Cosa mi succede se rifiuto di collaborare?

— Niente di grave. Anche se le porto una nuova ordinanza. Verrà esposto un reclamo ai suoi diretti superiori: la punizione è a loro discrezione...

— Quindi il senso di questo rigoroso pezzetto di carta si riduce a una richiesta di aiuto?

— Sì — confermò Edgar.

Questa situazione mi provocava un certo godimento. La temibile Inquisizione, quella che i novellini nominavano per mettersi paura a vicenda, si era rivelata lei stessa una vecchia arpia sdentata!

— Cos'è successo? — gli domandai. — Sono in vacanza, lo capisce? Con mia moglie e mia figlia. E anche mia suocera. Non sono in servizio.

— Eppure questo non le ha impedito di andare da Arina.

— Tutto questo rientra nelle mie mansioni specifiche — ribattei. — Difendere gli uomini, tenere sotto controllo le Tenebre. Sempre e comunque. A proposito, come fa a sapere di Arina?

— Mi ha informato Geser. Ieri gli ha telefonato facendo rapporto, non è così? Benché non ci si trovi di fronte a una situazione fuori della norma, Geser ha ritenuto suo dovere avvertire di questo l'Inquisizione. In nome dei nostri immutati rapporti di amicizia.

Non mi ci raccapezzavo proprio!

Se la strega era in qualche modo implicata nella storia del figlio di Geser... O non era implicata?

— Lo devo chiamare — dissi, e mi avviai verso la casa. Edgar restò impalato accanto all'amaca. Lanciò anche un'occhiata a una sedia di plastica, ma forse non la considerò abbastanza pulita.

Ero in attesa con il telefonino accostato all'orecchio.

— Dimmi, Anton.

— Edgar è venuto da me…

— Sì, sì, sì — disse Geser distrattamente. — Ieri, dopo aver ascoltato il tuo rapporto, ho ritenuto necessario informare l'Inquisizione a proposito della strega. Se hai voglia, puoi aiutarlo. Se no mandalo a quel paese. La sua ordinanza è stata compilata male, te ne sei accorto?

— Me ne sono accorto — risposi, lanciando un'occhiata a Edgar. — Capo, cosa mi dice di quei licantropi?

— Stiamo controllando — rispose Geser con una leggera incertezza. — Per ora buio completo.

— Un'altra cosa su quella strega… A casa sua ho requisito un libro piuttosto interessante… *Fuaran: verità o finzione?*

— L'ho letto, l'ho letto — disse Geser. — Se avessi trovato il vero *Fuaran*, avresti compiuto un'azione di valore inestimabile. È tutto, Anton?

— Sì. — E Geser interruppe la comunicazione.

Edgar aspettava.

Mi avvicinai, rimasi fermo in posa teatrale e chiesi: — Qual è l'obiettivo della sua indagine? E io a cosa le servo?

— Allora collaborerà, Anton? — Edgar parve sinceramente compiaciuto. — La mia indagine riguarda la strega Arina, quella che lei ha scoperto. Ho bisogno che mi mostri la strada per arrivare fino a casa sua.

— E cosa vuole l'Inquisizione da quella vecchietta? — chiesi con interesse. — Io non ho rilevato traccia di reato. Nemmeno dal punto di vista della Guardia della Notte.

Edgar esitò. Desiderava mentire, ma al tempo stesso sapeva che avrei percepito la sua menzogna. Avevamo grosso modo lo stesso livello di forza, e non era detto che con i suoi scherzetti da Inquisitore se la sarebbe cavata.

— Su di lei pendono vecchie accuse — disse il mago delle Tenebre. — Risalgono agli anni Trenta. L'Inquisizione ha una serie di domande da rivolgere a questa strega…

Annuii. Fin dal primo momento ero rimasto turbato dal racconto delle persecuzioni di cui si era reso protagonista il feroce Commissariato del Popolo per gli Affari Interni. Se ne erano viste di tutti i colori: i contadini avevano anche avuto la possibilità di tentare di eliminarla. Ma solo di tentare. Contro un Altro di basso livello un trucchetto poteva essere sufficiente. Ma non contro una strega di quella forza…

— Va bene, andiamo — accettai. — Vuole fare colazione, Edgar?

— Non mi oppongo — disse il mago. — Ma… sua moglie sarà d'accordo?

— Ora glielo chiediamo.

Fu una strana colazione. L'Inquisitore si sentiva come un pesce fuor d'acqua, cercava in maniera piuttosto goffa di fare lo spiritoso, faceva complimenti a Svetlana e a Ljudmila Ivanovna, imitava la voce infantile quando si rivolgeva a Nadjuska, non risparmiava elogi a una frittata senza pretese.

Nadjuska, dopo aver osservato attentamente lo "zio Edgar", scosse il capo e dichiarò: — Tu sei diverso. — E non si staccò più dalla madre.

Svetlana era divertita. Rivolgeva a Edgar qualche domanda innocente, rievocava la storia con lo Specchio, si comportò insomma come se avesse ricevuto la visita di un collega di lavoro e buon amico.

Ma Ljudmila Ivanovna era completamente in estasi. La affascinava il modo di vestire e di parlare di Edgar: persino il semplice fatto che tenesse la forchetta con la mano sinistra e il coltello con la destra era per mia suocera motivo di ammirazione. Come se gli altri avessero mangiato con le mani… E quando Edgar declinò l'offerta di un aperitivo, mi sentii addosso uno sguardo eloquente, come se io invece avessi avuto l'abitudine di scolarmi tutte le mattine uno o due bicchierini di vodka.

Alla fine io ed Edgar ci mettemmo in cammino con la pancia piena, ma un po' di malumore. Io per gli entusiasmi di mia suocera; lui, al contrario, per le sue attenzioni.

— Mi può dire di cosa è accusata la strega? — chiesi nel momento in cui ci stavamo avvicinando ai margini del bosco.

— Abbiamo anche bevuto insieme — disse Edgar. — Ci possiamo dare di nuovo del tu? Oppure il mio nuovo lavoro…

— Non c'è niente di peggio che lavorare nella Guardia del Giorno — mugugnai. — Diamoci del tu.

Soddisfatto, Edgar cominciò: — Arina è una strega forte e degna di rispetto... nella sua cerchia ristretta. Tu lo sai bene, Anton, ogni gruppo ha la sua gerarchia. Geser può farsi beffe di Vitezslav finché vuole, ma tra i vampiri è lui il più forte. E tra le streghe Arina occupa grosso modo la stessa posizione. La più alta.

La mia nuova amica era importante.

— La Guardia del Giorno ha cercato più di una volta di richiamarla in attività — continuò Edgar — con la stessa insistenza con la quale voi avete lottato per trattenere Svetlana... Non te la prendere, Anton!

No che non me la prendevo...

— Ma la strega ha opposto sempre un netto rifiuto. Del resto era nel suo pieno diritto. Tanto più che in alcune situazioni offriva già la propria collaborazione, seppure in forma provvisoria. Ma all'inizio del secolo scorso, subito dopo la rivoluzione socialista, accadde un fatto spiacevole.

Tacque, esitante.

Ci inoltrammo nel bosco e io, con calcolata sicurezza, gli feci strada. Il mago delle Tenebre, in quel suo goffo completino da cittadino modello, avanzava coraggiosamente tra cespugli e buche.

Non si era nemmeno allentato il nodo della cravatta.

— Allora le Guardie della Notte e del Giorno si battevano per avere il diritto a un esperimento sociale — riprese. — Il comunismo, com'è noto, è stata un'invenzione della Luce...

— Corrotta dalle Tenebre — non mi trattenni dal dire.

— Piantala, Anton — esclamò Edgar con aria offesa. — Noi non abbiamo corrotto proprio niente. Sono stati gli uomini a scegliere il tipo di società da realizzare! Ad ogni modo, ad Arina fu chiesto di collaborare. E lei accettò di portare a termine... una certa missione. Un vantaggio, da tutto questo, lo avrebbero tratto sia le Tenebre sia la Luce, e persino la stessa strega. Ciascuna delle parti in causa aveva dato il proprio consenso a... alla missione. E ciascuna sperava alla fine di prevalere sulle altre. L'Inquisizione teneva d'occhio la situazione, ma non c'erano reali motivi per intervenire. Bene o male, il tutto avveniva con il consenso di entrambe le Guardie.

Una novità interessante! Di che razza di missione si trattava, per ottenere indistintamente l'approvazione sia delle Tenebre sia della Luce?

— Quella missione Arina l'ha portata a termine brillantemente — continuò Edgar. — Le Guardie l'hanno addirittura premiata. Le Forze della Luce, se non sbaglio, le concessero il diritto a una magia nera di primo grado.

Roba seria. Annuii, prendendo atto di quell'informazione.

— Ma dopo qualche tempo l'Inquisizione cominciò a nutrire dei dubbi sulla legittimità delle azioni di Arina. Sorse il sospetto che durante la missione si fosse ritrovata a subire l'influenza di una delle due parti, e a favorirne gli interessi.

— Quale delle due?

— La Luce — rispose. — Una strega che aiuta la Luce: incredibile, vero? È proprio per questo che per lungo tempo non si è riusciti a dimostrare la sua colpevolezza. Ma gli indizi che lasciavano supporre un tradimento erano davvero troppi... L'Inquisizione convocò Arina... per un colloquio. E a quel punto lei fece perdere le proprie tracce. Per un po' vennero condotte delle ricerche, ma a quei tempi, capisci anche tu...

— Cos'aveva combinato? — chiesi, senza sperare troppo in una risposta.

Ma Edgar sospirò. — Aveva interferito nella coscienza degli uomini... con una rimoralizzazione globale.

Mugugnai. Quale vantaggio potevano mai trarne le Tenebre?

— Ti stupisce? — borbottò. — Tu lo sai cos'è una rimoralizzazione?

— L'ho anche effettuata. Personalmente.

Edgar mi fissò per qualche secondo con aria stupita. — Ah... sì, certo. Allora non ti sarà difficile capire. La rimoralizzazione non è un processo assoluto, ma relativo. Checché se ne dica, al mondo non esiste un modello di morale. Per cui la rimoralizzazione spinge l'uomo ad assumere una condotta etica in senso assoluto, ma non gli consente di varcare i limiti della propria morale di base. Grosso modo funziona così: se un cannibale papuano non ritiene che cibarsi dei suoi nemici sia un delitto, continuerà a farsi i suoi spuntini senza alcun problema. Se invece è la sua morale a impedirgli di fare qualcosa, allora puoi star certo che quella cosa smetterà di farla sul serio.

— Questo lo so.

— Be', ecco, quella non è stata affatto una rimoralizzazione relativa. Nella coscienza degli uomini – di molti di loro avrai certamente sentito parlare, ma i nomi ora non hanno importanza – venne inculcata l'ideologia comunista.

— Il codice morale del costruttore del comunismo — mugugnai.

— All'epoca non era ancora stato inventato — rispose Edgar con la massima serietà. — Be', supponiamo qualcosa di simile. Quelle persone cominciarono ad agire conformandosi totalmente a un modello: l'etica comunista.

— Capisco gli interessi che in tutto questo poteva avere la Guardia della Notte — osservai. — I principi teorici del comunismo sono assolutamente positivi. Ma quelli delle Tenebre?

— Le Tenebre volevano essere sicure che l'imposizione di quella morale non avesse un buon esito. Che le vittime di quell'esperimento perdessero la ragione, morissero, oppure contrastassero la rimoralizzazione con il loro comportamento.

Ma che bell'esperimento! Altro che i nazisti con i loro medici seviziatori! Qui si trattava di un'operazione chirurgica ai danni dell'animo umano!

— La condotta delle Forze della Luce ti indigna? — chiese Edgar.

— No. Sono convinto che non desiderassero il male di quelle persone. E si auguravano sinceramente che un tale esperimento potesse davvero favorire la costruzione di una società nuova e più giusta.

— Sei stato membro del Partito?

— Solo dei pionieri. D'accordo, il succo dell'esperimento l'ho afferrato. Ma era proprio indispensabile scegliere una strega per realizzarlo?

— In questo caso era molto più conveniente usare la stregoneria che la magia — spiegò Edgar. — L'oggetto dell'esperimento erano migliaia e migliaia di uomini di tutte le età e di tutte le condizioni sociali. Riesci a immaginarti la quantità di forza che i maghi sarebbero stati costretti ad accumulare? Una strega poteva fare tutto usando una semplice pozione...

— L'ha messa nelle tubature dell'acqua?

— Nel pane. Le avevano trovato un posto in un panificio. — Edgar ghignò. — Si era anche inventata una tecnica di cottura nuova e più conveniente: prevedeva l'aggiunta di diverse erbette. Ha ricevuto persino un premio.

— Ho capito. E che interesse aveva Arina?

Edgar trattenne una risatina. Con un abile salto superò un albero abbattuto, poi mi guardò negli occhi: — Ma dai, Anton! A chi non verrebbe voglia di usare una magia di quel livello di forza per spassarsela un po', e in più con il beneplacito delle Guardie e dell'Inquisizione?

— Ammettiamo pure... — borbottai. — Allora l'esperimento... com'è finito?

— Come era lecito aspettarsi — disse Edgar, e i suoi occhi tradirono un'espressione ironica. — Alcuni hanno perso la ragione, sono diventati alcolizzati o si sono suicidati. Altri sono caduti in depressione per eccessivo idealismo. Altri ancora hanno trovato il modo di sottrarsi alla rimoralizzazione.

— Hanno prevalso le Tenebre? — Mi fermai, stupito. — E per l'Inquisizione la strega avrebbe alterato il sortilegio, agendo secondo le disposizioni delle Forze della Luce?

Edgar annuì.

— È un'assurdità — dissi, rimettendomi in marcia. — Di fatto le Tenebre hanno difeso la propria posizione. E voi accusate le Forze della Luce?

— Non nella loro totalità — ribatté Edgar. — Qualche singolo... forse un piccolo gruppo. Il motivo non lo conosco. Ma l'Inquisizione non è soddisfatta. La limpidezza dell'esperimento è stata inquinata, l'equilibrio delle Forze messo a repentaglio, dando inizio a un intrigo infinito e misterioso...

— Sì, certo. Si scopre un intrigo e tutti scaricano la colpa addosso a Geser.

— Io non ho fatto nomi — si affrettò a dire Edgar. — Non li conosco! E poi, per quanto ne so, lo stimatissimo Geser a quei tempi prestava servizio in Asia centrale, quindi presentare un reclamo contro di lui sarebbe ridicolo.

Sospirò: forse gli erano ritornati in mente i recenti avvenimenti dell'Assol.

— Ma voi volete scoprire la verità? — chiesi.

— Assolutamente sì! Migliaia di uomini sono stati rivolti con la forza verso la Luce: e questo è un reato che va contro la Guardia del Giorno. Tutti questi uomini sono rimasti vittime di danni e sofferenze: e questo è un reato che va contro la Guardia della Notte. L'esperimento sociale approvato dall'Inquisizione non è stato rispettato: e questo è un reato…

— Ho capito — lo interruppi. — D'accordo, questa storia non piace per niente neanche a me.

— Mi aiuterai a scoprire la verità? — chiese Edgar. E sorrise.

— Sì — risposi senza indugio. — Si tratta di un reato.

Ci scambiammo una stretta di mano.

— C'è ancora molta strada? — domandò l'Inquisitore.

Mi guardai intorno e riconobbi i contorni familiari della piccola radura dove il giorno prima c'erano tutti quei funghi. Ora non ce n'era nemmeno uno.

— Siamo quasi arrivati — dissi per rincuorare il mago delle Tenebre. — Speriamo che la padrona sia in casa.

Capitolo 5

La strega Arina stava preparando una pozione: proprio quello che ci si poteva aspettare da una strega laboriosa in una casetta in mezzo al bosco. Era in piedi vicino alla stufa con il forcone tra le mani. Da una pentola di ghisa fuoriuscivano nubi di vapore verdastro. Arina borbottava:

Ginestra bianca e fusaggine,
un pugno di sabbia dal dirupo,
fusaggine, scheletro di fringuello,
purulenza di ascesso…

Edgar e io rimanemmo sulla porta; la strega, che sembrava non essersi accorta di noi, ci voltava le spalle, agitava la pentola e recitava:

Ancora ginestra e fusaggine,
tre penne d'aquila…

Edgar fece un colpo di tosse e continuò:

Acetone, kefir, parquet,
due piccole verghette?

Arina sobbalzò e cacciò un urlo: — Oh, mamma mia!

Pronunciò queste parole con spontaneità… eppure, chissà perché, ebbi la certezza che ci stesse aspettando.

— Buongiorno, Arina — la salutò Edgar con una certa freddezza. — Inquisizione. Le ordino di sospendere l'incantesimo.

Arina introdusse con abilità la pentola nella stufa, e solo allora si voltò. Ora aveva l'aspetto di una donna, una bella e corpulenta campagnola sulla quarantina. E anche piuttosto indispettita. Si puntò le mani sui fianchi e in tono polemico esclamò:

— Buongiorno a lei, signor Inquisitore! Per quale motivo si intromette nel mio incantesimo? Non vorrà costringermi a riacchiappare fringuelli e a ristrappare penne alle aquile?

— I suoi versacci non sono altro che un modo per tenere a mente la quantità degli ingredienti e la sequenza delle azioni — ribatté imperturbabile Edgar. — Lei di nascosto la sua pozione l'ha già preparata, le mie parole non si sono intromesse in un bel nulla. Si sieda, Arina. La verità non si trova stando in piedi, giusto?

— Non la si trova in nessun caso — ribatté lei, muovendosi verso il tavolo. Si sedette e si asciugò le mani con un vivace grembiulino decorato con margherite e fiordalisi. Lanciò un'occhiataccia verso di me.

— Buongiorno, Arina — dissi. — Il signor Edgar mi ha chiesto di fargli da accompagnatore. Niente in contrario?

— Se fossi stata contraria, sareste finiti in una palude! — rispose. — Agli ordini, signor Inquisitore Edgar. A cosa devo l'onore?

Edgar si sedette di fronte alla strega. Infilò una mano nella falda della giacca ed estrasse una piccola cartella di pelle.

— Le è stato spedito un mandato di comparizione — disse. — L'ha ricevuto?

Arina si fece pensierosa. Edgar aprì la cartellina e le mostrò una striscetta di carta gialla.

— Del '31! — esclamò la strega. — Un po' vecchiotto. No, non l'ho ricevuto. L'ho già spiegato al signore della Guardia della Notte: sono andata in letargo. La Ceka mi voleva incastrare…

— La Ceka non è la cosa peggiore che può capitare nella vita di un Altro — osservò Edgar. — Non è affatto la peggiore… Dunque il mandato l'ha ricevuto…

— Non l'ho ricevuto — ripeté Arina.

— Non l'ha ricevuto — si corresse Edgar. — E va bene, ammettiamolo pure. Ma il corriere non è tornato indietro… E va bene, in boschi ostili come questo a un semplice impiegato può essere capitato di tutto.

Arina taceva.

Io ero rimasto sulla porta a seguire la scena. Mi incuriosiva. Il compito di un Inquisitore non è poi tanto dissimile da quello di un qualsiasi altro Guardiano, eppure quella situazione non era priva di una certa singolarità. Un mago delle Tenebre che interrogava una strega delle Tenebre. Per giunta molto più forte, cosa che Edgar non poteva non sapere.

Ma dietro di lui era schierata l'Inquisizione. In casi di questo genere non è più possibile sperare nell'aiuto della propria Guardia.

— Facciamo conto che lei ora abbia ricevuto il mandato — continuò Edgar. — Io sono stato incaricato di parlare con lei in forma preliminare, prima che venga presa una decisione definitiva. Dunque…

Prese un altro foglio. — Nel marzo del 1931 lei ha lavorato nella fabbrica del pane numero uno di Mosca?

— Sì — confermò Arina.

— Con quale scopo?

Arina guardò me.

— Lui sa tutto — disse Edgar. — Risponda pure.

— Le direzioni generali delle Guardie della Notte e del Giorno si erano rivolte a me — raccontò. — Gli Altri volevano capire in che modo gli umani si sarebbero comportati se si fossero conformati rigorosamente agli ideali comunisti. Visto che le due Guardie volevano la stessa cosa, e l'Inquisizione li appoggiava, io ho accettato. A me le città non sono mai piaciute, c'è sempre…

— Non divaghi — la richiamò Edgar.

— Ho portato a termine il mio incarico — riprese Arina. — Ho preparato una pozione che è stata aggiunta per due settimane al pane. Tutto qui! Le Guardie mi hanno ringraziato, io mi sono licenziata dal panificio e me ne sono tornata a casa. Ma a quel punto i servizi segreti…

— I rapporti conflittuali che ha avuto con gli organi di sicurezza dello stato può raccontarli nelle sue memorie! — gridò

Edgar. — Quello che voglio sapere è per quale motivo non ha rispettato il ricettario!

Arina si alzò lentamente. Nei suoi occhi balenavano lampi d'ira, la sua voce iniziò a rimbombare come se in quella casetta non ci fosse una donna, ma la versione femminile di King Kong: — Se lo ricordi, giovanotto! Arina non ha mai commesso errori nelle sue ricette! Mai!

Edgar non si lasciò per nulla impressionare. — Io infatti non sto dicendo che lei ha commesso errori. Ma che non ha rispettato il ricettario di proposito. In conseguenza di ciò...

— In conseguenza di cosa? — strillò la strega. — La pozione definitiva è anche stata esaminata! Il suo effetto era proprio quello desiderato!

— In conseguenza di ciò, la pozione ha avuto un effetto istantaneo — continuò Edgar. — La Guardia della Notte non è mai stata una congrega di idealisti sprovveduti. Si erano resi conto che tutte le diecimila cavie da esperimento, passate improvvisamente alla morale comunista, sarebbero andate incontro a morte sicura. La pozione doveva agire in maniera graduale, in modo che la rimoralizzazione sprigionasse il massimo del suo potere solo dieci anni dopo, verso la primavera del '41.

— Be', sì — ammise la strega. — È andata proprio così.

— Ma la pozione ha agito praticamente all'istante — disse Edgar. — Noi non siamo riusciti a farci subito un'idea chiara di quanto stesse accadendo, ma già dopo un anno il numero di cavie era dimezzato. Fino al '41 sono sopravvissute meno di cento persone: quelle che erano state in grado di contrastare la rimoralizzazione, dimostrando una certa flessibilità morale.

— Oh, ma che disdetta! — Arina batté le mani. — Poverini... che peccato... — Si sedette. Mi lanciò un'occhiata di sbieco. Chiese: — Dimmi, Luminoso, anche tu credi che abbia servito le Tenebre?

Se aveva mentito, lo aveva fatto in maniera davvero convincente. Mi strinsi nelle spalle.

— Tutto è stato fatto correttamente — ripeté caparbia Arina. — Gli ingredienti principali venivano aggiunti alla farina. Lei ha un'idea di quanto fosse difficile all'epoca compiere atti di sabotaggio? Del comunissimo zucchero fungeva da detonatore... — Di nuovo batté le mani. Fissò Edgar con aria trionfante. — Ecco la spiegazione! Quelli erano anni di magra, e gli operai delle fabbriche facevano man bassa di zucchero. In questo modo l'esperimento ha avuto un effetto quasi immediato.

— Teoria interessante — commentò Edgar, riordinando i fogli.

— Io non c'entro — dichiarò Arina. — Sul piano dell'operazione erano tutti d'accordo. Se quei geni di Guardiani non avevano pensato a una cosa così semplice, di chi è la colpa?

— Andrebbe tutto bene — disse Edgar, sollevando un foglio — se lei non avesse condotto il suo primo esperimento sugli operai delle fabbriche. Ecco il resoconto, lo riconosce? Dopo l'esperimento, non poterono più fare man bassa di zucchero. Quindi resta in piedi una sola ipotesi: lei ha fatto fallire l'operazione intenzionalmente.

— E se ne prendessimo in esame altre? — chiese Arina. — Per esempio...

— Per esempio la denuncia della sua amica Luiza — buttò lì Edgar. — La quale racconta di averla vista per caso, durante i giorni dell'operazione, avvicinare un non meglio identificato mago della Luce nei pressi delle gradinate di un ippodromo. E discutere con lui a lungo, confabulando; in seguito il mago le avrebbe consegnato non so che pacchetto e lei avrebbe annuito, quindi vi sareste scambiati una stretta di mano. Luiza ha addirittura sentito la frase: «Lo farò, non passerà nemmeno un anno...» Da quello che ricordo, le era stato proibito di prendere contatto con gli Altri nel corso dell'esperimento. Non è così?

— Sì — rispose Arina, chinando la testa. — Luiza è viva?

— Purtroppo no — rispose Edgar. — Ma le sue deposizioni sono state messe a verbale.

— Peccato — borbottò la strega. Non precisò cosa volesse dire in realtà con quel "peccato", ma non era difficile intuire che a Luiza sarebbe potuta andare anche molto peggio di così.

— È in grado di chiarire chi fosse quel mago della Luce, cosa lei ha promesso di fare e cosa le è stato consegnato?

Arina alzò la testa e mi rivolse un sorriso amaro. — Che assurdità... Mi capitano sempre le cose più assurde... per delle inezie. Come con il bollitore.

— Arina, sono costretto a prelevarla per un ulteriore interrogatorio — le annunciò Edgar. — In nome dell'Inquisizione...

— Provaci, mago di secondo grado! — disse lei con tono beffardo.

E sparì.

— È entrata nel Crepuscolo! — gridai, staccandomi dalla parete e cercando la mia ombra. Edgar, tuttavia, indugiò un istante: stava controllando che la strega non avesse sviato la nostra attenzione.

Arrivammo quasi nello stesso momento nel primo strato. Sbirciai Edgar con una punta di diffidenza: come l'avrebbe trasformato il mondo crepuscolare?

No, tutto normale. Non era mutato quasi per niente. Solo i capelli si erano appena diradati.

— Più in profondità! — dissi, agitando energicamente la mano. Edgar si accostò un palmo al viso, mosse dolcemente la testa, che sembrò risucchiarselo per intero. Una mossa spettacolare. Scherzetti da Inquisitore.

Nel secondo strato, dove la casetta si trasformava in un'isba di tronchi d'albero, ci fermammo e ci scambiammo un'occhiata. Arina, ovviamente, non c'era.

— È scesa nel terzo strato... — sussurrò Edgar. I suoi capelli erano scomparsi del tutto e il cranio si era allungato come un uovo d'anatra. Ma il viso era rimasto quasi umano.

— Tu ci riesci? — chiesi.

— Ci sono riuscito una sola volta — rispose con sincerità. Il nostro respiro si condensava in vapore. Un'ondata di gelo avanzava lentamente...

— Anch'io una sola volta — ammisi.

Esitavamo, come due bagnanti all'inizio fiduciosi, e poi di colpo consapevoli che l'acqua del fiume di fronte a loro è troppo fredda e impetuosa. E nessuno dei due si decideva a fare il primo passo.

— Anton, mi darai una mano? — chiese finalmente Edgar.

Annuii.

Per quale altro motivo mi sarei precipitato nel Crepuscolo?

— Andiamo — disse l'Inquisitore, guardandosi sotto i piedi con estrema concentrazione.

Qualche istante dopo ci ritrovammo nel terzo strato, dove potevano spingersi solo i maghi di primo livello.

La strega non c'era.

— Ma guarda che... razza di ingegno... — sussurrò Edgar. La casa-capanna faceva in effetti una certa impressione. — Anton, se l'è costruita da sola. È rimasta qui a lungo.

Lentamente – lo spazio circostante impediva i movimenti bruschi – mi avvicinai alla parete.

Scostai i rami e guardai fuori. Quello non assomigliava affatto al mondo degli uomini. Nel cielo veleggiavano nubi scintillanti che sembravano frammenti d'acciaio in sospensione nella glicerina. Al posto del sole si perdeva in lontananza una fiammeggiante nuvola purpurea, l'unica chiazza di colore in quella nebbia grigia. E tutt'intorno, fino all'orizzonte, si stendevano, bassi e curvi, gli alberi con cui la strega aveva costruito la sua casetta.

— Anton, è scesa ancora più in profondità. È fuori categoria — disse Edgar dietro di me. Mi voltai a guardare il mago. Aveva la pelle di un colore grigio scuro, il cranio pelato e oblungo, gli occhi infossati... però sempre umani. — Che aspetto ho? — Digrignò i denti di forma conica, aguzzi come quelli di uno squalo, in una specie di sorriso.

— Così così. Ma forse io non sono poi tanto meglio.

— È solo apparenza — disse distrattamente Edgar. — Riesci a resistere?

Resistevo. La seconda immersione nelle profondità del Crepuscolo mi era costata meno fatica.

— Dobbiamo scendere nel quarto strato! — disse il mio compagno. Nei suoi occhi si leggeva il fuoco del fanatismo.

— Edgar, per me è un problema anche tornare indietro. Tu sei fuori categoria? — gli domandai.

— No, ma possiamo unire le forze, Guardiano.

— Come? — Il cerchio di forza è noto sia alle Tenebre sia alla Luce. Ma si tratta di una pratica pericolosa che necessita di almeno tre o quattro Altri... E poi, come si fa a unire la forza della Luce con quella delle Tenebre?

— È un problema mio. — Edgar prese a scrollare energicamente la testa. — Anton, così riuscirà a fuggire! Fuggirà nel quarto strato! Fidati di me!

— Come agente delle Tenebre?

— Come Inquisitore! — ruggì il mago. — Io sono un Inquisitore, lo capisci? Anton, fidati, ti ord... — Si interruppe e cambiò tono: — Ti prego!

Non saprei dire cosa fu a spingermi. L'eccitazione della caccia? Il desiderio di mettere le mani su quella strega che aveva sterminato migliaia di uomini? La richiesta dell'Inquisitore? O forse solo il desiderio di vedere com'era fatto il quarto strato? Le profondità più segrete del Crepuscolo, dove neanche lo stesso Geser metteva spesso piede, e dove Svetlana non era mai stata?

— Cosa bisogna fare? — chiesi.

Un sorriso illuminò il volto di Edgar. Allungò una mano – le sue dita terminavano con unghie spuntate e ricurve – e disse: — Nel nome del Patto, e dell'equilibrio di cui sono custode... invoco la Luce e le Tenebre... invoco la forza... nel nome delle Tenebre!

Mi rivolse uno sguardo significativo. Allungai anch'io la mano e dissi: — Nel nome della Luce...

Questa procedura ricordava in parte la formula conclusiva del giuramento tra le Tenebre e la Luce. Solo in parte, però. Nella mia mano non divampò nessun petalo di fuoco e nel palmo di Edgar non spuntò nessun coagulo di tenebra. Avvenne tutto all'esterno: il mondo grigio e sfumato intorno a noi acquistò improvvisamente nitidezza. Non che fosse colorato, dato che ci trovavamo sempre nel Crepuscolo. Ma ora erano comparse le ombre.

— È stato riconosciuto il nostro diritto... — sussurrò Edgar, guardandosi intorno. Il suo volto rivelava una sincera felicità. — È stato riconosciuto il nostro diritto, Anton!

— E se non fosse successo?

Edgar fece una smorfia. — Che importa... È successo, no? Andiamo!

Muoversi in quel nuovo Crepuscolo era molto più semplice. Sollevai la mia ombra senza sforzo.

E mi ritrovai là dove solo i maghi fuori categoria hanno il diritto di stare.

Gli alberi – sempre che fossero davvero alberi – erano scomparsi. Il mondo circostante appariva tutto uguale, perfettamente piatto. Nessun rilievo: una sterminata pianura sabbiosa. Mi chinai e mi feci scorrere tra le dita una manciata di sabbia. Era grigia, come del resto tutto nel Crepuscolo. Tuttavia si percepiva la presenza di alcuni colori: scura madreperla, piccole scintille colorate, granelli dorati…

— È fuggita! — urlò Edgar. Protese la mano, diventata improvvisamente lunga e sottile.

Guardai in quella direzione. E in lontananza vidi una veloce silhouette grigia.

La strega correva compiendo balzi enormi, si librava nell'aria volando a circa dieci metri da terra, allargando le braccia e sgambettando in modo buffo, quasi fosse un bambino felice che scorrazzava in un prato.

— Si è bevuta la pozione? — tirai a indovinare. Non mi veniva in mente nient'altro che potesse spiegare balzi di quel genere.

— Già. A qualcosa è servita — disse Edgar. Alzò le mani e scagliò qualcosa contro Arina.

Una successione di palline di fuoco si proiettò sulla scia della strega. Erano fireball, comune incantesimo di combattimento delle Guardie, ma in una qualche speciale variante riservata agli Inquisitori.

Alcuni proiettili deflagrarono senza raggiungere la strega. Uno accelerò bruscamente e riuscì a colpirla, le si conficcò nella schiena ed esplose, avvolgendola tra le fiamme. Ma il fuoco si spense all'istante e la strega, senza neanche voltarsi, lanciò qualcosa dietro di sé: in quel punto sgorgò, formando una pozza, un liquido scintillante color argento. I proiettili rimasti, sorvolando la pozza, persero quota e velocità, si tuffarono nel liquido e svanirono.

— Trucchetti da strega — commentò Edgar. — Anton!

— Che c'è? — Non distolsi lo sguardo da Arina, che intanto si stava dileguando in lontananza.

— È ora di andare. La forza ci è stata concessa solo per catturare la strega, e la caccia è finita. Non possiamo più raggiungerla.

Alzai lo sguardo. Le nubi purpuree che risplendevano nello strato precedente erano scomparse. Il cielo brillava interamente di una luce uniforme rosa e bianca.

Che strano. Qui c'erano i colori.

— Ci sono altri strati? — chiesi al mio compagno.

— Di quelli ce ne sono sempre. — Edgar cominciava a essere visibilmente agitato. — Andiamo, Anton! Andiamo, o resteremo bloccati qui.

Il mondo circostante, in effetti, stava perdendo nitidezza, ricoprendosi di fumo grigio. Ma i colori c'erano ancora: la sabbia di madreperla, il cielo roseo…

Seguendo le orme di Edgar – sulla pelle avvertivo già il freddo pungente del Crepuscolo – tornai nel terzo strato. Il mondo, che sembrava in attesa di questo momento, si fece definitivamente scialbo e grigio, e si riempì di vento freddo e impetuoso. Tenendoci per mano – non tanto per scambiarci la forza, visto che era quasi impossibile, quanto per rimanere in piedi – tentammo più di una volta di entrare nel secondo strato. Tutt'intorno, scricchiolando in maniera appena percettibile, si spezzavano gli alberi, crollava la casetta della strega, mentre noi continuavamo a cercare le nostre ombre. Neanche mi ricordo l'istante in cui il Crepuscolo si aprì di fronte a me, sospingendomi nel secondo strato, quasi ordinario e per nulla minaccioso.

Eravamo seduti su un pavimento pulito e levigato, e respiravamo affannosamente. Ci sentivamo male tutti e due, l'Inquisitore e il Guardiano della Luce.

— Tieni. — Edgar si ficcò maldestramente una mano nella tasca della giacca e ne tirò fuori una tavoletta di cioccolato. — Mangia…

— E tu? — chiesi, strappando l'involucro di carta.

— Ne ho ancora. — Edgar si frugò a lungo nelle tasche e alla fine scovò un'altra tavoletta.

Le mangiammo con avidità. Il Crepuscolo si alimenta assorbendo energia: non solo quella della forza magica, ma anche quella del glucosio nel sangue. Ecco il poco che la scienza moderna è riuscita a spiegarsi del Crepuscolo.

— Edgar, quanti strati ci sono nel Crepuscolo?

Masticando l'ennesimo pezzo di cioccolato, rispose: — Io ne conosco cinque. Nel quarto per me era la prima volta.

— E nel quinto cosa c'è?

— Io so solo che esiste, Guardiano. Nient'altro. Non conoscevo nemmeno il quarto.

— C'erano i colori — dissi. — È... è completamente diverso. Vero?

— Già — borbottò. — Diverso. Una cosa che va al di là delle nostre capacità mentali, Anton. E anche delle nostre forze. Puoi essere orgoglioso di aver visto il quarto strato: ci sono maghi di primo livello che non ci sono mai stati.

— Quindi voi potete?

— Per esigenze di servizio. Non sono necessariamente i più forti quelli che entrano a far parte dell'Inquisizione. Dobbiamo pur avere i mezzi per contrastare un mago fuori categoria impazzito, no?

— Se Geser o Zavulon impazziscono, non c'è modo di contrastarli — osservai. — Non ci siete riusciti neanche con la strega...

Edgar concordò sul fatto che contro Geser o Zavulon l'Ufficio moscovita dell'Inquisizione avrebbe potuto fare ben poco. Ma solo nell'eventualità in cui i due avessero infranto il Patto nello stesso momento. In caso contrario... Geser sarebbe stato ben felice di aiutare l'Inquisizione a neutralizzare Zavulon, e Zavulon di neutralizzare Geser. L'Inquisizione contava proprio su questo.

— Che si fa ora con Arina? — gli domandai.

— Faremo delle ricerche — rispose serio Edgar. — Mi sono già messo in contatto con i miei: stanno circondando la zona. Possiamo ancora contare su di te?

— No, Edgar. Arina è una delle Tenebre, e qualcosa deve aver combinato sul serio, settant'anni fa o giù di lì. Ma se si sono serviti di lei quelli della Luce...

— Allora continuerai a essere schierato dalla tua parte — disse Edgar con disprezzo. — Anton, possibile che tu non capisca? Non esistono Luce e Tenebre nella loro forma assoluta. Le due Guardie sono come i democratici e i repubblicani in America. Litigi, discussioni, e poi la sera tutti insieme al cocktail party.

— Non è ancora sera.

— È sempre sera — replicò tetro Edgar. — Credimi, io ero uno delle Tenebre ligio e rispettoso. Finché non mi hanno spinto... Finché non sono entrato nell'Inquisizione. E sai cosa penso adesso? La Guardia del Giorno e quella della Notte sono la stessa merda. Tra Zavulon e Geser io non vedo più nessuna differenza. Tu invece mi sei simpatico... umanamente parlando. Se entrassi nell'Inquisizione, sarei contento di lavorare con te.

Ridacchiai: — Cerchi nuove reclute?

— Sì. Tutti i Guardiani possono entrare nell'Inquisizione. Nessuno ha il diritto di trattenerti. E nemmeno di farti cambiare idea.

— Grazie, ma non c'è bisogno di farmi cambiare idea. Non ho nessuna intenzione di entrare nell'Inquisizione.

Edgar si alzò da terra sbuffando. Diede una scrollata al vestito, benché questo non fosse né impolverato né tanto meno sgualcito.

— Questo vestito è sotto l'influsso della magia — osservai.

— Lo porto con classe, tutto qui. E poi è di buon tessuto. — Edgar si avvicinò allo scaffale, prese un libro e lo sfogliò. Poi un secondo, un terzo... Disse con invidia: — Che biblioteca! Rigorosamente specialistica, ma...

— Io pensavo che qui ci fosse anche il *Fuaran*.

Edgar sorrise.

— Con l'isba che facciamo? — chiesi.

— Lo vedi allora che continui a ragionare come se fossi un mio alleato? — osservò Edgar. — Attiverò qualche incantesimo di protezione, e poi... Tra un paio d'ore arriveranno sul posto degli esperti. Faranno un'ispezione approfondita. Andiamo?

— E tu non vuoi dare una sbirciatina?

Edgar si guardò attentamente intorno, disse che non ne aveva voglia, che in quella casetta ci poteva essere una miriade di sorprese non troppo piacevoli lasciate lì da Arina, che rovistare tra gli armamentari di una strega fuori categoria non era un'attività salutare... Se ne occupasse chi di dovere.

Attesi che Edgar attivasse tutti gli incantesimi di protezione: per questo non ebbe bisogno di aiuto. Poi ci avviammo verso il villaggio.

La strada del ritorno risultò assai più lunga. Come se qualche impercettibile incantesimo, che prima ci aveva aiutato a trovare la casa della strega, adesso fosse svanito. In compenso Edgar era molto più loquace: forse adesso era in vena di confessioni?

Mi raccontò del suo addestramento, di come gli avevano insegnato a dominare non soltanto la forza delle Tenebre, ma anche quella della Luce. Degli altri compagni di corso all'Inquisizione: tra loro c'erano due maghe della Luce ucraine, un licantropo ungherese, un mago olandese e una foltissima schiera di Altri dei più diversi tipi. Mi disse che le voci secondo le quali i depositi dell'Inquisizione sarebbero stati stracolmi di artefatti non erano altro che un'esagerazione: gli artefatti erano molti, è vero, ma la maggior parte aveva perso la forza magica molto tempo prima, ed era quindi del tutto inutile. Poi mi parlò di qualche serata e festicciola che gli allievi organizzavano nel tempo libero.

Era tutto molto divertente, ma sapevo dove voleva andare a parare. Quindi mi misi anch'io a rievocare con esagerato entusiasmo il mio addestramento, gli episodi più buffi che facevano parte della storia della Guardia della Notte, le frottole memorabili di Semen...

Edgar sospirò e lasciò cadere l'argomento, anche perché eravamo arrivati al villaggio. Ci fermammo ai margini del bosco.

— Aspetterò i miei — disse Edgar. — Saranno qui a momenti. Vitezslav ha addirittura rimandato la partenza e ha promesso di fare un salto.

Non avevo la minima intenzione di invitare in casa mia un Inquisitore. Tanto meno in compagnia di un vampiro superiore. Annuii, poi chiesi: — Quali saranno gli sviluppi di tutta questa faccenda, secondo te?

— L'allarme è scattato in tempo, la strega non riuscirà a lasciare la zona — rispose. — Ora arriveranno i cacciatori, controlleremo a fondo e arresteremo Arina. Poi la processeremo. Se sarà necessario, verrai chiamato a comparire in qualità di testimone.

Non condividevo del tutto l'ottimismo di Edgar, ma annuii. Lui sapeva meglio di tutti di cosa fosse capace l'Inquisizione.

— E i licantropi?

— Sono una prerogativa della Guardia della Notte, o mi sbaglio? Se ce li troviamo davanti vi informeremo, ma non ci metteremo certo a rincorrerli per il bosco. E poi, come fai a sapere che sono ancora qui? Si tratta di comuni delinquenti di città, venuti in campagna per una battuta di caccia. Bisogna controllare con maggiore scrupolo quelli sotto tutela, Anton.

— Non so perché, ma ho l'impressione che siano ancora qui — borbottai. Lo credevo davvero, ma non riuscivo a spiegare il motivo di questa mia convinzione. Nel villaggio era tutto a posto… ed è raro che i licantropi rimangano nelle sembianze di lupo per più di un giorno.

— Controlla i villaggi qui intorno — mi consigliò Edgar. — Almeno quello dove la strega andava a fare compere. Anche se è disabitato. Dopo una caccia andata male vanno a nascondersi subito con la coda tra le gambe… So come sono fatti.

Il suo consiglio non era malvagio. Mi conveniva passare subito al setaccio i dintorni, senza tentare di acciuffare la strega.

— Buona fortuna, Edgar — dissi.

— Buona fortuna a te, Anton. — Edgar si interruppe per un attimo, poi aggiunse: — A proposito. La faccenda si è fatta interessante: nell'affare della strega sono coinvolte entrambe le Guardie. Tu, a quanto pare, rappresenti gli interessi della Guardia della Notte. Ma penso che anche Zavulon manderà uno dei suoi… fino a che non si risolverà tutto.

Sospirai. — E io credo anche di sapere chi — dissi. — Zavulon ci prova gusto con me a fare le sue piccole porcherie.

— E ringrazia che non si sia preso la briga di fare porcherie grosse — replicò Edgar. — Quelle piccole sono sopportabili. Nessuno è in grado di cambiare la natura di un uomo: se il tuo amico è uno delle Tenebre, lo sarà fino alla morte.

— Kostja è già morto. E poi non è un uomo, ma un vampiro. Un Altro.

— Che differenza fa? — Edgar si ficcò le mani nelle tasche dei costosi pantaloni, curvò le spalle e volse lo sguardo verso il sole rosso che calava all'orizzonte. — Non ci sono differenze a questo mondo, Guardiano.

Non c'è che dire, prestare servizio nell'Inquisizione esercita decisamente una strana influenza sugli Altri! Ti inculca una visione nichilista della vita. Un rude materialismo...

— Buona fortuna — ripetei, e mi avviai giù per la collina. Edgar invece, senza alcun riguardo per il vestito, si sedette sull'erba.

Capitolo 6

Tornando a casa incontrai Ksjuscia e Romka: i due bimbi avanzavano con aria seria lungo la strada polverosa, tenendosi per mano. Feci loro un cenno, e Ksjuscia subito mi urlò: — La sua Nadjuska è andata a passeggiare giù al fiume con la nonnetta!

Ridacchiai.

A Ljudmila Ivanovna non capitava spesso di sentirsi chiamare "nonnetta": era un appellativo che lei, come qualsiasi altra donna moscovita di cinquant'anni, non sopportava.

— Hanno fatto bene.

— Ha già trovato i lupi? — gridò Romka.

— No, i tuoi lupi sono scappati.

Forse, a scopi psicoterapeutici, avrei dovuto rispondere che li avevo catturati e consegnati allo zoo? Ad ogni modo non mi sembrava che i ragazzini fossero ancora spaventati per l'incontro con i licantropi. Arina aveva fatto un lavoro egregio.

Raggiunsi la nostra casa. Svetlana si era impadronita della mia amaca: era in compagnia di una bottiglia di birra e del libro *Fuaran: verità o finzione?*, già alle ultime pagine.

— Interessante? — chiesi.

— Molto. — Beveva la birra senza troppe cerimonie, attaccandosi direttamente alla bottiglia. — Più allegro di *Il papà e il mare* di Tove Jansson. Ora ho capito perché non hanno pubblicato tutte le favole sui troll Mumin: le ultime non sono per niente adatte ai bambini. Quando le ha scritte, Tove Jansson era chiaramente depressa.

— Anche uno scrittore ha il diritto di essere depresso — commentai.

— Non se scrive libri per bambini! — ribatté Svetlana in tono severo. — I libri per bambini devono essere fatti per bene. Altrimenti è come la storia del contadino che ara male il campo con il trattore e poi dice: "Mi sentivo triste, avevo voglia di fare dei cerchi." O quella del medico che prescrive a un malato un lassativo al posto di un sonnifero e poi si giustifica: "Ero di cattivo umore, volevo divertirmi un po'."

Si protese verso il tavolo e vi depose il falso *Fuaran*.

— Sei proprio una madre severa.

— Sono una madre, per questo sono severa. — Si mise a ridere: — Scherzo. I libri sono bellissimi lo stesso.

— Nadjuska e tua madre sono andate al fiume — la informai.

— Le hai incontrate?

— No, me l'ha detto Ksjuscia. Testuali parole: «La sua Nadjuska è andata a passeggiare con la nonnetta.»

Svetlana scoppiò a ridere. Poi di colpo parve preoccupata. — Non dirlo davanti alla mamma! Ci rimarrebbe malissimo.

— Mi hai preso per un kamikaze?

— Piuttosto, com'è andata la vostra gita?

— La strega se l'è svignata — dissi. — L'abbiamo inseguita fino al quarto strato del Crepuscolo, ma è riuscita a scappare lo stesso...

— Fino al quarto strato? — Gli occhi di Svetlana si illuminarono. — Sul serio?

Mi sedetti al suo fianco: l'amaca prese a dondolare, gli alberelli scricchiolarono, ma ressero il peso. Le raccontai brevemente quello che ci era capitato.

— Io nel quarto strato non ci sono mai stata... — disse pensosa. — Chissà come... Hai detto che ricompaiono i colori?

— Mi è sembrato anche qualche odore.

— Sì, ne avevo sentito parlare... È curioso.

Per qualche secondo rimasi in silenzio. Poi dissi: — Svetlana, devi tornare nella Guardia.

Contrariamente al solito, non replicò. Presi coraggio e continuai: — Non si può vivere così, senza un impegno preciso. Prima o poi ti...

— Lasciamo stare, Anton. Non ho voglia di diventare una

Grande Maga. — Ridacchiò. — Della piccola magia quotidiana: ecco l'unica cosa di cui ho bisogno.

Il cancelletto sbatté: Ljudmila Ivanovna era tornata. La guardai di sfuggita, poi feci per rigirarmi ma di nuovo la fissai, incredulo.

Mia suocera era raggiante. Si poteva pensare che avesse appena strigliato con successo qualche commessa maleducata, trovato cento rubli per strada e stretto la mano al suo showman preferito.

Camminava addirittura in modo diverso: andatura leggera, spalle diritte, mento sollevato. Sorrideva assolutamente di gusto. E a bassa voce canticchiava: — *Siamo venuti al mondo per trasformare le favole in realtà…*

Scossi la testa. Mia suocera ci sorrise amabilmente, agitò la mano e con due passi ci superò, dirigendosi verso la casa.

— Mamma! — la chiamò Svetlana, alzandosi di scatto. — Mamma!

Mia suocera si fermò e la guardò, sempre con quello stesso sorriso beato stampato sulla faccia.

— Stai bene, mamma?

— Benissimo.

— Mamma, dov'è Nadjuska? — chiese Svetlana, alzando appena la voce.

— È in giro con un'amica — rispose mia suocera come niente fosse.

Sobbalzai. Svetlana gridò: — Ma che dici, mamma? È quasi buio… una bambina in giro da sola… Con quale amica, poi?

— Con una mia amica — spiegò mia suocera, continuando a sorridere. — Non preoccuparti. Mica sono così scema da lasciare la piccola da sola!

— Quale tua amica? — urlò Svetlana. — Mamma! Cos'hai? Con chi è Nadja?

— Con… come si chiama… — Fece una smorfia. — Con Arina. La mia amica… Arina… Un'amica.

Non ebbi il tempo di vedere ciò che fece Svetlana, sentii solo squassarsi il Crepuscolo e un brivido corrermi lungo il corpo. Mia moglie si mosse verso la madre, e quella restò immobile con la bocca aperta.

Leggere nel pensiero degli umani è piuttosto complicato: è assai più facile costringerli a parlare. Dai parenti prossimi, però, si possono carpire informazioni nello stesso modo in cui lo facciamo tra di noi.

Io non avevo bisogno di quell'informazione. Avevo già capito tutto.

Non provai neppure paura, ma solo un senso di vuoto. Come se il mondo circostante si fosse ricoperto di ghiaccio e si fosse fermato.

— Va' a dormire — gridò Svetlana alla madre. Ljudmila Ivanovna si voltò e come uno zombi entrò casa.

Mia moglie mi guardò. L'espressione del suo volto era estremamente calma, il che mi impediva di prendere coraggio. Un uomo si sente molto più forte quando la sua donna è spaventata.

— Si è avvicinata. Ha preso Nadjuska per mano. Se l'è portata nel bosco — disse. — E mia madre... è stata in giro per un'altra ora, idiota che non è altro!

A quel punto mi accorsi che Sveta era sull'orlo di una crisi isterica. E io riuscii a prendere coraggio.

— Ma cosa poteva fare contro una strega? — Afferrai Svetlana per le spalle e le diedi uno scossone. — Tua madre è un essere umano!

Gli occhi di Svetlana luccicarono di lacrime. Di colpo mi spinse via, con dolcezza. — Scostati, Anton, se no mi appoggio. E tu a malapena ti reggi in piedi...

Non mi misi a discutere. Dopo la mia avventura con Edgar non potevo più essere d'aiuto: le energie mi avevano quasi completamente abbandonato.

Mi allontanai di qualche passo. Abbracciai l'esile tronco del melo entrato nei suoi ultimi anni di vita. Chiusi gli occhi.

Il mondo circostante ebbe un sussulto. E percepii il lieve fremito del Crepuscolo.

Svetlana si mise ad attingere forza, ma non da chi le stava intorno, come avrei fatto io. A lei bastava la sua: una forza ostinatamente rinnegata, trascurata... ma che non aveva smesso di crescere. Pare che dopo il parto le Altre godano di un flusso di forza straordinario, ma io in Svetlana non avevo mai notato cambiamenti in questo senso. Non lasciava trasparire nulla, accumulava, accumulava... per i momenti di difficoltà, evidentemente.

I colori del mondo sbiadirono. Capii che stavo sprofondando nel Crepuscolo, nel primo strato: l'energia emanata era talmente intensa che nulla, anche se con qualche potere magico, riuscì a resistere nella realtà ordinaria.

Attraversando le assi del tavolo, picchiando violentemente a terra, cadde il *Fuaran*. Tre case più in là alcuni ciuffi di muschio bluastro – la pianta parassita e avida di emozioni che vive nel Crepuscolo – presero fuoco su un tetto.

Svetlana era avvolta in un chiaro bagliore. Muoveva leggermente le mani, come se stesse tessendo un invisibile filo. Un attimo dopo filamenti sottili come quelli di una ragnatela si staccarono dai suoi palmi, sospinti da un vento impalpabile. Intorno a lei prese a infuriare una tempesta, che si placò quando migliaia di filamenti luminosi schizzarono via in tutti gli angoli del mondo.

— Cosa fai? — urlai. — Sveta!

Conoscevo l'incantesimo che aveva appena realizzato. Persino io sarei riuscito a fare una ragnatela di neve, anche se non in modo così spettacolare e in così poco tempo.

Svetlana non rispose. Alzò le mani al cielo, quasi stesse pregando. Ma noi non crediamo né negli dei, né in Dio. I nostri demoni e i nostri dei siamo noi stessi.

Dai palmi di Svetlana si staccò, librandosi nell'aria, una sfera iridescente, come una bolla di sapone troppo sviluppata, che si dilatava e girava lentamente su se stessa. Su quell'involucro iridescente c'era una chiazza rosso scuro. Quando, con una rotazione, la chiazza rossa si fermò di fronte a me, mi sentii sfiorare da una folata di vento gelido.

Svetlana aveva creato un Occhio di Mago.

Come terzo incantesimo – fu talmente veloce che immaginai lo tenesse in serbo da lungo tempo, proprio per occasioni come questa – liberò dalle sue mani uno stormo di uccelli di un colore bianco opaco. Sembravano piccioni, anche se avevano il becco un po' troppo grosso e appuntito, da rapaci.

Era un incantesimo che non conoscevo.

Mia moglie abbassò le mani.

E il Crepuscolo si placò.

Tornò a strisciare verso di noi, sfiorandoci con il suo freddo alito, avido e delicato.

Uscii nel mondo ordinario. Lei mi seguì.

Qui non era cambiato nulla. Il libro che giaceva a terra era ancora aperto.

Per tutto il villaggio si sentivano solo i cani che latravano, ululavano, guaivano.

— Sveta, che fai? — chiesi, precipitandomi verso mia moglie.

Si voltò: aveva gli occhi annebbiati. I suoi invisibili inviati magici ancora non avevano fatto in tempo a sparpagliarsi che già, disincarnandosi a decine e a migliaia di chilometri di distanza da noi, trasmettevano i loro ultimi rapporti.

— Vuoto… — sussurrò. — Vuoto dappertutto. Né Nadjuska né la strega.

I suoi occhi ripresero vita. Voleva dire solo una cosa: la ragnatela magica si era ridotta in cenere, gli uccelli bianchi erano precipitati a terra dissolvendosi, la sfera iridescente era scoppiata.

— Vuoto dappertutto — ripeté Svetlana. — Anton… dobbiamo calmarci.

— Non può essere andata lontano — dissi. — E a Nadja non ha fatto nulla di male, credimi!

— L'ha presa in ostaggio? — chiese Svetlana. Sul suo viso c'era speranza.

— La zona è stata circondata dall'Inquisizione. Quelli sanno il fatto loro, e neanche Arina è in grado di eludere le barriere di controllo.

— Allora… — sussurrò. — Ho capito.

— Per fuggire aveva bisogno dell'aiuto di qualcuno — dissi, cercando di convincere non so se Sveta o me stesso. — E con le buone non lo avrebbe ottenuto. Quindi ha deciso di ricattarci.

— E noi saremo in grado di soddisfare le sue richieste? — domandò Svetlana. Perché nascondercelo? Avremmo soddisfatto qualsiasi richiesta… se fosse stato in nostro potere.

— Bisogna aspettare le richieste.

— Già… aspettare. Ma cosa esattamente? Una telefonata?

A quel punto alzò una mano e guardò la finestra della camera da letto.

Un istante dopo i vetri si frantumarono e dalla camera uscì il pettine di Arina. Svetlana lo afferrò con aria schifata, quasi si fosse trattato di un insetto ripugnante. Per qualche secondo lo osservò, poi fece una smorfia e se lo passò tra i capelli.

Risuonò una risatina sommessa.

Da qualche parte vicino alla testa di mia moglie uscì la voce di Arina: — Salve, mia cara. Finalmente ci conosciamo. Ti è utile il mio regalino?

— Ricordati, vecchia carogna… — disse Svetlana, tenendo il pettine davanti a sé.

— Lo so, lo so, lo so. So tutto, mi ricordo tutto. Se torco un solo capello a Nadjuska mi vieni a cercare anche in capo al mondo, mi tiri fuori dal quinto strato, mi cavi una vena dopo l'altra, mi fai a pezzettini e mi dai in pasto ai maiali. Tutto quello che vuoi dire io lo so già. E sono anche sicura che lo farai. — La voce di Arina era seria. Non parlava in tono di scherno, spiegava solo con la massima serietà qual era, a suo modo di vedere, il trattamento che le sarebbe stato riservato.

Svetlana taceva, tenendo sempre il pettine tra le mani. Solo quando la strega finì il suo discorso, parlò: — Bene. Allora non perdiamo altro tempo. Voglio parlare con mia figlia.

— Nadjuska, saluta la mamma — disse Arina.

Udimmo una vocina assolutamente gioiosa: — Ciao!

— Nadjuska, stai bene? — chiese Svetlana con tono calmo.

— Sì… — rispose Nadja.

Subito tornò a parlare Arina: — Maga, non farò del male alla bambina. Sempre che tu non commetta qualche sciocchezza. Ho una richiesta da farvi: lasciatemi superare i cordoni di blocco, e io vi riconsegno vostra figlia.

— Arina — dissi, afferrando la mano di Svetlana — la zona è circondata dall'Inquisizione. Sai cosa vuol dire?

— Non avrei chiesto aiuto, altrimenti — rispose secca. — Rifletti, incantatore! In ogni staccionata c'è un'asse rotta, in ogni rete un buco. Tirami fuori di qui e riavrai tua figlia.

— E se non ci riesco?

— Poco male — rispose. — Mi aprirò la strada con la forza. Ma dovrò far fuori vostra figlia.

— Per quale motivo? — chiesi in tono estremamente calmo. — Cosa te ne viene?

— Come sarebbe, cosa me ne viene? Se riesco a fuggire, tutti si renderanno conto che faccio sul serio. E poi… io conosco qualcuno che sa apprezzare il lavoro sporco degli altri. Per la morte di vostra figlia mi darà una bella ricompensa.

— Ci proveremo — promise Svetlana, stringendomi energicamente la mano. — Mi senti, strega? Non toccare la bambina, ti aiuteremo!

— Affare fatto — disse Arina. — Ora pensate a come farmi passare i cordoni di blocco. Vi concedo tre ore di tempo. Fatti venire in mente qualcosa, incantatrice. Fai prima se riprendi il pettine e ti lisci i capelli.

— Ma tu non toccare Nadjuska! — urlò Svetlana con voce tremante. E di nuovo fece un lieve movimento con la mano sinistra.

Il pettine si ricoprì di una crosta di ghiaccio. Svetlana lo gettò sul tavolo. Bofonchiò: — Vecchia schifosa! Anton?

Ci guardammo per un secondo, in attesa che l'altro prendesse l'iniziativa.

La presi io: — Sveta, il rischio è enorme. Non cercherà lo scontro con noi, non se la caverebbe. Quindi, se vuole restituirci Nadja, è costretta a uscire allo scoperto.

— Le troveremo un corridoio… una via d'uscita… — sussurrò Svetlana. — Che superi l'accerchiamento e liberi Nadjuska. La troverò subito. Che vada pure in un'altra città a liberarla. Aprirò un passaggio… so come fare. Ci riuscirò! Sarò lì in un minuto!

— Già. In un minuto. E poi? La strega non riuscirà ad andare lontano. E non appena Nadja tornerà a casa, ti verrà voglia di andare a scovare Arina e di disincarnarla.

Svetlana annuì: — Farla a pezzi, non disincarnarla. Per una strega la cosa più ragionevole sarebbe approfittare del nostro aiuto e poi uccidere ugualmente Nadja. Allora che facciamo, Anton? Chiamiamo Geser?

— E se fiuta la cosa?

— Gli telefoniamo? — insistette Sveta.

Annuii. Forse Arina era rimasta indietro. Poteva immaginare che saremmo stati in grado di metterci in comunicazione con Geser non solo tramite la magia, ma anche con un normale telefono cellulare?

Era il momento di chiedere aiuto. Il momento di pretendere aiuto. Da tutta la forza della Guardia della Notte di Mosca. Dopotutto Geser puntava su Nadjuska le sue carte, per noi indecifrabili...

— Aspettate! — disse qualcuno dal cancelletto.

Ci voltammo, alzando le braccia in posizione di combattimento in modo forse eccessivamente brusco. Quello non era più il mondo ordinario, degli umani. Ora ci trovavamo nel mondo degli Altri, un mondo pericoloso, dove tutto veniva deciso dalla forza della magia e dalla prontezza dei riflessi.

Ma combattere non fu necessario.

In piedi vicino al cancelletto c'era un giovanotto, e dietro di lui tre marmocchi, due maschi e una femmina. Sia il ragazzo sia i bambini indossavano abiti giallo-grigiastri, che facevano pensare alle uniformi di un esercito sbaragliato dal nemico. Il ragazzo avrà avuto venticinque anni, i bimbi dieci. Non poteva esserne il padre, ma nemmeno il fratello: i tratti del viso erano troppo diversi.

Solo una cosa avevano in comune: l'aura scura, selvaggia, aggrovigliata, che in nessun modo si conciliava con facce simpatiche e capigliature corte e ordinate.

— Anche i nostri licantropi ci hanno degnato di una visita — borbottai.

Il ragazzo chinò la testa, confermando la verità delle mie parole.

Che scemo! Cercavo un adulto con tre bambini e non mi ero neanche degnato di controllare al campo dei pionieri!

— Volete arrendervi? — chiese Svetlana in tono gelido. — Troppo tardi!

Per quanto fossero Altri piuttosto deboli, dovevano aver percepito il recente vortice di forza. E anche quella potenza sprigionata da Svetlana, che non lasciava scampo né a licantropi, né a vampiri, né ad altra gentaglia dotata di poteri magici. Sveta, con un semplice movimento della mano, avrebbe potuto afferrarli per il collo in quell'istante e sotterrarli.

— Un attimo! — gridò il ragazzo. — Ascoltateci! Il mio nome è Igor. Io... sono un Altro delle Tenebre di sesto livello, regolarmente registrato.

— Città? — chiese Svetlana.

— Sergiev Posad.

— E i bambini?

— Petja è di Zvenigorod, Anton di Mosca, Galja di Kolomna.

— Registrati? — indagò Svetlana. Desiderava chiaramente sentire la risposta "no", e a quel punto il destino di Igor sarebbe stato deciso.

I ragazzini, in silenzio, si tirarono su le camicette. La femmina, dopo un attimo di esitazione, fece altrettanto. Tutti avevano il marchio.

— Questo non ti aiuterà molto — bofonchiò Svetlana. — Andate nella baracca e aspettate la squadra operativa. Spiegherai al tribunale per quale motivo hai portato i cuccioli a caccia di uomini.

Ma Igor scrollò la testa. Il suo volto tradì un'espressione di sincera angoscia. Ma non per se stesso, il che era davvero sorprendente.

— Aspettate! Vi prego! È importante! Voi avete una figlia? Una piccola Altra della Luce, di due, tre anni?

— Abbiamo visto dove l'hanno portata — disse a bassa voce il mio piccolo omonimo.

— Voi cosa volete?

Sapevamo bene cosa volevano i licantropi. E loro sapevano che lo sapevamo. Però sapevano anche che noi avremmo accettato l'accordo. Ma ci sono sempre dettagli su cui vale la pena discutere.

— Essere incriminati solo per una trascurabile disattenzione — si affrettò a dire Igor. — Eravamo in giro per il bosco, ci siamo trovati davanti dei ragazzini, e si sono spaventati.

— Stavi cacciando, bestiaccia! — sbottò Svetlana. — Con i tuoi cuccioli andavi a caccia di bambini umani!

— No! — Igor scosse la testa. — I ragazzi facevano il diavolo a quattro, volevano giocare un po' con i piccoli umani. Sono intervenuto per trascinarli via. È stata colpa mia, mi sono distratto.

Aveva valutato tutto per bene. Ma, anche volendo, non mi sarebbe stato più possibile chiudere gli occhi sull'accaduto. Ormai la vicenda aveva preso il suo corso. Ora il problema era solo decidere in che modo classificarla. Come tentato omicidio? Avrebbe comportato quasi certamente la disincarnazione di Igor e una sorveglianza più rigorosa nei confronti dei cuccioli. Come trascurabile disattenzione? Un semplice verbale, una multa e un controllo speciale sulla sua recente condotta.

— D'accordo — dissi rapidamente, in modo che Svetlana non potesse precedermi. — Se ci aiutate, otterrete la "trascurabile disattenzione".

Igor si rilassò. Probabilmente si aspettava una contrattazione più lunga. — Galja, racconta — ordinò. Poi spiegò: — Lei ha visto... La nostra Galja è un diavoletto, non riesce mai a stare ferma.

Svetlana si avvicinò alla ragazzina. Con un gesto intimai a Igor di farsi da parte. Di nuovo si irrigidì, ma mi seguì docilmente.

— Qualche domanda — gli spiegai. — E ti consiglio di rispondere con la massima sincerità.

Igor annuì.

— Come hai avuto il diritto di iniziare tre bambini non tuoi? — chiesi.

— Erano tutti condannati — rispose. — Io studiavo medicina. Facevo tirocinio in un istituto oncologico infantile. Tutti e tre stavano morendo di leucemia. Lì c'era anche un medico, un Altro. Uno della Luce. È stato lui a propormi... Disse che, se li avessi morsi, si sarebbero trasformati in licantropi e sarebbero guariti. E lui, in cambio, avrebbe avuto la possibilità di guarire qualche altro bambino.

Mi ricordavo di quella vicenda, avvenuta un anno prima. Un caso assurdo, inconcepibile, un accordo esplicito tra Luce e Tenebre che entrambe le Guardie avevano preferito non divulgare. Quello della Luce aveva salvato una ventina di bambini: si era procurato gravi danni nel tentativo di sfruttare quella rarissima opportunità di una vera guarigione, ma li aveva salvati. Le Tenebre avevano ottenuto in cambio tre licantropi.

Uno scambio modesto.

Tutti contenti, bambini e genitori compresi. Erano state richieste alcune precisazioni alle due Guardie, per evitare che si ripetessero casi del genere. Ma ci si volle dimenticare al più presto di quel precedente…

— Mi condanni? — chiese Igor.

— Non spetta a me condannarti — sussurrai. — Va bene. Qualunque cosa ti abbia spinto… va bene. Seconda domanda. Perché li hai portati a caccia? Non mentire, ora non mentire. Stavi proprio andando a caccia. Stavi per infrangere il Patto!

— Ho perso il controllo — rispose calmo Igor. — C'è poco da mentire. Portavo i piccoli a spasso, e di proposito avevo scelto la zona più deserta. Poi, di colpo, quei bambini… Vivi. Mandavano un buon odore, che mi guidava, mi attirava. E questi cuccioletti… hanno catturato il loro primo coniglio solo quest'anno, hanno appena conosciuto il sapore del sangue. — E sorrise: un sorriso colpevole, imbarazzato, estremamente sincero. Spiegò: — La testa funziona in modo ben diverso quando si trova in un corpo di animale. La prossima volta farò più attenzione.

— Bene. — Cos'altro potevo dire, ora che la vita di Nadjuska era appesa a un filo? Anche se mentiva, non sarei riuscito a cavargli la verità.

— Anton! — mi chiamò Svetlana. — Guarda!

Guardai mia moglie: nella mia testa iniziarono a volteggiare immagini in successione: una bella donna in un lungo abito da vecchia, con uno scialle a fiori… A fianco a lei una ragazzina… si attarda… La donna la prende per mano… lungo il fiume… Erba… erba alta… perché poi così alta? Arriva fin sopra la testa…

… Con un salto attraverso il ruscello, con tutte e quattro le zampe… Avvicino il naso a terra, cerco di captare le impronte con il mio fiuto…

… Un boschetto striminzito che si trasforma in un terreno accidentato… fossati, canali…

… Un odore… che strano odore ha questa terra… ti eccita… e ti costringe a ripiegare la coda tra le zampe…

... La donna con la bambina tra le braccia scende in una trincea profonda...

... Indietro... indietro... È quella strega, la stessa. È il suo odore...

— Cos'è? — chiese Svetlana. — Se non è lontano, allora perché non sono riuscita a rintracciarla?

— Un campo di battaglia — sussurrai, scrollando via dalla mia testa le immagini catturate dalla ragazzina-lupacchiotta. — C'era la linea del fronte, Sveta. Lì la terra è intrisa di sangue. È lì che dobbiamo cercare. Ma è come voler scandagliare il Cremlino con la magia.

Igor si avvicinò, tossicchiò con discrezione. Chiese: — Tutto a posto? Magari possiamo andare ad aspettare gli investigatori al campo dei pionieri. Oppure, senza fare le cose troppo di fretta, tra una settimana, quando finisce il turno, vengo io alla Guardia della Notte per spiegare...

Riflettevo. Cercavo di mettere in relazione ciò che avevo visto con la mappa del luogo che avevo richiamato alla mente. Venti chilometri circa... No, la strega non era fuggita con Nadjuska a piedi. Aveva accorciato il percorso: le streghe ne sono capaci. Con la macchina non l'avremmo raggiunta, io non avevo una jeep, e in tutto il villaggio non c'era né una Niva né una Uaz. Se mai un trattore...

Si poteva sempre entrare nel Crepuscolo.

Ma ancora meglio era muoversi con rapidità.

— Sveta. Tu rimani qui.

— Cosa?

— La strega non è stupida. Non ci concederà mai tre ore di tempo. Si metterà in contatto prima. E lo farà proprio con te: da me non si aspetta nessuna mossa. Rimani qui, e quando si fa viva parlale. Dille che sono andato a cercare un passaggio attraverso lo sbarramento... racconta una balla qualsiasi. Poi io ti chiamo e la distraggo.

— Non ce la farai — disse Svetlana. — Anton, non hai forze sufficienti per catturarla! E non so quanto tempo mi ci vorrà per aprire un portale. Non so neanche se ne sono capace. Non ci ho mai provato, l'ho solo letto sui libri. Anton!

— Non sarò solo — risposi. — Vero, Igor?

Quello sbiancò, scosse la testa: — Ehi, Guardiano… Non erano questi gli accordi!

— Eravamo d'accordo che ci avresti aiutato — gli ricordai. — Non avevamo specificato il tipo di aiuto. Allora?

Igor fece una smorfia e sospirò: — Sei una carogna, Guardiano… Per me è più facile combattere con un mago che con una strega! Tutti i suoi poteri magici provengono dalla terra! Quella ti spella vivo…

— Fa niente, saremo insieme — dissi. — Tutti e cinque.

I cuccioli – mi costringevo a considerarli solo dei semplici cuccioli – si scambiarono un'occhiata eloquente. Galja diede un colpo con il pugno sul fianco di Petja e gli sussurrò qualcosa.

— E loro a cosa ti servono? — Igor alzò la voce. — Guardiano! Sono solo bambini!

— Piccoli licantropi — lo corressi. — Che per poco non si divoravano dei ragazzini. Vuoi espiare le tue colpe? Vuoi evitare la condanna? Allora piantala di ringhiare a vuoto!

— Zio Igor, noi non abbiamo paura — disse di punto in bianco il ragazzino di nome Petja.

Il mio omonimo lo sostenne: — Noi siamo con te!

Mi fissavano con uno sguardo pacato, privo di rancore. Evidentemente non si aspettavano niente di diverso.

— Ancora non riescono a… — disse Igor. — Guardiano…

— Non importa, basterà che distraggano la strega. Muovetevi!

Senza fiatare, i licantropi iniziarono a spogliarsi. Solo la ragazzina si guardò timidamente attorno e si nascose dietro un cespuglio di ribes.

Con la coda dell'occhio vidi avanzare lungo la strada una contadina con un secchio pieno di patate. Probabilmente le aveva raccolte nel campo del colcos. Vide quello spettacolo al di là della palizzata e si fermò. Ma non mi importava. Non ero nella forma migliore, e non potevo sprecare energie per sistemare un testimone accidentale. Dovevo essere in grado di correre. Correre molto veloce per tenere il passo dei licantropi.

— Lascia che ti aiuti — disse Svetlana. Mosse il palmo nell'aria, e io sentii in tutto il corpo un piacevole indolenzimento, mentre le gambe acquistavano forza. Di colpo avvertii caldo, come se fossi entrato in una sauna surriscaldata. La marcia: un incantesimo semplice, che però andava realizzato con la massima attenzione. Se oltre alle gambe si andava a toccare il miocardio, si poteva provocare un infarto.

Accanto a me Igor cominciò a gemere con voce rauca, flettendosi ad arco: le braccia e le gambe a terra, la schiena, come spezzata in due, rivolta verso il cielo. La pelle divenne scura, si ricoprì di un esantema giallo chiaro e si riempì rapidamente di ciuffi di pelo bagnato.

— Più in fretta! — urlai. Dalla bocca mi usciva aria rovente e umida; mi parve di vedere addirittura il mio respiro condensarsi in vapore, come quando ci si trova sotto zero. Restare fermo mi era difficile, quasi insopportabile: il corpo aveva sete di movimento.

Una cosa sola mi consolava: i licantropi provavano la stessa cosa.

Il grosso lupo digrignò i denti. Chissà perché proprio i denti si trasformarono per ultimi. In quelle fauci animalesche i denti umani avevano un aspetto comico, ma al tempo stesso terrificante. Di colpo mi balenò in testa la buffa idea che i licantropi fossero costretti a vivere rinunciando a otturazioni e capsule.

— An-d-dia-amo… — latrò il lupo. — B-r-r-rucia.

Gli si avvicinarono di corsa i lupacchiotti: mugolavano, anch'essi tutti bagnati. Uno aveva ancora gli occhi umani, ma non riuscii nemmeno a capire se si trattasse di uno dei ragazzini o della ragazzina.

— Di corsa! — dissi.

E schizzai via. Senza voltarmi verso mia moglie, senza badare alla possibilità di essere visto da qualcuno. Avrei sistemato tutto più tardi. Forse la stessa Svetlana avrebbe pensato a cancellare le tracce.

Ma le strade erano deserte, non c'era più neanche la signora con il secchio di patate. Era forse stata mia moglie a cacciare tutti gli umani nelle loro case? Se era così, tanto meglio. Era uno spettacolo davvero insolito: un uomo, che correva più di quanto la natura gli potesse consentire, affiancato da quattro lupi.

Le gambe parevano portarmi da sole. Gli stivali delle sette leghe delle fiabe per bambini, il veloce servitore del Barone di Münchausen: ecco come si rifletteva nella fantasia degli umani questa piccola magia. Solo che nelle favole non si dice quanto faccia male l'asfalto sotto le piante dei piedi...

Un minuto dopo avevamo già deviato verso il fiume, e correre sulla terra morbida si fece più agevole. Mi frenavo per restare al fianco dei lupi. I cuccioli rimasero un po' indietro, facevano fatica. I licantropi sono molto forti, ma la loro velocità non ha origini magiche.

— Cosa... hai... deciso? — latrò il lupo. — Cosa... vuoi... fare?

Se solo avessi potuto rispondere!

Un combattimento tra Altri implica manipolazioni di forza diluita nel Crepuscolo. Io ho il secondo livello, che non è poco. Arina invece restava fuori da qualsiasi parametro di classificazione. Ma era anche una strega, il che era un vantaggio ma anche uno svantaggio. Da una parte non poteva portare con sé i talismani e le protezioni, le pozioni e gli amuleti... o forse solo i più piccoli. Dall'altra però era in grado di attingere forza direttamente dalla natura. In città i suoi poteri diminuivano, qui in campagna aumentavano. Per realizzare un'azione magica di un certo peso, doveva armarsi di qualche amuleto, perdendo così tempo prezioso... Tuttavia anche la carica di energia di cui è dotato un amuleto può essere terribilmente potente.

Le variabili erano troppe. Non avrei dato per scontato neanche l'esito di uno scontro tra Arina e Geser. Molto probabilmente avrebbe avuto la meglio il Grande Mago, ma non senza difficoltà.

E io, quali armi avevo a disposizione per affrontare una strega? La velocità? Lei sarebbe fuggita nel Crepuscolo, dove si sentiva molto più a suo agio. E sprofondando da uno strato all'altro, per lei sarei diventato sempre più lento.

L'effetto sorpresa? In parte sì. Dopotutto speravo che Arina non si aspettasse la mia apparizione.

La semplice forza fisica? L'avrei colpita in testa con una pietra...

Ma per fare questo, prima dovevo avvicinarmi.

Tutto mi diceva che mi sarei dovuto avvicinare il più possibile. E poi, non appena si fosse distratta, attaccarla. Colpirla in modo violento, primordiale.

— Ascolta! — urlai al lupo. — Quando siamo vicini, io entro nel Crepuscolo. Vado avanti e mi avvicino di nascosto alla strega. Voi invece procedete allo scoperto. Quando inizia a parlarvi e si distrae, io sferro l'attacco. A quel punto aiutatemi.

— D'ac-cordo — ruggì il lupo.

Capitolo 7

Vi era traccia di questo luogo sulle mappe della Seconda Guerra Mondiale?

Si trattava di una gloriosa testa di ponte, celebrata anche nei libri di storia, dove un tempo si erano affrontati in una sanguinosa battaglia due eserciti e dove si era ritirata la vacillante macchina della guerra-lampo?

O forse era uno di quegli oscuri campi testimoni del nostro disonore, dove i reparti scelti tedeschi avevano sbaragliato soldati di milizie irregolari, poco addestrati e armati alla bell'e meglio? E aveva trovato posto solo negli archivi del Ministero della Difesa?

La storia non è il mio forte. Ma la seconda ipotesi mi sembrava la più plausibile. Qui era tutto troppo deserto, triste, senza vita. Un terreno abbandonato, un immondezzaio che nemmeno il colcos aveva voluto.

Il nostro Paese non ama erigere monumenti sui campi degli sconfitti.

È forse per questo che anche le vittorie non vanno sempre per il verso giusto?

Me ne stavo sulla sponda del fiumiciattolo a osservare quel campo senza vita. Non era grande: una striscia di terra che si estendeva tra il bosco e il fiume, un chilometro di larghezza, circa dieci di lunghezza. Gli uomini caduti qui non potevano essere molti. Giusto qualche centinaio.

Il campo era completamente deserto. Con la vista normale non scorgevo nessuno, e non sortì alcun effetto neanche la sbirciata attraverso il Crepuscolo.

Il sole che tramontava era alle mie spalle. Afferrai la mia ombra ed entrai nel mondo crepuscolare.

Nel primo strato il terreno si riempì di muschio blu, anche se non troppo fitto. I soliti ciuffi rinsecchiti, avidi di emozioni umane. Qualcosa, tuttavia, mi mise in guardia. I ciuffi di muschio sembravano attorcigliarsi a mo' di anello intorno a un punto. Sapevo che il muschio era in grado di muoversi, strisciando lentamente ma inesorabilmente verso la propria fonte di nutrimento. E la spiegazione di quegli anelli poteva essere una soltanto.

Passai attraverso una foschia grigiastra. Il mondo degli umani appariva tutt'intorno come una fotografia in bianco e nero, sottoesposta e poco nitida. Qui era freddo e poco accogliente: perdevo energia ogni secondo. Ma anche questo aveva i suoi vantaggi. Neanche Arina era in grado di rimanere a lungo nel Crepuscolo. Dal mondo ordinario era in grado di sorvegliare il primo strato, cosa che però richiedeva dispendio di energie. E lei ora non si trovava nella condizione di poter sciupare sconsideratamente ciò che aveva accumulato negli anni.

Nel primo strato i rilievi del terreno praticamente coincidevano con quelli del mondo reale. Anche qui si camminava sulla terra, con le sue buche e le sue collinette. Però c'era anche qualcos'altro. Nel terreno vedevo, o meglio intuivo, la presenza di vecchie armi. Non di tutte, ovviamente, solo di quelle che avevano avuto occasione di compiere il proprio dovere. Pistole automatiche semidistrutte, fucili in condizioni leggermente migliori... I fucili erano più numerosi.

Arrivato a un centinaio di metri da Arina, mi accovacciai e mi misi a correre gattoni. L'incantesimo realizzato da Svetlana doveva essere ancora attivo, altrimenti avrei subito accusato stanchezza. A una cinquantina di metri presi a strisciare. Il muschio blu cominciò a muoversi. Male. Arina era in grado di capire cosa rende inquieto il muschio...

E proprio lì accanto a me, a cinque metri, vidi sollevarsi lentamente una testa dai capelli neri. Arina sembrava sbucare direttamente dal terreno. La trincea in disuso era troppo stretta e coperta di vegetazione.

Mi fermai.

La strega non guardava nella mia direzione. Piano piano si alzò del tutto: fino a quel momento, evidentemente, era rimasta seduta sul fondo della vecchia trincea. Si portò il palmo della mano all'altezza della fronte. Capii che stava scrutando attraverso il Crepuscolo.

Non dalla mia parte, fortunatamente.

Si stavano avvicinando le mie reclute ingaggiate con la forza. Erano veloci anche viste attraverso il Crepuscolo, sebbene durante i salti restassero in aria un po' troppo a lungo. Davanti c'era il capo. Dietro i cuccioli.

Un umano sarebbe rimasto terrorizzato.

Arina scoppiò a ridere. Si alzò e si puntò le mani sui fianchi. Cominciò a parlare: nell'aria si librarono suoni bassi e rimbombanti. Non aveva fretta di entrare nel Crepuscolo.

Anch'io uscii nel mondo ordinario.

— ... Bugiardi! — mi arrivò all'orecchio. — O non vi ho dato abbastanza cibo?

I lupi si misero in posizione eretta. Si fermarono a una ventina di metri di distanza.

Il capo si fece avanti e ringhiò: — Strega! Parlare... dobbiamo parlare!

— Parla, grigio — disse Arina.

Igor non sarebbe riuscito a distrarla a lungo, questo lo sapevo. In qualsiasi istante la strega sarebbe potuta sprofondare nel Crepuscolo per sorvegliare i dintorni.

E Nadjuska dov'era?

— Restituisci... la ragazzina... — ululò il lupo. — Quello della Luce... si è infuriato... restituisci la ragazzina... se no è peggio...

— Stai forse pensando di minacciarmi? — replicò Arina. — La stai sparando davvero grossa. Chi è che darebbe una bambina a dei lupi? Andatevene!

Strano: sembrava prendere tempo.

— È viva... la bambina? — disse il lupo con voce più nitida.

— Nadjuska, sei viva? — chiese la strega, abbassando lo sguardo. Si chinò, tirò fuori la ragazzina dalla trincea e la posò a terra.

Mi si mozzò il fiato in gola. Nadjuska non appariva né spaventata né stanca. Tutto quello che stava succedendo sembrava divertirla, molto più di una passeggiata con la nonna.

Ma era vicina, troppo vicina alla strega!

— Il lupetto! — esclamò Nadja, fissando il licantropo. Allungò una manina verso di lui e scoppiò in una risata di gioia.

E il licantropo si mise a scodinzolare!

Ma solo per qualche secondo. Igor si irrigidì, gli si rizzò il pelo e abbandonò l'atteggiamento da cane addomesticato per riprendere quello di belva feroce. Eppure quel momento c'era stato: un licantropo aveva iniziato a sdilinquirsi davanti a una bambina di due anni, un'Altra non iniziata!

— Sì, il lupetto — confermò Arina. — Guarda, Nadjuska, chi altro c'è? Chiudi gli occhi e guarda. Come ti ho insegnato.

Mia figlia si tappò prontamente gli occhi con le mani. E si girò lentamente dalla mia parte.

La stava iniziando!

Se davvero Nadjuska aveva imparato a scrutare attraverso il Crepuscolo…

Sorrise. — Papino…

Capii subito due cose. Primo: Arina sapeva benissimo che ero lì! Si stava prendendo gioco di me. Secondo: Nadjuska non stava affatto guardando attraverso il Crepuscolo! Aveva allargato le dita e aveva sbirciato.

Entrai nel Crepuscolo. Avevo i nervi talmente tesi che affondai subito nel secondo strato, in un silenzio ovattato, tra ombre di un grigio scialbo.

L'aura di Arina riluceva di arancione e turchese. Intorno a Nadjuska brillava una candida aureola bianca, come la luce di un faro che trafigge lo spazio: una potenziale Altra! Della Luce! Dalla forza immensa!

Quelle dei licantropi, che avevano cominciato a correre, erano coaguli di rosso e porpora, di furore e collera, di fame e paura…

— Svetlana! — gridai, sobbalzando. Immerso in uno spazio grigio, in un morbido silenzio. — Vieni!

Non mi era stato difficile trovare lo spazio per il portale: con i soli poteri magici avevo proiettato nel Crepuscolo, come fosse una lunga catena di fuoco, un passaggio. Da me ad Arina.

E intanto correvo, in modo che Nadjuska non mi coprisse la vista della strega. E dalle estremità delle mie dita partivano incantesimi ormai automatici.

Freeze: un arresto parziale del tempo.

Oppio: il sonno.

Triplice pugnale: il più violento e il più semplice tra gli incantesimi della forza.

Tanatos: la morte.

Ma in nessuno dei quattro riponevo le mie speranze. Tutto questo funziona quando hai di fronte uno molto debole. Un Altro di forza superiore è in grado di respingere il colpo, sia nel Crepuscolo sia nel mondo degli umani.

Il mio compito era solo quello di distrarre e trattenere la strega. Indebolirne la difesa, che di certo era affidata ad amuleti e talismani. Tutti i miei spettacolari fuochi d'artificio avevano un unico scopo: individuare una falla nella sua difesa.

Il freeze sembrò sparire nel vuoto.

L'incantesimo del sonno rimbalzò proiettandosi nel cielo.

Il triplice pugnale non mancò il bersaglio: le lame luccicanti si conficcarono addosso alla strega. Ma lei non ci fece neanche caso.

Quello della morte mi riuscì peggio di tutti. Non a caso provavo avversione per questa magia, che ricordava così da vicino una maledizione delle Tenebre. La strega, benché si trovasse nel mondo ordinario, fece in tempo a ripararsi con la mano. Il coagulo di nebbia grigia che sopprimeva la volontà e arrestava il cuore giaceva nel suo palmo.

Arina mi guardava attraverso il Crepuscolo e sorrideva. Il suo palmo incombeva sulla testa di Nadjuska, la matassa grigia filtrava lenta attraverso le dita.

Spiccai un balzo: se non per respingerlo, almeno per esporre me stesso...

Ma Arina, rapida e di una bellezza abbagliante, era già nel secondo strato del Crepuscolo. Con un movimento delle dita appallottolò il mio incantesimo e con noncuranza lo scagliò contro i lupi.

— Non avere fretta... — disse in tono melodioso. Nel silenzio del secondo strato le sue parole rimbombarono, e le gambe mi tradirono. Crollai in ginocchio a un passo da lei e da Nadjuska.

— Non toccarla! — urlai.

— Eppure ti avevo chiesto... — disse sottovoce. — Be', se mi avessi aiutato... Che ti ha fatto questa vecchia strega?

— Non ti credo!

Arina annuì con aria stanca e amareggiata. — Fai bene a non credermi... Ma ora che dovrei fare, incantatore?

Con la mano si sfiorò la gonna ed estrasse dalla cintola un rametto di bacche secche. Lo scagliò contro le ardenti fiammelle biancastre. Iniziarono a sprigionarsi nubi di fumo nero: il punto di riferimento per il portale si era dissolto.

Svetlana non aveva fatto in tempo ad arrivare.

— Non mi lasci altra scelta, Luminoso... — disse Arina. — Lo capisci? Mi toccherà ucciderti, e tua figlia non avrà scampo. Dove pensavi di andare con il tuo secondo livello?

In quel momento venne colpita alla schiena da una scintillante lama bianca, che le sbucò dal petto e con uno strappo tornò indietro, obbedendo all'ordine di una mano invisibile.

— Aaah! — gemette la strega, piegandosi in avanti.

Il coltello infuocato volteggiava nel Crepuscolo.

Poi la foschia grigia si diradò, rivelando la presenza di Svetlana.

La strega sembrava già essersi ripresa. Arretrava a piccoli saltelli, senza staccare lo sguardo da Svetlana. Il foro bruciacchiato nella sua veste fumava, ma non usciva sangue. E il suo sguardo tradiva ammirazione, più che odio.

— Oh, tu... Grande... — Scoppiò in una risata gracchiante. — Ho sbagliato le previsioni?

Svetlana non rispose. Uno sguardo così pieno di odio non me lo sarei mai nemmeno immaginato. Nella mano destra stringeva una spada bianca, le dita della sinistra giocherellavano nell'aria, come se stessero maneggiando un invisibile cubo di Rubik.

Il Crepuscolo si oscurò. Intorno a Nadjuska divampò una sfera iridescente. La mossa seguente di Svetlana era destinata a me: il mio corpo venne nuovamente spinto al movimento. Feci un balzo e cominciai ad aggirare la strega.

— Da quale strato arrivi, furfantella? — chiese Arina in tono quasi bonario. — Dal quarto? Il terzo l'ho sorvegliato...

E sentii che per lei la risposta era molto, molto importante.

— Dal quinto — disse Svetlana inaspettatamente.

— Brutto affare... — bofonchiò Arina. — Eccola qui, la rabbia materna... — Mi guardò di sbieco, poi riportò gli occhi su Svetlana. — Non ciarlare a vuoto, quello che ho visto lì...

— Non insegnare ai gatti ad arrampicarsi. — Svetlana scosse il capo.

La strega fece un cenno con la testa. Piegò rapidamente le braccia e si tirò i capelli. Non so se Svetlana si aspettasse quella mossa, ma io feci un salto indietro. Infatti intorno alla strega prese a infuriare una tempesta nera, come se ogni singolo capello si fosse trasformato in una lama sottile e affilata di acciaio scuro. Arina cominciò ad avanzare verso Svetlana. E mia moglie le scagliò contro la spada bianca, che si divise in tante lame. Di colpo però davanti a Svetlana si innalzò una barriera trasparente e fluttuante. Mi pare si chiami "difesa di Luzin".

E le lame si frantumarono contro lo scudo, senza fare rumore.

— Oh, mamma mia... — esclamò Arina. Non ebbi dubbi che avesse pronunciato quelle parole con sincerità, ma allo stesso tempo anche con l'enfasi di chi stesse recitando per un pubblico.

— Arrenditi, carogna — le ordinò Svetlana. — Finché sei in tempo, arrenditi!

— E se... e se... — disse tutt'a un tratto Arina.

Stavolta non aveva scomodato gli amuleti. Si limitò a intonare i suoi versacci sconnessi:

Ammucchia cenere su cenere,
senti la forza nei tuoi arti,
diventa mio servo e mio supporto
altrimenti presto sarai morto!

Da Arina mi sarei aspettato qualsiasi cosa. Ma non questo. Persino tra le Forze delle Tenebre è raro imbattersi in autentici negromanti.

Dalla terra si stavano lentamente rialzando i morti! I soldati tedeschi della Seconda Guerra Mondiale tornavano a combattere!

Quattro scheletri vestiti di stracci – le ossa erano piene di terra, la carne non esisteva più – si levarono in cerchio intorno alla strega. Uno si trascinò come un cieco verso di me, agitando in modo ridicolo le mani senza dita. A ogni passo che compiva, dal goffo zombi si staccavano dei pezzi.

Tre mostri altrettanto sventurati si mossero in direzione di Svetlana. Uno impugnava addirittura una pistola nera senza caricatore.

— E tu sei capace di riesumare l'Armata Rossa? — gridò Arina in tono provocatorio.

Svetlana era come impietrita. E a denti stretti disse: — Mio nonno ha fatto la guerra. Se pensavi di spaventarmi…

Quello che fece non lo capii. Io avrei utilizzato una preghiera grigia, ma lei se la cavò con qualche magia di livello superiore. Gli zombi si frantumarono, riducendosi in polvere.

Svetlana e Arina si fissarono in silenzio.

Maga e strega si affrontavano in uno scontro diretto di forze.

Approfittando della piccola pausa, mi preparai. Se Svetlana avesse vacillato, avrei colpito…

Ma a vacillare fu Arina.

Per prima cosa i vestiti le si strapparono di dosso. Poi la strega iniziò a invecchiare rapidamente. La rigogliosa chioma di capelli neri si trasformò in un pietoso ciuffo grigio. Il seno si infossò, le mani e i piedi si incartapecorirono.

— Nome! — gridò Svetlana.

La strega esitò un istante. Poi la bocca sdentata si mosse e lei biascicò: — Arina… Sono in tuo potere, incantatrice…

Solo a quel punto Svetlana si rilassò, e sembrò afflosciarsi. Aggirando la strega ormai rassegnata, presi mia moglie sottobraccio.

— Non è niente… ce la faccio. — Svetlana sorrise. — È andata.

La vecchietta – a nessuno sarebbe venuto in mente di chiamarla Arina – ci guardava con aria triste.

— Le permetterai di riassumere le sembianze di prima? — chiesi.

— Perché, quella di prima era più simpatica? — Svetlana cercava anche di scherzare.

— Potrebbe morire di vecchiaia da un momento all'altro — osservai. — Avrà più di duecento anni...

— Che crepi pure... — borbottò mia moglie. Guardò Arina di traverso. — Strega! Ti do il permesso di ringiovanire!

Il corpo si raddrizzò. Arina aspirò avidamente l'aria e mi disse: — Grazie, incantatore...

— Usciamo — ordinò Svetlana. — E niente sciocchezze... Ti concedo solo il diritto di uscire dal Crepuscolo!

Ora i poteri della strega – quelli che non erano svaniti insieme al vestito strappato e agli amuleti – erano interamente sotto il controllo di Svetlana.

— Incantatore... — disse Arina, tenendo lo sguardo fisso su di me. — Prima di tutto libera tua figlia dalle barriere di protezione. Sotto i suoi piedi c'è una bomba a mano senza la sicura. Esploderà da un momento all'altro.

Svetlana cacciò un urlo.

Io mi lanciai contro la palla iridescente. Sferrai un colpo, perforando la sfera di opposizione, sotto la quale c'erano altre due barriere: le rimossi bruscamente con la sola energia.

Dal secondo strato non si vedeva nulla.

Scovai la mia ombra e caddi nel primo. Qui era pulito, senza tracce di muschio blu: la furia del combattimento l'aveva completamente incenerito.

Quasi subito avvistai la bomba sotto i piedi di Nadjuska. Arina l'aveva messa lì penetrando a fondo nel Crepuscolo. Si era tutelata, la bastarda... La sicura era stata rimossa. All'interno della bomba l'innesco si consumava con penosa lentezza, mentre nel mondo reale erano già passati tre, quattro secondi...

Il raggio d'azione era di duecento metri.

Se fosse esplosa all'interno delle barriere di protezione, di Nadjuska sarebbe rimasto solo un ammasso di polvere sanguinolenta...

Mi chinai e afferrai l'ordigno. È assai complicato maneggiare gli oggetti del mondo reale quando ci si trova nel Crepuscolo. Fortunatamente quella bomba aveva un doppio crepuscolare piuttosto nitido: una superficie altrettanto rugosa, sporca e arrugginita...

Lanciarla? Impossibile. Nel mondo reale non sarebbe arrivata abbastanza lontano. L'avrei lasciata nel Crepuscolo: sarebbe esplosa lì.

Spaccai in due la bomba, poi la ridussi in pezzetti ancora più piccoli... cercando di scovare tra ferro ed esplosivo il tubicino del detonatore che stava bruciando. Un coltello invisibile – una lama di pura energia – trinciò la granata.

Alla fine lo scovai: la fiammella già si stava avvicinando all'innesco. La spensi con le dita.

E caddi nel mondo reale. Ero fradicio di sudore, le gambe tremanti mi reggevano appena, dondolavo le braccia. Le dita bruciacchiate mi facevano male.

— Basta dare agli uomini un pezzo di ferro in cui possono frugare e sono contenti — disse in tono sarcastico Arina, ricomparsa alle mie spalle. — Se la chiudevo dentro la barriera sarebbe esplosa. E se la lasciavo nel ghiaccio si sarebbe conservata fino a domani.

— Papino, insegnami a nascondermi così — disse Nadjuska, per niente spaventata. Poi guardò Arina, e con voce forte e sdegnata esclamò: — Ma sei matta, signora? Non si deve andare in giro nudi!

— Quante volte ti ho detto di non rivolgerti in questo modo alle persone più grandi? — la sgridò Svetlana. Ma subito dopo afferrò Nadjuska per le mani e cominciò a baciarla.

Mi sedetti sul bordo della trincea. Avevo voglia di fumare. E anche di bere. E di mangiare. E di dormire.

— Non lo faccio più — bofonchiò come al solito Nadja. — Ma il lupetto è malato!

Solo allora mi ricordai dei licantropi. Mi voltai.

Il lupo giaceva a terra e muoveva debolmente le zampe. Tutt'intorno i cuccioli si dimenavano irrequieti.

— Scusa tanto, incantatore — disse Arina. — La tua magia l'ho passata al licantropo. Non avevo tempo di disfarmene come si deve.

Guardai Svetlana. Il tanatos non equivale necessariamente a morte sicura.

Un sortilegio può anche essere disattivato.

— Io sono svuotata… — mormorò Svetlana. — Ho tirato fuori tutto quello che avevo.

— Se volete lo salvo io, questo degenerato — propose Arina. — Non mi costa nulla.

— Perché ci hai detto della bomba? — chiesi alla strega.

— Cosa me ne viene se un bimbo muore? — rispose.

— Lei diventerà una Grande Maga della Luce — disse Svetlana. — La Più Grande!

— E va bene, che lo diventi pure. — Arina sorrise. — Magari si ricorderà della signora Arina, che un tempo le ha parlato di erbette e fiorellini… Non temete, nessuno riuscirà a volgerla verso le Tenebre. È una ragazzina speciale: senza magia non poteva cavarsela… Che facciamo con il lupo?

— Salvalo — si limitò a dire Svetlana.

Arina annuì. E a me disse: — Nella trincea c'è una borsa. Dentro c'è da fumare e da mangiare. Questo nascondiglio l'avevo preparato tanto tempo fa.

La strega trafficò sul corpo di Igor per circa dieci minuti. In un primo momento cacciò via i cuccioli che provarono a trasformarsi e, non riuscendoci, andarono a stendersi in mezzo ai cespugli. Poi si mise a farfugliare qualcosa, strappando ora questa ora quell'erbetta. Quindi, a voce alta, richiamò i lupacchiotti, che si sparpagliarono di corsa e fecero ritorno con ramoscelli e radici tra i denti.

Io e Svetlana ci guardammo senza dire nulla. Era tutto fin troppo chiaro.

Finii la seconda sigaretta, mi rigirai tra le mani la terza e presi dalla borsa di stoffa nera una tavoletta di cioccolato. A parte tabacco, cioccolato e pacchetti di cicche inglesi – strega previdente! – nella borsa non c'era nient'altro.

E io che ancora speravo di trovare il *Fuaran*…

— Strega! — gridò Svetlana quando il licantropo, tremando ancora leggermente, si sollevò sulle zampe. — Vieni qui!

Arina, ancheggiando con grazia, e senza vergognarsi di essere nuda, tornò verso di noi. Anche il licantropo si adagiò lì nei pressi. Respirava affannosamente. I cuccioli gli si accalca-

rono intorno e presero a leccarlo. Svetlana si rivolse ad Arina:
— Di cosa sei accusata?

— Di aver violato, su istruzione di un non precisato mago della Luce, il ricettario delle pozioni. Facendo fallire un esperimento congiunto dell'Inquisizione e delle Guardie della Notte e del Giorno.

— È andata proprio così? — chiese.

— Sì — confessò la strega.

— Perché?

— Dai tempi della Rivoluzione sognavo di danneggiare i rossi.

— Non mentire. — Svetlana corrugò la fronte. — A te non importa niente di rossi, bianchi o azzurri. Perché hai voluto rischiare?

— Che differenza fa, incantatrice? — Arina sospirò.

— Fa differenza, eccome. Principalmente per te.

La strega alzò di colpo la testa. Guardò me, poi Svetlana. Sbatté le palpebre.

— Signora Arina, sei triste? — chiese Nadjuska. Guardò di sottecchi la mamma, poi si tappò la bocca con le piccole mani.

— Sono triste — rispose la strega.

Non mi andava, non mi andava proprio che Arina finisse nelle grinfie dell'Inquisizione.

— L'esperimento godeva dell'appoggio di tutti gli Altri — raccontò Arina. — Secondo quelli delle Tenebre la presa del potere da parte di un migliaio di comunisti convinti – anche se la produzione del panificio era destinata prima di tutto al Cremlino e al Commissariato del Popolo – non avrebbe portato cambiamenti. Al contrario avrebbe suscitato il malcontento dei soviet di tutto il mondo. Secondo quelli della Luce, invece, dopo una lunga e vittoriosa guerra contro la Germania – i chiromanti già allora leggevano con precisione le linee della probabilità – l'Unione Sovietica sarebbe stata capace di produrre realmente una società positiva. Esisteva un rapporto riservato… Gli uomini avrebbero dovuto realizzare gli ideali del comunismo verso il 1980…

— E invece hanno fatto del frumento la principale coltura — ironizzò Svetlana.

— Sono solo chiacchiere, incantatrice — la interruppe pacatamente la strega. — Del frumento non mi ricordo. Invece già negli anni Settanta doveva essere allestita una città sulla Luna. Si doveva volare su Marte, e altre cose… Tutta l'Europa sarebbe diventata comunista. Ma consapevolmente. Ora sulla Terra ci sarebbero un'immensa Unione Sovietica, un'immensa unione di stati… di cui avrebbero fatto parte anche Gran Bretagna, Canada e Australia. Solo la Cina sarebbe rimasta fuori.

— Quindi quelli della Luce hanno sbagliato i calcoli? — domandai.

— No. — Arina scosse la testa. — Non hanno sbagliato. Si sarebbe sparso molto sangue, questo è ovvio. Ma il risultato sarebbe stato accettabile. Molto meglio di tutti i regimi di oggi… Quelli della Luce non volevano altro! In quello stato di cose, gli uomini sarebbero venuti a sapere dell'esistenza degli Altri approssimativamente ai giorni nostri.

— Chiaro — disse Svetlana. Nadjuska si dimenava inquieta sulle sue ginocchia: si era stufata di stare seduta, voleva "andare dal lupetto".

— Perciò quel… non precisato mago della Luce… — Arina sorrideva — che immaginava di poter prevedere il futuro meglio di tutti, era venuto da me. Di tanto in tanto ci incontravamo, analizzavamo la situazione. Il guaio è che l'esperimento non era stato pianificato solo dai Grandi – capaci di riconoscere la pericolosità del nostro smascheramento – ma anche da un gran numero di maghi di prima o di seconda categoria… e persino da alcuni di terza e di quarta. Il progetto godeva di una popolarità enorme… Per poterlo annullare ufficialmente era necessario informare migliaia di Altri. Impossibile farlo.

— Capisco — disse Svetlana.

Io invece non ci capivo niente.

Noi nascondiamo la nostra esistenza agli esseri umani perché abbiamo paura. Siamo troppo pochi, e nessuna magia ci salverebbe in caso di una nuova caccia alle streghe. E in quel futuro così bello, che secondo le parole di Arina già si poteva realizzare, probabilmente sarebbe stata in pericolo la nostra incolumità.

— Per questo abbiamo deciso di sabotare l'esperimento —

continuò Arina. — Grosso modo è andata così... Certo, oggi in Russia la vita non è ricca e bella come avrebbe dovuto essere. Ma chi l'ha detto che la felicità si misura in base al grado di riempimento della pancia?

— Proprio così — ironizzai. — Qualsiasi insegnante del Volga o minatore ucraino sarebbe d'accordo con te.

— La felicità va ricercata nella ricchezza dello spirito — concluse la strega. — E non nelle vasche idromassaggio o nei cessi riscaldati.

— Poverina — intervenne Svetlana. — È stata dura per te?

Sulle prime pensai che si stesse burlando di Arina. Ed evidentemente la strega pensò la stessa cosa. — Mi compatisci, o mi prendi in giro?

— Ti compatisco — rispose Svetlana.

— Io gli uomini non li compatisco — disse a denti stretti. — Invece il Paese sì. È il mio Paese. Comunque sia, è sempre il mio Paese. Ma è stato meglio così. Si tira avanti lo stesso. Gli uomini mettono al mondo altri uomini, costruiscono città, arano campi.

— Non sei andata in letargo per sfuggire alla Ceka — disse improvvisamente Svetlana. — E neanche per sfuggire all'Inquisizione. Te la saresti cavata, lo sento. Non volevi vedere cosa sarebbe successo in Russia dopo il tuo sabotaggio.

La strega rimase zitta.

Svetlana si rivolse a me: — Ora che facciamo?

— Decidi tu — risposi.

— Dove volevi fuggire? — domandò Svetlana ad Arina.

— In Siberia — fu la risposta. — In Russia funziona così: in Siberia ti ci deportano o ci finisci da solo, per scelta. Mi troverò un altro villaggio e andrò a stare in un luogo fuori mano. Mi guadagnerò da vivere... Mi troverò un marito. — Sorridendo si portò la mano sul seno rigoglioso. — Aspetterò una ventina d'anni, vedrò come vanno le cose. E intanto penserò a cosa dire all'Inquisizione, nel caso mi trovino.

— Non riuscirai a superare lo sbarramento da sola — borbottò Svetlana. — E per noi sarà difficile riuscire a farti fuggire.

— Io... la nascondo... — tossicchiò il licantropo. —Ho un... debito...

Arina strizzò gli occhi e gli chiese: — Perché ti ho rimesso in sesto?

— No… non per questo… — rispose vagamente il licantropo. — Ti porto… attraverso il bosco… fino al campo… ti nascondo lì… e poi… fuggirai.

— Nessuno va da nessuna parte… — cominciai a dire.

Ma la mano di Svetlana mi sfiorò dolcemente le labbra, come faceva per zittire Nadjuska. — Anton, è meglio così. È meglio che Arina fugga. Dopotutto non ha neanche toccato Nadja, giusto?

Scossi la testa. Che assurdità! Che inganno! Possibile che la strega avesse trovato il modo di assoggettarla alla sua volontà?

— È meglio così! — ripeté Svetlana con impeto. E si voltò verso Arina: — Strega! Promettimi che non toglierai più la vita né a un essere umano né a un Altro!

— Non posso promettersi niente del genere.

— Promettimi che per cento anni non toglierai più la vita né a un essere umano né a un Altro, a meno che non sia in pericolo la tua stessa vita… e non ti rimanga altra scelta per difenderti — disse Svetlana dopo un attimo di esitazione.

— Così è diverso! — Arina sorrise. — Si vede subito che è maturata, la Grande Maga… Campare un secolo senza poter usare i denti non è bello. Ad ogni modo, lo prometto. Che le Tenebre mi siano testimoni!

Alzò la mano, e nel suo palmo spuntò per un attimo un coagulo di tenebra. I licantropi, sia l'adulto sia i cuccioli, si misero a guaire sommessamente.

— Ti restituisco i tuoi poteri — dichiarò Svetlana, prima che io riuscissi a fermarla.

E Arina scomparve.

Sobbalzai accanto a mia moglie, che invece rimase seduta tranquilla. Un po' di forza mi restava. Sarebbe stata sufficiente a sferrare un paio di colpi. Anche se per la strega…

Arina ricomparve. Già vestita e, mi sembrava, anche pettinata. Sorridente.

— Dopotutto potrei fare del male anche senza uccidere! — disse con una punta di malignità. — Creare paralitici o esseri deformi.

— Potresti — convenne Svetlana. — Non c'è dubbio. Ma a che scopo?

— Nessuno scopo, incantatrice. Allora addio. Io non serbo memoria del bene, ma non mi vergogno a dire grazie... Grazie, Grande. Sarà dura per te, adesso.

— Lo so — sussurrò Svetlana.

Arina posò lo sguardo su di me e sorrise con malizia. — Addio anche a te, incantatore. E non stare in pena per me, non lo sopporterei. Oh... è un vero peccato che tu sia innamorato di tua moglie...

Si accovacciò e allungò una mano verso Nadjuska.

Svetlana non la fermò.

— Arrivederci, ragazzina! — disse allegramente la strega. — Io sono una signora cattiva, ma a te auguro ogni bene. Non è uno stupido colui che ha disegnato in anticipo il tuo destino. Forse sarai in grado di fare ciò che a noi non è riuscito. Accetta anche tu un regalino da parte mia... — Lanciò un'occhiata a Svetlana.

E lei annuì!

Arina afferrò Nadjuska per un dito. Borbottò: — Augurarti la forza? Già ne hai molta. Ti piacciono i fiorellini, vero? Allora accetta questo mio regalo: fiori ed erbette curativi. Anche a una maga della Luce possono essere utili.

— Arrivederci, signora Arina — mormorò Nadjuska. — Grazie.

Ero sbigottito, confuso. Poi la strega si voltò verso i licantropi. — Allora, grigio, fammi strada!

I cuccioli si lanciarono dietro la strega e il proprio istruttore. Una di quelle carogne addirittura si fermò, sollevò la zampa su un cespuglio e, fissandoci con uno sguardo di sfida, lo annaffiò. Nadjuska si mise a sghignazzare.

— Svetlana... — bisbigliai. — Ma vanno...

— Lasciali andare. — E si voltò verso di me.

— Cos'è successo? — le chiesi. — Cosa, e quando?

— Torniamo a casa. Dobbiamo... dobbiamo parlare un po', Anton. Parlare seriamente.

Epilogo

Mia suocera stava mettendo a letto Nadjuska, e brontolava: — Oh, che fantasia, che sognatrice…

— Ho passeggiato con una signora… — borbottava insonnolita mia figlia.

— Sì, sì, avete passeggiato… — ripeteva allegramente mia suocera.

Svetlana fece una smorfia triste. Prima o poi capita a tutti gli Altri di dover manipolare la memoria dei propri cari. E non è per niente piacevole.

Certo, abbiamo un'altra possibilità: svelare la verità – o parte della verità – alle persone a noi vicine. Ma anche questo non porta a niente di buono.

— Buonanotte, tesoro — disse Svetlana.

— Andate, andate — brontolò mia suocera. — L'avete sfiancata con tutti questi "tesoro", "piccola cara"…

Uscimmo dalla camera, e Svetlana chiuse bene la porta. Calò il silenzio, si sentiva solo il ticchettio del vecchio orologio a pendolo.

— Troppe moine — dissi. — Non bisogna fare così con i bambini…

— Con una bambina sì — ribatté Svetlana. — Soprattutto se ha due anni. Anton… andiamo in giardino.

— In giardino, tutti in giardino! — concordai in tono allegro. — Andiamo.

Ci sedemmo l'uno di fianco all'altra sull'amaca, ma Svetlana tentava di allontanarsi, per quanto le risultasse difficile.

— Comincia dall'inizio — suggerii.

— Dall'inizio... — sospirò. — Dall'inizio non è possibile. È tutto troppo ingarbugliato.

— Allora spiegami perché hai lasciato andare la strega.

— Sa troppe cose, Anton. E se ci fosse stato un processo... se fosse venuto tutto a galla...

— Ma è una criminale!

— Arina non ci ha fatto niente di male — mormorò Svetlana, quasi stesse cercando di convincere se stessa. — Credo che in lei non ci sia vera ferocia sanguinaria. La maggior parte delle streghe in realtà sono malvagie, ma ci sono anche quelle...

— Mi arrendo! — Alzai le braccia. — Ha dato una bella strigliata ai licantropi e non ha molestato Nadja. E il mancato esperimento?

— Ce l'ha spiegato.

— Spiegato cosa? Che quasi cento anni di storia russa sono andati a gambe all'aria? Che al posto di una società sana è stata concepita una dittatura burocratica, con tutte le conseguenze del caso?

— Hai sentito anche tu: gli umani avrebbero saputo della nostra esistenza!

Trassi un respiro profondo, cercando di raccogliere i pensieri.

— Sveta... ma cosa dici? Cinque anni fa tu stessa eri un essere umano! Anche noi siamo ancora esseri umani... solo un po' più sviluppati. In una nuova fase dell'evoluzione, diciamo. Gli umani avrebbero saputo della nostra esistenza... be', poco male!

— Noi non siamo più sviluppati. — Svetlana scosse la testa. — Anton, quando tu mi hai chiamato... ho immaginato che la strega tenesse sotto controllo il Crepuscolo. Quindi sono scivolata subito nel quinto strato. Credo che, a parte Geser e Olga, nessuno dei nostri ci sia mai stato.

Si interruppe. E io capii che proprio di questo Svetlana voleva parlare. Di qualcosa di realmente orribile.

— Cosa c'è lì, Sveta? — sussurrai.

— Ci sono rimasta un bel po'. E... ho capito una cosa. Non importa in che modo, precisamente.

— Be'?

— Quello che c'è scritto nel libro della strega è tutto vero, Anton. Noi non siamo veri maghi. Non possediamo maggiori capacità rispetto agli umani. Siamo come il muschio blu del primo strato. Ti ricordi l'esempio del libro sulla temperatura del corpo e l'ambiente circostante? Ecco, tutti gli uomini hanno una temperatura magica di trentasei e sei. Quelli che sono molto felici, oppure molto infelici, hanno la febbre. La loro temperatura è più alta. E tutta questa energia, tutta questa forza, serve a riscaldare il mondo. La nostra temperatura corporea, invece, è inferiore alla norma. Noi attingiamo la forza dagli altri e siamo in grado di ridistribuirla. Siamo dei parassiti. Un Altro non molto forte, tipo Egor, ha una temperatura di trentaquattro gradi. La tua, per esempio, è di venti. La mia di dieci.

Già ci avevo pensato, dopo aver letto il libro. — E allora? E con questo? Gli esseri umani non sono capaci di sfruttare la propria forza. Noi sì. Cosa cambia?

— Cambia che gli esseri umani non si rassegneranno mai a tutto questo. Anche i più buoni e i più giusti guarderanno sempre con invidia coloro cui sono state concesse maggiori doti. Costituzione atletica, bellezza, genialità, talento. Ma lagnarsi non serve a niente… è il destino, il caso. Ora immagina di essere un uomo normale. Un normalissimo essere umano. Un bel giorno scopri che c'è qualcuno che può vivere per centinaia di anni, qualcuno che è in grado di predire il futuro, di guarire le malattie e di lanciare il malocchio. Seriamente, realmente! E tutto questo a spese tue! Siamo dei parassiti, Anton. Tali e quali ai vampiri. Tali e quali al muschio blu. Se tutto questo si viene a sapere, se scoprono il modo di distinguere gli Altri dagli esseri umani, inizieranno a darci la caccia e ci stermineranno. Se ci mimetizziamo in mezzo a loro, ci acchiapperanno uno dopo l'altro. Se invece ci riuniamo e formiamo un nostro governo, allora ci bombarderanno con l'atomica.

— Separare e difendere… — Sussurrai lo slogan della Guardia della Notte.

— Giusto. Separare e difendere. E non gli uomini dalle Tenebre, ma dagli Altri in generale.

Scoppiai a ridere. Osservavo il cielo notturno e ridevo, richiamando alla mente quel giorno in cui, un po' più giovane di adesso, camminavo lungo una strada buia incontro a dei vampiri. Con il cuore bollente, le mani sudate e la mente vuota e fredda...

— Quante volte abbiamo discusso su ciò che ci differenzia dalle Tenebre... — continuò Svetlana. — Io ho scoperto un'altra definizione. Noi siamo i buoni pastori. Sorvegliamo la mandria. E probabilmente già questo non è poco. Ma non dobbiamo ingannare né noi stessi né gli altri. Non tutti gli esseri umani diventeranno Altri. Noi non ci riveleremo mai ai loro occhi. E mai permetteremo loro di creare una società più o meno dignitosa. Capitalismo, comunismo... non è questo che conta. Per noi può esistere solo un mondo in cui gli uomini continuino a preoccuparsi delle dimensioni della mangiatoia e della qualità del fieno. Perché se un giorno tirano fuori la testa, si guardano intorno e si accorgono della nostra presenza, per noi è la fine.

Osservavo il cielo, tenendo sulle mie ginocchia la mano di Svetlana. Quella mano, calda e abbandonata, che solo poco prima scagliava tuoni e fulmini contro la strega sabotatrice. Quella debole mano di una Grande della Luce, la cui magia era due volte inferiore alla mia.

— E non c'è niente da fare — mormorò Svetlana. — I Guardiani non permetteranno mai agli umani di uscire dalla stalla. L'unica cosa che possiamo fare è scegliere una stalla meno brutta e tingerla di colori vivaci.

— E se invece si raccontasse tutto agli Altri?

— A quelli delle Tenebre non dispiacerebbe. A quelli della Luce non resterebbe che rassegnarsi. Ho scoperto una verità che non avrei voluto scoprire, Anton. E mi sono rassegnata. Forse non dovevo parlartene. Ma sarebbe stato disonesto da parte mia. Come se anche tu facessi parte della mandria.

— Sveta... — Fissai lo sguardo sulla luce fioca della lampada attraverso la finestra. — Sveta, qual è la temperatura magica di Nadjuska?

Esitò, prima di rispondere. — Zero.

— La più Grande dei Grandi...

— Assolutamente priva di calore magico...

— Ora che facciamo?

— Viviamo — si limitò a dire Svetlana. — Io sono un'Altra... Ormai è tardi per proclamarsi innocenti. Sottraggo forza agli umani, la attingo dal Crepuscolo: si tratta comunque di forza altrui. Ma non è colpa mia.

— Sveta, io vado da Geser. Ora. Lascio la Guardia.

— Lo so. Vai.

Mi alzai, trattenendo l'amaca che aveva preso a dondolare. Era buio e non riuscivo a distinguere il viso di mia moglie.

— Vai, Anton — ripeté lei. — Sarà difficile riuscire a guardarci negli occhi. Ci vorrà del tempo prima di abituarsi.

— Cosa c'è nel quinto strato? — chiesi.

— È meglio che tu non lo sappia.

— Va bene. Lo chiederò a Geser.

— Fattelo dire da lui... se vuole.

Mi chinai e le sfiorai le guance: erano bagnate di lacrime.

— Mi fa schifo... — sussurrò. — Mi fa schifo... essere un parassita.

— Devi essere forte.

— Lo sarò.

Quando entrai nella baracca, udii la porta sbattere: Svetlana era rientrata in casa. Senza accendere la luce, salii in macchina e chiusi con forza la portiera.

Che aveva combinato lo zio Kolja? Sarei riuscito a mettere in moto oppure no?

Si avviò subito: il motore diesel prese a brontolare con voce dolce e silenziosa. Accesi gli anabbaglianti e partii.

E le regole della mimetizzazione?

"Me ne frego. Perché un pastore non dovrebbe farsi vedere dalle proprie pecore?"

Con un piccolo gesto aprii il cancello, senza scendere dall'auto. Mi immisi nella strada e subito pigiai sull'acceleratore. Il villaggio sembrava vuoto, senza vita. Accesi gli abbaglianti e accelerai ancora. Il vento entrava dal finestrino abbassato.

Cercai il telecomando per ascoltare un po' di musica.

Senza cappotto sono giunto in questa città ventosa.
Mi ha avvinghiato la gola come una pianta d'edera.

Spire di serpente hanno incatenato la mia anima.
Vedo il sole nero. Sotto di lui non verso nessuna lacrima.
Sono uscito dal mio ruolo. Sono insolente e ingiusto.
Quali sono le speranze del coniglio che viene inghiottito dal boa?
Le spire del serpente stringono solo all'inizio,
vedo il sole nero e sempre gli stessi sogni.
I profeti e le virtù non riesco a distinguerli, neanche morto.
Sembra che qualcuno stia eliminando i testimoni,
trasformandoci in serpenti.
Mi va bene imputridire sotto qualsiasi bandiera,
sono pronto a strisciare per terra a zigzag,
e persino a cantare d'amore con il vomito in gola,
se la mia Patria mi chiede di farlo.

Davanti a me baluginò una piccola luce. Socchiusi gli occhi e guardai attraverso il Crepuscolo. Al di là della strada c'era un posto di blocco della polizia. Di fianco erano in attesa due uomini e due Altri.

Altri delle Tenebre.

Sorrisi e rallentai.

Il mio cervello è un alveare con le formiche al posto delle api.
Il centro di gravità della pallottola è sbilanciato in direzione dell'amore.
Le spire del serpente sono una corazza.
Vedo il sole nero. E il sole mi odia.
Potrei arrendermi senza combattere, cadendo nelle fauci del diavolo.
Ma io morirò in piedi: le spire mi impediranno di cadere.
Le spire del serpente sono il mio corsetto e la mia carcassa.
Vedo il sole nero. È un danno per i miei occhi.

Mi fermai al posto di blocco e aspettai che il poliziotto mi si avvicinasse. Aveva una pistola automatica. L'Inquisizione non si era mai fatta troppi scrupoli quando si trattava di arruolare uomini per uno sbarramento.

Porsi al poliziotto patente e libretto dell'auto, abbassai il volume della musica.

E guardai i due Altri.

Il primo era un Inquisitore che non conoscevo: un asiatico attempato e piuttosto magro. Gli avrei dato il secondo o il terzo livello di forza, ma con gli Inquisitori non è mai facile capirlo.

Il secondo era un normale Altro delle Tenebre della Guardia del Giorno di Mosca. Il vampiro Kostja.

— Stiamo cercando una strega — disse l'Inquisitore. I poliziotti non gli prestavano la minima attenzione.

— Arina qui non c'è — risposi. — È Edgar il responsabile del rastrellamento?

L'Inquisitore annuì.

— Chiedete a lui chi sono. Anton Gorodeckij, Guardia della Notte.

— Lo conosco — borbottò Kostja, chinandosi verso l'Inquisitore. — Tutto a posto. È uno della Luce rispettoso della legge.

— Passi pure. — Il poliziotto mi restituì i documenti.

— Può proseguire — disse l'Inquisitore. — Più avanti ci sono altri posti di blocco.

Con un cenno del capo ripartii.

Kostja rimase impalato, seguendomi con lo sguardo.

Alzai di nuovo il volume della musica.

Non sono né favorevole né contrario. Non sono né il bene né il male.
Con me, Patria mia, sei stata proprio fortunata!
Le tue spire di serpente sono la mia casa, la mia trappola.
Striscerò sotto il sole,
sotto questo sole diabolico.
Da qui a lì, da qui a lì,
da qui fino al Giudizio Universale.

Terza Storia

LA FORZA DI NESSUNO

Traduzione di Matteo Falcucci

Prologo

Raramente gli capitava di sognare. Adesso non stava neppure dormendo. Eppure quello era quasi un sogno, una fantasticheria nell'attimo prima del risveglio. Una fantasticheria serena, pura, quasi infantile.

"Due… uno… pronti al lancio…"

La colonna argentata di un missile nella nebbia leggera. Fiamme che sventolano sotto i motori.

Ogni bambino sogna di diventare astronauta, fino a quando per la decima volta non si sente ripetere: "Cosa vuoi fare da grande, l'astronauta?"

Gli Altri smettono di sognare lo spazio non appena diventano Altri. Il Crepuscolo è più interessante di tutti i pianeti sconosciuti. E la forza cui si ha accesso fa più gola della gloria di un qualsiasi astronauta.

Ma ora aveva sognato di nuovo un missile: un vecchio e goffo missile che si sollevava nell'aria. La Terra che fluttuava sotto i piedi o sopra la testa. Lo spesso vetro di quarzo dell'oblò. Strano sogno per un Altro.

La Terra… un velo di nubi… le luci delle città… gli uomini… Milioni. Miliardi. E lui a osservarli, in orbita.

Un Altro nello spazio… Cosa ci può essere di più ridicolo? Forse un Altro contro un alieno. Un giorno aveva visto *Alien* e di colpo gli era venuto in mente che per quella coraggiosa Ripley ora era il momento di entrare nel Crepuscolo e uccidere, uccidere, uccidere tutti quei mostri stupidi e senza speranza.

Scoppiò a ridere. Gli alieni non esistono. Lo spazio invece sì. Solo che prima non capiva bene il perché.

Ora l'aveva capito.

Se ne stava lì con gli occhi chiusi, sognando la Terra piccola piccola che lentamente si riavvicinava ai suoi piedi.

Ogni bambino sogna di diventare astronauta, fino a quando non si ferma a riflettere sulla sua utilità.

Ora aveva capito tutto. Si ricomponevano i frammenti del rompicapo. E della sua predestinazione di Altro. E di quel suo stupido sogno sullo spazio.

E anche di quel volumetto, rilegato in cuoio e accuratamente scritto a mano.

Prese il libro che giaceva sulle assi del pavimento. Lo aprì alla prima pagina. Le lettere non sbiadirono: erano protette da una debole ma efficace magia.

Da tempo quella lingua non risuonava più sulla Terra. A un indianista avrebbe ricordato il sanscrito, e solo pochi avrebbero capito che si trattava di lingua paisaci.

"Che il dio Elefante vi protegga, muovendo la testa in alto e in basso, come Shiva che dondola su e giù su Uma! Che Ganapati mi riempia della soave acqua della saggezza! Il mio nome è Fuaran, sono una delle donne della gloriosa città di Kanakapuri. Colui che esaudisce ogni desiderio, consorte di Parvati, mi ha ricompensato generosamente nei giorni della mia gioventù, offrendomi in dono la capacità di entrare nel mondo delle illusioni. Mentre nel nostro mondo un petalo cade da un albero in fiore, volteggiando nel vento, nell'altro trascorre un giorno: è questa la sua natura. E in quel mondo si cela una grande forza..."

Richiuse il *Fuaran*.

Il cuore gli batteva forte nel petto.

Una grande forza! Sfuggita a una strega sparita quasi due millenni prima. Senza padrone, abbandonata, inaccessibile persino agli Altri.

La forza di nessuno!

Capitolo 1

Arrivai all'edificio della Guardia della Notte verso le sette di mattina. L'ora più tranquilla, quella del cambio di turno. Gli operativi che avevano prestato servizio durante la notte per le strade della città avevano fatto rapporto e se n'erano tornati a casa. Gli impiegati del quartier generale, secondo le abitudini moscovite, non si sarebbero fatti vivi prima delle nove.

Anche nell'ufficio della sicurezza era l'ora del cambio. Le guardie in uscita firmavano dei fogli, quelle in entrata davano un'occhiata al giornale di servizio. Scambiai con tutti una stretta di mano e proseguii oltre senza eseguire i dovuti controlli. In realtà si trattava di una mia negligenza... ma quel posto di guardia era prima di tutto per gli umani.

Al terzo piano il cambio era già avvenuto. Di turno c'era Garik. Mi ispezionò attraverso il Crepuscolo, e con un cenno del capo mi ordinò di toccare un amuleto: una figura bizzarra a forma di gallo, realizzata con fili metallici dorati. Noi chiamavamo quel gesto "il saluto a Dodon": in teoria, al tocco di uno delle Tenebre il gallo avrebbe dovuto cantare. Ma alcuni spiritosoni erano pronti a giurare che, se il gallo avesse percepito uno delle Tenebre, si sarebbe messo a strillare: "Giù le mani!"

Solo dopo Garik mi rivolse un sorriso amichevole e mi strinse la mano.

— Geser è nel suo ufficio? — chiesi.

— E chi lo sa? Ma non eri in vacanza?

— Mi sono stufato. Come si dice, è di nuovo lunedì...

— E tu sei già stanco morto... — Con aria un po' imbarazzata aggiunse: — Sei sconvolto.

— Sono stato in campagna con Sveta, ma si è fatta viva una vecchia strega — spiegai. — E un branco di licantropi un po' troppo affamati. Ci è toccato dare la caccia ai lupi, dare la caccia alla strega… — Feci un cenno con la mano. — Dopo una vacanza del genere mi ci vuole un periodo di malattia.

— Puoi fare richiesta, mi sembra che abbiamo ancora un periodo per la reintegrazione delle forze.

Scossi la testa. — Me la sbrigo da solo. Grazie.

Lo salutai e salii al quarto piano. Restai in piedi davanti all'anticamera di Geser, poi bussai.

Non mi rispose nessuno. Entrai.

La segretaria non c'era. La porta dello studio era chiusa. Ma la macchina del caffè lampeggiava allegra, il computer era acceso, e persino il televisore borbottava sottovoce, sintonizzato sul canale del notiziario.

Me ne stavo in piedi appoggiato al tavolo della segretaria e guardavo fuori dalla finestra le nuvole che fluttuavano sopra la città, quando entrò Geser.

— Buongiorno, Capo — dissi. — Credevo non ci fosse.

Lui sbadigliò. Era in vestaglia e ciabatte. Sotto la vestaglia si intravedeva il pigiama.

Be', non avrei mai creduto che il Grande Geser potesse indossare un pigiama con i disegni dei cartoni animati della Disney. Da Topolino e Paperino a Lilo e Stitch. Un Grande, vissuto per centinaia di anni e in grado di leggere il pensiero con tale facilità, non può portare un pigiama del genere!

— Stavo dormendo — spiegò con aria tetra. — Stavo dormendo placidamente. Sono andato a letto alle cinque di mattina.

— Mi scusi, Capo — dissi. — C'è stato molto lavoro stanotte?

— Mi sono letto un libro, interessante — disse, avvicinandosi alla macchina del caffè. — Per me nero con zucchero, per te amaro con latte… È pronto.

Afferrai la tazza e seguii il Capo nel suo ufficio.

Qui, come al solito, era un fiorire di oggettini insoliti. Su uno degli scaffali compariva una gran quantità di piccole figure di topi – di vetro, di stagno, di legno – tazze di ceramica e coltelli d'acciaio. Dal soffitto pendeva anche un casco da hockey dorato, sorprendentemente simile a un cranio rasato, nel quale erano conficcate delle freccette. Lanciando un'occhiata di sbieco a tutte quelle cose che potevano avere un'importanza estrema ma al tempo stesso non valere niente, mi accomodai in una delle poltrone riservate agli ospiti.

— Bevi il caffè, di mattina ti ripulisce il cervello — borbottò Geser.

— Ho bisogno di alcune risposte — dissi.

— Le avrai.

— La magia degli Altri è molto più debole di quella degli umani?

Il Capo fece una smorfia. — Sciocchezze.

— Ma la forza magica degli umani…

Geser sollevò il dito e lo mosse minacciosamente. — Primo: sì, tutto ciò che è vivo è in grado di produrre forza magica. Tutto ciò che è vivo, non solo gli umani! Anche gli animali, anche l'erba. Ma non so se questa forza si basi su principi fisici. Se sia possibile misurarla con apparecchiature scientifiche. Forse è una cosa che nessuno saprà mai. Secondo: nessuno è in grado di controllare la propria forza. Essa si disperde nello spazio, viene assorbita dal Crepuscolo, in parte viene catturata dal muschio bluastro e in parte dagli Altri. Capisci? Esistono due processi distinti: l'emanazione della propria forza e l'assorbimento di quella altrui. Il primo è un processo involontario, che si intensifica man mano che si scende nelle profondità del Crepuscolo. Il secondo, seppure in diversa misura, è proprio sia degli umani sia degli Altri. Terzo: noi siamo Altri. In noi l'equilibrio tra assorbimento ed emanazione della forza è tutto sbilanciato verso l'assorbimento.

— Cosa? — esclamai.

— Pensi che sia tutto così semplice come per i vampiri? — Sorrise. — Tu pensi che gli Altri prendano senza dare niente in cambio? No, tutti noi restituiamo la forza che produciamo. Ma se per un umano il processo di assorbimento-emanazione si trova in uno stato di equilibrio dinamico, e solo di rado, in seguito a un turbamento dell'anima, questo equilibrio viene spezzato, per noi funziona in tutt'altro modo. Il nostro equilibrio è sbilanciato fin dall'inizio. Noi assorbiamo dal mondo circostante più di quello che restituiamo.

— E siamo in grado di utilizzare il resto — dissi. — Non è così?

— Noi siamo in grado di utilizzare la differenza di potenziale. — Geser agitò nuovamente il dito. — Non conta quale sia la tua "temperatura magica"... Tu potresti generare una grande quantità di forza, certo, e la rapidità della sua emanazione aumenterebbe in progressione geometrica. Esistono Altri di questo tipo, che immettono nel salvadanaio della forza addirittura più di quanto non facciano gli umani, ma ne assorbono anche in maniera notevole. Sfruttano proprio questa differenza di potenziale...

Dopo un attimo di silenzio, aggiunse: — Ma sono casi rari, lo ammetto. Capita molto più spesso che gli Altri non siano all'altezza degli umani quanto a capacità di produrre forza magica, magari di pari livello, o che siano superiori nella capacità di assorbirne. Noi non siamo banali vampiri. Siamo anche donatori. Ma tu sei venuto qui con l'intenzione di dare le dimissioni! — Geser alzò la voce. — Allora decidi: stai nella Guardia, oppure i nostri scopi per te non sono abbastanza chiari?

— Quando tutto è nero, anche il grigio può sembrare bianco — risposi.

Il Capo trattenne un risolino. Poi si calmò un po' e chiese: — Che ha fatto Arina, è scappata?

— Sì. Ha preso Nadjuska in ostaggio e ha preteso che io e Svetlana le dessimo una mano.

Sul volto di Geser non si mosse nemmeno un muscolo. — La vecchia strega ha i suoi principi, Anton. Può bluffare in tutti i modi, ma ai bambini non torce un capello. Credimi, io la conosco.

— E se i nervi non le avessero retto? — chiesi, ripensando ai brutti momenti trascorsi. — Lei se ne infischia delle Guardie, e anche dell'Inquisizione! Non ha paura nemmeno di Zavulon.

— Di Zavulon, forse... Io ho informato l'Inquisizione riguardo alla strega, ma mi sono messo in contatto anche con Arina. Per vie ufficiali, tra l'altro. È tutto registrato. Quanto alla tua famiglia, la strega era stata avvisata. In modo particolare.

Osservavo il volto pacato del Capo, e non sapevo cosa dire.

— Io e Arina ci conosciamo da tempo, ci rispettiamo — spiegò.

— Come può essere? — chiesi.

— Cosa? Che ci rispettiamo? Vedi...

— Ogni volta che mi convinco che lei è un ignobile intrigante, le bastano dieci minuti per dimostrarmi il contrario. Con gli umani ci comportiamo da parassiti? Esce fuori che è solo per il loro bene. Mia figlia è in pericolo? Ma no, è al sicuro come lo era il piccolo Puskin con la sua vecchia bambinaia...

Lo sguardo di Geser si addolcì. — Anton, tanto tempo fa io ero un ragazzino gracile e inesperto... — Mi fissava pensoso. — Già. Gracile e inesperto. E quando discutevo con i miei maestri ero convinto che fossero degli ignobili intriganti. Ma poi furono loro stessi a convincermi del contrario. Sono passati secoli, ora ho i miei allievi...

— Mi piacerebbe poterla guardare senza maschera, Capo — dissi.

Lui sorrise.

— Mi può dire almeno se suo figlio era un Altro? — chiesi. — Oppure se è stato lei a farlo diventare tale? Lo so, è un segreto, tutti devono credere...

Il pugno di Geser si abbatté fragorosamente sul tavolo.

— Quanto andrai avanti ancora con questa storia? — ruggì. — Sì, io e Olga abbiamo distratto l'Inquisizione e ottenuto il diritto alla rimoralizzazione di Timur. Doveva diventare uno delle Tenebre, e a me non stava bene. Capito? Se vuoi, ora vai a denunciarci. Ma piantala con queste assurdità!

Per un attimo ebbi paura. Ma Geser aveva ripreso a camminare avanti e indietro per l'ufficio, gesticolando con furia. — Non è possibile trasformare un umano in un Altro! Non è possibile! In nessun modo! Vuoi la verità su tua moglie e tua figlia? Olga ha interferito nel destino di Svetlana! Per lei è stata usata l'altra metà del gesso del destino! Ma neanche quello sarebbe stato in grado di trasformare tua figlia, non ancora nata, in un'Altra. L'abbiamo solo resa più forte, le abbiamo dato la forza assoluta.

— Lo so.

— E come lo sai?

— Me l'ha fatto capire Arina.

— Furba. — E di nuovo alzò la voce: — Basta. Ora sei al corrente di tutto ciò che riguarda l'argomento. Un umano non può diventare un Altro. Usando gli artefatti più potenti è possibile, nelle fasi iniziali, renderlo più forte o più debole, attirarlo verso la Luce o verso le Tenebre... Ma entro limiti molto ristretti, Anton. Se tua figlia non avesse avuto nel suo destino di nascere Grande Maga, noi non avremmo potuto fare di lei la più grande delle maghe! Per poter riempire un vaso di Luce o di Tenebre, questo vaso deve prima esistere. Siamo noi a decidere come verrà riempito, ma non spetta a noi costruirlo. Inezie, siamo costretti a occuparci di vere e proprie inezie. E tu credi ancora che sia possibile trasformare un umano in un Altro!

— Boris Ignatevic. — Senza sapere perché, chiamai Geser con il suo vero nome. — Scusi la mia stupidità. Ma non riesco a capire: come mai Timur non l'avete trovato prima? È figlio suo e di Olga. Non riuscivate a percepirlo? Neanche a distanza?

A queste parole Geser assunse inaspettatamente un'aria addolorata. Il suo volto tradì un'espressione di colpevolezza e al tempo stesso di sbigottimento.

— Anton, sarò anche un vecchio intrigante... — fece una pausa — ma credi davvero che avrei permesso a mio figlio di vivere in un collegio statale, tra disgrazie e sofferenze? Credi che io non abbia avuto voglia di un po' di calore e di affetto? Di sentirmi padre? Di occuparmi di un bambino, di giocare a pallone con un ragazzino, di insegnare a un adolescente come ci si fa la barba, di accogliere il mio giovanotto nella Guardia? Dimmi un solo motivo per cui avrei dovuto permettere a mio figlio di vivere e crescere lontano da me. Sono un cattivo padre, un vecchiaccio senza cuore? Va bene. Ma allora perché avrei deciso di farlo diventare un Altro? Perché mi sarei creato tutti questi problemi?

— Ma perché non lo avete trovato prima? — insistetti.

— Perché al momento della nascita era un normalissimo essere umano. Non aveva potenzialità di Altro.

— Può capitare — dissi con poca convinzione.

— Hai dei dubbi, vero? Be', anch'io. Avrei dovuto percepire in Timur i segnali della forza. Ma non c'erano tracce...

Allargò le braccia e si sedette. Borbottò: — Quindi non attribuirmi cose che non ho fatto. Io non sono in grado di prendere gli umani e farli diventare Altri. — Geser si interruppe; poi, di colpo, aggiunse: — Però hai ragione. Avrei dovuto percepirlo prima. Capita di riconoscere un Altro in un estraneo solo quando questo ormai è invecchiato. Ma in un figlio carnale? Un figlio nel quale hai sognato di poter vedere un Altro? Non lo so. Vuol dire che i segnali erano troppo deboli... oppure che la testa non mi funziona più.

— C'è anche un'altra variante — dissi non troppo convinto.

Mi guardò di sottecchi, stringendosi nelle spalle. — Di varianti ce n'è sempre più di una. La tua qual è?

— Qualcuno è in grado di trasformare gli umani in Altri. Questo qualcuno ha trovato Timur e l'ha fatto diventare un Altro. Solo allora siete riusciti a percepirlo...

— È stata Olga a percepirlo — borbottò Geser.

— D'accordo, Olga. Ma poi avete agito insieme. Avete creduto di ingannare l'Inquisizione e le Tenebre. Ma sono loro che hanno ingannato voi.

Il Capo sbuffò.

— Ammetta, anche solo per un istante, che un umano possa essere trasformato in un Altro! — lo implorai.

— Per quale motivo lo avrebbero fatto? — domandò. — Sono pronto a credere a tutto, ma tu dammi delle motivazioni. Per attirare me e Olga allo scoperto? Dubito. Tutto è filato liscio come l'olio.

— Non lo so. — E, alzandomi, aggiunsi: — Ma al suo posto non mi rilasserei troppo, Capo. Lei ha l'abitudine di ritenere che il suo sia sempre l'intrigo più astuto. Ma di varianti ce n'è sempre più di una.

— Ma che sapientone... — Fece una smorfia. — Torna pure dalla tua Sveta... Aspetta e vedrai!

Si ficcò la mano nella tasca della vestaglia e prese il cellulare. Il telefono vibrava. — Faccio subito, solo un attimo... — Poi rispose, con tono completamente diverso: — Sì?

Mi allontanai per discrezione verso gli scaffali e mi misi a osservare tutti i gingilli magici.

— Subito — disse. Il telefonino scattò richiudendosi. — Anton!

Quando mi voltai, Geser stava terminando di cambiarsi d'abito: si passava le mani lungo il corpo. La vestaglia e il pigiama mutarono colore e profilo, e si trasformarono in un austero completo grigio. Con un ultimo gesto della mano si mise al collo anche una cravatta. E tutto questo non era un'illusione: Geser aveva creato realmente un completo da un semplice pigiama.

— Anton, ci toccherà fare un viaggetto... fino alla casa della strega cattiva.

— L'hanno presa?

— No, peggio. Ieri sera, durante la perquisizione, nella casetta di Arina hanno trovato un nascondiglio. — Agitò una mano, e nell'aria si aprì un portale. — C'è già... un bel po' di gente. Andiamo.

— Cosa c'è nel nascondiglio? — esclamai.

Ma la mano di Geser mi aveva già spinto all'interno del luminoso ovale bianco.

Un viaggio attraverso un portale può durare secondi, minuti, a volte addirittura ore. Dipende non tanto dalla distanza, ma dalla precisione con la quale viene preparato. Io non sapevo chi ci fosse a tenere aperto il portale nella casa di Arina, non sapevo neppure quanto tempo sarei dovuto rimanere sospeso in quel vuoto bianco latte.

Un nascondiglio nella casa di Arina.

E allora?

Tutti gli Altri si costruiscono un nascondiglio in casa dove tenere gli oggetti magici. Cos'era che spaventava tanto Geser? Ero sicuro che il Capo fosse spaventato e confuso: il suo volto era rimasto troppo calmo, troppo impassibile.

Chissà perché, mi vennero in mente le cose più orrende: cadaveri di bambini nello scantinato, per esempio. Questo sì poteva spiegare il panico di Geser, il quale era sicuro che Arina non avrebbe mai torto un capello a Nadjuska!

Proprio con questo pensiero uscii dal portale e mi trovai in una piccola stanza. Di gente ce n'era davvero parecchia.

— Fatti da parte! — urlò Kostja, afferrandomi per una mano. Riuscii appena a fare un passo, che dal portale uscì Geser.

— I miei ossequi, Grande — disse Zavulon, in tono stranamente affabile, privo del suo solito sarcasmo.

Mi guardai intorno. Sei Inquisitori mai visti prima, con tanto di mantelli e cappucci calati sul viso: tutto secondo copione. Edgar, Zavulon e Kostja: fin qui tutto chiaro. E poi... Svetlana! La guardai in preda al terrore, ma lei scosse subito la testa per tranquillizzarmi. Allora Nadja stava bene...

— Chi conduce le indagini? — domandò Geser.

— Un triumvirato — rispose Edgar. — Io per l'Inquisizione, Zavulon per le Tenebre e... — Puntò gli occhi su Svetlana. — E decida lei.

— Io — disse Geser. — Grazie, Svetlana. Ti sono riconoscente.

Non avevo bisogno di spiegazioni. Di qualunque cosa si trattasse, Svetlana era stata la prima ad arrivare sul posto tra tutti quelli della Luce, e aveva agito in nome della Guardia della Notte.

— Vuole essere messo al corrente dei fatti? — chiese Edgar.

Geser annuì.

— Gorodeckij? — aggiunse Edgar.

— È con me.

— È un suo diritto. — Edgar mi fece un cenno con la testa. — Dunque, si è verificato un fatto straordinario.

Perché usava le parole?

Tentai di chiederlo a Svetlana, allungandomi mentalmente verso di lei...

Ma mi imbattei in un muro impenetrabile. L'Inquisizione aveva bloccato la zona. Ecco perché non si erano messi in comunicazione mentale con Geser, ma lo avevano chiamato per telefono. Qualunque cosa fosse successa, andava mantenuta segreta.

Le parole seguenti di Edgar confermarono i miei pensieri: — Dal momento che sull'accaduto dovrà essere mantenuta la massima segretezza, chiedo a tutti i presenti di rimuovere le difese e di prepararsi a ricevere il marchio del fuoco del castigo.

Guardai Geser: si stava già sbottonando la camicia. E così Zavulon, Svetlana, Kostja e lo stesso Edgar.

Rassegnato, mi sfilai la maglia. Il fuoco del castigo...

— Noi presenti giuriamo di non riferire mai a nessuno, in

nessuna circostanza, eccezion fatta per il Tribunale dell'Inquisizione, ciò che ci verrà svelato nel corso di questa indagine — recitò Edgar. — Lo giuro!

— Lo giuro — disse Svetlana, e mi prese per mano.

— Lo giuro — sussurrai.

— Lo giuro... lo giuro... lo giuro... — risuonò da ogni parte.

— Se violerò questo segreto, che io possa essere annientato dal fuoco del castigo! — concluse Edgar.

Le sue dita risplendettero di un luminoso e accecante bagliore rossastro. L'impronta ardente del suo palmo rimase come sospesa nell'aria, si scompose, e dodici mani infuocate vennero proiettate verso di noi. Lentamente: era questa la cosa che spaventava di più.

Il primo marchio del fuoco del castigo colpì lo stesso Edgar. Il volto dell'Inquisitore si distorse, mentre sulla sua pelle apparivano rapidamente altre impronte dello stesso colore purpureo.

Sembrava doloroso...

Geser e Zavulon sopportarono stoicamente l'applicazione del marchio. E se gli occhi non mi ingannavano, sui loro corpi i segni già si erano intrecciati a formare un fitto arabesco.

Uno degli Inquisitori cacciò un urlo.

Sembrava *molto* doloroso...

Il sortilegio mi colpì, e capii di essermi sbagliato. Non era molto doloroso, era insopportabile!

Avevo l'impressione che mi stessero marchiando con un ferro arroventato. E che tutto il corpo prendesse fuoco.

Quando nei miei occhi si dissolse la foschia rossastra, mi resi conto di essere rimasto comunque in piedi.

— Poi dicono che partorire è doloroso... — disse piano Svetlana, abbottonandosi la camicetta.

— Vorrei ricordarvi che... se il marchio entra in azione, sarà di gran lunga più doloroso... — borbottò Edgar. Gli occhi del mago delle Tenebre erano bagnati di lacrime. — È per il bene di tutti.

— Piantiamola con questo sentimentalismo! — lo interruppe Zavulon. — Visto che sei diventato tu il capo, dimostrati all'altezza del ruolo.

Se Edgar era diventato il capo, dov'era Vitezslav?

Era partito per Praga?

— Prego, seguitemi — disse Edgar, ancora chiaramente sofferente. Si mosse verso la parete.

Esistono diversi modi per creare un nascondiglio. Dal più banale – una cassaforte a parete mascherata con la magia – fino a quello nel Crepuscolo, protetto da potenti incantesimi.

Questo era piuttosto originale. Quando Edgar entrò nella parete, davanti a lui comparve per un istante una stretta fessura, forse troppo stretta per un uomo: mi ricordai subito di quel metodo astuto e complicato che combinava magia dell'illusione e magia dello spostamento. Da un ambiente ristretto – per esempio una camera – venivano prelevati frammenti di spazio, che poi si univano magicamente a formare un unico stanzino. Era roba complicata, e anche piuttosto pericolosa. Comunque Edgar entrò senza problemi.

— Tutti non ci stiamo — bofonchiò Geser, e lanciò un'occhiata di traverso agli Inquisitori. — Da quello che ho capito, voi ci siete già stati. Aspettate qui.

Temendo che qualcuno potesse fermarmi feci un passo avanti, e il muro si spalancò di fronte a me. Gli incantesimi di protezione erano già stati disattivati.

Lo stanzino non risultò essere poi tanto piccolo: almeno tre metri per tre. C'era anche una finestra, dalla quale si vedevano un bosco, la metà di un albero e un fazzoletto di cielo, il tutto mescolato in un totale disordine.

Ma c'era qualcos'altro, che meritava molta più attenzione. Un bel completo di stoffa grigia; una camicia vezzosa: bianca, di seta, con merletti sul collo e sui polsini; una cravatta dallo stile ricercato, color grigio-argento con un motivo a zigzag rosso; un paio di lussuose scarpe nere di pelle dalle quali spuntavano calzini bianchi. Tutto questo giaceva sul pavimento in mezzo al piccolo locale. E sotto, ne ero sicuro, si sarebbe trovata biancheria intima di seta con monogrammi ricamati a mano.

Ma nessuno aveva voglia di frugare tra i vestiti del vampiro supremo Vitezslav. Uno strato uniforme di cenere che imbottiva gli indumenti e si era sparpagliata tutt'intorno: ecco cosa restava dell'Inquisitore.

Svetlana, che era dietro di me, mi afferrò la mano. Geser grugnì. Zavulon sospirò: sembrava addirittura sincero.

Kostja, entrato per ultimo, rimase come incantato a osservare i miseri resti del suo consimile.

— Come capirete, signori — disse a bassa voce Edgar — si tratta di un fatto orribile. È stato ucciso un vampiro supremo. E non c'è traccia di combattimento. Ritengo che neppure i rispettabili Grandi Maghi qui presenti abbiano forze sufficienti per compiere un atto del genere.

— I Grandi Maghi qui presenti non sono così ottusi da aggredire un collaboratore dell'Inquisizione — disse Geser. — E se l'Inquisizione insistesse per ottenere una verifica…

Edgar scosse la testa. — No. Vi ho chiamato qui proprio perché non ho sospetti. Prima di informare l'Ufficio europeo, mi è sembrato giusto chiedere il vostro parere. Dopotutto questo territorio è di competenza delle Guardie di Mosca.

Zavulon si accovacciò vicino alle spoglie del vampiro, raccolse un po' di cenere, se la strofinò in mano e annusò. Con un sospiro si alzò, borbottando: — Vitezslav… Non riesco a immaginare chi possa averlo annientato. Io… — esitò per un istante — io ci avrei pensato due volte prima di ingaggiare un duello con lui. E tu, collega? — Guardò Geser, che stava esaminando la cenere. — Geser? — ripeté Zavulon.

— Sì, sì… — rispose. — Io avrei potuto farlo. In realtà a noi due è capitato… di avere qualche divergenza di opinioni. Ma in modo così rapido… così pulito… — Alzò le braccia. — No, non sarei stato in grado. Ahimè. Provo anche un po' di invidia.

— Il timbro — ricordai. — I vampiri con una registrazione temporanea hanno il timbro.

Edgar mi guardò come se avessi sparato un'idiozia. — Ma non i collaboratori dell'Inquisizione!

— E non un vampiro supremo! — aggiunse Kostja. — Il timbro viene messo alla gentaglia della peggior risma, quelli che non riescono a controllarsi, a vampiri e licantropi alle prime armi.

— In realtà è già da un po' che intendevo proporre l'eliminazione di queste restrizioni discriminatorie — intervenne Zavulon. — Il timbro non dovrebbe essere applicato ai vampiri e ai licantropi dal secondo, no, meglio dal terzo livello in su.

— Allora aboliamo anche la reciproca registrazione della residenza — disse Geser con aria beffarda.

— Basta discutere! — sbottò Edgar con inaspettata autorità. — La scarsa informazione di Gorodeckij non è un buon motivo per dare inizio a un dibattito. Inoltre la fine dell'esistenza del vampiro Vitezslav non è la cosa più spaventosa.

— Cosa ci può essere di più spaventoso di un Altro che uccide un Inquisitore? — chiese Zavulon.

— La causa della sua morte. — Edgar fu lapidario. — Il *Fuaran*.

Capitolo 2

Era chiaro che Zavulon non credeva alle parole di Edgar.

Geser invece si infuriò. Ovvio. Prima ero stato io ad assillarlo con quel *Fuaran*, ora ci si metteva l'Inquisitore.

— Egregio… Inquisitore europeo. — Dopo una breve pausa, il Capo riuscì a moderare il tono sarcastico della sua voce: — Io sono un appassionato di mitologia, almeno quanto lei. I racconti sul *Fuaran* sono molto diffusi tra le streghe, ma sappiamo benissimo che si tratta solo di un modo per ridare prestigio alla loro… casta. Gli stessi motivi folcloristici esistono anche tra i licantropi, i vampiri e tutti gli Altri che, per volere del destino, nella società rivestono un ruolo subalterno. Ma quello che abbiamo davanti adesso è un problema reale…

Edgar lo interruppe: — Capisco il suo punto di vista, Geser. Ma il fatto è che due ore fa Vitezslav si è messo in comunicazione con me. Stava esaminando gli oggetti di Arina e aveva trovato un nascondiglio. Era… molto eccitato. Ha detto di aver trovato il *Fuaran*. Ha detto che era quello vero. Io… devo ammettere che ho accolto la notizia con un certo scetticismo. Vitezslav era una persona che spesso si lasciava andare agli entusiasmi.

Geser scosse la testa.

— Non sono arrivato subito — continuò Edgar — tanto più che Vitezslav aveva deciso di convocare qui i collaboratori dell'Inquisizione impegnati nell'accerchiamento.

— Era spaventato? — chiese Zavulon.

— Non credo temesse qualcosa di concreto. Ma questa è la normale procedura quando viene rinvenuto un artefatto di tale forza. Avevo finito il giro dei posti di guardia e stavo parlando con Konstantin, quando i nostri collaboratori ci hanno riferito di aver completato l'accerchiamento della casa, ma di non riuscire più a percepire Vitezslav. Allora ho dato l'ordine di entrare. E ci hanno informato che in casa non c'era nessuno Io... — Edgar esitò — ero sconcertato. Per quale motivo Vitezslav avrebbe dovuto nascondersi ai suoi colleghi? Ho preso Kostja e ci siamo precipitati qui il più in fretta possibile. Ci sono voluti quasi quaranta minuti: non siamo passati attraverso il Crepuscolo, perché potevamo aver bisogno di tutte le nostre energie. E nessuno dei nostri collaboratori era in grado di tenere aperto un portale: ci sono troppi artefatti magici.

— Capisco — disse Geser. — Continui.

— La casa era accerchiata, due persone stavano di guardia all'interno. Con loro siamo entrati nel nascondiglio e abbiamo scoperto i resti.

— Per quanto tempo Vitezslav è rimasto senza protezione? — chiese Geser, sempre con lo stesso tono diffidente, ma con una punta di interesse in più.

— Circa un'ora.

— E per quaranta minuti sei Inquisitori di terzo e di quarto livello hanno fatto la guardia al suo cadavere. — Geser fece una smorfia. — Un Grande Mago sarebbe stato in grado di passare inosservato.

— Non credo. — Edgar scosse il capo. — È vero che hanno il terzo e il quarto livello di forza, ma erano muniti dei *nostri* amuleti di protezione. Neanche un Grande Mago sarebbe riuscito a eluderli.

— Quindi l'omicida è arrivato qui prima di loro?

— È molto probabile — confermò Edgar.

— Un Mago abbastanza forte da poter uccidere in poco tempo un vampiro supremo... — Geser scosse la testa. — A me viene in mente un solo candidato.

— La strega — borbottò Zavulon. — Se davvero era in possesso del *Fuaran*, può essere benissimo che sia tornata a riprenderselo.

— Prima l'ha lasciato qui e poi è tornata? — sbottò Svetlana. Capii che stava tentando di difendere Arina. — Non ha senso!

— Io e Anton l'abbiamo inseguita — disse Edgar ingenuamente. — È corsa via in preda al panico. Evidentemente, però, non si è data subito alla fuga come avevamo immaginato, ma si è nascosta qui nei paraggi. E quando Vitezslav ha trovato il libro, lei l'ha sentito ed è stata presa dal panico.

Geser guardò me e Svetlana con aria cupa. Ma non disse nulla.

— E se Vitezslav si fosse ucciso? — Svetlana non si dava per vinta. — Ha trovato il libro, ha cercato di fare qualche incantesimo... ed è morto. Casi di questo genere non sono una novità!

— Sì, certo — disse sarcastico Zavulon. — E nel frattempo al libro sono spuntate le gambe ed è fuggito.

— Non escluderei nemmeno questa ipotesi. — Stavolta Geser prese le difese di Svetlana. — Magari gli sono spuntate davvero. Magari è fuggito.

Nel silenzio che seguì risuonò con particolare fragore la risata di Zavulon: — Questa poi! Noi crediamo all'esistenza del *Fuaran*?

— Credo solo a una cosa: qualcuno ha ucciso senza troppe difficoltà un vampiro supremo — replicò Geser. — E questo qualcuno non teme né le Guardie né l'Inquisizione. Già questo è un motivo più che sufficiente per richiedere un'indagine rapida ed efficace. Non trovi, collega?

Zavulon annuì.

— Ammettiamo pure, anche solo per un attimo, che qui ci sia stato veramente il *Fuaran*... — Geser scosse la testa. — Che tutte le voci riguardanti questo libro siano fondate...

Zavulon annuì di nuovo.

I due Grandi rimasero immobili a fissarsi. Non so se lo facessero per gioco, o se invece, nonostante tutte le protezioni, avessero trovato il modo di entrare in comunicazione magica.

Mi avvicinai alle spoglie del vampiro e mi accovacciai. Un tipaccio. Anche per essere un vampiro, era un tipaccio. Tuttavia era dei nostri. Un Altro.

Dietro di me Edgar biascicava qualcosa sulla necessità di arruolare forze fresche, sul fatto che la cattura di Arina fosse ormai diventata una questione di vitale importanza.

Povera strega, le era andata male.

Un conto è la violazione del Patto, di vasta portata ma compiuta in un passato lontano, tutt'altra cosa è l'uccisione di un Inquisitore.

Tutto sembrava accusarla. Chi altro era tanto forte da poter uccidere un vampiro superiore?

Eppure, non so bene perché, non credevo che Arina fosse colpevole...

Le ceneri di Vitezslav non suscitavano la minima repulsione. Evidentemente non vi era rimasto più nulla di umano, neanche delle ossa c'era più traccia. Cenere grigia simile a quella di una sigaretta inumidita. Sfiorai quello che vagamente poteva somigliare a un pugno chiuso, e non mi sorpresi quando la cenere si sbriciolò lasciando intravedere un foglietto bianco appallottolato.

— Un biglietto — dissi.

Calò un silenzio di tomba. Presi il foglietto, lo spiegai e lo lessi. Solo allora guardai i maghi.

I loro volti erano tesi, come se si aspettassero di sentire: "Vitezslav, prima di morire, ha scritto il nome del suo assassino... il tuo!"

— Non è di Vitezslav — dissi. — È la grafia di Arina. Le ho fatto scrivere una dichiarazione...

— Leggi — mi ordinò Edgar.

— "Signori Inquisitori!" — cominciai. — "Se state leggendo queste mie parole, vuol dire che ancora non avete dimenticato il passato, che ancora non vi siete rassegnati. Propongo di risolvere la faccenda pacificamente. Voi avrete il libro che state cercando. Io il perdono."

— Allora lo stavate cercando? — domandò Geser in tono pacato.

— L'Inquisizione ricerca tutti gli artefatti — spiegò Edgar. — Anche quelli che rientrano nella categoria del mito.

— Avrebbe ottenuto il perdono? — intervenne Svetlana.

Edgar le rispose: — Se qui ci fosse stato il *Fuaran*? Non spetta a me decidere, ma probabilmente sì. Se si trattava del vero *Fuaran*.

— Ora sarei propenso a credere che fosse quello vero... — mormorò Geser. — Edgar, vorrei consultarmi con i miei collaboratori.

L'estone allargò le braccia. Forse non aveva molta voglia di rimanere a tu per tu con Zavulon e Kostja, ma il suo volto rimase impassibile.

Io e Svetlana seguimmo Geser fuori dal nascondiglio.

Gli Inquisitori ci accolsero con uno sguardo diffidente, quasi sospettassero che avessimo fatto fuori tutti quelli delle Tenebre. Ma Geser non si lasciò intimidire. — Ci ritiriamo in camera di consiglio — disse in tono brusco, dirigendosi verso la porta. Gli Inquisitori si scambiarono un'occhiata, ma non obiettarono. Solo uno di loro si mosse verso il nascondiglio. Ma noi eravamo già usciti dalla casetta della strega.

Nel bosco sembrava che non si fosse nemmeno fatto giorno. Regnava una misteriosa semioscurità. Sollevai lo sguardo con aria stupita: in effetti il cielo era di un grigio innaturale, come quando lo si osserva attraverso degli occhiali scuri. Evidentemente era così che appariva nel nostro mondo la protezione magica attivata dall'Inquisizione.

— È un brutto affare — borbottò Geser.

Il suo sguardo passava da me a Svetlana, quasi non riuscisse a decidere di chi dei due in questo momento avesse bisogno.

— C'era davvero il *Fuaran*? — chiese Svetlana.

— Evidentemente sì. Evidentemente quel libro esiste. — Geser fece una smorfia. — Che guaio…

— Bisognerà trovare la strega — disse mia moglie. — Se vuole…

Geser scosse la testa. — No, non voglio. Arina deve fuggire.

— Capisco. — Presi Svetlana per mano. — Se Arina viene catturata, potrebbe confessare il nome di quell'agente della Luce…

— Arina non sa chi fosse quell'agente della Luce — mi interruppe Geser. — Era sotto mascheramento quando l'ha incontrata. Può avere sospetti, intuizioni, forse anche certezze. Ma non ha prove. Il problema è un altro…

E in quell'istante compresi tutto.

— Il *Fuaran*?

Geser annuì. — Sì. Pertanto vi chiedo…

Non terminò la frase che dissi prontamente: — Noi non sappiamo dov'è Arina. Vero, Sveta?

Svetlana si accigliò, ma annuì.

— Grazie — disse Geser. — Questa era una cosa. Ora passiamo all'altra. Il *Fuaran*: deve essere trovato. A tutti i costi. Probabilmente verrà organizzata una squadra di ricerca. Voglio che ne entri a far parte, Anton.

— Io sono più forte — mormorò Svetlana.

— Questo non ha più importanza ormai. — Geser scosse la testa. — Assolutamente nessuna. Svetlana, tu mi servi qui.

— A quale scopo?

Geser esitò un istante. Poi disse: — Per iniziare Nadja in caso di necessità.

— È impazzito! — disse Svetlana con voce glaciale. — Alla sua età e con la sua forza non può diventare un'Altra!

— Potremmo non avere altra via d'uscita — borbottò Geser. — Svetlana, decidi tu. Ti chiedo solo di restare vicino alla bambina.

— Ci può contare — tagliò corto lei. — Non la perderò d'occhio un istante.

— Benissimo. — Geser sorrise e si voltò. — Venite, ora avrà inizio il nostro consiglio.

Non appena la porta si richiuse, Svetlana si voltò verso di me. — Tu ci capisci qualcosa?

Annuii: — Geser non poteva ritrovare suo figlio. Era davvero solo un essere umano! È diventato un Altro non molto tempo fa.

— È stata Arina?

— Probabile. È uscita dal letargo, si è data un'occhiata in giro. Ha capito chi era il capo e dove si trovava...

— E usando il *Fuaran* ha fatto di nascosto un regalino a Geser? Ha trasformato suo figlio in un Altro? Non può essere. Per quale motivo l'avrebbe fatto? Sono amici fino a questo punto?

— Per quale motivo? Geser sta facendo di tutto perché Arina non venga catturata. Si è coperta le spalle, non lo capisci?

Svetlana strizzò gli occhi. — Ascolta, come mai la Guardia del Giorno...

— Come facciamo noi a sapere dei suoi rapporti con Zavulon? — Mi strinsi nelle spalle. — Non so perché, ma ho l'impressione che neanche la Guardia del Giorno si dimostrerà eccessivamente zelante nelle ricerche della strega.

— Vecchia volpe — disse Svetlana in tono bonario. — Facevo male a sottovalutare le streghe. E, riguardo a Nadja, hai capito qualcosa?

Scossi il capo.

In realtà le parole di Geser erano totalmente assurde. A volte i bambini Altri venivano iniziati all'età di cinque, sei anni, mai prima. Un bambino che riceve le potenzialità di Altro, ma non è in grado di controllarle come si deve, è una mina vagante. A maggior ragione un Altro della forza di Nadjuska. Se la bambina si fosse scatenata usando la propria forza, neanche lo stesso Geser sarebbe stato in grado di fermarla.

No, le parole di Geser non avevano fondamento.

— Gli strappo le gambe e gliele metto al posto delle braccia — promise Svetlana in tono estremamente pacato — se solo mi nomina un'altra volta l'iniziazione di Nadja. Allora, andiamo?

Ci prendemmo per mano e rientrammo nella casa.

Gli Inquisitori erano tornati a circondare la casa. Noi invece eravamo seduti intorno al tavolo.

Geser beveva tè. Lo aveva preparato lui stesso usando non soltanto l'infuso, ma anche le abbondanti scorte di erbette della strega. Anch'io ne presi una tazza. Il tè odorava di menta e ginepro, era amaro e piccante, ma dava vigore.

Nessun altro ne accettò: Svetlana lo assaggiò per cortesia, ma poi mise da parte la tazza.

Il foglietto era sul tavolo.

— Ventidue, ventitré ore fa — disse Zavulon, fissando il pezzetto di carta. — Ha scritto questo biglietto prima della sua visita, signor Inquisitore.

Edgar annuì. Poi aggiunse: — È probabile… ma forse anche durante la nostra visita. Abbiamo avuto delle difficoltà a seguirla nelle profondità del Crepuscolo: di tempo per mettersi a scrivere un biglietto ne ha avuto più che a sufficienza.

— Allora non ci sono le basi per ritenere colpevole la strega — borbottò Zavulon. — Ha lasciato qui il libro per riuscire a farla franca. Arina non avrebbe avuto nessun motivo per tornare a riprenderselo, uccidendo un Inquisitore.

— Sono d'accordo — disse Geser, dopo un attimo di esitazione.

— Una sorprendente convergenza di opinioni tra Luce e Tenebre… — osservò Edgar. — Voi mi spaventate, signori.

— Non è tempo di disaccordi — replicò Zavulon. — Bisogna trovare l'assassino e il libro.

Era chiaro che ognuno di loro aveva i suoi buoni motivi per difendere Arina!

— Va bene — disse Edgar. — Ricominciamo da capo. Vitezslav mi telefona e mi informa del *Fuaran*. Nessuno ha sentito quella conversazione.

— Tutte le conversazioni tramite cellulare possono essere controllate e registrate… — intervenni.

— Qual è la tua ipotesi, Anton? — Edgar mi guardò con aria ironica. — Che i servizi segreti degli umani si siano mobilitati contro gli Altri? E sentendo parlare del libro abbiano subito mandato qui un loro agente? E che questo agente abbia ucciso il vampiro supremo?

— Anton non ha poi tutti i torti — si intromise Geser in mia difesa. — Tu lo sai, Edgar, che ogni anno siamo costretti a contrastare azioni umane mirate a rivelare la nostra presenza. E sai anche dei reparti speciali dei servizi segreti…

— Nei servizi segreti abbiamo i nostri agenti — ribatté Edgar. — Ma ammesso e non concesso che siano riprese le ricerche e che ci sia stata una fuga di notizie, la morte di Vitezslav rimane un mistero. Nessun James Bond sarebbe riuscito ad avvicinarsi a lui senza essere notato.

— Chi è James Bond? — chiese Zavulon.

— Fa parte della mitologia — gli spiegò Geser. — Mitologia contemporanea. Signori, non perdiamo altro tempo. La situazione è chiara: Vitezslav è stato ucciso da un Altro. Un Altro potente. E molto probabilmente uno di cui si fidava.

— Lui non si fidava di nessuno, neanche di me — borbottò Edgar. — I vampiri hanno la diffidenza nel sangue… scusate il gioco di parole.

Nessuno rise. Kostja gli lanciò un'occhiata torva, ma non disse nulla.

— Vuoi proporre un controllo della memoria di tutti i presenti? — domandò Geser in tono garbato.

— E voi sareste d'accordo? — chiese Edgar.

— No — tagliò corto il Capo. — Io apprezzo il lavoro svolto dall'Inquisizione, ma esistono limiti precisi!

— Allora ci troviamo a un punto morto. — Edgar allargò le braccia. — Signori, se vi rifiutate di collaborare…

Svetlana tossicchiò. Chiese: — Posso?

— Sì, sì, certo — assentì Edgar.

— Secondo me non è questa la strada giusta — disse. — Avete detto che, se troviamo l'assassino, troveremo anche il libro. Giusto, ma l'identità dell'assassino non la conosciamo. Perché allora non proviamo a cercare il libro? Attraverso il *Fuaran* arriveremo anche all'assassino.

— E come pensi di cercare il libro, Luminosa? — chiese Zavulon in tono ironico. — Con l'aiuto di James Bond?

Svetlana allungò la mano e sfiorò con prudenza il biglietto di Arina. — Ecco… per come la vedo io, la strega l'ha appoggiato sul libro. Forse l'ha anche messo tra le pagine. Per un po' sono stati a contatto, e il libro è di per sé un oggetto magico potente. Se diamo vita a un simulacro… sapete, come insegnano ai maghi alle prime armi…

Sotto lo sguardo dei due Grandi, si confuse e iniziò a impappinarsi. Ma sia Zavulon sia Geser la guardavano con approvazione.

— Questa magia esiste, eccome se esiste — borbottò Geser. — Certo, mi ricordo… Una volta mi avevano rubato un cavallo, mi era rimasta solo una briglia…

Smise di parlare. Si rivolse a Zavulon e con tono estremamente affabile propose: — Prego, Mago delle Tenebre. Crei pure il simulacro!

— Preferisco che sia lei a farlo — replicò Zavulon non meno garbatamente. — Eviteremo inutili accuse di slealtà.

C'era qualcosa che non quadrava! Ma cosa?

— Be', Svetlana, la tua idea è stata approvata. Mettiti al lavoro — ribatté allegramente Geser.

Svetlana era imbarazzata. — Boris Ignatevic… azioni magiche così semplici è tanto ormai che non le faccio. Non è meglio chiedere a qualche mago più giovane?

Ecco allora cos'era… Le nozioni più elementari di magia,

quelle che venivano insegnate agli Altri alle prime armi, per i Grandi Maghi erano troppo complicate. Erano persi, smarriti, come esperti accademici cui era stato chiesto di sommare dei numeri in colonna, o di unire i puntini di un disegno!

— Lasciatelo fare a me — proposi. E senza aspettare una risposta allungai la mano verso il biglietto. Socchiusi gli occhi e guardai attraverso il Crepuscolo il foglietto di carta grigio. Immaginai il libro con la mente: uno spesso volume con rilegatura in cuoio, il diario della strega maledetta dagli umani e dagli Altri…

L'immagine cominciò lentamente a manifestarsi. Il libro era quasi come me lo ero figurato, solo gli angoli della copertina erano imprigionati in placche triangolari di metallo dorato. Evidentemente si trattava di un'aggiunta successiva: qualcuno dei proprietari del *Fuaran* aveva provveduto alla sua buona conservazione.

— Ecco com'è! — esclamò Geser. — Proprio così, proprio così…

I maghi si sollevarono dalle sedie e si sporsero sul tavolo per osservare l'immagine di quel libro che solo gli Altri erano in grado di vedere.

Il pezzo di carta sul tavolo fremette appena.

— Non si può aprire? — chiese Kostja.

— No, è solo un'immagine, non contiene in sé alcuna sostanza… — spiegò Geser. — Forza, Anton. Fissa l'immagine… e pensa a qualche meccanismo di ricerca.

Fissare l'immagine del libro non mi fu difficile. Ma non ero assolutamente pronto a concepire un meccanismo di ricerca. Alla fine mi fermai sull'immagine grottesca di una bussola: enorme, della grandezza di un piatto, con un ago che ruotava sull'asse. Un'estremità dell'ago era più luminosa: di sicuro indicava la direzione del *Fuaran*.

— Aggiungi energia — mi disse Geser. — Falla funzionare per almeno una settimana…

Obbedii. Poi, spossato ma soddisfatto, mi rilassai.

Guardavamo tutti la bussola rimasta sospesa nel Crepuscolo. L'ago puntava verso Zavulon.

— È uno scherzo, Gorodeckij? — chiese il capo della Guardia del Giorno. Si alzò e si fece da parte.

L'ago non si mosse.

— Bene — disse Geser con aria soddisfatta. — Edgar, fai rientrare tutti i tuoi collaboratori.

Edgar andò alla porta, li chiamò e tornò al tavolo.

L'ago restò immobile.

— Come volevasi dimostrare — dichiarò l'estone rassicurato. — Nessuno dei presenti è coinvolto nel furto del libro.

— Si muove — disse Zavulon. — L'ago si muove. E visto che il libro non ha le zampe… — Scoppiò in una risata sgradevole e maligna. Diede una pacca sulla spalla di Edgar e chiese: — Allora, vecchio compagno? Ti serve aiuto per la cattura?

Anche Edgar osservava con attenzione la bussola. Poi chiese: — Anton, che precisione ha questo strumento?

— Temo scarsa — ammisi. La traccia del libro era molto debole.

— La precisione! — ripeté.

— Un raggio di un centinaio di metri — ipotizzai. — Forse cinquanta. Per quel che ne so, più vicino il segnale sarebbe troppo intenso, e l'ago girerebbe in maniera confusa.

— Non preoccuparti, Anton. Con una traccia debole come questa, nessuno avrebbe potuto fare di meglio — mi elogiò Geser. — Se sono cento metri… La distanza dall'obiettivo si può determinare?

— A occhio e croce, stando all'intensità della luminescenza… sono circa centodieci, centoventi chilometri.

Il Capo si accigliò: — Il libro è già a Mosca. Stiamo perdendo tempo, signori. Edgar!

L'Inquisitore mise la mano in tasca ed estrasse una pallina di osso di un colore tra il bianco e il giallastro. Dall'aspetto sembrava una normalissima palla di un biliardo americano, solo un po' più piccola e con dei pittogrammi indecifrabili incisi alla rinfusa sulla superficie. Edgar strinse la pallina tra le mani e si concentrò.

Un istante dopo avvertii un mutamento. Come se il velo che fino a poco prima era rimasto sospeso nell'aria, invisibile agli occhi ma ugualmente percepibile, stesse svanendo, contraendosi, risucchiato dalla pallina di osso...

— Niente commenti! — Edgar, soddisfatto per l'impressione suscitata, sorrise. — È tutto. La barriera è stata rimossa. Aprite il portale, Grandi!

Beninteso, aprire un portale diretto senza punti di riferimento dall'altra parte è un giochetto per i Grandi Maghi. Edgar non era in grado di farlo, oppure voleva risparmiare energie...

Geser lanciò un'occhiata di sbieco a Zavulon. Chiese: — Ti fidi di nuovo di me?

Zavulon allargò le braccia senza dire niente, e nell'aria si aprì una cavità intrisa di tenebra. Zavulon vi entrò per primo, e dietro di lui, facendoci segno di seguirlo, Geser. Io presi il prezioso bigliettino di Arina e l'invisibile bussola magica, quindi seguii Svetlana.

Nonostante la differenza nell'aspetto esteriore, all'interno il portale era identico. La stessa nebbiolina lattiginosa, la stessa sensazione di velocità, la stessa perdita totale della percezione temporale. Tentai di concentrarmi: a breve ci saremmo ritrovati fianco a fianco con un criminale, con l'assassino di un vampiro supremo. Certo, potevamo contare sulla guida di Geser e di Zavulon; di Svetlana, che non era certo meno forte di loro, anche se forse peccava di esperienza; di Kostja, giovane, ma pur sempre un Grande Mago; e poi di Edgar, con la sua squadra e le sue tasche imbottite di artefatti. E tuttavia uno scontro poteva rivelarsi estremamente pericoloso.

Ma un attimo dopo mi resi conto che non ci sarebbe stato nessuno scontro. Quantomeno, non subito.

Eravamo su una pensilina della stazione Kazanskij. Accanto a noi non c'era nessuno: gli umani lo sentono quando vicino a loro viene aperto un portale, e involontariamente si fanno da parte. Ma tutt'intorno c'era un sacco di gente.

Diedi un'occhiata alla bussola immaginaria: l'ago girava pigramente.

Geser si guardò intorno e commentò: — Qui è come trovare un ago in un pagliaio.

Accanto a noi comparvero uno dopo l'altro gli Inquisitori.

Il volto di Edgar, già concentrato e pronto allo scontro, assunse un'aria smarrita.

— Tenta di nascondersi — disse Zavulon. — Benissimo, benissimo...

Ma nemmeno il suo volto esprimeva una gioia particolare.

Al nostro gruppo si stava avvicinando rapidamente una donna con un carrello stracolmo di borse di plastica a righe. Sulla sua faccia sudata e paonazza si leggeva la determinazione propria della donna russa che deve sfamare un marito fannullone e tre o quattro figli. — Il treno per Uljanovsk non l'hanno mica chiamato, vero? — chiese.

Svetlana chiuse gli occhi per un attimo e rispose: — Lo chiamano tra sei minuti al primo binario. Parte con tre minuti di ritardo.

— Grazie. — Senza stupirsi della precisione della risposta, la donna si avviò verso il primo binario.

— Brava, Svetlana — bofonchiò Geser. — Ma ora hai qualche proposta riguardo al libro che stiamo cercando?

Lei si limitò ad allargare le braccia.

Il caffè era accogliente e pulito come può essere accogliente e pulito un caffè in una stazione. Forse anche perché era collocato, in maniera alquanto singolare, al piano seminterrato, di fianco al deposito bagagli. Dietro il bancone c'era una donna russa di una certa età, dalla cucina invece servivano i piatti alcuni caucasici taciturni e cortesi.

Strano posto.

Per me e per Svetlana presi una confezione di vino da tre litri. Era stranamente a buon mercato e, cosa ancora più sorprendente, di qualità discreta.

— Qui è sempre uguale — disse Svetlana, indicando con un cenno del capo il biglietto di Arina. L'ago della bussola girava lento.

— Forse hanno nascosto il libro nel deposito bagagli — suggerii. — Qualcosa ti turba? — le chiesi.

— Perché la stazione?

— Per fuggire. Per nascondersi. Il ladro deve aver previsto un inseguimento.

— Un aeroporto. Un aereo. Qualsiasi cosa — ribatté lei laconica, bevendo il vino a piccoli sorsi.

In effetti era strano. Un Altro traditore, chiunque fosse, dopo aver preso il *Fuaran* si sarebbe potuto nascondere o darsi alla fuga. Lui invece aveva scelto un'altra strada. Ma perché il treno? Siamo nel ventunesimo secolo: perché fuggire in treno?

— E se avesse paura di volare? — ipotizzò Svetlana.

Mi limitai a sbuffare. Certo, nel caso di un disastro aereo, anche un Altro avrebbe poche possibilità di sopravvivere. Ma leggere le linee della probabilità con tre o quattro ore di anticipo e capire se l'aereo è a rischio di incidente è una cosa che riesce a fare anche un Altro dotato di scarsi poteri.

E l'assassino di Vitezslav non era uno dotato di scarsi poteri.

— Aveva bisogno di un posto dove non ci fossero aerei — buttai lì.

— Ma almeno avrebbe lasciato Mosca, tenendo i suoi inseguitori a maggiore distanza.

— No — la contraddissi. — Non avrebbe risolto niente. Noi saremmo stati in grado di determinare approssimativamente la sua posizione, avremmo individuato l'aereo su cui era fuggito, interrogato i passeggeri, ottenuto i dati dalle videocamere di sorveglianza dell'aeroporto, e alla fine avremmo scoperto la sua identità. Poi Geser o Zavulon avrebbero aperto un portale... in qualunque posto si fosse andato a cacciare. E tutto ci avrebbe ricondotto alla situazione attuale. Solo che in più avremmo conosciuto il volto del nemico.

Svetlana annuì. Guardò l'orologio e scosse la testa. Per un istante socchiuse gli occhi, poi sorrise con aria rassicurata.

Nadjuska stava bene.

— Per quale motivo poi doveva fuggire... — disse pensosa. — Dubito che ci voglia molto tempo per eseguire il rituale descritto nel *Fuaran*. Dopotutto la strega ha trasformato in Altri un gran numero di servi quando è stata attaccata. Per l'assassino era molto più semplice usare il libro e diventare un Grande Mago... il più Grande. E poi scontrarsi con noi oppure distruggere il *Fuaran* e nascondersi. Una volta diventato più forte di noi, non saremmo stati in grado di smascherarlo.

— Forse è diventato davvero più forte di noi — osservai. — Se Geser ha tirato fuori la storia dell'iniziazione di Nadja...

Svetlana annuì. — Un quadro poco allegro. E se a usare il *Fuaran* fosse stato lo stesso Edgar? Se ora recitasse, e tutte queste ricerche fossero una messinscena? Lui e Vitezslav avevano rapporti strani. Edgar è un tipo riservato, magari gli è venuta voglia di diventare l'Altro più potente al mondo...

— Ma allora perché ha bisogno del libro? — esclamai. — Poteva lasciarlo lì ed era tutto risolto! Noi non avremmo capito neppure che si trattava di un omicidio. Avremmo dato la colpa di tutto a incantesimi di protezione che il vampiro non aveva notato.

— È un'idea — convenne mia moglie. — Ma l'assassino non aveva bisogno della forza. O non solo di quello. Aveva bisogno anche del libro.

Di colpo mi venne in mente Semen. — C'è qualcuno che l'assassino vuole far diventare un Altro! Si è reso conto che non avrebbe mai avuto la possibilità di usare il libro. Quindi ha ucciso Vitezslav... non importa come. Ha compiuto il rituale e si è trasformato in un Altro di grande forza. Ha nascosto il libro... da qualche parte, in questa stazione. E ora spera di portarselo via.

— Ma portarselo via come? — chiese mia moglie. — Qui ora ci sono i due maghi più potenti di Mosca...

— Tre — la corressi.

Svetlana fece una smorfia e disse: — Allora quattro. Dopotutto Kostja è un Grande Mago...

— È un moccioso, anche se Grande... — borbottai. In qualche misura ancora mi rifiutavo di credere che quel ragazzo in pochi anni avesse ucciso decine di uomini.

E la cosa più ripugnante era che noi stessi gli davamo le licenze.

Svetlana intuì i miei pensieri. Mi accarezzò la mano. Mormorò: — Non darti pena. Non poteva certo andare contro la sua natura. E tu cosa potevi fare? Ucciderlo?

Naturalmente non potevo. Ma non avevo neanche il coraggio di ammetterlo a me stesso.

La porta si aprì, e nel caffè fecero il loro ingresso Geser, Zavulon, Edgar, Kostja... e Olga. A giudicare dal tono animato della loro discussione, Olga doveva già essere al corrente di tutta la faccenda.

— Edgar ha accettato che venissero convocate le riserve — sussurrò Svetlana. — Brutto affare...

I maghi si avvicinarono al nostro tavolino; osservai i loro sguardi scivolare rapidamente sulla bussola. Kostja si diresse verso il bancone e ordinò un succo di pomodoro.

— Kostja ha perlustrato insieme agli Inquisitori il deposito bagagli — ci informò Geser. — Pulito.

— E noi abbiamo rastrellato l'intera stazione — dichiarò Zavulon. — Sei Altri, chiaramente estranei ai fatti.

— E una ragazzina non iniziata... — aggiunse Olga con un sorriso eloquente. — Sì, sì, l'ho notata. Qualcuno si occuperà di lei.

Zavulon sorrise. — Scusa, Grande, ma qualcuno si sta *già* occupando di lei.

In una situazione normale, la conversazione avrebbe preso il via da qui.

— Basta così, Grandi! — ruggì Edgar. — Non siamo qui per parlare di una potenziale Altra. Qui è in gioco la nostra sopravvivenza.

— Questo è vero — convenne Zavulon. — Mi aiuti, Boris Ignatevic?

Lui e Geser accostarono un altro tavolino al nostro. Kostja trascinò una sedia, e tutta la comitiva prese posto intorno a noi. È una cosa normale: le persone vanno in vacanza o in trasferta, e ammazzano il tempo in un caffè della stazione...

— O non è qui, oppure è in grado di nascondersi anche alla nostra vista — disse Svetlana. — In ogni caso chiederei il permesso di andare. Se vi servo, potete chiamarmi.

— La tua figliola sta benone — disse Zavulon con voce stridula. — Parola mia.

— Potremmo aver bisogno di te — disse Geser.

Svetlana sospirò.

— Geser, la lasci andare — lo pregai. — Lo sa anche lei, ora non abbiamo bisogno della forza.

— E di cosa allora? — domandò Geser.

— Astuzia e pazienza. Della prima lei e Zavulon ne avete da vendere. La seconda non la si può certo pretendere da una madre preoccupata.

Il Capo scosse la testa. Lanciò un'occhiata di sbieco a Olga, la quale annuì in maniera quasi impercettibile.

— Vai da tua figlia, Sveta — disse Geser. — Hai ragione. Se avrò bisogno di te, ti chiamerò e aprirò un portale.

Svetlana si chinò su di me, mi sfiorò le guance con le labbra, quindi si dissolse nell'aria. Il portale era talmente piccolo che neanche l'avevo notato.

— È forte — disse Zavulon. Protese la mano verso Kostja, afferrò il suo bicchiere e bevve. — Be', tu lo sai meglio di tutti, Geser... Cosa facciamo, signor Inquisitore?

— Aspettiamo — rispose Edgar. — Verrà lui a prendersi il libro.

— O lei — lo corresse Zavulon.

Non ci mettemmo a organizzare uno stato maggiore operativo. Restammo così, seduti in quel caffè, a mangiare e a bere. Kostja ordinò carne alla tartara, Geser polpette di pollo. Gli altri si accontentarono di vino, birra e di stuzzichini come calamari secchi e pistacchi.

Mentre osservavo Kostja che tagliava la sua carne cruda, riflettevo sul comportamento di quell'assassino misterioso. "Trovate il movente!" diceva Sherlock Holmes. Se trovi il movente, trovi anche il colpevole. Il suo scopo non era quello di diventare l'Altro più potente: lo era già diventato, o poteva diventarlo in qualsiasi momento. Ma allora qual era? Ricattare? Era da stupidi. Non sarebbe mai riuscito a dettare la propria volontà alle Guardie e all'Inquisizione, sarebbe andato incontro al destino di Fuaran... Forse voleva creare una propria organizzazione di Altri, alternativa alla nostra?

Quella primavera, a San Pietroburgo, era stata sbaragliata l'organizzazione dei Selvaggi delle Tenebre, con grosse difficoltà. Il cattivo esempio è sempre contagioso: qualcuno poteva essersi lasciato sedurre. E il tragico era che poteva essersi lasciato sedurre anche uno della Luce. Creare una nuova Guardia della Notte, una Superguardia? Annientare completamente le Tenebre, sottomettere l'Inquisizione e attrarre dalla propria parte le Forze della Luce?

Brutto affare.

— L'ago! — gridò Edgar. — Guardate!

La mia bussola aveva smesso di fare il ventilatore. L'ago stava rallentando. Si fermò, si scosse, poi si girò lentamente, indicando la direzione.

— Sì! — esclamò Kostja, alzandosi. — Ce l'abbiamo fatta!

E per una frazione di secondo in lui vidi il giovane vampiro che ancora non aveva assaggiato sangue umano, convinto che la forza non potesse mai in nessun modo essere compensata.

— Muoviamoci, signori. — Edgar si alzò di scatto. Guardò l'ago e poi, seguendone la direzione, fissò la parete. E in tono deciso disse: — Ai treni!

Capitolo 3

È uno spettacolo piuttosto usuale in una stazione: un gruppo di persone che corrono nel tentativo di capire da quale binario parta – sempre che non l'abbia già fatto – il treno giusto. Il più delle volte, chissà perché, nel ruolo di questi eterni ritardatari si vedono donne cariche di borse di plastica a righe, o al contrario gente dall'aria intellettuale, il cui unico fardello è costituito da valigette Samsonite e borsette in pelle.

Noi appartenevamo a qualche sottospecie esotica della seconda categoria: non avevamo bagagli, ma il nostro aspetto, benché in gran parte stravagante, rivelava una certa rispettabilità.

Arrivati sulla banchina, l'ago prese nuovamente a girare: ci eravamo avvicinati al libro.

— Cerca di fuggire — disse Zavulon. — Allora… adesso vediamo quali sono i treni in partenza.

Lo sguardo del mago delle Tenebre si offuscò: stava esaminando il futuro per capire quale treno avrebbe lasciato per primo la banchina.

Io scrutai il tabellone appeso dietro di noi. — Il Mosca-Almaty. Tra cinque minuti, dal binario due.

Zavulon fece ritorno dal suo viaggio nel tempo e annunciò: — Il treno per il Kazakistan, dal binario due. Tra cinque minuti.

Aveva un'aria assai soddisfatta.

Kostja trattenne un risolino.

Geser, osservando ostentatamente il tabellone, annuì: — Sì, Zavulon, hai ragione… E il successivo parte solo tra mezz'ora.

— Fermiamo il treno e perlustriamo i vagoni — suggerì Edgar. — Che ne dite?

— I tuoi scagnozzi sono in grado di scovare un Altro? — domandò Geser. — Anche con il mascheramento? Anche se è un mago fuori categoria?

Edgar abbassò gli occhi. Scosse la testa.

— Questo è il punto — osservò Geser. — Il libro era nella stazione. Lui era nella stazione. E noi non siamo riusciti a scoprire né il *Fuaran* né l'assassino. Cosa ti fa pensare che sul treno avremmo meno difficoltà?

— Se si trova sul treno, allora la cosa più semplice è distruggere il treno — disse Zavulon. — E con lui tutti i problemi.

Calò il silenzio.

Geser scrollò il capo.

— Lo capisco, è una decisione spiacevole — convenne Zavulon. — Non piace neanche a me. È un peccato sterminare un migliaio di vite. Ma abbiamo altra scelta?

— Cosa suggerisci tu, Grande? — gli chiese Edgar.

— Se — Zavulon calcò la voce su questa parola — il *Fuaran* si trova effettivamente sul treno, allora basta aspettare che il convoglio arrivi in una località deserta. Le steppe del Kazakistan vanno benissimo. E poi… agire secondo i piani che l'Inquisizione predispone in casi di questo genere.

Edgar scosse nervosamente la testa e, come sempre nei momenti di agitazione, nella sua voce affiorò un leggero accento baltico: — Noon è una buoona deecisione, Graande. E io poi noon poosso preenderla da soolo: è neceessaria l'autorizzaazione del Tribuunale.

Zavulon si strinse nelle spalle, lasciando intendere che il suo unico compito era quello di dare suggerimenti.

— In ogni caso dobbiamo accertarci che il libro si trovi sul treno — disse Geser. — Propongo… — Fissò lo sguardo su di me, annuendo in maniera quasi impercettibile. — Propongo che Anton della Guardia della Notte, Konstantin della Guardia del Giorno e un rappresentante dell'Inquisizione salgano su questo treno. Per effettuare un controllo. Non serve essere in tanti. Noi invece… vi raggiungeremo domattina. E decideremo come comportarci.

— Vai, Kostja — disse Zavulon in tono affettuoso, dando una

pacca sulla spalla al giovane vampiro. — Geser sa il fatto suo. La compagnia è piacevole, il viaggio lungo, la faccenda interessante: vedrai che ti piacerà.

Lo sguardo ironico che mi lanciò passò quasi inosservato.

— Questo... ci darà un po' di tempo in più — convenne Edgar. — Andrò io stesso. Con me porterò i miei uomini. Tutti.

— Manca un minuto — mormorò Olga. — Se avete deciso, muovetevi.

Edgar fece un cenno con la mano alla sua squadra e rapidamente ci dirigemmo tutti verso il treno. Arrivati al primo vagone, Edgar disse qualcosa al cuccettista, un giovane kazako con i baffi. Il volto di quest'ultimo assunse un'aria sonnolenta e al tempo stesso allegra; si fece da parte e ci lasciò passare. Facemmo irruzione sulla piattaforma di accesso. Sbirciai fuori: Zavulon, Geser e Olga erano in piedi sulla banchina e ci seguivano con lo sguardo.

— In caso di difficoltà, sarò io ad assumere il comando — dichiarò Edgar. — Ci sono obiezioni?

Guardai di sbieco i sei Inquisitori impalati dietro di lui e rimasi in silenzio. Kostja invece non si trattenne: — Dipende dagli ordini. Io obbedisco solo alla Guardia del Giorno.

— Lo ripeto: avrò io il comando dell'operazione — disse Edgar con freddezza. — Se non siete d'accordo, vi prego di scendere.

Kostja ebbe solo un attimo di esitazione, poi chinò il capo: — Chiedo scusa, Inquisitore. Il comando è vostro, si capisce. Ma in caso di necessità io mi metterò in comunicazione con i miei capi.

Edgar annuì, si sporse dalla piattaforma e chiamò il cuccettista.

— Quando si parte?

— Subito! — rispose il giovane con l'entusiasmo di un cane fedele. — Subito, fatemi passare!

— Passa, passa. — Edgar si fece da parte.

Il cuccettista, sempre con la stessa espressione stampata sul volto, salì sulla piattaforma.

Il treno si mise lentamente in marcia. Il kazako traballava in prossimità della porta aperta.

— Come ti chiami? — gli chiese Edgar.

— Askhat. Askhat Kurmangaliev.

— Chiudi la porta. Lavora e segui le istruzioni. — Edgar fece una smorfia. — Noi siamo i tuoi migliori amici. Noi siamo tuoi ospiti. Tu ci devi trovare dei posti sul treno. Capito?

La porta sbatté, il giovane kazako la chiuse a chiave e si mise di nuovo sull'attenti davanti a Edgar.

— Capito. Dobbiamo chiedere al capotreno. Sono rimasti pochi posti. Ne ho solo quattro liberi.

— Andiamo dal capotreno — accettò Edgar. — Anton, che dice la bussola?

Sollevai il foglietto e osservai la bussola crepuscolare.

L'ago girava pigramente.

— Pare che il libro si trovi sul treno.

— Aspettiamo ancora un po' prima di cantare vittoria — disse Edgar.

Ci eravamo allontanati dalla stazione di un buon chilometro, ma l'ago continuava a girare. Il ladro, chiunque fosse, viaggiava con noi.

— È sul treno, il bastardo — dichiarò Edgar. — Aspettatemi qui. Io vado dal capotreno: dobbiamo sistemarci da qualche parte.

E insieme al cuccettista, che sorrideva soddisfatto, uscì nel corridoio. Un secondo cuccettista scorse il collega e gli disse rapidamente qualcosa in kazako, agitando le mani con aria stizzita. Poi, intercettato lo sguardo di Edgar, si zittì.

— A questo punto attacchiamoci addosso un cartello con su scritto: "Siamo Altri" — disse Kostja. — Ma cosa sta facendo? Se sul treno c'è davvero un Altro superiore, riuscirà a percepire la magia…

Kostja aveva ragione. Sarebbe stato molto meglio cercare di sistemare la cosa con i soldi: la loro magia sugli uomini non è meno efficace. Ma evidentemente Edgar si era innervosito troppo…

— Tu percepisci la magia? — chiese di punto in bianco uno degli Inquisitori più giovani.

Kostja si voltò verso di lui con aria smarrita. Scosse la testa.

— E nessuno sarà in grado di percepirla. Edgar ha l'amuleto della sottomissione. Agisce solo da vicino.

— Trucchetti da Inquisitore… — bofonchiò Kostja. — Comunque meglio non esporsi. Giusto, Anton?

Annuii.

Edgar fece ritorno una ventina di minuti dopo. Come se la fosse sbrigata con il capotreno – se gli avesse dato dei soldi, oppure, cosa più probabile, avesse di nuovo fatto uso del misterioso amuleto della sottomissione – non provai neppure a chiederglielo. Il suo volto tradiva un'espressione soddisfatta, rasserenata.

— Ci divideremo in due gruppi — ordinò. — Voi — fece un cenno in direzione degli Inquisitori — resterete in questo vagone. Occuperete lo scompartimento dei cuccettisti e il primo: sono giusto sei posti. Ci penserà Askhat a sistemarvi… Rivolgetevi a lui per qualsiasi cosa. Ma non prendete iniziative, e non giocate a fare gli apprendisti investigatori. Comportatevi come… come esseri umani. Fate rapporto a me personalmente ogni tre ore… o tutte le volte che lo riterrete necessario. Noi saremo nel settimo vagone.

Gli Inquisitori lasciarono in silenzio la piattaforma dietro al sorridente cuccettista. Edgar si voltò verso me e Kostja: — Noi occuperemo il quarto scompartimento, settimo vagone. Temporaneamente sarà la nostra base logistica. Andiamo.

— Ti è venuto in mente un piano, capo? — domandò il vampiro.

Edgar lo fissò per un secondo: evidentemente si stava chiedendo anche lui quanto interesse e quanta provocazione – indegna persino di una replica – ci fossero in quella domanda. Tuttavia rispose: — Se ho un piano, ne verrete a conoscenza. A tempo debito. Ma ora ho voglia di caffè e di farmi una dormita di due, tre ore. Esattamente in quest'ordine.

Io e Kostja lo seguimmo. Quella condizione di subordinazione in fin dei conti ci univa… nonostante tutto quello che pensavo di Kostja.

Il vagone del capotreno era il posto migliore dell'intero convoglio. I condizionatori erano sempre in funzione e nello scaldabagno c'era sempre acqua calda. Tutto considerato, per essere un treno asiatico, l'ambiente era pulito; la biancheria, lavata dopo ogni viaggio, veniva consegnata in buste sigillate. I gabinetti funzionavano tutti e due, e ci si poteva entrare tranquillamente anche senza stivali di gomma.

E, a coronamento di questa fortuna, a un'estremità della carrozza speciale era agganciata la carrozza ristorante, all'altra il vagone letto.

Attraversammo tutto il vagone letto, lanciando occhiate incuriosite ai passeggeri. Si trattava per lo più di kazaki pasciuti e altezzosi, quasi tutti con una cartellina dalla quale non si separavano mai. Alcuni già bevevano tè da ciotoline a fiori, altri accomodavano sui tavolini dei filetti di carne, tiravano fuori bottiglie e tagliavano galline bollite. Ma la maggior parte di loro era ancora in piedi nel corridoio a contemplare i sobborghi moscoviti che sfrecciavano fuori dal finestrino.

La carrozza speciale si rivelò essere un vero e proprio luogo da malavitosi. Lindi tappetini sul pavimento, una passatoia nel corridoio, candide tende ai finestrini, morbidi materassi.

— Chi dorme sotto e chi sopra? — volle sapere Edgar.

— Per me fa lo stesso — rispose Kostja.

— Io preferisco sopra — dissi.

— Io pure — dichiarò Edgar. — D'accordo, allora.

Bussarono educatamente alla porta. L'Inquisitore non si voltò neppure.

Era il capotreno: portava un vassoio sul quale erano disposti un bollitore, una teiera, tazze, biscotti e persino una scatoletta di panna. Era un uomo serio: robusto, baffi rigogliosi, divisa nuova di zecca.

Ma aveva un viso bruttissimo e grinzoso, come quello di un bambino appena nato.

— Bevete alla salute, ospiti carissimi!

Tutto chiaro. Anche lui era sotto l'influenza dell'amuleto. L'impronta delle Tenebre era sempre presente nei metodi di Edgar.

— Grazie. Avvertici se qualcuno di quelli saliti a Mosca dovesse scendere lungo la strada, carissimo — gli disse Edgar, prendendo il vassoio. — Soprattutto se dovesse scendere prima della sua stazione.

— Sarà fatto, signoria vostra!

Kostja sorrise divertito.

Aspettai che quel povero disgraziato fosse uscito e chiesi: — Perché "signoria vostra"?

— E io che ne so? — Edgar si strinse nelle spalle. — L'amuleto si limita a predisporre gli uomini alla sottomissione. Cosa poi questi vedano in me – un controllore severo, l'amato nonno, un rispettabile artista o Stalin – è un problema loro.

Kostja di nuovo trattenne un risolino.

— Non c'è nulla di divertente in tutto questo — si stizzì Edgar. — Ma nemmeno di così terribile. È un metodo che usa per la psiche umana il massimo riguardo. La metà degli aneddoti raccontati da chi dice di aver dato un passaggio in macchina a un personaggio famoso, o di aver fatto saltare la fila a Gorbacev, non sono che la conseguenza di suggestioni come questa.

— Ma non sto ridendo per questo — spiegò Kostja. — Mi sono immaginato lei con l'uniforme da ufficiale delle guardie bianche... capo. Ispira un certo rispetto!

— Ridi, ridi... — borbottò Edgar, versandosi il caffè. — Che dice la bussola?

Senza aprire bocca posai il foglietto sul tavolo. Un'immagine crepuscolare si librò nell'aria: il piatto rotondo di una bussola, un ago che girava pigramente.

Mi versai il tè e ne inghiottii un sorso.

Era buono. Preparato con il cuore, proprio per una "signoria vostra".

— È sul treno, la carogna... — sospirò Edgar. — Signori, non vi nascondo che le possibilità sono due: o catturiamo il criminale, o distruggiamo il treno con tutti i suoi passeggeri.

— In che modo? — chiese Kostja.

— Dipende. L'esplosione di un gasdotto vicino al convoglio, il lancio accidentale di un missile da un aereo da guerra... al limite, un razzo a testata nucleare.

— Edgar! Qui ci saranno per lo meno mezzo migliaio di passeggeri!

— Un po' di più — mi corresse l'Inquisitore.

— Non possiamo farlo!

— Non possiamo lasciarci sfuggire il libro. Non possiamo

permettere che un Altro privo di scrupoli rimodelli il mondo secondo il proprio gusto.

— Ma non sappiamo quello che vuole!

— Sappiamo che ha ucciso un Inquisitore senza battere ciglio. Sappiamo che è molto forte, e che ha un obiettivo a noi sconosciuto. Cosa starà cercando in Asia centrale, Gorodeckij?

Mi strinsi nelle spalle.

— Laggiù c'è una serie di antichi centri di forza... — borbottò Edgar. — Una non precisata quantità di artefatti svaniti senza lasciare traccia, un certo numero di territori mal sorvegliati... Cos'altro?

— Un miliardo di cinesi — disse prontamente Kostja.

I due maghi delle Tenebre si fissarono.

— Tu sei completamente uscito di cervello... — affermò Edgar con aria incerta.

— Un miliardo e passa — specificò Kostja. — E se avesse deciso di attraversare il Kazakistan e di arrivare in Cina? Quello sì che sarebbe un esercito! Un miliardo di Altri! E c'è anche l'India...

— Non diciamo scemenze — ribatté Edgar. — Nemmeno un ingenuo farebbe una simile pensata. Da dove attingeremmo la forza noi, se un terzo degli uomini che costituiscono la popolazione mondiale si trasformassero in Altri?

— E se fosse un ingenuo? — continuò Kostja.

— È proprio per questo che adotteremo misure estreme — tagliò corto Edgar.

Parlavano con la massima serietà. Senza dubitare nemmeno per un istante che fosse lecito far morire tutti quei cuccettisti stregati, quei pasciuti uomini in trasferta, tutta quella gente in viaggio. Se si deve fare, si deve fare.

Non so perché, ma la voglia di tè mi era passata. Mi alzai e uscii dallo scompartimento. Edgar mi seguì con uno sguardo comprensivo, ma per nulla indulgente.

Nel vagone già regnava il silenzio: ci si preparava per la notte. Le porte di alcuni scompartimenti erano ancora aperte. Qualcuno fremeva in corridoio in attesa che si liberasse il bagno. Da qualche parte giungeva un tintinnio di bicchieri.

Pensai che, secondo i canoni del melodramma, ora nel corridoio avrei dovuto vedere degli angelici ragazzini dal faccino innocente. E questo perché potessi concepire tutta la mostruosità del piano suggerito da Edgar…

Le mie mani scivolarono da sole verso l'iPod. Mi ficcai gli auricolari nelle orecchie e mi appoggiai al finestrino.

Risuonò una melodia sommessa, e una voce intonò:

Non riuscirai a lanciarti nei cespugli
quando ti abbatteranno con il fucile.
Al mondo non esiste bellezza più perfetta
di un'astinenza di origine morfinica…

Era Las, il mio conoscente dell'Assol. Il CD che mi aveva regalato. Ridacchiai e alzai il volume. Era proprio quello di cui avevo bisogno.

Nel mondo astrale tornano i lineamenti infantili,
dal nostro sangue viene forgiato il metallo,
al mondo non esiste bellezza più perfetta
di un'astinenza di origine morfinica…

Una mano mi batté sulla spalla.

— Edgar, ognuno si rilassa a modo suo… — bofonchiai.

Un colpetto sotto il costato.

Mi voltai. E rimasi di stucco.

Davanti a me c'era Las. Ghignava soddisfatto, muovendosi a ritmo di musica: avevo messo il volume troppo alto.

— È un piacere, miseriaccia! — esclamò con entusiasmo. — Te ne vai in giro per il vagone pensando agli affari tuoi, e c'è qualcuno che ascolta le tue canzoni! Cosa ci fai qui, Anton?

— Sono in viaggio… — fu l'unica cosa che riuscii a cavarmi di bocca.

— Davvero? Non l'avrei mai detto! E dove te ne vai?

— Alma Ata.

— Si dice Almaty! — mi corresse Las in tono professorale. — Be', perché non hai preso l'aereo?

— E tu?

— Io ho paura dell'aereo — spiegò Las. — Però, se c'è proprio bisogno, con un buon litro di whisky credo pure nell'aerodinamica. Ma solo in casi di estrema necessità, non so, per andare in Giappone, o negli Stati Uniti… dove non arriva il treno.

— Viaggi per lavoro?

— Vacanza. Non serve andare in Turchia o alle Canarie, giusto? E tu, lavoro?

— Già — confermai. — Ho deciso di mettere su un commercio di kumis[1] e shubat a Mosca.

— Cos'è lo shubat? — mi chiese Las.

— Be'… kefir fatto con latte di cammello.

— Fico! — concordò Las. — Sei solo?

— Con degli amici.

— Venite da me? Il mio scompartimento è vuoto. Lo shubat non ce l'ho, ma il kumis si può rimediare.

Una trappola?

Osservai Las attraverso il Crepuscolo. Più intensamente che potevo.

Nessun segnale di Altro.

O era un umano… o un Altro di forza inimmaginabile. Capace di mimetizzarsi in tutti gli strati del Crepuscolo.

Possibile una simile fortuna? Possibile che fosse proprio quello che avevo davanti il misterioso ladro del *Fuaran*?

— Un attimo che prendo qualcosa.

— Ma non mi manca niente! — protestò Las. — Porta solo i tuoi amici. Io sono nel vagone successivo. Secondo scompartimento.

— Stanno già dormendo — mentii. — Un attimo solo…

Meno male che Las era messo di fianco e non poteva vedere chi c'era nello scompartimento. Socchiusi appena la porta e scivolai dentro.

— Che è successo? — Edgar mi piantò lo sguardo addosso.

— Sul treno c'è il tipo dell'Assol — spiegai. — Quel musicista, vi ricordate? Era tra i sospettati, ma non sembra essere un Altro… Ci ha invitato nel suo scompartimento, a bere.

1 Kumis: bevanda di latte fermentato, tipica dei paesi dell'Asia centrale.

Sul volto di Edgar si dipinse un'espressione di eccitazione. Kostja addirittura sobbalzò. — Lo prendiamo? Ora è nostro…

— Calma! — Edgar scosse la testa. — Non affrettiamo i tempi. Non si sa mai. Anton, tieni.

Mi tese una bottiglietta di vetro, rivestita di fili di rame. Aveva un aspetto tremendamente antico e conteneva una bevanda marrone scuro.

— Cos'è?

— Un comunissimo Armagnac invecchiato vent'anni. Ma messo dentro una bottiglietta ingegnosa. Può essere aperta solo da un Altro. — Edgar ridacchiò. — È solo un gingillo… Alcuni maghi dell'antichità proteggevano tutte le loro bottiglie con questo incantesimo, in modo che i servi non potessero rubarne il contenuto. Se il tuo amico è in grado di aprirla, vuol dire che è un Altro.

— Non percepisco magia… — dissi, rigirandomi la fiaschetta tra le mani.

— Proprio di questo si tratta — dichiarò Edgar con soddisfazione. — Una semplice e attendibile verifica.

Annuii.

— E questo è un semplice spuntino. — Edgar prese dalla tasca interna del soprabito una barretta di cioccolato. — È tutto, procedi. Aspetta! Qual è lo scompartimento?

— Secondo, vagone letto.

— Ti terremo d'occhio — promise. Si alzò e spense la luce. Ordinò: — Kostja, sotto le coperte: noi stiamo già dormendo!

Ed effettivamente, un paio di secondi più tardi, quando uscii nel corridoio con il cognac e il cioccolato, i miei compagni di viaggio dormivano placidamente.

Ma Las, per discrezione, non aveva sbirciato nello spiraglio della porta.

— Cognac? — chiese Las, lanciando un'occhiata alla bottiglietta che avevo in mano.

— Di meglio. Armagnac invecchiato di vent'anni.

— Perfetto — approvò Las. — Gli altri non sanno nemmeno cosa vuol dire.

— Gli Altri?

— Già. Quelli che si spacciano per persone serie, quelli che fanno girare i milioni, ma la cui cultura in fatto di alcol non va oltre il whisky Belaja Losad e il Napoleon. Una cosa che mi ha sempre sconvolto è la ristrettezza mentale dell'élite politico-economica. Perché da noi la Mercedes 600 è diventata il simbolo della prosperità? Se parli con una persona assennata e intelligente, ti dice con orgoglio: "Mi hanno distrutto la Mercedes, e per una settimana mi è toccato viaggiare in Uaz!" E nei suoi occhi si legge sia la rassegnazione dell'asceta, costretto ad abbassarsi alla Uaz, sia l'orgoglio del proprietario della Mercedes. Prima pensavo che fintanto che i nuovi russi non si fossero scelti modelli più adatti a loro, come la Bentley e la Jaguar, nel paese le cose non sarebbero mai andate per il verso giusto. Ora l'hanno fatto, ma non è cambiato niente. Si intravedono sempre le camicie di Versace sotto le solite giacchette rosse...

Seguii Las in un accogliente scompartimento del vagone letto. All'interno c'erano solo due cuccette, un tavolino d'angolo, un lavandino triangolare nascosto sotto un ripiano, una sedia pieghevole.

— A dire la verità, c'è meno spazio che in uno scompartimento normale — osservai.

— Già. Ma in compenso il condizionatore funziona. E anche il lavandino. Tutta roba che in molte circostanze della vita può tornare utile.

Dopo aver estratto da sotto le cuccette una valigia d'alluminio, Las si mise a rovistare al suo interno. Un istante dopo sul tavolo spuntò una bottiglia di plastica da un litro. L'afferrai e guardai l'etichetta. Era proprio kumis.

— Credevi che dicessi per scherzo? — ridacchiò il mio vicino dell'Assol. — Un'ottima bevanda. Sarà questo l'oggetto del tuo commercio?

— Sì, proprio questo.

— Ma così farai un buco nell'acqua: è kirghiso. Dovevi andare a Ufa. O anche più vicino, con la dogana non ci sono problemi. Lì fanno sia il kumis sia la buza. Hai mai assaggiato la buza? Un miscuglio di kumis e gelatina di avena. Una porcheria unica! Ma quando sei sbronzo ti rianima all'istante.

Nel frattempo sul tavolino avevano fatto la loro comparsa un salamino, delle fette di pane, una bottiglia da un litro di cognac francese di una marca a me sconosciuta e una bottiglia d'acqua minerale francese Evian.

Deglutii e aggiunsi il mio piccolo contributo a tutto quel bottino. Dissi: — Assaggiamo prima l'Armagnac.

— D'accordo — approvò Las, prendendo dei bicchieri di plastica per l'acqua e due bicchierini di metallo per l'Armagnac.

— Aprilo.

— È tuo. Spetta a te aprirlo — ribatté Las.

Maledizione!

— Meglio che lo faccia tu — replicai. — Non riesco mai a versarlo come si deve.

Mi guardò come fossi un idiota. — Eppure hai un'aria da persona seria. Ti capita spesso di bere in compagnia?

Afferrò comunque la bottiglietta per svitare il cappuccio.

Restai in attesa.

Las sbuffava, faceva smorfie. Poi smise di provare e osservò attentamente il tappo. Borbottò: — Sembra incollato…

— Forza — dissi.

— No, aspetta. Cos'è tutto questo zucchero? Un attimo…

Sollevò un lembo della maglietta, afferrò il cappuccio, mise in tensione tutti i muscoli e diede una girata. A un certo punto esultò. — Ci siamo, ci siamo!

Si sentì uno scricchiolio.

— Ci siamo… — continuò in tono più incerto. — Ohi…

Protese le mani con aria imbarazzata. In una c'era la bottiglietta di vetro, nell'altra il tappo, ancora avvitato al collo spezzato della bottiglia.

— Scusa. Accidenti…

Ma già un attimo dopo nello sguardo di Las balenò qualcosa di simile a un'espressione di orgoglio: — Che forza! Chi l'avrebbe mai detto?

Mi immaginai la faccia di Edgar, che ora avrebbe dovuto fare a meno di quel suo utile artefatto.

— Era preziosa, vero? — chiese in tono colpevole. — Un pezzo d'antiquariato?

— Una cosa da nulla — borbottai. — Peccato per l'Armagnac. Il vetro ci è finito dentro.

— Fa niente. — Lasciò la bottiglia mutilata sul tavolino e si rituffò nella valigia. Prese un fazzoletto e ne strappò una striscetta. — Pulito. Mai lavato. E non è neanche cinese, quindi non c'è rischio di polmonite!

Piegò in due il fazzoletto, lo avvolse intorno al collo della bottiglia e come se niente fosse versò l'Armagnac nei bicchieri. Brindò: — Al viaggio!

— Al viaggio! — ripetei.

Il liquore era delicato, fragrante e dolciastro come succo d'uva. Si beveva bene, e ti esplodeva dentro in profondità con un'umanità e una precisione da far invidia a qualsiasi missile americano.

— Eccezionale — commentò Las. — Ma secondo me c'è troppo zucchero! A me piacciono di più i cognac armeni: sono fatti con una quantità minima di zucchero e conservano integra tutta la gamma di sapori… Un altro!

Riempì i bicchierini e poi mi lanciò uno sguardo interrogativo.

— Alla salute? — proposi in tono poco convinto.

— Alla salute — ripeté. Bevve e prese ad annusare il fazzoletto. Guardò dal finestrino e sobbalzò. — Però… niente male come effetto!

— Che c'è?

— Non ci crederai, ma mi è sembrato di vedere un pipistrello accanto al vagone! — esclamò. — Enorme come un cane da pastore. Brrr…

Pensai che sarebbe stato il caso di dare una bella strigliata a Kostja. Ma ad alta voce dissi in tono scherzoso: — Forse era uno scoiattolo, non un pipistrello!

— Uno scoiattolo volante? Non sono mica scemo. No, parola d'onore, era un pipistrello enorme!

— Forse volava troppo vicino al vetro — ipotizzai. — L'hai visto di sfuggita, non sei riuscito a valutare bene la distanza e ti è sembrato più grande di quello che è.

— Può essere… Ma cosa ci faceva qui? Perché volava così vicino al treno?

— Elementare — dissi, afferrando la bottiglietta e versando il terzo giro di cognac. — La locomotiva corre ad altissima velocità e crea di fronte a sé una specie di scudo d'aria. Tramortisce le zanzare, le farfalle, e qualsiasi altra bestiolina volante, le ributta indietro in vortici d'aria che lambiscono il treno da ogni parte. Quindi di notte ai pipistrelli piace svolazzare lungo i treni in corsa e mangiare mosche mezze morte.

Las rimase pensoso per un po'. Poi chiese: — Allora perché di giorno gli uccelli non volano intorno ai treni in corsa?

— Elementare anche questo! — Gli porsi il bicchierino. — I volatili sono creature meno intelligenti dei mammiferi. Quindi, mentre i pipistrelli hanno già capito come sfruttare i treni per nutrirsi, gli uccelli ancora no. Tra cento, duecento anni impareranno anche loro.

— Come ho fatto a non arrivarci da solo? In effetti, è tutto molto semplice. Allora brindiamo... al buon senso!

Brindammo.

— Gli animali sono esseri sorprendenti — disse Las. — Sono intelligenti, non come dice Darwin. Una volta avevo...

Un cane, un gatto, un piccolo criceto, un pesce da acquario? Non feci in tempo a capirlo. Las fissò nuovamente il finestrino e sbiancò: — Di nuovo... il pipistrello!

— Sta acchiappando le zanzare — gli ricordai.

— Ma quali zanzare! Svolazzava intorno a un palo, come fosse telecomandato! Te l'assicuro: era grosso come un cane pastore!

Si alzò e abbassò le tendine con gesto deciso. — Ma che... Lo sapevo che era meglio non leggere Stephen King prima di andare a dormire... Era un pipistrello enorme! Sembrava uno pterodattilo! Si potrebbe nutrire di gufi e civette, altro che zanzare!

Dopotutto Kostja era un mostro. Mi rendevo conto che un vampiro, proprio come un mutantropo, nelle sue sembianze animali diventava un idiota senza precedenti dotato di scarso controllo.

Forse gli piaceva proprio gironzolare così intorno a un treno notturno, guardare attraverso i finestrini, riposarsi sui pali della luce. Ma bisogna pur sempre osservare le più elementari norme di prudenza!

— Sono mutazioni — rifletteva nel frattempo Las. — Test nucleari, fughe dai reattori, onde elettromagnetiche, telefoni cellulari… Ci viene da ridere, parliamo di fantascienza… I giornali popolari mentono continuamente. Ti danno a bere qualsiasi cosa: che sei ubriaco o che stai mentendo.

Stappò con gesto deciso il suo cognac. Chiese: — Tu ci credi alla mistica?

— Ci credo.

— Anch'io. Ora sì, prima per niente… — Lanciò un'occhiata diffidente al finestrino oscurato. — Quando pensi di averne viste abbastanza, ecco che un giorno, in un giacimento di torba di Pskov, incontri uno yeti e vai fuori di testa. Oppure un topo lungo un metro. Oppure… — Fece un cenno con la mano in direzione del finestrino. — E se al nostro fianco vivessero realmente streghe, vampiri, licantropi? Dopotutto non esiste mascheramento più sicuro che inoculare la propria immagine attraverso i mezzi della cultura di massa. Tutto ciò che viene descritto in forma artistica, o mostrato al cinema, smette di essere terrificante e misterioso. Il vero orrore ha bisogno di essere raccontato a voce, ha bisogno di un nonno seduto su un terrazzino che la sera fa spaventare i nipotini: "E poi gli appare il padrone e gli dice: sarai mio prigioniero, ti torturerò e sparirai travolto dalla tempesta!" È così che si sviluppa un autentico timore nei confronti dei fenomeni anomali! E i bambini lo percepiscono. Ma la letteratura contemporanea, e soprattutto il cinema, sopprimono del tutto questo terrore istintivo. Come si fa ad aver paura di Dracula, se ormai lo si è visto morire centinaia di volte? Come si fa a provare spavento per gli extraterrestri, se i nostri eroi li massacrano tutte le volte? No, Hollywood è un enorme narcotico per la mente umana. Brindiamo alla morte di Hollywood, che ci priva del nostro salutare terrore di fronte all'ignoto!

— A questo sempre! — dissi con enfasi. — Las, come mai hai deciso di andare in Kazakistan? È davvero un bel posto per una vacanza?

Lui si strinse nelle spalle. — Non lo so nemmeno io. Mi è venuta una voglia improvvisa di esotismo: kumis, cammelli saltellanti, lotte tra montoni, carne alla kazaka in bacinelle di rame, belle ragazze con lineamenti esotici…

Prese un pacchetto di Belomor e si mise a fumare.

— Ora il cuccettista si precipiterà qui — osservai.

— Non credo proprio: ho messo un preservativo sul rilevatore di fumo. — Las fece un cenno con la testa verso l'alto. In effetti sul rilevatore di fumo che sporgeva dal muro era fissato un preservativo leggermente gonfio. Rosa chiaro.

— Comunque mi pare che ti sia fatto un'idea sbagliata dell'esotismo kazako — osservai.

— Ormai è tardi — brontolò Las. — Una mattina ho avuto un lampo di genio: perché non me ne vado in Kazakistan? Ho mollato tutto, ho dato istruzioni al mio vice e sono montato sul treno.

Drizzai le orecchie.

— È andata proprio così? Ascolta, tu sei uno che fa sempre le cose senza pensarci su due volte?

Scosse la testa.

— Non proprio. Ma stavolta non ci potevo fare niente… Bene, è quasi finito. Facciamoci l'ultimo goccetto…

Mentre versava, lo guardai di nuovo attraverso il Crepuscolo. Pur sapendo cosa cercare, percepii la traccia con notevole difficoltà, tanto lieve e delicata era stata l'azione di quell'Altro sconosciuto. Una traccia che già si stava estinguendo.

Una semplice suggestione di cui era capace anche il più debole degli Altri. Ma realizzata con cura incredibile.

— Vada per l'ultimo goccetto — approvai. — Mi si chiudono gli occhi… Però abbiamo ancora parecchio tempo per chiacchierare.

Del resto nelle prossime ore per me di dormire non se parlava. Mi aspettava una conversazione con Edgar, e forse anche con Geser.

Capitolo 4

Edgar osservava con aria afflitta i frammenti della bottigliet- ta. Ma il suo aspetto non era di quelli che infondevano proprio un senso di tristezza: ampi pantaloncini dai colori vivaci e una maglietta cascante, tra i quali si intravedeva un po' di pancet- ta. Gli Inquisitori non badavano molto alla forma fisica: ov- viamente facevano più affidamento sulla potenza della magia.

— Qui non siamo a Praga — lo consolai. — Questa è la Rus- sia. Da noi se una bottiglia non ne vuole sapere di aprirsi la spaccano.

— Ora serve una dichiarazione scritta — disse tetro. — I bu- rocrati cechi non sono meglio di quelli russi.

— In compenso, però, abbiamo appurato che Las non è un Altro.

— Non abbiamo appurato un bel niente — brontolò stizzi- to l'Inquisitore. — Un risultato positivo sarebbe inconfutabile. Uno negativo… be', mettiamo che sia un Altro talmente forte da essere riuscito a percepire la trappola. E si è messo a fare il burlone. A modo suo.

Un'ipotesi del genere, in effetti, non si poteva escludere.

— Non sembra un Altro — mormorò Kostja. Era seduto sul letto, con indosso solo i calzoncini, madido di sudore, ansi- mante. Probabilmente si era scatenato troppo nel corpo del pi- pistrello. — Lo avevo controllato anche all'Assol. Usando tut- ti i miei poteri. Anche adesso… non mi sembra.

— Con te c'è da fare un discorso a parte — tagliò corto Ed- gar. — Per quale motivo ti sei avvicinato così tanto al finestrino?

— Per guardare.

— Non potevi metterti sul tetto e sporgere la testa?

— A una velocità di cento chilometri orari? Va bene che sono un Altro, ma le leggi della fisica non le posso mica annullare. Sarei caduto.

— E la fisica non ti impedisce di volare a una velocità di cento chilometri orari? Mi vuoi dire che non riesci a stare seduto sul tetto di un vagone?

Kostja aggrottò la fronte e tacque. Cacciò una mano nella giacca e prese una piccola borraccia. Inghiottì qualcosa di denso, color rosso scuro, quasi nero.

Edgar fece una smorfia: — Tra quanto tempo avrai bisogno di… cibo?

— Senza trasformarmi più… domani sera. — Agitò la borraccia nell'aria. Un liquido sciabordò a fatica. — Per colazione mi basta.

— Potrei… data la particolarità delle circostanze… — Edgar mi lanciò un'occhiata di sbieco — concederti una licenza.

— No — mi affrettai a dire. — Infrangerebbe l'ordine costituito.

— Konstantin ora si trova in servizio per conto dell'Inquisizione — mi ricordò Edgar. — Quelli della Luce avranno diritto a una contropartita.

— No — ripetei.

— Ha assoluta necessità di nutrirsi. E le persone su questo treno, molto probabilmente, sono condannate. Tutte, senza eccezioni.

Kostja non apriva bocca.

— In questo caso lascerò il treno — dissi. — Così potrete agire a vostro piacimento.

— Ora riconosco il Guardiano della Notte — sussurrò Kostja. — Te ne lavi le mani? Siamo alle solite. Prima ci consegnate gli umani e poi fate smorfie di disprezzo.

— Silenzio! — ruggì Edgar, alzandosi. — Silenzio, tutti e due! Non è il momento di battibeccare! Kostja, ti serve una licenza? Ce la fai a resistere?

Il vampiro scosse la testa: — Non mi serve la licenza. Quando ci fermiamo a Tambov, sguscerò fuori e acchiapperò un paio di gatti.

— Perché proprio dei gatti? — chiese Edgar. — Perché... ehm... non un cane, per esempio?

— Mi dispiace uccidere i cani — spiegò il vampiro. — Anche i gatti... Ma a Tambov dove la trovo una mucca o una pecora? Nelle stazioncine il treno si ferma poco.

— A Tambov avrai un montone — promise Edgar. — Non si deve... dare nell'occhio. Comincia tutto così: trovano un cadavere dissanguato di un animale e scrivono articoli sulle pagine di cronaca...

Prese il telefonino e selezionò un numero dalla rubrica. Restò in attesa, a lungo, finché qualcuno, che evidentemente stava dormendo, rispose.

— Dmitrij? Inutile che sbraiti, non c'è tempo per dormire, la Patria chiama. — Edgar ci lanciò un'occhiata e disse in tono ben chiaro: — Ti saluta Solomon, con tanto di firma e timbro.

Rimase per un po' in silenzio, forse per dare il tempo all'uomo di riprendere i sensi, o forse per ascoltare la sua replica.

— Sì. Edgar. Ti ricordi? Proprio così — disse. — Non ci siamo dimenticati di te. Ora ci servi. Tra quattro ore, alla stazione di Tambov, si fermerà il treno Mosca-Alma Ata. Abbiamo bisogno di un montone... Cosa?

Staccò per un attimo il telefono dal volto e coprì il microfono con la mano: — Che asini questi collaboratori salariati!

— Anche un asino mi va bene — ridacchiò Kostja.

Edgar tornò a parlare al telefono: — No, non te. Ci serve proprio un montone. L'animale. O una pecora. O una mucca. Fa lo stesso. Tra quattro ore dovrai trovarti con un animale nei pressi della stazione. No, un cane non va bene... Perché no! No, nessuno ha voglia di mangiarlo. La carne e la pelle te le puoi prendere. È tutto, ti chiamo quando arriviamo.

Mise via il cellulare e spiegò: — A Tambov abbiamo un contingente molto... limitato. Nessun Altro per adesso, solo un collaboratore salariato, umano.

— Caspita! — esclamai. — Nelle Guardie gli umani non ci sono mai stati.

— A volte è necessario — spiegò Edgar. — Tranquillo, ce la farà. È pane per i suoi denti. Avrai il tuo montone, Kostja.

— Grazie — rispose il vampiro. — Certo, sarebbe meglio una pecora. Ma andrà bene anche un montone.

— Avete esaurito l'argomento gastronomia? — chiesi.

Edgar si rivolse ancora a me: — Anche la nostra capacità di combattimento è una questione importante... Dunque, potrebbe essere che questo... Las... sia rimasto vittima di un'azione magica?

— Proprio così. Stamattina gli è stato inoculato il desiderio di andare ad Alma Ata in treno.

— Potrebbe essere — convenne Edgar. — Se tu non avessi scoperto la traccia, l'avremmo preso sul serio per un umano qualunque. Avremmo perso un sacco di energie e di tempo. Ma allora vuol dire che...

— Che l'assassino conosce alla perfezione le attività delle Guardie. È al corrente dell'indagine dell'Assol, conosce le persone che erano tra i nostri sospettati. Cioè...

— Qualcuno della direzione generale — concordò Edgar. — Cinque o sei Altri della Guardia della Notte e altrettanti della Guardia del Giorno. Be', facciamo una ventina... Sono comunque molto, molto pochi.

— O qualcuno dell'Inquisizione — aggiunse Kostja.

— Su. Spara un nome, fratello, un nome. — Edgar ridacchiò. — Chi?

— Vitezslav. — Dopo un attimo di silenzio Kostja concluse: — Per esempio.

Per qualche secondo sembrò che Edgar, solitamente imperturbabile, potesse venirsene fuori con qualche imprecazione. E quasi sicuramente con accento baltico. Ma si controllò: — Non sarai troppo stanco dopo la trasformazione, Konstantin? Non è arrivata l'ora di un sonnellino?

— Edgar, io sono più giovane di te, ma tutti e due siamo dei lattanti rispetto a Vitezslav — rispose pacatamente Kostja. — Cosa abbiamo visto? Un vestito pieno di cenere. Abbiamo controllato di persona quella cenere?

L'Inquisitore restò in silenzio.

— Non credo che dalle spoglie di un vampiro si possa stabilire chissà che... — mi intromisi.

— Per quale motivo Vitezslav... — prese a dire Edgar.

— Il potere — disse Kostja, senza lasciarlo finire.

— Ma cosa c'entra il potere? Se aveva deciso di rubare il libro, che motivo c'era di comunicarne il ritrovamento? Lo avrebbe preso di nascosto e sarebbe fuggito. Quando l'ha trovato era solo. Capisci? Solo!

— Magari non si è reso conto subito di cos'era — ribatté Kostja. — O si è deciso solo dopo un po' a commettere il furto. Certo che inscenare la propria morte e filarsela con il libro, mentre tutti cercano il tuo assassino, sarebbe una mossa da maestro.

Il respiro di Edgar accelerò. — D'accordo. Richiederò un controllo. Mi metterò subito in comunicazione con... con il Capo supremo di Mosca e farò controllare le ceneri.

— Per sicurezza, fa' controllare anche Geser e Zavulon — suggerì Kostja. — Nessuno ci assicura che siano entrambi estranei alla faccenda.

— Non venire a insegnarmi il mestiere... — borbottò Edgar. Trovò una posizione più comoda e si concentrò.

Nemmeno Geser e Zavulon quella notte sarebbero riusciti a farsi una bella dormita...

Io sbadigliai e dissi: — Signori, non so voi... ma io vado a dormire.

Edgar non rispose: stava conversando mentalmente con qualcuno dei Grandi. Kostja annuì e anche lui sgattaiolò sotto le coperte.

Mi arrampicai sulla cuccetta più in alto, mi spogliai e sistemai i jeans e la camicia sulla mensolina. Kostja si sdraiò di sotto. Edgar rimase seduto, immobile. Le ruote del treno producevano un rumore conciliante.

Tuttavia non riuscivo a prendere sonno.

Qualcuno aveva ucciso un vampiro supremo. Oppure il vampiro stesso aveva inscenato il proprio omicidio. Poco importa. In ogni caso questo qualcuno era dotato di una forza inimmaginabile.

Ma perché fuggire? Perché nascondersi in un treno e rischiare di far distruggere l'intero convoglio, o magari di farlo circondare da un centinaio di Grandi Maghi che avrebbero potuto organizzare un controllo a tappeto? Era una cosa stupida, inutile, rischiosa. Se sei diventato l'Altro più forte al mondo, prima o poi conquisterai anche il potere. Passeranno cento, duecento anni, e ormai nessuno penserà più né alla strega Arina né al suo mitico libro. Una cosa del genere Vitezslav avrebbe dovuto capirla.

Tutto... tutto, non so come, sapeva troppo di azione umana. Sconclusionata e illogica. Non somigliava in nulla a quella di un Altro potente e saggio. Un Altro che però era stato capace di uccidere Vitezslav.

No, i conti non tornavano...

Al piano di sotto Edgar riprese a muoversi. Sospirò e si arrampicò sulla cuccetta, facendo frusciare le coperte.

Chiusi gli occhi e tentai di rilassarmi.

Mi immaginai le lunghe rotaie che il treno si lasciava dietro... attraversando piccole e grandi stazioni, città e cittadine, fino ad arrivare a Mosca, e i viali che dalla stazione si diramavano in tutte le direzioni, schivando gli avvallamenti oltre la circonvallazione, e trasformandosi per un centinaio di chilometri in un'autostrada dissestata che strisciava verso un villaggio in rovina, fino a una vecchia casa di tronchi d'albero...

— *Svetlana?*

— *Ti aspettavo, Anton. Come va?*

— *Siamo in viaggio. Sta succedendo qualcosa di strano.*

Tentai di aprirmi a lei al massimo... Di dipanare la mia memoria come fosse un rotolo di stoffa sul tavolo di un sarto. Il treno, gli Inquisitori, la conversazione con Las, quella con Edgar e Kostja...

— *Strano* — disse Svetlana dopo una breve pausa. — *Molto strano. Ho l'impressione che qualcuno si stia prendendo gioco di voi. Questo non mi piace, Anton.*

— *Neanche a me. Come sta Nadja?*

— *Dorme da un pezzo.*

In questo tipo di conversazioni, accessibili solo agli Altri, l'intonazione della voce non esiste. Ma c'è comunque qualcosa che la sostituisce: infatti percepii in Svetlana una leggera incertezza.

— *Non sei a casa?*

— *No. Sono... ospite di una vecchietta.*

— Svetlana!

— Sono venuta davvero come ospite, stai tranquillo! Volevo discutere con lei di questa situazione e sapere qualcosa di più sul libro.

Ma certo, avrei dovuto capirlo subito che non era solo l'apprensione per la figlia ad aver spinto Svetlana a separarsi da noi.

— E cos'hai scoperto?

— Era il Fuaran. *Quello vero. E… quanto al figlio di Geser, avevamo ragione noi. La vecchietta si divertiva… e ripristinava i contatti utili.*

— E poi ha sacrificato il libro?

— Sì. Lo ha lasciato lì, nella convinzione che poco dopo avrebbero scovato il nascondiglio e interrotto anche le ricerche.

— E cosa pensa dei fatti che si sono verificati? — Evitavo accuratamente di fare nomi, come se qualcuno fosse stato in grado di intercettare la conversazione.

— A me sembra terrorizzata. Anche se fa la spavalda.

— Svetlana, in quanto tempo il Fuaran *può trasformare un umano in un Altro?*

— Quasi all'istante. Ci vogliono dieci minuti per pronunciare tutti i sortilegi, poi serve qualche ingrediente… anzi, uno solo: il sangue di dodici uomini. Anche una sola goccia di ciascuno, basta che siano dodici uomini diversi.

— Per quale motivo?

— Bisognerebbe chiederlo a Fuaran stessa. Sono sicura che andrebbe bene qualsiasi altro liquido, ma la strega ha voluto legare il sortilegio al sangue… Dieci minuti di preparazione, dodici gocce di sangue, e sei pronto per trasformare un umano in un Altro. O un intero gruppo di umani. L'importante è che si trovino tutti nel tuo campo visivo.

— E quanta forza avrebbero?

— Dipende. Ma ai più deboli può essere aumentato il livello di forza con un ulteriore sortilegio. Teoricamente qualsiasi umano può diventare un Grande Mago.

Le sue parole lasciavano intendere qualcosa. Qualcosa di importante. Solo che per il momento non riuscivo a coglierlo…

— Sveta, di cosa ha paura… la vecchietta?

— Di una trasformazione in massa di uomini in Altri.

— Vuole costituirsi?

— No. Vuole solo fuggire. E io la capisco.

Sospirai. Sarebbe bastato che l'Inquisizione muovesse contro di lei l'accusa di sabotaggio. E poi Geser...

— Sveta, chiedile... chiedile quale motivo può avere il ladro per dirigersi verso oriente. Forse nel luogo in cui è stato scritto, il Fuaran *acquisisce una forza ancora maggiore?*

Pausa. Peccato che non fosse un telefonino, e che non mi fosse possibile parlare di persona con la strega. Purtroppo il contatto diretto è attuabile solo tra persone intime. O quanto meno tra persone che condividono le stesse idee.

— No... si è meravigliata molto. Dice che non esiste alcun legame tra il Fuaran *e il luogo in cui si trova. Il libro funziona sull'Himalaya così come in Antartide o in Costa d'Avorio.*

— Allora... chiedi questo: Vitezslav poteva usarlo? Dopotutto un vampiro è un Altro di livello inferiore...

Altra pausa.

— Sì. Sia un vampiro sia un mutantropo. Della Luce o delle Tenebre. Non c'è nessuna restrizione. Il libro non può essere usato da un essere umano.

— Ovviamente... Nient'altro?

— Nient'altro, Anton. Speravo che potesse fornirci un appiglio... ma mi sbagliavo.

— Va bene. Grazie. Ti amo.

— Anch'io. Riposati. Sono sicura che domani si chiarirà tutto quanto...

L'esile contatto che si era stabilito tra di noi si interruppe. Mi agitai in cerca di una posizione più comoda.

Durante la notte mi svegliai due volte.

La prima quando uno degli Inquisitori venne da Edgar per fare rapporto, informandolo che non c'era nessuna novità. La seconda quando il treno si fermò a Tambov, e Kostja uscì di soppiatto dallo scompartimento.

Mi risvegliai alle dieci passate.

Edgar stava bevendo il tè. Kostja, fresco e roseo in volto, masticava un panino con il salame. L'ago girava. Tutto come prima.

Mi vestii direttamente sulla cuccetta, poi saltai giù.

— Tieni — borbottò Kostja, spingendo verso di me una confezione di plastica. — Ho preso qualcosa a Tambov…

Nella confezione trovai un rasoio usa e getta, un gel da barba, uno spazzolino e un dentifricio.

— Grazie — gli dissi. — Quanto ti devo?

— Ci ho già pensato io — mi informò Edgar. — A proposito, è stata fissata anche per te un'indennità di trasferta. Cinquanta dollari al giorno, più vitto.

— Si tratta bene l'Inquisizione — ironizzai. — Ci sono novità?

— Geser e Zavulon stanno esaminando le spoglie di Vitezslav. — Disse proprio "le spoglie", in tono solenne e ufficiale. — Difficile capirci qualcosa. Si sa, più un vampiro è vecchio e meno rimane di lui dopo la morte…

Kostja masticava il suo panino con grande concentrazione.

— Già — convenni.

Nel vagone si erano svegliati quasi tutti; solo un paio di scompartimenti, nei quali la sera prima la baldoria si era protratta con eccessivo entusiasmo, ancora rimanevano chiusi. Feci una breve fila e mi introdussi a stento nel comfort da caserma del cesso della carrozza. Un rivoletto d'acqua calda stillava dal rubinetto. Un pezzo di lamiera levigata, che faceva le veci dello specchio, era irrimediabilmente incrostato di vecchi schizzi di sapone.

Mentre mi lavavo i denti con un rigido spazzolino cinese, ripensai alla mia conversazione notturna con Svetlana. C'era qualcosa di importante nelle sue parole. C'era, ma restava comunque indecifrabile, sia per mia moglie sia per me.

Ma dovevo vederci chiaro.

Tornai nello scompartimento ben lungi dall'aver scoperto la verità, ma con in mente un'idea che mi sembrava interessante. I miei compagni di viaggio avevano già finito la colazione, e io, dopo aver chiuso la porta, decisi di passare subito alle vie di fatto.

— Edgar, ho un'idea. Quando siamo in un tratto rettilineo, i tuoi ragazzi iniziano a sganciare i vagoni. Uno dopo l'altro. Per assicurarci che il treno non arresti la marcia, qualcuno di loro controllerà il macchinista. Noi teniamo d'occhio la bussola. Non appena verrà sganciato il vagone con il libro, l'ago lo segnalerà.

— E poi? — chiese lui in tono acido.

— Localizziamo il libro con precisione. Si può accerchiare il vagone e far allontanare uno dopo l'altro i passeggeri con i loro bagagli. Non appena troveremo l'assassino, l'ago ce lo indicherà. Tutto qui. Non c'è nessun bisogno di distruggere il treno.

— Ci avevo pensato — disse Edgar. — C'è però un unico, ma fondamentale problema: l'assassino si accorgerebbe di tutto. E avrebbe la possibilità di colpire per primo.

— Facciamo venire Geser, Zavulon, Svetlana, Olga… Le Tenebre hanno altri maghi potenti? — Guardai Kostja.

— Si trovano — rispose evasivamente Kostja. — Ma avranno forza sufficiente?

— Per fronteggiare un solo Altro?

— Non un semplice Altro — ricordò Edgar. — Secondo la leggenda, per annientare Fuaran furono costretti a riunirsi centinaia di maghi.

— Lo faremo anche noi. Nella Guardia della Notte ci sono quasi duecento collaboratori, in quella del Giorno altrettanti. E poi ci sono i riservisti. Ogni parte può mettere a disposizione per lo meno un migliaio di Altri.

— Ma essenzialmente deboli, con il sesto o il settimo livello di forza. I maghi veri, quelli dal terzo livello in su, non sono più di un centinaio. — Edgar parlava con una sicurezza che non lasciava dubbi: anche lui aveva vagliato l'ipotesi dell'opposizione delle forze. — Potrebbe anche essere sufficiente se a potenziare la Luce e le Tenebre intervenisse l'Inquisizione, utilizzando gli amuleti e unificando le due Forze. Ma potrebbe anche non esserlo. In quest'ultimo caso i più validi combattenti morirebbero. Non pensi che lui speri proprio in un'eventualità del genere?

Scossi la testa.

— Io invece ho pensato anche a questo — disse Edgar. — Il colpevole potrebbe credere che il treno sia una trappola verso la quale sono accorsi i maghi più forti di tutta la Russia. Potrebbe aver protetto l'intero convoglio con sortilegi che noi non riusciamo neanche a percepire.

— Allora a che servono tutti i nostri sforzi? — chiesi. — Perché siamo qui? Una bomba atomica e il problema è risolto!

Edgar annuì. — Esatto. Atomica, in modo da colpire tutti gli strati del Crepuscolo. Ma prima occorre essere certi che l'obiettivo non sgusci via all'ultimo momento.

— Ti sei messo dalla parte di Zavulon? — domandai.

— Io sto dalla parte del buon senso. Un controllo a tappeto del treno, con l'impiego di massicce dosi di forza, comporterebbe molti combattimenti magici. E gli umani morirebbero lo stesso. La distruzione del convoglio, lo so, è un peccato. Ma quanto meno si eviterebbero sconvolgimenti di livello globale.

— Ma se c'è ancora una probabilità...

— C'è. Ecco perché propongo di continuare le ricerche — convenne Edgar. — Io e Kostja ci faremo aiutare dai ragazzi e rastrelleremo il treno, partendo contemporaneamente dalla testa e dalla coda. Useremo gli amuleti e, se troviamo un sospetto, tenteremo di controllarlo attraverso il Crepuscolo. Tu invece vai a parlare di nuovo con Las. Per noi è sempre un sospettato.

Mi strinsi nelle spalle. Tutto ciò somigliava tremendamente alla brutta copia di una ricerca. Nel fondo del suo cuore, Edgar si era già arreso.

— Quando scatta l'ora x? — chiesi.

— Domani sera — rispose Edgar. — Quando attraverseremo le zone deserte nei pressi di Semipalatinsk. Lì le esplosioni erano all'ordine del giorno. Una bomba tattica in più non è certo un dramma.

— Buona caccia — dissi, e uscii dallo scompartimento.

Era un sacrilegio. Tutto si limitava alle poche righe di relazione che Edgar era pronto a scrivere: "Nonostante tutti gli sforzi profusi nel tentativo di localizzare il criminale e di trovare il *Fuaran*..."

Non mi era mai passato per la testa che l'Inquisizione fosse una reale alternativa alle Guardie. Dopotutto, qual è il nostro scopo? Separare gli umani dagli Altri. Fare in modo che le azioni degli Altri non danneggino gli esseri umani. Certo, è praticamente impossibile, visto che una parte di Altri è per sua natura parassita. Ed è altrettanto certo che la contrapposizione tra Luce e Tenebre è tale da rendere inevitabili gli scontri.

Ma esiste l'Inquisizione, che si erge al di sopra delle Guardie e contribuisce anch'essa al mantenimento dell'equilibrio: è la terza Forza, un organismo di ordine superiore, che separa le Guardie e rimedia ai loro errori...

No, le cose non stavano affatto così.

Non esiste nessuna terza Forza. Non esiste e non è mai esistita. L'Inquisizione è uno strumento che serve a tenere separate la Luce e le Tenebre. Tutto qui. Controlla che il Patto non venga infranto, non negli interessi degli umani ma sempre e soltanto negli interessi degli Altri. L'Inquisizione è costituita da Altri convinti che noi siamo dei parassiti e che un mago della Luce non sia migliore di un vampiro. Ed entrare a far parte dell'Inquisizione equivale a rassegnarsi. A invecchiare definitivamente, ad abbandonare l'ingenuo massimalismo giovanile per un più sano e adulto cinismo. Significa ammettere che esistono gli umani e gli Altri, ma che tra di loro non ci può essere nessun punto di contatto. Sono pronto ad ammettere una cosa del genere? Probabilmente sì. Ma di passare all'Inquisizione, non so perché, non mi va.

Meglio continuare a sgobbare nella Guardia della Notte. Meglio continuare a fare un lavoro inutile per difendere esseri umani altrettanto inutili.

Las era sveglio. Seduto nel suo scompartimento, osservava con aria tetra il malinconico paesaggio al di là del finestrino. Il tavolino era sollevato; nel lavandino, sotto un rivoletto d'acqua, si stava raffreddando una bottiglia di kumis.

— Manca il frigorifero — disse in tono triste. — Non è previsto neanche nella migliore delle carrozze. Vuoi del kumis?

— Ho già dato.

— E allora?

— Be', un goccetto... — accettai.

Las versò effettivamente una sola goccia di liquore, quanto bastava per inumidirsi le labbra. Bevemmo, e Las disse: — Ma cosa mi ha preso ieri sera, eh? Dimmi, perché mai una persona di buon senso dovrebbe voler andare in vacanza in Kazakistan? Posso capire in Spagna. In Turchia. A Pechino, o magari al festival dei baci, se uno ha proprio voglia di turismo estremo. Ma che ci vai a fare in Kazakistan?

Mi strinsi nelle spalle.

— È stata una fluttuazione della coscienza alquanto strana — osservò. — Ci ho riflettuto un po'...

— E hai deciso di scendere.

— Giusto. E poi di risalire. Sul primo treno di ritorno.

— Una decisione ragionevole — dissi con sincerità. Per prima cosa, ci liberavamo dell'unico sospettato. Seconda cosa, si sarebbe messo in salvo un bravo essere umano.

— Tra un paio d'ore saremo a Saratov — ragionò ad alta voce. — Lì scendo. Ora chiamo il mio socio, gli chiedo di incontrarci. È una bella città, Saratov.

— Cos'ha di tanto bello? — domandai.

— Be'... — Las riempì nuovamente i bicchierini, ma stavolta un po' più generosamente. — La regione di Saratov è abitata da tempi immemorabili. E questo è un vantaggio non da poco, che la differenzia dalle regioni dell'estremo Nord. Laggiù, ai tempi dello zar, c'era un governatorato piuttosto arretrato. Oggi è il cuore industriale e culturale della regione, un grosso nodo ferroviario.

— Incredibile — dissi. Non si capiva se parlasse seriamente, o se invece sollevasse soltanto un polverone di parole in cui "Saratov" poteva tranquillamente essere sostituita da Kostroma, Rostov o da qualsiasi altra città.

— La cosa più importante è il grosso snodo ferroviario — spiegò Las. — Mangerò un boccone in un McDonald's e prenderò la via del ritorno. C'è anche un'antica cattedrale: andrò senz'altro a visitarla. Vuoi vedere che ho fatto bene a partire?

In ogni caso il nostro ignoto avversario aveva agito fin troppo prudentemente. La suggestione era talmente debole da essere svanita in un solo giorno.

— Ascolta, com'è successo che ti sei precipitato in Kazakistan? — gli domandai.

— Te l'ho detto, è successo così.

— Così come?

— Allora... Ero lì che pensavo ai fatti miei, stavo cambiando le corde della chitarra. All'improvviso uno squillo di telefono. Qualcuno aveva sbagliato numero, cercava un kazako... non si ricordava nemmeno il nome. Ho riagganciato e mi sono messo a pensare alla quantità di kazaki che vivono a Mosca. Sulla chitarra c'erano solo due corde, come nella dombra, il tipico liuto dell'Asia centrale, ma io le ho tese e ho cominciato a strimpellare. È venuta fuori una melodia... insistente, suadente. E ho pensato: me ne vado in Kazakistan!

— Una melodia?

— Già. Suadente, come un richiamo. Le steppe, il kumis e compagnia bella...

Possibile che fosse davvero Vitezslav? Di solito i normali esseri umani non percepiscono la magia. Ma quella dei vampiri è qualcosa a metà strada tra una magia propriamente detta e un'ipnosi molto intensa. Richiede lo sguardo, il suono o il tatto di una cosa qualsiasi, purché ci sia un contatto anche minimo tra uomo e vampiro. E in più lascia i segni: la sensazione di quello sguardo, di quel suono, di quel contatto...

Il vecchio vampiro ci aveva fregati tutti?

— Anton — disse Las con aria pensosa. — Tu non commerci in latte.

Non risposi.

— Se mi fosse capitato qualcosa che poteva interessare i servizi segreti, me la sarei fatta sotto dalla paura — continuò. — Però ho l'impressione che anche i servizi segreti in questo caso se la farebbero sotto.

— Evitiamo di approfondire questo argomento? — proposi. — È meglio.

— Già. Giusto. Che devo fare allora? Scendo a Saratov?

— Scendi e corri a casa. — Mi alzai. — Grazie per il kumis, Las.

— Agli ordini — disse. — Sempre felice di aiutare.

Non si capiva se la sua fosse una presa in giro. Questo modo di parlare, evidentemente, ad alcune persone viene automatico.

Dopo aver scambiato con Las una calorosa stretta di mano, uscii nel corridoio e mi diressi verso il nostro vagone.

Dunque era stato Vitezslav? Ma che bravo... ma che affidabile collaboratore dell'Inquisizione!

Ero in preda a un'incontenibile eccitazione. Ovvio: dopo aver aumentato le proprie forze fino all'inverosimile, Vitezslav ora era capace di assumere le sembianze di chiunque. Anche di questo moccioso di due anni che faceva prudentemente capolino dallo scompartimento dei genitori. Anche di questa giovane grassona con due orecchini dalle dimensioni inconcepibili. Anche del cuccettista che ricopriva di ossequi Edgar. Perché no?

Anche dello stesso Edgar o di Kostja...

Mi fermai a fissare l'Inquisitore e il vampiro, in piedi nel corridoio di fronte al nostro scompartimento. E se davvero...

No, alt. È una follia. Tutto è possibile, ma non per questo tutto può accadere. Io sono io, Edgar è Edgar, Kostja è Kostja. Non può essere altrimenti.

— Ci sono novità — dissi, mettendomi in mezzo tra Kostja ed Edgar.

— Be'? — chiese l'Inquisitore.

— Las è stato suggestionato da un vampiro. Si ricorda... una specie di musica che lo ha spinto a mettersi in viaggio.

— Com'è poetico — sogghignò Edgar. — Una musica? Ricorda molto i succhias... Scusa, Kostja. I vampiri.

— La definizione politicamente corretta è: "emoglobinadipendenti" — sorrise Kostja a denti stretti.

— L'emoglobina non c'entra niente, lo sai anche tu — tagliò corto Edgar. — Comunque è un indizio. — Di colpo sorrise e mi diede una pacca sulla spalla. — Sei testardo tu! Bene, il treno ha ancora una speranza. Aspettatemi qui.

Edgar si mosse rapidamente lungo il corridoio. Ero convinto che stesse andando dai suoi, invece svoltò nello scompartimento del capotreno e chiuse la porta.

— Cosa pensa di fare? — chiese Kostja.

— E io che ne so? Magari esistono incantesimi particolari per individuare i vampiri...

— No. Funziona come per il resto degli Altri. Se Vitezslav si nasconde tra gli umani, non c'è nessun incantesimo capace di scovarlo. È una follia...

Cominciava a innervosirsi, e io lo capivo. Non è facile appartenere alla minoranza più bistrattata del mondo degli Altri e dover dare la caccia a un proprio compagno. Lui stesso un giorno mi aveva detto, quando io ero un giovane, stupido e coraggioso cacciatore di vampiri: «Siamo in pochi. Quando qualcuno se ne va, noi lo percepiamo subito.»

— Kostja, tu hai percepito la morte di Vitezslav?

— Che vuoi dire, Anton?

— Un giorno mi hai detto che voi percepite la morte… dei vostri simili.

— La percepiamo se il vampiro ha la licenza. Quando viene ucciso, il marchio di registrazione avvolge di riflesso tutti quelli che si trovano nelle vicinanze. Vitezslav il marchio non ce l'aveva.

— È ovvio che Edgar ha avuto qualche idea — borbottai. — Qualche trucchetto da Inquisitore?

— Probabile. — Kostja fece una smorfia. — Perché, Anton? Perché perseguitano sempre e solo noi… perfino i nostri? Anche i maghi delle Tenebre uccidono!

Improvvisamente era tornato a parlarmi come una volta. Come quando era ancora un innocente ragazzino vampiro…

Era orribile, mi dava il voltastomaco: queste maledette domande e questa maledetta predestinazione, e per di più da parte di uno che aveva già varcato il confine. Che aveva iniziato a cacciare e a uccidere…

— Voi uccidete… per il cibo — dissi.

— E il potere, i soldi, il divertimento sono motivazioni più nobili? — chiese amaramente Kostja. Si voltò verso di me e mi guardò negli occhi: — Perché quando parli con me sei così… disgustato? Un tempo eravamo amici. Cos'è cambiato?

— Sei diventato un vampiro supremo.

— E con questo?

— So come fanno i vampiri a diventare vampiri supremi, Kostja.

Mi fissò per qualche secondo. Poi sorrise. Proprio con quel sorriso vampiresco in cui i canini ancora non li vedi, ma già te li senti nella gola.

— Ah, certo… Bisogna bere sangue di ragazze giovani e di bambini, bisogna ucciderli… L'antica, classica ricetta. Così è diventato vampiro supremo il vecchio Vitezslav… Vuoi dire che non hai mai neanche una volta dato un'occhiata al mio dossier?

— No.

Il suo sorriso divenne pietoso e smarrito. — Neanche una volta?

— No — ripetei, già consapevole di aver commesso, non so come, qualche errore.

Kostja allargò maldestramente le braccia e cercò di replicare. Ma dalla sua bocca uscirono solo parole senza senso: — Be'... questo... ecco... be'... io... certo... tu allora...

— Non ho voglia di guardare il dossier di un amico. — Poi aggiunsi goffamente: — Anche se ex.

— Pensavo che lo avessi letto — disse Kostja. — È ovvio. Siamo nel ventunesimo secolo, Anton. Ecco... — Ficcò una mano nella tasca della giacca e tirò fuori la sua bottiglietta. — Concentrato... di sangue di emoteca. Dodici umani che donano il sangue, e non c'è più bisogno di ammazzare nessuno. Naturalmente l'emoglobina non c'entra! Contano molto di più le emozioni che prova la persona quando dona il sangue. Non te lo puoi neanche immaginare quanti sono quelli che, pur avendo una paura del diavolo, vanno lo stesso dal medico a dare il sangue per i propri cari. La mia ricetta personale, il "cocktail Sauskin", è senz'altro nel dossier.

Mi guardava con aria seria... e probabilmente non riusciva a spiegarsi perché io non sorridessi, perché non mi mettessi a borbottare in tono colpevole: "Scusami, Kostja. Io che ti credevo una carogna e un assassino... Invece sei un vampiro onesto, un vampiro buono, un vampiro moderno..." Certo, lo era davvero. Onesto, buono e moderno. Non per niente lavorava in un istituto ematologico di ricerca.

Allora perché aveva parlato della composizione? Del sangue di dodici umani?

Ma il perché io lo sapevo. Conoscevo il contenuto del *Fuaran*. Sapevo che per il sortilegio occorreva proprio il sangue di dodici umani.

Vitezslav non aveva sottomano dodici umani. Non poteva eseguire il sortilegio con il *Fuaran* e incrementare i propri poteri.

Kostja, invece, aveva la sua bottiglietta.

— Anton, che ti prende? — mi domandò Kostja. — Perché non parli?

Edgar uscì dallo scompartimento del capotreno, gli strinse la mano e si diresse verso di noi, sempre con lo stesso sorriso soddisfatto stampato sul volto.

Guardai Kostja. E lessi nei suoi occhi come in un libro aperto. Si era reso conto che avevo capito.

— Dove tieni nascosto il libro? — gli chiesi. — Svelto. È la tua ultima possibilità. L'unica possibilità. Non rovinarti...

In quello stesso istante sferrò un colpo. Senza magia, sempre che la forza sovrumana dei vampiri non la si consideri tale. Il mondo deflagrò in una candida vampata, i denti scricchiolarono nella bocca, la mascella sembrò intorpidirsi. Fui proiettato al capo opposto del corridoio, e atterrai su un passeggero che non aveva certo scelto il momento giusto per uscire a prendere una boccata d'aria. Perse i sensi.

Kostja si sfregava il pugno; il suo corpo tremolava, entrando e uscendo dal Crepuscolo, scivolando da un mondo all'altro, caratteristica dei vampiri che un tempo mi aveva impressionato... Gennadij, il padre di Kostja, che veniva verso di me attraverso il cortile, Polina, la madre, che abbracciava l'ancora giovanissimo vampiro... «Noi rispettiamo la legge... noi non uccidiamo nessuno... Però che sfortuna avere un mago della Luce come vicino...»

— Kostja?! — esclamò Edgar, bloccandosi.

Kostja girò lentamente la testa verso di lui. Percepii – anche se non lo vidi – che digrignava i denti.

Edgar sollevò le mani davanti a sé, e in mezzo al corridoio si innalzò un muro caliginoso simile a un cristallo di rocca. Forse ancora non ne capiva il motivo, ma gli istinti dell'Inquisitore avevano fatto il loro dovere.

Kostja emise un suono basso, come un ululato, e appoggiò i palmi contro il muro. Ma questo resisteva. Il vagone dondolava sulle rotaie; dietro di me una donna prese a strillare. Kostja, nel tentativo di far breccia nella difesa di Edgar, barcollava.

Io alzai la mano e indirizzai contro di lui una preghiera grigia: un antico incantesimo contro le creature non-vive. La preghiera grigia riduce a pezzettini qualsiasi organismo che si rialzi dalla tomba, privo di una coscienza e vivo esclusivamente per volere di una strega. I vampiri, invece, li rallenta e li infiacchisce.

Kostja si voltò quando i sottili filamenti grigi lo avvolsero nel Crepuscolo. Fece un passo verso di me, si dimenò, e l'incantesimo si frantumò davanti ai miei occhi.

Non avevo mai visto un'azione tanto semplice quanto spettacolare.

— Non metterti in mezzo! — ruggì. I lineamenti del viso di Kostja si affilarono e gli spuntarono i canini. — Non voglio... non voglio ucciderti...

Riuscii a sollevarmi e, passando sopra il passeggero svenuto, strisciai in uno scompartimento. Alcuni uomini di notevoli dimensioni, che occupavano la cuccetta in alto, si misero a gridare. Sul pavimento rotolavano bicchieri e bottiglie.

Con un solo balzo Kostja si presentò nel vano della porta. Si limitò a trafiggere gli uomini con lo sguardo, e quelli tacquero.

— Arrenditi... — sussurrai, seduto per terra vicino al tavolino. La mascella funzionava male: non sembrava lussata, ma ogni movimento mi provocava dolore.

Kostja scoppiò a ridere: — Potrei farvi fuori tutti... se solo volessi. Vieni con me, Anton. Andiamo! Io non voglio fare il male! A che ti serve l'Inquisizione? A che ti serve la Guardia? Cambieremo tutto!

Il suo tono era assolutamente sincero. Persino supplichevole.

Perché bisogna diventare più forti per potersi permettere delle debolezze?

— Torna in te... — mormorai.

— Sei uno stupido! Uno stupido! — gridò il vampiro, facendo un passo verso di me. Protese la mano: le dita avevano già gli artigli. — Tu...

Una bottiglia di vodka Posolskaja a forma di pannocchia, dalla quale sgorgava pigramente del liquore, mi capitò tra le mani.

— È ora che beviamo alla nostra amicizia — dissi.

Fece in tempo a scansarsi, ma gli schizzi lo colpirono ugualmente sul volto. Kostja cacciò un urlo e rovesciò indietro la testa. Per qualunque vampiro, anche se supremo, l'alcol è un veleno.

Mi sollevai, presi dal tavolino un bicchiere ancora mezzo pieno, alzai il braccio per colpire. Gridai: — Guardia della Notte! Sei in arresto! Mani dietro la nuca, e ritira i denti!

Irruppero nello scompartimento, in contemporanea, tre Inquisitori. Circondarono Kostja, il quale si stava ancora strofinando il volto insanguinato. Uno tentava di premergli contro il collo un disco di metallo grigio, evidentemente intriso di magia…

Un attimo dopo Kostja mostrò a tutti di cosa fosse capace.

Con una pedata mi fece volare via il bicchiere dalle mani e mi stampò la schiena contro il finestrino. L'intelaiatura crepitò. Al posto di Kostja turbinava un vortice grigio: calci e pugni si susseguivano a una velocità inverosimile, come si vede solo nei film. Da tutte le parti volavano schizzi di sangue e brandelli di carne, come se qualcuno si fosse messo a macinare dei corpi con un frullatore.

Poi Kostja balzò in corridoio, si guardò intorno e si tuffò nel finestrino, senza curarsi dello spesso doppio vetro.

Riapparve al di là del finestrino – piroettava acrobaticamente lungo un pendio – e il treno passò oltre.

Avevo sentito parlare di questa caratteristica dei vampiri, solo che avevo sempre ritenuto la disincarnazione un'oziosa fantasia, niente di più. Nei manuali stessi la voce "passaggio attraverso i muri e i vetri nel mondo reale" era contrassegnata con un pudico N.C. Non Confermato.

Nello scompartimento erano distesi in una massa informe due Inquisitori, maciullati a tal punto che era inutile addirittura chiedersi se fossero ancora vivi.

Il terzo aveva avuto più fortuna: stava seduto su una delle cuccette e si teneva premuta una ferita all'addome.

Il sangue sciaguattava sotto i piedi.

I passeggeri sulla cuccetta in alto avevano smesso di urlare: uno si era coperto la testa con il cuscino, l'altro guardava giù con occhi vitrei.

Uscii nel corridoio.

Capitolo 5

I passeggeri della carrozza speciale erano seduti nei loro scompartimenti e guardavano fuori dai finestrini con occhi vacui e stralunati. Quelli che attraversavano il vagone, non si sa bene perché, affrettavano il passo fissando dritto davanti a sé. In uno scompartimento chiuso, insieme a due corpi imballati in sacchi di plastica nera, era sdraiato in attesa l'Inquisitore ferito, già da un quarto d'ora oggetto degli incantesimi curativi di un suo collega. Altri due Inquisitori stavano di guardia all'entrata del nostro scompartimento.

— Come hai fatto a capirlo? — mi chiese Edgar.

Dopo aver prestato soccorso al compagno ferito, mi aveva curato la mascella in tre minuti. Non gli chiesi se fosse una semplice contusione, un'incrinatura o una frattura. Mi aveva guarito e basta. Ma due denti davanti erano rimasti rotti.

— Mi sono ricordato di una cosa che riguarda il *Fuaran* — risposi. Nel trambusto dei primi minuti che erano seguiti alla fuga di Kostja, mi era venuto in mente qualcosa. — La strega... Arina... ha detto che, secondo la leggenda, gli incantesimi del *Fuaran* funzionano solo con il sangue di dodici esseri umani. Anche solo una goccia di ciascuno...

— Perché non l'hai detto prima? — chiese Edgar in tono brusco.

— Mi è tornato in mente quando Kostja mi ha parlato del suo cocktail, composto dal sangue di dodici esseri umani... E lì ho capito tutto.

— Ovvio. Vitezslav non aveva sottomano una dozzina di uomini — annuì Edgar. — Se tu l'avessi detto subito...

— Tu conoscevi la composizione del cocktail?

— Certo. L'Inquisizione ha affrontato la questione del "cocktail Sauskin". Non si tratta di roba miracolosa, e non consente un aumento della forza oltre i limiti naturali. Ma effettivamente permette a un vampiro di elevarsi fino a raggiungere il suo massimo, senza dover uccidere esseri umani...

— Elevarsi o abbassarsi?

— Se non uccide, direi elevarsi — rispose secco Edgar. — Tu neanche sapevi... Non ci credo...

Restai in silenzio.

No, non lo sapevo. Non volevo sapere niente. Ero in gamba, io. E ora due Inquisitori erano chiusi in un sacco di plastica, e nessuno ormai li poteva aiutare.

— Lasciamo perdere — disse Edgar. — Ora non importa... Sta volando, vedi?

Sbirciai la bussola. Sì... forse. La distanza da Kostja – o meglio dal libro – non variava, anche se il treno correva a una velocità non inferiore ai settanta, ottanta chilometri orari. Ci stava seguendo in volo. Non fuggiva!

— Gli serve davvero qualcosa che si trova in Asia centrale... — osservò Edgar con aria smarrita. — Solo che...

— Dobbiamo chiamare i Grandi.

— Verranno da soli — ribatté Edgar. — Li ho informati di tutto, ho preparato l'apertura di un portale... Decideranno loro cosa fare.

— Lo so io cosa decideranno di fare — borbottai. — Zavulon chiederà che gli venga consegnato Kostja. E soprattutto il *Fuaran*.

— A nessuno verrà consegnato il libro, stai tranquillo.

— Tranne all'Inquisizione?

Edgar non rispose.

Trovai una posizione più comoda. Mi toccai la mascella. Non doleva.

Peccato per i denti. Sarei dovuto andare dal dentista o dal guaritore. Ma il dramma è che anche le migliori guaritrici della Luce non sono in grado di curare i denti in maniera indolore!

L'ago della bussola si muoveva, ma manteneva la direzione. La distanza non variava: dieci, venti chilometri circa. Dunque,

Kostja si era spogliato e si era trasformato in un pipistrello... e seguiva il treno in volo, stringendo a sé un fagotto con i vestiti e il libro. Ma dove l'aveva nascosto, la carogna? Sul corpo? In una tasca segreta del vestito?

Carogna... però, che autocontrollo! Che spudoratezza, e che audacia! Dare la caccia a se stesso, inventare ipotesi, dare consigli... Aveva fregato tutti.

Ma per quale motivo? Per bramosia di potere assoluto? Le probabilità di successo erano scarse, e Kostja non si era mai distinto per essere eccessivamente ambizioso. Lo era, certo, ma senza covare tutte quelle idee maniacali di potere sul mondo.

E perché ora non fuggiva? Le sue mani si erano macchiate del sangue di tre Inquisitori. Una cosa del genere non gliel'avrebbero perdonata, anche se avesse deciso di costituirsi o di restituire il libro. Sarebbe dovuto fuggire, per sicurezza, distruggendo il libro a cui era legato il sortilegio incriminato. E invece no, se lo trascinava dietro e seguiva in volo il treno. Era una follia... Oppure sperava ancora in un dialogo?

— Come avevi intenzione di scovare Vitezslav in mezzo a tutti i passeggeri? — chiesi a Edgar.

— Cosa? — L'Inquisitore era assorto nei propri pensieri. — Niente, una sciocchezza, con lo stesso sistema che hai adottato tu, l'intolleranza all'alcol. Ci saremmo messi in camice bianco e avremmo girato per tutti i vagoni facendo un controllo medico. Con la scusa di ricercare malati di polmonite atipica. A tutti avremmo dato un termometro, abbondantemente bagnato di alcol. Chi non fosse riuscito a prenderlo in mano, oppure avesse riportato ustioni, era il nostro sospettato.

Avrebbe anche potuto funzionare. Certo, sarebbe stato rischioso, ma il rischio è il nostro mestiere. E poi i Grandi Maghi sarebbero stati nelle vicinanze, nel caso si fosse reso necessario colpire con tutta la forza.

— Si sta aprendo il portale... — Edgar mi afferrò per la mano e mi trascinò sulla cuccetta. Eravamo seduti di fianco, con le gambe incrociate. Lo scompartimento si riempì di un tremolante candore. Si udì un'imprecazione sommessa: Geser, uscendo dal portale, aveva urtato una cuccetta con la testa.

Subito dopo comparve Zavulon, sereno e sorridente, a differenza del Capo.

Geser, sfregandosi il cocuzzolo, ci guardò con aria tetra, e brontolò: — Com'è la situazione?

— I passeggeri sono sereni, il sangue è stato rimosso, il ferito lo stanno curando — riferì Edgar. — Il sospettato Konstantin si muove parallelamente al convoglio a una velocità di settanta chilometri orari.

— "Il sospettato"? — disse Zavulon in tono caustico. — Ah, era un ragazzino così in gamba... di così belle speranze.

— Con i giovani di belle speranze non hai mai avuto fortuna, Zavulon — mormorò Edgar. — Chissà perché con te non resistono a lungo.

I due maghi delle Tenebre si squadrarono ostili. Con Zavulon, Edgar aveva dei vecchi conti in sospeso che risalivano ancora alla storia di Fafnir e della setta finlandese[1]. A nessuno piace essere una pedina.

— Evitiamo le frecciatine, signori — li invitò Geser. — Anch'io potrei dire qualcosa... sia contro di te, Zavulon, che contro di te, Edgar... Quanto è forte?

— Molto — rispose l'Inquisitore, sempre fissando Zavulon. — Anche prima il ragazzo era un grande...

— ... Vampiro — concluse Zavulon con aria sprezzante.

— Un vampiro supremo. Certo, peccava di esperienza, non era alla vostra altezza. Ma con il libro è diventato più potente di Vitezslav. E la faccenda è seria. Io sono convinto che Vitezslav avesse il vostro stesso livello di forza, Grandi.

— Come ha fatto a mandare in pace Vitezslav? — chiese Zavulon. — Ci sono ipotesi?

— Ora sì — rispose Edgar. — I vampiri hanno una loro gerarchia. Il ragazzo lo ha sfidato a duello per il comando. Non è uno spettacolo molto... scenografico. Si tratta di uno scontro mentale, un duello di volontà. Una specie di gioco degli sguardi. Bastano pochi secondi e uno dei due cede, sottomettendosi totalmente al volere dell'altro. Quando l'Inquisizione è sta-

1 Vedi *I Guardiani del Giorno*, Terza Storia.

ta costretta a scontrarsi con i vampiri, Vitezslav non ha avuto difficoltà ad assoggettarli a sé. Ma stavolta è uscito sconfitto.

— Ed è morto — aggiunse Zavulon.

— Ma non è l'unica conclusione possibile — obiettò Edgar. — Kostja poteva farlo diventare suo schiavo. Ma... ha avuto paura di perdere il controllo, o ha deciso di andare fino in fondo. Deve avergli ordinato di disincarnarsi. E lui è stato costretto a sottomettersi.

— Un ragazzino in gamba — commentò Zavulon. — Ve lo dico con sincerità, non sono addolorato per l'annientamento definitivo di Vitezslav. D'accordo, Konstantin è diventato più forte di Vitezslav. È possibile quantificarne la forza?

Edgar si strinse nelle spalle: — E come? È più potente di me. E suppongo anche di ciascuno di voi. Forse anche più potente di tutti voi messi insieme.

— Non farti prendere dal panico — borbottò Zavulon. — È inesperto. La magia non è dimostrazione di forza bruta, è un'arte. Quando si ha in mano una spada, è importante saper sferrare un affondo preciso, non colpire a casaccio.

— Non mi sto facendo prendere dal panico — disse Edgar. — Sto solo quantificando la sua forza. È immensa. Quando ho realizzato lo scudo di cristallo, Kostja per poco non è riuscito ad abbatterlo.

I Grandi Maghi si scambiarono uno sguardo.

— Lo scudo di cristallo non può essere abbattuto — osservò Geser. — Ma tu come fai... Certo, capisco. Di nuovo gli artefatti del deposito speciale.

— Per poco non perforava lo scudo — ripeté Edgar.

— E tu come hai fatto a salvarti? — domandò Geser a me. Non so se era solo una mia impressione o se la sua voce tradiva realmente una lieve nota di umanità.

— Kostja non ha *voluto* uccidermi — spiegai. — Si dirigeva verso Edgar... Prima l'ho colpito con una preghiera grigia... — Geser approvò con un cenno — ... poi mi è capitata tra le mani una bottiglia di vodka e gliel'ho versata in faccia. Ha dato in escandescenze, ma comunque non ha voluto uccidermi. A quel punto è stato distratto dagli Inquisitori, li ha massacrati ed è fuggito.

— Tipicamente russo: risolvere le questioni con un bicchiere di vodka — disse tetro Geser. — Per quale motivo? Per quale motivo sei andato a stuzzicarlo? Non è mica un pivello. Ti era difficile capire che non te la saresti cavata? Volevi costringermi a portare le tue ceneri a Svetlana?

— Ho dato in escandescenze anch'io — ammisi. — È successo tutto troppo in fretta. E quando Kostja si è messo a dirmi: «Vieni con me, io non voglio fare il male...»

— Non vuole fare il male... — disse Geser. — È un vampiro riformatore. Un sovrano illuminato...

— Geser, dobbiamo prendere una decisione — mormorò Zavulon. — Posso dare ordine di decollo ai caccia dell'aeroporto militare.

I maghi rimasero in silenzio.

Già mi immaginavo i caccia a reazione che sfrecciavano nel cielo dietro un pipistrello, facendo fuoco con i mitragliatori e lanciando missili...

Uno spettacolo fantasmagorico.

— Sì, e magari agli elicotteri... — aggiunse Geser. — No, è una sciocchezza, Zavulon. Spazzerebbe via tutti quelli che si trova davanti.

— E una bomba? — chiese Zavulon.

— No! — Geser scosse la testa. — Non qui. E comunque non funzionerebbe... ormai si è messo in allarme. Bisogna colpire con la magia.

Zavulon annuì. E di colpo si mise a ridere.

— Cosa c'è? — domandò Geser.

— L'ho sognato tutta la vita — disse Zavulon. — Ci credi, vecchio nemico mio? Ho sognato tutta la vita di poter lavorare in coppia con te! Siamo passati proprio... dall'odio all'amore...

— Sei un vero depravato — disse piano Geser.

— Tutti abbiamo qualche rotella fuori posto — replicò Zavulon. — Allora? Tu e io? Oppure potenziamo i *nostri*? Che si imbottiscano di forza... Noi ci teniamo pronti a colpire.

Geser scosse la testa. — No, Zavulon. Non ci conviene importunare Konstantin. Ho un'altra idea...

Guardò me.

Con la lingua mi toccai i denti scheggiati. — Sono pronto, Geser.

— Ci sono ancora speranze — disse Zavulon, — visto che Kostja è ancora capace di sentimenti... Ma tu sarai in grado di colpire, Anton?

Non risposi subito. Mi ero messo a riflettere sul serio. Non si trattava di un arresto. Mi sarebbe toccato colpire in maniera sicura, letale. Diventare il vertice, il centro dell'energia che Geser, Zavulon, Edgar e forse anche altri maghi avrebbero fatto confluire in me. Certo, la mia esperienza non era paragonabile a quella dei Grandi Maghi. Ma io avevo qualche possibilità di avvicinare Kostja senza combattere.

Contando proprio su quei "sentimenti".

L'alternativa era semplice: i Grandi Maghi avrebbero accumulato tutte le energie in una massa d'urto. Avrebbero avuto bisogno anche della forza di Nadjuska, e Geser avrebbe chiesto a Svetlana di iniziare nostra figlia... Non c'erano alternative.

— Ucciderò Kostja — dissi.

— Non così — mormorò Geser. — Non è così che ci si esprime, Guardiano!

— Manderò in pace il vampiro — sussurrai.

Il Capo annuì.

— E non starci troppo a riflettere, Gorodeckij — aggiunse Zavulon. — Non ti ci arrovellare. Non esiste il bravo ragazzo Kostja. Non è mai esistito. Anche se non ha ucciso umani per cibarsi del loro sangue, rimane sempre un vampiro. È una creatura non-viva.

Geser annuì in segno di approvazione.

Per un attimo chiusi gli occhi. Una creatura non-viva. Non aveva quel qualcosa che noi per semplicità chiamiamo anima.

Qualcosa di sostanziale, che neanche noi Altri siamo in grado di afferrare.

Era così dai primissimi anni dell'infanzia, e doveva ringraziare per questo i suoi genitori vampiri. Cresceva, e il medico del quartiere, auscultandolo, si stupiva della sua salute di ferro. Poi il ragazzino era diventato un uomo, e nessuna delle ragazze che lo baciava si lamentava per le sue labbra fredde. Poteva anche avere dei figli, i più normali dei figli dalla più normale delle donne.

Ma tutto ciò era sempre una non-vita. Era qualcosa che avrebbe preso in prestito, rubato, e quando Kostja sarebbe morto, il suo corpo si sarebbe trasformato all'istante in un cumulo di cenere… perché era morto già da molto tempo.

Tutti fin dalla nascita siamo condannati a morire.

Ma noi, per lo meno, fino al giorno della morte possiamo essere vivi.

— Lasciatemi solo con Anton — disse Geser. — Provo a prepararlo.

Zavulon ed Edgar si alzarono, uscirono in corridoio, richiusero la porta. Percepii un fruscio: evidentemente Geser ci aveva protetto dagli sguardi. Poi chiese: — Soffri molto?

— No. — Scossi la testa, continuando a tenere gli occhi chiusi. — Sto pensando. Kostja, dopotutto, ha cercato di non comportarsi da vampiro…

— E a quale conclusione sei arrivato?

— Non resisterà. — Riaprii gli occhi. — Non resisterà, perderà il controllo. È riuscito a reprimere il bisogno fisiologico di sangue umano, ma tutto il resto… È stufo di essere un non-vivo in mezzo ai vivi. Prima o poi perderà il controllo.

Geser restava in attesa.

— Anzi, lo ha già perso — dissi — quando ha ucciso Vitezslav e gli Inquisitori… Uno di loro era della Luce, giusto?

Geser annuì.

— Farò tutto ciò che è necessario — promisi. — Mi dispiace per Kostja.

— Ti credo, Anton — disse Geser. — E ora chiedimi quello che volevi davvero chiedermi.

— Cosa la trattiene nella Guardia della Notte, Capo?

Lui sorrise.

— A rigor di termini, tutti noi abbiamo le mani sporche dello stesso sangue — continuai. — Noi non lottiamo contro le Tenebre, lottiamo contro coloro che anche le Tenebre ripudiano… gli psicopatici, i maniaci, i banditi. E il fatto che se ne trovino di più tra vampiri e mutantropi tutto sommato è comprensibile. Quindi le Tenebre... la Guardia del Giorno cerca di catturare quei maghi della Luce che potrebbero portare a tutti benefici immediati. In sostanza quelli che potrebbero svelare agli umani la nostra esistenza. L'Inquisizione si proclama al di sopra delle parti, ma in realtà cerca solo di fare in modo che le due Guardie non prendano troppo seriamente la propria funzione. Che le Tenebre non sentano il desiderio di esercitare un potere formale sul mondo degli umani e che alla Luce non venga in mente di estirpare totalmente le Tenebre... Geser, la Guardia della Notte e la Guardia del Giorno sono due facce della stessa medaglia!

Geser taceva. Ascoltava e taceva.

— Tutto... è stato concepito così, di proposito? — Mi diedi la risposta da solo: — Probabilmente sì. I giovani, gli Altri appena iniziati, avrebbero potuto non approvare una Guardia comune alla Luce e alle Tenebre. Ma certo, come si fa ad andare in pattuglia con un vampiro? Mi sarei ribellato anch'io... Ecco perché sono state create due Guardie; e mentre quelli con i gradi inferiori si danno la caccia a vicenda, le direzioni generali tessono intrighi, un po' per noia, un po' per mantenere le apparenze. Ma i capi operano di comune accordo!

Geser sospirò e prese un sigaro. Ne asportò l'estremità e prese a fumare.

— E io, come uno scemo, lì a pensare — borbottai. — Ma come facciamo a sopravvivere? La Guardia di Samara, la Guardia di Velikij Novgorod, quella del villaggio Kireevkij nella regione di Tomsk. Sono tutte solo apparentemente autonome: in realtà, per qualsiasi problema, corrono da noi, a Mosca... Va bene, non sarà riconosciuto di diritto, ma lo è di fatto: la Guardia di Mosca è a capo delle Guardie di tutta la Russia.

— E anche di tre Stati dell'ex Unione Sovietica... — borbottò Geser. Buttò fuori un getto di fumo, che si condensò nell'aria fino a formare una densa e fitta nube.

— D'accordo, e poi? — chiesi. — Come fanno a coordinare le loro azioni le Guardie indipendenti della Russia e, per esempio, quelle della Lituania? E quelle della Russia, della Lituania, degli USA e dell'Uganda? Nel mondo degli umani si sa come funziona: chi ha il bastone più grosso e il portafogli più gonfio può imporre la musica. Ma le Guardie russe sono più forti di quelle americane! Credo anche che...

— La Guardia più forte è quella francese — disse Geser con voce annoiata. — Forte, anche se estremamente oziosa. Un fenomeno sorprendente. Non si riesce a capire da cosa dipenda: be', non certo dal consumo, che raggiunge livelli inverosimili, di champagne e ostriche...

— È l'Inquisizione che comanda le Guardie — continuai. — Non serve a dirimere le controversie, né a punire i rinnegati, ma proprio a comandare. È l'Inquisizione che dà l'autorizzazione a questo o a quell'esperimento sociale, che nomina o destituisce i dirigenti, che trasferisce dall'Uzbekistan a Mosca... E l'Inquisizione si avvale di due organi operativi: la Guardia della Notte e quella del Giorno. Il suo unico scopo è quello di far rimanere le cose come stanno. Perché la sconfitta di una delle due parti, che siano le Tenebre o la Luce, equivarrebbe comunque alla disfatta di tutti gli Altri in generale.

— E poi, Anton? — domandò Geser.

Mi strinsi nelle spalle. — E poi niente. Gli umani vivono la loro piccola vita da umani. Gioiscono delle piccole cose umane. Ci alimentano con il loro calore... e creano nuovi Altri. Gli Altri meno ambiziosi vivono una vita quasi normale. Solo più ricca, più sana e più lunga di quella di un normale essere umano. Invece chi non sa aspettare, chi ha voglia di combattimenti e di avventure, di ideali e di battaglie, entra nella Guardia. Chi non crede più neanche nelle Guardie, entra nell'Inquisizione.

— E...?

— Cosa ci fa lei nella Guardia della Notte, Capo? — ripetei. — Non si è stufato... dopo secoli?

— Supponiamo che mi piacciano ancora i combattimenti e le avventure — disse Geser. — Eh?

Scossi la testa: — No, Boris Ignatevic. Non ci credo. L'ho vista... cambiata. Troppo stanco. E deluso.

— Mettiamo allora che io voglia farla finita con Zavulon — disse.

— Non torna lo stesso... Zavulon ha detto che la magia è come l'arte della scherma. Voi però non combattete con le spade, ma vi sfidate in leali duelli di fioretto. Fate il gesto, ma non trafiggete nessun avversario.

Geser esitò, ma alla fine annuì. Un altro filo di fumo si andò a conficcare nella nuvoletta di tabacco grigio-azzurra.

— Cosa credi, Anton, che si possa vivere per secoli e compatire gli umani come la prima volta?

— Compatire?

— Proprio così, compatire. Non amare: noi non siamo in grado di amare il mondo intero. E neanche di provare ammirazione: sappiamo troppo bene cosa significhi essere uomini.

— Si può compatire, certo — convenni. — Ma la sua compassione a cosa serve, Capo? È vuota, sterile. Gli Altri non rendono migliore il mondo degli umani.

— Sì che lo rendiamo migliore, Anton. Comunque stiano le cose, lo rendiamo migliore. Da' retta a un vecchio come me, che di cose ne ha viste nella vita!

— Eppure...

— Sono in attesa di un miracolo, Anton.

Gli rivolsi uno sguardo interrogativo.

— Non so cosa precisamente. Che tutti gli umani acquistino le potenzialità degli Altri. Che tutti gli Altri tornino a essere umani. Che un giorno non ci sia più la distinzione "umano o Altro", ma solo "buono o cattivo". — Geser sorrise. — Non ho la minima idea di come ciò possa avvenire, o se un giorno possa avvenire. Ma se avverrà... io preferisco trovarmi dalla parte della Guardia della Notte. E non da quella dell'Inquisizione, dell'autorevole, saggia, giusta e onnipotente Inquisizione.

— Aspetta la stessa cosa anche Zavulon? — domandai.

— Può essere. Non lo so. Ma è meglio un nemico, vecchio e collaudato, piuttosto che uno depravato, giovane e imprevedibile. Chiamami pure conservatore, ma preferisco i fioretti e Zavulon a una mazza da baseball e un mago delle Tenebre evoluto.

— Lei cosa mi consiglia?

Geser alzò le braccia. — Cosa ti consiglio? Di prendere da solo la tua decisione. Puoi andartene e vivere una vita ordinaria. Puoi entrare a far parte dell'Inquisizione... io non avrei obiezioni. Oppure puoi restare nella Guardia della Notte.

— E aspettare?

— E aspettare. Custodendo quel poco di umano che ancora ti resta. Senza abbandonarti all'esaltazione e alla tenerezza, imponendo agli umani un mondo di cui non hanno bisogno. Senza scadere nel cinismo e nel disprezzo, credendoti un essere puro e perfetto. Ma la cosa più difficile è non disilludersi, non perdere la speranza, non cedere all'indifferenza.

— Non c'è molta scelta... — commentai.

Geser sorrise. — Ringrazia che ancora ce n'è una.

Al di là dei finestrini si rincorrevano i sobborghi di Saratov. Il treno rallentò.

Io me ne stavo seduto nello scompartimento vuoto e guardavo l'ago che girava.

Kostja continuava a seguirci.

Cosa stava aspettando?

Nelle cuffie risuonava la voce di Arbenin:

Di inganno in inganno
dal cielo cade solo la manna.
Di siesta in siesta
fanno campare solo i manifesti.
Qualcuno è partito, qualcuno è sparito,
io ho solo fatto la mia scelta.
Lo sento nel midollo:
noi siamo diversi, noi siamo un'altra cosa.

Scossi la testa. Noi siamo Altri. Ma anche senza di noi, esisterebbe ugualmente una distinzione tra uomini e Altri. Qualunque sia la diversità di questi Altri.

Gli uomini non possono vivere senza gli Altri. Se vai in un'isola deserta con solo due abitanti, ci troverai sempre un uomo e un Altro. E la differenza sta nel fatto che l'Altro sarà sempre stufo della sua diversità. Per gli uomini è più semplice. Loro non hanno nessun complesso. Sanno di essere uomini, e di dover restare tali. Ci sono costretti. Tutti. Per sempre.

Noi ci troviamo nel mezzo,
arsi in un rogo di ghiaccio
tentando di riscaldarci,
celando i fini con i mezzi
infuocati fin nell'anima
in un luogo remoto e mistico.

La porta si aprì.

Entrò Geser. Mi tolsi le cuffie.

— Guarda. — Appoggiò sul tavolo un palmare. Sullo schermo c'era una mappa con un punto che si muoveva lentamente: il nostro treno. Geser diede una sbirciata alla bussola, annuì, e con una matita tracciò una linea orizzontale sullo schermo.

— Cos'è? — chiesi, osservando il rettangolo posto sulla traiettoria lungo la quale si muoveva Kostja. — Un aeroporto?

— Proprio così. Non è in attesa di nessun negoziato. — Il Capo ridacchiò. — Si sta precipitando in aeroporto.

— È militare?

— No, civile. Ma che differenza fa? Possiede comunque la competenza standard di pilotaggio.

Annuii. Tutti gli operativi hanno nel loro bagaglio un set di competenze: guida di automobili, aerei, elicotteri, pronto soccorso, combattimento corpo a corpo... Certo, il set di competenze standard non garantisce la totale padronanza di una materia: un pilota esperto guiderà, e un buon medico opererà sempre meglio di un Altro dotato delle sole competenze standard. Ma Kostja era in grado di far funzionare qualsiasi tipo di mezzo di trasporto.

— È persino un bene — dissi. — Facciamo decollare i caccia e...

— E se ci sono passeggeri? — chiese Geser.

— Sempre meglio del treno — mormorai. — Ci sarebbero meno vittime.

E in quell'istante provai una morsa dolorosa. Per la prima volta avevo soppesato le vite umane sull'invisibile bilancia dell'opportunità, trovando un piatto più leggero dell'altro.

— Non servirà a niente... — disse Geser. E aggiunse: — Per

fortuna. Credi che lo possa spaventare un aereo distrutto? Si ritrasformerà in pipistrello e scenderà giù.

Dai finestrini spuntò una banchina. La locomotiva, entrando in stazione, prese a fischiare.

— Missili antiaerei a testata nucleare — dissi ostinatamente.

Geser mi guardò con aria stupita. — Ma cosa dici? Quali testate nucleari? Non sono più in dotazione da tempo. Forse intorno a Mosca c'è una difesa antimissilistica... ma non è a Mosca che si sta dirigendo.

— E dove?

— E che ne so? Il tuo compito è che non vada da nessuna parte — tagliò corto il Capo. — Ecco! Si è fermato!

Guardai la bussola. La distanza tra noi e Kostja aumentava. Che avesse volato come un pipistrello o corso come il lupo delle fiabe, ora Kostja si era fermato.

La cosa curiosa era che Geser non stava nemmeno guardando la bussola.

— L'aeroporto — disse il Capo con soddisfazione. — Fine dei negoziati. Vai. Requisisci qualcuno con una buona macchina e vola in aeroporto.

— Ma... — obiettai.

— Nessun artefatto, lo percepirebbe — ribatté pacatamente Geser. — E nessun compagno di viaggio. Ora percepisce tutti quanti noi, lo capisci? Tutti. Muoviti!

I freni stridettero, il treno si arrestò. Indugiai ancora un istante sulla porta, il tempo di sentire: — Sì, proprio la preghiera grigia. Non bisogna complicarsi la vita. Ti riempiremo tanto che lo spalmerai come gelatina sulla pista di decollo.

Tutto qui. Il Capo sembrava talmente agitato da rendere inutile qualsiasi conversazione: sentiva i miei pensieri prima che questi prendessero forma di parole.

In corridoio passai accanto a Zavulon e involontariamente mi scostai quando tentò di darmi una pacca di incoraggiamento sulla schiena.

Zavulon non si offese. Disse: — Buona fortuna, Anton. Contiamo tutti su di te.

I passeggeri erano seduti placidamente nei loro scompartimenti. Solo il capotreno mi seguì con uno sguardo vitreo.

Aprii la porta della piattaforma, calai il predellino e con un balzo atterrai sulla banchina. Accadeva tutto rapidamente. Troppo rapidamente...

Nella stazione regnava la solita ressa. Una chiassosa comitiva, scesa dalla carrozza adiacente, vociava: — Dove sono le *vostre* vecchiette, caro?

Le "vecchiette", di età compresa tra i venti e i settanta, già erano accorse al richiamo. Ora per loro ci sarebbero stati solo vodka e birra, prosciutto arrostito e frittelle dalle farciture sospette.

— Anton!

Mi voltai. Di fianco a me c'era Las, con il borsone in spalla. Dalla bocca gli pendeva una sigaretta spenta. Era sereno e tranquillo.

— Anche tu scendi? — mi chiese. — Ti posso dare uno strappo? Ho la macchina.

— Una buona macchina?

— Volkswagen. — Fece una smorfia. — Può andare? Oppure accetti solo Cadillac?

Mi girai verso i finestrini della carrozza speciale. Geser, Zavulon ed Edgar mi stavano osservando.

— Può andare — accettai tetro. — Scusami... Ho davvero molta fretta. Ti volgo...

— Allora andiamo, cosa fai lì impalato? — disse Las, troncando la formula standard di reclutamento dei volontari.

E si infilò nella calca con un'abilità tale da non lasciarmi altra scelta se non quella di seguirlo.

Penetrammo attraverso la marea di corpi e uscimmo sulla piazza adiacente. Raggiunsi Las e gli sfiorai la spalla: — Ti volgo...

— Sì, lo vedo, lo vedo! — sbottò. — Ciao, Roman!

L'uomo che si era avvicinato a noi – non so perché, ma veniva voglia di chiamarlo "signore" – era piuttosto alto, paffuto come un bambino: tondeggiante, uniforme, quasi cicciottello. Aveva una bocca piccola, le labbra a culo di gallina, due occhietti anch'essi piccoli, che persino sotto gli occhiali lasciavano trasparire inespressività e noia.

— Ciao, Aleksandr — lo salutò il signore con una certa cerimoniosità, tendendo la mano verso Las. Poi squadrò me.

— Lui è Anton, un mio amico. Gli diamo un passaggio? — propose Las.

— Perché no? — replicò Roman con scarso entusiasmo. — Le ruote sono rotonde e la strada è piana.

Si girò, incamminandosi verso una Volkswagen Bora abbastanza nuova.

Salimmo in auto. Io mi accomodai sfacciatamente sul sedile anteriore; Las mugugnò, ma strisciò docilmente in quello posteriore. Roman avviò il motore e chiese: — Dove la porto, Anton?

Anche il suo modo di parlare era uniforme, tondeggiante, come se le parole non le pronunciasse, ma le scrivesse nell'aria.

— All'aeroporto, e di corsa.

— Dove? — disse Roman con sincero stupore. Guardò Las. — Al tuo amico non converrebbe prendere un taxi?

Las guardò imbarazzato prima me e poi Roman.

— D'accordo — dissi. — Ti volgo verso la Luce. Ripudia le Tenebre, difendi la Luce. Ti do lo sguardo, per distinguere il Bene dal Male. Ti do la fede, per seguire la Luce. Ti do il coraggio, per combattere le Tenebre.

Las sghignazzò. E subito tacque.

Non sono le parole che contano, ovviamente. Le parole non hanno facoltà di cambiare un bel niente, anche se ciascuna viene pronunciata con un'intonazione diversa, come fosse scritta con la lettera maiuscola. È come l'incantesimo di una strega: una formula inserita nella mia memoria standard. Io sono capace di sottomettere un umano anche senza parole, ma così... così è più corretto. È un meccanismo collaudato ed efficace.

Roman cambiò espressione, dandosi un'aria di importanza. Il bambinone robusto e un po' capriccioso che fino a quel momento era seduto al mio fianco si era trasformato in un uomo. In un soldato.

— Che la Luce sia con te! — conclusi.

— All'aeroporto! — annunciò Roman con tono soddisfatto.

Il motore rombò e partimmo di scatto, spremendo al massimo la potenza della berlina tedesca. Scommetto che quell'auto ancora non aveva mai dimostrato di cosa fosse capace.

Socchiusi gli occhi e guardai attraverso il Crepuscolo: l'oscurità era ramificata in linee multicolori. Era come un fascio di luce tutto stropicciato: una parte verde, una gialla, una rossa. Io non sono molto bravo a leggere le linee della probabilità, ma ora mi era riuscito in maniera inaspettatamente semplice. Mi sentivo in forma come non mai.

Questo vuol dire che già stava fluendo in me forza altrui. La forza di Geser e di Zavulon, di Edgar e degli Inquisitori. E forse in questo stesso istante, a Mosca, alcuni Altri si stavano estinguendo, Altri della Luce e delle Tenebre, coloro dai quali Geser e Zavulon avevano il diritto di attingere forza.

Avevo provato una sensazione simile una volta soltanto, quando era capitato anche a me di attingere forza dagli umani.

— Al terzo incrocio svoltiamo a sinistra, più avanti c'è un ingorgo — ordinai. — Poi giriamo a destra, in un cortile, sbuchiamo sotto un arco... lì c'è un vicolo...

E non ero mai stato a Saratov...

— Ci siamo — annunciò Roman.

— Più veloce!

— Sarà fatto!

Las prese un pacchetto di sigarettacce e si mise a fumare. La macchina correva lungo stradine ingombre; Roman guidava con l'entusiasmo di un conducente di tram cui era stata data l'opportunità di superare una Formula 1.

Las sospirò e chiese: — Cosa ne sarà di me? Ora tirerai fuori dalla tasca una torcia e dirai: "È stata un'esplosione di gas metano"?

— Vedi, per questo non c'è bisogno della torcia.

— Ma vivrò? — continuò Las.

— Sì — lo tranquillizzai. — Ma non ricorderai nulla. Scusami, ma è la normale procedura.

— Capisco. Cavolo... ma cosa succede?

La macchina sfrecciò baldanzosa nel vicolo, saltellando a ogni buca. Las spense la sigaretta e continuò: — Dimmi, chi sei?

— Un Altro.

— In che senso un altro?

— Un mago. Non preoccuparti, un mago della Luce.

— Ormai sei grande per giocare a Harry Potter... — scherzò. — Che roba! Non sarò mica impazzito?

— E non sperare... — dissi, puntando le mani sul tettuccio. Roman si era scatenato e ora stava volando su qualche aiuola per accorciare il tragitto. — Più attenzione, Roman. Dobbiamo correre, ma senza rischiare.

— Dimmi un'altra cosa — continuò Las. — Questa corsa... ahi... non avrà mica a che fare con il pipistrello abnorme che abbiamo visto l'altra sera?

— Ti sembrerà buffo, ma... sì, ha a che fare con quello — confermai. La forza mi ribolliva dentro, inebriandomi come fosse champagne. Avevo voglia di fare follie, di divertirmi. — Hai paura dei vampiri?

Las prese dalla borsa una bottiglietta di whisky, con un movimento brusco le tolse il tappo e se la portò alle labbra. Poi disse: — Niente affatto!

Capitolo 6

A metà tragitto si accodò a noi una macchina della stradale. Sulla Bora attivai un incantesimo di diversione dell'attenzione, e i poliziotti persero presto terreno. Di solito gli Altri si servono di questo incantesimo per proteggere le loro auto dai furti. Quindi provai una certa soddisfazione per avergli trovato un nuovo impiego. Ma un minuto dopo un camion quasi ci speronava, per cui mi affrettai a rimuovere l'incantesimo.

— Saremo in aeroporto tra quindici, venti minuti — disse Roman, sterzando. — Quali sono gli ordini, capo?

Con la coda dell'occhio vidi Las scuotere la testa e buttare giù un altro sorso. Eravamo già usciti dalla città e correvamo veloci sulla strada per l'aeroporto. Una strada decorosa, stando ai parametri della Russia centrale.

— Accendi la radio — lo pregai. — Se no il viaggio è triste.

Stava per terminare il notiziario: «Per la gioia di milioni di lettori, la cui attesa durata tre anni è finalmente giunta alla sua conclusione» informava la presentatrice. «E per finire, una notizia che ci arriva dal cosmodromo di Baikonur, dove si sta preparando al lancio l'equipaggio russo-americano. La partenza è prevista alle diciassette e trentadue minuti, ora di Mosca. E adesso continuiamo con la nostra trasmissione musicale...»

— Whisky? — mi chiese Las.

— No, ho ancora del lavoro da fare.

— Aleksandr, stai pronto, non è ora di bere! — ruggì Roman. — Abbiamo del lavoro da fare!

Quello che nella vita era l'uomo più buono del mondo, incapace di fare del male a una mosca, ora sembrava darsi arie da James Bond. Tutti noi, da piccoli, abbiamo sognato di recitare un qualche ruolo.

— Tu farai la guardia alla macchina — gli dissi. — È un compito di grande responsabilità. Contiamo su di te.

— Io servo la Luce! — urlò Roman.

— Non avrei mai creduto... — gemette Las. — Anch'io devo fare la guardia alla macchina?

— Sì. Solo... ti chiedo un grande favore: non tentare di fuggire.

Da dietro giunse nuovamente un brontolio. Avrei dovuto volgere anche Las verso la Luce? Sarebbe stato meglio... gli avrei risparmiato tormenti inutili.

Ma per riflettere non c'era più tempo: la macchina entrò all'impazzata nella piazza antistante l'aeroporto e con uno stridio di freni si arrestò davanti all'entrata. Nessuno ci fece caso più di tanto: qualcuno stava perdendo l'aereo, era una cosa normale...

Presi il biglietto di Arina. Guardai la bussola.

L'ago dondolava, ma continuava a mantenere la direzione.

Kostja avvertiva il mio avvicinamento? Geser ne era convinto.

E cosa mi aspettava?

Per quanto strano, fino a quel momento non avevo provato paura. Intimamente non ero preparato a considerare Kostja come un nemico, e tanto meno come un nemico in grado di uccidere. Io sono un mago di secondo livello, il che non è male. Ma dietro di me era schierata tutta la Guardia della Notte, e ora – questa sì che era una cosa inaudita – anche quella del Giorno. Cosa poteva farmi un solo vampiro, anche se superiore?

Ma mi tornava in mente la faccia ghignante di Vitezslav.

Kostja lo aveva battuto. Ucciso.

— Las — dissi — ho una cosuccia da chiederti... Devi seguirmi. A distanza. Se succede qualcosa... verranno da te, e tu racconterai tutto.

Las trangugiò un lungo sorso, lanciò la bottiglia sul sedile e disse: — Perché non posso venire con te?

Ora sembrava fregarsene di tutto.

Sbronzarsi è in parte un buon sistema per difendersi da un vampiro. Il sangue di un uomo sbronzo, infatti, per un vampiro è ripugnante, mentre quello di uno ubriaco marcio addirittura velenoso. Sarà per questo che i vampiri hanno sempre preferito l'Europa alla Russia?

Un vampiro però non è affatto costretto a bere il sangue di un uomo morto. Il cibo è cibo, ma il lavoro è lavoro.

— Non avvicinarti — ripetei. — Rimani a distanza!

— Stia attento, capo! — implorò Roman. — Buona fortuna! Contiamo su di lei!

"In silenzio, senza fretta, senza violenza" pensai, osservando alcuni uomini che fumavano all'entrata dell'aeroporto. Parevano per la maggior parte intellettuali, con tanto di cravatta. La donna delle pulizie, che indossava una giacca arancione e tirava accanitamente le sue schifosissime Belomor, di fianco a loro aveva un aspetto alquanto rozzo. "In silenzio, con calma..."

Mi diressi verso l'edificio. I fumatori si scansarono per farmi passare: ora in me c'era troppa forza: erano in grado di percepirla anche i normali esseri umani.

Di percepirla e di farsi prudentemente da parte.

Entrai e mi guardai intorno: Las, sorridendo bonariamente, si trascinava dietro di me.

"Dove sei, Kostja? Dove sei, vampiro supremo, che non hai mai ucciso esseri umani per amore della forza? Dove sei, tu che sognavi di diventare il signore del mondo, come fossi stato l'eroe di uno scadente film d'azione hollywoodiano? Forse là, dove c'è anche il ragazzino vampiro che ha tentato di ingannare il proprio destino... Ti uccido. Non *devo* ucciderti, non *posso* ucciderti, non *voglio* ucciderti. Basta con le spiegazioni. Mi sono lasciato alle spalle i *devo*: attraverso lacrime e sospiri, autoanalisi e autogiustificazioni intellettualoidi. Mi sono lasciato alle spalle i *posso*: con i complessi e i sacrifici di un mago di secondo livello, di un Altro che aveva raggiunto il proprio limite. Mi sono lasciato alle spalle i *voglio*: attraverso le emozioni e i patimenti, la collera e la pietà. Ora farò solo ciò che è mio compito fare. Sono indifferente ai falsi ideali e ai traguardi fittizi, agli slogan su misura e ai dogmi ipocriti. Non credo più né alla Luce, né alle Tenebre. La Luce non è altro che un flusso di fotoni. Le Tenebre non sono altro che assenza di luce. Gli uomini sono i nostri fratelli minori. Gli Altri sono il sale della Terra.

Dove sei, Kostja Sauskin? Qualunque sia il tuo obiettivo – gli antichi artefatti orientali, o un esercito formato da miliardi di maghi cinesi – sappi che io non ti permetterò di assaporare la vittoria. Dove sei?"

Mi fermai in mezzo alla sala, una sala non troppo piccola di un aeroporto di provincia. Mi sembrava di sentirlo…

Mi urtò un uomo con le valigie, tutto sudato. Si scusò e proseguì. Ne rilevai di sfuggita l'aura: un Altro non iniziato, della Luce; aveva paura dell'aereo, era arrivato sano e salvo, si era rilassato e ora era di buon umore: ecco perché si faceva notare.

Ma adesso non era questo che mi importava.

Mi voltai, come se qualcuno mi stesse chiamando. Fissai una porta con la scritta ENTRATA DI SERVIZIO e una serratura a codice.

Una melodia, che nessuno riusciva a percepire, risuonava nel fracasso dell'aeroporto.

Sembrava chiamarmi.

I pulsanti della serratura si illuminarono ubbidienti non appena protesi la mano e composi il codice. Quattro, tre, due, uno.

Aprii la porta, mi guardai intorno, feci un cenno a Las e gli lasciai la porta socchiusa.

Corridoi vuoti e verniciati di un verde sconsolante. Ne imboccai uno.

La melodia diventava più forte, serpeggiava, librandosi nell'aria e poi precipitando giù. Come se qualcuno stesse pizzicando abilmente le corde di una chitarra classica e suonando delle note acute con un violino.

Ecco com'era il vero richiamo di un vampiro…

— Eccomi, eccomi — borbottai, dirigendomi verso un'altra porta. Alle mie spalle si sentì un colpo: Las mi aveva seguito.

Altra porta, altro codice. Sei, tre, otto, uno.

Spalancai la porta e mi ritrovai sulla pista di decollo.

Sul cemento scivolava lento un panciuto jumbo jet. Più in là ululavano le turbine di un Tupolev in fase di rullaggio.

A pochi metri c'era Kostja. Nelle mani stringeva una piccola ed elegante valigetta di plastica: capii che il *Fuaran* si trovava proprio lì dentro. La camicia era strappata, come se all'improvviso fosse diventata troppo piccola.

Probabilmente, balzando giù dal treno, si era trasformato senza riuscire a spogliarsi completamente.

— Ciao — disse.

La musica si era interrotta di colpo.

— Ciao. Hai volato veloce.

— Volato? — Kostja scosse la testa. — No... distanze del genere non sono adatte a un pipistrello.

— Allora in cosa ti sei trasformato? In un lupo?

Quella conversazione, così assurda, si risolse con la goffa risposta di Kostja: — Una lepre. Un'enorme lepre grigia.

Ridacchiai immaginandomi una lepre gigantesca che correva per i campi, attraversava ruscelli e scavalcava recinzioni. Kostja alzò le braccia: — Be'... in effetti è stato buffo. Tu come stai? Non ti ho fatto... troppo male? I denti sono interi?

Mi sforzai di fare il sorriso più largo che potevo.

— Scusa. — Kostja sembrava realmente dispiaciuto. — È stata la sorpresa. Come hai capito che ero io ad avere il libro? Il cocktail?

— Sì. Per compiere il sortilegio occorre il sangue di dodici uomini.

— Come hai fatto a saperlo? Non esistono informazioni sul *Fuaran*... Be', non importa. Voglio parlare con te, Anton.

— Anch'io — dissi. — Arrenditi. Puoi ancora salvarti la vita.

— Io sono morto da un pezzo — sorrise Kostja. — Te ne sei dimenticato, forse?

— Hai capito a cosa mi riferisco.

— Non mentire, Anton. Tu stesso non ci credi. Ho ucciso quattro Inquisitori!

— Tre — lo corressi. — Vitezslav e i due sul treno. Il terzo si è salvato.

— Cambia poco. — Kostja fece una smorfia. — Non mi perdonerebbero neppure l'uccisione di uno solo.

— Si tratta di un caso particolare. Te lo dico onestamente, i Grandi hanno paura. Ti distruggeranno, ma il prezzo della vittoria è troppo alto. Verranno da te per trattare.

Kostja taceva, fissandomi con insistenza.

— Se restituirai il *Fuaran* e ti consegnerai spontaneamente, nessuno potrà toccarti — continuai. — Tu sei uno che rispetta le leggi. È stata colpa del libro, eri in preda a un raptus…

Kostja scosse la testa: — No, non ero in preda a un raptus. Edgar non aveva preso sul serio le parole di Vitezslav. Io invece sì. Mi sono trasformato e in volo ho raggiunto l'isba. Vitezslav non ha fiutato l'insidia… si è messo a mostrarmi il libro, a darmi spiegazioni. Appena ho sentito la faccenda dei dodici uomini, ho capito che quella era la mia occasione. Era persino d'accordo sull'esperimento. Probabilmente voleva accertarsi subito che si trattasse del libro autentico. Solo quando si è reso conto che ero diventato più potente ha raccolto tutte le sue forze. Ma era troppo tardi.

— Perché? — domandai. — Kostja, è una follia! A cosa ti serve il potere sul mondo?

Kostja sollevò leggermente le sopracciglia. Mi guardò, poi si mise a ridere.

— Ma cosa dici, Anton? Quale potere? Tu non capisci!

— Io capisco eccome. Stai andando in Cina, vero? Un miliardo di maghi saranno in tuo potere?

— Idioti — mormorò Kostja. — Siete tutti idioti. Avete in testa una cosa soltanto: il potere e la forza… Io non ho bisogno del potere! Io sono un vampiro! Riesci a capire? Sono un emarginato! Il peggiore Altro! Io non voglio diventare l'emarginato più potente del mondo. Voglio essere normale. Voglio essere come tutti gli altri.

— Ma il *Fuaran* non permette di trasformare un Altro in un umano… — borbottai.

Kostja scosse la testa: — Ehi, Anton, collega il cervello! Ti hanno imbottito di forza e ti hanno mandato qui per uccidermi, lo so. Ma prima rifletti, Anton. Cerca di capire quello che voglio.

La porta dietro di me cigolò. Apparve Las. Mi fissò con aria confusa, poi lanciò un'occhiata di sbieco a Kostja.

— Non è il momento giusto? — domandò Las, dopo aver valutato la situazione. — Scusate, me ne vado…

— Fermo — disse seccamente Kostja. — Il momento è più che giusto.

Las si bloccò.

— Un esperimento dal vivo — disse il vampiro. — Guarda come si fa...

Scrollò con forza la valigetta, e le serrature si aprirono di colpo; la piccola ventiquattrore si spalancò e ne cadde fuori un libro. Il *Fuaran*.

Aveva davvero la copertina in cuoio, di un colore tra il grigiastro e il giallo. E gli angoli protetti da placche triangolari di metallo. C'era anche un lucchetto che impediva al libro di aprirsi.

Kostja afferrò il libro con una mano sola e lo aprì con stupefacente destrezza, come se stesse maneggiando un giornale. Lasciò la valigetta, e questa precipitò rumorosamente sull'asfalto.

— Qui dentro si trovano essenzialmente testi e componimenti di tutti i tipi — spiegò Kostja. — La cronaca di esperimenti falliti. La ricetta alla fine... è semplicissima.

Con la mano libera prese dalla tasca posteriore dei jeans la borraccia di metallo. Svitò il tappo e lasciò cadere una goccia direttamente sulla pagina aperta.

Tutto il mio spirito gridava una cosa sola: "Attacca! Ora che è distratto, colpisci con tutte le tue forze!"

Ma io aspettavo, incantato da quello spettacolo.

La goccia di sangue svanì, dissolvendosi in un fumo marroncino. Invece il libro... il libro cominciò a cantare. Un suono opprimente, simile a un canto gutturale: pareva una voce umana, nelle cui parole però non vi era nulla di sensato.

— Con le Tenebre e la Luce... — disse Kostja, osservando le pagine aperte. Vedeva qualcosa che per me era inaccessibile. — *Om*... *Mrigankandata gauri*... Invocare *dchvani*... Con la mia volontà... *Moksha gauri*...

La voce del libro: non avevo dubbi che a emettere dei suoni fosse proprio il libro. Soffocava la voce di Kostja, le parole del sortilegio, sia quelle russe sia quelle della lingua antica del *Fuaran*.

Allora Kostja alzò la voce, quasi a voler superare quella del libro.

Mi arrivò solo l'ultima parola: un ennesimo *Om*.

Il canto si interruppe su una nota acuta e stridente.

Dietro di me, Las lanciò un'imprecazione. Chiese: — Cos'è stato?

— Un mare — ridacchiò Kostja. Si chinò, prese la valigetta e vi nascose sia il libro sia la borraccia. — Tutto un mare di nuove possibilità.

Mi voltai, sapendo già cosa avrei visto. Socchiusi gli occhi e guardai Las attraverso il Crepuscolo. Si distingueva benissimo l'aura di un Altro non iniziato.

— Ecco, sugli umani funziona — disse Kostja. Aveva la fronte imperlata di sudore, ma un'aria assai soddisfatta. — Ecco.

— E tu invece cosa vuoi? — gli domandai.

— Io voglio essere un Altro come tanti — rispose. — Voglio che tutto questo finisca... La Luce e le Tenebre, gli Altri e gli umani, i maghi e i vampiri. Tutti diventeranno Altri, lo capisci? Tutti gli uomini della Terra.

Mi misi a ridere: — Kostja... per un uomo solo ti ci sono voluti due, tre minuti.

— Qui potevano esserci decine di umani, e sarebbero diventati tutti Altri. Il sortilegio agisce su tutti quelli che si trovano nel mio campo visivo.

— Ma in ogni caso...

— Tra mezz'ora, dal cosmodromo di Baikonur, partirà l'ennesimo equipaggio diretto alla stazione spaziale internazionale — disse Kostja. — Credo che il turista tedesco dovrà cedermi il suo posto.

Tacqui per un attimo, cercando di dare un senso alle sue parole.

— Mi metterò vicino all'oblò e fisserò la Terra — continuò Kostja. — Proprio come farebbe un qualunque turista spaziale. Guarderò la Terra, spalmando il sangue della borraccia sulla carta e sussurrando le parole del sortilegio. E là sotto, lontano, gli uomini si trasformeranno in Altri. Tutti gli uomini, capisci? Dai bambini nelle culle ai vecchi sulle sedie a dondolo.

Ora il suo aspetto era estremamente vivo. Autentico. I suoi occhi ardevano, ma non di un'energia vampiresca, bensì di una passione da normale essere umano.

— Anton, anche tu lo hai sognato, vero? Che non ci fossero più gli umani? Che tutti fossimo uguali?

— Io ho sognato che tutti gli umani diventassero Altri — replicai. — Non che non ci fossero più umani.

— Piantala! I tuoi sono solo equilibrismi verbali... Anton, noi abbiamo la possibilità di migliorare il mondo. Fuaran non ha potuto farlo: ai suoi tempi le navi spaziali non esistevano. E nemmeno Geser e Zavulon possono farlo, perché non hanno il libro. Noi invece possiamo. Io non voglio nessun potere, cerca di capire. Io voglio equità. Libertà!

— La felicità per tutti, gratis? E che a nessuno venga fatto un torto?

— Sì, felicità per tutti. La Terra agli Altri. E nessun torto! Anton, vorrei che tu stessi con me. Schierati dalla mia parte!

— È un'idea fantastica! — esclamai, guardandolo negli occhi. — Kostja, sei davvero in gamba!

Non ero mai stato bravo a mentire. Imbrogliare un vampiro, poi, è quasi impossibile. Ma evidentemente Kostja aveva una voglia disperata che io accettassi la sua proposta.

Sorrise e abbassò la guardia.

In quell'istante alzai le mani e lo colpii con una preghiera grigia. Non era lo stesso incantesimo che avevo sferrato sul treno. La forza mi ribolliva dentro, mi sgorgava dalle punte delle dita, e non aveva fine!

L'incantesimo era visibile anche nel mondo degli uomini. Filamenti grigi e serpeggianti si staccarono dalle mie mani e andarono a imbrigliare Kostja, stringendolo, rigirandolo, avviluppandolo in un grigio bozzolo sussultante. Nel Crepuscolo si verificò qualcosa di inconcepibile: il mondo venne invaso da un'impetuosa tempesta grigia, in confronto alla quale l'abituale foschia crepuscolare sembrava variopinta. Pensai che se qualche vampiro ordinario, regolarmente registrato, si fosse trovato nel raggio di qualche chilometro, sarebbero stati guai anche per lui. I contraccolpi dell'incantesimo lo avrebbero demolito e disincarnato...

Kostja cadde su un ginocchio. Si contorse, tentando di divincolarsi, ma la preghiera grigia gli risucchiava le energie più rapidamente di quanto lui riuscisse a neutralizzare l'incantesimo.

— Accidenti! — esclamò Las dietro di me.

Il mio corpo non aveva mai conosciuto un simile flusso di forza.

Nel mondo circostante accadde qualcosa di strano: l'aereo sulla pista scolorì, trasformandosi in un blocco di pietra grigia. Il cielo si fece scialbo, diventando biancastro e basso. Le mie orecchie parevano essersi riempite di ovatta. Il Crepuscolo sembrava voler irrompere nel nostro mondo…

Ma io non potevo fermarmi. Sentii che se avessi allentato la pressione anche per un solo istante, Kostja sarebbe riuscito a liberarsi e a rispondere al mio attacco. Avrebbe colpito in una maniera tale che di me non sarebbe rimasto nulla… Sarei stato io a finire spalmato sulla pista di cemento, non lui…

Kostja alzò la testa. Mi guardò offeso e perplesso. Allargò le braccia lentamente…

Possibile che avesse ancora riserve di forza?

Intorno a lui si delinearono i contorni di un prisma trasparente e azzurrognolo, che recise i filamenti grigi dell'incantesimo, ruotò e si ridusse a un puntino. Poi scomparve. Insieme al vampiro, che era fuggito attraverso un portale.

La forza continuava a infuriarmi dentro. La forza di mille Altri che Geser e Zavulon riversavano in me, una forza generosa e incontrollata, smaniosa di essere adoperata. Una forza umana che attraverso mani altrui giungeva fino a me…

"Basta…"

Abbassai i palmi, accartocciando i filamenti grigi in un grumo compatto.

"Basta…"

Il nemico era sparito.

"Basta…"

I maghi si sfidano a duello con il fioretto, non con le mazze.

"Basta."

Kostja si era rivelato più abile.

Venni scosso da un impercettibile brivido, ma mi fermai. Il cielo tornò a tingersi di azzurro. Sulla pista un aereo aveva preso velocità.

Kostja era sparito. Non avevo mai sentito di un vampiro che fosse in grado di aprire un portale diretto. E forse neanche i Grandi si aspettavano da parte di Kostja un simile trucco.

Era venuto in aeroporto contando sul fatto che tutti si sarebbero concentrati su aerei ed elicotteri. Si sarebbero rilassati: avrebbero pensato che c'era ancora tempo, si poteva sempre intercettare il vampiro in volo, o far decollare i caccia, lanciare missili...

Invece lui aveva già preparato il suo salto attraverso un portale diretto. Mezz'ora prima del lancio del missile: in volo non avrebbe fatto in tempo! E comunque non avrebbero mai permesso a un aereo di atterrare a Baikonur, dove c'era una difesa contraerea. Ecco perché era riuscito a saltare pur trovandosi stretto nella morsa della preghiera grigia: il portale era già pronto, attivato, come gli incantesimi di combattimento dei maghi operativi.

Allora non credeva che sarei passato dalla sua parte. O, quanto meno, nutriva forti dubbi in proposito. In ogni caso per lui era estremamente importante avere la meglio su di me. Ma non con la forza: non aveva senso parlare di forza, dal momento che lui era diventato un Grande Mago, mentre io restavo sempre di secondo livello, anche adesso che ero imbottito di forza che altri mi cedevano. Il trionfo più netto e significativo lo ottieni quando il tuo rivale riconosce le tue ragioni. Quando si arrende senza combattere. Quando passa sotto la tua bandiera.

Io ero stato uno stupido. Lo avevo ritenuto solo amico o nemico. Mentre lui non era né l'una né l'altra cosa. Il suo desiderio era solo quello di dimostrarmi la sua verità. E alla fine, come oggetto di quella dimostrazione, la scelta era caduta su di me. Ma né come amico, né come nemico. Solo come portatore di un'altra verità.

— Si è teletrasportato? — chiese Las.

— Cosa? Be', quasi. Ha aperto un portale ed è fuggito. Come hai fatto a capirlo?

— L'ho visto in un giochetto per il computer, era simile... — disse Las con una leggera incertezza. Poi precisò: — Molto simile!

— Non sono solo gli uomini a fare i giochetti... — spiegai. — Sì, è fuggito. A Baikonur. Vuole prendere il posto di un turista spaziale...

— Ho sentito. Che idiota!

— Tu lo sai perché è un idiota? — gli chiesi.

Las trattenne un risolino. — Se tutti gli uomini diventassero maghi… mentre oggi sul tram ti prendono a male parole, domani ti incenerirebbero sul posto. Mentre oggi a un vicino antipatico gli lasci i mozziconi sullo zerbino o biglietti anonimi nella posta, domani gli butterai il malocchio o gli succhierai il sangue. Una scimmia sulla motocicletta è adatta per stare in un circo, non per le strade della città… Tanto più una scimmia con la pistola.

— Pensi che le scimmie siano la maggioranza?

— Siamo tutti scimmie.

— Nella Guardia faresti strada — borbottai. — Aspetta… chiedo consiglio.

— Quale guardia? Grazie! Io non sono mica un mago, per fortuna!

Chiusi gli occhi e tesi l'orecchio. Silenzio.

— *Geser!*

Silenzio.

— *Geser! Maestro!*

— *Ci siamo consultati, Anton.*

Nelle parole di Geser mi sembrò di intuire una nota di stanchezza.

— *È andato a Baikonur. Il* Fuaran *funziona davvero. Vuole trasformare in Altri tutti gli uomini sulla Terra!*

Rimasi in silenzio, poiché mi ero reso conto che il Capo era al corrente di tutto.

Vedeva e sentiva tutto: non importa se con i miei occhi e le mie orecchie o con altri metodi magici.

— *Lo devi fermare, Anton. Seguilo e fermalo.*

— *E voi?*

— *Noi manteniamo il canale. Ti riempiamo di forza. Lo sai quanti Altri hanno contribuito alla tua preghiera grigia?*

— *Lo immagino.*

— *Anton, io non riuscirò ad affrontarlo. E nemmeno Svetlana. Noi ora possiamo fare una cosa sola: inebriarti di flusso energetico. Stiamo attingendo forza da tutti gli Altri di Mosca. Se sarà necessario, ne attingeremo direttamente dagli umani. Non c'è tempo per riorganizzarsi e servirsi di altri maghi. Devi fermare Kostja… con il nostro aiuto. L'alternativa è un'esplosione nucleare a Baikonur.*

— Io non sono in grado di aprire un portale diretto, Geser.

— Ci riuscirai. Il portale non si è ancora richiuso completamente. Devi solo trovare il passaggio e riattivarlo.

— Geser, non sopravvalutarmi! Anche con la vostra forza rimango sempre un mago di secondo livello!

— Anton, rifletti. Tu eri di fronte a Kostja Sauskin quando ha pronunciato il sortilegio. Non hai più il secondo livello.

— E... quale?

— Oltre il primo livello c'è solo una categoria. Quella suprema. Basta chiacchiere, seguilo!

— Ma in che modo posso sconfiggerlo?

— Come vuoi tu.

Aprii gli occhi.

Las mi agitava una mano davanti alla faccia.

— Ehi! Sei vivo! — disse allegro. — Allora, cosa sarebbe questa guardia? Ora sono un mago anch'io?

— Quasi. — Feci un passo in avanti.

Qui c'era Kostja... Era caduto... Aveva allargato le braccia... Era spuntato il portale...

Il mondo degli uomini era vuoto.

Il Crepuscolo era vuoto.

Una nebbia grigia, blocchi di pietra al posto degli edifici, germogli tremolanti di muschio bluastro...

Secondo strato del Crepuscolo.

Una tetra e plumbea foschia... una luce smorta e spettrale di nubi opprimenti... una scintilla azzurra al posto del portale...

Allungai una mano:

nel mondo degli uomini,

nel primo strato del Crepuscolo,

nel secondo strato del Crepuscolo...

... e afferrai con le dita la scintilla azzurra che andava spegnendosi.

"Aspetta. Non spegnerti. Ricevi la forza: l'assordante energia che squarcia il confine tra i due mondi. Che sgorga dalle dita, come gocce infuocate su carboni spenti... Cresci, apriti, esci alla luce del sole: il tuo compito non è ancora finito!"

Sentivo le tracce di colui che aveva aperto il portale.

Vedevo come lo aveva fatto. Ero in grado di ripetere le sue azioni.

E non avevo neanche bisogno di incantesimi – di tutte quelle formule ridicole pronunciate in lingue incomprensibili – come non ne avevano bisogno la strega Arina con le sue pozioni, Geser o Svetlana.

Allora cosa significa essere Grandi Maghi? Non tanto apprendere gli schemi, ma percepire il movimento delle forze? Com'è sorprendente... e facile.

Non è una questione di possibilità, della forza sbalorditiva di un fireball o della potenza di un freeze. Imbottito di energia altrui, o della propria, persino un mago ordinario è in grado di colpire in modo tale da impressionare un Grande Mago. È tutta una questione di libertà. Come tra un nuotatore – fosse anche il più dotato – e il più svogliato dei delfini.

E allora quanto era difficile per Svetlana vivere con me senza dover pensare alla sua forza, alla sua libertà? La differenza non è tra forte e debole, ma tra sano e invalido...

Dopotutto gli esseri umani ordinari vivono, e vivono sia con i ciechi sia con i paralitici. Perché quello che conta non è la libertà. La libertà è la scusa dei vigliacchi e degli stupidi. Quando questi parlano di "libertà" non hanno in mente la libertà degli altri, ma la propria schiavitù.

Persino Kostja, che non era né un vigliacco né uno stupido, aveva abboccato allo stesso amo che già aveva dilaniato le labbra di rivoluzionari di ogni sorta: da Spartaco a Trotskij, da Robespierre al comandante Che Guevara, da Pugaciov agli anonimi martiri shahid.

E io, ci sarei cascato? Dieci, o anche cinque anni fa?

Se qualcuno mi avesse detto: "Si può cambiare tutto all'istante, in meglio"?

Probabilmente ho avuto fortuna.

Almeno con le persone che mi sono state intorno. Che hanno sempre scosso la testa alle parole libertà e uguaglianza.

Il portale, il prisma azzurrognolo, si aprì davanti a me: i fili luminosi erano le costole, una pellicola tremolante la superficie...

Scostai i fili con le mani ed entrai.

Capitolo 7

La cosa brutta del portale è che non ti dà la possibilità di abituarti a un posto nuovo.

In questo senso il treno è il mezzo ideale. Entri in uno scompartimento, ti togli i pantaloni e indossi una tuta, ti sfili le scarpe e ti metti le ciabatte di plastica, tiri fuori cibo e bevande e fai conoscenza con gli altri passeggeri, nel caso in cui tu abbia la sfortuna di viaggiare da solo. Ruote che sbattono, banchine che si allontanano. Tutto qui, sei in viaggio. Sei un'altra persona. Condividi le tue emozioni più recondite con degli sconosciuti, parli di politica, di cose di cui avevi giurato di non parlare più, bevi vodka equivoca acquistata in qualche stazioncina. Non ti trovi né in un posto né in un altro. Sei in viaggio. Porti a termine la tua piccola avventura. Il tuo viaggio può durare solo qualche ora, o forse giorni. Il paese è immenso, e lo vedi scivolare via dai finestrini di uno scompartimento.

L'aereo funziona in modo un po' diverso. Ma hai lo stesso il tempo di abituarti al viaggio. Compri il biglietto, ti alzi all'alba, prendi un taxi e vai in aeroporto. Le ruote macinano chilometri, e intanto guardi il cielo: con la testa sei già lì, in volo. Il nervosismo della sala d'attesa, il caffè solubile del bar, l'ispezione; per chi sta lasciando il paese, la dogana e il duty-free, le piccole gioie del viaggiatore prima delle strette poltrone dell'aereo, del rombo delle turbine e delle parole ottimistiche della hostess. E intanto la terra già si allontana e il pranzo viene servito in contenitori di plastica. Ma questo non è un viaggio. È solo uno spostamento. Eppure… eppure hai anche il tempo di vedere le città e i fiumi che ti passano sotto, di sfogliare la guida, di riflettere su come affrontare le trattative di lavoro o su come trascorrere in allegria il tour di dieci giorni Turchia-Spagna-Croazia.

Il portale è uno shock. Il portale è un cambio di scenografia, il palcoscenico girevole di un teatro. Ti trovi sia in un luogo sia in un altro. Non c'è viaggio.

E neanche tempo per riflettere.

Caddi fuori dal portale. Con un piede urtai contro un pavimento di mattonelle, con l'altro centrai la tazza di un water.

Meno male che era pulita. Come in uno dei tanti film americani dove gli eroi si accoppano a vicenda in un cesso. Trascinai comunque il piede, lo tirai fuori dalla tazza e mi lamentai per il dolore.

Dopo aver fatto scattare il chiavistello scrutai con circospezione attraverso la fessura. Il bagno sembrava vuoto.

In quell'istante qualcuno mi diede un violento spintone e volai a terra. Mi rigirai sulla schiena e alzai le braccia, preparandomi a colpire.

Las, con le braccia allargate si teneva contro le pareti, guardandosi intorno con due occhi da pazzo.

— Che ti prende? — ruggii. — Perché mi stai dietro?

— Mi hai ordinato tu di seguirti! — ribatté.

Mi alzai. Discutere sarebbe stato inutile.

— Devo fermare un vampiro impazzito — dissi. — Al giorno d'oggi è il mago più potente al mondo. Qui… qui tra un po' ci sarà un gran caldo…

— Dove siamo, a Baikonur? — chiese Las, per nulla spaventato. — È stupefacente! Ma era necessario teletrasportarsi attraverso la fognatura?

Mi limitai a fare un cenno con la mano. Mi concentrai. Sì, Geser si trovava da qualche parte lì intorno. Geser, Zavulon, Svetlana… e centinaia, migliaia di Altri. Erano in attesa. Contavano su di me.

— Come posso aiutarti? — chiese Las. — Forse cercando paletti di frassino? A proposito, lo sapevi che con il frassino ci fanno i fiammiferi? Ho sempre pensato: ma perché proprio con il frassino? Possibile che bruci meglio delle altre piante?

Ma ora so che è per combattere i vampiri. Fai la punta a decine di fiammiferi...

Lo fulminai con lo sguardo.

Las alzò le braccia: — Va bene, va bene... Il mio compito è solo quello di dare suggerimenti.

Mi avvicinai alle porte del bagno e guardai fuori. Un lungo corridoio, lampade al neon, niente finestre. In fondo, un uomo in uniforme con una pistola alla cintola. Uno della sicurezza? Sì, qui ci doveva essere un servizio di sicurezza.

Ma perché quel guardiano se ne stava così immobile in una posa tanto scomoda?

Uscii nel corridoio e mi avvicinai al militare. Lo chiamai a bassa voce: — Mi scusi, posso disturbarla?

La guardia non fece obiezioni. Fissava il vuoto e sorrideva. Era un giovanotto sui trent'anni. Completamente imbambolato. E pallidissimo.

Accostai le dita alla carotide: il battito si sentiva appena. I segni del morso erano quasi invisibili, solo qualche goccia di sangue macchiava il colletto. Certo, dopo la fuga Kostja era molto stanco. Doveva rifocillarsi.

Se il militare era rimasto vivo, aveva ancora qualche possibilità di farcela. Lo adagiai delicatamente sul pavimento. Che se ne stesse sdraiato lì. Poi si sarebbe trasformato.

Las mi seguiva. Ora stava osservando in silenzio il giovanotto immobile.

— Sai sparare? — gli domandai.

— Ci provo.

— Nel caso, mira alla testa e al cuore. Solo così puoi sperare di fermarlo.

Non che mi facessi illusioni, beninteso. Anche se Las avesse vuotato l'intero caricatore contro Kostja – cosa già di per sé alquanto dubbia – le pallottole non sarebbero certo bastate a fermare un vampiro supremo. Ma tanto valeva che ci provasse.

Trovare Kostja non mi fu difficile, anche senza ricorrere alla magia. Ci imbattemmo in altri tre uomini, una guardia e due civili: imbambolati, con i segni del morso. Probabilmente Kostja adottava quello stile da vampiro quando i movimenti si facevano tanto rapidi da divenire impercettibili, e il pasto non richiedeva più di una decina di secondi.

— Ora si trasformeranno in vampiri? — mi chiese Las.

— Solo se lui l'ha voluto. E solo se anche loro erano d'accordo.

— Non credevo si potesse scegliere.

— Si può sempre scegliere. — Aprii l'ennesima porta.

Era una sala spaziosa. Piena di gente: una ventina di persone come minimo. C'erano sia gli astronauti – con il nostro comandante e quello americano – sia il turista tedesco, proprietario di una fabbrica di cioccolato.

Ovviamente erano tutti nello stesso stato di beata prostrazione. Tranne due tecnici in camice bianco: i loro occhi erano privi di espressione, ma le loro mani aiutavano Kostja a infilarsi lo scafandro con destrezza. Il compito non era dei più semplici: gli scafandri sono fatti su misura e Kostja era un po' più alto del tedesco.

Lo sfortunato turista era seduto in disparte e si succhiava il pollice.

— Ho solo un paio di minuti — disse Kostja in tono allegro. — Quindi non posso trattenermi, Anton. Se provi a metterti in mezzo, ti ammazzo.

Ovviamente la mia apparizione per lui non era stata una sorpresa.

— Il missile non lo faranno decollare — dissi. — Cosa speri? I Grandi conoscono le tue intenzioni.

— Sì che lo faranno decollare — replicò pacato. — Qui c'è una difesa contraerea niente male, credimi. Il capo della sicurezza del cosmodromo ha già dato tutte le disposizioni necessarie. Mi vuoi far credere che sferreranno un attacco massiccio con missili balistici?

— Proprio così.

— È un bluff. Un attacco da parte dei cinesi o degli americani è escluso: scoppierebbe una guerra mondiale. I nostri missili non sono puntati su Baikonur. Gli aerei con cariche nucleari non li fanno neanche avvicinare. Non avete scelta. Rilassatevi e godetevi lo spettacolo.

Forse aveva ragione.

Ma forse i Grandi avevano anche un piano per far esplodere Baikonur con una carica atomica senza provocare una guerra mondiale.

Comunque ormai Kostja aveva preso la sua decisione. Nessuno lo avrebbe fermato. Ora lo avrebbero fatto uscire, sarebbe salito sul missile… e poi?

Cosa sarebbe stato in grado di fare, seduto in una botte d'acciaio, se attraverso i portali avessero messo piede nel cosmodromo decine di Grandi Maghi? E avessero ripulito all'istante il cervello del capo della sicurezza e di quelli incaricati di premere il pulsante di lancio? O avessero dato il comando di far esplodere il missile con cariche nucleari portatili o di attivare qualche satellite?

Niente di niente!

Anche ammesso che Kostja fosse uno stupido, era pur sempre un Grande Mago: poteva leggere le linee della probabilità, prevedere il futuro, e rendersi conto che lo avrebbero fermato.

Allora…

Allora il cosmodromo, il missile, tutti quegli uomini assoggettati o addormentati erano tutta una finzione. Proprio come lo era stato l'aeroporto di Saratov.

Non gli serviva nessun missile. Come non gli era servito nessun aereo.

Avrebbe aperto un portale direttamente nello spazio.

— Devo leggere l'incantesimo — disse Kostja. — Spargere il sangue sulla pagina. Nel vuoto non ci si riesce.

Si alzò, scansò i tecnici e quelli si misero sull'attenti.

— Devi aprire un portale sulla stazione spaziale. Ma per questo occorre conoscere la sua collocazione precisa. Tuttavia sono possibili, e talvolta inevitabili, degli errori…

Non lo sentivo leggermi i pensieri. Ma sapevo che lo stava facendo.

— Hai capito tutto alla perfezione, Anton. Io posso partire per la stazione in qualsiasi momento. Prima che voi riusciate a fare una sola mossa. Anche se Geser e Zavulon si rivoltassero di sotto in su, la vostra forza non basterebbe. Io sono carico al massimo, lo capisci? Ho raggiunto la Forza Assoluta! Non c'è niente che sia superiore a me! Il sogno di Geser era che tua figlia diventasse per prima una maga di questa forza... — Fece un ghigno. — E invece l'ho preceduta! Sono diventato un Mago Assoluto. Quindi non potrete sconfiggermi. Non riuscirete ad accumulare una forza maggiore, lo capite? Io sono l'Assoluto!

— Tu sei uno zero assoluto — dissi. — Tu sei un vampiro assoluto.

— Vampiro, mago... cosa cambia? Io sono un Altro Assoluto.

— Hai ragione, non cambia nulla. Tutti noi viviamo a spese della forza umana. E tu non sei affatto il più potente, ma il più debole. Sei un vuoto assoluto, dove si riversa la forza altrui.

— Ammettiamo pure che sia così. Non fa nessuna differenza, Anton! Non mi fermerete: io riuscirò a realizzare il mio piano.

Esitò un istante, poi disse: — Eppure tu non ti schiererai dalla mia parte... A cosa stai pensando?

Non risposi. Stavo assorbendo forza. Da Geser e da Zavulon, dalle Tenebre e dalla Luce, dai buoni e dai malvagi. Da qualche parte, lontano da lì, mi cedevano forza coloro che amavo e coloro che odiavo. Eravamo tutti sulla stessa barca, una barca spaziale che veleggiava verso il vuoto assoluto...

— Su, colpisci — disse Kostja in tono beffardo. — Non mi prenderai più alla sprovvista.

— *Colpisci* — mormorò Geser. — *Colpisci con un miraggio bianco.*

La consapevolezza di cosa fosse il miraggio bianco era entrata in me insieme alla forza della Luce. Una consapevolezza spaventosa, agghiacciante: lo stesso Geser aveva adottato questo incantesimo una sola volta e aveva giurato di non ripeterlo più...

— *Colpisci* — suggerì Zavulon. — *Ma è meglio l'ombra dei signori.*

La consapevolezza di cosa fosse l'ombra dei signori era scivolata in me insieme alla forza delle Tenebre. Una consapevolezza disgustosa, orripilante: neanche Zavulon si era mai azzardato a scomodare queste ombre dal quinto strato del Crepuscolo...

— *Colpisci* — disse Edgar. — *Il sarcofago dei tempi. Solo il sarcofago dei tempi!*

La consapevolezza di cosa fosse il sarcofago dei tempi era fluita in me insieme alla forza degli Inquisitori. Una consapevolezza fredda, opprimente: l'incantesimo era destinato a rimanere nel sarcofago insieme alla vittima, per sempre, fino alla fine dei tempi...

— E se gli buchiamo lo scafandro? — chiese Las, che aveva la pistola in mano.

Un Altro Assoluto.

Uno Zero Assoluto.

Il più forte, il più debole...

Raccolsi la forza che mi era stata messa a disposizione e la profusi in un incantesimo di settimo grado, uno dei più semplici, che qualsiasi Altro era in grado di padroneggiare: lo scudo del mago.

Mai nessuno, probabilmente, aveva sprecato la forza in maniera così insensata.

E, probabilmente, mai nessun mago al mondo aveva goduto di una protezione così affidabile. Da tutto.

Intorno a me comparve un bozzolo bianco reticolare. I filamenti crepitavano per la quantità di energia che vi fluiva: stava sparendo da qualche parte, nelle profondità dell'universo, dove si perde il conto degli strati del Crepuscolo, dove non ci sono né materia, né spazio, né tempo, niente che gli umani o gli Altri possano comprendere.

— Cosa... fai? — chiese Kostja, e sul suo volto si dipinse un'espressione da bambino offeso. — Cosa fai, Anton?

Tacevo. Lo fissavo, anche se le ombre dei pensieri non balenavano più sul mio volto. Che pensasse pure quello che voleva. Che lo facesse pure.

— Ti sei spaventato? — chiese Kostja. — Tu... ma tu... sei un vigliacco, Anton!

Tacevo.

Anche i Grandi tacevano. No, forse non tacevano. Forse urlavano, sbraitavano, mi maledicevano, perché avevo usato tutta la forza da loro accumulata per attivare una protezione assoluta solo per me stesso.

Se ora Baikonur fosse stata colpita da una carica termonucleare, io non avrei subito alcun danno. Magari avrei fluttuato in una nuvola di plasma, ma assolutamente integro.

— Sono senza parole... — Kostja alzò le braccia. — Non volevo ucciderti! Io me lo ricordo che una volta eri mio amico!

Tacevo.

"Scusa, ma ora non riesco a chiamarti amico. Ecco perché non devi capire quello che capisco io. E non devi leggere i miei pensieri."

— Addio, Anton — disse Kostja.

I tecnici gli si avvicinarono e gli infilarono il casco pressurizzato. Mi rivolse un altro sguardo attraverso il vetro: confuso, offeso. E si voltò.

Pensavo che avrebbe aperto un portale nello spazio in quel preciso istante. Ma Kostja aveva preparato il salto con la massima cura. Lasciando gli astronauti e il personale nel loro stato di torpore, uscì dalla sala.

Las si fece da parte, indicando con gli occhi la pistola.

Io scossi la testa, e lui non sparò.

Ci limitammo a seguire Kostja nella sala di controllo, dove ai computer erano seduti come sonnambuli tecnici e programmatori.

Quando aveva avuto il tempo di sottometterli tutti alla sua volontà?

Un vampiro ordinario riesce facilmente a tenere sotto controllo un paio di umani. Un vampiro superiore ne può domare anche una ventina. Ma Kostja era diventato davvero un Altro Assoluto: ora l'intero meccanismo dell'enorme cosmodromo ruotava intorno a lui.

Gli portarono dei foglietti. Gli mostrarono qualcosa sugli schermi. Ascoltava, annuiva, non guardava nemmeno nella nostra direzione.

Un ragazzo intelligente. Bene istruito. Aveva studiato alla facoltà di fisica, poi era passato a biologia, ma la passione per la fisica e la matematica non lo aveva abbandonato. A me tutti quegli schemi e quei grafici non avrebbero detto nulla, invece lui si preparava ad aprire un portale magico in orbita. Ad andare nel cosmo con i poteri magici: un passo piccolo per un Altro, ma un salto enorme per l'umanità...

Se solo non fosse stato inghiottito.

Se solo Geser non si fosse lasciato prendere dal panico.

Se solo non avessero realizzato un attacco nucleare: non sarebbe servito, era inutile, inutile, inutile!

Kostja mi guardò solo quando aprì il prisma del portale. Uno sguardo sprezzante. Le labbra si mossero dietro il vetro del casco pressurizzato, e io lessi: "Addio."

— Addio — dissi.

In una mano la borsetta con il kit di sopravvivenza, nell'altra la valigetta con il *Fuaran*, Kostja entrò nel portale.

Solo allora mi permisi di rimuovere lo scudo: la forza esplose nello spazio, spandendosi tutt'intorno.

— *Come ti spieghi tutto ciò?* — domandò Geser.

— *Cosa esattamente*? — Mi accomodai su una sedia. Avevo i brividi. Quanto tempo sarebbe durato l'ossigeno all'interno di un semplice scafandro da pilota che non era destinato ai viaggi nello spazio? Un paio d'ore?

A Kostja Sauskin non restava molto da vivere.

— *Perché sei convinto…* — prese a dire Geser. E mi sembrò addirittura di sentire uno scambio di battute tra lui e Zavulon. Qualcosa che riguardava ordini da revocare, bombardieri da richiamare negli aeroporti. Una squadra di maghi che avrebbe dovuto cancellare le tracce delle scelleratezze di Baikonur. Le versioni ufficiali sul fallimento del lancio.

— Cos'è successo? — chiese Las.

— È tutto finito — dissi. — Quasi.

Sapevo che quella non era ancora la fine. Perché da qualche parte, lassù nel cielo, al di sopra delle nuvole, nella fredda luce stellare, dentro uno scafandro rubato, volteggiava l'Altro Assoluto Kostja Sauskin. Voleva aprire un portale, e non ci riusciva. Voleva raggiungere la stazione spaziale orbitante, e non ci riusciva. Voleva tornare sulla Terra, e non ci riusciva.

Perché lui era uno Zero Assoluto.

E lontano dal calore e dalla vita della Terra, lontano da uomini e animali, da piante e microbi, da tutto ciò che respira, che si muove, che ha fretta di vivere, tutti noi diventiamo degli zeri assoluti. Privi di quella forza che ci viene concessa a titolo gratuito e che ci permette di scagliarci contro fulmini spettacolari e scintillanti, di guarire le malattie e di provocare il malocchio, di trasformare una foglia di acero in una banconota e il latte inacidito in whisky invecchiato.

La nostra forza non ci appartiene.

La nostra forza è la nostra debolezza.

Ecco quello che non riusciva a capire, quello che non voleva ammettere il bravo ragazzo Kostja Sauskin.

Udii la risata di Zavulon: lontano, nella città di Saratov, con un boccale di birra in mano sotto l'ombrellone di un caffè all'aperto, il capo della Guardia del Giorno fissava il firmamento, in cerca di una nuova stella che illuminasse il cielo con il suo volo tanto rapido quanto breve.

— Sembra che tu pianga — disse Las. — Ma non vedo lacrime.

— Giusto — risposi. — Niente lacrime, niente forze. Non aprirò nessun portale di ritorno. Ci toccherà viaggiare in aereo. O aspettare la squadra delle pulizie: forse loro ci aiuteranno.

— Voi chi siete? — chiese un tecnico. — Eh? Cosa sta succedendo?

— Siamo dell'Ispettorato del Ministero della Salute — rispose Las. — E farebbe meglio a dirci chi è stato a bruciare la canapa delle prese d'aria del sistema di ventilazione!

— Q-quale canapa? — balbettò il tecnico.

— La canapa arborea! — tagliai corto. — Andiamo. Las, devo ancora spiegarti delle cose importantissime.

Uscimmo dalla sala. Stavano arrivando assistenti e soldati armati di pistola. C'era una tale baraonda che nessuno fece caso a noi. O forse eravamo ancora protetti dalla magia residua dello scudo.

— Stammi a sentire — dissi a Las. — Oltre al mondo ordinario degli uomini, quello percepibile a occhio nudo, ne esiste un altro crepuscolare. Possono penetrare nel Crepuscolo solo quelli…

Inghiottii la saliva e mi interruppi: mi tornò in mente Kostja. Quello di una volta, il ragazzino vampiro ancora inesperto… «Guarda, mi sto trasformando! Sono un orribile pipistrello! Sto volando! Sto volando!»

"Addio. Ci sei riuscito davvero. Stai volando."

— Possono penetrare nel Crepuscolo solo quelli che hanno…

Epilogo

Semen entrò nell'ufficio insieme a Las, spingendolo come fosse un qualsiasi maghetto delle Tenebre colto in flagrante. Il mio amico dell'Assol si rigirava tra le mani un tubicino di carta ben arrotolato che cercava di nascondere dietro la schiena.

Semen si lasciò cadere nella poltrona e borbottò: — È il tuo protetto, Anton? Allora veditela tu.

— Cos'è successo? — chiesi.

Las non aveva l'aria colpevole, solo leggermente confusa.

— Secondo giorno di tirocinio — disse Semen. — Gli incarichi più semplici, più elementari. Non avevano nemmeno a che fare con la magia…

— E allora?

— Gli era stato chiesto di andare a prendere in aeroporto il signor Sisuke Sasaki della Guardia di Tokyo…

Mugugnai.

Semen diventò paonazzo: — È un normalissimo nome giapponese! Non più ridicolo di Anton Sergeevic!

— Ma sì, lo so — convenni. — Si tratta dello stesso Sasaki che si occupò della faccenda delle ragazzine-licantropo nel novantaquattro?

— Proprio lui. — Semen prese ad agitarsi sulla poltrona. Las era sempre vicino alla porta. — È qui di passaggio. È diretto in Europa, ma voleva discutere alcune cose con Geser.

— E cos'è successo?

Semen guardò Las indignato. Si schiarì la gola e disse: — Il signor tirocinante qui presente prima si è informato se il rispettabile Sasaki conosceva il russo. Io gli ho detto di no. Allora il signor tirocinante ha stampato un cartello ed è andato a prendere il giapponese all'aeroporto di Seremetevo... Fa' vedere il cartello!

Las sospirò e srotolò l'involto. A lettere molto grandi erano stampati degli scarabocchi in giapponese. Sopra, a caratteri più piccoli, c'era scritto: SECONDO CONGRESSO MOSCOVITA DELLE VITTIME DI UNA VIOLENTA EPIDEMIA DI COLERA.

Mantenere un'espressione impassibile mi costò uno sforzo enorme. — Perché l'hai scritto? — chiesi.

— Faccio sempre così con gli stranieri — disse Las. — Che siano soci in affari o parenti. Io all'estero ho dei parenti... Se non sanno una parola di russo, in grande scrivo il nome nella loro lingua e in piccolo qualcosa di buffo in russo. Per esempio: "Conferenza di transessuali dagli orientamenti alternativi", "Festival europeo di musicisti e interpreti sordomuti", "Forum degli attivisti del movimento mondiale per l'astinenza dal sesso"... E me ne sto lì con il cartello, così...

— Questo l'avevo capito — dissi. — La cosa che voglio sapere è un'altra: perché scrivi queste cose?

— Quando un uomo esce dalla dogana, tutta la sala si incuriosisce e vuole sapere chi è — spiegò imperturbabile. — Quando spunta fuori, molti si mettono ad applaudire, a fischiare, a fare cenni con le mani. Ma lui non capisce il motivo di questa reazione! Vede solo che tutti sono felici del suo arrivo, nota il suo nome e mi si avvicina. Allora io arrotolo in fretta il cartello e lo porto alla macchina. Quell'uomo poi racconta a tutti di come sia eccezionale e cordiale la gente in Russia!

— Imbecille! — esclamai. — Non stiamo parlando di un uomo. Sasaki è un Altro. Un Altro superiore, per di più! Il russo non lo conosce, ma il significato della scritta lo comprende a livello concettuale!

Las sospirò e abbassò gli occhi. — Sì, l'ho capito... Be', se sono colpevole, allora cacciatemi via!

— Il signor Sasaki se l'è presa? — chiesi.

Semen si strinse nelle spalle.

— Quando gli ho spiegato tutto, il signor Sasaki si è concesso solo una lunga risata — mi informò Las.

— Per favore — lo pregai. — Non farlo più.

— Proprio più?

— Almeno con gli Altri!

— Ma certo che non lo farò! — promise. — Però così non c'è gusto.

Allargai le braccia. Guardai Semen.

— Aspettami in corridoio — gli ordinò Semen. — Lascia il cartello!

— Ma li colleziono… — protestò Las. Però poi lo lasciò lì e uscì.

Quando si richiuse la porta, Semen si mise a sghignazzare, srotolò il cartello e disse: — Mi farò un giretto degli uffici, faccio fare a tutti quattro risate… A te come va?

— Benone. — Mi abbandonai sulla poltrona. — Mi sto abituando.

— Grande… — disse Semen. — E poi dicono che non si può fare il passo più lungo della gamba. Grande Mago… Hai fatto carriera, Gorodeckij!

— Semen, io qui ci sono per caso. È capitato.

— Lo so, lo so… — Semen si alzò e si fece un giretto per l'ufficio. Un ufficio piccolo, certo, però… — Vice… che roba. Ora le Tenebre si metteranno a intorbidare le acque. Con te e Svetlana abbiamo quattro Grandi Maghi. Invece nella Guardia del Giorno, senza Sauskin, è rimasto solo Zavulon…

— Che arruolino qualcuno dalla provincia — dissi. — Io non ho niente in contrario. Oppure possiamo aspettarci un'altra visita dello Specchio[1].

— Ora siamo preparati — annuì Semen. — Noi impariamo sempre dagli errori.

Si diresse verso la porta, grattandosi la pancia attraverso la maglietta: un mago della Luce saggio, buono e stanco.

Tutti noi diventiamo buoni e saggi quando siamo stanchi.

Arrivato alla porta mi guardò con aria pensosa: — Mi dispiace per Sauskin. Era un bravo ragazzo, per quanto possa esserlo uno delle Tenebre. Stai soffrendo molto?

— Non avevo scelta — dissi. — O lui… o io. Peccato.

1 Vedi I Guardiani del Giorno, Seconda Storia.

Semen annuì: — Peccato anche per il *Fuaran*...

Kostja era andato a fuoco nell'atmosfera un giorno dopo il suo lancio in orbita. E la valigetta si era bruciata insieme a lui. L'Inquisizione aveva preteso che fosse organizzato il lancio di uno shuttle per recuperare il libro, ma non ce l'avevano fatta.

Semen uscì senza più aprire bocca. Io invece restai a lungo seduto a guardare il cielo, un cielo pulito e senza nuvole.

Il cielo non fa per noi.
A noi non è dato volare.
E tutto ciò che possiamo fare è tentare di non cadere.

Luglio 2002 – luglio 2003

Nel testo sono stati utilizzati brani di canzoni di: Zimove Zverej, Belamors, Belaja Gvardija, Piknik, Aleksandr Uljanov (Las), Zoja Jacenko e Kirill Kamarov.

Appendice

AMBIENTE MAGICO

Crepuscolo

Oltre al mondo ordinario degli esseri umani, visibile, ne esiste un altro oscuro, quello del Crepuscolo, mondo magico parallelo, composto da sette strati, nel quale possono penetrare solo gli Altri. È un luogo in cui non ci sono luce e colori, ma solo nebbia e grigiore. Tempo e azioni sono rallentati, i suoni sono spenti, l'aria non è aria.
Quando un Altro entra nel mondo crepuscolare, perde continuamente forza per alimentarlo con la propria energia viva. Tuttavia nel Crepuscolo un Altro può rigenerare la propria forza.
Quando entrano per la prima volta nel Crepuscolo, gli Altri scelgono se stare dalla parte del Bene o del Male. Della Luce o delle Tenebre.

PERSONAGGI

Forze della Luce

Aliser Ganiev

Agente della Guardia della Notte, originario dell'Uzbekistan. Figlio di un devona, vecchio e fedele servitore del Grande Mago Geser, e di un'umana. Aliser trasferisce a Mosca il gesso del destino insieme con il padre, che viene ucciso dalla strega Alisa Donnikova.

Anton Gorodeckij

Mago della Luce di secondo livello. Dapprima responsabile del sistema informatico, poi agente operativo della Guardia della Notte. La potente maga Svetlana, divenuta sua moglie, gli darà una figlia, destinata a diventare una figura di grandissima importanza nella guerra tra la Luce e le Tenebre.

Garik

Ha due lauree. È appassionato di paracadutismo estremo. Figlio di un mago delle Tenebre, è anche lui mago, combattente, un vero guerriero.

Geser

Il suo vero nome è Boris Ignatevic. Grande Mago della Luce, è il capo dei Guardiani della Notte di Mosca. Nato in Tibet, operava in Europa già dal XV secolo. Dopo essere stato in Asia centrale tra il XIX e il XX secolo, si è trasferito improvvisamente in Russia, pare per volere di Olga, allora sua amante.

Ignat

Alto, prestante, biondo, con la figura di un Apollo e il viso da star del cinema. Piace molto alle donne e non concepisce alcun tipo di svago all'infuori del sesso. Prima di entrare nella Guardia della Notte lavorava in una squadra di pronto soccorso psichiatrico.

Igor Dmitrievic Teplov

Ha fisico massiccio e pratica il paracadutismo estremo con l'amico Garik. Ha studiato ed è stato nelle squadre speciali di polizia.

Ilja

Ha l'aspetto dell'intellettuale raffinato. È un mago di terzo livello, vice di Boris Ignatevic.

Maksim

Mago della Luce poco potente. Non ha la bellezza melensa degli attori dei serial televisivi, ma nemmeno una faccia qualsiasi, di quelle che si dimenticano subito. Ex consulente per una grossa ditta straniera, all'improvviso sembra impazzire. Uccide e si definisce "Colui che giudica". Gli altri lo chiamano Selvaggio. "Colui che giudica", però, non si rivela una definizione sbagliata...

Olga

Grande Maga di circa duecento anni di età. Ex amante di Boris Ignatevic e ora sua amica, è specializzata in scambi magnetici e azioni belliche. A causa di un compromesso stipulato tra le Forze delle Tenebre e le Forze della Luce, conclusosi con la Rivoluzione d'Ottobre, è stata condannata a vivere in un corpo di civetta. Con l'aiuto di Boris Ignatevic e Anton Gorodeckij, viene riabilitata e riacquista i suoi poteri.

Orso

Poco più alto della media, robusto, con un volto assolutamente impenetrabile, parla poco perché tartaglia leggermente. È un mutantropo, capace di trasformarsi in varie specie di orsi: per questa caratteristica particolare viene ritenuto un mago. Opera sempre in coppia con Tigrotto, da cui è inseparabile, ed è un grandissimo guerriero.

Semen Pavlovic

Mago di primo livello, è un tipo esaltato. Spesso spara grosse bugie, e viene creduto. Basso, tarchiato, ha lo sguardo scaltro ed è un ottimo combattente. Dotato di una straordinaria forza fisica, fa spesso a meno dei suoi poteri magici quando è in azione.

Svetlana Nazarova

Ex medico, poi maga di forza portentosa al servizio della Guardia della Notte. Dopo un periodo di contrasti, sposa Anton Gorodeckij e presto gli darà un figlio, anzi una figlia. Per questo motivo abbandona il servizio nella Guardia.

Tigrotto

Maga della Luce, mutantropo, in grado di trasformarsi in tigre. Grande guerriera, opera sempre in coppia con Orso. Nel suo aspetto umano è una ragazza vivace e simpatica, piuttosto minuta. Non si direbbe proprio che possa diventare una vera... tigre.

Tolja

Mago di secondo livello, lavora nell'ufficio informatico della Guardia della Notte.

Forze delle Tenebre

Alisa Donnikova

Giovane strega di terzo livello, amante di Zavulon.

Kostja

Ragazzo buono, intelligente. Ex vicino di casa di Anton Gorodeckij. È un vampiro dalla nascita, al servizio di Zavulon e dei Guardiani del Giorno.

Zavulon

Grande Mago delle Tenebre, capo dei Guardiani del Giorno di Mosca. Si avvicina ai mille anni di età. Magro, i capelli corti. D'abitudine indossa un inappuntabile completo nero e una camicia grigio chiaro. Esercita grande fascino sulle donne, anche molto giovani. In azione può assumere le sembianze di un orribile demone.

Inquisitori

Edgar

Mago delle Tenebre originario dell'Estonia. Ha capelli neri, colorito olivastro e corporatura robusta. È dotato di poteri molto vicini al secondo grado. Da qualche tempo lavora per l'Inquisizione.

Vitezslav Grubin

Di origine ceca, lavora per l'Inquisizione. È un vampiro superiore, alto e di età indefinibile.

Armi

Bastone magico

Arma da combattimento – e non solo – tra le più usate. Viene caricato di energia da chi se ne serve. Emana una luce violetta che può trasformarsi in un raggio violento e fiammeggiante. Talvolta assume anche la forma di un animale spaventoso.

Dischetto da combattimento

Tondino di bronzo poco più grande di una moneta.

Fireball

Pallina di fuoco utilizzata sia come arma di attacco che di difesa.

Frusta di Shaab

Bacchetta da combattimento, con raggio limitato ma rapida e infallibile. Emana un flusso infuocato di corrente. È l'arma preferita di Zavulon.

Pallottole esplosive d'argento

Si inseriscono in una pistola e sono efficaci contro i mutantropi, quasi inutili contro i vampiri, assolutamente valide contro i maghi delle Tenebre.

Magie e incantesimi

Anello di Shaab

Sortilegio semplice ma potente, utilizzato come schermo di protezione. Il suo effetto può essere neutralizzato per mezzo di una formula. A seconda della forza che gli si conferisce, arriva anche a uccidere.

Artiglio di Fafnir

Antico e potente talismano, sottratto alla setta dei Fratelli di Regin e custodito dal Tribunale dell'Inquisizione di Berna.

Freeze

Gelata temporanea e arresto parziale del tempo. È in grado di bloccare l'avversario, congelandolo all'istante. Il suo corpo non ubbidisce, non respira, la saliva si congela in bocca. Ma l'anima resta cosciente.

Gesso del destino

Ha l'aspetto di un gessetto appuntito a entrambe le estremità. Può essere utilizzato unicamente dalle Forze della Luce e, all'interno di queste, solo da una Grande Maga, alla quale esso conferisce il potere di correggere il Libro del Destino, mutando il corso della vita delle persone.

Oppio

Il fumo violetto che induce il sonno nell'avversario.

Prisma di forza

Potente amuleto, attraverso il quale i maghi superiori possono osservare e ricavare informazioni. Si utilizza anche per succhiare energia vitale agli umani.

Scudo magnetico

Protezione che avvolge, come fosse cellofan, chi lo utilizza.

Indice

Sergej Luk'janenko
GLI ULTIMI GUARDIANI
Lo scontro
tra le Tenebre e la Luce
non ha mai fine...
MONDADORI
Sergej Luk'janenko
GLI ULTIMI GUARDIANI

Sergej Luk'janenko

GLI ULTIMI GUARDIANI

Logorate da una guerra senza vincitori, le Forze delle Tenebre e quelle della Luce hanno stretto un patto che garantisce l'eterno equilibrio tra loro, e i guardiani di entrambe le parti si impegnano a farlo rispettare.

Ma ogni tanto qualcuno infrange le regole, e a farne le spese sono gli umani. Come Viktor, un ricco, giovane russo che studia a Edimburgo. Chi è stato a farlo morire dissanguato con un morso alla gola?

La Guardia scozzese ha chiesto aiuto a quella di Mosca: questa missione sembra perfetta per Anton, diventato da poco Grande Mago. Una missione delicata, perché proprio a Edimburgo un altro Grande Mago, il leggendario Merlino, nascose centinaia di anni prima un artefatto dai poteri sconosciuti: la Corona di Tutto.

Dagli altopiani rocciosi dell'Uz-bekistan all'antico castello di Edimburgo, tra burocrati e mutantropi, streghe e inquisitori, pallottole magiche ed esplosioni nucleari, Luce e Tenebre si alleano nella caccia a una nuova, pericolosa setta di guardiani assetati di potere.

I GRANDI

AA.VV.
Storie del terrore di un minuto

Rafael Ábalos
Grimpow - Il sentiero invisibile
Grimpow - L'ultima strega
Kot

Jay Amory
La guerra degli Alati - Spia nel mondo di sotto
La guerra degli Alati - I pirati del deserto

Pierdomenico Baccalario - Enzo D'Alò
Gaston Kaboré
Il Principe della Città di Sabbia

Artur Balder
Idruk e il tesoro dell'Ordine

Cyn Balog
Fairy Love

Catherine Banner
Gli occhi di un re
Voci dall'oscurità

Dave Barry - Ridley Pearson
Peter Pan e i cacciatori di stelle

Luc Besson
Arthur e il popolo dei Minimei
Edizione speciale con le immagini del film
Arthur e il popolo dei Minimei
Arthur e la città proibita
Arthur e la vendetta di Maltazard
Arthur e la vendetta di Maltazard
Edizione speciale con le immagini del film
Arthur e la guerra dei due mondi

Holly Black
La fata delle Tenebre

Holly Black - Tony DiTerlizzi
Le Cronache di Spiderwick

Pseudonymus Bosch
Il titolo di questo libro è segreto
Se state leggendo questo libro
è già troppo tardi!
Questo libro potrebbe farvi male

Pierre Bottero
Ewilan dei due mondi - Le frontiere di ghiaccio
Ewilan dei due mondi - L'isola del destino

Chris Bradford
Young Samurai - La via del guerriero
Young Samurai - La via della spada

Cristina Brambilla
La chiave dell'Alchimista
La chiave dell'Alchimista - I sette demoni di Venezia
Al primo sangue

Silvia Brena - Iginio Straffi
Maya Fox - La predestinata
Maya Fox - Il quadrato magico

Herbie Brennan
La guerra degli Elfi - Il destino del Regno
La guerra degli Elfi - La saga completa

Patrick Carman
Skeleton Creek

Henry Chancellor
Il museo abbandonato
Il vulcano degli scarabei

Cassandra Clare
Shadowhunters - Città di ossa
Shadowhunters - Città di cenere
Shadowhunters - Città di vetro

Emma Clayton
Roar - La sfida

Matthew Cody
Super

Eoin Colfer
Artemis Fowl
Artemis Fowl - L'incidente artico
Artemis Fowl - Il codice Eternity
Artemis Fowl - L'inganno di Opal
Artemis Fowl - La colonia perduta
Artemis Fowl - La trappola del tempo
Artemis Fowl - L'inizio della leggenda
I Predatori Blu
Airman - Nato per volare

Suzanne Collins
Hunger Games

Susan Cooper
Il risveglio delle Tenebre

Mauro Corona
Torneranno le quattro stagioni
D'Andrea G. L.
Wunderkind - Una lucida moneta d'argento
Wunderkind - La rosa e i tre chiodi

Dorotea De Spirito
Angel

I GRANDI

Kate DiCamillo
Le avventure del topino Despereaux

Charlie Fletcher
Cuore di pietra
Mano di ferro
Demone di ghiaccio

Mariah Fredericks
La carta ha detto: Successo
La carta ha detto: Destino

Cornelia Funke
Cuore d'inchiostro
Veleno d'inchiostro
Alba d'inchiostro
Reckless - Lo specchio dei mondi

Neil Gaiman
Stardust
Il cimitero senza lapidi e altre storie nere
Il figlio del cimitero
Coraline
Il gigante di ghiaccio

Anna Godbersen
The Luxe - Il ballo degli inganni
The Luxe - Il prezzo dell'amore

Roderick Gordon - Brian Williams
Tunnel
Abisso

Claudia Gray
Evernight
Stargazer

Dianne Hofmeyr
L'occhio della Luna

Robert J. Harris
Leonardo e la macchina infernale
William Shakespeare e la mappa dell'Ignoto

Lucy & Stephen Hawking
La chiave segreta per l'universo
La chiave segreta per l'universo
Edizione speciale illustrata
Caccia al tesoro nell'Universo

Lian Hearn
La leggenda di Otori La trilogia completa

Dianne Hofmeyr
L'Occhio della Luna

Anthony Horowitz
I cinque guardiani - L'ultimo solstizio

Kazu Kibuishi
Amulet - La pietra magica

Kathryn Laskyi
La Leggenda dei Guardiani
La prima trilogia

Giulio Leoni
La Compagnia dei Serpenti - Il sepolcro di Gengis Khan
La ladra di Cagliostro

C.S. Lewis
Le Cronache di Narnia - volume primo
Le Cronache di Narnia - volume secondo
Le Cronache di Narnia - volume terzo
Le Cronache di Narnia
Edizione in volume unico
Le Cronache di Narnia - Il leone, la strega e l'armadio
Le Cronache di Narnia - Il Principe Caspian

Dean Lorey
Il portale degli incubi
Il cacciatore di incubi

Sergej Luk'janenko
I Guardiani del Crepuscolo
Gli ultimi Guardiani
I Guardiani della Notte - La trilogia completa

Valerio Massimo Manfredi
Il romanzo di Alessandro

Carlo A. Martigli
Thule, l'impero dei ghiacci

Matteo Mazzuca
L'ultimo pirata - La Clessidra del Potere
L'ultimo pirata - La nave nera

Geraldine McCaughrean
Peter Pan e la sfida al Pirata Rosso

Brandon Mull
Fablehaven - Il rifugio delle creature fantastiche

Henry H. Neff
L'Arazzo d'oro

D. A. Nelson
isola invisibile

I GRANDI

Jan Page
Selina Penaluna

Katherine Paterson
Un ponte per Terabithia

Michelle Paver
Cronache dell'Era Oscura - Il ritorno del lupo
Cronache dell'Era Oscura - Sulle tracce del lupo
Cronache dell'Era Oscura - Il coraggio del lupo
Cronache dell'Era Oscura - La promessa del lupo
Cronache dell'Era Oscura - Il destino del lupo

Lincoln Peirce
Big Nate - Un grandioso disastroso giorno di scuola

Terry Pratchett
La corona di ghiaccio

Rick Riordan
Percy Jackson e gli Dei dell'Olimpo Il Ladro di Fulmini
Percy Jackson e gli Dei dell'Olimpo Il Mare dei Mostri

Mark Robson
La spia di Shandar
L'assassino di Shandar

Michael Scott
I segreti di Nicholas Flamel, l'immortale - L'Alchimista
I segreti di Nicholas Flamel, l'immortale - Il Mago
I segreti di Nicholas Flamel, l'immortale - La Strega

Brian Selznick
La straordinaria invenzione di Hugo Cabret

Darren Shan
Aiuto Vampiro

Matthew Skelton
Piume di fuoco

Alan Snow
Arrivano i Mostri!

Jerry Spinelli
Per sempre Stargirl

Sean Stewart - Jordan Weisman
Il diario di Cathy
Il segreto di Cathy
L'anello di Cathy

Trenton Lee Stewart
La misteriosa Accademia per Giovani Geni
La misteriosa Accademia per Giovani Geni L'isola senza nome
La misteriosa Accademia per Giovani Geni - La Prigione della Terza Isola

Licia Troisi
Cronache del Mondo Emerso - La trilogia completa
Le Guerre del Mondo Emerso La setta degli Assassini
Le Guerre del Mondo Emerso Le due guerriere
Le Guerre del Mondo Emerso Un nuovo regno
Le Guerre del Mondo Emerso La trilogia completa
Leggende del Mondo Emerso Il destino di Adhara
Leggende del Mondo Emerso Figlia del sangue

Mark Walden
High School Criminal

Chris Wooding
Malice